『太平記秘伝理尽鈔』研究

今井正之助 著

汲古書院

『太平記秘伝理尽鈔』研究　目次

『太平記秘伝理尽鈔』研究

序章　『太平記秘伝理尽鈔』の登場

はじめに

『太平記秘伝理尽鈔』（以下『理尽鈔』）はこれまで、版本の内題によって『太平記評判秘伝理尽鈔』と称されてきた。しかし、この内題は決して諸伝本に一般的な呼称ではない。『理尽鈔』に関する資料等では「太平記評判」・「評判」と呼ばれることが多く、外題も「太平記評判」とする伝本が相当数ある。しかし、別書の『太平記評判私要理尽無極鈔』（版本のみ）の外題も「太平記評判」とあり、まぎらわしい。『理尽鈔』の内題は、第三部第三章〈表1〉の注C・2に示すように必ずしも統一されていないが、「太平記秘伝理尽鈔（抄）」が基本形をなす。版本および弘文荘旧蔵本の、「太平記評判秘伝理尽鈔」という呼称は、「太平記評判」と「太平記秘伝理尽鈔」とを合成したものと目される。したがって、本書では、『太平記秘伝理尽鈔』を統一呼称とする。

本書は、『理尽鈔』が登場して以来、類縁書・派生書を生みだしつつ、さまざまな形に変容し、消費しつくされ、終末を迎えていく、その全容の解明をめざすものである。

序章　『理尽鈔』現存本の登場

第一部　『理尽鈔』の記述内容の成り立ちと特質の解明

第二部　『理尽鈔』登場前後の関連作品との対比

第三部　『理尽鈔』伝本および口伝聞書の系統的整理
第四部　『理尽鈔』の類縁書（いわゆる太平記評判書）の系統的整理
第五部　太平記評判書から派生した著作の系統的整理
第六部　太平記評判書とは別系統の編著の成り立ちと特質の解明
第七部　『理尽鈔』の世界の変容・拡散（『理尽鈔』の無毒化と広範な消費）
終章　『理尽鈔』の主張の先鋭化と孤立・終焉
付録　太平記評判書および関連図書の体系的位置づけを意図する分類目録稿

本書の意図と構成は以上のようであるが、本書のとりあつかう時期の輪郭を明示するために、『理尽鈔』の成立時期を絞り込むことから論を始める。

一、『理尽鈔』の自己言及

『理尽鈔』は、『太平記』の記述に対する「伝」「評」、すなわち広義の注解・論評から成り立つ。「伝・評」の記載者が自らの姿を作中に現すことは少なく、左はその中で注目すべき箇所である。

○此軍ノ事、書ニ記シタルヲ不審ニ思ヒ、軍ハ角ハセラレヌ物ゾト存知ケレバ、此伝ヲ顕シ記サン為ニ末代ノ為ヲ思ヒ、某関東ニ下リ鎌倉ニ暫ク住シ、マタ宇都宮ニ下テ暫有テ軍様ヲ尋問シニ、如《ク》レ是《ノ》申シタル。去共異儀多ケレ共、随分尋採テ記スル所也。（三九28ウ～29オ。芳賀禅可・足利基氏の戦いの実相についての「伝」の一節。）

○凡卅五ノ巻ヨリ已来ハ、軍ノ様コモ〳〵ヲ不レ記《セ》。夫太平記ヲ書記スル事ハ、政ノ善悪、軍ノ勇臆、師ノ善悪、智謀ノ勝劣ヲコモ〱記シテ、後代ノ人々ノ誡ニト思フ斗也。然ルニ卅六ヨリ已来ハ、巻々ヲ開キ見ルニ、太体《タイテイ》ノミ記シテ仕業ノ善悪ナシ。是文字ヲ専トシテ理ニ不《ル》ㇾ通《ゼ》人ノ記シケルニヤ。又後世ヲ利セント欲フ心ナク、我一人ノ広智ノ誉ヲ専トシテ記シケルニヤ。記者ノ心難《シ》ㇾ知《リ》。評者ノ知所、伝評共ノ委細ニ記ス。尋ネ探ルト云ヘ共、知《ル》人ノナキヲバサテ置ヌ。［傍書：私云、玄恵等ノ記ニハ異セリト也。歎シト云々］可㆓心得㆒ト云々。歎シキ哉。（三八28オ。「直常加州へ発向ノ事同ク軍ノ事」の「評」の一節。）

伝・評は『太平記』の同時代人たる評者が自らの取材をもとに著したものだ、という。以下の事例も同様である。

○書ニ二人ノ弓勢計ニ敵敗シタリト書シ事不審。諸人近ク見聞セシ所也。今モ老タル山門ノ法師達ハ如ㇾ是語レリ。其外ノ軍ニ合タル武士共ノ語ルニモ、品少シ替ルト云ヘ共大体以テ同ト也。書ニ云ケルハ文ノ用ナルヘシ。（一七上28オ。『太平記』巻一七「山攻事付日吉神託事」に、官軍の本間・相馬の二人が強弓を駆使し、敵勢を退けたとある。「伝」は、実際には、義貞が百人の兵に加勢させ、さらには宇都宮公綱の七百余騎が敵勢を責めたてたのだという。）

その一方で、次のような表現もある。

○将軍ノ勢、鎌倉中ニ千騎ニタラズト、抄（今井注：『太平記』をさす。「書ニ云々」も同様）ニ書シ。又或ル太平記ニハ八百ニ不ㇾ足也。又異本ニハ三千余騎ト也。又異本ニ一千五百余騎ト也。又異本ニハ五百余騎也。

○伝云《ニク》、皆以テ虚也。何ト誤リタルニヤ弁ヘガタシ。千五百余騎ト記シタルハ、細川ノ武蔵入道ノ所仕ナリトゾ聞ヘシ。虚記ナルガ故ニ首尾不ㇾ合。……古ノ太平記ニ記シタル所、鎌倉中ノ兵、都テ三万八千余騎トナリ。（三一5オ・ウ。他にも「宮方ニ持伝ル所ノ太平記」一四10ウ、「一説ノ太平記ニハ……」三〇61オ、「異本ニ……」三九54オなど。）

○寄手三十万騎ノ事。古書ニハ四万余騎ト有。元国ヘ此書ヲ渡ス時、卅万騎ト記セリ。（三25オ。「古書」は古き「書（太平記）」の意。他にも、六56オ、八67オ、一〇77オ・85オ、一三40ウなど。）

ここからは、すでに複数の『太平記』異本が発生している後代の時点が想起される。ただし、『理尽鈔』（巻一「名義幷来由」など）は、『太平記』が事件直後から様々な改訂を受けたというのであるから、大きな時間的隔たりを想定する必要はないかもしれない。しかし、なお目を転ずれば、赤松の遺臣が神璽を吉野より奪い取り、献上したことをふまえた記事内容（巻四〇45ウ）なども存在する。神璽献上は長禄二年（一四五八）八月のことであり、建武元年（一三三四）から百数十年後である。馬脚を露しているというべきだが、それをあげつらうより、『理尽鈔』の「伝」「評」がたてまえとしては一貫して、同時代人たる記載者自身の「事実」「真相」の探求と、それに基づく論評という姿勢をとり続けていることに注目しておきたい。『理尽鈔』が「まじめな」享受の対象でもありえた一因がここにある。[1]

二、現存本の成立時期

加美宏は、『理尽鈔』が世に紹介・流布され、多くの人に読まれるようになった時期を、小瀬甫庵が「家康公御代之事」の中に「太平記評判」をあげていること等から「慶長・元和の頃」であるとしている。[2] このことは、以下に示す事例によっても首肯されるところである。

・十八冊本傍書

『太平記』巻二六「執事兄弟奢侈事」に対する、『理尽鈔』巻二七上（秋月本・天理本は巻二六）の「伝」が問題の箇所である。高師泰が天王寺近辺の塔の赤銅製九輪を降ろして鑵子にしたところ、まねをする者が続出し、和泉・河内の塔婆はいずれも惨憺たる有様になった、というのが『太平記』の記事。『理尽鈔』は、楠正儀が愚行の再現を恐れて「鉄」で九輪を再興した、との伝を記す。この鉄製九輪について版本を含め多くの諸本は何もふれないが、『理尽鈔』現存最古本である尊経閣文庫蔵十八冊本には、次のような傍書がある。

私云、後チ文禄慶長比ヒ豊臣関白秀吉公ト申ス人、天下ヲ執権仕給ヒシ時キ、古田織部ト号セシ人在リ。其ノ比ヒ日本一州ノ茶ノ湯ノ数奇ノ師タリ。一入《ひとしほ》面白クシホラシ、トテ、塔ノ鉄ノ九輪ヲ下、号シテ二数奇ノ九輪釜ト一九輪ヲ一尺計ニ切テ、ソコヲ鋳サセ口ヲイサセテ鑵子トセリ。師泰ガ再来ニヤト可レ謂シツ。此ノ抄ヲ写ス時ニ思ヒ当ルノ間ダ書キ置ク所ナリ。又タ日本一州ノ大名高家幷ニ有徳ノ人、皆ナ九輪釜ヲ求ン事ヲ願フ。依之古跡ノ寺々所々ノ塔多ク此ノ時ニ至テ滅ス。

この記事は、他には、大雲院蔵本が傍書ではなく本文行に記し、『陰符抄』再三篇巻二七が同趣の内容の項目をもつのみである。『理尽鈔』諸本の口伝傍書が『太平記』の時代以降のことに言及する例はほとんど無い。多くの伝本にこの傍書が見られないのは、内容的に異質と判断した、もしくは、傍書が記される以前の形態を受け継いだ結果と考えられる。上記傍書は本文行と同筆であるが、上述のように、本文と傍書とが同一時期に書かれたとは限らないから、十八冊本の実質的な成立時期の問題に直ちに結びつけることはできない。十八冊本の複雑な現状からしても、一挙に成立したものではないから、その生成が室町末期に始発する可能性はなお残る。しかし、少なくとも十八冊本の最終的な成立は、秀吉の没した慶長三年（一五九八）以降で、「文禄慶長比ヒ」という言い方の含む時間的隔たりと、「室町末期写」（『尊経閣文庫国書分類目録』）と見なされた本書の様態とを勘案すれば、慶長の後年から元和にもかかろうかという時期に落ち着くものと思われる。

なお、「此ノ抄ヲ写ス時」とのもの言いは、陽翁が正三本を書写したとの伝承〔→第三部第一章「理尽鈔伝来関係資料」〕にも関わりをもつ。しかし、正三本の実在は裏付けられず、この記述も陽翁の仕組んだ伝承の一環である、との見方が成り立つ。

三、『理尽鈔』の成立時期

『理尽鈔』本文の中から、本書の成立時期を限定しうる事例（内部徴証）をいくつか挙げる。

・「散所寺」

『太平記』巻一四「官軍引退二箱根一事」に「爰ニ散所法師一人西ノ方ヨリ来リケルガ、舟田ガ馬ノ前ニ畏テ『……今此御勢計ニテ御通リ候ハン事、努々叶マジキ事ニテ候。』トゾ申ケル。」（六四頁）との一節があり、『理尽鈔』はこれに以下のような注解を行なっている。

散所寺法師ノ来テ語リケレバ、義貞、尊氏ハ定テ義貞ヲ待ヤト宣ヘバ、法師イヤ其《ノ》事ハ知《リ》参ラセズ候。御用心ノ体モ見ヘ不レ侍。只軍ニ打勝玉ヒテ、御陣ヲ被レ召タルトコソ思候ヘ。左様ニ細々布《シキ》事ハ不《ル》二知侍一也。散所寺ハ、深草ノ天王ノ御願ナルヲ、中比荒果テ無ガ如クナリシヲ舟田ニ仰有テ、義貞、寺領等ノ事中沙汰セラレケルニ依テ、衆徒ノ中ヨリ角注進ヲバ仕テケレ。（77オ・ウ）。

この傍線を施した〈散所寺縁起〉とも称すべき記述が、「法師」という言葉に短絡的に反応した全くの妄説であることはいうまでもない。たとえば『部落史用語辞典』（柏書房、一九八五）は、『名語記』『建内記』『大乗院寺社雑事記』等の用例を引き、「散所法師＝乞食＝声聞師のこととなり、実態は非人と変らぬものである。」と説明している。『理尽鈔』のような注解は、「散所」がごく一般的な存在であった時代には起こりえないであろう。いま、先学の「散所」研究から、当該の問題に関する記述を拾ってみると以下のようである。

東寺の散所は、後宇多法皇の御寄進に依つてその端を発し、御寄進の文保二年当時は、纔か十五人に過ぎなかつたものが、建武元年頃には「方々散所法師」〈割注：東寺塔供養記、建武元・九・十二〉と称せられる様になり、吉野時代の末期頃から室町時代初期にかけて、その人口増加に依る分派発展の傾向は頓に促進され、妙見寺・金頂寺・大悲心院・南小路・東西九条等の如き、多数の新屋敷が成立するといふ状態であつた。（森末義彰『中世の社寺と芸術』一九八三復刊版。二七二頁）

右に説かれるように、『太平記』の時代はまさに散所法師の活躍した時代でもあった。その状況が室町後期から近世にかけて激変する。

中世の庄園制度を基礎とした社会は、応仁の乱を契機として、徐々に変化し、近世初頭に至つて、知行制度の社会に移行改変されるのであつて、散所がその領主として庇護を受けて居た権門・社寺は、その改変の打撃に依つて、経済的に没落するの已むなきに至るのであるが、散所も当然その影響を受けて、崩壊せざるを得なかつたのである。応仁の乱の前後を境として、散所に関する史料が激減し、その状態を模糊たらしめるのは、右の如き理由に依るものと想像されるのである。かくして近世に入るや、散所は纔かに陰陽師或は遊芸人としてのみ存し、近世の記録類に見られる散所としては、僅かに喜田博士が挙げられた如く、全国に二十数箇所の存在を数へ得るに過ぎない状態であつた。（森末著三〇二頁。傍線引用者）

森末の言及している喜田貞吉「散所法師考」にはつぎのような発言がある。

サンジョは江戸時代にあっては通例産所または算所と書き、稀に山所・散所・山荘などとも書く。したがってその語の説明も、たいていは産所として試みられているようである。（中略）しかしながら産所または算所の文字が、いずれも徳川時代のものにのみ見えて、古いところでは常にそれが散所であり、またそれがすでに平安朝ころからして、雑色あるいは随身などとして現われ、警固や人夫に使役せられて、毫も産小屋または算道との関係を見出し得ぬことから考えると、産所または算所は全く音通による仮字であって、毫も産または算の意味はないものだと解せねばならぬ。（『喜田貞吉著作集』第一〇巻四〇二～四〇四頁。初出一九二〇・九、一〇。傍線引用者）

また、渡辺廣『未解放部落の史的研究』は、一六世紀末の「長宗我部検地帳」には「かなり算所の記載が多い」ことを指摘している（一七六頁。初出一九五八・三。傍線引用者）。『理尽鈔』の〈散所寺縁起〉は、室町後期以降、「散所」が崩壊し、その記憶が全く失われた時代を背景として成立したものであろう。

いま試みに、京都部落史研究所編著『京都の部落史』第一〇巻『年表・索引』（一九八九）を手がかりに、同第三・四巻の史料編および披見の容易な活字史料のいくつかによって、関係史料の出現の様相を、サンジョの具体的な表記に注意しながら概観してみる（サンジョの「年表」での表記は基本的には原史料のあり方に依っているが、必ずしも忠実ではなく注意を要する）。未確認の史料も多く、もとよりごく便宜的な処置に過ぎないが、おおよその傾向は窺えるであろう。

年代	出現度数	サンジョの表記
一三〇一～一三五〇	15（9）	「散所」。一部に「散状」「散処」「さん所」
一三五一～一四〇〇	36（6）	「散所」。一部に「さんしよ」
一四〇一～一四五〇	42（15）	「散所」。一部に「さん所」「サン所」
一四五一～一五〇〇	69（2）	「散所」。「さん所」「サン所」「参所」も散見。
一五〇一～一五五〇	13	「散所」・「さん所」
一五五一～一六〇〇	5	「さん所」「サン所」「参所」
一六〇一～一六五〇	3	「さん所」「サン所」「算所」

注、サンジョの出現度数は同一史料に複数の記載ある場合も一と数える。出現度数の（　）内の数字は「散所法師」とあるもので、度数の内数である。

『理尽鈔』奥書の「文明二年（一四七〇）」は「散所」が史料的に最も頻出する時期に当たる。サンジョの出現度数および表記からして、〈散所寺縁起〉のような実態とは全くかけ離れた無稽な注解は、一六世紀前半以前には成立しがたいように思われる。

・「安房国守護代里見氏」

『理尽鈔』巻一三9ウに准后（阿野廉子）の口入が恩賞を左右したという記事がある。

関東《ノ》軍勢《ノ》中ニ義貞ニ属シテ成《ナセシ》レ忠《ヲ》者幾千万ト云フ数ヲ不レ知《ラ》。何レモ無レ賞。大館《ガ》極楽寺ノ切通ニテ被レ討タレバトテ、下野国ニテ千貫一庄ヲ給ヒシト、里見《ニ》安房《ノ》国守護代ヲ給ヒシト、小笠原《ノ》一族三人、各信州・上州ニテ一庄ヲ給ヒシトノ外ハ、受《ウケシ》レ賞《ヲ》人独モナシ。依《ヨッテ》レ之義貞ニ忠ヲセシ人々ヲ細々ト書注《シルシ》、上卿へ度々為《サセ》レ申給ヒケレ共、訴書徒ニクチニキ。右ノ賞ニ預シ人々モ、尊氏朋友タルニ依テ、准后御口入ニ依テコソ賞ヲバ受テンゲレ。義貞、上卿へ奏セシニテハ一人モ無レ賞。

吉井功兒『建武政権期の国司と守護』（近代文芸社　一九九三）は、新政前期の安房国国司と守護は不明であるが、「当国の国務・国司・守護が足利一門の手中にあった可能性は、極めて高い」という。『太平記』の里見は越後の新田一族として登場する（巻一〇「新田義貞謀叛事付天狗催越後勢事」）。安房国と里見氏との結びつきは、室町後期の義実にはじまるが、義実の事績は疑わしく、確実な史料から存在が確認できるのはその孫義通。義通は永正五年（一五〇八）に安房の鶴ヶ谷八幡宮を造営しほぼ安房一国の統一者として現れる。戦国時代を経て、徳川家康配下の大名となったが、慶長一九年（一六一四）改易、伯耆倉吉に移され、元和八年（一六二二）断絶（里見氏の記述は吉川弘文館『国史大辞典』による）。したがって、里見が安房守護代となったとの記述も、『理尽鈔』の成立時期の一徴証として注目される。

・依拠『太平記』本文

『理尽鈔』の依拠した『太平記』については、「神田本『太平記』の構成・内容に一致している」という和歌森太郎の説（『修験道史研究』一九四三）があったが、長谷川端が全面的な再検討をくわえている。[3]

『理尽鈔』の底本となった『太平記』が取り合せ本ではないとするならば、その写本は巻十五と巻十六、巻二十六と巻二十七の二箇所において、大系本『太平記』の底本に採用され、今日流布本の標準的テキストと目されている「慶長癸卯春季望　富春堂新刊」の古活字版と巻の割り方に関して異なるところがあるけれども、同一の本文を有するものと推定してよいであろう。

さらに、長谷川は、『理尽鈔』巻一五・一六の内容（記事の有無）が流布本と照応しており、かつ両巻の巻区分を『理尽鈔』と等しくする『太平記』諸本（神田本・西源院本など古態本および梵舜本）の内、流布本の前段階を示すと目されるのが梵舜本であることから

そのテキストは長享二年（一四八八）・同三年（八月改元して延徳元年）の本奥書を有する梵舜本から更に標準的流布本へと一歩近づいたものといえよう。

と結論した。このことも『理尽鈔』の成立時期が、自らが擬す室町前期ではなく、現存『理尽鈔』の成立時期に近いものであることを示す。

四、『理尽鈔』版本の刊行時期

版本の刊行時期も、出版による広範な影響を考えれば重要な課題である。『理尽鈔』の版本は、正保二年版、寛文一〇年版、無刊記版の三種がある、とされてきた。ただし、これは、付載の『恩地左近太郎聞書』の刊年による分類であり、『理尽鈔』自体は無刊記である。『恩地聞書』は正保版と寛文版とで版式を異にするが、『理尽鈔』自体は同じ版木を使用している。さらに、『理尽鈔』の「無刊記版」は、無刊記『恩地聞書』と一揃のものと、『恩地聞書』が無いために無刊記版と扱われているものとがあるが、小秋元段「国文学研究資料館所蔵資料を利用した諸本研究のあ

り方と課題――『太平記』を例として――」（国文学研究資料館文献資料部・調査研究報告27、二〇〇七・二）により、無刊記の『恩地聞書』をともなう臼杵図書館蔵本が先印であり、正保二年・寛文一〇年の刊記をもつ『恩地聞書』をともなう山内宝物資料館蔵本など多くの伝本は、臼杵本の版面に部分的な修訂を加えていることが明らかとなった。したがって、『理尽鈔』の初刊年は正保二年をさかのぼることになる。しかし、『理尽鈔』には校正作業として版面を彫り改めたと思われる箇所が多くあり、正保二年版本に加えられた修訂も同質の作業である。初刊年も正保二年と時期的に大きな隔たりがあるとは考えがたい。

さて、以上は『理尽鈔』と『恩地聞書』との刊行を一体のものとみなした議論であり、両者の刊行は異なるとの見解もある。林望は『Early Japanese books in Cambridge University Library』（ピーター・コーニッキーとの共編。八木書店、一九九一）の中で、「597　太平記評判秘伝理尽抄　四〇巻」に「明暦頃刊無刊記本。（国会図書館蔵本等、多くは正保二年刊『恩地左近太郎聞書』と合印さる）。本書は国会図書館蔵本に同版。」云々との説明を加えている。たしかに、『理尽鈔』本体と『恩地聞書』とは柱刻魚尾を異にし、（正成の）「成」字・「事」字などに明らかなように、版下の筆癖も違う。『理尽鈔』の刊行が明暦（一六五五〜一六五八）頃であれば、「寺沢没収（注：正保四年一六四七）ヨリ余程経テ、彼家ノ祐筆ノ盗写シ取写本ヲ板行ニ仕出ス。是ヨリシテ理尽抄板本ニ出タリ」（日本庶民文化史料集成第八巻『寄席・見世物』「太平記理尽抄由来」）という伝承にも合致する。

しかし、『恩地聞書』は内容的にも『理尽鈔』と一体のものであり〔→第三部第四章〕、『恩地聞書』の先行出版には疑問が残る。また、『理尽鈔』に対抗して速成された感のある『太平記評判私要理尽無極鈔』の刊行（慶安三年（一六五〇）以前。関英一「『太平記評判無極鈔』と赤松満祐」國學院雑誌88-6、一九八七・六）が、『理尽鈔』に先立つことになる。明暦二年（一六五六）には、『理尽鈔』を前提とする著作『太平記理尽図経』の刊行もあった。『理尽鈔』本体と『恩地聞書』の様式が異なるのは、別書という認識による意図的な操作と考えるが、刊行時期が異なるとすれば、『理尽鈔』

先行を想定した方が合理的であろう。

また、『太平記評判在名類例抄』と称する図書は、写本の「序」に「今用る所の太平記は慶長癸卯歳冨春堂新刊也。（中略）此書を名づけて在名類例抄と曰ふ」（読み下した。この序は版本には無い）とあるように、『太平記』の地名に簡単な注記をつけたものであり、『太平記評判』とは直接の関わりをもたない。にも拘わらず、明暦元年（一六五五）刊本が「太平記評判在名類例抄」と題するのは、刊行時に『太平記評判』が著名になっていたからと思われる。『無極鈔』も外題を「太平記評判」とするから、『在名類例抄』刊本の意識していたものが『理尽鈔』とは限らないが、これも参考になる事象であろう。

五、『太平記』研究の開始と『理尽鈔』の出現

尊経閣文庫蔵『太平記理尽抄由来書』（宝永四年有沢永貞写一冊）に次の一節がある。本資料は草稿的様態を示し、抹消・加筆等が多い。長谷川注（3）著に翻字があるが、抹消部分も必要に応じて再現しつつ掲示する。「慶長元和ノ比」（。《慶長》元和寛永。「寛永」抹消、「慶長」補記）、唐津城下で、聴衆を集め、太平記本文の素読をする「法華宗ノ僧、法印陽応」に対し、一人の禅門が声をかける。

太記《（ママ）》ニハ賢愚・理尽ト申両部ノ抄アリ、左様ノ鈔物モ御覧候ヤト云。法印驚テ曰ク（「其鈔有事ヲ不知」を抹消し、「驚テ曰ク」傍記）、風カニ其名ヲ聴トヘ《（ママ）》トモ、未《ダ》㆑見㆓其書㆒。希クハ見《ン》㆑之事ヲ。其時彼禅門、理尽抄ト申物見セ申ヘシ、ト或夜密カニ初巻ヲ懐中シテ持来テ見之。

以下、禅門こと名和昌三から理尽抄を伝授された陽翁が、後に金沢に招かれ、当地での流布に及んだと続くのであるが、注目したいのは傍線部である。「賢愚」とは『太平記』の本格的注釈書（4）『太平記賢愚抄』をさす。

『太平記』最古の注釈書とみられる『太平記聞書』が永正年間（一五〇四～二一）に現れ、『賢愚抄』も古活字版の奥書によれば、天文一二年（一五四三）の成立であるが、慶長一二年（一六〇七）に刊行されている。『賢愚抄』を発展させた要法寺日性編『太平記鈔』や同じく日性編と目されている『太平記音義』が、つづいて古活字版として刊行されている。[5]「慶長元和ノ比」は、まさに『太平記』の本格的研究の開始期であり、同時に『理尽鈔』が世に現れた時期でもあった。

『賢愚抄』の名称の由来は加美注（4）著六二頁に推測が示されている。『理尽鈔』本編も書名について何も語ってはいないが、『理尽鈔』の口伝聞書『陰符抄』再三篇［→第三部第五章］巻一に次のようにある。

当書ハ伝ニハ業ヲ書也。評ニハ心ヲ書ナリ。其心ニ至テ理尽スコトナキ故理尽抄ト云也。書トハ表一篇ヲ書タルヲ云、抄トハ注ヲシタルヲ云也。（中略）理尽抄トハ、此書ノ前後軍法ノ評ハ、異朝・吾朝古今ヲ引合テ理不理ヲ明シ、武道ノ行ヒ、是又異朝ノ古、吾朝ノ昔、或ハ武道ノ掟ヲ本トシテ、儒・仏・神ノ三教ノ令法、其外諸道ノ趣向ヲ以テ、彼ニ比シ、是ニ類シテ評スル故ニ理尽抄トハ号スルモノ也。又理尽ノ二字ニ付テ、理捨心尋ト云コトアリ。理捨トハ理ニツマルトクツタクスル也。其時理ヲ捨テ、吾本ノ心ニ立帰リテミルコト也。クツタクノ跡ニ心ヲ尋ル心也。道理ニ入テ道理ニ不落着、無理ニ入テ無理ヲ不除ト云コト有。則此心也。

なるほど、とは言いがたい説明ではあるが、出来事の本質（心）に迫ろうとする論評の書物である、という意味であろうか。

和漢の典籍を駆使して注解を行う『賢愚抄』に『理尽鈔』の影響が皆無であることは当然のこととして、『理尽鈔』にも『賢愚抄』を摂取したと思われる箇所は見あたらない。しかし、『陰符抄』や『太平記理尽抄由来書』の傍線部の表現は、『理尽鈔』の側が、和漢の故事来歴を説く『賢愚抄』（をはじめとする注釈書）の存在を意識していることを物語る。ことに『理尽鈔』が「秘伝」の書であること（『陰符抄』は「当流ノ大旨ハ心法伝授也。言語ヲ以テ非伝」という）

を思うとき、「賢愚・理尽ト申両部ノ抄」とは顕密両部を暗示しているかともとれる。刊行され世に顕れている『賢愚抄』と、秘密（秘伝）の書『理尽鈔』と。

『賢愚抄』と『理尽鈔』との先後関係の明証はない。しかし、『理尽鈔』が「秘伝」「理尽」抄を名乗る背景には、『賢愚抄』を始めとする『太平記』研究の高まりがあった、とみることは不当ではなかろう。『理尽鈔』現存本はまさに「慶長元和の頃」世に現れたのであった。(6)

六、『理尽鈔』の注解内容とその評価

『太平記』には、しばしば語り手による作戦・布陣等の解説がみられる。

・是ハ態ト敵ニ橋ヲ渡サセテ、水ノ深ミニ追ハメ、雌雄ヲ一時ニ決センガ為ト也。（巻六・一八六頁）

・是ハ桃井東山ニ陣ヲ取タリト聞ケレバ、四条ヨリ寄ル勢ニ向テ、合戦ハ定テ川原ニテゾ有ンズラン。御方偽テ京中へ引退カバ、桃井定勝ニ乗テ進マン歟、其時道誉桃井ガ陣ノ後へ蒐出テ、不意ニ戦ヲ致サバ前後ノ大敵ニ遮ラレテ、進退度ヲ失ハン時、将軍ノ大勢北白河へ懸出テ、敵ノ後へ廻ル程ナラバ、桃井武シト云共引カデハヤハカ戦ト、謀ヲ廻ス処也。（巻二九・一一五頁）

など、「是ハ……（為）也」というスタイルをとり、他にも二〇箇所近い用例がみられる。また、

夫小勢ヲ以テ大敵ニ戦フハ鳥雲ノ陣ニシクハナシ。鳥雲ノ陣ト申ハ、先後ニ山ヲアテ、左右ニ水ヲ堺フテ敵ヲ平野ニ見下シ、我勢ノ程ヲ敵ニ不レ見シテ、虎賁狼卒替ル〳〵射手ヲ進メテ戦フ者也。此陣幸ニ鳥雲ニ当レリ。……（巻三二・一八九頁）

という、語り手による布陣の解説がある。正成もまた自身の戦術の意図を明かし、他者を論評する。前者の事例は宇

都宮との決戦回避の解説（巻六・一九〇頁）、後者の事例は、湊川合戦前夜、義貞の計略・状況判断を次のように評していること等があげられる。

其上元弘ノ初ニハ平太守ノ威猛ヲ一時ニクダカレ、此年ノ春ハ尊氏ノ逆徒ヲ九州へ退ラレ候シ事、聖運トハ申ナガラ、偏ニ御計略ノ武徳ニ依シ事ニテ候ヘバ、合戦ノ方ニ於テハ誰カ褊シ申候ベキ。殊更今度西国ヨリ御上洛ノ事、御沙汰ノ次第、一々道ニ当テコソ存候へ。（巻一六・一五二頁）

こうした論評・解説が珍しくないのが、『平家』と異なる『太平記』の特質であり、『太平記』から『理尽鈔』をはじめとする、合戦の論評を一つの柱とする著作が生み出される機縁・基盤をなしていることにも注意しておきたい。『太平記理尽抄由来書』は、法華宗の僧陽翁が「寺務ノ閑暇ニ勤仕ノ侍衆ヲ集メ、太平記本文ノ素読ヲナシテ」聴かせていた、という。『太平記』の素読を繰り返しておれば、その中に描かれる合戦、登場人物の行動等について、さまざまな不審をいだいたり、批判の言葉をなげかけたくなるのは、ごく自然なことであろう。『理尽鈔』は、編著者（おそらくは陽翁自身）の『太平記』読み込み・研究の成果をふまえ、真相はこのようであったであろうと提示する創作である。(7)

したがって、『重編応仁記』（国民文庫本による）発題が「此評判理尽抄に伝曰と称する事は、一事として実説ならずと切り捨てるのも、無理からぬところである。「其文平易にして俗耳に入安く、其理利口にして俗情に遇ひ易し。剰へ軍家の法術を委細に述し顕はせり」、「太平記評判理尽抄の世に害ある事、便佞利口の偽作にて、然も能く旧記実録に似たるが故也」との批判も、よく『理尽鈔』の本質を射抜いている。しかし、この罵倒は、『理尽鈔』がいかによく出来ているかの裏返しであって、そのまま『理尽鈔』への、このうえない褒め言葉となって輝く。

また、『理尽鈔』が『太平記』という物語をふまえ、さらに、正成を全巻にわたる中心人物として仕立て直したことのもつ意義についても付言しておきたい。『甲陽軍鑑』、『軍法侍用集』など、『理尽鈔』と相前後する兵法書と比べたとき、このことは『理尽鈔』の短所（非体系性）であると同時に、大きな長所（『重編応仁記』のいう「其文平易にして俗耳に入安く」）でもあった。『理尽鈔』の広範な影響力は、この物語仕立てというスタイルと表裏一体のものである。

注

（1）現在各地に残る『理尽鈔』をはじめとする、いわゆる太平記評判書の類は、旧藩関係の蔵書であったものが少なくない。また、新井白石『折たく柴の記』に、万治三（一六六〇）、四年ごろ白石の父をはじめとする武士達が寄り合って『理尽鈔』講釈を聴聞した折の情景が語られ[＊1]、あるいは寛文一一（一六七一）年一〇月から翌年四月にかけて、石橋生庵なる儒医が紀州藩家老三浦為隆の前で『理尽鈔』全巻を侍読しているなど[＊2]、『理尽鈔』は武士達にとって承知しておくべき図書のひとつであったと思われる。ただし、それがどの程度の重みをもつものであったかは必ずしも判然としない。

尾形仂「一儒医の日記から」（文学50-11、一九八二・一一）は、石橋生庵の侍読の中に西鶴の好色物が含まれていることについて

侍読は経書や史書の講釈の間、息抜きの娯楽に供したものではあろうが、『好色五人女』侍読の条に各話の舞台となっている地名や年次を注しているところを見れば、一面ではそれを事実と受けとめ、当世の下情に通じ施政の参考に資する意味も伴っていたかと思われる。浮世草子の効用は、そうした読みかたに応えるに足る報道性を具えている点に認められていたということか。

と述べている。『理尽鈔』の侍読も御灸の間のことである場合もあり、粛然ひざを正してという具合いのものではもちろん無い。しかし、娯楽に偏したものであったかといえば必ずしもそうではないであろう。後掲の分類目録稿Ⅰ１３２「理尽鈔抜書による編著」にあげた『正成記』『南木記』『南木軍鑑』などは、序・跋文の内容や煩瑣な編集作業のあとをとどめる構成そのものによって、『理尽鈔』に寄せる「情熱」の程を端的に表明している。

尾形の指摘にもあるように、およそあらゆる図書は、読み手の意図・要求に応じた相貌を呈し、その図書の存在意義も一様には律せられない。

（＊1）加美宏『太平記享受史論考』（桜楓社、一九八五）二五六頁に指摘がある。なお、亀田純一郎「太平記読について」（国語と国文学8-10、一九三一・一〇）にも「新井白石の退私録、その他若干の随筆類の記す断片的記事にも採るべきものが少くない」との言及があった。

（＊2）加美宏『太平記の受容と変容』（翰林書房、一九九七）第三章第三節（初出一九八五・一一）。
（2）加美宏「『太平記秘伝理尽鈔』とその意義・影響・研究史」（平凡社東洋文庫『太平記秘伝理尽鈔1』二〇〇二。解説1）。
（3）長谷川端「太平記評判秘伝理尽鈔の底本」（『太平記　創造と成長』三弥井書店、二〇〇三。初出一九八七・三）。今井「『太平記評判秘伝理尽鈔』依拠『太平記』考」（国語と教育19、一九九四・二）も長谷川説を確認した。
（4）加美『太平記享受史論考』五八頁。
（5）『太平記鈔』が日性編であることは、小秋元段『太平記と古活字版の時代』第一部第四章。また、『太平記鈔』『太平記音義』は慶長・元和中刊（一五九六―一六二四）と見なされているが、小秋元は『太平記鈔』が慶長一五年以前に、一旦成立していた可能性が高い、という。
（6）本書は、その「慶長元和の頃」の歴史的文脈の中に投じたとき、『理尽鈔』がどのような意味を負い持つか、といった問題には立ちいたっていない。樋口大祐『「乱世」のエクリチュール　転形期の人と文化』（森話社、二〇〇九。第Ⅱ部第1〜3章）は、『理尽鈔』には、キリシタン、一向一揆、豊臣秀次ら「統一権力の確立過程で抑圧されてしまった人々の記憶を語る装置」としての側面がある、という。『理尽鈔』がなぜ、「恩地左近」を特筆するのか（樋口のいうように、『太平記』の恩地一族と『理尽鈔』の恩地とは異質である）、という問題一つをとってみても、本書の、『理尽鈔』の表層の叙述を追いかける、単純な作業からは、何も答えることができない。その意味で、『理尽鈔』創出の動機に迫る樋口の論は、きわめて魅力的である。しかし、『理尽鈔』という大部の著述が生まれるには、まずは『太平記』自体に対する広範な関心があったと考える。先に「側面」と記したのは私の理解であるが、『理尽鈔』は、そうした秘められた意思と直接的には切り結ぶことのない次元で、受容と変容をくり広げていった。
（7）「創作」の様相は第一部第一章に説いた。しかし、『理尽鈔』は、『太平記』を安易に換骨奪胎したものではない。地方の事情、地理など相当の知識をもっていたことも、その「創作」が信憑性を身にまとう所以として見逃してはならない。たとえば、平凡社東洋文庫『太平記秘伝理尽鈔1』巻四後注七や長坂成行「『理尽鈔』合戦記事の一、二の問題――巻一一・博多合戦をめぐって」（『同3』解説）の「『理尽鈔』の記すこれら氏族の帰趨は、現存の文書など諸史料から導き出される結果と大きく齟齬しない」という指摘がある。

〈使用テキスト〉

本書では、特に断わらない限り、以下を用いた。引用に際しては、通行の字体に改め、句読点・清濁点を付した。付訓は必要なもの以外は省いた。引用箇所について、版本の巻数・丁数・表裏を、例えば巻一六、第五〇丁表の場合、（一六50オ）のように、『太平記』は岩波大系の頁を（二六〇頁）のように示した。


『太平記』…日本古典文学大系（岩波書店）。

『理尽鈔』（太平記秘伝理尽鈔）・『恩地聞書』（恩地左近太郎聞書）…土佐山内家宝物資料館蔵「正保二」年版本。

『図経』（太平記理尽図経）…内閣文庫蔵明暦二年版本。

『大全』（太平記大全）…名古屋市鶴舞中央図書館河村文庫蔵万治二年絵入版本。

『綱目』（太平記綱目）…内閣文庫蔵寛文八年版本。

『無極鈔』（太平記評判私要理尽無極鈔）…内閣文庫蔵版本。


なお、文中、敬称を省いた。ご了解いただきたい。

第一部　『理尽鈔』の世界

第一章　「伝」の世界

はじめに

『理尽鈔』は、近年ようやく様々な方面からの研究が進められるようになったが、なお、資料的・部分的に引用されることが多く、一個の「作品」としての評価の可能性については、ほとんど論じられるところがなかったように思われる。はやくに、関連資料を博引しての亀田純一郎「太平記読について」（国語と国文学8―10、一九三一・一〇）があり、近年の加美宏の精力的な発言（『太平記享受史論考』桜楓社、一九八五）等によって、問題の輪郭が浮かび上がってきつつあるものの、今後に残された課題はなお多い。

『理尽鈔』が、政道・兵法を論じ、武士階級に迎えられたのみならず、町講釈の種本でもあったことは、亀田の明示したところである。長友千代治は、近世における軍書の流行の位相を「軍書の受容はこのように啓蒙・鑑戒・精神高揚などの理想と、娯楽・実用などの現実の間にあって、その座標は現実の側にありながら常に理想を仰ぎみる所に位置していたものと推測される。」と分析しているが、[1]『理尽鈔』も同様の様相下にあるといえる。このうち前者の政道・兵法に関わる側面については、兵法史研究での言及[2]はもちろんのこと、林羅山・鵞峰編集の史書『本朝通鑑』や安東省庵の史伝『三忠伝』等が『理尽鈔』を史書として重視している、との指摘があった。[3]さらに新しくは、「日本歴史、あるいは「日本」という枠組みを形成した歴史の物語性」に「太平記の読み（解釈）」が深く関わっているという兵藤裕己[4]や『理尽鈔』の「兵法論・政道論の内容を具体的に明らかにし、それが幕藩制国家の現実とどう関わるかを考察し、『理尽鈔』講釈を歴史的社会的に位置」づけようとする問題意識にたつ若尾政希[5]の意欲的な発言が続いている。

『理尽鈔』は、『太平記』の記事内容を掲げ、「評」「伝」を加えている。中村幸彦「太平記の講釈師たち」(『中村幸彦著述集 10』一九八三。初出一九七五・五)はこれを次のように説明している。「伝」は「当面の『太平記』の事実の前後の歴史や、当時の事情を、説明して、明瞭に詳細に、その事実を、歴史上に浮き彫りして聞かせる」ものであり、「太平記読みの娯楽的要素をうけ持つ部分」であり、「評」は「政治、軍法、処世万般にわたる評判」を展開しており、『理尽鈔』が伝授されたというのも、この部分を重視してであり、この書の教訓面」を担当するものである。この説明は「「評」と「伝」との区別は、それほど厳密なものではなく、「評云」の所に「伝」的なものが含まれ、「伝云」に「評」的なものが入っていることも少なくない[6]」との留保をつければ、要を得た説明といえる。

上述のように、両面ある『理尽鈔』の、いずれかといえば「評」的側面に重きを置いた指摘が目立つなか、「伝」的部分への注視を説くのが、加美宏の次の発言である[7]。

われわれは、ともすれば、『理尽鈔』を、兵法論・道徳論の立場から『太平記』を論評した「評判」書として、いわば「評」的な面からのみ把握しがちであるが、右にみたように、それは『理尽鈔』の一面であり、しかもその「評」は、およそ文芸とは無縁な立場からの論評である。これに対し、「伝」的な部分は、さまざまな異伝や裏話を豊富に収めて、『太平記』外伝、或いは、もう一つの『太平記』といった世界を造りあげており、『太平記』受容の特異な形態をしめすものとして、すこぶる興味深いものがある。

この指摘はきわめて重要であり、多方面から進められようとしている『理尽鈔』研究のなかで、文学研究の負うべき責務の表明といってもよいであろう。本章はこの提言を受け、「伝」の生成方法の一端を解明し、そうした方法によって生み出されている「伝」の世界の意義を、特に正成記事を中心にして考えてみようとするものである。なお、

「伝」を主対象とするが、前記加美の指摘にもあるように、伝・評は入り組んでいる面もあり、必要に応じて「評」の内容にも立ち入って論を進める。

一、「伝」の生成――『太平記』との関わり

『理尽鈔』は、『太平記』の語らない「事実」、あるいは『太平記』の叙述の背後にある「真相」を詳細に説きあかしている。しかし、その「真相・実情」提示なるものは、『参考太平記』のような諸本、諸資料を勘考しての考証ではなく、『太平記』（流布本系）の記述を前提とした独特の「うがち」である。『参考太平記』がその凡例で「太平記評判、大全等、並不㆑足㆑論、故不㆑取」とこれらを一蹴するのも当然である。ただし、「伝」の腑分けはなお必要である。すべてがでたらめとはいえないし、序章に触れた〈散所寺縁起〉のように、荒唐無稽さが逆に、『理尽鈔』の成立時期の解明に資する可能性を秘めている事例もあるものと思われる[8]。

1、『太平記』の表現からの連想・敷衍

「飯盛山」

『太平記』巻二二「安鎮国家法事付諸大将恩賞事」中の「河内国賊徒等、佐々目憲法僧正ト云ケル者ヲ取立テ、飯盛山ニゾ城郭ヲ構ケル」との一節に対し、『理尽鈔』は「河内国逆徒ノ事」という長々しい注解をなしているが、その主舞台を、史実の紀伊国とは異なる河内国所在の「飯盛山」に宛てている。これは『太平記』の「河内国賊徒」という表現に触発されたものと思われる［→第四部第二章］。

正行病弱説

『理尽鈔』の正行譚特有の物語に、正行が自らの病弱に悩んだ事が挙げられる。正行の病弱は「日ヲ重テ病発シ」（二五21オ、23オ）、「又病ヲ発シテ」（同39ウ）、「自体病気ノ者」（同81オ）等々と繰り返し語られる。しかし、正行が病弱であったことは史料的に確認できず、四条畷合戦を前に、吉野に参内した正行の言葉の一節に「有待ノ身思フニ任セヌ習ニテ、病ニ犯サレ早世仕《ル》事候ナバ、只君ノ御為ニハ不忠ノ身ト成《リ》、父ノ為ニハ不孝ノ子ト可《キ》レ成《ル》ニテ候間、……」（『太平記』巻二六、一六頁。これはあくまで一般論としての無常を語っていると思われる）とあるところから発生したものであろう。

木宮寝返り譚

『理尽鈔』巻二六は、正成に奉公した経験のある「木《ノ》宮太郎左衛門」（二六8ウ）が足利方に寝返り、高師直に策を与え、逆に正行側の策を見すかし、悩ましたことを数箇所にわたって語っている。

正行最期の模様を神田本・西源院本・神宮徴古館本等は、弟正時と和田新発意賢秀の三人が刺し違えたと描く。南都本系の和田はただ一人師直をつけ狙うが、「近来河内ヨリ京ヘ降参シタリケル湯浅ノ八郎」に見咎められ、無念の最期を遂げる。さらに、湯浅を梵舜本等は「此程河内ヨリ降参タリケル湯浅《ノ》木《ノ》宮太郎左衛門ト云ケル者」と記しており、『理尽鈔』はこうした『太平記』伝本に拠って、一連の木宮寝返り譚を紡ぎだしたのであろう。(9)

2、『太平記』の他の箇所の記事（表現、型）の利用

（1）別の人物の表現・型の、他の人物への転用

公宗謀叛譚と頼員返忠譚

『太平記』巻一三に北山殿西園寺公宗の謀叛事件が語られている。公宗が謀叛を企て、後醍醐を北山に招く。その前夜夢想を得た後醍醐が神泉苑に奉幣するや「池水俄ニ変ジテ、風不レ吹白浪岸ヲ打事頻」という相があらわれる。

後醍醐が思案するところに、「或方ヨリ」通報を得たとして竹林院公重が駆けつけ、公宗の謀叛を知らせる。『理尽鈔』は、『太平記』が「或方ヨリ」とのみ記す陰謀露顕の経緯について、以下のような具体的な内容をともなう「伝」を示す。

神泉薗水事　伝云、虚也。王法威《ノ》ヲ照《シ》、神道仏道ヲシテ愚人ニ貴バシムルニ在《リ》。実《ニ》ハ番匠家ニ帰テウカ〳〵トシテ煩ルガ如シ。而シテ伯父ナリケル人語《ニ》テ曰、世ハ乱近《キ》ニ在ルベク候ヘバ、自然《ノ》事モ侍ラバヤト兼テ存候。①若《シ》我身《ノ》如何ナル事ニ相候共、妻子《ノ》事ヲコソ頼《ミ》申スベケレト泪ヲ流ス。伯父、②アヤシヤ、世ニ何事ノ侍ルゾト問ニ、密《カク》シテ不レ謂。時々《ヨリヨリ》ニ問ヘバ然々ト語ル。伯父ノ云ク、臨幸只今ノホド也。汝参テ此事ヲ返リ忠セヨ。幸ニ竹林院中納言殿ヘハ、某依々《ヨリヨリ》参リ仕ル事アリ。イザ、セ給ヘ。③今ノ世ニ左様ノ事仕給ハン悪行ニ与シテハ、ナジカハ能ラン。他《ノ》ノ口ヨリ漏ナバ同類皆被レ失《ヌウシナハ》ト覚候。急々ト被レ威《テヲドサ》、唯今西苑寺殿ヘ参ント出立ケルヲ、其装束ヲモ不レ改《シテメ》、伯父一《ト》所ニナリ、竹林院ヘゾ参ケル。中納言殿モ為レ供奉《ノ》トテ、花ヤカニ出立給フ所ヘ直《ジキ》ニ可二申上一事《ノ》候ト申入タリケレバ、中納言驚給テ傍《アタリノ》人《ヲ》ノケテ聞給フニ然々ト語ル。依レ之二人ノ者ヲ留ヲキ、我身ハイソギ参リテ、直ニ上聞ニ達《シ》テンゲリ。主上ハ先神泉薗ニテ御遊アリテ北山ヘ行幸アルベシト兼テ定給ヒシ事ナレバ已《ニ》御車ヲ庭上ニ立給シニ、中納言覚奏シ申サレケレバ……。（一三14オ〜15オ）

すなわち、後醍醐暗殺のからくりを仕組んだ温殿の建築に携わった番匠が、伯父に心中の動揺をほのめかし、事情を知った伯父の説得により、公重のもとに返り忠をした。この事件展開に類似した記事が『太平記』巻一にある。「頼員回忠事」がそれであり、いわゆる正中の変の山場を物語るものである。日野資朝に語られ討幕計画に与した土岐頼員が、或夜、妻に自分の運命の切迫していることをほのめかす。妻は事情を問いただし、実父である六波羅の奉行斎藤利行に告げる。頼員は斎藤に計画を打ち明け、斎藤の六波羅への通報により一味は一網打尽となる。謀叛の計画が、頼員〈番匠〉から妻〈伯父〉へ、妻から妻の父〈伯父出入りの竹林院〉を介し、遂には当の六波羅〈後醍醐〉

の許に急報される。このように、細かな相違はあるものの、『太平記』巻一「頼員回忠事」と『理尽鈔』巻一三「神泉薗水事」とは基本的な構図を等しくする。しかも、以下に示すように表現面での一致も見られ、『太平記』巻一を利用して『理尽鈔』の返り忠譚が形成されたと見て誤らない。

……土岐左近蔵人頼員ハ、……或夜ノ寝覚ノ物語ニ、「……今①若我身ハカナク成ヌト聞給フ事有バ、無ラン跡マデモ貞女ノ心ヲ失ハデ、我後世ヲ問給へ。……」ト、其事ト無クカキクドキ、泪ヲ流テゾ申ケル。女ツク〴〵ト聞テ、「②怪ヤ何事ノ侍ゾヤ。明日マデノ契ノ程モ知ラヌ世ニ、後世マデノ荒増ハ、忘ントテノ情ニテコソ侍ラメ。サラデハ、カヽルベシトモ覚ズ。」ト、泣恨デ問ケレバ、男ハ心浅シテ、「（事情うちあける）」ト、能々口ヲゾ堅メケル。彼女性心ノ賢キ者也ケレバ、夙ニヲキテ、ツク〴〵ト此事ヲ思フニ……、左近蔵人ヲ回忠ノ者ニ成シ、是ヲモ助ケ、親類ヲモ扶ケバヤト思テ、急ギ父ガ許ニ行、忍ヤカニ此事ヲ有ノ儘ニゾ語リケル。斎藤大ニ驚キ、軈テ左近蔵人ヲ呼寄セ、「卦ル不思議ヲ承ル、誠ニテ候ヤラン。③今ノ世ニ加様ノ事、思企給ハンハ、偏ニ石ヲ抱テ淵ニ入ル者ニテ候べシ。若他人ノ口ヨリ漏ナバ、我等ニ至マデ皆誅セラルベキニテ候ヘバ、利行急御辺ノ告知セタル由ヲ、六波羅殿ニ申テ、共ニ其咎ヲ遁ント思フハ、何カ計給ゾ。」ト、問ケレバ……。（『太平記』巻一）

（2）同一人物の表現・型の、他の箇所への転用

正成の忠告・献策の棄却

事前に正成の忠告・献策があったにも関わらず、それを受け入れず戦いに敗れるという、『太平記』では巻一六にのみ見られる記述（正成の献策と坊門清忠の反対）は、『理尽鈔』にあっては、類型といえるまでに随所に繰り返し現われる。左にその一端を示す。

・大塔宮の吉野築城の際、正成参上。布陣の弱点を指摘するも、吉野執行の反発にあい、城は正成の懸念通りの事態を迎え、陥落。（七11オ〜13オ）

・新田・足利確執につき、諸卿僉議。正成が召され、尊氏召喚を進言。坊門清忠の反対。後醍醐も清忠に同意。正成、洞院公賢に真情をもらし、天下が武家の有とならんことを憂う。（一四28ウ〜31オ）

・三宅高徳、京都攻撃をはかる。正行、これを聞きつけ合力を申し入れる。高徳、功を奪われるのを惜しみ、連絡せず、敗退する。ちなみに、これは正成譚の型を正行にも応用したもの。『太平記』ではこの場面に正行は登場しない。（二四56オ）

義貞への勾当内侍下賜、赤松円心の策略。

『太平記』巻一五「将軍都落事付薬師丸帰京事」に、次のような一節がある。正成の奇計により手薄になった洛中に、官軍が総攻撃をしかけ、足利勢は洛中から諸方へ敗退し、あるものは出家し、また「官軍ハサマデ遠ク追ザリケルヲ、跡ニ引御方ヲ追懸ル敵ゾト心得テ、久我畷・桂河辺ニハ、自害ヲシタル者モ数ヲ不レ知アリケリ」という大混乱に陥った、というのである。『理尽鈔』は「義貞尊氏ヲ追討延引ノ事」（37ウ〜39ウ）と題して、『太平記』に「官軍ハサマデ遠ク追ザリケルヲ」とのみあった記述を、勾当内侍を賜った義貞が女色に迷って追撃しなかったのだ、という具体的な物語にしたてあげている。勾当内侍の下賜は『太平記』にあっては、巻一六に描かれる尊氏の西国没落後の時点である。『理尽鈔』巻一五は、『太平記』巻一六の、勾当内侍の色に迷った義貞が「三月末迄西国下向ノ事」を延引し、尊氏追撃の機を失したとの記述を先取りするものである。

その先取りした跡の巻一六には、義貞の勾当内侍ゆえの優柔不断という要素の他に、別の記事内容をこれまた先取りして新たな物語構成を行なっている。『理尽鈔』巻一六「西国朝敵蜂起事」（12ウ〜16オ）である。〈尊氏の九国没落の折、赤松円心は、正成を通じ、播磨・備前両国の守護職を賜われば宮方となる旨願い出る。正成は、女色に迷い腰の重い義貞を説得し、共に奏上するも却下される。やむなく正成は、円心に偽りの返事をし、義貞に円心急襲を提言するも、義貞動かず。結果、円心は無傷のまま足利に付く。〉というのがその記事内容であるが、これは『理尽鈔』の同じ巻一六26ウ（『太平記』一三四頁）にいう、円心が義貞に播磨一国の守護職を望み、降参せんとしたのを、義貞は正直にこれを取り次ぎ、円心に時間かせぎをさせてしまった、との記事を先取りして創作したものと考えられる。

3、「伝」の構想の呼び起こした「逸脱」

1・2も「逸脱」であるが、『太平記』の構想の敷衍・拡充であるのに対し、これはその敷衍・拡充が『太平記』とは全く異なる設定の下になされているもの。

准后（阿野廉子、三位殿局、新待賢門院）の末路

『理尽鈔』巻一三は、西園寺公宗の謀叛事件の「評」として、公宗が准后の引立てによって朝廷に重きをなしていたという説明をする。まず両者の結びつきを

准后ハ此卿《ノ》（注：西園寺公宗）姫《ヒメ》中宮ニナラセ給時、宮仕《フ》テ御イタフシミノ深《ク》渡ラセ給ヒシヲ、君一度御覧ゼラレテ御寵愛甚クアリシ。今《ノ》准后是也。依レ之准后強ニ此卿ニ意ヲ寄給ヒシカバ……（6ウ）

と述べるのであるが、中宮禧子は公宗の曾祖父実兼の娘（巻一「立后事」に記述あり）であり、「姫」（注：筑波大学蔵写本「妹」、尊経閣文庫蔵〈大雲院蔵本〉等「姫《イモト》」）ではない。「妹」としても事実とはかけ離れている。傍線部は、『太平記』巻一「立后事付三位殿御局事」の「其比安野中将公廉ノ女ニ、三位殿ノ局ト申ケル女房、中宮ノ御方ニ候レケルヲ、君一度御覧ゼラレテ、他ニ異ナル御覚アリ。三千ノ寵愛一身ニ在シカバ……」に拠っており、同じ章段の冒頭には「後西園寺大政大臣実兼公ノ御女、后妃ノ位ニ備テ……」とある。『理尽鈔』編著者はそれを承知の上で、公宗に対し「無《キニ》レ忠、（准后の口入によって）賞ニ預《リ》ヌレバ弥恩ヲ重《シ》トコソ可《キニ》レ被レ思ハ、結句陰謀是又人倫ニ非《ズ》ト也。」（8オ）という

批判を行うために、公宗と准后の繋がりを単純な形で提示したものと思われる。

准后の物語の行方は、この後さらに『太平記』と大きな異なりを示す。『理尽鈔』巻一四「諸国朝敵蜂起事」の「伝」に、次のようにある。諸国の朝敵蜂起に際しての正成の進言の的確さに驚いた後醍醐が「旨趣」を述べよと命じる。正成、答えて、准后の口入を許したことがこのような天下の混乱を招いたのだと批判。後醍醐もこれに得心し、准后に対し「御心ヨカラズ」となった、という。この後醍醐の准后離れは、巻一六の楠の死後決定的となり、後醍醐に疎まれた准后は、尊氏をたより、さらに「年経テ高師直ニ浮名ノ立給ヒシ事コソ浅間シケレ。御年モサカリ過ケル故ニヤ、後ニハ薄《カレガレ》ノ情《ナサケ》ニナリシト也。サシモ末代ト謂ナガラウタテカリシ事共也。」という落魄の身となった、という。「今朝敵ヲ尋ニ尊氏ニハ非ズ。第一ニハ准后、次ニハ清忠也」（巻一六47オ）という准后にふさわしい制裁が物語の上で加えられたという格好である。いうまでもなく、こうした准后落魄の物語はまったくの「逸脱」である。ちなみに、『太平記』巻三〇「吉野殿与二相公羽林一御和睦事付住吉松折事」の「故三位殿御局ト申シハ今天子ノ母后ニテ御座セバ、院号蒙セ給テ、新待賢門院トゾ申ケル。」（一・八四頁）や、「吉野ノ新待賢門院ノ女院隠レサセ給ヌ。一方ノ国母ニテ御坐シケレバ、一人ヲ始メ進セテ百官皆椒房ノ月ニ涙ヲ落シ、掖庭ノ露ニ思ヲ摧ク時節……」という一節をふくむ、巻三三「新待賢門院幷梶井宮御隠事」などには、『理尽鈔』はいっさい触れない。

足利義満の素性とその治世下の事件。

『理尽鈔』巻四〇「頼之春《シユン》王殿ヲ取立奉ル事」（16ウ〜30ウ）は、「将軍（注、義詮）薨逝ノ後、官《ママ》領武州春王殿ヲ取立奉テ、天下ノ政敗ヲ司ルニ、少モ無《キ》二邪曲《ノ》行一賢慮共多カリケリ。……」と、春王（基氏の子　四〇3オ）(10)を義満としたうえで（この背景には、『理尽鈔』が基氏を評価し、義詮を凡愚とみなすことがある）、管領頼之がこれを理想の君主とするべく教育に心をくだいた次第を述べている。さらに続いて『太平記』の扱う時代を越えて、頼之の行動を中心に南北両朝の合一以降までに及ぶ事件を語る。このことは、『太平記』巻四〇の唐突ともいえる結末を補うことにもなっている。

二、「伝」の統一性——正成中心主義

『理尽鈔』が「正成およびその後継者としての正行らを含めた楠木中心主義ともいうべき」特質を持つことはすでに加美宏（『太平記享受史論考』三三〇頁）に指摘がある。正成の言動が『理尽鈔』のほぼ全編にわたって見られることが、『理尽鈔』の重要な個性となっているのであるが、その楠木中心主義はいかにして可能となっているか。

1、「政治」を語る正成

かつて、後醍醐批判の言葉も辞さない『梅松論』の正成と比較して、「『太平記』が、梅松論的な正成像を描かなかった、あるいは必要としなかったのは、同じく武家政権への展望を語る人物としての藤房に、政治的発言の一切を負わせているからであると思われる。」と述べたことがある。(11)『理尽鈔』の正成は、その藤房と時局を談じ（一三4ウ～6ウ）、あるいは「実《ニ》下愚ノ卑キ身トシテ覚申ハ恐レ多《ク》候へ共、御尋有レバ申候。上代ト末代トハ人ノ心大ニ異《ニシ》テ候へバ、御政ニモ又上代《ノ》掟ヲ本トシテ用捨《ノ》事可《キ》レ有カト存候」と断りつつも、北条泰時の治世を引合いに出して政治のあり方を論じ、「武ノ謀才ノミニ非ズ、今ノ世ニハ希ナランズル賢人哉」と藤房に感嘆させている（三五53ウ～62オ）。

さらに進んで、一族の者共を相手に時勢を論じるなかで、

今《ノ》朝ニハ貞観政要ヲ穴勝ニ専トセサセ給へ共、是ハ大唐国ノ政敗ニテ我小国本朝《ノ》政敗ニハ大ニ異アルベシ。聖賢《ノ》ノ政道ナレバ当時《ノ》無道《ノ》国ニハ難レ叶事多ク候ゾ。然共是ヲモ知給ハザレバ理ニ闇《キ》事ノ候心得給へ。又続日本記コソ政道ノ御沙汰耳ナレバ、世《ノ》有様ヲ知ルニモ能便リニ候ゾ。但《シ》根本世鏡鈔・天平《ノ》目録コソ専理ノ当ル所ヲ記シ置

給ヒタレバ、是ヲヨク見給テ理非ノ決断ニ滞ナク法ニマカセテ論ヲ分給ヘ。（中略）加様ノ才覚共能々心得テ国郡ノ
政道ヲ被二執行一候へ。（三五111オ・ウ）

と、政道の参考書を指し示し、「国郡ノ政道」を行なうよう指示している。「某ハ武士ニテ候へハ」（一三5ウ）という自己規定の一方で、[12]別に述べたように正成の新田《しんでん》開発を語るなど、『理尽鈔』の正成は明らかに「領国経営者」としての側面を見せている。

この『太平記』には無かった新しい側面が、「右太平記之評判者、武略之要術・治国之道也」（『理尽鈔』「文明二年」奥書）という、「治国之道」においても正成を中心人物の位置に押し上げたのである。

2、兵法談議の多様性

正成による、様々な兵法談義（武略之要術）は、「治国之道」とならんで『理尽鈔』の「伝・評」の柱をなす存在である。その兵法談義の提示には次のような型がある。

（1）正成の兵法談義を、語り手が引用。
・呉越合戦の戦況の論評における、正成の兵法談義の引用（四16オ、18ウ）等。

（2）正成の戦法の解説。（イ）正成自身による解説と（ロ）語り手による解説とがある。
（イ）千剣破城に夜討のなかった理由（七47オ）、返り忠の者がでなかった理由（同50オ～58オ）等。
（ロ）赤坂城を湯浅から奪還するにあたっての周到な用意のこと（六5オ）等。

（3）正成以外の武将の戦法を、正成が後日に解説・論評。
・赤松合戦の論評（八28オ～、32オ～）、新田の入間川合戦の論評（一〇21オ～）等。

こうした兵法談義の多様性により、正成が事件に直接関わる場合は勿論のこと、正成が関与しない事件、さらには

正成死後の事件の叙述に及んでまで、『理尽鈔』のほぼ全巻にわたってその言動が見られることになる。また、兵法談義そのものではないが、正行はもとより、新田義貞・桃井直常（次項）や木宮（一の1）、あるいは仁木義長にいたるまで多くの将兵が正成の影響を受け、合戦に威を振るったとされる。仁木義長の場合は、兄の義章（『太平記』では頼章）のはからいで在京中、「故判官ニ近習」。「其器ノナキ男ヨ」と見た正成は特に親しくすることもなかったが、正成と義貞らの軍法評定に陪席した折、仁木の心に残った謀事があり、「此一ツノ謀ヲ以テ、数度ノ戦ニ利ヲ得」た、というのである（三六10オ・ウ）。これら、いわば正成の後継者たちの活動がまた、様々な箇所で正成を顕彰していく、という側面も見逃せない。

3、本来正成の関与していない事件への関与の設定

・大塔宮は、吉野落城後、『太平記』では高野山に匿われたとする（巻七、二一六頁）が、『理尽鈔』は、正成が妻子を避難させた「賀名生ノ奥歓心寺」にいたという（七25オ）。また、『太平記』が大塔宮の宮の指令により野伏共が千剣破城寄手の交通を妨害したとあるところ（二二三頁）を、楠の別動隊五百余人も参画したもの（59ウ）とする。

・西園寺公宗が名和長年に誤って斬られたこと（巻一三、二六頁）を、後顧の憂いを無くするため「御辺何ニテモ、ソコツノ様ニシテ切奉レ」と、正成が長年に指示した事だとする（一三17オ）。

・北陸の北条軍追討に正成を向けようとするも、准后の反対により、直常を派遣することとなる。正成は、直常に物心両面の支援を行う（一三23ウ）。直常は、名越時兼軍と対し、正成の名前を利用して勝利（60オ〜66ウ）。「去ハ直常此後モ数度高名有シハ正成ガ七謀ヲ以テセシト也」。

4、正成弁護

厳しい評価をすれば、正成の落度ともいえる事件について、正成の深意を明かし、これを弁護するもの。

・楠七郎・和田が、寄手の帷幕の内へ切り込んだことを、優れた謀であるが事実ではなく、「五山僧等」の創作とする。（三28オ・ウ。一一五頁）

こうしたあり方は逆にいえば、優れた謀はすべて正成に由来させる態度を『理尽鈔』が取っているということでもある。

・赤坂城の降兵が六条河原で処刑されたことを、千剣破の城兵の変心を防ぐために、わざと正成が仲時に処刑させたのだとする。（七25オ。二〇七頁）

・正成が宇治の在家を焼き払った事を、『太平記』が「……魔風大廈ニ吹懸テ、宇治ノ平等院ノ仏閣宝蔵忽ニ焼ケル事コソ浅猿ケレ。」と批判的に述べるところを、『理尽鈔』は「楠存念アリ。……最カシコキ哉」と評する。（一四107オ。七三頁）

5、正成の人間味の付与

上記の超人的な正成像の反面、時にあらわな感情の流露があり、また時に正成の考えの不十分さを他者が批判する場面が設けられているなどの注目すべき特徴がある。正成が生身の人間としての輪郭を持つことにより、『理尽鈔』の正成は、享受者の敬仰のみならず、共感を呼びうる等身大の「主人公」ともなり得ている。

あらわな感情の流露。泪、怒り、葛藤など。

巻一六で正成が内裏退出の際、清忠らを閑所に呼んで、「……貴辺ノ邪言ニ依テ、一人ヲ始参セテ諸卿皆迷ヒ給ヘリ。某ハ今度討死スベシ。今見給へ、世ハ尊氏ガハカラヒタルベシ。……今朝敵ヲ尋ニ尊氏ニハ非ズ。第一ニハ准后、次ニハ清忠也。尊氏ト討死センヨリハ清忠卿面顔《ノマツコウ》二ツニ切リハリテ後、自害シタランニハト、千度百度思ヘ共、カヘツテ不忠ノ名ヲ可《キト》レ得思ヒテ、心中ニ籠テサテ止ヌ。最口惜哉。……ト泪ヲ流シテ申ケレバ、興覚顔ニ成テ見ヘ給ヒシ。」（47オ・ウ）と思いのたけをぶつけている。他にも、「泪」「泣々」といった表現は、数箇所に及ぶ。これらの多くは自らの情勢判断・対策が退けられ、朝廷の行く末を憂いてのものであり、正成の無念を伝え、至情を訴えようとするものではあるが、その意図をこえて、あの正成の胸にも押えがたい感情の去来のあったことを印象づける。

昇殿を熱望する正成（後述）

他者からの批判

・飯盛合戦の際、恩地、正成の戦法に疑義を呈す。正成、「名将タラバ飯盛ヲバ其夜ヲトスベカリシ物ヲ。正成、将ノ器ノタラザル故、図ヲハヅシタリ。最恥カシサヨ」と反省。（一二39オ）

・長俊、京都での対尊氏合戦での正成の戦法を「智謀不レ足」と批判。正成、「一々《ツクヅク》ト思案シケルガ、仰セ最ニテ侍ル」と反省。（一五36ウ）

・「爰ニ楠判官正成、殿馳《ヲクレバセ》ニテ下リケルガ」（『太平記』一一五頁）とある殿馳の原因を、『理尽鈔』は、義貞が正成の進言を受け入れなかったことを不満としてのこととし、弟の正氏に「人ノ事《ヲ》宣フ人ノ左様ニテ御在ハ新田殿ノ二ノ前ニテ侍ルト申ケレバ、楠最《イト》恥シゲナル気色ニテ、最ニテ侍ルトテ打出ケレバ……」と批判させている。（一五49ウ）(13)

『理尽鈔』がこうした正成の姿を描いた真意がどこにあったのかは、なお追求されなくてはならないが、通常の、少なくとも『太平記』のみから想い描かれる正成像とは大きく隔たるものがあろう。先に見たように、一武人としての立場をこえて「政治」を語り、また、時に感情をあらわにし、あるいは昇殿を熱望するなどの多様な、振幅の大きい正成の姿がここにはある。こうした『理尽鈔』の正成像は「虚構」であろうが、『太平記』の正成像もまたその登場からして「虚構」であったはずである。単純な「忠臣」正成像を相対化しうるものとして、『理尽鈔』の存在はもっと注目されてよい。

三、「伝」の連続性・長編性――正成と正行

「伝」が個々の箇所の注解に終らず、長編性を持っている様相を正成と正行とに焦点を絞って紹介する。

1、昇殿願望

『太平記』巻一五「主上自二山門一還幸事《ノ》」は、尊氏を西国に退けた功により、義貞兄弟に除目が行なわれたことを伝えるが、正成については何も記すところが無い。これに対し、『理尽鈔』は

正成モ色ニハ不レ出シテ在リケレ共、今度忠賞無《キ》事ヲバ、世ヲウキ事ニ耳思ヒシトナリ。サレバ帰京セシニ、打出ノ辺ニテ申セシハ、「……為レ家《ノ》、為二子孫《ノ》一、名為《ノ》ナレバ、昇殿コソ望深キ所ナレ。……」ト語リケルニ、上京ノ後、新田殿ハ中将ニ成給ヒタレ共、楠ハ何ノ沙汰モナケレバ、恩地ニ向テ申シケルハ、「今度京都ノ合戦ニ打死仕ンズル身ノ、生残《リ》テ無二本意一候。朝敵若発向セバ一番ニ敵ノ中ニ懸ケ入リ、火出ル程戦テ、討死センズルゾ」ト申ケレバ、聞《ク》人、サテハ楠殿モ朝家ヲ恨被レ申心中在リトゾ思ヒモシ、口ニモ謂シトニヤ。（63オ・ウ）

と、正成も内心は昇殿を強く望んでいたのだという。さらに恩地に漏らした棄て鉢な言いぐさは、一時の怒りに駆られたものであったにせよ、巻一六の湊川合戦を控えての

今度ノ朝敵ノ事ハ善々討死ヲ遁ン謀モ有リナン。又勝ナン謀モ可レ有候。……君ノ御行ヒヲ見ルニ、叡智ノ浅《キ》事多ケレバ、今尊氏亡タリ共、又義貞天下ヲ奪ヒナン。……尊氏、新田ヲ亡シナバ直義コソ少シ智ノ有ル様ナレ共、尊氏愚也。……彼等ガ愚ナル分野ニテハ、天下ハ一日モ静ル事有間ジケレバ、公家ヨリ被《ンニ》レ亡便リ有リ。正成生テ有ランニハ、尊氏ハ可《シ》レ亡《ブ》。新田ガ手ニ死ン事無レ疑。家共ニ亡ナン。王法モ亡給ヒナンズルゾ。然バ正成死ス

ベキ時ハ今也。（52ウ～53ウ）

という、天下の成りゆきを深く見通しての、冷徹な討死覚悟の言葉とは、明らかに抵触する。しかし、前述の「正成の人間味」の問題とも絡んで、正成の死が単純に聖化されるばかりのものではなかった、という多面的な捉えかたを可能にすることにもなっている。さらにこの果たされなかった昇殿への思いが、正成の後継者正行の物語の重要な要因となっていく。

『太平記』巻一九「奥州国司顕家卿幷新田徳寿丸上洛事」に、奥州国司顕家の上洛に際し、武蔵国で宇都宮公綱が国司軍に参加したことが語られている。宇都宮は、巻一七で後醍醐が尊氏に投降した際、出家しており（二一三頁）、その後、巻一九「諸国宮方蜂起事」で手勢を率いて吉野に馳参り、還俗し四位少将に任ぜられた（二八三頁）という経歴をもつ。が『理尽鈔』巻一九はこの宇都宮の関東での参陣の事情を以下のように説明する。すなわち、還俗の際、宇都宮が昇殿をも許されたとして、正行の老臣たちが「降参不儀ノ宇都宮入道ヲ四位少将ニ成シ給ヒテ昇殿セサセ、幼キ正行御番ヲツトメサセ給フニ庭上ニ見下シ参ルコソ遺恨ナレ。」と深く憤る。老臣たちは、恩地・正行の説得にもなお不満を残し、「公綱ニ糧米ヲ不レ渡《サ》、諸事情ナキ事」が多く、このままでは不都合も生じようと案じた後醍醐が公綱を本国に下し、義兵をあげさせたのだとする（39ウ～40ウ）。

昇殿問題は、上記記事を経て、『理尽鈔』巻二五の、正行の吉野参内記事に及ぶ。

……汝相続テ今又大敵ヲナビカス。忠賞最《モ》重カルベシトテ、従四位上ヲ経テ左衛門督ニ被《シ》レ成ト也。是ハ故正成昇殿ヲ望申ケレ共、心ニ耳籠《メ》テ申出サヾレバ、先帝シロシ不レ召。其御沙汰モナカリシ事ヲ、正成討死ノ後ニ聞召テ、御後悔在リシ。去バ故正成ヲバ、山門ニ御座セシ時、正三位ノ中将ヲ送《リ》被レ下。正行ヲモ昇殿ト思召ケレ共幼若ナレバトテ其沙汰ナシ。今度ノ忠戦ニ依テ、昇殿ヲユルサレ参セ、如是レトゾ聞ヘシ。（38ウ）

正成父子の宿望は、ここに遂げられる。

2、「廿年」

『理尽鈔』巻一六、湊川合戦を前に討死を覚悟した正成が、幼い正行の向後を託した恩地・和田ら腹心の部下に与える遺言に、次の一節がある。

正成討死セバ今年ノ内ニ天下ハ尊氏奪ヒナン。新田可レ亡シ。尊氏兄弟大様ナレバ子孫ヲ尋ネ、根ヲ枯ス謀ヲバヨモ不レ成、侈リテウカ〳〵トシテゾ居ンズラン。君ヲモ奉ルレ失程ノ事ハ有間ジ。然バ国々新田ノ子孫残テ軍ハ暫シモ断ユ間敷ゾ。穴賢《アナガチ》其内ニ方便ニ及ビ給フナ。味方必ズ負ナンズルゾ。宮方亡ビ果テナバ、尊氏ガ一家ノ人々侈リヲ極メテ、同士軍出来ンズルゾ。其時謀ヲ回シ給ヘ。二十年ヲバ不レ可レ過。（54オ）

足利の内紛の機会（観応擾乱を指す）を待て、それまでにむやみに行動をおこすな、その機は「二十年ヲバ不可過」というのである。機会は二〇年以内にやってくるとの言葉が、意味を変じて、正行譚を統括する言葉として繰り返したち現われる。一八歳になった正行が挙兵しようとするのを、安間了願が次のように制する。

仰承候ニ時今少早ク侍ル。故判官ノ仰被《シモ》レ置、廿年ヲ過テコソト宣侍レバ、今以肝信仕候ゾヤ。其故ハ正成討死ノ後、今年ハ早八箇年ニ罷成候ニ……只時ヲ待セ給ヘ。（二五20オ）

正行は了願の説得に応じつつも、病弱故、命あるうちにと急ぐ心中を明かし、「去バ父ガ十三年忌ヲ過シテコソ兎モ角モ思立ナンズルゾ」と覚悟を述べる。時移り、二三歳となり一三年忌の作善をも遂げた正行が、ついに「日ヲ重テ病発シ、年ヲ積ルニ随テ身心ツカレタリ。不レ如尊氏ガ堅陣ニ懸入テ、討死センヨリ外ノ事ハナシト思ナリシ所也」（23オ）と覚悟を定め、配下もこれに従うことになった。これが「藤井寺合戦事」の次第であり、正行の挙兵が結局失敗に終ったのも遺言に背いたからだとして、

父ガ如二遺言一今六七年待ナバ足利家同士討始レバ、天下ヲバ奪ナンズト也。父ニハ劣タルニヤト也。又年ノ程若

ケレバ、三十歳ニモ余ナバ、父ニモ劣マジキ者ゾト也。（27ウ）

という「評」で締めくくるのである。

また、前述の正行病弱説、木宮の寝返りによる正行の苦戦の話柄も連続した物語のひとつに数えてよかろう。さらに、正成・正行父子以外でも、准后の経歴と運命、義貞と勾当内侍なども長編といってよい一連の流れを持っている。

このように、『理尽鈔』には

秀抜な判断力を持ちながら、その優れた力が他の無理解、無能により、活かされることの無い、落胆の人正成／女色に迷い図を失する義貞／朝家を乱す悪女准后／病弱に悩み、死に急ぐ正行／父・兄に劣り、常に機を逸し判断を誤る正儀（ただし、正儀も「是ゾトヨ、如何ナル謀ヲモ回シ、君ヲ御代ニ即参セント、一命ヲ捨戦フ事、幾度ゾヤ。然レ共、諸卿覚勝ベキ軍ノ図ヲ脱シ給フニ仍テ、事ナラザルノミ也」三八72オ＝太平記四二〇頁　と、朝廷の無理解への慨嘆の型は受け継いでいる）／正成に教えを受け、「正成已後ノ良将」（二八32オ）たる桃井直常（ただし、次の注釈がつく。「正儀ハ親兄ニコソハ大ニ劣タレドモ、直常猶正儀ガ将ノ器ニハ大ニ劣レリ」三三29オ）

等々と、輪郭の鮮明な人物設定がなされている。こうした人物理解・設定はステロタイプ化しているともいえるが、これがために『理尽鈔』の膨大な「伝・評」の注解作業が容易になっているという一面がある。さらに、『理尽鈔』のような、『太平記』の個々の箇所への注解を順次行なうという、分断を余儀なくされる形態にあっては、一個の作品として自立する（『太平記』からの完全な自立はありえないとしても）可能性をもたらすものとして、むしろ積極的に評価すべきことと思われる。

まとめにかえて

「伝」の実態の解明は始まったばかりである。今後に残された課題は多いが、本章の作業を通していえることは、『理尽鈔』編著者は当然のことながら『太平記』に精通し、その読み込みの成果を駆使して周到な、時に奔放な「創作」を行っているということである。『理尽鈔』巻頭の「名義并来由」が、巻二二抹殺説を初めとして、無稽な伝承として切捨て難い説得力をもっているようにみえるのも、至極当然のことかも知れない。

「伝」は『理尽鈔』を、逸話の集積にするものであり、その限りでは『太平記』を解体する作業であった。ただし、その一方で『理尽鈔』は、正成という、全編に及ぶ明確な中心人物を打ち立てると同時に、当該箇所の注解にのみ自閉するのではなく、一連の脈絡をもって、あらたな物語を紡ぐ「伝」を生み出してもいる。既述のように、正成関連話を中心とする「伝」がその最たるものであった。『理尽鈔』がその後の正成関係の物語の最も大きな淵源であり続け、かつ後続の作品がついに『理尽鈔』を越えることなく、本質的には『理尽鈔』の抜書・整理に留まったのも、「伝」自体のもつ、縦横に張り巡らされた物語の多様性と完成度とに由来する。(14)

注

（1）長友千代治「近世における通俗軍書の流行と馬場信武、馬場信意」（説林25、一九七六・一二）。

（2）島田貞一「楠木兵法について」（國學院雑誌42-2、5、一九三六・二、五）・『日本兵法全集6　諸流兵法　上』（人物往来社、一九六七）のうち「楠流兵法」の項・他。石岡久夫『日本兵法史〈上〉』（雄山閣、一九七二）等。

（3）加美宏『太平記の受容と変容』（翰林書房、一九九七）第五章第三節（初出一九八八・九）。

（4）兵藤裕己『太平記〈よみ〉の可能性』（講談社、一九九五。講談社学術文庫、二〇〇五。初出一九八八・九、一九九〇・七他）。

（5）若尾政希『「太平記読み」の時代』（平凡社、一九九九。初出一九九二、一九九四、他）。

(6)・(7)　加美宏『太平記享受史論考』三二六頁。

(8)　さらに、荒唐無稽な「伝」を文学研究の立場からどのように評価していくのか、という課題が残されている。今尾哲也「『太平記』と『忠臣蔵』——世界の形成についての覚書（上・下）——」（文学55-4・9、一九八七・四、九）は、『理尽鈔』の「塩冶判官讒死事」の〈伝〉に言及して、「非道の者としての師直像をここまで増幅してみせた、『理尽鈔』作者の想像力は見事である。」と評価し、「その豊かな想像力の働きが、やがて、『太平記』を全面的に解体し、部分を増幅、肥大化することによって、新しい近世の虚構を生み出す原動力となったのである。」と論じている。

(9)　岩波古典大系は「此程河内ヨリ降参シタリケル湯浅本宮太郎左衛門ト云ケル者」（巻二六、二七頁）と表記する。「湯浅本宮」とあり、熊野本宮にちなむ「ホングウ」が理解しやすいが、小秋元段氏より、岩波古典大系の底本の慶長八年古活字版の原表記は「木宮」であり、活字校訂の際、改められたようだ、との教示を得た。『理尽鈔』は、梵舜本、毛利家本「木宮」、慶長八年古活字版など「キノミヤ」と記す伝本を参照している。なお、『理尽鈔』の依拠した『太平記』については、序章三に言及した。

(10)　義満は幼名「春王」であり、四〇16ウのみを見れば、何の問題もないかのようであるが、これ以前に義詮の嗣子に触れることは無く、基氏が「アハレ此《ノ》人《ヲ》京都《ノ》将軍《ニ》成シ奉リタランニハ西国ハヤガテ静リナン」（6ウ）と人々に嘱望されていたこと、基氏が義詮没後の執事に細川頼之を強く推挙していたこと（11オ・15ウ）をふまえ、頼之が基氏の息男「春王」を将軍に迎えたという物語が用意されている。ちなみに、基氏の嫡男氏満の幼名は「金王丸」で、『理尽鈔』は氏満（金王丸）には言及していない。

(11)　今井「楠正成——霊夢による登場」（解釈と鑑賞56-8、一九九一・八）。

(12)　今井「臼杵図書館蔵『正成記』考（一）——『太平記』・『理尽鈔』享受の一様相——」（愛知教育大学研究報告42、一九九三・二）。

(13)　批判者が恩地、長俊らであることは、彼らが『理尽鈔』の伝承者とされていることと関わりがあろう。

(14)　『楠氏二先生全書』、『南朝太平記』、『三楠実録』等々を念頭に置いている。『太平記秘鑑』『楠正行戦功図会』は『理尽鈔』

とは異なった物語を生みだそうとしている［→第七部第二、三章］が、『理尽鈔』との紐帯は切れてはいない。むしろ、土佐浄瑠璃『芳野拾遺』［→付録・分類目録稿Ⅱ22］など戯曲の世界に、『理尽鈔』と異質な想像力の発露を見出すことができようが、量的に『理尽鈔』に拮抗しうるものではない。

また、脱『理尽鈔』を目指した同種の著作に『無極鈔』がある。しかし、『無極鈔』の論説はその場限りのものであり、『理尽鈔』に見られた長編性は失われている。

第二章　「評」の世界

──正成の討死をめぐって──

はじめに

『理尽鈔』は『太平記』から生まれた。『理尽鈔』編著者が自己の所説を披瀝する舞台として『太平記』の世界を借りた、といった関係ではなく、序章六でも述べたように、兵法・政治論評の両面において、『太平記』には『理尽鈔』の基本的な道具立てや発想がすでに用意されている。具体的項目として、兵法論議については、『六韜』『三略』等の引用（岩波大系。巻一三「時行滅亡事」等）、「鳥雲ノ陣」等種々の陣形への言及（巻三一「笛吹峠軍事」等）、千破剣城における兵糧・水の周到な用意・管理（巻七）、正成による義貞の合戦の論評（巻一六「正成下向兵庫事」）、語り手による作戦・布陣等の解説（巻二九「将軍上洛事」他）等々があり、[1] 政治論評には、巻一三の藤房の諫言、巻二七「雲景未来記」、巻三五「北野通夜物語事」等を見ることができる。その意味で『太平記』と『理尽鈔』の世界とは地続きなのである。

しかしもちろん、『太平記』の単なる延長線上に『理尽鈔』の世界があるわけではない。『理尽鈔』が『太平記』読み込みの成果を駆使して周到な、時に奔放な創作を行っている様相を、「伝」を中心に論じた前章に続き、『理尽鈔』のもう一つの柱である「評」（政道・兵法に関わる側面の論評）の特質を考えたい。[2] 中心とするのは、乱世における政治のあり方に関する議論である。

一、正成討死に関する論評

抑元弘以来、忝モ君ニ憑レ進セテ、忠ヲ致シ功ニホコル者幾千万ゾヤ。然共此乱又出来テ後、仁ヲ知ラヌ者ハ朝恩ヲ捨テ敵ニ属シ、勇ナキ者ハ苟モ死ヲ免レントテ刑戮ニアヒ、智ナキ者ハ時ノ変ヲバ弁ゼズシテ道ニ違フ事ノミ有シニ、智仁勇ノ三徳ヲ兼テ、死ヲ善道ニ守ルハ、古ヨリ今ニ至ル迄、正成程ノ者ハ未無リツルニ、兄弟共ニ自害シケルコソ、聖主再ビ国ヲ失テ、逆臣横ニ威ヲ振フベキ、其前表ノシルシナレ。（巻一六「正成兄弟討死事」）

右は『太平記』の論評であるが、『理尽鈔』はこれを次のように評する。(3)

○正成智仁勇《ノ》事　○伝云、古ヨリ和朝《ニ》正成程《ノ》智仁勇《ヲ》備《ヘ》タル男ナシ。先数箇所ノ新恩ヲ給ヒシニ侈ル事ナク諸人ノ貧苦ヲスクイテコソトテ前々ノ公納十ニシテ二ツヲユルス。賦斂以テ然也。如レ之摂津河内ノ両国ニテ所々ニ池ヲホラセテ新田ヲ余多仕テゲリ。（中略。入植した百姓の保護育成、柳・栗・桑等の植樹、新法設置に慎重な政治姿勢、専断を排した評定、適正な調査に基づく貧者・病者の扶助）如レ是セシ程ニ人皆其恩ヲ深キ事ヲ思ヒシ。是皆智仁也。勇ハ勿論也。去レバ正成被レ討タリト聞ヘシカバ河内・摂津・和泉・紀伊・大和等ノ人民、親子ノ死シタルガ如ク家々サケビ歎キテ声ヲ不レ惜ト也。（この後さらに、情理を尽くした裁き、行政責任者の管理の話題が続く。）（一六77ウ）

『太平記』が正成の、君への「忠」を問題として、その智仁勇を評価していたのに対し、『理尽鈔』は領民への、為政者としての智仁勇を賞賛している。

さらに、『太平記』は、自らの献策が退けられながらも、兵庫への下向を命ずる朝議に従って討死にした正成の態度を「死ヲ善道ニ守」ったと評価するのであるが、『理尽鈔』は正成に、次のような判断があったという。

（叡智は浅く、尊氏が滅びたとしても義貞が天下を奪うであろう。義貞から天下を奪回することは困難だが、尊氏相手ならば可能性がある。）正成生テ有ランニハ、尊氏ハ可《シ》レ亡《ブ》。新田ガ手ニ死ン事無《シ》レ疑。家共ニ亡ナン。王法モ亡給ヒナンズルゾ。然《ラ》バ正成死スベキ時ハ今也。（一六52ウ）

ここでは、兵藤裕己が指摘するように、「兵法・軍学の立場から」討死が意味づけられている。(4)

しかも、『理尽鈔』には、そうした正成の判断に、批判を浴びせる「評」が存在する。

評云、楠申セシ所義ニ当レリ。去レ共一命ヲ生テ、先尊氏ヲ退ケテ後、新田又朝敵共ナラバ、如何様ニモ謀アルベシ。早世シケルハ最無《キ》二心元一トニヤ。（一六56ウ）

巻三二には、次のような記事もある。尊氏が、楠正儀を調略しようと、天龍寺の僧を使者に立てる。僧は、渡辺九郎を介して丹下・志貴等を語らう。彼ら家臣は「王法ト共ニ当家ノ破滅セン事近ニ有リ。トテモ亡給フベキ君ヲ亡シテ、楠殿ノ家ヲ残シ給ヘカシ」と訴えるが、正儀は容れない。「当家ノ存亡、王法ト共ニスベシ。（中略）如何ナル御ヒガ事在リトテモ争カ上ノ御事ヲ下トシテ、ハカライ申スベキ」、これに背こうとならば吾が首を切れ、と激高。事の根本は、渡辺が正儀に告げることなく、皆に知らせたことにあるとして、渡辺と僧の首を吉野殿に差し出した。

これに、以下の「評」が続く。

正儀ガ挙動《フルマイ》ノコトハ上代ニハ然也。末代不二相応《セ》一。不《ル》二相応《セ》レ則バ善ニハ非ズ。上代ニサヘ邪ヲバ邪ヲ以テ禁ズルト云事在リシ。況ヤ末代ヲヤ。三代ノ楠何《イヅレ》モ智タラズシテ二代ハ打死セシ。正儀又然也。異国ニ周武ノ挙動在リ。其頃正成謀ヲ以テ天下ヲ執センニ、新田足利共ニ不レ亡ト云事ヤ在ルベキ。然ラバ北条ガ例ニマカセテ楠治天ノ君ヲハカラヒ、天下ヲ如《ク》レ常法ノ立テ治メンニ、万民安楽ナランカ。無運ノ悪王ニ与シテ家ヲ失ヒシハ小人ノ専トスル所、大人ノセザル所ナリ。正儀又然也。（中略。一旦尊氏に与して、時を見て尊氏を亡ぼし、君を位につけ）上宮太子ノ古ヲ顕シ、延喜ノ政ヲナサバ日本ノ安楽ナラン。豈善政ニアラザランヤ。今楠モ武ノ謀コソ親兄ニハ劣リタレ、富デ不レ侈《ラ》、国ヲ不レ奪《ル》志ハ今ノ世ニハ又ナラビモナケレバ也。所詮邪ヲ禁ズルニ邪ヲ以テスル道ヲ不《ル》

レ知故ニ小人ノ行跡ニヤ。（三二34オ）

巻一六の評が、別の戦法もあり得たとの論評であるのに対し、これはまたおそろしく激越な論調である。北条の例（後鳥羽院配流）にならって正成自身が直接政治を執り行うべきであったのに、そのようにしなかったのは「小人ノ行跡」ではないか、というのである。『理尽鈔』において正成は最大の存在であるが、絶対的ではない。巻三二に通じる批判は、赤松則祐の、養子範実への発話の中にも見える。

楠ノ正成ハ今ノ世ノ賢人ナリシガ思ヘバ又愚ナリシゾカシ。兎シテモ角シテモ吉野殿《ノ》御政道、今ノ諸卿《ノ》御智恵ニテハ争《イカデカ》天下ニ満タル朝敵ヲ亡シテ、公家安穏ニ御在《ヲハセ》ンヤ。兎シテモ叶ハヌ公家ノ政道ナレバ、公家ノ愚ト邪トヲ捨テ家ヲ扶《ケ》ンニハ不《ト》レ然思成テコソ、此一類（赤松一族）ハ尊氏ノ御味方ニ参《リ》タリ。正成是ヲ不《ヤ》レ見不《ヤ》レ知、亡君ノ邪ナルニ随《ヒ》テ父祖《ノ》家ヲ断絶ス。是不孝ノ至ニ非ズヤ。（三七18オ）

巻三二の、国政担当を期待する考えに呼応するのが、正成自身の口から語られる為政方針の存在である。ある時、正成は、万里小路藤房に次のように語ったという（三五53ウ）。

『かつて泰時は、その為政が賞罰共に古よりも重すぎるとの批判に対して、無道の進んだ世に応じてのことであると答えたが、現在のような乱世は容易には治りがたく、以下の事柄に留意すべきである。《①先正成から摂津国を没収し、河内一国の国司・守護職を給うべきであり、他の公家、武家も同様に処する。[5]②諸国の武士を上洛させ、「皆位ヲ与ヘテ朝家ノ武士」として君が直接掌握すべきである。③君は、下情に通じるため、譲位して身軽になり、直接諸民の歎を聞き、「和殿（藤房）ヲ上卿ニ成シ参セテ、智化ノ老臣達ヲ召集テ僉議」するよう計らえば、諸人の欲も消え、君への信頼が醸成される。④賞罰を泰時の時よりも厳重に行う。⑤御遊を止め、人々の侈りを止めさせる。⑥速やかに内奏を禁ずる。⑦忠孝の道を廃れさせないよう、帝王は仏神を崇敬すべし。》これら七つを始め、多くの禁を念頭に置いて政治を行えば、世の治まる可能性もあろう』と。藤房はいたく感心した。

これに「然レバ泰時《ノ》賞罰《ヲ》本トシテ今世《ノ》行《ニ》ヒタランニハ、何レモ軽シテ世ハ治リ難カランカ。此故ニ今世《ノ》ニハ、論訴有ラバ尋ネサグリテモ理非ヲ決シ、非ノ方ヲバ咎ニ被ㇾ行侍ラデハトコソ覚ヘテ侍レトニヤ。」という論評が続くのであるが、要は、主が政治を臣下に委ねてしまうことのないよう留意し（②③⑥）、臣の威を抑える方途を講じ（①②）、自らの身を慎んだうえで（⑤⑦）、泰時の時代よりも一層厳正な賞罰（④）を行うということであろう。類似の主張は、舎弟等への正成の教訓としても見られる。(1)君主は下民の訴を直接聞くことが肝要、(2)下情に通じることにより主の威が益す、(3)人の本性を見抜く智が重要、(4)上代に比して厳正な賞罰が必要、(5)『根本世鏡鈔』等を政道の参考にすべし（三五106ウ）、等々の項目である。

これらの根底にあるのは、「角有ラン世ヲ治ルノ器ハ往昔《ノ》聖賢《ノ》法ノミニテハ如何《ニ》モ治マリガタキ物也」（三五106ウ）という認識に立ち、今の政道の課題は、主の「威」をいかに確立・維持するかにある、という主張であろう。正成の国政担当が期待され、正成自身の口から為政論が発せられ、その予備的実践ともいうべき摂津・河内での行き届いた領国経営が語られている。しかし、これらは全き環を成り立たせてはいない。いうまでもなく、正成自身は国政を論ずる際、「臣」としての立場を崩そうとしてはいなかったからである。

それでは、巻三二を中心とする過激な正成批判は例外的な存在なのか。

二、乱世の思想――戦国時ニハ孔孟モ用ユルニ不足――

『太平記』巻二「長崎新左衛門尉意見事」は、後醍醐帝の倒幕計画を告げる持明院殿からの使者に驚いた幕府の評議の模様を記す。「静ナル世ニハ文ヲ以テ弥治メ、乱タル時ニハ武ヲ以テ急ニ静ム。故戦国ノ時《ニ》ニハ孔孟不《ラ》ㇾ足ㇾ用《ユルニ》、太平ノ世ニハ干戈似《タリ》ㇾ無《キニ》ㇾ用《ユルコト》。事已ニ急ニ当リタリ。武ヲ以テ治ムベキ也」という考えから、後醍醐帝の遠流を中核とする強硬策を唱える長崎高資と、「『君雖《モ》レ不《ト》レ君《タラ》、不レ可《カラ》二臣以不《テンバアル》レ臣《タラ》』ト云ヘリ。御謀反ノ事君縦《ヒ》思召立《シツ》トモ、武威盛《ン》ナラン程ハ与シ申《ス》者有べカラズ」という立場に立って、穏便な処置を述べる二階堂道蘊との対立は、結局長崎の主張が通る。『太平記』はその結末を「当座ノ頭人・評定衆、権勢ニヤ阿《オモネリ》ケン、又愚案ニヤ落ケン、皆此義ニ同ジケレバ、道蘊再往ノ忠言ニ及バズ眉ヲ顰《メ》テ退出ス」と描いている。

これを『理尽鈔』は次のように評する。

○長崎高資異見当《テ》二爾《ソノ》時《ニ》一可也。一家ヲ栄ヘンニハ　○評云、義時、承久《ノ》兵乱ノ時、此行ヲ成《シ》テ天下ヲ奪、治マル事百余年也。急ギ如《ク》レ是スベキ也。二階堂ガ異見不可也。（中略）如《ク》レ前家ヲ栄《ヘ》ントナラバ、君ヲ可《シ》レ奉《ル》レ遷《シ》二遠島《ニ》一。若道ヲ立ントナラバ、頼朝ヨリ以前ノ如ク政道ヲ公家へ可《シ》レ奉《ル》レ遷《シ》。君ヲモ立テ、武家ヲモ立テントナラバ、武家ヲ亡《サン》トシ給フ君ヲバ流シ奉ルベシ。然ラバ道蘊ガ云シハ非也。（中略）又君雖レ不《ト》レ為《ラ》レ君、不《ト》レ可レ有云。百余年以前ニ出テ、義時ヲ可《キ》レ諫《ム》也。当時ニ不二相応《セ》一。長崎、戦国《ノ》時ニハ、孔孟モ用ユルニ不《ト》レ足《ラ》。最《モ》可也。又文王、武王ト云。周武ノ不義ヲ誅シテ、天下ヲ理セシト、北条ガ一家ヲ栄ンガ為ニ天下ヲ奪シト何ゾ同カラン。又君視《ルコト》レ臣讐《ヲノゴトシ》　ト云云。君ヲ諫《メ》メテ謂ヘル成ベシ。臣トシテ君ヲ亡ボセトニハ非《ズ》。最《モ》悪シ。（二一7ウ）

傍線部に明らかなように、『理尽鈔』は『太平記』とは全く逆に、二階堂の意見を時勢に合わないと批判し、長崎の主張を積極的に肯定している。もちろん、周武と北条とを同一視はできない、「君視レ臣讐云々」というのも下剋上を勧めているのではないとのことわりはある。しかし、「戦国時ニハ孔孟モ用ユルニ不足」という発想自体は「最可」と高く評価する。この発想と、「末代不二相応《セ》一。不《ル》二相応《セ》一則バ善ニハ非ズ。」（巻三二）という正義批判の評言とは同根のものであろう。

時勢の変化に応じた対応が必要であるという認識は、次のような論評をも生んでいる。[6]

○当今ヲ隠岐へ奉《ル》レ流《シ》。時悪シ。○評云、後鳥羽院ヲ奉《ル》レ流《シ》時ハ、義時、威モ高時威モ強ク政善シ。此故日本一州皆能随フ。今高時政悪キ故ニ威モ少カレリ。一天下ニ恨ヲ含ム者多シ。如レ是事ヲ分別シテ、鎌倉ニ皇居可《キ》レ定《ム》事ナルニ、如二先代《ノ》一隠岐国へ奉《ル》レ流シ事無《キ》二智謀一也。（四24ウ。七72ウにも類同の批判あり）

みるように、帝王の配流自体を悪としているのではない。巻一にはさらに率直な主張がある。

資朝・俊基両人ヲ、謀反ノ張本ト知リナガラ死罪ニ不レ行《ハ》、朝庭ニ憚リシハ、智浅キガ故ナリ。君已ニ鎌倉ヲ亡サント仕給フ。然ラバ敵ニ非《ズ》ズヤ。何ノ憚《リ》カ有ラン。天子タル故ニ角謂《フ》カ。何ゾ承久ノ例ヲ思ヒ出ザラン。若先祖ノ行ヲ非道ト思ハヾ、日本国ノ総追捕使幷《ニ》政道等ヲ如《ク》二往昔一、公家へ返シ進《ラ》セザラン。是ヲ喩フルニ、虎ノ子ヲ養テ後ニ愁ヲイダク成ベシ。（一33ウ）

ここにあるのは、名分論から解放された兵法主導の論調である。この主張は、さらに進んで驚くべき議論を提示する。

○評云、直義上洛在テ、数ノ宝物ヲ被レ引《ン》ニハ、訴コトゴトク直義ノ所レ望ノゴトクナルベシ。然バ新田朝敵ト可《キ》レ成《ル》物ヲ。臆シタル故ニ不レ上《ラ》トニヤ。然共不レ上《ラ》シテ朝敵トナリツル故ニ、天下ヲ奪ヘリ。新田朝敵トナリナバ、天下ハ新田ゾ奪ヒナン。臆病ニモ徳在リトハ、カヤウノ事カ。（一四15オ）

○評云（中略。義貞が）我、為《ニ》レ朝《ノ》忠ヲ尽サバ、弥諸国ノ兵集ラント思シコトコソ越度ナレ。此故ニ亡《ビ》ヌ。又義貞ガ行ノ能ニ依テ、天下ノ士思ヒ着シト思ヒシ也。大ニ愚ナル哉。（一四24オ）

朝敵となることこそが天下を奪う条件であるとは、軍記物語になじんだ眼には想外の論評であろう。『太平記』巻一三「龍馬進奏事」における藤房の

今若武家ノ棟梁ト成ヌベキ器用ノ仁出来テ、朝家ヲ褊シ申事アラバ、恨ヲ含ミ政道ヲ猜ム天下ノ士、糧ヲ荷テ招《カ》ザルニ集《マ》ラン事不レ可《カラ》レ有《ル》レ疑。

という諫言には朝家を見限る武士の続出が懸念されているが、しかし、朝敵となることの有効性を直接標榜することとの間にはなお、隔たりがある。『太平記』巻一五には、洛中より敗走途中の尊氏が薬師丸に

今度京都ノ合戦ニ、御方毎度打負タル事、全ク戦ノ咎ニ非ズ。倩事ノ心ヲ案ズルニ、只尊氏混《ヒタスラ》朝敵タル故也。サレバ如何ニモシテ持明院殿ノ院宣ヲ申賜テ、天下ヲ君与レ君ノ御争ニ成テ、合戦ヲ致サバヤト思《フ》也。（「将軍都落事付薬師丸帰京事」）

と命ずる場面があり、巻一六には待望の院宣を拝覧した尊氏が「向後ノ合戦ニ於テハ、不レ勝云事有ベカラズ」と悦んだことが描かれている。ただし、『太平記』巻一五前掲章段の前には

敵ノ勢ヲ見合スレバ、百分ガ一モナキニ、毎度カク被二追立一、見苦キ負ヲノミスルハ非二直事一《ニ》。我等朝敵タル故歟、山門ニ被二呪詛《セ》一故歟ト、謀ノ拙キ所ヲバ閣テ、人々怪シミ思ハレケル心ノ程コソ愚ナレ。

という、朝敵であることに敗北の原因を求めようとする尊氏方の考えを批判する一節のあることも見逃しがたい。

「朝敵」が「将軍」と相補的な関係として存立したとする佐伯真一は、『太平記』において将軍（尊氏）と朝敵とがイコールである場合さえあり、「朝敵」が、南朝なり北朝なりの、ある権門に敵対する勢力を指すに過ぎないものとなっていることに注意し、「少なくとも言葉の問題として見る限り、実質的に解体してしまっている」と指摘している。(7)前述の「天下ヲ君与レ君ノ御争ニ成テ、合戦ヲ致サバヤ」という尊氏の言葉にも、そうした従来の朝敵概念の解体の一端を見て取ることができよう。

『太平記』において揺らぎ始めていた「朝敵」を、一気に戦略上の操作概念にまで引き下げてみせたのが『理尽鈔』の議論であった。

三、武威の肯定

後醍醐の叡慮が「斉桓覇ヲ行《ヒ》、楚人弓ヲ遺《レ》シニ」似ていたため、建武新政も三年と持たなかったと批判する記事

（巻一「関所停止事」）に示されるように、『太平記』は覇道を否定している。武士の離反を懸念した藤房の諫言も「只奇物ノ翫ヲ止テ、仁政ノ化ヲ致《サ》レンニハ不レ如」と結ばれていた。しかし、覇道を否定する以上、後醍醐政権に実力で取って代わった武家を肯定する論理もまた用意されてはいない。

此全ク菊池ガ不覚ニモ非ズ、又直義朝臣ノ謀ニモ依ラズ、啻《タダ》将軍天下ノ主ト成給フベキ過去ノ善因催シテ、霊神擁護ノ威ヲ加へ給《ヒ》シカバ、不慮ニ勝《ツ》ツコトヲ得テ一時ニ靡キ順《ヒ》ケリ。（巻一五「多々良浜合戦事」）

という一節が端的に表明するように、『太平記』は尊氏の権力取得を、尊氏の徳目の有無とは無関係な宿報としてのみ認知する。[8]また、巻二七「雲景未来記事」には

臣殺《シ》レ君《ヲ》殺《ス》レ父《ヲ》、力ヲ以テ可《キ》レ争《フ》時到ル故ニ下剋上ノ一端ニアリ。高貴清花モ君主一人《イチノヒト》モ共ニ力ヲ不レ得、下輩下賤ノ士四海ヲ呑ム。依《テ》レ之ニ天下武家ト成也。是必誰《ズ》為《ガワザ》ニモ非ズ、時代機根相萌《シ》テ因果業報ノ時到ル故也。

という記述があり、「下剋上」の時代の到来をいう。しかし、ここにあるのは王法が衰微した現状の追認であり、新しい秩序構成原理として「力」を積極的に認知しようというものではない。末代邪悪の時代にあってひたすら武家を頼り「理ヲモ欲心ヲモ打捨テ御座サバ」、かえって運を開いたという持明院殿の姿は、まさに指針を失った状況の象徴である。

『理尽鈔』がその著述の中で目指したものは、こうした袋小路からの脱出の道であった。「逆ニ敵国ヲ亡シ、順ニ国ヲ治ム」（一23ウ）、「戦国時ニハ孔孟モ用ユルニ不足」（二7ウ）、「上代ニサへ邪ヲバ邪ヲ以テ禁ズルト云事在リシ。況ヤ末代ヲヤ」（三二34オ）等々という揚言は、その解答と見なすことができるだろう。前述の正成の為政論や以下の記述に見られる「（武）威」の重要性の主張もこの発想につながる。

○近年鎌倉中ノ人人武ヲ失《ヒ》、謀ノ道ヲ専トセザル故ナリ。代豊ナリト云ヘドモ、武ノ不レ達《セ》国ハ亡ト謂シ事、善言今以テ肝信セリトナリ。（一65ウ。正成発言）

○今日本ノ士、過半朝敵ト成ル事サラニ他事ナシ。只君《ノ》御政道《ノ》愚《カ》ナルヲサミシテ也。加様ノ時ハ武ヲ以テ威ヲ振ヒ、諸人ヲ随ル事、古今ノ良将善トスル所也。（一五61ウ。正成発言）

○末ノ世ニハ勇武ヲ先ニセザレバ無レ威。無レ威人《レバ》不レ恐。不《ハ》レ恐不レ随ト申セシハ是也。上代スラ乱タル時ニハ、武ヲ嗜《ミ》謀《リコト》リコトシテ戦フテ打勝ヌレバ、諸国随フモノゾカシ。又和ヲ知テ和過タルマデニテ勇武ナケレバ不レ恐シテ慢《ル》ルモノゾ。（評云。二一21オ）

先の正成の為政論においては「威」は威光・威儀の意味合いで語られていたが、ここでは明瞭に武力を基盤としている。この武威による統治は、次のような過酷な側面をも持つ。

正成云（中略）上代スラ道《ヲ》不《ル》レ知《ラ》ラ国ヲ治《ル》ニハ、以《テ》レ威《ヲ》民ヲ令レ恐レテ、後ニ其事ヲ行《ヘ》ヘト也。益テ今ノ世ヲヤ。敵国ニ発向シテ、戦ヲ決セント欲《ス》ル時、敵ノ兵ノ事ハ謂ニ不レ及、下部三歳ノ幼童マデ、皆可《キ》レ討《ツ》。徳余多アリ。（八75オ）

これは「頼朝平家ノ子孫ヲ誅ス。最可ナリ」（二一8ウ）と評する頼朝の行為に範を仰ぐものであるが、越王が呉王を赦そうとしたことを諫めた范蠡を評して（四24ウ）、西園寺公宗遺児を赦したことを評して（「最初ノ摂政殿、守屋ガ子孫幷一類ヲバ胎内ヲモサガシテ、失ヒ給ヒシ」一三18オ）、基氏が東国を鎮め得た要因として（三四2オ）、同じく基氏が死去に先立ち将来の禍根を除くために（四〇4オ）等、数ヶ所において同種の行為が称揚されている。(9)

しかし、儀礼的な威光・威儀と、武力を背景とした「武威」とは無縁のものではない。山門攻めに失敗した尊氏に対する次の評を見よう。

最初ハ朝敵国ヲ奪ハント欲スル時ハ、帝自ラ向ヒ給ヒテ敵ヲ亡シ給ヘリ（中略。神武・仲哀・神功皇后・継体・天武等）。然ルヲ堯王ノ徳ヲマネビ給ヒテ、明王ハ不レ動《ゼ》シテ天下ヲ治ルトアリ。天子自朝敵退治シタマフ事、威ノ軽々敷ニ似タリ、非二仁政《ニ》一ト申者有ケレバ、次第ニ王威重クナラセ給ヒテ、自《ラ》朝敵退治ノ事共、臣ニ仰付ラレケリ。

後ニハ摂禄ノ臣サヘ堅甲ヲ着スルハ無礼ナリトテ、為《ニ》レ其《ノ》朝ニ武士ヲ被レ置《カ》シ。（一七4ウ）

同種の評は「我朝ノ古ヘハ帝、直ニ朝敵ヲ追罰シ、自軽々敷《ク》諸民ノ訴ヲ聞召セシ程ハ王威強《カ》リシ。」（二七下15オ）とあり、武家においても、東国静謐の要因を、関東公方たる基氏が事を聞きつけるやみずから出撃したことに求めている。

覚アラケナキ政道（新田を族滅したこと）ト、少シモ事ヲ聞出シテゲレバ、其日ニ兵ヲ遣シ、翌日左馬頭直ニ軽々敷発向セラレシ故ニ、何ト謀ヲ回スベキ間モナカリケレバ、敵皆亡ビ果テ、東国ハ無為ニ成リニケリ。（三四2オ）

威は重要である。正成は「政ハ悪ケレ共、威ノ強キニテ国ヲ持ツ事アリ」（九44ウ）とまで述べている。しかし、「政ノ道ニタガハザルハ最モ善ク候。然バ亡ブベキ時ノ不《(ト)》レ来《ラ》知ル物ナリ」（同）とも述べるように、「威」のみではいずれ滅びる時が来る。

四、武威の抑止

『理尽鈔』の是認する「武威」の発揚は、「周武ノ挙動」（三二。正成批判の中の言葉）に行き着く。しかし、それは容易な道ではない。「不義ヲ誅シテ、天下ヲ理」した周武と「一家ヲ栄ンガ為ニ」天下を奪った北条義時とを同列にはできない（二7ウ）という主張はすでに見たところである。同種の批判は公宗謀反事件の論評「周武ノ天下ヲ利センガ為ニ殷ヲ討シト、今ノ公宗、相州《ノ》一家ヲ再興シ傾《ケ》二朝家《ヲ》一奉テ、企《テ》レ栄《ヘント》二我一家《ヲ》一シコト雲泥万里異其間《ノ》ニ有《リ》」（一三8オ）や、「公家ノ無道ヲ誅シテ天下ノ諸人ヲ利シ給ヘカシ」と説得する郎従の言葉を退けた新田義貞に対して、そもそも、義貞は「周武ノ君ニタクラブベキ器」ではないのだと退ける論評（一四83オ）等に見られる。しかも、周武の行さえ「不レ受《シテ》レ譲《ケ》報《ヲ》二天下《ノ》政《ヲ》一玉ヒシ事ハ強ニ不レ善《キニハセ》」（一三8オ）というのである。

武威の勧めとそれを抑制する厳しい条件。『理尽鈔』には二つの相反する理念が拮抗している。

巻一四における尊氏・義貞の非難の応酬に際して、正成は、〈両者を和解させるべきであり、いずれにも誅伐の宣旨を下すべきではない〉と奏上するが、〈両家共に朝敵となったとしても、朝恩を捨てて彼らに与する者はいない、尊氏を罰すべきである〉との坊門清忠の主張が通る。正成は、洞院相国に、清忠の主張は「時ト相応」せず、このままでは「天下又武家ノ有」となると訴えるが、はたして事態は正成の恐れたようになった。これをふまえ、『理尽鈔』は「一命ヲ捨テ義ニ死シ、国ノ危ヲ扶《ク》ルハ、良臣ノ節也。楠何ゾ心ノソコヲ残セル。（中略）天下ノ一大事ナレバ、逆鱗アリ共、身ヲ捨テ可《キ》二申上一ゾカシ。」（一四31ウ）と批判をなげかける。正成は「周武ノ挙動」「邪ヲ禁ズルニ邪ヲ以テスル道」（三二）を期待される一方で、徹底して「良臣」であることを求められてもいるのである。

その狭間で、正成父子の言動そのものは、一貫して絶対的ともいうべき「忠臣」の側に位置する。「忠臣ハ必ズ為《ニ》レ君死《スル》。此定ルノ法也」（一三17オ）・「正成ガ一代ノ後モ奉《テ》レ対《シ》二天子《ニ》一忠ヲ忘ル事ナカレ。将ハ忠ガ第一也。勇ガ根也」（二六43オ）という正成。「正行ガ忠ニハ敵ト戦フテ打死シテ一命ヲ君ニ奉《リ》タル計ゾ」（二六28オ）という正行。「無レ二一命、末代ト思フ小家サヘニ君ノ為ニハ惜カラズ」・「君今、正儀首ヲ被《ガ》レ召《ント》御使在リトモ、争カ君向《ニヒ》奉《テ》弓《ヲ》引、矢ヲハナサン」（三二11オ）という正儀。

さらに、正行の討死に際しては、まだ勝利の可能性があったこと、父正成の予言の熟する時を待たなかったこと等、種々の観点から論評が加えられているが、中でも次の「評」の内容が目を引く。

君々タラズト云フトモ、臣々タラズンバ不レ可《ラ》レ有トナリ。君ノ御政邪ナルニ依テ、聖運不《ンバ》レ開《ケ》君ノ亡ビ給ヒナン時、死ヲ供ニスベキ事ニヤ。主ニ先立テ死ヲ早フシ、味方ノ負ズルハ主ニ損ヲ与ルニ非ズヤ。（二六48ウ）

この論評は、「君々タラズト云フトモ云々」という考えを「当時ニ不相応」（二七ウ）と退けた評や、「無運ノ悪王ニ与シテ家ヲ失ヒシハ小人ノ専トスル所」（三二34ウ）という評とは明らかに異なる。

巻二六には、正行の討死を「是聖運ノ可《キ》レ開《カル》時未《ダ》レ来《ラ》」(20オ)という観点から論評する見解や、

若又足利ノ一家亡ビ果タリ共、今ノ御政ニテハ長久世ノ無事ナル事ヤアル。是モ君ノ御禍ニシモ非ズ。王法ノ末ニ成リ、日本一州ノ悉ク魔味ノ国ト成ルベキ時至リヌト覚ル故也。(二六72ウ)

という正行の発言がある。しかし、そうした『太平記』にも通じる時勢論は、『理尽鈔』が退けたはずのものであった。

政ヨクシテ亡ル事ハナキ物ゾ。春ノ花ノサクニ道在リ、秋《ノ》菓ノナルニ道在リ。聖運ハ自然ナルニ非ズ。然ルニ聖運ノ可《キ》レ開《ク》時未《ダ》レト来《タラ》宣シハ、世愚ノ謂ヒナルゾ。(二二16ウ)

したがって、「悪王」をめぐる議論の相違を、巻二六の異質性として扱うことも不可能ではない。(10)しかし、正行に関する議論を除外したとしても、「周武ノ挙動」・「邪ヲ禁ズルニ邪ヲ以テスル」ことは「富デ不レ侈《ラ》国ヲ不《ル》レ奪志」の持ち主にのみ許されるが、正成・正儀がその条件に適った人物であることは、彼らが家をも命をもなげうって「無運ノ悪王」に最期まで忠節を尽くしたことによって証される、というジレンマは残る。

『理尽鈔』は、「頼朝ノ方便ヲ専トシ給ヒテ、無欲ニ東国ヲ管領」し(四〇5ウ)、「此人ヲ京都ノ将軍ニ成シ奉リタランニハ、西国ハヤガテ静《マ》リナン」(同6ウ)と期待された足利基氏や、「君ノ威ヲ専トシテ、其身ヲ次トシ」、「無欲ニ天下ノ事ヲ計、師直以来ノ非ヲ正スニ無欲ヲ以テシ、強キ敵ヲバ和ヲ以テ欲ヲ進メテ此ヲマネキ、天下ノ小事ヲモ一身トシテハカラズ、諸大名評定衆ヲアツメテ」(四〇47オ)政治を執り行った細川頼之に、正成父子に望んで果たせなかった願望の実現を見ているかのようである。頼之の施政は前述の正成の国政論(三五)と重なるものであるし、「上宮太子ヨリ已来カヽル忠ト智ト謀ト信トヲ兼タル良臣、我ガ朝ニハイマダキカズ」(四〇47オ)と絶賛されている。しかし、ここでも両者が将軍に取って代わることは論外であり、鎌倉公方(基氏)・管領(頼之)としての枠内での善政が評価の対象となっているのである。正成が「北条ガ例ニマカセテ」、「治天ノ君ヲハカラヒ(政治の場から遠ざけ)」、

天下を治める（三二）ことは現実の上でも、『理尽鈔』の理念の上でもあり得ないことであった。

武威を積極的に肯定し、邪を以て邪を禁ずる道を提示しながらも、実力・武力による権力取得の可能性については厳重な封印を施す。これが『理尽鈔』のたどり着いた地点であった。

五、封印の解除

この『理尽鈔』が足踏みをした地点から、さらに歩を進めたのが『理尽鈔』の派生書の一つである『孫子陣宝抄聞書』である。

本書については後述するが［→第四部第四章］、加賀藩重臣本多政重の家臣、大橋全可の編著で、正保四（一六四七）年から寛文一二（一六七二）年の間の成立。『孫子』一三篇の内、「始計」・「九地」を各上下に分け、全一五巻。『孫子』の全章句を順次分かって掲げ、その注解をなし（『七書直解』・『七書講義』の説を批判的に引用することもあり、『孫子』以外の七書の引用も見られる）、次に、神武帝・倭武尊から大坂の陣にいたる各時代の事例を引いて具体的な説明を行う。事例は理尽鈔に共通するもの（頼朝・義経、正成・義貞・尊氏等）が多いが、『理尽鈔』と全面的に一致するわけではなく、後述のように内容的に大きく異なる部分も少なくない。「近時」の武将は謙信を始め、信玄・信長・秀吉・家康等であるが、秀吉を高く評価し、信玄には批判的な言辞が目立つ。

本書の成立した一七世紀中ごろは、「中国に対する『武国』としての日本の相対的な優秀性を強調」する「武国観念」が成立した時期とされる[11]。「武国」という用語こそ見られないものの、『陣宝抄聞書』にも同種の考えが見られる。

日本ハ神武帝ヨリ武ヲ以テ治タル国ヲ改テ文ヲ以テ治ントスル故ニ異也。文ヲバ武ノ助トスベキコト也。（中略）武道ニ於テ異国ニモ恥ザルハ日本ノ国風也。（聞書第二）

この理念は、次に引く記事が物語るように、「最初ハ朝敵国ヲ奪ハント欲スル時ハ、帝自ラ向ヒ給ヒテ敵ヲ亡シ給ヘリ……」（一七4ウ）という『理尽鈔』の認識が発展させたものであろう。

正成ガ伝云、武ヲ忘ル、ハ其家ノ滅亡ノ前表ナリト云リ。是ニ仍テ案ズルニ、上代ノ帝王ハ皆名将ニテ、自ラ将トシテ朝敵ヲ退治シ玉《フ》。然ルニ中比ヨリ、帝位侈リ玉ヒテ、政道ヲバ摂政ニユヅリ、武道ヲバ武家ニワタシ玉ヒテ、遊興女色ヲ事トシ玉フ故ニ、摂家ノ威、帝王ニ越タリ。又、頼朝ヨリハ天下ヲ我力ヲ以テ治スル故ニ猶々威ツヨク成テ、天下ヲ掌ニ入タリ。（聞書第一）

また、傍線部に見るように、ここには実力・武力をもって権力を掌握することに対する、『理尽鈔』が払拭できなかったためらいは、もはや影を潜めていることに注意したい。その逡巡からの解放は

主ハ、国主人君ノ道ナレバ、国政ノ道ノ善悪ヲ計クラブルノ義也。譬バ、新田義貞ト足利尊氏トハ此道イヅレニアルゾ。尊氏ニハ此道アリ。義貞ニハナキゾ。此故ニ義貞ハ負ケ、尊氏ハ勝テ天下ヲ治也。或問云、義貞ト尊氏ハ国政軍法トモニ義貞マサレリ。何ヲ以テ国政ナキト云ゾ。答云、頼朝ヨリ以来、武家ハ日々ニ盤《（ママ）》昌シ、公家ハ年々ニ衰フ。是公家ニハ国政ノ道ナク、武家ニハ国政ノ正キ道アル故也。然ルニ義貞ハ道ナキ公家ニ与《シ》テ道ヲ失ヒ、尊氏ハ武家ノ棟梁トナリテ、自然ニ道ニ備レリ。是尊氏ニ道アルニ非ズヤ。（聞書第一）

という、結果から逆算した事態の合理化を生み出している。こうした尊氏肯定も

足利尊氏、勇猛ナル所ハ、義貞ニヲトリタレドモ、智ヲ以テ戦フ故ニ、度々ノ戦《ヒ》ニ負ルトイヘドモ、天下ノ諸将尊氏ニ与シケレバ、始終ノ勝アリ。是天下ノ心ヲ得タル故也。義貞ハ勇猛ナリトイヘドモ、時ニ応ズル智ナキ故ニ、天下ノ心ヲ失。（中略）尊氏京ノ合戦ニ打負テ、尋常ノ将ナラバ関東《ヘ》下リ大軍ヲ催シ攻上ルベキコトナルニ、九州へ落行ハ智ナリ。（聞書第四）

という、尊氏の戦略の積極的評価も、『太平記』『理尽鈔』には決して見られなかったものである。(12)

北条時政ガ、実朝ニ奢侈ト歌鞠ノ両道ヲ媒シテ天下ヲ吾ガ有トセシハ、極悪ノヤウナレドモ武略ノ至レル也。是ニ仍テコソ末世ノ今ニ至ルマデ名政ノ誉レヲ残スハ、武ノ一徳ナリ。（聞書第九）

この時政評にも「下剋上」に対する葛藤は見られない。こうして時政や尊氏に対する倫理的批判が姿を消すならば、正成の討死はどのように論じられることになるのか。『孫子』作戦篇の「故知《ニル》ㇾ兵之将《ヲ》、民之司命《ハ》、国家安危之主也」という章句に対して、次の注解がなされている。

言ハ、兵法ヲ知ル将ハ、民ノ命ノ親、国ノ安全危亡ノ主ナリト云リ。小松重盛ハ、平家ノ亡端ヲ兼テ知テ、早世ヲ熊野ニ祈リ、楠正成ハ、天下尊氏ガ掌ニ入ンコトヲ鑑テ、討死ヲ湊河ニシテ、天下足利ニ定リシハ、イヅレモ武道ヲヨク知リタル将ゾカシ。是等ハ天下ノ安危、重盛・正成ガ一身ニカ、ルト可ㇾ言。如ㇾ此未来ヲ不ㇾ知《ンバ》、民ノ命親トモ、安全危亡ノ主トモ云ガタシ。日本ハ神国ナレバ、武道ノ智カシコキ国ト也。（聞書第三）

ここでは重盛と正成の行為が、未来を見通す力の確かさというレベルで同一視されている。『理尽鈔』における正成の討死が、尊氏・義貞を天秤に掛けた結果としての、すなわち戦略としての苦渋の選択であったことは、まったく捨象されている。

屈伸ノ利トハ、カヾミテヨキ時ハカヾミ、ノベテヨキ時ハノベ、其利害ヲ詳ニスルヲ云也。正成、元弘ノ戦ニハ（中略）天王寺ニテハ公綱ガ勇ニ畏レテ不ㇾ戦シテ引退ク。此外身命ヲ惜シコト尋常ノ将ニシテハ、臆病ノ至リト云ツベシ。又建武ノ乱ニハ、後醍醐天皇ノ叡智ノ浅ク、義貞ガ軍法拙シテ戦ヒニ怠ルヲ知テ、死センコトヲ喜トシテ、湊河ニテ思ヒ設《ケ》タル討死ヲトゲタルハ、誠ニ屈伸ノ利害ヲ知タル弓矢ノ長者、末代ニモアリガタカルベシト也。故ニ子孫ノ栄名生《イケ》ランニハマサレリ。」（聞書第二三）

この一節も、一個の武将として将来に見切りをつけ、死に時を誤らなかったというにとどまる。

おわりに

『陣宝抄聞書』は、加賀藩に『理尽鈔』を伝えた陽翁の一番弟子といってよい大橋全可の代表作である。本書の成立した一七世紀中ごろは、それまでの『六韜』『三略』重視から『孫子』へという、日本における兵書受容の転換期ともほぼ重なり、『理尽鈔』に対抗意識をもつ『太平記評判私要理尽無極鈔』が刊行されてもいる。その『無極鈔』は、『孫子』をはじめとする『七書』の章句をふんだんにちりばめていることを特色の一つとしている。『理尽鈔』の側にあって、そうした新潮流に対応することを目的のひとつとして生み出されたのが『陣宝抄聞書』であったと思われる。それは『理尽鈔』にとって、『孫子』を取り込むという、装い上の問題にとどまらず、右に見てきたように、『理尽鈔』の抱えていた問題を新たな次元に押し進めるものであった。しかし、同時に『理尽鈔』世界の平板化でもあった。『陣宝抄聞書』においても相変わらず正成は中核的存在である。再度しかし、分量的な比重にもかかわらず、

武田信玄ハ信州一国ノ退治三十年余リカ、リテ治メ玉フハ、謀アル良将トハ云カタシ。是謀攻ヲ不レ用シテ戦法ヲ専トシ玉フ故也。信長ニハ遙ニヲトリタル所多シ。（聞書第四）

という天下統合の巧拙を問題にする議論の前に、正成の存在理由はもはや無い。

全可の説は大橋家の家学として細々ながら幕末まで続くし［→第三部第五章］、『理尽鈔』及びその末書は江戸時代を通じて刊行され、広範な影響を与えてもいる。しかし、末代・乱世における政治理念を探る歴史的課題の中では、正成の、そして『理尽鈔』の実質的な命脈は、『陣宝抄聞書』への変貌そのものによって尽きていたといえよう。

注

（1）今井「『平家物語』と『太平記』――合戦叙述の受容と変容――」（『平家物語　受容と変容』所収、一九九三・一〇）。ちなみに、『理尽鈔』の兵法論議を、たとえば『甲陽軍鑑』等と比べれば際だった相違が認められる〔↓第一部第三章〕が、赤坂・千破剣城での抵抗戦が主要な戦歴である正成と侵略・拡張を事とした信玄との相違が、両者の兵法論議の性格を大きく規定したといえる。

（2）佐伯真一「合理的政治論としての『理尽鈔』」（軍記と語り物33、一九九七・三）が、「評」の世界の概観を試みている。

（3）「伝云、古ヨリ和朝《ニ》正成《ノ》程智仁勇《ヲ》備《ヘ》タル男ナシ。先数箇所ノ新恩ヲ給ヒシニ……」とある内、傍線部は「評」にあたり、その具体例を以下「伝」として語るという関係にあると見なされる。このように、伝・評は截然と区分されるわけではなく、必要に応じ「伝」にも言及する。

（4）兵藤裕己『太平記〈よみ〉の可能性』（講談社、一九九五）一二二頁。

（5）巻一巻頭にも「本朝ノ古、一国一人ノ国司ヲ補セラレ、其国ノ政道ヲ司ドラシム。（中略。人事の活性化、政治の澱み・国司の国主化の防止のために）国司ノ職、五箇年ヲ不レ過シテ改補ス。何ゾ子孫ニ伝領センヤ。（中略）又如何ナル才智有レドモ、一人ヲ以テ、同ジク二箇国ノ司ニ不レ補《セ》。」という主張がなされている。

（6）島原図書館松平文庫蔵本（島原甲本）等「高時ヨリモ」とする。〝後鳥羽院配流当時は、義時の威が、現在の高時の威よりも強大であり〟の意。

（7）佐伯真一『平家物語遡源』（若草書房、一九九六）第四部第一章（初出一九九一・三）。

（8）今井「太平記形成過程と「序」」（日本文学25-7、一九七六・七）。

（9）『平家物語』巻一二に、頼朝が平家の子孫掃討を命じたことが記されている。

（10）『理尽鈔』は時に、⑴評云（時政批判）、⑵又評云（時政弁護）、⑶又或人ノ評云（前評⑴批判）、⑷非ナルカ（⑶批判）と、複雑な議論を展開している（一23ウ）。このように「評」を、複数の視点から設定している場合のあることも念頭におく必要がある。

(11) 前田勉「近世日本の「武国」観念」『日本思想史 その普遍と特殊』（ぺりかん社、一九九七）所収。

(12) 尊氏肯定ひいては足利政権の正当性を語ること自体は、『梅松論』や『源威集』に、より明瞭な形で存在する。しかし、「九州ヨリ御帰洛以後、景仁院（光厳院）重祚アリテ仏法王法昔ニ帰リ、天下于今治リケルコソ当御代ノ眼目」（寛正本。新撰日本古典文庫）と語る『梅松論』、「家高ク皇ノ御代ノ堅メ」たる源家の歴史を語るべく、祖神八幡大菩薩に溯り、後光厳帝を奉じての二度にわたる京都奪還の記事をもって巻を閉じる『源威集』（平凡社東洋文庫）等と異なり、『陣宝抄聞書』には、朝家（具体的には持明院統）との関わりによって権威の正当性を主張しようとする意識は皆無である。『聞書』の行っているのは「武」の純粋な評価であり、であればこそ次に示すような北条時政の評価も現れる。

『理尽鈔』は持明院統関係記事にほとんど筆を費やすことはない。巻五「持明院殿御即位事」、巻一五・一六の尊氏の院宣拝受関係記事、巻一九「光厳院殿重祚御事」、巻二五「持明院殿御即位事」、巻二七「大嘗会事」、巻三二「茨宮御位事」等々の章段が「無評」と目次にあるのみ、もしくは関連する記述を持たない。その結果、尊氏・足利政権を、持明院統との関係において擁護する余地を無くすと共に、乱世における武威の重要性をそれ自体として意義付ける道筋を、種々の角度から切り開くことにもなっている。上述の『聞書』の発想もこうした『理尽鈔』を土台とすることによって生み出されたと考える。

『理尽鈔』の史的価値は、『聞書』のような、武の自立的な価値評価の先鞭を付けたことにある。

第三章　兵　学

――『甲陽軍鑑』との対比から――

はじめに

『理尽鈔』はその伝授奥書に「右太平記評判者武略之要術治国之道也」とあるように、兵書としての性格をもち、兵法史研究においても一章が割かれてきた。しかし、流派・伝書の整理を除き、兵学の特質については、いまだ明らかにされているとはいいがたい。ここではほぼ同一時期に世に現れていた『甲陽軍鑑』との対比を問題解明の手がかりにしたい。(1)

『甲陽軍鑑』の兵学については、浅野裕一に詳論がある。(2)『甲陽軍鑑』に登場する諸将の中で最も厳しい批判を浴びているのは、仇敵上杉謙信ではなく織田信長である。浅野は、そこには軍事上の敵に対する憎悪に止まらない兵学上の価値観の相違が横たわっているという。すなわち、戦闘での武勇の発揮や戦いぶりの風格を重んじ、武道の倫理に至上の価値を置く甲州兵学と、経済力の掌握を根底に置き、個々の戦闘の勝敗には拘泥せず総合力での優位を目指す上方兵学との相違である。

一書の中で同席する信玄と信長・秀吉との場合と違って、『理尽鈔』の中心人物正成と『甲陽軍鑑』の信玄とが直接あい対することはない。『太平記』の時代を問題にする『理尽鈔』に信玄が登場しないのは当然のこととして、『甲陽軍鑑』が歴史上の武将を取りざたする際に正成の名をあげることは可能であった。しかし、『甲陽軍鑑』に正成の名を見いだすことはできない。

信玄公被レ仰は、むかし、からこくには、かう羽・かうその前後、弓矢の名将さいげんなし。今はきこゆる人なく候。日本国にも、源義朝・同義衡、平清盛・同重盛、前後に名将ありといへども、御次頼朝・義経兄弟の事を申、其後は、義貞・尊氏とさたする也。今は安芸の毛利元就、相州小田原北条氏康、越後長尾輝虎、尾州織田信長、かいだうに徳川家康、是五人ほどの侍は、日本の事は不レ及レ申、大唐にも只今はあるまじく候。（本篇巻一二（品三七）・四一二頁）[3]。

このことはすでに『甲陽軍鑑弁疑』（宝永二年（一七〇五）跋、同四年開版。甲斐叢書九・三〇四頁）が注目している。しかし、『軍鑑』は正成を「本朝に於て古今の良将」と評価していたが、あえて「極秘」にしたのだ、という『弁疑』の解釈はうがちが過ぎる。信玄は名門甲斐源氏の血筋を意識しつつ、史的には源平の武将を、当代は自らに匹敵する実力者達を挙げたのであり、正成を正統な武門の代表者として認めてはいない、とみるべきだろう。

一方の『理尽鈔』そのものには信玄の名は見えないものの、大運院陽翁を加賀に招いた微妙院前田利常の、「信玄の事は少も御意無御座候。唯太閤の御軍法を御感被遊候。甲陽軍鑑などは且て御覧不被遊候。」（『微妙公御夜話異本』加賀能登郷土図書叢刊）という言行が伝えられている。また、秀吉が信玄流の生き方を「はかをやらざる小刀利きの武道」（『川角太閤記』巻四）と批判したことはよく知られているが、陽翁の弟子大橋全可の著作にも同種の信玄批判が見られる。

武田信玄ハ信州一国ノ退治三十年余リカ、リテ治メ玉フハ、謀アル良将トハ云カタシ。是謀攻ヲ不レ用シテ戦法ヲ専トシ玉フ故也。信長ニハ遙ニヲトリタル所多シ。（『孫子陣宝抄聞書』巻四）

全可は信玄のみならず、信長をも次のように批判する。

近時、秀吉卿ノ軍法、上兵ノ策多《キ》也。人ヲ殺シ玉ハズ、天下《ヲ》全フシテ保《チ》玉フ。（中略・明智・柴田討滅は特別の事

情による例外）又信長ハ日本戦国ノ時節ト云ナガラ、国ヲ破リ人民ヲ悩乱シ玉フコト多シ。……（同右）

ここでは「甲州兵学」と「上方兵学」との差異とは別次元の対立軸が意識されている。『理尽鈔』と『甲陽軍鑑』とが直接お互いをあげつらうことはない。しかし、信玄と正成との対比は、信玄と信長・秀吉との対比と重なる部分を持ちながら、またそれとは違った問題を浮かび上がらせるものと思われる。

一、後道の勝と始終の勝

『甲陽軍鑑』によれば、天文一六年（一五四七）八月[4]、信州上田原で信玄に敗れた村上義清が景虎（謙信）を頼る。義清を前に謙信は自らの信条を語る。

武田晴信の弓矢をとるに、ごどうのかちを肝要にと、しめらるゝは、国おゝく取るべきとのおくゐなり。我等は国とるにはかまはず、ごどうのかちにもかまわず、さしかゝりたる一戦をまわさぬをかんやうにいたし候。（九（品二八）二七五）

信玄は、国を多く取るという奥意（究極の目的）により、後道の勝（最終的な勝利）を重視して、締めて（慎重に、無理をしないで）戦おうとするが、自分は後先の利害を考えて当面した合戦を避けるようなことはしない、という。はたして謙信は、自らの予定よりも、村上に頼まれた「当座のぎり」（九・二七二）を優先して、信玄との戦いを始めることになる。両者の武辺気質の相違を物語る著名な一節であるが、いま問題にしたいのは「後道の勝」という言葉である。

類似の発想に、『太平記』や『理尽鈔』に現れる「始終の勝」という言葉がある。

・合戦ノ習ニテ候ヘバ、一旦ノ勝負ヲバ必シモ不レ可レ被二御覧ぜ一。（『太平記』巻三。岩波大系九八頁）

・合戦ハ兎テモ角テモ、始終ノ勝コソ肝要ニテ候へ。（同一六・一五〇）

いずれも正成の、後醍醐帝に対する奏上の言葉である。『葉隠』がさきの『甲陽軍鑑』の一節を踏まえて、「謙信の、『始終の勝などいふ事はしらず、場を迦《はず》さぬ所ばかりを仕覚たる』と被レ申候由」（聞書二）と記すように、後道の勝は始終の勝と言い替えてもよさそうである。しかし、現実に敗北（巻三の笠置落城、赤坂城落城）や撤退（巻一六での比叡山臨幸）をみる『太平記』と、信玄の生涯不敗を誇る『甲陽軍鑑』とでは自ずから意味内容を異にする。

天文一五年三月の戸石合戦で信玄は、退却した村上勢以上に大きな人的損失を出した。しかし、『甲陽軍鑑』は、次のような理由により「かち合戦」であると主張する。

戦には、惣別、しばゐをふまゆるをかちと申事は、むかしが今にゐたる迄、源氏七騎にうち被レ成てもかちといふは、ゆみやのさ法これ也。人数の大勢うち死したるをまけにいたすは、ゆみや不案内の家にて如レ此にさたするぞ。人をすくなくうち取りて、我が味かた、いかほどおほくうたれたりというとも、其場たちのかず、ふみしづめたる方を、かち合戦と申。（本篇九（品二六）二五二。右は上野箕輪城主長野信濃守の発言であるが、同趣の論評は六（品一四）一五〇等にもあり）

伊南芳通の『甲陽軍鑑評判』（承応二年（一六五三）自序、同年刊。引用は甲斐叢書所収本）が、「源氏七騎に討なされたる石橋山の合戦何れの処をか源氏の勝とは云べき。其譬又あたらず」と批判するように、また、本来の目的の戸石城を落としていない以上、後詰めに駆けつけた村上勢の退却をみたところで、これを勝ち戦というのは強弁でしかない。

元弘二年五月、再挙した正成が住吉・天王寺まで勢力を伸張し、六波羅の遣わした五千余騎の大軍を智謀を以て撃退する。しかし、六波羅が新たに差し向けた七百余騎の宇都宮勢を前に、彼らの必死の覚悟を察した正成は、攻撃を主張する配下の声を抑え、

天下ノ事全ク今般ノ戦ニ不レ可レ依。行末遙ノ合戦ニ、多カラヌ御方初度ノ軍ニ被レ討ナバ、後日ノ戦ニ誰カ力ヲ可

レ合。「良将ハ不レ戦シテ勝」ト申事候へバ、（巻六「楠出二張天王寺一事付隅田高橋并宇都宮事」）と、一旦退却することを命じた。この判断を『理尽鈔』の正成も自ら次のように解説する。

正成ハ前ノ大敵ニダモ打勝ナガラ、今度ノ小敵ニヲソレテ天王寺ヲ落タルハ、無下ニ浅間ニ候ナント、武ノ道ヲモ不レ知者イク万人モ申候へ（中略）人ノ左様ニ申候ヲ恥テ、合戦ニ及ビ侍ラバ、若干ノ味方ヲ討セテ、弓矢ノ上ニ大損ニ遇候ヒナンズルゾ。兎シテモ角シテモ、軍ニハ始終勝タルガ能者ニテコソ侍レ。（六41ウ）

「ゆみや不案内」の、負け戦という論評に真っ向から反論する『甲陽軍鑑』と、「武ノ道ヲモ不知者」の貶しを意に介さない『理尽鈔』。『理尽鈔』には次のような発言もある。

軍ニ負《ケ》タルモ科《シナ》ニヨリテ恥ニハ候ハズ。勝ベキ道ヲ知テ謀ヲタクミニシテ進《ミ》、味方ノ危ヲ見テハ軽《ク》兵ヲ引取《リ》テ兵ヲタスケタルヲ良将トハ申候。（三三27ウ）

後道の勝・始終の勝という言葉から一般的に想起されるのは、一旦の勝ち負け（の名誉）にはこだわらず最終的な勝利を良しとする姿勢であろうが、『甲陽軍鑑』はちがう。謙信流の、すべてに優先して名誉を重んずる生き方とは異なるとしても、生涯不敗（一三（品三九）四五二）という信玄の誇りを傷つけることは許されなかった。「備を能たてられ、働きのてくばりいかにもよろしく、大くづれなきくさびをかたく被二仰付一、かちもまけも被レ成ず候へば」（九・二七六）、「御腹をたてられず、備を能くたて被レ成、少もけがなきやうに遊《あそばし》」（九・二七九）、「をしつめてよくしあん・くふうをもつて、位づめに仕り」（一三（品三九）四五二）、「けいはくをきろふ」（一六（品四三）三五）等々という表現が、〈後道の勝〉に付随して現れる。後道の勝は、目先の勝敗に重きを置かない姿勢では決してない。敗北を恐れるが故に、性急な勝負に走ることを強く戒める言葉であり、不備・手抜かりを忌避し、不断の緊張を持続しようとする言葉である。

相良亨は「信玄流の一戦一戦をたいせつにして、いわば過程そのものを目的とする生き方、統率者の善悪是非の

「分別」を重視する考え方は、一挙手一投足をもないがしろにすべきではないと説く儒教と、その考え方においてつながるものがある。」（「戦国武士の道」。『著作集3』二三五頁）と説く。問題は、いくさのかけひき・はかりごとを中核に置くその「分別」に、合戦・侵略の善悪是非は含まれていないことである。

二、他国侵略の是非

国持給ふ大将たちの、人の国をとり被成《なさる》ゝ、是は、よその国にさのみとがはなけれども、おしやぶりて、てがらしだひにとるといへども、むかしが今にいたるまで、きりとり・がんどう、ぬす人とは申がたし。（二一（品七）八三）

所領拡大は国持大将として当然の責務であって、何ら批判されることではない、と『甲陽軍鑑』は説く。侵略行為を偽善的な言葉で飾ることがなかったのは「人数を殺す事、常の習ひ」と記す『信長公記』巻一五も同様であり、[5]彼等は目的の効率的な達成のためには「一ニ、春はさなへをこなし、二ニ、夏はうゑ田をこね、或はむぎ作をこなし候。三ニ、敵地、民百姓迄の家を焼」（末書下巻中二・四二一）等々の行為もいとわなかった。

相良は、こうした信玄や信長と対照的な姿勢をもつ武将として、「出兵をすべて義兵の意識をもってした」謙信をあげている（『著作集3』二一八頁）。相良の用いた資料のうち、謙信関係軍記は「『甲陽軍鑑』以後」の成立と目され、[6]いまは措くとして、永禄七年六月二四日付の弥彦神社に納めた願文を問題としたい。謙信はいう。越中の神保・椎名の争いに対し、父為景以来の絆を重んじ、椎名に加勢して越中に出兵するのであって非分ではない。当家はすべて管領の下知・意見により兵を動かすのであって、直接依頼の無い場合でも、私意によるものではない、と。このように謙信は「守二筋目一不レ致二非分一事」（願文の発題）を標榜するのであるが、神保・椎名のいずれに道理があるのか、管領の下知の正当性はいかがかといった領分には踏み込んでいない。

信州江成レ行事。第一小笠原・村上・高梨・須田・井上・嶋津其外信国之諸士窄道。又者輝虎分国西上州へ武田晴信成レ妨候。於二河中島一も手飼之者余多為二討死一候。此所存を以、武田晴信退治之稼、是又非道有レ之間敷事。

信玄の侵略を懲らすための信濃出兵にはたしかに大義名分がある。しかし、この場合もその視野にあるのは小笠原ら「諸士」であり、彼らのそれまでの統治の実状を斟酌してはいない。いまこのこのようにあげつらうのは、『理尽鈔』に以下の発言があるからであり、その源には『太平記』の正成像が控えている。

○（宇都宮が正成追討に向かう路次、馬・人を徴発したことを評して）往昔ヨリ、軍ニ発向スルコト、国ヲ奪ン為ニ非ズ。一天下ノ万民ヲ豊ナラシメントバカリ也。然ヲ先《マヅ》民ヲ苦《マシ》ムル事、大ナルヒガ事ナルベシ。（六40オ。八66ウにも同種の発言あり）

○凡良将ノ兵ヲ引テ、敵国ニ乱入スル事、其領地ヲウバヒ、非《ズ》二一身楽《ヲシマント云ニ》一。其国ノ主、無道ニシテ、政不レ正《シカラ》万民苦ム事多シ。此無道ヲ罰シテ、於レ民《テ》令《ニン》レ安《カラ》ト也。故ニ政ノ正キ国ニハ、不レ随《ハ》ト云共、不レ可レ為《ス》二乱入一。若是ヲ乱入センニハ、民ヲ悩マスニ成リヌ。民ヲ苦シムル則ンバ、其時無道ニシテ、国ヲウバウニ成ナン。然ラバ天道ニ背ンカ。（八62オ）

◎正成ハ、天王寺ニ打出テ、威猛ヲ雖レ逞《アラハスト》、民屋ニ煩ヒヲモ不レ為シテ、士卒ニ礼ヲ厚クシケル間、近国ハ不レ及《バ》レ申《スニ》、遐壌《カジヤウ》遠境ノ人牧マデモ、是ヲ聞伝ヘテ、我モ〳〵ト馳加リケル程ニ、其勢ヒ漸《ク》強大ニシテ……（『太平記』六・一九三）

ちなみに前述の『甲陽軍鑑評判』にも、これらと同趣の信玄批判がみられる。

・仁将は私闘に民を不レ害と云り。晴信時々民の煩悩をいとわず農作を乱り、民間を苦めて処々に狼藉せらるゝこと究て不仁の義なり。（中略）伝へきく正成は敵の境に到るごとに国民を懐け、先代苛政を改て彼が患を除き、

（中略）民の艱難を知り、慇懃にして其言慢ざりしかば、百姓安堵に住して恒の産怠ることなく、正成の向い玉ふと聞ては佳肴旨酒を前に具て宛も賓客を請待するが如しと云り。（三・一五八）

・故に兵法に、過なきの城を不レ攻、無レ咎の国をば撃べからずと云り。（八・二二二。信玄駿河侵攻の論評の一節）

信玄寄りの『甲陽軍鑑』に対し、一方に偏らない論評姿勢が本書の特徴の一つであり、[7] 著者伊南芳通については「山田五兵衛に甲州流、池田八弥に謙信流の軍学を学び、諸武芸に通じた」（岩波『国書人名辞典』）と紹介されているが、伊南が楠流兵法の一つ河陽流「中興の祖」であったことをも忘れてはならない。[8] 本書を河陽流、あるいは広く楠流の立場からする『甲陽軍鑑』批判とみなすことも可能であろう。石岡久夫は、『七巻書』巻三の「軍教序」の、「夫兵ヲ学ノ法ハ心性ヲ悟リ、諸民ヲ親愛スルヲ上トシ、計謀ニ依テ学ヲ中トシ、戦術ヲ貪リ習ヲ下トス」と始まる一節が、「楠流を一貫する根本の兵法精神」を顕わしているという（『日本兵法史　上』一九二頁）。石岡の主張は、『理尽鈔』以来の楠流の特質を具体的に分析して提示されたものではない。しかし、上述のように『甲陽軍鑑』と対比しながら『理尽鈔』『甲陽軍鑑評判』の記述を見てくるとき、たしかに「諸民ヲ親愛スル」ことの重視は、楠流を特徴づけるものといえそうである。

三、防御と攻撃

他国への発向をめぐる議論の相違は以下のような点にも及んでいる。『甲陽軍鑑』は、信玄が大敵に対して、自らの力のみを頼み、かつ陣立・武略・軍法に怠りのない堂々たる勝負をくりひろげたと讃え（末書上巻・三〇二）、あるいは次のような信玄の言葉を伝える。

国持が城へこもりて、うんのひらく事まれならん。但、主を持たる侍の後づめを頼にするものは、何程もけんご

なる地を、ぢやうぶに普請する事肝要也。（八（品一七）二〇〇）

甲州流にあっても築城法は重大要件であり、『甲陽軍鑑』にも城取についての言及も存在するが（九（品二五）二四二、一三（品四〇上）四五四、一六（品四二）一五等）、防御の手だてに筆を割くことの少ない『甲陽軍鑑』に比べ、『理尽鈔』の場合は攻撃よりも防御を主体とした発想が顕著であり、その叙述も生彩を放っている。

・水の確保、糧の量および分配法、矢数、拱《サマ》ノ切様、塀の内側の植樹とその効用等に及ぶ、「国ノ境」の城での籠城の用意。（六8オ）

・軍資金の準備、胡麻・榧等からの油の採取、諸種の干し葉作り、稲の保存箱の詳細な寸法の提示、炭の用意等を縷述する千破剣籠城の用意。（七44ウ）

・竹による水弾《ハジキ》、備前壺での油の備蓄（七59オ）

・具体的な数字をあげての兵糧の分配方法および留意点（一八31ウ）

こうしたあり方は、正成活躍の主舞台が赤坂・千破剣の籠城戦であったことの反映であるが、『理尽鈔』が他国への侵略に対し否定的な立場をとっていることとも無関係ではない。巻二一には興味深い現象がみられる（38ウ〜40オ）。多くの敵城を攻略するにはどうしたらよいか、との脇屋義助の質問に正成が答える。攻撃側に立って、敵（籠城側）が多数の城を構えておれば必ずや攻撃に容易な城があるはずだ、と始まるその回答は、結びの部分では、籠城側がいかに敵（攻撃側）の攻撃を退けるか、ということに論点を移している。

四、命と死

先に、味方がどれほど討たれようが、戦場を死守した側を勝利者とみなす『甲陽軍鑑』と味方の損失を嫌う『理尽鈔』との対照的な姿勢をみた。それは、民を安んじることを優先し、攻撃よりも防御を重んじるあり方にも通うところがある。

・荒尾ガ舎弟足助ガ矢ヲ所望シテ、射殺サレシ事不覚也。（中略）命ハ人間ニ不レ限《ラ》生ヲ受《ケ》タル者ノ第一ノ宝也。何ゾ敵ノ矢ヲ所望シテ徒ニ亡セル。是不覚ニシテ非《ズ》二高名《ニ》一。（三12オ）

・（正成は「人ノ恥ガハシキ事、無礼ノ悪口」を口にすることが無かった。敗走してきた志貴右衛門佐をも次のようにねぎらった）「御身ノ無事ニ死ヲ遁レ給フコソウレシフ候へ。死シタル兵ハ歎《ク》クト云フトモ帰《ル》ベカラズ。……」（六37オ）

しかし、『理尽鈔』は無条件に命の尊厳をうたっているわけではない。個々の命の尊重と同時に、「良将ハ五百人ヲ捨テ軍ヲ不《ル》レ被レ破ヲ取《リ》、盲将ハ五百人ヲ助テ軍ヲ敗ス。可二心得一事ニヤ」（一四114オ。七34ウの正成の発言も同じ発想に立つ）と、大局的な利害を見損なうことを戒める観点も存在する。『理尽鈔』が人道主義を説いているわけではないことは、第一部第二章で「敵国ニ発向シテ、戦ヲ決セント欲《ス》ル時、敵ノ兵ノ事ハ謂ニ不レ及、下部三歳ノ幼童マデ、皆可《キ》レ討《ツ》。徳余多アリ」（八75オ）という言葉を引いて論じた。『理尽鈔』が『太平記』と袂を分かつのも、「武威」による統治を積極的に肯定するところにある。将来に禍根を残さないために、敵将の子孫・一類を「胎内ヲモサガシテ」徹底的に掃討し、「以《テ》レ威《ヲ》民ヲ令《メ》レ恐《レ》テ」「而シテ後、法ヲ能立テ民ヲ慈《イツクシム》」（八75ウ・76オ）のが『理尽鈔』の敵国統治の基本（ただし、その国の風と民の意を見て分別すべきであり、一律に適用すべきではないという）であった。

『理尽鈔』が単純な人道主義を標榜するものではないとしても、当座の個人的な名誉のために粗忽に命を失うことを批判するあり方と、何よりも名誉を重んじる『甲陽軍鑑』のあり方とは対照的である。『理尽鈔』も「君ノ為ニ事ノ切ナルニ及デ、死ヲ快クスル」ために「少事ニ命ヲ失ハン事ヲ恐レ」る（三12オ）のであるが、『甲陽軍鑑』は大事に役立つためにこそ普段からの死の覚悟が大切であるという。(9) たとえば前引のように『理尽鈔』は、兄の死を隠そうとして足助を挑発し、あげく射殺された荒尾を「不覚」「無益ノ勇《ケナゲ》」と批判する。一方の『甲陽軍鑑』では、むやみに喧嘩を禁止したのでは「男道《おとこだう》のきつかけをはづし」、「みなふそくかきのおくびやうものになり候はん」(七(品一六)一七〇)、と内藤修理が弁じたことや、胸ぐらをつかみ合う喧嘩に及びながら脇指の勝負をしなかった赤口関・寺川の両名を、「晴信が家のきずに成る事なり」(一七(品四七)四一)と、信玄が処刑を命じた事件がよく知られている。つねに死の覚悟をもった振舞を善しとする『甲陽軍鑑』が、「他国治様」を問題にするとき、どのような主張が現れるか。「他国をきりとり、其国の侍をことく〳〵切りすて、又はおひはらひ、壱人もかゝゑずして、本ざん衆ばかりに、其国の知行をわりくるゝはいかん」との信玄の下問に対し、山本勘助がそれは「悪儀」であると批判した(一〇(品三〇)三〇一)、というし、信玄自身にも次のことばがある。

左様のもの(無心懸、恥知らずといった欠格者)成とも、其しな〴〵につかふ事は、国持大将の一つのぢひ也。(中略)国をとつては、其せんぽうをかゝへ、諸人のめいわくなきやうにめぐむ。かくのごとく、ぢひ・けちゑんのほどこしにて、せりあひ・合戦、城を責おとし、又は、国中仕置の為に、とがにん、しざひ・るざいのつみ、きゑてのく。此理によりて、国もちのぢひ・けちゑん、かんやうなり。(一〇・三〇六)

無道の侵略、民を苦しめる行為を批判する『理尽鈔』が、いざ他国の統治を問題にするにあたっては非情な武威発揚の徳を述べるのに対し、侵略行為自体や敵国を疲弊させる様々な手段を駆使することに何らの疑問もみせない『甲陽軍鑑』が、慈悲をもっての融和を大切なこととする。『理尽鈔』『甲陽軍鑑』ともに、命・死・罪等々をめぐる議論を一貫した原理原則からではなく、種々の状況に応じて繰り広げている。そうした状況論的発想において両者は共通するが、議論の中身は好対照をなす。

五、民と武士

前項にみた両者の相違のもつ意味を、「民」の扱いかたから考える。古川哲史が『甲陽軍鑑』に描かれた戦国武士の理想の特色はそれが町人的および女性的なものとの鋭角的対立において示されている点であると思われる」と指摘するように(10)、本書には「町人・百姓は、少能《よき》事にさへおごりやすければ」(四(品一二)一一二)といった類の記述があり、次のような明らかな蔑視の言葉もみえる。

百姓はふがいなき者にて、縦ば壱俵の八木を半分かくして、地頭・代官に改《め》られ、様々うそをつき、かくしたる物を見出されては、我科を人にぬりたがり、中々はぢを知ざる者なれども、是はさやうにきたなき事、とりゐにて、人間を大小・上下共にたすけ申候。(末書上巻・三一九)

また、武略・知略・計策を駆使して勝利を得る事をよき軍法という『甲陽軍鑑』は、正面からの準備・手だてを〈武略〉、裏にまわっての種々の撹乱・懐柔策を〈計策〉と区別し(一六(品四一)四)、「武略の時は武辺者、けいさくの時は出家・百性・町人も然るべし」(五(品一三)一三四)、という。

北条氏長が師小幡景憲の説をまとめたという『兵法雌鑑』にも「計策とは、出家・町人・百姓などの……音物を以てかへり忠の者を作り……」(『日本兵法全集3　北条流兵法』一〇二頁)とある。一方、『理尽鈔』には返忠をはじめとする、〈計策〉に相当する記事がしばしば現れるが、それを「正成ガ伝」として重視し、事にあたる人物も武士に他ならない。

・城へ酒ヲ贈リ、或ハ水・塩・肴等ヲ贈リ、又ハ言葉ヲ以テムツマジク謂ルハ、城中ヲ避《ケ》(裂)ン為也。徒ニ贈ルニハ非ズ。正成《ガ》伝也。可レ秘《ス》々々。(三15オ)

・（城中に）米百石・樽五十荷・サカナ拾種ヲゾ送リニキ。又正成ガ郎従ノ中ニ相知タルニハ皆音信ヲ通ジタリ。

（一二27オ）

武士と百姓・町人等とを峻別する『甲陽軍鑑』は、武士に厳しい自己抑制を求めている。「出家は学文、あき人はあきなひのみち、百性はかうさくのみち」に励むように、武士は「つましくして、その身をまつたくもち、能つゝしんで、弓矢のすへをよくせんさく」することにより職分を果たしうるというのである（十（品三〇）二九七）。『理尽鈔』にも武士と郷民との対比記事があるが、日頃の鍛錬・将（指揮官）の有無が両者を分かつ（八2ウ）というのみであって、先の『甲陽軍鑑』のような蔑視の気配はみとめられない。「将タル者五常ノ道ヲ能覚ヘテ郎従共ニモ、道ヲ教ヱ其身ノ行跡《フルマイ》ヲモ能セヨト也」（一六56ウ）という記述も、正成主従の強固な絆の由来を論じるのであって、『甲陽軍鑑』のような出家・商人・百姓に対する、支配階級としての武士の行動倫理を問題にするものではない。『理尽鈔』には『甲陽軍鑑』と異なり、国家における武士階級の役割・あり方(11)を描き出そうとする姿勢は少ないといえる。

『理尽鈔』は、正成を「たんなる軍略家ではなく、家臣・領民を掌握し、卓越した政治能力を持つ指導者」「領民を恵む仁君(12)」として描いている。しかし、朝廷の政治が荒廃し正成への期待が高まるが、国政を論じる上では、正成は決して「臣」としての立場を崩そうとしない〔→第一部第二章〕。『甲陽軍鑑』の信玄が「日本国を残さず治取て、国々能仕置御備、十七ヶ条之事」（末書下巻下四九八）という、自らを主体とする日本全国の統治構想を述べていることと対照的である。ちなみに、信玄の構想においても天皇・将軍への敬意が説かれてはいるが、「天下仕置を被二仰付一侍の、帝王様・御公方への忠節」という表現が示すように、天下仕置の実権は信玄にある。

『理尽鈔』には正成の次のような逸話も語られている。

サレバ、楠正成ハ、幼少ノ家子郎等ヲ集《メ》メテハ、夏ハ河狩ト号シテ、ヒヤウタン余多求メ出シ、是ヲ童子ノセナカニ結付テ、水中ニ入《レ》テ、水ニタハブレシメ、或ハ十歳余リヨリハ、山野ニ出テ歩行ヲ令《メ》レ習《ハ》、中ニ勝レタル

ニハ、老若ニ不レ依《ラ》、引出物ヲ得サセシト也。（八34オ）

　正成ハ内外ニ殿ヲ二作リテ、外ノ殿ニ出ル時ハ威義ヲ調ヘタリ。郎従共皆然也。内ノ殿ニ在《ル》時ニハ、郎従共ニ言葉ヲ懸、四方山ノ事共語ラセ其身モ語リ打交リテ、囲碁・将棋・双六ニテ遊ビタハブレシ。其外ハ弓馬ヲ事トシ、分国ヲ狩シ鷹ヲ遣フ。（一七25ウ）

いずれも指導者としての正成の心配りを賞賛するものであろうが、ここにあるのは相良が『三河物語』に触れて述べた言葉を借りれば、「主従の情誼的結合」（「戦国武士の道」二三四頁）の物語である。平生の正成の慈愛に応えて、千破剣城の様子が賀名生に伝えられた際、幼童・掻き女童までもが口々に正成のために戦うことを望んだ（七65オ）という。

　相良は、徳川幕藩体制の形成における情誼的結合の役割を評価しつつも、

外様をも含めた全国的秩序の理念として、情誼的な結合をそのまま打ちだすことにはさまざまな障害があった。『三河物語』的な心情とはむしろ異質的な儒教が、徳川幕府の支持をえて台頭することになったのも、このことと関係がある。

と指摘する。『三河物語』と同種の問題を『理尽鈔』も抱えている。

　降参人ニ奥ノ意ヲ免ス事ナカレ。心ヲヘダツルヲ顕ス事ナカレ。上部ハ打解《ケ》ヨ。世ノ不《ル》レ静《マラ》以前、敗スル事ナカレ。約ヲ変《ズ》ル事ナカレ。泰平ノ時ニ至テハ、又大ニ異也。此ヲ謀ト云ト也。（二二7オ）

降参人への警戒を怠らず、前述したように統治対象の他国に対する武威を強調する『理尽鈔』と「右日本六十六ヶ国の内、四十ヶ国こうさんの侍衆にあておこなふ」（末書下巻下四九八）という『甲陽軍鑑』のいずれが、大規模かつ長期的な統治を可能とするか言うまでもなかろう。「軍ニ発向スルコト、国ヲ奪ン為ニ非ズ。一天下ノ万民ヲ豊ナラシメントバカリ也」（六40オ）と揚言した『理尽鈔』ではあるが、実際に実現をみているのは摂津・河内という、ごく

限定された空間における平和と繁栄でしかない。『理尽鈔』の正成は為政者ではあるものの、小集団における族長としての面影が濃い。『理尽鈔』が武士階級のみならず、たとえば河内国大ヶ塚村の大地主・酒造業者であった河内屋河正といった人物にまで影響を与えたことが指摘されているが、(13)『理尽鈔』の正成の醸し出す親近感もそれに無縁ではないだろう。

おわりに

中世的な軍法・軍配術から近世兵学への転換期に際し、「兵法に学的体系を与え、戦闘の術より治国平天下《ちこくへいてんか》の大道にせしめた」のが、小幡景憲に甲州流を学び独自の兵学をうち立てた北条氏長であった。(14)氏長の兵学は、師説の体系化をはかった『兵法師鑑』（のちに雌鑑と改称。寛永十二年（一六三五）福聚院序）から、中世的な軍配思想的要素（日取・雲気等）を大幅に減退させて再構成された『兵法雄鑑』（正保二年（一六四五）九月成）を経て、『士鑑用法』（正保三年五月自序）に至って確立をみた。『士鑑用法』の序にいう。農工商の三民を乱す邪なる「盗人を征罰して、泰平の世となす役人」を士といい、上士たる主が有道か否か、中下の将・士の作法が正しいか否かにより国家の存亡は定まる、と。右の「盗人」という表現にすでにあきらかであるが、『士鑑用法』は士の立ち向かう相手を以下のように拡大することにより、兵学を平時にまで透徹させたのである。

私云、敵と云も弓鉄炮を持ち、鑓長刀をとつて、我を殺さんとするばかりを、敵と云にはあらず。何事によらず我相手となり、我身・我家・我国・我宝を失ひ破るものは敵なり。（『日本兵法全集3　北条流兵法』一八四頁）

本来「敵」と表現すべきところを「賊」と記すのも同様であり、こうした用法は『甲陽軍鑑』や『兵法雄鑑』以前にはみられない。

私云、備と云ことは賊おこるの日、戦場にのぞんで弓鉄炮をならべ、士卒をあつめ人数を立るばかりを、備と云にはあらず。(『同』一八三頁)

賊とは、すでに成立している国家・社会の秩序を乱す存在をさす。賊退治が主務であり、秩序の安寧が最優先課題(『同』一八五頁)であれば、かつての国持大名の責務であった領土拡張にも規制がかけられる。「国をとりひろげてこそ、めん〳〵かく〳〵、諸人大小・上下共に、かをんのくれて、よろこばせんずれ」(『甲陽軍鑑』八・一九八)という戦国の世はすでに遠くに去った。

たとひ国主たりと云とも、欲の為に兵を起し、人の国を攻とりて、我国となさんことを思、或はいかりによつて人をころし、闘争を好は、是治国の主にあらず。(『士鑑用法』二二五頁)

こうした侵略思想を批判する発想は、すでに第二節において『理尽鈔』にみたものである。また、詳述のゆとりはないが、中世的な軍配思想を退ける姿勢も『理尽鈔』(三一38オ等)に共通する。近世兵学の画期をつげる北条流の到達点は、『理尽鈔』にその原型を見ることができるのである。

しかし、具体的な方策をもって、率先して農政にあたる『理尽鈔』の正成の姿は、北条流兵学に見いだすことはできない。逆に

元来自性は無為にして、敵なく味方なしといへども、愚迷なれば好悪人我の情にひかれ、自性をくらまし、当然の道理にそむくによつて、其過不及のところより敵となるもの出来なり。其起るところはすこしきなりといへども、事重て増長するときは、広大になり、縁にふれて変ずるときは、其品無量なり。故に其品々を知て勝レ之。(一八四頁)

という強い自己修養・抑制(勝レ之)の姿勢は北条流のものである。たとえば『理尽鈔』巻三五(19ウ)にいう「国ヲ治メン者」の心すべき十六箇条をみよう。その中には「九ニハ常ニ自修、臣下万民ノ修リヲオサヘヨ。十ニハ自他ノ

重欲ヲイマシムベシ。」という倫理の問題も含まれているが、中心をなすのは「一ニハ上下不レ遠《シテ》下《カラ》民ノ歎ヲ能知《リ》、二ニハ奉行頭人ヲヱランデ其《ノ》器ニ当ルヲ以シ、又奉行頭人ノ少《ノ》非ヲ以ハ大罪ト定メヨト也」「十二ニハ諸事ヲ自《ラ》聞《ケ》。一人二人ヲ以テ聞《ク》ベカラズ、諸人ノ口ヲ以テ聞ベシ」といった具体的な技術である。北条流の自己修養・抑制の姿勢は、第六節にみた『甲陽軍鑑』の「殊更武士ハつましくして、その身をまつたくもち、能つゝしんで」云々という武士像をうけるものであり、さらに氏長の弟子山鹿素行に至って、「三民の長たる」士の存在意義を決する重大な課題となっていく[15]。

「近世の兵学者は朱子学を学びながら、それと対抗するという形で、兵学の道徳学化・政治学化を進めた」と指摘されている[16]。『士鑑用法』の「城取」と修身治国平天下との類比論は好個の事例であろう。その一方で、兵書の流れという枠組みを立てるとき、『理尽鈔』と『甲陽軍鑑』との対照的なあり方が、北条流兵学において止揚されているという位置づけも可能となる。氏長と『理尽鈔』との直接交渉は不明であり（『士鑑用法』「用思」に『太平記』序の引用がみられる）、以上は粗い見取り図であるが、『理尽鈔』が、近世兵学の土壌たる『甲陽軍鑑』に比肩する沃野を抱えていることを確認して稿を閉じる。

注

（1）　両書ともに編著者・成立時期の確定を見ていないが、室町末期から近世初期にかけて活動した大運院陽翁（『理尽鈔』）・小幡景憲（『甲陽軍鑑』）が重要な鍵を握ることは疑いない。

（2）　浅野裕一「『甲陽軍鑑』の兵学思想――上方兵学との対比――」（島大国文8、一九七九・九）。ただし、信玄と信長とを対比する議論の基本的な枠組みは、相良亨「『甲陽軍鑑』の世界」・「戦国武士の道」『相良亨著作集3』（ぺりかん社、一九九三。初出一九六四・六五）に提示されている。

（3）引用は酒井憲二編『甲陽軍鑑大成　本文篇』（汲古書院、一九九四）による。ただし、ハ・テ・ミなど本文中に混じる片仮名は平仮名に改めた。なお、巻数のあとに版本系本文の品数を付記した。

（4）『妙法寺記』等の史料とは日付・展開等を異にし、『甲陽軍鑑』の信玄美化の問題を考える必要がある。次にあげる戸石合戦も同様。

（5）渡辺浩『放送大学教材政治思想Ⅱ』（日本放送協会、一九八五）三六頁。

（6）『戦国軍記事典群雄割拠篇』（和泉書院、一九九七）一八〇頁。

（7）岩波書店『日本古典文学大辞典』（笹川祥生執筆）、明治書院『日本古典文学大事典』（小二田誠二執筆）の「甲陽軍鑑評判」の項。

（8）石岡久夫『日本兵法全集6諸流兵法（上）』三九頁。また、倉員正江「兵学者伊南芳通と『続太平記貍首編』――通俗軍書に見る当代政治批判――」（近世文芸70、一九九九・七）に伊南の略年譜が示されている。

（9）相良亨「戦国武士の道」（『著作集3』二二一頁）は、「武士の「心ばせ」として『軍鑑』のとらえたところのものの第一は、死の覚悟であった」と指摘する。

（10）古川哲史『武士道の思想とその周辺』（福村書店、一九五七）四三頁。

（11）前田勉「兵学と士道論」（歴史評論593、一九九九・九）は、山鹿素行の士道論を中軸に「「国家天下の為に」謀り、「民を制する」ために自己自身を統御できる武士」のあり方を論じている。

（12）若尾政希『「太平記読み」の時代』（平凡社、一九九九）八九頁。

（13）若尾注(12)著第七章。

（14）堀勇雄『山鹿素行』（吉川弘文館人物叢書、一九五九）六八頁。前田勉『近世日本の儒学と兵学』（ぺりかん社、一九九六）二二四頁。

（15）前田注(14)著一四一頁。

（16）前田注(11)論文一八頁。

第二部　『理尽鈔』以前

第一章　『天文雑説』『塵塚物語』と『理尽鈔』

はじめに

『天文雑説』は、近年初めて紹介された、以下のような著作である。(1)

近世初期写本、一二巻一二冊。「天文廿二孟夏日藤入道判」の奥書（本奥書。引用者注）がある。それによれば「当代諸家之清談之余波也」とあり、「予が幽栖閑暇の砌に集め、また平日聞く所の数言を合せた」由の説話集で、全一一二話から成る。孤本か。

宝永三年（一七〇六）刊『本朝語園』が本書を利用し、九話にその名を示している。(2) しかし、古典文庫本『天文雑説』には見いだせない記事（二四〇話・五〇八話）があり、確認できる記事にも明らかな誤脱があるなど、その引用ぶりは正確とはいいがたく、『本朝語園』が拠った『天文雑説』と古典文庫本との関係は不明である。

一方、どこにも「天文雑説」の名をあげてはいないものの、密接な関わりを見いだせるのが『塵塚物語』(3) である。両書には、『理尽鈔』を想起させる記事が、それぞれにある、(4) という共通点もある。本章の課題は、『天文雑説』と『塵塚物語』との関係をさぐり、ついで両書、特に『天文雑説』の存在が『理尽鈔』の成立過程に投げかける意味を考えることにある。

一、『天文雑説』と『塵塚物語』

最初に両書の共通話を示す（巻七第2話を七2のように表示。〔　〕内は『塵塚物語』の巻・話数。章段名は『天文雑説』と異同がある場合のみ記す。章段名は巻頭目次ではなく、説話本体の題目を採る）。

七2「宗祇法師狂句事」〔一12「宗祇法師狂句之事」〕
七3「同人三穂松原一見事」〔六2「宗祇法師事」〕
七5「和国天竺物語事」〔四7〕
七6「世尊寺某額事」〔五2「世尊寺某額之事」〕
八1「左大臣実宣公与一向僧談笑事」〔五7「左大臣実宣公利口之事」〕
八2「昔武士文言美敷事」〔五6〕
八4「妙法院殿公家招請事」〔五8「同公妙法院江御招請事」〕
八7「赤松律師兵書事」〔五10「赤松律師兵書之事」〕
九1「高師直不義之事」〔五9「高師直不義事」〕
九3「軍中博奕事」〔五11「軍中博奕之事」〕
九4「或人行不思議孝養事」〔六1「或人行不思儀孝養事」〕
九6「或人望伊勢物語講尺事」〔六3〕
九8「藤黄門雑談事」〔六4〕
十2「元興寺明詮事　付楠正成動東大寺鐘事」〔六5「元興寺明詮事付楠推量の事」〕

『塵塚物語』の方がややこなれた章段名といえるが、大差はない。細部の詞章も大きく異なるものではないが、両書の関係を指し示すと思われる部分を抽出する。第二部第二章に述べるように、『塵塚物語』は現存の元禄二年刊本を溯る写本が存在したはずであり、『天文雑説』も同様のことが考えられる。また、つぎのような事例については、翻刻段階での誤字・誤植の可能性も考えておく必要があろう。

『天文』七5……もてなし侍るとかやつたへねり侍とかたりければ、……（一八九頁四行目）
『塵塚』四7……もてなし侍るとかやつたへ承り候とてかたりければ……
　※『天文』の「ねり」は「承り」とあるべき。

『天文』八4……御門主、座客をしなべて、……（二一一頁五行目）
『塵塚』五8……御門主《もんしゆ》、庄客《しやうきやく》おしなべて……
　※古典文庫は「御門、主座、客をしなべて」と読点を施すが、「御門主（妙法院）、座《(の)》客（いあわせた客）」とすべき。『塵塚』の「庄客」は振仮名も付されているが、「座客」の誤読であろう。

現存本による議論はあやういのだが、それでも『塵塚物語』に誤脱がめだつことは否めない。
『天文』七5……此鳥はいきて侍るか死して侍るか、御あきらめ候へ。（一九〇頁五行目）
『塵塚』四7……此鳥はいきて侍るか［　］御あきらめ候へ。
『天文』七6……在世におほくの額をかゝれしに、……（一九六頁一〇行目）
『塵塚』五2……在世におほくの額をかき侍るに、……　※他の箇所では敬語を使用。

『天文』九3……雑兵足軽にいたるまで彼ばくちをこのみ、あるひは一立に五貫、十貫、沙金五両、十りやうをたてつゞけはべるあいだ、山をあざむく金銀もしばしのほどにかちまけせり。負たるもの、後は博用のたからもつきはて、あるいは武具・馬具の品こと〳〵とられて、おもはぬ辛労しけるものもあり。

『塵塚』五11……与力足軽の者共にいたるまで彼博奕をこのみて、あるひは一たてに五貫、十貫、沙金五両、十両をたてつゞけ侍る間、山をあざむくほどの金銀も暫時《しばらく》のほどに［　］負侍る者、後は博用のたからも尽て、あるひは武具・馬具の品こと〳〵とられておもはぬ辛労しけるものもありといひつたふ。

『天文』九4……相かまへてはだへをさすりて肥瘦をうかゞふべし。若病痾《(びやうあ)》きざすべきしなあらば……

『塵塚』六1……相かまへてはだへ［　］肥瘦《ひさう》をうかゞいて、若病《もしやまひ》疲きざすべきしなあらば……

『天文』九6……伊せ物がたりと申は我国の草子にてやんごとなき事どもしるして侍るよしうけたまはれり。唯よみたるばかりはこゝろへがたしと申候。

『塵塚』六3……伊勢物語と申は我国の草子にてやんごとなきしなおほくしるして侍り。唯よみたるばかりにてはこゝろへがたく侍り。

※右は、「東国のさぶらい」が「あるやんごとなき哥人」に伊勢物語の講釈を所望した言葉の一節。『天文』の表現が、評判のみ耳にしていて、という分脈を的確に示している。

『天文』九8後のたねにたからをまけとすゝめつゝ、あとからひろふ僧のかしこさ

『塵塚』六4後《のち》のためたからをまけとすゝめつゝ跡よりひろふ僧のかしこさ

※縁語から「たね」が適切。

以上はいわば微細な異同であるが、記事の有無をともなう事例がある。『塵塚』五6の全文を掲げる。引用に際し、適宜行を改めた。原文はABを続け、Cの「天子」の前後＊で改行している（「天子」を独立行としている）。また句読点を施し、付訓の一部は省略した。Cの『後太平記』との校異は主なものに限る。

（A）①むかしの武士のかける文はいさゝかの事にもやさしく、文言《ぶんげん》（『天文』は「文字」）がちにて、義理をこめてかきたりとみゆ。(5) 今の世の文はしからず。おほくはわらはべのふるまひのやうに覚え侍る。一とせみづからひそかに東国へおもむき侍り。筥根権現《はこねごんげん》にまうで、来由《らいゆ》をたづね侍ると、弘法大師四体《したい》の経文《きやうもん》、たかむらが書など侍り。其の中に曾我の五郎時むねが在世に、当社の近辺失火におよびける折からとぶらひ越《こし》たる文(6)とて侍る。

その文にいはく

夜前《やぜん》之《の》隣火《りんくわ》忽《たちまち》消《きへ》訖《おはんぬ》。貴寺《きぢ》安全《あんぜん》之《の》悦《よろこび》千万《せんばん》々々。委曲《いきよく》期《ごす》二面謁《めんゑつを》一而已《のみ》。

②此事ばかり一紙に書《かき》て名乗《なのり》をかけり。外《ほか》のこと葉をまじへざるは尤しかるべきふるまひなりと覚え侍る。

（B）扨《さて》彼山はいと長々しき坂のみありてかちより行にかなひがたし。おほく人夫をやといて往還《わうくわん》の人路《ひとみち》をしのぐ。予微僕《われびごく》にして此小路に草臥《くたびれ》侍るまゝ此わたりの夫三、四人やとい出して、これらをちからとして、坂道をよぎれり。道すがら「夫は何ものぞ。此近所の農人か」と思ひ侍れば、さにあらず。「御はづかしながら皆当社職《たうしやしよく》のものにて侍れど、社《やしろ》はむかしより衰微《すいび》して、神職のものは子孫はびこり申間、田畠《でんばく》の所務《しよむ》ばかりにてはくらしがたく侍るにより、往来の夫力《ふりき》になりて渡世《とせい》つかまつり侍る」と申ける間、いとかなしかりき。それよりかちより行て、かの夫をなだめ侍る。乱世つゞきたれば当社にかぎらず、世皆かくのごとし。我国にむまるゝもの第一神社を崇敬《すうけい》する事をわするべからず。

(C) 又先年田舎《いなか》にて「楠が文なり」(7) といひて書《かき》とめたるを見侍り。

急投《いそぎとうじ》二飛戟《ひげきを》一述《のべ》二思懐《しくわいを》一候訖《おはんぬ》。然《しかれ》者頃《このころ》尊氏・直義起《おこり》二鎮西《に》一、発《はつ》二蘇軍卒《そつしぐんそつを》一。群勇《ぐんゆう》三十万騎而《にして》(『後太平記』発二蘇軍一、帥二群勇三十万騎二)分二列於海陸二道《に》一、近日責上《せめのぼる》之風声流聞《りうぶんなり》矣。於二事実《に》一者天下之大変、不レ可レ延《のぶ》レ時《ときを》。因レ之馳《はせむかい》二向于兵庫《に》一可二防戦《ふせぎたゝかふ》一之旨、勅宣太《はなはだ》以急也。正成倩《つらつらかたむけ》傾二軍慮一計《はかるに》レ之、官軍微卒《びそつ》而何豈《あに》当二大敵《に》一哉。依下屢《しばしば》雖二諫奏《くわんそうす》一君曾《かつて》而無《なきに》中御許容上(『後』依、……無二御許容二)、空《むなしく》垂二涙痕《るいこんを》一。今日発《はつし》二京師《を》一趣《おもむき》二戦場《に》一畢。嗚呼《ああ》懸《かけ》二命《いのちを》養由之矢前《やうゆうがやさきに》一比《す》二義《ぎを》紀信之忠《きしんがちうに》一。欲レ致《いたさんと》二戦死《を》一之条無二他事一。亦又(『後』将又)元弘中《に》(『後』元弘年中)自二*天子*一御勅与《あたへたまふ》レ之(『後』御勅与之)愛染明王《あいぜんみやうわう》、為《ために》二子孫武運《の》一宜《よろしく》レ安二置《す》貴院一。路次迎仏《がうぶつ》之僧一人到二于兵庫一而可レ被二差越《さしこさ》一候。委曲《いきよくごす》期二其節《せつを》一可二濱説《ひんせつす》一者。謹言。(『後』可二演説一者也、不宣/五月十六日　河内守正成/観心寺中院御房)

是は正成、京より兵庫へ下りし比、菩提所の坊主のもとへ送りたる文とみえたり。此外の物ども(時宗・正成書状以外にもすぐれた書翰は)しるすにいとまあらず。③いとやさしきこと葉なるべし。

さて、『天文』八2には(C)の記事全体が無い。(B)は(A)に付随する話で、(C)を続ける場合には、(A)と(C)とを分断してしまう。①の書き出しは、一見③と呼応しているかのようであるが、本来②と結びつくものであろう。

なにより問題なのは、時宗書翰が火事見舞にふさわしく、簡にして要を得た文章であるのに対し、正成書翰ははたして「いとやさしきこと葉」といえるのか、ということである。くわしくはその折に、と結ぶが、仏像を託す寺への書翰に、「空垂涙痕」という無念の思いをあからさまに記し、戦死する他はないとの心底をうちあけている。このうえに、使者の僧に対して何を語ろうというのだろうか。「懸命養由之矢前、比義紀信之忠」という一節は、正行への正成の庭訓（『太平記』巻一六「正成下向兵庫事」）の表現をそのまま利用しており、兵庫下向にいたる事情も『太平記』の内容をほぼ踏襲したものである。たしかに「文言がち」（「がち」は悪い意味をこめた接尾辞であることが多い）であるかもしれないが、「菩提寺の坊主」その人に向けた措辞は全くないこの文章を、「義理をこめ」たものと評することができようか。（C）は正成の名にひかれて、さかしらに後補した記事とみなされる。

いま一点。『天文』九1（『塵塚』五9）は、主君である高師直に妻が辱められたことを知った家臣たちが集まって、皆で報復しようといきまいたが、その中の一人が、家臣たるわれらにとって妻も主人から預かっているものと思えば恨むことはない、と発言し、「座中の憤激いたづらになりて」「果は大なるわらいになりて人々立わかれけり」、と終わる記事である。『天文』には、義憤・憤激が達観した発言により腰くだけとなる、という筋立ての記事が他にもみられる。

『天文』三5「於東山辻堂商人物語事」は、昨今の出家が不行跡を重ねていると憤る者に対し、いま一人が「僧なればこそ（世間ヲハバカッテ）不義をかくせる体にもみゆれ、（強盗ノヨウニ）端的に（何ノタメライモナク）人をはぎとる罪はいかばかりなるにや」と発言し、「わらひて東西へわかれ行けり」と終わる。『天文』一二5「或人記実盛事」は、或人が「実盛ごときは一生降参の禄をはみて、後代のそしりをしらず」と非難したところ、別人が近年の武士の節操のなさを考慮して、実盛の事情を汲んでやったらどうか、と発言し、「両方ともにわらいつゝ、退きけり」と終わる。こうした内容・表現の共通性は、九1話が『塵塚』から摂取したものではなく、『天文』にもとから存在していたことを物語っている。

以上、詞章、正成書翰、共通内容・表現の検討から、『塵塚物語』が『天文雑説』を典拠としているものと判断する。

『塵塚物語』は「本文にいはく／天文廿一年十一月日　藤某判」という本奥書を留めているが、『天文雑説』の「本に云（中略）天文廿二孟夏日　藤入道判」に先立つその年記は、『天文雑説』を依拠資料の一つとしながら、それを秘そうとした意図的な設定であると思われる。『塵塚物語』の本当の成立時期については、別に検討すべきであり(8)、以下は『天文雑説』に焦点をしぼる。

二、『天文雑説』の正成説話

『天文雑説』には以下のような、楠正成賞賛記事がある。

◇巻四第4話「古今軍士急緩事」

ある武士が、近時の合戦の機敏さを述べ、「たとへ楠が再化してはかるといふとも、皆いたづらになるべき物を」と論評したところ、別の武士が「くすの木一類がふるまひは、一心至極したるうへ、軍法古今に比類なし。智仁、智勇、自得のさぶらひとは、楠が外には有まじ。当代物ぐるひのごとくなる戦場へ、正成が出陣したらば、はかりごとせずして、いよ〳〵ほろぼしやすかるべし」と反論し、議論がつづいた。

◇巻一〇第2話「元興寺明詮事　付楠正成動東大寺鐘事」（『塵塚』六5）

明詮が、軒下の石が雨だれに穿たれているのをみて、功をつむことの大切さを学んだ、という記事につづいて、同じく功をつむことが思いもしない力を発揮した、正成の事例をあげる。正成が東大寺見物をしていた折、三〇人の力でようやく動こうかという大鐘を唯一人で動かす、という男がおり、言い争っていた。正成はひとり納得して宿所に帰ったが、説明を求める供の者に応えて、後日、東大寺に趣き、下僕の一人を踏み台の上にのせ、一定の力・調子で鐘を押しつづけるよう指示したところ、数時間後に鐘がゆらゆらと動き出した。編者はこれを「是正成が例のふかき工夫なり」と評し、「かやうの事つたへきくに、其実否はしらねども、関東の大軍をわづかの手のものにてあいしらいたるは、いとふかき思慮あるべき事也」と結んでいる。

『天文雑説』の本奥書の年号、天文二二年（一五五三）当時は、『太平記』にとってどのような時代であったのか。加美宏(9)はつぎのようにいう。

西源院本・今川家本など、ごく一部のものを除いて現存諸本の主要なものは、ほとんどすべて、十六世紀後半において書写されているわけで、この期の特徴を一言でいえば、書写盛行の時代ということができよう。十六世紀後半における、こうした『太平記』の盛んな書写は、これまでみてきたように、戦国乱世を生きた人々が、『太平記』に、自分たちに近い時代の「興亡の先蹤」や、乱世を生きる指針を求めたという時代的要求とかかわるものであろうし、永禄二年（一五五九）に出された、楠木正成に対する朝敵赦免の綸旨に代表されるような南朝方武将の復権や再評価の動きとも無縁ではあるまい。

一方、さかのぼる一五世紀において、「朝敵」である楠木一族に対する世評が芳しいものでなかったことはよく知られている(10)。

南朝将軍之孫楠木某、与二其儻一竊謀反、既而事発、遂遭二囚擒一、下二於大理一。是日於二六条河上一吏刎二其頭一。日録曰、楠木氏往昔領二天下兵馬之権一、斬二人頭一不レ知二幾万級一。強半戮二殺無辜之民一。潰亡之後、其遺孽被レ獲二於官一者、咸死二刑官之手一。惟積悪之報也。可レ悲矣也。〔『碧山日録』長禄四年（一四六〇）三月二八日条〕

こうした世相のもとでは、上記の『天文雑説』のような、正成を賞賛する言葉が何憚ることなくかわされていた可能性は低いであろう。

本奥書によれば『天文雑説』の成立時期は、『太平記』の享受・研究が新しい局面をむかえようかという一六世紀半ばにあたる。その時期に、『天文雑説』収載話のような説話が先駆けて成立していたこと自体は不自然とはいえない。

三、『天文雑説』と『理尽鈔』

『天文雑説』には正成関係記事というにとどまらず、『理尽鈔』の成立に関わる記事も存在する。巻四第2話「天王寺未来記之事」は天王寺伝来の未来記をめぐって、正成の披見に言及し「世にこれは、くすの木が士卒をすゝめて勇をはげまさんがために作する所也、といふは大きなる誤り、且勿体なき事也。いかに正成をほむべきとて、かゝる事迄おしはかりたるは不可然。（中略）若ししゐてかれが所作といはゞ、まつたく正成は正成にあらず、是則太子の再来なり」と結ぶ。小峯和明注(1)論考は

この正成作為説は、『太平記評判理尽抄』など中世の『太平記』読みの講釈・注釈書にすでにみえるもので、これらによった可能性があろう。『太平記』の正成が天王寺で未来記を読み、後醍醐方につくのを決意する、という段は、『太平記』講釈では正成の作為とされ、彼による捏造説が一般化していたのである。そうした状況がはしなくもこの『天文雑説』に投影されているのであった。（傍線引用者）

と述べる。小峯は「以上、『天文雑説』によってみてきたが、十六世紀における〈聖徳太子未来記〉の様相をうかがうに絶好のテキストであり」と続けており、『天文雑説』の本奥書の年代をそのまま受けいれている。また、傍線部のようにあるが、正成作為説は、『理尽鈔』をのぞく中世の著作には確認できない。『太平記評判私要理尽無極鈔』巻六にも類同の記事があるが、『無極鈔』成立の上限は近世の寛永年間である［↓第四部第二章］。したがって、ことは

『理尽鈔』にしぼられ、小峯の解釈を押しすすめれば、『理尽鈔』が一六世紀半ばにはすでに存在していたことになる。

巻四第2話以上に、『理尽鈔』との関わりに大きな問題を投げかけるのが、巻三第2話「室町殿家被尋記録事」である。むかし、慈照院殿（足利義政。一四三五～九〇）・常徳院殿（義政の子義尚。一四六五～八九）のもとに近習の大名・高家の人々が参集した折、義政が、先祖尊氏の天下掌握の次第につき、世に知られていない記録もあるだろうから、と調査を命じたところ、尊氏を賞賛する記録ばかりが集まった。義政はよろこんだが、義尚は

いかに曩祖のためを申さんとて、天子幷に義貞・正成等がふるまひをにくしとのみ申侍らんや。当家のよき事ばかりにては更々以てあるまじき事なり。第一、誓紙をやぶらるゝ所、私の大罪なり。直義朝臣よろづはからひけるなどいひつたへたれど、尊氏卿いなと申給はゞ、なんぞ弟として兄にそむかんや。是しかしながら、尊氏公同心によつてなり。そのうへ彼時の軍記をみるに、おほくは阿諛のこと葉ありとみゆ。ことに武蔵入道常久がはからひとして、当家の失ある所を引ぬきてうしないたり、と申説もあり。

と諫め、さらに公正な記録を探すことを進言した、という。誓紙をやぶった一件とは、『太平記』巻一四に、尊氏が細河和氏を使者として、義貞一類を誅罰して天下泰平を願うのみ、との「一紙ノ奏状」を捧げたのにもかかわらず（「新田足利確執奏状事」）、結局は直義らの謀事を信じて後醍醐帝に反旗を翻すことを決意した（「矢矧・鷺坂・手超河原闘事」）次第をさしていよう（巻一七の後醍醐を謀って幽閉に成功した一件は、尊氏みずから謀ったこと）。問題は傍線部である。「彼時の軍記」（『太平記』）には、武蔵入道常久（細川頼之）が足利家に不都合な事柄を消滅させた箇所がある、という記述は、『理尽鈔』の次の一節に相当する。

時ニ高徳入道義清、越前合戦、義助ノ敗北幷ニ尊氏・直義ガ一代ノ悪逆ヲ記ス。二十二ノ巻也。然ヲ後ニ、武州入道無念ノ事ニ思ヒテ、一天下ノ内ヲ尋求テ、是ヲ焼失ス。今二十二ノ巻、顕ニ不レ読ト云云。当代ニ在所ノ二十二ノ巻ハ、二十三ヨリ集メ出シテ、二十二ト号スト也。（巻一5オ）

未来記記事のみならず、こうした『太平記』の成立事情を物語る重要な記事が『理尽鈔』と重なることは無視しがたい。

「天文廿二孟夏日　藤入道判」という本奥書が仮託されたもの、実際の成立は近世に降るとみなせば、『天文雑説』も『理尽鈔』の影響をうけた幾多の著作のひとつ、としてすませる。そのように考える余地は残して置いてよいと思う。『天文雑説』はみずから「当代諸家清談之余波」である（本奥書）というように、殺伐たる世相をそのまま描くこととは対極の精神の所産である。天文のころ、将軍が一時的に京都を逃れることはめずらしくないが、天文二二年八月には、将軍義輝が三好長慶によってその後五年間の長期に及んで近江朽木に追われるという事態が発生している。本奥書の年記は、そうした長期の京都離脱の前、という意図をもった設定とも考えられるからである。

しかし、たとえば巻六第1話「彗客星　付大明人物語事」がつぎのようにはじめているように、『天文雑説』は筆録の時を天文年間においており、あきらかに後代の編著とみなせるような徴証は今のところ見出し得ていない。

> 応安よりこのかた、彗客の二星屢出現し、天変地妖、時としてあらはれずといふ事なし。そも／＼我朝に彗星はじめて現し昔よりいま天文にいたりて、その数おほし。（中略）去ル天文丁酉の歳（天文六年）、件の悪星あらはれしには（後略）

したがって、本奥書の年号を一応受け容れてさらに議論を進める。問題は二点ある。

まず、説話内容に即した検討。堂々たる見識を披露した義尚の年齢を仮に一五歳とみなせば、時に文明一二年（一四八〇）。これは、今川駿河守入道心性なる人物が『理尽鈔』を書写し、伝授者である名和肥後刑部左衛門に対し謝辞を記した「文明二年八月下旬六日」（『理尽鈔』巻四〇巻末。第二部第七章参照）のちょうど一〇年後にあたる。心性が「一人ノ外別不レ可二伝授一」と誓約した『理尽鈔』の内容が、その経路は不明ながら義尚の耳に入っていたのが事実ならば、従来ほとんどまともには扱われなかった『理尽鈔』本奥書の年記が俄然注目されることにもなる。

しかし、序章で言及したように、『理尽鈔』の「散所寺」来由譚（巻一四77オ・ウ）はまったく無稽で、「散所」という言葉が特別なものではなかった時代（一五世紀以前）にはとても受け入れられないものである。『理尽鈔』が一五世紀以前にできあがっていたとは考えられない。

つぎに、義政・義尚という固有名詞はさておいて、こうした説話が天文のころに存在した、ということを検討の対象とした場合はどうであろうか。前述のように一六世紀半ばは『太平記』の享受が新たな段階に入った時代である。『理尽鈔』が一六世紀半ばに成立していた可能性はあるのであろうか。

四、正虎願文の依拠資料

『天文雑説』本奥書とちょうど同じ天文二二年四月に、その六年後、楠木氏に対する朝敵赦免の綸旨を賜ることになる大饗正虎が、信貴山に願文を捧げていた。村田正志「楠文書の研究」『続南北朝史論』（思文閣出版、一九八三）により、その全文を掲出する（私に返り点を施した）。

葛城王橘諸兄卿末葉楠大夫判官摂津・河内守正成朝臣十一代嫡孫大饗長左衛門尉正虎、始而令二登山一訖。抑曩祖正成朝臣依二当寺之多聞天申子一、号二多聞兵衛尉一。而発二元弘・建武之乱一、後醍醐天皇笠置御臨幸之時、有二御夢想之告一、参二御方一追二討朝敵一、奉レ休二玉体一之条、任二摂津・河内守大夫判官一、雖レ揚二名於後代一、再傾二公家之御代一、於二兵庫湊川一令二自害一。其後嫡子正行・二男正時・和田行忠・新発意賢快以下、四条縄手之合戦、竭二粉骨一令二打死一事、於二日本一無二其隠一。三男左馬頭正義相続、雖レ奉二仕朝家一、犯レ上者貴、貪レ命者富之間、不レ能レ致レ治年尚。剰南帝於二吉野奥一御傷害之後者、子孫不レ顕二名字一、于二国々一令二流浪一。次毘沙門為二法花守護天王一。然捨二小乗執着之穢土一、宥二三説超過之法花経一、如レ説修行之首、救二正成修羅闘諍之苦患一、并守二正虎武運増長之安全一、継二箕裘之塵二而已。

天文廿二年四月十九日　正虎上

この願文については、渡辺世祐（注（9）一九四六著）が「祈願の案文が、鳥取市の楠家に残つて居る。これは確かに正虎の筆跡であるが」と判定している。渡辺「建武」収載論文はその内容を紹介して次のようにいう。

この文句を見ると太平記古伝の文と全く同じで、それを漢文に焼き直して願文としたもので、別に何等楠家の伝説といふものが明になつて居る訳ではない。畢竟太平記を漢文に書いたものに過ぎぬから、これがあるからと申して正虎が正成の血統を引いて居るものと直ぐには同意は出来ない。（傍線引用者）

「太平記古伝」とは第二次大戦前の研究では、「太平記評判」（『理尽鈔』『無極鈔』含む）の所説をさすことが一般的である。正虎の願文は『太平記』、『理尽鈔』のいずれに拠っているのか確認する必要がある（ちなみに、以下の問題の箇所、『無極鈔』は『太平記』を踏襲している）。

◇「楠大夫判官摂津・河内守正成朝臣」

『太平記』巻一二「安鎮国家法事付諸大将恩賞事」に「楠判官正成ニ摂津国・河内、名和伯耆守長年ニ因幡・伯耆両国ヲゾ被行ケル」とある。「正成が摂津の国守であったという確実な史料は一点も存在しない」（高柳光寿『改稿　足利尊氏』春秋社、一九六六。一五七頁）のであり、「楠大夫判官摂津河内守正成朝臣」という表現は『太平記』にもとづく。一方、『理尽鈔』は正成は「正三位中将」を追贈されたと説く（巻二五38ウ「去バ故正成ヲバ山門ニ御在セシ時、正三位ノ中将ヲ送被レ下」）のであるから、先祖の顕彰に努めていた正虎が『理尽鈔』の存在を知っておれば、かの徳川光圀による湊川神社碑陰文のように「贈正三位近衛中将」と記していたであろう。

◇後醍醐天皇御夢想

『理尽鈔』は「伝云、楠勇士ノ誉有ル事、以前ニ上聞ニ達シヌ。ナンゾ御夢ナランヤ。実ハ君ノ御夢ニ非ズ。聞召シテ勅使ヲ立ラレタルナルベシ」（巻三2オ）と夢想の告という説を否定している。願文の表現は『太平記』巻三によったものである。

◇四条縄手戦死者名「二男正時・和田行忠・新発意賢快」

四条縄手合戦で討死した、正行の弟および和田一族の名は『太平記』諸本に異同がある。流布本は「楠帯刀正行・舎弟正時・和田新兵衛高家・舎弟新発意賢秀」（岩波大系巻二六、一八頁）と記すが、前田家本は「楠帯刀正行・舎弟次郎正時・和田新兵衛高家・舎弟新発意賢快」とあり、より願文の表現に近い。

また、和田行忠については、流布本は「和田新兵衛正朝」（巻二六、二七頁。前田家本・梵舜本も同じ）とするが、神田本・西源院本・徴古館本・玄玖本（『参考太平記』によれば金勝院本も）に「和田新兵衛行忠」とある。

一方、『理尽鈔』は、「正之ヲバ次郎正時ト名乗シガ、十八歳ニシテ右馬助ニ成テ正之ト改テゲリ」（巻二六22オ）と説明しているのだが、四条畷合戦では「正之」の名を一貫して用いている。また、他の人物も願文と一致する表記は見られない。

◇三男左馬頭「正義」

「正義」という表記については、村田正志前掲論文に「正虎の楠氏は、正成の子正儀から出ることになつてゐるが、楠氏に於ては正儀を正儀とは書かず、正義と書くならはしであり、これも一つの特色と見てよい」という指摘がある。

『太平記』流布本は、（1）「……正行ガ舎弟次郎左衛門正儀許生残タリト聞ヘシカバ……」（巻二六、三二頁）、（2）「……

楠左馬頭正儀・和田和泉守正武二人、天野殿ニ参ジテ……」（巻三四、二七九頁）などと表記する。これについても、流布本以外に、（1）徴古館本「舎弟二郎左衛門尉正義」、玄玖本「舎弟次郎左衛門尉正義」、前田家本「舎弟二郎左衛門正義（「儀《ノリ》」と異筆傍書）」、（2）徴古館本・玄玖本「楠左馬頭正義・和田和泉守正氏」、前田家本「楠左馬頭正義（「儀《ノリ》」と異筆傍書）・和田和泉守正氏」という表記が見られる。四条縄手戦死者名、左馬頭正義のすべてに一致する『太平記』現存写本は見いだせないが、前田家本、徴古館本・玄玖本など、比較的近しい伝本があり、正虎は当時流布していた伝本の一つに拠ったのであろう。

以上、願文の内容は『理尽鈔』とは関わりをもたず、流布本ではない、『太平記』の或伝本に拠ったものと思われる。

おわりに

大饗正虎の、特に前半生についてはよくわからない点が多い。『戦国武将・合戦事典』（吉川弘文館、二〇〇五）の「大饗正虎」の項には、「天文五（一五三六）年、将軍足利義輝に仕え、名を正虎と改めた」とある。これは桑田忠親「楠長諳の九州陣道の記」（国語国文10-8、一九四〇・八）に「永正十七年備前国に生まれ、初め大饗甚四郎、また長左衛門と称し、天文五年、十七歳にして将軍足利義輝に仕へた」とある記述によったものであるが、義輝は天文五年三月一〇日に誕生したばかり。義輝（義藤）が将軍に就く天文一五年（一二月）の誤りであろうか。当時将軍の権威は不安定で、義輝はその後たびたび京都を離れる羽目に陥っており、前述のように天文二二（一五五三）年八月以降は五年の長期にわたって近江朽木に逃れている。

義輝が三好長慶と和睦し、還京を果たした永禄元年（一五五八）の翌二年一一月二〇日に、正虎は楠木氏朝敵赦免の綸旨を得ているのだが、長慶の「訴訟取次事務取扱者」[11]であった松永久秀が正虎へ祝い状を送っている。渡辺世祐一九三五年論文は、このことを「正虎を執り持ち庇護し来つた久秀は、これを祝して」と紹介している。正虎が久秀の被官となったことは『言継卿記』永禄九年八月二四日条に確認できるのだが[12]、願文を捧げた天文二二年当時の実情はどうであったのだろうか。正虎はこの後も織田信長、豊臣秀吉の右筆をつとめ、井上宗雄『中世歌壇史の研究　室町後期　改訂新版』（明治書院、一九八七。六六一頁）は「筆一管によって巧みな処世で乱世を過した興味ある人物」と評している。天文二二年四月、正虎がどこに身をおいていたか不明であるが、すくなくとも義輝とは距離を置いていたに違いない。正虎願文は、天文二二年頃の情勢を見てとり、『太平記』ひいては正成人気のひろがりを思い、幕府に抗した楠正成の子孫を唱えることの利を考えたものと思われる。

正虎は機を見るに敏であった。しかし、単なる風見鶏ではなく、素養・実務能力がそうした生き方を支えている。政情判断と、書籍あるいはその周辺の伝承を探る能力とは必ずしも同日に論じられないかもしれないが、『天文雑説』巻三第2話、巻四第2話が『理尽鈔』にもとづくとするならば、『理尽鈔』の内容は都の貴紳にひろく知られていたことになる。将軍家・時の権力者の周辺にはべる正虎の耳にも達する機会があってしかるべきであろう。

いまひとりの事例をあげる。

慶長九年（一六〇四）冬、林羅山が「楠正成伝」をなしている（『羅山先生文集』巻三八）。正成伝のさきがけを成すこの著作は、一部、漢籍の章句の影響や、羅山自身の若干の創作をも交えているが、基本的には『太平記』巻三から一六に至る正成関係記事を漢文体で抄録したものである[13]。

羅山は後年、阿部正之に請われ、恕（鵞峰）・靖（読耕斎）に標出させた武将五〇人の小伝をなしている（『羅山文集』巻三九「本朝武将小伝」）。この小伝は『日本武将小伝』（内閣文庫蔵写本一冊）によれば、「日本武将五十人」（「本朝武将小伝」に相当）と「日本武将追加五十人」（永井尚庸の所望。『鵞峰文集』巻九五の記述を勘案すれば、鵞峰の撰作か）とを併せ、収載武将の一部入れ替えを経て、明暦元年（一六五五）四月下旬に百将の小伝が完成している。「本朝武将小伝」の成立時期は正確にはわからないが、正之自ら画した「五十人武将図」が正之の次男大久保正朝のもとに蔵されており（『鵞峰文集』巻九八）、正之の没したのが慶安四年（一六五一）三月一二日であるから、それ以前。その「本朝武将小伝」には「楠正成」「楠正行」がある。「楠正成」は文字どおりの小伝であり、慶長九年「楠正成伝」の約三十分一程度であるが、「楠正成伝」にはない、「宅辺有楠樹因氏焉」という、『太平記』『理尽鈔』以外の伝承による一節を含む。「楠正成」に『理尽鈔』の直接的な影響はみられないが、前記の小秋元論文が指摘するように、「楠正行」は『理尽鈔』巻二五に大きな影響を受けている。

羅山は、寛永一八年（一六四一）八月から翌一九年二月にかけて、幕府の命により『鎌倉将軍家譜』『京都将軍家譜』『織田信長譜』『豊臣秀吉譜』を編纂している（『羅山文集』巻五五）。その『京都将軍家譜』康永四年八月条には、右「楠正行」につき小秋元論文が『理尽鈔』の影響を指摘したものと同種の記事がみられる。他にも、元弘二年九月条「尊氏亦在二其列一」（尊氏はこの時、千剣破攻撃に参加していない。平凡社東洋文庫『太平記秘伝理尽鈔2』巻七後注六九参照）、貞治元年九月条（楠正儀が細川頼之の兵糧船を焼いたこと。『理尽鈔』巻三八76オ）、貞治六年一二月条（細川頼之が幼君義満を補佐したこと。『理尽鈔』巻四〇29ウ・31オ・34オ）などがあり、『京都将軍家譜』が『理尽鈔』を利用していることは確実である。詳細は別に述べた［↓平凡社東洋文庫『太平記秘伝理尽鈔4』解説、二〇〇七］が、『鎌倉将軍家譜』元亨二年「頃年」条も『理尽鈔』に拠っているとみなされる。

これらは『理尽鈔』が他の編著に利用されたことが明らかな、最も古い事例としても注意される。(14)

『鎌倉将軍家譜』『京都将軍家譜』の跋文には「道春／春斎侍側」とあり、実際の執筆は春斎（鵞峰）と目されるが、羅山がまったく目を通さなかったとは考えがたい。なによりも、羅山が『理尽鈔』の価値を認めていなかったならば、この時期までに林家が入手していたと思われる(15)『理尽鈔』の写本を、鵞峰が資料として用いることはなかったであろう。その意味でこれらはやはり羅山の監督下の著作とみてよく、ひるがえって、羅山が慶長九年段階で『理尽鈔』に接しておれば、「楠正成伝」をなすに際し利用していたことであろう。

序章に『理尽鈔』の伝本調査から、現存の『理尽鈔』の成立は慶長から元和頃であることを述べた。現存本の祖本は、私に「十八冊本」と称する尊経閣文庫蔵写本（架蔵番号三・三四書）である〔↓第三章第三章〕が、十八冊本は「奈和正三正本」を写したものであり、正三本は悪筆であったので大運院陽翁が焼き捨てた、という伝承がある（加越能文庫蔵『万覚書』の内「覚」）。

『天文雑説』巻三第2話・巻四第2話の背後に『理尽鈔』があったのかどうかをたしかめることは、まぼろしの「正三本」（今川心性奥書を信ずれば、名和家以外にも、心性自筆書写本が存在したことになる）存在の可能性をさぐる作業でもある。秘伝であったはずの書物が或時期に存在しなかった、と証明するのは困難なことである。正三本の非在はあいかわらず論証できない。しかし、たどたどしく拾い集めてきた状況証拠は、決して正三本が存在した可能性を指示してはいない。

『天文雑説』についてなお検討をすすめる必要があるが、現時点では、本奥書をそのまま受け容れるとしても、巻三第2話・巻四第2話の背後に想定される伝承は、まだ断片的なものであり、『理尽鈔』のようなまとまった形をとるものではなかった、と考える。

注

（1）　吉田幸一編『古典文庫総目録』「平成四年（一九九二）以降続刊予定書目」（一九九一・一二、四三二頁）。一九九九年三月に古典文庫第六二八冊として刊行。解説に書誌が載るが、簡要な「予定書目」の記述を引く。古典文庫解説は書写時期についてふれておらず、小峯和明「御記文という名の未来記」（『「偽書」の生成――中世的思考と表現』森話社、二〇〇三・一一）一三頁は「書写は近世も下ると思われる」という。また、説話数は全九一話、「付」とある説話を別に数えれば一〇二話。

(2) 倉島節尚「『本朝語園』出典一覧」（古典文庫『本朝語園　上』一九八三・一〇）参照。「同」とするもの、「天文雑記」と表記するものを含む。

(3) 巻一から五は東京大学総合図書館蔵霞亭文庫本、巻六は大阪女子大学蔵本（国文学研究資料館の電子複写）を用いた。

(4) 『塵塚物語』巻五第四話については、若尾政希「「太平記読み」の歴史的位置——近世政治思想史の構想——」（一九九三年度日本史研究会大会報告資料）があり、『天文雑説』については、小峯和明注(1)論文が『天文雑説』巻四第二話の一節が『理尽鈔』などに拠った可能性を指摘している。

(5) 「文言（字）がち」が解釈しにくいが、鈴木昭一訳『塵塚物語』（教育社新書、一九八〇）は「ちょっとしたものでも、優雅で、立派な文章で、深い意味がこめられてあるようにみえる」と訳している。これにしたがう。

(6) 篠崎東海『不問談』（享保一八年（一七三三）自序。『三十輻』二による）に以下の考証がある。

箱根権現堂に而時宗が書翰也と云を見侍りしに、其に曰、「夜前の隣秘忽消、貴寺安穏、悦千万、委曲面謁可レ申者也、月日、時宗、寿福寺方丈へ」と有。世の人是を曾我時宗が書翰とのみ云ふはあやまりなり。北条左馬頭平時宗が書翰也。若曾我の時宗にしては、箱根の別当へ対し無礼の文章にあらずや。（後略）

もっともな指摘であるが、西山松之助『市川団十郎』（吉川弘文館、一九六〇）二八一頁に、以下のエピソードが紹介されており、その後も曾我時宗（人名辞典の類では『吾妻鏡』にしたがって「時到」と掲出することが多いが、『曾我物語』以下の曾我ものの世界では「時宗」）の書状という理解が一般的であったことが知れる。

明治一四年、新富座上演の『夜討曾我』で、団十郎は新演出の鎌倉時代の絵巻物そっくりの風俗で弟の五郎時宗を演じ、兄十郎役の中村宗十郎は旧来の江戸歌舞伎様式でのぞみ、ちぐはぐで「弟は火事見舞、兄は水見舞」などと非難をあびた、という。

(7) 『南木誌』（文久二年（一八六二）刊。架蔵本による）巻三が「右不レ知レ所レ在。贈二観心寺一書乎。（塵塚物語）」と付記して、同様の書翰を収載している。『南朝忠臣往来』（元治元年（一八六四）刊。『日本教科書大系第十一巻』所収）「楠公之書翰」も類同。『塵塚物語』『南木誌』『南朝忠臣往来』の各書翰には微細な異同があり、『往来』は『誌』によったものと思われる。さらに、『後太平記』巻三「千剣破合戦之事附愛染明王奇瑞之事」（通俗日本全史による）が、後醍醐天皇綸旨および右三書とはやや異なる正成書翰を載せる。『後太平記』巻末の「撰評」によれば、その編纂は早くにはじまり、現行四十二巻形態の完成は近世初期の元和三（一六一五）年に溯るという。この主張の真偽については検討が必要であるが、延宝五年（一六七七）の刊年が『塵塚物語』の版行（元禄二年（一六八九））に先行することはたしかである。ただし、『塵塚物語』成立の上限は確定されておらず、同種の資料にそれぞれが拠った可能性もあり、『塵塚物語』の正成書翰が『後太平記』を直接参照したものとは即断できない。

（8）『日本史大事典4』（平凡社、一九九三）「塵塚物語」の項に「室町時代の説話集。奥書には一五五二年（天文二一）成立、藤原某の作とあり、また六九年（永禄一二）の序文があるのでこのころの成立と考えられる。（後略）」とある。たしかに『改定史籍集覧』収載本には「于時永禄つちのとのみの歳」とあるが、これは「元禄つちのとのみの歳」（元禄二年）の誤植。「梓にちりばめ」とあり、版行に際しての序文であることはあきらか。『塵塚物語』の成立時期については、今のところ、下限を貞享元年（一六八四）に定めうるのみである［→第二部第二章付論］。

（9）『太平記享受史論考』（桜楓社、一九八五）九三頁。永禄二年の大饗正虎による朝敵赦免願いが、楠氏に対する社会的風潮の変化を物語るものであることについては、渡辺世祐「吉野時代以後の楠氏」（『日本中世史の研究』六盟館、一九四六。初出一九三五・一二）、同「吉野朝以後の楠氏」（建武2-5、一九三七・九）、多賀谷健一「戦国時代の王政復古運動と建武中興（四・完）」（建武4-2、一九三九・三）などの論がある。多賀谷はまた、高知県長岡郡豊永村新田神社の応永九（一四〇二）年の古い棟札には新田の神号が記されず、弘治二年（一五五六）に上納の棟札に至って始めて新田大明神と記していることなどをあげ、「戦国時代に入り、足利氏の勢力の衰へると共に、新田氏に対する一般の考へが、従来とは異つて来た事の一証左」とみなしている。

（10）菅政友「南山皇胤譜附録」（『菅政友全集』国書刊行会、一九〇七）は他にも、『看聞御記』正長二年（一四二九）九月一八

日条・永享九年（一四三七）八月三日条、『薩戒記』永享九年八月三日条、『蔭涼軒日録』長禄四年三月二八日条など、当時の楠木党への反応を示す記事をあげている。

(11) 今谷明『室町幕府解体過程の研究』（岩波書店、一九八五）四八二頁。

(12) 今谷明『言継卿記』索引は、この記事を「楠正虎（松永被官）」と掲出している。

(13) 小秋元段『太平記と古活字版の時代』（新典社、二〇〇六）一五二頁（初出二〇〇〇・一〇）。

(14) 若尾政希『「太平記読み」の時代』（平凡社、一九九九。三三四頁）の紹介する『軍証志』（尾張藩祖徳川義直の著作。蓬左文庫蔵）も古い事例の一つである。本書は、神武軍から慶長五年大聖寺合戦まで本朝古今の合戦六六箇条を引き、論評を加えたもの。『源敬様御撰述御書目』（蓬左文庫）によれば、「松井甫水覚書」（甫水は義直の小姓。『国書人名辞典』）にもとづき義直が編撰。上巻の後半から中巻が『太平記』の時代の合戦。主として『太平記』により、「楠攻取飯盛城事」のように『理尽鈔』を用いる場合もある。『太平記』の依拠本は古活字本と思われるが、いずれも詞章に手を加え、記事を再構成しており、『理尽鈔』の依拠本は特定しがたい（若尾が尾張藩に元和八年奥書をもつ『理尽鈔』が旧蔵されていたことを紹介しているが、その伝本によったとは必ずしもいえない。たとえば、「新田義里利根川合戦」。版本や私にいう中之島本系の『理尽鈔』は「新田義重」と表記している）。各合戦記事の後に付された「評曰」という論評は、『理尽鈔』に倣って義直がなしたもの（「評曰」の内容は『理尽鈔』ではない）。

なお、『証軍』（近世初期写本三冊。蓬左文庫蔵）は、『御文庫御書籍目録（寛政目録）』（ゆまに書房『尾張徳川家蔵書目録5』所収）が指摘するように『軍証志』の草稿。

おなじく義直のなした『軍書合鑑』は、「和漢ノ軍書ヲ考へ軍ノ大旨ヲ解給フ。次ニ士ノ心得数箇条ヲ記給フ。巻首ニ子孫ノ為ニ庭訓ヲノコサント仮名ヲ以テコレヲノべ、一巻ノ書トナシ、名ヅケテ軍書合鑑ト云ト記シ給フ」（『御文庫御書物便覧』。ゆまに書房『目録9』所収）著作である。本書にも正成の飯盛合戦などへの言及がある。

『軍証志』『軍書合鑑』の明確な成立年次は不明であるが（義直は慶安三年（一六五〇）五月七日没）、近松茂矩『昔咄』（元文三年（一七三八）序。名古屋叢書24。一一〇頁）に「軍書合鑑は、寛永年間の御選の由」とあり、『軍書合鑑』（蓬左文庫・番号一二八・四四）の天野信景識語に「右一書　寛永年間我　源敬公手自所㆓排纂㆒」とある。正保三年（一六四六）には『神君御年譜』のほか、『神祇宝典』『類聚日本紀』など大部の編著を完成させており、『軍証志』『軍書合鑑』などの成立がそれにさかのぼる寛永年間である可能性は高い。

（15）ちなみに、羅山と交流の深かった徳川義直（鈴木健一『林羅山年譜稿』（ぺりかん社、一九九九）参照）が、ほぼ同時期の寛永一七年ごろ「太平記評判　卅冊」を入手している。義直の収書時期は『御書籍目録』（寛永目録。ゆまに書房『尾張徳川家蔵書目録1』所収）第二冊による推定［→第三部第三章］。

第二章　『吉野拾遺』と『理尽鈔』

はじめに

『吉野拾遺』と『理尽鈔』とに、先後関係の解明をせまるような、詞章上の一致が見いだせるわけではない。しかし、ともに『太平記』を素材・契機としてあらたな記事を生み出した著述であり、『理尽鈔』研究、あるいはひろく『太平記』享受史研究の上からは、両者の関わりを整理しておく必要がある。その際、『吉野拾遺』をはたして室町時代の著作とみなしてよいのか、従来の成立時期説の再検討から論をはじめる。

一、『吉野拾遺』成立時期をめぐる諸説

1、上　限

『吉野拾遺』には二巻本（群書類従本・他）と三巻本（貞享三年刊本。貞享四年修訂本は四巻に分かつ）とがあり、ともに「正平つちのえのいぬのとしの春」（正平一三年（一三五八））「隠士松翁」の奥書をもつ。しかし、群書類従本の校合奥書が

右吉野拾遺上下二巻以㆓所蔵旧本㆒書写、以㆓屋代弘賢蔵本㆒校合畢。流布印本、偽造為㆓四巻㆒。其第三・第四、文

体不同、且記下不レ与二吉野一事上。特所レ載発句、係二宗祇法師作一。則後人竄入、不レ待レ弁可レ知也。（訓点は今井）

と注意を促し、正岡子規(1)が具体的に説いたように、三巻本はその巻三の説話に宗祇（一四二一～一五〇二）の連歌を偽装して引用している。三巻本の成立は、はやくとも室町時代中期以降である。(2)しかし、なお後藤丹治『室町時代文学書目解説』（岩波講座日本文学、一九三一・三）以来、三巻本を『塵塚物語』（本奥書に「天文廿一年」）の典拠とみなし、三巻本の成立を天文二一年（一五五二）以前とする説が近年まで受け継がれてきた。

問題は、二巻本『吉野拾遺』の成立時期であるが、その際、暗黙の内におおきな比重をしめてきたのが、三巻本の成立が天文二一年以前である以上、二巻本の成立はさらに溯る、という発想であったと思われる。しかし、別に論じたように、三巻本が『塵塚物語』に拠っているのであって、この所説は成り立たない［→本章付論］。

二巻本の成立時期については、小山多乎理『参考吉野拾遺』（六合館書店、一八九四）が、上巻に載せる、実世詠歌「川音高き五月雨に岩もと見せぬ滝のけしきこそよなう」（二巻本は章段に区切らないので、三巻本の説話番号を援用すれば、巻一第七話。以下、同）が、『新後拾遺和歌集』（至徳元年（一三八四）奏上）中の御製（後円融天皇）を利用したものであることを指摘しており、この至徳元年が成立の上限となる。その後、尾上八郎が、後述の『三人法師』との関わりを考慮し、「確言するのには、薄弱の感があるが、正統記は勿論、太平記より後、室町中期頃までの作であらう」と述べ(3)、この結論が穏当な所説としてその後も影響をあたえてきた。近年も、井上宗雄に「歴史学者なんか非常に辛く採点しまして、これは江戸初期の成立だろうというように言っていますが、しかしそこまでは考えないのですが、少なくとも室町時代の作品だろう。室町の中期ぐらいの作品ではないかと一応考えています。」との発言がある。(4)

2、下　限

二巻本を〈室町中期頃〉の作品とする根拠は、『塵塚物語』との先後関係を外してしまえば、結局、次の所説のみである。深沢義雄「吉野拾遺考――基礎的考察――」（思想と文学、一九三八・七）は、『正徹物語』の兼好出家動機説をとりあげ、

従来の通説となってゐる兼好出家の動機に関する説はその起源を吉野拾遺あたりに持ってゐるのではなからうか。（中略）吉野拾遺から正徹の説が生まれてゐるとしても不都合はないのではあるまいか。（中略）吉野拾遺が正徹物語が成立する頃までの間に書かれ得たと考へても強へて無理はないと思ふ者である。

という。『正徹物語』（文安五年（一四四八）から宝徳二年（一四五〇）ころ成立）の記事を掲出する。

兼好は俗にての名也。久我か徳大寺かの諸大夫にてありし也。官が滝口にて有りければ、内裏の宿直に参りて、常に玉躰を拝し奉りける。後宇多院崩御成りしによりて遁世しける也。優しき発心の因縁也。随分の哥仙にて、頓阿・慶運・静弁・兼好とて其比四天〔王〕にて有りし也。〔岩波大系『歌論集・能楽論集』一八八頁〕

一方、『吉野拾遺』の記事は次のようである。

（兼好法師が『吉野拾遺』語り手の許を訪れ）むかし今の物語しけるに、「古法皇の和歌の道にふかくおぼし入らせ、御なさけのあさからせ給はで、かしこき御影とならせたまひし、かなしさのまゝ、世にながらふべき心地もあらざりけらし。せめてのやるかたなさに、御後の世をもとおもひ玉ふるまゝに、かゝる姿となり侍れども、露のいのちのきえがたくて、かゝらん世をもまのあたり見ることよ」と袖をしぼられけるに、（後略）〔下巻。巻二第五話〕

ともに、恩顧をうけた後宇多院崩御が契機であるというが、『正徹物語』は『吉野拾遺』にはない、波線部の情報を記事をもっている。故院を慕って、ということの典拠のみを『吉野拾遺』に負ったものとみる必然性はない。両者の関わりは、直接関係を認めるならば、むしろ、『吉野拾遺』が『正徹物語』に拠っているとみるべきではなかろうか。『吉野拾遺』にいう、歌道を介しての結びつきについては、『正徹物語』の、兼好が歌道四天王であったという記

述から導くことが可能であろう。

そのように考えれば、『吉野拾遺』二巻本の成立時期を室町時代中期とする根拠はない。確実な下限は、ひとまず、三巻本の校合奥書の貞享元年（一六八四）ということになるが、中村秋香『吉野拾遺詳解』（博文館、一八九九）「提要」に注目すべき記述がある。中村が校訂に使用した諸本としてあげる伝本のなかに、左記の写本がある。

　永禄古写本　一本　巻末に、永禄甲子仲春、とあるのみなり
　加藤磐斎本　一本　奥書に云、以二山崎氏秘蔵本一書写畢……／万治三庚子六月　磐斎判

中村は、「右の諸本いづれも互に異同ありて、正否いづれとも定めがたけれど、其内磐斎本にはよろしと思はるゝものも少からず」として、「永禄古写本」（甲子は七年（一五六四））を特別視してはいないが、永禄古写本の存在が確認できれば、室町時代の作品であることは動かしがたいことになる。ただし、遺憾ながら、永禄古写本も磐斎本（一六六〇年写）も現在、所在不明である。ちなみに、これまでの研究史においても、中村以外、永禄古写本への言及はない。

「永禄古写本」が確認できない以上、『吉野拾遺』の成立時期を探る手がかりとして残されているのは、『三人法師』との関わりである。

さきにもふれたように、尾上八郎『校註日本文学大系18』「解題」の以下の見解がこれまで受けつがれてきている。

　三人法師は、室町時代の中頃又はやゝその以後に成つたものかと思はれる。而してこの書の（今井注、『吉野拾遺』下巻。巻二第一四話「右馬允行継遁世の事」）を改作して、その一節を構成したものとするのが自然かと考へられる。さうすると、神皇正統記よりは勿論太平記よりも後、三人法師よりは前に、この書が出来たものと見ることも出来ると思ふ。

尾上の見解に対しては、亀田純一郎が

巻二「右馬允行継遁世の事」が三人法師物語と関係あり、前者から後者が出たとするのが通例であるが、吉野拾遺のそれが三人法師物語の内容を発展せしめたものであるとも考へられる。

と述べ[5]、近くは橋本直紀が

・『三人法師』は、先掲平出氏[6]に夙に指摘のある通り、慶長十年までは溯り得るが、それより早い記録はなく、伝本で古写本と称し得る本は報告されていない。今の所、寛永頃の覆古活字本（大洲市立図書館蔵）が現存最古であり、寛永頃の丹緑本、正保三年版、明暦四年版と続く（丹緑本以下は一系）。

・『為世の草子』の成立は可成り早く、『三人法師』第三話の骨子は『為世』から直接に得たのであり、『三人法師』は慶長十年からさほど遠からぬ、室町末期（最末期と言っても良いか）の成立であろうと考える。

・『三人法師』第三話は『吉野拾遺』に依ったのではあるまい。『三人法師』の作者は、その第一・二話（これは切り離すことの出来ない、首尾の調った物語である）に付け加える形で、元来は無関係な為世の物語を巧みに脚色して第三話としたのである。

との見解を示している[7]。

三、『三人法師』と『為世の草子』

橋本が指摘するように、『三人法師』第三話と『為世の草子』とには、密接な関わりをもつ場面がある。遁世者がかつて置き去りにした二人の子どもが、説法の場で亡母（遁世者の妻）の供養を依頼する場面である。まず、『為世の草子』の異同を検討しておく。

◇関西大学図書館蔵『為世入道物語』（関西大学国文学61収載。私に濁点を施し、一部、句読点を改めた。以下、関大本と称

する）

（導師の言葉）おゝくのふじゆの御中に、ことにあはれにおぼえ候は、十才にたるやたらざるひめぎみ、又は、六や七ツばかりなるおさなき人々の二人、御わたり候が、ことに御こゝろざしせつなる御ふじゆをさゝげまし〳〵候ぞや。**てばこのかけご**とおぼしきに、かみをふつ《（ママ）》にゆいわけていれたまひて、（中略）と、かゝれて候が、もじのならびしどろ〳〵にて、はしがきに一しゆのうたをあそばして□り

　たまてばこふたおやそはぬ身なし子の中〳〵いきてなにゝかはせん

かやうに、いたいけなる御手にて、あそばして候。

◇フォッグ美術館寄託本『為世の草子』（古典文庫・未刊中世小説三。以下、フォッグ本）

……このおさあひもの、**はこのふた**に物をいれてたてまつりけるを、だうしとりて御らんずれば、ゆふべきりたりしかみなり。なかにかきたる物をとりあげよみ給ふをきけば、「これはもとみやこのものにて候が、（中略）ちゝにはいきてわかれたてまつり、はゝにはこぞのけふしゝてわかれて候へば、一めぐりの心ざしにみづからがさん《（マヽ）》ざしをわけてたてまつる。又**はこ**ははゝうへのかた見にて候へども、かのぼだひのためにさゝげ申なり。御たすけ候て給候べし」とてかくなん。

　たまてばこふたおやそはぬみなしごのなか〳〵いきて何にかはせん

とかきて、月日のしたに、あねたまつるによ、しやうねん十二さい、おとうとわかつる丸十さいと、よみあげ給へば、……

　導師の前に差し出したのは、懸子（この場合は、手箱の縁にかけて、その中におさまるように作った箱）か手箱か。フォッグ本は、形見というのだから、蓋のみが残されていたというわけではあるまい。道中は箱の中に納めていた黒髪（御布施）を、折敷代わりに蓋に入れて捧げたということであろうか。ただし、手箱の蓋と身とがそろっているとなると、

「ふたおやそはぬ」という歌の表現が活きない。蓋だけであったとしても、充分には機能しないことにかわりはない。関大本のように、髪を「かけご」にいれて捧げてこそ、保護してくれる手箱（両親）のない懸子（孤児）の境遇を歎く歌になろう(8)。

次に、『三人法師』をとりあげる。引用は岩波大系『御伽草子』（底本は寛永頃丹緑本）。内閣文庫蔵写本『三人法師』（西沢正二『名篇御伽草子』所収）、天理図書館蔵写本『荒五郎発心記』（西沢正二『中世小説の世界』所収）もほぼ同様である。ただし、最後の場面の「玉手箱ふたと……」の歌は、内閣本にはない。

〈1〉これらが**玉の手箱の蓋**をば姉が持ち、**懸子**をば弟が持ちて、誰か教へけん、竹と木との箸を持ちて骨を拾ひけるが、……

〈2〉これら母の骨を**箱の蓋**に入持ちて、われが宿の方へは行かずして、よそへまかり候程に、又立帰りて、「そなたへは、いづくへわたり給ふぞ」と申せば、「これはほうにん寺と申御寺に、都より尊き上人御下り候て、七日の御説法にて候が、……この御骨をも納めばやと思ひ候て、さて御寺へ参り候」と申候ひし程に……

〈3〉三姉が**手箱の蓋**を、上人の御前にさし置きて、……「是は、楠木が一門に、篠崎六郎左衛門が子どもにて候が、……御骨をだにも取るべき者なく候て、兄弟の者共取て、**箱**に入ては候へども、置くべき所を知らず候て、上人を頼み参らせんが為に、是まで持て参り候。……」

〈4〉さて、姉が袂より、一つの巻物を取出し、上人に奉る。……と、こざかしく年号日づけまで書きて、奥に一首の歌を書きたり。

見る度に涙ぞまさる玉手箱ふたおやともになしと思へば

玉手箱ふたとかけごの黒髪をいふかたもなき身をいかゞせん

橋本は、「内閣本は古活字本系の写本」であり、「見るたびに」の歌のみを採ったものと退けたうえで、「玉手箱」

の歌の内容を問題とする。『三人法師』には、これ以前に黒髪につながる記述がなかったにもかかわらず、ここで唐突に「黒髪」を歌うのは、『為世の草子』摂取の過程で未消化なまま取り残された齟齬である、と。首肯すべき指摘であろう。ただし、内閣本と版本との関係は具体的には論証されていない。贅言になろうが、内閣本の形をも視野にいれて、『為世の草子』との関係を確認しておきたい。

「懸子」があるのだから、手箱は蓋のみならず、身の部分も完備していたものと思われるが、『三人法師』はなぜか「箱の蓋」を強調する。問題は、『為世の草子』の姫君が手にしていたのは黒髪（御布施）であるが、『三人法師』の場合、亡母の遺骨を納れていたことである。拾骨の際、蓋を用いるのはよいとして、右の〈1、2、3〉の表現をそのままうけとれば、遺骨を瓶・壺などに納めるのではなく、また何の覆いもせず、「ほうにん寺」まで赴いたことになる。覆いなどの描写は省いたのだ、と考えるとしても、御布施もなく、廻向と納骨とを依頼するのはいささか常識外れであろう。姉の幼さを表現しているとみるには、巻物の文章と歌とは堂々たるものである。こうした諸点も、『為世の草子』、とくにフォッグ本に「はこのふた」とあったことの影響を受けつつ、黒髪を遺骨に変えた結果の不具合、と考えれば了解される(9)。

以上のように、『三人法師』は『為世の草子』の影響下にあるものと思われる。しかし、その影響関係の認定は、『三人法師』と『吉野拾遺』との関わりを排除するものではない。橋本の指摘は重要であるが、『三人法師』が『吉野拾遺』の影響を受けていないことを論証したものではない。

四、『吉野拾遺』と『三人法師』

『吉野拾遺』『為世の草子』『三人法師』の三作品を視野に入れるとき、以下の諸点において、『吉野拾遺』と『三人法師』との深い関わりは否定できない。

・主人公の身分（ともに南朝方の武士。『為世』は都の貴族）

・妻の死期（ともに主人公の出奔より数年後、我子との再会の直前。『為世』は出奔の翌年、再会の前年）

・再会の経緯（ともに諸国修行のおり立ち寄る。前述のように、『為世』関大本の為世は諸国修行を口にしているが、実際には真っ先に故地を訪れている）

・子の将来（ともに男子は、成長の後、実質的に遁世前の父の地位を継ぐ。『為世』の姉弟は入水自殺）

一方、『吉野拾遺』『為世の草子』に共通し、『三人法師』と異なる要素は、ほとんどみられない。『吉野拾遺』『三人法師』の関わりを認め、『吉野拾遺』[10]が『三人法師』の影響下にある、と想定した場合、『吉野拾遺』は、『三人法師』と『為世の草子』との共通要素のみ正確に排除して物語構成をおこなったことになる。これは不自然な想定であろう。

また、『三人法師』の主人公の名字の地たる「河内国篠崎」は、その所在が確認できない。『太平記』や『太平記秘伝理尽鈔』にも「篠崎」なる武士は登場しない。『吉野拾遺』に、篠塚伊賀守の娘が楠木正儀の妻となった、との記述のあることを背景にして、「篠塚」をもじって生みだされた、という藤島秀隆の説[11]は傾聴に値するものであろう。

やはり、従来の説のように、『三人法師』の成り立ちには、『吉野拾遺』の影響をも認めるべきであろう。その場合、『時慶卿記』慶長一〇年三月七日条にみえる「三人僧」が『三人法師』をさすとすれば、それ以前、「三人僧」と同一視することをなお留保するとしても、『三人法師』には「古活字版が存在したはず」（『室町時代物語大成六』解題）であり、『吉野拾遺』はその古活字版の刊行に先だって成立していたことになる。すなわち『吉野拾遺』の成立は近世初期以前である。ただし、前述のように、室町中期まで溯らせ得るとする論拠は存在しない。

のちに楠木氏に対する朝敵赦免の綸旨を賜ることになる大饗正虎が、正成の苦患を救い、自身の武運増長を望んで、信貴山に願文を捧げたのが天文二二年（一五五三）のこと［↓第二部第一章］。所在不明の『吉野拾遺』永禄古写本の指し示す年代（一五六四）もほぼ同一期である。これらを勘案すれば、室町後期から末期にかけて、足利幕府の弱体化に伴い南朝懐古の機運が高まった時期を『吉野拾遺』の成立時期とみなすべきではなかろうか。

五、『吉野拾遺』と『理尽鈔』

本書序章に、『理尽鈔』の最終的成立時期が慶長の終わりから元和にかけての頃であろう、と述べた。したがって、『吉野拾遺』の成立は、『理尽鈔』に先行する可能性が高い。ただし、両者の間に直接的な関わりがあるというのではない。

『吉野拾遺』は後醍醐吉野遷幸以降の物語ゆえ、正行や正儀の活動が活躍し、正成は登場しない。正成不在の一事をもってしても、『吉野拾遺』と『理尽鈔』とのへだたりは大きいと知れるのであるが、しかし、たとえば『吉野拾遺』巻一第九話「高の師直内侍を奪《うばひ》とる事」（章段名は三巻本による）をみてみよう。師直が弁の内侍を見そめ、吉野から出てくるよう度々誘いをかけるが相手にされず、ゆかりの女性を使って内侍を誘い出す。供の者を殺された内侍は、なすすべなく、師直の待つ住吉に連れ去られようとする。そこに楠正行が行き会い、救出する。後村上帝は内侍を正行に賜おうとするが、正行は辞退した。人々はいぶかしんだが、正行討死の後、あらためてその死を惜しんだ、というのがあらすじである。本話については、はやくに亀田純一郎（注（5）に同じ）が、太平記巻二一「塩冶判官讒死事」及び巻二六「執事兄弟奢侈事」の「師直姪慾の記事から思ひつき、正行に結びつけて構へたものに過ぎぬであらう」と指摘している。

師直関係記事が本話の淵源をなしていることはそのとおりであろうが、本話については、『太平記』の正行記事と

の関わりも考慮すべきであろう。正行が内侍に行き会った場面は

たてわき正つらがよしの殿へめされてまいるに行あふて、……（引用は群書類従）

とある。『太平記』巻二六「正行参吉野事」には

今生ニテ今一度君ノ龍顔ヲ奉レ拝為ニ参内仕テ候（岩波大系一六頁）

とあり、この「今一度」を手がかりとして、『太平記』には描かれていない[12]初度参内の際の事件、という設定を案出したものであろう。内侍下賜を辞退する「とても世にながらふべくもあらぬみのかりの契をいかで結ばん」との歌も、『太平記』の同じ記事に「返ラジト兼テ思ヘバ梓弓ナキ数ニイル名ヲゾトヾムル」とある辞世に呼応している。

あるいはまた、『吉野拾遺』巻一第七話「御うたの徳にて雨はれし事」の後半、後醍醐帝葬送（『太平記』流布本では巻二一）ののち、御廟近くに草庵をむすんでいた語り手がまどろむ場面。

……むかしの御事など思ひ出して

今ははやわすれはつべき古を思ひ出よとすめる月哉

といひてすこしまどろみけるに、御廟のまへに百官袖をつらねてなみゐたまへるをおぼつかなくおもひて、資朝卿のよろづはからはせ玉ひておはします御袖をひかへてとひたてまつるに、……

この騒ぎは、帝の魂魄が本意を遂げるため、亀山の仙洞に移ろうとしているところであった、と記事はつづき、旧都の夢窓和尚が同じく帝の亀山入御を夢見、これが天龍寺創建の契機となったという。夢窓夢見の記事が『太平記』巻二四「天龍寺建立事」と密接な関わりをもつことはいうまでもないが、上記の引用部分は、永野忠一『吉野拾遺評釈』（健文社、一九三二）が指摘するように、『太平記』巻三四「吉野御廟神霊事」をも利用したものであろう。

爰ニ二条禅定殿下ノ候人ニテ有ケル上北面、御方ノ官軍加様ニ利ヲ失ヒ城ヲ落サル、体ヲ見テ、敵ノサノミ近付ヌ先ニ妻子共ヲモ京ノ方へ送リ遣シ、我身モ今ハ髻切テ、何ナル山林ニモ世ヲ遁レバヤト思テ、先吉野辺マデ出

タリケルガ、サルニテモ多年ノ奉公ヲ捨ハテ、主君ニ離レ、此境ヲ立去ル事ノ悲サニ、セメテ今一度先帝ノ御廟へ参リ、出家ノ暇ヲモ申サント思テ、只一人御廟へ参リタルニ、（中略）通夜円丘ノ前ニ畏テ、ツク〈〵ト憂世ノ中ノ成行ク様ヲ案ジツヾクルニ、「抑今ノ世何ナル世ナレバ、（中略）コハイカニ成行世ノ中ゾヤ。」ト泣々天ニ訴テ、五体ヲ地ニ投礼《ゲ》ヲナス。余リニ気クタビレテ、頭ヲウナ低《ダレ》テ少シ目睡《マドロミ》タル夢ノ中ニ、御廟ノ震動スル事良久《ヤヤ》シ。暫有テ円丘ノ中ヨリ誠ニケタカキ御声ニテ、「人ヤアル〈〵」ト召レケレバ、東西ノ山ノ峯ヨリ、「俊基・資朝是ニ候」トテ参リタリ。……

ちなみに、先に検討した『吉野拾遺』行継遁世譚の設定もまた、この記事を翻案したものであることは、藤島秀隆（注(11)に同じ）の指摘するところである。行継遁世譚は次のように始まっていた。

二条関白殿にありける右馬允行継といひけるは、去ぬる八はたのたゝかひにいかなることかありけん、かへらせ玉ひて御勘気有ければ、おさなき子ひとり、女子（注、妻を指す）とをむつだのさとに、したしきものゝありけるにあづけて、かうやの山にのぼりてかみおろしけり。

『理尽鈔』は、『太平記』の表現からの連想・敷衍や『太平記』の他の箇所の記事（表現、型）の利用といった方法を駆使して、みずからの大部の物語を創出している［→第一部第一章］。『吉野拾遺』巻一第九話は『太平記』の表現からの連想・敷衍といえようし、第七話の場合は『太平記』の複数の記事を融合させたものである。亀田（注(5)に同じ）はこれを「太平記の末書的発展」と評しているが、『太平記』の表現を利用した新たな物語の案出は、『理尽鈔』と同工といえよう。『理尽鈔』の、多岐にわたる、大部の物語の創出は、『太平記』享受史において特筆されるものであろうが、『太平記』を読み込み、使いこなす行為は、すでに、『吉野拾遺』のような形で姿を現しつつあったことを確認しておきたい。

注

（1）「吉野拾遺の発句」（明治三〇年（一八九七）四月四日）［『子規全集』四（改造社、昭和五年（一九三〇））］。

（2）三巻本巻三第二三話「楠正つら始てよし野へ参りし時の事」に載せる、正成書状の宛名が「楠庄五郎殿」とあることが注目される。平凡社東洋文庫『太平記秘伝理尽鈔2』解説三六一頁に述べたように、正行の幼名を「シヤウ五郎」とすることは現在のところ『桜井書』（寛文元年（一六六一）。「勝五郎」とする）が初見。刊年のわかっているものでは、他に『南朝太平記』巻一三（宝永六年（一七〇九）刊）、『武備和訓』巻四（享保二年（一七一七）刊）など、いずれも「庄五郎」と表記する。三巻本の「庄五郎」が『桜井書』の直接的影響下にあるかどうか確言できないが、近世の楠伝承の淵源である『理尽鈔』にも正行の幼名は記されておらず、三巻本『吉野拾遺』（芳野拾遺物語）の成立時期は、近世に下る可能性が高い。

（3）『校註日本文学大系18』（国民図書、大正一四年（一九二五））「解題」。

（4）「南北朝動乱期の文学と吉野」『古典文学に見る吉野』和泉書院、一九九六・四。

（5）「吉野拾遺考」『国文学と日本精神』至文堂、一九三六・一一。

（6）平出鏗二郎『近古小説解題』（明治四二年（一九〇四）初刊）に「時慶卿記慶長十年三月七日の条に三人僧とあるは此物語ならんか。」との指摘あり。

（7）「『為世の草子』と『三人法師』第三話について――『三人法師』の成立は果たして古いか――」（関西大学国文学六一、一九八四・一二）。

（8）他にも、関大本が古態とみなされる徴証がある。為世が再び楠葉をめざす場面、関大本は次のようにある。

「……あやしのさとにとゞめおきし、つま子ども何ととかなりぬらん。おぼつかなし。又は、れいぶつれひしやにもまいりて、にほんこくをめぐらばや」と思ひたつほどに、やがて、どうしゆくにいとまごひして、おひうちかたにかけて出給ふ。【まづ】、こゝろゆくかたなれば、くすわのさとゑぞ心ざし給ひける。

一方、フォッグ本は以下のようである。

「……さてもふるさとにとゞめをきしめこども、何となりつらん」と心もとなくおもはれけるこそ、せめての事なれ。

おやこのみちのかなしさは、うきよをいとひ、まことのみちにいり給へども、まうしうはなをつきずと見えてあはれなり。さるほどにおひとつてかたにかけ、かうやのみねをたちいで、、【まづ】ふるさとの事なれば、たちよりよそながら見ばやとおもひ、くずはのさとにぞくだり給ふ。

関大本の為世は、妻子の様子を探ることと諸国行脚との二つの目的をあげるが、フォッグ本は妻子のことをのみ語っているのであるから、「まづ」が意味をなさない。

(9)『三人さんげのさうし』(天保二年写。古典文庫一二二)には「これら母の骨を箱の蓋に入持ちて」の章句がなく、上人の御前に差し出す場面にも、「手箱」とのみあって、版本・内閣本のように「手箱の蓋」とはしていない。天保本はこの不自然さはまぬかれている。しかし、最後の詠歌は「玉手箱二親ながらなかりせばかけごの塵を誰かはらはん」とある。蓋のある手箱を差し出したのでは、「玉手箱」(両親)がないので「かけご」(姉弟)の塵を、という歌意と齟齬をきたす。この歌は、関大本為世の草子のように「てはこのかけこ」を差し出した場合に機能する。天保本は、版本をもとに、改編を企てたものではなかろうか。

(10)妻の死因(物思いがつのり病没。『吉野』は入水自殺)、子ども(姉弟。『吉野』は男子一人)、出奔後の我子の生活ぶりを知る経緯(主人公が土地の翁に問う。『吉野』は我子と知らず声をかけた当人の口から)、説法の場で僧侶に父母の供養を依頼することおよびその折の和歌の存在(『吉野』には、そうした場面および和歌は存在しない)等の諸点。

(11)藤島秀隆「右馬允行継発心遁世譚とその周辺――『吉野拾遺』『三人法師』を軸として――」(説話物語論集7、一九七九・五)。

(12)巻二一「先帝崩御事」(岩波大系三四五頁)に、後醍醐崩御(延元四年(一三三九))の折、楠帯刀・和田和泉守が二千余騎で馳せ参じた、という記事がある。『太平記』に記載はないが、後村上帝受禅の際まで警護を続けたと考えれば、その折「龍顔」を拝することはありえた。しかし、これは参内とはいえない。討死の前年暮れ、正平二年(一三四七)一二月二七日(『太平記』巻二六)までの間に、記載されてはいないが幾度か参内の機会はあった、という「今一度」なのであろう。

付論『塵塚物語』考

――『吉野拾遺』との関係――

はじめに

『塵塚物語』[1]巻五「細川武蔵入道事」は細川頼之の賢臣ぶりを物語る説話であるが、『理尽鈔』巻四〇との関わりが指摘されている。[2]『塵塚物語』巻末には「本文にいはく／天文廿一年十一月日　藤某判」という奥書があり、これを信ずれば『理尽鈔』の成立時期（最終的な成立は近世初期。→序章二）にも大きな影響を与える。しかし、『塵塚物語』には『天文雑説』（古典文庫第六二八冊）とほぼ同文の説話が一四話あり、右の奥書も『天文雑説』の「本に云（中略）天文廿二孟夏日　藤入道判」という奥書との関係を考える必要がある。『塵塚物語』『天文雑説』両者の関係は第二部第一章で論じたが、『塵塚物語』の成り立ちを考えるうえで、もうひとつ注意されるのが、『吉野拾遺』との関わりである。

『吉野拾遺』は群書類従本などの二巻本のほか、二九話を増補した貞享三年（一六八六）刊の三巻本[3]があり、三巻本と『塵塚物語』との関係については対立する見解が示されている。

《『吉野拾遺』先行説》

後藤丹治『中世国文学研究』第二篇第七章（初出、岩波講座日本文学『室町時代文学書目解説』一九三二・三）

私は塵塚物語との比較によつて、四巻本の偽作年代が宗祇以後、天文廿一年以前に在ることを推定するが、その考証は煩はしいから茲には述べない。

小泉弘「吉野拾遺と東斎随筆の世界」『日本の説話4中世Ⅱ』（東京美術、一九七四・五）

二巻本中の説話のみならず三巻本中の説話も四条引いていて、この事は、『拾遺』説話の後代流伝の足跡を示すものであると同時に、三巻本が少なくとも天文二十一年までには成立していたことを示す確証ともなる。

《『塵塚物語』先行説(4)》

岡部周三「吉野拾遺考」（『南北朝の虚像と実像──太平記の歴史学的考察──』雄山閣、一九七五・六）

貞享板本三・四両巻にも、塵塚物語と類似の記事はあるが、一・二両巻のものとは甚だしく趣を異にし、ここにおいては、吉野拾遺はもはや塵塚物語の出典ではなくして、その記事が塵塚物語の改変せられたものであることは、一見何人にも諒知されるところである。（中略）それ故に、貞享板本三・四両巻の偽作は、塵塚物語の記事に精通した何人かによってなされたものであろうことは、疑いを容れないところである。

岡部は中略部分に、『吉野拾遺』巻三「光明皇后の御ぐしの事」と『塵塚物語』巻三「光明皇后御長髪事」とを引き、前者が後者から「転化されたものであることは明らかであろう」と述べるが、具体的な論証はない。一方、後藤・小泉も所説の根拠は示していない。その後、小泉は『日本古典文学大辞典6』（岩波書店、一九八五・二）「吉野拾遺」の項を担当するが、〔参考文献〕に岡部論文を挙げていない。『日本史大事典6』「吉野拾遺」の項（伊藤敬執筆。平凡社、一九九四・二）も「二巻本は南北朝後期、追補部は一五五二年（天文二十一）までに成立したとみられ」、と後藤以来の説を受け継ぐ。岡部説が検討されないまま現在にいたっているのである。

後藤・小泉は、『塵塚物語』奥書の天文二一年を疑うことなく、これを三巻本（四巻本）『吉野拾遺』の成立年代の下限を示す材料とみなす。しかし、上述のように『天文雑説』の奥書と関わりがあり、その影響下にあるとすれば、『塵塚物語』の成立は天文二一年を（ことによると、大きく）降る可能性がある。

『国書総目録』『古典籍総合目録』によれば『塵塚物語』の写本は、内閣文庫、京都大学谷村文庫、茨城大学菅文庫に蔵されている。内閣文庫本は

……梓にちりばめ、童男小女のなぐさみぐさとかたはらに絵を模し、はなしのすがたをあらはすとしかいふ。于時元禄つちのとみの歳むつき中の五日

という版行に際しての序文をもそのまま写しており、版本の写しである。谷村文庫本は、目録題・内題・尾題のあり方に、版本とは異同がある。しかし、本文は版本とほぼ一致し、しかも誤写・誤脱があり、これも版本の影響下にある写本である。菅文庫本は未見であり、他にも写本が存在するやもしれず確定的なことはいえないが、現在知られている『塵塚物語』本文は、元禄二年（一六八九）刊本がもっとも古い可能性がある。(5) 一方、三巻本『吉野拾遺』が刊行されたのは、貞享三年（一六八六）。『塵塚物語』が三巻本『吉野拾遺』を依拠資料の一つにしているならば、版本によっている可能性があり、その場合は『塵塚物語』の成立を一六八六から八九年の間に限定できることになる。

逆に岡部説に立つ場合、天文二一年という奥書をただちには信用しないとしても、三巻本『吉野拾遺』が刊行された貞享三年以前には、確実に『塵塚物語』が存在していたことになり、元禄二年刊本を溯る写本を見いだすことが今後の課題になる。

近年は『塵塚物語』『吉野拾遺』いずれも関心を引くことが少ないが、小稿は『理尽鈔』との関わりをさぐる布石として、両者の先後関係の確定をめざす。

一、二巻本『吉野拾遺』と『塵塚物語』

二巻本『吉野拾遺』を『塵塚物語』の出典のひとつと認めることには異論が提出されておらず、岡部も同様である。岡部も引くが、『塵塚物語』巻一「命松丸物語事」をみておく。

いにしへ命松丸といふもの歌よみにて兼好が弟子也けるが、兼好をはりて後、いま川伊予入道のもとにふかくあはれみて、つね〳〵歌の物がたりなどせられけるとなん。つねは南朝へもかよひ侍るとなん。此命松丸入道して、南朝のありさま物がたりつくりて歌などまじへてやさしくその時のさまをのべたり。其中にいはく、（A）【くすの木帯刀正つらがはか所に石たうを立たる。其まへにいかなる物かしたりけん、書つけて侍る。

くすの木の跡のしるしをきてみればまことのいしとなりにけるかな】

同物がたりにいはく、（B）【やよひのころ日のうら〳〵かなるに、女ゐんの御所の庭にちりつもりけるはなのいとおほかりければ、伴のみやつこめさせ給ひてひとつ所にあつめさせ給へば、高さ五尺ばかりほどの山のなりにてありけるをいと興ぜさせたまひて、よしの〳〵はなをうつせし山なればとてあらし山となづけさせ給ひて、人々に歌よまし、上にもけいし給ひければ、あすのほどにわたらせ給ひてんとの給はせたまひけるに、其夜風のはげしくふきていひかひなくなりにけり。つとめて弁の内侍のかたへ兵衛のすけのつぼね

みよしの〳〵花をあつめし山の名も今朝はあらしの跡にこそあれ

とありけるをそうし給ひければ、

千はやぶる神代もきかず夜のほどに山をあらしの吹ちらすとは

との給はせていといたふおかしがらせ給ひにけり】と云々。此物語の中のうたおほくは命松翁が仕わざなるにや。

　彼もの丶歌のていに似たること葉をさく〳〵見えたり。

右は『吉野拾遺』の作者を命松丸とする説[6]を生み出した記事であり、（A）【　】内は『吉野拾遺』巻二第一二話「楠が墓にらくしゆの事」（二巻本は章段に区切っていない。三巻本の巻数・説話番号・題目による）、（B）【　】内は巻二第一七話「あらし山の事」にほぼ同文である。『塵塚物語』はそれを「南朝のありさま」の物語に拠ったというのであるから、同文の記事を含み、内容も南朝を素材とするその物語とは『吉野拾遺』のことと見てさしつかえない。

以上は先行説の再確認であるが[7]、いささか付言しておきたいことがある。

（A）『吉野拾遺』は次のようである。

　楠正行が墓所にいかなるもの丶しわざにや有けん、かきつけ丶る
　　くすの木の跡のしるしを来てみればまことに石となりにけるかな

『吉野拾遺』に比し、『塵塚物語』は説明的な字句を補っているほか、落首も「まことに」を「まことの」としている。小山多乎理『参考吉野拾遺』（六合館書店、明治二七年（一八九四）七月）が「諺に云南木はよく石に化するといへばかくよめるならん」と注して以来、諸注これを踏襲する。『和漢三才図会』八二香木「楠」に「其根株経ㇾ歳者変為ㇾ石」とあり、小学館『故事俗信ことわざ大辞典』も「石となる樟」「石となる樟も二葉の時は摘まるべし」を立項する。問題の落首も、楠は石となるといわれているが本当に、の意であり、『吉野拾遺』の「まことに」が適切である。

また、著名な「楠化二大石一図」[8]にもこの諺が関与している。このことはあまり指摘がないように思うが、楠が塩冶の忠臣大石（内蔵助）に化する、という趨向は、楠が年経て石となるという、当時よく知られていた俗信を前提としてこそ大方に受け容れられ、喝采をもあびたはずである。

二、『吉野拾遺』二巻本・三巻本の異同と『塵塚物語』

さて、『塵塚物語』が後藤・小泉説のように三巻本（版本）『吉野拾遺』に拠っているとするならば、『吉野拾遺』巻一・二（二巻本相当部分）を出典とする記事においても三巻本の表現により近いことが予測される。ところが、前項（A）は二巻本・三巻本に異同がないが、（B）の二重傍線部分は二巻本（群書類従および内閣文庫蔵林鵞峰手跋本〔請求記号二〇四―六四〕を参照）と三巻本とで小異あり、『塵塚物語』は三巻本に近いとはいえない。（B）の二重傍線部を含め、他の『塵塚物語』との共通話を同様に調査し、結果を分類して示す。

《塵塚＝三巻本》（『吉野拾遺』の巻数・説話番号は版本による）

○『塵塚物語』巻三5、『吉野拾遺』巻一9「高の師直内侍を奪とる事」

版本：　　　　　むさしの守・・・もろなふがいかなりけん折にか
塵塚：いつの比なるにや武さしのかみ・・・師　直　・　みそめ侍りつつ
鵞峰：　　　　　むさしのかみ高階のもろ直　がいかなりけん折にか
群書：　　　　　むさしのかみ高階のもろ直　がいかなりけん折にか

《塵塚＝二巻本（群・鵞）》

○塵塚一5、吉野二17「あらし山の事」

版本：奏　し奉らしめ給　ひければ（ちはやふる……）

塵塚：そうし・・・・給　ひければ（千はやふる……）
鷲峰：そうし・・・・給　ひければ（千早　振　……）
群書：そうし・・・・たまひければ（千早　振　……）

版本：此まさつらがなかりせば（中略）まさつらかしこまりて
塵塚：・まさつらがなかりせば（中略）・・・・かしこまりて
鷲峰：・正　つらがなかりせば（中略）・・・・かしこまりて
群書：・正　つらがなかりせば（中略）・・・・かしこまりて

○塵塚三5、吉野一9

版本：ひきめなど射させ給ふ。其　ほどは
塵塚：ひきめなど射させければ、そのほどは
鷲峰：ひきめなどいさせければ、そのほどは
群書：ひきめなどいさせければ、そのほどは

○塵塚三6、吉野一10「伊賀のつぼねばけ物にあふ事」

版本：あやしく覚　ゆるにこそ。なのりし候　へ、ととはれて
塵塚：あやしくおぼゆるにこそ。名のり・たまへ、と問はれて
鷲峰：あやしくおぼゆるにこそ。名のりし給　へ、ととはれて

群書：あやしくおぼゆるにこそ。名のりし玉《候イ》へ、ととはれて
版本：御経　にはいかなる・事　かよかるべき
塵塚：御のりにはいかなる御事　かよかるべき
鷲峰：御法にはいか成　・事　かよかるべき
群書：御法《経イ》にはいかなる・ことかよかるべき

版本：其　後　あへてことなるわざもなかりし。
塵塚：そのゝちあへてことなる事もなかりけり。
鷲峰：そのゝちあへてことなる事もなかりし。
群書：そののちあへてことなること《わざイ》もなかりし。

○塵塚三11、吉野二1「鷹怪鳥をとる事」
版本：あやしき物にてあらんと人々　・よりて怪鳥をころしてけり。
塵塚：あやしき鳥にてあらんと人〱立よりて・・・ころしてけり。
鷲峰：あやしき鳥にてあらんと人々　・よりて・・・ころしてけり。
群書：あやしき鳥にてあらんと人々　・よりて・・・《怪鳥をイ》ころしてけり。
版本：形　は烏　のごとくに・て左右　のつばさを

塵塚：かたちはからすのごとくにして右ひだりのつばさを
鵞峰：かたちはからすのごとくに・て右ひだりのつばさを
群書：かたちはからすのごとくに・て右ひだりのつばさを
版本：しばしの程有　て死にけり。夜な〳〵鳴　つるは此鳥にてこそありけん、
塵塚：しばし・程ありて死にけり。夜な〳〵なきつるは此鳥にてやありけん、
鵞峰：しばし・程ありて死にけり。よな〳〵鳴きつるは此鳥にてやありけん、
群書：しばし・《のイ》程ありて死・《にイ》けり。夜な〳〵鳴つるはこの鳥にてや有けん、
版本：まさに有　ける・・。いとあやしき事　にこそ・・・・。
塵塚：今　にありけるとぞ。・・あやしき事　にこそ有　つれ。
鵞峰：当　にありける・・。いとあやしきことにこそ有　つれ。
群書：当　にありける・・。いとあやしき事　にこそありつれ。

《塵塚＝三巻本・二巻本（鵞）》

○塵塚一5、吉野二17
版本：人々に歌よましうへにもけいし給ひければ
塵塚：人々に歌よましうへにもけいし給ひければ
鵞峰：人々に歌よましうへにもけいし給ひければ

群書：人々に歌よませうへにもけいし給ひければ

版本：とのたまはせていといたうおかしがらせ給ひにけり・・・。

塵塚：との給　はせていといたふおかしがらせ給ひにけりと云々。

鷲峰：とのたまはせていといたうおかしがらせ給ひにけり・・・。

群書：との玉　はせて・・《いとイ》いたうおかしがらせ給ひにけり・・・。

○塵塚三5、吉野一9

版本：はかなき世・のましてみだれがはしければ

塵塚：はかなき世・のましてみだれがはしければ

鷲峰：はかなき世・のましてみだれがはしければ

群書：はかなき世中のましてみだれがはしければ

《塵塚＝二巻本（鷲）》

○塵塚三5、吉野一9

版本：たび〳〵いひこしけれど御返　し　も

塵塚：度　々　いひやりけれど・かへり事も

鷲峰：たび〳〵いひこしけれど御返　事も

群書：たび〳〵いひこしけれど御返　し　も

《塵塚＝二巻本（群）》

○塵塚三11、吉野二1

版本：伊予・国・・左馬介氏　明　の許　より
塵塚：伊予の国大館左馬助うちあきらの許　より
鷲峰：伊予・国・・左馬助氏　あきらの許　より
群書：伊予・国大館左馬介氏　明　のもとより

版本：其　後　は音　・せざりけり
塵塚：その丶ちはをともせざりけり
鷲峰：其　後　はをと・せざりけり
群書：そののちはをともせざりけり

『塵塚物語』の依拠本をつきとめるには『吉野拾遺』二巻本系写本をひろく調査する必要があるが、今はその用意がない。右にあげた事例はいずれも微細な異同ではある。しかし、『塵塚物語』の表記が三巻本（版本）とのみ一致する箇所はごく少なく、『塵塚物語』の依拠本は二巻本系であった、と目される。

後藤・小泉説のように、『塵塚物語』が『吉野拾遺』三巻本の巻三（二巻本にはない記事）をも参照しているとすれば、『塵塚物語』は二巻本・三巻本の両方を手元に置き、二巻本に無い記事のみ三巻本を使用したことになる。ありえないことではないが、上述のように二巻本・三巻本の異同は、あえて依拠本の変更をうながすほどのものではない。

二巻本系『吉野拾遺』(巻一・二)が『塵塚物語』の典拠となり、『塵塚物語』が今度は三巻本『吉野拾遺』(巻三)の依拠資料となった、という岡部説の想定の方が、二巻本・三巻本の比較作業の結果からは諒解しやすい。

三、三巻本『吉野拾遺』と『塵塚物語』

『吉野拾遺』巻三で『塵塚物語』と関わりをもつのは、第五話「隆資卿静仙上人問答の事」(塵塚巻一第一三話)、第六話「光明皇后の御ぐしの事」(塵塚巻三第九話)、第七話「長谷寺参詣の事」(塵塚巻三第一〇話)、第一〇話「藤親房卿十歳の詩の事」(塵塚巻六第八話)の四話である。『吉野拾遺』巻一・二を典拠とする『塵塚物語』の記事は前項でみたようにほぼ同文で、依拠資料をそのまま取り込んでいるのに対し、これらは第六話をのぞきいずれも大きな相違があり、この点でも様相を異にする。

第五話、第一〇話は詞章の全文を提示するので、第七話にふれておく。第七話と塵塚巻三第一〇話はともに、(1)世尊寺行能が仏に祈って嗣子を得たこと、(2)嗣子経朝が老後、閻魔王の招請により額を書いたこと、(3)参議佐理が三島明神の神託で額を書いたこと、の三つを柱としており、『吉野拾遺』『塵塚物語』両者の関わりは否定できない。しかし、(1)『塵塚物語』が「清水じへ七日さんろうありて、此事をいのられける」とするところを、『吉野拾遺』は、編者(松翁)が初瀬寺に参詣して景観に感動し、ご本尊の利益深き例に思いをはせる、という導入部分をもち、つづいて行能が「此仏に詣で、子を祈りけるに」と語る。したがって、祈りの対象は一方は清水観音、他方は初瀬観音と異なる。

1、第五話の検討

◇『吉野拾遺』「隆資卿静仙上人問答の事」（話題ごとに行を改めた）

西大寺静仙上人とぶらひて、隆資卿のがりおはし侍り。世のおとろへゆくさま、武士のいきほひもうなるふるまひ、仏法の沙汰、とり〲つたなからずかたり給ひ侍るに、あるじのとひ給ふけるは

「①むかし其寺に静安といへる比丘やどりて、常騰法師とかやいふなるに、一宗の至要をうけまなびて、其後は江州比良の山に寺をむすび住侍る、といふ。この静安法師、御仏名経をよみて礼拝修懺せられけるその声、ひらの山より帝闕まできこえて侍れば、うへにもためしなくとうとくおぼしめして僧官をおくらせ給ふ。また諸国のあいだへも聞ゆなどいひつたへ侍り。

②むかし元良親王元三の奏賀の声、大極殿より鳥羽の作り道まで聞ゆる、と李部王記にかき給へり。

③これらにかぎらず田原又太郎たゞつなが声も十よ里を隔て、遠くきこゆるといふ。

是はそもいかなる事ぞや。いぶかしき事どもなり」

となだらかにかたり給ひければ、上人「それこそ御ふしんしごくに覚へ侍り。仏家の事は其さとりをゑて、我こゝろをほしひまゝにする事あり。されど、いきやうにはふしぎの人もなし。唯くちのみいみじくて、心くもれり、とみえ侍れ。さもあらばあれ、元良親王・又太郎が事はいかなる音声ぞや。かやうの事異国にも例おはし侍り。仏法のみにかぎるべからず。いかさまふしぎの事にはさま〲りやうけんをくわふれ共、いづれも決しがたき物にておはしませば、愚僧ははかり及べき事に侍らず」とやすらかにことわりて、かへられ侍るとなん。此上人いみじき人にて、おほくの書籍をあきらめられたりとぞ。内外の文を引て返答あらば、いかばかりもうつはもの広《ひろく》きこゆべけれど、さはなくしてありつるまゝにこたへられしは、まことに智者なりとぞ。

◇『塵塚物語』「元良親王釈静安并足利又太郎事」（《　》内は、記事構成をわかりやすくするために、私に字下げとした）

人皇五十七代陽成院のわうじ元良親王は玄妙幽の歌仙にて御自詠あまた人口に多し。

②徒然草にいはく、「此親王元日の奏賀の声甚しゆしやうにして、大こくでんより鳥羽のつくり道まできこゆるよし李部王重明親王の記に侍る」などいへり。

《此李部王の御記は名目高くしてまれ〳〵なる物なりとぞ。勿論貴族等には所持もありつらめなれども挙レ世大切の記なりとみえたり。今川伊予入道貞世、九州探題職をかうぶり罷下るの砌、公方より申預り書写し侍ると云一説有之。其後其記何かたへかちりつらん、又兵火のためにや灰燼となりつらん、あたら事といへり。近代ある人歌書の抄物など述せらるゝ中にやゝもすれば此記を証文にひかれたる所おほし。此人若所持せられたるか、又外にてたま〳〵一覧もありつるか。又ふるき抄物の切句などに李部王記をひきける事おほし。若其類を用ひて載挙られけるにや。如何様不審におぼえ侍る。兼好さへおぼつかなくいへり。しかるを弐百余年の後輩としてたやすく此記を沙汰するは後生おそるべき事か、如何々々。》

扨右にしるすごとく元良親王の御声大極殿より鳥羽のつくり道まできこゆと云。

①又僧伝にいはく、「釈静安、西大寺の常騰法師にしたがひて法相をまなび、曾て江州ひらの山に居し、十二仏名経をよみて礼拝修懺す。そのこゑ帝闕に聞ゆ。又諸州のあいだにも聞レ之ものあり」と云々。此事頗る元良親王と同日の談乎。

③又古史にいはく、「足利又太郎忠綱が声十里を去て聞ゆ」と云々。是又一同の談なり。

凡そ漢家にも此ためしありといへども、本朝には間おほくいひつたへたり。此説いさゝか所謂ありげに聞侍る。しかりといへども凡愚の今料簡するには不レ得レ心にもおぼえ侍れど、古伝の所記なればあざむくべからず、識べからず。

かやうの事は仏家のものに沙汰すれば、さま〳〵わが道に引入て、義理ふかくとりなす物なり。されど仏法以前にかやうの談、異国にも其例あれば今釈氏のいへるまゝにも有べからず。

両者は声にまつわる三つの素材を共有し、ともに仏家の反応のあり方を問題にしており、いずれかが一方を参照していることは確かである。

まず、③は田原、足利と異なるが、『平家物語』巻四「橋合戦」にその活躍が描かれる足利又太郎忠綱のこと。忠綱は「俵（田原）藤太秀郷」の後胤であり、世阿弥の能『頼政』では「田原の又太郎忠綱」と記されている。『塵塚物語』のいう「古史」とは、次に掲げる『吾妻鏡』治承五年閏二月二五日条をさしている。

足利又太郎忠綱（中略）是末代無双勇士也。三事越人也。所謂一其力対百人也。二其声響十里也。三其歯一寸也云云。（国史大系）

また、①「僧伝」は『元亨釈書』第九が該当し、『吉野拾遺』が「御仏名経」とするところを、『塵塚物語』が典拠のまま「十二仏名経」としていることが注意される。

釈静安、従二西大寺常騰一学二法相一。嘗居二比良山一読二十二仏名経一、礼拝修懺。其声聞二帝闕一。諸州間有二聞者一。因レ茲勅賜二僧官一。（国史大系）

②は『塵塚物語』がその名を顕すように、『徒然草』第一三三段による。

元良親王、元日の奏賀の声、甚殊勝にして、大極殿より鳥羽の作道まで聞えけるよし、李部王の記に侍るとかや。（岩波旧大系）

『吉野拾遺』は隆資卿の伝聞によるものとして三つの話題を提示し、そのことあってか、具体的な典拠をあげないが、『塵塚物語』は典拠をほぼ忠実に引用する。『塵塚物語』が『吉野拾遺』を参照したとみなす場合、再度そのひとつひとつの典拠を洗い出し、それを引用したことになるが、それでは『吉野拾遺』を参照する意味がないであろう。

今ひとつ注意したいのが、『塵塚物語』波線部の内容である。これは『吉野拾遺』傍線部に対応する記述であるが、『吉野拾遺』の静仙上人は「わが道に引入て、義理ふかくとりなす」ことをせず、「愚僧ははかり及べき事に侍らず」と謙下し、「ありつるまゝに」答えた。そのあり方こそが「まことに智者」であると賞賛されている。『塵塚物語』が『吉野拾遺』に拠ったとする場合、みずからの発想（波線部）からしても評価の対象となるであろう静仙上人の存在を、なぜ無視して「仏家」「釈氏」一般への批判的言辞をつづったのであろうか。逆に『吉野拾遺』が『塵塚物語』に拠った場合、『塵塚物語』の仏家への批判を念頭に、称賛に値する静仙上人の物語を仕立てあげた、と考えられる。この想定には無理がないであろう。

2、第一〇話の検討

◇『吉野拾遺』「藤親房卿《とうちかふさのきやう》十歳の詩の事」

藤の親房卿、わかうより文数あまたあきらめ、うへの御為にはこゆうほさのちやう臣にてぞおはしけるが、源中納言のはて給ひて後は、よろづ心ほそく思給ふて、御前のつとめもおこたり給ひて、はうさのいたはり、日にそひて筋骨をくるしめければ、うへにもふかくいたわらせ給ふて、めさゞりける。是もあき家の卿のなくなり給ふかなしみのつもりにやとぞみえし。ある時とぶらひ奉り、ちかくよりてへだてなく申なぐさみ侍りし。其つゐでに申されしは、「我かたくなにしておこたり侍れど、故院あながちに不便せさせ給ひ、人々にもうとまれず、ひとゝ成りてあまたの文を読《よめ》ども、心おろかにてあぢはひがたし。此ゆへに老てくやみとなれり。十歳の春、人々御前にめさせ給ひて『あらたまの春をしゆくする詩歌つかうまつりてん』と勅を蒙り、此詩を叡聞に奉る

春来《はるきたつて》　品物都《ひんぶつすべて》　青容《せいやう》　木母花開《もくぼはなひらき》　香正《かまさに》　濃《こまやかなり》

今日《こんにち》　太平《たいへい》　三洞旦《さんとひ》　家々《か、》酔賞《すいしやう》更飛レ鍾《さらにさかづきをとばす》

此句を御覧じて『上古の名士にもおとるまじ』と勅賞まことにありがたうおもひくらし侍りしかど、思へば夢のやうになん侍る」との給ひければ、いとゞよそのいみじさにかんるいを袖にうつし侍る。老てほまれあるひとはおさなきよりやごとなきものなりとぞ。

◇『塵塚物語』「中納言藤房十歳詩の事」

万里小路《までのこうぢ》藤房《ふぢふさ》卿《きやう》はいとけなきよりおほくの文ども明らめ給ひて、うへの御ためには又なき重臣にておはしけるが、一とせのいさめをもちゐさせ給はざりしかば、藤房ももはや浮世の望をたちて、ひそかに家をいでられゆくがたしらずなりたまひけるが、つゐに堅固にして遯《とん》の道をたもちておはられ侍けりとぞ。其むかしいとけなき時より、いとかしこくよろしき人なればにや人々もほめられたりとぞ。十歳の春うへより人々へ「としのはじめの祝詠つかうまつり侍るべし」とおほせ下されけるに、あるひは金玉のこと葉をはき、あるひは幽妙をつくして、人々詩歌をつかうまつられるに、藤房は十歳なればはか〳〵しくうへにもきこしめされざりつるに、詩つくりたてまつられたりけるとぞ。

春来《はるきたつては》　品物都《ひんぶつすべて》　青容《やう》　木母花《はな》開《く》香《か》正　濃《こまやか也》

今日太平三朝《てうのあした》　旦　家々酔賞《すいしやう》更飛鍾《にひしやう》

此詩をかきてしか〳〵の事よろしく奏せられければ、龍顔ことにうるはしき御事に侍りて「此おさなものよろしくつとむべし」など父卿へおほせくだされ侍りけるとぞ。世に名をしらるべき人はかりそめの事にも唯ならず覚え侍る。此藤房卿遁世の後、あなたこなたにかくれて上古の隠士の風をあぢはひ給ひける。あなたこなたにてみたりしなどいひて、さま〳〵の説をいふ人もあれど、皆はかりていへるものなりとぞ。およそよき人はのち〳〵にいたりて、おほくあやしき事どもしるしそへて賞美せる事おほし。先年ある人のもとにて藤房をほめける巻物をみせ侍るに、其中み

なあやしき褒美のみにて、彼卿のためには面目ならぬ事ども有。彼卿の徳をしらぬ人のかける物にや。

これも主人公の名を異にするが、十歳のおりの作詩が賞賛された、という話柄は共通する。漢詩もほぼ同じであるが、『吉野拾遺』の「三洞旦」は、『塵塚物語』のように「三朝（年の朝、月の朝、日の朝）旦」とあるべきであろう。『吉野拾遺』の「藤親房」は、「源中納言」「顕家の卿」の死を嘆いているのだから源親房すなわち北畠親房の誤りで、なぜこのような誤りが放置されたのか不明であるが、説話構成上、さらに問題なのは、傍線部の記述の存在意義である。我が子顕家の死（延元三（一三三八）年五月戦死）による悲しみに沈む親房を、『吉野拾遺』の編者（松翁）が訪うという設定は、その後の親房自賛記事にうまく接合していない。記事全体も「老てほまれあるひとはおさなきよりやごとなきものなりとぞ」と終わるのである。その点『塵塚物語』は藤房賞賛記事で一貫し、破綻はない。したがって、これも『吉野拾遺』が主人公を親房にあらため、親房にふさわしい状況設定を試みた結果の不首尾と考える。

おわりに

以上、『吉野拾遺』二巻本（巻一、二）は『塵塚物語』の典拠であるが、三巻本（版本）の巻三は逆に『塵塚物語』を依拠資料のひとつとしていることを確認した。小稿は、従来かえりみられてこなかった岡部説に賛意を表する。したがって『塵塚物語』の成立は三巻本『吉野拾遺』が刊行された貞享三年（一六八六）を、版本の底本にあったと目される校合奥書の日付「甲子冬十月既望」を受け入れるならば、貞享元年（一六八四）をさかのぼる。ただし、小稿の最初にのべたように、『塵塚物語』の奥書の日付「天文二一年（一五五二）」をそのまま信ずることはできない。『塵塚物語』の成立時期をかえって茫漠たるものにする結論にいたったが[9]、この結果をふまえて『理尽鈔』との関係も再考していくほかない。

注

（1）東京大学総合図書館ホームページで画像公開されている霞亭文庫本による。同書に欠けている巻六は国文学研究資料館より大阪女子大学蔵本の電子複写を入手し、使用した。両版本には様々な相違があり、書誌的な検討を加えるべきであるが、説話本文に異同はない。

（2）若尾政希「「太平記読み」の歴史的位置――近世政治思想史の構想――」。一九九三年度日本史研究会大会報告資料。本発表は『日本史研究』380号（一九九四・二）に同題で活字化されているが、報告資料にあった『理尽鈔』関連資料一覧は割愛されている。その報告資料に〈『理尽鈔』を引用利用〉した書物のひとつとして「『塵塚物語』元禄二（一六八九）刊　天文二一（一五五二）成？」とある。

（3）國學院大学図書館蔵。内題は「芳野拾遺物語」。貞享四年版は同じ版木を用いて、貞享三年刊本の巻三の第一丁の目録から「十三」以降を削り、第一八丁の次（丁付はこれも「一八」）に巻四目録「十三」～「廿九」を新たに補い、四巻に仕立てたもの。小稿では四巻本の愛知教育大学蔵本を用いるが、二巻本との対比を問題にするため、便宜的に「三巻本」として扱う。

なお、荒木良雄「芳野拾遺著作者考」（国語と国文学16―1、一九三九・一）に、「内閣文庫に蔵せられる「甲子冬十月既望遂書写、同連夜於灯火、以類本校正卒」と奥書のある――甲子はこの場合貞享元年であらう――写本の形から出たものとすべきであらう」との発言があるが、内閣文庫本（整理番号二〇四―六一）は巻四を立てており、貞享四年版本の写しである。

（4）他に亀田純一郎「吉野拾遺考」（『国文学と日本精神』至文堂、一九三六・一一）にも、「塵塚物語は明らかに吉野拾遺から多くの記事を採つてゐるのであつて、吉野拾遺三巻本（略）の巻一から二話、巻二から三話、巻三から四話、合計九話に及ぶ」との発言がある。

（5）武井和人「『塵塚物語』論序説——最終段別勘——」（都大論究20、一九八三・三）の［注］（1）にも「現存諸本の祖と覚しい元禄2年刊本」との発言がある。

（6）中邨秋香『校訂吉野拾遺詳解』（博文館、明治三二年〔一八九九〕）の「提要」によれば、栗山潜鋒の『敝帚集』にはじまる。

（7）『塵塚物語』巻三第五話「南朝弁内侍の事付楠正行手柄の事」は、『吉野拾遺』巻一第九話に同じであるが、弁内侍と行氏北の方との関係は、『吉野拾遺』巻一第八話に詳述されている内容をふまえないと理解しがたい。このことも『吉野拾遺』先行説を補強する。

（8）『楠正成軍慮智恵輪』の挿画。藤田精一『楠氏研究』六〇二頁、兵藤裕己『太平記〈よみ〉の可能性』講談社学術文庫一五〇頁などに所引。

（9）第二部第一章注（7）に、『塵塚物語』と『後太平記』との関わりについて言及した。鈴木彰「平家蟹と壇ノ浦——旅人たちの見聞をめぐって——」（説話論集17、二〇〇八・五）は、『後太平記』が依拠資料の可能性が高いとして、「『塵塚物語』成立の上限として『後太平記』刊行の延宝五年（一六七七）が一つの指標として浮上してくる」との見解を示している。

第三章　『軍法侍用集』と『理尽鈔』

——小笠原昨雲著作の成立時期——

はじめに

小笠原昨雲は、『国書人名辞典』（岩波書店、一九九三）に次のように紹介されている。

兵法家。〔生没〕生没年未詳。元和（一六一五〜二四）頃の人。〔名号〕名、為政。通称、勝三。号、昨雲（入道）。〔経歴〕小笠原左近将監則正に従って兵学を修め、また藤原惺窩に漢学を学ぶ。

しかし、この記載内容は、昨雲著作跋文の記載内容・年次によるもので、確たる裏付けがあるわけではない。(1) 昨雲の著作は、『当流軍法功者書』が『日本兵法全集6諸流兵法（上）』（人物往来社、一九六七）に翻刻され、「戦国武士の心得」と銘打って『軍法侍用集』の校注本が刊行されている。(2) その『軍法侍用集』の奥書に「『功者』・『侍用』・『評定』の三部に至つては、最も古今雄士の佳言を集める。皆以て極秘・万当の要術となす」(3) とあるように、『評定』すなわち『諸家評定』（未翻刻）をくわえた三部作が昨雲の代表作といえよう。

『当流軍法功者書』元和三年（一六一七）跋。版本：正保四年（一六四七）版・慶安二年（一六四九）版
『軍法侍用集』元和四年（一六一八）跋。版本：承応二年（一六五三）版・他（本章付論参照）
『諸家評定』元和七年（一六二一）跋。版本：明暦四年（一六五八）版

三書の跋年と刊行時期は右のとおりであるが、三書はその文中で、他の著作に言及しており、『侍用集』校注本解

題（古川哲史。一五頁）がいうように、「ほとんど同時に執筆され、編述されたが、出来あがった時期に若干の遅速があり、それが刊行の順序となった」ものの、内容上は「完全な三位一体の関係にある」ものとみなされる。

これら三書はその跋年によれば、『理尽鈔』(4)とほぼ同時期の著作といえる。しかし、版本の写しかと思われる写本をのぞけば、近世初期に遡る昨雲著作伝本は見いだされていない。

本章は、『理尽鈔』の生成状況への関心から、三書にみられる楠正成関係の記述を手がかりとして、昨雲著作の跋年の信憑性を検討しようとするものである。

一、『侍用集』の正成記事

『侍用集』には、以下のような正成関連記事がある。

巻三第十、羽武者《はむしや》心懸けの事（『戦国武士の心得』一五五頁）

一、羽武者の志は、第一身命を軽んずる事専一成るべし。（中略）又正成の云はく、「将として臣を思はず、臣将をおしまざるは恥なり。『将として物を弁へず、臣として忠無く、士として分限を知らざるは恥なり』と、古人の詞あり。されば義経も『時を知らざる者は、をくれ多し』といましめ置き給へり。」

巻七第七、合詞《あひことば》合形《あひけい》と云ふ事（同二六六頁）

一、合詞はかならず味方覚えよく、敵聞きしらざるやうに、日々時々に替へべし。武者しるしはかせぎの武者、指物《さしもの》などおれたる時のためなり。又夜討の時、白き出で立ちを以てしるしとして味方をわけ、楠正成立ちすぐり居すぐりなどの儀は合形と云ふ。此心得を以て、分別有るべし。

巻七第十七、狼煙《のろし》の法の事（同二七五頁）

一、のろし家々の法多しといへども、今此はうは、楠正成秘するの法也。

狼の糞《ふん》三分一　松葉四分一　藁《わら》大

右三分の一とは、わら三束《そく》ならば、其三分一狼の糞を入る心得也。私に云ふ、右の三色を惣合せをして其中へ、鉄砲の薬を四分一入れたるは、猶以て煙高く立つ也。

巻一武勇問答の次第（同七七頁）

一、問ふて云く、軍には大将の心得大事なるべし、如何。答へて曰く、初中後《しょちゅうご》と云ふ事、大将心得給ふべし。先づ我が国の治り、士卒一味して、臣下そむかざるを見て、馬を出し、第二に敵の国の案内をしり、将の志あしく、土民《どみん》うとみたるを見て、取り懸かるべし。第三に敵をほろぼし、其の国に入る則んば、先づ濫妨《らんぼう》の政道をすべし。民をくるしませざる事をおもひ、此三つをさへわすれずば、をのづから静謐《せいひつ》なるべき事也。

以上四箇所のうち、最後の記事は正成の名をあげていないが、臼杵図書館蔵『正成記』（近世中期写）第一五巻「理尽抄異本抜書」にほぼ同文の記述がある。『正成記』巻一五は、正成の言動を三六項にわたって掲出しており、そのうちの三三項は『無極鈔』からの抄出である。残りの三項は、以前の調査[5]の際、典拠を見いだすことができなかった。その中の一項はなお不明であるが、右の『侍用集』巻一相当記事の直前には、やはり不明としていた狼煙記事（『侍用集』巻七第一七に同文）があり、この狼煙記事ともども典拠は『侍用集』とみてよいだろう。『正成記』は、『太平記』

『理尽鈔』から正成関係記事を抄出し編集したものであるが、巻一五においては、『無極鈔』を「理尽抄異本」とみなしたうえで抄出し、『侍用集』からも記事を採取した、と考えられる。『正成記』巻一五がなぜ『侍用集』巻一の記事を正成の言動とみなしたのか、その根拠は不明であるが、『理尽鈔』が

凡そ、良将の兵を引いて、敵国に乱入する事、其領地をうばひ、一身を楽しまんと云に非ず。其国の主、無道にして、政正しからず、万民苦む事多し。此無道を罰して、民に於いて安からしめんと也。故に政の正き国には、随はずと云共、乱入すべからず。若し是を乱入せんには、民を悩ますに成りぬ。民を苦しむる則んば、其時無道にして、国をうばうに成りなん。然らば天道に背んか。（引用は平凡社・東洋文庫。巻八62オ）

などと、無道の所領拡大を戒める考えを示していることに共通性を認めたものであろう。

さて、ここでは正成の名を明示しない最後の記事は除外して、検討をすすめる。まず、巻七第七の「立ちすぐり居すぐり」については、『太平記』巻三四「平石城軍事付和田夜討事」に関連記事が見出せる。延文五年（一三六〇）五月、赤坂城が足利勢に攻撃され、強硬派の和田正武は、足利方の向城に夜討をかけ、赤坂城にもどる。その折、足利勢の若党四人が、引き返す和田勢に紛れて城内に入り込むが、見破られてしまう。

夫《ソレ》夜討強盗ヲシテ帰ル時、立勝リ居勝リト云事アリ。是ハ約束ノ声ヲ出シテ、諸人同時ニ颯《サツ》ト立颯ト居、角テ敵ノ紛レ居タルヲエリ出サン為ノ謀也。和田ガ兵、赤坂ノ城ニ帰テ後、四方ヨリ続松《タイマツ》ヲ出シ、件《クダン》ノ立勝リ居勝リヲシケルニ、紛レ入四人ノ兵共、敢テ加様ノ事ニ馴ヌ者共ナリケレバ、無レ紛エリ出サレテ、大勢ノ中ニ取籠ラレ、四人共ニ討死シテ、名ヲ留メケルコソ哀ナレ。

みるように、ここで「立勝リ居勝リ」を実施したのは和田の兵であるが、『侍用集』は、楠正成をこうした方法の案出者とみなして、その名を冠したのであろう。

また、『侍用集』巻三第十の語る「将として臣を思はず、臣将をおしまざるは恥なり」という将・卒の絆について

は、『理尽鈔』にも

　我に従ひ給面々は、一人も討たれ侍れば、某が為には大なる弱りにて侍るぞ。其上各一人もあやまち候へば、正成、左右の手一つ討ち落とされたるにこそ侍れ」と云ひけり。（七34ウ）

などという、配下の命を惜しむ正成の言動がある。

しかし、「狼煙の法の事」については、『太平記』はもとより『理尽鈔』にも正成との関わりを思わせる記事が見出せない。素性不明の記事であるが、『侍用集』と同じく小笠原昨雲の著作とされる『諸家評定』（内題は「諸家之評定」）に目を投じると、同様に『理尽鈔』とは接点のない記事が多く見出される。

二、『諸家評定』の正成記事

『諸家評定』[6]の正成記事において注目されるのは、しばしば『三伝集』なる兵法書に言及していることである。

　……物見は一入大事の役たるべし。是具《つぶさ》に『侍用集』にあらはしたり。加様の義を知らんとならば、『両和休命《りやうわきうめい》』『楠三伝集』に具さなり。（巻六22オ）

　案云、正成がことばにも万行の根三つなりといへり。されば軍術は、天勢・人勢・地勢によるべし。此義つぶさに『三伝集』にこれありといへども、右の老士の語によつて其大方をあらはすもの也。（巻九8オ）

ちなみに、『両和休命』も、以下の記述によれば兵法書の一種である。

　将に遠き謀《はかりこと》なき時は、戦に近き失あり、と『両和集《りやうわしう》』にも見えたり。（巻一3オ）

　かやうの儀とも『両和休命《りやうわきうめい》』につぶさなり。（巻三24オ）

『両和休命』は正成の著述とはされていないが、『諸家評定』は、正成が『三伝集』の他にも兵法書を著していたという。

十三品　勇者はあやうき働きなしと云事

さる人の云、義貞の軍書『武術要集』にあらはし給ふも、良将はあやうき事をなさず、と有。又正成のあみ給ふ『軍法愚案記《ぐあんき》』と云書にも、「慮《おもんぱか》り短《たん》ならず、利あれ共あやうきを用ず。太平なれ共、戦を忘れず。四武にかこまれて死をかろしめず。退に方無則は十無一有の謀をなす。是を良将といふなり」と有。（巻一〇21ウ）

『軍法愚案記』の名を挙げるのはここのみであり、他にその実在を裏付ける資料もないが、『三伝集』は事情が異なる。

『倭漢武家名数』（正徳六年（一七一六）刊）「印本不行諸家軍書」に

兵道集〈楠家之武経全有十七巻〉軍要集〈同書有十二巻以兵道集為陰書、以軍要集為陽書〉三伝集〈同楠家之書〉（巻三18オ・ウ。〈　〉内割注）

とあり、江戸後期の兵学者・武芸家、平山兵原が文化二年（一八〇五）に自ら編纂した蔵書目録『擁膝草廬蔵書目録』（国会図書館蔵写本『運籌堂蔵書目録　乙』による）「外題軍学書目板行不行軍書目」にも、

和軍伝　神武御製、竹内宿禰筆記、軍法侍用　太子御作、訓閲集　大江匡房作、三陣巻　義家作、軍用集（無窮会本「軍要集」）十三巻、兵道集　十七巻、三伝集　三巻、千早城問答　一巻、元陽集　一巻

右者楠流ニテ用ユ

とある。『三伝集』は、近世には楠流兵書のひとつとして知られており、『国書総目録』にも「南木三伝書《なんぼくさんでんしょ》」写本一冊が見いだせる。所在は旧海兵、すなわち海軍兵学校の旧蔵書であるが、海上自衛隊第一術科学校『古兵書目録』（一九六四・四）に書籍番号「S43」（Sは鷲見《すみ》文庫の略称）として掲載されている。『三伝集』なる楠兵法書は確かに存在している。しかも、鷲見文庫本（未見）に『諸家評定』所引の『三伝集』記事が確認できるならば、『三伝集』は、

『諸家評定』の刊年明暦四年（一六五八）以前には成立していたことになる。明暦前後は、『理尽鈔』『無極鈔』およびその関連書（『桜井之書』『兵庫巻』など）の刊行が相次いだ時期であるが、『三伝集』の成立はどこまでさかのぼるのであろうか。『諸家評定』の跋年は元和七年であり、元和四年（一六一八）跋の『侍用集』が『諸家評定』に言及している。跋年を信じれば、『三伝集』は、『理尽鈔』と同時期、ことによればそれに先立つ著作である可能性がある。

この『三伝集』の成立時期の問題にも関わって、あらためて昨雲著作の跋年の信憑性が問題になる。

1、山本勘介・武田信玄と『三伝集』

『諸家評定』は、『三伝集』の伝来を次のように語る。

> 案云、戦場《かつば》の見合第一に味方を能見合、次に敵を見量《けんりやう》して、さて地の形相《げうさう》を見立る事、此三つをよく考へて後、勝べき事を知べし。加様の儀は具《つぶさ》に『楠三伝集《くすのきさんでんしう》』に見えたり。彼『三伝集』と云る書は、三州うしくぼの侍山本勘介とて武道誉れの者、秘して所持仕たりしを、甲州武田信玄公に捧げ奉り、信玄公此書を高覧の後、弥々誉れを取、良将の名を天下に響給ふに依て、深此書を秘蔵し給ふといへども、竊《ひそ》かに写取たりとて、ある人、予にあたへ給ふ。愚《おろ》かに披見を乞に、其言葉すみやかにして、其利全し。然れども初学の士は及がたき事多きゆへに、愚案を以、釈するの筆を添へ、『続三伝集』と号す。凡そ古今奇妙の書也。（巻六4オ）

周知のように、山本勘介・武田信玄の活躍を描く図書に『甲陽軍鑑』がある。酒井憲二『甲陽軍鑑大成　研究篇』（汲古書院、一九九五）によれば、おそらくは不揃いな状態の『甲陽軍鑑』原本を小幡景憲が整理して第一次正本を成したのが元和七年（一六二一年。土井本巻一六末尾に「尾畑勘兵衛、元和七年六月、是ヲ写置ナリ」とある）のこと。現存最古の佐藤本も「装訂・料紙等から見て、元和七年の時点をそれほど隔たるものではないであろう」という。また、古版本（片仮名付訓十行本）は「元和末（寛永極初）年刊」かと推定されている。

酒井説によれば、『侍用集』奥書の元和四年時点では、『甲陽軍鑑』はまだ世に出ていなかった。『三伝集』と勘助・信玄とを結びつける『諸家評定』の記事は、『甲陽軍鑑』が流布した後、生みだされたものではなかろうか。

2、七書引用のあり方

『諸家評定』は日本の兵書のほかに、中国古代兵書を引用している。以下に類別して示す。七書の引用は『和刻本諸子大成　四』（汲古書院。底本は元禄一一年刊本）による。

〈六韜〉

誠に、太公が曰く「臣聞く『君子は其志を得んことを楽しむ。小人は其事を得んことを楽しむ』。今、吾漁《すなど》り甚だ似たること有り。殆ど之を楽しむに非ず」といへるをもつて勘知仕給へ。（巻一九　26ウ）

〔文韜・文師〕太公曰、臣聞君子楽得其志、小人楽得其事。今吾漁甚有似也。殆非楽之也。

〈三略〉

三略に云はく、「四民用《もち》ゆるに虚《きよ》なるときは、国乃《すなは》ち儲《まう》け無し。四民用ゆるに足るときは、国乃ち安楽なり」と有。（巻二15ウ）〔下略〕四民用虚、国乃無儲。四民用足、国乃安楽。

〈呉子〉

呉子が曰く「生を必すれば則ち死し、死を必すれば則ち生く」。（巻一48ウ）〔治兵〕必死則生、幸生則死。

〈孫子〉

・又孫子が曰く、「昔の善く戦ふ者は勝つべからざるを為《し》て、以て敵の勝つべきを待つ。」又云「国を全くするを上とし、国を破るを之に次ぐ。軍を全くするを上とし、軍を破るを之に次ぐ。卒を全くするを上とし、卒を破るを之に次ぐ。伍を全くするを上とし、伍を破るを之に次ぐ」とあり。（巻一二10ウ）

〔軍形〕孫子曰、昔之善戦者、先為不可勝、以待敵之可勝。

〔謀攻〕孫子曰、夫用兵之法、全国為上、破国次之。全軍為上、破軍次之。全旅為上、破旅次之。全率為上、破率次之。全伍為上、破伍次之。※『評定』は傍線部を欠く。

・又卒然《そつぜん》と云ふ事、七書に見えたり。卒然は蛇の名也。此蛇をころさんとする時、其首《かしら》をうたんとすれば、尾に又口あつてくはんとする也。尾をうたんとすれば、首の口をもつてくはんとする也。其中を断ぜんとすれば、首と尾としてくはんとするとあり。（巻一二20オ）

〔九地〕率然者、常山之蛇也。撃其首則尾至、撃其尾則首至、撃其中則首尾倶至。

・孫子に曰く、「其趣かざる所に出て、思はざる所におもむく。千里を行くとも、しかも労せざる事は、人なきの地に行けばなり。せめてしかもかならず取る者は、其まぼらざる所をせむればなり。まもつてしかもかならず固きものは、其せめざる所をまぼればなり」とあり。（巻一四21オ）

〔虚実〕出其所不趍《ヲモムカ》、趍其所不意。行千里而不労者、行於無人之地也。攻而必取者、攻其所不守也。守而必固者、守其所不攻也。

・一進むにも時あり。退くにも時あり。武士たらん者は是をよくわきまへ給へ。（中略）されば、孫子が曰く「弱なりといふ共、一人退くべからず。強なりといふとも一人進む事有べからず」となり。（巻一五6オ）

〔軍争〕人既専一、則勇者不得独進、怯者不得独退。

・古語云、守てかならず固き者は、其攻めざる所を守るなり、とあり。（巻二〇25オ）

〔虚実（既述）〕。

みるように、具体的な書名をあげない箇所もふくめ、『孫子』の引用が中心をなす。阿部隆一が指摘するように、「我が国で講読された兵書の大部分は六韜・三略であって、孫子が盛に読まれるようになったのは江戸時代に入ってから」である。[7] その驥尾に付して稿者も、いわゆる武田信繁家訓を除く『甲陽軍鑑』本篇の七書引用が『三略』に偏っていることを述べた［→第四部第四章付・］。

『理尽鈔』についても同様のことがいえる。『太平記』が「六韜ノ十四変ニ、敵経長途来急可撃ト云ヘリ」（巻一三。岩波大系三八頁）などと『六韜』の詞章を引くことがあるから、『理尽鈔』もそれをふまえた記述をする場合があるが、『太平記』によらない、『理尽鈔』独自の詞章を対象として典拠を探れば、『理尽鈔』の引用の中心は『三略』である。そのいくつかを摘記する。

〈六韜〉

・凡そ良将は戦ずして、敵の強弱をこそ知る者なるに、（三29オ）

〔龍韜・兵徴〕武王、問太公曰、吾欲未戦先知敵人之強弱、予見勝負之徴。為之奈何。

・正成打うなづひて、「最も能き方便《てだて》にて侍る。拙き将は必敵の為に擒《とりこ》となるべく候。……」（六48オ）

〔犬韜・戦車〕此十者、車之死地也。故拙将之所以見擒、明将之所以能避也。

〈三略〉

・上として下の忠を知ざるは、主将の法に非ず。（七32オ）

〔上略〕夫主将之法、務擥英雄之心、……。

・敵に依て転化すと云ふ意、戦場に於て少も忘るべからず。（六30ウ他、多用される）

〔上略〕天地神明、与物推移、変動無常。因敵転化。

・謀もるゝ則ば軍に利なしとなり。（一六103ウ）

・外、内を伺ふ則んば謀成らずと申事侍れば、……（二六28ウ）

・又吉野の公卿『三略』を知り給はずや。外内を伺ふ則んば、軍に利なしと也。（三一54オ）

〔上略〕将謀泄、則軍無勢。外闚《ウカガヘバ》内、則禍不制。

・兵々に向て、味方の凶を説く事なかれ。敵の美を語る事なかれ。（七27ウ）

〔中略〕軍勢曰、無使弁士談説敵美。為其惑衆。

・高鳥死して良弓隠ると謂しに当れりと謂つべし。（二五74ウ）

〔中略〕夫高鳥死、良弓蔵、敵国滅、謀臣亡。

なお、「敵追はん時は、逃る事疾《と》き事風の如にせよ」（六14ウ）とある章句は、『孫子』軍争篇の一節が有名だが、『六韜』犬韜・戦騎にも「その疾きこと風のごとく、その暴なること雷のごとく」とある。「進むに軽く退くにかろかれ」（巻七28オ）は、『呉子』料敵「軽進速退、弊而労之……」に拠るか。いずれにせよ、六韜・三略以外に基づく章句の存在はごくわずかである。

『甲陽軍鑑』『理尽鈔』などに見られる七書引用のあり方は、いつ頃から『孫子』中心のものに変わっていくのか。たとえば、『理尽鈔』に対抗して著された『無極鈔』の場合、『六韜』が最も多いが、『李衛公問対』、『孫子』の引用箇所も少なくない〔→第四部第二章第一節〕。『李衛公問対』の大幅な引用も中世には例を見ないのであるが、その『無極鈔』の成立時期は、寛永初年（一六二四）から慶安三年（一六五〇）の間である〔→第四部第四章〕。また、『理尽鈔』の派生書の一つであり、正保四年（一六四七）から寛文一二年（一六七二）の間の成立と目される『孫子陣宝鈔』は、書名に示されるように『孫子』の注解の形をとって持論を展開している〔→第一部第二章〕。昨雲三部作の跋文にいう元和の時点ではどのようであるのか、明言することは困難であるが、すでに『孫子』に重きを置く風潮が始まっていたとしても、そうした『諸家評定』のあり方は、『甲陽軍鑑』や『理尽鈔』に比べて、新しい様相といえる。

三、『当流軍法功者書』の楠関連記事

『当流軍法功者書』巻之上「百十八、傍輩の討死を見て腹切事、付菊池七郎事」（日本兵法全集。二〇〇頁）に次の一節がある。

傍輩の討死のとき、腹切るべからず。菊池七郎為朝（武朝）、湊川にて楠と一所に自害したるの有レ勇、無二忠義一と云り。具に在二太平記一。

詳細は『太平記』にある、というが、『太平記』巻一六は

菊池七郎武朝ハ、兄ノ肥前守ガ使ニテ須磨口ノ合戦ノ体ヲ見ニ来リケルガ、正成ガ腹ヲ切ル所へ行合テ、ヲメ〳〵シク見捨テハイカヾ帰ルベキト思ケルニヤ、同自害ヲシテ炎ノ中ニ臥ニケリ。

と記すのみである。一方、『理尽鈔』巻一六「正成自害并菊池七郎武朝自害の事」は、「〇伝云、菊地と楠とは年来の朋友なれば……」にはじまる、七郎が使者に趣くいきさつを詳細に記した後、七郎の行為に対し、左の論評を示している。

〇評云、築紫武者の習皆以て然也。還て君の御大事には相ずして、正成と共に自害しては何の用ぞや。勇は有、忠無、義無、謀もなき死に様たるべしとにや。（76オ）

「つぶさに」は『理尽鈔』の記述にこそふさわしく、傍線部の章句も一致している。短い章句であるから、なお確定的なことはいえないかもしれないが、これを『理尽鈔』の影響下にあるとみなすならば、『功者書』の跋年元和三年の信憑性を疑わなければならない。元和三年は、『理尽鈔』がようやく形を整えつつあった時期である。『功者書』の刊行された正保四年ならばいざ知らず、『理尽鈔』を披見することはまずありえない。

おわりに

ここでとりあげた判断材料はまだ断片的なものである。しかし、昨雲三部作のいずれもが現存しているのは、『理尽鈔』版本が世に現れて以降刊行された版本であることに、やはり留意すべきではなかろうか。三部作の実際の著述が刊行年次に近いものであったとしても、『理尽鈔』や『甲陽軍鑑』などとは異なる独自の内容を持つ著述であり、「戦国武士の心得」を含むことを否定しないが、三部作の全容を戦国の遺風というようにとらえることには慎重であるべきだ、というのが現時点での結論である。

注

(1) 昨雲の名号について、魚住孝至は、『犬追物聞書』『一統集』にみえる「小笠原昨雲入道為政」と『軍法侍用集』等の著者「小笠原昨雲勝三」とは別人と思われる、としている(注(2)編著四四五頁)。『一統集』の相伝は寛文三年(一六六三)で、元和年間に著述した昨雲勝三とは時代が大きく隔たる、というのが論拠のひとつであるが、本章で論じるように、『侍用集』等の跋年の信憑性の如何によっては、為政・勝三両者の関係についても、再度検討の余地があるかもしれない。

(2) 古川哲史監修『戦国武士の心得*『軍法侍用集』の研究』(ぺりかん社、二〇〇一)。

(3) 引用は注(2)校注本による。以下の引用に際しては、市立米沢図書館蔵承応二年刊本によって改めた箇所がある。

(4) 『理尽鈔』の成立時期については、序章に「慶長の後年から元和にもかかろうとする時期」との私見を示した。

(5) 今井「臼杵図書館蔵『正成記』考(二)――『太平記』・『理尽鈔』享受の一様相――」(日本文化論叢1、一九九三・三)。

(6) 盛岡市中央公民館蔵本(国文学研究資料館電子複写)による。引用に際しては、『侍用集』校注本に倣い、送りがな・助詞等は、振仮名から本文行に降ろし、漢文表記は読み下した。

（7）　阿部隆一「三略源流考附三略校勘記・擬定黄石公記佚文集」（斯道文庫論集8、一九七〇・一二）。

付・『軍法侍用集』版本考

『侍用集』校注本『戦国武士の心得』に、羽賀久人執筆の解題が付されている（「『軍法侍用集』諸本と底本について」。以下、羽賀解題）。羽賀解題は、本書の四つの版を比較し、「承応二年版と万治元年版とは同一版木を用い、承応四年版と寛文四年版とは同一版木を用いており、二系統に分かれる」と結論している。

一、承応二年版と万治元年版

たしかに、承応二年版・万治元年版は無匡郭一〇行、承応四年版・寛文四年版は四周単辺一一行と二系統に分かれる（ともに漢字平仮名交じり。一行字数一九字内外。ただし、前者は一つ書き「一」を一字分高く表示し、後者は他の行と一律に揃える）。

しかし、承応二年版と万治元年版とは同一版木を用いてはいない。印面高さ（巻一の1オ「一昨雲……」の行）承応二年版は二一・七五㎝、万治元年版は二一・四㎝。印面はよく似ているが、句読点の形態や濁点の有無など微細な差異が散見し、万治元年版は巻九18ウの図（四重の円）の内二重部分を空白にするなどの相違がある。万治元年版は承応二年版の覆刻本である。

さらに、羽賀解題は「万治元年版は、基本的には全十二巻のうち第二巻のみを新刻し、刊行年月日等を説く刊記を刻み直したもの」（四四頁）と述べるが、早稲田大学図書館蔵万治元年版（他に所蔵は確認されていない）の巻二は補写されたものである。「万治元年版では〈備への図〉のまとめが落丁となっている。まとめの落丁は思想的な問題、秘伝的要素と絡む問題である」（五五頁）にいう「まとめ」は、承応二年版27オ（27ウは白紙）の文章をさす。これも意図的なものというよりは、補写の際の過誤であろう。

万治元年版には、承応二年版と本文の相違する箇所がある。羽賀解題に第一巻から第五巻の比較結果が示されている。万治元年版に「荒神　金剛童子不動明王」とある部分、承応二年版は「幕の図の最後の一行刷落し」（第五巻7ウ。翻刻二〇五頁相当）とされているが、実際には承応二年版にも問題の一行は存在する。この部分は7ウの喉の部分であり、「東北大学狩野文庫所蔵本の全巻の複写」は開きが悪く、見えなかっただけであろう。刷むら・乱丁を除き、第二巻（早大本は補写）、第三巻（早大本は欠巻）を比較対象から除けば、巻五までの本文の異同は巻一に限られる。羽賀解題の掲示には一部誤脱があるので、巻六以降の事例と併せ、あらためて左に示す。

承応二年版　巻・丁・行［翻刻頁行］→万治元年版

巻一 5ウ1行［六二頁13行］：先立《さきだつ》事→威たる事

巻一 6オ4行［六三頁2行］：重《おもく》せは。此道にいたるへきにや→重《おもく》する者は此働きなりやすからんや

巻一 9オ8行［六五頁2行］：覚→誉

巻一 9オ9行［六五頁3行］：すけ→たすけ

巻一 11ウ3行［六六頁17行］：功者《こうしや》の武士《ぶし》討二捕之《これをうちとる》一儀。其者には猶勝《すぐれ》り→勇功ある敵を討捕の儀は其敵の力量にはまさる也

巻一 15オ3行［六九頁2行］：勇臣《ゆうしん》→勇士《ゆうし》

巻一 31ウ4行［七八頁19行］：（皆《みな》）一人→自分

巻六 5ウ1行［二五二頁8行］：（さわがしく）有事は→相見し事は

巻六 5ウ2行［二五二頁8行］：（弓断《ゆだん》を）なしたる→なるの

巻七2ウ5行［二六五頁4行］：（敵のしのびを）つる→かる

上述のように、万治元年版は版木を新たにした覆刻版であり、部分的な修訂版ではない。これらの箇所は埋木による修訂ではなく、承応二年版にあらかじめ朱筆などで訂正し、それを敷き写しにしたものを版下としたのであろう。

さて、万治元年版の巻一・六・七には、外題右横にそれぞれ以下のような貼紙（添外題）がある。

一巻／作雲正本ニ見合るに古板／に廿五ヶ所のあやまりあり／十二巻の内残七巻ハすこし／づゝなをし新板せしむる者／なり

六巻／古板に五ヶ所のあやまり有／殊に承応四年未ノ年古板／にはしのびの巻ニ略おほし／落字あり今改て令開／板者也

七巻／古板に九ヶ条のあやまり／あり委ハ古板に見合／見へき者也作雲正本に／て令校合者也

上述のように、万治元年版がこれらの貼紙のある巻に補訂を加えたことはたしかである。しかし、「廿五ヶ所」「五ヶ所」「九ヶ条」という数値は、実態からかけ離れている。異同の内容も微細な字句の相違にすぎず、この補訂が「作雲正本」をふまえたものであったかは、はなはだ疑わしい。貼紙は、売らんがための惹句、とみるべきであろう。

二、承応二年版と承応四年版

ただし、承応四年版には問題が多い、という非難は、まったく的外れというわけではない。承応四年版には匡郭があり、承応二年版（無匡郭）とはあきらかに版木を異にするが、序文および目録丁は、行数・字体・付訓・用字にいたる様態が承応二年版と酷似している。(1) 本文も一致の度合いは下がるが似ており、承応二年版を参照して（底本とし

て）版下を作成したものと思われる。承応四年版は、巻七「第二十　よしもり百首の事」に

　しのびにも又夜うちにも行道《ゆくみち》をかへるは大事ゆきぬけはよし
　しのびとて道《みち》にそむきしぬすみせは神《かみ》や仏《ほとけ》のいかてまぼらん（承応二年版17オ）

とある部分の後者を欠く、という誤りをおかしている。こうした大きな過誤は例外に属し、なかには巻七「第十二仕寄道具之事」の「車勢楼之事」（承応二年版10オ）・「釣勢楼之事」（同ウ）のように、挿図と説明が背馳している箇所を、承応四年版が「釣勢楼之事」「車勢楼之事」と正している事例もあるが、承応四年版がいわば転写本としての宿命を負っていることは否定しえない。

さて、羽賀解題四八頁につぎのような記述がある。

「第二巻の本文に乱丁があり、丁付けは45丁までなされているが実際の本文の丁数は44丁[2]となる。」

右にいう「乱丁」が「書物のページの順序が（製本の過程で）間違って綴じられている」という、一般的な意味で用いられているのではないということは、つぎの記述を熟覧すればわかることではあるが、しかし、誤解されやすい表現であろう。

「承応四年版、寛文四年版には、承応二年版に比し、顕著な乱丁がある。第二巻であるが、（中略）承応二年版の11丁左、12丁右・左、13丁右・左にあたる箇所を、承応四年版では、8丁左・9又11丁右・左、12・13丁右・左とする。即ち承応四年版には10丁がなく、実際の丁数では二丁分に相当する丁に、9丁から13丁までの丁数を付ける。同一版木の寛文四年版も同様である。」（同頁）

要は、巻二の丁付けが変則的である、ということである。なぜこのような丁付けとなったのかについては、同解題は

「「第十、小屋（ママ）取りの事付けたり備への図」にて、小屋取り・備への図は同一版木を用いており[3]、丁数を変化させ

ていない、即ち〈収載の図〉の掲載順を改めてない点を読者に明かすためかと思われる。」という考えを示している。承応四年版の刊行者がその読者に承応二年版との対比を期待していた、とも思えぬが、ともかく、巻二第十の収載図（承応二年版13オ～26ウ）の丁付けと一致させるための操作であったことは羽賀解題の指摘のとおりであろう。

また、同解題五〇頁の

承応四年版・寛文四年版の丁数の順では、各項目の順番が乱れており、このままでは意味が通らない。承応二年版の次第に従うと、承応四年版系統の読みは26丁左以降、27丁右・左、28丁右・左、29丁右・左、又26丁右・左、又27丁右・左、又28丁右・左、又29丁右・左となる。

との指摘も、いわゆる乱丁があるわけではなく、29丁と30丁との間に「又〇」という丁付けを挟んでいる現象をさしている。これは、承応四年版の方が行数・一行字数が多いから、収載図の前では承応二年版の丁付けの進行に追いつくための処理をおこない（「九又十一」）、後では実際の丁数に戻すための処理をおこなった（「又〇」）、ということであろう。その際、正しくは、ひとつ早く「二十九」丁を「又二十六」丁とすれば、「三十」丁以下「四十六」丁まで実数と合致したのであるが（27、28、又26、又27、又28、又29、30～46）、計算違いに気づかなかったものと思われる。

なお、巻一二「第十三　立気吉凶之事」に示す、「律気」から「竹葉気」にいたる五〇項目の配列順に異同があり、承応四年版の配列に矛盾があることは羽賀解題五四頁の指摘するとおりである。

三、版本の分類

したがって、『軍法侍用集』の版本は、次のように分類され（版木は三種類）、異版の承応四年刊本も承応二年刊本を範としている（◎印は実見、〇は複写物による知見。冊数は一二冊の完本以外について注記）。本書の考究に際しては承応二年刊本に拠るべきである、という羽賀解題の結論には異存ない。

〈無匡郭一〇行本〉

承応二年（一六五三）刊本（刊記「承応二癸巳季仲夏吉旦／寺町本能寺前／加藤庄次郎開刊」）

…市立米沢図書館興譲館文庫◎（縹色地、雷紋繋ぎに桐唐草〈型押〉表紙。二七・七×一八・二㎝）

承応二年刊後修本

…東北大学附属図書館狩野文庫〇・京都府立総合資料館◎（巻一二は承応四年刊本を補配し、巻一一と合綴。浅縹色、毘沙門亀甲地に簑亀と丸龍。二八・〇×一八・五㎝）

万治元年（一六五八）刊本（覆承応二年刊本。刊記「万治元暦戊季仲冬吉旦／寺町松原上町／道清開刊」）

…早稲田大学図書館◎（巻二補写・巻三欠。一一冊）

〈単辺一一行本〉

承応四年（一六五五）刊本（刊記「承応四乙未吉旦　寺町　西田加兵衛」）

…慶應義塾三田メディアセンター◎・京都府立総合資料館◎（巻十二存一冊）・東京国立博物館（三冊）・内藤記念くすり博物館（巻八～一〇欠。四冊）・古川哲史（第一巻欠。羽賀解題による）

承応四年刊寛文四年（一六六四）印本（刊記「寛文四年三月日中村五兵衛開板」）

…国会図書館・宮内庁書陵部・防衛大学校有馬文庫◎・岐阜市立図書館◎・福井市（巻一～六欠。六冊）・福井市（一二冊）

〈刊年不明〉

福井県大野高校（巻二存一冊）

注

（1）羽賀解題四七頁に「承応四年版は、全巻とも目録・図を除き、本文の版木を新刻している」とある。もちろん目録・図を含む丁も版木を改めているのであるが、目録の様態が酷似する点に注目して、こうした発言がうまれたのであろう。

（2）正確には46丁。目次丁を含めると48丁。

（3）よく似ているが同一版木ではない。

第三部　『理尽鈔』の伝本と口伝聞書

第一章　加賀藩伝来の『理尽鈔』

はじめに

加賀藩は『太平記評判秘伝理尽鈔』（以下『理尽鈔』）の受容に最も熱心であった土地であり、尊経閣文庫及び金沢市立玉川図書館近世資料館加越能文庫は縁の伝本を今に伝える。しかも、関連資料によればなお幾つかの伝本が存したことが知られる。伝本研究のはじめに、加賀藩伝来の『理尽鈔』を整理する。

一、現存伝本書誌

①請求番号　②巻冊数　③表紙　④外題　⑤内題・尾題及び分冊のあり方　⑥用字・一面行数・字面高さ　⑦付訓等　⑧奥書（「文明二年」の今川心性の奥書あり。版本等はさらに大運院陽翁の奥書を続けるが、加賀藩伝来写本にはない。本項は上記以外の奥書の有無について記述する。）　⑨書写者・年代　⑩印記・伝来等　⑪その他（巻一〇・巻二五巻末に伝授の注意書があり、巻二七巻末に上下分割の事情の注記があることは諸伝本に共通。版本や一部の写本に見られる巻頭目録、「或記云」は加賀藩伝来写本のいずれにもない。ここでは上記以外の付記等について記述する。）

なお、項目頭の伝本名は私に付したものである［→第三章］。

Ⅰ尊経閣文庫蔵写本

【A】十八冊本。①三・三四書　②楮紙袋綴四〇巻一八冊。③灰緑色表紙（改装）。第一〜四・八冊三二・二×二二・四㎝、第五・六冊二九・三×二一・三、第七冊三一・七×二二・六（原装は現寸よりさらに大きかった。行間書き加え箇所は上欄一杯に及んでおり、一部の丁では上部を折り畳んでいる。当該箇所縦三二・七㎝。字面高三一・五㎝。第八・九・一〇冊にも同様の折り畳み箇所あり）、第九冊三二・二×二二・六、第一〇冊三二・〇×二二・五、第一一冊三〇・九×二二・五、第一二冊二九・八×二二・五、第一三冊三〇・九×二二・五、第一四〜一八冊三一・〇×二二・五。④なし。⑥漢字片仮名交じり。第一〜四冊は一面10行、第五・六冊12行、第七冊以下13行。字面高第一〜四冊約二二㎝、第五・六冊約二五㎝、第七冊以下二七・五〜二九・〇㎝。⑨『尊経閣文庫国書分類目録』によれば「室町末期写」。ただし、後述のように、第五冊以下が同一筆跡の行書体で、頻繁な行間書き込み・抹消等がみられ、草稿的様相を呈しているのに対し、第一〜四冊は第五冊以下とは異筆で、楷書体を旨として記され、大規模な行間書き込みは見られないが、なお補訂の跡が散見し、清書というよりも中書の段階といった趣をしめしている。各冊相互に似た筆跡であるが複数の手になると思われる。⑩印記なし。収納箱の表に「雑史類／太平記評抄　十八冊／大雲《（ママ）》院所蔵之正本也／前拾遺越智正則状二通」とあり（この書状二通は現在不明）。⑪第三冊巻末に「ぬる鳥も風にしたかふ柳哉（右肩傍書「紹春シトス」）　宗佐／出て猶水よりさむき響哉（右肩傍書「昌琢テシ」）　同」[1]。第四冊巻末に「紀貫之／武蔵野やしはしやすらへ時鳥おのかゐるへきやまの端もなし」[2]。第五冊の後遊紙表に「寺沢志摩殿大坂てんまの御留守居／西川宗兵衛」とあり、「……留守居」右下隅に「ソノ崎ト云所也」と記されている[3]。第六冊巻末に「陽運坊日宣」（以上いずれも本文と異筆）。第一六冊巻末に「キハタヲ先ニシテ参文月／クロヤキニシテ参文月　コイロニシテ参文月　●コレホトニ／ノリニテ丸テ／用ユムシ薬也妙ヤク也口伝」（本文同筆）。各冊裏見返しに「墨付幾幾枚」の貼紙あり。

第一冊〔巻一〕⑤大平記之秘伝理尽抄巻之一、太平記之秘伝書巻一終。⑦殆どの漢字に付訓あり。朱引・朱点全丁にあり。一部に貼紙（異筆。多くは一字程度の文字訂正であるが、1丁表には「証本ニナシ／口伝根」「証本ニナシ／口伝葉」とする紙片貼付）および墨書補訂あり。

第二冊〔巻二・三〕⑤太平記秘伝抄巻之二（巻二尾題なし）。三之巻（巻三尾題なし）。⑦殆どの漢字に付訓あり。朱なし。一部に貼紙・墨書補訂あり。

第三冊〔巻四・五〕⑤太平記理尽抄巻之四・太平抄理尽（ママ）四之終。太平記理尽抄巻第五・太平記理尽抄五。⑦付訓ごく一部にあり。朱なし。一部に貼紙・墨書補訂あり。

第四冊〔巻六〕⑤太平記理尽抄ノ六・太平記理尽抄第六。⑦付訓ごく一部にあり。朱なし。貼紙（比較的多し）・墨書補訂一部あり。

第五冊〔巻七〕⑤太平記秘伝理尽抄五　七ノ巻・太平記秘伝理尽鈔五　七巻終。⑦付訓・朱・貼紙なし。行間書き加えや本文の一部を墨で抹消して章句を改めている箇所多し（本文と同筆）。墨抹消訂正や大規模な行間書き込みは前冊までには無し。第六冊以下はほぼ第五冊に同様（多寡はあり）。

第六冊〔巻八〕⑤太平記秘伝理尽抄六　八《ノ》巻・太平記秘伝理尽抄巻第六。

第七冊〔巻九〕⑤太平記［秘伝：行間に補記］理尽鈔巻第七　九《ノ》巻・太平記理尽抄七　九《ノ》巻。

第八冊〔巻一〇〕⑤太平記秘伝理尽鈔巻第八　十巻・太平記秘伝理尽抄八。参考：巻末「此抄八巻事後代ニ……承知セヨト云々　口伝重々在之」。この注記は理尽抄伝本に共通してみられるものであるが、「巻十」と記すのが通常。本書は「八巻」と記し、それを墨で塗りつぶしている。

第九冊〔巻一一・一二・一三〕⑤太平記秘伝理尽鈔巻第九　十一《ノ》巻・太平記理尽秘伝抄十一《ノ》終《ヌ》。太平記巻第十二・太平記秘伝理尽巻第九（抹消）十二《ノ》巻終《ヌ》。太平記十三巻・太平記理尽秘伝抄巻第九。

第一〇冊〔巻一四・一五〕⑤太平記秘伝理尽鈔巻第十　十四《ノ》巻・太平記秘伝理尽鈔巻第十　十四《ノ》巻《ノ》終。太平記十五巻・十五《ノ》巻終（㊟本文最終行の下）、太平記秘伝理尽《ノ》巻第十（㊟次行）。

第一一冊〔巻一六・一七〕⑤太平記秘伝理尽抄巻第十一　十六巻・十六巻終ヌ。太平記巻第十七《ノ》抄・太平記秘伝理尽抄巻第十一　十七巻終。

第一二冊〔巻一八〜二〇〕⑤太平記秘伝理尽抄巻第十二　十八巻・太平記十八《ノ》巻終。太平記十九《ノ》巻《ノ》分・太平記［秘伝］理尽抄《ノ》［十］九《ノ》終。太平記理《ノ》（抹消）廿《ノ》巻・太平記秘伝理深《ママ》抄巻第十二　廿巻終《ヌ》。

第一三冊〔巻二一〜二四〕⑤太平記秘伝理深抄巻第十三　廿一巻・太平記廿一《ノ》巻終《ヌ》。太平記二十三《ママ》巻・「新」（㊟肩書）太平記廿二《ノ》巻終《ヌ》。「新」（㊟肩書）太平記二十三巻・太平記二十三《ノ》終《ヌ》。太平記二十四巻・太平記秘伝理尽抄巻第十三終《ヌ》。

㊟この「新」は『理尽鈔』が、細川頼之による太平記巻廿二焼却を語っていることと関わりがあろう。

第一四冊〔巻二五・二六〕⑤太平記秘伝理深鈔巻第十四　二十五《ノ》巻・廿五《ノ》巻終。太平記廿六《ノ》巻・廿六《ノ》巻終／太平記秘伝理尽抄巻第十四。

第一五冊〔巻二七〜三〇〕⑤太平記秘伝理尽鈔巻第十五（㊟この箇所に、鳥居形の左右に「天地／国」と付記した図形あり）廿七《ノ》巻《ノ》上・廿七《ノ》巻《ノ》上終。廿七巻下・太平記秘伝理尽鈔廿七《ノ》下終。廿八《ノ》巻・廿八巻終。太平記二十九巻・太平記廿九巻《ノ》之評終《ヌ》。太平記三十巻・太平記理尽抄巻第十五終。

第一六冊〔巻三一〜三四〕⑤太平記秘伝理尽鈔巻第十六　卅一《ノ》巻・太平記理尽鈔三十一終。太平記三十二《ノ》巻・太平記理（抹消）三十二《ノ》終。太平記巻三十三・太平記秘伝理尽鈔第十（抹消）卅三巻終ヌ。太平記巻卅四・卅四《ノ》巻終。太平記理尽秘伝抄巻第十六ノ終ヌ。／大運院陽翁（㊟本文と同筆）。

第一七冊〔巻三五〜三八〕⑤太平記理尽秘伝鈔巻第十七　三十五ノ巻・太平記理尽抄三十五《ノ》巻終ヌ。太平記秘伝理尽抄三十六《ノ》巻・太平記三十六《ノ》巻理尽秘伝抄終《ヌ》。太平記三十七《ノ》巻・太平記理尽秘伝抄（抹消）理尽秘伝抄　十七巻終ヌ。
第一八冊〔巻三九・四〇〕⑤太平記理尽秘伝抄巻第十八　卅八《ノ》巻・太平記卅八ノ巻終ヌ。太平記卅九巻・太平記三十九巻終ヌ。太平記巻四十・太平記理尽口伝抄ノ終。

《備考》第一六冊末の署名「大運院陽翁」は本文と同筆。後述の大橋全可「覚」に「七巻より末法印自筆」とあることと併せ、巻七以降は陽翁自筆である可能性が高い。「覚」の内容を全面的には信用しないとしても、全可が、他人の筆跡を師である陽翁自筆と言明するとは考えがたい。また、本書は既述のように、体裁も不統一で未整理な状態を呈している。第五冊⑦に触れた行間書き込みは、版本を含め他本では本行に組み込まれているが、墨抹消部分は一部を除き、他本には継承されていない。この点については詳細な検討を要するが、いま第七冊巻九巻頭近くの例を示しておく。抹消方法には元の文字が判別しがたい程塗りつぶされている場合と、中央に墨を引いてあるのみで或程度判読可能な場合とがある。

先祖足利〔又太郎平氏属《ニシテ》家《ヲ》失《レシ》。去《レハ》古右大将殿《モ》御憤《リ》深《カリ》シ。然《レハ》永代足利断絶スヘカリシヲ、先祖時政種々ニ申ナタメ奉《リ》、高氏五代《ノ》祖宮内《ノ》少泰氏本領カヘシ給《リ》シ。然《シ》ヨリ已来タ代々相州恩ヲ受ケテ新恩数ケ所給《リ》、一家先繁昌、此重代ハ先祖ニモ未《ル》聞《カ》ホト也〕（〔　〕内抹消。この箇所の右行間に以下の章句が記されている。〔　〕内は同じく抹消箇所）義康、保元ニ〔被打〕死後、家モヲトロヘ〔人〕サマテノ賞翫モナカリツルニ、頼朝ノ時ニ至テ時政、故義康ノ次男義兼ヲ〔娉ニ〕聟ニトレリ。其《ノ》子義氏、時政カ孫タルニ仍テ家モ富ミ世ノ覚モ莫太ナリシ。然シヨリ已来〔タ〕代々相州ニ縁ヲムスヒ交リヲ深《ク》シ〔テ栄シ人ナリ。然ルニ今〕数ケ所ノ新恩ヲ給リ、一家ノ繁昌、先祖ニモ未聞程ナリ。然ルニ今（事ノ難儀ナルニ及テハ……。版本巻九4オ相当。ただし、版本には〔　〕内の章句無し）

十八冊本以前に「名和正三本」が存在したとして、こうした抹消箇所を抹消の形のまま書写するであろうか。「名和正三本」が実在したとしても、現存諸伝本は十八冊本の影響を大きく受けていることになろう。

なお、⑪に記した連歌等の筆録も「紀貫之」は別として、近世初期のもので、一～四冊の書写時期を示すものであるかも知れない。

【B】大雲院蔵本。①三・三三書　②楮紙袋綴四〇巻三一冊。③薄い灰茶色地に雲母刷唐草文様の表紙（改装）。三〇・八×二三・〇㎝。④白紙題簽に「太平記理尽抄一（～四十終）」と墨書。⑥漢字片仮名交じり。一面11行。字面高二五・〇㎝。⑧なし。⑨『尊経閣文庫国書分類目録』によれば「室町末期写」。数名の手による書写。⑩印記なし。第一冊表紙右側に「太平記評抄　計卅一冊／大雲院蔵本」と墨書あり。収納箱の表に「雑史　太平記評抄　三十一冊／大雲院蔵本」、内側に「覚／一太平記評判　十八冊／一太平記理尽抄　三十一冊／右両部法華法印正本ニテ／御座候以上／十二月十九日　小原惣左衛門」と記す貼紙あり。小原惣左衛門は、『諸頭系譜目録及索引』（金沢市立玉川図書館）によれば「御書物奉行」であった。拝任の時期等不明であるが、父宗恵[4]が慶安二年（一六四八）に死去した跡を受けて出仕したものと思われ、貞享四年（一六八七）に病死しているから、在任は松雲公前田綱紀の時代である。

第一冊（巻一）⑤太平記之秘伝理尽抄巻之一・太平記之秘伝書巻一終。⑦付訓ごく一部にあり。朱引・朱点あり。朱筆訂正も途中まであり（以後なし）。紙面上端に、用字の不審を記す貼紙（多くは漢字一字）があり、さらに理尽抄の章段を示す「〇」印のある箇所の上部に白紙の、「伝云」の上部に縹色の付箋紙が付されている。

第二冊（巻二・三）⑤太平記秘伝抄巻之二（尾題なし）。三之巻（尾題なし）。⑦付訓一部にあり。墨付1オのみ朱引・朱点あり。貼紙・付箋紙あり。

第三冊〔巻四・五〕⑤太平記理尽抄巻之四・太平抄理尽四之終。太平記理尽抄巻第五・太平記理尽抄五。⑦付訓一部あり。朱なし。貼紙・付箋紙なし。理尽抄本文の一部を覆う帯状の薄い白紙（以下、長白紙と仮称）が貼られている箇所あり。但し、糊付けは上端のみで、下の文字を見ることは可能。用途判然とせず、それぞれの箇所につき検討を要するが、前記付箋紙ともども理尽抄の講義・学習に関わるものと思われる。

第四冊〔巻六〕⑤太平記理尽抄六・太平記理尽抄第六。⑦付訓・朱（庵点・〇印）はごく一部。貼紙・長白紙あり。付箋紙なし。

第五冊〔巻七〕⑤太平記秘伝理尽抄五　七《ノ》巻（尾題なし）。⑦付訓ごく一部。朱なし。長白紙あり。貼紙・付箋紙なし（貼紙・付箋紙は第五冊以下にはなし）。

第六冊〔巻八〕⑤太平記秘伝理尽抄六　八《ノ》巻・太平記秘伝理尽抄巻第六。⑦第五冊に同。

第七冊〔巻九〕⑤太平記秘伝理尽鈔巻第七　九《ノ》巻・太平記理尽抄七　九《ノ》巻。⑦付訓・朱ごく一部。長白紙あり。

第八冊〔巻一〇〕⑤太平記秘伝理尽鈔巻第八　十巻・太平記秘伝理尽抄八。⑦第五冊に同。

第九冊〔巻一一・一二〕⑤太平記秘伝理尽鈔巻第九　十一《ノ》巻・太平記理尽秘伝抄　十一《ノ》終《リ》。太平記巻第十二・十二《ノ》巻終《リ》。⑦第五冊に同。⑪巻十二飯盛合戦の図空白。

第一〇冊〔巻一三〕⑤太平記十三巻〔尾題なし〕。⑦付訓・朱なし。長白紙あり。

第一一冊〔巻一四〕⑤太平記秘伝理尽鈔巻第十　十四巻・太平記秘伝理尽鈔巻第十　十四巻終。⑦第十冊に同。

第一二冊〔巻一五〕⑤太平記十五巻・十五巻終。⑦第十冊に同。

第一三冊〔巻一六〕⑤太平記秘伝理尽抄巻第十一　十六巻・十六巻終ヌ。⑦付訓なし。朱点ごく一部。長白紙あり。

第一四冊〔巻一七〕⑤太平記巻第十七抄・太平記秘伝理尽抄巻第十一　十七巻終。⑦第十三冊に同。

第一五冊〔巻一八〕⑤太平記秘伝理尽抄巻第十二　十八巻・太平記十八ノ巻終。⑦第十冊に同。⑪墨付第1丁表の喉に「卅一冊之内恩地左近太郎」と記された紙片が挟まっている。

第一六冊〔巻一九〕⑤太平記十九巻・太平記秘伝理尽抄十九終。⑦付訓・朱・長白紙なし。以下の冊はこれに同じ。

第一七冊〔巻二〇〕⑤太平記廿巻・太平記秘伝理深《ママ》抄巻第十二　廿巻終ヌ。

第一八冊〔巻二一・二二〕⑤太平記秘伝理深抄巻第十三　廿一巻・太平記廿一巻終ヌ。太平記廿二巻・新〔㊟肩書〕太平記廿二巻終ヌ。

第一九冊〔巻二三・二四〕⑤新〔㊟肩書〕太平記廿三巻・太平記廿三終ヌ。太平記二十四巻・太平記秘伝理尽抄巻第十三終ヌ。

第二〇冊〔巻二五〕⑤太平記秘伝理深抄巻第十四　二十五巻・廿五巻終ヌ。

第二一冊〔巻二六〕⑤太平記廿六《ノ》巻・廿六《ノ》巻終／太平記秘伝理尽抄巻第十四。

第二二冊〔巻二七・二八〕⑤太平記秘伝理尽抄巻第十五＊廿七《ノ》巻《ノ》上（＊鳥居形図あり）・廿七《ノ》巻《ノ》上《ノ》終。廿七巻《ノ》下・太平記秘伝理尽抄廿七《ノ》下終。廿八《ノ》巻・二十八巻終。

第二三冊〔巻二九・三〇〕⑤太平記二十九巻・太平記廿九巻《ノ》評終ヌ。太平記三十《ノ》巻・太平記理尽抄巻第十五終。

第二四冊〔巻三一・三二〕⑤太平記秘伝理尽抄巻第十六　卅一《ノ》巻・太平記理尽抄三十一終《リ》。太平記三十二《ノ》巻・太平記三十二巻《ノ》終《リ》。

第二五冊〔巻三三〕⑤太平記巻三十三・太平記卅三巻終《リヌ》。

第二六冊〔巻三四〕⑤太平記卅四《ノ》巻　評・卅四《ノ》巻終《リ》／太平記理尽秘伝抄巻第十六《ノ》終。

第二七冊〔巻三五〕⑤太平記理尽秘伝鈔巻第十七　三十五《ノ》巻・太平記理尽抄三十五《ノ》巻終《リ》ヌ。

第二八冊〔巻三六・三七〕⑤太平記秘伝理尽抄三十六《ノ》巻・太平記三十六巻理尽秘伝抄終《リ》ヌ。太平記三十七《ノ》巻・太平記理尽秘伝抄。

第二九冊〔巻三八〕⑤太平記理尽秘伝抄巻第十八　卅八《ノ》巻・太平記卅八《ノ》巻終《リヌ》。

第三〇冊〔巻三九〕⑤太平記卅九巻・太平記三十九巻終《ヌ》。⑪一部挿図空白あり。

第三一冊〔巻四〇〕⑤太平記巻四十・太平記理尽口伝抄《ノ》終。

《備考》傍線部に明らかなように、本書の内題・尾題は十八冊本のそれを伝えている。本書が最も忠実ではあるが、加賀藩伝来の写本はいずれも十八冊本の内題・尾題の痕跡を留める（第三部第二章に詳述）。

【C】大雲院零本。①三・三二書　②楮紙仮綴一〇巻八冊（零本）。③楮紙（本文料紙より新しい）。二五・九×二〇・七㎝。④（⑩参照）第二冊以下は「三巻分」〜「十巻分」とあるのみ。⑥漢字片仮名交じり。一面14行（墨付第15丁まで。以後は11行を主とするが、8・12・13・14行など混在）。字面高約二三・〇㎝。⑦付訓・朱引等の有無も箇所により異なる。⑧なし。⑨『目録』によれば「室町末期写」（近世初期か）。数人の手による書写。⑩「學」丸印（朱・陽刻、二・五㎝径。各冊第一丁表）。箱表に「雑史類／太平記評抄　十一巻以後闕　八冊／大雲院所蔵本」とあり、裏面左端に「此本法花立像寺ヨリ上ル　小原宗左衛門」と記した貼紙あり。小原は『加陽諸士系譜』（加越能文庫）等には「宗左衛門」とあり、【B】に注記した「惣左衛門」と同一。法花立像寺は金沢市泉野寺町に現存。大運院陽翁（法華法印日翁）が開山となり、そこに遷化したと伝える法華寺[5]（『集古雑話』『金沢古蹟志』など）・法蓮寺（『御国御改作之起本』）とは別寺。また、第一冊表紙に「一二両巻分／大雲院本／太平記評抄　計八冊／十一巻以後闕」と墨書。

⑤第一冊（巻一・二）太平記之秘伝理尽抄巻之一・太平記之秘伝書巻一終。太平記秘伝抄巻之二・太平記理尽抄之二終。

第二冊（巻三）三之巻・三巻終。

第三冊（巻四・五）太平記理尽抄巻之四・太平抄理尽四之終。太平記理尽抄巻第五・（尾題なし）。

第四冊（巻六）太平記理尽抄之六・太平記理尽抄第六。

第五冊（巻七）太平記秘伝理尽抄五　七巻・太平記秘伝理尽抄五　七巻終。

第六冊（巻八）太平記秘伝理尽抄六　八巻・太平記秘伝理尽抄第六。

第七冊〔巻九〕太平記秘伝理尽鈔巻第七　九《ノ》巻・太平記理尽鈔七　九之巻。
第八冊〔巻十〕。太平記秘伝理尽鈔巻第八　十巻・太平記秘伝理尽鈔八。

【D】大橋本。①三・一六外　②斐紙薄様袋綴。『恩地聞書』一冊と合わせ三一冊。③香色地に雲母刷模様（卍繋、中央部に菊水を描く大きな円形）。三四・八×二四・一㎝。④白楮紙題簽に「太平記理尽鈔　一（～卅九之冊）」（第廿一冊は「恩地聞書」）と墨書。⑥漢字片仮名交じり。一面11行。字面高二六・七㎝。⑦付訓ごく一部。朱引あり。一部に朱点もあり。行間口伝書ほとんどなし。⑧「右理尽鈔四十巻僕受《タリ》二之於師《ニ》一。夫《レ》此《ノ》書者《ハ》以《テ》二功《ヲ》立《ルヲ》一為レ宗《ト》、不二以レ能《ヨクスルヲ》レ文《ヲ》為レ本《ト》。故《ニ》良将之美辞、忠臣之抗直、謀夫之話《モノカタリ》、弁士之端《ハシ》、与二日月一倶《ニ》懸《リ》、与二鬼神一争《フ》レ奥《ヲ》。不レ伝《ンハ》不レ可レ知《ル》。寔《ニ》武家之師友也。斯《ココニ》与前田氏貞里数年留《メ》二心《ヲ》此書《ニ》一、覧《ミルニ》無《シテ》レ倦《コト》悦《シメ》レ目《ヲ》翫《タマフ》レ之《ヲ》。因レ茲《ニ》秘事口訣令二伝授一、自二陽翁一以二相伝《ノ》本《ヲ》一奉《ル》レ免《シ》二書写校正《ヲ》一。依《テ》レ無《ニ》二一字《ノ》異失一、於《テ》二巻々《ノ》跋《ニ》一所レ加二師《ノ》授印《ヲ》一也。全《ク》不レ可レ有二他見一者乎。明暦二年卯月日　貞清（花押）」（句読点を私に付した）。⑨明暦二年前田貞里か。[6]　⑩「前田氏尊経閣図書記」（朱陽刻。各冊墨付第一丁表）、「翁」（朱陽刻。二・九×二・三㎝の楕円形。各冊最終丁尾題下。上記奥書にいう「師授印」）。この翁印は金沢大学蔵『孫子陣宝鈔』（大橋貞清の男貞真による元禄七年の加証奥書あり）の巻末にも「大運院法院陽翁印」として押印されており、大橋家に伝えられたものらしい。なお、全可の子孫大橋貞幹が文政・天保年間に伝授した理尽鈔関係秘伝書（後述）の巻頭にはこれとは別の「翁」印（二・八×二・六㎝）がある。前田貞里は利家の六男利豊の子、出雲と号す。寛永一七年城代、同一八年寄合御用、正保三年には七千石を領す。慶安四年利常と意合わず、籠居。一二月閉門、明暦三年七月二九日没、年四一（『加越能郷土辞彙』）。第一冊表紙右端に「太平記評抄　計三十冊／附恩地記一冊／雲州本」、第二一冊表紙に「雲州本／恩地記　完一冊／附于評抄第廿六」とそれぞれ墨書あり。また、収納箱の表には「三門外《ノ》」「明治四十三年十一月北蔵書購入之一」「太平記理尽抄　三十一冊」と記す貼紙あり（箱裏書なし）。すなわち、本書は前田出雲

（雲州）旧蔵本。「北蔵書」は未勘。

⑤第一冊〔巻一〕太平記秘伝理尽抄巻第一・太平記秘伝理尽抄巻第一終。

第二冊〔巻二・三〕太平記秘伝理尽抄巻第二・太平記二之巻終。太平記三之巻・太平記秘伝理尽抄巻第二終　三。

第三冊〔巻四・五〕太平記秘伝理尽抄巻第三　四・太平記秘伝理尽抄巻第三終　四。太平記秘伝理尽鈔巻第四　五・太平記五之巻終。

第四冊〔巻六〕太平記六之巻・太平記秘伝理尽鈔四終　六。

第五冊〔巻七〕太平記秘伝理尽鈔巻第五　七・太平記秘伝理尽抄五　七巻終。

第六冊〔巻八〕太平記秘伝理尽鈔巻第六　八・太平記秘伝理尽抄六。

第七冊〔巻九〕太平記秘伝理尽抄巻第七　九・太平記秘伝理尽抄巻第七　九。

第八冊〔巻十〕太平記秘伝理尽抄巻第八　十・太平記秘伝理尽抄巻第八。

第九冊〔巻一一・一二〕太平記秘伝理尽鈔巻第九　十一巻・太平記理尽秘伝抄十一巻終。太平記巻第十二・十二巻終。

第一〇冊〔巻一三〕太平記十三巻・太平記理尽秘伝抄巻之第九。

第一一冊〔巻一四〕太平記秘伝理尽抄巻第十　十四之巻・太平記秘伝理尽抄巻第十。

第一二冊〔巻一五〕太平記十五巻・太平記秘伝理尽抄巻第十終。

第一三冊〔巻一六〕太平記秘伝理尽抄巻第十一　十六巻・太平記十六巻終。

第一四冊〔巻一七〕太平記巻第十七之抄・太平記秘伝理尽抄巻第十一　十七巻終。

第一五冊〔巻一八〕太平記秘伝理尽抄巻第十二　十八巻・太平記十八之終。

第一六冊〔巻一九・二〇〕太平記十九巻・太平記秘伝理尽抄　十九終。太平記評廿(ママ)巻・太平記秘伝理尽抄巻第十二
廿巻終。

第一七冊〔巻二一・二二〕太平記秘伝理尽抄巻第十三　廿一巻・太平記廿一巻終。太平記二十二之巻・太平記秘伝理
尽抄巻第二十二之終。

第一八冊〔巻二三・二四〕太平記二十三之巻・太平記二十三終。太平記二十四之巻・太平記秘伝理尽抄巻第十三終。

第一九冊〔巻二五〕太平記秘伝理尽鈔巻第十四　廿五之巻・(尾題なし)。

第二〇冊〔巻二六〕太平記廿六之巻・太平記秘伝理尽抄巻第十四　廿六巻終。

第二一冊〔恩地聞書〕太平記廿六巻理尽抄内恩地左近太郎聞書・（尾題なし）

第二二冊〔巻二七〕太平記秘伝理尽鈔巻第十五　廿七之巻之上・廿七巻上終。廿七巻下・太平記廿七巻。

第二三冊〔巻二八・二九〕太平記二十八之巻・第廿八之巻終。太平記廿九巻・太平記廿九巻終。

第二四冊〔巻三〇〕太平記第三十巻・太平記秘伝理尽鈔巻第十五之終。

第二五冊〔巻三一・三二〕太平記秘伝理尽鈔巻第十六　卅一之巻・太平記第卅一之終。太平記三十二之巻・太平記三十二之巻終。

第二六冊〔巻三三〕太平記巻第三十三・太平記三十三終。

第二七冊〔巻三四〕太平記巻三十四・太平記秘伝理尽抄巻第十六　卅四終。

第二八冊〔巻三五〕太平記秘伝理尽鈔巻第十七　三十五巻・太平記三十五之巻終。

第二九冊〔巻三六・三七〕太平記三十六之巻・太平記三十六之巻終。太平記三十七之巻・太平記秘伝理尽抄巻第三十七終。

第三〇冊〔巻三八〕太平記秘伝理尽抄巻第十八　三十八・太平記三十八巻。

第三一冊〔巻三九・四〇〕太平記三十九之巻・太平記卅九之巻終。太平記四十之巻・太平記理尽口伝抄之終。

《備考》網懸部分二箇所に誤りがあるが、概ね十八冊本の形態を受け継ぐ。

【E】①三・二大　②三〇冊。補修を要するとのことで未見。

【F】小原本。①三・三大　②斐楮混紙袋綴四〇巻四〇冊。③紺表紙。二九・七×二一・二cm。④楮紙に「理尽抄評抄　一（〜四十）」と墨書。⑤太平記之秘伝理尽抄巻之一・太平記之秘伝理尽抄巻之一終。他もほぼ同様。「太平記秘伝理尽抄五　七巻」等、十八冊本の形態の流れを汲むことは他の伝本と同様。分冊の次第は一冊一巻。⑥漢字片仮名交じり。一面一〇行（巻一、四〜六、一二、一七〜二五、二八〜三三、三五、三八〜四〇）。九行（巻二・三、七〜一一、一四〜一六、二六・二七）。一一行（巻三四、三六・三七）。字面高二四・二cm。⑦付訓ごく一部にあり。朱引全巻にあり。⑧なし。⑨近世初期写。数筆。⑩「前田氏尊経閣図書記」（巻頭）。⑪箱なし。第一冊表紙に以下の朱書あり。
「太平記評抄　計四十冊／家蔵本之由、小原正治言之子細在。図解皆宗恵之遺墨也。古借《ママ》／先君御読合之時、御扣本無レ図而奉。伝書之其言在耳。以二彼此一通二考之一、則為二御扣本一無レ疑者也。」（私に訓点を施した）。小原正治はB・Cに前出の二代目宗（惣）左衛門。先君は後述の『万覚書』と合わせ考えれば陽広院前田光高（元和元年生、正保二年卒）であろう。朱書のいうように、本文と図とは墨色異なり、異筆。

《備考》書写者等については後掲『万覚書』「下案」参照。

Ⅱ金沢市立玉川図書館近世史料館加越能文庫蔵写本

【G】有沢本。①特16.92-2　②楮紙袋綴一四冊（巻一〜八欠）。③淡黄色表紙。二三・〇×一七・〇cm。④題簽に「理尽鈔　四（〜十七終）」と墨書。⑤概ね、太平記秘伝理尽抄（抄）と記す。「太平記秘伝理尽抄巻第八　十巻」のように、十八冊本の形態を受け継ぐこと他本に同じ。分冊の次第は第四冊〔巻九・一〇〕、第五冊〔巻一一〜一三〕、第六冊〔巻一四・一五〕、第七冊〔巻一六・一七〕、第八冊〔巻一八・一九〕、第九冊〔巻二〇・二一・二二〕、第一〇冊〔巻二三～二五〕、第一一冊〔巻二六・二七〕、第一二冊〔巻二八～三〇〕、第一三冊〔巻三一・三二〕、第一四冊〔巻三三・三四〕、第一五冊〔巻三五・三六〕、第一六冊〔巻三七・三八〕、第一七冊〔巻三九・四〇〕。⑥漢字片仮名交じり。一面12行。⑦付訓なし。巻九・一四に朱庵点あり。巻一一には庵点の他、行間に朱筆口伝書き入れあり。同巻巻末に「右ワキカキノ朱ハ元来ノ朱也余ノ巻ニ異也」と朱書あり。布陣等の挿図ほとんど無し。⑧巻九巻末に「寛文三年六月二十八日」とあり。最終冊巻頭に以下の識語あり。「太平記理尽鈔ハ余幼年読書理学ノ最初也。家厳俊澄老年ノ比、官暇閑隙ノ節、関屋政春之書写置所ノ評判ヲ貸《シ》テ見レ之、予ヲシテ太平記ヲ読シムル。于時十三歳也。人名姓氏字諱国郡山川百官唐名ヲサヘ不レ知所々多シテ、老父ニ習ヒ、仮名ニ便テ漸々ニ唱之。評判ニ到テハ唯傍ニ聞レ之而已也。然ルニ十巻ヲ過テハ素本安ク読レ之、廿巻ヲ過テハ理尽鈔トイヘトモ読ニ不レ滞シテ老父カ眼情ヲ助ク。昼夜一向読書ノ志ヲ免シ進メテ、甲陽ノ書記・諸家ノ伝文ヲ見セシメ、且城築土図・画図ヲ作習学レ之。而温奥極メ、東武ニ来往シ、近世ノ攻戦山川旧地ヲ正スヲ一生ノ勤力トシテ五十年ヲ経。荘《（ママ）》年ノ比、理尽鈔始終ヲ再見シテ其是非・虚実ヲ見解ストイヘトモ、治乱・勝敗・褒貶ノ事跡、記憶心緒ニ残ル所ハ、幼年眼耳ニ触シ所ノミ。此抄当時世上ニ流布シ、大全・綱目等ノ板行年々ニ多トイヘトモ、事委フシテ理尽鈔輯作之編次・節目、旧本ニ不レ同。議論抑揚其利唯学者ノ心ニシテ、戦勝治国ノ要旨ニ非ス。我ハ唯古本ノ理尽抄ヲ慕フトイヘトモ、公私閑暇ノ間、我一流ノ書画、近世ノ戦治ノ書図ヲ改メ作ルニ光陰不レ足シテ理尽鈔書写ノ暇ナク、歳月ヲ黙止所ニ、今年ノ秋古器ヲ商フノ店ニ此全部有リ。仍而希トシテ求レ之、卅九ノ一巻闕ス故、書本ヲ借而写之、闕ヲ補フ。愚息武貞モ助筆ス。五十四年前、老父カ面前ニシテ素読ノ節、楠正儀、父兄ノ心行ニツイテ其堅心ヲ以テ忠貞ヲ不失ノ得実、俊澄感心深カリシ事、我幼年ヲ思出テ今更ニ慕ハル。父没シテ三十年、政春没シテ廿三年、我兵学ヲ与ル、已ニ一府ニ聞ヘテ今迄理尽ヲ不レ持。連年聞置所ヲ以、当国ニ伝来スルノ趣ヲ序シテ、家本トス。依レ之筆者ノ拙キヲ不厭、料紙ノ破壊ヲ不レ顧而已。／于時宝永丁亥暮秋中日　有沢永貞」〔巻頭一・二丁〕、「九月五日ヨリ始筆。丁亥理尽抄ヲ道具屋ニテ求。此一巻〔以下数文字不明)」(第三丁右端。次行から巻三九本文始まる)。⑨巻三九は宝永四年(一七〇四)有沢永貞父子書写、それ以外は寛文三年(一六六三)写か。書写者は数名。⑩「前田氏尊経閣図書記」。前記識語によれば、往時、(イ)関屋政春所持本(伝存不明)に親しんだ永貞が、宝永四年に古器商より、(ロ)寛文三年書写本(巻三九欠)を購入。巻三九を、(ハ)或書本(所有者・伝存不明)を借りて補写したものが、本書ということになる。ちなみに、『梧井文庫蔵書目録』(加越能文庫。永貞自筆)に「ぬ 一 太平記理尽抄　△十七冊」と見える。

二、理尽鈔伝来関係資料

◇『万覚書』(加越能文庫16.05-1　第一紙に「寛文九年/万覚書」とある)の内、「覚[但是者本多安房家来大橋全可/申上ル覚書之留也]」(『加賀藩史料　第四編』二四一・二四二頁、大山論文四三・四四頁に引用あり)。小稿に必要な部分のみ示す。〈 〉内は今井注。

一　拾八冊之御本〈【A】十八冊本〉、奈和正三正本〈存否不明〉を以法印写申候。正三本は悪筆にて見え兼申候故焼捨申候。只今御座候御本之内、七巻より末法印自筆に而御座候。此本本國寺に預け置、法印死去可仕砌取寄申候。相果候者此本は焼捨可申候由申候処に、古安房守焼失候事如何に候間、是をも三十冊之御本〈【E】か?〉と一所に、微妙院様へ指上可然由に而、両部ともに高田慶安を以上げ申候。

一　三拾一冊之御本〈【B】大雲院蔵本であろう〉は、内々微妙院様へ上げ可申存念にて、致吟味為写申由に候。去共是も所々に而少宛あやまり御座候。

(一項中略)

一　法花法印弟子、書物をも渡候人々、本多安房・浅井左馬・水野内匠・伊藤外記㊟・寺沢志摩殿・[右行間:

松平新太郎殿家来」　横井養玄。

右大橋全可申上也。

㊟『史料』・大橋論文には付記されていないが、伊藤外記の右行間に「本二部有之何も焼失」とあり。

文中に登場する人物については、大山論文、若尾論文に詳しい。ただし、浅井を大山論文が「浅井左馬源右衛門一政」とし、若尾論文も浅井一政と紹介する点は問題あり。『当邦諸侍系図』や浅井鷹五郎提出の先祖由緒帳などによるに、浅井源右衛門一政およびその一類が「左馬」を名乗った記述は見られない。浅井左馬は『加陽分限帳』(慶長年中御家中分限帳)に「壱万石　浅井左馬介」、『元和之始頃侍帳』等に「壱万石　浅井左馬助」とある人物。[7]『寛永四年侍帳』には「壱万石　浅井左衛門」の名はあるが、左馬は不載。同じ侍帳に「千石　浅井源右衛門」、『寛文元年侍帳』に「千五百石　浅井源右衛門」と見える。「浅井左馬」の詳細はなお不明であるが、源右衛門一政とは別人。高田慶安は「御国御改作之起本幷楠理尽鈔伝授日翁由来」に微妙公利常の御咄衆の一人として名が見える。

◇『万覚書』の内、「御書物箱ニ御書付被成覚書之下案」〈この御書物箱は現在尊経閣文庫の各本が収納されている箱とは別と思われる〉句読点、返点は今井。

一　太平記評判　全四十冊内　廿一冊小原宗恵筆
四冊宗恵与別人両筆
十五冊筆者不知

水野故内匠所持。依㆓陽広院様之御尋㆒当内匠上㆑之由。

〈【F】小原本と目されるが、厳密にはF表紙の所伝と微妙に異なる。或は別本か。故内匠は可成、三千石。寛永六年三月三日没。当内匠は里成、寛永八年正月十日跡目相続、千五百石。寛文十三年病死。

〈水野八郎提出の先祖由緒帳より〉〉

一 ―――――― 全卅一冊

前田又勝上レ之。父出雲以二大橋全可一本儘為レ写レ之候。本書之文字悪所ロ少々改レ之、末者不レ改如二正本一写レ之云々。

〈注記内容からして【D】大橋本と目されるが、Dの箱表には「明治四十三年十一月北蔵書購入之一」とあり不審。前田又勝は出雲貞里の男貞醇。『前田貞里置書』（加賀藩史料所収。大山論文四二頁）にいう「ひやうばんと申さうし、二はこ」「評判之箱二」がこれか。二箱が二部であれば、なお一部は貞醇のもとにあったか。〉

一　同　　全卅二冊

本多故安房所持。依二陽広院様御尋一上レ之。此本、安房家臣大橋全可、為三自本可二見合一借二類本一写レ之。然トモ文字誤多在レ之由。

〈？：『本多家譜』（加越能文庫16.31-170）寛永一〇年条に以下の記載あり。[8]「一　陽広院様え太平記評判被聞召、可然旨申上、右全部指上。段々　御尋之趣有之。被成下　御親翰」〉

一　同　　全四十冊〈？〉

本之出所幷筆者不レ知。

一　同　　弐十冊〈？〉

陽広院様被仰付御本。筆者不レ同。

◇『万覚書』の内（御書物箱下案より数えて四項目にあり）

一　太平記評判

殿様就レ被二聞召上一、御傍被二召置一候。秘伝之品々聞書等、致二他言他見一間舗候。但文字ヨミ一通之儀ハ可レ有二免許一事。右之趣於二相背一者左ニ申降神罰冥罰可二罷蒙一者也。

寛文八年十二月八日　　横山

小原惣左衛門殿

〈殿様は松雲公綱紀。横山は山城守長知の孫左衛門忠次か。この書状は『松雲公御夜話追加』（加賀能登郷土図書叢刊。大山論文四四頁所引）の一節に「太平記理尽抄之口伝、小原惣左衛門家に相伝へ、微妙院様以来御代々被聞召候。陽広院様専被聞召、其節の理尽抄今御文庫に在之、是は右御代被仰付候御本の由御意にて、拝見仕候。松雲院様には、二代目の小原惣左衛門御前え罷出、度々口談（中略）重々口伝の趣幷戦場の図等、別に書立八冊に編候而上之申候。只今小原家に扣有之候理尽抄口伝は、大切之事に候間、外伝授無用に可仕旨、御親翰を以被仰出。御意之外当時一向素読は各別、口伝之儀伝授不仕候。」とあることに関わるものであろう。また、ここに「其節の理尽抄」とあるのは、前記「御書物箱下案」の内容に照らし、【F】小原本をさすと考えられる。なお、現在尊経閣文庫には『理尽極秘伝書』四〇巻七冊があり、松雲公親筆の函書きがある。[9]〉

◇『教育沿革史』（加越能文庫16.57–22）の内第九冊「蔵書目録　下」（上は漢籍）の中に以下の箇所あり。

太平記評抄	古写本	四十冊
同	大雲院蔵本	三十一冊
同	大雲院所蔵正本	十八冊

越智正則状　二通
同　大雲院蔵本　同　八冊
十一巻以下欠
太平記賢愚抄　二冊
太平記理尽抄　外一巻ヨリ十五ノ巻マテ　写本　百八十七冊
題号共百十二冊欠
〈前四部は尊経閣文庫現蔵であるが、「百八十七冊」は不審〉

◇『陰符抄』（金沢大学附属図書館『楠家兵書六種』の内。第三部第六章参照）初篇一の序章的文章の一節。

抄ノ冊数ノコト古来ヨリ十八冊也。陽翁先生ノ分テ三十一冊トセリ。陽翁所持ノ本数十一行ニ書テ三十一冊。
・一・二三・四五・六七・八・九・十・十一・十二・十三・十四・十五・十六・十七・十八・十九・二十・廿一二・廿三四・廿五・廿六・廿七八・廿九・卅・卅一二・卅三・卅四・卅五・卅六七・卅八・卅九・四十（・は原文では朱丸点）

〈Bに近いが、Bは六七を分冊、二九・三〇を同冊にする点が異なる。但し、加賀藩以外も含め、三一冊前後の伝本で、一九・二〇を分冊、二七・二八をB同様、同冊にするものは見当らない。総合的に判断してこの三一冊本は【B】大雲院蔵本をさすと見てよかろう。〉

（中略）

一一説ニ此書ハ楠氏ニ伝ル所世乱テ後、新田・楠・菊地ヲ頼テ隠レ居タリ。筑紫住居ノ末、宇佐ノ八幡宮ノ宝殿ニ此書ヲ奉納有之。年経名和正三ト云人夢想ニテ此書ヲ申受ル。名和長俊ノ末孫名和刑部カコト也。正三、後、家ニ秘蔵シ理尽抄ト号。後ニ又今川ノ心清ト云人懇望ニテ伝。今川ニテハ南太平記ト云シトカヤ。右正三ヨリ大運院日勝陽翁ニ相伝タリ。〈『陰符抄』は刑部と正三を同一視している。二三二頁（＊3）参照〉

陽翁ノ弟子

回仙院殿　肥前ノ城主寺沢志摩守殿　水野内匠　備前岡山城主池田新太郎殿ノ家士横井養玄　浅井左馬　大橋新丞全可　伊藤外記　已上七人也。

回仙院殿御門弟

筑前守様　富山　大正持　板倉周防守殿　朽木民部大輔殿　稲葉美濃守殿　此外多在之。則全可ヲ御口述ノ御名代ニ被遣也。

陽翁ノ伝記別書有。[10]元和八年壬戌十一月十九日卒。[11]

〈回仙院は本多政重。筑前守は微妙公前田利常。富山は初代富山藩主前田利次。大正持は大聖寺初代藩主前田利治。今川では「南太平記」（難太平記）と称したなどあやしげな伝承も含まれているが、全可の家の伝承として注目される。〉

◇『恩地聞書』（金沢大学附属図書館蔵『楠家兵書六種』の内。本書は、通常の恩地聞書の口伝聞書である。）

此書ヲ恩地ト名付ルコトハ楠正成湊川ニテ討死セントセシ時、摂州桜井ノ宿ニテ正行ニ対面シ遺書一巻ヲ授シ。彼一巻ノ心ヲ建武二年二月廿六日ノ夜、口談セシ時、恩地左近太郎ハ正行カ後見トシテ坐右ニアリシカ此口談ヲ書留テ子孫ニ伝ントテ記シ置也。此故ニ恩地聞書ト云也。此外モ評書ノ内、所々ニ恩地カ聞書アリ。陽翁ノ評判ノ弟子トモ桜井ノ宿ノ一巻ノ書ヲ所望ノ方ヘハ是ヲ一巻ノ書トテ出サレシ。深ク一巻ノ書ヲ秘センカ為也。此恩地ノ聞書ハ理尽抄二十六ノ巻ノ内ナルヲ陽翁分テ一冊トシ玉フ也。

一正成鈔談ノ詞ニ曰――正成カ談セシ書ハ遺言ノ書也。覇道ノ大意ヲ述タリ。此一巻陽翁ヨリ本多政重公相伝被成、則其坐席ニテ焼捨ラレシ。余リ秘事被成シ故也。将来ニ定テ桜井ノ宿ノ一巻ナト、テ出ルコトアルヘシ。皆似セ物也。必々不可用ナリ。全可、其坐ニ有テ、彼書ヲ拝見セシニ、正成一代ノ武道ノ工夫ヲ書リ。然レトモ書ニ心ヲ不尽物ナレハ、詳ニ口談アリ。彼一巻ノ書伝授ノ時、陽翁物語ノ大概ヲ少シ心ニ残ル所ヲ記スル者也。（以下略）

◇『陰符抄』巻二六巻末
此次カ恩地ノ書也。此書ハ上巻、恩地ノ書ハ下巻ト可知。追テ講談可仕也。
〈いずれも大橋家の伝承にて、【D】大橋本のあり方に関わるもの。〉

三、まとめ――伝本一覧――

加賀藩伝来の『理尽鈔』伝本を整理すると以下のようになる。

【A】十八冊本：尊経閣文庫三・三四書「大雲院所蔵之正本」〈巻七以降、陽翁自筆〉。一八冊。
【B】大雲院蔵本：尊経閣文庫三・三三書「大雲院蔵本」。三一冊。
【C】大雲院零本：尊経閣文庫三・三二書「大雲院本」〈法華立像寺旧蔵〉。八冊（巻一一以降欠）。
【D】大橋本：尊経閣文庫三・一六外「雲州本」〈明暦二年大橋全可加証奥書。前田出雲旧蔵〉。三一冊（含『恩地聞書』一冊）。

【E】（未見）：尊経閣文庫三・二大。三〇冊。

【F】小原本：尊経閣文庫三・三大〈小原家蔵本。小原宗恵ら書写。『万覚書』の記述によれば、水野内匠旧蔵。両者が別本とすれば、後者の存否不明〉。四〇冊。

【G】有沢本：加越能文庫特16.92–2〈有沢永貞旧蔵。寛文三年書写か。巻三九は、宝永四年、永貞父子による補写〉一四冊（巻一〜八欠）。

△関屋政春蔵本〈G識語：存否不明〉

△或書本〈G識語：存否不明〉

▲正三本〈全可覚・他：陽翁焼却とのことだが、実在は疑わしい〉

▲伊藤外記旧蔵本二部〈全可覚：寛文九年以前に焼失〉

△大橋全可書写、本多政重所持。後、陽広院へ献上の三二冊本〈御書物箱下案：存否不明〉

△大橋全可の「自本」、また、参照した「類本」〈御書物箱下案：存否不明〉

△出所・筆者不明の四〇冊本〈御書物箱下案：存否不明〉

△二十冊本〈御書物箱下案：存否不明〉

△百八十七冊〈教育沿革史：不審。存否不明〉

注

（1）宗佐は、里村昌琢の弟子であり、紹春が宗佐を師とした、の意か。宗佐は未勘であるが、国文学研究資料館編『連歌資料のコンピュータ処理の研究』（明治書院、一九八五）を検するに、元和二年（一六一六・一・五）に昌琢と連座している人物か。紹春は寛永一五年（一六三八・九・一九）〜同一六年（一六三九・四・一一）に名が見える。

（2）正しくは、洞院摂政藤原教実の詠歌。『夫木抄』第八夏部二所収。

（3）西川は未勘。寺沢広高は肥前唐津城主。版本等にある陽翁の奥書に、理尽鈔を熱心に学んだとされる人物。天正一七年（一五八九）に従五位志摩守に叙任、寛永一〇年（一六二六）没。

（4）『石川県史』第参編六六一頁に「惣左衛門は晩年宗恵といひしものにして、屢前田光高に理尽抄を講じ、その子惣左衛門亦前田綱紀に之を伝へき」云々とあり、「御国御改作之起本幷楠理尽鈔伝授日翁由来」（『改作所旧記』の内）に「小原惣左衛門（中略）後に入道して宗恵と改めし由也」とある。小原正信提出の『先祖由緒幷一類附帳』（加越能文庫）によれば、宗恵ははじめ蒲生家にあり、のち前田利常に仕え、慶安二年病死。その長男惣左衛門は貞享四年病死。

（5）陽翁（日翁）の事績については、大山論文に言及あり。

（6）石川県立歴史博物館蔵『太平記理尽図経』に「右五巻者太平記理尽抄之枢要也因茲口決秘決不残一語令相伝畢武家至宝不可有此外者也／大橋全可　貞清［花押］／寛文四年極月吉日／井村源太夫殿」との加証奥書がある。この奥書と【D】の奥書⑧とは同一筆跡・花押である。ただし、貞清奥書と本文とは別筆であり、理尽鈔本文は伝授を受けた貞里（もしくはその右筆等）の手になるとみるべきであろう。

（7）前田雅之「秘伝書の情報学――『源語秘訣』の書写・伝来を通して――」（日本文学57-1、二〇〇八・一）に、浅井左馬（助）が中院通勝に『源語秘訣』を所望した次第が述べられている。浅井は好学の武士であったらしい。

（8）若尾政希『「太平記読み」の時代』（平凡社、一九九九。一六四頁）が、加越能文庫蔵『本多氏古文書等』の巻三に収録されている、陽広公光高の書状を紹介している。

（9）『理尽極秘伝書』については第三部第六章で扱う。

（10）『陰符抄』再三篇巻一に「陽翁ノ由緒次ニ記」として、詳細な伝記を載せ、「右従　筑前守様　御尋之砌大橋全可ヨリ書上シ／草案之写猶別書ニアリ」と結んでいる。藤田精一が「大僧都陽翁由緒書」によるとして紹介しているもの（『楠氏研究』積善館、一九四二増訂七版五一九頁）とほぼ同内容であるが、この「由緒書」が『陰符抄』からの引用か、逆に『陰符抄』のいう「別書」であるのかは不明。

（11）この陽翁の没年は藤田注（10）著も注記するように問題がある。ただし、島原図書館松平文庫蔵本などに、陽翁の「奥書」の日付を「元和第八年（季）暦仲夏上旬三蓂」とすることと何らかの関わりがありそうだ。前記大橋全可「覚」の未引用部分に「寺沢殿へ法印より廿五冊迄受伝被申候。其末は御当地より為書遣申候。」とあることと合わせ考えると、元和八年仲冬没（それ以前の某年に加賀下向）説は、加賀藩以外への『理尽鈔』の完全な伝授が陽翁の加賀下向以降のことであること、逆にいえば、陽翁の伝授の根幹は加賀にあることを主張する意図をもつ、と思われる。

なお、『石川県史』第参編（一九二九）・『加賀藩史料』第二編（一九三〇）・大山修平（一九七八・三）は、『集古雑話』の記述により、陽翁の加賀下向を寛永三年（一六二六）とする。同年の将軍家上洛に際して京都本圀寺に館した前田利常が、法華法印日翁（陽翁）を知り、加賀に伴った、というのである。これによれば、『陰符抄』の所説は成り立たないが、岡山藩の一壺斎養元「覚」（日本庶民文化史料集成第八巻『寄席・見世物』三一書房、一九七八）に次の一節がある。池田利隆に命ぜられ、陽翁の伝授を受けていた自得子養元（一壺斎の父）に対し、陽翁が次のように語ったという。「（前略）自己ハ近日加州エ罷下候、将又全部相伝者、利隆公ノ外、御一門ニテモ、徒(従カ)二人品一而令二用捨一事者、評判伝授之鑑戒、口授之通ニ心得而、容易ニ不レ可レ有二授受一」。利隆は元和二年（一六一六）に没しているから、加州下向（の予定）はそれ以前となる。また、加賀藩関係の資料でも、「太平記理尽抄由来書」（宝永四年九月有沢永貞筆。尊経閣文庫蔵）には「諸国ヲ経歴シテ加陽ニ来リ、黄門利常公其事ヲ聞、被召抱」とあり、加賀下向の事情は確定しがたい。

参考文献

・大山修平「「太平記読み」に関する一考察——加賀藩におけるその実態——」（金沢大学国語国文6、一九七八・三）。本論文には大きな学恩を蒙った。

・若尾政希「「太平記読み」の歴史的位置——近世政治思想史の構想——」（日本史研究380、一九九四・四）。

第二章　『理尽鈔』の補筆改訂と伝本の派生

はじめに

『理尽鈔』は現在二〇部を超す伝本が存在する〔→第三部第三章〕が、これまで伝本系統は未整理なままであった。分類の指標として、巻一巻頭の「或記ニ曰」の有無、巻四〇巻末の大運院大僧都法印の奥書の有無、分冊のあり方などの外形的な特徴を第一に挙げることができる。しかし、本文のあり方と併せみる必要があろう。その際第一に注目されるのが、尊経閣文庫蔵「十八冊本」（仮称。整理番号三―三四）である。本書は四〇巻（巻二七は上下に分巻）を十八冊に分かち、各冊の内題・尾題は「太平記秘伝理尽抄五　七ノ巻」（第五冊、巻七）のように分冊形態を反映する。この内題・尾題は、十八冊形態をとらない、他のいくつかの伝本にも影響を与えている。十八冊本を重視する所以であるが、以下に示す本文の様態に関わってか、第四冊以前にはこの特徴がみられない。

十八冊本は、第三部第一章で紹介したように、書冊の大きさや一面行数も統一されておらず、本文の様態も第一から四冊（巻一〜六）までと第五冊（巻七）以下とでは全く異なる。第五冊以下が同一筆跡の行書体で、頻繁な行間書き込み・抹消等を伴い、草稿的様相を呈しているのに対し、それ以前は楷書体に近い書体で記され、大規模な書き込みはない。ただし、なお補訂が散見し、清書以前の中間的な段階といった趣を呈しており、各冊相互に似た筆跡ではあるが、複数の手になると思われる。

十八冊本の精査は『理尽鈔』の生成過程を考える上で不可欠の作業であり、あらためてその様態を確認しておく。

その補筆改訂と他の伝本との関わりを探る中に浮かび上がってくるのが秋月郷土館本であり、天理図書館本である。

一、十八冊の現状

1、巻七（第五冊）以下の部分

（1）行間書込・本行の筆者

まず、巻七以降の行間書込と本行とは、いくつかの特徴的なくずし字が共通しており、同一人物の手になると見なされる。以下の各【図版】（1〜6。前田育徳会尊経閣文庫蔵『太平記秘伝理尽抄』）のaは本行、bは行間書込からの用例である。（　）内は版本相当箇所の表示。丸付き数字は行数である。

「楠」【1a】（七37ウ⑧）　【1b】（七52オ⑪）

「オ」【2aイ】（九70オ⑦）　【2aロ】（一〇78ウ⑨）

【2bイ】（一〇67ウ②）　【2bロ】（一〇68オ①）

「之」【3a】（一11ウ②）　【3bイ】（一11ウ⑨）

【3bロ】（一一26ウ⑨）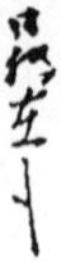

「御」【4a】（一四93ウ⑪）　【4b】（同94オ⑨）

（2）疑問形を付した誤脱補訂

注意されるのは、「〇カ」という誤脱補訂が散見することである。巻一〇・一三・一五・一七は一、二箇所。巻二七〜三二は二、三箇所。巻三三〜四〇（三四除く）は五箇所前後、中でも巻三五は一一箇所に及ぶ。誤脱補訂自体は取り立てて問題とするに及ばないが、「カ」という、疑問の提示が問題となる。十八冊本巻七以降は、理尽鈔の生成に重要な関わりをもつ陽翁の「自筆」との証言（寛文九年大橋全可「覚」）がある。疑問形を伴った補訂が本行と同筆とすれば、陽翁は明確に書写者の位置に退き、十八冊本は「奈和正三正本」を以て陽翁が写したものだという伝承（同「覚」）が俄然注目される。

補訂は巻六以前の中間清書とは異筆で、巻七以降の本行の字体に近い。以下〈 〉内に傍書補訂を示して内容を検討する。

「安〈泰カ〉時」（版本一〇9ウ相当箇所）、「寄手定〈北カ〉ル敵ヲ追ヒスカウテ」（一七36ウ）、「世ノ中ノ求〈愚カ〉ナル」（二七23ウ）など、誤表記もしくは一般的ではない表記に対する注記が多いが、「早馬ヲ以〈打カ〉テ」（二八5ウ）、「軍ノ内〈中カ〉ニ在リケレハ」（三二19オ）、「万人ノ毀〈謗カ〉ヲ受ク」（三三56ウ）、「将軍ニ替〈代カ〉リ参セテ」（三五48ウ）など、必ずしも誤りとは言えない表記への注記も散見する。しかも、［図版5：寅ノ刻ニ／寅カ］のように、本行の筆者の筆癖（二五26オに同様の用字あり。この箇所には注記は無い）と思われる文字に対する事例もある。同様の事例に［図版6：兎ニ覚ニ／覚カ］があり、本行と補訂とが同一人物の手になる場合、こうした注記は起こり得ない。したがって、これらの誤脱補訂は本行とは別人の筆になると思われる。（ ）内は版本相当箇所の表示。

【図5】（三六26オ⑤）

【図6】（三七29ウ③）

(3) 異文注記

気づいた限りでは、巻九の二箇所のみであるが、異文注記のあることも注意される。

・「四条無車小路」(版本12オ相当箇所)の「四」の右行間に「一イ」とあり、大橋本・架蔵本・筑波大本・中西本・島原乙本が「一条無車小路」と表記。

・「死ヲ恨ミ」(版本14オ相当箇所)の「ヲ」に「セシイ」とあり、筑波本・中西本・中之島本・島原甲本等が「死セシヲ恨ミ」と表記(内閣本は「死センヲ恨ミ」)。

両箇所に共通するのは管見の限りでは筑波大本・中西本のみである。しかし、両本は加賀藩関係伝本に近いがやや特殊な伝本であり、この異文表記が当初からあったものとは考えがたい。

2、巻一から六までの部分

(1) 行間書込・本行の筆者

巻一から六までの本行の筆者は複数であるが、いずれも行間補訂・書込とは異筆。後者には巻七以降の特徴的な字体の内「オ」と近似の用字が現れる。1(1)の筆者と同筆とすれば、その監督下で中間清書がなされたことになる。前記大橋全可「覚」には「此本本國寺に預け置、法印死去可仕砌、取寄申候」とあり、法印(陽翁)が死去した際、加賀下向以前に住していた京都の本國(圀)寺より、本書を取り寄せたという。この説を信じれば(なぜ預け置いたのか疑問ではあるが)、2(1)までの作業も加賀下向以前に終えていたことになる。この点に関して岡山大学池田家文庫本の存在が注目される。

岡山大学本『理尽鈔』巻三零本とその関連資料については、若尾政希に考証があるが[1]、系統論の立場からあらためて検討をくわえる。一壺斎養元(二代目横井養元)の「覚」に、以下の一節がある。

大運院（別資料では「大雲院」とも記す）陽翁が諸国行脚の途中鎌倉で「紺表紙三ノ巻之評判一冊」を閲覧。その後、肥前博多で名和昌三に出会い、秘蔵の「四十巻」の巻三がこれと全く同内容であることを知り、全巻の伝授を受けた。先の一冊は幕府書院番駒井右京が入手し、池田光政に送り、今に固く秘蔵されている、という。若尾の指摘するように、岡山大学本最終丁表には「光政」の朱印が押してあり、同じ巻三の写本であり、偶然の一致とは思われない。

岡山大学本は、浅縹色表紙（紺とは言いがたい。二五・〇×二〇・三㎝）楮紙袋綴、九行片仮名交じりの一冊で、表紙左肩に「理尽抄」と打付書。内題・尾題はない。その本文は十八冊本に最も近い。のみならず、以下の徴証により、現存の十八冊本そのものの写しと考えられる。

・特殊な字形が共通すること。図7は岡山大本（岡山大学附属図書館池田家文庫蔵）、図8は十八冊本（前田育徳会尊経閣文庫蔵）。大雲院蔵本が図8の字体に「心」を付加した形をとるが、他の伝本は通常の「恐」である。

【図7】（版本三5ウ⑨相当箇所）

【図8】

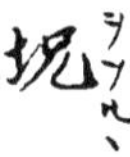

・本書の脱文の分量が十八冊本の見開き一丁に相当すること。

本書五丁裏「国ヲ政《ヲサメン》者愛シテ＊一タマリモアランヤ。」の＊箇所には、十八冊本第五丁裏・六丁表の「ナシカハ能《ヨカラン》トナリ（中略）モシ衆徒ヲコラバ何《ナジカハ》」に相当する詞章が落ちている。

・本書の誤記が十八冊本の形態から生じたとみなせること。

本書二八丁表に「血気一往勇ムト云ヘトモ時《ジ》日ウツレハ勇ハ消失《ウスル》物也。臆病臆シタル士ハ将ノ思切タルヲミテ走リ散ルモノ也。士散スレハ血気臆病発物也」との一節がある。十八冊本の当該箇所は「消失《キヘウスル》物《モノ》也。○臆病《オクヒヤウノ》士散《サンスレハ》血《ケツ》気《キモ》臆病《オクヒヤウ》発《ホツスル》物《モノ》也。」とあり、○印箇所左行間に「臆シタル士ハ将《ノ》思《ヒ》切《タルヲ》見テ走《リ》散《ル》物」との書込がある。書込を組み入れた形は、大雲院蔵本「……消ヘ失物也。臆シタル士ハ将ノ思切タルヲ見テ走リ散《ル》モノ。臆病ノ士散スレハ、血気モ臆病発《スル》物也。」のようになり、岡山大学本は行間書込を誤った位置に取り込んだものである。ちなみに後述の秋月本も大雲院蔵本と同じく誤りはない。

本書が鎌倉で発掘されたものとの養元「覚」の伝承は、若尾のいう「陽翁を招聘した金沢への対抗意識」（注(1)著一八三頁）の産物として無視してよい。しかし、本書は近世初期の写本とみて不都合はない。本書がいつどこで書写されたのか、なお追求すべきであるが、大橋全可「覚」のいう本圀寺滞留説と併せ、十八冊本の現状の姿が、陽翁の金沢下向以前にすでにできあがっていた可能性は十分にあるといえよう。

(2) 上欄貼紙

巻六以前には、紙面上欄に、本文の漢字の表記を問題にする小紙片貼紙がまま見られる。「上欄：紀伊カ／本文：記伊」、「減／（糧が）感スル」、「幕／惟墓」などのように概ね本文の誤表記である。しかし、「餘／余」、「稀／希ナリ」、「実／（実の草書体）」、「慕／親ハン」、「従／郎徒」など必ずしも誤字とは言いがたいものを含め、「倫／人輪」などの誤字は巻七以降にもよく見られる用字・字体である。また、本文の「傳」を貼紙が「侍」と正している事例についても、巻七以降の「侍」の字体が「傳」の崩しに類似していることが注意される。これらは、貼紙が本文書写者とは別人の所為であることを示すと同時に、巻一から六までの本文が、巻七以降と同質の書き癖をもつ本文をほぼ忠実に写したものであることをも意味する。それは巻一から六までを中間的清書とみなす予見を裏付ける。

「内々微妙院様へ上げ可申存念にて、致吟味為写《うつさせ》申由に候」（大橋全可「覚」）といういわれのある大雲院蔵本は、(1)の行間書込・補訂箇所はそれを正した形をとるが、貼紙箇所のほとんどは十八冊本本文に一致し、誤表記もそのまま訂正することなく受け継いでいる。ちなみに、大雲院蔵本にも同種の貼紙があり、これは両本が微妙院（加賀藩第三代藩主前田利常）の手元に移されてからの作業であろう。

大雲院蔵本は前述のように、十八冊本の貼紙を顧慮していないのであるが、重要な例外がある。十八冊本巻一冒頭に「口伝根」「口伝葉」という貼紙があり、それぞれの右肩に小字で「證本ニナシ」と付記されている。大雲院蔵本はその本文の「……安危来由記云云」の「云云」右行間に「口伝根」、「号《ス》二国家治乱記《ト》一」の「記」右下行間に「口伝葉」と記す。この口伝の意味も判然としないが[2]、問題は「證本」が何を指すのかである。理尽鈔箱書・大橋全可「覚」等で「正本」と呼ばれているのは、「法華法印正本」（十八冊本と大雲院蔵本）と「奈和正三正本」とである。十八冊本巻一から六の現形以前のものが残っておれば、それも候補になるが、前述のように早くに現在の形をとっていたと目される。大雲院蔵本には書込がある。では、陽翁が焼き捨てたという（全可「覚」）奈和正三正本をさすのか。注記者を陽翁とみれば正三正本の内容を記すことは可能であるが、なぜこの箇所のみ貼紙の形なのか疑問が残る（前述のように、他の貼紙は陽翁以外の所為）。貼紙のすぐ下に控えている十八冊本そのものをさすのもやや不自然ではあるが、現状では十八冊本をさすと見ておきたい。

（3）朱引・朱点・付訓

第五冊以下には朱引・朱点、漢字の付訓がないのに対し、第一冊の全丁に朱引・朱点があり、第一・二冊のほとんどの漢字に訓みが付されている。第三・四冊には朱引・朱点なく、付訓はごく一部にある。これらについては、統一されていないところから、（2）と同一時期かそれよりも新しい段階に属していよう。

二、十八冊本の補訂と他の伝本――巻九の場合――

十八冊本の補訂結果（前記1（1）（2）、2（1）（2））の大多数は他の伝本に受け継がれているが、注目すべき例外がある。以下、その例外箇所を理尽鈔の伝本整理の糸口としたい。

1、足利又太郎と義康

巻九足利高氏（尊氏）が北条氏に反旗を翻したことを評して、先祖代々受けてきた恩顧に背くものだと批判する一節がある。

此人ノ先祖足利又太郎平氏属《ニシテ》家《ヲ》失レシ。去レハ古右大将殿御憤《モ》深《リカリ》シ。然《レハ》永代足利断絶スヘカリシヲ、先祖時政種々ニ申ナタメ奉《リ》、高氏五代祖宮内少泰氏本領カヘシ給《リ》シ。然《シ》ヨリ已来タ代々相州恩ヲ受ケテ新恩数ケ所給《リ》、一家《ノ》先繁昌、此《ノ》二三代ハ先祖ニモ未聞《ルカ》ホト也。事《ノ》難儀ナルニ及テハ……（版本巻九4オ相当箇所）

波線部は墨抹消詞章。この箇所の右行間に以下の章句が記されている。取消線を施した章句は、その行間書込の抹消箇所である。

義康、保元ニ被打死後、家モヲトロヘ人サマテノ賞翫モナカリツルニ、頼朝ノ時ニ至テ時政、故義康ノ次男義兼ヲ娚ナ聟ニトレリ。其子《ノ》義氏、時政カ孫タルニ仍テ家モ富ミ世ノ覚モ莫太ナリシ。然シヨリ已来タ代々相州ニ縁ヲムスヒ交リヲ深シ《ク》ナ栄シ人ナリ。然ルニ今数ケ所ノ新恩ヲ給リ、一家ノ繁昌、先祖ニモ未聞程ナリ。然ルニ今

この箇所、版本も含め多くの伝本には、前者波線部の記事は無く、後者の行間書込詞章のみがある。たとえば大雲院蔵本は次のように、行間書込のしかも訂正後の姿を示している。

此人ノ先祖足利義康、保元ニ死《テ》後、家モヲトロヘサマテノ賞翫モナカリツルニ、頼朝ノ時ニ至テ時政、故義康ノ次男義兼ヲ聟ニトレリ。其ノ子義氏、時政カ孫《マゴ》タルニ仍テ家モ富《ミ》世ノ覚モ莫太ナリシ。シカツシヨリコノカタ代々相州ニ縁ヲムスヒ交リヲ深クシ数ケ所ノ新恩ヲ給リ、一家ノ繁昌、先祖ニモ未聞ホトナリ。然ニ今事ノ難儀ナルニ及テハ……。

この抹消・訂正の経緯を推すに、当初、以仁王追討の際、宇治川渡河で名を挙げた足利又太郎忠綱（『平家物語』巻

四）に着目し、上記波線部のような筋書きを組み立てたものの、又太郎は藤原姓足利氏であり、源姓足利氏とは関わりのないことを知るに及んで、義康を起点とする別の物語を作り上げたものであろう。足利義康は、保元の乱に際し、義朝らとともに後白河院方として戦功をたて、義朝とともに昇殿を許されたが、翌年（一一五七）五月二九日に死去（『兵範記』）。三男義兼が家督を継ぐが、平治の乱で源氏が敗れた後、一時、足利荘を失ったらしい。[3]家衰えとは、このことを指したものか。その後、『吾妻鏡』治承四年一二月一二日条、頼朝の新亭移徙の参列者に名が見え、翌五年二月一日条には頼朝の計らいで時政の女婿となったと記される。義兼と頼朝とは母親同士が姉妹（『尊卑』。叔母・姪説もあり）でもあり、木曾義仲と結んだ兄義清・義長とは別に鎌倉に参向した義兼を、頼朝としても大いに迎えるところがあったと目される。[4]これを時政の個人的な引き立てであるかのように記すところに、尊氏批判につなぐ『理尽鈔』の意図が露わであるが、訂正後の記述には事実誤認はない。

ところが、秋月本は最初に揚げた、抹消詞章の方を本文として伝えているのである。

足利《ノ》又太郎《ハ》平氏《ニ》属シテ、家ヲ失ヒシ、去レハ右大将殿《モ》憤リ深カリシ、然レハ永代断絶スヘカリシヲ、先祖時政種々《ニ》申ナタメ奉リ、高氏五代ノ祖《ノ》宮内少泰氏本《ニ》領ヲカヘシ給タリシ、然シヨリ已来、代々相州《ノ》ノ恩受《ヲテ》、新恩数ヶ所給リ、一家ノ繁昌此二代三代《ハ》、先祖《ニモ》未レ聞ホト也、《ノ》事難儀ナルニ及テハ、……

天理本は大雲院蔵本等と同類の本文であるが、その上欄に次のように異文を掲出する。

異本ニ

足利太郎ハ平氏ニ属シテ家ヲ失ヒシ、サレハ右大将殿モ憤リ深カリシ、然レハ永代足利断然スヘカリシヲ、先祖時政種々ニ申宥奉リ、高氏五代ノ祖宮内少泰氏ニ本領ヲカヘシ給リシ。尓シヨリ

この異文表記は十八冊本の抹消部分や秋月本の本文に近い。「異本二」という以上、秋月本のような状態を指すと思われるが、小異あり、現存の秋月本そのものを参照しているわけではない（加えて、秋月本巻九には誤脱箇所が散見す

るが、天理本はその影響を受けていない。後述)。

なお、中之島本も天理本と同様、上欄に異文表記を記すが、これは天理本（詳細は略すが現存本と考えて不都合はない）を参照した際、受け継いだものであり、中之島本の本文系統そのものは小浜本等の類（「或記云」をもつ伝本。第三部第三章参照）に属する。

したがって、秋月本と天理本とは、十八冊本、ひいては『理尽鈔』の生成過程を知る上で、極めて重要な伝本であるといえよう。天理本はここでは異文を掲出するのみであるが、秋月本と同じく補訂前の詞章を自らの本文としている箇所もある。以下、秋月・天理両本と補訂前詞章との関わりを種別して提示する。

2、秋月本・天理本がともに補訂前詞章を保持する箇所

・東国将《ノ》ノ帥咄（ママ）フシテ引ナバ某モ付ケ出ンニ、少々ハ被レ打《ツ》（「被ル」を抹消し、「タ」の上に「ツ」を重ね書き）共、諸大将ヲ残少《リク》打ツホドノ事ハ侍ルマジ（版本40ウ相当箇所）。傍線部、多くの伝本は訂正後の形「打（討）共」をとる。ここは、退却しようとする千剣破包囲勢を追撃するに、いかに正成とて、小規模な打撃はともかく、全面的な打撃を与えることはできない、との文意であり、訂正後の形が正しい。しかし、秋月本「被《ル》レ討共」・天理本「被レ打共」と、ともに補訂前詞章を残す。

・此ホドノ一大事何《ニソ》父ノ忌ノ所労宣《トヒ》シ。（版本9ウ相当箇所）。諸伝本、抹消部を記さないが、秋月本「父ノ忌所労」、天理本「父ノ忌ノ所労」（中之島本「父忌」を行間朱書）と、それぞれ抹消前の詞章を残す。ここは尊氏が高時の軍勢催促を渋ったことへの論評で、『太平記』は尊氏の挙げた二つの理由の、父の忌みと自身の所労とを直結してはいない。補訂後の姿が適切である。

・カ様《ニ》五六万騎籠《モリ》タランズル所へ味方五六万騎ニテ寄ル敵ヲ物共セズ、俄《ニ》城へ寄セン、何ニシニ能カラントナリ。

（版本58オ相当箇所）。文脈上、抹消してしかるべき章句であるが、秋月・天理両本のみ「寄敵ヲ」としている。
・先陣ノ戦ヒ又タ少々勝テ追《チ》ヒ行カンニ……（版本66オ相当箇所）。秋月・天理両本のみ「又ハ」を残す（中之島本「又ハ」を行間朱書）。ちなみに、この箇所は十八冊本の行間補記詞章の抹消部分であり、次項に述べるように秋月本・天理本の派生時期の問題に関わる。

3、秋月本のみ補訂前詞章を保持する箇所

（1）秋月本が抹消前の詞章を留める事例

最初に、十八冊本が詞章を抹消し、新しい詞章を傍書している箇所を扱う。秋月本のみ抹消された元の表記・章句を本文としている（但し、＊は「勿論ノ事」）。

発起《蜂》（版本3オ相当）、老軍《タル》ハ（同3ウ）、当《ヲ以テ》（26オ）、＊忽論《ニ背キ》ノ事（32オ）、武州《師直》（36オ）、平家人《ノ家人ハ》（38オ）、又タ志宇《○足立荻》知山ノ内ノ者共《野以下ノ者トモ》（43オ）、又《○》（「又」に見出しの○印を重ね書き。55ウ）、二引両ノ笠旗（57ウ）

次は抹消と傍書の位置を異にしているが、右の事例に準ずるものである。〈 〉内は行間書込で、②は行間書込の抹消。

〈時ニ〉高氏カ兵、将ノ陣ヲ只一軍、少シ後ニ引キ退キテ備ヘタル耳ニテ〈凡ソ兵〉五六万モ在ルラン。皆〈①近々ト詰寄セテ〉東一方ヲ挙〈明〉ケテ〈②近々ト城ヘ詰寄セテ〉三方ヲ囲メルトニヤ。（版本57ウ相当箇所）

大雲院蔵本など多くの伝本は①を取り込み、②は無視し、「……凡ソ兵五六万モ在ルラン。皆ナ①近々ト詰《ツメ》寄セテ東一方ヲ明ケテ、三方ヲ囲メリトニヤ」としている。一方、秋月本のみ「……凡五六万モ在ラン、皆東一方ヲ明ケ、②近々ト城へ押寄セシ、三方ヲ囲タリトニヤ」とする。①②とも意味上大差なく、十八冊本の現状のような形から書写したとすれば、わざわざ①を無視して、抹消された②を復元することは考えがたい。秋月本は、十八冊本の補訂作

業の或る段階の姿を留めるものとみなされる。そのことは同時に、十八冊の補訂作業が一回に留まらず、何次かにわたっていることをも意味する。

次の事例は十八冊本の行間補記部分であるが、その行間補記の一部をさらに補訂している。

・其外ノ軍勢十四五《一二》万モ在ンヲバ丹波へ打チ下リナバ……（61ウ）

取消線部分は補訂前の詞章であり、正確に表現すれば「四五」の上に「一二」を重ね書きしている。引用箇所に先立ち、六波羅の動かせる軍勢が十四五万あり、この内から一万五千余騎を山崎へ、五千余騎を洞が峠へ差し向け、六波羅に一万余を残した、と述べられている。したがって、その残余は十一二万と計算して、補正したものであろう。秋月本はこれを「十四五万」と記し、十八冊本の補訂前の姿を留めている。前項にも同様の事例があった。先に推定した十八冊本の何次かにわたる補訂において、新たな抹消・行間書込等を行うと同時に、以前の補訂にさらなる補訂を加えるということがあったはずである。秋月本が十八冊本の抹消部分を恣意的に復元したのでは無いかぎり、そうした段階の十八冊本から秋月本は派生したものとみなされる。

次の箇所は抹消線がごく薄く、補訂前の詞章も明瞭に読みとれる。〈　〉内は行間書込。

・奉行頭人〈其〉宝物ヲ積ミ蓄ハ多キモ《少ナク》在リ又タ、過奢ヲツクシテ貧シハ〈多ク〉アリ。（27ウ）

秋月本は「奉行頭人宝物積畜《フノ》　少ナク、多キモ在リ、過奢ヲツクシテ貧シハ多アリ。」とある。十八冊本の補訂に気づかず、不用意に両方の章句を取り込んでしまったのであろう。この事例は、秋月本の書写が作為的なものでは無かったことを逆に物語るものと考えられる。

（2）十八冊本の行間書込詞章を秋月本のみ欠く箇所。

十八冊本の三文字以上の書込五八箇所中、秋月本は九箇所を欠く、すなわち、書込前の姿を示す。以下の事例、〈　〉内が行間書込章句であるが、いずれも秋月本には見られない。

・長崎《ノ》円喜、高氏《ノ》上洛《ヲ》〈ノ躰ヲ〉聞テ怪ミ思フ事（版本8オ相当箇所）

・昔シ右大将頼朝〈ノ御時〉カツサ介忠《広》常《ト》……（8ウ。既述。秋月「頼朝カツサノ介広常」。注「カツサ」を見せ消ち、右行間に「上総」と表記）

・高氏ハ、先祖時政ノ時ヨリ〈縁ヲ結ビ〉代々相州ノ恩恵ニ依テ、足利《ノ》一家《ヲ》継《ギ》……（9ウ）

・是レハ〈高時ガ〉不《ル》レ了《ラ》所《ロ》也。執事長崎四郎左衛門ガ所謂也《ト》云云（10オ）

・足利《ノ》高氏隠謀《ノ》事〈評云ク〉三ケ条《ノ》外《ニ》別《シテ》重恩ヲ失ルノ禍アリ（12ウ）

・義朝東国ノ官領ニテ侍リシ時ハ〈東国ノ者トモ〉平氏ノ家人、中国・西国者《ノ》共ニヒザマツク事ナシ。（37ウ。既述）

・久下《ノ》者共ガ参《リ》タル、高氏喜ンデ頼朝《ノ》古ヲ尋ネ祝言《ノ》事〈伝云〉一番《ニ》参《リ》タル恩賞ニ……（42ウ）

・残リ五万余騎ハ河野・陶山ヲ両大将トシテ一万余騎〈ヲ先陣トシ〉又タ二万余騎ヲ中ノ陣トシ、二万余ヲ後陣トシテ両六波羅一人惣大将トシテ……（49オ）

4、同一箇所で秋月本のみ前、天理本は前・後混在の事例

事例①

十八冊本：人々恨ムル意在ルモ多キ《ク》故《テ》ニ人々不《ルト》レ上《ラ》ニヤ。〈然共又タ自余ノ国人ヲモヨホシケレハ自身計モ上リナンヤトテ千騎ニテモ上ント思フ者十二十騎ニテ上リシトナリ〉評云ク威軽キ故ニ恨マシキヲ恨モ在リナン。

（版本2ウ相当箇所。〈　〉内行間書込）

秋月本：人々恨ル意在モ多キ故ニ人々不レ上《ト》ニヤ。評云、威軽キ故ニ恨マシキ恨モ在リナン。

天理本：人々恨ル意在ルモ多キ故ニ人々不レ上トニヤ。然共亦自余ノ国人ヲ催シケレハ自身計モ上リナンヤトテ千騎ニテモ上ラント思者ハ十二十騎ニテモ上シトナリ。評云威軽キ故ニ恨マシキヲ恨モアリナン。

大雲院蔵本：「人々恨ムル意在ルモ多クテ不《ルト》レ上《ラ》ニヤ。然レ共モ又タ自余ノ国人ヲモヨヲシケレハ自身計モ上リナンヤトテ千騎ニテモ上ント思フモノ十二十騎ニテ上リシトナリ。評云威軽キ故ニ恨マシキヲ恨モ在ナン。」

事例②

十八冊本「父ノ去春早世シ給ヒタレハナリ、評云ク……」

※二箇所の文字の中央に墨をいれ、「タレハナリ」の右に「シモ事ヲ左右ニ寄テトナリ、下心アルニヤ」と傍書（版本3ウ相当箇所）。

秋月本「父去春早世シ給ヒタレハ也、評云《ニ》……」

天理本「父去春早世シ給シモ事ヲ左右ニヨセテトナリ、下心有ニヤ、評云……」

大雲院蔵本「父ノ早世シ給シモ事ヲ左右ニ寄セテトナリ、下心《タ》アルニヤ」

事例①②とも十八冊本の補訂後の姿は大雲院蔵本のようになり、多くの伝本はこの形をとる。ところが秋月本は補訂前の姿を示し、天理本は両者を混在させた形をとる。

三、十八冊本の補訂と他の伝本——巻一の場合——

秋月本が十八冊本の補訂前の詞章を留めている事例は、巻九のみならず巻一にもみられる。以下事例を示す。見出しは十八冊本、〈　〉内は補訂後の詞章で右行間に傍書されている。〔　〕内に版本相当箇所の丁表・裏を表示する。

・常久《シヤウキウ》〈武州〉入道〔5オ〕：秋月本「常久入道」、天理本・中之島本「武州《常久イ》入道」

・北畠顕証《チカ》〈成〉〔5ウ〕：秋月「顕証」、天理・中島「顕成《証イ》」

・三十〔「十」見せ消ち〕〈百〉億石〔10オ〕：秋月「三十億石」、天理「三百十《無イ》億石」・中島「三百《無イ》*億石」（*「十」

傍書）

・次ニ時方、〈次ニ時家〉（行間補記）、ソノ子時政也〔21ウ〕：秋月「時方ノ其子時政也」

・◯一東風《トウフウ》（「一東風」見せ消ち。この部分は丁の末尾）／◯東風《トウフウ》不《ス》レ静《シツカナラ》〔34オ〕：秋月「一東風　東風不レ静《ナラ》」

最後の事例は、秋月本が現存の十八冊本から派生したことを明示するものとして注目される。また、巻九のみならず(5)巻一においても比較的大きな誤脱が目立つ（表示の本文は版本による）。秋月本は［　］内を欠く。

・民ヲイツクシムニナリナン。［民、数百人ノ司ハ、官人ニ同ゼン。民ニ非ズ。三紋ノ四器又折敷ハ、］縦広一尺二寸、……（12オ）

・頼朝ガ行跡［ヲ忠臣ト思テ、其ヲマナブトナリ。此《ノ》非ヲ去ンガタメニ、大方ニ記スル者也。又］忠臣ニハ非レドモ……（22オ）

・淡路二百人［阿波八百人、讃岐六百人、伊与六百人、土佐五百人、播磨千五百人、備前二百人］美作百人……（30オ）

こうしたずさんさは、先の補訂箇所においても単に見せ消ちを見落としただけではないかとの疑念を抱かせる。しかし、同じずさんな書写者が、墨抹消箇所にあたって、わざわざ元の詞章を掘り起こすことをするであろうか。秋月本はやはり、十八冊本の或る段階の姿を示すものと考える。

秋月本巻一は現存十八冊本そのものの影響下にあり、その補訂前の詞章の一部を留めている。秋月本の書写は、十八冊本の第一～四冊が書き改められた後の或る段階ということになる。

このことをふまえ、十八冊本の補訂作業の進行を概念的に示すと次のようになる。

①第一次稿

②全巻に補訂（抹消・行間書込等）

③第一から四冊を中間清書

（④中間清書部分の補訂）

秋月本は③から④に至る間で書写されたとひとまず想定できる。しかし、前述のように秋月本巻九は補訂後の形をとる箇所も多いのであるから、④は次のように表示した方が適切であろう。

④中間清書部分を含む全巻の補訂（第五冊以降の補訂箇所のさらなる補訂を含む）

これに天理本の本文が秋月本よりさらに後の補訂段階を示すものと考えるとどうなるか。天理本は、巻九では一部に補訂前の姿を留めていたが、巻一では補訂後の姿のみであり、秋月本の本文は異文として掲出している。したがって

⑤第五冊以降にのみ補訂

という段階を想定し、天理本は④から⑤に至る段階での書写に基づくとみなすことになるが、はたしてこの想定は妥当であろうか。

天理本の親本が多くの伝本と同様補訂後の形態をとる伝本であっても、長文箇所や数値など一方に決しがたい箇所のみ秋月本の本文を異文表記とし、その他においては両本を適宜取り込むことにより、天理本の現状はできあがる。天理本を、秋月本と他の伝本との過渡本ではなく混態本であるとみなせば、いささか不自然な⑤の段階を想定する必要はない。

おわりに

1、十八冊本の生成と秋月本・天理本

秋月本・天理本は、十八冊本の生成途上の本文を受け継いでいる、きわめて注目すべき伝本である。ただし、すべての箇所の補訂前の姿を留めているのではないから、ごく初期の姿を留めているというわけではない。また、天理本については、秋月本より後の段階の姿を留める伝本ともみなされるが、秋月本と補訂後の形をとる伝本との混態本である可能性が高いとの見通しを述べた。

なお、天理本の異文注記のうち、次の箇所は秋月本に一致しない。天理本が対校した本文が一種類であるとすれば、多くの箇所で秋月本に極めて近いが現存本そのものではない伝本の存在を想定する必要がある。

・三陣ノ内、二陣敗ンニ……（版本巻九21ウ）：天理本「懸《破イ》ンニ」。秋月本も「懸ンニ」とあり、「破ンニ」と記す伝本は管見の範囲には無い。

・クレニカ、リテ兵ヲ引、峯ヲ越ス事……（九74オ）：天理本「山中《嶺イ》ヲ」。秋月本も多くの伝本と同じく「山中ヲ」とあり、小原本・有沢本が版本と同じく「峯ヲ」とする。

天理本には所々に特異な記号が記されていることも注意される[6]。巻九の場合、次のような事例がある。天理本の書写底本はこうした一種の秘伝的装いを持った伝本であったらしい。

【図9】（天理図書館蔵本。版本巻九20オ相当。秋月本は「弱カラン方へ」）

2、秋月本・天理本と版本の生成

『理尽鈔』版本が他の伝本に比してどのような特色をもち、いかにしてできあがったのかは次章二—5、三で扱うが、論点のひとつに巻一五・一六の区分を挙げることができる。十八冊本をはじめ多くの伝本は巻一五を「多々良浜合戦」

までとするが、版本は「多々良浜合戦」関連記事を次の巻一六の初めに置き、「賀茂神主改補事」までを巻一五とする。十八冊本等のあり方は『太平記』古態本の巻区分に一致し、版本は『太平記』流布本等の巻区分に等しい。この『理尽鈔』版本と同じ形をとるものに秋月本・天理本・滋賀大本がある。このうち、天理本・滋賀大本は巻頭目録および本文内章段名（本文の内部に『太平記』の章段名を見出しとして立てる）を有する点で版本と共通し、版本のあり方にはこれらの伝本の影響があるかと目される。

さらに、版本の『理尽鈔』にはなく、秋月本・天理本が独自に『太平記』と交渉した箇所があり、注意される。秋月本の第一九・二〇冊は次のようである。

第一九冊：内題「太平記第廿六巻」（A）。記事内容は他の『理尽鈔』の巻二六に同じ。

第二〇冊：内題「太平記秘伝理尽鈔第廿六」（B）。記事内容は、「師直家作事」から「直冬ノ紀州宮方ヲ誅罰シ給ヒシ事」まで。

内題「太平記理尽鈔廿七」（C）。Cはさらに上下に分割されており、BおよびC上が他の『理尽鈔』二七上に相当し、C下が同じく二七下に相当する。

Cの内題の前に、秋月本としては例外的に巻頭目録（「天下妖怪事付清水寺炎上事」から「上杉畠山流罪死刑事」まで）があることからも、右の改訂の主目的は巻二七の範囲の変更にあったと思われる。『太平記』との対応でいえば、『太平記』古態本巻二七は「賀名生皇居事」から始まるが、『理尽鈔』の多くの伝本はこれを巻二六巻末に置き、巻二七はその次の「師直家作事」からとなっている。しかし、こうした『理尽鈔』に一般的な巻区分と一致する『太平記』伝本は今のところ見あたらない。他方、秋月本・天理本の巻二七は『太平記』梵舜本・流布本の範囲に合致する。秋月本に「第廿六」が重出することはその作業が後次的なものであることを物語る。なお、天理本は重出を整理している。

巻頭目次・本文内章段名は『太平記』流布本に近いものであり、(7) 巻一五・一六の区分、巻二七の範囲も流布本系統の本文への接近を意図したものである。これらの動きの出発点を必ずしもひとつに定める必要はないかもしれないが、秋月本とその影響下にある天理本にそれらの胎動をみてとることは誤りではないだろう。秋月本はその意味でも注目すべき伝本である。

注

(1) 『「太平記読み」の時代』（平凡社、一九九六）第五章。

(2) 内閣文庫本には、前者に「口伝安危来由ハ太平記ノ根本也」、後者は「治乱」の語に「指二為レ国為レ天下《ノ》」、「指二動乱兵乱《ヲ》一」との行間書込がある。

(3) 高柳光寿『改稿足利尊氏』（春秋社、一九六六）。

(4) 『足利氏の歴史』（栃木県立博物館、一九八五）。

(5) 秋月本巻九には以下のような誤脱（［　］内。単純な目移りによるものが多い）があるが、天理本のみならず他のいずれの伝本にも受け継がれていない。天理本は、親本と秋月本とを見合わすことによって、こうした誤脱の影響を受けなかったと考えられる。

・必ス其旗［ヲ受用シタレバ天下ヲシヅメナント思イ給フ事、大キニ愚也。又、此旗］ノ徳ニテ……（版本11ウ相当箇所）

・返礼ヲ［致シテ後、相州ニ此事ヲカタルニ、コレヲ賞シ、欲深クシテウケテ返礼ノナキヲバ私ニ尋テヘンレイヲ］アラレ候へ、（28ウ）

・実ニ以テ［難レ謀ト申セシヲ、正成、某ハ左ハ不存候。如レ仰ノ］智謀ハ少シ（37オ）

・野心ヲ［サシハサム者モアリ。此時亡ル物ナリ。又、無レ勇、無二謀才一共類多シテ家富ミ栄へテ人ノ従フ］事侍ル。（45オ）

・亡ブベキ事至ルト［又不レ至《ルトラ》、明ニ見ユル物ナリ。然ルニ高時ハ先祖仁ヲ専トセリ。高時ガ代ニ至テ、仁政ナシ。祖、］能

民ノ労ヲ知レリ。（45ウ）

・島津・「トガシ」・陶田等ナリ（56オ）

・二引両ノ旗ヲ立タル［軍勢、備ヘテ跡ニ付テ進来ル。陶山、長追シテハ悪カリナンゾトテ、シヅカニ軍ヲ入ケルトナリ。］

時ニ高氏ガ兵、……（57ウ）

・敵味方ヲ見分ケ難キ如ニシテ、［高氏ガ陣近クナラン時、笠符ヲ挙テ］高氏ノ陣ヘ懸ケ入ラバ……（62ウ）

・正成、峠ノ［アナタニ、又クダケタル嶺々ヲ、。峠ヨリ此方ニテ跡ヲ引タルヲバ、峠ハ］備ヘ堅フセサセテ……（75オ）

（6）長坂成行「『太平記評判秘伝理尽鈔』写本書誌略解題稿（西日本）」（文部省科研費報告書『『太平記評判秘伝理尽鈔』およびその類書の総合的研究』一九九五・三）。

（7）今井「『太平記評判秘伝理尽鈔』依拠『太平記』考」（国語と教育19、一九九四・二）。

第三章　『理尽鈔』伝本系統論

はじめに

『理尽鈔』は数冊のみの零本も含めると、現在二〇部を越える伝本が知られている。処理に困難を覚える数ではないが、大部なこともあり、伝本のまとまった整理はなされていない。以下は、理尽鈔全巻、全伝本の対校を踏まえたものではなく精度を欠くが、理尽鈔研究の今後の進展のために、諸伝本の位置づけの見取り図を提示する。

対象とする伝本を簡単に紹介しておく。伝本名は現蔵者名を中心とし、加賀藩関係伝本については特色を考慮して、私に付したものである。〔①所蔵者、②整理番号、③冊数、④備考〕

十八冊本　①尊経閣文庫　②三―三四書　③一八冊　④箱表に「大雲《ママ》院所蔵之正本也」と墨書。

大雲院蔵本　①尊経閣文庫　②三―三三書　③三一冊　④箱表及び第一冊表紙に「大雲院蔵本」とあり。箱蓋裏に小原惣左衛門の「覚」貼付、十八冊本とともに「法華法印正本」であるという。

大雲院零本　①尊経閣文庫　②三―三二書　③八冊（巻一～一〇残存）　④箱表に「大雲院所蔵」、第一冊表紙に「大雲院本」とあり。大雲院蔵本と区別して「零本」と呼ぶこととする。

大橋本　①尊経閣文庫　②三―一六外　③三一冊（『恩地聞書』一冊含む）　④明暦二年（一六五六）四月大橋貞清（全可）加証奥書（前田貞里写か）。第一、第一冊表紙に「雲州本」とあり、前田出雲（貞里）旧蔵。

（未見）①尊経閣文庫　②三―二大　③三〇冊

小原本　①尊経閣文庫　②三―三大　③四〇冊　④小原家旧蔵、挿絵小原宗恵（慶安二年（一六四九）没）筆。

有沢本　①金沢市立玉川図書館加越能文庫　②特16.92-2　③一四冊（巻一～八欠）　④有沢永貞旧蔵。寛文三年（一六六三）写、宝永四年（一七〇七）有沢永貞父子巻三九補写。題簽は「理尽鈔　四（～十七終）」。永貞自筆の『梧井文庫蔵書目録』にも「太平記理尽抄　△十七冊」とあり、もと一七冊。

岡山大学本　①岡山大学附属図書館　②池田家文庫P913-36　③巻三のみの零本

長谷川本　①長谷川端　③三三冊（「太平記抜書」一冊および「太平記之時代帝系略図・在名類例抄・（兵書抜粋）」一冊を含む）

内閣文庫本（内閣本）①内閣文庫　②一六七―一一三　③八冊（巻一～一〇残存。尊経閣文庫本とは分冊異なる）　④「于時明暦丙申第二季壬卯月良辰　書之」（巻九巻末）。第二冊裏表紙左下に「備陽岡山住／高岩源善勝」と墨書。

中之島図書館本（中之島本）①大阪府立中之島図書館　②324.2-12　③三〇冊（第一冊は『恩地聞書』）　④岸和田藩旧蔵

小浜市立図書館本（小浜本）①小浜市立図書館酒井家文庫　②913-174　③三〇冊（三〇冊目は『太平記抜書』）　④小浜藩主酒井家旧蔵

滋賀大学本　①滋賀大学附属図書館教育学部分館　②雑史八三―一（～四）　③三一冊（『太平記理尽図経』一冊を含む。この『図経』は版本『図経』巻一相当）　④彦根藩弘道館旧蔵

島原図書館甲本（島原甲本）①島原図書館松平文庫　②一一三―六　③二八冊（巻三四の一冊欠）　④松平忠房蔵印（「島原秘蔵」「尚舎源忠房」「文庫」）あり。

島原図書館乙本（島原乙本）①島原図書館松平文庫　②一一四―二　③三二冊（巻一～三欠）　④蔵印なし。

静嘉堂文庫本（静嘉堂本）①静嘉堂文庫　②一〇三―五一　③二五冊

秋月郷土館本（秋月本）　①秋月郷土館　②8/5−3　③三二冊　④秋月藩主黒田家旧蔵

天理図書館本（天理本）　①天理図書館　②210.4−イ41　③四〇冊

筑波大学本　①筑波大学附属図書館　②ル140−38　③三九冊

中西本　①中西達治　③三〇冊（題簽に「目録」とあるが、実際は『太平記理尽図経』である一冊および『恩地聞書』一冊を含む。『図経』は版本『図経』の巻三までに相当。巻一一、一八、一九、三一、三三欠。巻一二・一三・一四の一冊に続いて、別冊の「又ノ十四」あり。）　④「目録」前遊紙に「全部三拾一冊／明治四辛未仲春求之／成田義旭／所持」と墨書。各冊冒頭に「成田氏／蔵書印」（楕円・朱陽刻）。巻末に陰刻黒印（印文不明）あり。

長坂本　①長坂成行　③巻一六存一冊

山鹿本　①素行文庫（斯道文庫蔵マイクロフィルムによる）　③巻一八存一冊　④外題「太平記十八秘伝　全」、内題「太平記巻十八秘伝」。本文系統未勘。広瀬豊編『山鹿素行先生著書及旧蔵書目録』（軍事史学会、一九三八）収載の『積徳堂書籍目録』には、三点の理尽鈔関係書名がみえる。これは、その中の第一門「理尽抄抜萃　壱冊」に相当するか（広瀬編著一二頁）。また、同じ第一門には、現蔵不明であるが、「太平記理尽抄　全部箱入」も載る。この他、第七門に「理尽抄抜書　壱冊」がある。こちらは文字通りの抜書である「理尽抄抜萃」に相当するか［→分類目録Ⅰ131］。さらに、『素行文庫目録』（平戸素行会、一九四四）一〇頁に「理尽抄　大一　三十五丁」が載るが、これは『一巻書』系写本である［→第五部第一章］。

弘文荘旧蔵本（弘文荘本）　①現蔵不明　③四四冊（目録一冊含む）　④『弘文荘待賈古書目6』昭和一〇・一二収載

架蔵本　③四一冊（『恩地聞書』一冊含む）　④『思文閣古書資料目録』第二百七号（平成二〇年六月）収載。蔵印なし。

大橋本につぐ特大本（寸法は第三部第一章・同第四章参照）。

他に、『理尽鈔』と類似の書名を持つ伝本に、『太平記評判秘伝鈔』（群馬大学附属図書館新田文庫・四〇巻五冊・外題「太平記評判」、九州大学附属図書館・四〇巻一〇冊・外題「楠公兵法」）、熊本大学寄託永青文庫『太平記評判秘伝理尽抄』等があるが、前者は長坂成行が指摘するように[1]、『理尽鈔』・『無極鈔』の影響下にある別種の著作。永青文庫本は、版本に基づく新たな著作である[2]。

一、伝本分類の指標――形態を中心に――

第三部第二章で、秋月本・天理本がその一部に十八冊本の補訂前の詞章を残していること、天理本については他の伝本と秋月本との取り合わせの可能性もあることをみた。また、岡山大本は十八冊本巻三の写しであることも確認した。本節ではその他の伝本を中心にみていく。

諸伝本のあり方を概観するために、目録・章段名・奥書等、『恩地聞書』等の付載書、冊数・外題・内題、特定の巻の分割・巻区分、記事配列、重要な詞章の、それぞれの特徴を一覧表示する。

表1

伝本＼事項		総目録	或記ニ曰 注a
秋月		×	×
天理		×	×
加賀藩関係伝本	十八	×	×
	大蔵	×	×
	大零	×	×
	小原	×	×
	大橋	×	×
	有沢	／	／
架蔵		×	×
筑波大		×	△
中西		×	×
内閣		×	×
長谷川		×	×
滋賀大		×	●
中之島		×	●
小浜		×	●
島原甲		×	●
静嘉堂		×	●
島原乙		／	／
弘文荘		○	○
版本		○	○

各冊巻頭目録　中島は朱書貼紙。秋月は巻一六・二七（部分）のみ有。筑波は巻一二下のみ。但し、理尽抄の見出しを目次化したもの。	本文中章段名	今川心性奥書　注b	陽翁奥書①日付（元和八年）有、陽翁署名有、②日付無・署名有、③日付無・署名無	恩地聞書（大橋巻26付載、中島第一冊、島甲・秋月別置）	『太平記抜書』（長谷川には『在名類例抄・他』も有。小浜の「抜書」は太平記の梗概書）	『太平記理尽図経』	理尽鈔冊数（恩地・抜書等除く）有沢は巻1～8欠。中西は巻11、28・29、31・32欠。巻14と別に「又ノ十四」あり。＊島甲は巻34欠巻で現28冊。＊版本・弘文荘は総目録1冊含む。（↓表2分冊のあり方）	【外題】A太平記秘伝理尽抄、B1太平記理尽抄、B2太平記理尽鈔、C1太平記評判、C2評判、C3太平記評抄（大零・大橋、表紙右側に打付書）、C4太平記評判抄、D理尽抄評抄（長谷川：題簽剥離）	【内題】十八冊形態の影響　○巻21以前にもあり、△巻25以降のみ　注c	一面行数（＊不統一。秋月巻廿六11行。内閣巻一12行）※用字はすべて漢字片仮名交じり。注d
△	×	×	×	□	×	×	32	A	×	＊10
○	○	○	③	×	×	×	40	A	×	10
×	×	○	×	×	×	×	18	×	○	＊
×	×	○	×	×	×	×	31	B1	○	11
×	×	／	／	／	／	／	8存	C3	○	＊
×	×	○	×	×	×	×	40	D	○	＊
×	×	○	×	○	×	×	30	C3 B2	○	11
×	×	○	×	×	×	×	14存	鈔 尽 理	○	12
×	×	○	×	○	×	×	40	A	○	11
▽	×	△	×	×	×	×	29	B1	○	11
×	×	×	×	○	×	○	28存	C1	○	10
×	×	／	／	／	／	×	8存	B2	○	＊11
×	×	○	①	×	□	×	31	／	○	11
○	○	○	③	×	×	○	31	C1	△	12
□	□	○	①	○	×	×	29	C1	△	11
×	×	○	①	×	○	×	29	C1	△	10
×	×	○	①	□	×	×	＊29	C2	×	11
×	×	○	①	×	×	×	25	A	×	12
×	×	○	①	×	×	×	32現	C1	×	9
		○	②	×			＊44	C4		11
○	○	○	②	○	×	×	＊44	C1	×	11

巻九上下分割 注e	巻一二上下分割 注f	巻一四の分割 注g	巻一五・一六の区分 注h	巻一七上下分割 注i	巻二六・二七の区分 ①巻27「師直家作事」～、②「天下妖怪事」～。②は太平記流布本系統の形態。注j	巻二七上下分割、巻末にその事情を記す一文を載す。	巻三五本末分割	巻一三「時行滅亡事」等（57ウ～60オ）の記事配列。（中西はこの部分記事ナシ） 注k	「多々良浜ノ軍ノ事」の記事配列（版本巻十六8ウ～12オ。多くの写本は巻十五巻末部分） 注l	巻二六末尾「千剣破城ノ事伝云紀州ノ住湯浅九郎……可心得事ニヤト也」①「芳野炎上事」前、②巻末 注m	○惟恨むらくはより下の抄、△惟恨むらくは十一より下の書 注n	義貞・直義対陣図（版本巻一四43ウ～44ウ）○有り。（秋月未確認）
×	×	×	③	×	②	○	×	②	C1	×	△	
×	×	×	③	×	②	○	×	②	C1	×	△	○
×	×	×	①	×	①	○	×	①	A	×	○	○
×	×	×	①	×	①	○	×	①	A	×	○	○
×	×	／	／	／	／	／	／	／	／	／	○	／
×	×	×	①	×	①	○	×	①	A	×	○	○
×	×	×	①	×	①	○	×	①	A	①	○	○
×	×	×	①	×	①	○	×	①	A	×	／	○
×	×	×	①	×	①	○	×	①	A	②	○	○
●	●	×	①	×	①	○	×	①	A	①	○	○
×	×	●	①	×	①	×	×	欠	A	×	○	×
×	／	／	／	／	／	／	×	／	／	／	○	／
×	×	×	①	×	①	○	×	②	C2	×	○	×
×	×	×	②	×	①	○	×	②	C2	×	△	×
×	×	×	①	×	①	○	×	②	C2	×	△	×
×	×	×	①	×	①	○	×	②	C2	×	△	×
×	×	×	①	×	①	○	×	②	C2	×	△	×
×	×	×	①	×	①	○	×	②	C2	×	△	×
×	×	×	①	×	①	○	×	①	B	×	／	○
×	×	×	②	○	①	○	○	②	C3	×	○	○

注a、「或記曰」の有無・特徴

筑波大学本は、冒頭の「或記云」という肩書を欠き、本文にも以下のような誤脱がある。五月一七日条「各向武州」を欠く。

鎌倉滅亡を「五月廿三日」（他本「廿二日」）とし、「一族等或自害或落畢。同日右馬権頭茂時於殿中自害」を欠く。後醍醐内裏還幸を「六月十五日」（他本「五日」）とする。建武元年二月日条、成良親王の割注「後醍醐／弟六」（他本「後醍醐院／第六御子」）を誤記、等。

注b、秋月本の巻四〇末尾は「……後代将《ノ》可《キ》レ了ル事ニヤ／太平記秘伝理尽鈔巻第四十終」（版本47ウ相当）とあるのみ。中西本は「……後代ノ将可知事ニヤ　奥書アリ」と終わり、心性奥書・陽翁奥書ともに無し。筑波大本は「今川駿河入道」（版本48ウ）まで有り。以下欠損か。なお、「今川心性奥書」は便宜的呼称である［↓第三部第七章］。

注c・1、内題・尾題に見られる、十八冊形態の影響。加賀藩関係伝本については、第三部第一章に示した。該当する巻数のみを掲示し、尾題の場合は注記する。傍線は巻21以前の巻。

架蔵：巻3尾＊・巻7・同尾・巻8・同尾・巻9・同尾・巻10・同尾・巻11・巻13尾・巻14・同尾・巻15尾・巻16・巻17尾・巻18・巻20尾・巻21・巻24尾・巻25・巻26尾・巻27上・巻31・巻34尾・巻35・巻38

＊巻3尾題「太平記秘伝理尽抄巻第二終」とあるが、「第三」の誤りではない。大橋本「太平記秘伝理尽抄巻第二終　三」と同じく、「二」は十八冊本形態の二冊目をさす。

筑波：巻8・巻11・又巻14・巻16・巻17尾・巻18・巻20尾・巻21・巻25・巻27上・巻31・巻35・巻38

中西：巻8（「太平記秘伝抄八＊　八之巻」とあるが、＊は「六」の誤写の可能性あり）・同尾・巻9（「太平記秘伝理尽鈔巻第　九之巻」）・同尾・巻10・同尾・巻14・同尾・巻16・巻17尾・巻18・巻20尾・巻21・巻26尾・巻27・巻34尾・巻35・巻38

長谷川：巻6・巻7・同尾・巻8・同尾・巻9・同尾・巻10・同尾・巻25・巻26尾・巻27上・巻30尾・巻31・巻34尾・巻35・巻37尾・巻38

内閣：巻7尾・巻8尾

滋賀：巻25・巻27上・巻35・巻37尾・巻38

中之島：巻25・巻26尾・巻27上・巻30尾・巻31・巻34尾・巻35・巻37尾・巻38（小浜もほぼ同一表記）

注c・2、【内題】のあり方

内題はほぼ統一されている伝本と不統一な伝本とがあり、抄・鈔の別、「之」の有無等を区分すればさらに多岐にわたる。ここでは細部を捨象し、各伝本ごとの傾向を示すにとどめる。各伝本の分類記号に続く数字は使用度数である。上下分巻部分は上のみを対象とする。以下にみるように、Ｆ「太平記」を除けば、不統一組をも含め、Ａ「太平記秘伝理尽鈔・抄」が基本である。

Ａ（太平記秘伝理尽抄・鈔・書、太平記秘伝理深抄・鈔、太平記秘伝理尽）、Ｂ（太平記理尽秘伝抄・鈔・書）、Ｃ（太平記理尽抄・鈔）、Ｄ（太平記秘伝抄・書、太平記秘伝）、Ｅ（太平記評判）、Ｆ（太平記）、数（巻数のみ）、Ｇ（太平記評判秘伝理尽鈔）

〈統一〉

天理（Ａ太平記秘伝理尽鈔40）、島原甲・静嘉堂（島巻34欠。両本は巻一2箇所に内題あり。Ａ太平記秘伝理尽鈔（静40。島39）、Ｄ太平記秘伝（静・島1））、島原乙（Ａ太平記秘伝理尽書36、Ｂ太平記理尽秘伝書1）、版本（太平記評判秘伝理尽鈔40）

〈不統一〉

秋月（Ａ33　Ｃ6　Ｆ1）、十八・大蔵（Ｆ18　Ａ14　Ｃ3　数2　Ｂ2　Ｄ1）、小原（Ａ35　Ｆ3　Ｂ1　Ｄ1）、大橋（Ｆ21　Ａ16　Ｂ2　太平記評1）、架蔵（Ａ20　Ｆ13　Ｃ2　Ｂ1　Ｄ1　太平記評1　数1　巻三内題欠）、筑波（Ａ19　Ｆ11　Ｃ5　Ｂ2　Ｄ1　Ｅ1　太平記理1）、中西（Ａ13　Ｆ9　Ｃ5　Ｅ5　Ｂ2　Ｄ2）、長谷川（Ｆ16　Ａ9　Ｄ8　Ｃ3　Ｂ2　数2）、中之島（Ｆ26　Ｄ7　Ａ4　Ｂ2　数1）、小浜（巻二八内題欠。Ｆ25　Ｄ8　Ａ4　Ｂ2）、滋賀（巻一一内題欠。Ｆ24　Ｄ7　Ａ4　Ｂ2　Ｅ2）

〈その他〉

大零（残存部分の内題は十八冊本に同じ）、有沢（巻一～八欠。Ｆ30　Ｂ2）

内閣（巻一～八は十八冊本にほぼ同じ。巻九・一〇は中之島等と同じ）

注d、十八冊本は巻一～六10行、巻七・八12行、巻九以降13行。大雲院零本は第一冊墨付第一五丁まで14行。以後は11行を主とするが、8・12・13・14行など混在。小原本は10行（巻一、巻四～六、一二、一七～二五、二八～三二、三五、三八～四〇）、9行（巻二・三、七～一二、一四～一六、二六・二七）、11行（巻三四、三六・三七）。

注e、筑波大本は、版本43オ相当箇所「評云忠少シ目ヲ立ル可成」の後に「太平記評判巻之第九終」とあり、次丁を「太平記評判巻之九ノ下」と始める。一つの章段の途中であり、不自然な分割である。

注f、筑波大本は、版本19オ相当箇所に「太平記理尽抄目録第十二下」と目録を立てる。ただし、次丁より「河内国逆徒事」版本25オ相当箇所の前までの部分は第一二上の巻末と重複。下は誤脱が目立つ。この分割も後次的なものと思われる。

注g、中西本は、（1）題簽「太平記評判　十二之三四」・内題「太平記秘伝理尽抄巻第十四」とある部分と、（2）題簽「太平記評判　又ノ十四」・内題「太平記秘伝理尽抄巻第十一　十四之巻」とある部分との二箇所に巻一四がある。（1）は「矢矧軍之事」（版本巻一四36ウ8行目～49ウ6行目まで）のみを内容とする。（2）は「新田足利確執ノ事」（版本巻一四1オ）にはじまり、版本巻末までを記事とするが、（1）相当部分をそっくり欠く。その意図は不明であるが、題簽「太平記評判　十二之三四」一冊の巻一二、巻一三にも大きな手が加わっている。巻一二は、冒頭の大塔宮関連の記事を欠き、版本7オ「洞院左金吾上郷《（ママ）》トシテ軍勢ニ忠賞ノ事」から始まり、47ウ「亦中比ノ軍ノ事図アリ可見」までで終わっている（版本48オ飯盛攻め布陣図以下を欠く）。巻一三はまず「名越ノ太郎時兼ノ事」（版本巻一三19ウ）にはじまり、版本26ウ6行目「実ノ忠臣タリト人々云シトニヤ」までを記す。続けて「名越ノ時兼滅亡ノ事」（版本60オ6行目）以下、巻末までを記す。版本の1オ～19ウ、26ウ～60オ（龍馬進奏事や関東での北条時行関係記事）を欠くが、北陸の名越時兼記事に焦点を絞った編集であり、単なる欠脱ではない。また、中西本巻一三巻末にある付図は他の伝本にはなく、『太平記理尽図経』巻三「名越時兼加賀国大聖寺ニテ陣取ノ次第」（同版本17ウ・18オ）の付図である。

注h、①は、太平記古態本や梵舜本などのように、「多々良浜合戦」までを巻一五とする。

②は、太平記流布本などのように、「賀茂神主改補事」までを巻一五とする。

③は、②と同様、巻一五を「賀茂神主改補事」で終えるが、巻一六巻頭「将軍筑紫御開事」（章段名）の前半部分に、「尊氏船

ニ乗テ下向事」「義貞都へ帰リシ事」「義貞兄弟ニ除目行ハル、ノ事」（記事名。版本巻一五59ウ~64オ）を組み込んでいる。尊氏九州下向記事を一括する措置であるが、「義貞兄弟ニ除目行ハル、ノ事」と「賀茂神主改補事」との人事記事という共通性は、この措置では見失われている。

注i、版本は、「江州軍事」までを巻一七上、「自山門還幸事」以下を巻一七下に分割。また、巻末に「此巻ヲ上下ニセシコトハ……」と由来を記す一文を載せる。拙稿「『太平記評判秘伝理尽鈔』依拠『太平記』考」（国語と教育19、一九九四・二）参照。

注j、第三部第二章参照。

注k、巻一三の配列（後述、第三節）

①時行滅亡《ノ》事「抄《ノ》如《シ》。」「A三浦入道ハ……退出シキトニヤ。時行鎌倉ヲ遁シ事」「B伝云ク、時行ハ……袖ヲゾヌラサレシト也。」

②時行滅亡事「B」「三浦入道遁世（遁シ）事　伝云」「A」

注l、巻一五（一六）の配列（後述、第三節）

注m、第三部第四章参照。

注n、「惟恨ムラクハ」の異同（後述、第二節5）

表2

巻数	十八	大雲	大零	大橋	有沢	架蔵
総	×	×	×	×	／	×
1	一					
2	二					
3						
4	三					
5						
6	四					
7	五					
8	六					
9	七					
10	八					
11	九					
12						
13						
14	一〇					
15						
16	一一					
17						
18	一二					
19						
20						
21	一三					
22						
23						
24						
25	一四					
26						
27	一五					
28						
29						
30						
31	一六					
32						
33						
34						
35	一七					
36						
37						
38	一八					
39						
40						
計	18	31		30		40

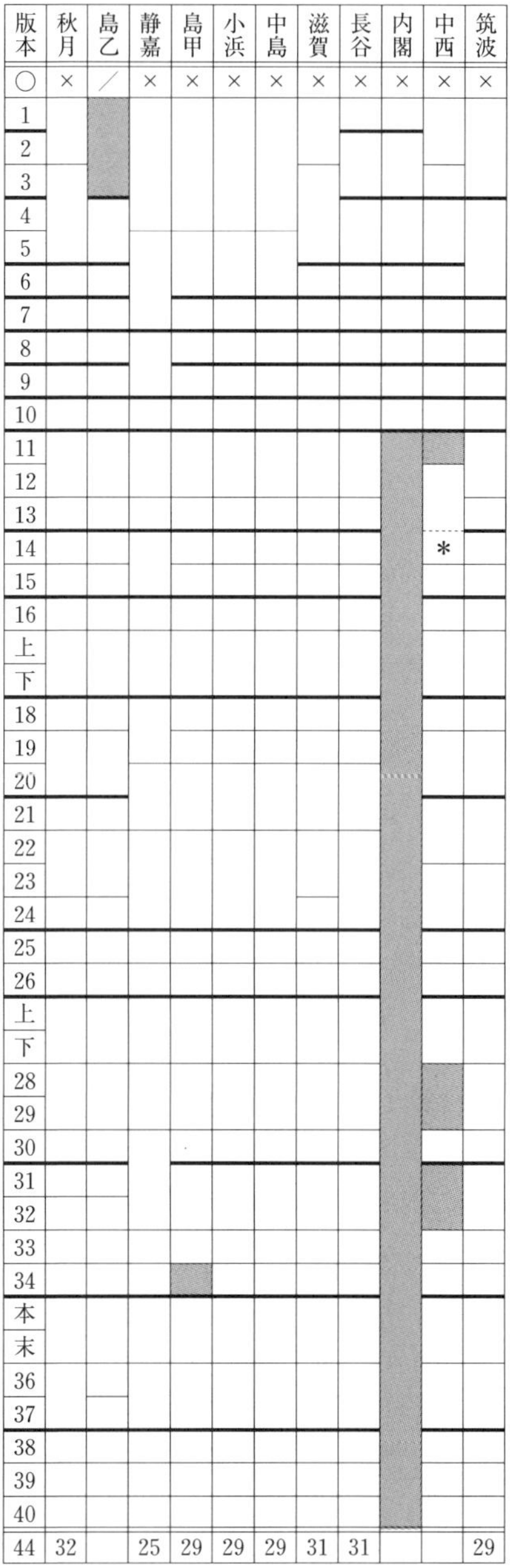

版本　秋月　島乙　静嘉　島甲　小浜　中島　滋賀　長谷　内閣　中西　筑波

○　×　／　×　×　×　×　×　×　×　×　×
1　2　3　4　5　6　7　8　9　10　11　12　13　14　15　16　上　下　18　19　20　21　22　23　24　25　26　上　下　28　29　30　31　32　33　34　本　末　36　37　38　39　40
*
44　32　25　29　29　29　31　31　29

・網掛け部分は欠巻。

・「総」は総目録。巻17上下、巻35本末分割は版本のみ。巻27は諸本上下に分けるが、分冊にするのは版本のみ。秋月本の巻26・27については第三部第二章参照。小原・天理は40巻四〇冊。

・中西本の巻12・13・14（一冊）は記事抄出。その巻14に続いて、別冊の「又ノ十四」があり、相補って他本の巻一四と同じ記事量となる。

・中之島本・小浜本・島原甲本は冊数（島甲巻34を計算に入れる）および分冊のあり方が完全に一致。なお、長谷川本の巻七以降の分冊は右三本に同一。

二、伝本分類の指標——巻九の詞章比較から——

1、秋月本・天理本

秋月本・天理本が十八冊本の補訂前の詞章を一部に持つ特異な伝本であることは前述したが、右の〈表1〉に示した形態面の指標からも、両本が近縁関係にあることをみてとることができる。

2、加賀藩関係伝本と架蔵本・筑波大本・中西本

陽翁奥書の無いこと（秋月本も無いが、これは心性奥書をも欠く）、内題・尾題に十八冊形態の影響が濃厚なこと、巻一五「多々良浜軍事」の記事配列のあり方等をはじめとして、加賀藩関係伝本及び架蔵本・筑波大本・中西本が一つのグループをなすことも認めてよいだろう。なかでも架蔵本は近接度が高い。

大雲院蔵本・大雲院零本　加賀藩関係伝本を巻九の詞章と併せ下位区分すれば、まず大雲院蔵本は、大橋全可「覚」（第三部第一章「理尽鈔伝来関係資料」『万覚書』のうち）に「内々微妙院様へ上げ可申存念にて、致吟味為写申由に候」（陽翁が前田利常に献上すべく、誰かに十八冊本を慎重に写させた）との由来が伝えられているように、十八冊本の忠実な清書といってよい面持ちである。たとえば「治承ノ合戦ノ時」（37ウ。諸伝本これに同じ）を十八冊本は「時勝」として「承」を傍書しており、大雲院蔵本は「時承」とする。ただし、同じ「覚」が続けて「去共是も所々に而少宛あやまり御座候」というように、異同が全くないわけではない。たとえば右の筑波大本の事例にあげた「内二百余騎」を

大雲院蔵本と島原乙本のみ「三百余騎」とする。あるいは「伏見・木幡ヨリ」（48ウ）を、同じく大雲院蔵本と島原乙本とが「小幡」と誤記する（ちなみに両本のみが一致する詞章はこの他にも数ヶ所あり、何らかの関わりが想定される）。また、挿図が空欄のままに残されている箇所（版本巻一〇37オ・90オ、巻一二48オ、巻三一18ウ〜20オ、巻三九36オ等）があることにも注意しておきたい。

巻九の細部の詞章のあり方を注視すれば、十八冊本との異同は大雲院零本が最も少ない。十八冊本箱書に「大雲院所蔵之正本也」とあり、大雲院蔵本箱書に「大雲院蔵本」、箱裏貼付の小原惣左衛門「覚」に「右両部法華法印正本ニテ御座候」とある。一方、大雲院零本は仮綴で字体も乱雑であるが、箱書にはやはり「大雲院所蔵本」とあり、本書も注意すべき伝本である。ただし、以下のような誤脱がある。この種の誤脱は大雲院蔵本にはなく、総体としては、やはり大雲院蔵本が十八冊本に最も近い伝本であるといえよう。

・過タル行イナシ。行《イ》少シ不《レ》レ早《ラ》共……（版本25オ。大雲院零本は傍線部を欠く）

・高氏ガ陣ニカケナン。敵驚《カ》ン所へ、又、城ヨリ討テ出ナバ、勝事立所ニアランカ。味方ハ多クシテ寄ル敵ノ少キナレバ如何様ノ謀モ可《キニ》レキニ有……、（50オ。傍線部欠）

・城ヨリ出テハ好ム所ノ擒ニテ……（75オ。傍線部欠）

小原本　誤脱は小原本にも散見する。以下の事例の傍線部を小原本は欠く。

・縁ヲムスビ交リ深シ（4オ）

・後代ノ将可知ル事ナリ（15オ）

・第一敵是ヲ、将ト知リテ、自余ノ武者ニ目懸ヌソ（15オ）

・人忌シトナリ。最明言ニヤ（17オ）

・残リハ当時従イシ兵也。然共クヂ武者ニハ非。円心ニ従タル兵也（17ウ）

・道、深田ノ沼ニシテ、道筋ヨリ外ハ不レ往《レハレ》ヨスルニアシク（18ウ）

・斎藤《ハ》、相州ノ政敗ハ先代ニ替テ……（51オ）

また、小原本は、本文と挿図とが異筆で墨色も異なる。第一冊表紙に朱書して「図解皆宗恵之遺墨也」との一節がある。大雲院蔵本同様、本書にも挿図未記入部分（版本巻八22オ・ウ相当）がある。なお、架蔵本は小原本と同じく四〇冊（理尽鈔のみの冊数）であるが、上記の誤脱はない。

大橋本　加賀藩関係伝本の中で最も異質なのが大橋本である。先の〈表1〉の指標でも、『恩地聞書』を「太平記廿六巻理尽抄内恩地左近太郎聞書」との内題の下に抱えていること、巻二六巻末に他本には無い一節があること、また、第一章に示したように巻六以前の内題・尾題にも十八冊形態の影響がみられること等の特徴があり、巻九の詞章においても一部に異表記が存在する。

・四条無車小路近辺ノ者共（12オ）。この他に「四条錦小路」「四条綾小路」とする伝本もあるが、大橋本は「一条無車ノ小路」とする。長谷川本・架蔵本が大橋本と同表記で、他に島原乙本・筑波大本・中西本も「一条無車小路」とする。十八冊本は「四」を見せ消ちにして「一イ」と傍書している。

・此時高氏、和田ノ一門ノ隠謀ノ如ク、鎌倉ニテ事ヲ謀《リ》リ、相州禅門《ノ》宿所ニ押寄ナバ、立所ニ可レ亡《フ》（46ウ）。傍線部、大橋本・架蔵本・筑波大本は「新田」、有沢本は「和」を削り「新田」と上書している。これは健保元年（一二一三）の和田合戦をさしている。しかし、和田一族は滅亡しており、高氏が鎌倉で挙兵しなかったことへの批判の文脈にそぐわないと判断して「新田」の鎌倉攻めを意識して改めたものであろう。

・高橋ト謂人ガ徳ニ依テ負ケヌルナリ（54オ）。傍線部、大橋本・架蔵本「謂不覚人」。島原乙本・筑波大本・長谷

川本・中西本「云不覚人」。大雲院蔵本は「不覚」を補記。
・南父子・原左近（71オ）。傍線部、大橋本・架蔵本・小浜本「原宗左近」、筑波大本「原ノ宗左近」、天理本・長谷川本・中西本「原宗ノ左近」。中之島本は天理本の影響で「宗」を朱書補記。

これらの異表記の淵源が大橋本にあるかどうかはわからないが、単純な誤記ではない。なお、筑波大本・架蔵本は、巻二六巻末の一節の有無と併せ、右の異表記を共有する点で、大橋本に近い側面をみせている。

有沢本　本書には目立った誤記・異文などは無いが、巻一一から一七までの分冊のあり方が十八冊本と一致するのは本書のみの特色である。また、巻二一以降の内題・尾題が小原本と類似している。

架蔵本　架蔵本は大橋本の項にふれたように、筑波大本・中西本と近い面がある。ただし、以下の筑波大本、中西本の項にあげた各本の特色は共有していない。別表に示したように、筑波大本は巻九・一二を上下分割、中西本は巻一四を分割するという特徴をもつが、架蔵本は他の伝本と同様これらを分割しない。問題の三本の内題・尾題を大橋本と比較[*]すると、次のような結果になる。架蔵本は、筑波大・中西本以上に大橋本に近いといえよう。

（*）中西本欠巻の巻一一・二八・二九・三一・三二および中西本・筑波大本が分割する巻九・一二・一四を除外し、残りの巻の内題・尾題計六六箇所を比較対象とする。◎は大橋本とまったく同じもの、○は鈔／抄の別、之／ノの別および有無以外は同じものである。架蔵本◎19○11、筑波大本◎7○8、中西本◎7○7

筑波大本　筑波大本は巻九、巻一二を上下に分けるが、その独自の構成は、〈表1〉の項目にも注記したように不自然な面が多い。また、巻九の詞章面でも以下のような特徴があり、後出性が強い。かつ、本書冒頭には誤脱の多い

「或記云」記事があり〈表1〉注a）、別系統の伝本の影響をも受けている。

・「高氏」を「尊氏」と表記（版本3ウ相当箇所に「足利ノ尊氏モ……」とあり、以下も同様。この段階ではまだ「尊氏」と称してはおらず、他の伝本はいずれも「高氏」とする）。

・「細田右近トカヤ謂フナル人」（6オ）を「細川」と記し、「幼田」と傍書。

・「一町カ、一町五段ヲ退ケテ」（19オ）を「一町半」とする。

・「道、深田ノ沼ニシテ、道筋ヨリ外ハ不レ往ヨスルニアシク、敵ヲ待ツニ便リ有」（18ウ）を「敵ニ便リナク」とする。〈敵が攻撃するに不利で、味方が敵の襲来を待ち受けるのに有利〉とある文脈を〈敵が攻撃するに不利で、敵に不利で〉とする。文意不通ではないが不自然。

・「〇結城九郎左衛門宮方ニ成ル事」（12オ）の傍線部を欠く。

・「赤松カ三千余騎ハ、内二百余騎ハ、往昔ヨリノ郎従」（17オ）の傍線部を欠く。

・「〇資名卿ノ事、此書ノ笑草タルヘシトナリ」（72オ）の傍線部を欠く。

中西本　巻九の詞章は、大橋本の項にもふれたように、筑波大本・長谷川本などと近しい面がある。一部を例示する。

・此等ノ事知リスマシテ、時々（10ウ）。傍線部、十八冊本等「依々」、大雲院蔵本等「ヨリ〳〵」、秋月本・天理本「依レ之ニ」とあるが、中西本・筑波大本・長谷川本は「能々」とする。

・鎌倉ヲ背カン者ヲ数ルニ凡ソ二百余人、軍勢四万余侍ルヘシ（34オ）。傍線部、諸本同様であるが、小浜本・中西本・筑波大本は「四百余」とする。

・前ヲモ不レ見者ノ威テ謂タルニヤ（65ウ）。傍線部、十八冊本「ノヲシテ」、内閣本「ノ押シテ」。この二本の表記が最も多いが、中西本・筑波大本・長谷川本は「ニシテ」。

・是ハ国大キニシテ、民モ……（25ウ）の右行間に「私云口伝一器ノ水ト本ト行ハ末ゾ」とある口伝注記。この注記があるのは、版本の他は、中西本・筑波大学本・長谷川本・有沢本・内閣本。

・高氏ハ峠ヲ越ベキホトナランカ（62オ）の右行間に「私云口伝アリ峠ノ道セハケレハソ」とある口伝注記。版本の他、中西本・筑波大学本・長谷川本・内閣本にあり。

なお、中西本は「二陣宿ヲ出テ行二陣【】トス弓ハ其身ノ……」とあり、【】部分に「ノ出ルヲ見テ〜物具ハ実能ヲ以テ要」（版本14オ11行〜15ウ2行）とある詞章を欠いている。書写時に二丁めくってしまい、間の見開き頁を脱落させたものであろう。

3、内閣本・長谷川本・中之島本・小浜本・滋賀大本・島原甲本・静嘉堂本（中之島本系）

これらを今、便宜的に中之島本系と称する。中之島本系は単純な一群ではないが、「多々良浜合戦事」の記事配列や巻一四義貞・直義対陣図を欠くことが共通するだけでなく、他にも、共通指標が相互に絡み合って全体として一つのグループをなす。中之島・小浜・滋賀・島原甲・静嘉堂には、「或記ニ曰」と称する、記録の一部と思われる記事[3]があり、巻一内題「太平記秘伝」もこれらの伝本に固有のものである。また、中之島・小浜・島原甲の冊数・分冊のあり方は全く同一である。さらに、分冊のあり方でいえば、巻二〇・二一を一冊とするのは中之島本系全体の特徴である（前掲表2）。

右の伝本が同一群に属することは、巻九の詞章の異同からも指摘できる（長谷川本巻九を除く。後述）。

・搦手ノ方ヘモ恃《タバカリ》事モヤ有ルラント……（13ウ）。他の伝本は「恃事」もしくは「タハカリ事」と表記するが、中之島本系のみ「儻偶」（中・島・静には「タバカリコト」と付訓）とする。

・クヂ武者（17ウ）。他に「カチ武者」「愚癡武者」「鬮武者」等の表記がある中、中之島本系のみ「公事武者」とする。

・此者ハ相州故ニ蝦夷ト戦イテ……（26ウ）。秋月本が傍線部を欠く他は、多くこの形をとるのに対し、中之島本系のみ「義時ノ下知ニ依テ」とする。『保暦間記』（『校本保暦間記』に拠る）に「彼等カ先祖安藤五郎ト云ハ、東夷ノ堅メニ義時カ代官トシテ津軽ニ置タリケルカ末也」、『異本伯耆巻』（続群書類従）に「此安東ト云ハ、義時カ代ニ夷島ノ押トシテ、安藤《ママ》カ二男ヲ津軽ニ置ケル。彼等カ末葉也」とあり、何らかの資料に基づく処理と考えられる。中之島本系の多くに「或記ニ曰」という記録が付載されていることとも関わりがあろう。

▲正清ノ御心中、以外ニ嘆キ入リ候（29ウ）。傍線部、「歎キ」と記す伝本もあるが、中之島本系は「嘲リ」とする。大友正清が古太刀に大金を費やしたことを、時の執権貞時が散財であると批判する一節。「嘲リ」でも文意通じるが、この後に「某ガ嘆ノ中ノ第一ニテ侍ルナリ」（30ウ。中之島本系も同様）とあり、「嘆キ」が本来の形と目される。＊永青文庫蔵（斯道文庫寄託）『太平記抄抜書』(4)「あざけり入候」。

▲千剣破ノ寄手ノ来テ丹波ヲ責ンニ、（40オ）。中之島本系のみ傍線部を「船上」とする。ただし、十八冊本左行間に「舟」とあり。内閣本「丹波イニ」傍書、中之島本「イ丹波」傍書あり。足利高氏が丹波で挙兵したことを批判する内容の一節であるから、「丹波」が正しい。

・殊ニ勢ハ四千ニハ不レ可レ越（42オ）。中之島本系のみ「八千」（中之島本は「イ四」と傍書）。

・〇評云、高氏闇将タリ（51ウ）。傍線部、中之島本系のみ無し。中之島本は「評云」を傍書。

▲虎ノ子ヲセキヘキニ落スガ如シ（68オ）。中之島本系のみ傍線部欠。＊永青文庫抜書も無し。

・峠ノアナタニ、又クタケタル嶺々ヲ、シ（75オ）。中之島本系「峠アル」。＊永青文庫抜書も「たうけのあなたに、又峠有。みね／＼多し」とする。

・峠ハ備ヘ堅フセサセテ……（75オ）。傍線部、中之島本系は「峠ニ備ヘヲ」。＊永青文庫抜書も中之島本系に同じ。

このように、特徴的な表記・詞章を共有する事例があり、これらを一つの群に属するものと位置づけてよい。

さて、長谷川本が、全体的な傾向では中之島本系に属するとみえながら、巻九の詞章ではこれに一致しないこと（加賀藩関係伝本の詞章にほぼ同じ）をどのように理解すべきであろうか。

次の表3に示す内題・尾題のあり方から、長谷川本の巻一から一〇まで、及び内閣本の巻一から八までは、中之島本系から除外したほうがよさそうである。冒頭の「或記曰」記事を欠くこと、巻一版本26オ相当部分を「惟恨ヨリ下ノ抄」とすること（表1注n）は加賀藩関係伝本に共通する指標である。表1掲出以外の項目でも「但長隠謀ノ時」（版本20オ）の人名のあり方も、この判断を裏付ける。他の中之島本系（中之島・滋賀・小浜・島原甲・静嘉堂）や秋月本・天理本が「胤長」と表示するなか、長谷川本・内閣本は加賀藩関係伝本及び版本と同様「但長」としている。

表3

事項＼伝本		内閣	長谷	滋賀	中島	小浜	島甲	静嘉
理尽抄冊数（恩地・抜書等除く。内閣残8冊。島甲欠巻巻34も計上）		／	31	31	29	29	29	25
分冊のあり方（表2参照）。長谷巻七以降は○に同じ。			□		○	○	○	
内題	巻一：＊（十八冊本に同じ。太平記之秘伝理尽抄巻之一）、＋太平記之秘伝理書巻之一、◇（巻一では右五本のみ）	＊	＋	◇	◇	◇	◇	◇
	巻一：（前項とは別に「序」の前にあり）	×	×	×	×	×	●	●
	巻二〜八：＊不統一（十八冊本にほぼ同じ）	＊	＊	△	△	△	●	●
	巻九・一〇	△	＊	△	△	△	●	●
	巻一一〜一四・二〇・二四：△（滋賀十一は×）	／	△	△	△	△	●	●

	巻一五〜一九・二一・二二：◇（滋賀一六は△、中島二一は△）	／	◇	◇	◇	◇	●	●
	巻二三	／	△	□	△	△	●	●
	巻二五〜四〇：＊不統一（十八冊本にほぼ同じ。滋賀二七下・二八は□）	／	＊	＊□	＊	＊	●	●
題尾	巻一〜八：＊不統一（十八冊本にほぼ同じ）。滋賀巻七・八有り。	＊	＊	×	×	×	×	×
	巻九・一〇	×	＊	×	×	×	×	×
	巻一一〜一六、二〇〜二四（滋賀巻二三・二四有り）。	／	×	×	×	×	×	×
	巻一七〜一九	／	△	×	×	×	×	×
	巻二五〜四〇：＊不統一（十八冊本にほぼ同じ。ただし、滋賀巻二七上・二八・三五・三九□、巻三〇・三二・三三×。島甲三七・三九×。静嘉二七下・三七・三九×）	／	＊	＊	＊	＊	＊	＊

●太平記秘伝理尽鈔（静嘉堂本は右肩に巻数を示す朱書あり）、◇太平記秘伝、□太平記評判、△太平記、×内題・尾題無し、＊（十八冊本に同じ。内容は巻によって異なる）

では、長谷川本の巻一〇以前、内閣本の巻八以前を加賀藩関係伝本と一括すればよいかといえばなお問題が残る。長谷川本・内閣本の当該部分には、他の伝本に比して格段に詳細な口伝傍書が施されている。『理尽鈔』の口伝については第三部第六章で論じるが、問題の両本に加え、筑波大学本及び『陰符抄』の口伝内容には密接な関わりがあり、本文系統上でも深いつながりが予想される。

『陰符抄』再三編巻一につぎの一項がある。

一逆乱発テ皇居ヲ―北条義時（時政ガ／長男也）、後鳥羽ノ院ヲ隠岐ノ国へ流シ奉ルヲ云也。此子細末ニ出ル依テ爰ニ略ス。

右は「叡慮ヲ被レ回サシカ共、事ナラズシテ、却テ皇居ヲ遠島ニ遷サレ給ヒ」（版本3オ）とある部分への口伝注解と見なされる。管見の限りでは長谷川・内閣・筑波の三本のみが、「叡慮ヲ被レ回ラシカバ、逆乱発テ皇居ヲ遠島ニ遷サレ給ヒ」とあり、『陰符抄』の見出しに一致する詞章をもつ。したがって、なお詳細な調査を要するが、長谷川本巻一〇以前・内閣本巻八以前の巻は、筑波大学本や『陰符抄』の依拠した『理尽鈔』（所在不明）と同一の類に属すると判断しておく。

以上の留保をした上で、中之島本系は、表1・表3より、次の三類に分かたれる。

(1)中之島本・小浜本及び長谷川本（巻一一以降）**・内閣本**（巻九・一〇）

中之島本・小浜本は、冊数・分冊のあり方から詞章にいたるまで共通性が高いが、以下に示すように小浜本に誤脱が目立つ。中之島本から小浜本へという形が考えられるが、中之島本が天理本との対校を朱書した部分は影響を与えていない。あるいは共通の親本を想定すべきか。

○特殊な字形

気色殊ニヨゲニ（版本7ウ）の「殊」の字形。中之島「殊」（對のくずしにも見える）、小浜「（「對」に似た字）」に「殊イ」と傍書。

○小浜本の誤脱（傍線部を欠く）

・聖賢ノ道ヲ知ル人ハ希ニ知テ行ハ無シ。此故也。若聖賢ノ道ヲ知テ行ンニハ……（11ウ）
・以前ニ上洛シタル時、千騎・二千騎ニテ打セシハ、五十騎・三十騎ニテ上洛シ、以前ニ……（17ウ）
・公事沙汰鎌倉ノ沙汰トナレバ（27オ）
・新渡ノ唐物ヲ贈リ（31ウ）
・軍勢四万余侍ルベシ（34オ。傍線部、小浜本のみ「四百余」とする）
・丹波へ落シハ、ヨク悪キ謀ナリ。六波羅コソ勢虚ナラメ、千剣破ノ寄手丹波へ発向セバ、（46ウ）

(2)滋賀大本

滋賀大本は巻一・九に、独自の誤脱等は目につかない。『太平記理尽図経』を付載すること、各冊巻頭目録・本文中章段名があること（中之島本にもあるが、これは天理本から受け継いだものであり、滋賀大本とは小異あり）、内題・尾題を「太平記評判」とすることが多い（巻一六尾、二三内・尾、二七上尾、二七下内、二八内・尾、二九尾、三五尾、三九尾。他には、筑波大本「巻九上尾、九下内・尾、一〇内・尾、一二下内・尾」、中西本「巻三〇内・尾、三六内・尾、三七内・尾、三九内、四〇内・尾」にみられるのみ）等が本書の特色である。

(3)島原甲本・静嘉堂本

両本を特徴づけるのは、内題を「太平記秘伝理尽鈔」でほぼ統一すること、および巻一巻頭二箇所に「内題」が現れることである。すなわち、「或記云」の次丁に「太平記秘伝／○凡此書ノ名ヲ改ルコト……」（版本1オ）とあり、この名義伝承を記した後、丁を改めて「太平記秘伝理尽鈔／序／○太平記ハ異国本朝ノ……」とある。後者の位置に書名を記すのは、調査の範囲ではこの両本のみである。

前述のように、(1)中之島・小浜、(2)滋賀大、(3)島原甲・静嘉堂の各本は、巻首に「或記云」を置き、続く巻一内題を「太平記秘伝」とする。共通の祖本が想定されるが、(3)が先行したならば、(1)・(2)は「序」の前の書名表示をはずし、以後の巻の内題もわざわざ不統一なものに改めたことになる。(3)を後出とみなすのが自然であろう。

冊数・分冊形態、外題を異にするが、島原甲本の冊数・分冊形態は(1)と一致し、外題の「評判」も(1)の「太平記評判」に近い。(1)から島原甲本の形を経て、静嘉堂本へ、と変化の過程を想定すると説明が容易ではあるが、以下に示すように、島原甲本には独自の誤脱が散見し、両本は直接の親子関係にはない。

○両本の先後関係

・数箇所ノ新恩ヲ給リ……（4ウ）。傍線部、静嘉堂本「新思」の形を介して、島原甲本「新田」の形が生まれたか。

・内室ト一所ニ有時ニ……（5オ）。傍線部、内閣本等の「内室ツト一所ニ」の捨て仮名「ツ」の誤解から、島原甲本「内空クト一所ニ」の形が、さらに「ト一」を「上」と誤読し、静嘉堂本「内室ク上所ニ」の形が発生したか。前の事例とは逆の進行方向が想定できるところからも、両本が直接関わり合ったのではないと判断する。

・結城カ宿所、四条無車小路（12オ）。十八冊本以下多くの伝本は版本に同じであるが、大橋本・筑波大本・島原乙本が「一条無車小路」とし、内閣本・滋賀大本・島原甲本が「四条錦小路」、静嘉堂本は「四条綾小路」、中之島本・小浜本は「四条小路」（中之島は朱書「無車ノ」補訂）とする。「綾」は「錦」からの派生であろう。

○島原甲本の誤脱（傍線部を欠く）

・十二十騎ニテ上リシトナリ（3オ）

・忽ニ悪心ヲ発シ（6ウ）

・鎌倉ニヲキ給ヘト謂シハ可ナリ。起請ハ不可也。是ヲ喩フルニ……（8オ）

・味方ノ七千六百余騎ハ、内三千五百余騎ハ（17ウ。筑波大本も欠く）

・……善事多シ。此等ハ又少シ有二才智一嗜ム者ハ、失少シテ善事耳多シ。（25オ）

・実ニモ有レ不実ニモ有レ、将ノ色ヲ能シテ（66ウ）

3付の1、尾張藩旧蔵書

尾張藩にも『理尽鈔』が存在したことは、長坂成行・若尾政希に指摘がある。(5)

『御書籍目録』（寛永目録。ゆまに書房『尾張徳川家蔵書目録1』所収）第二冊の末部分に「太平記評判　卅冊」（「板本」との貼紙があるが、写本）とある。解題によれば、「第二冊には、寛永三年以降の収書」が「概ね入庫順に載る」。「太平記評判」の六点前に「已上十壱部　卯年御買本」（同様の注記を冒頭からたどると「卯年」は寛永一六年）とあり、三点前の「献徴録」に「辰年於江戸被召上」と注記があることから推せば、寛永一七年（一六四〇）ごろの収書か。『御文庫御書籍目録』（寛政目録。ゆまに書房『目録5』所収）の「一　太平記評判　写本　三十冊」の頭に「拂」の朱丸印が捺されており、明治五年に売り払われ（ゆまに書房『目録1』解説一二頁）、蓬左文庫には現存しない。

左に、両氏の引く尾張藩の蔵書目録『御文庫御書物便覧』（ゆまに書房『目録9』所収）の当該記事の全文を示す（私に、句読点、括弧付き数字、「　」を施した）。太平記評判の下の「同」は写本の意。直前の『太平記抜書』に「源敬様御書物」（義直蔵書）の肩書きが付されている。

太平記評判　同　卅冊

本文ヲ鈔出シテ次ニ評判ス。巻首ニ（＊1）「元弘三年先帝御逐電ノ事等十二箇条」挙、次ニ題号ノ改リシコトナドヲ記。次ニ序トシテ一部ノ意ヲ取テ、太平記ノ後昆ノ誡メナルノ意ヲ記。巻尾ニ（＊2）「太平記理尽口伝鈔（ママ）」トアリ。（＊3）「此書名和刑部左衛門正之ガ家ニ伝シヲ、今川駿河守入道心性貸リ写セシ恩ヲ謝ヨシ、文明二年八月下旬六日ノ奥書」。次ニ（＊4）「大蓮（ママ）院陽翁、元和八仲夏ノ奥書」アリ。（＊5）「巻ハ廿九ニテ畢リ」、（＊6）「末ノ一巻ハ恩地左近太郎聞書」ナリ。

（＊1）「或記ニ曰」有…筑波大本・滋賀大本・中之島本・小浜本・島原甲本・静嘉堂本・弘文荘旧蔵本・版本

（＊2）巻四〇尾題…「太平記理尽口伝抄ノ終」（「太平記理尽口伝抄之終（り）」等と表記するものを含む）…十八冊本・大雲院蔵本・大橋本・筑波大本（太平記理尽口□□□終□）・長谷川本・滋賀大本・中之島本・小浜本・島原甲本・静嘉堂本

〔参考〕秋月本（太平記秘伝理尽鈔巻第四十終」）・天理本（太平記秘伝理尽鈔巻第四十終）・小原本（太平記秘伝抄四十ノ終リ）・有沢本（太平記秘伝理尽鈔之終）・島原乙本（太平記秘伝理尽書巻之四十終）・版本「太平記評判秘伝理尽鈔巻四十終」

（＊3）文明二年奥書の宛名は、諸本「名和肥後刑部左衛門殿」。「正之」は、正成から伝授を受けた名和長俊（「太平記理尽抄由来」）と、戦国末期に陽翁に伝授した「名和正三」（陽翁奥書）との間に位置する人物、という想定であろう。

（＊4）有：長谷川本・中之島本・小浜本・島原甲本・静嘉堂本・島原乙本（上記は奥書・日付・署名完備のもの。版本は「元和八仲夏」の日付を欠く）

（＊5）理尽鈔冊数二九冊：筑波大本・中之島本・小浜本・島原甲本

（＊6）有：秋月本（現状は理尽鈔と別置）・中之島本・島原甲本（別置）・大橋本（巻二六付載）・版本

以上の特徴から尾張藩旧蔵書は、3（1）中之島本・小浜本等と同種の本文とみなされる。

なお、『御文庫御書物便覧』（ゆまに書房『目録9』所収）には、この「太平記評判」の三つ前に、同じく「源敬様御書物」として次の図書が掲出されている。

太平集覧　真片仮名　同（注、写本）四十冊

目録ノ箇条ハ流布ノ太平記ニ大カタ同ジウシテ、本文所々ニ評判ト伝トヲ挙テ論文アリ。序跋奥書等モナク、輯録ノ人モ不知。

この書物も所在不明であるが、長坂成行『伝存太平記写本総覧』（和泉書院、二〇〇八）一二九頁は、右の書目解説から『太平記秘伝理尽鈔』であるとみている。たしかに『理尽鈔』を思わせる内容である。しかし、

太平一覧…「諸本ヲ以テ訂セシ太平記ニシテ、目録箇条・本文トモ流布ノ版本トハ大ニ違ヘリ」

太平記鈔…「初ニ一部ノ来歴ヲ注シ、次ニ序・本文ヲ鈔出シ注ス」

太平記評判…「本文ヲ鈔出シテ、次ニ評判ス」

という、前後の書目の解説と照合すると、「太平集覧」を『理尽鈔』とは速断できない。『太平記鈔』、『太平記評判』（理尽鈔）は、たしかに、太平記本文を鈔出して注解、評判を施した著作である。『太平集覧』の「本文所々ニ評判ト

伝トヲ挙テ論文アリ」という記述は、（鈔出ではない）太平記本文の所々に、評判と伝とを引いた論評を交えている、ととれる。「評判と伝」は『理尽鈔』を（部分的に）摂取したものである可能性が高いが、『太平集覧』は、『太平一覧』同様、基本的には『太平記』の加工著述と見るべきではなかろうか。

3付の2、長坂本

原本未見。巻一六のみの零本。外題なし。内題「太平記秘伝」、尾題なし。一一行片仮名交じり。本書は内題・尾題のあり方および以下の特徴などから、長谷川本の写しと思われる。

・備中ニハ庄谷《シャウヤ》（版本15オ）。長谷川本・長坂本「庄福谷ヤ」。
・某《ガ》事ハ新田殿ノ供奉シテ……（17オ）。長谷川本「某シ丁《事歟》ハ」。長坂本「某シ事カハ」。
・……サスカナレハ止給ヒタリトニヤ（47ウ）。長谷川本・長坂本「雅《サスカ》ナレハ……」

3付の3、永青文庫蔵『太平記抄抜書』

『理尽鈔』そのものではないが、永青文庫蔵『太平記抄抜書』にふれておく。本書は、長谷川本『理尽鈔』との校異を付した全文の翻刻と解題（注（4）に同じ）があり、『太平記』・『理尽鈔』の対応箇所と抄出の様子が概観されている。本書が注目されるのは、その書写年次で、翻刻に付された「解題（一）」では「室町末期の一筆書写」、「解題（二）」では「室町後期の書写といっても差支えない」（一二五頁）とされている。本書の補修を手がけた遠藤諦之輔も[6]「室町末期の書写になるもの」とし、『慶應義塾大学附属研究所斯道文庫　貴重書蒐選図録解題』（汲古書院、一九九七）に「〔室町末近世初〕写」「書写年代から明らかに室町期の注解書」とある。後者には上冊本文巻首および下冊巻尾の図版が示されている。

管見の限り『理尽鈔』いずれも漢字片仮名交じりであるが、本書は平仮名交じり。このことに関係するのか、「一方ノ味方敗シヌレバ一方ノ将臆シテ、多ハ敵ヲモ不レ見敗スルモノゾ」（版本巻一〇18ウ。諸本に異同無し）とある傍線部を、本書は「やぶれぬれば」、「軍をやぶる者也」とする。和文脈の勝った表現に改めたとおぼしく、本書は底本とした『理尽鈔』を忠実に書写しただけではなさそうである。このことを念頭に置きつつ、『理尽鈔』巻九からの抜書部分（本書上冊の項目一二から一五）の本文を調査する。さきに中之島本系の詞章の特徴をあげた際に言及した項目および、以下の項目を併せ見るに、本書の利用した『理尽鈔』は中之島本系の一伝本であるといえる。また、▲印を付した箇所に示されるように、時に本文の崩れをみせていることにも注意しておきたい。なお、中之島本系巻九は中之島本・小浜本・内閣本・滋賀大本・島原甲本・静嘉堂本を指す。

▲君子ハ不二違言《セ》一申ス事侍リ（31ウ）。傍線部、多くの伝本「不二食言一ト」とある。有沢本・島原乙本「不《ト》レ食レ言《ヲ》」もこれに準ずるもの。中之島本系は、滋賀大本が「言ヲ食スト」とあるが、中之島本・内閣本「言属セズト」、島原甲本「言イ属セスト」、静嘉堂本・小浜本「言《ニ》属セスト」とあり、永青文庫『抜書』の「ことばに属せずと」もこの類である。『太平記』にも「夫君子ハ食言セズ、約ノ堅キ事如金石。」（巻二六「廉頗藺相如事」）と用いられている成語であり、中之島本系は何らかの経緯で「食」を「属」と誤ったもの。

・サテハ此人モ御心ノ付テゲリト思イテ、高《ノ》右衛門師直・細川右馬助等ニ……（32ウ）。傍線部、「思イテ」は版本のみ。a「思ヒ立給ヒテ」・「思ヒ給テ」、b「高《ノ》右衛門師直」・「高《ノ》右衛門丞」・「高《ノ》右衛門尉」・「高《ノ》右衛門」。諸伝本、このa・bの組み合わせで種々の形があるが、中之島本系は「思ヒ給テ高《ノ》右衛門尉」の形をとる。永青文庫『抜書』の「思ひ給ひて、高の右衛門尉」は中之島本系に一致。

・高・上杉・細川・畠山・志和《シハ》ノ人々ヲモ（35ウ）。傍線部、中之島本・小浜本（「斯イ」と傍書あり）・滋賀大本・島原甲本・静嘉堂本および永青文庫『抜書』は「志波」。内閣本は「難波」とする。他の伝本は長谷川本巻九も含め、いずれも「志和」。

・古《キ》ヲ以テ今ヲ以《ヲモンミ》ルニ（37ウ）。傍線部、「似ルニ」と誤る伝本もあるが、多くこの形をとる。筑波大本が「鑑ルニ」とする他は、中之島本系みな「見ルニ」と表記し、永青文庫『抜書』も「見るに」と記す。

・是亡ブヘキ時ノ来レル一ツナリ（46オ）。中之島本系および永青文庫『抜書』は、傍線部を欠く。

4、島原乙本

本書は内題を「太平記秘伝理尽書《（ママ）》」にほぼ統一していることが第一の特徴。分冊のあり方は巻一から六および三六・三七を除き、秋月本に一致する。ちなみに秋月本の内題は「太平記秘伝理尽鈔」であることが多く、巻九の詞章面でも両本のみ、他本の「千剣破」をほぼ一貫して「千破剣」と表記するなど、何らかの関わりがありそうだ。詞章面では大雲院蔵本との関わりも注意される。左の事例は偶然の一致とは考えがたい。

・負ンハ不定。々々ノ負《ケ》来ラン則《ン》バ（5ウ）。傍線部、大雲院蔵本「々々《マケノ》」（「負ケ」欠。本書のみの表記）とあり、島原乙本は「マケノ」とする。

・新ヒラキトテ、大《キ》ナル池ノ候（23ウ）。傍線部諸本「ト」「候」「候ニ」等とするが、大雲院蔵本「ト」の右下に「申」を補記。島原乙本「ト申」。

・二万余ヲ三ツニ分ベシ。＊三万余ヲ以テ内野へ……（49ウ）。＊印箇所、大雲院蔵本「ノコリハ」と右行間に補記。島原乙本「残一《（ママ）》万余」とあり。

・敵ヲ呼引レ候へ（51オ）。傍線部、諸本多くこの形。天理本「被レ呼候へ」。「呼引レ」は「おびかれ」と訓むのであろう。大雲院蔵本は「呼引レ」の「引」左に見せ消ちの記号を付し、右行間に「ヲビキ出サ」と傍書。島原乙本は「（敵ヲ）、ビキ出サレ」。

・……是ヲ見テ、ヲクレシトナリ。＊河野出シ事（52オ）。＊印箇所、大雲院蔵本「又」を行間補記。島原乙本「亦」。両本以外は「又・亦」なし。

・城ヨリ出テハ好《コノム》所ノ擒ニテコソ……（75オ）。傍線部、他には「出ハ」「出ナバ」等とある。大雲院蔵本「出テ（戦ハ）好ム……」と「戦ハ」を行間補記。島原乙本「出テ戦ハ」。

島原乙本独自の詞章としては、次の事例がある。

・与州馬郡《ノ》ノ傍（6オ）。傍線部を本書のみ「宇麻郡」とする。ちなみに本書の表記が正しい。

・○起請ノ事ニ依テ、高氏鬱胸不二心得一（9ウ）。諸本これに同じ。〈出陣に際し起請文を求められ、高氏が不快感を抱いたのは、理屈に合わないことだ〉の意。本書のみ「高氏（「時イ」傍書）鬱胸ヲ止事不二心得一」とあり、文意が異なる。異文注記によれば、〈高時が高氏の起請文を得ただけで不審をはらしたのは、理屈に合わない〉となる。

・千剣破ノ寄手丹波へ発向セバ、高氏ハ亡ビナンズルゾ。＊角申サバ、口ノ賢コキ人ハ六波羅モ千剣破ノ寄手ノ大将モ、ソレホドノ謀モ有マジケレハコソト宣フランナレ共……（47オ）。＊印箇所に本書のみ「都ニテ兎モ角モ謀侍リテコソ有ンズルニ」とあるが、この内容は数行前に述べてあり、無くもがなの一節。

・（長俊）……正成殿ハ何ト謀侍《ヒ》ルランと謂へバ、楠云「勿論ニテ侍ル。其御方便ハ常ノ法ニテ候。謀ハ其外ニ可レ有候」ト申ス。［＊1］「指南ヲ得侍ラント存ル。」［＊2］「某ナラバ、以前ニ宣フ如二太体《ノ》一……」（59オ）。本書のみ［＊1］に「長年」、［＊2］に「楠曰」と発言主体を補う。

これらの事例は、本書もしくはその底本がある種の校訂意識の下に書写されたことを示すものであろう。

5、版本・弘文荘本

版本固有の指標は、総目録の存在、内題が「太平記評判秘伝理尽鈔」に統一されていること、巻一七を上下に分割し、分割事情を説く巻末記事をもつこと、巻三五を本末に分割すること、日付を欠く陽翁奥書の存在、の諸点である。

弘文荘本については『弘文荘待賈古書目6』の解題および巻首の図版一葉から得られる情報（表1参照）によるのみであるが、版本と密接な関わりが認められる。『恩地聞書』が無く、外題を「太平記評判抄」（版本は「太平記評判」）とする点を異にするが、目録一冊を含む総冊数、「或記曰」の存在、陽翁奥書のあり方、および「太平記評判秘伝理尽鈔巻第一」という内題が一致する。解題に「寛永より、寛文頃までの書写にかゝるものであらう」とあり、版本の刊行時と重なる。弘文荘本には付訓が少ないこと、「約二心ハ序語一也」（版本「心ハ約序語一也」）・（細川武蔵入道）「常人」（版本の「常久」が正しい）という異同がある。版本は唐津寺沢家が所持していた『理尽鈔』に基づく、と伝える資料(7)もあり、弘文荘本が版本に先行する場合、寺沢本もしくはそれに極めて近い伝本であることにもなる。しかし、逆に版本の写しである可能性も高く、この点の解明は弘文荘本の出現を待ちたい。上述のように、版本の特徴の一つは巻一七の上下分割にあるのだが、同巻末の分割事情を説く部分（巻一七最終丁裏）は補刻されている。巻一七の上下分割は版行に際してのものである可能性が高い。

また、版本の詞章の特質について考えておくべき事がある。巻一に、「〇伝云、惟《タヾ》恨ラクハヨリ下ノ抄、後ニ直義、命《ジテ》二玄恵《ニ》一記スル処ナリ」（26オ）という一節があり、傍線部右行間に「異本ニ十一ヨリ下ノ書トモアリ」との注記がある。版本にこうした異文注記はごく少ないが、この注記は伝本の先後関係を知る上で重要な手がかりを与えてくれる。

表1に示したように、異文注記の形を本文とする伝本に、秋月本・天理本および「或記云」をもつ中之島本等があ

る。版本本文行の言うところは、来賢の過剰な後醍醐賞賛に対抗して、直義が「惟恨ラクハ斉桓覇ヲ行、楚人弓ヲ遺シニ、叡慮少キ似タル事ヲ。是則所下以草創雖レ并二一天レ守文不上レ越二三載一也」（岩波大系三八頁）の一節を『太平記』に付け加えさせたことを指す。一方、異文注記、中之島本等は、巻一一以下[8]の巻を記述させたことを指す。後醍醐批判の箇所を問題にすることは同じであるが、中之島本等では「伝云、惟恨むらくは（の箇所及び）一一より下の書は、後に直義が、玄恵に命じて記する所也」のように強引な読解をせまられる。あるいは「惟恨むらくは」を『太平記』の文章と切り離して、残念なことに、とでも解する他はない。版本本文行の形が本来のあり方であろう。

さて、右の異文注記は、版本の伝本系統を考える上でも問題を投げかける。版本には「或記云」がある。しかし、版本の本文行の形は「或記云」を持つ伝本とは一致しない。また、〈表4〉に記した項目であるが、巻一「序」（6ウ）の右下にやや細字で「是ハ太平記ノ序ノ詞ニ少モカ、ハラズ心計ヲ取テ書タリ」との注記がある。この注記は、内閣本・長谷川本および筑波大学本に見られるが、内・長両本には「或記云」がなく、「惟恨……」の箇所は版本本文行の形をとる。一方、筑波大学本には「或記云」相当記事があるが、〈表1〉注aに記したように大幅な異同がある。

右の箇所のみならず、巻九の詞章の異同を、版本と共通するかどうかという観点で調査すると、群を抜いて一致する箇所が多いのが小原本（52項目中32項目）であり、大橋本（17）・有沢本（17）・天理本（16）がこれに次ぐ。逆に内閣本も含め中之島本系は一致する度合いが最も低い（1〜4）。項目の設定の仕方で（　）内に示した数値は変わるが、全体的な傾向は動かないであろう。いくつか事例を挙げておく。

・酒宴ノ会ヲナセリ（2オ）。小原本のみは傍線部に同じ。有沢本が「トヲセリ」とする他、諸伝本「ヲ専トセリ」。
・四条無車小路近辺ノ者共（12オ）。中之島本系は「四条錦小路」「四条綾小路」「四条小路」。
・高ノ右衛門師直・細川右馬助等ニ……（32ウ）。版本の他、傍線部の形は小原本・大橋本・有沢本・天理本。中之島本系は「高ノ右衛門尉」。

・往昔義家等ガ祝言セシ……（42ウ）。版本の他、小原本・有沢本・大雲院零本・秋月本・天理本も傍線部の形をとる。中之島本系等は「頼義々家」。
・無道ニシテ威ヲソヘ（44ウ）。小原本のみ傍線部に同じ。筑波大本が「論ヒ」とする他、諸伝本「争ヒ」。
・此彼ノ谷々山々少々ニ……（61ウ）。小原本のみ傍線部に同じ。中之島本系等「峯々」。
・某ハ近年ハ（70ウ）。版本の他、傍線部の形は小原本・大橋本。他は「我等」。
・兵ヲ引、峯ヲ越ス事（74オ）。版本の他、傍線部の形は小原本・有沢本。他は「山中」。天理本「嶺イ」と傍書。

巻九の詞章面でも、「或記云」を有する伝本とは親近性が低い。これは、版本がそうした特徴をもつ伝本を底本としただけのことだ、現に弘文荘本のような存在があるではないか、と片付けられる問題ではない。右の現象に加えて、次節第二項に述べるように、版本には複数の伝本の詞章を取り合わせていると思われる箇所があるからである。仮に底本の問題として先送りしても、そうした底本とはいかなる存在かという問題を発生させるだけである。

版本（あるいはその底本）は、「或記云」を別系統の伝本から取り込んだものと思われ、他にもこの種の取り合わせをおこなっている可能性がある。その基底にある本文は巻九に限っていえば小原本に近い。大橋全可「覚」は「今板興仕、四拾冊之本」は陽翁が寺沢殿へ加賀の地から書遣わしたものであり、「①寺沢本と申、別に有之との儀は偽にて御座候」と主張していた。「四拾冊之本」とは概数かもしれないが、小原本も四〇冊である。

また、傍線部①は、「加賀、寺沢両家江日応ヨリ伝授ニ付、加賀本、寺沢本トテ、写本二通リヲ証拠トス」[9]という類の所説に対する反駁であろう。『理尽鈔』において証本と称すべき別格の存在は十八冊本のみであり、詞章面で注目すべき存在をこれ以外に挙げるとすれば秋月本である。しかし、秋月本は今川心性奥書・陽翁奥書ともに欠き、寺沢本との接点がない。寺沢本は加賀本に匹敵するような、特別の存在ではない、との全可の主張を小稿は支持する。

ただし、巻一五・一六の区分、巻一三「時行滅亡事」等の記事配列、巻一六冒頭（巻一五末尾）「多々良浜合戦事」の記事配列等、版本は、小原本も含む加賀藩関係伝本とは異質の形をとり、加賀藩関係伝本に対する「異本」のひとつのあり方を示していることは否定しない。

5付の1、名古屋市博物館蔵『秘伝理尽鈔』

名古屋市博物館蔵『秘伝理尽鈔』（写本一冊。名市博本と略称）についてもここでみておく。[10] 左に冒頭部分を抄出する（句読点、濁点を補った）。

秘伝理尽鈔　六

△楠出張天王寺事付隅田高橋并宇都宮事

一常葉駿河守京都成敗辞退事○評云、高時行跡天下ノ武士内心ニ高時ヲ背シヲ見聞シテ世ノ危ヲシリ、今又乱ヲ静シヲ功トシテ退キタル成べシ。最賢シ。笠置ノ城ハ落シヌ。楠・桜山ノ逆徒ハ退治シヌ。功成、名遂テ身退ナルベシ。【口伝云、常葉ガ身退シハ、高時ガ行跡、人法ニ背キ、殊此度、楠・桜山ヲ退治シテ其功有ノ所ニ、高時一円其功ヲ不賞、ウレイヲ供ニシテ喜ヲトモニセザル所、諸民ニ如此アランニハ、天下ノ武士悉ク忌ウトマンコトヲ見、末々世ノ乱レンヲ見切テ退シハ、功成名遂タルナルベシ。】○評云、越范蠡ガ肺肝ヲ砕テ呉ヲ亡セシト、今ノ常葉ガ西国ノ乱ヲシヅメシトハ……

内題に「秘伝理尽鈔　六」とあるが、以下に述べるように、名市博本は理尽鈔そのものではない。【　】内は、理尽鈔には無く、本書はこうした「口伝」を随所に交えている。本書は、理尽鈔版本の丁数で示せば、巻六全61丁のうち、24オ1行目までを扱っているに過ぎない。墨付五〇丁の本書の過半は、本書特有の「口伝」が占めているのであり、本書が完備していたならば、理尽鈔の倍以上の膨大な著作であったはずである。その口伝には「是甲州家ニ云ル境目ノ城取出也」（本書16ウ）、「去ニヨッテ家康公モ万事甲州ノ法ヲ御用イト也」（37オ）などとあり、甲州流兵法に親昵しているようであるが、「是ヲ当流ニ名付テ越位ト云」（32ウ）、「是軍法ノ巻ノ初巻ニ置ケル強弱内談ノ二ツ也」（36オ）というように、或兵法流派の理尽鈔研究の産物と目される。掲出した箇所がそうであるように、その「口伝」内容は大旨、理尽鈔を敷衍するものである。「軍法ノ巻」は楠流のうち、南木流に見られる書名であるが（たとえば、長谷川端蔵『楠流軍学伝書目録』）、南木流は理尽鈔とは一線を画しており、[11] 本書は、理尽鈔系（陽翁伝楠流）の著述そのものとみなすべきか。その場合、想起されるのが、『陰符抄』、『理尽極秘伝書』の二書（第三部第六章参照）である。

口伝云、正成ガ思立、金剛山ノ奥観心寺ニ人数ヲカクシ妻子ヲ忍スルノ事。河内ノ国ニ観心寺ト云所二ヶ所アリ。赤坂ヨリ一里ワキニモ観心寺ト云所今ニ有。常ハ金剛山ノ奥ノ観心寺ニ有テ、赤坂近キ観心寺ヲ中手ニシテ、時々彼地ニ徘徊シ、敵ノ様子ヲ見ルニ自然敵ヘモレ聞ヘテモ、何レノ観心寺カト紛レテ決定ノ無キ様ニトノ謀ニテ爰ニ住居ス。（7ウ。後略）

これに相当する『陰符抄』再三篇の記述は、次のようであり、類同のものではあるが、合致はしない。

金剛山ノ奥ニモ観心寺、河内ニモ観心寺アリ。正成態ト同寺号ヲ付タリ。一名別所、当御国（注、加賀）ニモ泉村ニ品々、田上村ニ品々アリ。金剛山ノ奥観心寺、和州（注、大和国）也。

一方の『理尽極秘伝書』は抄出本であり、巻六部分を欠く。したがって、不明とせざるをえないのであるが、『陰符抄』に比べ『理尽極秘伝書』の方が理尽鈔に密着し、その内容を大きく逸脱することは少ない著述であることを考えれば、名市博本が『理尽極秘伝書』の母胎の流れを汲む転写本である可能性は残しておいてよかろう。

さらに、本書は3オおよび6ウから7オにかけて、「抄ニ云」として『太平記』の本文そのものを取り込んでいる。理尽鈔の『太平記』摂取が断片的な章句であるのに比し、長文の取り込みである点を異にする。

さて、名市博本が基盤としている理尽鈔はいかなる系統のものであろうか。まず注目されるのは、本文中に『太平記』の章段名を取り込んでいる点（上記引用傍線部）である。〈表1〉に示したように、これは天理本・滋賀大本および版本に見られる特徴である（中之島本は天理本との校合結果を朱書したもの）。巻六の内題は、滋賀大本は「太平記」とあるのみ。天理本「太平記秘伝理尽鈔巻第六」と版本「太平記評判秘伝理尽鈔巻第六」とは関わりが認められる。本文の表記の異同に目をやると、以下のような事例が挙げられる。

・赤坂ニテ焼死タル「似真」ヲシテ（3オ）。天理・滋賀「真似」、版本「似真」。
・如何ニ「陰ス」ト云トモ（3ウ）。天理・滋賀「密ス」、版本「隠《カク》ス」。
※「隠ス」→「インス」→「陰ス」という経路が想定される。
・顔ヲ赤クシテ（6オ）。天理・滋賀「悪クシテ」、版本「アカクシテ」。
・彼ガ意ヲ和ゲテ御覧候へ［＊1］。先謀ニ権僧正号ヲ被下、天下安全ノ後ハ［＊2］可被随望旨、仰ラレバヤ（22オ）。
［＊1］版本・天理・滋賀「一定味方へ参テ忠戦ヲイタスベシト存候」。［＊2］版本・天理・滋賀「賞ハ」。

このように名市博本には誤脱あり、本書の理尽鈔記事は版本に拠っていると判断される。

三、記事配列の異同箇所の検討

以上、主として詞章単位の異同の検討をしてきた。『理尽鈔』にも例は少ないが、記事単位での異同箇所があり、以下にその検討をおこなう。

1、巻一三の改訂

『太平記』巻一三は、北条高時の遺児である時行挙兵の顛末が大きな柱となっている。その中に次の一節がある。

又新田四郎上野国利根川ニ支テ、是（信濃から鎌倉に迫り来る北条軍）ヲ防ガントシケルモ、敵目ニ余ル程ノ大勢

ナレバ、一戦ニ勢力ヲ被レ砕、二百余人被レ討ニケリ。（岩波大系三一一頁）

新田四郎は『太平記』の中でここのみに登場する人物で、名前もつまびらかではない。新田の一族であるが、義貞の鎌倉攻めに、足利尊氏の指令を受けて参加し、以来尊氏に属した（『国史大辞典』「岩松氏」「岩松経家」の項参照）岩松経家（『大日本史料』第六編之二は、時行との戦いで自害した「岩松兵部」大輔経家を新田四郎と推定）、もしくはその兄弟（『大日本史料』同・掲載「新田系図」に経家の前に「四郎」なる人物がいる）かと目されている。これを『理尽鈔』は「新田ガ家子四郎義里（版本：重）」（版本巻一四16ウ）との前提のもとに、足利直義らと張り合って奮戦し、北条の反乱軍討滅に大きな功績のあった武将として描く。『理尽鈔』巻一三は、その功績が『太平記』に顕わされていないのは「此巻ハ直義、玄恵ニ命ジテ書直シタリシ故」（版本57オ）であるといい、新田四郎活躍の実態とそれが隠蔽された次第とを中心的な話題としている。その巻一三の末尾近くに、『理尽鈔』諸本には珍しい記事配列の異同がある。十八冊本の記事を挙げる。波線部は行間補記部分である。

(1)○相模《ノ》川《ノ》軍事　伝云（中略：新田四郎、入間川で時行を破り、鎌倉に敗走させる。四郎、義貞へ早馬で通報）義貞サラニ上聞ニ不レ達セ。義貞《ガ》申《シ》上《ル》処ノ諸事不《ルヲ》レ立《タ》恨奉ル故トゾ聞ヘシ。

(2)○（この○は行間補記「……ノ軍ノ事」の見出しとして補入）片瀬・腰越・十間坂・極楽寺《ノ》切通等戦~~ハ~~《ノ軍ノ事伝云》尊氏《ガ》兵《ノ》不《ル》レ来《ラ》以前《ニ》皆《ナ》新田《ノ》四郎《ガ》戦功ナリ。~~サレバ宗徒ノ~~サレバ宗徒ノ勇士名越式部大夫・同九郎・葦名判官・金沢・諏方ノ三河祝部等大名十二人名ヲ得タル宗徒侍五十七人ヲバ新田ノ四郎ガ手へ討取リシナリ。新田、鎌倉《ニ》乱入《シテ》コソ尊氏《ガ》先陣高右衛門師直《ガ》来リタ（ママ）リ~~ケメ~~《トナリ》。十四《ノ》評《ニ》在リ(12)。

(3)~~又タ~~○（「又タ」に○を上書）時行滅亡《ノ》事、抄《ノ》如《シ》。

(4)三浦《ノ》入道ハ後陣ニ引キケルガ、新田《ガ》兵ノ大勢《ニ》サヘギラレテ散々《ニ》戦ヒ、手《ノ》者共ハ皆《ナ》被《レテ》レ討《タ》主従六騎《ニ》ナリテ、笠シルシヲカナグリ捨テ、新田ガ兵~~笠置~~《ノ笠旗ヲ》奪《ヒ》取《テ》、郎従ヲバ歩兵《ニ》ナシ、其《ノ》身《ハ》中黒《ノ》笠旗ヲ着テ、高右衛門《ガ》兵《ノ》行相《ニハ》、「新田四郎《ガ》モトヨリ、尊氏ヘノ早馬ノ使《ヒ》ナリ」ト答ヘテ行《キ》、深山ニ懸入リテ伊豆府《ノ》ニ出テ、江尻ヨリ船ニ乗《リ》熱田《ニ》挙《リ》リケルヲ、見知タル人在《リ》テ、大宮司是生取テ京都ヘ上セシカバ、君「時《ノ》判官司ナレバ」トテ、楠ニ是ヲアヅケ給フ。正成対面シテ親フモテアツカイ、軍《ノ》物語、細々トセサセテケレバ、右《ノ》如《ク》レ抄新田ノ四郎ガ軍ノ事ヲ語リシ。然《ルニ》尊氏《ヨリノ》軍記諸人ノ高名共ヲ被《ル》レ捧《ゲ》中《ニ》、新田四郎《ガ》事不レ被レ書《カ》、片瀬・鎌倉中《ノ》合戦ヲモ皆《ナ》尊氏《ノ》郎従《ノ》仕タル様ニ記セラレタリ。楠不思議《ニ》思ヒテ、義貞ニ此《ノ》事ヲ問フニ「サテハ三浦入道《ノ》語リ侍ケルニヤ。新田《ニ》留《メシ》置四郎《ガ》註進《ノ》状、是ニアリ」トテ取リ出シテ楠ニ見セ給《フニ》、三浦《ガ》語リシニ少《シモ》タガハズ。正成「ナドテ上聞ニハ達《シ》給ハザルゾ」トイヘバ、義貞「此《ノ》一門ヲ致シタル~~高名ハ~~《コトハ》高名ニハナラズ候上、尊氏ガ一類《ノ》虚言《ハ》真実《ニ》ナリ侍《リ》ヌル上ハ、尊氏ガ注進《ニ》仍テ御尋《ネ》アラバ申シ侍ラント思《ヒ》ナリテ候ヘバ、足利注進《ノ》状《ニ》、大相違アレバ去《レバ》コソ能《ク》ゾ上聞不レ達《ニルトセ》存テ、身《ノ》不肖ヲ歎《ク》計《リ》ニコソ」ト宣ヒケレバ、楠モ無興気ニテ退出シキトニヤ。

(5)○時行鎌倉ヲ遁シ事　伝云、時行ハ数度戦ニ打負《チケ》テ、（後略：諏方三河、時行に自害を装っての脱出を献策。正成、面皮が剝がれていたことを聞き、時行の生存を見抜く。諸人、後に正成の見通しの確かさに驚く。）

(6)○名越時兼《ノ》滅亡《ノ》事　○伝云……

この部分、秋月本（版本も同様）は、(1)、(2)、(3)（「抄《ノ》如《シ》」無し）・(5)（「○時行鎌倉ヲ遁シ事」無し）、(4)（「三浦入道ノガレシ事」と項目見出しあり。版本は「三浦入道遁世之事」とするが、不適切）、(6)と続く。(4)、(5)が入れ替わっただけに見えるが、(3)・(5)が「○時行滅亡事」という見出しの下に一体化し、「時行滅亡事」「三浦入道ノガレシ事」と、『太平記』の記事に準じた形になっている。また、十八冊本の「時行滅亡《ノ》事、抄《ノ》如《シ》。」という曖昧な印象を与えるあり方に対し、「○時行滅亡事」という見出しにふさわしい記事内容にもなっている。したがって、この配列順の方が合理的に思われる。しかし、十八冊本の(4)は、秋月本等の「三浦入道ノガレシ事」という見出しに惑わされがちであるが、中心となっているのは(1)、(2)から継続する、新田四郎の功績が足利氏・准后（廉子）の画策と義貞のふがいなさによって消し去られてしまった次第である。⑴から⑷が連続した記事であることは、十八冊本の補訂前のあり方（見出しの「○」は当初⑴・⑸・⑹にのみ用意されていた）からも裏付けられる。「⑶又タ」（「又タ」に○を上書）時行滅亡《ノ》事、抄如《シ》。」も、本来、三浦の離脱の前置きとして用意された詞章にすぎない。十八冊本の補訂前のあり方が現状と逆、すなわち、⑵○を抹消、⑶○を消して「又タ」を傍書、⑷「三浦入道ノガレシ事」等の見出しを抹消し、⑴から⑷の連続を新たに生み出そうとしているならば、秋月本等のような形が先行し、十八冊本の形はそれを改訂したものといえようが、そうではない。

また、十八冊本⑷の「右《ノ》如《ク》」は隣接した⑵を指す。「右如」であるから範囲は限定されないものの、秋月本等の場合、間に⑸「時行滅亡事」の記事を差し挟むことになる。このことも、十八冊本の形が先行し、秋月本等はこれをよりわかりやすい形に整理し直したものとの見方を促す。

2、巻一六「多々良浜合戦事」記事配列

「多々良浜合戦事」は、『太平記』流布本や米沢本・毛利家本等では巻一六開巻部にあるが、古態本は本記事までを巻一五とする（流布本等は「賀茂神主改補事」で巻一五を閉じている）。『理尽鈔』伝本の多くは古態本と同じ巻区分であるが、秋月本・天理本・滋賀大学本および版本は流布本の形態をとる。

建武三年二月、尊氏は摂津で、正成・義貞に敗れ九州へ走る。肥後の宮方、菊池武俊は太宰府の少弐妙恵を破り、博多に迫る。＊直義は劣勢を嘆く尊氏を励まし、多々良浜に対戦、かえって菊池勢を撃破。武俊は肥後に引き返し、深山の奥に逃げ籠る。

『太平記』による多々良浜合戦の概要は右のようであるが、『理尽鈔』は＊印以下の顚末をいささか異にする。『理尽鈔』によれば、尊氏は、もはや逃げ場は残されておらず、実死一生の軍以外に道は無いと説き（この点が⑵で

の正成の評価につながる）、直義・師直もこれに応じ、奮戦し、菊池勢を破る。菊池は大宰府でなお戦おうとするが、果たせず肥後に引き返す。以下、十八冊本の本文を示す。

(1)〇多良浜《ノ》軍《ノ》事　伝云ク（中略：＊前述）直義朝臣ハ白身太刀打仕テ、鎧ニ立ツ所ノ矢九筋、折懸テ気色バウテ、尊氏ノ陣ニ御在《ハ》セシテ人々ノ高名次第共宣ヒケレバ、【a尊氏大ニ感ジ給ヒシト也。】

(2)【b】楠是ヲ聞テ、菊池肥後守武重ニ云フ様ハ「尊氏兄弟ガ一代ノ内ノ武勇タルベシ。武俊如《ク》ㇾ常《ノ》心得給ヒタルニ依テ、軍ハ仕損ジ給へリ。尊氏九国ヲ追ヒオトサレバ、唐土・天竺へヤ行カマシナレバ、実死一生ノ合戦ヲバセンズラン。然バ暫ク大宰府ニ陣ヲ取テ、九国ノ返違ヲ見、又タ尊氏ガ陣ニ忍ヲモ入レテ、陣中ノ様ヲモ聞キ、大友、其外国ノ者共ヲモ招キ給バ、軍ニハ勝チ給ヒナンズルゾ。又タ勝チナク共、無下ニ負ケ給フマデハ在ル間敷物ヲ」トゾ申シケリ。依ㇾ之菊池ノ武重、「肥後へ下リナンズル」ト申ケルヲ、「近日ニ義貞御下向ノ上へ、供奉スベシ」ト被ㇾ仰ケレバ、止ヌトカヤ。

(3)尊氏ハ「一両日ハ軍勢ヲ休息《テ》テコソ、大宰府へ打手ヲ向ケン」ト宣ヒケル処ニ、菊池大宰府ヲ去テ、肥後ニ帰リヌト申シト也。

(4)〇尊氏菊池ヲ攻シ事　伝云ク、尊氏「サラバ菊池ヲ退治セヨ」トテ、松浦・神田《ノ》者共、高木・熊代等ヲ先陣《ニテ》、一色太郎・仁木義長ヲ被ㇾ遣。其勢一万五千余騎也。菊池《ノ》武俊《ハ》、手負ヒケルガ、菊池へ下リモ着ズシテ、道《ニテ》死シヌ。（中略）四十日ノ内ニ九国二島悉ク尊氏ガ有ト成リシ。浅間シカリシ世《ノ》中也。

(5)〇評云、先ツ、勢《ノ》多少《ヲ》謂バ【c味方ハ】一万六千余騎、尊氏ハ先陣後陣都合三万八千余騎也。強弱ヲ謂バ、尊氏兄弟ハ良将ニ非ズ。兵ハ諸《ノ》国集勢也トイヘ共、八千余騎ハ九国マデ尊氏ニ付キケル兵ナレバ、死ヲ軽スベシ。然ラバ兵ハ強兵也。又タ窮鼠齧《ムノ》ㇾ猫《ヲ》理リ在レバ、敵ハ強シト了レ。地ノ形荘ヲ謂バ、塩干潟《ニテ》中《ニ》、一《ノ》川アリ。向ヒ《ノ》岸屏風ヲ立テタルガ如クナレバ、寄スルニ悪シ。後ニ松原在レバ、待ニ利在《リ》。然共不《ズシテ》ㇾ寄《セ》、大宰府ニテ敵ヲ待ンハ能謀《キ》也。若シ寄ントナラバ、松原ニ兵ヲ隠クシテ、遠干潟ヲ前ニシテ……（中略。以下も多々良浜合戦の論評が続く）又タ尊氏先陣ニ軍在ルヲ見テ一万余騎ニテ、香椎在テ、軍ヲ不《モ》レ寄《セ》余リニウカ〱シキ事ニヤ。直義ガ負ナバ尊氏ガ一万ハ其マヽ敗レナント也。

又タ大高ガ事【d評云】、以前ニ度々高名在リ。諸人是ヲ以テ勇人トセリ。然共此人ハ度々事《ノ》急ナルニ及デ、遁レシ事多シ。然バ力量人ニ勝レ、早業ヲ得タリ。戦場ニ臨デ、数度《ノ》高名在リ。一命ヲ捨ン事ヲバ仕《セ》ザル人ナルベシト云々。

⑹伝云、尊氏、多々良浜《ノ》軍《ニ》打勝テ、九国二島《ノ》者共、皆《ナ》随ヒタリト聞ヘケレバ、四国・中国ノ者共、喜悦ノ眉ヲ開キ、内々縁ヲ求テ、新田殿ノ御教書ヲ申《セ》シ人モ、何シカ心替リテ、皆尊氏ノ手ニ属シケリ。サテコソ備前ノ国府ヘモ、備中・備後・美作ノ勢、数千騎集テ、今ハ京都ヨリ打手ヲ下サレタリ共、一軍セントハ勇ミケルトニヤ。是《レ》皆《ナ》義貞西国《ノ》下向、延引セラレケル故トゾ聞コヘシ。

この箇所の記事配列・章句の異同をまとめると次のようになる。（○詞章有り、×無し）

A十八冊本・小原本・大橋本・有沢本・架蔵本・中西本。大雲院蔵本・筑波大本（⑵冒頭部分行間に「私云、京都ニテ後ニ楠聞テ武重ニカタル」と口伝を傍書）

⑴⑵⑶⑷⑸⑹、a○、b×、c○、d○

B島原乙本

⑴⑶⑵⑷⑸⑹、a○、b○（後ニ）、c○、d×

C1秋月本・天理本

⑴⑶⑵⑸⑷⑹、a×、b×、c○、d×

C2中之島本・小浜本・長谷川本・滋賀大本・島原甲本・静嘉堂本

(1)(3)(2)(5)(4)(6)、　a◯、　b×、　c◯、　d×

C3版本

(1)(3)(2)(5)(4)(6)、　a◯、　b×、　c×、　d◯

右の異同を考えるに際し、まず、(2)の楠の論評の性格に注意しておきたい。『理尽鈔』にはしばしば「後ニ正成此事ヲ聞テ、長俊ニ談シテ云」（巻九58オ）、「後ニ正成此事ヲキイテ申ケルハ」（巻九65ウ）のように、合戦の終わった後、正成が合戦のあり方について種々の論評を加える事例がみられる。島原乙本がbに「後ニ」と補い、大雲院蔵本・筑波大本が上掲のような口伝を傍書しているのもそれにならっているのであろう。しかし、「後ニ」とある場合、既に当該の合戦の結末がついた時点であり、正成の論評に接した武将の賞賛の言葉で結ばれているのが通例である。本箇所の場合、正成がどのような手段で情報を得たのか不明であるが、現在進行中の事件についての論評であり、菊池の徹底的な敗北(4)はまだ現実のものとはなっていない。合戦の第一報を耳にし、事態を憂えた正成が、[13]武重に考えを述べる。波線部の武重の言葉は、正成の助言を現実に活かす猶予がまだ残されていると考えてのこととも、正成が暗に予告している菊池の壊滅的な打撃を覚悟した上で、何とか一族の力になりたいというのだともとれるが、この言葉の存在は、正成の論評が通常の戦後評とは異なる何よりの証拠である。正成の憂慮と武重の焦燥は、しかし、朝廷関係者に（「被」仰ケレバ」の発言主体は朝廷関係者の某。敬語のあり方から正成ではない）妨げられてしまう。(3)菊池の大宰府撤退が尊氏側にも確認され、(4)菊池の「無下」の負けが現実のものとなる。このように(1)から(4)は、正成の助言を核としてまとまりを見せている。

次に、a「尊氏大ニ感ジ給ヒシト也。」の有無。これを欠く秋月本・天理本の場合、次のような文章になっている。

……尊氏ノ陣ニ御在シテ人々高名次第トモ宣ヒケレバ、尊氏ハ「一両日ハ軍勢ヲ休息シテコソ、大宰府へ討手ヲ向ケンズレ」ト宣処ニ、菊池、大宰府ヲ去テ、肥後国ニ帰リヌト申セシト也。楠是ヲ聞テ、……

尊氏の檄に応え、奮戦し意気込んで戻った直義らにねぎらいの言葉もかけることなく、尊氏は次の作戦行動を口にするのだが、これは不自然であろう。

なおこの部分、版本は、十八冊本の行文①と秋月本等の行文②との混態を犯している。版本①の発言範囲は次のようになろうが、傍点を施したように敬語法の不統一が発生する。

人々ノ高名ノ次第共宣ヒケレバ、尊氏大ニカンジ給ヒシト也。①楠是ヲ聞テ、「尊氏ハ一両日ハ軍勢ヲ休息シテコソ、大宰府へ討手ヲ向ケン」ト宣ヒケル処ニ、菊池大宰府ヲ去テ、肥後ニ帰リヌト申シト也。②楠是ヲ聞イテ、菊池肥後守武重ニ云様ハ「(中略)」トゾ申ケリ。

行文のあり方において、さらにもう一点。

(3)尊氏ハ「一両日ハ軍勢ヲ休息《テ》コソ、大宰府へ打手ヲ向ケン」ト宣ヒケル処ニ、菊池大宰府ヲ去テ、肥後ニ帰リヌト申シト也。

(4)○尊氏菊池ヲ攻シ事　伝云ク、尊氏「サラバ菊池ヲ退治セヨ」トテ、……

傍線部「申シト也」は、配下の者が尊氏に報告したの意であり、(4)「サラバ」はその報告を受ける言葉であろう。C1〜C3と分類した、(3)と(4)とを切り離す伝本の場合、これを単なる発語とみなす他無いが、十八冊本の場合は、こうして(1)から(4)の密接な繋がりが生み出されている。

以上、文章の連接の具合を中心に見てきたが、十八冊本の場合、構成に大きな難点を抱えている。(4)「尊氏菊池ヲ攻シ事　伝云ク」・(5)「評云」と続くが、(5)は多々良浜合戦の論評であり、両者は一体とはなしがたい。一方、C類に分類した伝本の場合、(1)「多々良浜合戦事　伝云」(3)(2)・(5)「評云」と、この部分全体が多々良浜合戦の伝・評となり、無理がない。「又夕大高ガ事　評云……」と(6)「伝云」についても、十八冊本には同様の問題がある。

詞章の連接と構成のあり方とのいずれを優位にみなすべきか、本箇所についてはなお検討を要する。この箇所の理解によっては十八冊本の古態性に揺らぎが生じることにもなるが、しかし、古態であることは無謬性を意味するわけではない。秋月本・天理本が十八冊本以前に溯るわけではないことは前章で論じたところである。本箇所に限れば最も矛盾の少ない中之島本系も、詞章に後出性を見せ、内閣本・長谷川本等の内題・尾題は十八冊形態の影響下にある。総体として十八冊本が『理尽鈔』の最も重要な伝本であることは動かない。

おわりに

鎌倉で発見されたという伝承（一壺斎養元「覚」）をもつ伝本に該当するかと目される岡山大本巻三零本は前章で分析したように、十八冊本の写本であった。また、十八冊本の補訂前の詞章を留める箇所のある秋月本・天理本も、十八冊本そのものを溯るわけではない。書写年次の注目されている永青文庫蔵『抜書』の底本も、一部に本文の後出性をみせる中之島本系に属する伝本と思われる。

確認できる限りの現存の伝本はいずれも十八冊本を溯ることはない。残るは、十八冊本の親本という幻の名和正（昌）三本であるが、名和正三に関する伝承は区々であり、正三の存在自体、信頼しがたい[14]。

名和本よりも、さしあたってゆかしいのは、尊経閣文庫二〇冊本（要修復）や日本庶民文化史料集成第八巻『寄席・見世物』（中村幸彦解題）の言及する「榊原忠次旧蔵の理尽抄」（島原甲本もしくは乙本の親本の可能性あり）、あるいは弘文荘本の行方である。さらに、自得子養元が陽翁より直接伝授を受けたという「養元本」（一壺斎養元「覚」）、備前宰相池田忠雄が前田利常より借り写したという「相公御本」（同）。あるいは永青文庫本『抜書』等の存在から熊本藩にもゆかりの『理尽鈔』写本があったはずである。この他にも、まだまだ埋もれている伝本があろう。小稿のような比較作業は、新たな伝本の出現によって再考を促される部分が少なくない。したがって、当面の、と断ったうえで、伝本系統の分類試案を以下に提示して、稿を閉じる。

伝本系統分類試案

Ⅰ、十八冊本…十八冊本、岡山大学本巻三零本

Ⅱ、派生本

A補訂前詞章残存系…①秋月本、②天理本

B補訂後詞章系

①加賀藩関係伝本を主とする類

(1)イ大雲院蔵本、大雲院零本、小原本、有沢本

ロ大橋本

ハ架蔵本

(2)ニ長谷川本巻一〜一〇、内閣本巻一〜八

ホ筑波大学本

へ中西本

参考：猿投神社蔵写本断簡(15)（巻四・五・一八・二一の五丁）や『陰符抄』の依拠本も(2)の類であろう。特にホ・へは、形態的には必ずしも類似しないが、表1注b（内題・尾題のあり方）、表2（分冊のあり方）、巻九の詞章比較などを総合すると、類縁関係が認められる。筑波大学本の巻九・一二の分割、中西本の巻一二〜一四の抄出・分割といった、それぞれ他に例のない様態も、大胆な改編の手を加え、新たな伝本を創出するという姿勢において、一脈通じるものがあるといえよう。

②中之島本系
（参考：永青文庫蔵『太平記抄抜書』もこの一類）
(1)中之島本、小浜本、内閣本巻九・一〇、長谷川本巻一一以降、長坂本巻一六零本、尾張藩旧蔵書
(2)滋賀大本
(3)島原甲本、静嘉堂本
③島原乙本
④版本、弘文荘本（B①・②の混態か）

注

（1）長坂成行「もう一つの太平記評判——九州大学附属図書館蔵『太平記評判秘伝鈔』解説及び翻刻（巻三・巻十六）——」（奈良大学紀要23、一九九五・三）。

（2）整理番号3.3.101（本書の調査には櫻井陽子氏（当時熊本大学）の助力を得た）。楮紙袋綴一冊。外題打付書・内題「太平記評判秘伝理尽抄　廿五」。内題に続き「〇藤井寺合戦」「正行義兵ヲ挙事」とあり、その下に「赤上高明述」とある。前半に『理尽鈔』版本巻二五「藤井寺合戦事」（19ウ～40オ7L）を写し、その後に当該部分の『理尽鈔』の内容に関する、赤上の論評を続ける。最終丁裏に「此書者赤上先生自評自筆之由　石川氏秘蔵／雖伝書予当流依令授与　天明七丁未夏月写／之者也／岡田巨梁　藤勝英」、同裏見返に「于時天明七丁未夏月／岡田巨梁　藤勝英」、裏見返左下隅に「高瀬」と墨書あり。

赤上高明は甲州流兵法学者で、「尾州の人、初め服部直景に従学し、甲州流別伝と称した。武州忍藩主阿部豊後守正允の兵法師範となった」（石岡久夫『日本兵法史　上』雄山閣、一九七二。三〇〇頁）。その師服部直景は、「金沢出身で楠流兵法を修め」、松山定申につき甲州流を学び、延宝元年（一六七三）尾州藩主徳川光友に召出され、尾州系甲州流の祖となった（同）。これらの指摘に基づけば、赤上の『理尽鈔』研究は、服部直景に由来するものと考えられる。また、岡田勝英は、

「寛政八年没、七〇」（同三〇四頁）。赤上—大久保資茂—岡崎康邦—岡田と師弟関係が繋がる。岡田の師岡崎康邦は「甲州本伝孫子当流」を称し、熊本大学寄託永青文庫の武芸・軍記の部には「当流」を冠する、岡田勝英の著作が数点見られる。また、同文庫には、「高瀬写本」と注する『甲陽軍鑑』関係の伝本が多く存在する。おそらく「高瀬」が岡田の伝系に連なり、永青文庫蔵『太平記評判秘伝理尽抄』と熊本藩との関わりは、この「高瀬」の段階以降であろう。

（3）これが『将軍執権次第』の元弘三年（一三三三）〜建武元年（一三三四）の項に見える見聞記事をそのまま引いたものである」ことは、加美宏『太平記の受容と変容』一五三頁に指摘がある。詳細は省くが、『理尽鈔』の典拠は『吾妻鏡』付載の「或記」である。なお、〈表1〉注a参照。

（4）長谷川端『太平記　創造と成長』（三弥井書店、二〇〇三）。

（5）長坂成行「尾張藩士の『太平記』研究——宝徳本・駿河御譲本・両足院本のことなど——」（青須我波良29、一九八五・六）・『伝存太平記写本総覧』（和泉書院、二〇〇八）一二八・一二九頁、若尾政希『「太平記読み」の時代』（平凡社、一九九九。三四〇頁）。

（6）『古文書修補六十年』（汲古書院、一九八七）。表紙・巻首の図版あり。

（7）大橋全可「覚」及び日本庶民文化史料集成第八巻『寄席・見世物』所収「太平記理尽抄由来」。後者は寺沢本そのものは「御文庫」に納められ、寺沢家の祐筆が盗写しておいたものが開版されたという。「御文庫」は紅葉山文庫を指すか。ただし、蔵書を引き継ぐ内閣文庫所蔵の写本は、小稿で内閣文庫本と称してきた一〇巻零本のみであり、これは正保四年（一六四七）の寺沢家断絶後、明暦二年（一六五六）の書写本で寺沢本ではあり得ない。

（8）「十一より」とあり十一も含まれるが、「名義并来由」にいう「元弘の政の正しからざる事を記す。十二・十七・十八・二十三の巻等是也」を念頭に置いていよう。

（9）注（7）資料「太平記理尽抄由来」による。本書自体は近世後半の写本であるが、この種の説が横行していたのであろう。小二田誠二「『太平記評判秘伝理尽鈔』伝説とその周辺」（軍記・語り物研究会例会発表、於國學院大學、一九九四・六・一四）は、「太平記理尽抄由来」を、享保頃成立の『玉露叢話』の系統の資料を抄出したものではないかとの見解を提出している。

(10) 小秋元段「国文学研究資料館蔵『太平記』および関連書マイクロ資料書誌解題稿」（調査研究報告26、二〇〇六・三）一三〇頁に紹介あり。

(11) 島田貞一「近世の兵学と楠公崇拝」（道義論叢5、一九三八・一一）。

(12) 尊氏奏状を論じて、偽言を弄するのではなく、事実に基づいた上で詞巧みに相手を難じる方が有効だと評する部分に「新田ガ家ノ子四郎義里《サト》、上野ヨリ発テ鎌倉ヲ責メ落シテ、尊氏兄弟不ニ二対面一侈ヲ極テ新田ヘカヘリシ……」（版本巻一四16ウ相当）とある。

(13) 武俊の兄であるが、『理尽鈔』は武俊を武重の弟の子、武重の猶子とする。

(14) 陽翁が名和から伝授を受けたとする場所も多岐にわたる。①唐津城下（尊経閣文庫蔵「太平記理尽抄由来書」：長谷川注（4）著。金沢大学附属図書館蔵『陰符抄　再三編』、他）、②博多（横井養玄「覚」：『寄席・見世物』）、③伯耆国（「太平記理尽抄之事」：『寄席・見世物』。『重編応仁記』）、④京都本圀寺（「金沢古蹟志」・「御国御改作之起本」：『加賀藩史料第二編』）。

(15) 牧野淳司「太平記秘伝理尽鈔断簡（解題・翻刻）」（影印をも付す）『豊田史料叢書　猿投神社聖教典籍目録』（豊田市教育委員会、二〇〇五）。

第四章　『恩地左近太郎聞書』と『理尽鈔』

はじめに

版本『理尽鈔』（外題「太平記評判」）には、『恩地左近太郎聞書』（外題は「太平記評判　恩地」。以下、『恩地聞書』と略称）なる一書が付載している。両書につき、「恩地聞書は内証によって偽書なることが明らかにされるのであるが、その内容は理尽鈔本文と全然関係のないものである」[1]との亀田純一郎の言及があったが、『理尽鈔』における恩地左近太郎の役割、尊経閣文庫蔵明暦二年筆写本（大橋本）の内題のあり方に注目し、「『聞書』が『理尽鈔』とむすびつけられたのも、決して故なしとしない」[2]とする加美宏の慎重な発言をへて現在にいたっている。本章では、『恩地聞書』と『理尽鈔』との関係を分析する。

一、『恩地聞書』の伝本

まず、『恩地聞書』および関連書の伝本の整理をしておく。

《版本》

内題はいずれも「恩地左近太郎聞書」。（　）内最初の記号は請求番号。

◇印は『理尽鈔』付載のもの（刷題簽「太平記評判　恩地」）。＃印は電子複写等による。

（1）某年刊（刊記なし。他は正保版に同一）[3]
臼杵市立図書館◇

（12）正保二年印（刊記「正保二乙酉稔仲秋下旬開板之也」。墨付59丁。半葉11行20字程度。子持枠匡郭二一・九×一六・一㎝。柱題「恩地」）
国会図書館◇（106–69）・内閣文庫（170–222：改装。外題打付書「恩地左近太郎聞書　全」）・金沢大学附属図書館（◇）（14門20類96号：後補書題簽「恩地左近太郎一満聞書　全」。4門21類83号として『理尽鈔』四四冊あり。ともに、朱引・朱点・朱校訂書入・貼紙等あり、本来一揃と目される）・筑波大学附属図書館＃（外題無し。図書館ＨＰ書誌解題より）・東北大学狩野文庫＃（狩2–4173–1：題簽剥離）・防衛大学校有馬文庫（A065：改装・外題打付書「正徳二年板／恩地左近太郎聞書」）・大分県立図書館＃（磧田叢史の内。外題打付書「恩地左近太郎」）・岐阜市立図書館（15–106：改装。外題打付書「恩地左近太郎聞書」）・徳島県立図書館＃（W399–オン：題簽剥離）・山内宝物資料館◇＃・富田林高校菊水文庫（改装・外題打付書「恩地左近太郎聞書」）

未見■島田貞一・宮内庁書陵部◇・千葉県立中央図書館◇・静嘉堂文庫◇・彦根城博物館（三部）

（2）寛文一〇年刊（刊記「寛文十庚戌稔初秋上旬／新板焉」。墨付54丁。半葉11行23字程度。子持枠二一・五×一六・四㎝。柱題「恩地巻」）
（a）京都大学附属図書館◇（大物本。太平記評判四五冊の内。藍色表紙）・佐倉高校鹿山文庫◇（太平記評判四五冊の内。藍色表紙）
（b）内閣文庫◇（167–165：太平記評判三五冊の内。薄縹色表紙）
（c）天理図書館（154.3–35②：改装。外題無し）・久留米市立図書館＃（前後表紙欠損）・富田林高校菊水文庫（改装。新補題簽「恩地左近太郎聞書」）

未見：彦根城博物館

（3）寛文一〇年刊本の覆刻（寛文一〇刊本の刊記の内、年記部分のみを欠く形で「初秋上旬／新板焉」とある。子持枠二〇・六×一六・一㎝。また、本書は柱刻上下部分のみ匡郭を欠く）

玉川大学図書館（W789.11–オ：表紙破損）

（41）延宝五年松会開板

未見。國學院大学日本文化研究所河野省三記念文庫（『河野省三記念文庫目録　和装本之部』によれば、刊記は「延宝五丁巳歳九月吉辰　松会開板」）

（42）延宝五年刊後印（刊記「九月吉辰　松会開板」。墨付47丁。一面12行25字程度。四単辺二二・一×一六・二㎝。柱題「恩地」）

刈谷市中央図書館村上文庫（5269：刷外題「太平記評判　恩地」）

（43）延宝五年刊明治印（「九月吉辰［＊］」＊この部分、「松会開板」の枠の一部のみ残存。後表紙見返「文栄堂蔵版／東区南久宝寺町四丁目六番地／阪府書林　前川善兵衛」。墨付上28丁、下（29～）47丁）

大阪天満宮（119–19：刷題簽「大平《（ママ）》恩智巻　上（下）」）

《写本》

◇印は『理尽鈔』付載。（　）内は略称。◇印の伝本は第三部第三章の『理尽鈔』略称に揃えた。大阪府立中之島図書館には複数の『恩地聞書』写本が存在するが、本章で問題とするのはC類本であり、これを中之島本と呼ぶ。略称に続く記号は請求番号。書誌は〈楮紙袋綴、外題・内題：恩地左近太郎聞書、本文用字：漢字片仮名交じり〉以外の場合のみ注記する。

（1）非版本系写本

〈A類〉

尊経閣文庫◇（大橋本。3–16）：斐紙薄様。香色地に雲母刷模様（卍繋、中央部に菊水を描く大きな円形）表紙三四・八×二四・一cm。書題簽「恩地聞書」の他、表紙右側に「雲州本／恩地記　完一冊／附于評抄第廿六」と打付書。内題「太平記廿六巻理尽抄内恩地左近太郎聞書」。11行。蔵書印「前田氏／尊経閣／図書記」「翁」。理尽抄に明暦二年（一六五六）奥書あり。

〈B類〉

B1　中西達治◇（中西本）：黒地、卍繋ぎ牡丹唐草艶出し表紙二七・七×二〇・〇cm。書題簽「太平記評判　恩地」。10行。旧蔵印「成田氏／蔵書印」（明治四年の購入者）、「（不明黒陰刻）」。近世中期写。

B2　尊経閣文庫（尊経閣一冊本。11–378）：斐紙薄様。紺色表紙三〇・八×二〇・三cm。打付書「恩地聞書　全部」。内題「恩地ノ左近太郎聞書」。12行。朱点・朱引・朱庵点。異筆墨書平仮名付訓。近世初期写。旧蔵印「学」「石川県勧／業博物館／図書室印」

〈C類〉

C1　秋月郷土館（◇）（秋月本。13/1―23）：『理尽鈔』三二冊（8/5―3）と同一体裁。栗皮表紙二七・四×二〇・五cm。内題「恩地ノ左近太郎聞書」。11行。朱点・朱引。近世初期写。

大阪府立中之島図書館◇（中之島本。324.2–12）：茶色表紙二七・〇×二〇・一cm。書題簽「太平記評判（欠損：恩地）之巻」。内題「恩地ノ左近太郎聞書」。11行。朱点・朱引・朱庵点。旧蔵印「岸藩／文庫」（岸和田藩）。近世中期写。

群馬大学附属図書館新田文庫（新田本。N399.1–065）：斐楮混紙。黒色表紙一四・一×二〇・七cm。書題簽

「正成抄談之言葉」。11行。ごく一部に朱点・朱引。奥書「霜月朔日」。複数の筆。近世中期写。

島原図書館松平文庫（◇）（島原甲本。87–7）：『理尽鈔』二八冊（113–6）と同一体裁。焦茶色表紙二九・四×二〇・〇㎝。書題簽「恩地巻」。内題「恩地ノ左近太郎聞書」。11行。近世前期写。旧蔵印「尚舎源忠房」「文庫」

天理図書館（天理本。154.3–35）：黄土色地に菊・牡丹唐草模様型押表紙二二・四×一六・四㎝。書題簽「楠公教訓／恩地左近太郎書」。12行。一部に朱点。奥書「弘化三丙午仲春／雨静瓦燈之下以愚筆写之／伊藤孝重拝」

山鹿家（山鹿本）：斯道文庫蔵フィルムによる。縹色表紙二五・〇×一八・八㎝。題簽「恩地左近聞書」。12行。朱句点。山鹿素行写。印「積徳堂」「藤子敬」

C2　架蔵本◇：栗皮表紙二三・八×一四・二㎝。題簽剥離。内題「恩地ノ左近太郎聞書」。11行。近世前期写（同一体裁の『理尽鈔』四〇冊は多人数で各冊を分担書写しているが、その巻三・六等と同筆）。旧蔵印等無し。

（2）版本系写本

宮内庁書陵部（葉–100：11行。旧蔵印「葉室庫」「頼孝」。「此秘鈔或貴人云々」の奥書を含め、奥書の類無し。近世中期写）

東京大学総合図書館（B40–941：書題簽「恩地左近太郎聞書抜書　全」。11行平仮名交じり。「此秘鈔或貴人云々」の奥書あり、書体も正保二年版に近似。旧蔵印「南葵文庫」「内田氏蔵書」。近世末期写）

大阪府立中之島図書館（175.1–8：書題簽「恩地聞書」。9行。正保版本と用字に至るまでほとんど同じ。「此秘鈔或貴人云々」の奥書あり。刊記のみ無し。旧蔵印「五峰文庫」・「佐々木」（朱丸印）。近世後期写）

大阪府立中之島図書館石崎文庫（石175.1–1：書題簽「恩地記」。8行平仮名交じり。「此秘鈔或貴人云々」の奥書あり。

刊記のみ無し。用字には異同あるものの正保版本に略同。旧蔵印「緑雪蔵図書記」。近世中期写）

金沢市立玉川図書館津田文庫（098.6–121ア：内題無し。13行平仮名交じり。「此秘鈔或貴人云々」の奥書の後に「寛延三庚馬《（ママ）》中秋上旬　寿嗣・花押」の書写奥書あり。また、扉（原表紙か）に「恩地左近太郎聞書全部／此書は本伝にあらす。一説に由井正雪／作也と云々。本伝とは余程相違之由也」との書き付け有り）

金沢市立玉川図書館津田文庫（098.6–121：書題簽「恩地氏聞書」。11行。「此秘鈔或貴人云々」の奥書を含め、奥書の類無し。近世後期写）

宮城教育大学附属図書館（未見。『宮城教育大学所蔵和漢書古典目録（続）』によれば、「正保二乙酉稔仲秋下旬開板也」「享保元年六月写之　支倉氏」との奥書あり）

宮城県立図書館（M159–オ1：「恩地左近太郎聞書」と打付書。13行。「此秘鈔……」の奥書あり。つづけて「九月吉辰松会開板」と記す。旧蔵印「もちぬし／さとう／しうろく」。近世後期写）

《恩地聞書の口伝集》

金沢大学附属図書館「楠家兵書六種」14門20類8号の内、楮紙袋綴一冊。白色表紙二三・四×一七・六㎝。金地卍繋題簽に「恩地聞書　全」と墨書。その右に「楠家兵書ノ内」と朱書。表紙右隅に「六種之内」と墨書。内題・尾題「恩地聞書」。最初三丁のみ10行、以下11行片仮名交じり。墨付58丁。朱訂正、朱傍点一部にあり。奥書「右此一巻雖為秘奥／令伝授者也／天保三年七月　大橋貞幹「成美／館印」／福田縫右衛門殿」。蔵書印「翁」「第四高／等学／校図書」、「大貞」（小印。書背）。

本書は「恩地聞書」とあるが、内容は上記『恩地聞書』の聞書（注解）であり、本章では区別のため『聞書口伝』と称する。

二、『恩地聞書』諸本相互の関係

まず、版本と非版本系写本の先後を問題とするが、次の箇所が両者の関係を最も端的に示している。以下、事例の掲出にあたっては、版本の記述を見出し（丁数、表／裏）として、写本の異同箇所を付記する。

又臆病ハ病ナレバ除ヌベシ。但是ヲ治スルニ薬ナシト見タリ。少臆アルニハ、九寸ノ利ヲ安《アン》ズ。利ヲ倶ニ知ヌレバ免《マヌカ》ル。能《ヨク》気《キ》ヲ加テ是ヲ保ハ士《シ》也。当法《マサニホウ》四有。能《ヨキ》故ニ面《マノアタリ》ニ天ニ利アルヲ以スル故也。仁ハ誠《シン》ニ伝《テン》也。毎朝能《ヨク》無則《ムナルトキンハ》、臆ハ自然ニ止デ、心恐動セズ。将兵共ニ用ベキ事也。是モ心疏々《ウカウカト》シテ、心恐動シ、又色ノ変ズルナンドハ治スレドモ、臆病ハ治セズト伝テ有〈口伝／有レ之〉。（15ウ）

傍線部、版本（版本系写本もこれに同じ）の表記のままでは意味不明であるが、『聞書口伝』は次のように説明している。

一少ノ臆有ニハクスリアリ。クチハメノカゲボシトタウボシノメシヲイリテ、コニシテ、マイテウノムトキンバ、ヲクハ自然ニ止テ不恐動ト云々。――唐ボウシ云赤キ米有。ソレヲ飯ニシテ煎《イリ》テ粉ニシテ毎朝ノム也。クチハメトハ真虫ト云蛇《ヘビ》也。ゴハツソウト云也。

また、島原本は当該箇所に「臆病病《ハフ》ナレハ除《キヌ》　此《ヲ》治スルニ薬ナシト見《へ》ヘタリ少ノ臆アルニハ九寸ノ利安理《シ》倶《ニ》知《ンヌ》　波免《ミ》能《ク》加《テ》レ気《ヲ》保《ツ》之土　当《アリ》レ法《テ》四《ニ》　能《ナリ》故《キ》面《ニテノ》　於二以《ヲ》レ利《ニ》天一《ナリ》故《ハ》　仁至《コト》レ伝《ヘナリ》　毎朝能《ク》无ナリ」との貼り紙があり、傍線部漢字左側に「クスリアリ。クチバミノカケボシトトウボシノコメヲイリテコニシテ（毎朝）ノム」と朱書している。島原本のような朱書注記は無いが、尊経閣大橋本・天理本・中之島本もこれに同じ。尊経閣一冊本は「故面」（コメ）を「面此」（メシ）としており、『聞書口伝』に一致する。中西本も「面此」とある。新田本「九寸理安シ理倶ニ知ンヌ波免ル能気ヲ加エテ保ノ士也当法四ツ也能故ニ免ニ於以利天故也仁ハ至伝也毎朝能無ナル則ンハ」、山鹿本「保ツノ（「之」欠）土也」「以利天ユヘ也」、秋月本「波ミ免ルヨク加《テ》レ気《ヲ》保《テ》レ之《ヲ》土《ナリ》当《テ》レ法ニ四ナリ能キ故ニ於《テ》」とそれぞれ一部に崩れを見せる伝本もあるものの、非版本系とした写本は書写者が内容を理解していたかどうかは別にして（中之島本は下欄外に「不審」との貼り紙を付す）、本来的な表記を伝えるものである。

ちなみに、音読みを介した秘伝表記は『理尽鈔』巻七にも見られる。千剣破城の正成が観心寺との連絡のため、忍びの兵に持たせた文に施された細工を説明する一節がそれである。

其白文ヲ水ニ漬テ見レハ、水中ニ文字浮ヘリ。又鍋ノ墨ヲ付テ見ルニ文字出ル也。ソレト者、当三能悟二魔悩一《マサニヨクサトルマノウヲ》安　普　羅二　遠土一《イックンソアマネクカ、ランエントニ》理レ帝　覚辺レ之《リシテテイヲカクチカシ》ト云云。如レ是行シ程ニ敵一度モ忍ヒノ使ヲ不《ル》二見付一也（43ウ）

『陰符抄』初編七（内題「理尽抄七之巻聞書」。金沢大学附属図書館）はこの箇所を「当三能悟二魔悩一ノ語ハ日本記ニ在　？？？（記号的。右半分は十コマと読める）油ヲ以テ書也」と注する。「唐胡麻ノ油（ひまし油）ヲ取リテ書ベシ」と解するのであろう。

また、条目の立て方について、次の箇所をみよう。

○亦知浅ケレバ奸顕安ク、知深ケレバ顕ガタシ。

○或、人ノ智ノ浅深ハ又知ントスル人智《ノ》浅《ノ》深ニヨルベシ。今ノ世ニハ冥愚ノ人ノミ多ケレバ、奸人ノ智ノ浅深ニヨルベシ。……（6ウ）

大橋本はこの箇所を「顕レ難シ口伝有之、見ル人ノ智ノ浅深ソ。又知ントスル人ノ……」とつづけ、尊経閣一冊本・中之島本・山鹿本・秋月本も同様である。島原本は「顕レカタシ口伝有之、見ル人ノ智ノ浅深ソ。又智ノ浅深ニヨルヘシ……」とやや異なるが、同じく一条目としている。島原本・中之島本・山鹿本・秋月本の「見」は「ア」に近く、「アル人ノ」と誤読した結果、版本の「或、人ノ……」という行文が生みだされたものと思われる。

その他の異同箇所も、多くは写本（島原本を引用するが表記の異同を除き、諸本共通）に対して、版本の不備を示すものである。

以下《イケ》ヲ憐心少シテ下ノ不忠ヲ罰スルハ非也（10ウ。写：己レ下ヲ慈ム）

血気ノ疎々シキ者ニ誠ノ忠ナシ。是七ツ。喧嘩ズキシテ又行不定ノ者ニ忠ナシ。是八ツ（12オ。写：是七喧嘩スキソ）

財ヲ奪ンガ為又賞貪《ヲ》也。戦ノ場ニ莅デ、一往勇アルモ多カラン（22オ。写：貪ンカ為ニ）

サレバ君子ハ諸人ヲ見事能《アタハ》ザレ奪ザレト云シ（24ウ。写：アタヱサレ）

大人ハ後ニ大ナル笑ト成、少人ハ又少ク分々当々ノ笑トナル物也（27ウ。写：災）

敵ヲ防、邪ヲ防、諸悪ヲ防ニハ、賢才ヲ体トシテ……（31ウ。写：欲）

右ノ書ノ奥書ニ曰（中略）其器アツテ是ヲ読ンニハ講読スル事　審《ツマビラカ》ニスベシ（53ウ。写：三《ニ》スヘシ。※『理尽鈔』巻十奥書にいう「三度講読ノ後、次ノ巻ヲ可二伝授一」等と同義）

私言ヲ聞テ他ノ悪説ヲ信ゼザレ。自身目ヲ以スベシ。実ト虚ト多キモノナルゾ（54ウ。写：譏）

ただし、非版本系写本も均質ではなく、A（大橋本）、B（1中西本。2尊経閣一冊本）、C（1秋月本・中之島本など。2架蔵本）の三類に区分可能で、詞章上ABとCとに、巻末章段無（A・C2）と有（B・C1）とに分かたれる。C2架蔵本は詞章面ではC1と同じ特徴をもつが、異文注記（A大橋本に近い）を傍書し、巻末章段を欠くことについてもAの影響を受けていると思われる。この点は「三、『恩地聞書』の生成」で扱う。

まず、詞章上ABが共通し、Cと異なることを示す。

（1）AとB1・B2との共通性

以下のように、A・B類本は、C類および版本に見られる口伝内容を示す章句（下記傍線部。「口伝有之」に続けて「……トゾ」「……ゾ」という記述があることから口伝内容の摘記と目される）を欠く箇所がある。このことから版本の底本はA類に近いといえる。また、C類・版本の口伝章句は、『聞書口伝』の当該記事とは一致しないから、『恩地聞書』の口伝内容には少なくとも二種類あったことがわかる。A類大橋本の予定していた口伝が『聞書口伝』と同一かは不明であるが、『聞書口伝』の伝授者大橋貞幹は大橋本に奥書を記した貞清の子孫であり、大橋家の口伝とC類本・版本の口伝とは別系統であった可能性が高い。

如何ニ勇ナリ共、邪欲深ク侈強《ク》佞奸ノ心行アラハ、大ニ禁ズベシ。威ヲ押ヨトゾ（19ウ）

〔大橋・中西・尊一・秋：口伝有之。島・中島・天・山・新：口伝有之、威ヲオサヘヨソ〕

『聞書口伝』此三ツハ天道モ悪ミ人モ悪ム。天人トモニ悪ム事成《レ》バ、如何成勇謀有トモ邪欲ト侈ト佞奸有バ可禁ト也。是正成カ遺言ノ一体也。正成カ在世成ラバ勇謀ヲ用テ、邪欲ト侈ト佞奸ヲハ不《ル》レ出ヤウニ、智ヲ以《テ》可レ遣。然レトモ正行若年成《レ》ハ、人ヲ遣フ智能不レ可レ有《ル》。此故ニ戒タリ。是謀反スル者ナレハ木宮ガ類也。

又佞ヲ遣ノ謀アリ。口伝有レ之。二ツゾ。自ト他トゾ（36オ）

〔大橋・中西・尊一：口伝有之。島・中島・天・山・秋：口伝在之二ツソ他ト自トソ。新：口伝二ツ自ト他トゾ〕

『聞書口伝』佞ヲ仕ハ佞ヲ以テ仕フ也。奸ヲバ奸ヲ以テ仕フ。愚ヲバ愚ヲ以テ仕フ。智ヲバ智ヲ以テ仕フ也。此故ニ将ハ佞奸智愚ナクテハ良将ニハ非ズ。

又常ノ行跡云ナトニ心持有ベシ。口伝有レ之。善ハ礼悪ナラバ奸ナルベシ（48オ）

〔大橋・中西・尊一：ナシ。島・中島・天・山・新・秋：能ハ礼悪ナラハ奸ナルヘシ〕

『聞書口伝』伝。禅家ノ八境界ノ内ニ大人ノ境界、賊ノ境界ナド有也。参ズレバ此明カニ知ラル、也。悟道シタル者ノ境界ハ袖ノ振合ニモ知ラル、也。然ドモ愚民ヲシテ道ヲ知ラスルノ便リニハ成ラヌ也。一身ノ為計リ也。併仏心ヲ悟道スルニハ禅也。

以下は、口伝以外の箇所でも、大橋本と中西本・尊経閣一冊本とが共通性が高いことを示すものである。

安全ノ世ニハ佞奸ヲ禁ズル事ハ別シテハ国ノ乱《ヲ》兼《テ》慮《ル》故也。（＊1）惣ジテ政ノ、一切ノ障ト成モノ也（中略）佞奸邪欲ヲ（＊2）忌トナレハ（30オ）

（＊1）大橋：本行「邪ニシテハ」傍書「惣ィ」、尊一：邪シテハ、中西：邪心ニシテハ。島・中島・天・山・秋：惣シテハ、新：惣而

（＊2）大橋：本行「忘レン」傍書「忌ィ」、尊一：忘《わすれん》、中西：忘レン、天：忘《ハスル》。島・中島・山・秋：忌、新：凶

某モットモ感心セリ（50オ）

大橋：本行「セシトニヤ」傍書「セリィ」、中西・尊一：セシトニヤ、島・中島・天・山・新・秋：セリ

（2）AとB1との共通性

常ニ賢ニ親シテ賤キニ心ヲ寄ベカラズ（1ウ）

大橋・中西「奸ヲ遠サケヘシ」。天「姦ニ心ヲヨスヘカラス」とあるほかは、他本いずれも版本の形に同じ。

我ニ将ノ謀才有ユヘニ軍ノ勝負ヲ兼テ知。故ニ其身討レズシテ、一命ヲ全シタリナンド利口スルモノナルゾ（34オ）

大橋・中西の傍線部は「将ノ無謀ナル事ナト云テ」とある。

（3）AとB1・B2との関係

前述の秘伝記事（A「故面《コメ》」、B「面此《メシ》」）にみられるように、AB両類は直接の親子関係には無いといえるが、以下に示すようにB類の表記に誤脱が目立つ。B1、B2も「佞奸ノ人ノ……」の事例にみるように、直接の先後関係は認められない。

佞奸ノ人ノ偽ルヲ覚ザルハ敵ノ謀ニモ落ヌベケレバ、将ノ愚ノ程顕然タリ（19オ）

中西：諸将ノ、尊一：敵ノ将ノ

又佞者ノ司タル事ハ中々申ニヤ及（31ウ）　中西・尊一：ナシ

其謀ニ叶、敵ト時トニ相応シテ追罰セバ（43ウ）　中西：叶フ時ニ、尊一：叶《かなふ》時ニ

五常（44ウ）　中西：五常、尊一：王常《わうちやう》▲

一心（47オ）　中西・尊一：一ツ

侈極テ大ナルハ（52ウ）　中西：極テ、尊一：遊《あそひ》テ▲

（4）C類の誤脱

木葉ヲ集テ鶏トシ、出狂房、土アソビナドニ（1オ）

島：鶏ト仕出テ狂坊、天：出狂坊《ヤマキヤウボフ》

正成身マカリテ後モ（14ウ）　島：云マカリテ

先陣戦ザル前ニ後陣敗ス。是三ツ。諸軍姦シテ将ノ下知ヲ聞ズ。是四ツ。自ノ勇、名利ヲ貪ン事専トシテ、戦ノ勝負ニ心ヲ懸ズ。是五ツ。主ニ恐ル威ナケレバ、士卒下知ヲ重ゼズ。是六ツ。前陣少勝色アレバ諸軍下知ナキニ軍ノ備ヲ乱ス。【　】是ニヨッテ大勢ヲ小勢ニ遣《ツカフ》ノ失アリ。謀ナラザルノ損アリ。重テ戦ントスルニ敗スル理アリ。敵ニ計ル、ノ端也。是七ツ。約ヲ堅シテモ亦変ズルニ安シ。是八ツ。懸ルニ（中略）。是九ツ也。（29オ）

大橋・中西・尊一・天：四ツ、五ツ、六、【是七】依之、八、九、十

島・中島・山・新：五《〻ツ》、六《ツ》、七《ツ》、依之、八《ツ》、九《ツ》、十《ヲ》（※「四」ナシ）

秋：四《ツ》、六《〻ツ》、七ツ、依之、八ツ、九ツ、十（※「五」ナシ）

小括

非版本系写本の本文が版本のそれに先行しており、本書の成立は少なくとも版本刊行の正保二年（一六四五）以前で

ある。ただし、現存のいずれの伝本もそれぞれ問題を有しており、A類とC類との先後関係についても、詞章面では決定的なことはいえない。

三、『恩地聞書』の生成

1、大橋本・版本共通部分

『太平記』巻一六に湊川での戦いを前にした正成が、同行していた嫡子正行を桜井の宿より河内へ帰すに際し、「獅子子ヲ産デ三日ヲ経ル時」に始まる「庭訓」を残したとする有名な一節がある。ここでは言葉による教えであるが、『理尽鈔』巻一六は、河内から桜井の宿に呼び寄せた正行に対し、遺訓を残した上で「国ヲ政《ヲサム》ルノ道数十箇条、法礼ノ事自筆ニ書置給ヌ巻物一巻」（49オ）を箱に入れて渡したとする。さらに同書巻二六には、巻一六とは別種の「伝承」がある（「楠正行最期事」の末尾部分89オ～92ウ）。

又正行、故判官ニハ少シ劣リケルニヤ。故《正成ハ七百余騎ヲ具シテ打死セシニ、一人モ遁者ナク供シテ打セシトニヤ。今ノ正行者三千五百余騎ニテ向ヒシニ、被レ打郎従上下六百八十九人、残ノ兵ハ皆主ヲ捨テ北ゲヌ。アハレ如レ正成一ニテ三千五百余騎皆正行ガ供シテ打死ト思切リタランニハ、今度ノ敵ヲバ、タヤスク追払ハンズル物ヲト也。サレバ故正成、尊氏兄弟ノ行跡ヲ見テ、軍ハ近付ヌトヤ被レ思ケン、建武二年二月廿六日ノ夜ニ入テ、恩地・阿間・木沢・丹下・早瀬ヲ召シテ、正行其時十歳ナリケルヲ呼ビ寄テ、自筆ノ巻物ヲ正行ニ与テ、其理ヲ談ゼシ。（中略）①其鈔秘シテ人ノ知ル所ニ非ズ。然ヲ恩地、正成ノ宣フ所ヲカツ〴〵覚ヘテ心ノ覚ヘト号シテ、書置ケルトニヤ。②其鈔ニ云フ》

○芳野炎上事
伝ニ云（中略）吉野炎上ノ事如レ鈔ノ

正成遺言書の生成については、類同の伝承をもつ『桜井書』『楠正成一巻書』『兵庫記』の生成の問題と合わせ、第五部第一章・第二章で扱う。ここでは恩地の聞書の問題に限る。

右の引用中に二つの「其鈔」があらわれるが、①は「秘シテ人ノ知ル所ニ非ズ」とあり、正行に与えた「自筆ノ巻物」をさし、②はその直前の文章から〝恩地の聞書〟をさす。問題は②「其鈔ニ云フ」という中途半端な記述のまま、聞書の内容が示されないことである（大橋本巻二六も同じ）。

前記『陰符抄』をはじめとする大橋家の伝承は「此恩地ノ聞書ハ理尽抄二十六ノ巻ノ内ナルヲ陽翁分テ一冊トシ玉フ也」（『聞書口伝』巻頭）と述べ、『理尽鈔』巻二六と『恩地聞書』との密接な関わりを説いていた。大橋本『恩地聞書』の内題は「太平記廿六巻理尽抄内恩地左近太郎聞書」とあり、右に引用した巻二六《 》内と同じ詞章を再録した後、「正成抄談ノ詞ニ曰ク……」と、他本の『恩地聞書』冒頭以下の記述を始めている。大橋本はこの『恩地聞書』こそが「其抄」に相当するものであると主張するのである。

しかし、問題はさらに続く。大橋本にも版本にも共通することであり、以下、版本『恩地聞書』を掲出する。

恩地左近太郎聞書
【1】正成鈔談ノ詞ニ曰、『凡国郡ヲ治、諸人ノ司タラン者ハ、……（1オ）
（中略）
……国ヲ治ン者、此道ニ背ナバ、必亡ル物也。口伝有レ之。穴賢、是等ノ道ニ背事ナカレ』ト也。（53オ）

以上が『恩地聞書』の本体である。これに以下（53ウ〜）が続く。

【2】○右ノ書ノ奥書ニ曰、『此鈔ニ人ト有所ニテ講読スル事ナカレ。（中略）深奥ノ義ヲ思当事有ベシ』ト云々。

【3】又此一巻ノ大体ニ十九ヶ条ノ法アリ。『一ツニハ……〜十九ニハ……』。『此十九ヶ条、此一巻ノ大旨也。誠ニ深キ心得有。口外スベカラズ。吾家ノ外ニ出スベカラズ。奉行頭人タリト云トモ、是ヲ伝ベカラズ。器ニヨッテ端々ハ講読スベキモノ也。』

【4】然ニ正行、此鈔ヲ背《ソムク》事少々有シ。「病ノ僻《ヒガミ》ニヤ」ト人々申アヘリ。故恩地存生ノ程ハ、「私ノ家ニ、彼一巻ノ理、故判官殿ノ宣シ所ヲバ、且々写置マイラセテ候」ト折々ニ諫ケレバ、故正成ニハ及ザリケメドモ、正行程、智ト仁ト勇トノ三ツヲ兼タル良将ハ、末代ニハ有ガタキ事ゾカシ。然ルヲ吉野ノ公卿達ノ智浅シテ、天下ヲ朝セシメ給間敷所ヲ兼テ覚シ、我身ノ病ヲ分別シテ討死ヲ急給ケルコソ最愛《イトヲシ》ケレ。

【1】「正成、鈔談ノ詞ニ曰……」(聞書冒頭) 以下も、もちろん背後に引用者(語り手)が控えてはいるのだが、直接には、恩地自身による正成の詞の紹介という形式をとっている。しかし、【2】「右ノ書ノ……」以下は、「右ノ」という表現が端的に物語るように、明瞭に、『恩地聞書』とその奥書を今ここに紹介している語り手の発言である。しかも、【4】の内容は、正行討死という事態を受けての論評であるから、大橋本冒頭の『理尽鈔』巻二六引用部分につながる。したがって、『恩地聞書』を紹介している語り手とは『理尽鈔』の語り主体そのものということになる。

【3】部分について『聞書口伝』は

此十九ヶ条彼一巻ノ大旨也――正成カ家ノ日記ノ一巻ノ書ノ内ヨリ此十九ヶ条ヲ抜出シテ、座右ノ壁書トシテ常ニ是ヲ行ヒシト也。

と「正成カ家ノ日記ノ一巻ノ書」すなわち、正成が正行に与えた「自筆ノ巻物」からの抄出とみなしている。しかし、上述のように『理尽鈔』巻二六は、自筆の巻物の内容は不明としており(其鈔秘シテ人ノ知ル所ニ非ズ)であり、伝授の場に陪席した恩地が、正成の談じた「理」、「正成ノ宣フ所」を書き留めたものが『恩地聞書』として伝わっている、と述べていた。したがって、「十九ヶ条ノ法」も恩地が『聞書』の要諦をまとめたものとみなされる(「吾家」とは楠家ともとれるが、後文にも「私ノ家ニ」とあるから恩地家をさす）。

聞書本体『凡国郡〜背事ナカレ』とその奥書『此鈔ニ〜思当事有ベシ』

十九ヶ条内容『一ツニハ〜十九ニハ……』とその心得『誠ニ深心得有〜精読スベキモノ也』

という相似形の構図であろう。ただし、十九ヶ条とその心得とがどのような形で存在したのか（書き物の形をとっているのか、口頭か）があいまいであり、『聞書口伝』を参看すれば、『理尽鈔』語り主体は恩地が壁書にしたためていたものを（何らかの方法で）知り、ここに紹介している、ということになる。

【3】をもふくめ、【2】以下は、内容的に『理尽鈔』巻二六につながっているのであり、そのことを明示しない、大橋本以外の形式の『恩地聞書』も、『理尽鈔』巻二六の一部としてはじめて、その構成が十全に理解できる。

正行が早死にしたのは、病のせいもあって、正成の教えを充分に活かすことがなかったからだ、というのが、『恩地聞書』をふくむ巻二六の主張である。正行の手元には自筆の一巻があったはずであるが、上述のように、正行がそれをどのようにあつかったかは言及しない。湊川討死前年の建武二年に、正成が正行に自筆の巻物を与えて講説した際、正行は一〇歳（巻一六48オ桜井庭訓の際「十一歳」）の少年であり、陪席した、正成腹心の家臣恩地こそが正成の説いた内容を深く会得した。したがって、あるいは自筆の巻物以上に『恩地聞書』には高い価値がある、というのが『理尽鈔』語り主体のいわんとするところであろう。

右の正行批判記事に、〈正行に多門丸という幼童がいたが四歳で病死。懐妊中であった正行妻は実家に戻り、男子を産んだ後、池田教依に再嫁。男子は池田教正と名乗り、今の池田六郎は教正の曾孫である〉という、正行子孫の物語が続く（57オウ）。[4] ここまでは、大橋本も同一である。

2、大橋本『恩地聞書』には無い記事

以下の「千剣破城事」は、先の伝本分類でいえば、版本（版本系写本）および非版本系写本B・C1類にはあるが、A類大橋本・C類2架蔵本にはない。

①○千剣破ノ城ノ事。伝ニ曰、紀州ノ住、②湯浅九郎、湯川庄司ト共ニ、本国ニ帰ケルガ、湯浅、湯川ニ向テ曰「正行已ニ討死仕候ヌ。此乱ノ根本ハ、一族ニテ候本宮太郎左衛門ガ 弐《フタゴヽロ》故ニヨッテ、角成行候シゾカシ。某モ正行ト一所ニ討死仕候ハント思定テ候シカドモ、追手搦手ノ手分ニヨッテ、大臆病ノ大将ノ手ニ属シ、心ナラズ命生テ候事、誠ニ以本意トハ存《ゾンゼ》ズ。口惜候。③吉野ノ皇居角成給上ハ、小次郎正儀幼ト云、宗徒ノ郎等ドモハ、正行ト一所ニ討死仕テ候ヘバ、一日二日ハ城ニ怺テ戦トモ、久謀ハヨモ候ラハジ。親ニテ候者ヨリ以来、二代楠家ノ恩ヲ深受テ候ヘバ、有合タル郎等ドモヲ引具シテ、千剣破ノ城ニ入、正儀ガ成果ンズル様ニ成テ、数年ノ恩ヲ報ジ候ベシ。和殿ハ本国ニ帰給テ、国ニ残置候妻子等家子郎等ドモニモ、此由ヲ伝テ給テンヤ」ト、実ニ思切タル体ニテ泪ヲ流シ申ケレバ、湯川モ共ニ泪ヲ流シ、「仰最ニ候。某モ正成正行ノ恩ヲ受テ候事ハ、海々山々ニ候モノヲ。イザサラバ千剣破ノ城ニ行テ、正儀ニ力ヲ合セン」トテ、大和ヨリ紀州ヘハ帰ラズ、二人ガ手勢六百余騎ニテ千剣破ノ城ニ走行テ、正儀ニ力ヲ合ケリ。又大和河内ヨリ、所々城々ニアリシ兵ドモ、其外敗軍ノ士卒共走リ集テ六千余騎、正儀カ手ニ属シケリ。他家ノ人々カクノゴトクナル上、楠ガ郎等家子ドモハ、討死セザルヲ口惜キ事ニ思、又跡ニ残レル者ドモハ、軍ニ合ザルヲ無念ノ事ニ思ケレバ「此大勢千剣破ニノミ打籠ンハ、無念ノ事成ベシ」トテ、千剣破ニハ軍勢少々残置、皆赤坂ヘゾ打出ケル。赤坂ニテモ敵ヲ待ズ、正儀ガ郎等三百余人、都合其勢一千余騎、外様ノ軍勢六千余騎、敵ノ旗ノ手ノ見ユルト等ク、石河川原ヘ打テ出タリケレバ、師泰二万余騎ノ勢ニテ走向ケルガ、思ノ外ナル大勢哉ト驚テ、是モ④同《ク》石川河原ニ対城ヲトッテソ戦ケル。角諸卒ノ

集タル事モ、正儀ガ謀ノユ、シキニモ非ズ。唯正成正行二代ノ楠、意ニ少モ奸曲ノ事モナク国ノ者ドモニモ、情深ク賞罰ヲ正シテ、政道ニ私ナク、謂行シ故トゾ聞ヘシ。将タル者ノ心得ベキ事也。（57ウ～59ウ）

まず、傍線部①のあり方に注意したい。このような型は、『恩地聞書』の他の部分にはなく、『理尽鈔』に見られるものである。先に、『恩地聞書』とその奥書を掲出した後の部分が『理尽鈔』巻二六「楠正行最期事」の末尾部分と呼応していると述べたが、この①は形式的にも明瞭に『理尽鈔』そのものであることを示している。この章段の内容は、「楠正行最期事」に続く「吉野炎上事」をふまえたものである。

「吉野炎上事」は次のような記事である。宮方の将四条隆資が吉野皇居に戻り、敗戦・正行の討死を告げる。隆資が再度の合戦を主張するが、武士は臆病者の隆資を大将としても敗れると反発。湯川庄司らが、賀名生に皇居を移し、「国々ノ軍勢ヲバ本国ヘカヘシ、我ガ領内ノ城々ヲ強ク」守るよう下知するのがよいと進言（上記②はここに対応）。さらに千剣破の楠正儀も使者をたて、勧めた結果、賀名生行幸に決する。

左は、「○吉野炎上事」に続く『理尽鈔』二六巻末部分である。

　君モ臣モ実モトテ賀名生ヘ行幸成シ参セシトニヤ。評ニ不ㇾ及。
　吉野炎上ノ事如ㇾ鈔
　○賀名生皇居ノ事　○賀名生ノ皇居ノ事如ㇾ鈔
　○石川々原ノ軍ノ事前ニ評スルガ如シ。

「吉野炎上如鈔」の鈔とは『太平記』をさし、巻二六「芳野炎上事」（岩波大系二29～30頁）が該当。『恩地聞書』傍線部③は、この吉野の皇居炎上の結果をふまえるものだから、「○千剣破ノ城ノ事」は「○吉野炎上事」の後に位置する。

「○賀名生皇居ノ事　○賀名生ノ皇居ノ事如ㇾ鈔」とは、「鈔」即『太平記』に記す通りなので、『理尽鈔』としては説明を省く、という意味である。『太平記』「賀名生皇居事」は次のようであり、『恩地聞書』の傍線部④前後は、この太平記傍線部に対する注解ということになる。

貞和五年正月五日、四条縄手ノ合戦ニ、和田・楠ガ一族皆亡ビテ、今ハ正行ガ舎弟次郎左衛門正儀許生残タリト聞ヘシカバ、此次ニ残ル所ナク、皆退治セラルベシトテ、高越後守師泰三千余騎ニテ、石河々原ニ向城ヲ取テ、互ニ寄ツ被レ寄ツ、合戦ノ止隙モナシ。吉野ノ主上ハ、天ノ河ノ奥賀名生ト云所ニ僅ナル黒木ノ御所ヲ造リテ御座アレバ（後略）

以上の、『理尽鈔』巻二六および『恩地聞書』の関連記事の序列を整理すると次のようになる。□で囲った章段名は『太平記』巻二六の章段名でもある。

「楠正行最期事」（1）…『理尽』「其鈔ニ云フ」（鈔は『恩地聞書』をさす）
『恩地』本体・奥書…『恩地』
（楠正行最期事2）・正行子孫記事…『恩地』
「吉野炎上事」…『理尽』
「千剣破城事」（「石川々原軍事」をふくむ）…版本『恩地』
「賀名生皇居事」…『理尽』

3、大橋本と版本の先後関係

ここでは、議論を単純化するため、版本系写本および非版本系写本B・C1類を併せて「版本」と称する。大橋本『理尽鈔』巻二六・大橋本『恩地聞書』と版本『理尽鈔』巻二六・版本『恩地聞書』との、いずれが本来のあり方を示しているか。むろん、『恩地聞書』が巻二六と一体のものであることは動かない。しかし、巻二六の記事構成を検討すると、必ずしも大橋本を先行形態とはしがたい面がある。

大橋本『理尽鈔』巻二六の末尾は次のようである。

……恩地、正成ノ宣フ所ヲカツ〳〵覚テ、心ノ覚ヘト号シテ書置ケルトニヤ。其抄云

○千剣破ノ城ノ事伝云（略）

○吉野炎上ノ事伝云（略）

○賀名生ノ皇居ノ事如抄

○石川々原ノ軍ノ事前ニ評スルカ如シ

版本が『恩地聞書』に置いている「千剣破城事」を、大橋本は『理尽鈔』巻二六本体に組み込んでいる。[5] 版本の場合、『理尽鈔』巻二六に「○石川々原ノ軍ノ事前ニ評スルガ如シ」と記しながら、該当する記事が存在しないあり方に比べれば、このこと自体は適切な処理といえる。しかし、その位置が問題である。前述のように、「千剣破城事」は「吉野炎上事」の後に位置すべき章段であるからである。

陽翁自筆との伝承をもち、現存伝本の中では最古態を示すと思われる十八冊『理尽鈔』巻二六（十八冊形態では巻第十四）末尾が大橋本・筑波本以外の多くの伝本と同じ形態をとることを考慮すると、『恩地聞書』の成立をめぐって、次のような経緯が想定される。

Ⅰ『理尽鈔』巻二六末尾に組み込まれた形態「其抄云、恩地聞書（正行子孫記事までを含む）、吉野炎上事、千剣破城事、賀名生皇居事」…原初形態

Ⅱ恩地聞書・千剣破城事の切り出し…版本『恩地聞書』の形態

Ⅲ千剣破城事の『理尽鈔』への復帰（内容・形態を考え、千剣破城事を『理尽鈔』に復帰させるが位置を誤った）
…大橋本『恩地聞書』の形態

このように考えれば、大橋本は古態ではないが、『理尽鈔』巻二六との関わりを明示する点においては、『恩地聞書』生成の経緯を伝える貴重な伝本であるといえよう。尊経閣文庫十八冊本をはじめ、現在では『恩地聞書』を伴っていない『理尽鈔』伝本が多いが、「○石川々原《ノ》軍《ノ》事前《ニ》評スルカ如シ」（十八冊本）としながら該当記事をもたないという形態は共通するのであって、それら諸本も本来『恩地聞書』をともなっていたものと考える。

此二十五之巻・二十六ノ巻・恩地ノ巻ハ猥《リ》ニ不可伝。此三巻ハ断物ノ剣ト云也。伝受悪《シ》ケレハ大ナル禍ニナル物也。夫故ニ神道ノ段、恩地ノ巻ハ四十巻講読ノ後ニ相伝可有事

右は『陰符抄』再三編二五の巻頭であるが、こうした一種の秘伝扱いと、形態的に別冊であったことが『恩地聞書』を表に出さない、あるいは失わせる結果を招いたのではなかろうか。現に、島原本・秋月本などのように、本来一揃いのものが別々に保存されている例もあることに注意したい。

4、A類大橋本とC類2架蔵本の関係

架蔵本も大橋本同様、『恩地聞書』に「千剣破城事」が無い。架蔵本『理尽鈔』巻二六末尾は次のようである。

……恩地、正成ノ宣フ所ヲカツ〳〵覚ヘテ、心ノ覚ト号シテカキヲキケルトニヤ。其抄云ク
○吉野炎上ノ事伝云（略）
○賀名和皇居ノ事如抄
○石川々原ノ軍ノ事前ニ評スルカ如シ
○千剣破城ノ事伝云（略）

巻二六に「千剣破城ノ事」があることを重視すれば、架蔵本をA類2と分類してもよいのだが、架蔵本『恩地聞書』の本文はC類1（秋月本・中之島本等の写本。版本と近い）とほぼ同じ特徴をもち、かつ、大橋本（的な）異文傍記が散

見する。C類2とした所以だが、第三部第三章に述べたように、架蔵本『理尽鈔』本体は大橋本に近い。「千剣破城ノ事」を巻末に置いては「石川々原ノ軍ノ事前ニ評スルカ如シ」の一文が意味をなさず、より後次的にみえるが、『恩地聞書』「千剣破城ノ事」の切り出しと復帰の過程は単線的ではなかったかもしれない。『恩地聞書』を含めた架蔵本と大橋本との関係はなお検討課題としたい。

おわりに

以上、『恩地聞書』の伝本整理を通じて、大橋本のあり方に注目し、本書が『理尽鈔』と一体のものであったことを論じた。

注

（1）「太平記読について」（国語と国文学8-10、一九三一・一〇）。
（2）『太平記享受史論考』（桜楓社、一九八五。三二四頁。初出一九八二・一）。
（3）小秋元段「国文学研究資料館所蔵資料を利用した諸本研究のあり方と課題――『太平記』を例として――」（国文学研究資料館文献資料部・調査研究報告27、二〇〇七・二）は、『恩地聞書』とともにある『理尽鈔』の印面を精査し、無刊記の臼杵本が先行することを指摘した。これに従い、臼杵本を後印とした小稿初出時の判断を改める。
（4）若尾政希「「太平記読み」の歴史的位置――近世政治思想史の構想――」（日本史研究三八〇、一九九四・二）は、この伝記が備前池田家の家伝と一致することから、「池田家の先祖の名を記した当書が、池田家周辺で作成された可能性はきわめて高い」とする。重要な指摘であるが、『恩地聞書』が、『桜井書』や『楠正成一巻書』等の『理尽鈔』派生書とは位相を異にしていることに留意する必要がある。池田教正が正行の子であることは、『理尽鈔』（三八66ウ）にもみえ、ことは『理尽鈔』そのものの生成にも関わってこよう。

（5）大橋本と同様の構成をとるものに、筑波大学附属図書館蔵本（恩地聞書は無し）がある。この箇所も伝本分類の重要な指標の一つである［→第三部第三章］。

第五章　『陰符抄』考

――『理尽鈔』の口伝聞書――

はじめに

『陰符抄』は『理尽鈔』の口伝聞書である。藤田精一『楠氏研究』（積善館、一九四二年増訂七版による）五一九頁に、「本多男爵家蔵　陽翁の遺書に『陰符抄』二十巻」として内容の一部が紹介されており、土橋真吉『楠公精神の研究』（大日本皇道奉賛会、一九四三）にも、「（陽翁には）『太平記評判』の外に、『陰符鈔』二十巻、『翁三問答』一巻の著書がある。」（四七四頁）、「純粋に楠公記事のみを蒐集記録した、所謂楠流兵書として、江戸時代に続出した群書の嚆矢は、実にこの『陰符抄』と評してよい。」（四八六頁）と言及されている。

本多男爵家蔵の『陰符抄』の所在は確認できないが、金沢大学附属図書館蔵「楠家兵書六種　写本二六冊」（14門20類8号）の内にも本書が存在する。金沢大本は後述のように、十全な形とはいえない面があるが、『理尽鈔』伝授の実態および口伝聞書の内容を知る上で貴重な資料である。ただし、陽翁の著作といえるのかどうかを含め、検討すべき課題は多い。

六種は第四高等学校旧蔵書であり、その蔵印が捺されている。楮紙袋綴で、いずれの表紙にも「楠家兵書ノ内」（朱書）・「六種之内」（墨書）と記されているが、表紙の様態、「翁」印・奥書の有無により、次の四群に分かたれる。

(1)『孫子陣宝鈔』四冊

内題「孫子陣宝鈔聞書」。茶表紙二五・四×一八・七㎝。元禄七年奥書。楕円形「翁」印（二・九×二・三）。明暦二年写、尊経閣文庫大橋本に捺されている印と同じもの）。

(2)『陰符抄』十八冊、『極秘伝鈔聞書』一冊、『恩地聞書』一冊

白表紙で左上隅が料紙諸共斜めに裁たれている。『陰』二三・二×一七・六、『極』二三・五×一七・三、『恩』二三・四×一七・六。丸形「翁」印（二・八×二・六）。文政から天保年間にかけての書写・伝授奥書有り。

(3)『翁問三答』一冊（理尽鈔伝授に関する、法印陽翁と名和正三との問答書）

藍色表紙二三・八×一七・五。丸形「翁」印有り。奥書無し。

(4)『楠判官兵庫記』一冊（通常の『兵庫記』にて、秘伝書の類には非ず。↓第五部第三章）

縹色表紙二三・八×一七・六。印・奥書無し。

一、金沢大本『陰符抄』の構成

『陰符抄』の外題（金地卍繋ぎ題簽に墨書）は以下のとおり。

「陰符抄初篇自一／至三」「陰符抄初篇自四／至六」「陰符抄初篇七之八」「陰符抄初篇九之十止」「陰符鈔再三扁《ママ》一之二」「陰符鈔再三扁三之四」「陰符鈔再三扁五之六」「陰符鈔再三扁七之八」「陰符鈔再三扁九之十」「陰符抄再三編十一之十二」「陰符抄再三編十三之十四／再篇トモ（トモは一字の異体仮名）」「陰符抄再三編十五之十六／十五再篇トモ」「陰符抄再三編自十七／至二十」「陰符抄再三編廿一／至廿五」「陰符抄秘伝廿六／再三編」「陰符抄自廿七／至三十／再三編」「陰符抄再三編自卅一／至卅五」「陰符抄自卅六／至四十止／再三篇」

内題は次のようである。
「理尽抄第一聞書」「理尽抄二ノ巻聞書」「理尽抄三（〜十）之巻聞書」
「理尽抄一（〜十）之巻口伝聞書再三」
「理尽抄十一（〜四十）之巻口伝聞書」

なお、上記『極秘伝鈔聞書』の外題は「極秘伝鈔聞書　全」、内題は「二十五之巻ノ内秘伝ノ抄也／聞書」。『陰符抄』再三篇二五に次のようにある。

一川尻ヲ指塞テ京都ヲ脳《（ママ）》サン―川尻ヲ塞グ謀最善ト也。兵糧攻ノ謀也。
　○此次ニ円成ガ光物ノ抄也。聞書別記ニ有之。
一宝劔執奏ノコト―宝劔ノ名、十握ノ劔、天ノ叢雲ノ劔、草薙ノ劔、皆表事有。

「川尻……」は『理尽鈔』版本巻二五39オの詞章、「宝劔……」は同60ウの詞章であり、『太平記』の章段名でいえば「自伊勢進宝劔事付黄梁夢事」の部分がこの間に位置する。その部分の書き出しが「円成ガ光物如レ書」である。『極秘伝鈔聞書』は「円成ガ光物如抄」と始め、「神道ノ奥義凡愚知所ニ非ズ。猶可有口伝」（『理尽鈔』版本40ウ）から「慈眼視衆生ト」（同60ウ）に及ぶ項目を立てる。したがって、『極秘伝鈔聞書』は『陰符抄』にいう「聞書別記」に相当する。同様に六種の内の『恩地聞書』も、『理尽鈔』付載の『恩地左近太郎聞書』の口伝聞書であり、上記(2)の三書は『理尽鈔』の聞書口伝として一体のものである。後掲の年譜を見ても分かるように、『陰符抄』巻一一から二五と『極秘伝鈔聞書』とは、同じ天保二年五月に伝授がなされている。

さて、『陰符抄』の外題・内題に「初篇」「再篇」「再三篇（編）」とあり、注意される。

「太平記理尽抄由来書」（宝永四年九月　有沢永貞筆。尊経閣文庫蔵。長谷川端に翻刻あり。『太平記　創造と成長』三弥井書店、二〇〇三）に、

三段ノ伝受［割注：太平記一ヨリ十巻迄三編購読シ、十一ヨリ廿五迄二編、廿六ヨリ四十マデ一編］

という言葉があり、横井養元「覚」（日本庶民文化史料集成八『寄席・見世物』収載）に

一評判之内、初中終ニ増減シテ講談ノ法有レ之。猶又三十五之巻之内、加損多御座候。是又伝授之一端ニテ候。

という一節がある。加美宏『太平記享受史論考』（論文初出一九八二・七）はこれらが『理尽鈔』の巻一〇及び二五巻末記事と一致することに注意を促している。

〈巻十〉此書《ノ》事後代《ニ》有《テ》レ人、欲《ホッセバ》ニ是《ヲ》伝授《セント》一、自《ヨリ》ニ初巻一至《テ》ニ当巻《ニ》一三度講読ノ後、次ノ巻ヲ可《シ》ニ伝授《ス》一。

（中略）末代ノ授学者、此旨承知セヨト云云。口伝重重有之。

〈巻二五〉此巻マデ二返《ヘン》講読ヲ不《ザル》レ聞《キカ》者ニハ、次巻ヲ不レ可レ伝《ツタフ》。十之巻以前ノ三度ノ法ノ如シ。講読セン者、此旨ヲ承知セヨト云々。

『陰符抄』の「初篇」「再篇」「再三篇」も、「三段ノ伝授」にかかわるものであり、これを具体的に裏付ける貴重な資料といえよう。

1、巻一三・一四・一五の現状

『陰符抄』第一冊（巻一三・一四）の見返しに、紺書きで次の書き込みがある。

○再篇之標目也。初・再有異文。――ノ点ヲ加ルハ再篇ノ本書ニナキ標目也。又以レ紺書入ルモノハ初篇ノ本書ニナク、再篇ニ有標目也。

但十三・十四・十五之再篇ハ、初篇ノ聞書ニ出ル所ト大略同故ニ、今略シテ別本トセズ。先生家ノ蔵本ハ最為ニ二部一。是紺ヲ以、標目トスルハ右三本ヲ限トス。余本以レ紺モノ有ドモ再篇ノ目ニハアラズ。

この書き込みは「陰符抄再三編十三之十四／再篇トモ」「陰符抄再三編十五之十六／十五再篇トモ」という外題と

対応する。ただし、微妙な、しかし重要な相違がある。外題は再篇・再三篇と呼んでいるが、書込は初篇・再篇という言い方をしている。この点は、同じ再三篇（編）という外題をもつ巻一から一〇までと巻一一以降とでは、内題が異なることにも関わる。巻一〇までは「理尽抄十之巻口伝聞書再三」、巻一一以降は「理尽抄十一之巻口伝聞書」とある。「三段ノ伝授」により、巻一〇までは初篇、再篇、再三篇がたしかに存在するが、巻一一から二五までは「二返講読」であり、形式的には以下のようになるはずである。

巻一から一〇　…初篇、再篇、再三篇
巻一一から二五…初篇、再篇
巻二六から四十…初篇

書込が巻一三・一四・一五につき初篇・再篇と呼ぶのも、これに従った呼称であろう。一方、外題が全体を、初篇巻一から一〇と、再三篇巻一から四十までとに分かつ背景には、以下のような発想があるものと思われる。

巻一から一〇　…初篇、再篇、再三篇
巻一一から二五…再篇、再三篇（初篇修了。再篇、再三篇のレベル）
巻二六から四十…再三篇（再篇までは修了。再三篇のレベル）

もう一点、外題は巻一三・一四・一五の三巻のみ再三篇に再篇を付記している（再篇トモ）、というが、見返し書込の指し示すところはどうか。次は『理尽鈔』版本巻一五49ウに対応する『陰符抄』の記事である。

○一少シ南ニ回レバ岸ナシ―コ、ヨリ廻レバ利ノアル故ニ正成ヲクレバセニ来テ戦也。前ニモ爰デ待テト云六ツ勝ハ是也。此勝ヲ義貞不用シテ無利ニ節所ヲ破ントシタル也。正成ハ我国故ニヨク知テ居ル也。

少シ南ニ回レバ岸ナシ―十ニシテ六ツノ勝ミ方ニアルト云ハ是也。此故ニ正成、道ニテ死骸・手負人ヲ戸板ヤムシロニノセテ京ノ方ヘカイテ行ヲ見テ、此口ヨリハ戦ニクシト分別シテ南ノ浜ヨリ回テ破リシ

也。楠領分ノ国ナレバ案内ヲヨクシレリ。（傍線原文）

○印および字下げ部分の傍線が紺筆で記されており、○印以下は「再篇」の標目、字下げ部分は「再篇ノ本書ニナキ標目」すなわち、初篇の標目と解される。同様の箇所は他にもあり、再篇（外題〈再三篇〉）を基本としながら、初篇（外題〈再篇〉）の詞章をも補記したものと思われる。しかし、次のような箇所（『理尽鈔』51オ）もある。

一楠判官殿ハ凡人ニ非ズ―此故ニ顕家・義貞ハ終日ニ敵ノ負ベキコトヲ不知也。正成ハ今来テ、敵ノ本陣ヲ破シ也。直義ガ陣サヘ破レシカバ、ヨノ陣々皆心ニ勝ヲ知故也。

○楠判官殿ハ凡人ニ非ズ―後漢ノ光武ノ将来歙《キフ》ト云者略陽ト云所ヲ責《セム》ルニ、山ヲキリ道ヲ開テ、回中ト云所ヨリ直道ヲ付テ略陽ヲ破リシ。敵将隗囂ト云ル良将、是ヲ聞テ大ニ驚テ来歙ヲ「神也」ト云シニ同ジ。来歙ガ術ハ大勢ニ節所ナシノ謀也。光武、略陽ヲ破タル由ヲ聞テ大ニ喜ブ。略陽ハ隗囂ガ心腹ノ所也。其心腹破レテ支体全キ者ハナシト云リ。如此可討所ヲ知テ討ヲ良将ト云リ。

○印は紺色で描かれており、ここでは初篇〈再篇〉の項目を先に記した後、再篇〈再三篇〉の項目を字下げの形で記している。後者の事例は少ないが、書写の実態は、再篇〈再三篇〉に初篇〈再篇〉の記事を補記した、と単純化はできないことを物語る。また、次のような事例をどのように理解したらよいのか。

○一七重迄謀ヲ申セシ―○七ノ謀ハ孫子ガ七計、大夫種ガ七術、其名ヲ取テ以テ是日本相応ノ術ニ用ル也。○楠ガ工夫新智也。是ヲ以テ和朝ノ軍法、異朝ニ超過シタル也。七謀ヲ不《ハ》ㇾ習不ㇾ知ラ秘ナリ。（傍線は原文のまま。○楠ガ紺筆。見出し頭の○印も紺筆。最初の○印右傍に「○伝、初ノ口伝ノ通」と紺書。後の○印右傍に「○是」と紺書。『理尽鈔』巻一三66ウ）

「○伝、初ノ口伝ノ通」は紺書であるから「初篇ノ本書ニナク、再篇ニ有標目」となるが、「初ノ口伝ノ通」と「ナク」との関係が理解困難。しかも、○印が「再篇之標目」であるならば、紺書き章句は、他の部分と同様最初から記されていてよい。逆に初篇の標目を基礎として、再篇との異同を紺筆で書き込んだ、とみなせば、傍線部は再篇には無い詞章、紺加筆は初篇に無く再篇に有る章句と理解できるが、この場合は冒頭の○印が再篇の標目であるという説明と齟齬をきたす。先に挙げたような、○印を付した項目と傍線が施された項目とが別々に存在すれば問題は無いが、ここに見たような、○を冠に頂く一項目の中に、紺傍線と紺加筆とが併存する箇所は少なくない。

また、『理尽鈔』版本巻一三26オに対応する項目、「一正成周章気色モナク——……」と「正成サハギタル気色モナク——……」（三字下げ部分）とのように、○印、紺筆記事・傍線もなく、いずれが初篇か再篇か不明な場合もある。

「十三・十四・十五之再篇ハ、初篇ノ聞書ニ出ル所ト大略同故ニ、今略シテ別本トセズ。」という表記からは、初篇を基本におき、再篇を補記したと解されるが、実態は必ずしもそうとばかりはいえない。このことに関連して、「理尽抄十三之巻口伝聞書」という内題も初篇のものか、再篇のものか確定しがたい。これが初篇の内題である場合、再篇はたとえば「理尽抄十三之巻口伝聞書再篇」などとあったのだろうか。金沢大本の親本である大橋家本もしくは本多家本（大橋家の主君である本多家にも別の伝本が蔵されていたものと判断する）の登場が待たれる。

なお、〈再三篇〉巻一五の「又近比秀吉ハ関白秀次＊ノ台遣レシ女中三十人ヲ切タルハ不便ナルコト也。」という一節、＊印箇所右行間に「ィニヲ高野ニテ切腹ヲ被仰付シニ秀次」との朱書がある。「イニ」とあるようにこれは異本注記である。〈再三篇〉巻二三（「天竜寺興行ノコト」の行間。二二行に及ぶ長文）、同二五にも同様の書き込みがあり、注意される。この「異本」もまたどこかに伝存しているかもしれない。

2、巻一三・一四・一五以外の巻の現状

いま問題にしている巻一三見返し書込には「十三・十四・十五之再篇ハ、初篇ノ聞書ニ出ル所ト大略同故ニ、今略シテ別本トセズ。先生家ノ蔵本ハ最為㆓一部㆒。」とあった。これによれば、巻一〇以降の初篇・再篇をとりまとめたの

は右三巻のみであり、他の巻は別々に書写したことになる。この点を、⑴巻一から一〇、⑵巻一一から二五の場合に分けて検討する。なお、外題による呼称は〈初篇〉〈再三篇〉と表示する。

⑴巻一から一〇

『陰符抄』巻一から一〇の〈初篇〉には、「再三ノ講談ニ解」「再伝ニアリ」という類の朱筆注記が散見する。

一直義此抄十巻ヨリ以後可焼失―玄恵不可断ト云イシハ、後代直義ノ焼失ノ禍ヲ可顕ト云コトゾ。唐玄宗皇帝・楊貴妃ノコトニ付、左大史ガコトヲ引。＊此段三十五ノ巻ニアリ。

＊右傍に「再三ノ講談ニ解」と朱書。見出しは『理尽鈔』版本5オの詞章。「此段三十五ノ巻ニアリ」とは玄宗の記事が『太平記』巻三〇五に詳述されていることをさす。〈再三篇〉巻一に「一又焼失ノ咎ヲ記セン―唐ニ左大史トテ帝王ノ行跡ヲ記ス官アリ。……」との注解がある。

一往昔ノ良将トハ周ノ武王ヲ当テ可再伝ニアリ

〈再三篇〉巻一に「一往昔ニ良将ノ―周ノ武王戦場ニ向玉フ時……」という記事がある。

〈初篇〉の朱筆注記により、前者は「再三篇」、後者は「再伝（再篇）」と分かたれるが、形式的には両者を判別することはできない。『理尽鈔』巻一15オの詞章に対する〈再三篇〉の注解に次のような箇所がある。

一親ハ必ズ子ノ善悪ヲ不知―此心ハ子ヲ愛シテ不便ノ心甚キ故ニ、他人ノ見ル様ニハ不見付、迷フ也。頼朝外ニハ愚ナルコトハナケレドモ子ニハ愚ナル乎。

㊥右同断　論語ニ子ヲ見ルコト不如父ト云ハ聖人已上ノコトナリ。既ニ尭ノ子丹朱モ不肖タル故ニ舜ニ譲ル。……

〔㊥の○は朱筆〕

いずれかが再篇、他方が再三篇の項目と思われるが、朱筆○についての説明は見あたらない。

次は『理尽鈔』巻八36オの詞章に応じる〈初篇〉の記事。

一一里ヲヘダテ、―所ニヨル也。漢ノ高祖、秦ヲ討玉ヒシ時、咸陽宮ニ陣ヲ取玉フベキト也。韓信ガ曰、「始皇カヤウノ所ニ住玉ヒシ故、如此成玉フ」ト云テ覇上ト云所ニ陣ヲ取シト也。此法ヲ引也。再篇ニ述。

〈再三篇〉にこれに関連する記事がある。

一法ヲ堅ク定テ―初遍ノ通

一一里ヲヘダテ陣セヨト也　初遍ノ通

　法ヲ堅ク定テ　瀬川ヲ立時ニ（中略）富タル里ニハ一里引退キテ戦ハセト也。此一里ト遠近ノ心、口伝一里ガ図ゾ。コノ一里ト云心ハ、漢ノ高祖、秦ヲ討、感《（ママ）》陽宮ニ至リ玉ヘドモ、張良イサメテ覇上ト云所へ、一里ヲ隔テ陣ヲ取リ玉ヒシ。項羽ヲ感陽宮へツカハシタリ。項羽ガ心ニ「ヶ様ノ結構ナ所へ我ヲ入レ侈ラシメンカ」ト怒テ感陽宮ヲ焼タリ。是張良ガ計ヒナリ。感陽宮ヲ項羽ヤキシハ尤也。張良ガ焼タラバ「心ナシ」ト可言ニヨツテ、カク計ヒシ。張良ガ術皆如此也。可了知ナリ。

〈初篇〉の「再篇ニ述」との朱書込に対応するのは字下げの部分の記述であろう。「一一里ヲヘダテ陣セヨト也　初遍ノ通」は、したがって再三篇の項目となる。ただし、他の箇所についてもこの基準を適用できるかどうかはわからない。

『理尽鈔』巻四17オに対応する〈初篇〉の記事に次の事例がある。左記の字下げ部分全体が朱書されている。

一十死一生、夜討、朝ガケ皆不意ヲ討謀也。三品ニ書シハ十死ハ大事也。大夢尊君（注：本多政重）ハ実生十志ト常ニハ十生一死ト仰ラレシ。諸兵ノ心ヲ一ツニスレバ勝ナリ。

　十死一生ハ服中《（ママ）》入テ破テ出ル如クナル者ゾ。十死ハ無利ゾ。一生ハ図ニアリ。無利トハ謀ヲ仕尽シタル上ハナニモナキゾ。其上ハ無利ニスルゾ。無利トハ云ヘドモ一生ハ図ノ内ニアルゾ。重々口伝在。此朱書二扁目ノ口伝ゾ。

〈再三篇〉巻四には次のようにある。

一十死一生ヵ不然ハ夜打朝ガケナルベシ—十死一生ハ敵ノ不意ヲ撃コトト皆人思ヘリ。然レバ夜ウチ朝ガケト云ベカラズ。十死一生ノ合戦ハ敵ノ腹中ヘ入テ内カラ腹ヲ破テ外ヘ出ルヤウナル謀也。先ヅ大概ハ敵将ト打果ス心得也。依之味方ノ兵ノ心ノニゲ道ヲ切留テ、或ハ敵ノ隠ルベキ所ナキト思フ所ニ隠レ、或ハ不反ノ反ノ謀ヲ以テ、不勝死ナン、勝タラバ生ン。是十死一生ノ心得也。十死ハ勢ヒヲツヨメン為也。一生ハ将ノ謀ニアリ。謀少モ違ヘバ十死也。大事ノ合戦也。

ヾ又再三極伝　右伝ノ通十死一生ハ腹中ニ入テ内ヨリ破テ出ル如クナル者ゾ。十死ハ無利ゾ。一生ハ図ニアリ。無利ニスルゾカシ。無利ト云トモ一生ハ図ノ内ニアルゾ。重々口伝、可秘々々。極秘伝也。〔ヾの〃は朱筆〕

みるように〈初篇〉の朱書は「二扁目ノ口伝」というが、〈再三篇〉の中の「再三極伝」の記述にほとんど一致する。

以上、〈再三篇〉巻一から一〇には、再篇・再三篇の両方が含まれていると判断される。ただし、〈再三篇〉の中から再篇と再三篇とを正確に区分けすることはできない。

(2)巻一一から二五

〈再三篇〉巻二三に次の箇所がある。

一然ニ今ノ代ハ武家専天下ノ成敗ヲ司ドレバ—古神武帝、武ヲ以日本ヲ治玉ヒテヨリ已来、君ハ王道ノ直ナル道ヲ以、万民ヲ救ヒ……

然ニ今ノ代ハ—相国ト国師ト大師トノ異也。物ヲ争時ハ、文ニ武ハ勝者也。和ヲ以スル時ハ武ニ文ハ勝也。

然ニ神武ヨリ已来日本ハ武ヲ用ル也。……

一南方ニ楠在バ也ト云モ有ナン―南方ニ楠有バ敵ノ志ヲ奪謀ト云べケレドモ、当時ノ如敵カト思ヘバ味方也。味方カト思ヘバ敵也。如此敵味方ナキ故ニ数年楠退治スル事不成シテ年月ヲ送リ玉フト也。

南方ニ楠―然ドモ口伝有―武道ヲ立、敵ヲ欺時ハ天下治ル。武道ニハヅレテ敵ヲ欺時ハ一往利有ト云トモ天下不治。（中略）是等ヲ誅シ、敵味方ヲ分タランニハ天下可治ル也。

字下げ部分も一つ書きに同じ見出しであるから、初篇・再篇を併記しているものと思われる。こうした箇所はごく少なく、巻一三・一四・一五とは様相を大きく異にするのであるが、しかし、併記の事例が見られることを重視したい。金沢大本には本来、巻一一から二五の再篇が別に存在し、それが何らかの事情により失われた、という想定も可能であるが、その想定は採らない。金沢大本『陰符抄』は初篇・再篇の全てを表示しているとはいえないかもしれないが、書写時の姿を留めているものと考える。

二、金沢大本『陰符抄』伝授の実態

金沢大本『陰符抄』の奥書と関連事項を年譜として表示する。＊は大橋貞篤提出「先祖由緒帳」（加越能文庫「先祖由緒并一類附帳」：特16.31–65のうち）に拠る。

文化四年（一八〇七）

＊一二月、新丞貞幹、八世安房守（政礼）に出仕。父死後遺知弐百八拾石を受け、同一三年算用奉行。

文政六年（一八二三）

「文政癸未九月　福田縫右衛門藤原直渕／持二月光一臨書」（『陰符抄』第一冊（初篇一之三）奥書）

「文政癸未十月　福田縫右衛門藤原直渕／於二寒燈下一・臨」（『陰符抄』第二冊（初篇四之六）奥書）

「文政癸未十一月　福田縫右衛門藤原直渕／於二寒燈前一嚮搨」（『陰符抄』第三冊（初篇七之八）奥書）

「右初篇従一至十／以二自本一令二伝授一。猶／重々口訣追而可二／相伝一者也。／文政六年十二月貞幹［成美／館印］［子固／氏］／福田縫右衛門殿」（『陰符抄』第四冊（初篇九之十止）伝授奥書）

「文政癸未十二月　福田縫右衛門藤原直渕／積レ雪臨書」（『陰符抄』第四冊書写奥書）

文政七年（一八二四）

「文政甲申二月　福田縫右衛門藤原直渕／於二松隠斎一模臨」（『陰符抄』第五冊（再三篇一之二）奥書）

「文政甲申五月　福田縫右衛門藤原直渕／聚レ蛍嚮搨」（『陰符抄』第六冊（再三篇三之四）奥書）

「文政甲申六月　福田縫右衛門藤原直渕／模写」（『陰符抄』第七冊（再三篇五之六）奥書）

「文政甲申六月　直淵改直徴　福田縫右衛門藤原直徴／臨写」（『陰符抄』第八冊（再三篇七之八）奥書）

「右再三篇自一至十令二伝授一畢。／猶重々口訣追而可二相伝一者也。／文政七年十二月　大橋貞幹［成美／館印］／福田縫右衛門殿」（『陰符抄』第九冊（再三篇九之十）奥書）

文政九年（一八二六）

＊五月、貞幹不始末により減禄蟄居。

文政一一年（一八二八）

＊貞幹蟄居を許される。

天保二年（一八三一）

「右自十一至廿五令伝授畢／猶重々口訣追而可相伝者也／天保二年五月　大橋貞幹［成美／館印］／福田縫右衛門

殿」〔『陰符抄』第一四冊（再三篇二一之二五）奥書〕

「右雖レ為二秘事大事一令／伝授者也／大橋新丞／天保二年五月　貞幹（花押）／福田縫右衛門殿　参」〔『極秘伝鈔聞書』奥書〕

「福田縫右衛門直徴写」〔『陰符抄』第一五冊（再三篇二一六）奥書〕

「福田縫右衛門直徴写」〔『陰符抄』第一六冊（再三篇二一七～三〇）奥書〕

天保三年（一八三二）

「右太平記理尽抄自初巻／至末巻口訣全令伝授者也／天保三年五月　大橋貞幹［成美／館印］／福田縫右衛門殿」〔『陰符抄』第一八冊（再三篇巻三六～四〇止）奥書〕

「右此一巻雖レ為二秘奥一／令二伝授一者也／天保三年五月　大橋貞幹［成美／館印］／福田縫右衛門殿」〔『恩地聞書』（『恩地聞書』の聞書）奥書〕

天保四年

＊一二月、足軽頭となる。

天保九年

＊四月、小将頭となる。

天保一〇年（一八三九）

＊一二月、新左衛門貞明（貞幹男）、九世播磨守（政和）に出仕。

天保一四年（一八四三）

＊六月、不埒之趣により知行召放。貞明も遠慮。居屋敷家財は貞明に給う。

弘化元年（一八四四）

＊七月、貞明免許。一二月、祖父の名跡知行を給う。

嘉永五年（一八五二）

＊五月、貞幹病死。

明治三年（一八七〇）

四月、福田縫右衛門直徴、病死。〔福田縫右衛門稲男提出の『先祖由緒一類附帳』による。大橋と福田との関わりは同じ本多家中という以外には不明。〕

文政六年九月から一二月まで、一月に一冊のペースで〈初篇〉の伝授が完了。続いて翌年二月から〈再三篇〉の書写が始まる。前項に見たように〈再三篇〉巻一から巻一〇には、再篇・再三篇の両方の内容が含まれているのであるから、伝授は一冊二巻ごとに再篇・再三篇を繰り返しながら進められていったことになる。しかし、「自《ヨリ》二初巻一至《テ》二当巻ニ一三度講読ノ後」（『理尽鈔』巻一〇巻末注記）という時、金沢大本奥書のような進行を想定していたのだろうか。初篇のみは巻一から一〇までを通しているが、再篇・再三篇についてはそれぞれに巻一から一〇まで講説していく形をとってはいない。しかも、〈再三篇〉には再篇・再三篇が併記されているのであるから、福田縫右衛門の手元には両方の書冊があったものと思われる。さらに進んで、文政七年一月から二月までの間に、福田の書写に先立って、貞幹の講説が実際に行われたのかどうかも検討の余地がある。

〈初篇〉巻四に次の項目がある。

一高徳一句ノ詩ヲ奉シハ　秘符陰符也。軍ノ秘用也。

異朝ニ漢高祖、韓信・張耳ヲ趙ノ国ヘ大将トシテツカハス。アル時高祖、韓信ガ陣ニ行玉フ。伏テ居タリ。枕元ニアル符ヲ取替、帰玉フ。両人起テ見ルニ、符ノ替リテ有。ヨツテ此陣ヘ高祖来リ玉フコトヲ知レリ。高祖符ヲカヘ玉フハ、軍ニ怠ヲサセマジキ為也。敵、如我ノ来テ符ヲ取タラバ如何セン、ト云心ヲ付タリ。
　師云（＊）三国志ヲ見ニ此時韓信大キニ侈シコト多キ砌ナリ。

（＊）行間に「漢書或ハ漢楚軍談ノ誤ナラン」という朱筆書き込みがある。こうした内容の訂正は他にも見られ、福田縫右衛門直徴の手になる書き込みであると思われる。左は〈再三篇〉巻二五の項目で、見出しは『理尽鈔』版本24オの詞章に応じている。

一君再九五ノ位ニ―九五ハ九十五代ト云コト也。

「九五ハ九十五代ト云コト也」の右傍に朱破線が施され、その下に割り注で「直徴曰九五ハ／帝位ヲ云也」と記されている。後醍醐帝は九十五代の帝であるが、福田がいうように、ここは「（易で、九を陽の数とし、五を君位に配するところから）天子の位。また、最高の位。九五の尊位」（『日本国語大辞典』）の意味。太平記にも、巻四「九五ノ帝位」、巻二〇「九五之聖位」、巻二〇「九五ノ天位」、巻二五「九五ノ位」などの用例がある。〈再三篇〉巻三〇にも「直徴曰……」という墨書貼紙がある。福田はこのように「先生家ノ蔵本」を慎重に書写しつつも、明らかな誤記については補訂の筆を加えている。問題は傍線部「師云」が誰をさすのかである。これが貞幹を指すとすれば、一通りの講説はなされたことになる。しかし、大橋家本にすでに「師云……」という記述があった可能性も否定できない。その場合「師」は貞幹とは別人である。

一義貞ハ播磨ヲ玉ヒテンゲリ　高氏ノ禍ヲ義貞ヘ中達《タチ》ヲシタルナリ。孫子ガ智信仁勇厳ト云テ置タレドモ、義貞ハ勇ガ有テ智ガナキ也。
　口伝太公望モ智ノ一字ヲ大事ニ仕タル也。由断ヲバスマジキナリ。師ノ異見ナリ。（「口伝」以下朱筆）

右は〈再三篇〉巻十二の項目であるが、この朱筆が福田の手になるものとすれば、「師」は貞幹であるが確定はできない。

このように講説の筆録の可能性をもつ部分がないわけではないが、「臨書」「摹臨」「嚮搨」（嚮搨《きやうたふ》には透き写しの意味もあるが、ここは臨書・摹臨と同意であろう）「模写」「臨写」という言葉が使われているように、伝授の実態は、少なくともその中核は、師大橋貞幹所蔵本の書写である。師の講説に対し、弟子が聞書ノートを作成するという構図ではないのである。文政七年一二月には「右再三篇自一至十令二伝授一畢」と、再三篇までの伝授が完了するのであるから、再篇・再三篇の伝授・書写は各冊ごとに同時進行したものと考えられる。「猶重々口訣追而可二相伝一者也」とあるが、はたしてどの程度の口訣がなされたのであろうか。（後注）

ともあれ、こうして巻一〇までの伝授が完了し、巻一一以降に移るが、文政九年から一二年までの貞幹蟄居期間、伝授は中断し、天保元年あたりから再開したものと思われる。文政八年の動向は不明であるが、〈再三篇〉一五之巻までは一面一〇行書写、一六之巻以降は一一行書写と変化しており、一五巻までは書写を進めていたのではなかろうか。

巻一一以降は巻二五巻末に伝授奥書があるのみで、各冊ごとの奥書がなく、どのように進行したのか不明である。しかし、巻一三・一四・一五や他の一部の巻のあり方から、巻一〇までの〈再三篇〉と同様、福田の手元には初篇・再篇（外題の表示では再篇・再三篇）両方の書冊があり、対校しながら書写を進めていったものと思われる。

〈再三篇〉巻二五尾題「理尽抄二十五之巻口伝聞書終」の直前に次の記事がある。

右此巻迄二返ノ講読也。当書ハ仮名書成レバ見ト其儘理明カ成者也。是、上一返ノ理也。喩バ秀郷ガ蜈ヲ射タル時、矢不レ立、鏃ニ唾ヲ塗射タレバ矢通シ如。矢ヲ射所迄ハ書ノ表ニ見ユレドモ唾ヲ塗事ハ習テ可知コト也。又唾ヲ塗迄ハ習テ知。其上ニ妙有。其妙ハ鍛錬シテ知コト也。心ヲ細カニ不レ付《ンバ》大キ成惑ヒ可レ有。又書ノ儘用ンハ、柱（注：琴柱）ニ膠シタル如也ト良将ノ申セシハ理也。是ヨリ末猶々工夫有事多キ也。

前節に述べたように、巻一一から二五までは一部の巻を除いて、初篇・再篇の全貌が示されているとは言い難い面があるが、この形をもって初篇を含むところの再篇〈外題〈再二篇〉〉を示しているとするのであろう。

巻二五の一年後、天保三年五月には、巻二六以降四〇までの伝授を終え、引き続いての『恩地聞書』の伝授をもって全てが完了する。

以上、金沢大本『陰符抄』は、口伝聞書そのものに即しての記録であり、『理尽鈔』「三段ノ伝授」の実態を知る上でも貴重な資料である。しかし、金沢大本の伝授には変則的と思われる面も多く、これが『理尽鈔』伝授の一般的な姿ではないと思われる。この点については第七章で論じる。

三、『陰符抄』の生成

金沢大本『陰符抄』は、上述のように文政六年から天保三年にかけての書写によるもので、一部に書写者福田の補記や貼紙も見られるが、その他の部分はどのような経緯で成り立ったものであろうか。

左に前引の大橋貞篤提出「先祖由緒帳」を主な資料として、大橋家の系譜を略記しておく。

①新左衛門[*]〔「実名相知不申候」と注記あり。生国越後。上杉謙信、景虎に仕え、浪人。慶長一五年（一六一〇）本多政重に出仕。寛永一二年（一六三五）病死〕。

（＊）『陰符抄』初篇一に「大橋全可師ノ父東膳ノ助」。『陣宝抄聞書』巻二にも「予ガ父大橋東膳介、謙信ノ従兵ニテマノアタリ河中島ノ合戦ヲ見タルコトトテ物語申ケルハ」とあり。

②新丞貞清〔生国信濃。[*1]慶長一七年政重に出仕。慶安二年（一六四九）二世安房守政長に出仕。[*2]この年以降、某年『孫子陣宝鈔』編著。[*3]慶安四年『太平記理尽図経』編著。[*4]明暦二年（一六五六）前田貞里に『理尽鈔』伝授。[*5]明暦四年隠居、全可と名乗る。[*6]寛文四年（一六六四）娘婿井村源太夫に『理尽図経』伝授。[*7]寛文九年『理尽鈔』に関する「覚」

提出。寛文一二年（一六七二）病死）

（＊1）『本多家来由緒帳』（加越能文庫　特16.31–180）「三百石　大橋新左衛門」の一類の中には「父　大橋全可／慶長拾七年ニ政重様え被召出、元和三年新知百石被下置。元和四年百石御加増被仰付。其後百石被下置。以上三百石拝領仕候。」との記述あり。（＊2）金沢大附図蔵『孫子陣宝鈔』序文。（＊3・6）石川県立博物館蔵『図経』跋・奥書。この『図経』については第四部第一章参照。（＊4）尊経閣文庫蔵大橋本『理尽鈔』奥書。（＊5）『本多氏記録』（特16.31–167）の内「御家中御人帳」に「大橋新丞ハ明暦四年隠居全可ト改名」とあり。（＊7）金沢市立玉川図書館蔵「万覚書」のうち。

③新丞貞真（＊）（元禄七年（一六九四）『孫子陣宝鈔』加証奥書。正徳二年（一七一二）病死）

（＊）金沢大学附属図書館本。なお、「由緒帳」は「貞実」につくるが、この奥書署名・印は「貞真」とする。②（＊1）にあげた『本多家来由緒帳』には「三百石　大橋新左衛門」とあり、父隠居もしくは没後「新丞」と改めたか。また、同資料の「弟　大橋新七」に「稲葉美濃守殿ニ罷在候」と注記がある。同資料の井村源太夫に関連する記事中にも、新七に「稲葉美濃守殿御家来」との注記が見られる。『太平記理尽抄由来』（日本庶民文化史料集成第八巻『寄席・見世物』）などによれば、稲葉正則は本多安房に請い、禅可（全可）を小田原に招き、『理尽鈔』の伝授を受けたとされるが、このことに関わって全可の男新七が稲葉家に取り立てられたものであろう。

④新左衛門貞則（享保一八年（一七三三）病死）

⑤新丞貞久（宝暦九年（一七五九）病死）

⑥善左ヱ門貞忠（＊1）（井村源太夫二男。宝暦九年末期婿養子。（＊2）寛政三年（一七九一）「楠流軍学指南仕候　大橋善左衛門」文化五年（一八〇八）病死）

（＊1）この「源太夫」は②に言及した源太夫の息子か。「由緒帳」には「宝暦九年七月、母方をば婿大橋新丞、末期婿養子相願」とある。

（＊2）『文武師範人紙面写等』（加越能文庫　特16.57–27）の内、「寛政三辛亥歳八月十九日御横目《ヨリ》上ル／御家中文武芸能

師範等仕候／人々指出候紙面之写」に左記のようにある。なお、本資料を検するに有沢家の人々・門弟達による甲州流軍学が一三名に及ぶのに対し、楠流はこの大橋のみであり、その衰勢がうかがえる。

大島流槍指南仕候　三宅白鷗
甲州軍学指南仕候　河崎市丞
楠流軍学指南仕候　大橋善左衛門
冨田勢源流剣術指南仕候　矢野文左衛門
八条当流馬術指南仕候　小池伴右衛門
山岸流居合并単香流　渡辺左次兵衛
柔術指南仕候
素読指南仕候　小林京庵
右私家来文武之芸師範仕候者如此御座候以上
七月廿九日　本多安房守

⑦新丞貞幹〔『陰符抄』伝授者。前項に既述。嘉永五年（一八五二）病死〕
⑧新左衛門貞明〔安政四年（一八五七）病死〕
⑨作太郎貞固〔慶應元年（一八六五）病死〕
⑩豊次郎貞篤〔貞固の弟。末期養子〕

大橋家の兵学形成において最も重要な人物は、いうまでもなく②貞清（全可）である。『陰符抄』においても全可の所説が基盤にあるものと推定できる。

(A)全可の筆録（という体裁をとる詞章）

〈初篇〉巻四

一胥ガ呉ヲ諫シ忠臣也―臣タル者ノ主ヲ諫ントスル、十ノ物ガ二ツナラデハ用ニ立ヌ物也。（中略）陽翁ノ曰、或所ノ野ニ、ヨク化シテ人ヲ迷ス狐アリ。（中略：酒に酔て帰る途中、息子に化けた狐に騙された里人が、後日、迎えに出た本物の息子を狐と思い、刺し殺してしまった）是ヲ以テ見レバ化物ノ狐ハ一生ノ内、難ナク人ヲタラシテ栄也。太宰嚭ガ如シ。本ノ子ハ打切ラレテ災難ニアフ。是伍子胥ニタトヘル也。此故ニ人ハ主君ノ善ナルニ事レバ、名ヲ天下ニ顕シ、栄名ヲ子孫ニ残ス。悪主ニ事レバ、名ヲ顕ントスレバ災ヲ受、災ヲ不受トスレバ無名。可悲コト也。

〈再三篇〉巻二五

一舎兄ノ頼トモ実モト宣シト也。故正成此事ヲ信服―頼朝・正成等、戦法ニ於テハ義経ヲ師トセリ。（後略）

政重公、陽翁師ト対論多ト云ドモ広成ル故ニ略之。……

〈再三篇〉巻三四

一然ルヲ今度ノ戦ニ一度モ不残捨シトニヤ―（中略）益テ軍陣ノ雑具ハ物ノ不レ入ヲ以第一ノ要トスル也。

大夢様（注：政重）関ヶ原ニテノ御采配ハ中折紙也。

〈再三篇〉巻三五

一ヤヲレ源太ソレハ法師ノ所為ゾ。弓矢取者ハ―……

政重公曰、近時　家康公モ鶏合・インヂ打・相撲・碁・鷹野等常ノ御遊也ト云云。又三年ニ一度宛ノ御上洛ノ御遺言有。

これらの情報は、陽翁や政重の側近くにあって、その言行を目の当たりにした者に発する。もちろん、これらの見聞を全可が直接書き記したとは限らないのであるが、全可の筆録を思わせるスタイルをとっていることに留意したい。

(B)全可の所説の聞書、著述の引用

〈初篇〉巻一〇

一備ノ間ノ遠近ノコトハ在口伝―勢ノ多少ト地ノ形相ニ依ルコトゾ。……

可命師曰、備ノ間ノコト所々ニ出タリト云トモ足ト息トヲ以テストアリ。……（字下げ部分は朱書）

〈再三篇〉巻八

一城ノ落マジカリケルヲ―初篇ノ通也。〇（この〇は朱書）

可命曰、「気ヲ見ルト云コト世間ニアリ。陰陽師ナドノ云コトニテ、タシカナルコトハ無シ。シカシ、無ト云モ又悪シ。有ト立テ衆軍ヲイサメヨ。只可考見ハ味方ノ人気ガ第一也。敵ノ気ヨリモ味方ノ気ガ大コトカルベシ。大形極意カトナリ。尤予（注：全可）ガ思量マデマデ（衍字か？）モナシ。先師（注：陽翁）ノ説所ノ軍利ニテ、味方ノ気ヲ知レバ、敵気ハ尚知リ易キ者カ」ト也。

〈再三篇〉巻一四

〇一其上子ニテ候多門次郎―正成云ブン真実ナルコトドモ也。

可全聞書ノ内

前ニ後ロメタキトアル（「申」紺字傍記）ニ付テ如是ナリ。（「此」紺字傍記）結句ナリ。正成神ヲ正直ヲシルベシ。（原文に紺筆傍線）

「可命」「可全」は全可に同じと理解しての上であるが、これらは(A)とは異なり、全可の講説の聞書、全可の著述からの引用であることを明示した叙述である。こうした記述がある以上、『陰符抄』の著作としての成立は、全可より後の世代になってからである。その点を考える上で注意されるのが、〈初篇〉第一冊第一紙（第二紙から本文）裏にある、次の書き込みである。

> 先生貞則曰、先師毎座談席ノ訓ニ曰／当流ノ大旨、心法伝授ノ要也。言ヲ以テ非伝、書ヲ以テ非伝。／夫兵抄ハ皆正成・正行・正儀ノ行ヲ顕シタル書也。然レバ直ニ行ヲ／教ルノ道也。行ハ是心法也。自得ノ上加二工夫一、能可二思量一。抄ヲ／友ト思ヒ、文ヲ師ト尊信シテ勿二懈怠一。専武ノ慮ナリ。尚可レ受二／口受一。

右の書き込みは一体誰の文章であろうか。貞幹が、貞則の談話を直接耳にした可能性は両者の没年から考えてまずありえない。貞忠も文化五年に何歳で死去したのか不明であるが、仮に八〇歳として、貞則の没した享保一八年には五歳。となれば、貞則男貞久あたりが記主と考えられる。さらにこの記事の書かれている場所に注意したい。貞久が『陰符抄』をまとめたのならば、この内容は、次丁表から「夫当流ノ起元ハ則チ楠正成・正行・正儀三代ノ軍術タリ。此時代太平記ノ時世ニアタル也。仍テ楠家ニ取行軍術ハ勿論、他家ノ軍配モコト〳〵ク抄ニアゲタルナリ。……」と始まる序説的記述の中に織り込んでしかるべきものではないか。こうした余白に書き込みがなされたということは、貞久の段階ではすでに本文は完成しており、現存の形態をとっていたことを物語る。

ちなみに「先師」の教訓とほぼ同一の文言が〈再三篇〉巻一に存在する。

> 一当流ノ大旨ハ心法伝授也。言語ヲ以テ非伝、書文ヲ以テ伝ルニ非ズ。正成・正行・正儀ノ行ヲ伝ル也。書ヲ友トシ、其文理ヲ師ト思ヒ、亦ハ明鏡ト思テ、吾ガ形ヲウツシテ悪行悪心ヲ直ニスベキコト也。

貞則が「先師」と呼びうるのは、陽翁、全可、貞真の三人であり、陽翁・全可はそれぞれ「陽翁（陽翁師）」「全可（全可師）」と記されている。「先師」は貞真であり、『陰符抄』も貞真の編集になる可能性が高い。

ただし、次の記述をどのようにみるか。〈初篇〉巻三に

> ……甲州信玄ハ戦場へ長持ニ金銀ヲ入テ持セシト也。此事大橋全可師ノ父東膳ノ助能見聞シテ申伝也。

という一節がある。『陰符抄』が貞真の編集になるとした場合、祖父を波線部のように記すのはいささか疑問が残る。

しかし、大橋家の兵学は全可に始まる、という意識からすればこうした記述はあり得ないことではない。

おわりに

以上、金沢大本『陰符抄』の素描に終始した。その多くは大橋家本もしくは本多家本が出現すれば明瞭になることであるが、現時点で『陰符抄』を利用する上で留意すべき点を明らかにすることにつとめた。

本書は『理尽鈔』のいわゆる「三段ノ伝授」を裏付ける資料であり、巻一から一〇は初篇・再篇・再三篇に、巻一一から二五は初篇・再篇に、巻二六から四〇は初篇にそれぞれ分かたれる。ただし、金沢大本は巻一から一〇の再篇・再三篇を併せて書写し、外題を再三篇一（〜十）とする。さらに、巻一一から二五の初篇・再篇も一括し（丁寧に併記した巻と略記したと思われる巻がある）、外題を再三篇十一（〜廿五）とする。巻二六以降は一返の講読のみであり、その意味からすれば「初篇」と呼ぶべきであるが、外題は再三篇廿六（〜四十）とある。初篇・再篇・再三篇の本文を仕分けることは現状では困難であり、外題によって、『陰符抄』初篇巻一（〜一〇）、『陰符抄』再三篇巻一（〜四〇）と呼ぶのが実際的である。

また、本書の「伝授」は『陰符抄』の書写が中核をなしており、『理尽鈔』本来の伝授のあり方はまた別に考える必要がある［→第三部第七章］。本書の成立時期・編者についても、引用資料等から、さらに検討を要する。

注

金沢大学附属図書館蔵『太平記評判秘伝理尽鈔』（4門21類83号。四高旧蔵書。版本。巻九・四〇は版本写し）には、行間や上欄に、あるいは貼紙に、墨・朱筆による書き込みが多数あり。また、紺または茶色の縦一、二㎝の付箋も少なくない。その書き込みの内容は『理尽鈔』の口伝聞書であり、現在知られている『理尽鈔』諸本の内、部分的にではあるが、『陰符抄』と一致する度合いが最も高く、『陰符抄』には無い項目をも含む。その中には次のような事例がある。『理尽鈔』版本巻一8オ「二十ニシテ一ツ」の箇所。金沢大本は「二十」左に「百」、「二」左に「五」と傍書した上で、

　二十五ニシテ一ツ。六十六ヶ国ヲ割テ二十五ニシテ三ヶ国、加越能ゾ。百二十万石ノ割、廿五ニシテ五万石ゾ、大臣ノ賞ゾ。

と記す。加賀藩は、寛永一六年（一六三九）に富山藩十万石、大聖寺藩七万石を分立するが、それ以前は合わせて約百二十万石の大藩であった。本多氏は加賀藩臣中の最大右族であり、五万石を領した（『加能郷土辞彙』他）。右の注解は加賀藩における本多氏の位置を引き合いに出してのもの。加賀藩関係者以外には、一読了解することは困難であろう。しかし、加賀藩内、とりわけ本多氏内部の場における注解とみれば、何の説明も付さないこの表現のあり方にも合点がゆく。

こうして本書を福田縫右衛門と結びつけることが可能であれば、伝授の実態の想定を変える必要がある。ただし、各冊末に「校合畢」「二度校合畢」などとあり、口伝注記のなされた伝本を忠実に写したものと思われ、講説を聞くにしたがって書き込みをしていった生々しい資料とは必ずしもいえない。

第六章　『陰符抄』続考

――『理尽鈔』口伝史における位置――

はじめに

『理尽鈔』にはところどころに「私云口伝有」という類の傍書がある。

其上、正成、（千剣破城を包囲する）敵ノ陣中ニ忍ノ兵ヲ、五十人、卅人、吉野ヨリモ入レヲキ、城ヨリモ（敵の陣中に忍びを）出シテ、敵ノ方便《テダテ》ヲ通ゼシカバ、（敵は千剣破城を）中々夜討ナンドハ不ル二思寄ラ一事ニ侍リシ也。私云是ニ口伝アリ。又城中ニ返忠ノ事モ、正成、能ハカラヒテコソ侍レ。〔版本巻七50オ〕

右の場合、「是ニ」というのが、どこを受けての口伝なのかがまず問題になる。長谷川本や内閣本のように「又城中ニ……」の部分の右行間に「私云是ニ口伝アリ」と記す伝本があり、また、版本にあっても他の事例から推して、対象とする詞章の始まりに注記が位置するものと思われるが、具体的な口伝内容が不明なこともあり、確定しがたい。この箇所の口伝内容を具体的に記す『理尽鈔』は、今のところ見あたらない。それが、『陰符抄』により明らかとなる。

一城中ニ反リ忠ノコトモ――敵ヨリ第一反リ忠ヲ進ル物也。欲ヨリ起ルモノナル故ニ、正成ハ、敵ノ恩賞ニ一倍マシニ賞セラレシト也。尤ヨキ謀ナリ。〔初篇巻七〕

一又城中ニ返忠ノコトモ――初篇ノ通也。〔再三篇巻七〕

＊

『理尽鈔』の口伝注記は、伝本により、また、各伝本の巻によっても一様ではない。いま、十八冊本、大雲院蔵本、内閣本、筑波大本、長谷川本、静嘉堂本、版本を対象とする調査の概要を示せば、次のようになる。

(1)口伝注記の多寡

〈巻一～七〉内・筑・長が他本より各段に多い（その差は多い巻では二〇倍に達する）。内・筑・長の三本はほぼ同様で大差はないが（ただし、筑巻二には口伝注記が全く無い）、巻一は内閣本、巻二から七は長谷川本に口伝注記が多く見られる。

〈巻八～一〇〉諸本大差なし。

〈巻一一〉筑波大のみ各段に多い（他本の十数倍）。

〈巻一二〉筑波大本は巻一二を上（版本24ウまで）下（25オ以下）に分割しており、一二上には筑波大本のみに口伝注記が見られ、他本には無い。逆に、一二下は筑波大本が最も少ない。

〈巻一三～一九〉大雲院蔵本が最も多い（筑波大本の数倍程度）。

〈巻二〇～二四〉諸本大差なし（巻廿四に数カ所ある他は、口伝なし）。

〈巻二五～三〇〉筑波大本が最も多い。

〈巻三一、三三～三八〉大きな差は無いが、十八冊本が最も多い。

〈巻三二、三九、四〇〉諸本大差なし。

(2)版本の口伝注記との一致度

『理尽鈔』版本の口伝注記は、巻一・三は長谷川本・筑波大本などに近いが、巻七以降は十八冊本との一致度が高く、総数も十八冊本が最も多い。総数のみ左に掲げる。

版本口伝総計〔二八六〕。〔版本との一致数／各本の口伝総計〕。

十八冊本〔二六四／三一二〕。大雲院蔵本〔二三一／四八七〕。筑波大本〔一七三／七七九〕。長谷川本〔二一七／七一五〕。

静嘉堂本〔二二一／二五六〕。

版本は二系統の混態本か、との考えを示したが〔↓第三部第三章〕、口伝注記のあり方も同様の傾向をもつ。

＊

こうした『理尽鈔』伝本の口伝注記に対し、『陰符抄』はどのような状態にあるのか。次表は全巻に及ぶ調査結果ではないが、おおよそのあり方は捉えられるものと思う。

〔凡例〕
・陰符抄項目数は初編と再三編とを合わせた数値。見出し語が異なっていても、同一対象についての口伝は一項目と数えた。
・見出しは一つであっても、複数の項目を含む場合は、複数に数えた。
・部分的な一致が認められる場合も共通項目として扱った。
・金沢大本巻九は後補の写本（版本写し）であり、書き込み等は一切見られない。また、巻一一以降は版本への書き込みはごく少数である。
・内閣本は巻一〇までの零本である。

巻	陰符抄 項目数	陰符抄と共通項目数／各伝本の巻ごとの口伝総数 版本	十八	大雲	金沢	筑波	長谷	内閣	静嘉
一	199	2／6	0／7	1／7	97／223	61／107	61／110	62／122	0／11
九	224	3／7	1／6	1／5		4／7	4／7	4／8	1／5
一四	228	4／8	6／11	19／45		16／16	5／8		5／8
三五	145	13／33	14／34	13／31		13／25	13／28		12／28
計	796	22／54	21／58	35／88		94／155	83／153		18／52

みるように『陰符抄』には、『理尽鈔』に比べ五倍（対筑波大本）から一五倍（対静嘉堂本）に及ぶ項目数がある。ただし、個々の項目の内容に目を向けるといささか異なった様相がみえてくる。巻一の場合、金沢大本との共通度が最も高いが、『陰符抄』に有り金沢大本には無い項目数が八二、逆に『陰符抄』には無い項目数が一〇二ある。筑波大本、長谷川本、内閣本等との間も同様であり、『陰符抄』も口伝の全容を伝えるものではない。

しかし、最初に述べたように、口伝内容を解明する上で、『陰符抄』が最も豊富な手がかりを与えてくれることは確かである。問題は、現在、所在の知られている唯一の伝本である金沢大学蔵本が、近世後期（文政六年（一八二三）から天保三年（一八三二））の写本であることである。近世前期に出現していた『理尽鈔』の読解に『陰符抄』を役立てるためには、いくつか確認しておくべきことがある。金沢大本学『陰符抄』の外観の素描を試みた第五章に続き、本章は内容上の特質を整理する。

第五章では、『陰符抄』に散見する発話者等の記述（「陽翁ノ曰」「可全聞書ノ内」等）のあり方から、大橋全可の男、貞真（正徳二年（一七一二）病死）を本書の編著者と推定した。ここでは引用書名を手がかりとして、本書の成立時期を考えることから論を始めたい。

一、引用書からみる『陰符抄』の成立時期

『陰符抄』が典拠をあげて論述を行うことは、『孫子』と『太平記理尽図経』（大橋全可の編著。慶安四年（一六五一）跋。本書も『孫子』に比べれば頻度は低い）とを除けば、ごく例外的といってよい。その中で、わずかではあるが、注意すべき事例がある。

(1)《後太平記》

『陰符抄』初篇巻九に、

志和――足利尾張守高経ゾ。後太平記ニハ武衛ト有。高経ノコト也。

との記述がある。斯波氏が武衛家と呼ばれていたことは、例えば『猿源氏草子』の

武衛、細川、畠山、一色、赤松、土岐、佐々木、これらをはじめ、きんなひ近国の大名は

との表現などから確認できるが、現在みる『後太平記』（『通俗日本全史』による）は、高経（法名道朝）を「前執事尾張修理大夫入道道朝」（巻一・四頁）、「前の執事尾張修理大夫入道道朝」（巻四・四〇頁）などと記し、武衛とは呼んでいない。「文正元年四月、武衛の義敏と義廉と、家督の論争忽ち起つて」（巻二一・二七〇頁）とある「武衛」は、武衛家の意ともとれるが、章段名は「斯波義廉義敏家督論争之事」とあり、「前の武衛の義敏」「此程武衛の義廉」との表現が章段中にみえることから、武衛は官職をさす（義廉：右兵衛督、義敏右兵衛佐）ととるべきであろう。

また、『陰符抄』再三篇巻一三には、「赤松ヲ語ヒ吉野ニ忍ヒ入――此事後太平記ニアリ。其帝ヲ奉討シ刀ハ村正ト云刀也。今ニ遺物ナトニモ主ヘ上ルニ不用トハ是也」とある。

嘉吉元年（一四四一）、赤松満祐が将軍義教を弑し、討伐された（嘉吉の乱）後、同三年に後南朝の与党により神璽が奪われるという事件（禁闕の変）があった。長禄元年（一四五七）一二月、赤松旧臣が大和衆小川・越智らの協力のもと、吉野の奥、北山・川上にいた南朝一の宮・二の宮を殺害し、神璽を奪う。神璽は一旦吉野側に奪い返されるが、翌二年三月末小川氏が吉野より奪回し、八月三〇日越智氏の手を経て京都に取り戻される。この結果、満祐の弟義雅の孫にあたる政則に、赤松家再興が許された(1)。

長禄の事件を描く作品のうち、多くは以下のように、一の宮及び二の宮の殺害に言及する。

『嘉吉記』（群書類従二〇）「或夜忍入テ南帝ヲ輙ク弑シ奉リ、三種ノ神器ヲ取持テ忍ビ出ケル」

『赤松記』（群書類従二一）「工夫して此吉野殿をうちはたし神璽を取返し奉るべし」

『赤松盛衰記』上巻（『室町軍記赤松盛衰記——研究と資料——』）「時日を定めて両宮を討奉り、御頸を取て罷出候所」

『赤松盛衰記』中巻「真島石見等ノ面々、密ニ南朝へ忍ビ入リ皇子ヲ殺シ奉リ、神璽ヲ奪ヒ取テ都ニ帰リ、内裏ニ納メ奉ル」

さらに『理尽鈔』に至っては、西園寺公宗の遺児実俊が「吉野ノ新帝ヲモ、父ノ敵ノ御末ナレバトテ、様々謀ヲ回シ、終ニ赤松ヲ語ヒ、吉野ニ忍ビ入テ、御首ヲ給テンゲリ」（巻一三18オ）、と描いている。実俊は康応元年（一三八九）に没しており、長禄の事件と結びつけるのは強引な作為であるが、『理尽鈔』独自のこの設定も、吉野の帝の暗殺を論述の要点としている。

ところが、『陰符抄』のいう『後太平記』の、当該箇所と目される巻二〇「内侍所御入内之事」は、計画段階でも「各南方に下り内侍所を奪ひ取り、震襟を休せん事易き事に候」、と神璽ならぬ内侍所奪還を眼目にあげ、実行場面でも「石見・中村・間島、謀計達しぬと喜び、程なく内侍所を奪ひ取り、皇居を蒐出でたり。吉野殿驚き給ひ、早く討留めよと下知し給ふ。」とあり、吉野殿は殺害されてはいない。

したがって、『陰符抄』のいう「後太平記」が、今みる『後太平記』（延宝五年（一六七七）渡辺善右衛門刊。寛文一〇年の跋文があるが、写本は存在しない）を指すのかどうか疑問が残る。しかし、関連する事項そのものは確かに存在するのであり、無関係とはいえない。

⑵《漢楚軍談》

『陰符抄』再三篇巻一に次の項目がある。

范増良ヲ怒テ――或時漢ヨリ使者ヲ以テ謀シコト有シニ、項羽其謀略ナルコトヲ不察故、范増、張良ガ計策ナルコトヲ知テ、甚怒テ、贈物ノ玉ナドヲ突摧キシコト、則漢楚軍談ニモ書置タリ。其事ヲ爰ニ記ス。公家ノ人々、頼朝ノ諂ヒ謀ナルヲ不知、欲ニホダサレテ、頼朝ヲ忠臣ト思エルヲ悪ンデ、意味ハ少シ違ヘドモ、贈物ヲ請ルト不受ト、虚実ヲ察ルト察セザルト、范増ガ智トハ公家ノ面々大ナル違ヒシ故ニ云ナリ。又日本ニシテ評セバ、范増ハ智ノ不足コトアリ。ソレトハ范増ハ項羽ガ相伝ノ臣ニ非ズ。高祖ニ天子ノ気アルヲ知レリ。何ゾ楚ヲ背テ漢ニ不行。是范増ガ智ノ不足ニシテ、終ニ楚ニ有テ其身ニ害ヲ得タリ。然シ今爰ニ記スハ、張良ガ計策ニ不落所ヲ讃テ云也。

「漢楚軍談ニモ書置タリ」とあり、初篇巻四「高徳一句ノ詩ヲ奉シハ」の項にも「漢書或ハ漢楚軍談ノ誤ナリ」と朱傍書がある。「漢楚軍談」は書名とみなしてよく、『通俗漢楚軍談』（夢梅軒章峯・称好軒徽庵作。元禄三年序。同七年（一六九四）跋）をさすものと思われる。右傍線部に該当する記述は、同書（有朋堂文庫による）巻之三「范増奮激砕㆓玉斗㆒」に確認できる。したがって、『陰符抄』の成立期は『通俗漢楚軍談』の著された元禄期以降となり、前稿で推定した大橋貞真の活動時期とも重なる。

しかし、『陰符抄』は、この時期に全く新たに創出されたのではない。次節に示すように、本書の記述の相当部分が、内閣文庫蔵明暦二年写『理尽鈔』の口伝注記と共通するからである。

二、『陰符抄』と内閣文庫本口伝注記

内閣本は巻一〇までの零本で、巻九巻末に「于時　明暦丙申第二季壬卯月良辰　書之」とある。数人の寄合書で、巻一の本文と傍書も異筆。一面行数は巻一のみ一二行、他は一一行。巻一から八までと巻九・一〇とは本文系統を異にする［→第三部第三章］。第二冊（巻二・三）裏表紙左下に「備陽岡山住／高岩源善勝」と墨書あり。奥書の位置を含め、さらに調査すべき点が多いが、傍書を含め、近世前期の書写とみてよいと思われる。

内閣本の注記と『陰符抄』とが一致する事例をいくつか示す。

なお、『陰符抄』の内容と共通する傍書を持つのは、巻一においては、第三部第三章で〈Ⅱ・B・ハ〉に分類した内閣本・長谷川本・筑波大学本のみであり、これに金沢大本（『理尽鈔』版本への口伝書き込み）が加わる。この四本の中では金沢大本の口伝内容が他と異なっている。

(1)内閣本・『陰符抄』共通事例

『理尽鈔』版本丁オ／ウ［理尽鈔本文（陰符抄見出し）］内閣本の傍書（長谷川本、筑波大本、金沢大本に有〇、無×）

9オ［君愚ナレバ、君先傾ント也］口伝二ツ有リ。一ニハ臣ノヲゴリヲ見テ、主モトモニヲゴルホドニ国亡。二ニハ臣ヲゴレバ主ヲウラミテ傾ムケル物ゾ。（長・筑〇、金×）

【再三】二ツノ義有。一ツニハ、臣ノ侈ヲ見テ主モ共ニ侈テ亡ル也。二ツニハ、臣侈リ高ケレバサセルコトモナキヲ主ヲ恨ミテ傾ムクルモノ也。

18ウ［頼家ノ非ヲ挙ゲ、自ノ徳ヲ顕ス］私云口伝。佞人ハ人ノ非ヲ挙ル物ゾ。（長・筑・金〇）

【再三】佞人ハ古今トモニ人ノ非ヲ挙ル病アル也。

19オ ［羽林ノ息、市幡殿ヲ奉レ誅］ 市幡ヲ誅スルヲ頼家聞テ腹立シテ、重忠・義盛ニ云付テ北条ヲ追討ヲセント云ヘドモ、両人下知ニ不随。終ニ頼家ヲウツ。此北条ガナス所也ト云々。（長・筑〇、金×）

【再三】 市幡ヲ誅スルヲ頼家聞玉ヒテ腹立シテ、重忠・義盛等ニ云付テ、北条ヲ追罰セントノ玉ヘドモ、頼家ニ評定衆ヲ召ハナサレタル恨ト又北条ニ好ミアルニ仍テ、両人トモニ下知ニ不随。終ニ頼家ヲ討。是北条ガナス所也。

19ウ ［公暁禅師］ 実朝ノ養子ニスルゾ。公暁、武勇心ダテ伯父ノ義経ニ似タリ。（長・筑・金〇）

【再三】 実朝ヲ亡スベキ本ヲ張ル也。公暁ハ実朝ノ養子ニシテ若宮ノ別当ニシタルハ北条ガ計ヒ也。公暁ハ武勇心ダテ伯父ノ義経ニ似タル人ト也。又八郎為朝ニ似タル人トモ云也。

22オ ［頼朝ガ行跡ヲ忠臣ト思テ、其ヲマナブ］ 私云口伝アリ。善政ト思フ、一ツ。又、無道ト思フ在ルモ自ノ私欲ノタメニ云フアルゾ、二ツ也。（長・筑・金〇）

【再三】 心底カラ善政ト思フアリ、一ツ。又無道ト思フアルモ身ノタメニヨキコトト思テ学ブアル也、是二ツ也。但頼朝・時政ハ詐ノ忠也。天下ノ政ヲ君ヘ返ジ奉ラバ愚忠也。其身ニ災ヲ受、可亡家ヲコト也。

23オ ［三ニハ諸民也］ 六韜ノ士農工商。（長・筑・金〇）

【再三】 六韜ノ士農工商ノ心ナリ。

27ウ ［其時ニ当テ、其ノ理ヲ当見ル事、不レ叶アリ］ 私云口伝。文談シテモ理ナキアルゾ。理ヲ能解トモ当時ニアハヌコトヲ云物有リ。（長・筑〇、金は「理ヲ能解也」とあるのみ）

【再三】 文談スル時ハ理ヲ能イヘドモ当時ニアハセテ云コトナラヌ物也。書ヲヨミ文学アレバ慮智アルヤウニ其比ノ人思ヒテ云シニ仍テ、是ヲ評シテ云ナリ。

31ウ ［目ヲスリ〳〵、敵ノ旗ノ紋ヲ見タリ］ 口伝、如何ナル者モ寝ヲビユル物ゾ。小笠原ハ生徳ノ勇ニ又勇ヲ嗜タ者

ゾ。（長・筑・金〇）

【初】一日ヲスリ〱旗ノ紋ヲ見タルハ勇也。イカナルモノモ寝ヲビユルモノゾ。小笠原生得ノ勇ニ又勇ヲタシナミタルモノ也。

(2)内閣本と『陰符抄』との関係

内容がほぼ一致する前項の場合と異なり、内閣本と『陰符抄』との間に注目すべき異同のある事例を挙げる。

〈例a〉

①3ウ［北畠ノ玄恵］〈長内筑〉北小路トモ。北畠ノ准后ノ養子ゾ。一玄恵二虎関三智教、三人ハ兄弟ゾ。〈金〉北小路トモ云。

②4ウ［山門ノ護正院］〈長内筑金〉来賢コトゾ。

③5オ［寿栄］〈内金〉高氏ガ祐筆也。

④5ウ［日野入道蓮秀］〈長内筑〉阿新殿コトゾ。〈金〉熊若丸ナリ。

⑤5ウ［義用・義可］〈長内筑〉未考之。〈金〉山名ガ内ノ者也。祐筆也。

【再三】一太平記巻々作者ノコト　①北畠玄恵ハ北小路トモ云ナリ。北畠准后ノ親房養子也。玄恵ハ兄弟三人有。皆出家也。一玄恵ハ三井寺ノ法師也。二虎関東福寺ノ住僧也。三智教南都ノ住僧也。②護正院ハ来賢也。山門。④蓮季《ママ》ハ日野資朝ノ子、阿新ノコト也。⑤義用・義可ハ山名氏清ノ祐筆也。

【初】一北畠玄恵　三井寺ノ僧也。

【初】護正院トハ来賢法師ガコトゾ。

※内閣本等が不明としている⑤の人物を、金沢大本・『陰符抄』が具体的に提示していることに注意。

〈例b〉

8ウ［一人ノ国司、年々ヲ経バ］〈長内筑金〉私云口伝有リ。ウラガ有ゾ。三年ニテ改補スル。仍テ国司、後ニハ聖人ニ成ル物ゾ。

【再三】是義ニ遠ク欲ニ近クナル故ナリ。三年ニテ改補アレバ、都ニ登ツテ帝王ノ御政道ヲ見ルユヘニ義ニ近ク、欲ニ遠クナリ。此故ニ国司、賢良トナル也。

※傍線部の『理尽鈔』口伝注記は、再三篇波線部のような説明を補わなければ理解困難。

〈例c〉

26ウ［三位ノ局］〈長内筑〉女弱矢ヲキウ所ニウクルト、男ツヨキ矢ヲ「ヤラ」（内「カヲ」。筑ナシ）ニウクルトノチガイゾ。〈金〉×。

【初】女ノ政道ニ邪ヲ入ルハ弱キ矢ヲ急所ヱ請シニ似タリ。男ノ政道ニ邪ヲ入ルハ強キ矢ヲ腹へ請シ如ク也。

※『理尽鈔』口伝注記は舌足らず。

〈例d〉

26ウ［況ヤ曲レル女ヲヤ］〈長内・金（朱書）〉私云口伝、男ノアシキハ女ノアシキヨリマス（女よりひどい）。女ニハアイフカキモノ也。故ニ女謂ヲバヨク聞ゾ。

〈以下の章句は上欄外に付記。筑にもあり〉女ハ当座カシコキゾ。遠慮ナキ物ゾ。男ニモアルゾ。当座ノカシコキ物ヲ用ルハ政道ノ妨ニナルゾ。

【再三】女ハ当座カシコクシテ遠慮ナキモノ也。男ニモ女ノヤウニカシコキアル也。是ヲ用レバ政道ニ妨ニナルナリ。然レドモ男ノアシキコトハ軽シ。此故ニ女ハ男ヨリモ政道ノ妨ニナルコト多シ。此外政事ノサハリト成テ亡ビザルハナシ。詞ニツクシガタシト也。

※「女ノアシキヨリマス」の解釈が問題。女よりはましだ、と解すれば、『陰符抄』と大差無いが、文脈全体か

らは、「女の悪いものよりも（悪い程度が）増す、「故ニ女（の）謂ヲバヨク聞ゾ」（女のいうがままになり始末に負えない）」、と解される。どちらも事柄そのものは成り立ちうるが、「智有男スラ、時ニ取テ理非ニ迷ヘリ。況ヤ曲レル女ヲヤ」「男子ノ佞スラ為《ニ》二政道《ノ》一寇ナリ。況ヤ女ヲヤ。」という前後の『理尽鈔』の文脈からは、再三篇の説明に無理がない。

全体的に、『陰符抄』の詞章が整っている。『理尽鈔』の口伝注記には、紙幅の制約と、『理尽鈔』受講の際の聞書であるためにか、充分意をつくしていない箇所がみられる。

三、内閣本と『陰符抄』との相違点

両者の相違点は先後関係に留まらない。内閣本の口伝の基調をなすのは、前節に例示したように、考証的注記の他は、個別事象に対する兵法論や道徳論の雑多な注解である。これに対し、『陰符抄』に目立つのは、覇業・武道をめぐる議論である。以下事例を巻一以外にも広げる。

たとえば『理尽鈔』巻三33オに次の記事がある。赤坂城を落ちる際、観音菩薩の霊験により危難を遁れた正成が、配下の者に対して「勇士ハ取リワキ仏神ヲ奉《ルコト》レ信《ジ》能キ事也」と語る。ただし、形式的な礼拝ではなく、欲心を去り、「身ノ徳」を備えることにより、自ずから仏神の憐れみもあるのだ、という。

○評云、正成、口《ニ》其《ノ》事ヲノミ謂テ、身ニ其《ノ》行ヒナクハ、ナジカハ人信ゼン。其《ノ》道ヲ行ヒシ故ニ、世此言《ノコト》ヲシンゼシト也。

○伝云、仏神ノ罰正シキニ非ズ。法ヲ、カスモノハ、世人是ヲ罰ス。仏神ノ利生有ニハ非ズ。身ニ徳ヲ備フルヲバ、世人是ヲ崇ム。其道違《フ》則ハ、世乱ル也。賞罰正シキヲ嗜ムハ、国主ノ第一ノ道ナルベシト云々。

右は、その記事につづく論評であるが、記事内容の延長線上にある「評」に対して、「伝」は、一歩踏み込んで、仏神の罰や利生はいうなれば方便であり、現実に、世人を正しく教導するものは、国主が賞罰をただしく執り行うことである、という。その傍線部右行間に、内閣本は「此事ハ人ヲ諫ルノ道ゾ」と注記し、『陰符抄』は以下のような詳細な記述をなす。

【初】国主ノ罰ガ的面ナルゾ。是武ノ徳也。

（続く「賞罰正シキ」を見出しとする項目も関連しているので、以下に掲出する）当流ハ儒ヲ立ヲキ武ノツカイモノニスル。諸道ニ超過シタルハ武ノ道也。前ニ云通、仏神ノ罰ヨリ、国主・主君ノ罰ハ的面ニシテテツヨキゾ。

【再三】是ハ武道ノ根本也。仏神ノ罰ト利生ハ国主ノ賞罰ホドニハナキ物也。武ノ道ハ、文道ニモ仏道ニモ神道ニモ超過シタル所アル也。是ヲ武ノ一徳ト云リ。武ノ一徳ニ対スル物ハナキ也。タトヘバ虎狼ナドノ、神社ヲケガシ仏像ヲケガスニ不恐トミヘドモ、一張ノ弓アル所ヘハ恐テ来ルコトナシ。人ニモ虎狼ノ心アル者ヲバ武ノ一徳ニテナラデハ治マラヌ也。殊ニ日本ハ武ニテナケレバ治ラヌ国ナレバ、武ヲ専トスベキコト也。

『陰符抄』は、儒仏に対する武の道の優位を論じる、この種の議論を随所に繰り広げているのであるが、内閣本も詳述していないだけであり、『陰符抄』と同様の秩序維持の方法（道）を説いている、とみなすことも一応は可能である。

しかし、次の相違はどうであろうか。『理尽鈔』は、神仏の掟を守るには「身ノ不浄」のみならず「意ノ不浄」を慎むことが肝要であるとして、

次ニ意ノ不浄ト謂ハ、欲心深ク、人ヲ養育ノ意ナク、＊財宝ヲ徒ニ集積《メ》デ楽シミ、身ノ為ニ遣事《フ》、砂石ヲ散《ス》ガ如クナルヲ謂フ〔巻三32ウ〕

と説く。内閣本は＊箇所に次のように注記する。

此ガ仁（長谷川本・筑波大本「ガ仁」無し）裏ガ仁政ゾ。爰ハ我栄ゾ。七十一ノ意ノケガレノ根ゾ。

一方、『陰符抄』初篇は

一財宝ヲ──七十一ノ心ノケガレ根本也。聖徳太子定メ玉フハ、武道ニハ財宝ナケレバ弓矢トラレズ、主ヘ勤モ不成也。工夫スベシ。

と記す。内閣本が「我栄」の対極に「仁政」を見ようとするのに対し、『陰符抄』は「武道」の立場から、蓄財を否定し去ってはいない。

また、笠置合戦の記述をみよう。

明レバ九月三日ノ卯刻ニ、東西南北ノ寄手、相近テ時ヲ作ル。其声百千ノ雷ノ鳴落ガ如ニシテ天地モ動ク許也。時ノ声三度揚テ、矢合ノ流鏑《カブラ》ヲ射懸タレドモ、城ノ中静リ還テ時ノ声ヲモ不レ合、当《タウ》ノ矢ヲモ射ザリケリ。

〔『太平記』巻三「笠置軍事」〕

『太平記』のこの場面を受け、『理尽鈔』は軍の礼のあり方を議論する。

①時ノ声ヲ発ル事三度、鏑ヲ射ル事、軍ノ礼也。城中、時ヲ合ル事又礼也。然ルヲ静マリタルハ無礼ニシテ、謀アルベシ。

②評云、城中無礼ニ非ズ。寄手無礼ナルベシ。十善ノ君御在《ヲハシマス》城也。別ニ礼可レ有。如二尋常一《クニヨノツネノ》不レ可レ有。

③又評云、＊十善ノ君ニテモ御在、奉《ルニ》レ責《メ》礼ハ別ニ有べカラズ。何ゾ如《ク》二尋常《ノ》一セザランヤト也。〔巻三11オ〕

『理尽鈔』の議論は二転三転しているのだが、内閣本は＊印相当箇所右行間に

口伝。仁政ナル王ハ主、無道ナル王ハ悪人ゾ。位斗王ゾ。天皇ハ悪人ゾ。又高時モ悪人ナレバ上下ノ礼ハ有べシトニヤ。（長谷川本も同様）

と記し、『陰符抄』初篇は

一十善ノ君――謀反ヲ起シ玉シハ匹夫ニ同ジ。謀反人ノヤウニスベキコト也。

と説く。内閣本の口伝注記前半は、『理尽鈔』③に近いようであるが、「高時モ悪人ナレバ」と付記することにより、同じ悪人同士ならば「上下ノ礼」は有ってしかるべきである、という独自の論を繰り広げている。一方、『陰符抄』は③の立場に近い。

先の「財宝」についてと同様、内閣本の口伝注記には「仁政」や「上下ノ礼」を全く無視することへの、ためらいが見て取れる。これに対し、『陰符抄』は、武道優位論を一貫してうち出している。

＊

『陰符抄』が『孫子』をしばしば引用することも、内閣本口伝注記と大きくことなる特徴のひとつである。

〈例1〉又戦場ニテ一命ヲ軽《ク》スルトハ、将タル者、軍ニ赴《ク》トキ、ヨク謀ヲ回《メグラ》シテ、合戦図ニアタル時、畏《ヲソ》レズ軍ヲセヨ、策《ハカリコト》ハ可《ク》レ深《フカヽル》シテ、畏ルベカラズ、ト云フ意也。〔『理尽鈔』巻二一2オ〕

《内閣本》口伝注記無し。

【初】不恐軍ヲセヨトハ　孫子始計、令民与上同意、可与之死、可与之生、而不畏危、ノ心也。（再三篇も、「又戦場ニテ一命ヲ軽クスルハ」の見出しの下に、始計篇の同一箇所を引用）

〈例2〉又、敵ノ強弱ヲ計《ル》ト云ハ、敵ノ将ノ剛憶・智謀、又、臣下ノ勇臆・智謀、兵ノ勇ノ名等ヲ知テ、君臣共ニ弱ナル則《トキンバ》、是ヲ挫《トリヒシグ》。強ナル則《トキハ》、ソレニ勝謀ヲナスヲ云也。〔巻二一3オ〕

《内閣本》口―強ニハ能クシタガイテ、後ヲマツモノゾ。其内ニ謀コトイクラモ有べシ。

【初】一強ナル時ハ夫ニ勝謀ヲナセ　孫子始計曰、強而避之。（再三篇口伝無し）

〈例3〉異朝ノ其古、子房ガ兵法ニ云、千ノ敵ノ籠《リ》タル城ヲ責《メ》トナラバ、五千ノ軍士可《シ》レ遣。敵、城戸ヲ不レ出、三千

ヲ遣ス則ンバ、敵地ノ形勢ノ利ナル在バ、城ヲ出テ一タビ戦ト云。〔巻二13ウ〕

《内閣本》口伝注記無し。

【初】千ノ敵ヲ攻ムルニ五千ヲ以テスト云ハ、孫子ニ伍《ナルトキハ》　是ヲ攻ト（ノ）心也。

【再三】一千ノ敵ノ籠タル城ヲ責ントナラバ五千ノ軍士ヲ可遣―孫子ニ五則攻之ト云々。言ハ敵千五百《ママ》、味方軍勢五千アラバ是ヲ攻ヨト也。是大法也。（後略）

〈例4〉正成、此等ノ事、能見スカシテ（中略）臣々不和也。臣、高時ヲ恨ミ、君モ臣ヲ恨ム。招カバ智臣来ラン。謀ヲ以テ戦バ勝ント謂シ所也。〔巻三5オ〕

《内閣本》口伝注記無し。

【初】勝ント云シハ　戦テ勝謀ノコト、孫子ニ知彼知己則百戦不危ト云段ニ当ル。謀ヲ以テ戦バ一往モ二往モ負ルコトアルモ、畢竟ハ勝モノ也。故ニ云也。智ヲ以テ戦故ニ奇妙アリ。孫子ノ心也。

【再三】招カバ智臣来ラン――彼ヲシル也。心ハ敵ヲ知リ味方ヲ知ルコト也。是ハ智ヲ以テ知ルコト也。此故ニ良将ハ吾心ヲ以テ敵ノ心ヲ攻ル物也。是ヲ智戦ト云也。智ヲ以テ戦フ時ハ、一ヲ以テ万ニ勝ヤスシ。此故ニ孫子五事ニ智信仁勇厳ト云テ、智ヲ第一トセリ。智ニアラザレバ敵味方ノ強弱虚実知ラレザル物也。

このように、『陰符抄』が『孫子』を引く多くの箇所、内閣本には口伝注記が無いか、〈例2〉のように別の内容となっている。これらは紙幅などの制約から、『理尽鈔』の口伝注記に省略されているのではない。異同発生の原因は『陰符抄』の側にある。〈例3〉の場合にみるように、『理尽鈔』が「子房ガ兵法」と言明しているにも関わらず、『陰符抄』は『孫子』を採り上げるのである。

『理尽鈔』注解の世界に『孫子』が持ち込まれるのは、第一部第二章に述べたように、大橋全可の編著『陣宝抄聞書』以降のことである。『陰符抄』の『孫子』受容は、『陣宝抄聞書』に倣った新しい趣向とみなされる。

四、『理尽極秘伝書』と『陰符抄』

『理尽鈔』の口伝集としては、他に、亀田純一郎[2]・加美宏[3]の紹介する、尊経閣文庫蔵『理尽極秘伝書』がある。四十巻七冊の美麗なる本であり、その記載するところは理尽抄中に口伝とある箇所及び其他に対する詳細なときあかしである。図解をも加へて甚だ詳細に亙つてゐる。函表に「太平記評抄秘訣〈理尽極秘伝書／七冊〉以茲七冊為評判伝授之先途許他見　左中将菅綱紀」と記され松雲公の親筆であるといふから、疑ひもなく加州に於ける理尽抄講釈の秘伝書であつて頗る重んぜられたことが知られるのである。

〔亀田論文二三〇頁。なお、各冊の構成、墨付丁数は以下のようである。自一至十（10丁）、自十一至十五（7）、自十六至廿（2）、自廿一至廿五（3）、自廿六至卅（9）、自卅一至卅四（10）、自卅五至四十終（9）〕

松雲公前田綱紀は、寛永二〇年（一六四三）生、万治元年閏十二月廿七日に左近衛権中将に叙任、貞享元年（一六八四）正月元日諱を綱紀に改め、享保八年（一七二三）五月九日致仕、九年五月九日薨去。享年八二歳。函書の時期は貞享元年から享保八年の間となり、『陰符抄』の成立時期とほぼ重なる。ただし、

松雲院様には、二代目の小原惣左衛門御前え罷出、度々口談（中略）重々口伝の趣幷戦場の図等、別に書立八冊に編候而上之申候。〔『松雲公御夜話追加』加賀能登郷土図書叢刊〕

との記事と関連づけることができるならば[4]、小原惣左衛門が貞享四年（一六八七）に没している（小原正信提出の「先祖由緒幷一類附帳」、他）ことから、元禄七年（一六九四）以降成立の『陰符抄』に先立つ。

理尽巻之一

二階堂道蘊…―――

㊀口伝。天理ニ違、我栄有テ起請ヲ書ハ天罰アタルゾ。身ノ行正、天理ニ不レ違シテハ、破《リ》テモ罰アタルマジキゾ。為レ世為レ国ニハ然ナランカ。

理尽巻之二

大塔二品親王……

㊈私云、日取・時取・気ノ善悪ニ付テ口伝。吉日・良辰・雲気ヲ頼テ、合戦スベカラズ。可レ勝謀有バ、悪日・悪気成共、時ヲ不レ移可レ戦。但、往昔、太公ガ往亡日ニ我往《テ》敵亡《ン》ト云シ。又楚ノ将、公子心（ママ）ガ彗星ヲ弁ジタル如《ク》、大将ノ弁才ヲ以テ、利ヲ謂テ可レ戦。謀、敵ニ漏《ル》時ハ吉日タリト云ヘドモ、為《メニ》レ敵謀ル、也。急ヲ可レ用。吉日・良辰・雲気ヲ考ルハ、畢竟、兵ヲ勇ン為ノ謀ナリトゾ。

右は、第一冊の巻頭である（句読点・清濁は稿者。㊀㊈等の記号は実際には白抜きである）。巻之一の見出しは、『理尽鈔』巻一「二階堂道蘊、等閑ニ披見セラレン事不可也ト謂フ。」（34オ）と始まる一連の記事を指し、「㊀口伝」とあるのは、その中の「凡誓ト云ハ、仏神ヲ証人トシテ、堅《フスル》レ約《ヲ》ヲ云。心有レ二《ツ》。大事ナル故ニ是ヲ不レ記《セ》。口伝。」（34ウ）とある部分を受けているものと思われる。一方、巻之二の見出しは、『理尽鈔』巻二「○大塔二《ノ》品親王、兵法御嗜ノ事」（1オ）以下の記事を指し、「㊈私云……」は「又天ノ時ト云ハ必天ノ時アシケレバ、軍ニ負ルニ非ズ。諸軍ヲ勇メンガ為ナリ。……」（3ウ）とある部分を受ける所説であろう。巻二の場合、見出しと注記対象部分との間に二丁余の分量があり、㊈とはこの記事の中で九項めの注記内容である、と推定される。ちなみに巻之七の場合、「昼夜七日ノ間ニ」㊁、「楠千剣城ヲ拵ケル事」㊀㊁、「長崎四郎左衛門」㊂㊄㊆㊉、と番号が並ぶ。「別書」云々という表現も散見し、本書は、『理尽鈔』全巻に及ぶ、浩瀚な口伝書の一部に過ぎないことがうかがわれる。

《内閣本》私云口伝、我栄アリテ起請ヲ書ハ天罰アタルゾ。身ノ行ヒ正シケレバ、ヤブリテモ罰アタルマジキカ。代ノ為国ノ為ニハ然ナランカ。（長谷川本・筑波大本も同内容）

【初】一告文トハ起請文ノコトゾ。口伝、我栄名ノ為ニ書コト有、為国書コト有。逆ニ敵国ヲ亡シ、順ニ国ヲ治ルノ心持、能々可弁。可秘々々。可慎コト也。逆ニ取テ順ニ治ルハ智ヲ専ニスル。義戦・欲戦、皆順逆也。トカク武ハ智ガ第一也。「告文ヲ其儘返上セシハ大キニアヤマリ也。先ヅハ後鳥羽院ノ遠島へ遷シ奉リシ也」（「」内、小字、朱書）

【再三】一ニハ実ヲ以テ起請ヲ書ニ、書モノ信アラズハ神罰アルベシ。又受ル者疑アラバ受ル者神罰アルベシ。二ニハ虚ヲ以テ起請ヲ書ニ、我身栄名ノタメニ書ハ神罰アルベシ。又不討シテ不叶敵アリ。是ヲ討ントスレバ、敵ノ諸卒多ク亡命センコトヲ悲ンデ偽テ起請ヲ書テ、翻テ一人ヲ討コトアリ。是仁ノ道、国ヲ全フシテ国ヲ治ルノ謀ナレバ、神罰アルマジ。代ノタメ、国ノタメナレバ、是ヲ謀攻ト云リ。可秘々々。

右に示すように、『理尽極秘伝書』巻之一の事例は、『陰符抄』にも重なる面があるが、内閣本等の口伝注記に近接する。

巻之二の記事は、次に引く『楠正成一巻書』（万治三年（一六六〇）から寛文一〇年（一六七〇）の間の刊行[5]）に、詞章を補った形である。

合戦時日《トキヒ》風雨《カゼアメ》ノ事

○合戦ニ及ンデ時・日・風・雨、此四ツニ心得アリ。是ヲ第一ニ可レ用。吉日・良辰ヲ頼デ合戦スベカラズ。勝ベキ謀アラバ、悪日タリト云トモ、時ヲウツサズ可レ戦。謀、敵ニモル、時ハ、吉日タリトイヘドモ、敵ノタメニハカラル、ナリ。急《キウ》ヲ可用也。（版本『楠正成一巻書』34オ）

『一巻書』と共通する項目は、他の箇所にも多く存在する。巻之五「玉置中津川ニテ…――」の「㊅心ノ四武ト云事有《リ》。是ハ大将四方ニ心ヲ付《ル》事也。……」とはじまる記事は、『一巻書』の「心ノ四武ノ事」（7オ～8オ）にほぼ同文である。ちなみに、これらの箇所、『陰符抄』には類同の文言が見あたらないか、別の詞章となっており、全体的にみても、『理尽極秘伝書』と『陰符抄』とが重なる事例は少ない。両書は分量のみならず、内容的に見ても別種の口伝集である。

本書巻之卅三「仁木頼章挙動……」には、「此事恩地巻ニ有リ」とあって、『恩地左近太郎聞書』(6)をも参照していることが明瞭である。『恩地聞書』と重なる記事は他にもみられる。

理尽巻之卅五

（中略）

世ヲ可レ被レ治器用ノ事……

（中略）

一十九ヶ条之法

一食終ル間ニモ道ヲ失謀ヲ忘ル事ナカレ。

（中略）

此十九ヶ条＊一巻ノ大旨ナリ。実ニ深心得在ベシ。口外スベカラズ。他人ニ伝ベカラズ。我家ノ外ニ出ベカラズ。奉行頭人タリト云トモ此ヲ伝ベカラズ。器ニ依テ、端々ハ講読スベキ物ナリトゾ。（＊箇所右に「正成一巻抄」と傍書。本文と同筆。ただし、内容は、『楠正成一巻書』とは異なり、正しくは、『恩地聞書』を指す。）

《恩地聞書》又此一巻ノ大体《ティ》ニ十九ヶ条ノ法アリ。一ツニハ食終《ル》間ニモ、道ヲ失《フ》謀ヲ忘《ル》事ナカレ。（中略）此十九ヶ条、此一巻ノ大旨也。誠ニ深キ心得有。口外スベカラズ。吾家ノ外ニ出スベカラズ。奉行頭人タリト云トモ是ヲ伝ベカラズ。器ニヨツテ、端々ハ講読スベキモノ也。（正保二年（一六四五）版本。53ウ～56ウ）

このように、『理尽極秘伝書』の所説は、『楠正成一巻書』等や、『恩地聞書』などと共通する基盤に立っている。

前節で、『陰符抄』の『孫子』引用は後次のものではないか、と述べた。『理尽極秘伝書』巻之一三「名越時兼滅亡ノ事」に、この点に関連する注目すべき事例がある。

㈡正成、直常ニ相伝七謀

〈第一〉先ノ先。是ハ軍ノ先ヲ討事也。タトヘバ頼朝《ノ》先陣畠山重忠、奥州白川ニ着陣ノ時、義経、アツカシ山ヨリ二日路ヲ一日一夜ニ打テ、白川ノ陣ヲ追落サレタル如シ。是、敵未《ダ》二勇出《ノ》一時也。

〈第二〉二ノ二ノ謀。是ハ軍ノ後ヲ討也。タトヘバ義貞、京都ニテ尊氏ヲ追落シ、諸兵打散タル所へ、細川定禅押寄テ如《シ》レ得《ルガ》二勝利一。

〈第三〉敵ヲ避。是ハ敵ノ中《ウチ》ヲ分《ケ》、還忠ヲ求。三ノ評ノ口伝ニ有リ。

〈第四〉味方ヲ避。是ハ味方ノ中ヨリ知音ヲ以、敵へ還忠ヲセサセ、一度モ二度モ筈ヲ合テ、少損シテ大徳ヲ取物ゾ。正成、千剣破ニテ、恩地ニ還忠ヲ云セテ敵ヲ討。又飯森城ヲ攻シ時、高畠ト云者ニ還忠ヲ云セテ敵ヲ討シ如也。

〈第五〉多ハマセ。（図略）如レ此敵ト対ノ陣ヲ備テ、余勢ヲ後ニ隠置、戦ノ半ニ隠勢ヲ出シテ、敵ノ中後ノ陣ヲ討ベシ。又云、敵味方大勢ニテ戦《ン》ニ両将ノオト勇ト地形ト軍々ノ将ノ勇オト分別シテ、味方負《ン》ト思カ、又牛角ト見バ、兵ヲ隠ス事三千、少《ク》ハ千ニシテ、味方負ナバ、敵ノ兵皆乱テ追行《ン》ニ将ノ陣ニハ如何兵少カラン所へ打出バ勝ナン。又牛角ナラバ、敵味方乱タラン所ヱ荒手ニテ備ヲ堅シテ、敵ノ将ノ陣ニ直ニ懸入ナバ勝ナン。

〈第六〉少ハヘゲ、ト云謀、八ノ評首書。赤松ガ勢八百余――此段ノ口伝、別書ニ記ル如也。

〈第七〉回引。（図略）如レ此、七軍ヲ何《レ》モ二ツニ分テ回引ス。五軍ニテモ六軍ニテモ同意也。委細筆ニ不レ及。此回引ノ方便、尊氏・義詮入洛ノ時、直常、四条河原ニテ此方便ヲナセリ。但其時ハ敵、後ニ回《リ》タル故ニ方便、少異有《リ》。廿九ノ評ノ口伝ニ有《リ》。

右は『理尽鈔』の次の章句を受けており、先立つ記事において『理尽鈔』は、桃井直常が、敵名越時兼配下の有力者を「還忠ノ者」に仕立て上げ、討伐に成功したことを語っている。

直常立都《シヲ》時、楠云《ク》、「時兼能《ヨキ》大将軍ニテ侍《ル》ゾ。無《フシテハ》二一《ツノ》謀一難レ亡《シト》」七重迄謀ヲ申セシ、其第三番謀《ノ》、是也トニヤ。去《レ》バ直常、此後モ数度高名有シハ、正成ガ七ノ謀ヲ以テセシト也。〔巻一三69ウ〕

『理尽極秘伝書』の七謀の第三はこれに合致しており、他の項目も『理尽鈔』の記事から生み出されたものである。

これに対し、『陰符抄』巻一三は次のように説く。

七重迄謀ヲ申セシ――七ノ謀ハ孫子ガ七計、大夫種ガ七術、其名ヲ取テ以是、日本相応ノ術ニ用ル也。楠ガ工夫ノ新智也。是ヲ以テ和朝ノ軍法、異朝ニ超過シタル也。七謀ヲ不《ハ》レ習、不レ知ラ秘ナリ。

正成の「七謀」を『理尽極秘伝書』のように一括して掲示（平凡社東洋文庫『太平記秘伝理尽鈔3』四二二頁注七〇参照）するのではなく、わざわざ『孫子』[7]を引き合いに出すところに『陰符抄』の特性が現れている。逆に『理尽極秘伝書』の内容は『理尽鈔』に密着し、その内容を大きく逸脱することは少ない[8]。

両者を『理尽鈔』口伝史の中に位置付けるためには、成立時期をはじめとして明確にすべきことが多く残されているが、現段階では次のように考える。第四節に述べたように、『理尽極秘伝書』は小原惣左衛門（貞享四年（一六八七）没）の口伝と関わりをもつ可能性がある。一方、『陰符抄』は大橋家の家伝であり、武の優位の主張、『孫子』の重視などの特性は、大橋全可（寛文一二年（一六七二）没）の著作に既に現れている。したがって、成立時期の先後による違いよりも、伝流による相違とみなすべきであろう。全可は「能書ニシテ、文才モ有シカバ、能其伝ヲ覚ヱ、理尽鈔ニ執心シテ見レ之事数十篇ニ及デ、其解説無際限故ニ一府信レ之」（尊経閣文庫蔵「太平記理尽抄由来書」）と評された人物であり、『理尽鈔』口伝も彼の手によって装いを新たにした可能性が高い[9]。『陰符抄』がそれを受け継ぐものであるならば、『理尽極秘伝書』は『理尽鈔』口伝の旧来の姿を大きく変えることなく伝えるもの、と目される。

おわりに

『陰符抄』は『理尽鈔』の口伝注記の内容を知る上で貴重な資料である。『陰符抄』を介してはじめて、理解の行き届く箇所も少なくない。しかし、『陰符抄』は、明暦二年写本（内閣本）の口伝注記と重なる部分を持つと同時に、後次的な意匠に覆われている。『陰符抄』に先行し、『理尽鈔』口伝の旧来の姿を残すと目される『理尽極秘伝書』も存在するが、残念ながら抄出本である。[10]『理尽鈔』の読解に『陰符抄』を利用するに際しては、口伝内容の吟味を要する。

注

（1）森茂暁『闇の歴史、後南朝』（角川選書、一九九七）参照。
（2）亀田純一郎「太平記読について」（国語と国文学8-10、一九三一・一〇）。
（3）加美宏「『太平記理尽鈔』講釈の資料について」（『太平記享受史論考』桜楓社、一九八五。論文初出一九八二・七）
（4）この記事については、第三部第一章でも言及した。「書立八冊」と『理尽極秘伝書』七冊との関わりは不明と述べたが、同一書ではないとしても、ともに松雲公をめぐる類似の成立事情に注目すべきであろう。
（5）第五部第一章。なお、『一巻書』の原形かと目される『百戦百勝伝』は慶安二年（一六四九）大橋貞清（全可）の手になる写本である（島田貞一「『楠正成一巻之書』の原形について」軍事史研究6-6、一九四一・二）。
（6）詞章の異同から、『恩地聞書』は、版本ではなく、非版本系写本［第三部第四章］によっているものと思われる。
（7）七計は『孫子』始計第一「曰わく、①主孰れか有道なる、②将孰れか有能なる、③天地孰れか得たる、④法令孰れか行なわる、⑤兵衆孰れか強さ、⑥士卒孰れか練いたる、⑦賞罰孰れか明らかなると。吾れ此れを以て勝負を知る。」（釈文引用は岩波文庫）、七術は「大夫種が越王勾践に上言した、呉を伐つ為の七つの方策」〔大漢和辞典〕。

（8）ただし、左に挙げる事例のように、『理尽鈔』と全く同内容というわけではない。『理尽極秘伝書』にも、微細な異同は存在する。第三節に巻三「軍礼」における議論を紹介したように、『理尽鈔』は、対立する考えを紙上で闘わせることがあり、『理尽鈔』を踏まえた所説の発展は『理尽鈔』の姿勢と抵触するものではない。

白文ノ事、秘シテ抄ニ字ヲ作テ書レ之。実ヲ陰シテヨム時当《マサニ》三能《ヨク》悟《サトル》二魔《マ》悩《ノウヲ》一安《イヅクンゾ》普《アマネク》羅《ツラナル》二遠《エン》土《ドニ》一理《リシテ》レ帝《テイヲ》覚《サトス》レ近《チカキコトヲ》レ之《コレニ》。実ニヨム時　当《タウ》能《ノ》悟《ゴ》魔《マ》悩《ノ》安《ア》普《ブ》羅《ラ》遠《ヲ》土《ト》理《リ》帝《テ》覚《カク》。此白文、水ニ付テハ難《シ》二見分一。鍋墨《ナベスミ》ヲ付テ見ルガ能シ。又云、人ノ身ニ書《カキ》、衣《コロモ》ニ書タルガ能シ。〔巻之七「長崎四郎左衛門」〕

《理尽鈔》其白文ヲ水ニ漬テ見レバ、水中ニ文字浮べリ。又鍋ノ墨ヲ付テ見ルニ、文字出ル也。ソレト者、当《マサニ》三能《ヨク》悟《サトル》二魔《マ》悩《ノウヲ》一安《イヅクンゾ》　普《アマネク》　羅《カ、ラン》二　遠《エン》土《ドニ》一理《リシテ》レ帝《テイヲ》　覚《カク》辺《チカシ》レ之、ト云々。〔巻七43ウ〕

（9）全可の著作『孫子陣宝抄聞書』の序は次のように始まっている。

太平記理尽抄伝授ノ時、法印陽翁、政重へ申サレケルハ、「理尽抄ノ心ヲ明ニセントナラバ、『孫子』一三篇ヲ明ニシ、孫子ノ心ニ通達シテ、正成ガ心ヲ可レ知コト也。（中略）故ニ理尽抄的伝、名和正三法師附与ノ孫子ノ抄アリ」トテ、古筆ノ小冊ヲ以テ講読アリ。

これによれば、『孫子』の重視は『理尽鈔』受容当初からのものとなるが、『理尽鈔』随一の証本であり、巻七以降は陽翁自筆と称される十八冊本の口伝注記の内容も、『理尽鈔』によく見られる類の兵法論議が中心をなしており、内閣本や『理尽極秘伝書』などと質的に変わりはない。

〔版本の巻・丁数［見出し章句］十八冊本の口伝注記。〕

巻六54オ［人見四郎入道ガ事］私云口伝アリ。愚痴デ慢アルゾ。

巻九67ウ［間一町ニ成ントキ］口伝アリ。シヅカニ進メ。

巻一三53オ［所ノ形状ニ依テ宜ン所々ヨリ寄ヨ。……］私云口伝アリ。十死ノ時ハ、味方引ク便ナキニ峯々ヨリ備ヘテ懸レ。而モ敵ノ陣ノ防グニ便ナク、味方ノ責ヨカンナルニナリ。

巻一四118オ〔謀ニヨリ定禅ガ兵〕私云口伝アリ。定禅ガ兵ハ乱テ義貞ヲ追ヘリ。凡百万ノ士乱ンニ千騎備ユレバ勝物也。

したがって、右の序は、全可が私に創出した新説ではないことを装っているにすぎない、と考える。

（10）名古屋市立博物館蔵『秘伝理尽鈔』（巻六零本）は、『理尽極秘伝書』の母胎の流れを汲む転写本である可能性がある〔↓第三部第三章〕。

第七章　『理尽鈔』伝授考

はじめに

第五章・第六章において、『理尽鈔』の口伝聞書集である『陰符抄』の素描を試みた。『陰符抄』は『理尽鈔』の「三段ノ伝授」（本章一－4所引の「太平記理尽抄由来書」）を裏付ける貴重な資料であるが、しかし、『理尽鈔』に関する諸資料をたどると、伝授のあり方には何段階かの変化が認められる。その変遷の中にあらためて『陰符抄』を位置づけてみたい。ただし、伝授の詳細を記す一次資料は『陰符抄』以外にはほとんど無い。『理尽鈔』自身の奥書や諸種の伝聞の類などを資料として使わざるをえない。したがって、以下は厳密な意味での変遷史ではなく、『理尽鈔』に関わる観念の変化を追うことになる。

一、秘伝書としての『理尽鈔』

1、「今川心性奥書」

最初に、微細なことながら『理尽鈔』「奥書」に関する誤解を解いておきたい。これまでの『理尽鈔』研究において、巻四十尾題に続く「右太平記之評判者」とはじまる記述を、今川心性の奥書と称することが一般的であった。しかし、内容と形態から①と②の二つの部分に分かたれることに注意したい。

【凡例】十八冊本は誤記補訂（「忽」の「心」部分を抹消し、「勿」を傍書する等）が繁多なので、大雲院蔵本による。〔 〕内は版本の表記。■〔者〕は、版本にはこの部分に「者」とあり、之〔■〕は、版本に「之」を欠くことを示す。句読点の全て、及び、ひらがなの付訓、（ ）内の返り点は私に補った。

太平記理尽口伝抄ノ終　　奥書在リ〔太平記評判秘伝理尽鈔巻四十終〕

①右太平記之評判■〔者〕、武略■〔之〕要述〔術〕、治国之道也。非二其器一者、不レ可二伝授一。若雖《モ》レ得《ト》二千金《ヲ》一勿レ授レ之。若雖《モ》レ為二貴命《たりト》一勿レ恐《なかレおそるるコト》レ之。若背二此旨一、治国・武略之道永断《ながクたえナン》。伝而勿二亡失一。勿二講読怠《おこたること》一〔勿怠講読〕。是故而勿二露顕《して》深理講読《すること》一。■（1）〔専〕浅智高慢者歟（レ）此、愚者不（二）信受（一）、佞奸者逆（レ）耳、智不（レ）足者生（二）高慢心（一）。是故而〔云〕云。

②太平記秘伝之聞書、■〔令〕御家代々相伝要道也云云《ト》。是《ヲ》為二一覧一■〔則〕武略・家業之要述〔術〕、治国・政法之奥旨也。天下之至宝、何物類（レ）之哉。仍予勤求之志不レ浅、伝授三ケ〔箇〕年、全部自筆書写終ヌ。一人ノ外別不《ズ》レ可二伝授《ス》一。当家之〔■〕重宝、又何物類《タ》レ之《ンヤ》。恩《ノ》高《キ》事者、超二雲上《ニ》一〔雲上越〕、徳之深事者〔■〕、金輪猶浅。是《ヲ》納（二）胸中《ニ》（一）者〔是胸中納者〕、豈四海之〔■〕乱、不二退治《ざらン》一。雖（二）恐多（一）、染《ル》二愚筆一■〔事〕者《ハ》、顕二所伝恩徳高広甚深一〔所伝恩徳顕高広甚深〕耳。仍奥書如件。

龍集文明二年八月下旬六日　今川駿河守入道
心性在判
謹上　名和肥後刑部左衛門殿

■〔③右此評判者、名和伯耆守長俊之遠孫、名和正三伝レ之矣。夫評判者謀レ敵権術、治レ国謀計也。（中略）因書二之於后一示二伝授之警戒一云(レ)爾。
大運院大僧都法師〕

②を一段低く表示するのは大雲院蔵本のみであるが、①と②との間に行を空ける伝本は少なくない。版本も行を空けてはいないが、改行している。これに注意すれば、①が授ける側からの禁制事項を説き、②が受ける側の謝辞を旨としていることは明らかであろう。また、版本にはないが、巻四〇尾題の下に「奥書在リ」というのは①を指すものと思われる。「三段ノ伝授」に関わって、巻一〇、巻二五の末尾に『理尽鈔』伝授の注意事項を説く奥書があるが、巻四〇にもそれに対応する奥書（①）が存在する。これが『理尽鈔』の構造である。「雖レ為《ト》レ以《テ》(二)貴命《ヲ》一此法ヲ破ル事ナカレ。亡命ハ一人ノ歎タリ。此道断ナバ永ク武略ノ道滅シナン」。いま引いたのは大雲院蔵本巻一〇の奥書の一節であるが、①に極めて近い内容であることも、これらが類縁関係にあることを裏付ける。

さて、①の記述者はだれであろうか。名和肥後刑部左衛門の筆記にみえて、必ずしもそうとはいえない。①に署名がないのは巻一〇、巻二五の場合と同じである。『理尽鈔』の創始者は明示されていない。「名和伯耆守長俊之遠孫、名和正三」が伝え、「文明二年」当時は「名和肥後刑部左衛門」が伝えていた、とあるが、名和家の創出としているわけではない（長俊は『太平記』巻十七で討死している）。『陰符抄』再三篇巻一も太平記ト載スルハ当流楠正成ヨリ起ル。依テ楠ノ時代太平記ノ節也。其時節ノ楠家ノ合戦又ハ他家ノ合戦ノ様態ヲ評シテ軍術ノ手本トスル也。

と語るのみであり、誰の手によって編纂がなされたのかには関心を寄せない。[2]

したがって、①までが『理尽鈔』の本体であり、巻四十巻末は①某奥書、②今川心性奥書、③陽翁奥書（加賀藩系本はこれを欠く）より成り立っている。

2、太平記秘伝之聞書

さて、三つの奥書から、「太平記理尽口伝抄」「太平記之評判」「太平記秘伝之聞書」は同一の存在とみなされる。『陰符抄』再三篇巻一に「書トハ表一篇ヲ書タルヲ云、抄トハ註ヲシタルヲ云也」とあることをも考慮して、『理尽鈔』とは、『太平記』に対する口伝（評判、秘伝）を書き留めたもの（抄、聞書）、と規定できる。『理尽鈔』自体が〈秘伝書〉として出発していることをまず確認しておきたい。左に示す事例のように、『理尽鈔』は、伝授の教程を終えた後にはじめて、書写がゆるされる存在であったことからも裏付けられよう。

○伝授三箇年、[3] 全部自筆書写終（『理尽鈔』今川心性奥書）

※名和肥後刑部左衛門から伝授を受けた心性が書写。

○寺沢志摩守堅高（広カ）（陽翁を）招請シテ、弟子ト成、伝授シテ、理尽抄ヲ写得テ家法トス（ママ）。（「太平記理尽抄之事」『日本庶民文化史料集成　第八巻　寄席・見世物』二七五頁下）

※この文面及び『理尽鈔』陽翁奥書では誰が書写したのか不明であるが、全可「覚」には「寺沢殿へ法印ヨリ廿五冊迄受伝被申候。其末ハ御当地ヨリ為書遣申候」とあり、少なくとも廿六冊以降は、伝授者の法印が誰かに書かせて送らせたことになる。

○……前田氏貞里数年留《メ》二心《ヲ》此書《ニ》一、覧《ルニ》無《シテ》レ倦《コト》悦《シメ》レ目《ヲ》翫《タマフ》レ之《ヲ》。因レ茲《ニ》秘事口訣令二伝授一、自二陽翁一以二相伝本《ノヲ》一奉《ル》レ免《シ》二書写校正《ヲ》一。依《テ》レ無《ニ》二一字《ノ》異失一、於《テ》二巻々《ノ》跋《ニ》一所レ加二師授印《ヲ》一也。全《ク》不レ可レ有二他見一者乎。

〔『理尽鈔』明暦二年大橋貞清加証奥書〕

3、『理尽鈔』講読

このように、『理尽鈔』の書写は伝授終了後が原則であるから、伝授の過程においては、師の理尽鈔を共に講読し、順次、師が講説を加えていくか、もしくは、師の講釈にひたすら耳を傾けるという形になる。

○陽翁→寺沢志摩守

・相共《ニ》読《ムコト》レ之如《ノ》レ法矣。首篇《ヨリ》至《リ》二於中篇《ニ》一、々々《ヨリ》至《テ》於末篇《ニ》一、講《ジ》二其《ノ》理《ヲ》一、論《あげつらフ》二此《ノ》儀《ヲ》一、漸《ク》為《テ》二三年《ニ》一、而既《ニ》畢《ル》二其《ノ》功一。

〔『理尽鈔』陽翁奥書〕

○陽翁・自得子養元→池田利隆

・大運院謂二養元一曰「……評判（理尽鈔）並本書（太平記）丁寧反覆シテ、（利隆公に）御伝達候テ、被レ遂二御工夫一、被レ得二秘旨一候様ニ、此僧モ申達ト被二示含一候。……将又全部相伝者、利隆公ノ外、御一門ニテモ、徒二人品一而令二用捨一事者、評判伝授之鑑戒口授之通ニ心得而、容易ニ不レ可レ有二授受一」

〔養元「覚」。日本庶民文化史料集成第八巻『寄席・見世物』二七四頁上。（　）内は今井注〕

・先君（池田利隆）者、養元ニ二返半、其内アタミ御入湯之刻、過半被レ成二御聞一候而、御相伝之由僕被二仰聞一候。

〔養元「覚」〕[4]

○自得子養元・一壺斎養元父子→池田光政

・光政公、不佞（一壺斎）半分ホド被レ成二御聴一候。「養元（自得子）ニ二返半御聴候故、肝要之所能御覚候間、随分念

ヲ入、講談仕候へ」ト被レ仰候。〔養元「覚」〕

4、講説の筆録

伝受者（被伝授者）が大名達である右の事例では、その講説が筆録された様子はうかがえないが、次に示す水野・本多への伝授のように、講読の記録がとられることもあった。本多に陪席した大橋全可の場合は「書図記憶」「其伝ヲ覚ヱ」とあり、必ずしも全てを筆録したわけではなさそうであるが、「文字執筆ノタメ」に伝授の場に同席していたことに変わりはない。

○陽翁→水野内匠（陪席：小原宗恵）

水野内匠（可成《よしなり》）ハ（中略）公命ヲ以テ法印ニ伝ヲ聞。内匠ハ戦国ノ士ニシテ、文才乏シ。故ニ、小原宗与ト号スル学士アリ。是ヲ内匠ガ傍ニ置テ、法印ニ共ニ聴シメ、真字ヲ仮名ニシ、三段ノ伝授〈太平記一ヨリ十迄三編講読シ、十一ヨリ廿五巻／迄二編、廿六ヨリ四十迄一編〉不残伝ヱ、猶絵図、戦略ノ用法等、口決伝授有事、軍事繁多ニシテ、書言数十冊ナル故也。宗与悉ク伝之。法印遷化ノ後、伝来ノ旧本、遺物トシテ国主ヱ捧ゲ、金城ノ文庫ニアリ。宗与子孫今ニ残テ家伝ト成。

〔尊経閣文庫蔵「太平記理尽抄由来書」（宝永四年九月　有沢永貞筆）。〈　〉内は細字割注。長谷川端『太平記創造と成長』（三弥井書店、二〇〇三）に翻刻あり〕

○陽翁→本多政重（陪席：大橋全可）

亦、当国ノ大老、本多安房守政重、法印ヲ請ジテ其伝ヲ聞。是又文字執筆ノタメ、大橋新之丞〈法体シテ禅／可ト号ス〉ト云、使立ノ若者ヲ近所ニ置テ、書図記臆《ママ》ノ事ヲナサシム。〈或曰、政重大禄ヲ得、国政ノ事ニ隙／ナキ故、「其伝十巻迄ナリトモ云。書ハ不残伝」＊〉此者能書ニシテ、文才モ有シカバ、能其伝ヲ覚エ、理尽鈔ニ執心シテ見レ之事数十篇ニ及デ、其解説無際限故ニ一府信レ之。高才、武儀達道ノ士モ弟子タル多ク、且法印ノ伝来彼ニ有事諸国ニ聞エ、板倉周防守重宗、于時京都ノ所司代、政重ニ断テ禅可ヲ招キ、其伝ヲ問ハル。授受不通シテ帰ル。其後、稲葉美濃守正則、本多房州政長〈政重ノ／家嫡〉ニ断テ、禅可ヲ招キ聞レ之。是モ不レ通シテ帰ル。其子孫有トイヘドモ、兵学微々ニシテ、其名不レ広。

〔「太平記理尽抄由来書」。＊「　」内、「太平記理尽鈔之伝来」（金沢市立玉川図書館津田文庫蔵。文化三年一一月、田辺政己筆）は「其伝十巻ニシテ止マリ、書巻ハ残ラズ附属スト」とする。〕

5、柔軟な講説

注意したいのは、聴聞者の水準に応じて内容に配慮がなされていた、と思われることである。文才の乏しい（有り体にいえば、無学な）水野に対しては「真字ヲ仮名ニシ」た、という一節がある。真字を仮名にしたとは、たとえば「厳顔ヲ犯シテ」（版本巻一14ウ）に次のように注解する類であろう。

『理尽鈔』「厳顔ヲ犯シテ」（版本巻一14ウ）

『陰符抄』厳顔　正シキ顔ゾ。人ニ云コトアル時、我モ厳顔ヲ不違シテ可云。聞人モ聞様アシケレバ、顔ヲヲカスコトアリ。

〔『陰符抄』初篇巻一。この注解自体は的はずれではある〕

次に引く一節も、右に準じた事例であろう。『太平記』巻四「備後三郎高徳事付呉越軍事」に、越王の献じた西施を殺害するよう、呉王に進言した伍子胥が処刑された、とあることをふまえ、『理尽鈔』は「胥ガ呉ヲ諫、忠臣也」（巻四24オ）と評する。この『理尽鈔』の記述に対する、『陰符抄』初篇巻四の注解が右に示すところである。末尾近くに登場する「太宰嚭」は、呉王を説得して、越王の投降を受け入れさせた人物である。

―胥ガ呉ヲ諌シ忠臣也―⑴臣タル者ノ主ヲ諌ントスル、十ノ物ガ二ツナラデハ用ニ立ヌ物也。タトヘバ十諌ノ内二ツハ傍輩ヲ惶《ハヾカツ》テ不諌。三ツハ主君ノ心ヲ思ヒ計テ遠慮ス。残テ五ツヲ諌レバ、三ツハ主君、其謀《ママ》不用。残テ二ツナラデハ用ニ立ヌ物ナルニ、伍子胥、一命ヲ捨テ、十ヲ十ナガラ諌シハ忠臣ト也。⑵陽翁ノ曰、「或所ノ野ニ、ヨク化シテ人ヲ迷ス狐アリ。近郷ノ土民、彼狐ノタメニ迷ハサル。有時、里人近郷ノ市ヘタチテ用事ドモ調テ、酒ニ酔テ暮テ吾ガ里ヘ帰リケル所ニ、彼狐化シテ、里人ノ子トナリテ来テ、酔ヲ助ケテ帰リケルガ、野中ノ人モナキ所ニテ、彼里人ヲ散々ニ打擲シテ申ケルハ『サヤウニ酒ニ酔テ用ニモ立ヌ人ヲ親ト思テ是マデ迎ニ出タルコト悔シサヨ。向後親ト思ハジ』トテ、泥水ナドヲ打カケテ、彼子ハ家ヘカヘルトテ行方ヲ不知ナリケリ。里人『サテ〳〵不孝ナル子カナ』トテ、打散サレタル雑物トリ集メ、荷テ吾宿ニ帰リ、妻子ニ向テ右ノコトドモ委ク語リ、子ヲサイサミ《ママ》ケレバ、妻モ子モ『去ルコトナシ』トコマ〳〵ト語リケレバ、里人ソコデ彼狐ナルコトヲサトリテ『サテ〳〵ニクキコト哉。此返報ヲバ重テセン』ト心ニ思テ、有時又市ヘタチケルガ、此度ハ大キナル脇指ヲサシテ行キ、例ノ如ク用事調、酒呑テ帰リケルニ、此度ハ宿ニ居タル実子、『先日モ親タル人、狐ニ迷ハサレ、吾ヲサイサミ玉ヒシ。今日モ暮ニ及デ帰リ玉フ程ニ無心元』トテ迎ニ出ケルニ、案ノ如ク、親、酒ニ酔テ来ル。彼子行向テ、『遅ク帰リ玉フ程ニ御迎ニ参リタリ』トテ、雑物ヲ取テ荷ヒ、父ノ手ヲ引帰リケルニ、父、『例ノ狐ゾ』ト心得テ『サヤウニ度々ハ迷ハサレマジキ』トテ、脇指ヲヌキ、一打ニ打切テ見レバ、本ノ子也。センカタモナク歎キケレドモ無甲斐ト也。是ヲ以テ見レバ化物ノ狐ハ一生ノ内、難ナク人ヲタラシテ栄也。太宰嚭ガ如シ。本ノ子ハ打切ラレテ災難ニアフ。是伍子胥ニタトヘル也。此故ニ人ハ主君ノ善ナルニ事レバ、名ヲ天下ニ顕シ、栄名ヲ子孫ニ残ス。悪主ニ事レバ、名ヲ顕ントスレバ災ヲ受、災ヲ不受トスレバ無名。可悲コト也。」

伍子胥が死を賭して呉王を諌めたことに対する論評としては、⑴の内容で事足りている。「陽翁ノ曰」として始まる(2)の部分は、それを卑近な例話により、わかりやすく解説し直したものである。

また、次の事例は、加賀藩の人士を前提とした注解であり、時と場所とに応じた講説がなされていたことを示す。

○可全聞書ニ　尼ヶ崎―津ノ国ト京トノ境ノ山〔ノ角〕也。〔是モ〕京西国トノ往還也。小松ニテハ御幸塚前ニ浅井縄手アリ。高岡ニテハ御蔵屋敷廻リニ沼アリ。金沢ニテハ宮ノ腰寺中也。廻リニ沼アリ。カヤウノ所ニ気ヲ可付也。尼ヶ崎ハ名城也。又京ニテハ八幡是又名城也。〔『陰符抄』巻一四再三篇。〔　〕内は行間補記〕

同様に、『陰符抄』再三篇巻二五には「政重公、陽翁師ト対論多ト云ドモ広成ル故ニ略之」という一節があり、伝授者と被伝授者との熱心な応答の様子が記されており、口伝の場が一方向的な秘伝伝授ではなかったことをうかがわせる。さらに、「太平記理尽抄由来書」波線部に伝える全可の講説の模様は、『理尽鈔』の伝授内容が、師資相承の変改を許さない類のものではないことを物語る。それは、陽翁が池田利隆に「被ㇾ遂二御工夫一、被ㇾ得二秘旨一候様ニ」〔養元「覚」〕と、みずから精進して理解を深めることを期待していたところとも通底する。ちなみに、全可の「工夫」は『太平記理尽図経』『孫子陣宝抄聞書』等となって結実している。

『理尽鈔』諸伝本の行間書き込みや口伝聞書集である『陰符抄』の内容に、それぞれ出入りがあるのも、転写の間の異同よりも、講説内容が固定したものでは無かったことに起因しているのであろう。その意味で、秘伝書たる『理尽鈔』伝授における講説・口伝の類は、決してそれ自体を目的とするものではなかったのである(5)。

二、口伝の秘伝書化

1、講説と切り離された『理尽鈔』書写

前節で述べたように、本来、『理尽鈔』自体が、「本書」すなわち『太平記』を前提とする秘伝書であり、『理尽鈔』の書写・授与をもって伝授は完了した。ところが新たな事態が生じる。

一備前宰相公（＊1）……養元（自得子）ヲ御招寄御聴候。乍レ去評判無レ之、『口伝伝授等熟長難レ成候間、借シ候へ』ト被レ仰候故、謹諾仕候へドモ、『未光政公（＊2）御幼年ニ而候付、相伝不レ仕候。幸　小松黄門（＊3）様ト御別魂ノ御中ニテ御座候間、於レ被二仰進一ハ、多分可レ被レ成二御承引一歟』ト申上候へバ、早速二三冊宛御借被レ成、筆者共（書写にあたる者達）ニ一行ニテモ（私用には）写取間敷盟文被二仰付一、全部御写。今以相模守光仲（＊4）公御所持ニテ候。

〔養元「覚」の一節。（　）内は今井注〕

（＊1）岡山藩主池田忠雄。光政の叔父。一六〇二〜一六三二。（＊2）姫路藩主池田利隆嗣子。利隆死後、鳥取に国替。後、光仲に替わり岡山藩主。自得子養元は利隆に命ぜられ、陽翁の伝を受けた。（＊3）前田利常。一五九三〜一六五八。（＊4）忠雄嗣子。一六三〇〜九七。幼少のため光政と交換国替。鳥取藩主。

正規の口伝伝授には時間がかかるから、ともかく『理尽鈔』を貸してくれ、という池田忠雄の申し出を、養元はやんわり断りつつも代替案を示す。前田家から借りるという案は、勝手な流布を防ぐ措置を講じた上で、実現される。やむを得ない事情とはいえ、ここに口伝伝授なき『理尽鈔』転写の事例が発生する。

「太平記理尽抄之事」（日本庶民文化史料集成『寄席・見世物』）には次のような一節がある。

自是（正保四年寺沢家没収）前々、諸大名ニ不限、此道ヲ好ム者、皆々伝手々々ニ縁ヲ求メ、才覚シ写スニ、加賀家、寺沢両家江日応ヨリ伝授ニ付、加賀本、寺沢本トテ、写本二通リヲ証拠トス。榊原家ニハ、其節懇望ニテ写取所持也。是ハ彼松平式部大輔忠次トテ、博識広才成人ニテ世ニ名有。夫ヨリ以後、当時ハ理尽抄板本ニ出シカ共、夫ニハカマハズ、土用干ニモ、殊外大切也トテ、自分ニ取扱ヒ給フ。

右に関連して、中村幸彦の

姫路城主榊原忠次が『太平記理尽抄』を移《ママ》したとあるが、その本であるか如何かは不明であるが、筆者も榊原忠次旧蔵の理尽抄や、忠次の友人で互いに交換して、書を写しあった肥前島原の松平忠房旧蔵の立派な理尽抄を見た記憶があって、これも信じたい。(「太平記理尽抄資料解題」『寄席・見世物』)

との発言があるが、こうした事態が積み重なり、「三段ノ伝授」は有名無実のものとなる。板行の後も由緒ある写本は証本として尊重されるが、『理尽鈔』はもはや、字義通りの秘伝書ではなくなる。

『理尽鈔』本体が秘伝書の地位を失うに伴い、書冊のみを対象とする広範な転写、あるいは版本の刊行に際して、背後に押しやられていた口伝伝授が、改めて秘伝の位置に納まっていく。

一　太平記評判

殿様(松雲公綱紀)就レ被二聞召上一、御傍ニ被二召置一候。秘伝之品々聞書等、致二他言他見一間舗候。但文字ヨミ一通之儀ハ可レ有二免許一事。右之趣於二相背一者左ニ申降神罰冥罰可二罷蒙一者也。

寛文八年十二月八日　　横山(忠次か)

小原惣左衛門殿

(『万覚書』の一節)

この命令書は次の記事に対応する。

太平記理尽抄之口伝、小原惣左衛門家に相伝へ、微妙院様(利常)以来御代々被聞召候。(中略)松雲院様には、二代目の小原惣左衛門御前え罷出、度々口談(中略)重々口伝の趣幷戦場の図等、別に書立八冊に編候而上之申候。只今小原家に扣有之候。理尽抄口伝は、大切之事に候間、外伝授無用に可仕旨、御親翰を以被仰出。御意之外当時一向素読は各別、口伝之儀伝授不仕候。

(『松雲公御夜話追加』加賀能登郷土図書叢刊)

口伝伝授が本来の姿を取り戻しただけにも見えるがそうではない。口伝を堅く秘すれば「文字ヨミ一通之儀」「素読」は行ってもよいという理解は、「三段ノ伝授」の想定していないものであろう。「自二初巻一至テ当巻ニ三度講読ノ後、次ノ巻ヲ可《シ》㆓伝授《ス》㆒」（巻一〇奥書）、「此巻マデ二返講読ヲ不㆑聞者ニハ、次巻ヲ不㆑可㆑伝」（巻二五奥書）と、規定の講読を経て、次の巻を許すというとき、その講読は「講読㆓其理㆒、論㆓此儀㆒」（『理尽鈔』陽翁奥書）ことと一体化したものであり、素読のみ切り離して先に進むことは許されない。

『理尽鈔』講読と切り離しての口伝の尊重・神秘化は、講説の場と相手に応じて自在でありえた様態から、口伝内容の固定化に向かうことを意味する。

2、口伝聞書集の書写

右にいう「秘伝之品々聞書」や前節「講説の筆録」でみた口伝聞書は、その後、伝授の場において、どのように扱われていったのか。それを直接的に示す資料が『陰符抄』である。金沢大学附属図書館蔵の現存本は、大橋貞幹から福田直渕（後に直徴）への伝授資料で、その書写は、文政六年（一八二三）九月に始まり、中断の時期をはさんで天保三（一八三二）年五月に終わっている。こうした書写による「口伝」の伝受は、『理尽鈔』以外の秘伝伝授においても行われている。

・これらの伝書は次の兵書が講授されているときに、講授済みの前の兵書を受講者がみずから清書し、その末尾に師の証印が押され、教授許可の旨を付記した免許状とともに渡されるのである。元来兵法は多分に機密に属するものであったから、本来ならば口伝口授によって授けられ、書伝によるものでなかったと思われるが、太平の世における兵法は武士の教養学の一つと考えられたので、いずれの流派においても書伝の形式をとるようになったのである。[6]

・「切紙」は、伝受者が写し加証奥書を伝授者にもらう場合と、伝授者が「切紙」一式を書写して与える場合があった。[7]

しかし、一方で

> 『兵要録』を細密に調査すると、巻六の練兵二以後、終巻の巻二二までの間に、口授・口伝・口占・口訣として、本文に叙述されない、いわゆる秘奥的部分の多いことを発見する。これはいわゆる面授口伝によって講述されたことを意味するもので、滄斎みずからはその説明を本文に残さなかったのである。（中略）滄斎以後においては、これらの口述事項が多く「口占書」として成文化された[8]。

という事例も存在するのであり、文字通りの面授口伝こそが本来的なあり方であったと思われる。『理尽鈔』においても、陽翁自身は口伝書を残してはおらず、その弟子たちの聞書によって書冊としての誕生をみている。「口伝は文字に刻まれることによって固定化＝権威化し、変質ないし消滅をよぎなくされるのである」[9]という観点は、ここにもあてはまるであろう。しかも、『理尽鈔』の場合、出発期においては伝授の階梯の後に『理尽鈔』が書写されていたのであり、『理尽鈔』に対する口伝聞書集たる『陰符抄』の書写がそれに取って代わった意味は大きい。さきに、書冊としての『理尽鈔』は基本的に固定した存在であることを述べたが、時と場による自由度を保持していたはずの口伝聞書が、『理尽鈔』と同様の性格を負い持つことになった。

さらに、金沢大学本についていえば、固定化からすすんで本来のあり方（「三段ノ伝授」）からは変則的というべき様態を示していることを、第三部第五章で述べた。

それに関連して、いま一点補記する。『陰符抄』再三篇巻二五の巻頭に次のようにある。

> 此二十五之巻・二十六ノ巻・恩地ノ巻ハ、猥リニ不可伝。此三巻ハ断物ノ剱ト云也。伝授悪シケレバ大キナル禍ニナル物也。夫故ニ神道ノ段・恩地ノ巻ハ、四十巻講読ノ後ニ相伝可有事。

『陰符抄』巻二五の「聞書別記」に『極秘伝鈔聞書』〔→第三部第六章〕があり、『太平記』巻二五「自伊勢進宝剣事付黄粱夢事」を対象に、神道に関する口伝聞書を内容としている。右の「神道ノ段」はこの『極秘伝鈔聞書』をさし

ている。ところが、

「右自十一至廿五令伝授畢／猶重々口訣追而可相伝者也／天保二年五月　大橋貞幹［成美／館印］／福田縫右衛門殿」〔『陰符抄』第一四冊（再三篇二十一之二十五）奥書〕

「右雖レ為二秘事大事一令／伝授者也／大橋新丞／天保二年五月　貞幹（花押）／福田縫右衛門殿　参」〔『極秘伝鈔聞書』奥書〕

このように、金沢大学本は全く同時に伝授されているのである。第五章で述べたように、本書が再篇、再三篇を同時に書写していることともあわせ、少なくとも近世後期のこの段階では、「三段ノ伝授」は形骸化しているといわざるをえない。

3、口伝内容の固定化

金沢大学本『陰符抄』は上述したように近世後期の写本であるが、大橋全可の子貞真（正徳二年（一七一二）没）の編纂にかかる著作かと考えられる［→第三部第五章］。その『陰符抄』から「近時」、「近比」の用例を拾うと、いずれも戦国期から近世初期にかけての事象をさしている。

・近比越後ノ長尾為景(＊)入道々七、是ハ謙信ノ父也。無双ノ勇将ニテ……〔再三篇巻三〇〕

（＊）為景は天文五年（一五三六）没。

・近時今川義元(＊)、尾州桶辺《ママ》ニテ討死スレドモ……〔再三篇巻一六〕（＊）義元は永禄三年（一五六〇）没。

などが古いものに属し、天正一〇年（一五八二。本能寺の変）から、慶長一九、二〇年（一六一四・五。大坂の陣）に至る期間にあたる事例が多い。

・色外ニ出テ―人性ゾ。近比明智光秀ガ信長ヲ討ントシタル前ニ北野ニテ大茶ノ湯ノ時ニ菓子ニチマキノ出シヲ皮

ヲ取ラズシテクイシト也。……〔初篇巻九〕

・……近時、大坂ノ御陣ニ　家康公ノ御味方ヲ申セシ諸大名ハ皆太閤ノ恩ヲ蒙リシ人々ナレドモ〔再三篇巻三五〕

一方、確認できる限りでは以下が新しい。

・近頃堀田加賀守常々居間ノ前ニ芝土居ヲ筑テ置レタリ。此故ニ　大猷院様（*）御他界ノ時、聞ト其儘ソコニテ切腹有シト也。此事和朝ノ武士ノ習、打死マデ候ト云ニ合リ。〔再三篇巻一六〕（＊）徳川家光。慶安四年（一六五一）没。

・……近時上野（*）ノ御法事ニ迹ヲ諸人ニ拝マセ玉フ時、……「手前ハ松平伊豆守トテ今度ノ御法事奉行被仰付タル者也。……」此故ニ一人モ過チ無之。是モ勢ヲヌクノ術也。〔再三篇巻三六〕

（＊）「上野」は寛永寺。松平信綱は、明暦三年（一六五七）四月家光七回忌、慶安元年（一六四八）秀忠一七回忌、承応三年（一六五四）秀忠二三回忌、寛永一九年・慶安元年・万治元年の秀忠室浅井氏に対して、法事奉行の任にあたっている。秀忠夫妻は芝増上寺に葬られているから、明暦三年のことかと目される。

「武略之要術」としての『理尽鈔』の性格から、用例の豊富な、戦国期から近世初期の事象を引くのは、ある意味で当然とも思われるが、必要な用例は必ずしも合戦には限らない。『陰符抄』の編纂された近世中期や、『陰符抄』現存本の伝授が行われた近世後期の身近な事例をふまえることは可能なはずだが、実際には用例を見いだせない。これらは、「其解説無際限」（「太平記理尽抄由来書」）と称され、楠流兵法家としての大橋家の基礎を築いた全可（寛文一二年（一六七二）没）の次の世代で、すでに口伝内容の固定化が始まっていたことを物語り、さらにいえば、全可が陽翁の講説を文字化した瞬間からその固定化は進行しつつあった。

おわりに

以上、秘伝書として出発した『理尽鈔』が、口伝を伴わない書写の横行や版本として世に出されたことを契機として、時と場とに応じた自由度を保持していたはずの口伝を、あらためて秘伝化していった次第、および、その口伝が固定化し、ついには「三段ノ伝授」の形骸化をも生じた経緯について論じた。論の中核に置いた『陰符抄』についていえば、大橋家の兵学の創始者全可の所説を受け継ぎ、その固定化を助長したということになるが、何もあらたに生み出さなかったわけではない。『陰符抄』には全可の著作には見られない「正成神」という特異な表現があり、その意味については終章で言及する。

注

（1）日本庶民文化史料集成第八巻『寄席・見世物』は「勿《レ》レ露二顕《スル》深理《ヲ》一。講読専《ラナルトモ》」と訓読している。十八冊本も「専」を行間に補記するが、大雲院蔵本と同様「読」の下に「二」点を付ける。『寄席・見世物』の訓みがわかりやすいかのようであるが、そもそも「非二其器一者、不レ可二伝授一」というのであって、浅智高慢者・愚者・佞奸・智不足者が自ら講読すること（講読専《ラナルトモ》）はありえない。伝授されたことを亡失してはならない、研鑽（講読）を怠ってはならない、他人の前で顕わに「深理」（「武略要述治国之道」たる本書）を講読してはならない、という趣旨の行文であろう。その他、大橋本「勿《レ》三露二顕《スルコト》深理講読《ヲ》一。専《トシ》二浅智《ヲ》一高慢《ナル》者欺レ此」（小原本も返り点は同様）、筑波大本「勿《レ》レ露二顕《スルコト》深理《ヲ》一。誦読専《ニセヨ》。浅智高慢《ナル》者欺レ此」などと、この部分の訓みには揺れがある。

（2）伝承者（家）に名和が選ばれた理由は別に考えなくてはならないが、編纂者は不明であるというよりも、特定の個性・輪郭を持たないことによって、正成を中心とする事績を「伝」と「評」とによって客観的に提示することを意図しているように思われる。ここには、佐倉由泰『軍記物語の機構』（汲古書院、二〇一一。第十二章。初出一九九三・三）のいう「記述の権威化」に関わる問題が関与していよう。

なお、大山修平「「太平記読み」に関する一考察――加賀藩におけるその実態――」（金沢大学国語国文6、一九七八・三）

が、加賀藩関係資料を用いて「理尽抄を相伝してきた系譜として、名和以前に赤松家が存在していること」を指摘している。氏の引用した「御国御改作之起本」（宝暦四（一七五四）年写か）の他、「集古雑話」（『改訂増補　加能郷土辞彙』は享保頃の著という）の、大山が省略した箇所にも同趣の記事がある。

一、公（前田利常）太平記御聞之時分は、安房（本多政重）・山城（横山長知）御同席に而承り候。安房家来大橋全可許之弟子也。扨又楠流、日応（陽翁）え伝る事は、楠家之軍法赤松家に伝候処、相伝可申器量之仁体無之、名和の長俊え伝り、夫より代々名和家伝来候処、名和の末裔名和正三と云人、牢人にて京都に有て、太平記を講ず。日応此人の弟子に成而、毎度聞候処に、正三旧弟子多候得共其方程の器量無之とて、日応に伝ふ。伝来し加州に残也。依之太平記評判を異名に加賀評判と云也。（『加賀藩史料　第二編』五四七頁。（ ）内は今井注）

亀田純一郎「太平記読について」（国語と国文学8─10、一九三一・十）の指摘する、赤松を名乗る講釈師の存在と、これらの伝承の関連を考慮する必要があるが、『理尽鈔』に付載する奥書や『陰符抄』は赤松家の関与をいわない。また、関英一「『太平記評判無極鈔』と赤松満祐」（國學院雑誌88─6、一九八七・六）が「満祐を初めとした赤松家の称揚が、『無極鈔』全篇に亙る性格であるとは言えないが、少なくとも『理尽鈔』には見られない、『無極鈔』だけの特徴であることは確実である。」と指摘していることにも注意しておきたい。

（3）『理尽鈔』伝授期間は、多くは三年間である。後掲の『陰符抄』の伝授期間は、伝授者の蟄居による中座があり、正確には不明であるが、これも三年前後。

・漸《ク》為《テ》㆓三年《ニ》㆒、而既《ニ》畢《ル》㆓其《ノ》功《ヲ》㆒。（『理尽鈔』陽翁奥書）

・三年来従㆓彼地㆒令㆔往還達㆓伝授㆒焉（養元「覚」：国書刊行会『太平記　神田本』→日本庶民文化史料集成第八巻『寄席・見世物』）

（4）池田利隆の「アタミ御入湯之刻」は、『太平記』享受の事例（有馬での湯治の際：『蔭凉軒日録』文正元年閏二月六日条。灸治の際：『家乗』寛文一三年四月五日条等。加美宏『太平記享受史論考』一六八頁、同『太平記の受容と変容』一一九頁参照）を想起させる。『太平記』同様、武家における『理尽鈔』の享受にも、娯楽的な要素が無かったわけではない。

（5）『理尽鈔』の講説と版行をめぐって以下のような議論がある。

（『理尽鈔』出版以前の：今井注）一七世紀前半には、読み聞かせという口誦による知（知識・知恵）、いわばオーラルなメディア（情報媒体）による知であった『理尽鈔』講釈が、一七世紀後半には書物による知、出版メディアによる知へと大きく変質させられた。〔若尾政希『「太平記読み」の時代　近世政治社会史の構想』平凡社、一九九九。三九頁〕

「太平記読み」はそのタネ本の刊行により、大きな変化を余儀なくされた。一七世紀の前半には、読み聞かせという口誦による知（知識・知恵）、オーラルなメディア（情報媒体）による知であった『理尽鈔』講釈が、一七世紀後半には書物による知、出版メディアによる知へと大きく変質させられた。〔若尾「近世の政治社会と『太平記』」『軍記文学研究叢書9　太平記の世界』汲古書院、二〇〇〇・九。二五七頁〕

まず用語について。『理尽鈔』は、（出版により派生した）大衆芸能としての「太平記読み」の「タネ本」であったかもしれない（その可能性は高い）が、上層武士相手の講釈において「タネ本」と呼ぶのは適切ではなかろう。寺沢志摩守への伝授が「相共読之」ことによってなされていたように、伝授の場において『理尽鈔』は秘匿されているわけではない。また、『理尽鈔』が「出版メディア」に乗り、享受層を飛躍的に拡大し、広範で多様な影響を与えたという、若尾の指摘は重要であるが、それ以前のあり方を「オーラルなメディア」と括るのも、以下のような無用な誤解を招くものだろう。

「『理尽鈔』は本質的に文芸、それも「口伝」を含む「語り」の文芸である。」「……『理尽鈔』の内容も版行に至る過程で、読み手と聴衆との相互の関係で漸次変化したであろう。」〔荻生茂博「『「太平記読み」の時代　近世政治社会史の構想』批判」米沢女子短期大学生活文化研究所報告28、二〇〇一・三〕

『理尽鈔』という「書物」とその「オーラルな」講釈とは不可分の関係ではあるが、同一の存在ではない。上述したように、講釈は時と場によって変化するが、『理尽鈔』そのものは、少なくとも陽翁以降は（すなわち現存の諸伝本においては）、口誦に由来する変改は存在しないといってよい。『理尽鈔』はその当初から、「秘伝之書」としての権威をもって登場していたのである。

（6）石岡久夫「日本兵法学の諸流」（『諸流兵法（上）日本兵法全集6』人物往来社、一九六七。三〇頁）。なお、兵法各流派

の「伝授様式」の事例は、石岡久夫『日本兵法史〈上・下〉』（雄山閣、一九七二）に詳しい。受講者（伝受者）の「清書」には、様々な形式があるが、『授与次第之書』（北条流。海上自衛隊第一術科学校教育参考館鷲見文庫蔵。石岡著・上四三一頁）の示す《師：口授、弟子：聞書→弟子：聞書清書・返講》というあり方が、基本をなしているようだ。

一、当流入門ノ始ヨリ一尺三寸三分方ノ紙ニ、海陸山川古堀古郭等ノ地形ヲ設ケ、縄張ノ修練ヲナス、委曲別ニ口訣アリ。

一、士鑑用法ノ本文流義ノ読法ヲ授ケ、夫ヨリ口訣ハ師講ジ、弟子聞書ス。

一、士鑑用法口訣聞書清書致シ、夫ヨリ師ニ対シテ返講ス可シ。

一、士鑑用法返講終リ、夫ヨリ聞書物左ニ記ス。（以下略）

（7）宮川葉子『三条西実隆と古典学』（風間書房、一九九五。第二部第二節注（2））。

（8）石岡久夫『日本兵法史　下』二三九頁。

（9）小峯和明「院政期文学史の構想」（解釈と鑑賞53‐3、一九八八・三）。

第四部　『理尽鈔』の類縁書

――太平記評判書の類――

第一章　「太平記評判書」の転成
――『理尽鈔』から『太平記綱目』まで――

はじめに

ここでは、『理尽鈔』・『太平記評判私要理尽無極鈔』（『無極鈔』）・『太平記理尽図経』（『図経』）・『太平記大全』（『大全』）・『太平記綱目』（『綱目』）の諸書を太平記評判書と総称する。太平記評判書が、『理尽鈔』に始まり、『綱目』に至って集大成されることは大方の認めるところであるが、その間の経緯は必ずしも明確になっているわけではない。『理尽鈔』と『無極鈔』との関係は次章で扱い、本章では、『図経』以下の著作と『理尽鈔』『無極鈔』との関係を探ることにより、これら太平記評判書の転成のあり方を考えたい。ただし、いずれも大部の著作で、全巻の細部にわたる検討は困難でもある。巻一二の正成による河内国北条残党討滅記事の検討を以て、全体像を窺うよすがとしたい。

一、『図経』の生成

1、跋文・著者・成立年次

『図経』が「本多政重の命を受けて大橋貞清が撰輯した」ものであることは、はやく島田貞一の指摘するところである[1]。いま島田の指摘した資料の全文を掲げる。書誌は次のとおり。

金沢市立玉川図書館津田文庫蔵。請求番号0980―119。楮紙袋綴写本一冊。墨付一四丁。藍色表紙二二・七×一五・八cm。題簽に「甲陽軍鑑本末二書通解序／太平記理尽鈔之伝来」と双行に墨書。内容は①「甲陽軍鑑本末二書通解序」、②「太平記理尽図経之跋」、③「太平記理尽鈔之伝来」より成る。いずれも漢文体。①②字面高さ一六・五cm。一面一一行、一行一四字詰。③字面高さ一七・〇cm。一面一〇行（割注箇所あり）、一行一六（〜二二）字詰。それぞれ末尾に、①「正徳二年七月立秋日／英賀室直清序」、②「従四位上行羽林兼周防大守／慶安第四稔初冬吉日源重宗」、③「文化三丙寅仲冬上旬　田辺正巳／謹誌　（一行空けて）右因需本多勘解由殿是其草稿也」とあるが、いずれも同筆であり、「文化三年（一八〇六）」、「田辺政巳」（正しくは政己《マサオノ》。文政六年（一八二三）に七一歳で没[2]）の、本多勘解由（本多政養。天保九年（一八三八）に七四歳で没[2]）の需めによる記述の草稿という記載は、①②③全体にかかるものかと思われる。なお、三箇所に一・五cm径の黒印があるが、印文不明。

《太平記理尽図経之跋》

初出稿後、長坂成行氏の教示により、石川県立歴史博物館蔵写本『太平記理尽図経』（以下、石川歴博本）の存在を知った。『図経』跋文は、上記資料②の他、後述のａ金沢大学附属図書館蔵『図経』版本への貼紙、ｂ跋文の実際の起草者である松永尺五の「軍書跋」（国会図書館『尺五先生全集』巻一〇所収。若尾政希『「太平記読み」の時代』四六頁注35参照）がある。石川歴博本には、寛文四年（一六六四）の大橋貞清の加証奥書があり（加証奥書の全文は第三部第一章注（6）に示した。本文・跋は伝授対象者の井村源太夫の筆であろう。『本多家来由緒帳』に拠れば、井村は貞清の娘を娶っている）、ｂは校異に示すように、松永の立場からの草案であること、津田文庫本②、金沢大学本ａは、写本『図経』そのものの跋ではないことから、石川歴博本の跋文を底本として、［　］内に異同の主だったものを注記するかたちで提示する。通行の字体に改め、訓点の一部を私に補った。

所《ノ》レ著《ス》新編五巻、軍法《ノ》至頤《セキ》、戦術《ノ》秘訣、於《テ》二太平記理尽鈔鉅巻《ノ》中《ニ》一、体要之枢鍵也。其微妙神速、変《ジテ》レ正《ヲ》為《シ》レ奇《ト》、転《ジテ》レ奇《ヲ》為《ス》レ正《ト》。虚却《テ》成《リ》レ実《ト》、実却《テ》成《ル》レ虚《ト》。脱兎・驚雷、多方以《テ》誤《ル》レ之《ヲ》。孫呉《ガ》詭道・良平《ガ》秘策・諸葛《ガ》八陣・李靖《ガ》六花、倶《ニ》収《リ》並《ビ》蓄《テ》、無《キ》レ遺《ノコスコト》者乎。矧《イハンヤ》且《ツ》自《リ》二本朝神代一所《ノ》レ伝《ル》軍権的々《トシテ》相続《シ》、綿々《トシテ》不レ絶《ヘ》。引《テ》伝《ハリ》二源《ノ》義経《ニ》一、流《レテ》逮《オヨブ》二楠正成《ニ》一。此両雄蔵《シテ》二之《ヲ》胸臆《ニ》一而謀《ハカルトキハ》則《チ》成《リ》、戦《タタカフトキハ》則《チ》勝《ツ》。秘中《ノ》秘、妙外《ノ》妙也。近世伯人名和《ノ》正三叟、累葉承二伝《ス》評判一部《ヲ》一。時《ニ》有《リ》二法印陽翁《ト云》者一、受《ケ》二其口訣《ヲ》一、嗣《ツグ》二系統《ヲ》一。然《シカル》後陽翁又授《クルニ》二之《ヲ》本多房州政重《ニ》一*1、皆口授耳《ノミ》。提《スルニ》借《テ》レ箸《ハシヲ》籌《ハカリ》レ之《ヲ》、以《テ》レ米形《ヲカタドル》レ之*2於《テ》レ是《ニ》政重、後世恐《レ》下伏生《フクセイ》之教謬《アヤマリ》二其説《ヲ》一愈失《ハンコトヲ》中其真《ヲ》上、命《ジテ》二下臣貞清《ニ》一、把《トリテ》二一部二百有余之図《ヲ》一、抜《キ》二其尤《ケヤケキヲ》一、画《ク》二六十余図《ヲ》一*3。輯《アツメテ》為《シ》二五帙《ト》一、為《ス》二家珍之至宝《ハウト》一。不レ許《サ》二傍見《ヲ》一不レ出《サ》二閫《コン》外《ヲ》一。挙《コゾツテ》レ世知《ル》レ之《ヲ》者鮮矣《スクナイカナ》。或《ハ》一二雖《イヘドモ》レ有《アリト》二漏聞《スルコト》一、徼知《ケウチスル》者無《シ》レ預《ルコト》二奥旨秘訣《ニ》一。爰《ニ》余［b板倉防州太守重宗公］有二志於斯《ニ》一、且与二政重一久要之交《リ》已《ニ》深《シ》。由《テ》レ茲《コレニ》感《ジ》二其同志《ヲ》一、喜《ビ》二其懇歎《ヲ》一、不レ遺《ノコサ》二片画隻字《ヲ》一、伝二附《ス》五策之玄妙《ヲ》一。何《ゾ》読《ンヤ》二父《ノ》書《ヲ》一乎*4。心法伝授之証印也。余［b太守］鄭二重《テイチヨウシ》政重之允許《ヲ》一、賞《シ》二図画之写妙《ヲ》一、略擒《ホボトラヘテ》二其梗概《ヲ》一、以《テ》為レ跋《ト》。

慶安第四稔初冬吉日

従四位上行羽林兼周防大守源重宗［bこの行ナシ］

（＊1）本多政重・大橋貞清・源（板倉）重宗と理尽鈔講釈との関わりについては、大山修平「「太平記読み」に関する一考察――加賀藩におけるその実態――」（金沢大学国語国文6、一九七八・三）がふれている。

（＊2）bは「以レ米」を「以来」とするが、波線部は陽翁の口授の様相を伝えるもので、あり合わせの「箸」をもって布陣あるいは要害などを示し、そこに「米」を置いて部隊の配置を示したのであろう。『理尽鈔』講釈の実態を彷彿とさせる貴重な記述である。

（＊3）『図経』の挿図の数は約六〇。

（＊4）本多政重は正保四年（一六四七）六月没。慶安四年（一六五一）一〇月のこの跋は、嗣子政長に宛てたもの。

なお、上記資料③「太平記理尽鈔之伝来」にも『図経』に関する記述がある。本書は、尊経閣文庫蔵「太平記理尽抄由来書」（＊5）（宝永四年有沢永貞写）にほぼ同内容であるが、更に別資料により注記を加えた体の著述で、末尾に尊経閣文庫本には無い記述があり、そこに『図経』に関わる記事が見られる。全文の紹介は別に行なうこととして、末尾の部分のみ引用しておく。

（＊5）長谷川端『太平記　創造と成長』（三弥井書店、二〇〇三）に翻刻あり。

《太平記理尽鈔之伝来》（末尾抜粋。句読点を補う。〔　〕内は割注）

右三子（＊6）ノ筆記的確ニシテ、徴トスルニ足リ。往歳、茲ニ弐百有余、其事蹟昭々トシテ掌ヲ指カ如シ。且本多候（ママ）ノ家蔵ノ理尽図経ヲ拝読スル。此書ヤ本家ノ先太夫房州候ノ選定ニシテ、其臣貞清コレヲ書写校訂シテ其伝ヲ受。板倉候千里ニ此書ヲ求メテ其秘決ヲ得〔板防州ノ智ハ世ニ称スル処。板防州ノミナラス、稲濃州、朽民部モ亦名家ニシテ兵法ヲ北州ニ求メラル。智ハ猶、智ヲ求ムルト謂ヘキモノ歟〕。将タ（＊7）書後ニ題シテ師ニ復命シ、房州候モ亦コレヲ金勝シテ、子孫ニ伝ヘ玉フノ新写（＊8）也。今亦コレヲ修装シテ、永久ニ備ヘンコトヲ計リ玉フ。蓋シ君臣ノ有義、父子ノ有親、師弟ノ模範、実ニ士道ト謂ヘシ。僕其修装ニ預カルモ亦大幸也。故ニ旧事ヲ輯禄シテ、是ヲ呈シ、聊サカ微意ヲ述ルト云。／文化三丙寅仲冬上旬　田辺〔政巳謹誌〕／右因需本多勘解由殿。是其草稿也。

（＊6）文中に「梧井庵先生筆記」「勝浦カ筆記」「大橋家筆記」の名が見える。梧井庵先生は有沢永貞の称号であり、尊経閣文庫本の内容をさすと目される。

（＊7）前記『図経』跋文を指す。

（＊8）貞清筆の原本に対し、板倉重宗の跋を得た二代防州（政長）が、新しく一本を作成させたとの意か。

なお、②③傍線部によれば、『図経』は本多政重・大橋貞清共著と称すべきであるともいえそうだが、③には別に
是亦文字執筆ノ為ニ大橋新丞〔貞清ト云。後ニ扶禄三百石。隠居シテ全可ト云。寛文十二年正月死ス。今ニ子孫アリ〕ト云使立ノ若者ヲ座右ニ置テ、書図、記臆ノ事ヲナサシム〔或曰、候職ニ在テ、国政ニ隙ナキ故、其伝十巻ニシテ止マリ。書巻ハ残ラス附属スト〕。貞清ハ能書ニシテ、文才モ有ユヘ、能其伝ヲ得テ、理尽鈔ニ心ヲ用ヒ見ル事十返ニ及ンデ、其理ヲ縦横ニ解説ス。
との記述があり、実質的な編者はやはり大橋貞清としてよい。しいていえば、本多政重監修・大橋貞清編著となろう。もう一点、『図経』は明暦二年（一六五六）版行とされているが、成立そのものは慶安四年（一六五一）以前に溯ることも注意しておきたい。

2、『図経』の写本

『図経』の写本は、『国書総目録』のあげる三点（国会・東博・島原）のほかにも数点存する。この内、国会図書館蔵本は明暦二年の刊記まで忠実に筆写した版本の写し。東京国立博物館蔵本（文政七年写）も、第一冊は行数字数挿図などにいたるまで版本に一致、他の冊はやや崩れているが版本の写しとみてよい。

島原松平文庫蔵本および上述の石川歴博本は、版本と同系統の写本。

島原：藍色無地表紙二七・三×二〇・二㎝。巻五を欠く四巻四冊。題簽「太平記評判秘伝書一（〜四）」。内題「理尽図経」。本文10行漢字・片仮名交じり。

石川：青色布表紙（第六帖のみ織紋様あり）二五・五×一八・四㎝。列帖装六帖。楮紙題簽「理尽図経巻第一（〜五・追加）」。内題「太平記理尽図経」。本文10行漢字・片仮名交じり。

版本と島原本・石川歴博本の詞章はほぼ一致するが、版本には巻二18オ3行目「五百」（正しくは「五万」）、同18ウ

6行目「後ノ備ヲ不レ備ヘ」（「……不レ乱」が適切）などの微細な過誤がわずかながら存在する。また、島原本は「……三井寺ノ上ノ山ニ……」（版本巻一2オ）の右行間に「口伝一叟両連」という傍書があり、石川歴博本も巻三「凡四百余ト見テ侍ルトテ」（版本巻三4ウ）の右行間に「口伝小屋一間ニ十二三人ヅ、アルツモリ也」、「翌日ノ戊ノ刻ニ今夜敵陣ニ……」（同）の右行間に「口伝俄ニヨスルハ謀ヲ敵ニモラサジガタメ也。近キ敵ナレバ也」という傍書がある。版本・島原本・石川歴博本の三本は、いずれも直接の親子関係にはないものと思われる。

最も注目されるのが、石川歴博本であり、既述のように版本・島原本（跋の存否は不明）にはない序・跋が備わっていること、第五帖末に大橋全可貞清の加証奥書があることのほかに、これまで知られていなかった「追加」の第六帖が存在する。第六帖は、総論的な記述（見出し無し）に次いで、「赤松戦法伝」「正成湊河伝」「桃井直常戦法伝」「正行四条縄手伝」と続く。これらも『理尽鈔』に由来することは巻一から五までと同様であるが、「……伝」という形式は巻五以前の「……之事」という形式と異なる。『図経』を慶安四年以前に完成し、本多家に提出した後も、大橋全可が続けた『理尽鈔』研究の成果の一端がこの「追加」と思われる。伝授奥書は第五帖末にあるが、本文（外題も含め）は同筆であり、寛文四年に、巻五までと同時に井村源太夫に授けられたものであろう。

さらに、平戸山鹿家に「太平記理尽口伝」（内題・外題とも同じ。第二、第三は「太平記評伝図経口伝聞書」）と称する一冊本がある。[3] 本書は第一上・下、第二上・下、第三と区分がなされているが、第一下が版本巻一最終章段にあたる「赤坂城軍之事」から始められている以外は、それぞれ『図経』五巻に相当する。第一上に錯簡があり、版本にある「楠カ勢三百余遠矢少々射捨天王寺ノ方へ引退ク隅田高橋七千余ヲ乱シテ追コト一里ト云々」（版本13オ・ウ）を挿図とも欠くなど必ずしも良好な書写とはいえず、版本や石川歴博本等とは一部詞章の相違もみられる。例えば、版本等が「山法師トモ……」と始める巻第一を、本書は、『理尽鈔』巻二（11ウ）同様「南岸円宗勝行早雄ノ同宿トモ……」としている。また、版本等には無い挿図を有するなどの特色を持ち、版本等とは別系統の写本である。山鹿家本系統の写本は他にも存在する。

・中西達治蔵『理尽鈔』写本存二八冊に付帯する写本一冊…題簽「太平記評判　目録」。内容は「太平記理尽口伝巻第一上」「第一下」「太平記評伝図経口伝聞第二上」と続き、版本巻三までに相当する。尾題無し。

・滋賀大学附属図書館教育学部分館蔵『理尽鈔』写本三一冊に付帯する写本一冊…題簽「太平記評判　図経」。内題「太平記評論図経口伝第一上」。尾題無し。第一上のみ存一冊。

・大阪府立富田林高校菊水文庫蔵写本一冊…大阪陸軍幼年学校楠氏文庫旧蔵。題簽「太平記理尽集　全」。第一丁表に「太平記理尽絵図巻第一」とあり、目次が続く。この目次は本書全体の目次である。第二丁表から本文が始まるが、章段名のみあり、内題はない。尾題なし。墨付五七丁の第二〇丁裏に「太平記図経口伝聞書第二」とあるが、二〇丁表までは山鹿家本第一上に相当。二〇丁裏は「▲由良越前守光氏越前ノ国和田ノ城攻事」から始まり、山鹿家本第三に相当。三五丁裏からは、「▲赤坂ノ城ニ楠ガ養子矢尾ノ顕幸ガ甥平野将監籠ル時、六波羅ノ軍奉行阿曽霜台赤坂ヲ攻シ事」に始まり、最終丁は「義経首実検之図」に終わる。この部分は山鹿家本第一下にあたる。第二上・下（版本巻三・四）部分は無く、『理尽鈔』の構成に照らしても、本書の記事配列は不自然である。ただし、詞章面から山鹿家本系統の伝本であることは動かない。

石川歴博本の存在から版本系が先行するものと判断されるが、山鹿家本系の生成事情の解明は今後の課題である。

3、『図経』序文・聞書

さて、先に触れたように、金沢大学附属図書館に『図経』明暦二年刊本五冊が蔵せられている（「第四高等学校図書」の朱印あり。明治三一年四月二五日受け入れ。整理番号：4門21類82号）。本書は明暦二年の刊記の上に一面張紙をして、右に注記したような『図経』跋文を筆記しているのである。のみならず、第一冊見返しに「太平記理尽図経序」を筆記し、第一冊目録の余白（表裏）に「理尽図経聞書第一」と称する書き込み、第一冊本文第一丁表、第三冊五丁表欄外に同様の長文の書き込みを行い、第五冊一六丁表・一七丁表に貼紙を付している。その他、行間に「口伝」と称する書き込みが見られる。序文の存在や、『図経』にも聞書があったことを示す等、『図経』の生成を考える上で注目すべき資料と思われる。同図書館には、他にも朱校訂書き入れ、貼紙の類がほぼ全冊におよぶ『太平記評判秘伝理尽鈔』（刊本。総目録一冊を含め四四冊。一部補写。『恩地左近太郎聞書』無し。四高旧蔵書。4門21類83号）、正保二年版『恩地左近太郎聞書』（四高旧蔵書。14門20類96号。大正一五年八月一一日楠正路寄贈）がある。さらに「楠家兵書六種　写本二六冊」として蔵されている図書（14門20類8号）は、『陰符抄』（外題による。理尽鈔の聞書集。一八冊）・『孫子陣宝鈔』（内題「孫子陣宝鈔聞書」。四冊）・『極秘伝鈔聞書』（外題による。理尽鈔巻二五の聞書。一冊）・『楠判官兵庫記』（いわゆる『楠兵庫記』。一冊）・『翁三問答』（内容の精査を要するが、法印陽翁と名和正三との問答体をなす、理尽鈔聞書の一種とみなされる。東北大狩野文庫にもあり。一冊）・『恩地聞書』（外題による。理尽鈔付載の『恩地左近太郎聞書』の聞書。一冊）より成り、それぞれに大橋新丞貞幹（上記大橋貞清の子孫）の、福田縫右衛門への伝授をしめす奥書を付す。『図経』の書き込みの意味も、これら旧四高旧蔵書全体の検討を経る必要があるが、いま、序文および書き込みの一部を紹介しておく。

《太平記理尽図経序》（この序文は跋文同様、石川歴博本による。付訓の一部を私に補った）

夫《レ》兵法者、以《テ》レ智《ヲ》令レ闘《ハ》レ之《ヲ》、以《テ》レ力《ヲ》不レ令レ闘《ハ》レ之《ヲ》。縦《バ》若《シ》下縛《バクシ》二鬼神《ヲ》一、捕《トラユルガ》中龍虎《ヲ》上。急《スミヤカニ》与レ之角《アラソツテ》而力《ラ》不レ敢《アヱテセ》。故深《ク》謀《リ》遠《ク》慮《テ》、行《ヤリ》レ軍《ヲ》用《ルノ》レ兵之道也。以《テ》レ此《ヲ》守《ルトキハ》レ之則師《トシ》二於古法《ヲ》一、取《ルトキハ》レ之《ヲ》則決《ス》二於新智《ニ》一。取与《ト》レ守交通《シテ》而不《ズンバ》レ同レ術《ヲ》不《ラ》レ成。此和朝兵家要《ノ》妙《ニシテ》而河内《ノ》判官《ガ》常談也。於《テ》レ是《ニ》、余《レ》太平記理尽鈔因《リテ》二依旧図《ノ》余跡《ニ》一、匡二正《シ》失惑・惛乱《ヲ》一、可二適《トシテ》用《ユ》一取《リ》、以《テ》記《シ》二之《ヲ》五巻《ニ》一、一言《ノ》不《ル》レ加《ヘ》レ私《ヲ》而已《ノミ》矣。後学《ノ》語《スル》者、以《テ》レ貌《ヲ》従《テ》レ師《ニ》、心実《ニ》不《ンバ》レ服、其《レ》必《ズ》無《シ》二能為《スルコト》一也。未《ダ》レ為《セ》レ得《タリト》、飾《リ》二空言虚語《ヲ》一、莫《ナカレ》レ乱《ル》レ実《ヲ》。不《シカ》レ如《ジ》虚《キヨニシテ》レ心《ヲ》而仰《ギ》二喉舌《ノ》伝《ヲ》一、抛《チ》二他事《ヲ》一、蔵《ヲサメ》二之《ヲ》方寸《ノ》地《ニ》一、別《ワケテ》二黒白《ヲ》一而定《ンニハ》レ一《ニ》。嗟《アヽ》安危之本在《ルヲヤ》二於此《ニ》一矣。

《理尽図経聞書第一》（金沢大学蔵『図経』第一冊目録の表・裏の余白書き込み。句読点を補う。こうした長文の聞書書き込みは石川歴博本には無い）

師云此五巻ノ書ハ当流備ノ立ヤウノ秘伝也。是ヲ了知スル時ハ理尽一部ノ心明也。ソレ備ト云ハ武道ノ常、武士ノ日用ノ行ヒ也。備ナケレハ物ニ応スルコトナラス物也。故ニ百万ノ衆ト云ヘトモ備ノ一ツ也。一騎一僕ト云ヘトモ備ノ一ツ也。大城トイヘトモ門ノトリヤウ、屏ノカケヤウ、櫓ノアケヤウ、皆備也。又小屋ト云トモ又備ナキハナシ。行烈（ママ）ハ備ノ長キモノ也。止ルトキハ備ノ短カキモノ也。常住坐臥、須臾片時モ此備ナクハ武ニ非ス。然レトモ備ニ定タルコトハナキモノ也。地形ト勢ノ多少ト適ノ賢愚ニヨル物也。故ニ法ヲヨク習フ時ハ智モ不入、勝ヲ取コト在。又自然ニ智モ法ノ内ヨリ出ル物也。法ハ教易シ。智ハ教カタシ。諸葛カ八陣ノ図、李靖カ六花ノ陣トイヘトモ、今日ノ用ニ非ス。若シ八陣六花ノ陣ヲ知テ、今日ノ用ニ立テ戦勝利アラハ、天下是一ツヲ学スヘキコトナレトモ、地形ト勢ノ多少・敵ノ賢愚ニヨッテ用ニ立ヌ也。諸葛・李靖・義経・正成等カ、其時其地ニ応シタル備ノ立ヤウヲ以テ、工夫シテ今日ノ用ニ立ヘキヤウ、略口伝ニアラハス物也。備ハタトヘハ、将棋ノ馬ノ作リヤウト同シコト也。将棋ヲ不知者ハ馬ノ作リヤウヲモ不可知。馬ノ作リヤウヲ知テモ、馬立ヲ不ンレ知ハ早破ヘシ。其外ノ年ニナリテハ一時ノ謀ナレハ、稽古ノ功ト其人ノ智ニヨルヘシ。昔ノ良将モ人、今ノ世ノ将モ人ナレトモ、人ノスルコトヲ人カナラヌハ、碁将棋ヲ以テ可知。合手ニアウテ、方便ヲカクスコトナシ。上手ハ目前ニ行《テダテ》ヲカクスト云トモ、下手ハ其行《テダテ》ヲ見付ヌ物也。智ト不智トノ隔別ナル故也。故ニ皃何レモ人ナレトモ、心ハ格別也。是良将ト愚将ノアル所也。能々常ノ備カラ分別シテ、地形ノ利不利ヲ知テ、利ナルヤウニ立ルコト当流ノ備ノ秘事也。後記ニ委シ。

二、『図経』と『理尽鈔』

『図経』は、前記跋文が「所レ著新編五巻、軍法至賾、戦術秘訣、於二太平記・理尽鈔鉅巻中一、体要之枢鍵也」と始めているように、また、その目録からも直ちに了解されるように、『理尽鈔』全巻から兵法関係記事を抽出したものである。その範囲は、巻第一「江州唐崎浜合戦之事」（『理尽鈔』巻二）から巻第五「鎌倉基氏芳賀禅可武蔵野合戦事付評判之事」（同巻三九）に及び、ほぼ『理尽鈔』の巻順に配列されている。記事の抽出に際して、『理尽鈔』の詞章に適宜手を加えているが、序文に「一辞不レ加レ私而已矣。」というように、『理尽鈔』に基づかない詞章の付加は見られない。また、布陣の理解を容易にするべく、『理尽鈔』の挿図に手を加え、かつ新たに付加した図を含め、山・川・城柵などを、より具象的に描き出している。挿図は『理尽鈔』と重複するものも含め、約六十図に及ぶ。一つの章段に一つ以上の図を示すのを常とし、まれに「不レ及二画図一云々」と断わる場合もある。『図経』という呼称もここに由来する。

詞章の生成の模様を、石川歴博本『図経』巻三a「大和国辺栗へ楠正成夜寄之事」、b「河内国飯守城軍之事」、c「飯守二度メノ戦ノ事」、d「飯守落城之事」を例にとることとする（abの挿図は『理尽鈔』には無い）。

右aからdは目録の章段名であるが、本文中の章段名は例えばaの場合

(1)故高時ノ兄弟子憲法僧正ト云シハ南都ノ住侶也。鎌倉滅亡ノ後、大仏藤太光正ト云者彼僧正ヲ取立テ、相模左衛門佐時光ト名乗テ、和州辺栗ニアリシカ、勢強太ニ成テ河州飯守山ニ楯籠、(2)辺栗ニハ十市左兵衛ト云者ヲ置シニ、楠正成退治之事

とあり、見出しのみで章段内容がわかるように梗概的なものとしている。傍線部(1)は『理尽鈔』巻一二「河内国逆

徒ノ事　伝云、憲法僧正ハ古高時ニハ兄弟子也。南都ノ住僧也。然ヲ去年降参シテ秘レ討タリシ関東大将達ノ郎従ノ中ニ、（中略）兵ノ強大ナルニ随テ河州飯盛山ニ取昇、河和両国ヲ奪」（25オ・ウ）を要約したものであり、(2)は、「先十市左兵衛ガ堅メタル辺栗ニハ兵幾ホドカアルト問ニ……」（30ウ）を用いている。

あるいは、bの章段中には次のような部分もある。〔　〕内に、対応する『理尽鈔』の行文を示した。

和田ハ、討取ル〔合戦ニ打勝テ〕首トモ取持・〔セ〕テ、楠カ前ニ来ル。首凡六百余ト云々〔其外、兵城ヱ帰ルハ少ク、散々ニ成リヌ〕。城中ニハ・〔楠退タルヲモ不レ知、敵近辺ニ有ト思イテ用心キビシク仕テンゲリ。〕、夜明テミレハ敵一人モナシ。コハ・〔何事ゾ。合戦ニハ負ヌ。敵夜中ヨリ是ニアラハ、今ハ陣ヲモ可レ責ニ、敵一人モナキコトノ不思議サヨ。先ノ時ノ声ハ〕狐ノワザカト云シモアリト也〔又味方ヲクレ時ヲ敵ト思タルヤナント謂モ有。後ニ敵ノ声ハ正爰元ゾナント謂テ、人ヲ遣シテ見テコソ兵ノ伏タルアトアレバ、敵早ク引テンケリ。如何ナルコトゾナント謂者モ多カリケリ〕。

おおむね、簡略化し、明快さを求めていると評せようが、中には次のように却って誤解を生じかねない過誤、目移りによる脱落等もある。

c……敵、川ヲ渡テ追乱入ル。楠カ射手散々ニ・〔射ケレハ〕射立ラレテタ、ヨウ所へ……

d先陣ノ一軍・〔咄トサケンテカ、リケレハ、正成本陣ヨリ太鼓ヲ打テケリ。恩地一軍〕ヲ乱シテ追ハシメ、二ノ軍ヲ不レ乱、正成ガ本陣ニ人ヲ遣シテ……

なお、『図経』の依拠した『理尽鈔』は、以下の事例が示すように、版本ではない可能性が高い。全可の加証奥書をもつ大橋本に近いが、該本は明暦二年（一六五六）写であり、慶安四年（一六五一）以前に成立した『図経』の直接的な底本ではありえない。調査範囲も限られており、なお検討を要す。

b……楠カ城ニ付置タル忍兵《ノ》トモ、出ル敵ト打ツレテ出、イソキ来テ……

『理尽鈔』版本（37オ）「忍ノ、兵ト打ツレテ出テ」、十八冊本・天理本・大橋本・長谷川本「忍ノ兵、出ル兵ト打ツレテ出テ」、筑波大学本「忍ノ兵ト、出ル兵ト打連テ出テ」

d……正成カ陣ニ火ウツリケレトモ、兵ハ少モ不レ動。正成、我カ一与ニ兵ヲ遣シテ感シテ侍ル。

『理尽鈔』版本（46オ）・十八冊本「兵ハ」ナシ。筑波大本「兵ハ」。天理本・大橋本・長谷川本「兵」

『理尽鈔』版本（46オ）「感シテ」ナシ。十八冊本「滅シテ」。筑波大本「感テ」。大橋本「感シテ」。長谷川本「滅テ」

三、『大全』の生成

『大全』については、加美宏に包括的な研究がある。(4) また、若尾政希が「いずれも刊記は万治二年であるが、『太平記』本文がくずし字体（漢字平仮名混じり）のもの（宮城県図書館蔵等）と、本文が漢字片仮名で挿絵がないもの（大阪府立中之島図書館蔵）があり、少なくとも二版あったことがわかる。」と指摘している。(5)『大全』の挿絵は、寛文頃刊かとされている無刊記平仮名絵入整版本(6)『太平記』の挿絵と似ている（同一ではない）。

両者の先後については、尊経閣文庫蔵『太平記理尽抄由来書』（宝永四年（一七〇七）、有沢永貞筆）の以下の記述により、『太平記』本文を平仮名交じりとする版が先行する、とわかる。

其後、太平記鈔（割注略）理尽等ヲ合シテ、本文ヲ仮名ニシ、絵ヲモ加ヱテ、大全ト云者出来、後亦本文ヲ片仮名ニ直シ、伝評ヲ加ヱ、頭書ニ古事本説ヲ述テ……

〔第一節「太平記理尽図経之跋」（＊5）に紹介した長谷川翻刻あり。ただし、傍線部を「後亦本文ヲモ仮名ニ直シ」とするのは誤植である〕

さて、加美の指摘にあるように、『大全』は、『太平記』本文・『太平記鈔』・『理尽鈔』・『図経』に、編者西道智自身による注解である「伝記」を併せて成り立っている。ただし、先述のように『図経』の本文は『理尽鈔』とほぼ同一であるから、『大全』が『図経』を利用する機会は多くはない。『理尽鈔』の享受・転成を中心とした本章の課題からは、『大全』の先行資料の利用態度はきわめて忠実であることに注意しておきたい。『理尽鈔』による部分、『理尽鈔』版本とは行数・一行字数こそ違え、漢字の付訓に至るまでほぼ一致している（こうしたあり方から、逆に『太平記』本文部分も依拠版を確定できる可能性が高いと目される）。

四、『大全』と「和字太平記評判」

『大全』の、他の「太平記評判書」への影響について、若尾政希に以下の指摘がある。(7)

『理尽鈔』の刊本には、『太平記理尽図経』を引用している版がある（宮城県図書館伊達文庫蔵『太平記評判』、四三冊、刊年なし）。これは『大全』〈評〉と同文であり、『大全』〈評〉を翻刻したものと推定される。この意図は不明であるが、『理尽鈔』がいかにもてはやされていたか、わかる。

重要な指摘であるが、いくつか補足をおこなう。まず、伊達文庫本の書誌を記す。

縹色表紙二六・二×一九・一㎝。五針楮紙袋綴。目録一冊、巻一七および二七は各上下二冊、計四三冊。題簽「和字太平記評判」（一部の冊に存。「和字」は角書）。内題「太平記評判」。四周単辺（柱刻部分左右枠無し）縦二二・四㎝。一二行漢字平がな交じり（『理尽鈔』の漢文表記部分は訓み下している）。刊記なし。

外題を採って、以下本書を「和字太平記評判」と称する。刊年は不明であるが、寛文一〇年刊の『書籍目録』に、

二十一冊　太平記　玄恵法印撰／大字　中字　細字　平仮名　首書

五十冊　同評判
四十五冊　同法華法印評判
四十五冊　同平仮名

とある三種類の太平記評判のうち、「同平仮名」が「和字太平記評判」に相当しよう。ちなみに「五十冊　同評判」は『太平記評判私要理尽無極鈔』、「四十五冊　同法華法印評判」は『太平記秘伝理尽鈔』と思われる。ただし、なお検討を要するのは、「四十五冊」とある冊数である。『国書総目録』には、「同名で異書であるか否かが判明しない場合は、便宜×を項目の頭につけて、まとめ項目であることを示した」と凡例にある×印を付した次の項目がある。

太平記評判　類：軍記物語・注釈　版：東博（四二冊）・東大（四三冊）・愛媛伊与史（巻一―二五、二五冊）・茶図成簣（四五冊）・旧三井本居（一冊）・仙台伊達家（四三冊）

このうち、お茶の水図書館成簣堂文庫蔵本四五冊は『理尽鈔』（恩地聞書の刊記部分、印刷不良で刊記の有無等判別できず。寛文一〇版ではない）、東京国立博物館蔵本四二冊も『理尽鈔』四五冊のうち、巻一・二および恩地聞書の三冊を欠くものであり、『理尽鈔』の項に移すべきである。『国書総目録』補遺篇「×太平記評判」の項「岡山県（四五冊）」については、岡山県立図書館から、前身の『岡山県戦捷記念図書館和漢図書目録』（一九二二年）に「太平記評判　四五冊」とあるが、現在は所蔵していない（空襲で消失したか）、という旨の回答をいただいている。東大本は表紙を異にするが、伊達文庫本と同版の和字太平記評判（後補楮紙題簽に「太平記評判」と墨書）。結局、確認しえた和字太平記評判は、伊達文庫本・東大本の二部のみである。

『理尽鈔』版本は目録一冊、巻一七・二七を各上下二冊、さらに巻三七を本末二冊とし、恩地聞書一冊を加えて、計四五冊である。和字太平記評判にも恩地聞書が存在していた可能性があるが、伊達文庫本・東大本ともに巻三五は分冊しておらず、四五冊とすると残る一冊が内容不明である。寛文一一年刊の書籍目録にも「同評判　五十／同法華

法印評判　四十五／同平仮名　四十五」とあり、まずは、漢字平がな交じりの『恩地聞書』を探す必要があるが、管見に入らない。

しかし、書籍目録の配列および平仮名と銘打っている（『無極鈔』『理尽鈔』は漢字片仮名交じり）ことからして、「同平仮名」が和字太平記評判に相当すること自体は動かないと判断する。この判断が誤っていなければ、和字太平記評判の刊行時期は、『太平記大全』の刊行された万治二年（一六五九）から寛文一〇年（一六七〇）の間となる。一六五〇～七〇年代は、太平記評判関連書の出版がもっとも盛んであった時期であり、その時流に乗った出版物の一つということになる。

つぎに、『太平記理尽図経』の引用について付言すれば、たしかに和字太平記評判巻三28オに「●図経に曰……」とあり、これは『太平記大全』巻三52ウに「●図経曰……」とある記事に一致する。ただし、『大全』巻二64オの「●図経曰……」は引用していないなど、『大全』の『図経』記事のすべてを摂取しているわけではない。

和字太平記評判が『大全』を利用していることは、「●図経に曰」という形式からも首肯されるが（いうまでもなく、『図経』自体の当該記事は「図経に曰」などと名乗らない）、『大全』は『理尽鈔』や『図経』の詞章をほぼ忠実に引用しており、和字太平記評判の利用した資料が『大全』（だけ）なのかどうかを検討しておく必要がある。

和字太平記評判巻三1オ「●評に曰主上御夢に付て○伝云、（中略）禅師の云虎関然ず夢は……」とある部分、『理尽鈔』巻三1オには「●評に曰く」は無く、「主上ノ御夢ニ付テ」と始まる。また「禅師の云虎関」とある部分、『理尽鈔』は「禅師ノ云」の右行間に「虎関ノコトゾ」と傍書する形をとる。これらはいずれも『大全』に一致する。また、和字太平記評判の巻四〇巻末に「○細川右馬頭西国より上洛の事／●此段評なし」とある二行も『理尽鈔』にはなく、『大全』にはある。したがって、「●図経に曰」という形式での『図経』の引用やこれらの詞章の事例から判断して、和字太平記評判が『大全』を利用していることはたしかである。

『大全』は、『太平記』本文および「●伝記」（『大全』独自）、「●鈔云」（『太平記鈔』に拠る）、「●評云」（『理尽鈔』の「○評云」および「○伝云」に拠る）、「●図経曰」（『図経』に拠る）という様態をとる。和字太平記評判は、『太平記』本文および「●伝記」「●鈔云」は不摂取、「●評云」を平仮名に改めて摂取、「●図経曰」の一部を摂取して成り立っている。若尾が「『大全』〈評〉を翻刻したもの」という〈評〉とは「●評云」をさす（『理尽鈔』の「○伝云」も取りこんでいる）。なお、『大全』の二種類の版は、『太平記』本文の引用が平仮名か片仮名かという相違があるが、『理尽鈔』や『図経』の引用部分はともに片仮名であり、和字太平記評判がいずれの版を利用したのかは不明である。

和字太平記評判は『大全』を用いている。しかし、和字太平記評判が巻四〇の上記巻末記事につづけて、「右太平記評判者武略之要術治国之道也……生高慢心是故云云」（巻四〇奥書）、「太平記秘伝之聞書令御家代々相伝……謹上／名和肥後刑部左衛門殿」（今川心性伝受奥書）、「右此評判者……大運院大僧都法師」（陽翁伝授奥書）を置くが、『大全』にはこれらの奥書はない。また、和字太平記評判の目録には、章段名の下に「○無評」という注記のある場合があり、これは『理尽鈔』に拠る。一方、『大全』は『太平記』の目録を用いており、こうした注記はない。

巻一冒頭の構成も『理尽鈔』に同じである。

A「太平記評判巻第一／或記に曰／……」

B「太平記評判巻第一／目録／……」（『理尽鈔』の目録）

C「太平記評判巻第一／○名義并来由」

D「序是ハ太平記の序の詞に少もかゝはらず心計を取て書たり／……」

E「太平記評判巻第一／○後醍醐天皇御治世の事／……」

これを『大全』の巻一はつぎのように配列している（＊は和字太平記評判にはなし）。

b「太平記巻第一目録」（『太平記』の目録）

＊「太平記大全巻第一／序」（『太平記』の序）

A「太平記大全巻第一／或記ニ曰／……」

C「太平記大全巻第一／○名義幷来由」

D「○序是ハ太平記ノ序ノ詞ニ少モカヽハラズ心計ヲ取テ書タリ／……」

＊「○太平記大全序／●太平トハ……」

E「○後醍醐天皇御治世事付武家繁昌事／……」

巻一の場合、左のように改行箇所や「○」印の有無という細部のあり方も、和字太平記評判は『理尽鈔』に近い。同様の箇所は他にも散見する。

・「和字」13ウ1・2行目

背く故にあらずや。此外に細々の非義あげてかぞふべからざる也
頼朝不忠の事。平家は無道ありといへ共給はる所の国三十七ヶ

・『理尽鈔』13オ7〜9行目

武威次第ニ昌也。是聖人法ヲ背ク故ニ非
ズヤ。此外ニ細々ノ非義不レ可二勝計一也
頼朝不忠ノ事。平家ハ無道ナリトイヘドモ給ル

・『大全』22オ13・14行目

聖人法ヲ背ク故ニ非ズヤ。此外ニ細々ノ非義不レ可二勝計一
也○頼朝不忠ノ事。平家ハ無道ナリトイヘドモ給ル所

したがって、和字太平記評判は、『大全』を基軸に置きながら、巻一全巻および巻四〇巻末の奥書のみ『理尽鈔』

をも取りこんで成った著作である。というよりも、むしろ、本書制作の意図は、その書名からしても、平仮名表記の読みやすい『理尽鈔』を提供するところにあったと思われる。『太平記』本文および伝記・鈔は取りこんでいないところから、『大全』の提供が目的ではない。作業の上で主に『大全』を用いたのは、『図経』を組み入れている点が便利であったからであろう。

五、『綱目』の生成

『大全』に比べ、手の込んだ先行資料の利用態度を示しているのが『綱目』である。「太平記綱目凡例」はみずから次のようにいう。

（三項略）

一、以二伝記及《ヒ》和田《ノ》助則《ノ》評《ヲ》一為レ本《ト》、以二釈《ノ》自晦《ノ》評《ヲ》一継《ク》レ之《ニ》。凡《ソ》雑抄、如《キハ》二図経・合璧・南木集・満祐記・名和軍記等《ノ》一、参レ焉《ヲ》、補レ焉《ヲ》。

一、地理及《ヒ》兵形等皆《ナ》採二摭《ス》図経晦評《ノヲ》一。疑誤《アルハ》者、問二諸《レヲ》交游博物《ニ》一、詢二諸《レヲ》漁樵処《ル》レ野《ニ》者《ニ》一、合攷《セテ》而独《リ》断《ハルトキハ》則必《ス》、掲《テ》二通考一、以《テ》別レ之《ヲ》。

（一項略）

一、引用《スル》故事《ヲ》一者、参二考《シ》於太平記鈔及《ヒ》賢愚抄《ヲ》一、重復《スルハ》者删去《リ》、疑誤《スルハ》者弁正《シ》、闕漏《スルハ》者掲二追解《ヲ》一、以《テ》別レ之《ヲ》。

諸資料を博捜し、さらにはみずからの見解を「通考」「追解」に示したと。なるほど、いま飯盛合戦記事を含む『綱目』巻之十二尾を通覧すると、太平記本文を挟んで「伝云（曰）」、「評曰（云）」、「通考」、「太阿鈔」、「合璧」等々が、首書形式で「通解」といった項目がちりばめられている。「太阿鈔」なる、凡例には挙げられていない〈雑抄〉

も登場するのだが、しかし、注釈事項を除くいわゆる評判において、『綱目』が依拠しているのは、『理尽鈔』（上記凡例の「伝記」）・『無極鈔』（和田助則評）・『図経』に限られるとみえさしつかえないのであり、上記の物々しい凡例は虚飾と思われる。以下、その点の確認をはかる。

『綱目』巻之一二尾「○安鎮国家法事付諸大将恩賞事」の中、「河内国ノ賊徒等、佐々目憲法僧正ト云ケル者ヲ取立テ、飯盛山ニ城郭ヲゾ構ケル。（中略）サレドモ此法ノ効験ニヤ、飯盛城ハ正成ニ被二攻落一」という『太平記』本文の引用に続いて、三丁表から二二丁表に及ぶ評判記述が連なっている。以下に、その部分の典拠を合わせ表示する。『理尽鈔』巻第一二、『無極鈔』巻第一二、『図経』巻第三が該当巻である。

Ⅰ、3オ⑦～3ウ①評曰祈ノ験ニヤ朝敵亡シト本文ニ記《キスル》事不審。（中略）深謀才タルベシ。

↓『理尽鈔』49オ②～49ウ⑨「祈ノ印ニヤ朝敵亡シト書ニ記《キスル》事不審。○評云（中略）深謀才タルヘシ。」

Ⅱ、3ウ②～⑭通考

Ⅲ、3ウ⑮～8ウ⑫太阿鈔憲法僧正ハ古高時ニハ兄弟子《イトコ》也。（中略）後ニ帯刀正行ト謂シハ此多門丸ガ事也。

↓『理尽鈔』25オ②～33ウ⑤「伝云、憲法僧正ハ古高時ニハ兄弟子《イトコ》也。（中略）後ニ帯刀正行ト謂シハ此多門丸カ事也。」

Ⅳ、8ウ⑬～10ウ⑨評曰後ニ高氏・義貞、此合戦ノ様ヲ正成ニ問給フ。（中略＊）凡慮ノ不レ所《ニアラ》レ及《フ》ト賞歎シ給ヒシト也。

↓『理尽鈔』33ウ⑤～35オ⑧「評云、後ニ高氏・義貞、此合戦ノ様ヲ正成ニ問イ給フ。（中略）凡慮ノ不レ所《トナラ》レ及《フ》賞歎シ給イシト也。

＊9ウ、10オ【挿図1】…『図経』7オ

Ⅴ、10ウ⑩～13オ⑨太阿鈔飯盛城ノ事。正成、辺栗ノ城ヲ攻落シ、千剣破ニ帰タレバ（中略）夜討ニ可《キ》レ寄《ス》様モナク成ケリ。

↓『理尽鈔』35オ⑧～39ウ⑤「又飯盛ノ城ノ事ノ　○伝云、正成、千剣破ニ帰タレバ（中略）夜討ニ可ㇾ寄《ス》様モナク成ケリ。」

Ⅵ、13オ⑨～15オ⑥（太阿鈔の続き）然ル故ニ、正成、飯盛山ノ麓川ムカヒニ逆木ヲ（中略＊）陣々ヲ堅メテゾ居タリケル。

↓『無極鈔』22ウ①～24オ⑥「一　正成、飯盛山ノ麓、川ムカヒニサカモギヲ（中略）陣々ヲキビシクカタメテゾ居タル。」

＊13ウ、14オ【挿図2】…『図経』10オ

Ⅶ、15オ⑥～21ウ④（太阿鈔の続き）正成サラバ御方ノ小勢ナルヲ見セントテ（中略＊、＊）飯盛ニ残シヲキシトニヤ。

↓『理尽鈔』39ウ～47ウ④「正成サラバ味方ノ小勢ナルヲ見セントテ（中略）飯盛ニ残シヲキシトニヤ。」

＊15ウ、16オ【挿図3】…『無極鈔』21オ、21ウ、22オ

＊17ウ、18オ【挿図4】…『図経』13オ

Ⅷ、21ウ⑤～⑩評曰軍ノ法ヲバイカニモ強クヲクヘキコトナリ。（中略）又中比ノ軍ノ図アリ。伝《ニ》アリ。可《シ》ㇾ見《ツ》。

↓『理尽鈔』47ウ④～⑪「○評云、軍ノ法ヲバイカニモ強クヲクベキコトナリ。（中略）又中比ノ軍ノ図アリ。伝アリ。可ㇾ見。」

Ⅸ、21ウ⑪～22オ⑥合壁和田・恩地、飯盛山ノ攻様ヲ、正成ニ問ケレバ（中略）刀ヲヌカズンハ軽々シク勝コトカタカラン。

↓『無極鈔』24ウ⑦～25オ⑪「一　和田・恩地、飯盛山ノ責様ハイカナル手タテニテ候ト問ヒケレバ（中略）刀ヲヌカズンバ率爾ニ勝コトカタカラン。」

右のように、『綱目』は、『理尽鈔』の「〇河内国逆徒ノ事」（25オ～48オ）の全て、及び『無極鈔』の該当部分（21オ～25オ）の中、24オ⑥～24ウ⑦を除く部分を取り込み、さらに『図経』の挿図を補ったものと合致する。『綱目』が、「太阿鈔」なる、現在所在の知られていない評判書（『無極鈔』の序に「太阿鈔五巻者記《ス》二於太平記《ノ》陣図《ヲ》一。坂部氏望《カ》作也」と見えるが、実在は疑わしい）を参看しているのではないことは、「太阿鈔」の内容の検討によって判断できる。

『理尽鈔』と『無極鈔』とではこの飯盛合戦の記述は際だった対照をなしており〔→次章〕、なかでも、敵である北条残党の評価が正反対であることが注意される。ところが、『綱目』「太阿鈔」には、以下のように正負両端の評価が混在しているのである。

《嘲罵》

・恩地の言葉として、武田なる敵将の一人を「……智ノ浅キ故也。彼ガ大将ニテ向ン所へ謀ヲ以テ一当アテラレ侍ラバ安ク亡シナント存ル。」と評し、大将の憲法についても「大将ハ僧正御坊ナリ。軍ノ政敗恐ニ不レ足。」と論じる（Ⅲ6オ）。

・「城中ニハ楠退タルヲモ不レ知、敵近辺ニ有ト思ヒテ用心キビシク仕テンゲリ。夜明テミレハ敵一人モナシ。コハ何事ソ。合戦ニハ負ヌ。敵夜中ヨリ是ニアラハ、今ハ陣ヲモ可レ責ニ、敵一人モナキコトノ不審サヨ。先ノ時ノ声ハ、狐ノワザカナンド謂モ有。又御方ヲクレ時ヲ敵ト思タルヤナンド謂有。後ニ敵ノ声ハマサシク此処ゾナンド謂テ、人ヲ遣シテ見テコソ兵ノ伏タルアトアレバ、敵早ク引テンケリ。如何ナルコトゾナンド謂者モ多カリケリ。」と、敵兵が正成方に翻弄されている様子を描く（Ⅴ11オ）。

《賞賛》

・「軍立ノ様尋常ノ将ニアラザル故、正成モ別当モ敢テ近ツカズシテ、挑ミ居タル処ニ、憲法方ヨリ忍ビヲ入テ、火矢ヲ以テ矢尾別当ガ陣ヲ焼キケリ。シカモ逆木ノカゲニ置タル足軽ヲ二三十人討取タリ」（Ⅵ13オ）

・「憲法ガアリサマヲ見ニ、軍ニ得タル処アリ。先年処々ニテ、某或ハ城ヲ守リ、或ハ城ヲ攻シニ、憲法ガ軍立ホドヨキハナカリキ。」（Ⅵ14ウ）

・「此程憲法数日ノフルマヒ、唯人ニアラズ。（中略）大勢ノ人数ヲ手足ヲ動カス如ク早ク引取シアリサマ、御方ノ忍ノ生捕ヤウ、逆木ノ奪ヤウ、待共不レ出思慮、一ツトシテ図ヲ不レ失。是良将ナリ。惜哉、時節ヲ失ヒ、時ニ遇ズシテ、功ヲ成ガタカラン。」（Ⅵ14ウ）

こうした、相反する評価がひとつの評判書（太阿鈔）の中に存在していたとは考えがたく、『理尽鈔』・『無極鈔』という対照的な評判書を取り合わせたことに由来するものといえよう。

その取り合わせによる矛盾は、挿図の上にも現われている。

【挿図3】は左に示すように、『無極鈔』21オ、21ウ、22オの構図により、描法を『図経』に倣って処理したものであり、【挿図4】は『図経』13オ（この『図経』の挿図は『理尽鈔』48オに拠る）を見開きに展開したものである。両者は布陣を異にするが、しかし、本来同じ飯盛攻城戦の模様を描いたもののはずである。これも、互いに相反する資料に基づく挿図をともに取り込んだ結果である。

また、「合壁」と称する部分は全体で約八〇箇所に及ぶが、いずれも『理尽鈔』、または『無極鈔』、もしくは両者及び『太平記』本文によって説明可能である。例えば、巻之一六後25オには「太平記合壁曰正成ト同ク腹ヲ切タル宗徒ノ一族十六人ノ中四人ノ姓名ヲ記セリ。今満祐記ヲ以テ闕タルヲ補フ。（後略）」という記述がある。これは『無極鈔』巻第一六之中36ウ「一　腹ヲ切タル宗徒ノ一族十六人ト云ヘリ。本書ニハ四人有。満祐ガ日記ヲ以テ此ニ書加ヘタリ。（後略）」とほぼ一致する。よって、『綱目』が、凡例で「……満祐記・名和軍記等参レ焉補レ焉」というのも、前述のように虚飾と判断せざるをえない。

ただし、『綱目』の先行資料の利用が全く機械的な集成であったかといえば、そうではない。前記《嘲罵》（『理尽鈔』

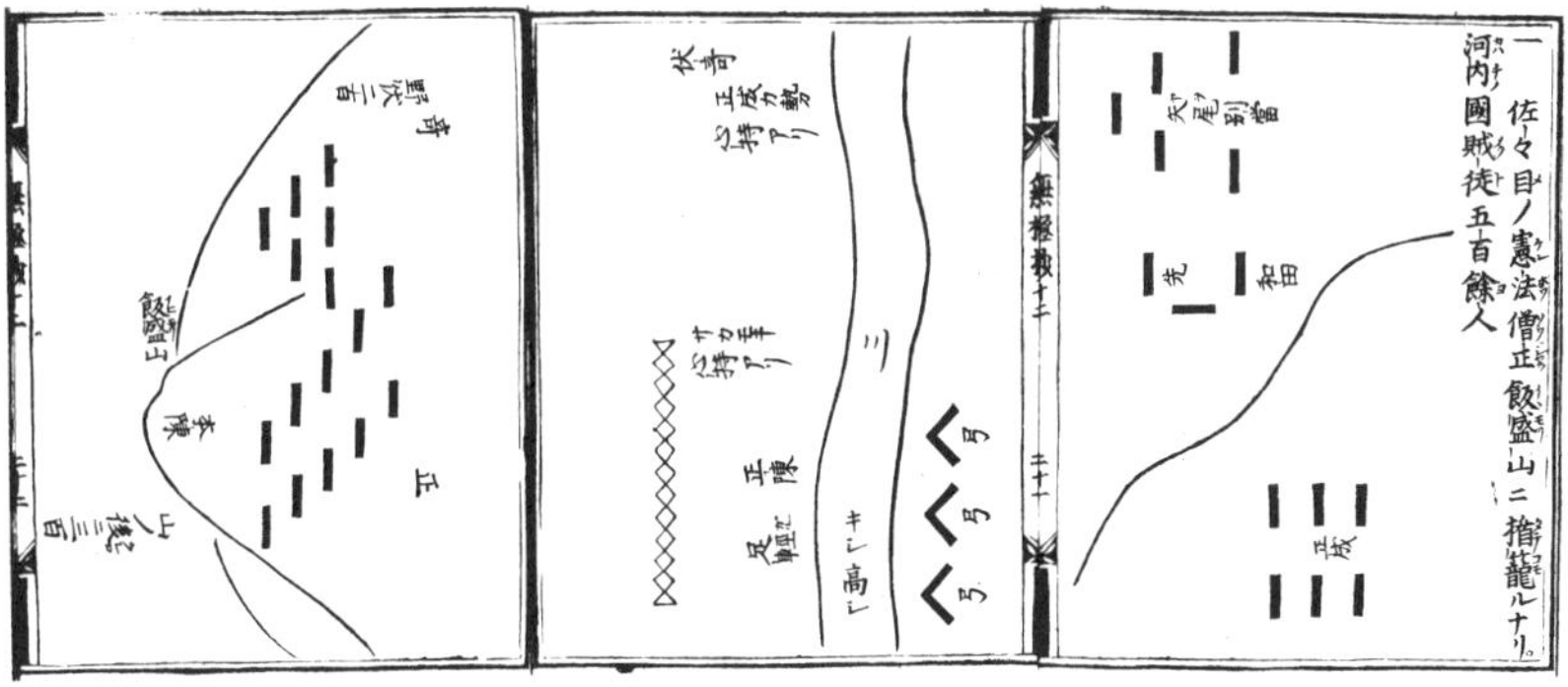

『無極鈔』21オ・21ウ・22オ

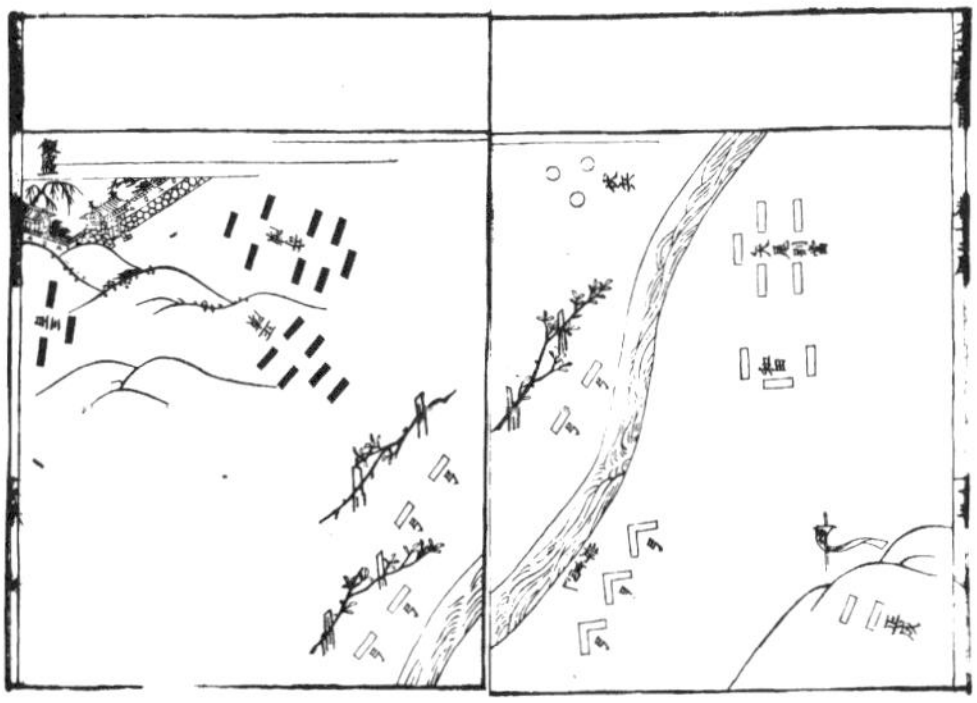

【挿図 3】『網目』15ウ・16オ

（本頁の図版は国立公文書館内閣文庫所蔵本による）

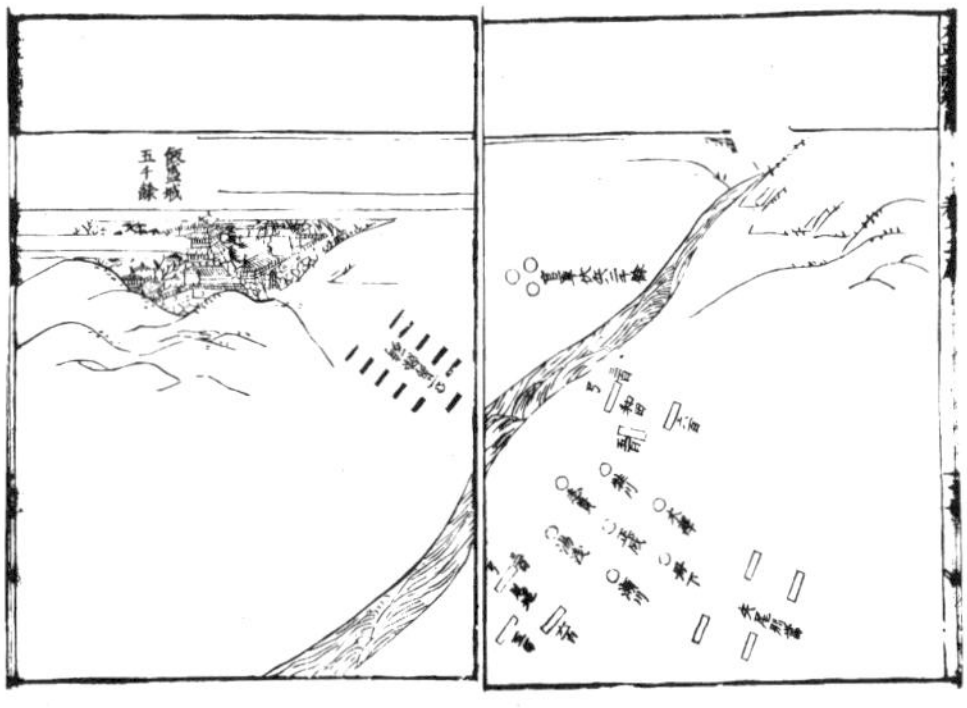

【挿図 4】『網目』17ウ・18オ

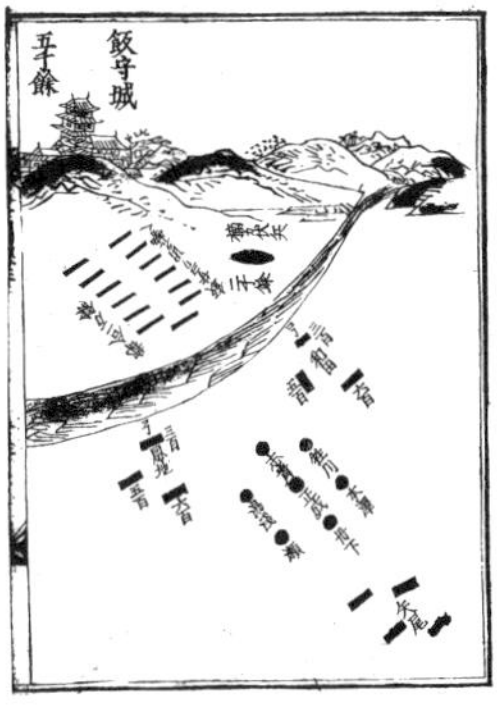

『図経』13オ

依拠）と《賞賛》（『無極鈔』依拠）とのつなぎめには次のような工夫がみられる。

然ル故ニ、正成、飯盛山ノ麓川ムカヒニ逆木ヲ五十間バカリニコシラへ、其中ニ足軽ヲ百余人置テ、敵急ニカ、リテ防ギガタクバ、逆木ノカゲ、又川中へ蒺藜《ヒシ》ヲマキテ退クベシト相図ヲ定テ待カケタレ共、敵前ニ懲テヤアリケン不㆓出合㆒。（13オ）

波線部は『無極鈔』にはない詞章である。本来、『無極鈔』においては、敵がその賢明さによって策略にのらなかったという文脈をもっていた。これに、波線部を加えることによって、

和田ノ和泉守・志貴・楢原等ニ三千余騎ニテ、飯盛ノ城下《ノ》前後ニ伏セテ、我身ハ三千余騎ニテ教興寺ト云所ニアリ。野伏五六千人集テ、手々ニ松明ヲ持セテ三軍ニ分サセ、兵㆓三百ソヘテ、城ヲ隔ル事二里ニシテ陣ヲ取体ヲ見セタリ。其故ハ、城中ノ大将無《シ》㆓謀才㆒。定テ夜中ニ兵ヲ進ンカ。然バ楠カ伏セタル勢、後ロヨリ敵陣ニタヾチニカケ入ン。」（10オ）

城兵が、右の策略に乗せられ危うい目に遭った（実際には楠方にも手違いがあり、予定とは違った形になるが、ともかく「城中是ニ驚テ、已ニ引色ニ見ヘケレ共……」〈12オ〉という状態に陥る）という、『理尽鈔』に由来する記述との連接を図っているのである。

さらに、詞章そのものも、『大全』のように忠実に引用しているのではない。もちろん基本的には先行資料の枠内にあることは変わりなく、『理尽鈔』の諸処に付されている「口伝云々」記事の位置に至るまで、違うことなく取り込んでいる。『理尽鈔』の口伝の所在を示す書き込みは、伝本によって出入りがあり、版本のそれと『綱目』の口伝指示箇所・字句が合致するのは、『綱目』が『理尽鈔』版本に拠っていることを指し示すものである。そのように基本的には『理尽鈔』版本の詞章に拠りながら、『理尽鈔』とは異なった表現が散見し、その多くは『図経』と一致する。いくつか、例を揚げる。『綱目』の右に『理尽鈔』、左に『図経』との校異を付す。

a 相模《サカキ》・左衛門助時光ト名乗セ参セテ（4オ）

b 正成辺栗ノ城ヲ攻《責》落シ、千剣破《破屋》ニ帰タレバ、飯盛《守》ノ敵出タリト謂《云》来レリ。（10ウ）

c 其故《心》ハ、城中ノ大将無《シ》謀才。（中略）然バ楠カ伏セタル勢、後ロヨリ敵陣《ノ兵ノ中》ニタヾチニカケ入《リ》ン。（10オ）

d 楠ガ《城ニ》付ヲキ《置》タル忍ノ兵共《トモ》、出ル《兵》敵ト《打》ツレテ出《テ》、（11ウ）

e 志貴右衛門《正成》ガ陣所ニ夜中ニ《ル》失火《焼亡》出来ニケリ（19オ）

これらの傍線部の箇所は、『図経』の詞章の方がおおむね合理的で、文脈を追いやすい。『綱目』は『図経』をも座右に置き、『理尽鈔』の詞章で疑問を生じる箇所につき、『図経』を参照したものと思われる。『綱目』凡例に諸資料を博捜し、「参レ焉《ヲ》、補レ焉《ヲ》。」という作業を経たことをうたっていた。「合璧」等の名をあげる点は前述のように虚飾であるが、しかし、先行資料の読み込みに基づき、それなりに（必ずしも徹底しているわけではないものの）合理的な詞章の創出を心掛けていたとは言えそうである。太平記評判書の集大成書との評言は、その出来映えを必ずしも全面的に評価するわけではないが、『綱目』の性格にふさわしいものであった。

まとめにかえて

『日本古典文学大辞典』「太平記評判秘伝理尽鈔」の項（中村幸彦執筆。一九八四）に、次のような一節がある。

本書には類似のものに、和田助則評という『太平記評判私要理尽無極鈔』（文明八年成という）など、末書に、『太平記大全』（西道智編、万治二年（一六五九）刊）、『太平記理尽図経』（明暦二年（一六五六）刊）、『太平記綱目』（原友軒編、寛文八年（一六六八）刊）なども出来るが、この「伝」「評」「通考」などの部分が、次第に詳しく娯楽性さえも加えて行くこととなる。（傍線引用者）

「通考」が、『綱目』の段階で新たに加えられたものであることは確かだが、その内容は『理尽鈔』の「評」と径庭のない、倫理的な論評が多く、娯楽性とはいささか遠い。また、上に述べきたったように、『大全』は『理尽鈔』及び『図経』の一部をそのまま引用しており、『綱目』の「伝」「評」（太阿鈔・合璧等をも含め）は『理尽鈔』・『無極鈔』の手の込んだ再編成であった。『大全』が『図経』を加え、さらに『綱目』が『無極鈔』をも取り込んだという限りにおいて「次第に詳しく」なったとはいえ、「伝」「評」が、質的に新たな内容を獲得したわけではないことに注意しておきたい。太平記評判書の世界は、『理尽鈔』およびそれに対抗せんとする『無極鈔』の、装いを変えての再生産にすぎないといえる（装い自体の享受・研究史的価値はまた別の問題である）。基軸はやはり、『理尽鈔』にある。

注

（1）島田貞一「『楠正成一巻之書』の原形について」（軍事史研究6―6、一九四二・一二）。

（2）日置謙編『改訂増補　加能郷土辞彙』（北国新聞社、一九五六）による。

（3）慶應義塾大学付属研究所斯道文庫蔵のマイクロフィルムに拠る。なお、『素行文庫目録』の分類に、『理尽抄抜粋』等と共に、「カ」（他筆の手沢本）とあるように、素行自筆本ではない。

（4）加美宏「太平記大全」『太平記の受容と変容』（翰林書房、一九九七。初出一九九一・一二）。

（5）若尾政希「延享期安藤昌益の思想――『博聞抜粋』の基礎的研究――」（『安藤昌益からみえる日本近世』東京大学出版会、二〇〇四。初出一九九二・三）二七八頁。

今井が確認したものを示せば、以下のようである。［　］内は架蔵番号。特に注記しないものは五〇冊。

〈平仮名交じり本〉内閣文庫［167-84］（巻一欠四九冊）、同［167-83］（巻八補写）、国会図書館、尊経閣文庫（存四三冊）、名古屋市鶴舞中央図書館、八戸市立図書館［南15/25/50-1～50］

〈片仮名交じり本〉内閣文庫［167-103］、岡山大学池田家文庫、大阪府立中之島図書館石崎文庫、京都府立総合資料館（四一冊）、愛知県立旭が丘高校

〈取り合わせ本〉九州大学附属図書館（沢正博書き入れ本。沢については第六部第二章で言及）、八戸市立図書館［図15/14］（存四三冊。巻一〇・一六は片仮名交じり本）

（6）長谷川端『鑑賞日本の古典13　太平記』解説（尚学図書、一九八〇）。また、武田昌憲「『太平記』整版本――刊記本と絵入本、重量、厚さ等についての覚え書き――」（茨城女子短期大学紀要18、一九九一・三）によれば、お茶の水図書館成簣堂文庫蔵本には明暦年間あたりを推す書き込みがあるとのこと。

（7）若尾注（6）著二八〇頁。

（8）『寛文十年刊書籍目録』に三種類の評判が収録されていることは、加美注（4）著二六七頁に指摘がある。

第二章　『理尽鈔』と『無極鈔』
――正成関係記事の比較から――

はじめに

前章に続き、太平記評判書のうち、『理尽鈔』と『無極鈔』の関係を考える。両書は、ともに確実な編者・成立時期が不明であり、かつ、きわめて紛らわしい外見を持ち、ときに異本関係にあるものとして扱われることがあるなどの事情があり、加美宏は、両書が別個の著作であることに改めて注意を促している(1)。仮に『理尽鈔』→『無極鈔』という影響関係があるとしても、それは、『無極鈔』が『理尽鈔』の形態を「模した」という程度、或いは、部分的に摂取したという程度の影響関係であって、『理尽鈔』をもとにして、それに増補改訂を加えたものが『無極鈔』であるといった関係ではないのである。

この発言を受け、両書の具体的な関係を探る。

一、正成をめぐる記述の相違

両書の相違は、さまざまな点において挙げることができるが、ここでは両書の中心人物である正成をめぐる記述を中心に概観してみよう。

◇正成の血族についての記述

『理尽鈔』には祖父正晴（一六50オ）・父正玄《マサズミ》（一六54ウ等）、弟七郎正氏（七63ウ等）・他、『太平記』には名の見えない人物が登場し、『太平記』にも登場する正季についてはこれを正成の異母弟とし、実子の無かった正氏の養子となっていたとする（一六85オ・ウ）などの相違がある。さらに、正行の息男多門（二六11ウ・51ウ）・池田教正（三八66ウ）についても語るなど、一族の消息にさまざまな興味を寄せている。これに対し、『無極鈔』は『太平記』と同じく、これらの人物について触れることはない。

◇正成の鎌倉幕府との関わり

『理尽鈔』は、正成と鎌倉幕府との関わりを

鎌倉での長崎円喜との対話（三4オ）、「正成数代国民ト成テ、相州ガ下知ニ随ヒキ」（一六50ウ）、「古相州……西国ニ武敵発ルヲバ楠ニ仰セテ是ヲ退治ス」（一六84オ）等

と数カ所にわたって述べるが、『無極鈔』にはこれらの記述がない。

しかし、上述の相違は、必ずしも『無極鈔』が、正成の個人的情報に興味を示さないということを意味しない。『無極鈔』には、『理尽鈔』にはない、正成の容貌を語る記述がある（「正成ハ其形痩テ骨細色黒シ。其長五尺ニ不レ足シテ、言語不レ猛。」一六中32オ）。

◇正成の語る言葉

正成の発言が両書の「評判」の主要な構成要因となっていることは、一読直ちに了解されるが、しかし、両書におけるその比重を異にする。加美は『理尽鈔』が「正成およびその後継者としての正行らを含めた楠木中心主義ともいうべき」特質を持つと指摘している（注（1）著三三〇頁）。一方、関英一は、『無極鈔』では正成に次いで、赤松満祐の論評が重要な役割を果たしており、満祐が優れた兵法家であることを印象づけようとしていること、さらには「赤

松満祐を初めとする赤松家の兵法を称揚しようとする意識」が見て取れる点に、『理尽鈔』と異なる同書の特質があると指摘する。(2) 関論文は、『無極鈔』研究の先駆として貴重なものであるが、「『無極鈔』全編に亙って、楠正成の評をもって、『太平記』の事件を解説している」とする点について補足をしておきたい。

『理尽鈔』はほぼ全巻にわたって正成の発言を記すが、『無極鈔』においては正成の発言は巻一六までに集中している。それ以降の箇所にも正成の名前は登場するが、それらは「正成ガ赤坂ヲ攻落タリシ謀」（二〇之一7ウ）、「正成ハ是後生ノ孫子ナレドモ……」（二二44オ）、「正成ガ兵庫へ下向ノ時」（二二45オ）、「正成ガ手段ナラバ……」（三四30オ）、「正成ハ必敵ヲ待ツ事ヲ致シテ、敵ニ待タル、事ナシ」（三七26オ）というように、ほとんどが正成の名前を引き合いに出すというに過ぎないものである。そして、それに替わるかのように、『無極鈔』の巻一七以降に発言の目立つのが赤松満祐である。

関は「「満祐曰」以下の文は、当然先に論じた『探淵鈔』か、『赤松満祐日記』からの引用と思われる。」とする一方で、「満祐ガ心得タル所ノ心ノ備ヲ以テ宣ル所ナリ。」（三二37ウ）といった記述に注目し、「満祐の兵法家としての評価を背景にして、その満祐からの伝授であるということを充分に意識させるに足る書き方である。」（傍線今井）と述べている。実際、ことは微妙な側面をもっている。『探淵鈔』は序文によれば、源平盛衰記を論じたものであり、『日記』は、「満祐ガ日記曰《ニク》、佐用庄苔縄ノ山ハ東西へ山ツヾキナガクシテ、南北ミジカシ。……」（六40オ）、「満祐ガ記ニ云ク、北国ニテ官軍又旗ヲ揚ル由、京都へ聞へケレバ、……ト満祐ガ日記ニ書タリ」（一九7オ）などのように、『太平記』の記事内容の検証のための資料としての性格が強い。一方、「云」の発話形式での引用は、兵法に関する内容を中心としている。その意味で、やはり「云」の内容は満祐の実際の言行を写すものといえそうであるが、しかし、「満祐ガ日記ニ太公ガ兵書ノ心ヲ用和シテ……」（二〇之二2オ）といった事例、あるいは「満祐ノ評ニ曰、……ト云ヘリト。是ハ赤松ガ家ノ日記ニ見ヘタリト云ヘリ」（二二21オ）といった記述が存在し、『日記』が兵法の家のそれとして想定されていることを無視できない。

再度しかし、『無極鈔』の成立時期は、序文によれば「文明八年」（一四七六）以前と設定されており、編者の和田助則が満祐の生前（嘉吉元年（一四四一）死去）に、対座の機会をもちえたとする設定は必ずしも不可能ではない。しかも、

・「……ト、満祐ガ物語ヲ聞侍リシ。理トゾ覚ユル。」（巻二三26ウ。傍線部は、満祐が物語るのを、『無極鈔』編者が聞いて同感したと解釈できよう。）

・「武王ノ中ノ武王トハ頼朝卿ヲゾ申ベキト、赤松満祐ノ語ラレケル実ニモトコソ思ハルレ。」二八11オ

・「……少興醒ヌレト満祐ハ云レケリ。尤ナリ。」三五26ウ

・「赤松満祐、此図ヲ選バレタリ。」二六11オ

・「赤松満祐ノセラレケル図ヲ以テ、今爰ニ記スルモノナリ。」三八25ウ

こうした事例が散見することは、実際に対座したとする設定の可能性を補強するものである。ただし、ここで押さえて置くべきことは、実際に対座しての伝授に基づくものという設定であろうと、著作に拠って学んだ内容を発話形式に置き換えて示したものであろうと、いずれにせよ、『無極鈔』において満祐が特別の位置を占めているのだという点にある。仮に、すべて、満祐の及び赤松の家の『日記』等の著述に基づくものであったとしても、「〇〇云（曰）」の形式を、中国の著名兵法家及び正成と相並んで、満祐に対して用いているということの意義は大きい。言うまでもなく、「〇〇云（曰）」の形式は、書名の引用形式と異なり、その内容のみならず、発言者の像（印象）を読者の脳裏に強く刻み込む効果をもつからである。ちなみに、『無極鈔』には「松野助茂（序文。本文四4オでは「紀伊守友正」）」の著作とする『京洛鈔』を一八箇所に引用しているが、(3) 助茂（友正）の名を挙げるのは「……ト紀伊守友正ガ京洛鈔ノ注ニ云ヘル、コトハリナリ。」（四4オ）の一箇所のみである。

「或人問曰、法度規則ヲ定ムト云事、心ヲ不ㇾ知。委曲其源ヲ示セト云。我満祐ガ言ヲ借テ、仮ニ説者也。法ト云ハ言

葉ナリ。……」（二七8オ）

といった事例は、『理尽鈔』が正成の言行を受け継ぐ者の立場からなされているのに対し、『無極鈔』（特に後半部）が直接的には満祐の言行を学ぶ立場から創出されているのだという設定を明瞭に示すものであろう。[4]

さらに、中国の兵法家の言葉の引用が広く全巻にわたって見られることも『理尽鈔』にはない、『無極鈔』の特色である。その内訳は「太公」一二度、「李靖（李衛公）」一三度、「孫子」一〇度、「呉起」三度、「張良」二度、「黄帝」・「劉友益」・「公子心」各一度である。但し、数字は上述の凡例の基準によるものである。こうした発話形式の他に、数は多くはないが、『六韜』『三略』等のいわゆる「七書」が引用される。また、兵書の引用という点では、『兵鏡（論）』が、一上6ウ・三40オ・四14オ・15オ・24ウ・32オ・一〇35ウ・一四36オ（2箇所）・一五11ウ・32オ・一六之上7オ・二九40オ・三〇14オ・三三26ウ・27ウの一六箇所にわたってみられる。しかも、その多くは数行以上に及ぶ分量をもつものである。『理尽鈔』の場合、「異国ノ古韓信陰謀ヲ発セシ。長良ガ云、……」（一〇17ウ）という発話形式の引用はごく稀であり、書名を挙げる場合も、「子房ガ兵法トハ、兵ノ七書ナンドノ事歟。」（二一1オ）のように、太平記の記事をふまえての言及か、「武道ヲ学スルト謂ハ、将ハ武ノ七書ヲ能ク知テ……」（八3オ）のような、書名のみの言及であることが多い。この点でも『理尽鈔』が正成絶対主義といってもよい「正成中主義」であるのに対し、『無極鈔』での正成の位置は、その中心に位置することに変わりはないとしても、相対化されているといえる。

それのみならず、例えば「サレバ戦ノ勝事ヲ知ルニ五ツノ道理有。一ニハ敵ト可レ戦時カ、戦マジキ時カト知テ、……兵家ノ大事トハ此等ノ事ヲ端トスベシ。」（巻二〇之一12ウ〜13ウ）といった内容の記事は、『理尽鈔』ならば正成の言葉として掲出していたはずであり、こうした事例は他にも多く見いだせる。

『理尽鈔』と『無極鈔』の正成の位相には上述のような大きな相違があることを、まず強調しておきたい。

次いで、『無極鈔』の正成が中国古代兵法書の言説を直接的に引用することが多いという点に関連することであるが、『理尽鈔』の正成が自らの戦法の師として、義経を高く評価する（七17オ〜20オ、八61オ）のに対し、『無極鈔』では「古昔義経ノ軍理不通事アリテ、世ニミダリニ伝テ、軍陣ノ法用乱レタリ。……日本ニテハ戦ノ教ナシ。時ニ至ツテ制スルノミナリ。」（十23ウ〜24オ）と、義経および日本の兵法に否定的評価を下していることに注意したい。逆に『理尽鈔』の正成は、正氏・恩地らを相手に、次のような政道論を披瀝している。

太田文、九国《ノ》日記、貞永式目等ヲ見給フベシ。今《ノ》朝ニハ貞観政要ヲ穴勝ニ専トセサセ給へ共、是ハ大唐国ノ政敗ニテ我小国本朝《ノ》政敗ニハ相応ノコトハ少ク、不相応《ノ》事多ク候ゾ。……然共是ヲモ知給ハザレバ理ニ闇事ノ候。心得給へ。又続日本記コソ政道ノ御沙汰耳ナレバ、世《ノ》有様ヲ知ルニモ能便リニ候ゾ。但《シ》根本世鏡鈔、天平《ノ》目録コソ専理ノ当ル所ヲ記シ置給ヒタレバ、是ヲヨク見給テ理非《ノ》決断ニ滞ナク法ニマカセテ論ヲ分給へ。（三五110ウ・111オ）

ここでは、『貞観政要』などよりも、日本人の手になる著述を、日本の実状にあった政治の参考書として積極的に評価している。ちなみに、こうしたあり方は「学問、なかんずく儒学を政治に無用のもの」とみなし、『太平記』『東鑑』を愛好したという加賀藩主前田利常の学問観と相通じる。(5)

二、正成合戦記事の比較

このように、両書は様々な面において対照的であるのだが、両者に何らかの関わりを想定できる記事がある。

Ⅰ《飯盛山の攻防》

『理尽鈔』巻一二に「河内国逆徒ノ事」と称する章段がある。『太平記』巻一二「安鎮国家法事付諸大将恩賞事」の北条残党鎮定記事中に、「又河内国ノ賊徒等、佐々目憲法僧正ト云ケル者ヲ取立テ、飯盛山ニ城郭ヲゾ構ケル。」「飯盛城ハ正成ニ被二攻落一」とある、二行足らずの断片的な詞章を基に、『理尽鈔』は二十四丁（25オ～48オ）にわたって延々とその詳細を記す。一つの章段としては『理尽鈔』の中でも最も長大な記事に属すると思われるこの記事は、さまざまな問題をなげかける。

「河州飯盛山」（25ウ）、「帝都近キ所」（26オ）といった表現、三荷（大東市）・新床（新庄か。東大阪市）・久法寺（久宝寺。八尾市）・経講寺（教興寺。八尾市）といった地名の記述（35オ・ウ）の見られるところから、『理尽鈔』は明らかに、現在の四条畷市・大東市の境界に位置する飯盛山を舞台に叙述を勧めている。この飯盛山も南北朝から戦国期の合戦の舞台となった場所で、『太平記』巻二六にいう師直・正行両軍の四条畷合戦もそのひとつである。しかし、「建武元年十月、高時一族、於紀州飯盛山構城柵、正成有殊功」（元弘日記裏書）、「爰去建武元年、為紀州飯盛城凶徒追伐、亡父信連為勅使、楠木河内大夫判官正成相共発向之時、……」（宝簡集）、「紀伊国凶徒蜂起事……建武元年十一月晦日」（東大寺旧蔵文書）と、当時の史料（『大日本史料』第六編之二による）は、いずれも紀伊国の飯盛城（那賀郡那賀町。紀ノ川流域）を指し示す。『太平記』は「河内国ノ賊徒等」と表現しているが、彼等の立籠ったのがいずれの「飯盛山」とも明言してはいない。『太平記』作者が正確な情報を得ていたのかどうか、文字どおり「河内国賊徒」が近隣の紀伊国の飯盛城に立てこもったと考えてよいのか判然としないが、実際の舞台は、史料の一致して指し示す紀伊国の飯盛山と考えざるをえない。その場合、河内国の飯盛山周辺に、『理尽鈔』が延々と記すような伝承が発生していたとは考え難く、『理尽鈔』の長大にして詳細な記述も、結局のところ、『太平記』の「河内国ノ賊徒等」という表現に触発され、創出されたものとみなされる。

さて、『理尽鈔』・『無極鈔』両書の比較であるが、その構成を見ておく。

『理尽鈔』	『無極鈔』
	ナシ

①憲法僧正、還俗し、「サカキノ左衛門助時光」[6]と名乗る。	ナシ
②北条軍、大和辺栗に挙兵、河内飯盛山に進攻。	ナシ
③正成、在京。法会のため、下向許されず。	ナシ
④正成、恩地を遣わし、飯盛城兵の懐柔をはかる。	ナシ
⑤恩地、城兵の数、智恵の程を見抜く。	ナシ
⑥正成下向し、小勢にて、辺栗を夜討。その顚末。	ナシ
⑦正成、六千余騎で、一万五千の籠る飯盛城攻撃。	A憲法、「河内国賊徒五百余人」とともも飯盛山に籠城。
	B挿図三面（一画面）。
⑧予定と違い、応戦した和田を救うため、正成も合戦。城兵退く。	C城兵、誘い出しに乗らず。
	D正成らの忍、露見。処刑さる。
⑨城兵の誘い出しに失敗。城の防御堅くなる。	E憲法、忍を使い、正成の陣を焼く。
⑩正成、高畠才五郎を敵に通じさせる。誘いに乗り、攻撃してきた城兵一万を撃退。	F矢尾、攻撃主張。正成、制止。 G矢尾、勝手に攻撃、苦戦。正成救援。
⑪正成の軍法条々。正成の甥であり、和田の弟の小車妻、掟に背く。和田の申し出により、正成、小車妻を処刑。軍法遵守される。	ナシ
⑫或夜、正成の陣所出火。諸陣、軍法通りに行動。	
⑬城兵、正成の陣に火の移るのを見て、残らず出撃。	
⑭正成軍、反撃、一挙に城を落とす。	H正成、城の警護を翻弄。憲法を討取る。

――I正成、和田らに策略を解説。

⑮評。

⑯軍の図。

両書には対応すると思われる記事がいくつかあり、全く対応する内容の見いだせない記事を「ナシ」と表示した。しかし、『無極鈔』の記事量が挿図を含め五丁と、『理尽鈔』の五分の一強程度ということもあり、直接的には、両書の記事はほとんど重ならない。しかも、以下のように対照的な特徴を示す。

(1)『無極鈔』には、前哨戦ともいうべき辺栗合戦の次第が全く無いこと。

(2)飯盛山の所在地を、『無極鈔』は河内とは明示していないこと。

(3)合戦の規模を『無極鈔』はごく小勢での戦いとすること。

(4)敵将の評価の相違。⑤に示したように、『理尽鈔』は恩地の言葉として、武田なる敵将の一人を「……智ノ浅キ故也。彼ガ大将ニテ向ン所へ謀ヲ以テ一当アテラレ侍ラバ安ク亡ジナント存ル。」と評し、大将の憲法についても「大将ハ僧正御坊ナリ。軍ノ政敗恐ニ不㆑足。」と論じる。これに対し、『無極鈔』ではDEGのようないきさつを踏まえ、「先年方々ニテ、某或ハタテゴモリ、或ハ戦シニ、此憲法ガ軍立ホドヨキハナカリキ。」、「今日ノ戦、又此程数日ノフルマヒ、憲法唯者ニアラズ。……大勢ノ人数ヲ手足ヲツカウ様ニハヤク引取シアリサマ、味方ノ忍ノ生捕様、サカモギノ奪様、待テドモカヽラザル思慮、一ツモ図失ナハズ。是良将ナリ。ヲシキカナ、時節ヲ失ヒ、時ニヲクレテ、此人功ヲ成シカタカラン。」と正成に絶讃させている。

(5)活躍する武将の相違。『理尽鈔』は恩地、和田らの活躍を語るのに対し、『無極鈔』は矢尾の行動を前面に出している。

このように際だった対照を示すが、しかし、両書が無縁でないことは、その挿図⑯・Bが物語る。

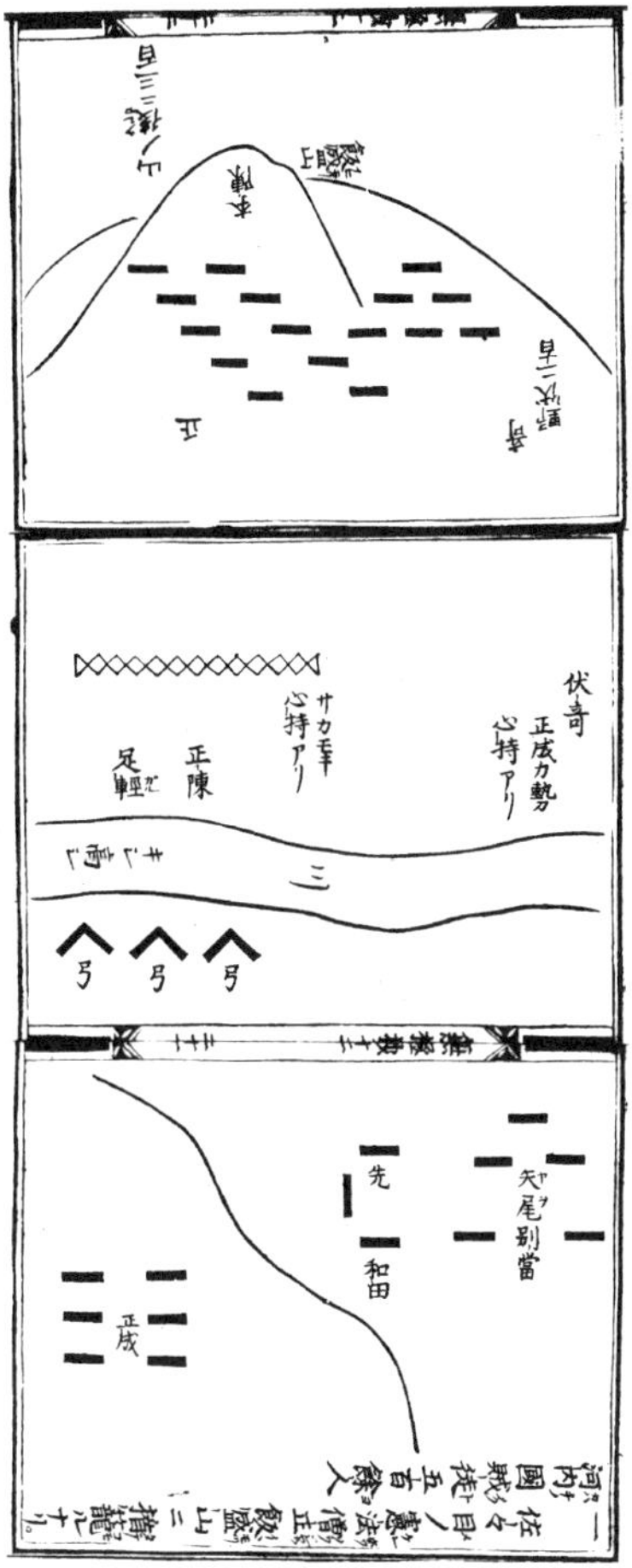

『太平記評判私要理尽無極鈔』B
（国立公文書館内閣文庫所蔵）

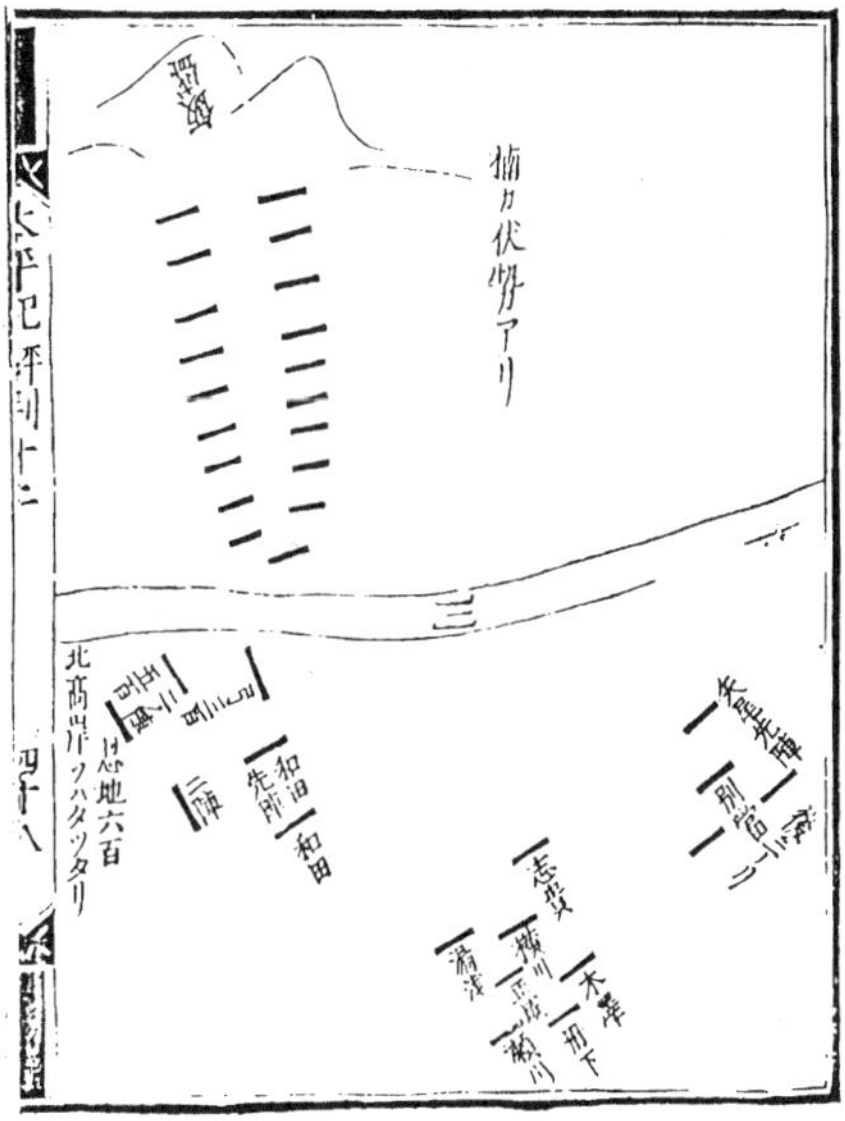

『太平記秘伝理尽鈔』⑯
（（財）土佐山内家宝物資料館所蔵）

⑯は一面、Bは三面にわたっているが、Bも一画面に圧縮してみれば、基本的な構図は極めて似かよっていることがわかる。その両挿図とそれぞれの本文との関連を比較して注目されるのが、「地高岸ソバタツタリ」（理）・「キシ高シ」（無）、「弓三百」（理）・「弓・弓・弓」（無）という注記である。『理尽鈔』には「楠ハ一段高キ岸ノ小川ヲ前ニ当テ陣シケル。敵川ヲ渡テ追乱入ルニ、楠ガ射手散々ニ射ケレバ、射立ラレテタヾヨウ所ヱ、兼テ飯盛ノ山下ニ伏セシ兵二千余騎、時ヲ咄ト作テ大将ノ陣ニカケ入シホドニ、敵陣急ニ乱テ死亡スル者其数ヲ不ㇾ知。」（41オ・ウ）という、これに対応する記述がある。一方、『無極鈔』にはこのような記述がないばかりか、「正成、飯盛山ノ麓、川ムカヒニサカモギヲ五十間バカリシテ、其カゲニ足軽ヲ百バカリ置テ、敵カ、ラバサカモギノカゲ、マタ川ノ中ヘヒシヲマクベシ。ヒシヲマキテ、シリゾクベシト、相図ヲシテ待カケタレバ、敵カ、ラズシテ……」（22ウ）という記述がある。いささか理に走った物言いであるが、ひしを撒いて退く兵の前に、「キシ高」き障害があったらどのようなことになるのか。迅速な退却が可能であってこそ、「ヒシ」に敵を誘き寄せられるというもの。これでは追撃して来る敵兵の（弓の）恰好の餌食となるのではないか。

両書の関係に結論を出す前に、いま少し別の記事を見て置こう。

Ⅱ《筒井浄慶との戦い》

『無極鈔』巻一〇に次のような記事がある。なお、事件は矢尾別当が、まだ正成方に属す前のことである。

正成、筒井浄慶ト中違、筒井千、矢尾別当千ニテクハ、リ、合二千也。正成ハa坂部ノ東、bカネタノ北ニ一城シテ有ㇾ之。浄慶・別当、其外三千、cユカミカンドウニ陣取。間二里ニ余也。正成不ㇾ出。十四日過テ、城ヲ出テ、dハカタノ江ヘ出テ、敵チカク陣取。（10オ）

一方、『理尽鈔』は詞章を異にするものの、基本的な構図は同一で、傍線を付した地名はそれぞれa「境ノ津」、b

「金田《コンタ》」（尊経閣文庫十八冊本・筑波大学本には読み仮名なし）、ｃ「柚頭神道《ユカミシンタウ》」（筑波大学本には読み仮名なし）、ｄ「花田郷《ノカウ》」とある。大阪府に「坂部」の地名は見当らず（近世以降の地名として大阪市南区に「酒辺町」がある。『角川日本地名大辞典27　大阪府』。以下地名の記述は同書に拠る。）、「境ノ津」即ち現在の堺市とすれば、以下の地名も『理尽鈔』の表記を手懸りにして、堺市及びその近辺に見いだすことができる。ｂ「金田」は「金太郷《カナタ》」（現堺市金岡町）、ｄ「花田郷」（現在の堺市南花田町を中心とした地域）。問題はｃ「柚頭神道」であるが、このままの形では見当らないが、堺市の東隣の松原市に、現在の西除川を夾んで南花田一帯に対する形で、「由《ユ》（油）上《カミ》」「新堂《シンドウ》」の地名があり(7)、これらの地名に比定してその位置関係は、『理尽鈔』・『無極鈔』両書の本文の記述との間に不整合をきたさない。その場合、「由上《ユカミ》・新堂《シンドウ》」から「柚頭神道《ユカミシンドウ》」を経て、『理尽鈔』の「柚頭神道《ユカミカンタウ》」へ、さらに『無極鈔』の「ユカミカンドウ」へという経路が想定できよう。『無極鈔』が、他にも「坂部」「ハカタノ郷」との訛伝を犯している点からも、『無極鈔』の形から『理尽鈔』へという経路を想定することは無理である。

　また、詞章にも不審な点がある。

正成四隊《ハ》ノ陣ヲコノムナリ。池ト一町ノケテ備タル陣へ、軍使ヲツカハシテ、「敵カ、ラバカ、リ合タマフベシ。」＊味方此陣ニ利有マジト思フ色ヲ見テ、正成、味方ヲイサメンタメニ、「今日《ノ》軍ヲ発スル事、敵ノ中ニ味方有。恩地ハナキカ、池ノコナタニ火ヲ上ヨ。」＊矢尾、火ヲ見テアヤブンテカ、ラズ。正成「和田ガ陣ヲソラクヅレセヨ」ト、味方ニシラセテ引テ敵ニ見スル。（12オ）

　いま、正成の発言に括弧を付した。こうしてみれば一応理解不能ではないが、それにしても＊印部分での、地の文との切り替わりは分かりにくい。同じ部分、『理尽鈔』は次のように記す。

楠是ヲ見テ謂ケルハ、「兼テヨリ某何モ四隊ノ陣ヲ好デカマヘシハ是ナメリ。如《ク》レ敵《ノ》備《ヘ》シ先ニ敵アリト耳兵ヲ立テナバ、最サハキナンズルゾ」ト、何モヨリモ意ヨゲニ打笑テ、池ノ此方ニ一町ヲ退《ケ》テ立《テ》タル軍勢ニ軍士ヲ遣シテ下知シテ云、「其敵池ノ中ナル道ヲ越バ如《ク》レ何《イツモノ》懸合給へ。ヲクレテ時刻ヲノバシ給ナ」ト謂贈テ味方ヲ見《ル》ニ、陣サワギテ諸兵ノ臆シタル体ナリ。楠是ニテハ戦《フ》トモ利不《ト》レ可《ラ》レ有《ル》思《ヒ》テンゲレバ、諸兵ニ向テ云、「今日某、軍ヲ発シツル事、尋常ニハアラズ。敵ノ中ニ味方アレバナリ。恩地ハナキカ、池ノ此方ノ高塚ノアルニ昇テ、火ヲ三ツアゲヨ」ト謂《フ》。諸勢色ヲナヲシテ勇気色アリ。……（30ウ・31オ）

一般的に整った形が先行するとはいえないが、しかし、他の現象と併せ考えればここも、『理尽鈔』を略述して『無極鈔』が出来上がったことを思わせる。

Ⅲ《その他》

安田退治。『無極鈔』巻八3ウに「正成、宰相ノ仰ニ依テ、安田ヲ討ニ……」という記述がある。これを『理尽鈔』巻八6オは「楠正成、古《イニシエ》相州ノ下知ニ依テ、安田庄司ヲ退治セシニ……」とする。この正成の安田退治は、『高野春秋編年輯録』等、他の資料にも記載があり、正成が北条直属家臣たる得宗被官であった可能性を示すものとして、注目を集めた事件である。(8)『無極鈔』が、誰を指すのか曖昧な「宰相」（下知ならぬ「仰」という表現からも、高時を指すとは考え難い）を持ち出していることは、前述したように、『無極鈔』が正成の鎌倉幕府との関わりを示す記事を一切持たないことと軌を一にする。「永禄の楠勅勘御免（引用者注、永禄二年（一五五九））の後は、大楠氏崇拝の思潮、漸く動きて、世は楠家事蹟に注目するに至りぬ。（中略）新しき大楠氏の表彰は、道春の手によりて世に発表せられぬ。（中略）これ実に楠史界に於て、正格漢文を以て大楠氏を伝せし嚆矢なり」(9)とされる林羅山の『楠正成伝』が草されたのが慶長九年（一六〇四）のこと。元禄四年（一六九一）には水戸光圀の湊川神社の建碑（「嗚呼忠臣楠子之墓」）にいたる。『無極鈔』の正成の履歴の「隠蔽」も、こうした楠氏顕彰の時代背景と無縁ではないであろう。

渡辺右金吾追罰。この合戦記事にも右と同様の現象がみられる。『理尽鈔』が「楠正成、渡辺右金吾追罰ノ事有シニ、彼ガ城ノ傍リ深田ニシテ路細シ。六波羅ノ官軍、打負テ引退ヌ。其後六波羅、正成ニ命ズ。」（八49ウ）と始めるところを、『無極鈔』は「正成、右金吾ガ城ヲ攻ケルニ、」（八20ウ）とするのみ。この記事ではさらに以下の部分に注目したい。

正成、先ヲ孫三郎ニ申付。三軍ニシテ備テ攻事一時、落マジキヲ見テ、引ツヾミヲ打。此故ニ味方ウタル、モノナシ。孫三郎ガ云ク、「今少《シ》攻タラバ、城ハ落ベキモノヲ」ト云。正成ガ云ク、「カクシヅマリカヘツテ居タルハ、落マジキモノナリ。」暁天ニ城ヘ使シテ、「命アレバ世ノ存亡アリ。ソレヲ見タマヒ候ヘカシ」ト云テヤリケレバ、城主、紛テ落ニケリ。正成シラズシテ落ス。（八21オ）

波線部、『理尽鈔』は「正成虚《ソラ》不レ知シテ城ヲ落シタリトニヤ。」とする。文脈からして、『理尽鈔』のように、勧めに従って、城主が城を捨てていることを承知の上で（ソラシラズシテ）、正成は配下の者に攻撃を命じ、労せずして城を陥落させたとあるべき。微細な点ではあるが、『無極鈔』の不注意というべきであろう。

おわりに――『無極鈔』の対抗意識――

上述のように、検討した部分は合戦記事の一部と限られてはいるが、『理尽鈔』から『無極鈔』へという方向は動かないものと思われる。その場合、第一節でみた諸事項や第二節で取り上げた飯盛合戦記事が端的に示すように、両書の相違が対照的という以上に、陽画と陰画のような関係にあることは、一方が、即ち『無極鈔』が自らを、意識的に『理尽鈔』とは違った作品たらしめようとした結果であると考えられる。例えば、飯盛合戦で活躍する武将の相違も、『理尽鈔』の挿図には名前が書き込まれていながら、本文には活動の記述がない矢尾別当に着目し、『無極鈔』の飯盛合戦記事が仕立てられた、とおぼしい。

『無極鈔』は、巻頭の「無極鈔之序」に「京洛鈔」他多数の「鈔」の名を挙げながら、『理尽鈔』には言及しない。これも、『無極鈔』が『理尽鈔』に先行している、もしくは『理尽鈔』もそれら幾多の「鈔」の摂取の上に成り立つ同列の著作にすぎない、という印象を読者に抱かせるのが目的であっただろう。また、『無極鈔』巻二三（7ウ〜11ウ）には、「京洛鈔」の所説として、『理尽鈔』巻一の「名義幷来由」とほぼ同内容の、『太平記』生成の実状を物語る記事がある。両記事の詳細な検討、作品全体との関与のあり方等については別に論じる必要があるが、ここでは『無極鈔』の、「然ニ此書、異国へ渡タリト聞エタリ。異国ノ思フ所、薄才、何ゾ聖智ヲ恥ザランヤ。」（11オ）との一節に注意しておきたい。この記述は、『理尽鈔』の「又応永ノ比、唐船来朝ス。唐ノ官人明尹、此書ヲ所望ス。将軍義持、諸山僧ニ仰テ是ヲ清書シテ、官人ニ渡スト云云。」（名義並来由。『太平記秘伝理尽鈔1』巻一後注一六参照）を意識しているものと思われる。『理尽鈔』が渡唐記事を誇らかに語り、『無極鈔』がこれを批判的に扱う点にも、先述の両書の、日本古来の兵法や著作への評価と同一の思想基盤・立場の相違を見て取ることができる。問題はここでも、『無極鈔』の側が『理尽鈔』を意識しているということであって、その逆ではない。『無極鈔』は、『理尽鈔』の存在に刺激をうけた某が、自作の独自性を主張すべく、徹底して『理尽鈔』を意識しながら、これを秘した、そのような事情にかかる著作物である。

注

（1）加美宏『太平記享受史論考』（桜楓社、一九八五。初出一九八二・一）三二一頁。『理尽鈔』の成立時期は本書序章、『無極鈔』の成立時期は第四部第三章で論じた。両書を異本関係と扱った事例については、加美著三一八頁がふれているが、臼杵図書館蔵『正成記』（『理尽鈔』による編著↓分類目録I132）の巻一五内題は「理尽抄異本抜書」とあり、同書の編者が『無極鈔』を『理尽鈔』の「異本」と認識していたことを物語る。

(2) 関英一「『太平記評判無極鈔』と赤松満祐」(國學院雑誌88―6、一九八七・六)。

(3) 関注(2)論文の注に登場箇所が示されている。なお、巻二九・7オは11オ、巻三〇42ウは42オが正しい。

(4) 満祐が「藤房自筆ニ書レタル書一巻」(一三5オ)・「兵庫ノ記」(一六之中1オ)・「南朝記」(一八26ウ)・「義貞……自筆ニ書レタル巻物一巻(義貞軍記)」(二〇之三24オ)などの諸書の伝承者に擬せられていることも、注意すべきであろう。『無極鈔』は、二〇之四を義貞の言行録たる義貞軍記に当てるが、それに対する評価は「此書ヲ見テ、殊ニ義貞ハ良将ニ非ズト思ヘリ。其故ハ正成兵庫ノ記ノゴトキンバ、聖主ノ仁政ヲ顕ハシテ(中略)誠ニ士タル者ノ勇ヲ勧ル所也。今義貞ノ記セラル、一巻ハ僅ニ小技ノ端ヲ顕ハシテ、一夫ノ誡トナルベシ。(後略)」(二〇之三24ウ)という限定されたものでしかない。

(5) 若尾政希「佐藤直方と太平記読み」(日本思想史学24、一九九二・九)。若尾は、利常に招かれ、加賀に『理尽鈔』講釈を広めた大運院陽翁自身が『理尽鈔』の編纂に関わった可能性の高いことを考え、近世初期の幕藩制社会と『理尽鈔』の交渉の実態を探っている。『理尽鈔』は、「穴勝ニ文字知リ諸語ヲ覚ント不レ可レ思。文ノ義理ヲ可レ知。」(一六49オ)といった、硬直した知識としての学問を否定する旨の学問・教育論を随所に語る。これに対し、『無極鈔』にはそのような記述が殆どなく、あくまでも兵法にのみ関心を寄せていることも両書の大きな相違である。

(6) 尊経閣文庫蔵十八冊本は「サカき」の「き」の右横に「ミ」と傍書。筑波大学蔵本は「相模ノ左衛門佐時光」とする。原形がいずれであったかわからないが、意味的には「相模」であるべきだろう。

(7) 由上は「戦国期から見える地名」とのこと。「新堂」の近世以前の起源も判然としない。正成の時代に存在したかあやしいわけだが、これも本話の成立事情の一端を垣間みることのできる徴証であろう。

(8) 『高野春秋編年輯録』の保田(安田)追討記事については、平凡社東洋文庫『太平記秘伝理尽鈔4』解説四七九頁以下で検討を加えた。

(9) 藤田精一『楠氏研究』(積善館、一九四二。増訂七版使用)四九三頁。

第三章　『無極鈔』と『義貞軍記』

はじめに

『義貞軍記』は伝本の伝存状況から、さらには永正九年（一五一二）成立の楽書『體源抄』が「義貞軍記云」として数項目の長文の引用を行い、応仁の乱（一四六七〜七七）前後の頃の成立かとも目される室町物語『鴉鷺（合戦）物語』に本書に由来する表現が散見する[1]等々の点から、室町・戦国時代に盛行したことが窺われ、近世に入っても古活字版・整版本として出版され、息の長い受容を見た武家故実・教訓書である。また、近世中期の故実家伊勢貞丈の著作『（義家朝臣）鎧着用次第』も貞丈による『義貞軍記』校注作業を経て、その中の一節を補訂・独立させたものである。

次に示すのは、大阪府立中之島図書館蔵慶長古活字版に記された享和元年（一八〇一）の識語の一節であるが、『義貞軍記』の特色を端的に物語るものと思われる。

　偏武の気象其おしへ中行にかなわさるところありといへとも往昔武人の用心事跡を見るに足れり（傍線引用者）

また、本書は太平記評判書のひとつである『太平記評判私要理尽無極鈔』（以下『無極鈔』）の中の一巻（第二〇之四）として収載されてもいる。『無極鈔』は引用に先立ち、以下のような紹介・論評を行っている。

　……其上常々ハ合戦ノ計策ノ思慮少ク都ヲ恋《シタ》フ愁深クシテ合戦ノ用事ナラズシテ妻室ノ便ヲ求テ、口給《コウキウ》ノアダナル筆ノ跡、書送ル文ノ詞書、歌ノ道ニ心ヲ寄セタリシハ、将ノ勤トハ難ㇾ言。然ルニ義貞常ニ住レタル一間ノ所ニ、自筆ニ書レタル巻物一巻アリ。コレハ自ㇾ古至ㇾ今弓馬ノ道ヲ嗜ム人ノ品々ヲ選択デ我ガ心ニカナヘルモノヲノミ書出シタル一巻ナリ。瓜生弾正左衛門、艶シクモ是ヲ取テ己ガ日記ニ書置タリシヲ、伝写シテ翫ブ者数輩、其ヨリ世ヲ経テ、赤松満祐ガ日記ニ書出ス者也ト云ヘリ。其一巻此ノ奥ニ書出セリ。此書ヲ見テ、殊ニ義貞ハ良将ニ非ズト思ヘリ。其故ハ、正成兵庫ノ記ノゴトキンバ、聖主ノ仁政ヲ顕ハシテ、古ヲ恋ヒ王道ノ興ラン事ヲ願、民ノ愁ヲ悲、賢良ノ臣ヲ失ハンコトヲ憤リ、邪臣世ニ多キコトヲ恨、忠義ノ源ヲ示シテ武備謀略ノ端ヲ記ルス。誠ニ士タル者ノ勇ヲ勧ル所也。今、義貞ノ記セラル、一巻ハ、僅ニ小技ノ端ヲ顕ハシテ、一夫ノ誠トナルベシ。是将タル人ノ誠ニ非ザレバ、其徳ト不徳ト天ノ私ナキ所ナレバ、愚意ノ及所ニ非ト云ヘドモ、義貞ヲ選レテ武将ニ備へ、諸将ノ上ニ位シテ、終ニ天下ノ大利ヲ失ハシムル。是主上ノ不徳ナラン。併此記ヲ見テ常ニ心ニ懸ン者ハ兵ノ道ヲ知ベシ。正成ガ兵庫ノ記ハ、上聖人ノ知ヲ貴ビ、下凡愚ノ動静ヲ感ジテ、武備ノ全体也。是ヲ知者ハ将ノ道ヲ得。此等ノ心ヲ以テ兵ノ道ヲ可㆑学者也。（『無極鈔』二〇之三23ウ～25オ）

正成の教訓書が将士に対するものであるのに対し、『義貞軍記』は「一夫ノ誠」に過ぎない。その程度の識見の持ち主である義貞を官軍の長としたことが主上（後醍醐）の誤りであり、建武政権が破綻する原因をなした、という文脈の下に、『無極鈔』は『義貞軍記』を批判的に引用するのである。しかし、そうした文脈を離れれば、『義貞軍記』は中之島図書館本識語のいうように、戦国期の武将の心懐のありようを窺わせる格好の資料としてもっと注目されてよいものと思われる（『無極鈔』編者も実のところ『義貞軍記』の熱心な享受者のひとりであった。この点後述）。たとえば「武芸に付たる道々を伺へき事」という題目の下に述べられる次の一節。

先博奕をせんには一心、二物、三上手、四性、五力、六論、七盗、八害、此八、一［も］闕ては勝事有へからす。（中略）五力とはあまりに負たらん時は奪い取る事もあるへし。力よはくして叶へからす。次六論とは其日の場はさむるとも論にまくへからす。次七盗とは人の目をよくくらましてぬす見をよくする事也。八害とは右の七道に叶さる時は害してとるへき也。されは内には破戒の罪ふかく、外には五常にそむきけり。（学習院大学日本語日

本文学研究室蔵永正一二年写本）

勝負のためには「力・盗・害」をも辞さない強烈な闘争心。前記識語が「中行にかなはさるところありといへとも」と断るのも、このあたりの文辞の存在が大きく関わっていると推される。こうした主張が太平記評判書あるいは他の兵法書の中でどのように扱われて行くのかは、『義貞軍記』の別の一側面である日取・方角等の軍配思想の扱いともに、中世から近世にかけての兵法書の変遷を考える際の重要な論点になろう。

また、「用心あるへき事」に引用する「鎮頼」（他本「到頼」「ちうい」「ちくい」等。鎮頼は「ちらい」からの誤りで、平五大夫到頼のことであろう）の説話は典拠不明であるが、『今昔物語集』などの武人譚を髣髴させる好短編であり、傍線部の表現等には迫真性がある。

又昔、鎮頼といふ兵あり。心甲にして力つよかり。弓馬の達者也。或時月の夜の面白かりけるに童二人召具て知たりける女のもとに行てとまりぬ。此女常にうつぶきて目を見さぐる事あり。鎮頼あやしく思て別の用なる躰にて童にも知せず、只一人太刀をはき弓に小矢を取そへて小路をへだてゝ向なる屋の月影に柱をうしろにあてゝ事の様を伺見るに夜深て後、兵八人我宿したる門前に押寄て、二人は弓を門の脇に立、六人は太刀を抜て内へ入。鎮頼が童起合て主は内にぞと心得て散々に禦戦、敵三人切留て弗《つい》には額を破れて失ぬ。鎮頼一の矢をば手にはさみ、一の矢をばはげて門の外に立たりける。弓取を射る矢をはなちあへず、背《うしろ》はねに一尺ばかり鎮頼はねのきぬ。弓取一人矢下に射伏ぬ。今一人の弓取、今の弦音に付て矢をはなつ。鎮頼うしろを当て立たりける柱に、矢崎しろく立たり。鎮頼又すきなく二つの矢をはなつ。是も矢庭にたおれぬ。其後太刀をぬき内へ入て、二人切伏ぬ。一人は逃にけり。此鎮頼心も甲に用心深かりけるに依て度々か様の高名をしたりけるとかや。（傍線、清濁句読点は引用者）

このように『義貞軍記』は一個の故実・教訓書であるに留まらず、多面的な評価が可能な著作であるが、全体に及ぶ検討はなお今後の課題として、ここでは基礎的作業として伝本の整理をしておきたい。また、そこから派生する問題として『無極鈔』の依拠した『義貞軍記』を特定し、まだ充分に検討の進んでいない『無極鈔』の成立時期を明らめる作業に及ぶ。

一、『義貞軍記』の諸本分類

Ⅰ学習院大学日本語日本文学研究室蔵写本

淡香色地に墨流し表紙（二四・七×二〇・五㎝）、題簽剥離。楮紙袋綴一冊。内題「新田義貞軍記」。半葉9行平仮名交じり。朱筆勾点・句点、墨書付訓（本文同筆。一部片仮名は異筆）・返り点を施す。奥書「永正十二禩《キ》閏二月日書写之」。青谿書屋（大島雅太郎）旧蔵。

備考：末尾に別筆にて、今川了俊愚息仲秋制詞条々・夢窓国師令高氏将軍教訓・源義経申状（腰越状）を付す。国文学研究資料館に写真あり。『国書総目録』に「慶大（「新田義貞軍記」写真）」とあるものは、昭和三三年に、慶應義塾図書館が本書を撮影し、作成した写真版である。なお、徳田進「古写本『義貞記』の書誌的研究――永正十二年古写本を中心として――」（高崎経済大学論集34-2、一九九一・一〇）に翻刻があるが、誤植に注意を要する。

Ⅱ蓬左文庫蔵写本

茶表紙（二七・〇×一七・二）、墨書題簽「義貞軍記　全」。斐楮混紙袋綴一冊。内題「義貞之軍記」。6行平仮名交じり。付訓等なし。奥書「時天文拾九年七月七日／二徳」

Ⅲお茶の水図書館成簣堂文庫蔵写本

渋引表紙（二六・四×一九・四）補添。打曇表紙、墨書題簽「義貞軍記　江戸遠江守筆」。斐楮混薄様袋綴一冊。内題「新田左中将義貞軍記」。8行片仮名交じり。朱筆句点・返り点、墨書（異筆）付訓・傍書あり。奥書「此一冊者誠自家雖秘書不出任／大望令書遺也努々不可外見／者也／天正二甲戌年九月十七日通朝（花押）／太田新六郎殿参」。

備考：『新修成簣堂文庫善本書目』二〇九頁に巻首・巻末の図版あり。

Ⅳ鹿児島大学玉里文庫蔵写本

題簽「義貞記　全」。内題「義貞軍記」。8行平仮名交じり、但し付訓・一部の文字を片仮名にて記す。本奥書「永禄六年正月日　信玄（花押）／勝千代」、「右義貞朝臣之記一冊武田信玄入道筆蹟ノ本ヲ源勝義ノスキウツシニシ置シヲ借リテ字形筆勢仮名付朱点等少モ違サルヤウニスキウツシニセリ（後略）／安永三年甲午二月廿日／伊勢平蔵貞丈記（花押）」「右一帖免伝写候畢／伊勢万助／文化元年甲子六月廿八日　貞春（花押）／有馬伴左衛門殿参」。

備考：原本未見。国文学研究資料館の写真による。徳田進「『義貞記』と伊勢貞丈――淵部伊賀守子孫の旧蔵写本と武田信玄旧蔵写本との書写本幷びにその注釈注記を中心として――」（群女国文19、一九九二・三）に一部抄録あり。

Ⅴ慶長古活字本系（Ⅲおよび本系統は書名を「新田左中将義貞軍記」とする）

（1）10行古活字本

内題「新田左中将義貞軍記」。10行17字平仮名交じり。刊記無し。
《所蔵》東京大学総合図書館、京都大学附属図書館（「大惣本」の内）、（阿波国文庫：焼失）
備考：川瀬一馬『古活字版の研究』五八六頁。『同付図』一七〇頁には京大本巻頭の図版あり。東大本・京大本は本文・用字に至るまで全く同一。

（2）

11行古活字本
内題「新田左中将義貞軍記」。11行19字平仮名交じり。刊記無し。
《所蔵》大阪府中之島図書館
備考：『古活字版の研究』五八六頁。『大阪府立図書館稀書解題目録　和漢書の部』
注記：（2）は、（1）の特色（後述、表1）を共有し、しかも次のように（1）の誤読に基づく不備等がある。

・（1）「知死期の占」、（2）傍線部「しりしこのうらない」（諸本付訓「ちしご」）
・（1）「薬を服せん料なり薬の銘は字かん要也」、（2）「くすりお眼（「服」と朱傍書あり）せんはかり事なりくすりのめいは字かんようなり」。（1）「料（れう）」は多くの古写本も同様。（2）は（1）「料」を「はかり事」と改めている。
・「あはれなりとて則此馬を土方にとらせてけり」、（2）「のり此馬お」
・（1）「多期の宮内」、（2）「た都（付訓つ）」
・（1）「忍つゝ」、（2）「をもひつく」（忍を思と誤読、「ゝ」を「く」と誤植）

（2）が（1）の本文の不備を補訂している事例もあるが、ごく一部に留まる。従って、（2）は（1）を底本として平仮名主体に改版したものといえる。

（3）写本

《所蔵》早稲田大学図書館蔵『薫蕕録』所収

内題「新田左中将義貞軍記」。12行平仮名交じり。「文政十三年庚寅冬十一月九日以安田氏本於益城下郡砥用郷／原町邑写之　中村直道」

注記：本書は10行古活字版に近似し、しかも新たな誤脱箇所あり。「安田氏本」以前の段階で、慶長版からの転写がなされたものと思われる。

Ⅵ寛永六年整版本系

1、版本

（11）寛永六年刊

内題「義貞軍記」。8行片仮名交じり。刊記「時寛永六暦歳次己巳春挟鐘吉旦／洛陽烏丸通大炊町　安田弥吉開板之」

《所蔵》国会図書館・京都大学文学部穎原文庫・東京大学総合図書館・早稲田大学図書館（曲亭叢書一九四。『国書総目録』は写本の項にあげるが誤り）・栗田文庫（未見）

（12）慶安五年印

内題等（11）に同。刊記「慶安第五暦仲夏吉辰日／崑山館道可処士鋟板」

《所蔵》宮内庁書陵部

（13）無刊記

（イ）料紙厚手楮紙

《所蔵》お茶の水図書館成簣堂文庫（「観穴堂」朱印。巻末に「此書無出板年月。按国書解題、有寛永六年出版云々之文字。此書或是乎。照因版式書様推之、恐似可為其以前之出版焉」（句読点は今井）との蘇峰手識あり）

備考：『新修成簣堂文庫善本書目』五六三頁には「寛永頃刊」とあり。「寛永ごろの整版本の特徴としては、初刷のときに無刊記のものが多く、中には後印のときに初めて刊記が加えられたという例が多い」（長澤規矩也『古書のはなし』（冨山房、一九七六。一二四頁））とすれば、或いは蘇峰手識のいうように本書の出版は寛永六年に溯るか。

（ロ）料紙薄手楮紙

《所蔵》お茶の水図書館成簣堂文庫（表紙に「正保時代」と墨書。『善本書目』五六三頁に「寛永頃刊。別蔵一本と同版」とあり）・宮内庁書陵部・宮城県図書館伊達文庫

（14）覆刻・無刊記

《所蔵》桑名市立文化図書館秋山文庫

備考：国文学研究資料館に写真あり。

注記：（11）～（13）と版面殆ど同じであるが、細部の字形に僅かな相違が見られ、また一部の付訓・用字等に相違がある。分かりやすい異同は、前者には18ウ七行目「……佛《ブツ》攴《ジ》」の直下に一字はみ出す形で「攴《ジ》」と衍字があり、復刻版には無いこと、及び25ウ二行目二字目「困《コン》」が復刻版では「囚《シウ》」と改められていること等が挙げられる。

（未調査）

無刊記：兵庫県立篠山鳳鳴高校青山文庫・塩釜神社。浅野図書館旧蔵（焼失）。高鍋町立図書館。

2、写本

（21）寛永版系写本

《所蔵》金沢市立玉川図書館加越能文庫蔵（内題「義貞軍記」。10行平仮名交じり。間似合紙列帖装。奥書無し。寛永頃写）・東京大学総合図書館（内題「義貞軍記」。その下に「行義云此書ヲ義貞軍記ト号スルハ誤也／義貞記ト号スヘシ」と朱書。8行片仮名交じり。付訓のごく一部を除いて、用字・行数・字数とも、寛永版に一致。奥書なし〈近世中期写〉。「南葵文庫」印）。八戸市立図書館（内題およびその下の注記は、東大本に同じ。8行片仮名交じり。朱筆補訂あり）

以下、加越能文庫本について備考・注記を付す。

備考：『加越能文庫解説目録　下巻』には「今枝直方手写」とあるが、奥書等なく、他の直方（承応二年～享保一三年）自筆資料とは異筆と思われる。また、『国書総目録』は、尊経閣文庫に写本が、金沢加越能文庫に刊年不明版本が蔵されているかに記すが共に存せず、同文庫旧目録等を検するに、本書が両者に該当するものと判断される。なお、尊経閣文庫に「馬書」という題簽と共に、「義貞軍記」と記す題簽をもつ図書がみられ（内容は義貞軍記とは無関係）、あるいはかつてなお別に義貞軍記の一書が存したのかもしれない。

注記：誤脱も含め寛永版にほとんど一致。ごく一部、寛永版「王相死困《コン》老」（25ウ）の誤記を「王相死囚老」と正しているが、以下のような表記があり、加越能文庫本は寛永版の写しと思われる。

・寛16オ：心甲《カウ》ニ成ベシ。加：心中に成へし。

・寛16オ：是ハ可レ昔《ムカシゴトナル》。当世如《キ》レ斯《ノ》事嗚呼ガマシキ事モ有ベケレバ。加：これは昔事《ノ》也。当世如レ斯事嗚呼かましき事とも有へけれは

※諸本「是はむかしの事なるへし」。加越能本から寛永版のような、諸本の表現に近くしかも特異な

表現へという本文変化は考えがたい。

・寛18オ：到頼飛退《トビノ》ク。加：到頼とひしりそく。（諸本「はねのきぬ」）

（221）伊勢貞丈校注本（片仮名交じり。巻末の「潮満干」及び貞丈本奥書を欠き、校合本文書き入れの無いもの）

内題「義貞軍記〈貞丈曰此題号後人所加也／宜除去軍字題義貞記也〉」

《所蔵》関西大学図書館本山文庫（8行。本文は行数・字詰・付訓に至るまで寛永六年版に全く同一。同版の刊記をも忠実に筆写している。これに加えて、朱筆（異筆）で「貞丈云……」との注解を行間・欄外に施している。奥書等無いが、本文の書写は元禄頃か）・国会図書館（11行。奥書「這記渕辺氏之所持乞求写之／文政十一戊子歳八月十八日／源晃」）

備考：「鎧を可着次第事」の各事項等に「貞丈云」という注記あり。また、冒頭に述べたように、『（義家朝臣鎧着用次第』（『改訂増補故実叢書　別巻』所収）もこの校注の延長上にある。ただし、本書（次の平仮名本も含め）があくまでも『義貞軍記』の注解の形をとるのに対し、『鎧着用次第』は一歩進んで、書名通り鎧着用の流れに沿い、その手順を解説する体裁をとる。なお、徳田論文（一九九二・三）に国会本の紹介および貞丈校注部分の抄録あり。

注記：国会本は行数・字詰を除き、関大本とほぼ同一であるが、関大本の校注を本文に取り込んだ箇所（天禿歟筆→禿筆）や、寛永版・国会本の誤りを正した箇所（永久→承久）などがあり、直接の繋がりは想定しないとしても関大本のような形からの転写本とみなし得る。

（222）伊勢貞丈校注本（片仮名交じり。潮満干・貞丈奥書を有し、校合書き入れのあるもの）

内題「義貞軍記〈貞丈云此題号後人所加也／宜除去軍字題義貞記也〉」。貞丈本奥書「世伝云、此記則新左中将義貞朝臣之所述也。愚熟読玩味、則記事文体共見古風旧俗、実彼朝臣之手沢莫疑者也。可以信矣〈安永三年甲午二月、二本ヲ得テ校合了〉。明和八年辛卯秋九月廿一日　東都扈従隊士　伊勢平蔵貞丈書」（句読点は稿者。前項本にはこの貞丈奥書が無い）。
《所蔵》筑波大学中央図書館（11行。奥書「右義貞記校本以服部布古蔵書、雇写成手、自遂校正／天保十四年辛卯七月廿五日　伴信友／同年十月朔以群書類従本、対校其本大概同件本文／校字用藍色別之」）・同（12行。軍陣聞書を付す。近世末期写）・無窮会神習文庫（未見。『武士道全書』第一巻に同本の貞丈奥書が示されており、本項もしくは次項に属する伊勢貞丈校注本と思われる）
注記：巻末に、寛永版および前項片仮名本に欠く「潮満干」の項目を載せ、「貞丈按右潮満干ノ事後人ノ加筆ナルヘシ」との注記を加えている。また、貞丈奥書にいう二本との校合結果が「イ二」「一本」等として行間に記されている。二本の中、一本は慶長古活字版系統と思われるが、いま一本は未勘。貞丈校注内容は筑波大学11行本に比べ12行本がやや詳しい。
（223）伊勢貞丈校注本（平仮名交じり。潮満干・貞丈奥書を有するが、校合書き入れを欠くもの）
内題「義貞軍記〈貞丈曰此題号後人所加也／宜除去軍字題義貞記也〉伊勢平蔵貞丈著」（前二項の片仮名本には傍線部は無い）。
《所蔵》京都府立総合資料館（11行、本朝事始を付す）・静嘉堂文庫（10行）・大分県立図書館碩田叢史所収本（9行、天保十一年写）・豊田市立図書館（10行、上下二冊。『国書』未載）
注記：平仮名本には数カ所に及ぶ脱文があり、さらに貞丈奥書を有するにも関わらず校合書き入れが見られないことから、片仮名本より後出。
（231）群書類従武家部所収本
内題「義貞記」。片仮名交じり。奥書「右義貞記、得二一古写一校」。
備考：群書類従は刊行されたものであるが、便宜上ここに置く。『武士道全書』所収の「義貞記」も、群書類従に拠って一部補訂を加えたものと思われる。

注記：書名から「軍」字を外していることは前記の伊勢貞丈の主張の影響を受けているか。ただし、本文は、「一番　浴衣」など貞丈校注を容れた表記をとる箇所もあるが、基本的には寛永版そのものに近く、巻末の「潮満干」の項目も無い。

（232）群書類従本の写し

《所蔵》東北大学狩野文庫（内題「義貞記」。10行片仮名交じり。奥書「此一冊類従本幷以諸本校　鈴木新」）・国会図書館（『鶯宿雑記』巻百九十八の内。内題「義貞記　群書類従四百廿四ノ内武家部廿五ノ内」。11行片仮名交じり）

Ⅶ日本教育文庫所収本

（解題に「群書類従本及び黒川蔵写本によりて校訂」とあり）

○系統不明

◇福井久蔵（飯島本。所在不明）・名古屋市立鶴舞中央図書館河村文庫（焼失）・彰考館（焼失）

◇徳田進「義貞記の研究序説――関口本を中心に――」（関東短期大学紀要6、一九六〇・一二）の紹介する「関口本」（関口高次郎蔵）は論文引用部分によるかぎり、Ⅴに極めて近い。ただし、関口本には末尾に他本にはない「合戦吉凶之事」があるとのこと。

◇右の徳田論文補記に、元亀年間（一五七〇～七三）の写本が太平洋戦争中、金沢市での軍記物語展示会に陳列された由の言及あり。

◇藤本孝一・万波寿子編「山本家典籍目録――賀茂季鷹所持本――」（京都市立歴史資料館紀要21、二〇〇七・三）に、賀

茂季鷹（一七五四〜一八四二）の「奥書」「書入」のある写本一冊が収録されている。

二、『義貞軍記』諸本相互の関係

上記の分類に基づき、披見可能な七系統本相互の関係を整理し、『義貞軍記』諸本の概要を把握しておく。その便宜として、十字以上に及ぶ章句の有無を調査し、一覧する。なお、参考として『體源抄』所引記事をも調査対象に加える。

【表1　十字以上に及ぶ章句の有無】（體の空欄は当該記事全体を欠く）

〔凡例〕学（学習院大学日本語日本文学研究室）、蓬（蓬左文庫）、成（お茶の水図書館成簣堂文庫）、慶（慶長古活字版）、玉（鹿児島大学玉里文庫）、寛（寛永六年版）、黒（日本教育文庫収載）、體（體源抄）

體	黒	寛	玉	慶	成	蓬	学	
②	×	②	②	②	②	②	②	1
	①	①	×	①	①	②	①	2
	①	②	①	①	①	①	×	3
	②	×	②	①	①	②	①	4
	○	○	○	○	○	×	○	5
①	②	①	×	①	①	①	①	6
②	③	②	⑤	④	②	①	×	7
②	②	②	②	③	×	③	①	8
×	○	×	○	×	×	×	×	9
×	×	×	×	○	×	○	×	10
	×	④	①	②	③	①	①	11
	⑤	④	④	②	③	①	×	12
	×	②	①	①	①	①	①	13
	○	×	×	×	×	×	×	14
	○	×	×	×	×	×	×	15
	○	○	×	○	○	×	○	16
	△	△	△	○	△	×	△	17
	④	③	②	①	①	×	①	18
	②	③	②	②	②	×	①	19
	×	②	③	①	①	①	①	20
	×	①	①	①	①	②	①	21
	③	⑤	②	④	×	④	①	22
	④	②	③	②	③	①	×	23
	×	①	×	①	①	②	①	24
	×	×	×	×	×	○	×	25
	③	④	②	②	②	①	×	26
	○	×	△	○	○	○	○	27
	○	○	○	○	○	×	○	28
	④	③	③	②	②	×	①	29
	②	③	×	×	×	②	①	30
②	×	③	×	②	②	②	①	31
	①	②	×	②	①	②	①	32
	③	④	③	×	②	③	①	33
	×	③	×	×	①	②	①	34
○	●	×	○	○	○	×	○	35

【表項目の注記】

標示詞章は、原則として学習院本、これに欠ける詞章は当該記事を持つ伝本の詞章に拠る。ただし、〈　〉内の丁数は慶長古活字版により示す。丸付き数字（　）内には、標目傍線部の異同を掲出する。

1〈1オ〉「これによつて代々に教来りて、時々人のかたり伝るを」如レ形記て
「」内有①・②（代々家々）、×無

2〈2ウ〉能々信心をいたして仏神「の有無をも試よ。中にも当家の氏神」賞翫し奉へし。

「」内有①・②（運）、×無

3〈2ウ〉「君の君たる時、臣の臣たらさるはなく」君の君たらさる時臣の臣たることなければ……

「」内①有・②（傍線部のみ無し）、×無

4〈3オ〉雲は龍にしたかひ風は虎にしたかふ。「機感の応する所、宜といへり。又云、地薄ければ大木生せす、水浅ければ大魚遊はすといへり。されは心正直にして政正しくは賢人忠臣の来らん事まことに雲の龍にしたかひ、風の虎にしたかふ」謂いなるへし。

「」内有①・②（よろしくしかるへしと／宜然と／きせんと）、×無

5〈3ウ〉「書云、其身正からさる時は、人乱をなしやすし。」故に……　「」内○有、×無

6〈8ウ〉一説には「榕ともいふ。羽は中白、一説には」……

「」内有①（榕／ひいらき、中白）・②（あふち、中ぐろ）、×無

7〈8ウ〉「一には鴇の羽一には鶴の羽」ともいへり。

「」内有①、②「一ヲハ鴇ノ羽」、③「ひとつをはく、ゐは」、④「又はこうの羽」、⑤「鴇ノ羽」、無×

8〈8ウ〉弓の鳥打、「長籐を巻事、是を大将軍のし給也。已上此三ヶ条は」八幡殿奥州合戦の時……

「」内有①・②（是、しるし）・③（×、験）、×無

9〈9オ〉「居テ酌をとる事禁忌ノ儀なり。」酒を呑事ハ薬を服せむ料なり。　「」内○有、×無

10〈9ウ〉又「弓はほこ長くほそかるへし。矢をつよからせむか為也。但犬笠懸的なとの弓は普通の躰なるへし。又」
刀は……　「」内○有、×無

11〈11オ〉只一騎なりとも「鞭鐙を合てしかも敵にそひて」かけまはするには、

「」内有①・②（鞭に鐙、しかも面を）・③（鞭に鐙、面を）・④（鎧鞭《ヨロイムチ》）、×無

12〈11ウ〉又「甚深の心あり。あまたの儀あり。能々可口伝也。又」書云……

「」内有①・②（深き、あまた）・③（源ニ、アマタ）・④（深々の、あまた）・⑤（信心の、そくばく）、×無

13〈12オ〉万人の「面に立て其名を後代にとゝめて、」面目を子々孫々に……　「」内有①・②（顕シ）、×無

14〈13オ〉「三浦の平六兵衛よしむらのじなん、三浦若狭前司やすむら」傍線部○有、×無

15〈13ウ〉下国せむとする。「」宝治年中の事にや、○「さいみやうじときよりのしつけんの時」、×無

16〈14ウ〉但天のあたふるを取されは「かへつて其咎を請、時至て行されは」其災ありといふ文あり。

「」内○有、×無

17〈14ウ〉親の敵においては遁避有へからす。「貴賤を論せす機嫌を斗へからす。」

「」内○有、△「機嫌を計へからす」、×無

18〈19ウ〉人思煩て「わるひるゝ事あり。此時我勝に乗ぬれは」人弥臆す。

「」内有①・②（入る事あり）・③（臆《ヒルム》事アリ）・④（ひるむ事なり）、×無

19〈20オ〉流水の増減に「付て、水上の雨をしり、草木の盛をしつて」根あることを知る

「　」内有①・②（もちて／以／持て）・③（ヲ見、ニテハ）、×無（「根」を「限」とする）

20〈20ウ〉①「知音無双の人なりともそこまて打とくる事なかれ。一度の契約ありとも」心習……、②「悠緩スル」、③「底まて打とくる事なかれ。一度契約有とも又《ママ》音無双の人ナリ共」、×無

21〈23オ〉建礼門院の横笛、「男のわかれをしたひて千尋の底に身を投。」同建礼門院の右京大夫は

「　」内有①・②（惜て）、×無

22〈24オ〉「又雪野の中に迷たらは馬をはなちて」其跡に付て行へし。

「　」内有①（雪野の中に迷たらは）・②（雪の中迷《ニイ》たらは）・③（雪野にまよひたらは）・④（雪野に迷はん時は）・⑤（雪《ノ》中ニハ）、×無

23〈25オ〉草木の動を見て「風の吹を知、水面のしつかならさるをみて」雨の降ことを

「　」内有①・②「ならぬをみて」・③「ならぬにて」・④「なるを見て」、×無

24〈26オ〉「但急事には千騎か中をも進出へし。斟酌の儀あるへからす。但」又それも

「　」内有①・②（あらそはん事）、×無

25〈27オ〉「三年の至七季十二年を過さす必其中に」むくゐある事也。

「　」内有◯、無×

26〈27ウ〉信頼「に被誅畢。勅命猶如此。况私の悪事をや。信頼」又両月を……

「　」内有①、②「に失はれ畢。勅命猶かくのことし。いはんや私の悪行をや。」、③「に組しうしなはれおはんぬ。ちよくめいをかくのことし。いはんやわたくしのあくぎやうにをいておや。」、④「ニ被語テ失ヌ。勅命猶如斯。况於二私ノ悪業一哉」、×無

27〈27ウ〉其後三年を経て「養和元年に薨す。其后又中一年を経て寿永二年」七月

「」内、〇有、△「寿永二年」、×無

28〈28ウ〉武家の所領を知行する事、併「国土を守護せむためなり。兵糧米を食なから」此心なからん輩は
「」内〇有、×無

29〈29オ〉①「不直にして栄む事を悦へからす」、②「直しからすして栄事を悦ふへからす」、③「こゝろ不直して栄エン事を不可悦《フ》」、④「心をたゞしくせずしてさかへん事をよろこぶべからず」、×無

30〈29ウ〉①「四性とは手上手也とも性さとからすは勝事なし」、②「さとからすは勝へからす」、③「利《ト》カラズンバ勝ベカラズ」、×無

31〈30ウ〉①「囲碁の事、百つゝ四に分て是を春夏秋冬に配すへし。さて手のある所春ならは春の心を詠すへし。自余准ㇾ之」、②「百目宛」、③傍線部欠、×無

32〈31オ〉王相死囚老①「に宛て王相の二は善。死囚老」の三は悪し。②「吉」、×無

33〈32オ〉①「時々可用之。如此の用心は現世安穏後生善処の謂に叶へり。」、②「特ニ可用之。用心ハ現世安穏後生善処ノ謂ニカナヘリ」、③「能々是を思へし。用心は現世安穏後生善所の謂にかなへり」、④「能々是ヲ思ヘシ。用心ハ現世安穏後生善処ノ謂ニ叶ヘリトナン」、×無、

34〈32オ〉①「といふ古哥この心なるへし」、②「といふ古哥も此心をよむなるへし」、③「ト云古歌モ此心ヲヨメルナルベシ」、×無

35〈32オ〉「潮の満干」章段。〇有、●（「用心あるへき事」の末尾に有り。該当項目の最後に「又潮の満干をも心得て可持也。兵用如此」とあることから、ここにまとめたものか）×無

多寡はあるものの七本いずれにも独自の欠文（網掛部分）があり、それぞれは独立した系統に属する。ただし、七

本の間に親疎の別はあり、便宜的な措置ではあるが、上記七本の内、二本を取り出して相互の共通項目数を調べると、成簣堂本と慶長版とが近しく、学習院本がこれに準ずることがわかる（↓表2）。

　ちなみに『體源抄』所引本は記事量が少なく、確定的なことはいえないが、成簣堂本・寛永版にやや近い。いずれにせよ、上記七本とはまた別のテキストである。


【表2】

	学	蓬	成	慶	玉	寛	黒
学		8	21	17	11	13	7
蓬	8		10	10	9	7	4
成	21	10		24	16	10	10
慶	17	10	24		14	14	9
玉	11	9	16	14		12	13
寛	13	7	10	14	12		8
黒	7	4	10	9	13	8	

共通する度合いの高い学習院本、成簣堂本、慶長版相互の関係をいま少し詳述すると以下のようになる。

まず、成簣堂本と慶長版とは
（イ）書名：新田左中将義貞軍記（他本：「新田義貞軍記」「義貞（之）軍記」）
（ロ）起床時の儀式の順：手洗・口濯・属星・念仏・真言・鏡・暦（他本：属星・鏡・暦・手洗・口濯・念仏・真言）
（ハ）「うき世には……」歌の歌人名（和泉式部哥云）を欠く。
（ニ）三上手とは手か下手にてはかつ事有へからす。［　］五力とは……
（［　］内慶長・成簣・玉里無し。学習・他本［四性とは手上手也とも性さとからすは勝事なし］）

という特徴を共有する。(イ)(ロ)(ハ)は成簣堂本・慶長版の二本のみに共通する事項である。

ただし、左に示すように、細部においては両者の相違も少なくない。相違箇所においては成簣堂本と学習院本とが一致する事例が多く、成簣堂本の訂正箇所の元表記と学習院本が一致し、訂正表記と慶長版とが一致することが注目される。なお、(1ウ)等の注記は慶長版の丁数である。

・(1ウ)下剛(成簣・学習「甲」。他本「剛」。ただし、成簣は内二箇所の「甲」を見せ消ちにして「剛」と傍書。甲・剛の対立は他の箇所にも共通する)
・(1ウ)後規(成簣・学習「後亀」。ただし、成簣は「亀」を見せ消ちにして「規」と傍書。他本「こふき」「後記」)
・(7ウ)白布八尺［　］(成簣・学習［五寸］。他本［二尺］。黒川は全体を欠く)
・(16オ)伊藤入道(成簣・学習「伊東入道」)
・(17オ)佐野与一(成簣「余一《与一ホン》」・学習「全一」。他本「与一」)
・(24ウ)「桓公にしたかひて」狐竹を討時……(「」内は成簣・他本無し。傍線部：成簣・学習「地(学：敵)ノ方祇」・他本「狐竹」。蓬左・黒川「こちく」)
・(27ウ)下野守義朝(成簣・学習「義朝下野守」)、等

また、慶長版の異同箇所には次のような過誤によるものがある。

・(18オ)又難ある侍也。親に不孝なる哉。(棒線部は慶長版独自異文。他本は波線部を「難レ有」「有難」とする。慶長はこれを誤読し、誤読の延長線上に異文を派生)

したがって、なお検討が必要ではあるが、学習院本から成簣堂本の形を経て慶長版へという本文変化の方向を見いだすことができよう。ただし、上述したように各本は独自の誤脱を有し、それぞれを一直線上に置いて先後関係を論じようというのではない。ちなみに、慶長版について言えば、次のように蓬左本との共通性も無視しがたい。

・（9オ）上総国（成簣・他本「上野国」。慶長は蓬左と一致。「上野国」が正しい）

・（9ウ）又弓はほこ長くほそかるへし。矢をつよからせんか為なり。但し犬笠懸的なとの弓は普通の体なるへし。又刀は……（成簣・他本無し。慶長は蓬左と一致）

一方、蓬左本・寛永版・黒川本は、他の伝本から隔たる事例が多い。中でも、黒川本は他本に比して異質な性格が強い。

（イ）諸本いずれも記事構成は基本的に一致しているが、黒川本の「塩のみちひの事」（表1 35項●）の扱いのみ他に異なる。黒川本は当該項目を前出の関連部分に一括して記述している。

（ロ）人名・年次に独自の増補が見られる。しかも、他の伝本間の記事の出入りが兵法関係のものであるのに対し、これはそれとは異質な注釈的記述である。〈表1〉14・15項の他、「足利又太郎藤原の忠綱が、宇治川を……」、「曾我十郎藤原の助成同五郎時宗」（傍線部は黒川本のみ）など。

（ハ）本文のくずれ、平易化が目につく。

・「きびよく正直なれば」（教育文庫一〇二頁。他本「鬼意正直をこのむ」、「鬼意に正直をこのむなれは」、「意《ココロ》ニ正直ヲ好《ミ》」）

・「鎧を著する程の時、神仏の御前にて馬よりをるべからず。人のためにぶれい也」（一〇六頁。他本「況人として礼をせす」、「況為《ニハ》レ人礼ヲセズ」、「まして人のために礼をせす」、「まして人に礼をせんや」。黒川本の表現は誤解を招きやすい。）

・「ちくいあやしく思ひて（中略）唯一人たちを帯にさし」（一一五頁。他本「太刀をはき」）

徳田論文（一九六〇・一二）は黒川本を「修訂版義貞記」と称するが妥当な評価であろう。

三、寛永版と『無極鈔』

『義貞軍記』の七系統は上述のように、それぞれに異本関係にあり、寛永版系統が広く流布したことは事実としても、本文的には、これを流布本として他と区別するに足る決定的な指標があるわけではない。そうした中にあって、『無極鈔』が第二〇之四全43丁を費やして収載している「義貞之軍記一巻」は、上述の『義貞軍記』に比べ、記事構成・記事量両面において大きく異なる。これが『義貞軍記』の或一本を伝えるものであるとすれば、これこそ『義貞軍記』の異本と称するにふさわしい存在である。(2)

まず、両者の構成を比較してみる。なお、本節では論述の都合上、『義貞軍記』は寛永版を用いる。

【表3】

『義貞軍記』

(序)
①武士ノ先ツ可キ㆓存知ス㆒事
②大将軍可㆑持㆓心根㆒事
③可㆑討㆑敵ヲ月日時幷ニ方角ノ事
④陣ヲ可㆑取事

『無極鈔』

(序)
●軍神可㆑祭次第之事
●簱祭之事
③可㆑討㆑敵ヲ月日時幷方角事
①武士之先可㆓存知ス㆒事
④陣ヲ可㆑取方角幷式法之事（前8行独自文。後3行が④相当）
⑥兵具ノ事（前19行独自文。以下が⑥相当であるが、独自文を多量に含む）

⑤鎧可《キ》レ着《ス》次第事

⑥兵具《ノ》事

⑦馬庭ノ戦《ノ》事

⑧山河之戦事

⑨運命ハ天然ナレバ聊モ身ヲ惜ベカラス

⑩正直《モ》依《テ》二時《ノ》儀《ニ》一可レ随《フ》事

---

②大将軍可レ持《ツ》二心根《ニ》一事（独自文含む）

●大将軍可二心懸一事

⑤鎧可レ著《ス》次第事（独自文多量に含む。さらに一九番から二四番の事項は独自文）

●十方ニ敵ヲ置テ陣取テ其日可レ働方ノ事

●方違ノ矢ヲ可《キ》レ射《ル》事

●敵ノ頸ヲ軍神ニ祭《ル》大事

●友引ノ方ノ事

●頸実検サスル人ノ出立様之事

●頸実検スル大将軍ノ出立ノ事

●首ノ上中下ノスヘヤウアリ

●首ノ実検ハ大将出事有ベカラズ

⑦馬庭ノ戦ノ事（独自文多量に含む）

●平野ニテ戦時、対揚ノ勢ナラズハ率爾ニ懸ベカラズ

⑧山河切所ノ戦ノ事（前後に独自文あり）

●逃《ゲル》敵ヲ可レ討次第之事

⑨兵之可レ存知趣之事（始めの部分独自文。寛永版章段名は文中の詞章）

●親ト子ノ合戦ニ及事

⑩正直モ依レ時儀《ジギニ》可レ随《フ》事

⑪兵者《ハ》普通ニ違タル振舞ヲシテ名ヲ挙ベキ事
⑫親《ノ》敵ヲ可レ討用意事
⑬自害事
⑭当座《ノ》口論事
⑮用心《ヲ》可レ専《ニ》事
⑯旅之用心事
⑰道ニ迷《フ》時之用心事
⑱奉公用意事
⑲外ニハ弓馬合戦ヲ家トシ内ニハ可レ恐《ル》二因果之道理《ヲ》一事
⑳武芸ニ付タル道々ヲ可レ伺《フ》事
〈潮満干時刻之事：無し〉

●兵ノ振舞常《ニ》可レ嗜事
⑪兵者《ハ》普通《ニ》違タル振舞ヲシテ名ヲ挙ベキ事（一部に独自文含む）
●兵《ノ》振舞可レ有二上中下一事
●口論等ノ宿意ニ依テ人ヲ討事
⑫親ノ敵ヲ可レ討用意《ノ》事
⑭当座《ノ》口論《ノ》事
●死ニ窮タルト不レ窮トヲ能々思案スベキナリ
⑬自害事《ノ》（後半3行独自文）
●敵ノ自害検使ノ事
⑮用心可レ専事
●侍ヲ召仕《フ》用心ノ事
⑯旅之用心事
⑰道ニ迷《フ》時之用心事《ノ》（後半6行独自文）
⑱奉公用意事《ノ》（後半16行独自文）
⑲外《ニハ》弓馬合戦《ヲ》宗トシ内ニハ可レ恐《ル》二因果之道理《ヲ》一事
⑳武芸ニ付タル道々ヲ可レ伺《フ》事（独自文多し）
〈潮満干時刻之事：無し〉

いま寛永版との比較を一覧したが、既述のように『義貞軍記』は黒川本が末尾の潮満干の事項の扱いを異にするのみで叙述の順序には全く異同はない。また、『無極鈔』独自の章段（●印で表示）及び随所に注記した独自文はいずれの『義貞軍記』にも見いだすことができないものである。さらに、寛永版と異なる④「陣ヲ可レ取方角幷式法之事」、⑧「山河切所ノ戦ノ事」、⑨「兵之可レ存知趣之」の章段名も同様である。これをどのようにみなすべきか。

一　兵之可レ存知趣之人間ノ境界ハ天命ニ打マカスベシ。生死トモニ定テ私ナキモノナリ。去バ運命ハ天然ナレバ、聊モ身ヲ惜《ヲ》ベカラズ。火ニモ入、水ニ入ルベキ志ヲ常々心懸テ不レ可レ忘。当家ノ日記ニ云、合戦ニ臨《ミ》ミテ身ヲ捨テ、人ニ先《ダツ》テ進《ム》兵モ不レ死。惜《ンテ》レ命《ヲ》退《ク》兵モ不レ生《キ》事有。悉有情ノ生死ハ有ニ其期一。是非分別非レ所レ及。譬バ昼ヨリ入レ夜、々ヨリ如レ移レ昼《ニ》ト云ヘリ。

右は⑨の冒頭部分、傍線部が『無極鈔』独自詞章である。章段名のあり方としてふさわしく、また分かりやすい表現になっているが、不可欠の字句ともいえない。次に②の一節を引く。

書ニ云、曲《レル》人ニ直《キ》友ナシ。直人ニ曲友ナシ。曲《レル》上ニ直下ナシ。直上ニ曲レル下ナシ。危《キ》国ニ賢臣ナク、聖人ノ国ニ姦人ナシ。乱世ニ善人ナク、治《マル》世ニ悪人ナシト云ヘリ。誠《ニ》理《リ》ナリ。雲ハ龍ニ随《ツ》テ起《リ》、風ハ虎ニ向テ起《ル》［＊］謂《ハレ》ナルベシ。

傍線部は『無極鈔』独自詞章。対句表現が整ってはいるが、これも不可欠の字句ではない。注目されるのは［＊］と表示した部分。前記表1の項目「4」に相当する部分であり、寛永版系統を除く『義貞軍記』の諸本は「雲は龍にしたかひ、風は虎にしたかふ。機感の応する所、宜といへり。又云、地薄けれは大木生せす、水浅けれは大魚遊はすといへり。されは心正直にして政正しくは賢人忠臣の来らん事まことに雲の龍にしたかひ、風の虎にしたかふ謂いなるへし。」（学習院本）のように波線部の表現を有する。この箇所のみならず、表1に示した寛永版の詞章の有無と『無極鈔』とは全く一致する。

もちろん寛永版と『無極鈔』とは細部の表現において異なる場合もあるが、それ以上に寛永版の特徴ある表現を共有している事例の多いことが目につく。以下、見出しは『無極鈔』の当該箇所。その前の○付数字は表3の項目番号である。

A：誤脱

①毎朝早《ク》起テ……西ニ向テ念仏、若ハ真言［＊］。本尊ハ心ノ引ニ随テ祈念スベシ。（＊『義貞軍記』諸本［なとを唱へし］。寛永版およびこの前からの字句を欠く慶長版は無し。）

⑥当家ニハ栗毛・駮《サメ》・蘆毛ハ不ㇾ乗。（寛永「駮《サメ》」。学・成・玉「駮《ぶち》」、蓬・慶・黒「ふち」。『無極鈔』・寛永の付訓は「鮫」との混同による。なお、「さめ」も馬の毛色の一種ではあるが、これについては別に「崑《さめ》」（学。蓬「佐目」、慶・黒「さめ」）と言及がある。そこでは寛永「崑」（付訓なし）、『無極鈔』「崑《クロ》」）

⑥六分ハ六天ヲ表ス。（寛永「六天」。学・蓬・成・慶・玉「六大」、黒「六大むけ」）

⑦能敵ヲ可㆓撰《ミ》討㆒、悪敵ヲ討［＊］口伝アリ。（＊寛永無し。他本［ことなかれ］。［　］内は文脈上必要な字句）

⑪サレハ右《ウ》将家《ケ》世ヲ取セ給テ……（寛永「右将家《ウシヤウケ》」。学・蓬・成・玉「右大将家」、慶「頼朝」、黒「よりとも」）

⑱指タル合戦ノ場ニモアラザルニ、先ヲ争《フ》事ナカレ。人《ノ》進《マン》時、打囲《カコミ》ニモ無キ所存ニ似タリ。少シ引下《ヒキサカル》ベシ。（寛永：同。学「打籠事、所存なきに似たり。」、成「打籠、所存なきに似たり」、慶「打籠るも所存なきに似たり」、蓬「打こみも所存なきに似たり」、玉「打こみにも無所存似《ニ》たり」、黒「うちこみもしよそんなきににたり」。前後の文脈から「打込」（むやみに突撃すること）をいましめたもの。『無極鈔』・寛永の「打囲」も不明瞭であるが、「無キ所存ニ似タリ」は本来「無㆓所存㆒」とあるべき表現。ともに曖昧な表現となっている。）

⑲太政大臣清盛公、治承三年十一月法皇ヲ鳥羽殿ニ押籠《メ》奉リ、其後三年ヲ経テ［＊］七月子孫悉帝都ヲ下《リ》、後三年経テ文治元年ノ春ノ比、一門皆亡《ビ》失《セ》ヌ。（前記表1 26項。＊寛永無し。学等「養和元年に薨す。其后又中一年を経て寿永

二年」。玉「寿永二年」）

⑲則又朝敵ト成テ（中略）討レヌ。手前車《シヤ》ノ覆ヲ見ナガラ……（寛永「手前車《テマヘ》」。他本「前車」）

B：特徴ある表記

②常ニ目ヲ懸《ケ》、詞ヲ和《クワ》スヘシ。（寛永「和《クワ》ス」。他本「かく」）

⑥弓ノ鳥打ニ長籐《ナカクヤタケ》ヲ巻事（寛永「長籐《ナカクヤタケ》」。成簣・記事無し。学「長籐《なかどう》」、蓬「長とふ」、黒「ながとう」、慶・玉「長藤」）

⑨……思寄ケルニヤト貴《イミジク》覚《オホユ》ル也。（寛永「貴《イミジク》」。学「やさしくも」、成・蓬・慶・玉・黒「やさしく」）

⑮則任カ心胸《ムナサキ》ニアツ。（寛永「心胸《ムナサキ》」。学「心《ムネ》」、成・慶「むね」、蓬「胸さき」、玉「心さき」、黒「むなさき」）

⑮則任少モ遽《サハガ》ズシテ（寛永「遽《サハガ》ズ」、他本「さはかす」）

C：その他

②諸人ノ愁ヲ救《ヒ》、万人ニ志ヲ深クセヨ。（傍線部：寛永「救イ」。学・蓬・玉「委」、慶「詳敷」、黒「くはしく尋ね」）

②父祖ガ奉候之忠ニ依テ（寛永「奉候」。他本「奉公」）

⑥崑《クロ》ハ夜戦《ヨルタタカフ》ニ吉ト云ヘドモ朝日雪野ナンドニ……（寛「夜戦《ヨルタタカフ》」、学「夜戦《ヨイクサ》」。成・蓬「夜の戦」、慶「夜の戦ひ」、玉「夜《ルノ》戦《サ》」、黒「たゝかひ」）

⑨御下知ニ預《ル》上ハ急下《キ》ランズレドモ（寛永「ズレドモ」。学「とおもふ事限なけれとも、若狭前司御敵と成よし聞ゆ」（他本もこれに略同））

⑨捨二身命一其恩《ヲ》ヲ現《ハ》サント（寛永「恩」。学・黒「心さし」、成・蓬・慶・玉「志」）

⑮昔到頼《ヨシヨリ》ト云兵アリ（寛永「到頼《ヨシヨリ》」。学「鎮頼」、成「到頼《ムネヨリ》」、玉「到頼《タタヨリ》」、慶「到頼」、蓬「ちうい」、黒「ちくい」）

⑮……ト読タル女モ有ゾカシ。（寛永「……ト読ル女モ有ゾカシ」、学「……とよめり。か丶る女房もあるましきにもなければ」、他本略同（黒「か丶るやさしき女房」）

『無極鈔』と寛永版とは、十字以上に及ぶ字句の有無のあり方において一致し、右に見てきたように、付訓等微細な表現のあり方にいたるまで緊密な一致を示し、両者は極めて近い関係にあるといえよう。しかも『無極鈔』は既述のように多量の独自文を持っており、早くから「異本」として独自の道を歩んだものならば、他の『義貞軍記』との共通詞章部分において、特定の一本とこのような強い一致度を示すということはまず考えられない。他方、『無極鈔』と寛永版との関係において寛永版が『無極鈔』の独自詞章の影響を全く受けないで、他の『義貞軍記』と共通部分のみを抜き出して自己形成を行うこともまた想定しがたいことであるが、いま暫く本文の検討を続けよう。

まず、寛永版の誤脱が『無極鈔』で正されている事例は次のようであり、いずれも簡単な補訂の可能なものばかりである。

②君ノ君タル時、臣ノ臣タラザルハナケレバ（寛永傍線部無し。寛永のみの誤脱）

②大節身ニアマル時ハ小科有ト云トモ不孝《カウ》不忠ノ者トセズト云ヘリ。（寛永「不考《フカン》」。なお波線部「不忠ノ者」は『無極鈔』独自）

⑦只一騎ナリトモ鞭鐙《ムチアブミ》ヲ合《セ》テ（寛永「鎧鞭《ヨロイムチ》」）

⑨遠江国住人、土方《ヒチカタ》三郎（寛永「土方《ツチカタ》」。但し、寛永も別の箇所では「ヒチカタ」と付訓）

⑮是命ハ限アルニ依テ……（寛永「是命ハ限ニ依テ」）

⑳時ノ調子ヲ王相死囚《シウ》老ニ当テ……（寛永「困《コン》」）

一方、『無極鈔』には次のような誤脱がある。

③三日五日九日十一日［＊］十七日廿一日廿三廿七日廿九日《ヲ》可㆑除《ク》。（＊寛・他「十五日」）

⑮唯一人［＊］弓ニ矢ヲ取副《ヘ》テ（＊寛・他「太刀ヲハキ」）

⑮如何ニセン我カ後ノ世ハサモアラハアレ昔《ノ》今日ヲ問《フ》人モカナ（寛・学・成・蓬・慶・黒「サテモアレ」、玉「さてをきぬ」）

また、次の事例も寛永版の表記を前提として『無極鈔』の表記の発生を説明する事が可能である。

⑥戦ニ出《ル》時、酒ヲ調《ヘ》テ、先軍神・軍天ヲ祭テ聞神・斗賀神・金神・破軍星・属宿・属星・鬼空神・九魔王神等、諸神・諸天ヲ祭、氏神ノ御名ヲ唱テ、盃ヲ以テ酒ヲ汲《ミ》、心ニ任テ飲事アリ。此ハ薬ヲ服スル理《コトハリ》ナリ。（波線部・『無極鈔』独自詞章。「理《コトハリ》」：寛永「断《コトハリ》」。学・成「料《れう》」・玉「料」・蓬・慶「れう」、黒「ため」。なお、「断」は本来、「料」の誤写であろう）

⑳忍ツ、幾度カケル玉章モ思程ニハ言レザリケリ　ト云《ヘル》古《キ》キ言葉モ我心《フカ》ヲヨメル歌ナルベシ。（寛永「古歌モ此心ヲヨメルナルベシ」。学・成「古哥この心なるへし」、蓬「古哥も此心をよむなるへし」。慶・玉・黒、無し）

なかでも、決定的と思われるのが次の事例である。

⑪……云ヘドモ、自《リ》㆓永久㆒保元、自㆒保元㆒以来至《ル》㆓治承《ニ》㆒マデヲ、人ノ語伝《フル》ニハ山田小三郎（中略）佐野与一、等也。（寛永「自㆓保元㆒以来至《ル》㆓永久《ニ》㆒マデ」。学・成・慶「保元以来承久に至まて」、蓬「従保元以来承久に至て」、玉「自㆓保元㆒以来承久に至迄《ル》」、黒「ほうげんよりこのかた、せうきうに至るまで」）

この箇所で取り上げられている人物は『義貞軍記』の多くの諸本が示すように保元の乱から承久の乱に及ぶ関係者である。「永久」は平安時代の年号（一一一三〜一一一八）であり、また「治承」までは不適切である。『無極鈔』は独自の事項・字句を有していることからもそれなりの知識を持った人物の手になる著作である。この箇所は、なまじ「永久」という年号を知っていた『無極鈔』が、寛永版の「永久」という誤表記を正そうとして、かえって大きな誤りを冒してしまったものと考えられる。

したがって、『無極鈔』は寛永版の影響下にあるとみなしてよい。もちろん厳密には『無極鈔』の拠った『義貞軍記』は寛永版の元となった写本である可能性もあるのだが、現在のところ寛永版系統の写本で寛永版以前の成立と考えられるものは見いだせない。加越能文庫本は既述のように、寛永版の写しと考えられるが、仮にこの判断が誤っているとしても、該本は寛永版に比べ仮名表記が多く、また付訓はごく一部に留まり、『無極鈔』との近接度は寛永版に劣る。

この問題に関わって注目されるのが、『無極鈔』巻三40オの次の一節である。

一　兵鏡ニ曰

弁将トハ、将ノ善悪ヲワキマヘ、一軍ノ将タルベキニハ一軍ヲアタヘ（中略）

謀主ト云ハ、主也。謀アル主ナリ。（中略）

弁士ト云ハ、弁ヲ以テヨク事ヲワクルヲ云ヘリ。（後略）

『無極鈔』にはしばしば「兵鏡」「兵鏡論」なる書が引用されている。『兵鏡』を名乗る書物には呉惟順・呉鳴球撰（明泰昌元年（一六二〇））の『兵鏡』（兵鏡呉子とも。一三篇二〇巻）があり、同書巻之二は「選将」のもとに「弁将　謀主　弁士　俠士」の項目が挙がっている。その具体的記述は一致しないが、書名・項目の合致は無視しがたい(3)。ちなみに呉惟順・呉鳴球撰『兵鏡』は蓬左文庫漢籍目録に「元和末年買本」と注記があり、そのことは同文庫蔵『御書籍目録』（元和・寛永期　一四八架・二三号）で確認できる。元和末・寛永初年では『兵鏡』はまだ披見することの限られた新来の輸入書であっただろう。

また、関英一「『太平記評判無極鈔』と赤松満祐」（國學院雑誌88‐6、一九八七・六）が、『無極鈔』神宮文庫本の四〇冊目の裏表紙見返しの記載から、『無極鈔』が慶安三年一〇月以前に出版されていたことを指摘している。

したがって、『無極鈔』の利用した『義貞軍記』は寛永版（六年版もしくは無刊記版）である可能性が高く、『無極鈔』の成立時期も（無刊記版が寛永六年（一六二九）より溯る可能性を考慮したとして）寛永初年（一六二四）から慶安三年（一六五〇）の間に絞られることになる。

おわりに

本章では『義貞軍記』の伝本の整理から始め、一見『義貞軍記』の異本とも見なされる『無極鈔』所収のそれが、寛永版を利用しているであろうことを述べた。『義貞軍記』自身の評価の可能性と今後の課題については本章冒頭に述べたとおりであるが、『無極鈔』との関係でいえば、先行する兵書に大幅な手を加えての収録という、その生成の仕組みの一端を明かしたことにもなるだろう。しかも、それら加筆補訂は『義貞軍記』の名の下に行われており、内容的にも、故実・教訓の記述に熱心な『無極鈔』全編の性格とも共通する体のものであるから、一見批判的な論評の文辞にも関わらず、『無極鈔』編者もまた、『義貞軍記』に強い関心を抱いた一人であったといえよう。

『無極鈔』は他にも和漢の様々な兵書の名を挙げ「引用」をおこなっている。それらの中には逆に『無極鈔』から派生したものも含まれているものと思われる。『無極鈔』は本章で推定した成立時期からしても、中世兵書から近世兵書への結節点のひとつとみなしてよい。その「引用」兵書を分析していく作業は、当該期の様々な兵書の変遷とその意味をより具体的に明らかにしていく課題へとつながっていくはずである。

注

（1）沢井耐三「『鴉鷺合戦物語』表現考――悪鳥編――」（国語と国文学59-7、一九八二・七）注(2)、「『鴉鷺合戦物語』表

現考――軍陣編――」（同65―5、一九八八・五）。岩波新日本古典文学大系『室町物語集 上』（一九八九）一二九〜一三二頁には校注が施されている。「一、其日の時の音、軍叫びの音をもつて合戦の勝負を知る事これあり。口伝」（一三二頁）も『義貞軍記』に近似表現がある。

一 武芸に付たる道々を伺へき事

（中略）次管絃の事情あるのみならす、音ある者かならす宮商角徴羽の五音をはなれす。或文曰、世間の盛衰をはかり、人畜の死生をしる事、楽に過たるはなしといへり。ふかき事はたやすく人知かたけれは先その日の時の音、或は戦喚のこゑ、合戦の勝負を知へし。時の調子を王相死囚老に宛て王相の二は善、死囚老の三は悪し。死は尤悪し。老は次の悪、囚又次の悪也。その次第は

双調王／春、黄鐘調相、一越調死、平調囚、盤渉調老、
黄鐘調王／夏、一越調相、平調死、盤渉調囚、双調老、
平調王／秋、盤渉調相、双調死、黄鐘調囚、一越調老、
盤渉調王／冬、双調相、黄鐘調死、一越調囚、平調老、
一越調王／土用、平調相、盤渉調死、双調囚、黄鐘調老、

傍線部に続く部分が『鴉鷺』に「口伝」とする内容に該当しよう。

なお、管見の限りでは『鴉鷺』の依拠本と近似する現存伝本は見いだせない。蓬左本の「鎧を可着次第事」に「一番ニ俗衣手綱」（他本に「手綱」という注記は見られない）とあり、『鴉鷺』及び『體源抄』がやはり「一番手綱」とするのが注目されるが、他の部分は必ずしも近くはない（『鴉鷺』と『體源抄』も別種）。

（2）『国書総目録』は「義貞軍記」とは別に、「義貞記」を立項している。京都大学附属図書館谷村文庫蔵近世末期写本一冊（以下谷村本）がそれであり、外題「義貞記」（打付書）、内題「新田義貞軍記 長尾謙信評注」、「右自神功皇后以降我朝之兵法、八幡太郎義家朝臣伝授之心法、新田左中将源義貞抜書之数巻、謙信逐一遂拝見聊私之令加僻案而已／元亀三壬申歳八月十五日 輝虎／畠山殿」という奥書を持つ。本書は六巻構成をとり、表3の記事番号で示すならば、『義貞軍記』（以下

『義貞』）の内、③⑤⑥⑦⑰⑯⑨⑩⑪⑬⑲⑳の各項に相当する記事をこの順に取り込み、さらに二十五項にわたる（分量的には倍以上）項目を義貞の発言として引用、各項末尾に二字下げの形式で謙信の論評（ほとんどが義貞に対し肯定的）・注釈を載せている。本文は「新田義貞軍記」という内題が物語るように、寛永版系統ではなく、学習院本・蓬左本などに近い箇所もあるが、『義貞』諸本（體源抄等も含む）とは全く異なる独自な表現をとる箇所が多く、いずれの系統かを判別する事は難しい。中には「佐那須与市」（⑪項、「佐野与一」が正しい）など、後出性を示す表現も見られ、谷村本の本文形成については別に考える必要がある。

記事構成を異にし、多量の独自記事を持つ点では以下に述べる『無極鈔』と同様であり、谷村文庫本も『義貞』の異本として俎上にあげるべきかもしれない。しかし、

（イ）『義貞』にも伊勢貞丈の校注本があるが、それらは質的に記事の注解に留まる。義貞の考えに対する論評を加えたり、そこから敷衍しての議論を展開しているわけではない。分量的にも一部分に留まる。

（ロ）谷村本は『義貞』の序文（……併子孫の心を励かため也）を欠き、『義貞』の数カ所に見られる「当家の日記には」「当家には」という記述をも欠く。例えば⑥の中の「又当家には栗毛駮を不乗。上野国一宮御馬なれは也。此毛の馬は乗て其咎ある輩あり」という一節は谷村本には無い。『義貞』は義貞の家訓としてのスタイルにより統合されているのに対し、谷村本は「巻第一／一武家心持之事／軍に勝たるとて必油断有へからす、終《リ》を慎事始ることくせよ。又云《ク》弓断を敵とす」と始まり、全体を統括しているのは「謙信」の論評である。

の二点により、谷村本は『義貞』からの派生書として、別に扱う方が適切であると考える。

なお、『義貞』には六首の和歌の引用（②⑮⑳）があるが、谷村本は②⑮を欠き、⑳も当該部分前後を欠く。『義貞』⑳には「又何となく大和詞にも携り、やさしかるべし。古今集の序にも猛武士の心をも慰るは歌也。当道は情ふかくして心を甲に持べし」という一節があり、『伊勢貞親教訓』『多胡辰敬家訓』など室町期の家訓に共通する面がある。谷村本がこうした武士の素養に言及する事はすくなく、谷村本の成立事情・時期などに関わりをもつ特色とみなすべきか。

（3）『無極鈔』が『兵鏡』を参照していることは、第五部第三章四（《兵庫記》の典拠）でも確認した。

第四章 『無極鈔』と林羅山

――七書の訳解をめぐって――

はじめに

前章で示したように、太平記評判書の一つ『無極鈔』の成立時期の上限は寛永初年(一六二四)、下限は慶安三年(一六五〇)一〇月である。いささか幅があり、なお限定する必要があるが、この時期は日本における兵書受容の転換期をなす。すなわち、「我が国で講読された兵書の大部分は六韜・三略であって、孫子が盛に読まれるようになったのは江戸時代に入ってから」(1)であり、寛永三年(一六二六)に江戸時代の『孫子』研究の先鞭をつける林羅山『孫子諺解』が著され(2)、慶安四年(一六五一)には七書の邦人注解のはじめての公刊(『七書抄』)をみている。これら同時期の成立と目される著作と『無極鈔』との関わりを考えるのが本章の課題である。

一、林羅山の兵書訳解

まず、羅山の七書訳解関係の伝本を、内閣文庫蔵本を中心に概観しておく。

1、孫呉摘語

『孫子』一九箇条、『呉子』七箇条（他に三略・史記・貞観政要等）を取りあげての訳解。後述の『倭漢軍談』の発想につながる、以下のような箇条もある。

不知諸侯之謀者不能預交、不知山林険阻沮沢之形者不能行軍、不用郷導者不能得地利

諸侯ハ列国ノ君也。日本ニテハ国大名ノ心ナリ。其心底ノハカリゴトヲシラズンバ、兼テ交リヲムスビガタシ。ワガ、タヲセンモ、敵ノ方ヲセンモシルベカラズ。然バ本国ヲハナレテ、遠ク他ノ国ヲウチガタシ。又人ノ国ニ入テ、山林ノ道険阻ノ地形水沢ノトコロヲシラズンバ、人数ヲハコビガタシ。郷導ハ案内ヲシラズンバ、要害陣場ノヨロシキ所モテキノ往来スル道モ、カクセル道モシリガタシ。コノ三ツハ軍ノ肝要也。日本ニテモ佐々木ガ藤渡ヲワタリシ、義経ノ鵯越ヲ落スモ皆案内者アルユヱナリ。（『孫子』軍争）

内閣文庫に、近世初期写本一冊(3)および無刊記版本一冊がある。(4)

2、七書の諺解

本書は全文の訳解。内閣文庫には、それぞれ二部の七書の諺解が蔵されており、一部は近世初期写本で、いずれも「江雲渭樹」「林氏蔵書」「浅草文庫」「昌平坂学問所（黒印）」印を捺す。その中、孫子諺解（寛永三年丙寅五月日跋）・三略諺解（寛永三年丙寅六月日跋）は、焦茶色表紙で跋文の署名横に「道春」の黒丸印を捺す。他の五諺解の中、呉子諺解が縹色表紙で「兵有奇正、呉子本于正。然正中自有奇、随時而用之。是所以亜於孫子也。方今依越智姓稲葉氏政則之悃求、加倭字、作諺解、一部五巻以呈之。／己丑仲夏之日　夕顔巷叟」という跋文を有する。残りは黒に近い紺色表紙で跋文等なし。もう一部はいずれも藍白色表紙で、浅草文庫印の他、上記印記なし。孫子・三略は跋文あるも、「道春」印なく、呉子も含め、他の諺解に跋文等なし。以上によれば、孫子諺解・三略諺解の成立が寛永三年、呉子諺解が慶安二年（一六四九）となるが、『羅山文集』巻第五五には、「孫子諺解跋」「三略諺解跋」の他、「呉子司馬法尉

繚子六韜太宗問対諺解跋」（時慶安己丑年也）が収載されており、呉子以外の諺解も同年に成ったとみてよい。『国書総目録』を検するに、この内、三略諺解のみが版行されている。(5)

3、①倭（和）漢軍談　②七書和漢評判・③七書評判・④七書和解

本書は七書の要文に対し、簡単な訳解に加え、和・漢の具体的な戦史の提示によって理解を深めようとしたもの。①写本の注記によれば、日本の事例には、以下の諸書が典拠として使用されている（括弧内は回数）。保元物語（2）、平治物語（2）、平家物語（17）、盛衰記（4）、東鑑（4）、太平記（59）、甲陽軍鑑（7）、信長記（2）、その他（5）〔北条氏康1、小早川隆景1、羽柴秀吉3〕。みるように、太平記が群を抜いて多く、合戦譚の宝庫として、という太平記受容の一側面をよく物語るものであろう。ちなみに太平記の依拠本文は流布本である。

①《倭（和）漢軍談》

内閣文庫には、「〔江戸初〕写（自筆等）」の「稿本」上下二巻二冊(6)および無刊記版本七巻四冊(7)の他、明治一六年五月刊の活版本一冊(8)がある。

版本の構成は、第一冊巻一（墨付四三丁）・第二冊巻二（四二丁）が孫子（以上「稿本」上冊）、第三冊巻三（一五丁）呉子・巻四（九丁）司馬法・巻五（一三丁）尉繚子、第四冊巻六（一六丁）三略・巻七（一七丁）六韜（以上「稿本」下冊）。版本は和漢の戦史に対し、「本朝」「異朝」の見出しを付して体裁を整えているが、巻三以降、巻頭の典拠名（呉子以下）、および写本に伏されていた本朝の戦史の典拠注記を欠く。また、戦史についても本朝・異朝のいずれかを欠く箇所が数カ所ある。それらは写本では補筆部分であることが多く、稿本は版行後も補訂が続けられたものか。さらに、写本は六韜の後に「荀子議兵篇」四丁を付しているが、版本には無い。

②《七書和漢評判》

本書は、基本的には①の版本『和漢軍談』に基づいており、「本朝」「異朝」という見出し、本文の戦史事例のあり方等、①版本に同じである。内閣文庫にはなく、以下は東京大学文学部国語研究室蔵本による。その構成は、第一冊（刷外題「孫子評判　上」。内題「七書和漢評判／孫子」。四周双辺、一〇行片仮名交じり）、第二冊（刷外題「孫子評判　下」。三七丁裏に「慶安四孟春仲旬／二条通玉屋町村上平楽寺開板」との刊記あり）、第三冊（刷外題「呉子評判」。巻頭「呉子」。以下の各冊も七書書名のみ）、第四冊（刷外題「司馬法評判」）、第五冊（刷外題「尉繚子評判」）、第六冊（刷外題「三略評判」）、第七冊（刷外題「六韜評判」）、第八冊（刷外題「荀子」。柱題「荀子評判」）。①写本末尾「荀子議兵篇」四丁のうち、第三丁目表上欄に「朱圏ヨリ奥ハ／堀加州へ遣ス／清書ニハ削也」と朱書あり、それ以前の部分が、この「荀子（評判）」一冊をなしている。②七書和漢評判は、①版本に拠りつつ、「七書」とするため、①清書本の「荀子」部分を加えたものか。

なお、小浜市立図書館酒井家文庫蔵本は刊記は東大国語研本に同じであるが、「孫子評判　上（下）」「呉子評判六韜／三略」「司馬法評判尉繚子／荀子」（小書き双行部分は墨書）の四分冊。神宮文庫（二部）は八分冊であるが、刊記は「慶安四孟春仲旬／（空欄）」。なお、表紙は東大本を含めいずれも藍色無地。

③《七書評判》

②が「七書」と銘打ちながら、通常の七書のうちに含まれる『唐太宗李衛公問対』を欠き、替わりに「荀子」を加えていたのに対し、『七書評判』は『太宗問対』を加え、「荀子」を外している。さらに、②が項目的に七書の一節を示すところを、当該章句を含む部分を広く載せ、結果、全文を提示することになっている。『孫子』各篇の内容を簡

単に紹介する文を新たに加え、②の条目の訳解部分を「註」、「本朝」を「倭」、「異朝」を「漢」という見出しに改めている。さらに『六韜』以下では、②未収録部分について七書本文を載せた後に「評ニ云ク」に始まる長文の評釈を掲げる、等の改訂を施している。(9) ただし、③であらたに収載された「太宗問答」には、「評」「倭」「漢」が無く、七書本文と「評ニ云ク」とのみで成り立っている。

②と③とは、ちょうど、『理尽鈔』と『太平記大全』(『理尽鈔』に『太平記』本文を加えて一書をなしている)とのような関係にある。

岐阜市立図書館蔵本により簡単に書誌を示す。孫子本(巻頭に『七書講義』江伯虎序を付載)・末、呉子、司馬法、尉繚子本・末、三略、六韜本・末、太宗問答本・末(巻末に慶長一一年開板『武経七書』の跋を付載)の一一分冊。薄藍色表紙。刷外題「七書評判孫子本　一(～大宗問答末　十一)」。内題なし(「孫子」～「唐太宗李衛公問対」)。七書本文は九行漢文、註・倭・漢は一八行片仮名交じり。匡郭単辺。刊記「明暦二年冬下旬/風月庄左衛門」。

④《七書和解》

本書は、③の改題後印本(外題・分冊以外は刊記も含め同一体裁。匡郭本書の方がやや小寸、また③には無い欠損部分あり)。

玉川大学図書館蔵本により書誌を示す。薄藍色表紙。刷外題「評判/七書和解　一(～十)」。孫子本末一冊、呉子、司馬法、尉繚子上、尉繚子下、三略、六韜上、六韜下、問対上、問対下の一〇分冊。

4、七書抄

羅山関係の著作として、いまひとつ、七書抄が問題となる。管見に及んだ五部を略記する。

○東京大学文学部国語研究室(八帙に収載。帙背題によれば六韜・孫子・呉子・司馬法・三略・尉繚子・問対・評判の順であるが、問対巻末に刊記があることから、上記七書評判の順に倣って記述する）三三巻三六冊。七書和漢評判（八冊）を付す。

孫子抄（六巻六冊。藍色表紙二六・五×一七・五cm。刷外題「孫子鈔　一（〜六）」、内題「孫子抄巻第一（〜六）」、柱題「孫子抄」、尾題「孫子抄巻第一（〜六）終」。四周双辺一九・七×一四・八cm。一〇行片仮名交じり）、呉子抄（四巻五冊）、司馬法抄（四巻四冊）、尉繚子抄（五巻五冊）、三略抄（四巻四冊）、六韜抄（六巻八冊）、唐太宗李衛公問対抄（四巻四冊。木記「慶安四辛卯稔重陽吉日／雕開／二条通玉屋町村上平楽寺」）

○小浜市立図書館酒井家文庫（藍色表紙二七・四×一七・八cm。他は東大国語研本に同じ。「七書軍器図説」一冊、「七書和漢評判」四冊〈孫子上、孫子下、呉子・六韜・三略、司馬法・尉繚子・荀子〉と合わせ計四一冊）

○京都府立総合資料館（藍色表紙二七・五×一七・七cm）
孫子鈔三冊（六冊を合綴。巻一のみ本文料紙縦横〇・五cm程小さく、他の巻より古びている）・呉子鈔二冊（四冊及び「呉子評判」を合綴）・司馬法鈔二冊（四冊及び「司馬法評判」を合綴）・尉繚子鈔三冊（五冊及び「尉繚子評判」を合綴）・三略鈔二冊（四冊及び「三略評判」を合綴）・六韜鈔四冊（八冊及び「六韜評判」を合綴）・太宗問対鈔二冊（四冊を合綴）の計一八冊。

○神宮文庫［十門二三三二号］（藍色表紙二六・八×一八・〇cm。三六冊。蔵書印「林崎／文庫」「林崎文庫」。蔵書印からみて、七書和漢評判八冊［十門二三三五号］・七書軍器図説一冊［十門五八号］と一揃いか。）

○神宮文庫［十門一六五五号］（やや薄い藍色表紙二六・八×一八・〇cm。刊記：「唐太宗李衛公問対抄巻之四終」と木記との間に「車屋町夷川角／林久次郎」とあり。この刊記のみ本文および左の木記に対し、やや左に傾いている。後印か。「七書軍器図説」一冊を含む、計三七冊。蔵書印「神宮／文庫」「宮崎／文庫」）

上記五部のあり方及び斯道文庫編『〈江戸時代〉書林出版書籍目録集成』収載〈寛文六年頃〉刊本に「四十五冊：同（七書）鈔」「十一冊：同評判」「八冊：和漢軍談」、寛文一〇年刊本に「四十五冊：同鈔　道春評判」「十一冊：同

評判　道春」「十冊：和漢軍談　林道春」とあることを勘案すれば、以下のようになる。まず、書籍目録の「同鈔四十五冊」は七書軍器図説一冊・道春評判（七書和漢評判）八冊を含み、「同評判十一冊」は前記3③《七書評判》、「和漢軍談十冊」は前記3④《七書和解》に相当すると思われる。七書抄三六冊は、慶安四年に七書軍器図説・七書和漢評判と併せ刊行され、七書和漢評判は前述のように、収載書目・書名等を改め、単独でも刊行されたものであろう。

問題は、この七書抄の編著者である。林羅山集付録巻第四「編著書目」に「呉子抄　六巻／司馬法抄　五巻／尉繚子抄　九巻／六韜抄　六巻／太宗問答抄　三巻／呉子以下五部併《セテ》二見《ヘタルノ》レ前《ニ》孫子三略《ヲ》一而七書備《ハル》矣」とあるが、前記七書の「諺解」をさすと考えられる。『国書総目録』に「六韜抄一冊（著）林羅山（写）旧彰考」「呉子抄（著）林羅山（道春）（版）尊経（四巻評判一巻六冊）・旧浅野（五冊）」「司馬法鈔四巻四冊（著）林羅山（成）慶安四刊（版）陽明・旧浅野」などとあるのは、右「編著書目」に影響されたものではないか。延宝三年刊書籍目録以降には「四十五：同鈔　道春」とあるが、先行の目録は「道春評判」の付載をいうのみであり、七書鈔そのものの著者については言及していない。以下、『倭漢軍談』上、『孫子諺解』、『孫子抄』の三者を比較する。

1、訓点のあり方

○始計篇

（倭）能而《ヨクスレトモ》　示《ス》二之《レニ》不レ能《コトヲヨクセ》　（諺）能而《クスレトモ》　示《シ》二之《ニ》不《ヲ》レ能《クセ》

（抄）能而《クシテ》示《シ》二之《ニ》不《コトヲ》レ能《ハ》

○作戦篇

（倭）其用《ルコトハ》　レ戦《ヲ》也勝《テハナリ》、久則《トキハヤフリ》　鈍レ兵《ヲ》　（諺）其用《ルコトハ》　レ戦《ヲ》也勝《テハナリ》、久則《キトキハヤフリ》　鈍レ兵《ヲ》

（抄）其用《レルハ》レ戦也勝《カタントナリ》《ツトモ》、久則《ケレハツイヤシ》《キトキンバ》　鈍レ兵《ヲ》

○謀攻篇
（倭）不レ若《トキハシカ》則能避《クサル》之　（諺）不レ若《トキハシカ》則能避《クサル》レ之《ニ》　（抄）不《ハ》レ若則能避《ケヨ》之
○兵勢篇
（倭）兵之《ノ》所レ加《フル》如《キハ》二以《テ》レ碫《イシヲ》投《クルカ》一レ卵《ニ》者虚実是也《ナリ》
（諺）兵之《ノ》所レ加《フル》如《キハ》二以《テ》レ碫《イシヲクルカ》投レ卵《ニ》者虚実是也《ナリ》
（抄）兵之《ノ》所《ロ》レ加《フル》如《ナル》二以レ碫《イシヲ》投《スル》レ卵《カイコヲ》者《ノハ》虚実是也
○軍争篇
（倭）衆《モロく》争《トキハ》為レ危　（諺）衆争《ハ》為レ危《キコトヲ》　（抄）衆争《ヲ》為《ス》レ危《シト》
○行軍篇
（倭）客絶《テ》レ水《ヲ》而来《トキハ》レ勿二迎《フコト》之《ヲ》於水内《ニ》一、令《テ》二半《ハ》渡《ラ》一而撃《トキハ》レ之《ヲ》利《アリ》
（諺）客絶《テ》レ水《ヲ》而来《ラハ》レ勿二迎《フルコト》之《ヲ》於水内《ニ》一、令《シメテ》二半《ハ》渡《ラ》一而撃《ツトキハ》レ之《ヲ》利《アリ》
（抄）客絶《テ》レ水而来《ラハ》レ勿《レ》二迎《フコト》之《ヲ》於水内《ニ》一、令《シメハ》二半《ハ》済《ツテ》而撃《ウタ》一レ之《ヲ》利《アラン》

※『倭漢軍談』の条目の訓点を他の二著と比較すると、『倭漢軍談』と『孫子諺解』とがおおむね一致するのに対し、『孫子抄』は異なることが多い。

2、訳解内容

○火攻篇
（倭）火発《スレハ》二於内《ヨリ》一即早応《クス》二之《レニ》於外《ニ》一
敵ノ中ヨリ火アガルト見バ、外ヨリ早攻ベシ。敵、火ニ驚テ騒グ所ヲ打バ、大ニ勝ツ。（事例略）

（諺）火発二於《スルトキハ》内《ニ》一即早応《クス》二之《ニ》於外《ニ》一

……敵ノ中ヨリスデニ火アガルト見バ、外ヨリハヤクセムベシ。敵、火ニオドロイテアハテサハグ処ヲ、急ニウツナリ。（事例略）

（抄）火発《セハ》二於内《ニ》一即早応《クセヨ》二之於外《ニ》一

応《ズル》之ノ術ハ内ヨリ火ヲ発セバ、外ヨリモ早ク火ヲアゲテ、内ト外トヒトシク攻ルナラバ、敵人火ヲケサントスルコトモナラズ、敵軍、戦ニヲヨバンコトモナリガタク、驚乱シテ敗北スルゾ。早クトハ速ニ外ヨリ応ゼヨトナリ。速ナラザレバ機ヲ失ナリ。（事例略）

○軍形篇

（倭）該当項目無し

（諺）善用《クル》レ兵者《ヲノハ》、修《テ》レ道《ヲ》而保《ツ》レ法《ヲ》。故能《ニ》為《クナス》二勝敗《ノ》之政《ヲ》一

ヨキ兵法ハ、常ニ仁義礼智ノ道ヲオサメテ、人ヲナヅケ教ヘ、賞罰法度ヲタテヽ、善ヲス、メ悪ヲコラス。是国家ヲオサムルノ道也。故ニ有道ノ兵ハ無道ノ兵ニカチ、法度アルノ兵ハ無法度ノ兵ニカツ。湯王ノ夏桀ニカチ、武王ノ殷ノ紂ニカツハ、コノユヘ也。是ヲ勝敗ノ政ト云。

（抄）善用《ル》レ兵者《ヲハ》、修《メ》レ道《ヲ》而保《ツ》レ法《ヲ》。故能《ニ》為《クス》二勝敗《ノ》之政《ヲ》一

【我ガ勝ツベカラヌ道ヲヨクヲサメテ、ソノ心得ノゴトク法ヲタモツナリ。サルニヨリテ制《シ》レ勝《ヲ》、敗《ル》レ敵ノ政ヲ能スルナリ。】a或ハ、道ハ仁義礼智也《ナリ》。法ハ賞罰号令ナリ。道ノヲコタリスタレンコトヲ懼レテ修スルナリ。士卒万兵、法ヲ存ゼザルコトヲウレイテコレヲ保ツナリ。直解ニ、【一説ニ先ヅ道義ヲ修メテ衆ヲヤワラゲ、後ニ法令ヲ保テ其下ヲ戢《ヲサ》ム。恩ト威トナラビ用ルユヘニ、敵ニ勝チ、敵ヲヤブルノ政ヲナストナリ。】b昔湯武之興《ル》ヤ也以《テ》二至《ヲ》義一伐《ツ》二不《ヲ》義一。此修レ道《ナリ》也。升《ノ》レ陑《シニ》之誓《ニ》或ハ大ニ賚《タマモノシ》レ汝《ニ》、或孥《ハヤツコマテニ》戮《ストモ》レ汝。牧野之《ノ》誓《ニ》或止《ハ》斉《フ》二於六歩七歩《ヲ》一、

或《ハ》止斉《フ》二於六伐七伐《ヲ》一。是《レ》能《ク》保《ナリ》レ法《ヲ》也。

（講義）善《ク》用《ル》レ兵《ヲ》者《ノハ》、修《メテ》レ道《ヲ》而保《ツ》レ法《ヲ》。故《ニ》能為二勝敗之政《ヲ》一存《スル》二乎己《ニ》一者《ノ》既有《ルトキハ》二自治《ノ》之術一、則施《ス》二諸外《ニ》一者《ノ》斯《レ》能《ク》決《メ》二勝負《ノ》機《ヲ》一修《メ》レ道《ヲ》、以《テ》保《ツ》レ法《ヲ》。故《ニ》能《ク》為二勝敗《ノ》之政《ヲ》一。勝敗《ノ》之政者《ハ》勝敗《ノ》之事也。為《ストハ》二勝敗《ノ》之政《ヲ》一者《トイフコト》、謂三能《ク》使《ムト》二己《ヲシテ》勝《テ》而敵敗《ラ》一也。a道者《ハ》何《ゾ》、仁義礼智信《ハ》無《シ》レ非《ズトイフ》レ道《ニ》也。法者《ハ》何《ゾ》、賞罰号令無《シ》レ非《トイフコト》レ決《ニ》也。道懼《ハル》二其《ノ》或《ハ》廃《レンコトヲ》一。故《ニ》従《テ》而修《ム》レ之。法懼《ハル》二其《ノ》不《コトヲ》レ存《ゼ》。故《ニ》従《テ》而保《ツ》レ之《ヲ》。b昔湯武《ノ》之興《ルコト》也、以《テ》二至仁《ヲ》一伐《ツ》二不仁《ヲ》一、以《テ》二至義《ヲ》一伐《ツ》二不義《ヲ》一。此修《ヲ》レ道《ヲ》也。升《ルノ》レ陑《ニ》之誓《ヒニ》、或《ハ》大《ニ》賚《シ》レ汝《ニ》、或《ハ》孥戮《ストイフ》レ汝《ヲ》、牧野《ノ》之誓《ニ》、或《ハ》止斉《フ》二於六歩七歩《ヲ》一、或《ハ》止斉《フ》二於六伐七伐《ヲ》一。是《レ》能《ク》保《ナリ》レ法《ヲ》也。（後略）[10]

（直解）善《ク》用《ル》レ兵《ヲ》者《ノハ》、修《テ》レ道《ヲ》而保《ツ》レ法《ヲ》。故《ニ》能為二勝敗之政《ヲ》一

【善能用《ル》レ兵《ヲ》者《ノハ》、修《テ》二治《シ》自己不レ可レ勝之道《ヲ》一、保二守《ス》自己不レ可レ勝之法《ヲ》一。故《ニ》能為二制《シ》レ勝《ヲ》敗《ル》レ敵《ヲ》之政《ヲ》一。】【〇一説《ニ》先修《ツテ》二道義《ヲ》一、以和《ゲ》二其衆《ヲ》一、然後保《テ》二法令《ヲ》一、戢《サム》二其下《ヲ》一。使二民《ヲ》畏《テ》而愛《セ》一レ之。恩威並用《ビル》。故《ニ》能為二勝《チ》レ敵《ニ》敗《ル》レ敵《ヲ》之政《ヲ》一也。[11]】

『抄』は、『孫武子直解』（【　】内）に、『孫子講義』の行文（aは取意、bはほぼそのまま摂取）を加えて成り立っている。一方の『孫子諺解』は、その序文に「今ノ抄ハ講義ノコ、ロヲ用ヒテ、少シ了簡ヲ加ル也」という。たしかに、『諺解』は『講義』の枠内にあるといえるが、しかし、『講義』波線部が明示するように、勝利を引き出すための、あるいは勝利の前提としての仁義の道を説くのに対し、『諺解』には兵法・勝敗の中に仁義の道・「政」を見いだしていこうとする志向性がある。そうした姿勢と『抄』が最初に挙げる「我ガ勝ツベカラヌ道ヲヨクヲサメテ、ソノ心得ノゴトク法ヲタモツナリ。サルニヨリテ制《シ》レ勝《ヲ》、敗《ル》レ敵ノ政ヲ能スルナリ」に見られる手法としての道・法の理解とはあい容れないものであろう。同種の問題は他の箇所にも見られる。

『諺解』は冒頭始計篇の「道者《ハ》令《シメテ》レ民《シテ》与《ヲ》レ上同《クス》レ意《ヲ》、可《ク》二与レ之死《ス》一、可《クシテ》二与レ之生《ク》一、而不《ラシム》レ畏《レ》レ危《キコトヲ》也」を、次のように注している。

其道ト云フハ、国主ツネニ臣ヲモアハレミテ、ナサケヲカケ、メグミヲタレ、ヨク君ニ思ヒツキテ、各同心一味シテ、戦ヒニノゾメドモ、君ヲモ大将ヲモミスツルコトナク、命ヲオシマズ、敵ヲオソレズ、子ノオヤヲステヌゴトクニ、上ヲヲモフヤウニ、仁義ノ政ヲスルヲ道ト云ナリ。

羅山が、積極的・能動的な「仁義ノ政」がおのづからなす、君臣一体の機運の醸成を説こうとしているのに対し[12]、『抄』のそれは以下にみるように、あからさまに統率を目的としたものである。

直解ニ云ク、道トハ仁義礼楽孝悌忠信之謂也。人君道ナクンバ、民ソノ心ヲ同フセジ。民ハ万民士卒ヲサシテ云。士民ソノ心ヲ同フセズンバ、イカデカ命ヲ用ヒテ戦ヒニ死セン。進ンデ死スルコトヲ栄トシ、退イテ生ンコトヲ辱トスルハ、ミナ主君ノ道ニナツクガユヘナリ。アエテ仁ナクンバアルベカラズ。（後略）

以上、訓点のあり方、注解内容の両面からみて、少なくとも『孫子抄』は羅山の著作ではない。こうした注解内容の相違は『六韜』などにも見られ、『七書抄』全体も同様の結論になるものと思われる。

二、『無極鈔』と羅山兵書・他

前節でみた羅山他の七書訳解と『無極鈔』とはどのような関係をもつのか。『無極鈔』巻三に『孫子』始計篇の引用がみられる。

孫子《ガ》曰経《タダスニ》レ之《ヲ》以《シ》二五事《ヲ》一校《カンガフルニ》レ之《ヲ》以《シテ》レ計《ヲ》而索《モトム》二其情《ジヤウヲ》一

魏《ノ》曹操《ノ》曰《ク》、謂《ヲモヘラク》、下《ノ》五事七計、求《ム》二彼《ヒ》我《ガ》之《ノ》情《ヲ》一也

五事

一曰道

張預曰《ガク》、恩信《ヲンシン》使《シ》民《ミン》
恩ト云フハ、賞禄ヲ云フ。信ト云フハ、不《ル》㆑疑《ガハ》ヲ云。士卒、大将ヲウタガワザルヲ云フナリ。使トハ、士ヲ使ノ正シキヲ云。民トハ農ノ時ヲ云フ。

二　曰　天
張預曰、上順《ミフ》㆓天時《ノニ》㆒
天ノ時ト云フハ、春夏秋冬ヲカンガヘテ、士卒ノ労ヲ思フベシ。

三　曰　地
張預曰、下知《モル》㆓地利《ノヲ》㆒
張預曰《ク》、広通《クズ》㆓諸国《ニ》㆒
地ノ利ヲシルトハ、地ノ嶮岨ヲシリ、分テ、兵ヲ用ユベシトナリ。

四　曰　将
張預曰《ガ》、委《ス》㆓任賢能《ニ》㆒
賢能ニ任ンズトハ、賢人才幹ノ士ニ、事ヲ問ヒ議ヲ論ズベシ。

五　曰　法
張預曰、節制厳明
節制厳明トハ、法ヲ出シテ、少シモタガヘザルナリ。ヒイキ偏頗ナキヲ云ナリ。コレニヨツテ、正成、衆卒ト議シテ、後ニハカル也。

最初に『無極鈔』の典拠に言及しておく。傍線部の内、張預の注は、『直解』にもあるが、曹操の注はなく、形式も含め、『無極鈔』は孫子十家注本(13)に近似する。ただし、「地」の「張預曰広通諸国」は何に拠ったか不明。

内容面で注目されるのが、「道」の注解である。一方に、前掲『諺解』のような「仁義ノ政」を前面に押しだした解釈があり、対極に、以下に示す、仁義道徳ノ道の関与を排する『孫子陣宝抄聞書』のような説がある。(14)

此道ハ仁義道徳ノ道ニ非ズ。武ノ道也。令レ民与レ上同レ意ヲスルト云ヨリ以下ハ、道ノ字ヲ尺シタル詞也。直解・講義ナドニハ、諸卒ガ君タル人ト心ヲ同ジウシテ、死生ヲ共ニスルヤウニセヨト尺セリ。是孫子一部ノ心ニ異セリ。孫子ガ心ハ、主将タル人、諸卒トトモニ死生ヲ同ゼヨ。少モ危キコトヲ畏ル、ナト云リ。（中略）仁義道徳ノ道ガ一年ヤ二年教タルトテ、百万ノ衆ナンゾ道ニ赴ンヤ。吾カ方ヨリ身ヲ投ジテ、諸卒ノ死ヲ進ンニハ、早速ニ身ノ手足ヲツカフ如クニナルナリ。主将危キコトヲ恐レテハ、中々諸卒ハ用ヌ物ゾト、シメシタル詞ナリ。能々工夫アルベシ。

その両者の間に、前述版本『孫子抄』や以下の仮名抄の説がある、という見取り図になろう（Aは『諺解』に近い(15)）。

A『孫子私抄』（東京大学文学部国語研究室蔵写本一冊。半葉一〇行片仮名交じり。奥書等なし。旧蔵印「游焉館／図書」（木戸元斎）。近世初期写。島原松平文庫蔵本（「尚舎源忠房」「文庫」印）は本書と同一(16)）

……我身ニ道ヲ、サメズシテ、只天地将法ヲタノメバ悪キナリ。道トハ道徳也、徳化也。君ヨク仁義ノ道ヲ行テ、天ノ心ニカナフヲ云也。或説ニ、道トハ下知法度ヲ云也トアリ。此説ハアサシ。能ク仁義ノ道ヲ行テ、サテ天ノ時ニカナイ、地ノ利ヲ知リ、能ク大将ノ道ヲ行テ、サテ軍ノ法度ヲ能ク立ルヲ肝要トシレト云フ也。（孫子正文略）君タル人、仁義ヲ行テ、下方人ヲモイツキ、上ヲタイセツニ思ヒ、君ト心ヲ同スレバ、死スルモ生クルモ、皆君ト共ニト思フ故ニ危ヲヲソレザル也。

B『孫子抄』（壽岳章子蔵。国文学研究資料館マイクロフィルムによる。書誌は赤瀬信吾編「向日庵抄物目録」『向日庵抄物集下巻』（一九八七）参照。近世中期写）

凡軍書ハ戦国刑名ノ事業ナレバ、聖賢仁義礼知ノ名ヲカリテ、兵家ノ為ニスト也。故聖賢ノ字義ニテアタラザル事アルベシ。此五事ニ次第スル心アル也。先《ヅ》人君、道ヲ以テ我ヲ、サメズシテ、人ヲ治メントスルコトハ理ニソムケルコトナレバ、人ハ治メラレズ也。此道トハ兵家軍法ノ道トバカリニアラザルベシ。聖賢ノ道ヲ本トシテ、末ノ兵家ノ道ヲモ治《ム》ベキ也。

これらに比し、『無極鈔』の「張預曰《ガク》、恩信使民／恩ト云フハ、賞禄ヲ云フ。信ト云フハ、不《ル》レ疑《ガハ》ヲ云。士卒、大将ヲウタガワザルヲ云フナリ。使トハ、士ヲ使ノ正シキヲ云。民トハ農ノ時ヲ云フ」という注解は、『諺解』等とは全く無縁であることはもちろん、『陣宝抄聞書』と比しても、特異といわざるをえない。ちなみに、『直解』寛永二〇年刊本は「恩信《ヲ以テ》使《ヒ》レ民《ヲ》」と訓じている。

なお、右の引用の前に、『無極鈔』巻三には以下の記事がある。

孫子《ガ》曰、夫《レ》解《ク》二雑乱紛糾《ヲ》一者《ハ》、不二控捲《セ》一。救《フ》レ闘《ヲ》者《ハ》、不二搏撠《タンゲキセ》一。批亢《ベイカウシテ》擣《ツ》レ虚《ヲ》。形格勢禁《ヘズルトキハ》、則自為《ニ》解《ク》耳。

孫子ガ心、乱《レ》喧《シキ》ノ兵ヲ、手ヲ以テ解《ク》ベシ。控捲トハ、コナタニテ、歯ガミシタルコトナリ。手ヲニギリタルコトゾ。搏撠トハ、コナタヨリ、擒《サシマネイ》テ、コレヲトクゾ。同ク兵ヲスクヘドモ、時ニヨリカワルコトゾ。

「孫子曰」云々は、『史記』「孫子呉起列伝」の一節[17]。ゾ体を旨とする注解のあり方（『無極鈔』の中でも珍しい）は、抄物の利用を思わせるが、史記桃源抄（内閣文庫蔵写本）や幻雲史記抄（米沢市立図書館蔵写本）などとは一致しない。これまでにも『義貞軍記』や『兵鏡』等の和漢の兵書の利用を確認したが、『無極鈔』の資料蒐集は相当に手広い。しかし、その学問基盤はいかなるものであろうか。

いま一例、『六韜』関係記事をとりあげる。

八幡太郎、為義ニヲシヘラレシ兵法アリ。イマダ戦ハズシテ、マヅ敵ノツヨキト、ヨハキトヲシリ、カネテ勝負ノシルシヲ、ヨクワキマヘンコトアリ。天神地祇ノ明ナルトコロアツテ、アラハル、モノナリ。①ソノアラハル、ト云ハ、或ハ敵ノ陣取ル処、或ハ城中ノ色、星ノヤドリ、衆人ノ出入進退ヲヨクウカヾヒシルベシ。ソノ動クト、シヅカナルト、モノ云フコト、、吉ノシナ、凶ノアリサマ、諸卒ノ平生モノガタリスル所ノ模様ヲ以テシルナリ。諸侍ヨロコビノ気アリテ、大将ノ法ヲ恐レ、将ヲウヤマヒ、カタリ云フニ、敵ヲ破テ賞ニアヅカラント云テ、勇猛ノ義ヲ専トシ、武威アルモノヲ貴トミテ、義スルハ、強キシルシナリ。又其衆シバ〳〵ヲドロキ、士卒ト、ノホラズ、②敵ノ強キコトヲ相恐レ云テ、味方ハ敵ニハナリガタシ、利アルベカラズトノ、シリ、将ノ気ヲカロンズルハ、妖言ナレバ、衆人口論相惑ハシ、法制ヲヲソレズ、其将ヲタットマザルハ此弱キシルシナリ。又其軍整《ノ》ホリ陣ノ勢スデニカタク、其堀ヲホリ、土手ヲヨクツキ、大風大雨ノ利ハナハダヨク、其軍法正シク、旗ノ色ウルハシクナリ、モノ、声和ラカナルハ、神明ノ助ケアリテ、大ニカツベキシルシナリ。武者押ノ時ヨク旗ノ行列ミダレ相マトハリ、大風大雨ノ利ニモサカヒ、士卒ヲソレヲヂテ、気タヘテヒトシカラズ、牛馬驚《キ》ハシツテ、ナリモノ、声ヒキク濁リコエニテ、湿《フ》テ沐浴スルヤウナルハ大ニ敗ル、シルシナリ。凡《ソ》城ヲ攻メントキ、城ノ気色、死灰ノコトクナルトキンバ其城ホロブ。③城ノ気出デ、北スルトキンバ、其城カツベシ。城ノ気出デ、西スルトキンバ城降ルベシ。城ノ気出デ、南スルトキンバ、イカントモシガタシ。城ノ気出デ、東スルトキンバ、攻メガタシ。城ノ気出デ、復入レバ、城主逃ニクルモノナリ。城ノ気出デ、我軍ノ上ニヲホヘバ、軍カナラズナヤムモノナリ。城ノ気出デ、高《ウ》シテ止ム所ナキハ、兵ヲモチユルコト久シキモノナリ。城ヲ攻ルニ十日ヲスグレドモ雨フラズ、イカヅチナラズンバ、寄手敗スベシトシレ。セムベキト、セムベカラザルトヲシツテ、スルトコロナリ。(『無極鈔』巻九15オ～17オ)

右は、八幡太郎義家の詞を引用する形を採っているが、『六韜』龍韜「兵徴」全文の和訳にほぼ等しい。ここも、第四部第二章でみた『無極鈔』の本文形成の仕組みの一典型である。

傍線部①の『六韜』正文は「其《ノ》効《シ》、在《リ》レ人《ニ》。謹《テ》候《ヒ》二敵人《ノ》出入進退《ヲ》一、察《セヨ》二其《ノ》動静言語妖祥士卒《ノ》所《ヲ》レ告《ル》」(『講義』による)。

◇『六韜秘抄』(京都大学附属図書館清家文庫蔵清原宣賢自筆本。褐色表紙二七・三×二一・三㎝、斐楮混紙袋綴二冊。題簽「六

韜秘抄　一之三　乾（四之六　坤）　不出」（宣賢自筆）、内題「六韜秘抄　環翠軒宗尤私抄之」。天地左右墨界八行、和字注双行。朱点、朱引、朱勾点。六韜正文に朱筆ヲコト点、○◁等の記号。墨筆返点送仮名竪点。巻第三尾題の次に「清侍従三位清原宣賢私抄之／号環翠軒宗尤　（花押）」。印「舟橋蔵書」（内題下））

其効在人トハ、シルシガ、人ノ上ニミユル也。謹候敵人出入進退トハ、謹ノ字肝要也。ヅント緊密ニ伺ベシ。敵人ノ出入進退ヲ見ベシ。察其動静言語《ノ》祅祥士卒所告トハ、敵人ノ動静也。言語祅祥トハ、此陣ニ星ガ飛、光物ガアルナド云出ス事也。士卒所告トハ、士卒ガ無尽ノ事ヲ告ル也。祥ハ易ノ履卦ノ注ニ、禍福之祥ト云ハ、吉ニモ凶ニモ祥ト云。（中略）上ノ動静ニツガハセテ見バ、祅ハワルイ方、祥ハヨイ方也。一ツニミバ祅祥ハ共ニワルイ方也。ドナタヘモ見ベシ。（後略）

◇『六韜私抄』（東京大学文学部国語研究室蔵。薄香色表紙二五・九×一八・三㎝、斐楮混紙袋綴二冊。題簽「六韜私抄上（下）」、内題なし。上冊末尾「六韜巻第三私抄」。一二行片仮名交じり。朱点、朱引、朱庵点、墨筆訓点。奥書なし。旧蔵朱印「游焉館／図書」（1オ）、「見／笑」「成／趣」（後遊紙裏））(18)

其ハ別ニハナイ、敵ノ人ノ上デ見ユルゾ。謹テガ干要ゾ。謹密《ニ》窺イ、ミイデバゾ。言―言語ハ、敵ノ詞ニ因デ知コトゾ。妖―妖ハ、光リ物ガ飛ツ、星《ガ》落ツナンドスルコトゾ。祥ハ善悪《ニ》在コトゾ。易ノ履ノ卦《ニ》、禍福ノ祥ト有程《ニ》ゾ。吉祥ノ方バカリデハ有マイ歟。（中略）動静《ニ》対セバ、善悪ノ方デモ有フカ。ドチヘデマリゾ。士卒―敵人ノ士卒ガ云ヤウナコトヲ、ヨウキケゾ。

◇林羅山『六韜諺解』（内閣文庫近世初期写本）

其効シ人ニアリ。精神先外ニアラハル、ユヘナリ。謹候《フ》㆓敵人出入進退㆒ト云ヨリ以下ハ皆其効ナリ。敵ノ出入進退動静アヤシキコト吉事ヲ云ト、士卒ノ語告ルトヲ察スル時ハ、強弱モ勝負モ知ベキナリ。

◇『六韜抄』（版本『七書抄』の内）

サテ又ソノ効ハ人ニアルナリ。敵人ノ出ルト入ルト、進ム退クノ万事ノ手ダテヲ、謹デヨク候フベシ。コレヲ肝要トスルナリ。（中略）動静言語トハ、敵ノ動キハタラクト静ニシテ安徐ナルト、言語ノ上ニテシルトナリ。妖祥トハ妖怪不祥ノ事ナリ。光モノナドアルトイヒ、ワルキ星ガ出来タナド、云コト也。（中略）士卒ノ相告テ、イロ〳〵ニ語話シ沙汰スルヲ見ベシ。カヤウノトコロニテ弱強モシレ勝負モアラハルベシ。

※諺解・私抄・抄いずれも、宣賢注の流れを汲むものと思われるが、『無極鈔』のように「或ハ敵ノ陣取ル処、或ハ城中ノ色」に言及するものはない。

傍線部②、『六韜』正文は「相恐《ルルニ》以《シ》㆓敵《ノ》強《キヲ》㆒、相語《ルニ》以《シ》㆑不《ヲ》㆑利《アラ》、耳目相属《ツケ》、妖言不㆑止《マ》」。

『六韜秘抄』

相恐以敵強トハ、敵ニハヨキ衆アリナド云テ恐也。相語以不利トハ、今度ハセマジキ出陣ヲセラルナド云。耳目相属トハ、耳モトニテ、ナニヤランサ、ヤキ、目マゼヲシツナドスル也。祅言不止トハ、陣中ニ怪異ガアルナド云。

『六韜私抄』

相恐―相語―敵ガ事ノ外《ニ》ツヨフミヘタ程《ニ》、イカニスルトモ勝ハエセマイナド云ゾ。是《ハ》心中《ニ》ヲソル、心ノ多因《ニ》デ、カウ云事ゾ。耳目―ソヾ〳〵トサ、ヤキ事ナドスルゾ。祅言―怪ガマシイ事ガ有ト云ゾ。

『六韜諺解』

相共ニ恐ニ敵ノ強ヲ以シ、相共ニ語ルニ其利アラザルヲ以スルトキハ、人々ツタナクオソル、心アリ。耳ヲツケ、目ヲツケテ恠キ事ヲ云ヒ、ハゲ〳〵シキ事ヤマズ。

『六韜抄』

敵ノ強キヲヲソレテ、相語ルニハ吾方ノ利ナラズ、コノ軍ハセマジキコトヲセラル、ナド、、士卒トモニカタルナリ。耳目相属シテ、ナニトヤラヒソ〳〵トモノイヒ、目マジナドヲシヤイテ、驚懼ノ貌アルナリ。妖言不レ止トハ、陣中ノ異怪アルコトヲイヒヤマズ。彼モ此モ動転シタルコトヲ云ナリ。

※ここも、『無極鈔』の「将ノ気ヲカロンズルハ妖言ナレバ」という解釈は異質。

傍線部③、『六韜』正文は「城之《ノ》気出《デテ》而北《セバ》、城可《シ》レ克《ツ》」。

『六韜秘抄』

城之気出而北城可克トハ、城ノ気ガ出テ、北ノ陰ノ方ヘナビカバ、陰ハ殺ヲ主ルホドニ、其城ヲバコナタヨリ攻テ勝ベキ也。

『六韜私抄』

城之気出―気ガ北ヘナビカバ、城ガ勝ゾ。又義ニ、城コチガ勝フト云ゾ。但シ、直解《ニハ》其城必可以克トアル時ハ、城ガ勝フズトミヘタゾ。（後略）

『六韜諺解』

城之気出テ北方ヘ向バ、攻テ勝ベシ。

『六韜抄』

城ノ気北ヘタツハ、其城カナラズ克《ツ》ベシ。

※勝つのは攻守いずれか、両説あるが、『私抄』は守城側説に重点を置き、『諺解』は攻城側説にたつ、という相違があることに注意しておきたい。この③の事例は微妙であるが、『無極鈔』編著者の学問が、博士家の学統（上記引用箇所では必ずしも鮮明ではないが、『諺解』も典拠引用等を見れば、宣賢抄の流れを汲んでいることは明瞭）とはいささか遠いところにある、とはいえるのではないか。

おわりに

『倭漢軍談』と『無極鈔』とは、前者は七書注解に太平記等を利用し、逆に、後者は「太平記」世界の注解・敷衍に七書を利用するという相違はあるものの、七書と太平記とを密接に重ね合わせるそのあり方には共通性も認められよう。ただし、みてきたように、『無極鈔』の訳解は、羅山兵書等、同時期の著作との直接関係はほとんど見いだせない。ここでは『無極鈔』という、杜撰でもあり、しかし、その分量や依拠資料の多様さを思うとき、膨大な労力を費やしたに相違ない著作の出現も、近世初期の『孫子』を中心とする七書によせる関心の高まりの中で、促されたものであることを確認しておきたい。

注

（1）阿部隆一「三略源流考附三略校勘記・擬定黄石公記佚文集」（斯道文庫論集8、一九七〇・一二）一九頁。また、島田貞一「中世における六韜と三略」（日本歴史二七二、一九七一・一）も、中世に「重んじられた六韜・三略が兵書の世界でやや衰微の色を見せ、孫子・呉子、特に孫子中心に移って行くのは江戸時代に入ってからである」と指摘している。
ちなみに、遠藤光正『類書の伝来と明文抄の研究——軍記物語への影響——』（あさま書房、一九八四）によって、和製類書における七書引用を窺うに、
◇『世俗諺文』（平安中期成）八〇書、計二五六則中『六韜』一則
◇『玉函秘抄』（鎌倉初期成）五六書、六九四則の中、『三略』三則
◇『管蠡抄』（鎌倉初期成）六六書、六二〇則の中、『三略記』三一則、『六韜』一則
◇『明文抄』（鎌倉初期成）漢籍一七〇書、二一一二則中、『黄石公三略』二則、『六韜』二則、『呉子』一則

となる。また、『伊達本金句集』（勉誠社文庫18所収。慶長頃写）の典拠注記によれば、七書では、『六韜』六句、『三略』一四句《「大公」四、「上略」（傷賢者殃……。正しくは下略）一、「三略」九》を数える。『金句集』の数字は、「大公」との注記のあり方や、「上略」とあるものが正しくは「下略」であり、「山峻者崩、政剋則者」などのように、現存本では所属未詳（参考：阿部論文一三九頁）の章句も多いが、大方の傾向は伺えるだろう。

ただし、『孫子』受容の跡がまったく見られないわけではない。付篇参照。

(2) 佐藤堅司『孫子の思想史的研究』（風間書房、一九六二）二四七頁。

(3) 跋日付「元和庚申孟冬日　道春記」（元和六年（一六二〇））。福井保『内閣文庫書誌の研究』（青裳堂、一九八〇）二九八頁によれば、「この本は文政二年に昌平坂学問所に入ったもので、林家伝来ではない」。

(4) 旧蔵印「江雲渭樹」（林羅山）・「林氏蔵書」（林述斎）・「浅草文庫」・「昌平坂学問所」（黒印）。写本と比べ、本文に一部出入りがある他、跋文を欠く（日付のみ有り）。『国書総目録』によれば、元和六版、慶安元版があるが、元和六版は跋文の日付との混同か。なお、岡山大学附属図書館池田家文庫蔵〔兵学の書〕（斐紙列帖装。奥書「元和庚申孟冬日／右羅浮先生作也／寛永丁丑春天／洛下道諄謄写」）は、本書の写本である。

(5) 刈谷市中央図書館村上文庫蔵本により、書誌を記しておく。

整版本一冊。摩耗しているが、もとは栗皮表紙か（雷文地に蓮華唐草艶出）一六・〇×一八・九cm。刷題簽「三略諺解上中下」（上下は墨書）。内題「三略諺解巻第八（～十）羅山子道春編」（巻八上略、九中略、一〇下略）。一〇行平仮名交じり。無匡郭、字面高さ二〇・五cm。柱刻「三略諺巻八（～十）幾（丁数）」。尾題なし。無刊記（『防衛大学校図書目録』有馬文庫蔵本は「明暦頃刊」とあり）。内閣文庫蔵写本と比べるに、「史記世家二十五」の引用なく、羅山跋文の日付を欠く。また、三略正文は無く、諺解部分のみ。墨付、上四五丁、中一八丁、下二四丁。

問題は、内題・柱刻部分の巻数で、他の諺解も版行されているのか。あるいは企画のみか、存疑。

(6) 外題打付書「倭漢軍談　上（下）」、内題「倭漢軍談上（下）」。訂正・補筆多し。片仮名交じり一面九行。旧蔵印「弘文学士院」（林鵞峯）・「林氏蔵書」・「浅草文庫」・「昌平坂学問所（黒印）」。

（7）第三冊原題簽「和漢軍談巻第　三四五」。内題「和漢軍談巻一（〜七）羅山子道春編」。無匡郭、平仮名交じり一面一〇行。旧蔵印「林氏蔵書」・「浅草文庫」・「昌平坂学問所（黒印）」。

（8）この活版本については、大久保順子「『和漢軍譚』と『和漢軍談』」（文藝と思想70　二〇〇六・二）が、同氏所蔵本を中心に詳細な報告をしている。

（9）『孫子』に「評ニ云ク」が無いのは、分量の都合であったか。

（10）『和刻本諸子大成第四輯』収載、寛永一一年刊元禄一一年印本による。

（11）愛知教育大学附属図書館蔵寛永二〇年刊後印本を用いる。

（12）前田勉『近世日本の儒学と兵学』（ぺりかん社、一九九六。一〇二頁）は、こうした羅山の姿勢を「軍政が道徳とは別の領域に属するものだとするのではなく、逆に両者を一致させることによって、儒学的価値観のもとに兵学の統制論を包み込もうとしている」と論じている。

（13）『孫子集成　1』（斎魯書社、一九九三。宋本十一家註孫子：中華書局一九六一年景印本を収載）に拠る。年代的に降る、清の孫星衍・呉人驥同校刊『孫子十家註』（漢文大系等）は「曹公曰、謂下五事彼我之情」と隔たり、「一曰道／杜祐曰徳化拠通典補下四句同張預曰恩信使民」（二以下も同様）と増補あり。

（14）近世兵学史における『孫子陣宝抄聞書』の意義および羅山『諺解』との対比については、前掲前田著に詳しい。ここで引用した『孫子陣宝抄』は、金沢大学附属図書館「楠家兵書六種　廿六冊」の中の茶表紙楮紙袋綴四冊である。書題簽「孫子陣宝鈔　元（亨・利・貞）」、内題「孫子陣宝抄聞書第一（〜十五）」。以下の序文をもつ。

太平記理尽抄伝授ノ時、法印陽翁、政重ヘ申サレケルハ、理尽抄ノ心ヲ明ニセントナラバ、孫子十三篇ヲ明ニシ、孫子ノ心ニ通達シテ、正成ガ心ヲ可レ知コト也。（中略）故ニ理尽抄的伝名和正三法師付与ノ孫子ノ抄アリトテ、古筆ノ小冊ヲ以テ講読アリ。彼抄ニハ陣宝抄ト題セリ。句々文々ニ玄妙ノ理アリ。政重是ヲ奇ナリトシテ、深ク密シテ名ヲダニ泄シ玉ハズ、函底ニ秘シ玉ヘリ。（今井注：陽翁が）彼抄ヲ以テ孫子全部講談ノ間、（今井注：政重と）軍談アリ。異朝ノ古事ハ異朝ノ書アレバ云フ不レ及。和朝ノ古物語、大概誰レモ知リタルコトナレドモ、良将ノ古法ノ用ヒヤウ、衆智ノ離レヤウハ、是理尽抄伝受ノ心法也。又政重ノ軍話ハ、謙信昵近ノ侍大将数輩ニ対面シテ尋探リ玉フコトナレバ、一言半句空シウセンコト遺恨ナレバ、予（今井注：全可）書留テ年月ヲ経ルノ所ニ、政長、亡父（今井注：政重）ノ御雑談ヲキカマホシク思召シテ、予ガ聞書ヲ清書セヨト仰事ニ仍テ、大概書付侍レドモ、年久シク経タルコトナレバ、聞書散乱シテ前後不同也。殊ニ亡失シタルコトモ多シ。追テ勘合セ、闕ヲ可ㇾ補者也。（後略。日付等無し）

これによれば、陽翁が正三より与えられた孫子ノ抄（陣宝抄）を講談し、本多政重と軍談を行った。陪席した政重臣全可がその折の聞書を、政重男政長の命により、整理し一書となしたのが、この孫子陣宝抄聞書である、ということになる。ただし、第四冊巻末裏に「翁」印、次丁に「右孫子陣宝鈔四冊者亡父全可／被撰集者也。可忠因求書尾／大雲院法印陽翁印為後証顕／之畢／元禄七甲戌年四月吉旦　貞真［貞眞］（朱小印）」との奥書あり。また、金沢市立玉川図書館加越能文庫には、有沢永貞による、黄土色表紙楮紙袋綴写本五冊がある。蔵書印「前田氏／尊経閣／図書記」「梧井／文匣」（有沢永貞）。奥書を示す。

右孫子陣宝抄者太平記理尽抄之奥旨、名和正三ヨリ伝テ、法印陽翁是ヲ加陽金沢之大老本多房州ニ相伝ノ時、其家人大橋新之丞入道全可、若年ヨリ房州ノ傍ニ右筆シテ書記之。其余意ヲ以テ作之所也。夫七書ノ註解、異朝ノ制作幾ト云事ヲ不知。和朝仮名抄ノ類モ亦不少。然ドモ皆漢註ヲ和訓ニ直シ、其意味ハ皆古人ノ語ニ随テ取捨有トイヘドモ、兵法之始終ニ於テ、作者一決スルノ悟意ナシ。此抄ノ如キハ、大旨理尽抄伝授ノ秘策ヲ基トシテ、本朝古今ノ名将攻戦計謀ノ事跡ニ合セテ、孫子ガ心ヲ推シテ本末合備スル事、如此明カニ尽セルヲ不見。其内半ハ思フ所ニ同ク、半ハ不同。予初、他流ノ書ヲ見ルトキ、一言一事其利ニ不叶トキハ憤テ、其書ヲ捨テ前後ヲ不見。今ハ則不然。思所ニ同キモノハ相証スルヲ悦ビ、其利反スルトキハ彼ヲ以テ此ヲ明ムルノ使ヲ思テ、同異トモニ貴フシテ、自他褒貶ノ機ヲ忘ル。故ニ本多氏ニ因ンデ全可老ガ自筆ノ本ヲ借テ、一字不ㇾ違徙ㇾ之。家伝而不可出窓外者也。于時貞亨丙寅臘月下旬跋之／「天淵」（瓢箪形）、「永貞」（朱陰刻）、永貞

貞亨三年（一六八六）は永貞四七歳。傍線部が本書に対する評価。その後の、学問態度への反省の弁も興味深い。全可自筆本を書写したとあり、本書の成立時期は、全可没年の寛文一二年（一六七二）以前、序文にいう主君政重没年の正保四年

（一六四七）以後ということになる。

（15）ただし、本書の孫子正文は「故校之以七計、而索其情」（『諺解』等「七」無し）などという相違があり、最初の三篇だけでも、「不聴吾計用之必敗去也」（之）、「挫鋭屈力弾貨」（殫）、「近帥者貴賞」（師）、「是謂靡軍」（縻）、「而同三軍之攻則軍士惑矣」（政）といった誤写が見いだされる。また、訓点も『諺解』とは異なる。

（16）『国書人名辞典　第二巻』によれば、木戸元斎は「生没年未詳。慶長六年（一六〇一）以後かなり高齢で没か。一説、同九年三月七日没」。「游焉館／図書」印は、注（18）に言及の壽岳氏蔵『三略諺解』（奥書「寛永三年丙寅六月日　羅山子夕顔巷道春拝上」）巻頭にも捺されており、元斎の養子佐河田昌俊等が何らかの事情の下に使用することもあったのか。

（17）ただし、『宋本十一家註』は、本文に先立ち「孫子本伝」として、『史記』孫子伝を掲載しており、『無極鈔』が『史記』（または史記抄）そのものに拠ったかどうかは不明。十家注系統でも四部叢刊本（孫子集註）には孫子伝は付されていない。

（18）壽岳章子蔵『司馬法私抄』、『三略私抄』（中身は三略諺解。巻末に「講武全書巻之一　兵律／八陣図説」「用陣法　同巻之二」三丁を合綴）、『太宗問対私抄』（いずれも国文学研究資料館にマイクロフィルムあり）と同筆で体裁も同じ。「向日庵抄物目録」は右三著を「林羅山著か」とする。『三略諺解』を含むこと、玄斎の養子佐河田昌俊と羅山との交友（日本古典文学大辞典「佐河田昌俊」の項）等を考えるにその可能性がなくはないが、後述のように、注解内容に異質な面があり、著者不明としておく。

付．甲斐武田氏の『孫子』受容

甲斐武田氏と『孫子』の関わりは風林火山の旗（孫子の旗）が有名であるが、具体的な受容の様相は必ずしも明確ではない。その中で注目されるのが、『武田信繁家訓』（永禄元年（一五五八）龍山子序）[1]である。この家訓は、毎条格言を掲げており、桃裕行の典拠調査および『武士道全書』（時代社、一九四二）所収「信玄家法」の頭注を参照するに、その典拠は、七書の中では、『三略』が群を抜いて多く[2]、上記の傾向と軌を一にするが、『六韜』（第三三条）、『呉子』（第二条。六五条「三略」とあるも呉子）の他、『司馬法』（第四三条。四五条は不詳）、『孫子』（第五条「孫子曰……」。九六条「七書云……」は『孫子』軍争篇・九地篇による）を引用している。桃裕行によれば、『家訓』に序している龍山子とは「伊勢から甲斐に赴いて、五山派から関山派に転派し、武田信玄とその周辺とを併せての信頼を得て」いた春国光新であり、「それは恐らく序文の依頼に止まらず、禅・儒にもわたる、日常の関係の上に立つものであったであらう」とのこと。

いまひとつ、関山派にもかかわって注意されるのが、お茶の水図書館成簣堂文庫蔵室町末期写『軍林宝鑑』二巻一冊である。本書下巻には「虚実第七　孫子曰《カ》……」（虚実篇）・「用賢第八　孫子曰《カ》……」（用間篇）と『孫子』の長文におよぶ引用がみられる。本書が邦人の偽撰であることは、阿部論文[3]に詳しいが（序文は『七書講義』の流用）、他に、内閣文庫蔵室町末期写本一冊（茶色後表紙。書題簽「軍林宝鑑」、序題「軍林宝鑑」、内題「軍林兵人宝鑑」。序題・内題は成簣堂文庫本も同じ）、天理図書館蔵写本一冊「国籍類書第百九十八冊　軍林兵人宝鑑」や米沢図書館蔵寛永一三年刊本一冊（『米沢善本の研究と解題』一四〇頁）等があり、寛文六年頃刊書籍目録にも「一冊：軍林宝鑑」とみえる。さらに『伊達本金句集』（勉誠社文庫18『金句集四種集成』所収）雑説部にも引用句があり、ある程度の流布を見たものと思われる。
問題は成簣堂文庫本の伝来である。『新修成簣堂文庫善本書目』に解題および図版二葉が示されている。同解題に「巻首に『恵林蔵書門外不出』の朱印記あり。甲州恵林寺旧儲」とあり、見返に「是書甲州恵林寺旧儲也験其紙質墨跡不降足利氏末期也　明治四十三年十一月九日　蘇峯審定」との識語がある。恵林寺は、武田信玄が再興し「永禄七年（一五六四）美濃崇福寺から快川を招いて再住させ、寺領を寄進し、従前の五山派・関山派両属を改めて関山一派と定め、また自己の位牌所とした。（中略）同十年武田氏が滅ぶと、四月三日織田勢に焼き払われ、快川ら百余名が山門楼上で焼死したが、徳川家康によって再興され、快川の法嗣末宗瑞曷が住持に迎えられた」（吉川弘文館『国史大事典』）。「孫子の旗」・『武田信繁家訓』・『軍林兵人宝鑑』をつなぐ線上に、おのずと武田氏の『孫子』受容とその経路の一端が浮かび上がってこよう。

また、『軍林兵人宝鑑』偽書説を最初に唱えた近藤正斎が「其書ノコト甲陽軍鑑ニモ引用シタレトモ……」（阿部論文二五頁所引）と指摘しているように、『甲陽軍鑑』(4)巻九（一二五、春信公山本勘助に軍法備の立様御尋之事）に、「我等ハ不案内にて候へバ、及ㇾ承たる三略とやらんに、伍と申儀と、扨ハ軍林宝鑑と申候物の本、御座あるげに候間……」との山本勘助の発言がみられる。

なお、酒井憲二編『甲陽軍鑑大成索引篇』（汲古書院、一九九四）を利用し、『甲陽軍鑑』本篇の七書引用をみるに、巻一（典厩九十九ヶ条之事）（武田信繁家訓）を除くと、『三略』の引用が一〇箇所(5)あるのに対し、『六韜』を含む他の兵書は全く見られない。『甲陽軍鑑』は小幡景憲の江戸初期偽撰説があるが、『甲陽軍鑑』写本の研究を進めた酒井は、「室町時代の言語相を色濃く保有」している事等から偽撰説を退けている。いま、原著問題に加わる用意はないが、本書も七書受容のあり方からは中世以来の流れの中にあるとはいえよう。

注

（1）『桃裕行著作集3　武家家訓の研究』に天正四年（一五七六）写本の影印・翻刻および付録「武田信繁家訓出典考（未定稿）」が収載されている。

（2）第二〇・二一・二二・三四・三六・四四・四六・四八・五四・五六・五七・六八・七八条、計一三条。第四条の出典を「三略」とする異本あるも、不詳。全体でも『論語』に次ぐ引用数である。

（3）「三略源流考附三略校勘記・擬定黄石公記佚文集」二四〜二六頁。

（4）酒井憲二編『甲陽軍鑑大成　本文篇』（汲古書院、一九九四）による。

（5）本文引用箇所と典拠を『漢文大系　列子・七書』により示す。

・三略にも、「義者《は》不下為《に》二不仁者《の》一死《せ》上、智者《は》不下為《に》二闇主《の》一謀《ら》上」と申時ハ……〔巻二20オ。中略19頁〕

・三略ニ曰、「強《こはくして》レ宗《ヲ》聚《め》レ奸《を》、無《くして》レ位而尊《ぶ》、威無《し》レ不《といふことふるは》レ震」、軍讖曰《に》、「葛藟《かつるゐ》相連《なつて》、種徳立《て》レ恩《ヲ》、奪《イ》二在位《ノ》権《ヲ》一、侵《し》二侮《る》下民《ヲ》一、国《の》内喧《かまびすしく》譁《かまびすしければ》、臣蔽《して》不レ言《は》、是《ヲ》謂《ふ》二乱根《ト》一」と有時ハ〔巻三22オ。上略15頁〕

・七拾ヶ年以前に、伊豆の宗雲公「三略をきかん」と有リ。ものしりのそうをよび、「それしゆ将のほうは、つとめてゐいゆふの心をとる」と有ル処迄聞、「はやがつてんしたるぞ。おけ」と有リしを……〔巻四5オ。傍線部は三略冒頭の一節〕

・三略曰《に》「雖《も》レ窮《すト》不レ処《ら》二亡国之位《ニ》一、雖《も》レ貧《すト》不レ食《ま》二乱邦之禄《ヲ》一」といふぎりにてたちいづれ共……〔巻四18オ。下略27頁〕

・爰を以て三略にも、「善悪同キ則ンバ功臣倦」ト云々。〔巻五8オ。上略11頁〕

・三略曰《に》、「内貪《ハリ》外廉《ハニ》、詐《テ》レ誉取レ名《ヲテ》竊レ公《ヲス》為レ恩ト、令《シテ》レ上下《ヲ》一昏《くらかラシム》、飾《リ》レ躬《ヲ》正《シテ》レ顔《ヲ》、以獲《テル》二高官《ル》一、是《ヲ》謂《ウ》二盗《ノ》端《ト》一。」〔巻五60ウ。上略14頁〕

・又曰、「賢臣内《なる》則《ンバ》邪臣外《ナリ》、邪臣内《なる》則《ンバ》賢臣弊《ル》、内外失《するときは》レ宜《ヲ》、禍乱伝《フ》レ世《ニ》、大臣疑《ふときは》レ主《ヲ》、衆姦集聚《リル》」とあるに……〔巻五60ウ。下略28頁〕

・三略曰《に》、「四民用《て》虚《しきときは》国乃《ち》無《し》レ儲《たくはへ》、四民用《て》足《るときは》国乃《ち》安楽《なり》」とある儀にてもあらんか。〔巻六12オ。下略28頁〕

・是も又、三略曰《ニ》、「非《れば》二計策《に》一無《し》二以《て》決《め》レ嫌《を》定《むること》レ疑《を》一」といふ心をも、つよすぎたる大将は、けいさく・武略のちゑをば、よ

ハきにあひにたるとて、きらいなさる、。そのいぢをさして、すぎたると申也。〔巻六12ウ。中略20頁〕

・三略にも、「招《キ》二挙《ゲ》姦枉《ヲ》一、抑《エ》二挫《き》仁賢《ヲ》一、背《イテ》レ公《ニ》立レ私《ヲ》、同レ位《ヲ》相訕《ソシル》、是謂《ウ》二乱源《ト》一いふ」と有げに候。〔巻一七79オ。上略14頁〕

第五部　太平記評判書からの派生書

第一章　『楠正成一巻書』・『桜井書』の生成

はじめに

楠正成が建武三年五月二五日の湊川合戦に先立ち、正行に「遺言ノ書」を与えたとする伝承がある。『太平記』巻一六は、桜井の宿で正行に「庭訓」を残したというのみであるが、『理尽鈔』巻一六は「国ヲ政ルノ道数十箇条、法礼ノ事自筆ニ書置給ヌ巻物一巻」（49オ）を箱に入れて渡したとし、同書巻二六は、これとは別種の伝承を載せる。

サレバ故正成、尊氏兄弟ノ行跡ヲ見テ、軍ハ近付ヌトヤ被レ思ケン、建武二年二月廿六日ノ夜ニ入テ、恩地・阿間・木沢・丹下・早瀬ヲ召シテ、正行其時十歳ナリケルヲ呼ビ寄テ、自筆ノ巻物ヲ正行ニ与テ、其理ヲ談ゼシ。（中略）其鈔秘シテ人ノ知ル所ニ非ズ。然ヲ恩地、正成ノ宣フ所ヲカツ〴〵覚ヘテ心ノ覚ヘト号シテ、書置ケルトニヤ（89ウ〜90オ）。

『理尽鈔』の口伝集である『陰符抄』［→第三部第五・六章］再三編巻二六は「恩地カ聞書ト号シテ世ニモテハヤスハ、陽翁、一巻ノ書ヲ秘セン為ニ爰ヲ引抜テ、是カ一巻ノ書也トテ弟子トモニ授ケラレシ。一巻ノ書ヲ、正成談スルヲ聞書ニシタル也」との説を載せ、同書初編巻七にも「内謀ノコトハ正成一巻ノ抄ニ在。一巻ノ抄ハ　政重尊君法印陽翁ヨリ御伝授在テ、其座ニテ焼払玉フ也」との一節がある。『陰符抄』再三編巻一六には「又巻物一巻箱ニ入テ正行ニ渡ス――軍法ノ秘事ノ書也」との一条もあり、正行への遺言ノ書は、桜井宿で手渡された巻物と前年の二月に授与された巻物との二つがあったことになる。同書初編巻九には「勇ノ次第、正成一巻ノ抄（今井注・巻二六にいう巻物）ニアリ。其外桜井ノ書（今井注：巻二六にいう巻物）ナトニモアリ」との一節があり、そのことが裏づけられる。

ただし、『陰符抄』と同じく、陽翁の弟子であり、本多政重の家臣大橋全可の説を伝える「聞書口伝」（金沢大学附属図書館蔵『楠家兵書六種』の内『恩地聞書』。通常の恩地聞書の口伝集）は、次に示すように、二つの遺書説をとってはいない。建武二年二月には口談のみであり、桜井宿で遺書一巻が正行に授けられたものとする。

此書ヲ恩地ト名付ルコトハ楠正成湊川ニテ討死セントセシ時、摂州桜井ノ宿ニテ正行ニ対面シ遺書一巻ヲ授シ。彼一巻ノ心ヲ建武二年二月廿六日ノ夜、口談セシ時、恩地左近太郎ハ正行カ後見トシテ坐右ニアリシカ此口談ヲ書留テ子孫ニ伝ントテ記シ置也。此故ニ恩地聞書ト云也。此外モ評書ノ内、所々ニ恩地カ聞書アリ。陽翁ノ評判ノ弟子トモ桜井ノ宿ノ一巻ノ書ヲ所望ノ方ヘハ是ヲ一巻ノ書トテ出サレシ。深ク一巻ノ書ヲ秘センカ為也。此恩地ノ聞書ハ理尽抄二十六ノ巻ノ内ナルヲ陽翁分テ一冊トシ玉フ也。

一正成鈔談ノ詞ニ曰――正成カ談セシ書ハ遺言ノ書也。覇道ノ大意ヲ述タリ。

此一巻陽翁ヨリ本多政重公相伝被成、則其坐席ニテ焼捨ラレシ。余リ秘事被成シ故也。将来ニ定テ桜井ノ宿ノ一巻ナト、テ出ルコトアルヘシ。皆似セ物也。必々不可用ナリ。全可、其坐ニ有テ、彼書ヲ拝見セシニ、正成一代ノ武道ノ工夫ヲ書リ。然レトモ書ニ心ヲ不尽物ナレハ、詳ニ口談アリ。彼一巻ノ書伝授ノ時、陽翁物語ノ大概ヲ少シ心ニ残ル所ヲ記スル者也。第一ニハ国ノ治ヤウ。第二、軍法ノ事。第三、人ノ賢愚勇臆ノ見ヤウ。第四儒仏神ノ用ヒヤウ。第五学問ノシヤウアリ。第一国ノ治ヤウト言ハ……。

（中略）

一今ハ藤房卿一人計コソ御座有――正成討死ノ時分ハ藤房遁世也。此書ヲ講尺ハ建武二年二月廿六日ノ夜講読シタリ。此故ニ藤房ハ在世也。講読セシ一巻ノ書ハ桜井ノ宿ニテ正行ニ相伝セシ也。他人ニ是ヲ不伝ト也。

正行に伝えられた書を陽翁がいかなる経緯で所有していたのかなどの不審点はおくとして、以上によれば、遺言ノ書そのものは本多政重が焼き捨てた結果、いまは遺言ノ書の聞書である『恩地聞書』が存在するのみである、ということになる。したがって、「桜井ノ宿ノ一巻」などと名乗って世に現れるであろう書物は「皆似セ物」であるという。

さて、「聞書口伝」からすれば「似セ物」ということになるのが、いわゆる『桜井書』であり、該書は寛文元年の序文、および

夫《レ》諸法者《ハ》不レ離《レ》二因縁五行之《ノ》理《ヲ》一、生死禍福天道歴然《タリ》焉。予生《レテ》二武閥之《ノ》家《ニ》一、蒙《ムリ》二聖君之《ノ》勅恩《ヲ》一、成《リ》レ臣《ト》重《ズルコトハ》レ義《ヲ》如《クシ》二泰山《ノ》一、軽《ズルコトハ》レ命《ヲ》似《タリ》二鴻毛《ニ》一。噫《ア、》汝《チ》幼稚《ナリ》。予死《シテ》而後嘆《ズ》レ未《ダ》レ悟《ラ》二軍慮《ヲ》一。故《ニ》余数年記《シテ》二所《ノ》レ試《ムル》軍旨《ヲ》一、而成《ス》二一巻《ヲ》一。遺二授之《ヲ》一。汝必《ズシモ》勿《レ》レ乱《ルコト》二君臣之《ノ》礼《ヲ》一、勿《レ》レ耽《ルコト》レ色《ニ》、勿《レ》レ労《スルコト》二諸《ンコトヲ》民《ヲ》一。雖レ敵《ト》勿《レ》レ背《クコト》二五行之《ノ》道《ニ》一、勿《レ》レ軽《スルコト》二孝行《ヲ》一。先《ニシ》レ賞《ヲ》、後《ニシテ》レ罰《ヲ》能《ク》厳重《シテ》レ従士《ヲ》一、常《ニ》誦《ンデ》二此書《ヲ》一、可《シ》レ証《ス》二得心智《ヲ》一。汝及《ンデヒトトナルニ》レ長為レ君《ノ》尽《シ》レ忠《ヲ》、為《ニ》レ父報《ガムクヒ》レ仇《ヲ》、可《シ》レ守《ル》二武名《ヲ》一。必《ズシモ》莫《レ》レ亡二失《スルコト》此書之《ノ》大意《ヲ》一矣／建武二年十月日　河内判官正成判／楠勝五郎殿

という奥書を有している。この奥書によれば、建武二年一〇月（太平記巻一四。新田・足利の確執が朝廷を騒がせた時期）に、すでに死を覚悟した正成が遺書として本書を記し置き、『桜井書』と名乗るところをみれば、建武三年五月、桜井宿で正行に授けたもの、というのであろう。

また、一部の版本に「承応三歳甲午十一月既望／後学　山鹿甚五左衛門平貞直」という序文を付す、『楠正成一巻書』（以下、一巻書）と名乗る一書がある。この他にも『楠兵庫記』など同種の伝承をもつ兵書は多いが、『恩地聞書』『桜井書』『一巻書』の三書は、内容的にも相互に関連があり、源をたどればいずれも『理尽鈔』に行き着く。『恩地聞書』と『理尽鈔』との関わりは第三部第四章に論じたが、論じ残した点を含め、この三書の生成の経緯を探ろうと思う。本章では、その前提作業として、『桜井書』『一巻書』の伝本整理およびそこから浮かび上がってくる両書の生成過程を明らかにすることを目的とする。

一、『桜井書』の伝本

本書については、すでに島田貞一[1]に

『楠公桜井書』は寛文元年無署名の序文を付し天和二年板行され、後摺本も多い。又現代の活字本も多い。本書には建武二年十月正成から楠勝五郎宛の伝授文があるが後世の付加である。『桜井書』といふ名も後のもので、実は陽翁伝楠流兵書で『評判秘伝』といはれるものである（前田家尊経閣文庫に古写本がある）。（傍線引用者）

という重要な指摘があり、『評判秘伝』に類する写本はこの他にも見いだすことができる。これを非版本系写本として掲出する。同一機関に複数所蔵されている場合は区別のため、［　］内に請求番号を付す。

《版本》内題はいずれも「桜井之書」

（1）無匡郭九行本

（11）「寛文元年」[*]（一六六一）刊（無匡郭。寛文元年序文、漢文体一面7行・毎行12字。本文、片仮名交9行）

東京都立中央図書館加賀文庫（青緑保護表紙二六・二×一七・一㎝。栗皮原表紙、外題ナシ）・慶應義塾図書館（藍色後表紙二六・〇×一八・〇）

（＊）本書には刊記無く、厳密には刊年不明であるが、本書の価値を説き、一読を勧めるその序文は本書刊行に際して、付されたものと考えるのが自然。よって、「寛文元年」刊と扱う。ちなみに寛文一〇年刊『増補書籍目録〈作者付／大意〉』（『江戸時代書林出版書籍目録集成』による）に「一冊／同（楠）桜井書子息正行教訓書」とある。左に序文を掲げる（版本訓点ナシ。『楠公叢書』第二輯の訓点を参考にする）。

蓋桜井一巻者、伝《フル》二世《ニ》所謂楠氏正成《ノ》著作而《ニシテ》所《ト》レ与《フル》二長子正行《ニ》一之書也。予雖《モ》レ未《ダ》二嘗知《ラ》一レ為《ルヲ》二之真贋一、而一編之説《キ》二軍理《ヲ》一、視《ルニ》二兵道《ヲ》一、則《チ》緻厳薫振《ナリ》焉。復弗《ル》レ容《レ》三多出《クルコトヲ》二於尋常人《ノ》之口《ニ》一也。故《ニ》可《キ》レ謂《ト》下不《ニ》二以《テ》レ文害《セ》レ辞《ヲ》、不《ト》中以《テ》レ辞《ヲ》害《セ》上レ志《ヲ》也。擢惟《はかりおもフニ》、楠氏之立《テ》二勝利《ヲ》一丕《うくル》二戦功《ヲ》一也、平日不《シテ》レ外《ナラ》下心《シテ》二于三徳《ニ》一躬《ルコト》中于四武《ヲ》上、而軍理《ニハ》則《チ》経《ニシ》二乎三略《ヲ》一、兵道《ニハ》則《チ》緯《ニセシコト》二乎孫呉《ヲ》一、可《キ》二推《シテ》而知《ル》一也。抑天下国家皆与《ルニ》二文武之政教《ニ》一、則《チ》将守侍士在《ル》下正《シウスル》二心躬《ヲ》一之言行《ニ》上耳。勿《レ》下自適《ラ》二乎所《キテ》レ役《ニ》レ物《スル》而偏《ヲ》中倚《スルコト》於道《ヲ》上矣。幸俯《ニ》二仰《グ》于四書六経《ヲ》一之暇、是又加《ヘン》二一睇之利用《ヲ》一者乎。

寛文元禩辛丑晩秋日

（12）「寛文元」刊後印（本書は前二者に比べ、印面に欠損箇所あり。また、寛文元年序文を巻末に置く。序文第二丁目は後表紙見返）

國學院高校弦之舎文庫（香色表紙二五・四×一八・〇。題簽「楠正成桜井書　全」）・富田林高校菊水文庫15号（改装茶表紙二五・三×一七・四。序文欠）

（13）「寛文元」刊明治印（序文を巻末に置く。序文第二丁目の次が後表紙見返で「西京寺町三条上ル竹岡文祐」他二九書肆を上下二段にわたって掲出）

京都大学文学部古文書室（縹色後表紙二四・八×一七・三。題簽「楠正成桜井書　全」。受入印上部断切状態である等、本書は寸法を詰めている）・住吉大社（［一七―一六］『住吉大社御文庫目録　国書・漢籍』による）

（2）有匡郭一三行本

天和二年刊本以降の一三行本は、九行本と用字にいたるまで、ほぼ同一。一部に相違あり、九行本が正しい場合○と誤まっている場合●とが混在している。ただし、誤表記も含め、九行本のそれらの箇所は、ほとんどが『評判秘伝』（その表現が版本に先行することは後述）に一致する。よって、一三行本は、九行本を底本として新刻したものであろう。

・只世ノツネノ（天和版1オ「ヨ」）
○人ハ心ノ善悪ヲエランデ（2オ傍線部なし）
○万事仕置ノサヽハリニナル（2ウ傍線部なし）
○上勇ト云者アリ（4オ「上男」）
○血気ヲトロヘヌレハ（4ウ「ヲトワフ」）
・縦ハ（5オ「譬バ」）
●佞妍（5ウ「佞奸」）
・色々アラハレヌレバ（9ウ「色ニ」）
・峯ヲツトウヘシ（10オ「ツタフ」）
・四武ニカケベシ。縦ヘバ（11ウ「カケベシ譬」）
●褚《サテ》（12オ「偖」）

（21）天和二年（一六八二）山本九左衛門刊（子持枠外題「新版／楠桜井書　全」。単辺匡郭。漢文序8行14字。片仮名交本文13行。刊記「天和二壬戌年七月日　大伝馬三町目　山本九左衛門版」。見返は、流水に松を背にして、床几に腰掛けた鎧武者〈正成〉、莚に座した直垂姿の童〈正行〉、その前に一軸の巻物、傍らに控える武者〈恩地か〉を配した図一面。（22）以下にはこの図なし）

東北大学狩野文庫・高岡市立中央図書館・厳原町資料館（未見：目録による）

（22）天和二年刊後印

京都府立総合資料館（「後鳥羽院御宇番鍛冶次第」と合綴。刊記は（21）に同じだが、題簽「楠公桜井書」・見返し図ナシ）

（23）天和二年刊河内屋八兵衛印（＊）（刊記「天和二壬戌年七月日　大坂心斎橋筋南久宝寺町　河内屋八兵衛」）

三重県立図書館（外題打付書「正成／桜井書」。識語「天保十一年庚子九月求之／青山蔵書・印／明治元年　白木健二郎

譲受／遠陽城東郡／下平川　本間蔵書」）・住吉大社（［一七―一五］『住吉大社御文庫目録　国書・漢籍』による）

（＊）『大坂本屋仲間記録』第一三巻「寛政二戌年改正　板木総目録株帳」に〈楠一巻書　河八／楠桜井書　河八〉とあり、

一巻書と同じく天明八年（一七八八）頃の刊行か。

（24）天和二年刊堺屋仁兵衛印（題簽「楠公桜井書」。刊記「天和二壬戌年七月日」（19ウ）・奥付「京都書林　三条通柳馬場

東角　尚書堂　堺屋仁兵衛／寺町通佛光寺下ル町　尚徳堂　堺屋儀兵衛」（後表紙見返））

刈谷市中央図書館村上文庫・岡山大学池田家文庫［P1/145］・富田林高校菊水文庫第351号・國學院大学日本文

化研究所河野省三記念文庫（未見。同文庫目録による）

（25）天和二年刊松屋久兵衛印（題簽「楠公桜井書」。刊記「天和二壬戌年七月日」（19ウ）・「皇都書林　丁子屋源治郎／菱屋

弥兵衛／丹後屋徳治郎／松屋久兵衛（朱印）／勝村伊兵衛／亀屋武助」（18ウ）・「京都書林　寺町通御池下ル町／友古堂　松屋

久兵衛」（後表紙見返））

大阪府立中之島図書館石崎文庫・東京国立博物館（後表紙見返新補。表紙・匡郭の特徴から本項に入れる）

（26）天和二年刊丁子屋源次郎印（題簽「楠公桜井書」。刊記「天和二壬戌年七月日」（19ウ）・「（25）に同」（18ウ）・「発行

書肆　江戸日本橋通一町目　須原屋茂兵衛／大坂心斎橋南一町目　敦賀屋九兵衛／同南久宝寺町　伊丹屋善兵衛／同安土町　河

内屋和助／同安堂寺町　敦賀屋彦七／京二条寺町東入町　丁子屋源次郎版／勢州津八幡町一丁目　同出店」（後表紙見返））

岡山大学池田家文庫［P3/57］

（27）天和二年刊丁子屋源次郎印（題簽「楠公桜井書」。刊記「天和二壬戌年七月日」（19ウ）・（18ウの書肆名ナシ）・「（26）

に同」（後表紙見返）。見返「楠正成著／桜井書／京都書房　合梓」（26等の見返は共紙白紙））。

天理図書館［210.4-87］（〔楠公関係書集〕一二三冊の内）・奈良県立図書館

（参考1）『元禄九年・宝永六年書籍目録大全』（斯道文庫編『〈江戸時代〉書林出版書籍目録集成』による）に「〈一／風月五郎〉同桜井書一匁五分」、『正徳五年修書籍目録大全』に同じく「一匁八分」とあり。風月五郎左衛門は（12）の刊行者か。

（参考2）『楠公桜井駅遺訓』（大正書院、大正五年刊）は、例言に「大阪河内屋ノ出版」とあり、（23）を底本とする活版印刷。防衛大学校有馬文庫本を披見。

（未見）　東京大学国語研究室・石川謙・福井久蔵・篠山鳳鳴高校青山文庫・祐徳文庫・龍谷大学

《写本》

Ⅰ、版本系写本

ここに挙げる写本はいずれも、後述（二（1）版本と非版本系写本）の版本の特色をもつ。「桜井書」という書名があり、本文を「夫大将タラン人ハ……」（非版本系写本には「夫」無し）と始める写本は、この系統に属する。なお、管見に入った写本はいずれも、無匡郭九行本の本文に近い。その内、寛文元年序をもつ伝本は明らかに版本の写しであるとみなされるが、（11）・（12）も詞章のあり方から、版本に先行することはない。前者の弘前本等には、冒頭のみでも、「油断之気」（版1オ・諸本：義）、「智恵ニ自慢ヲコリテミカ、サレハ大将ハ」（版1オ・諸本：ミガ、ザル）、「一能者カ悪者カ見知リカタキモノ也功ノ入タル者カ……」（版1オ・諸本：者ヲバ）といった過誤が頻出し、後者の群馬大本にも以下のような誤脱等がある。

武勇ニヲクトハシト云事アリ、ワカキ者ノ初テ戦場ニ出テ、臆スル〔＊〕者多シ。是ヲ臆スルトハ云ヘカラス。

（＊版5オ・諸本：事アレドモ、度カサナリテ臆ノ心ウセテケナゲニナリ、武功アル）

（11）寛文元年序ナシ・奥書（夫諸法者～必莫亡失此書之大意矣／建武二年十月日　河内判官　正成判／楠勝五郎殿）アリ

弘前市立図書館（外題・内題「楠正成桜井書」、天保一四写）・防衛大学校有馬文庫（外題打付書「桜井之書」。内題同じ。「高名不覚」を合綴。近世後期写）

（12）寛文元年序ナシ・奥書異文（「夫諸法～」の前後に異文あり。(＊) また、「河内判官／正成／建武三年五月日／帯刀殿」と伝授の日付を異にする）

群馬大学附属図書館新田文庫（外題「正成桜井之記」、内題「桜井之書」。内題右下に「亦号正成三箇之大事伝ニ曰桜井ノ宿ヨリ正行ヲ河内江／返シ遣時日比記置タル一巻之書ニ奥書ヲ加テ白傘蓋／秘密之守リ幷志貴毘沙門ヨリ夢中ニ伝授セシ菊／水之守ト相添遣ハセシトナリ」の付記あり。「正成十箇条」「楠正成之壁書」「高坂弾正之壁書」「源義家朝臣武士十徳幷十失」「夢窓国師条目」を付す。近世後期写）

（＊）奥書前後の異文（「三箇之大事」）および「正成十箇条」は、宮内庁書陵部「細川幽斎行状」に合綴の「楠判官一巻書奥書」の内容に同じ［→第七部第五章付。分類目録14その他］。

（21）巻頭に寛文元年序アリ・奥書アリ（版本と同一形態）

北海学園大学附属図書館北駕文庫（外題「楠正成桜井書」、内題「桜井之書」。識語「安政五年一読了」）・九州大学附属図書館（外題・内題「桜井之書」。天保一四年井上直縄写）・市立米沢図書館興譲館文庫（外題「楠正成桜井之書」、内題なし。「此書板行本にて世上普く有。雖然文法賤而俗也。正成之直言とは不被存。可考合也」との識語を挟んで、「楠正成座右銘」を巻末に付す）

（22）奥書アリ・奥書に続けて巻末に寛文元年序アリ

蓬左文庫（外題「楠氏／桜井書」、扉左肩に「楠正成桜井書」、内題「桜井之書」。奥書日付に「元　月日」〈建武元年月日の意〉の傍書あり。目録によれば江戸中期写）・久留米市民図書館（外題「楠正成桜井書」、内題「桜井之書」。近世末期写。平仮名交じり）

未見：旧浅野図書館・熱田神宮宝物館熱田文庫菊田家寄託図書（古典籍総合目録「文化一〇年写。寛文刊の写か」）・佐賀県立図書館（鍋島家蔵書目録「楠桜井之書　寛保三年四月　牟田口氏知書写」）・土佐山内家宝物資料館（山内文庫目録「楠氏桜井之書　寛文一写」）・大英図書館（大英図書館所蔵和漢書総目録「安政三写　寛文元年写本の移写」）。

Ⅱ、非版本系写本（寛文元年序なし、伝授奥書なし。また、いずれも「桜井書」という書名をとらない）

A類

（1）〔軍法ノ事聞書　五冊の内第五冊〕

岡山大学附属図書館池田家文庫［※H2/294］。楮紙仮綴。共紙表紙無表記。二三・三×一七・三cm。外題・内題なし。10行片仮名交じり。一部に同筆墨書付訓・補訂・異文表記等あり。奥書「軍政評書之中私用抜書終／于時承応弐年新秋上旬」。ちなみに、「軍法ノ事聞書」の全容は以下にしめすように、各冊体裁も内容も区々。全体を楮紙・こよりで包んだ中に、さらに楮紙で五冊を包み、中の楮紙表に「軍法ノ事聞書　五冊」と墨書。第一冊：斐楮混紙袋綴包背装。茶色横簀子目表紙一四・五×二一・三。題簽「覚書軍書」・内題なし。墨付16丁。第二冊：仮綴二一・七×一六・二。外題なし・内題「伝聞記」。墨付13丁。奥書「元禄十一寅ノ三月十五日於京都写之橘正伸」第三冊：斐楮混紙仮綴二〇・四×一三・六。外題・内題なし。内容は兵法（剣術）秘伝書。墨付13丁。第四冊：楮紙仮綴二一・五×一四・二。外題なし。内題「行間之口伝」。墨付3丁。

（2）正三記

金沢市立玉川図書館加越能文庫［特16.81-259］。楮紙袋綴一冊。薄茶色表紙。二四・九×一八・五㎝。銀色題簽に「正三記　全」と墨書。内題なし。一面10行片仮名交じり。書き入れ付訓等なし。近世中期写。蔵書印：「前田氏／尊経閣／図書記」（巻頭）。なお、正三記とは、『理尽鈔』巻四〇陽翁奥書にいう「名和伯耆守長俊之遠孫、名和正三」にちなむ書名であろう。

（3）〔「正成軍書」二冊の内、下冊〕

福井市立図書館松平文庫。16-4／3-15。楮紙袋綴。縹色地に、卍繋に牡丹模様艶出し表紙。二七・七×一九・五㎝。外題なし（第一冊外題「正成軍書」）。内容は『楠判官兵庫記』→第五部第三章一）・内題なし。一面8行片仮名交じり。墨書付訓ごく一部にあり。蔵書印「図書寮」「越国／文庫」「出黌」。書写者は、第一冊（寛文三年写）とは別であるが、同一時期か。

B類

（4）評判秘伝

金沢市立玉川図書館加越能文庫［特16.81-260］。斐紙列帖装一帖。栗色地に焦げ茶色草花唐草模様刷りの表紙。一五・四×一八・五㎝。外題（後題簽）・内題「評判秘伝」。一面12行片仮名交じり。書き入れ付訓等なし。近世前期写。蔵書印：印面不明（巻頭）・「御」（巻末）

二、『桜井書』諸本相互の関係

（1）版本と非版本系写本

版本（版本系写本を含む）と非版本系写本とを分かつのは次の記事である。

一武勇ニ①奥ト端（ヲクトハシ）ト云事アリ。ワカキ者ノ初テ戦場ニ出テ臆スル事アレ共（ドモ）、度カサナリテ臆ノ心ウセテ、ケナゲニナリ、武功アル者多シ。是ヲ②奥ト云ナリ（臆ストハ云ヘカラズ）。縦バ（タトヘバ）年十四五計ヨリ廿四五余リ（無し）迄、貴人ノ前、マタハ人アマタ有所ニテハ、物ヲモ不云顔ヲ赤メ、座敷ツキ無調法ニテ臆シタル者アリ。度々人前ニナルレバ、後ニハ坐敷付モアイサツモ能シテ（能ナリテ）臆スル事ナキ者也。个様ナル者ハ、上部一片ノ臆サヘウセヌレバ能者ニナルナリ。レン〳〵ニ心根ノホドヲタメシテツカヘバ能人ニナル者也。

一年十四五計（バカリ）ヨリ四十計マテ勇アリソウニ見ヘテ、終ニサシタル覚モナク、結句年寄ニ随テ、気ヲトロヘ用ニタヽヌ者アリ。奥ノ心ニ臆アル故ニ、シヌベキ所ヲノガレヌル者ナリ。是ヲ③端武ヘン（ハシノ臆）ト云ナリ。

引用は『評判秘伝』、（　）内は版本の表記である。この記事は、武勇の発現のあり方に、経験を積むにしたがって奥にある武勇が現れてくる者（奥の武辺）と、若いときに勇がありそうに見えただけの者（端の武辺）との二通りがあることを述べたものであり、版本②③の表現は半可通といわざるをえない。

その他にも、以下のような箇所がある。

一生レ付ニ、行跡モノイヒ人相共ニ勇ニ見ユル者アリ。律義ナル者ハ、本心知リ安ク、佞智アル人ナレバ、知ガタキ者也。……

傍線部版本は「本心智アル也。又佞智アル人」（7オ）とあるが、本心が知り安いか否かの、文章の対応関係が崩れている。

一先ノ先、二之二ト云事（中略）。又敵、我国ヘ入トキ先ノ先ノ謀ノ図モハヅレナバ……。

傍線部版本は「先《サキ》ノ謀《ハカリコト》」（15オ）とあるが、「先《セン》ノ先《セン》ノ謀」とあるべきところ。また、「随相（正三記：瑞相）」を「前表」（2オ）、「息サシ」を「息ヅカヒ」（5オ）とするなど、より新しく、わかりやすい表現を考慮したかと思われる箇所もある。

（2）非版本系写本相互の関係

福井市立図書館本は、調査の不備で全文に及ぶ校合を経ていないが、評判秘伝よりは、池田本・正三記に近い。ここでは評判秘伝・池田本・正三記の三本を対象とする。掲出する本文は評判秘伝であり、版本もほぼ同様の表現である。〔 〕内に天和二版の該当箇所を示す。

○時ナラザルニ人ヲナツケタリ、常ニカハッテ気色ウタル、ハ皆血気ト心得べシ（版4ウ）。〔池・正：気色バウタル〕

○勇ノ似セ物ト云者アリ。多ハ姦人ニアル者也。其行迹ハ臂ヲイカリ、ウデヲサスリ、ツラツキ、モノ言カト〳〵シク、証拠モナキ己ガ手柄ヲ云イ広メ、人ニコハ異見ヲ云テソレヲ己カ手柄ノ様ニシナス者ノ事也。是ハ当世ノバカツラヲコノム者ノ類也（版6ウ「バカヅラ」）。〔池・正：バサラ〕

○生レ付キ勇ナル者モ私欲利奢ナトアレハ……（版7ウ）。〔池・正：利欲・奢〕

○大将ハ人ヲ見テ智ト軍法ノタ、シキカ第一ノタシナミ（版8オ）。〔池：見了ト。正：見知《ル》ト〕

○此足カ、リニテ一先フセキタ、カハント心掛ヌレバ、運尽テマクル事ハ是非ナシ。キタナキ無法ノ負ハセヌ者也。ハカリコト也。ヤミ〳〵ト負タルヲ大将ノ恥辱トハ云也（版9ウ「ハカリコトナリ」）。〔池：無謀。正：謀ナク〕

○軍勢ノ言ヒケハシキヲ見テ、大将下知ノ心持ト云事ハ、大形人ハ気ノナス所肝要ナレバ軍勢ノ気色、合戦ニイサマズハ、気ヲ発スル謀トアルベシ（版「言《モノイ、》ケハシキ」15オ）。〔池・正：謂ノ気色〕

△忍ビノ兵ヲ敵陣ニ入置テ、敵ノ謀事ヲ聞コト第一也。（中略）深ク人ニカクシ知レヌ様ニスル事肝要也。アシキ物共ノ心根ヲシラレヌ様ニシテ、リチギニモチ、偽ノ無ヲ常ノ嗜トスル也（版12オ「大将トモ我《カ》心根ヲ人ニ」）。〈池：大将ハ善キ者トモ悪キ者トモ人ニ心根ヲ。正：大将ハヨキモノトモアシキモノトモ人ニ心根ヲ〉

いずれも、池田本・正三記の方が本来的な表記であろう。最後の△印を付した事例は、評判秘伝・版本が、ともに異なった形で意味不明の表現をなしており、評判秘伝を版本の直接の祖本と位置づけることを妨げるものとして注意される。同様に「縦ヘバ義経、山崎宝寺ト云所ニ陣ヲトリ〈＊〉タル体ニ見セテ其身ハ出京セシ」とある箇所、版本（13オ）は〈峯々山々ニ篝ヲタカセテ義経ハ山崎ニ陣トリ〉とあり、池田本・正三記も版本に等しい。評判秘伝は目移りによる脱文を冒している。

ただし、正三記にも

○何ホド甲斐々々シキ者ナリトモ、芸能人ニスグレタリトモ、私欲アル者ニハ心ユルスベカラズ。〈版２ウ・池：評に同じ。正：カイカメシキ〉

○軍勢ノ気色、合戦ニイサマズハ気ヲ発スル謀トアルベシ。今日ノ合戦ニハ必ズ勝ベキハカリコト有。敵ノ内ニ、ソンゼウ某シ味方ニナラント云合テ有シ程ニ、勝ベキ事手ノ内ニ有。〈版15オ・池：傍線部有り。正：無し〉

といった箇所がある。後者は必ずしも誤脱とは言えないが、軍勢を勇ませる物言いとしては傍線部のように、まず結論を提示する形がよりふさわしい。

池田本にも「座敷ノ興ト号シ威儀ヲミタリ」（版18オ「威儀ヲシタリ」。正：威儀。池：息）などの誤表記の他、

国ノ為ニ得ナキ売物ヲ用ル事ナカレ。小得有ヲ大ニ用ルコトナカレ。無役ノ事ニ宝ヲ費事ナカレ。又貪ル事ナカレ（版18オ：波線部無し。池：傍線部無し）

といった箇所がある。

小括

池田本・正三記（A類）が評判秘伝（B類）に先行する表現が多いが、直線的な関係には無い。版本は非版本系写本の中では、評判秘伝に近似しているが、評判秘伝が直接の祖本というわけではない。

版本と非版本系写本という枠組みでは、後者が先行しており、そこには「桜井書」という書名も正成の伝授奥書も見られないことに注意すべきである。島田が指摘しているように、『桜井書』すなわち正成秘伝の書という体裁は「後のもの」で、おそらくは（寛文元年の）版行に際して施されたものであろう。

三、『楠正成一巻書』の伝本

本書も、『桜井書』と同様の経緯をたどったことが指摘されており、先行形態と考えられる写本を併せ掲げる。

《版本》

Ⅰ〈一巻抄〉

市立米沢図書館（五針袋綴一冊。濃藍色無地表紙二二・五×一七・九㎝。外題・内題「楠正成一巻抄」。目録題・尾題「楠正成一巻之抄」。四周双辺二一・三×一四・七。一〇行片仮名交じり。承応三序ナシ、無刊記）・大阪府立富田林高校菊水文庫（外題破損。虫損多し）

※外題・内題・目録題・尾題を「抄」とする他は、版面Ⅱ（1）に同一。本書の方が鮮明で、欠損等少ない。

Ⅱは本書の修訂版であろう。

Ⅱ〈一巻書〉

（1）序ナシ。無刊記
京都大学附属図書館（匡郭内寸二一・一×一四・五）・東北大学附属図書館狩野文庫・群馬大学附属図書館新田文庫・酒田市立光丘文庫

（2）序ナシ。刊記「宝暦二載申冬再校／江戸日本橋南壱丁目／書林　須原茂兵衛／大坂心斎橋安堂寺町／大野木市兵衛」
小畠儀三郎(2)

（3）承応三序アリ。本文最終丁裏「天明八年戊申十月／大阪書林　心斎橋筋南久宝寺町　河内屋八兵衛蔵板」
※この形のものの存在を想定し立項

（41）承応三序アリ。本文最終丁裏「天明八年戊申十月／大阪書林　心斎橋筋南久宝寺町　河内屋八兵衛蔵板」。また、尾題下に朱印「三条通柳馬場東角／尚書堂　堺屋仁兵衛」。見返しは白紙。
山本修之介（未見。国文学研究資料館フィルムによる）

（421）承応三序アリ。本文最終丁裏は、裏表紙に張付。尾題下に朱印「三条通柳馬場東角／尚書堂　堺屋仁兵衛」。見返広告左端「京都三条通柳馬場東角　書林　堺屋仁兵衛」。
秋田県立秋田図書館時雨庵文庫（未見。国文学研究資料館フィルムによる）

（422）承応三序アリ。本文最終丁裏は、裏表紙に張付。尾題下に朱印「三条通柳馬場東角／尚書堂　堺屋仁兵衛」。見返広告はラベル貼付により不明（ただし、時雨庵文庫本とは別）。
宮内庁書陵部［277–512］

（43）承応三序アリ。本文最終丁裏は白紙（柱刻のみあり）。後表紙見返は広告左側に以下の刊記〈「京都書林」の下に「三条通柳馬場東角／尚書堂　堺屋仁兵衛」及び「寺町通佛光寺下ル町／尚徳堂　堺屋儀兵衛」〉。尾題下朱印ナシ。見返し白紙。
　刈谷市中央図書館村上文庫
（5）承応三序アリ。本文最終丁裏は白紙（柱刻のみあり）。尾題下朱印ナシ。見返は、広告（大日本国細図　全二帖）の左半分に以下のとおり〈「発行書肆」と横書の下に「江戸日本橋通一町目　須原屋茂兵衛／大坂心斎橋南一町目　敦賀屋九兵衛／同南久宝寺町　伊丹屋善兵衛／同安土町　河内屋和助／同安堂寺町　敦賀屋彦七／京二条寺町東入町　丁子屋源次郎版／勢州津八幡町一丁目　同出店」と連記〉。ちなみに、広告の「大日本細図」の刊行は元治二年（一八六五）。
　大阪府立中之島図書館［587–64］、天理図書館（「楠公関係書集」二三冊の内）
（参考）『元禄九年・宝永六年書籍目録大全』に「〈一／中野五郎〉同一巻書　弐匁」とあり。
Ⅲ（一巻書。影印。企画者川崎芳太郎・賛助者数名の序文等を付す。一巻書本文の諸処に補訂アリ。承応三序アリ）
（1）大正六年四月一五日印刷
　宮内庁書陵部［277–371］。黒地に菊水紋の布表紙。五月刊本にいう「天覧」「上覧」本が本書であろう。
（2）大正六年五月三日印刷・同一〇日発行
　東京大学総合図書館・お茶の水図書館成簣堂文庫（見返しに「是書按天下第一之愚書也」との蘇峯識語あり）・大阪天満宮・三重県立図書館・大阪府立中之島図書館［587–62］。多くは薄縹色紙表紙。
未見
　陽明文庫・東北大学附属図書館（虫損。『東北大学所蔵和漢書古典分類目録　和書下』によれば「天明八年大阪河内屋八兵衛」）・茨城県立歴史館・住吉大社（『住吉大社御文庫目録　国書・漢籍』「天明八年大阪河内屋八兵衛刊」）・島田貞一（三部）[3]・旧浅野図書館・旧彰考館

上記、Ⅱ（3）以下の版本にみられる〈承応三年（一六五四）山鹿素行序文〉については、広瀬豊[4]が、万治三年（一六六〇）の素行自筆『掇話』との関わりから、後人の偽作と指摘。さらに、中山広司（注（2））が、より古い段階の刊行と思われる版に序文を欠くことに加え、丁付のあり方および「序文と目録以後の文章との板木の彫り具合」の相違（序文の彫りは稚拙：引用者注）から、偽作説を補強し、偽作の時期を、宝暦二年（一七五二）から天明八年（一七八八）の間と推定している。おそらくは、天明八年の刊行に際して付されたものであろう。

なお、『一巻書（抄）』の刊行年は不明であるが、『寛文十年刊書籍目録』（『〈江戸時代〉書林出版書籍目録集成』による）に「同（楠）一巻書」と見えるから、これ以前に刊行。その上限は、広瀬の指摘になる『掇話』の一節が参考になる。

或る人の云ふ、「楠木正成桜井の庄に於て、息正行に一巻の冊を与ふ。これを一巻の書といへり。師これを見るや」と。予云はく、太平記の本書に見ゆる処は、一巻の書を与へたるといふにはあらざれども、云伝へ評判に記せしは、定めてこれを与へたるらめ。されども有名無実の書と見えて、方々秘本の由にて、これを見れば皆後人の作れる書にして、古の書にあらざるなり。予が思ふ処の一巻の書は別なり。（岩波書店『山鹿素行全集思想篇』第一〇章一巻二六八頁）

素行は続けて、『太平記』に載せる正成の遺誡を称揚し、これにまさる一冊はないと問者にさとす。傍線部は、素行のいうように『理尽鈔』（太平記評判）に端を発する所説であるが、この時点（万治三年（一六六〇））で『一巻書（抄）』が刊行されておれば、問者も素行もそれに言及して当然であろう。したがって、万治三年から寛文一〇年（一六七〇）の間の刊行と考える。[5]寛文元年には『桜井書』が刊行されているが、「楠正成一巻書」と銘打っての写本がほとんど存在しないことからも、『一巻書』の刊行は『桜井書』に遅れるのではないか。逆に、『桜井書』の写本が多いのは、『掇話』に示されるように、関心の高かった「遺言ノ書」の初めての出現として、評判をよんだからであろう。

《写本》

以下は、『一巻書』の生成に密接な関わりをもつと思われるものであるが、『桜井書』の非版本系写本と版本との異同が比較的軽微であるのに対して、これは記事構成も大きく異なり、大幅な詞章の有無をも抱える。

（1）百戦百勝伝

『尊経閣文庫加越能文献書目』に「本多政重撰　慶安二年写」とあるが、現在所在不明。島田注（1）論文に、「縦八寸二分、横五寸九分、鳥の子紙の粘葉装で、本文三十枚、奥書一枚（片面）より成り表紙は黒地に白の波模様を織出し、見返には金紙を張つた美本」であり、内題はなく、後題簽に「百戦百勝伝」とあること、「右一冊本多安房守政重伝受大概無二相違一者也。此外古来不二書記一秘事口伝令二付与一畢。／慶安二年三月吉日／大橋新丞貞清（花押）／前田出雲守殿」との伝授奥書を擁すると紹介がある。島田は本書の成り立ちを、本多政重が陽翁から伝授した意を大橋貞清が成文化したもの、とみなしている。さらに、島田は本書を『一巻書』の原形と判断する（後述）。

（2）理尽抄（山鹿本と仮称）

平戸山鹿家蔵。原本未見。斯道文庫所蔵マイクロフィルムによる。撮影ターゲットに「理尽抄〔山鹿素行〕写　大一冊／縹色表紙二五・五×一九・三cm　字面高さ二二・五cm」とある。題簽「理尽抄　全」。見返し剥離（中央に「理尽抄」と打付書）。内題なし。一面10行片仮名交じり。蔵書印：積徳堂。

本書が『一巻書』と関わりのあることは、佐藤独嘯[6]に指摘がある。

> 素行先生自筆本の『積徳堂書籍目録』を見るに『楠一巻の書』と記し、其下に『理尽抄秘伝書一巻、紺表紙有外題』と記さる、然れども其書籍は旧平戸城内惟揚庫目録には見当らざるも、単に『理尽抄』と題したる墨付三十四枚の先生の自筆本を発見せり、斯本には序文も跋文もなく、単に『理尽抄』と題せらる丶のみなるも、其内容は川崎氏刊行の『楠正成一巻書』に似て今少しく是なるものとも見るべく、両本を対照するに同本の異本か、異本の同本か、頗る錯綜せるが上に、殊更に異様に感ぜらる丶ことは、先生自筆の『理尽抄』には『正成云々〳〵』とあるを、川崎氏刊行本には、悉く省かれあることこれなり。

また、中山注(2)論文の注(11)に、本書の特徴と『百戦百勝伝』についての島田調査メモとが合致する、との言及がある。

(3) 秘伝一巻之書（池田本と仮称）

岡山大学附属図書館池田家文庫。※H2–180。楮紙袋綴一冊。藍色表紙二三・六×二〇・五cm。原題簽「秘伝一巻之書」。内題なし。12行片仮名交じり。字面高さ一一・〇～一一・五cm。所々に墨書加筆・補訂あり（本文と異筆。山鹿本にはこの加筆補訂なし）。近世中期写。

(4) 雑記

伊藤博文旧蔵巻子本二軸。現在所在不明。藤田精一『楠氏研究』（一九四二増訂七版）四五九～四七四頁の翻刻による。四五六頁に「正慶元年三月日　赤松入道円心」の本奥書、四五七頁に明治四三年謄写本作成時の奥書を載せる。なお、『彦根藩文書調査報告書（五）――井伊家伝来典籍等――』（一九八五）一六一二番に「正慶元

三月日　赤松入道円心」と奥書のある仮綴の写本「雑記　一冊」が収載されている（未見）。

藤田は、『一巻書』は「当『雑記』と同一書にして謂はゞその焼直」に外ならない（四五八頁）とし、島田も[7]「楠正成一巻書と比較すると順序の異同はあるが大部分一致する。文章や条文の形式から考へて一巻書より古い面影を残してゐる様に思はれる」と発言している。

四、『一巻書』と池田本・山鹿本

《版本の構成》（項目名は、版本の文中にある見出しによる）

（1）大将衆ヲ下知ニ可令随事、（2）心ノ四武ノ事、（3）備ノ四武之事、（4）地形三ツノ見分ノ事、（5）備手数ノ事、（6）備足ガ、リ箭ダマリノ事、（7）一事両様之事、（8）寄手寄ラル謀ノ事、（9）細道縄手ニテ人数引べキ事、（10）常ニ心得べキ謀ノ事、（11）戦場ニ出テ心得べキ事、（12）十死一生ノ合戦ノ事、（13）先ノ先ノ勝二ノ二ノ謀ノ事、（14）口ヲ詰後口ヲ切事、（15）敗軍ノ敵ヲ追討べキ事、（16）川ヲヘダテタル軍ノ事、（17）川ヲ前ニアテ可防事、（18）船軍ノ事、（19）敵ノ強弱ヲ知事、（20）勢ノ多少ヲ見ル事、（21）対ノ陣ノ事、（22）勢ヲ分テ戦事、（23）大マワシ小マワシノ事、（24）端ハ一方中ハ両方ノ謀、（25）鳥雲ノ陣ノ事、（26）敵ヲムスト云謀、（27）早懸リ遠ガ、リノ事、（28）小敵ヲアナトルベカラザル事、（29）用心ノ事、（30）両敗ノ事、（31）合戦時日風雨ノ事、（32）追手搦手ノ事、（33）兵ノ能ノ事、（34）忍ノ兵ノ事、（35）伏兵ノ事、（36）先伏ノ事、（37）中伏ノ事、（38）後伏ノ事、（39）引伏ノ事、（40）回リ伏ノ事、（41）追伏之事、（42）馬伏ノ事、（43）伏兵ヲ起ス事、（44）マワリ引ノ事、（45）山中ヲ引勢ノ事、（46）大勢ニ節所ナキ事、（47）夜討ノ事、（48）夜討方便時分ノ事、（49）夜討火ヲトボスベキ事、（50）貝太鼓狼煙ノ事、（51）貝定法之事、（52）十ニ八ツノ事、（53）合戦ノ時陣雷ノ事、（54）敵謀ヲナス事、（55）

勝べキ図ノ事、(56)太将他ノ陣ニ行事、(57)達望真偽ノ事、(58)人ヲ知べキ事、(59)城責ノ事、(60)敵城ヲ取巻事、(61)敵城門キワ人数アツカイノ事、(62)城責籠城将ノ心得ノ事、(63)城ヨリ切テ出べキ事、(64)敵ノ忍ノ兵ヲアラタムル事、(65)城内番手ノ事、(66)城内カテノツモリノ事、(67)屛矢ザマ柵ノ事、(68)城門并外形ノ事、(69)城責ル道具ノ事、(70)寄手ヲフセグべキ事、(71)国中ニ城ヲ構ル事、(72)国ノ境城ノ事、(73)敵国ニ入テ引取事、(74)敵近キ山ノ尾ツヽキニ陣取マジキ事、(75)城ヲ責取テ落城ノアトニ陣スべカラザル事、(76)寄手敗軍ノ時率尓ニ兵ヲ出スべカラザル事、(77)軍法八箇条ノ事、(78)奥義十六箇条ノ事

《池田本》（項目頭に「一」。見出し無し。版本の項目と区分を異にする場合は、版本の丁行数を付記する。破線部分は版本には無い記事。＊印は記事順序の逆行する箇所）

(1)(19)(20)＊(4)＊(2)(3)(21)＊(5-1：八ウ⑩～九オ④)(5-2：九オ④～⑧)(22)＊(6)(7)(8)(9)【(59-1：三四オ⑩～三五オ⑥)(59-2：三五オ⑥～⑧。義経一谷攻および正成飯守山攻の事例)(60)(61)(62-1：三七オ⑤～⑩)(62-2：城攻守の人数配置の一文。三七オ⑩～三七ウ②)(63)(64)(65)(66)(67)(68)(69)(70-1：四十ウ⑩～四一オ④)(70-2：四一オ⑤⑥)(71)(72)(73)(74)(75-1：四二オ⑧～四二ウ⑤)(75-2：四二ウ⑥～⑧)(76)】＊(10-2：一一ウ②～木の端の比喩一二オ⑧)(10-3：一二オ⑨～一二ウ①)(10-1：一一オ⑩～一一ウ②)(軍陣ニテハ人ノ心血気盛ンニシテ……)(10-4：一二ウ②③)(謀ニ本末アリ……)(同シ謀ヲ同所ニテ二度セヌ物也……)(11-1：一二ウ⑤～⑦)(謀一ツヲ見付テ其レヲ仕ヲホセント泥ミヌレハ……)(始巧シ謀違ヘハ余ノ謀不思出物也……)(34)(謀ニ知音ト云事アリ……)＊(11-2：一二ウ⑧～一三ウ⑤。正成・正行郎従が皆討死せし事)(11-3：一三ウ⑥～一四オ①)(33)＊(12正行の事例二つ)(13)(35)(39)＊(36)(37)(38)(40)(41)(42)(43)(47)(48)(夜討ノ時刻子ノ刻又ハ曙ノ皆人眠ル時也)(49)＊(23)(24)＊(14)(回リ懸リト云コトアリ……)(44)(遠懸引ト云コトアリ……)(引時逃テ命ヲ生ント思ヘ

ハナマリテ……）＊（15–1：一五ウ④〜一六オ③）（15–2：一六オ④〜一六ウ①）（15–3：一六ウ②〜⑨）（15–4：一六ウ⑩〜一七オ⑩）（45）（15–5：一七ウ①〜④）（16）（17–1：一八オ⑤〜一八ウ⑦）（17–2：一八ウ⑧⑨）（18）（小屋取ノ事四武ニ取テ本陣ヲ中夭ニナシ……）（25）（26）（27）（28）（29）＊（11–4：一四オ②③）（77–2：四四オ④⑤）＊（30）（31）（53）（54）（78–1：四四オ⑧〜四四ウ④。是皆四武ノ心也……）＊（46）（55）＊（32。義貞の竹下合戦の事例）（兵ノナマリト云コトアリ……）（50。途中二箇所、菊池武光の事例）（51）（56。桃井直常、越中国での事例）＊（52–1：三一オ⑦〜⑨）（77–4：四四オ⑦）（虚降参虚反忠謀ノ事也虚降参ハ……）＊（52–2：三一オ⑩〜三一ウ②）（77–3：四四オ⑥）＊（57）（58–2：三四オ⑥〜⑧）（77–1：四三オ⑥〜四四オ②）＊（58–1：三三オ①〜三四オ⑤）（78–2：四四ウ⑤〜四五オ④）

両者の構成上の大きな相違は、城の攻守関係項目【59〜76】の位置であるが、ともに明確な体系性が見出せるわけではなく、構成面からはいずれが先行するともいいがたい。用兵関係箇所（33〜43）のように、版本の方が比較的まとまりを感じさせる部分が多いが、（50）（51）（56）のように、いずれも貝が関係する項目を連接させるなど池田本に合理性のみられる箇所もある。

さらに、両者の内容上の相違については、島田(8)に

『一巻之書』はあくまで楠公自記の形式であるのに対し、『百勝伝』は公明正大に後人の述作なることを文章の上に現してゐる。

という的確な指摘がある。『百勝伝』には、「楠正成云……」「……ト楠申セシト也」などという詞章があり、正成以後の正行らの事例まで多数載せるが、『一巻書』ではそれらの部分は記されていない。このことから、島田は「何人かゞ『百勝伝』を基にして、それを楠公の述作の如く改変し、以て『楠正成一巻之書』と称したのではないか」と推定する。島田の推定は、詞章の異同の考察によっても裏づけられる。

源義家ハ四武ノ外ニ四隅ヲ加テ八陣ノ図是ナリ〔ト云レシヲ〕義経ハ八方ト云《フ》〔ハ〕、天地ニツスキマアリ。備ニスキマアラバ何ゾヨカランヤ。〔トテ〕四武六花ノ陣〔ト云レシ〕ヲ〔後ニ楠〕正成カ義貞ニ相伝セシ時、八陣モ四武六花モコマカニシテ麁《ク》、本ヲ失《フテ》末ヲ論セリ。是皆論シ過《テ》アヤマリアリ。〔心ノ四武ト云ンニ何ソ天地四隅有ンヤトテ〕心ノ四武ヲ正《シキ》伝ト伝授シ侍ル。（(2)版本七オ・ウ）

〔　〕内に池田本の詞章を補ったが、これにより文意が明確になる。殊に傍線部は、版本の詞章では、四武六花ノ陣を正成が義貞に伝授したと誤解を招きかねない（正成は、義家の八陣も義経の四武六花の陣も退け、心の四武を伝授した）。これに続く箇所にも「恐懼敬慎スベキハ耳目ニ不《ザル》レ聞《キカ》レ徳《トクヲ》敵《テキ》ナリ」という一節があるが、池田本の傍線部は「不二見聴一」とある。字体の類似から「聴」を「徳」と誤ったもの。同様の誤字は、他にも「山ニハ峯ヲトリ川ヲ箭《ヤ》ニアテバ」（(6)九ウ。池：前）、「沼沢峯深田」（同。池：岸）、「歩行兵ヲ二十分三十分」（(11-3)一三ウ。池：二十人カ三十人カ）などとあり、「此ユヘニ実ナリ」（(22)二〇オ。池田本「是、故実也」）といった誤読もある。

城責ル道具ノ事

○城ヲ責ル道具ノ事、持楯私云亀ノ甲ト云、掻楯私云近代竹タハト云カイテヨリイツル、築山或矢グラヲホリクヅス道具ナリ。亦、ユイ階、堀ノ埋草、懸橋、加様ノ謀アルベシ。（(69)四〇ウ）

この行文では、持楯・掻楯が築山や矢倉を堀崩す道具という奇妙なことになる。「加様ノ謀アルベシ」も不明瞭である。池田本〔山鹿本〕は次のとおり。

一城ヲ攻ル道具ノ事持楯亀ノ甲ト云掻楯〈行間に「私ニ云近代竹タバト云フ掻楯ヨリ出ル」〉〔也〕。築山・屏・矢櫓ヲ堀崩ス謀、結階、堀ノ埋草、懸橋、〔舟橋〕、火矢等、古来ノ法有。不レ及レ記。〔山鹿本傍線部：持楯亀ノ甲／ト云　掻楯私云近世竹タバト云／カイタテヨリ出〕

山鹿本のように〔也〕があった方がわかりやすいが、城攻の道具として持楯・掻楯をあげ、関連して傍線部のような城攻の「古来ノ法」に言及しているのがこの章段である。版本は池田本のような、あいまいな表記にまどわされて誤読を重ねたものであろう。

五、『一巻書』と『雑記』

《雑記》の構成

（項目頭に「一」。見出しなし。版本の項目と区分異なる場合は、版本の丁行数を付記する。区分のあり方は池田本・山鹿本とは異なる。破線部分は『雑記』に欠ける記事。二重傍線部分は版本には無い記事。＊印は記事順序の逆行する箇所）

（1―4：六ウ⑧～七オ③）（77―1：四三オ⑥～⑨）（77―2・3・4・6・7・9：四三オ⑩～ウ④・ウ⑦～⑨・四四オ①②）（78―14：四五オ②）（78―15：四五オ③）（78―16：四五オ④）＊（2：詞章簡略）（3）＊（1―1：六オ③～⑤）（1―3：六ウ⑥～⑧）＊（1―2：六オ⑤～六ウ⑤義家の詞なし）（5：記事簡略）（6）（9）（10：記事簡略）（11―1：十二ウ④～⑦なし。⑧～十三ウ⑤記事簡略）（11―2：十三ウ⑥～⑨。⑨～十四オ③なし）（12）（14）（15―1：十五ウ④～十六オ①。十六オ①～③記事なし）（15―2：十六オ④～十六ウ⑨記事簡略）（15―3：十六ウ⑩～十七オ⑩）（15―4：十七ウ①～④）「一　敵ニ切所有レバ……」「一　雖有力オモキ太刀ヲ不持……」「一　首トッテ野アヒニテ……」「一　馬上ニテ首ヲ持事……」（16）（17―1：十八オ⑤～ウ④。義貞故事なし）（17―2：十八ウ⑧⑨）（21）（22）（25）（28：やや簡略）（29）（32）（33）（34）（35）（36）（37）（38）（39）（40）（41）（42）（43）（44）（45）（46）（47）（48）（49）（50：記事簡略）（53）（54）（55）（58―1：三三オ①～ウ⑩。⑩～三四オ③記事なし）（58―2：三四オ③～⑧）（59：やや簡略）（60―1：三五オ⑩～ウ④）（61―1：三六オ③～ウ②）（61―2：三六ウ②～三七オ③）（62―1：三七オ⑤～⑧）（62―2：三七オ⑧～ウ②）（63）（64）（65）（66）（67）（68）「一　将ハ矢ヲ不射モノ也……」「一　山ヘ追上敵ニ向時ハ……」「一　太鼓ヲ打事……」「一　軍ニ可乗馬ノ事……」「一　取除時ハ籏・貝・太鼓……」

「一　山城ヨリ下リテ戦フ時ハ……」＊（4）（7）（8）（13）（18）（19）（20：挿図なし）（23）（24）（27）（31）（51：注記なし）（52）（57）（60−2：二五ウ⑤〜二六オ①）（69）（70：付タリなし）（71）（72）（73）（74）（75：四二オ⑧〜ウ⑤）（75：四二ウ⑥〜⑧）（76）（77−5：四三ウ⑤⑥）（77−8：四三ウ⑩）（77−10：四四オ⑥）（77−11：四四オ⑦）（78−1：四四オ⑨）（78−2：四四オ⑩）（78−3：四四ウ①）（78−4：四四ウ②）（78−5・6：四四ウ③④）。独自詞章あり）（78−8：四四ウ⑥独自詞章あり）＊（78−7：四四ウ⑤独自詞章あり）

雑記もまた版本『一巻書』と構成を異にするが、池田本（山鹿本）に比べれば異同の幅は少ない。＊印を付した記事順序の逆行する箇所、池田本が十九箇所あるのに対し、雑記は五箇所にとどまる。詞章面も三者共通箇所においては、版本と雑記とが近似する。ただし、版本の記事は、（20）の挿図を除いては（池田本は「図経ニ委シ」と図そのものは示さない）、すべて池田本に対応する記事を求めうるが、雑記は版本の（26）（30）（56）（78−9〜13）の四箇所を欠く。この他においても雑記の記事は版本に比べ、簡略であることが多い。他方、二重傍線部分に示した独自項目・詞章（版本には無い）は、池田本にも存在しないものである。

次の（5）は版本の詞章であるが、雑記は【　】内を欠く。傍線部は雑記の形では理解困難であろう。

（5）　備手数ノ事

〇良将備之数ヲ好ム事アリ。【一軍ヲ一軍トスル事ハ成ヤスクシテ、備不乱。一軍ヲ二ツニ分ルハ成ヤスクシテ（池田本：難成）、備乱ル。此時敵之諸陣一同ニ時ノ声ヲ発スレハ、不戦シテウラクヅレ敗軍スルモノナリ。備タダシケレバ不負謀有モノナリ。備ノ数ヲアマタニスルニ徳アリ。】一ツ負テ二ツ勝ノ理アリ。多クハマセ、スクナクハヘゲト云事アリ。横合ノ心アリ。剣先ノ多少アリ。先陣ノ合戦ニ勝ハ二之陣ノ力ナリ。三ノ陣ノ備ノタテヤウニテ勝モノナリ。【是皆備ノ多徳ナリ。】

雑記は(18)の傍線部を「舟小ニテ乗トラル、事、大事也」とし、一見文意が通る。しかし、池田本はここを「船ヨリハ乗トヲル、ト大事ナリ」（乗船と下船の際に注意が必要の意）とし、『桜井書』の異本『正三記』等にも「舟ハ乗トヲル、大事也。乗モヲル、モ四武ノ備ニテ……」という一節がある。雑記の表現は、「ヲル、」を「ラル、」と誤った版本の表記を合理化しようとして生まれたものと思われる。

（18）　船軍ノ事

○舟軍ノ事船ノ大ナルホトヨキモノナリ。船ヨリハ乗トラル、ト大事ナリ。但マワリ引マワリ懸ノ心ナリ。アガル敵ヲ陸ニテ防モ川ヲ渡ルヲ防ト心得同意也。

(64)傍線部の「主人」は、雑記では「モノ」とある。これもこのままでは版本が不合理であるが、池田本は「用事ニ外へ出ル兵モ、主人ヲ改メ」（誰の用事なのかの確認）とあり、ここも雑記が版本の過誤を改めようとしたもの。

（64）　敵ノ忍ノ兵ヲアラタムル事

○城中ニ敵ノ忍ノ兵紛レザルヤウニ相詞ヲ以テ日々アラタムベキ事。亦国々ノ詞チガフモノナレバ、常ノ詞モ聞トガムベシ。亦城中ヨリ用事ニ外へ出ル主人ヲ改メ、日々ノ相コトバニテ出入スベシ。是法ナリ。

したがって、雑記は版本をもとに詞章を整理し、一部、他の資料を補ったものといえよう。山鹿本・池田本の形から、『楠正成一巻抄』がなり、『楠正成一巻書』と名を改め、さらにここから『雑記』が派生したことになる。

おわりに

以上、『桜井書』『一巻書』が、その先行形態をなす写本をもとに、恐らくは版行に際して、「（楠公）桜井書」「楠正成一巻抄（書）」という書名を与えられ、正成の「遺言ノ書」としての装いのもとに世に出たものであろうことを論じた。

注

(1) 島田『楠正成一巻之書』の原形について」(軍事史研究6-6、一九四二・一二)二節注一。

(2) 未見。中山広司「山鹿素行における楠公の影響」『近世日本学の研究』(金沢工業大学出版局、一九七九。初出一九七八・一一)に掲出の、島田貞一調査記録による。

(3) 注(2)中山論文に紹介あり。

(4) 広瀬「山鹿素行の楠公観」(図書53、一九四〇・六)。

(5) 『一巻書』は、『寛文無刊記書籍目録』(六年頃刊)には見られない。しかし、「本書の著録本の多くは寛文初以前の刊行にかゝるもので、寛文四、五年頃の刊行書に至っては案外にもれているものが多い。それ以前のもの、中でもかなり未収本」がある(阿部隆一『目録集成二』解題)、とのことであるから、無刊記目録は上限の資料とはしない。

(6) 佐藤「楠正成一巻の書に就て」(東亜之光、一九一八・三)。

(7) 島田「楠木兵法について」(國學院雑誌42-2、一九三六・二)。

(8) 島田注(1)論文。島田が『一巻書』との比較に用いているのは『百勝伝』であるが、池田本についても同様のことがいえる。

第二章　『恩地左近太郎聞書』『楠正成一巻書』『桜井書』と『理尽鈔』

はじめに

『恩地左近太郎聞書』（以下『恩地』）が『理尽鈔』と一体のものとして存在したことは第三部第四章で論じたが、本章では、ともに関わりの深い(1)『恩地』『一巻書』『桜井書』三書の相互関係と三書それぞれの『理尽鈔』との関わりを分析する。

ただし、前章に述べたように、『恩地』『一巻書』『桜井書』は、それぞれ版本に先行する形態の写本が存在し、ここでは大阪府立中之島図書館『恩地ノ左近太郎聞書』（「岸藩文庫」旧蔵本。以下、『恩地』と略称）、岡山大学附属図書館池田家文庫『秘伝一巻之書』（『一巻書』）、同池田家文庫『〔軍法ノ事聞書〕』（『桜井書』）を用いる。引用に際しては、句読点・濁点を私に施す。ちなみに、三書の成立時期は特定できていないが、『恩地』は『理尽鈔』と一体のものである。『秘伝一巻之書』は、あるいはその原形かとも目される『百戦百勝伝』が慶安二年（一六四九）書写の由（現所在不明）、『〔軍法ノ事聞書〕』は承安二年（一六五三）写である。

一、三書相互の関わり

1、『恩地』と『桜井書』（冒頭括弧内の番号は各書の記事に私に付した番号）

〈例1〉

（恩2）又十歳ニ余リナバ、以前ノ嗜ノ上ニ、諸人ノ物謂ト行トノ、合ト不合ト善ト悪トヲ見聞セヨ。其ノ身愚ニシテ善悪ヲ弁ヘズンバ、智ノ長ケタル人又ハ師ニ向テ、密ニコレヲ問ヱ。其ノ人ノ名ヲ顕シテ問フベカラズ。人ヲ指シ顕ス則ンバ、悪事生ズル事余多在ルベシ。一ニハ佞奸在ルニ問フ則ンバ、親ニ仍テ悪ナルヲ善ト謂、又分明ノ答ナシ。麁ニ仍テ善ナルニ分明ノ答ナシ。或ハ少キ悪ヲ大キナル災ト教ル物ナリ。依レ之善ト悪ト邪ト正トニ迷フ物ナリ。（中略）心ノ奥ニ隠シテ二六時中ニ諸人ノ言ト行トノ、合ト不合ト邪ト正ト善ト悪ト虚ト実トヲ了シ知ル心ヲ怠ラズ思フベシ。少シモウカ〳〵ト見聞スベカラズ。覚在レバ自然ニ智モ出来テ、他ノ賢愚ト邪正ヲ了リ、自ノ言ヒト行ヒトニ愚ナル事ハナキ物ニヤ。口伝在之。

（桜2）大将ハ人ヲ見了事第一也。古今代々ノ名将皆能人ヲ了レリ。諸人之賢愚・佞奸・勇臆ヲ見了事品々有ト云ヘドモ、先謂ト行ト、合ト不合トノ二ニテ大形了也。口ニテ何程明言明句ヲ謂トモ、行ニ邪在ハ佞奸ノ人ト了ベシ。口ニヘツラヒノ詞ナク、行ニ私欲ナクバ善キ者ト了ベシ。

（桜3）能者カ悪キ者カ難見知ヲバ、功ノ入タル者カ学文ノ理ニ善ク通ジタル者ニ密ニ問ト也。其問時ニ名ヲ顕シテ不可問。唯尋常ノ物語ノ様ニ、加様ナル心ダテ行跡ノ人在。能者カ悪キ者カト、世間ノ物語ノ様ニ可尋。譬バ其人ノ意根行ヲ其人尋テモ、名ヲ不顕問時ハ、在ノ儘ノ返答在。サレドモ佞智ノ深キ者ハ、我身ノ事ヲ推量シテ分明答無者モ可有。或ハ其人ノ悪ム者カ或ハ他国ノ人ヲ名ヲ云テ尋ヌベシ。其上ニテ人ノ詞ト我意根トヲ思クラベ、是非ヲ分別スベシ。加様ニ油断ナク、人ノ善悪ヲ了ント思ヘバ、イヨ〳〵知恵モ出テ、自然ニ思ノ外ナルタンレン在者也。大将ハ人ノ勇臆忠ヲ不了時ハ、太ナル損ト不慮ノ恥辱在者也。最家ヲ亡ス瑞相ト心得ベシ。

〈例2〉

(恩66) 国ノ司《サ》タラン者ノ智ノ拙ヲ他ニ被《ル》レ了則ンバ、国ヲ奪ルノ端ト成ル物ナリ。勇臆ノ相又《タ》以テ同ジトナリ。源ノ義家ノ朝臣ハ、「三臆ヲ捨テ、其ノ人ヲ不《レト》レ捨」宣シ。意ハ三臆ノ相ノナキハ希レナル物ゾカシ。良将ヨク軍ノ法ヲ出シ、謀ヲ巧ニシテ賞罰ヲ明ニシ、ヨク敵ノ間ヲ伺フ則ンバ、謀図ニ当リ、戦フ則ンバ、三臆ノ相ノ在ル人ヲ以テ、敵ノ三勇ノ相在ル士ニ勝ツ物ナリ。如《ク》レ是ノナル則ンバ臆ノ兵ナク、無道ノ者ナシ。去レバ「良将ノ下ニ臆ノ兵ナク、盲将ノ下ニ勇士ナシ」ト宣シ、理ナル哉。時代押ウツリテ、九郎義経ノ云ク、「何ゾ『三臆ノ相ヲ捨給フ』ト宣ヒシ。将ノ勇ト謀ト仁ト義ト智ト兼タル在テ、軍ノ法ヲヨク立テ、勝ベキ図ヲハヅサズ、戦フベキヲ戦フ則ンバ、三臆ノ相ノ兵、臆ヲ捨ズシテ皆ナ勇士ニ成ル物ナリ。何ゾ『臆ノ相ヲ捨ル』ト宣フ。恐レナガラ御誤ニヤ」ト宣ヒシ。義家ノ仰ニ語葉替テ、義理ニ相違ナシ。ヲコガマシクゾ聞エシ。其ノ武ノ誉在ルニ侈テヤ覚宣ヒシ。先代ノ名将ノ非ヲ挙ルヲスラ善ニハセズ。益シテ非ナキヲ覚宣フヲヤ。義経年イマダ若ケレバニヤ。少ノ善悪スラ今ノ世ニ留リシ。将タル者ノ仮初ノ謂行跡ヲモ善ク嗜ベキ事ニヤ。又タ謀ノ道ヲヨク人ニ了セント思給フニヤ在リケン、奥ノ心了ガタシ。口伝在之。

(桜27) 勇ノ三相ト云事、臆ノ三相ト云事アリ。口伝。亦三臆ノ相アル兵ヲ以テ三勇ノ相アル兵ニ勝一術アリ。秘伝也。口伝重々在ト云云。

〈例3〉

(恩99) 「又タ彼ノ一巻ノ大体ニ十九ヶ条ノ法在リ……」と (桜57) 「大将常之心持ノ事……」とは項目全体がほぼ一

致するが、そのなかの一節を例示する。

（恩99）十一《ニハ》、先訴ノ偏言ヲ信ズル事勿。又タ虚ノ思ヲ成ス事ナカレ。理ノ中非、々ノ中ノ理ヲ聞誤ル事ナカレ。一人トシテ、少キ事ヲモハカラフ事ナカレ。頭人奉行評定衆ヲ集テ、決セヨ。多分タリト云トモ、邪ナル偏ナル悪敷義ニ同ズル事ナカレ。益シテ少分ノ悪キ義ヲヤ。善悪理決シ定テ、後チニシテ、又奉行評定衆、先ノ論人等ヲ召集テ、理非ヲ決シ行へ。此ヲ再決ト云ゾ。又タ覚謂ヘバトテ、乱ノ時ニ至テ、十死一生ノ謀、多ノ人ニ漏スベカラズ。此ノ事第一ノ要ナリ。口伝在之。

（桜57）訴ハ片言ヲ誠ト不思、亦タ空言ト不思、理ノ中ノ非ト、々ノ中ノ理ヲ細カニ吟味シテ、家老奉行ノ批判ヲ聞、日数＊ヲ以テ裁許スベシ。但シ、戦ノ時ハ十死一生ノ謀ヲ多人ニモラシ長センギシテ図ヲ外ス事有ベカラズ。

（＊『評判秘伝』・桜井書版本は「日取」）

この他、以下の箇所に類似表現が見いだされる（部分的な詞章も含む。それぞれ項目の書き出しの章句を示す）

（恩3）貴ガ行ト謂ノ事ハ……（桜5）忠ヲ不了者奢者……／（恩4）大悪ハ凡ソ七ツノ不義共……（桜5）／（恩25）凡ソ奸ナル人ハ……（桜8）奸人ト云者アリ……／（恩37）又タ諸人ノ勇臆ヲ了ル事……（桜13）臆病ト云者アリ……／（恩39）又タ若キ兵ノ始テ戦場ニ……（桜14）武勇ニ奥ト端ト云事アリ……／（恩40）源義家ノ朝臣ハ初臆後勇ノ兵ト……（桜15）十四五計ヨリ四十計……／（恩41）平ノ将門ハ卅歳ヨリ……（桜13）臆病ト云者アリ……／（恩47）濁レル末ノ世ニハ……（桜28）生付ニ勇ナル者モ……／（恩49）又タ生徳ニ真目ナルガ……（桜25）生付律儀ニテモ……／（恩51）又タオゴリ在ル人……（桜26）出頭ヲシ時ニ合タル者……／（恩52）又タ邪欲ト侈トノ在ン人ハ……（桜7）佞人ト云者アリ……／（恩67）義家ノコロホイ猶……（桜29）軍法ハ不レ撰二親疎ヲ一……／（恩74）又タ勇士ノ戦場ニテ……（桜17）上兵ト云者アリ……／（恩83）又タ若カリシ時キ臆ニシテ……（桜21）上部ノ勇ト云事アリ……／（恩84）又タ上部ノ臆ト謂フ事在リ……（桜22）上部ノ臆ト云者アリ……／（恩85）又タ

勇ノ似セ物ト謂フ事……（桜23）勇ノ似物ト云者アリ……／（恩86）又タ生徳ノ勇在テ……（桜17）上兵ト云者アリ……

『〔軍法ノ事聞書〕』（『桜井書』）の項目を版本を参照し、五七に分かった中、一八項に『恩地』との関連章句が見いだされる。『楠公叢書　二』解題は、[2]『恩地』と『桜井書』とには「所説の同根より出たもの」が少なからずあり、『桜井書』が『恩地』より「脱化せられたもの」であろう、という。前記、〈例2〉において『桜井書』に「秘伝也。口伝重々在」という内容が、『恩地』の波線部に相当すると考えられること、〈例3〉『桜井書』波線部「日数ヲ以テ」は異文「日取」を介して、『恩地』の「一人トシテ」とつながりをもつことなど、楠公叢書解題の指摘が当たっている可能性がある。ただし、〈例3〉『桜井書』は、『恩地』が専決を戒めるのに対し、短時日での決定をも戒めており、そのことは非常時における「多人ニモラシ」「長センギシテ」という但し書きにも活かされている。したがって、詞章の上からは、『恩地』から『桜井書』へという方向性を確定しがたい。

2、『恩地』と『一巻書』

『桜井書』の場合と異なり、両書の交渉を明示する箇所は少ない。

（一11）……此形相本勇ニ不《ルヲ》レ返《ラ》臆病ト云也。是ヲ治スル薬有【ト楠正成一巻ノ遺書ニ残セリ。誠ナル哉。正成摂州湊川ニテ討死ノ時……】

【　】内は、版本『楠正成一巻書』では「略之」とある。本章で、版本『楠正成一巻書』の先行形態として引用している『秘伝一巻之書』は、楠正成の著作とは名乗っていないが、右の箇所は端的に、この書が「正成一巻之書」そのものではないことを自ら言明するものとして注意される。本章ではそうした『一巻書』の原形の成り立ちを考えようとしているのであるが、臆病治療の秘伝については、『恩地』に記載がある。『理尽鈔』巻二六の伝承によれば、

『恩地』は正成遺書の聞書として、その面影を伝えるものであり［→第三部第四章］、『恩地』『一巻書』両書は無関係ではない。ただし、『理尽鈔』口伝書の類では、「正成遺書」は陽翁から伝授された本多政重が焼却したと伝え、ここでは、焼却以前の「遺書」を直接披見した、という体裁をとっていることになる。

その他、「臆ノ三相」「勇ノ三相」等の用語や「軍法八箇条」の項目のように『恩地』と共通するものがあるが、これらは『桜井書』にもみられ、「八箇条」の詞章の場合、明らかに『桜井書』に近似する（3〈例1〉）。

3、『桜井書』と『一巻書』

〈例1〉

（桜29）軍法ハ不レ撰二親疎《ヲ》一、法ヲ背ク者ヲ急度罰スベシ。徳余多アリ。第一軍法猥ナレバ備ノ次第難《ク》レ調見苦敷者也。第二先手ノ敗軍ノ時、後陣ニテ難レ勝者也。第三先手未戦前ニ、後陣ヨリハゲ崩ス事有者ナリ。第四諸陣ニ陣雷ト云者ノ付テカシガマシクナリ、市人ノ寄合タル様ニテ大将ノ下知ヲ軍勢聞付ヌ者也。第五独高名ヲ心ニ懸ケ、合戦ノ勝負ニカマハヌ者也。第六軍勢ドモ大将ヲ軽シムル者也。第七懸引心々ニシテ浮足ト云者ニナリ、備崩レ安キ者也。第八勝軍ハ強ク、敗軍ハ弱クシテ、返事ナラヌ者也。此外ニ数多損ドモアリ。大将ハ人ヲ見了ト軍法ノ正シキトガ第一ノ嗜也。

（一77）軍法ハ親疎ヲ不レ撰、法ヲ背ク者ヲ急度可レ罰《ス》。徳余多アリ。第一軍法乱レバ備ノ次第難《ク》レ調見苦キ物也。第二先陣敗軍ノ時、後陣ニテ勝ガタシ。第三先陣不《ル》レ戦以前ニ、後陣ヨリ北《ニゲ》崩ス。第四諸陣ニ陣雷付テカシガマシク、将ノ下知ヲ不二聞付一。第五独ノ高名ヲ心ニ懸、合戦ノ勝負ヲ心ニ不レ懸。第六諸兵大将ヲ軽シムル故ニ謀不レ成《ラ》。第七駆引心々ニシテ浮足ニナリ、備崩レ安シ。第八勝軍ハ強ク、敗軍ハ弱ク、返ス事不レ成《ラ》。此外ニモ損アリ。大将ハ軍法ノタヾシキト人ヲ知ルコト肝要也。

〈例2〉

（桜40）塀ノ矢間切ヤウノ事、内八文字外八文字スヂチガへ、何モ五十間六十間程ヨリ城ギハマデ、五尺ノ人形ヲ立、其ヲ射ヨキ様ニ切ガ一段ト能者也。

（一67）塀矢間柵ノ事、塀ハ外ヨリ不レ被レ破、防ギ能様ニ可レ付也。亦俄ニ塀ヲ懸ルコトアラバ、村里ノ民家ノ壁ノ土ヲ落シ、其下地ヲ取テカキ付テスル物也。矢間ハ内八文字、外八文字・一文字、所ニ可レ依。外ニ人形ヲ立、射能様ニ切ベシ。城ノ地形ノ高下ニ依ルコトナレバ、定ル法不レ可レ有。柵ハ塀ノ内、外ノ端、堀底ニモ可レ付コト也。

この他に、以下の箇所に類似表現が見いだされる（部分的な詞章も含む。それぞれ項目の書き出しの章句を示す。［　］内は共通内容）。

（桜22）上部ノ臆ト云者アリ……（一11-2）軍陣ニテ常ニ云フ事ヲ不可忘……［目ノ臆・耳ノ臆・兵ノ曲］／（桜30）備ノ事ハ四武ヲ以テ……（一2）心ノ四武ト云コト有……［四武ノ心得・備ノヌケガラ］・（一3）備之四武ノ事……［敵ニヨリ地形ニヨリ］／（桜31）足ガ、リ矢ダマリト……（一6）備ニ足懸リ箭ダマリト……［足ガ、リ矢ダマリ］／（桜33）浜辺幷縄手道……（一9）細道縄手ナドニテ……［浜辺幷縄手道］／（桜34）河越ノ事、河ノ瀬ハ……（一16）川越ノ事、川の瀬棚ハ……［河越ノ事］／（桜35）河越ノ兵ヲ防様ノ事……（一17）川ヲ前ニ当テ防ヤウハ……［河越ノ兵ヲ防様ノ事］／（桜36）舟軍ノ事……（一18）舟軍ノ事……［舟軍ノ事］／（桜41）小屋懸様ノ事……（一3）備之四武ノ事……［小屋懸・四武］／（桜44）敵ヲ押ヘ懸ト云事アリ……（一12）十死一生ノ合戦ノ事……［義経一谷］／（桜46）十死一生ト云事ハ……（一28）小敵ヲ不可侮……［小勢・義経八島］・（一12）十死一生ノ合戦ノ事……［十死一生］／（桜48）先ノ先二ノ二ト云事……（一13）先ノサキノ勝二ノ二ノ謀ト云事アリ……［先ノ先二ノ二］／（桜55）大将首実見ナドノ時……（一29）用心ノ事……［首実見］

『桜井書』と『一巻書』の先後関係は判定しがたいが、同一事項においても〈例2〉波線部に示されるように、後者に、より実際的な知識への関心が強い事が指摘できる。上記〈（桜34）（一16）［河越ノ事］〉の箇所においても、『一巻書』には「土色赤ク黒クハスベリテ悪シ」という、『桜井書』には無い一節がある。

小括

『恩地』は『桜井書』に先行する可能性が高いが、詞章面から三書の先後関係を確定することは困難である。内容的には、『恩地』は統率者の姿勢・心構え、人事管理の方法（人の真価を見抜く知力を養え、ということに尽きる）に強い関心を寄せ、『一巻書』は用兵・戦術論を旨とし、両者の直接の関わりは薄い。『桜井書』は両者の性格を併せもっている。前章に記したように、正成の名を書名に冠した「一巻書」の写本がほとんど見当たらないのに対し、「桜井書」と銘打った写本が一〇点以上存在するのも、分量（版本の分量でいえば、桜井書が最も少ない）・内容両面での手ごろさに、理由の一端があるかもしれない。

二、三書と『理尽鈔』との関わり

三書は相互に関わりがあるが、また、それぞれ独自の詞章をもち、いずれも『理尽鈔』を直接間接の典拠とするものと思われる。三書の引用は前節に同じ。『理尽鈔』は版本を用いる。

1、『恩地』と『理尽鈔』

〈例1〉

（恩2）又十歳ニ余リナバ、以前ノ嗜ノ上ニ、諸人ノ物謂ト行トノ、合ト不合ト善ト悪トヲ見聞セヨ（後略）

（理・巻一八42ウ）楠云、謂ト行跡トヲ能々見合給へ。佞人ハ謂フ事道也、行ハ邪ナリ（後略）　※こうした人事論は随所に見られる。次の〈例2〉も同趣。

〈例2〉

（恩32）又《タ》郎等ノ忠ト不忠ヲ了ント思バ、親ク近付テ、常ニ其行ヲ見ヨ。又《タ》語ルヲ聞ケ。常ニ心ヲ付テ聞見ル則ンバ、明鏡ニ万像ノ浮ガ如シ。親ク近付ケズンバ、如何デカ是ヲ了ンヤ。国郡ヲ治メ人ノ司ト成ン者、少モ身ヲ安クシ、油断ノ事在リテハ万ノ悪事ノミ出来ル物也。心得べシ。口伝在之。

（理三六17ウ）凡良将ハ器ト不器ト賢愚ト邪正トヲ知リテ、人ヲ遣ヲ以テ要トス。ソレト云ハ、久敷人ニ相馴テ、其謂ノ相ト不相ト定ト不定ト、言ト行ト相ト不相トヲ以テ知ル物也。（中略）此等ノ心持ヲ分別シテ、明鏡トシテ見ル則バ、佞奸侈リ等ヲ知ル物ナリ。

〈例3〉

（恩57）正成ガ一生ノ後《チ》モ朝敵ノ寄セ来ル事在ラバ、郎等家ノ子共ノ妻子ヲ悉ク取集テ、吉野ノ奥加名和へ指シ遣、仁義勇忠ノ侍イ共ニ申シ付テ、ヨク守セ給へ。凡仁義ノ勇ト生徳血気ノ勇ト又タ勇ノ勝劣ヲ了ルハ如《ク》レ是《ノ》ニテ候。（後略）

（理七24ウ）軍勢ノ内室ハ賀名生ノ奥、観心寺ト云フ、嶺ヲ通《ル》山伏ナラデハ事問フ人モナキ所ニ、軍勢一千余騎ヲ相ソヘテ、深ク忍テ彼ニヲキシ。舎弟正氏・和田孫三郎・恩地左衛門・真貫・渡辺五郎等モ彼ニ在リ。是ハ敵ノ通路ヲモ切リ、弱キ陣ヲバ後攻夜討ニモセヨ。又寄手ノタクミヲモ聞付テ城ノ内へ是ヲ知ラセ、人々ノ妻子ヲモ能ハゴクメトノ為也。

『理尽鈔』巻七は千剣破籠城の際の正成の指示、『恩地』に「正成ガ一生ノ後《チ》モ」とあるのは、この『理尽鈔』の記述を踏まえた表現である。

なお、『理尽鈔』に「賀名生ノ奥、観心寺」（尊経閣文庫十八冊本等「賀名和」）とある。賀名生は現在の奈良県吉野郡、観心寺は大阪府河内長野市であり、地理が矛盾しているが、『理尽鈔』の口伝書『陰符抄』初篇七は、次のように解説している(3)。

賀名生――観心寺紀州也。楠正氏其外妻子ヲ入置シト也。又ハ外夜討ノタメ也。外夜討ハ功多シ。又是ヲ寝コヤト云也。同名別所也。タヨリニ成レト也。大和ニモ観心寺ト云所アリ。六波羅勢、ガウ民共ヲトラヘテ、ガウモンスレドモ、観心寺ト答故、紀州ハ不知ト也。

2、『一巻書』と『理尽鈔』

〈例1〉

（一17）川ヲ前ニ当テ防ヤウハ、川端八町モ十町モ引退キ、瀬筋渡リロノ道ヲ開テ可レ備。敵川ヲ懸アガリテ浮足ニナル所ヲ射スクメテ可レ懸《シル》。是先ヲヌイテ二ノメノ戦也。亦競ヒ防グ方ニアル也。大方ハ備ノ前ニ柵ヲ付、堀ヲホリ、足軽ヲ懸テ、敵ヲ引付テ可レ討也。亦寒気甚キ冬ノ日ニ川ヲ前ニ当テ陣トラバ、十五町十六町モ引退テ、柵ト堀トヲ構テ敵ヲ待テ可レ戦。川ヲ渡シ来ル兵コヾヘテ、物ノ用ニ不レ可レ立。此故ニ冬ノ日ハ川ヲ渡シテ其日不レ戦物也。但、暖ナル日カ亦不レ凍《ル》謀アラバ、渡シテ可レ戦トナリ。義貞云、冬川ヲ渡ラデ不レ叶コト有バ、諸兵ニ胡椒ヲ可レ令レ持。是ヲ食フニ凍ルコトナシ。

（理四18ウ）楠、長俊ニ語云、寒ノ甚シキニ、敵河ヲワタサバ、味方此ヲ防グニ謀アリ。河ヲ去ル事三十町有テ、城ヲカマヘ、軍ヲ張ラシムベシ。（中略）但十五町ニテ可レ然《シ》カ。最モ可ナリト謂シ。後、義貞ノ云、冬ノ寒ニ大河ヲ渡ラントナラバ、諸兵ニ胡椒ヲ可レ令レ持。是ヲ食テ寒ル《ユ》事ナシ。正成ガ云、敵陣一日路アランニハ、冬大河ヲ不レ可レ渡。但シアタ、カナラン日カ、又ハ不レ寒《ルヘ》謀アラバ、可レ渡ナリ。

〈例2〉
（一2）心ノ四武ト云コト有。是ハ大将四武ニ心ヲ付ルコト也。心ノ四武無レバ、伏・夜討・ウラヲタヽラル、時、不慮ノ敗軍スル物也。心ノ四武ナキ備ハ、軍ニ心ヲ不《ル》レ懸故ニヌケガラトテ物ノ用ニ立ヌ物也。此故ニ将ハ飲食寤寝ノ間モ心ノ四武ヲ忘ル事不レ可レ有。是軍ノ重ノ秘事也。是ヲ源義家ハ「四武ノ外ニ四隅ヲ加テ、八陣ノ図是也」ト云レシヲ、義経ハ「八方ト云ハ、天地ノ二ツ透間アリ。備ニ透間アラバ何ゾ善ランヤ」トテ「四武六花ノ陣」ト云レシヲ、後ニ楠正成ガ義貞ニ相伝ノ時「八陣モ四武六花モ〔濃・山鹿本「コマカ」〕ニシテ荒ク、本ヲ失テ末ヲ論ゼリ。是皆論ジ過テ誤アリ。心ノ四武ト云ンニ、何ゾ天地四隅有ンヤ」トテ、心ノ四武ヲ正伝ト伝授シ侍ル。心ノ四武ハ秋毫ノ通ル程モ透間ナク、詞ニ云ヘバ、真円ナル形ト可知。工夫アリ。此心ノ四武ハ目ニ不見、耳ニ不《ル》レ聞敵ヲ防ガン為也。目ニ見耳ニ聞敵ヲバ不レ可《ル》レ恐。可レ勝謀アリ。不レ負備アル物ナレバ也。敵モ味方モ人ナレバ、天ヲ翔リ地ヲ潜リテ可レ勝事ハナキ物也。恐懼敬慎スベキハ耳目ニ不《ル》二見聴一敵ノ軍〔ノ、山鹿本「也」〕。軍ヲ心ニ懸ザル敵ハ敗軍ノ相也。心ノ四武ト云ハ軍ヲ常ニ心ニ懸ル事也。
（一3）備之四武ノ事、五々六軍人形地形長短方円ノ備ハ、地形ニヨリ敵ノ強弱ニ依テ不レ定也。（後略）
（理二五86オ）凡《ソ》「良将ノ敵国ニ入時、八方ニ敵有ト心得ヨ」ト謂事、義家朝臣、長男義親ニ謂ヒ含《メ》テケリ。「此故ニ四武ノ陣ヲ張レヨ」ト也。後ニ九郎義経、先祖ヲアザムキテ申ケルハ、「八方ヲ計敵ト心得タランニハ、将ノ不覚可《シ》レ有《ル》。十方共ニ敵有ト義経ハ心得《ル》也。上方ヨリハ矢来ル也。下方ヨリ地ニ落《シ》ヲ堀、敵要害ノ地ヲ構タリ。何ゾ上下ノ二方ヲ不レ定。只『八方』トノ〔仰也、十八冊本「仰セ」〕難《ト》二心得一」申ケレバ、舎兄ノ頼朝モ「実《ニ》モ」ト宣シト也。故正成、此事ヲ信服シテンゲリ。四武ノ陣ノ事、敵国ニ発向シテノ法ノ事、八ノ評・十二ノ評ニ在リ。可《キ》レ見《ル》也。

例1がほぼ『理尽鈔』の所説を踏まえているのに対し、例2は波線部に大きな相違がある。『理尽鈔』の正成が義経の所説を信服しているのに対し、『一巻書』の正成は、備の本質を見失っているとして義家・義経の説をともに批判し、「心ノ四武」を提唱する。四武ノ陣については『理尽鈔』巻八64オ、巻一〇30ウ（四隊ノ陣）などにも言及されているが、「心ノ四武」なる用語は見当たらない。ただし、『陰符抄』初篇八に次の口伝がある。

四武ノ陣ニ口伝アリ――正兵奇兵ヨリ出ル也。本ハマン丸キモノ也。長短円角、地形ニ依テ替ル也。心ハ四武ノ陣ニ取モノ也。心ノ四武ゾ。諸葛孔明ガ八陣、四奇四正ヲ以テ八陣トスル也。正成ハ四奇四正ヲ一ニシテ、四武ノ正陣ニ被成ト也。

右の所説は、「心ノ四武」以外にも、『一巻書』と共通表現をもつ（二重傍線部）。『陰符抄』の成立は『一巻書』より降る（『陰符抄』は、『一巻書』の異本『百戦百勝伝』の書写者大橋全可の没後の記事を含む。第三部第六章）。したがって、直接の資料とはしがたいが、『理尽鈔』とは異なる側面をもつ『一巻書』の所説も、こうした『理尽鈔』享受・研究の場から生まれた可能性は指摘しておいてよいだろう。

『桜井書』についても同様のことがいえる。同書46項は「十死一生ト云事ハ小勢ニテ大勢ト戦謀也」と始められているが、『陰符抄』初篇八に「口伝十死一生ノ戦ハ味方小勢ヲ以テ敵ノ大勢ヲ討術ナレバ秘戦也」という、近似表現がみられる。

3、『桜井書』と『理尽鈔』

〈例1〉

（桜30）人数ハ崩安クテ集ニクキ者也。一日ノ内ニ一度乱レタル人数ヲ集テ戦事ハ其日ノ内ニハ成兼ヌル物也。縦バ、平家物語ニ木曾義仲、八百余騎ニテ河原表ニ懸出テ、敵ノ中ヘ懸入テサツト引、一日ノ中ニ十三度懸入〳〵戦ヒシナド書付置事ハ、皆偽ナルベシ。人数ハ左様ニハツカハレヌ者也。

（理二一50ウ）又和朝ノ伝ニハ、時ノ人ノ讃シヲバ是ヲ讃テ書キ顕シ、時ノ人ノソシルヲバ此ヲ悪ク書ケリ。理非ヲ不《ル》ㇾ知《ラ》人、讃タルヲ善シト思フテ、此行ヒヲ真似タル故ニ、不覚ノ行ヒ多ク不覚ノ死アリ。又タトヘバ、木曾何百余騎ニテ、敵ノ大勢ノ中ヘ懸入リ、クモ手ニ追回シ、発ト引取テゲリナド在ルハ、文ノ用也。軍ハ左ハセラレヌ物也。一度崩レタル兵ノ大勢ヲ、又一所ニ集ルハ難ㇾ成物ゾカシ。

同趣の用例であるが、異なる文脈のもとに引用されていることに注意したい。

〈例2〉

（桜48）先ノ先二ノ二ト云事、敵我国ヘ寄ルト聞バ、其儘出テ、我国ヘ不入前ニ手早ク打散ジヌベシ。譬バ、頼朝、奥州ヘ義経退治ニ宇津宮迄出馬セラレシ所ニ、先手ハ畠山重忠大将ニテ、能キ者ドモ大勢召具シ白川ノ関マデ下リシ所ニ、義経ハ平泉ニ城ヲカマヘテ楯籠ルヨシ聞ヘアレバ、重忠、善キ大将ナレドモ、敵合ノ遠ヲ油断シテ在シ所ニ、平泉ヨリ五日路余リノ所ヲ、夜ヲ日ニツイデ白川ノ関マデ義経出合テ、思モ不寄所ヲ、僅ノ小勢ニテ朝懸ニ打散シ、人多ク討取シ也。重忠、立アシモナク敗軍シテ宇津宮ヘ北ゲ帰、頼朝ニ此由ヲ申ケル時ニ、結城ノ七郎ト申ケル者、「イザ、セ給ヘ。義経ノ、重忠ノ軍ニ勝テ傲テ居タラン所ヘ押寄ナバ、義経ヲ討ナン」ト云ケル。頼朝聞玉ヒテ「其ハ二ノ二ノ謀也。義経ハ賢キ大将ナレバ、二ノ二ノ謀ハ了ヌラン。然ラバ早平泉ヨリ引帰ツラメ。左ヤウニウカ〳〵トシテヨモ非ジ」ト宣シ。頼朝ノ下墨《さげすみ》ノ如ク、重忠ヲ打散シ、討捕首ドモ掛サセテ、其儘義経ハ平泉ヘ帰リシト也。頼朝モ「門首悪シ」トテ、宇津宮ヨリ鎌倉ヘ帰リシ也。兄弟ナガラ軍ノ心持一ツナルト人々申ケルトナン。（後略）

（理一〇61オ）去文治ノ比ニ、九郎義経奥州ニ北下《ゲ》テアルヨシ、鎌倉ノ二位ハ不ㇾ安《カラ》思《ヒ》、七道ノ軍勢、凡二十六万余騎ヲ卒シテ、奥州ノ両国ニ発向ス。先陣畠山重忠、宇都宮父子三人、千葉新助・佐竹六郎義良、其外常州野州ノ国人等アツマツテ、十万余騎白川ノ関ニ着陣ス。（中略：義経、国衡らの反対を無視して、襲撃）二日ノ路ヲ一日一夜ニ打テ白川ニ着《ケ》バ、夜ハ未《ダ》ダ寅ノ上刻タリ。（中略）義経二千余騎ニテ、後ノ山ヨリ重忠ガ陣ノ後ニテ、時ノ声ヲ発シケレバ、重忠ノ陣三万余騎ナビキ立。即陣屋ニ火ヲ懸タリ。諸陣是ニ驚《キ》周章《キ》立テ散々ニ失《セ》セケリ。（中略：国衡ら追撃を主張するも、義経の諫めに従い、帰還）又、頼朝ハ宇都宮ニテ白川ノ陣ノ敗北ヲ聞テ、「コハ如何スベキ」ト案ジ煩シ。結城朝光、「九郎ハス、ドク、如何ニモ上《リ》マチナル帥スル殿ニテ侍レバ、自定北勢《ル》ニ追スガウテ、是ヘゾ寄給《ヒ》ナン。御用心可《シ》レ有」ト申。（中略：頼朝、周章の必要なきことを説く。北条義時、義経の油断をつき、攻撃主張。頼朝、容れず）翌日、使帰テ「白川ニハ敵一人モ不レ侍」ト申ヲ聞テコソ兄弟ノ帥相応セリト、各舌ヲゾナラシケル。頼朝、初合戦仕損ジテ、「九郎ガアランホドハ、此度奥州へ発向シテハ軍ニ利アルベカラズ」トテ鎌倉ニ引《キ》カヘシ給ヘリトナリ。

この義経の重忠急襲劇は、一谷合戦を下敷きとして仕立てた『理尽鈔』の創作であろうが、『桜井書』の記述は、「先ノ先二ノ二」という概念を軸として、これを簡略に再構成したものといえる。これもまた、単純な抜書の類ではないことを注意しておきたい。

おわりに

早い段階から『理尽鈔』とともにあったと目される『恩地』と、『一巻書』『桜井書』とでは事情を異にするが、その成り立ちが『理尽鈔』の抜書・再編成によるものではない点は共通する。とくに、『一巻書』『桜井書』には、『理尽鈔』口伝の場とのつながりを思わせる面があり、近世初期の、『理尽鈔』が活力を持って享受・研究されていた段階の産物であったといえよう。

注

（1）『一巻書』が『桜井書』『恩地』『兵庫記』等と一致する点の多いことは、島田貞一「『楠正成一巻之書』の原形について」（軍事史研究6－6、一九四二・二）などに指摘がある。ただし、「『楠兵庫記』は（中略）『恩地左近太郎聞書』と殆ど一致する。両書は寧ろ異本と称すべきもの」（島田論文二八頁）という点は何かの誤解であろう。『楠兵庫記』は他の三書とは系統を異にする兵書であり［↓第五部第三章］、ここでは扱わない。

（2）堀江秀雄編纂『武将としての楠公　楠公叢書第二輯』（財団法人奉公会、一九三八・七）。

（3）『恩地』の地理説明に矛盾はないが、『理尽鈔』の内部でもこの種の齟齬はまま見られ、『恩地』の著作時期・著作者の問題には直結しない。

第三章　『楠判官兵庫記』と『無極鈔』

はじめに

『太平記評判私要理尽無極鈔』（以下『無極鈔』）巻一六之中（全四四丁）のうち、最初から三一丁までを「楠木判官兵庫ノ記」が占め、その書名の前には

一　正成ガ恩地ニ渡タル一巻ノ書、是ヲ楠木判官ガ兵庫ノ記ト云。兵庫ニテ書タルニハアラズ。兵庫ニテ恩地・和田ニ授ニヨツテ名トスト見《エ》エタリ。満祐ガ家ノ書ト云ハ此兵庫ノ記ノ事ナリ。又楠ガ軍記トモ云ヘリ。

との一節（以下「序文」と呼ぶ）があり、末尾部分には、右とやや内容を異にする「此兵庫ノ記ハ、楠判官正成ガ兵庫ヨリ恩地ヲ故郷ヘ帰《シ》ケル時、正行ガ方ヘ送《リ》シ一巻ノ書ナリ」との一節がある。正成遺言ノ書そのもの、もしくはその聞書という体裁をとる書物に『楠正成一巻書』『桜井書』『恩地左近太郎聞書』があり、それぞれ生成の経緯を異にするが、いま一つの伝承を装うのが『兵庫記』である。本書と『無極鈔』との関係については、『無極鈔』が既存の『兵庫記』をまるごと摂取したものとみなされているが[1]、伝本を整理し、本書の生成の仕組みを分析することによって、再検討したい。

一、『兵庫記』伝本の整理

《版本》[2]［ ］内は請求番号

（1）明暦元刊（楮紙袋綴一冊。8行平仮名交じり。内題「兵庫巻」。四周単辺二二・三×一七・〇㎝。墨付40丁。刊記「明暦元年　未五月吉日」）

尊経閣文庫［10–30］（藍色表紙。外題打付書「楠兵庫記　全」）・市立米沢図書館（書き題簽「兵庫巻　全」）・東京国立博物館［と593］（外題打付書「兵庫記」）・國學院大学日本文化研究所河野省三記念文庫（未見。同文庫目録によれば外題「太平記兵庫巻」）

（2）明治一七年正真社刊（楮紙袋綴二冊。10行片仮名交じり。内題「太平兵庫記」。四周単辺一六・七×一一・〇。奥付含め21丁。明治一七年二月出版）

内閣文庫［189–281］・大阪天満宮（題簽「太平兵庫記　渡辺林之輔編輯　甲（乙）」）

※本書は「抑モ此兵庫記ハ楠判官正成カ兵庫ヨリ古郷へ帰ル時家臣渡辺勇へ贈リシ一巻ノ書ナリ（中略）明治十六年十二月　渡辺林之輔」との序文があるが、字句の誤り等から底本は明暦元年刊本である。

《写本》

（1・1）無極鈔系統（巻頭目録・文中章段見出しを欠く）

①表紙、②外題、③序文前の書名、④序文（正成カ恩地ニ～楠カ軍記トモ云ヘリ）、⑤本文前の書名（内題）、⑥巻末「建武二年三月日」の後の跋文（此兵庫之記ハ～）・正成容貌（正成ハ其形痩テ～古人之一句尤也）、⑦一面行数（用字は片仮名交じり以外のみ特記）、⑧その他

国会図書館［辰44］（大田南畝編三十輯〈享和三年自序〉第五四冊の内。朝倉敏景条々・景勝家法・楠判官正成一巻之書奥書と合綴、③無、④有、⑤楠判官兵庫之記、⑥有、⑦12行、⑧「小諸／蔵書」朱陰印）

宮内庁書陵部（斐楮混紙袋綴一冊、①薄茶色無地二六・九×一九・五、②草色地に草花模様雲母刷題簽に「楠兵庫記　全」と墨書、③無、④有、⑤楠木判官兵庫之記、⑥有、⑦11行、⑧近世中期写。「図書／寮印」・「諸陵寮之章」朱陽印）

金沢大学附属図書館（楮紙袋綴一冊、①薄縹色表紙二三・八×一七・六、②楮紙題簽に「楠判官兵庫記　全」と墨書・その右に「楠家兵書ノ内」と朱書、表紙右下端に「六種之内」と墨書、③無、④無、⑤楠判官兵庫記、⑥無、⑦12行、⑧近世後期写）

熊本大学寄託永青文庫（仮綴一冊、①楮紙無地表紙、②打付書「楠兵庫記　全」、③無、④無、⑤楠氏兵庫記、⑥有（跋文のみ漢文体）、⑦11行、⑧安永四年一〇月日写）

福井市立図書館（楮紙袋綴、〔桜井書〕とあわせ二冊、①縹色地・卍繋に草花模様艶出し表紙二七・七×一九・五、②水色題簽及び打付書ともに「正成軍書」、③正成軍記、④有、⑤楠木判官兵庫之記、⑥有、⑦9行、⑧跋文・容貌の後、「恩地カ三法ノ書曰／第一戦法ノ事」以下五丁余記事あり。巻末に「于時万治二年己亥七月十八日令書写畢／于時寛文三歳次癸卯稔極月六日令模写訖」とあり。「図書寮」「越国／文庫」「出甕」朱陽印）

尊経閣文庫［1834］（楮紙袋綴一冊、①黒地に卍繋草花唐草艶出し表紙二七・五×一七・八、②子持枠刷題簽に「楠兵庫記　全」と墨書、③無、④有、⑤楠判官兵庫之記、⑥有、⑦8行、⑧近世中期写）

神宮文庫（楮紙袋綴一冊、①棕櫚様の樹皮漉込、薄茶色表紙二六・七×一八・六、②草色題簽に「兵庫記　全」と墨書、③無、④有、⑤楠木判官兵庫ノ記、⑥跋文前半（此兵庫之記ハ……良将ナルベシ）無し・正成容貌有り、⑦平仮名交じり10行・11行混在、⑧近世後期写）

酒田市立光丘文庫（楮紙袋綴一冊、①藍色地に卍繋牡丹唐草模様艶出し表紙二六・三×一九・〇、②大平楠判官兵庫記、③無、④無（本文第一紙は、中ほどで切り継ぎした跡があり、右半分は白紙。この部分に③④が存在した可能性あり）、⑤大平楠判官兵庫記（「大平」部分は貼紙に墨書）、⑥無、⑦11行（本文第一紙のみ5行）、⑧見返しに「小泉庄亀ヶ崎下内町／松井与六」と墨書。本文第一紙に「光丘／文庫」「松井／之章」朱陽印。「庄内／㊝松井／酒田」黒丸印。近世中期写）

（1・2）『無極鈔』の写し

国会図書館［848-89］（打付書「楠判官兵庫記」・内題「楠木判官兵庫記（異筆）／太平記評判理尽鈔巻第一六之中」。11行（1表のみ12行）。「建武二年三月日　楠木判官正成」までで、跋文・正成容貌記事なし。文政一一年九月六日源晃写）

東北大学附属図書館狩野文庫（題簽「太平兵庫記　写本　全」・内題「太平記評判兵庫記」。9行。版本『兵庫巻』巻末相当の後にも、記事続き、『無極鈔』一六之中の全体を書写している）

臼杵市立図書館『正成記』［↓分類目録稿Ｉ１３２］第一四巻のうち。

黒川村公民館（外題打付書「摂河泉三州之太守／楠判官橘正成公兵庫記」。内題「楠正成兵庫記」。11行。明治元年一二月日写。版本『兵庫巻』巻末相当の後にも『無極鈔』〈32オ7Ｌ～42オ10Ｌ〉からの抄出あり）

（2）版本『兵庫巻』の写し（巻頭目録・章段見出しあり）

市立弘前図書館（外題・内題「兵庫巻」。9行平仮名交じり。安政二年一一月写）

東京国立博物館［と4563］（外題打付書「太平記兵庫之巻」・内題「兵庫之巻」。11行平仮名交じり。万治三年四月一三日写。明暦元年刊本の刊記もそのまま写している。「此書万治三年之写本也。頃日／不慮得之為家蔵／文化元年正月　伴信友」の識語あり）

（3）抄出本

名古屋市蓬左文庫（外題打付書「楠兵庫巻」・内題なし。10行片仮名交じり。江戸中期写。墨付1オ～20オまでは『楠三巻書』の抄出。20ウ～35ウまで兵庫記。ただし、兵庫記も他の写本・版本に比べると記事の無い箇所があり、一種の抄出本）

名古屋市鶴舞中央図書館〈蓬左本の写し〉
京都大学文学部古文書室［国史／か2　河内／5］（題簽「楠公秘書」・内題「楠正成秘密書幷兵庫巻」。尾題「楠公与書幷兵庫巻終」。尾題を除き、蓬左本に同じ。明治写か）
久留米市立図書館（題簽「楠兵庫之記　全」・内題「楠兵庫之記」。近世末期写。墨付八丁。「大将ノ居所ヲ陣ト名ツク」（版本14オ）～「将士ハ理官ナレハ……」（版本39ウ）の部分を欠く）

二、諸本相互の関係

1、版本『兵庫記』と『無極鈔』

『無極鈔』の成立は、寛永初年（一六二四）から慶安三年（一六五〇）の間であるから［→第四部第三章］、『兵庫巻』の刊行（明暦元年（一六五五））に先立つ。『無極鈔』が先行することは、本文的にも確認できる。かつ、「車く《しげく》」（『兵庫巻』25オ。重の誤字）等の誤りを誘引したと思われる表記が『無極鈔』にみられることから、『兵庫記』の底本は『無極鈔』であると考えられる。

以下に、版本『兵庫記』の誤脱の一端を示す。

〈衍字〉
・然ども君たる人臣たる人臣を見る事土芥とて……（5ウ）　極：無し
・乱世の基は君と親との間より起る。親と子との親と子との間より起《る》。（12ウ）　極：君ト臣、「親と子との」無し

〈誤脱1〉

a我朝の義経謙譲の心なりしに依て梶原を辱しめしかば……（12オ）　極：ナカリシニ

b譬ば戦に得たれども謀略なかりき。梶原は謀知なれども戦に得ざりき。（13ウ）　極：譬バ義経ハ

c甲子乙丑は其性金也。（中略）丙子丁卯は其性火也。（14ウ）　極：丙寅

d伏《ふせ》ぐ所々に置《き》（20オ）　極：伏ヲ

e李の衛公八陣の事を太宗に問《ふ》。答《へ》る者の誤にて是古人の秘蔵するが故に……（28ウ）　極：李衛公、八陣ノ事ヲ太宗ニ問《ハレテ》答《フ》。伝フル者ノ誤ニテ候。

〈誤脱2〉

・敵たとへ其陣を退とも負軍〔　〕戦可レ有。（17オ）　極：負軍〔ト知ベシ。山ヲ前ニシ川ヲ後ニシタル備ニハ必如レ此ノ〕戦アルベシ。

・伏兵と云は遠所に〔　〕陰といふは……（22オ）　極：遠所ニ〔味方ヲ置テ、敗北ノ時ハ荒手ノ為ニ残《ス》兵ナリ。〕陰ト云ハ……

・敵の心を能了て味方〔　〕左に備……（23ウ）　極：味方〔ノ情ヲシラシメザレ。敵山ノ右ニ情アラバ、味方〕左ニ備……

・能礼と信とを保士《ち》〔　〕に任《せ》て恵《み》（29ウ）　極：保士《ツ》〔ニハ爵禄ヲ加《へ》、廉直ニシテ恥ヲ知《ル》士《ニハ》心〕ニ任テ恵《ミ》

・刑罰も正く恩賞も〔　〕身を使《ふ》が如くならば何ぞ〔　〕危からざれば……（29ウ）　極：刑罰モ正《シク》恩賞モ〔正《シク》シテ、将ト士卒トハ心ト身ノゴトクナルベシ。心ノ〕身ヲ使ガゴトクナラバ何《ゾ》〔危カラン。〕危カラザレバ……

・傾国と云は美人をいふ。〔　〕是傾国なるべし（39オ）　極：〔是ハ一人ニテ国ヲ破《リ》、天下ヲ破《ル》。西施・楊貴妃等〕是傾国ナルベシ

2、『無極鈔』と『無極鈔』系写本

巻頭目録及び文中章段見出しを欠き、かつ、版本にみられる誤脱を冒していないことを、『無極鈔』系写本の指標とした。

ただし、酒田市立光丘文庫本は、〈衍字〉はなく、〈誤脱1〉ａｄも『無極鈔』に一致するが、〈誤脱1〉ｂｃｅ及び〈誤脱2〉はいずれも版本と同様の誤りを犯している。詞章面では全般的に版本に近く、版本の底本はこの種の伝本であった可能性があり、注目される。

神宮文庫本は跋文の一部を欠く他、冒頭部分を見るのみでも、「政道ノ正《シキ》ヲ文ト云」（無極鈔巻一六之中1オ。神：を以）、「仁徳ヲ行《フ》君ナク」（極1ウ。神：仁徳之）「上下逆乱ノ世ニ」（極1ウ。神：上）、「愚蒙ニシテ難成」（極2オ。神：おろかにしては）、「心ニ懸ル者ハ（中略）後代ノ誉ヲ得《ン》」（極2オ。神：得んとすべし）など、意改を交えたややずさんな写しといえる。光丘文庫本のように版本との親近性を示すことはないが、平仮名交じりであることも含め、異質の伝本である。

また、永青文庫本も跋文のあり方とあわせ、「正成速《カニ》化《シテ》二悪鬼《ト》一闇中ニ殺戮セン」（極2オ。永：化悪鬼トナッテ国中ニ）・「髻ヲ挙《リ》テ」（極7ウ。永：奉リテ）などの誤表記の他、「世ノ運ト云フハ、〔其身ニ悪事ナケレドモ世ノ盛衰ト共ニ亡《ブ》。事ノ運ト云ハ〕自然ノアヤチニ依テ自然ニ亡《ブ》」（極5ウ。永：〔　〕内欠）・「三士恨《ムル》時ハ〔諸国皆敵ナリ。三士親《シキ》時ハ天下皆味方トナルベシ。兵ノ心ハ全《ク》不レ常《ナラ》、恨アル時ハ〕恩ヲ捨テ（極8オ。永：〔　〕内欠）といった誤脱が目立つ、後出の本文である。

金沢大学附属図書館には、『孫子陣宝鈔』（元禄七年大橋貞真写。「翁」印）、『陰符抄』・『極秘伝鈔聞書』・『恩地聞書』（文政・天保年間、大橋貞幹の伝授奥書。「翁」印）、『翁問三答』（奥書なし。「翁」印あり）とともに、「楠家兵書六種」の内

のひとつとして『兵庫記』が所蔵されているが、奥書も、大橋家の所伝であることを示す「翁」印もない。また、他の書が、『理尽鈔』関係の秘伝書であるのに対し、本書は通行の本文と変わりなく、本書は他の五種とは性格を異にしている。「閫中ニ殺戮セン」（極2オ。金：国中）・「愚痴ヲモ撰捨ヨトニハアラズ」（極7ウ。金：撰ヨ）などの誤記の他、「世ノ運ト云フハ、〔其身ニ悪事ナケレドモ世ノ盛衰ト共ニ亡《ブ》。事ノ運ト云ハ〕自然ノアヤチニ依テ自然ニ亡《ブ》」（極5ウ。金：〔　〕内欠）・「人ノ慎ベキ所ハ小ヲ〔畏ヲ本トス。小ヲ〕畏ザレバ大ナルニ及ベシ」（極25オ。金：〔　〕内欠）・「聖智ニアラズンバ〔難《シ》レ能《クシ》。仁義ニアラズンバ〕難《キ》レ使《ヒ》ノ至宝ナリ」（極28ウ。金：〔　〕内欠）・「高陽ニ〔陣取べシ。敵ノ来ヲ待テ討べシ。敵若早《ク》進デ、高陽ニ〕陣取バ退ベシ」（極29ウ。金：〔　〕内欠）など、目移りによる誤脱が散見する。

福井市立図書館本にも「三タビ口ヨリ食ヲ吐テ諸人《ニ》対面シ、一浴ノ中ニ三タビ……」（極7ウ。福：咄レ哺、一休）・「殺戮ノ悪ヨリ起ベシ。〔物ゴトニ偏ニ成《ル》ハ〕私ノ多ヨリ起」（極25オ。福：〔　〕内欠）等の誤脱がある。

残る尊経閣文庫本・国会図書館本（三十輻）・宮内庁書陵部本は、いずれも『無極鈔』に近似している。しかも、「天ノ勇ニ向《ヒ》、大ノ謀ニ怠バ」（極8オ。他：天ノ）・「不忠ノ事トキハ」（極10オ。他：ナキハ）・「内心ツカレタル時ハ、梅酸ヲ以テ救《ヒ》、急ニ食ヲ用《ユ》ベシ」（極19オ。他：救急ニ）・「八陣ヲ心ニ備《ヘン》事ヲ得タル将ノ士卒ハ、飢タル時モ飽タル士ノゴトクシテ疲労スル事ナリ」（極23オ。尊：事ナシ）など、『無極鈔』の誤表記を正している箇所がある。ただし、尊経閣文庫本などにも「地ノ道ニモ支ラレ〔ズ〕、人ノ道ニモ支ラレズ」（極12オ。尊：〔　〕内欠）・「伏二於左右一＊車騎堅陣而《シテ》」（極16ウ。尊：＊「事」。『六韜』引用句に「事」不用）・「〔己〕過《カ》ヲ聞事ヲ嫌バ」（極25オ。尊・宮：〔　〕内欠）・「一戦ノ利ヲ得べキ計策ナリ」（極28オ。尊：計束）・「上賢明智ノ将ノ道ナリ」（極30オ。尊：時道）・「攻戦ノ〔事ニ〕便シテ」（極31ウ。尊・宮：〔　〕内欠）といった過誤がある。

尊経閣文庫などが善本といえるが、多数存在する『兵庫記』の写本のうち、確実に『無極鈔』に先行するものは現在のところ見当たらない（書写時期からすれば、いずれも『無極鈔』の版行より降るであろう）。

三、《兵庫記》跋文

『兵庫記』と『無極鈔』巻一六之中との関わりは別の角度から考える必要がある（以下、両書を合わせて《兵庫記》と称する。引用は『無極鈔』による[3]）。

《兵庫記》は、四二箇条に分かたれ、さらに跋文および正成の容貌に言及する一条がこれに付随する。その跋文は以下のようである。

此兵庫ノ記ハ、楠判官正成ガ兵庫ヨリ恩地ヲ故郷へ帰《シ》ケル時、正行ガ方へ送《リ》シ一巻ノ書ナリ。赤松満祐、秘蔵シテ家ノ書ト号シテ、人ニ授《クル》事ナカリシニ、嘉吉二年ノ春、時ヲ得テ望出《シ》、書シ加テ、此書ノ亀鏡ニ備ル者也。（中略）此一巻ノ書、四二箇条、精微ノ実事ヲ記《シ》、教戒ノ心ヲ本トス。（中略）古人ノ心ヲ挈《ツ》テ八陣ヲ教《ユ》。治乱共ニ可ㇾ用《ユ》識書也。

右の傍線部はいかなる意味であろうか。嘉吉二年の前年六月に、赤松満祐が将軍義教を殺し（嘉吉の乱）、九月には満祐が討たれている。赤松満祐がいかなる経緯か、秘蔵していた「兵庫ノ記」を、嘉吉二年の春、機会を得て披見し、「書シ加テ」亀鏡に備える、というのであるが、主体は誰で、「書シ加テ」とはいかなる行為であろうか。「兵庫ノ記」に新たな書き加えをなした、とも解されようが、正成の秘伝書に後人が安易に手を入れることは考えがたい。

単行の『兵庫記』の形では不可解なこの表現も『無極鈔』の中に置いた場合、明瞭な意味をもつ。関英一[4]が指摘しているように、『無極鈔』においては、正成に次いで、赤松満祐の兵法論が重要な役割をはたしている。たとえば、同じ巻一六之中にも次のような一条があり、他にも類同の箇所は数多い。

○一　腹ヲ切タル宗徒ノ一族十六人ト云ヘリ。本書ニハ四人有。満祐ガ日記ヲ以テ此ニ書加ヘタリ。（第一六之中36ウ）

○義貞常ニ住レタル一間ノ所ニ、自筆ニ書レタル巻物一巻アリ。（中略）瓜生弾正左衛門、艶《ヤサ》シクモ是ヲ取テ己ガ日記ニ書置タリシヲ、伝写シテ翫ブ者数輩。其ヨリ世ヲ経テ、赤松満祐ガ日記ニ書出ス者也ト云ヘリ。其一巻此ノ奥ニ書出セリ。（第二〇之三24オ。「其一巻」は巻二〇之四に収載する「義貞之軍記一巻」である）

○コ、ニ藤房自筆ニ書レタル書一巻アリ。後々ニ是ヲ見《レ》バ政道用心ノ書ナリ。後赤松満祐、此書ヲ秘シテ持タリシヨリ、是ニ書出セリ。（第一三5オ。藤房自筆の書一巻の内容は、本章第五節で扱う）

いずれも同巧の設定であり、《兵庫記》跋文の一節も、『無極鈔』編者が嘉吉二年の春に「兵庫ノ記」を入手し、『無極鈔』に書き加え亀鏡とした、というのである。

したがって尊経閣文庫本・国会図書館本（三十輯）・宮内庁書陵部本も含め、この跋文を備える『兵庫記』写本は、『無極鈔』から抜き出したものといえよう。「正成ハ其形痩テ骨細《ク》ク色黒《シ》……」に始まる《兵庫記》末尾の一節も、跋文の後に位置するには不自然な内容であり、これも「正成兵庫ニテハ討死ト思定タルニヨツテ……」以下と同列の、『無極鈔』の一節として落ち着きを得る。

四、《兵庫記》の典拠

以上のように、現存の『兵庫記』写本・版本は、いずれも『無極鈔』から派生したものと考えられる。ただし、未見の写本の中に『無極鈔』の依拠本が存在するやもしれない、という懸念が残ることから、《兵庫記》の特質を分析することにより、『兵庫記』が派生書であることの補強をしておこう。

『闕疑兵庫記』なる寛文七年刊の版本があり(5)、その序文に、現行の兵庫記は「楠自記」とは考えられないから疑文を削り本来の姿を明らめる、と述べる。その基本的態度は、「仏神ヲ尊テ法ヲ破ラザレ……」という本文に対し、「楠ハ儒術（ママ）ヲ宗トセシ人ナリ。仮ニモ仏ノ事言外ニアラワス人ニ非ズ。本文ニ仏ヲ尊ト云事楠ノ出言ニアラザル事必セリ」と批判し、あるいは「弓馬武芸ノ家ニ生レテ……」という一条に対し、「此段誠ニ正成ノ本意ニ叶ヘリ。タトヒ正成出語ニアラズトモ本意ニ叶ハヾ正成ノ語トシテ見ルベシ。是ヲ以テ平昔正成ノ行跡思ヤリ侍ル」と裁定するところに窺える。編者江嶋の想定する（根拠は示されない）正成像に照らし、《兵庫記》を裁断するものであり、「評判」の再生産にすぎないというべきであろうが、その出典の指摘には参考とすべきものがある。

（二〇条）戦ノ利ハ時ニ依替《テル》ベシ。譬バ道ヲ以《テ》勝事モアルベシ。威ヲ以テ勝事モアルベシ。力ヲ以テ勝事モアルベシ。皆時ノ機ニ随《フ》ベシ。道ヲ以テ勝《ツ》ト云ハ、必《ズ》其乱国ヲ静《メ》民ノ愁《ヘ》ヲ救《ハン》ト思《ヒ》、敵ノ心ヲ料《リ》、敵ノ気ノ失スルヲ待テ、或ハ敵ノ大身ヲ謀《リ》、或ハ敵ノ愛スル臣ヲ謀テ甲兵ヲ不㆑出《サ》シテ敵ヲ弱《ク》スルハ道ノ勝ナリ。威ヲ以テ勝ト云ハ、法度ヲ正《シク》シ賞罰ヲ不㆑私《セ》、器用ヲ調《ヘ》、諸臣戦ノ心ヲ興《ス》時、敵ヲ討《ツ》ハ威ノ勝ナリ。力ヲ以テ勝《ツ》ト云ハ、敵ノ軍ヲ破テ剛将ヲ殺《シ》、城ヲ責《メ》落《ト》シ、大勢ヲ擒《ニ》シテ、国ヲ取《リ》郡ヲ取《ル》ハ力ノ勝ナリ。此三ツノ勝ノ外ニハ勝有ベカラズ。然レドモ道ノ中ニ品々アルベシ。威ノ中ニモ品アルベシ。力ノ中ニモ品アルベシ。何レモ機ヲ奪《フ》時ニハ勝《チ》、機ヲ奪《ハ》ル、時ニハ負《ク》ト知ベシ。道ヲ不㆑得時道ノ勝ヲセントシ、威ヲ得ザル時威ノ勝ヲセント思フハ愚ナリ。力ヲ得タル時力ノ勝ヲシ、威ヲ得タル時威ノ勝ヲシ、道ヲ得タル時道ノ勝ヲスベシ。是ヲ機ヲ知《ル》大将トス。（極14オ）

右の一条に対し「愚按ズルニ尉繚子戦威ノ法也。害ナシ」（闕疑・下4オ）という注記があり、以下のように確認できる。

凡《ソ》兵有《リ》㆓以《テ》㆑道《ヲ》勝《ツ》㆒、有《リ》㆓以《テ》㆑威《ヲ》勝《ツ》㆒、有《リ》㆓以《テ》㆑力《ヲ》勝《ツ》㆒。講《ジ》㆑武《ヲ》料《テ》㆑敵《ヲ》使《ム》㆘㆓敵之《ノ》気《ヲ》㆒失《シテ》而師散《ゼ》㆖、雖《ドモ》㆓形《チ》全《ト》㆒而不㆑為《ガ》㆓之用《レ》㆒、此道勝也。審《ニシ》㆓法制《ヲ》㆒、明《ニシ》㆓賞罰《ヲ》㆒、便《タヨリシ》㆓器用《ヲ》㆒、使《ヲ》㆔㆑民《ラ》有《ズ》㆓必戦之心《レ》㆒、此威勝也。破《リ》㆑軍《ヲ》、殺《シ》㆑将《ヲ》、乗《リ》㆑闉《インニ》、発《シ》㆑機《ヲ》、潰《ヤシ》㆑衆《ヲ》、奪《ヒ》レ地《ヲ》、成《シテ》レ功《ヲ》、乃《チ》返《ル》、此《レ》力《ノ》勝也。王侯知《レバ》下此《ノ》所二以《ノ》三勝《スル》一者《ヲ》上畢《リヌ》矣。夫《レ》将之所二以《ノ》戦《フ》一者《ハ》民也。民之所二以《ノ》戦《フ》一者《ハ》気也。
気実《スレバ》　則闘《フ》。気奪《ハルレバ》　則走《ル》。[6]

同様の指摘は、《兵庫記》三二一条に対する「愚按ズルニ此文段大公ノ練士ノ法ヲ以テ書リ」（闕疑・下16オ）、同三九条に対する「愚按ズルニ本文六ノ忍ノ事ハ孫子五間ノ用法ヲカリテ書リ」（闕疑・下30オ）にもみられる。

また、『太平記綱目』（寛文八年頃刊）[7]巻之一六附翼「南木家訓」には、字句・人物に関する詳細な頭注が施されている。これらを参照しつつ『七書』を繰ると、《兵庫記》の過半に依拠記事を見いだすことができる（各条見出しは『闕疑兵庫記』による。波線部は『闕疑兵庫記』、傍線部は『太平記綱目』の指摘しているもの）。

一四条　敵降人《ノ》事：〈参考〉『六韜』虎韜・略地
一八条　山前後《ノ》事：『尉繚子』制談。「太公曰」の引例部分は『六韜』文韜・文師。
二〇条　戦《ノ》利《ハ》因《ル》レ時《ニ》事：『尉繚子』戦威
二一条　大将無礼《ノ》事：『六韜』龍韜・励軍（『尉繚子』戦威にも類句）
二二条　隔《テ》レ林《ヲ》戦《フ》時回《ラス》レ武《ヲ》事：『六韜』豹韜・林戦
二三条　敵乗《ル》レ勝《ニ》事：〈参考〉『六韜』豹韜・突戦
二四条　味方小勢《ニテ》戦《フ》事：『六韜』豹韜・敵強
二五条　同途中大軍《ト》戦《フ》事：『六韜』豹韜・敵武
二六条　山上味方小勢《ノ》事：『六韜』豹韜・鳥雲山兵
二七条　沢沼《ニ》行懸《ル》事：『六韜』豹韜・鳥雲沢兵
二八条　以《テ》二小勢《ヲ》一勝二大敵《ニ》一事：『六韜』豹韜・少衆
二九条　味方左《ニシ》レ山《ヲ》右《スル》レ川《ヲ》事：『六韜』豹韜・分険

三〇条　合戦《ノ》時定《ムル》二時日一事：『六韜』犬韜・分合

三一条　太公答《フル》二武王《ニ》一十四《ノ》変《ノ》事：『六韜』犬韜・武鋒

三二条　士卒可レ用《ユ》事：『六韜』犬韜・練士（『闕疑兵庫記』にも指摘あり）

三三条　戦《ハ》一人《ニ》能《ク》教《ユル》事：『六韜』犬韜・教戦

三四条　馬上戦利《アル》事：『六韜』犬韜・均兵（武騎士・戦騎・戦歩等）

三五条　武将大要《ノ》事：「先敵ヲ料《ツ》テ～礼ト信ト親ト愛ト（極21オ5L～21ウ11L）」『尉繚子』戦威（講義二四2ウ10L～5ウ3L）。「昔ヨリ八陣トハ～復聚テ一ト成《ル》ト云ナリ（極22オ2L～22ウ9L）」『唐太宗李衛公問対』問対上（講義四〇19オ5L～20ウ6L）。「能礼ト信トヲ保《ツ》士ニハ～唱門士等ノ天官ヲ不レ用（極23オ3L～24オ8L）」『尉繚子』戦威（講義二四5ウ4L～13オ6L）。「三略ニハ巫祝ヲシテ軍ノ吉凶ヲ占《ヒ》問《フ》事ナカレト戒タリ」『三略』中略（講義三一8ウ3L）。「将ノ心トスベキ事ハ～士卒ノ心静ナリ（極24オ9L～24ウ2L）」『尉繚子』戦威（講義二四15オ1～3L。『六韜』龍韜・立将、将威、励軍。『三略』上「夫将帥者……」にも同種の考えが示されている）。「心静ナル時ハ勝～其心誠アル事ヲ示《ス》故ナリ（極24ウ2L～5L）」『尉繚子』攻権（講義二五1オ4L～4ウ3L）。「威ト云ハ変ゼザル義ナリ～号令ナクンバ危カルベシ（極24ウ5L～25ウ5L）」『尉繚子』十二陵（講義二六5ウ6L～6オ2L）。「如《クノ》レ此類ヲ能々思案シ～是賞ノ下マデ及《ブ》所ナリ（極25ウ5L～26オ3L）」『尉繚子』武議（講義二六8ウ6L～11オ10L）。

三七条　同五人組事：『尉繚子』束伍令

三八条　行軍《ノ》色替《ル》事：行軍の色（〈参考〉『尉繚子』経卒令）。「太公望ハ其年七十ニシテ」以下は『尉繚子』武議。

三九条　宝《トスル》レ人《ヲ》事・以《テ》レ族《ヲ》用《ル》レ忍《ニ》事：『孫子』用間

四〇条　地形《ノ》通《ノ》事：『孫子』地形

まだ、見落としもあろうが、《兵庫記》の後半になるにつれ、『七書』への依拠ははなはだしい。三五条は最も長文の記事であるが、右に示したように、そのほとんどが『尉繚子』を始めとする中国古代兵書の引き写しからなっている。

さらに、『綱目』の頭注（左記〈 〉内）によれば、「二条　君臣事《ノ》」には『孟子』離婁下篇が、「三条　大将守《ル》レ道《ヲ》事」には『兵鏡』（『兵鏡呉子』）がそれぞれ踏まえられている。後者を引く。

大将ノ恥ト云ハ、不智ニシテ物ノ道理ニクラク、士卒ノ是非ヲ不レ知《ラ》、万事愚癡ノ思慮アル。是一ツノ恥ナリ。不信ニシテ物コトニ誠アラズ。士卒ニ疑《ハ》レテ真実ヲ失フ。是二ノ恥ナリ。不仁ニシテ士卒ヲ不レ愛《セ》、功アル者ニモ不二賞禄一《セ》、財ヲ得テ不レ散《ゼ》、地ヲ得テモ人ニ不レ与《ヘ》、士卒ノ飢寒ヲ不レ助《ケ》。是三ノ恥ナリ。不勇ニシテ心弱《ク》、恐マジキヲモ畏《レ》、臆シテ死生ヲ分別セザル。是四ツノ恥ナリ。不厳ニシテ法度不レ正《シカラ》、号令不レ定《マラ》、卑劣ノ作法多キ。五ノ恥ナリ。（極4ウ）

〈呉子兵鏡ニ曰、非《ンバ》レ智《ニ》不レ可二以《テ》料《リ》レ敵《ヲ》応《ズ》一レ機《ニ》。非《ンバ》レ信《ニ》不レ可二以《テ》訓《ヘ》レ人《ニ》率《ユ》一レ下《ヲ》。非《ンバ》レ仁《ニ》不レ可二以《テ》附レ衆《ヲ》撫一レ士《ヲ》。非《ンバ》レ勇《ニ》不レ可二以《テ》決《シ》レ謀《ヲ》合《ス》一レ戦《ヲ》。非《ンバ》レ厳《ニ》不レ可二以《テ》服《シ》レ強《ヲ》斉《フ》一レ衆《ヲ》。〉

右の記事は、蓬左文庫蔵明刊本『兵鏡』巻之二選将に確認でき、『無極鈔』は『兵鏡』の項目を利用しつつ、平明な説明に置き換えているといえる。

《兵庫記》はこうしてみると、表現上の工夫はあるものの、いかにも俄普請の作である。これが、既述のように数多くの写本・版本を生み出したのは、まずは正成秘伝という触れ込みが功を奏したのであろうが、近代においても「これを楠判官の言として聴いても、または或一兵法家の言として聴いても、聴くべき節々は多いものである」（『楠公叢書』第二輯解題）などと、長く受容されたのは、『七書』を中心とする典拠の余光・残り香の力であったというべきであろう。

五、『無極鈔』と『七書』

こうした《兵庫記》の本文生成のあり方は、『無極鈔』の他の部分にも見られる。先に、赤松満祐に関連して引用した、『無極鈔』巻一三の一節を再度掲げる。

コ、ニ藤房自筆ニ書レタル書一巻アリ。後々ニ是ヲ見レバ政道用心ノ書ナリ。後赤松満祐、此書ヲ秘シテ持タリシヨリ、是ニ書出セリ。太公六韜ニヨツテ其心ヲ顕《ハ》ス。

この前書きに続いて、「文ノ辞」（5ウ1L～21ウ10L）・「武ノ辞」（22オ1L～31ウ4L）という見出しをもつ、長文の記事が示される。この部分が「藤房自筆ニ書レタル書一巻」であるが、傍線部に自ら言明するように、『六韜』「文韜」「武韜」に全面的に依拠している。(8)

問題は、その大部分が正成の「解説」によって成り立っていることである。藤房は正成の発言を引き出す役割を担っているのにすぎない。

「文ト云ハ匹夫ヲモ師トシ、天下ニ王タル道ヲ学《ブ》。（中略）人ノワザ定リ、人ノ禄定《ツ》テ人《ノ》死ヲカヘリミズンバ、国何ニヨツテカ危カラン。(A)是ハ諸侯ノ事カ、天子ノ事カ」。【正成ガ曰】「文武龍虎虎豹犬ハ分《ル》時ハ六ツナレドモ一トス。文ノ内ニ六ツアリ。一タビ乱《レ》テ天下定《マル》時ト治《マル》時トノ別アリ。此文ハ乱ノ時ノ文ヲ云ナリ。治ノ時ハ盈虚ノ篇ニアリ」。(B)【曰】「①文王其情ヲ問ヒタマフ。太公《ガ》曰『源深クシテ水流、水流《レ》テ魚生ズル情也。根深クシテ木長ズ。木長ジテ実生ズル情也。君子ハ情同ジフシテ、親合ス。親合シテ事生情也。言語応対者情ノカザリナリ』ト云ハ乱カ治カ」。【正成ガ曰】「是乱ノ事ナリ。天下乱テ人民苦シム時、一人ノ諸侯、徳ヲ以テ民ヲ養《ヒ》、仁ヲ以テ親ヲ親シム時ハ、天下士《ノ》皆帰シテ天下ヲ奪《フ》。（中略）コレ乱ヲ以テアヤウキ事ヲ云ナリ。治リタル時ハ上ニ聖主アリ。下ニ賢臣アッテ、民ニ愁フル色ナク、君ニ勢ナクシテ、心ヲ虚ニシ、賞録スベキ功ナク、刑罰スベキ罪ナケレバ、獄官名ノ所為ヲ忘レ、刑鞭名アル事ヲ知ラズ。コレヲ治ノ文ト云ナリ。②太公曰《ガ》、『天下ハ一人ノ天下ニハアラズ、天下ノ天下ナリト。天下ノ利ヲ天下ノ人ト同《ジ》クスルモノハ、天下ヲ得テ保チ、天下ノ利ヲホシイマ、ニスルモノハ、天下ヲ失《フ》』ト云ヘリ。（後略）

破線部①②はともに『六韜』文韜・文師をふまえた表現であり、①は質問者、②は正成による引用である。質問者の名は示されていないが、前文からすれば、藤房その人となろう。（後略）とした後には、正成の名も質問口調も現れず、延々と『六韜』文韜の盈虚以下の各篇および武韜をふまえた記述が続き、「是天下ノ王タリト云ハ聖人ノ聖タルヲ云フ」という末尾にいたる。冒頭部分の対談形式を忘れてしまったかのようであるが、形式的には正成の発言とみなさざるをえない。(9)

なお、『綱目』は、傍線部(A)を「是ヲ三権ト云ナリ。過ギニシ元弘大乱ノ始（中略）是賞録ヲ欲シテ君ニ服スル者ナリ。」と発問形式ではない形にし、(B)「曰」を欠く。その結果、二つの「正成ガ曰」の機能が『無極鈔』以上に不明瞭になっている。『綱目』は「……予不敏《ニシテ》拙《シ》二於編作《ニ》一。故《ニ》表章《スルニ》以《テ》二文武之二韜《ヲ》一為《ル》二其諺解《ヲ》一。中間又附《ケテ》二己《ガ》意《ヲ》一、方《ニ》成《ス》二此書《ノヲ》一（略）隠士藤房謹記」との序文を置き、藤房の著作であることをより明確にうち出しているが、このことと上記の手入れとは関連するものであろう。

『無極鈔』において、藤房と正成との対話は他にもみられ（巻一二16オ以下）、藤房が時勢・政道のあり方について発問し、正成が答えている。以下はその一節。「万物不《マラ》レ定。殊ニ天下ヲ治メ天下ヲ得ル事、時ニ来《タリ》時ニ去《ル》ガ故ニ、時ニシタガヒ変化ニ乗ジテ、命ノマ、、ニセンヲヨシトセンカト。其故ハ（中略）コレヲ以テ案ズルニ、万事ハ皆時ニアリ。アナガチニ是非ナキモノナリ」という藤房の言葉に、正成が答えていう。

「サレバ人毎ニ、サバカリ思ヒマスコトハヤスク、道理ニ叶フ事ハアリガタキ故ニ、ムカシヨリサマ〲ノトリサタアリ。太宗、李将軍ニ軍ノ法ヲ問ヒタマフニ、天官ノ事アリ。（中略）是兵法ノ詭道ナル所ナリ。是等ハ兵ノ道ナレバ、当用ニアラズ。天下兵ヤム時ニ、兵ノ心ヲ専ニセラル、時ハ、又兵起ルベシ。天下兵ノ起リタル時、静謐ノ心ヲ専ラニセラル、時ハ、敵ノタメニ静謐セラル、モノナリ。是等ノ事深キ心アルベキ事ナリ。今公等ヲモネツテ、臣タル道ヲ尽サズンバ、亡国近キニアリ。サラバ兵ヲヨクスルモノヲバ、乱世ノ英雄、静平ノ姦賊ト云フナリ。乱世ニハ用ニタツナレドモ、泰平ノ時ニ又兵ヲ好ムガ故ニ云フトナリ。周ノ太公、越ノ陶朱公ナドゾ治乱トモニヨロシキヲヱタル賢臣トハ云フベキナリ。カクノ如キノ人、今ノ世ニモアルベキナレドモ、君用ヒザレバ其徳ナキニ似タリ」ト云ヘバ、藤房感涙ヲ流シテ「身ノ不肖ヲ恨ムル」ト云ハレケルトナリ。(10)

〈天下の帰趨は時勢のなすところであり、道理とは無縁ではないか〉との藤房の発言に対し、正成が〈そのような議論はむかしからあった。時日等の吉凶や卜占の類を廃すべきではないかとの太宗の問に対し、李靖は、将たるものの運用次第であって、しいて廃するには及ばないと答えているが、これらは戦時の議論である。藤房の発言は平時に戦時の議論を持ち込もうとするものであり、今なげやりになり、時勢の論にまかせて「臣タル道」を放棄してはいけない〉とたしなめ、藤房が深く反省する。藤房・正成両者の対話の趣意はおおよそ、右のようなものと思われる。「時」（時勢）の問題に、『唐太宗李衛公問対』の天官時日の議論を持ち込むのは筋違いであり、『無極鈔』の漢籍理解のあり方については別に議論が必要であろうが、ここでは巻一三文武辞と同様、藤房の問に、正成が兵書を引きつつ答えていることを確認しておきたい。そしてまた、こうしたあり方は《兵庫記》に共通し、《兵庫記》と『無極鈔』とが生成の仕組みにおいて、同一基盤にあることを指し示すものである。

まとめ

以上、伝本のあり方、《兵庫記》跋文の内容、『七書』他を駆使しての生成の仕組みの各面からみて、《兵庫記》は『無極鈔』編著者の手になり、『無極鈔』の一部分として出発し、独立して版行され或いは書写されることも多かった次第を論じた。

注

（1）加美宏『太平記享受史論考』（桜楓社、一九八五。三二二頁。初出一九八二・一）。

（2）『無極鈔』巻一六之中「楠木判官兵庫ノ記」を改編したものに『太平記綱目』巻之一六附翼「南木家訓」がある（加美宏『太平記の受容と変容』翰林書房、一九九七。二一七頁）。

（3）四二条形式は『兵法秘術一巻書』（張良一巻書・虎之巻などとも）に倣ったものであろう。『兵法秘術一巻書』については、石岡久夫『日本兵法史　上』（雄山閣、一九七二）にくわしい。本書の成立は室町以前に溯る。

（4）「『太平記評判無極鈔』と赤松満祐」（國學院雑誌88-6、一九八七・六）。『無極鈔』における赤松満祐の位相については、本書第四部第二章でも言及した。

（5）名古屋市鶴舞中央図書館蔵寛文七年武村三郎兵衛刊本による。なお、本書の目録は『兵庫記』明暦二年版本の影響下にあると思われるが、引用文には明暦版本の誤脱が見られず、『無極鈔』に拠っている。

（6）汲古書院『和刻本諸子大成』第四輯所収『七書講義』寛永一一年刊元禄一一年印本の影印による。

（7）加美注（2）著一七二頁。

（8）加美注（2）著は、『無極鈔』が「文韜」「武韜」を下敷きにしていること、『太平記綱目』巻之一三附翼「遺諫篇」が『無極鈔』を踏まえ、これに序跋をそえ、本文内容にも増補・改稿を行うことにより形をなしていることを指摘している。なお、『無極鈔』の当該部の抜書に『藤房卿文武辞』（『無極鈔』巻一三5オ10L～31ウ4L相当）が、『綱目』「遺諫篇」の抜書に『六韜解文武二韜』（序目録から34オまで。「山木一鷗」の跋文はなし）がある。

前者は慶應義塾図書館蔵の写本一冊。斐楮混紙（薄様）五針袋綴。茶色地卍繫に花の艶出し表紙二六・九×一九・三㎝。楮紙題簽に「藤房文武辞　全」と墨書。内題「藤房卿文武辞」。一面八行片仮名交じり。付訓書入なし。墨付四三丁。近世前期写。蔵書印「青木／印」「慶應／義塾／図書館」。最終丁裏に「于時元禄十四己歳　野本氏方房／所持之」（本文と異筆）との識語あり。

後者は東北大学附属図書館狩野文庫蔵の写本一冊。以下は紙焼写真による知見。袋綴。書題簽「三韜／文道　藤房卿」の右横に新補書題簽「六韜解　文武三韜　完」。内題なし。一面九行の罫紙、片仮名交じり。付訓なし。墨付四六丁。最終丁裏に「慶長元年九月四日写之ナリ」と同筆で記されているが、近世末期写と思われる（ちなみに慶長改元は一〇月二七日）。

（9）『無極鈔』の会話形式の曖昧さは、文武辞の引用の前にも存在する。

正成歎テ曰、「国賢《ニヲ》ヲ失《フ》時ハ天柱ヲレテ、傾敗数《ヘテヲ》レ日ヲ待ナリ。此公《ノ》、王佐《ノ》徳モ上ニ応ナクシテ、終ニ遁ル。隠ニ三ツアリ。一ニハ名隠。是ハ名ヲ専トシテ隠ス。二ニハ徳隠。是ハ其徳ヲ高シトシテ隠ス。三ニハ死隠。是ハ死ヲ期トシテ隠ス。三ツノ内ニハ死隠ヲ上トス。死隠ハマレナリ。藤房卿ハ死隠ナランカ。心高シテ智《フ》深シ。賢明ノ忠臣ナレドモ、天ナルカナ、世人ノ知《ラ》ザル事。＊コ、ニ藤房自筆ニ書レタル書一巻アリ。後々ニ是ヲ見《レ》バ政道用心ノ書ナリ。後赤松満祐此書ヲ秘シテ持チタリシヨリ、是ニ書出セリ。太公六韜ニヨツテ其心ヲ顕《ハ》ス。文辞。……

正成の言葉の結びは＊印箇所と目されるが、一読したのみではどこで終わっているのかわかりにくい。

（10）詳細は略すが、『無極鈔』の依拠本文は、孫子・呉子・尉繚子・六韜が『七書講義』系統、李衛公問対は『七書直解』系統、三略・司馬法は漢文体部分が少なく不明。この引用箇所は『講義』と『直解』とでは大きく本文が異なり、『直解』が凡例で「問対中、有闕誤処、皆拠左伝及通鑑綱目、正之」と述べている箇所にあたると思われる。『漢文大系』六四頁一行から六五頁一行相当。

第六部　太平記評判書とは別系統の編著

第一章　南木流兵書版本考

――類縁兵書写本群の整序を兼ねて――

はじめに

楠正成に由来すると称する兵書は多く、版行されたものに限っても相当な数に及ぶ。本章は、南木流との関わりが指摘される(1)『楠知命鈔』『南木武経』『楠家伝七巻書』の三書を主対象とする。この三書が相次いで刊行され、内容的にほとんど同一であることも、すでに島田貞一の指摘するところである(2)。

楠関係兵書の刊行時期を概観すると、南木流兵書は『理尽鈔』関連書の新規開版が下火になった後、相次いで刊行されたことがわかる。

『桜井之書』『楠正成一巻之書』のように、幕末ないし明治期にいたるまで、繰り返し版を重ねたことが確認できるものも少なくないが、新たに版木が刻まれたものに注目すれば、以下のように時期的特徴をまとめることができる。

一六五〇～七〇年代…太平記評判（『理尽鈔』『無極鈔』）関連書

一六八〇～九〇年代…南木流関連書

一七〇〇年代…新たな版刻は『南木武経』安永二年（一七七三）、寛政一二年（一八〇〇）のみ。

一六八〇年代からの南木流関連版本輩出の背景を推せば、ひとつには、寛文年代（一六六一～七三）からの、多方面にわたる楠公崇拝の高まりの中で(3)、これまでの太平記評判関連とはおもむきの異なる書目（商品）が要求される時期にあたっていたのであろう。あるいはまた、慶安四年騒擾事件（一六五一）の由井正雪が南木流を学んだとされていることとの関係で、事件を小説風に仕立てた最初の著作『油井根元記』が同時期にできあがっていること等も視野にいれてよいかもしれない。(4)

岡山大学池田家文庫蔵『楠流書』写本三冊は『楠知命鈔』に近いが、包み紙表に「楠流書　三冊／此ハ南木拾要ト申書之内ヨリ出申候。本書ハ四拾五巻程御座候。油井松雪伝之由ニ而疑書ニ而御座候」とある。また同文庫『南木遺書』写本一冊の構成は『南木武経』に通じるが、これも包み紙裏に「此書ハ由井松雪弟子作リ申。世間ニ流布ノ物、御用ニ不立軍書ニ而御座候」との貼紙がある。さらに和中文庫『軍法書』（写本三冊。書名は外題。国文学研究資料館の複写物による）は、1オに「軍教之巻、三教之巻、乱知之巻、軍計之巻／日取之巻、至要微権之巻」という目次があり、本文を始める2オには「軍教序　由井縣方庄主養軒松雪」とある。ちなみに右目次の項目は、京大文学部古文書室蔵『南木拾要』（写本八冊）の中にすべて含まれる。

ただし、南木流関連書に由井正雪の関与をいう図書は多いが、金沢市立玉川図書館津田文庫蔵・寛延三年（一七五〇）写本『恩地左近太郎聞書』にも「此書は本伝にあらず。一説に由井正雪作也と云々。本伝とは余程相違之由也」との書き付けがあり、由井正雪の余波は楠兵書全体に及ぶ。

慶安事件との関わりはなお今後の課題として、まずは、なお不明な点が多い南木流兵書版本の特質を明らかにするために、版種の確認および基礎的な事実の整理から論をはじめる。

一、南木流兵書の版種

論述の都合で写本にも言及する。所蔵者は、個人を除き、原則として略称による［↓本書巻末「所蔵者略称一覧」］。

◎は実物、○は複写物による。無印は未見。『江戸時代 書林出版書籍目録集成』一～三（斯道文庫編、井上書房、一九六二～六三）を参照し、［書籍目録］の略号で示す。

『楠知命鈔』（版本内題による。版本外題は「楠知命抄」）
写：岡山大池田◎（六巻一冊。蔵書番号P3 37とP3 38の二部。38は文化六年四月大橋紀写。37は別筆による38の浄書本。版本とは一部用字を異にし、誤記がある。37にはさらに浄書に際しての誤脱が加わっている。なお、37・38ともに、巻頭に別書からの抜書二丁を収載）・富高菊水◎（近世後期写六巻二冊）
版：（ア）延宝八年（一六八〇）刊（刊記「延宝八年庚申三月吉日　飯田氏正勝・中村市右衛門」）
…八戸◎・書陵部◎・富高菊水◎（六巻三冊）・山口大棲息（「楠知命鈔」六巻六冊。『棲息堂文庫目録』「〔東京〕中村市右衛門等」）・東洋大哲学堂（二冊。『新編哲学堂文庫目録』「延宝八年　江戸　中村市右衛門」）・國學院河野（六巻六冊）
（イ）延宝八年刊〔後印〕（刊記「延宝八年庚申三月吉日　江戸石町拾軒店／三河屋久兵衛」）…大阪府◎
（未見）彦根城（六冊）・祐徳・江戸川乱歩（五冊）・海自鷲見（二冊）
活：『楠公叢書　第二輯』（奉公会、一九三八年）

『南木武経』〈安藤掃雲軒編、延宝九年（一六八一）序。『典籍作者便覧』「兵家之部」は、「石橋源右衛門」の名の下に「楠木（ママ）武経　五／平家物語評判」を示す。石橋は伝未詳〉
写：東北大狩野○（一冊。巻頭の「南木武経目録」、末尾の系図および跋文を欠くが、用字・行数・字詰など版本に一致。序文の日付は「五月日」とし、巻五末尾に「大尾」があることなどから、版本甲類の写しであろう）・山内宝資（巻二、一冊）・都中央諸家◎（文化二年田沼則景写一冊。「正成先生自序」を欠く）・大洲矢野（「南木武経抜書」一冊）・八戸◎（巻一の一冊存。用字等から版本乙類の写しと目される）

参考：『擁膝草廬蔵書目録』（本書については、後掲の「太平記評判書および関連図書分類目録稿」の〔凡例〕参照）に「南木武経極秘　一」（国会本甲24ウ）とある。ただし、所在不明。

版：※分類基準は別表参照。甲・乙・丁・戊は、異版であるが、訓点の小異を除けば、用字・字詰め・行数ともに同じ。各版の関係は以下のとおり。

甲と乙とは版面大きさほぼ同じであるが、一部字形等に異同あり、乙の版下は甲を臨模したものであろう。丁については、丙の存否が不明であるが、甲乙との関係に限れば、匡郭縦寸法七㎜ほど小さく、巻一は乙を、巻五は甲を臨模したもの（他の部分は未調査）。別表の諸特徴によってもその推定が成り立つが、なお補足する。巻五の17ウ9行目の「昔」の字の下部を、甲・丁は「日」ではなく「白」に造る。同18ウ8行目を甲・丁は「知テ㆑存スルヲ㆒」とする。乙は「知ヲ㆑存スル」。甲・丁の返り点「㆒」は不要なものであり、これらの特徴の共有から、丁の巻五は甲に合致する。戊は丁の覆刻である。

（甲）天和元年（一六八一）刊（刊記「天和元年吉辰」[5]）

…長谷川端◎（五分冊を二冊に改装。香色表紙・書題簽。落合直文旧蔵）・岡山大池田◎（巻一、巻二・三の二冊存。新装表紙。別表の諸特徴より甲に分類）

※貞享二年（一六八五）刊「書籍目録」に「五　南木武経」とあり、本来五分冊。

（乙1）元禄九年（一六九六）以前、銭屋儀兵衛刊（所在不明）

（乙2）元禄一一（一六九八）年頃印（刊年不記。刊記「油小路通五条下ル町／丁字屋田口仁兵衛刊行」）

…大谷大◎（五冊）・大洲矢野◯（巻一、二三、四五の三分冊）・久留米◯（三冊）

※元禄九年河内屋喜兵衛刊［書籍目録］に「三（冊）／ぜにや義　南木武経　三匁」とあり、宝永六年増修本［書籍目録］に「三／丁字仁　南木武経　三匁」とある。［書籍目録］の注記によれば、「元禄一一年本で出版元が改められた」もの。したがって、（乙1）（乙2）を標記のように想定した。なお、大谷本の題簽と久留米第二冊題簽の残存部分とは同じ。大谷本は分冊を改めての後印か。

（丙）宝暦（一七五一～一七六一）頃刊（?）

…（存否不明）

※『近世蔵版目録集成　往来物篇　第壱輯』八三頁に『文林節用筆海往来』（一七六一）付載の「宝文堂蔵板予顕目録〈大坂心斎橋筋安堂寺町／南江入西側本屋秋田屋〉大野木市兵衛」を載せ、第四丁裏に「南木武経　四冊　楠正成軍術の事をくわしくしるし武門の秘事をのす」とあり。『南木武経』四冊が実際に刊行されたとすれば、それ以前のこと。

（丁1）安永二年（一七七三）刊（刊記「安永二癸巳年三月再刻／京寺町通二条下　伊勢屋源兵衛」）

…弘前◎（五冊）・酒田光丘◎（五冊合一冊）・中西達治◎（合一冊。二部）

※「割り印帳」（『享保以後江戸出版書目　新訂版』臨川書店、一九九三）安永二年巳九月廿八日のうちに、「安永二三月／南木武経　全五冊　作者掃雲軒　版元京　伊勢屋源兵衛／売出し　西村源六／墨付百十四丁」とあり。

（丁2）安永二年刊安永三年印（刊記「安永二癸巳年三月再刻／安永三年午九月吉日　京間之町通竹屋町下ル町　太田庄兵衛求板」）

…慶大◎（三冊）・東博（『東京国立博物館蔵書目録（和書・2）』「安永3刊　和　大　3冊」）・架蔵◎（三冊）

（戊1）寛政一二年（一八〇〇）刊（早大本を除いて五分冊。「安永二癸巳歳三月／寛政十二庚申歳八月求版／皇都書林　御

幸町御池下ル町　菱屋孫兵衛／衣棚二条下ル町　西村吉兵衛」。表紙はいずれも薄縹色。二種類の花と鳳凰（？）の
花形文を斜め格子状に配した型押し）
…京大◎・大阪府石崎◎・架蔵◎・早大◎（巻一・二の一冊存）
（戊2）寛政一二年刊文政元年（一八一八）印（戊1）刊記。後表紙見返「杜騙新書」等7点書目広告。その左側に「文政
元年戊寅初冬／皇都書林　御幸町御池下ル町　菱屋孫兵衛」とある）
…防大有馬◎・鎌田共済○（五冊。第五冊19オ系図欠脱）
（戊3）寛政一二年刊某年印（戊1）刊記から「衣棚二条下ル町　西村吉兵衛」削除。後表紙見返は（戊2）に同じ）
…刈谷◎（五冊）
（戊4）寛政一二年刊天保頃印（戊3）刊記。後表紙見返の上中央「書肆」、下右から「江戸芝神明前　岡田屋嘉七／大坂
心斎橋北久太郎町　河内屋喜兵衛／同心斎橋博労町角　河内屋茂兵衛／同心斎橋安土町　河内屋和助／同心斎橋北久
宝寺町　敦賀屋彦七／京御幸町御池南　菱屋孫兵衛」）
…大阪市◎（五冊）
※刊記と後表紙見返との間に「皇都書肆五車楼蔵版略書目〔京御幸町／御池下ル〕菱屋孫兵衛」全一
○丁あり。その中に「同（十八史略）天保再板　七冊」「分見改正京絵図　天保再版　二冊」とあり、
本書は天保年間（一八三〇〜四四）以降の刊行。
（戊5）寛政一二年刊某年印（刊記・後表紙見返は（戊4）に同じ）
…天理◎（二冊。〔楠公関係書集〕二三冊の内）
（戊6）寛政一二年刊某年印（戊3）刊記。後表紙見返白紙）
…奈良◎（二冊）

＊未調査：富高菊水（三部）・祐徳（三冊）・旧浅野（一冊）・旧下郷

活：『楠公叢書　第二輯』、『諸流兵法　上』（底本は（乙2）。島田貞一蔵本）

〈南木武経・分類表〉

分類	所蔵	冊	分冊	表紙模様	刊記1（刊年）	刊記2（書肆）	刊記3（後表紙見返し）	刊年・西暦	序1オ匡郭
甲	長谷川◎・他	一？	一二／三四五	香色／無地（改装？）	天和元年吉辰	（無）	（無）	一六八一	二〇・五五×一六・四五
乙1	？	三				銭屋儀兵衛		一六九二―	
乙2	大谷◎・他	五？	一巻一冊	灰色／無地	（無）	〔京〕丁字屋田口仁兵衛刊行	（無）	一六九四頃	二〇・五×一六・五
丙	？	四							
丁1	弘前◎・他	五	一巻一冊	濃縹／無地	安永二癸巳年三月再刻	〔京〕伊勢屋源兵衛	（無）	一七七三	一九・七×一六・六
丁2	慶應◎・他	三	一／二三／四五	藍色／布目	安永二癸巳年三月再刻／安永三年午九月吉日	〔京〕太田庄兵衛求版	（無）	一七七四	一九・六五×一六・五五
戊1	京大◎・他	五	一巻一冊	（戊1の文中に別記）	安永二癸巳歳三月／寛政十二庚申歳八月求版	〔京〕菱屋孫兵衛・西村吉兵衛	（無）	一八〇〇	一九・四×一六・五五
戊2	防大◎・他	五	一巻一冊	薄縹／菊花花菱文蜀江錦型押	安永二癸巳歳三月／寛政十二庚申歳八月求版	〔京〕菱屋孫兵衛・西村吉兵衛	文政元年戊寅初冬・〔京〕菱屋孫兵衛	一八一八	一九・四×一六・五五
戊3	刈谷◎	五	一巻一冊	濃藍／蜀江錦艶出	安永二癸巳歳三月／寛政十二庚申歳八月求版	〔京〕菱屋孫兵衛	文政元年戊寅初冬・〔京〕菱屋孫兵衛	一八一九＋	一九・四×一六・六
戊4	大阪市◎	五	一巻一冊	濃藍／蜀江錦型押	安永二癸巳歳三月／寛政十二庚申歳八月求版	〔京〕菱屋孫兵衛	〔江戸〕岡田屋嘉七／（4名略）／〔京〕菱屋孫兵衛	一八三〇＋	一九・四×一六・五五
戊5	天理◎	二	一二／三四五	濃藍／蜀江錦型押	安永二癸巳歳三月／寛政十二庚申歳八月求版	〔京〕菱屋孫兵衛	〔江戸〕岡田屋嘉七／（4名略）／〔京〕菱屋孫兵衛	一八三〇＋	一九・四×一六・五五
戊6	奈良◎	二	一二／三四五	濃藍／雷文繋地牡丹唐草型押	安永二癸巳歳三月／寛政十二庚申歳八月求版	〔京〕菱屋孫兵衛	（無）	一八三〇＋	一九・四×一六・五

本文1オ匡郭	二〇・八×一六・六		二〇・七×一六・七五		二〇・二×一六・五五	二〇・二×一六・五五	二〇・〇×一六・四五	二〇・〇×一六・四五	二〇・〇×一六・四五	二〇・〇×一六・四五	二〇・〇×一六・四	二〇・〇×一六・四
序オ	判官		判官		判官	判官	判官	判官	判官	判官	判官	判官
序オ	三ツ之		三ツノ		三ツノ	三ツノ	三ツノ	三ツノ	三ツノ	三ツノ	三ツノ	三ツノ
1オ	湊A		湊B		湊B	湊B	湊B	湊B	湊B	湊B	湊B	湊B
序ウ	…五月／日 安藤氏		「日」有り		「日」無し	「日」無し	「日」無し	「日」無し	「日」無し	「日」無し	「日」無し	「日」無し
目録1ウ	閒地（訓カンチ）		カンチ		カチ	カチ	カチ	カチ	カチ	カチ	カチ	カチ
目録2オ	篝（カ、リビ）		篝（カ、リビ）		篝（カリビ）	篝（カリビ）	篝（カリビ）	篝（カリビ）	篝（カリビ）	篝（カリビ）	篝（カリビ）	篝（カリビ）
目録2ウ	降伏（ゴウズクノ）		降伏（ゴウズクノ）		降伏（ゴウブクノ）	降伏（ゴウブクノ）	降伏（ゴウブクノ）	降伏（ゴウブクノ）	降伏（ゴウブクノ）	降伏（ゴウブクノ）	降伏（ゴウブクノ）	降伏（ゴウブクノ）
目録尾題	3オ左下		3ウ左上		3ウ左上	3ウ左上	3ウ左上	3ウ左上	3ウ左上	3ウ左上	3ウ左上	3ウ左上
巻五17オ	○自在太平		●（黒丸）		（白丸）	（白丸）	（白丸）	（白丸）	（白丸）	（白丸）	（白丸）	（白丸）
18ウ「大尾」	有		無		有	有	有	有	有	有	有	有
20（結）オ	略（訓ホヽ）		ホ、		ホ	ホ	ホ	ホ	ホ	ホ	ホ	ホ
20（結）オ	且「又」		又		又	又	文	文	文	文	文	文

『楠家伝七巻書』〈寛文九年（一六六九）序〉

写：内閣◎（七巻二冊。版本写し）・伊達開拓（七冊）・八戸◎（外題「楠家相伝七巻書」。内題「楠家伝七巻書」。「寛文九年三月既望」の序も含め、版本に同じ。字句を一部異にするが、本書に誤脱があり、版本の写しであろう。近世後期写二冊）

版：『楠公叢書　第二輯』によれば、弘化三年（一八四六）浪華書肆河内屋太助刊本もある由だが、未見。管見に及んだ版本は、いずれも同じ版木を使用。巻七最終丁裏に「天和二年／壬戌三月／洛下書林〔杉生五郎左衛門／小河多右衛門〕梓行」（〔　〕内双行）との刊記もそのまま受け継がれる。

天和二年（一六八二）刊七冊本…架蔵◎（五針袋綴。黒色無地表紙。二七・二×一九・五cm。子持ち枠刷題簽「楠家伝七巻書　一（〜七）」。見返し共紙。「楠家伝七巻書序」漢文体六行。「楠家伝七巻書第一」以下本文漢字片仮名交じり一二行。匡郭単辺二一・一×一六・六cm）・玉川大◎（取り合わせ本。七巻六冊のうち、前半巻一〜三の三冊。藍色無地表紙。二七・五×一九・五cm）・熊谷◎（巻三・四・六存三冊。藍色無地表紙。二七・三×一九・七cm）

天和二年刊後印七冊本…徳島○（巻一、二の二冊存）・愛教大◎（薄縹色無地表紙。二六・三×一九・〇cm。徳島本に比し、欠損大きく進行。ただし、熊谷本よりは少なし）・熊谷◎（薄縹色無地表紙。二五・九×一八・八cm。巻二欠、存六冊）・富高菊水339号◎（縹色無地表紙。二五・九×一九・一cm。七冊）

天和二年刊後印五冊本（分冊は、①巻一／二／三／四・五／六・七、②巻一／二／三・四／五・六／七、③巻一／二・三／四・五／六／七の三種類。同版と思われるものでも、相違があり、分冊のあり方は版種の指標にはならない。たとえば、（ロ）架蔵本・菊水文庫本ともに香色地蜀江錦艶出表紙で巻末広告等も同じであるが、架蔵本は③、菊水文庫本は②）

（イ1）河内屋源七郎版…宮城伊達◎（後表紙見返に「小学正文　尾藤先生改点／素読本新刻　全二冊」以下全一〇点の書目（広告A）をあげ、その左端に「御書物所　前川文栄堂　大阪心斎橋通北久宝寺町　河内屋源七郎」とある）・東洋大哲学堂（五冊。『新編哲学堂文庫目録』「天和二年　大坂　河内屋源七郎」）・山口大棲息（七巻五冊。『棲息堂文庫目録』「大阪　河内屋源七郎」）

（イ2）河内屋源七郎・他版…米沢興譲◎（広告ナシ。後表紙見返「発行書肆／江戸日本橋南壱丁目　須原屋茂兵衛／（八名略）／大坂心斎橋通北久宝寺町　河内屋源七郎板」）・富高菊水◎（米沢に同じ。本書は菊水文庫目録未収載）

（ロ1）河内屋太助版…架蔵◎（第五冊巻末に「文金堂製本目録　大阪心斎橋道唐物町　河内屋太助」（広告B）二丁あり。後表紙見返白紙）・玉川大◎（取り合わせ本。七巻六冊のうち、後半巻四・五、六、七の三冊。広告B）・防大有馬◎（合一冊。広告B）・富高菊水◎（広告B。菊水文庫目録未収載）・大阪府石崎◎（第一冊に楠家伝七巻書序二丁ナシ。広告ナシ）・奈良◎（広告ナシ）

※広告書目の中に「文化／新刻　五経　道春点／大字十一冊」や「小栗外伝　北斎画　六冊」（文化一〇年刊）などの名がみえること、「唐明詩類函　二冊」（享和二年刊）、「同二集　歴代名家之部　二冊」（文化八年刊）が載り、文政六年刊の「同三集」が無いことなどから、（ロ1）は文化末から文政初期にかけて（文化一一年（一八一四）～文政五年（一八二二））の刊行と推定される。

（ロ2）河内屋太助・他版…刈谷◎（「武経書目録　浪華府　心斎橋通唐物町／河内屋太助製本」と題する広告二丁（広告C）。後表紙見返「発行書林／江戸日本橋通弐丁目　須原屋茂兵衛／（八名略）／大坂心斎橋通唐物町　河内屋太助」）・酒田光丘◎（広告ナシ）・八戸◎（合一冊。広告ナシ）・富高菊水82号◎（広告ナシ）

＊未調査未分類―阪急池田（四冊）・國學院大（現在所在不明）・國學院大河野（『河野省三記念文庫目録』の記載によれば（ロ1）または（ロ2））・旧浅野（一冊）・島根県八束郡八雲村熊野大社（六冊）。なお、『国書』に「仙台伊達家（八冊）」とあるのは（イ1）の誤り。

活…『楠公叢書　第二輯』・『楠家伝七巻書』（平畑臥龍房、一九二一）・『訓註楠家伝七巻書』（大日本神道大学会出版部、一九三八）

『南木惣要』〈安藤掃雲軒著。石岡久夫『日本兵法史』上（雄山閣、一九七二）一七三頁によれば、義経流兵法の影響を受け、義経流の法・配・術の字を採り、それぞれ三段の九段階に巻別したもの〉

写…山口大棲息（「南木摠要」九巻　江戸期写　三冊）・黒川村公民館（配部一・二、法部三、術部一、術部之配存　五冊）

版…元禄一二年（一六九九）版―山口大棲息（九巻九冊。『棲息堂文庫目録』「浪華（大阪）糸多久兵衛。元禄一二」）・島田

貞一

『楠法令巻』（※本書は南木流ではないが、『楠家伝七巻書』と関わりがあり、ここに挙げる）。

写本と版本とは別書といってよいほどの相違がある。写本の記事量は版本の八分の一程度で、数箇所大きく記事を欠く。ただし、末尾には、次のような独自記事（法令巻版本および『楠家伝七巻書』・『理尽鈔』にも無い）があり、正成が討死の前に、子息に与えた種々の書き物の一つという体裁をとる。山内宝資本の外題に「楠公遺訓　全」、見返し料紙表に「楠公芳勘遺事」とあるのも、このことに関わる。

前々所写の勝軍収世記幷異論訴の巻、摂河泉壁書、千葉屋掟書、相伝之巻等、無油断、可相嗜。猶重而所覃心当写書之也。常々領国成敗可勿懈怠之条尤也。／建武三年五月八日　正成（花押）／勝五郎正行／楠帯刀正氏／和田五郎正季／各江

写本と版本とでは、以下に例示するように写本に大きな誤読があり、版本を抄出したうえで上記のような体裁を整えたもの。

理尽鈔：今の朝には貞観政要を穴勝に専とせさせ給へ共、是は大唐国の政敗にて、我小国本朝の政敗には相応のことは少く、不相応の事多く候ぞ。（巻三五111オ）

七巻書：今の朝には貞観政要を穴賢に専とせさせ給へども、是は大唐国の成敗にて、我本朝小国の成敗には相応も有れども、不相応の事多く候。

法令版：今の朝には貞観政要を・・・専とせさせ給へども、是は大唐国の成敗にて、我小国本朝の成敗には相応もあれども、不相応の事も多くあり。

法令写：・・・・・貞観政要を・・・可専也。（以下無し。写本は文意が全く逆になる）

写：書陵部〇（津村淙庵（藍川員正恭一七三六～一八〇六）編『片玉集』巻之三「楠判官申ス／法令」）・山内宝資〇（書題簽「楠公遺訓」、見返し料紙表側すなわち表紙貼付部分に「楠公芳勘遺事」と墨書）（書題簽「楠公遺訓」、1オ「楠公芳勘遺事」）。二部ともに、末尾に「豊熙写」（山内豊熙《とよてる》一八一五～一八四八）とあり。

版：延宝九年（一六八一）刊（一冊。内題「楠法令巻」。原題簽未確認。刊記「延宝九辛酉年三月吉辰／水谷小兵衛板行」。刊記のある丁は「三十二」であるが、第一二丁の丁付は「十一十五」とあり、墨付実数一七丁。［（延宝三年（一六七五）刊）天和三年（一六八三）改修新増書籍目録」に「一　楠法令巻」とある）

…宮城青柳〇・同志社・神宮◎（『軍政集』と合綴）・柳沢昌紀◎

刊年不明…島田貞一

活：藤田精一『楠氏研究』（積善館、一九四二年増訂七版。五四七～五四八頁。写本系）

二、『楠知命鈔』『南木武経』『楠家伝七巻書』（三版本）と『楠三巻書』

1　先行研究から

石岡久夫『日本兵法史　上』一九〇頁は、次のようにいう。

この三版本は版行の順序からいうと、（中略）『知命鈔』『南木武経』『七巻書』の順に刊行されているが、「『七巻書』には前二者版行以前の寛文九年（一六六九）の序があるから、『七巻書』を先行の編著と見ることができる。

ごく自然な指摘といえるが、「寛文九年」の年記は検討を要する。『南木武経』について、若尾政希は「正成に仮託して作られた兵書『楠三巻書』『神道正授』を再編して評注を加えたもので、著者は安藤掃雲軒（寛永三＝一六二六年〜？）である」と述べ、以下を注記している。(6)

いずれも『理尽鈔』の影響を受けて一七世紀半ば頃までに作成されたと推定。どこの誰が製作したか未詳であり、現在調査中。この両書（今井注：『楠三巻書』『神道正授』）に『楠法令巻』『軍用秘術聴書』等を付加したのが『楠家伝七巻書』（寛文九＝一六六九年刊）であり、両書に『軍用秘術聴書』を付加したのが『楠知命抄』（延宝八＝一六八〇年刊）である。

『神道正授』（尊経閣文庫蔵写本一冊）は、『楠三巻書』（金沢市立玉川図書館加越能文庫蔵。『国書』に「尊経」とあるもの）の中巻に相当するから、若尾の指摘は次のように整理できる。

『南木武経』…『楠三巻書』を再編し、評注を付加。

『楠家伝七巻書』（以下『七巻書』）…『楠三巻書』に『楠法令巻』『軍用秘術聴書』など（巻二軍慮巻も『七巻書』独自の存在。典拠未確認）を付加。

『楠知命鈔』…『楠三巻書』に『軍用秘術聴書』を付加。

このように整理して、注意すべきは『楠法令巻』の刊年（延宝九年＝天和元年（一六八一））である。若尾は、『七巻書』を寛文九年刊としているが、寛文九年は序文の年記であり、現在のところ確認できる刊年は天和二年（一六八二）である。『楠法令巻』を利用しているならば、『七巻書』の成立は天和元年以降となる。この点は次項で検討する。

若尾が『楠三巻書』を基軸とし、『楠法令巻』・『軍用秘術聴書』（加越能文庫・他。書名は内題による。書題簽に「恩地聞書　全」とあるが、『理尽鈔』付載の『恩地左近太郎聞書』とは別書）との関係を指摘したことも、問題の三版本の関係を考察するうえで有効な着眼である。『楠三巻書』と三版本との関係は、形式的には『七巻書』を基準とすることも可能で、たとえば、島田貞一（注(2)論文）は『南木武経』を次のように説明していた。

安藤掃雲軒が楠木兵書に補注を加へたもので、延宝九年五月の自序を有する板本がある。その本文は楠家伝七巻書、楠知命抄と同系統の内容を持つてゐる。すなはち巻第一、巻第二は、七巻書の第三軍教序、及び第五と第一の伝法之起とに当り、巻第三、巻第四は七巻書の第三第四に当り、巻第五は七巻書の第六に相当する。両書にやゝ順序編目の差異はあるが、その同種に出づることは明かである。楠知命抄と類似のことも明白である。

しかし、右の説明はいささか煩雑であり、これまで言及しなかった写本も含め、類縁書の変異は、『楠三巻書』の上・中・下の巻単位での異同とみなす方が適切である。なおその際、より厳密には『楠三巻書』上巻冒頭の「軍教序」は、本来は別書として扱うべきであると考える。

南木流の伝書は『南木拾要』と称して一括される数十巻の兵書（伝本により出入りがあり、完全な形は不明）を根本とし、それを初学・中段・奥（または初・中・後）の順序にわけて伝えた、と指摘されている（島田貞一・注（1）「総論」三八頁）。

初学では軍教之巻・理数論・足軽之巻・軍制之巻・地形之巻・八陣之巻・営舎之巻・行列之巻・教戦之巻・乱知之巻・兵乱起源之巻・旗旌之巻・城取之巻四巻。

中段では実検之巻・軍法評論・変化之巻・運命論・夜討之巻二巻・物見之巻・城攻之巻二巻・日取方角之巻・八陣元義之巻・軍用秘術聴書相伝之巻・三教之巻三巻。

奥では応役之書・軍歌之書・達徳之巻・南木流家伝之三巻

『南木武経』『楠知命鈔』『楠三巻書』冒頭（『楠家伝七巻書』は巻三）の「軍教序」は【初学】に、『楠家伝七巻書』『楠知命鈔』末尾の「軍用秘術聴書」は【中段】に、『南木武経』『楠知命鈔』『楠三巻書』から「軍教序」「軍用秘術聴書」を（『楠家伝七巻書』はさらに巻一・二をも）除いた部分は、次項に示すように蓬左文庫蔵『南木流家伝之三巻』の内容と同じであり【奥】に該当する。「軍教序」や「軍用秘術聴書」をともなう『楠三巻書』や南木流関連の三版本は、「奥」を中心に「初学」「中段」の一部を併せ持っていることになり、『南木拾要』の縮約要諦版という位置づけも可能になろうかと思われる。

2、『楠三巻書』・三版本および類縁書の分類
――〈軍教之巻・南木流家伝之三巻・軍用秘術聴書〉群――

以上の研究史をふまえ、『楠三巻書』・三版本および類縁書は、『南木流家伝之三巻』の上・中・下巻の順序を基準として、次のように分類することができる。

[上]　1軍元立将之法、2司天行　不戦而亡敵、3妙術、4円謀、5労謀四ヶ条之事、6密宝、7天下乱相、8二相大悟法、9十六之攻法、10自悟之法、11伝法之起、△

[中]　12三妙無尽法、13教戦法、14間地定法、15地形転変之法、16火戦之法、17船軍之事、18夜討之軍法、19篝之事、20十死一生之合戦之事、21気変応化之事、22兵気之事、23自悟法、△

[下]　24神道正授巻、25因神起、26次第神起、27五神通、28自修法、29自悟法、△

・「神道正授巻」は下巻全体の呼称として扱うべきであるが、便宜上通し番号を振る。

・△の箇所には「建武三年五月日正五位河内守橘朝臣正成在判」という「奥書」がある（記述内容には異同あり）。

・◆正成子孫系図

〈[上]・[中]・[下]型〉（括弧内は各書の構成）

・『南木武経』（本章一に既述）

…「軍教序」（巻一「正成先生自序」）、上（巻一1～7△・巻二8～11△）、中（巻三12～16△・巻四17～23△）、下（巻五24～29◆△）。※評注部分（和シテ曰）は除いた。

・『南木流家伝之三巻』（蓬左文庫蔵写本三巻三冊）[7]…上（上△）、中（中△）、下（下△）

・『楠君子御謙三巻之書』（奈良県立図書館蔵写本三巻一冊。書名は上巻内題。中・外巻は「謙」を「譲」とする。外題「南木三巻書」）

・『楠軍書』（八戸市立図書館蔵写本一冊。巻区分はしていない）

…上（上之巻△）、中（中之巻△）、下（下之巻△）

・『南木遺書』（岡山大学池田家文庫蔵写本一冊。八戸本と同構成）※『国書総目録』第六巻三一一頁の「南木道書写（なんぼくみちのしょうつし）」は本書の誤記。

…上（1～11△◆）、中（12～23△）、下（24～29△）

・『〔三巻之書〕』（蓬左文庫蔵写本一冊。蔵書印「尾府内庫図書」「神都家蔵」）（名古屋市鶴舞図書館蔵写本一冊。河村秀頴旧蔵。蓬左本の写しか）。外題「楠兵庫巻」。ともに後半は『楠兵庫巻』。前半末尾に「右ヲ世ニ楠正成正行ニ与フ三巻之書ト云、其略ヲ書之」とあり、仮に〔三巻之書〕と題する）。『楠公御伝授之巻』（内題：楠正成公子息正行ニ御伝授之巻」。大正五年九月刊、和装・活版四三丁。出版人：三重県・刀根良詮、発行者：同・刀根俊男）の構成もこれに同じ。

・『楠正成秘密書并兵庫巻』（外題「楠公秘書」。京都大学文学部古文書室蔵写本一冊。蓬左・鶴舞本に同構成）

…上（1 2 6 7 9 11）、中（12）、下（26 27）

・『楠氏書』（小浜市立図書館酒井家文庫蔵写本一冊。巻区分はしていない）

…「軍教序」△、上（1～11△◆）、中（12～23△）、下（＊26～29△。＊部分は24 25を欠き、26の途中から始まっている。見開き1丁分相当の誤脱である）、「軍用秘術之巻」（奥書「建武三年五月九日　恩地左近丞正俊判／船田民部丞殿御養生」）

・『楠兵記』（国会図書館越国文庫旧蔵写本二冊）
…上（456全てと7冒頭部分とを欠く）△◆、中△（以上、第一冊）。「軍教之巻」、下△、「軍用秘術之巻」（以上、第二冊）

・『楠氏軍鑑』（飯田市立中央図書館堀家蔵書写本、上巻一冊）。※図書館HPに表紙・巻頭（上1）・本文（中14間地定法相当）、計3コマの画像あり。詳細は未確認であるが、この類に属すると思われる。

〈中・上・下型〉

・『楠家伝七巻書』（本章一3に既述）
…（巻一：治国法令・11・今川心性入道聞書・今川入道心性奥書）、（巻二：軍慮巻）、「軍教序」（巻三冒頭）、中（巻三12～14。巻四15～23△）、上（巻五1～10△）、下（巻六24～29△）、「軍用秘術聴書」（巻七）
※上11（伝法之起）の位置に注意。正成奥書（△）が三箇所にのみあることからも、本書は三巻書形態を骨格として、前後に余のものを付加したことがうかがえる。

・『楠軍書』（国会図書館越国文庫旧蔵写本三巻三冊）
…「軍教之巻」、中△（以上、巻之一）。上△◆（巻之二）。下△（巻之三）

〈中・下・上型〉

・『楠三巻書』（加越能文庫蔵近世中期写本。列帖装三巻一帖）
…「軍教序」（上冒頭）、中（上12～23△）、下（中24～29△）、上（下1～11△◆。末尾に「右之三巻楠正成所伝、息正行之書也」とあり）

・『楠正成秘書』（熊本大学寄託永青文庫蔵写本一冊。書名は外題）
…中（12～23）、下（25～29）、上（1～11△◆）
※◆は「左大臣橘諸兄公末孫／楠多門丸との」のみ。続けて以下の本奥書「此一軸楠正成与於嫡子／正行遺書而累代深秘焉／不出。近紀州之民間有一／陰士携此書来。予懇望之／所令披閲。其辞正明而其／論軍理精唯如出於子房／孫呉之心。正成手記無可／疑。依茲書写之、貽予子孫／敬学此書、修身正心而勿／失士名云爾／于時寛文辛亥（一一年。一六七一）春季月記之　須田氏源盛智在判《ママ》」。本書自体は近世後期の写本。

・『楠正成軍法』（東大総合図書館蔵写本一冊）
…「軍教序」（冒頭）、中（12～23△）、上（1～11△◆）

・『楠三巻之書』（群馬大学附属図書館新田文庫蔵近世中期写本。列帖装二帖）
…下（第一帖外題「楠三巻之書　神道正授巻」。24～29△部分脱丁）、上（第二帖1～11△◆）
※錯簡があり、「5の途中から11伝法之起△。◆の途中まで」は第一帖後半に合綴。第二帖は1～5の途中まで。巻末に◆の続きがある。右には錯簡を正した形を示した。

＊未見…楠流三巻書（祐徳。写本一冊）

〈下・上・中型〉

・『楠家秘伝書』（国会図書館蔵写本二冊）
…下△、上△◆（以上、上冊）。「軍教序」、中（23欠）、「軍用秘術聴書」（以上、下冊）

・『楠正成之書』（書名は外題。大阪陸軍幼年学校楠氏文庫旧蔵、富田林高校菊水文庫234号。写本一冊）

…下（24〜29△）、上（1〜11△◆）、中（12〜23△。「軍職高良臣末弟子／隅田氏是勝」の跋文）

〈下・中・上型〉甲類（正行への伝授）

・『楠知命鈔』（本章一3に既述）

…「軍教序」（巻一「自序並目録」）、下（巻二24〜29）、中（巻三12〜15。巻四16〜23）、上（巻四1〜11△◆）、「軍用秘術聴書」（巻六：軍之肝要）

・『楠兵法書』（神宮文庫宝永二年（一七〇五）写。安政六年林崎文庫へ奉納識語。写本一冊）

…「軍教序」（冒頭）、下（24〜29△）、中（12〜23△）、上（1〜11△◆）

・『楠流書』（岡山大学池田家文庫蔵写本三冊）

…下（上巻24〜29）、中（中巻12〜23）、上（下巻1〜11△）

・『典籍秦鏡』に載せる『正成遺書』（全三冊）も注記内容により、本項に属するものと判断する。

〈下・中・上型〉乙類（和田・恩地への伝授）

・『恩地遺戒書』（島田貞一蔵写本三巻三冊。未見）

・『楠軍術記』（架蔵写本。乾坤二冊。内題なし。承応四年月日および享保三年「大引浦浄明寺　浄真判」の本奥書あり。）

…坤：下（巻二26〜29。24・25欠）、中（巻三12〜14。ただし、12は「無天下敵」を欠き、「家満財、同集兵」の二妙無尽法である。また、巻三15および巻四16〜22欠）、上（巻四1〜11△）

・『桜井異伝』（天理図書館〔楠公関係書集〕二三冊の内一冊。明治二〇年四月、徳島県士族武田覚三編・刊。諸士題字および武田の自序は整版。本文は活版）

…内篇…『楠軍術記』坤とほぼ同様の構成であるが、『楠軍術記』末尾の「伝法起」（巻四11）を、本文冒頭に置くこと及び本文の随所に「此書則字ヲトキト訓ス。下之ニ倣ヘ」などと注解を加えている点を異にする。

※島田本『恩地遺戒書』は、国家乱君論、国家乱臣論、親子乱相論、朋友之巻、三法問答、御政道記より成る。[8]これは『楠軍術記』乾、『桜井異伝』外篇に相当する。ちなみに、『楠軍術記』坤の末尾に、「右恩地遺戒之書、先祖備前守常陸国長沼為城主時、或老翁携来、授曰……」と始まる本奥書（承応四年月日）があり、『楠軍術記』乾坤の全体を「恩地遺戒之書」と称している。「桜井異伝」の名は「明治二十年武田覚三氏家伝の書を桜井異伝と名付け」刊行したもので（8に同じ）、本来の書名ではない。島田本には坤（内篇）が備わっていないのか不明であるが、「恩地遺戒書」を右の三書の総称としてよかろう。

※〈下・中・上型〉甲類のみならず、他の『楠三巻書』や『南木武経』等の版本およびその類縁書が、正成から正行への伝授の書という体裁をとるのに対し、乙類の「伝法ノ起」は宛先を「恩地左近太郎殿・和田五郎殿」としている。さらに、『楠三巻書』等の「汝」「恩地」を本書は「正行」「貴殿」とする。

『桜井異伝』外篇冒頭には、死期を悟った恩地が、かつて桜井宿にて正成から託された一巻書①および自ら正成の詞をまとめた一巻書②を正行に呈上する旨の文章（暦応三年卯月日　恩地左近太郎在判／正行公参）がある。この文章は『楠軍術記』坤においては、「建武三年五月日」付の正成の伝授奥書に続けられており、形態からしてもそれが本来の形と思われる。『桜井異伝』は外篇（『楠軍術記』乾）の序文に転用したものであろう。

すなわち、「正成公常ニ仰ラレシハ」にはじまる乾（外篇）が上記〈一巻書②〉であり、『楠軍術記』にはその末尾に「是ヨリ左ニ記処ヲ此書ノ秘極トスルモノ也。必手水ウガヒシテ拝見ヲワシマセ。ミダリニシ給フベカラザルモノ也」という一文がある。つづく坤（内篇）が正成その人から託された〈一巻書①〉。その末尾に正成伝授奥書・恩地伝授奥書が位置する（『楠軍術記』にはさらに承応四年・享保三年の書写奥書がある）、という構成である。

坤（内篇）は上述のように、『楠三巻書』等の類縁書であるが、本書に独特の恩地の伝授奥書および乾（外篇）の内容にふれておく。まず、恩地奥書の日付「暦応三年卯月日」は、恩地が「暦応三年五月二日」に病没した（『無極鈔』巻二五28ウの記述）ことをふまえたものであろう。さて、「正成公常ニ仰ラレシハ」につづく乾（外篇）冒頭の記述は、『無極鈔』巻一六之中（楠判官兵庫記）の冒頭を摂取したもの。以下、「君乱国家論」「臣乱国家論」「親子乱相論」「三法問答」「御政道記」と続く。このうち、「三法問答」は『無極鈔』巻二五29オ及び32オ以下の「恩地ガ三法ノ書」に関わりがある。『無極鈔』のみならず、『理尽鈔』に基づく記述も多く存在する。たとえば「御政道記」にあげる平岡郡の馬盗人の話は『理尽鈔』巻一六81オ以下に拠る。以上を要するに、本書は、正成から恩地を介して正行への伝授書という設定のもとに、諸種資料を適宜よりあわせて、あらたな桜井宿伝授説を創作したものである。

〈その他〉

・『楠公遺訓（元亨利貞）附楠正行公伝記』（大正一二年四月刊、編次兼発行者岡島佐太郎、発行所岡島佐逸）

…第一巻（元）[上]11、[下]26～28、「軍教」、[上]1～4

第二巻（亨）[上]5、6、8、9、[中]12、[上]7（亨三から亨四二まで。ただし、亨三四から亨三九は[中]14の陣形図五面に相当記事）、[中]13～22。末尾の「十六　教戦下」は『楠家伝七巻書』巻二「軍慮巻」にほぼ一致。

第三巻（利）「軍用秘術聴書」「系図三種」

第四巻（貞）「楠判官兵庫の記」

※本書は三巻書構成からおおきく逸脱している。こうした写本が存在していたのではなく、「岡島佐太郎編次」と銘うつように、岡島が諸種資料により、再構成したものであろう。

右の『楠三巻書』・三版本および類縁書の錯綜した伝存状況は、問題が版本相互の直接関係の枠には納まらないことを物語っていよう。内容的にはほとんど同質とはいえ、三版本の周辺には類似の構成をとる、それぞれ別の写本が数多く存在する。三版本は異なる型の代表として版行された、といえなくもない。

各型のいずれが本来の姿をとどめるのかは、『軍教之巻』『軍元立将巻』『三妙無尽法』『軍用秘術聴書』など、単独で存在する図書をも視野に入れる必要があり、今後の課題としたい。(9)

3、『七巻書』と『楠法令巻』

前節で留保しておいた『七巻書』の成立時期を検討する。問題は『楠法令巻』（版本）との関係である。『楠法令巻』は『理尽鈔』を利用して作成されており、『七巻書』巻一「治国法令」も同様の構成をとる。したがって、『七巻書』と『理尽鈔』との関係が、『楠法令巻』を介してのものかどうかが焦点となる。（1オ③は第一丁表三行目を示す。いずれも実数ではなく、版本の丁付にしたがう）

(1)『理』巻三五19ウ④～20ウ⑪／『七』1オ③～2オ④／『法』2オ②～2オ⑦
(2)『理』巻三五96ウ⑧～103ウ⑦／『七』2オ④～7オ⑧／『法』2オ⑦～6ウ⑧
(3)『理』巻三五105オ⑥～112オ⑪／『七』7オ⑧～13オ②／『法』6ウ⑨～16ウ⑧
(4)『理』巻二七7ウ⑧～8ウ⑪／『七』13オ③～14オ①／『法』16ウ⑧～17ウ③
(5)『理』巻二六2オ①～4ウ⑧／『七』14オ①～16オ⑨／『法』17ウ③～19ウ③
(6)『理』巻二六37ウ⑥～39ウ⑤／『七』16オ⑩～17ウ⑨／『法』19ウ③～21オ⑦

みるように『七巻書』『楠法令巻』は、ともに『理尽鈔』の複数の巻、箇所から記事を取り込んでおり、単純な抜書ではない。かつ、「天平《ヘイ》ノ目録《モクロク》、正義《マサヨシ》ノ式目《シキモク》」（『七』11ウ⑪）、「天平《テンヘイ》ノ目録《モクロク》、正義《マサヨシ》ノ式目《シキモク》」（『法』115ウ①）という特徴的な表記を共有する（『理尽鈔』巻三五110ウは「天平目録《ノモクロク》、延喜《エンギノ》式目」）。したがって、『七巻書』と『楠法令巻』とが密接な関わりをもつことは疑いない。しかし、『七巻書』が『理尽鈔』にほぼ即した形であるのに対し、『楠法令巻』は大幅に異なる場合がある。

次に示すのは、右の構成番号でいえば⑴から⑵に続く部分である。引用箇所の前には「凡国ヲ治ン者」の心得が全一六項にわたって提示されている。『七巻書』は『理尽鈔』に添って全項を示すが、『楠法令巻』は第四〜一一、一三〜一六項に相当する記述がない。一方で、『楠法令巻』には、『理尽鈔』『七巻書』にはみられない記述（【　】内）があり、傍線部(a)は第一二項のうちに、(b)は第三項のちにそれぞれ類似句がある。

理：是頼義ガ奥ノ両国ヲ治メテ後、息義家ニ言渡セシ所ノ一巻ノ心是也。政道ノ為ニ怨ト成ル物第一ニ無礼ト云々。

七：是頼義ノ奥州・・ヲ治・テ後、息義家ニ言渡セシ所ノ一巻ノ心ナリ。政道ノ怨トナル者第一無礼也。

法：・・・・・・・・・・・・・・・・・・・・・・・・・・天下国家ノ大ナル怨トナルモノナル故ナリ。【タトヒカヤウニ罪アル人ヲ罰スルニモ(a)一人二人ノ近臣ノ口ノミヲ定ムベカラズ。諸人ノ口ヲ以テ聞。然シテ後ニ自ラ察シテ其刑ニ行ベシ。賞マタ、シカナリ。此ヲ賞罰正ト云。又油断トシテ他ノ技ナシトモ(b)善心アル者ナラバ近付。最又上ニアル人ノ慎ムベキハ無礼ナリ。所以者何トナレバ、志アル士ハタトヒ過分ノ禄ヲ与トイヘドモ礼儀衰トキハ使ヘズ。又礼ナケレドモ其禄ヲ貪リ、志道ニ違フ士ハ君ノ威ノ盛ナルトキハ媚諂ヒ、若君ノ威衰ヒ、或ハ敵ノ為ニ犯サレナドスル時ハ、君命ヲ背キ反テ敵ニ与スル者ナリ。此所謂(c)歳寒而松柏後於彫ト云モノナリ。然レバ是無礼ハ最モ政道ノ怨ナル事甚シキモノナリ。】

『七巻書』が依拠しているのは、『理尽鈔』そのものとみなすべきであろう[10]。また、波線部は『論語』「子罕」に由来し、『楠法令巻』には他にもこうした引用が散見する。

(2)理：臣ニハ高時入道ナルベシ。
七：臣ニハ高時ナルベシ。
法：臣ニハ高時コレナリ。後車ノヨキイマシメナリ。六塵ノ楽欲エンリシツベシ。只此路ノ一ゾ有智・無智・貴賤トオニハナレガタシ、ト或遁世ノ法師ガ云ケル。サル事ゾカシ。（※傍線部は『徒然草』第九段「まことに、愛著の道、その根ふかく、源とほし。六塵の楽欲《げうよく》おほしといへども、皆厭離しつべし。その中に、たゞ、かの惑ひのひとつ止めがたきのみぞ、老たる若きも、智あるも愚なるも、かはる所なしとみゆる」に拠る）

(5)理：……………………凡ソ良将ハ罰スベキヲ罰シ、賞スベキヲ賞スルヲ本トス。
七：……………………凡　良将ハ可㆑罰ヲ罰シ、可㆑賞ヲ賞スルヲ本トス。
法：古ニ所謂「夫主将之法、務取㆓英雄之心㆒」云リ。英雄ノ心トハ・・・・・罰スベキヲ罰シ、賞スベキヲ賞スルヲ本トス。カク云バ幾度モ賞罰ノ事ヲ云ヤウナレドモ同ジ事カナラズ云ジトニモアラズ。大将タル身ハ、唯賞罰ノ正ト不正トノ二ノ間ニ是非分ル、故ニ重テ又コレヲ云ルナリ。（※波線部は『三略』冒頭）

⑹理：其故、我人にあたせんに、人又我にあたせざらんや。聖は知り、侫は知ず
七：其故は、我人に怨せんに、人豈我に怨せざらんや。聖は知り、侫は不レ知。
法：其故は、人に怨せしに、人豈我にあたせざらんや。「＊」聖は知、侫はしらず。
「＊」箇所に『法令巻』のみ「汝より出るものは汝にかえる、と」とあり。『孟子』梁恵王・下「出乎爾者、反乎爾者也」に基づく記述。

『七巻書』は波線部のいずれをも採録していない。『楠法令巻』を先行とする場合、『七巻書』は、これら『理尽鈔』に拠らない記述のみをあやまたず排除し、『理尽鈔』的本文をほぼ忠実に復元していることになる。これでは『楠法令巻』を参照する意味が全くない。したがって、『七巻書』と『楠法令巻』との密接な関係（『理尽鈔』の複数の箇所を利用した構成。「正義ノ式目」のような誤表記の共有）を否定できない以上、逆に『楠法令巻』が『七巻書』に依拠している、とみなすほかない。

しかし、次のような箇所のあることにも留意すべきであろう。

⑵理：或は富有の者の非の沙汰有るを賄賂にふけりて理と号し、
七：或は富者の・・非・・・なるを賄賂にふけりて理と号し、
法：・・・・・・・・・・・・・・・・・・・・・
理：或は財を貪らんが為に富有の者の理なるを非とせり。
七：・・・・・・・・・・・・・・・・・・

法：或は財をむさぼらん為に富ある者の理を非とせり。

(3)
理：去れば此事を去る建武の比をひ楠正成舎弟の正氏・正季、……

七：去れば此事を・・・・・・某・・舎弟・正氏・正季、……

法：去ば　此事を・・建武の比・・楠正成舎弟・正氏・正季、……

『楠法令巻』は『理尽鈔』そのものをも利用していると思われる。『七巻書』に拠りつつ、あらためて『理尽鈔』の当該箇所を探し出すのは手間のかかる作業ではあるが、上述のように、他の資料類をも取りこんで、大幅な詞章の再編成をおこなっている『楠法令巻』の姿勢からすればありえないことではない。

『楠法令巻』が『七巻書』を利用しているとなれば、『七巻書』の成立は天和元年以前にさかのぼる。では『楠法令巻』はどのような『七巻書』を用いたのか。版行以前の写本に拠ったのであろうか。

『増益書籍目録大全』元禄九年（一六九六）河内屋喜兵衛刊本および宝永六年（一七〇七）増修丸屋源兵衛刊本に「七（冊）／風月五郎　同家伝七巻書　五匁」とあり、正徳五年（一七一五）修丸屋源兵衛刊本に「七（冊）／小川　同家伝七巻書　六匁」とある。これによれば、現在知られている小河多右衛門等刊七冊本の前に、風月五郎左衛門刊七冊本が存在し、『楠法令巻』は該書を使用したとも考えられる。ただし、天和元年以前の［書籍目録］に七巻書の名を確認することはできず、版本の初刊時期は保留せざるをえない。しかし、『七巻書』序文の寛文九年（一六六九）の年記は決して不自然なものではない。[11]

4、『楠三巻書』『七巻書』『楠知命鈔』『南木武経』の本文

『七巻書』の成立が天和元年以前に溯るとなれば、これまで前提としてきた刊年にとらわれることなく、あらためて南木流関連書の本文を検討する必要がある。標題にあげた図書に加えて、『軍教之巻』『暦代巻』（ともに蓬左文庫蔵『楠流兵法』のうち）を対象とする。ただし、すべての詞章を逐一比較するのは困難なので、「軍教序」（『軍教之巻』。『三巻書』上巻頭「軍教序」。『楠知命鈔』巻一「自序」。『七巻書』巻三巻頭「軍教序」。『南木武経』巻一巻頭「正成先生自序」）および「三妙無尽法」（呼称はいずれも同じ。『暦代巻』中の巻頭。『楠三巻書』上「軍教序」に後続。『楠知命鈔』巻三巻頭。『七巻書』巻三「軍教序」に後続。『南木武経』巻三巻頭）とを試行的に調査する。

まず、同じ『楠流兵法』三五冊のうちに属するが、『暦代巻』「三妙無尽法」の本文が『楠三巻書』『楠知命鈔』『七巻書』『南木武経』と大差ないのに対し、『軍教之巻』の本文はやや異質である。

・我徳、人ニ超過スル時ハ、〔＊〕敵之兵必我兵ト成、敵ノ民亦我民トナル。

＊部分『楠三巻書』には「是ヲ時ノ聖賢トユルス。将徳有則、」とある。『七巻書』は「聖賢」を「良将」とするが、他は類同。『軍教之巻』は「時（則）……。時（則）……」とある構文の目移りによる誤脱であろう。

・夏殷周之治、以可レ知二久敷ヲ一。〔＊〕其時ノ諸将ニ勝レ、其才其時ノ士ニ秀テ、……

＊部分『楠三巻書』には「夫天下ハ汝自ラ求テ非得物。只己カ徳義、」とあり、三版本も同様の句がある。

・次第ニ依テ是ヲ学、武門ノ大功ヲ立世《イ》セヨ。「嗚呼是ハ是不得閉口タリト雖今汝ニ向テ我親《マノアタリ》伝レ之。」必奸者ニ勿説伝事。

「　」内は、『楠三巻書』以下には無い詞章。

したがって、以下、「軍教序」「三妙無尽法」をともに有する『楠三巻書』および三版本に検討の範囲を絞る。

〈軍教序より〉

知：吾古ヲモツテモ不レ教、〔＊〕只汝ガ自《ミー》ノ心ヲ以テ心ヲ伝フ。／他本＊箇所に「縦ヲ以テモ不語。」とあり。

知：「今ノ天下ノ時」、今ノ国、今ノ事、〔＊〕今ノ民、／他本「今之天、今之時」〔今之兵〕

〈三妙無尽法より〉

七：朋友《ホウユウ》ノ嫉《ネタミ》ヲ起《ヲコ》シ讒《サン》ヲ構《カマヘ》、禍《ワサハヒ》ヲタクム「コト」可《ヘシ》レ有《アル》。／他本「故ニ敵」

三：君子無欲ノ地《ニ》住スル〔＊〕事ヲ知《ル》故也。／他本〔事ハ足〕

知：時ノ威臣ノ不徳ニ「従フ」ハ必諂人ナリ。／他本「親キ、シタシキ」

七：亦実《マタジツ》ニ敵国ヨリ「皆《ミナ》」来《キタ》ル者《モノ》アルベシ。／他本「背テ、ソムカレテ」

南：天地ノ体《タイ》本無形〔＊〕ヲ体トスル則ハ円《マトカ》ナリ。／他本〔也。無形〕

南：而シテ金木水火土「属《ショク》スノ益」火ハ世界ノ舎《シャ》ナリ。

『南』は「」部分に「以下四字不審」との傍書あり。他本「属之。蓋」。

断片的な事例ばかりであるが、『楠三巻書』および三版本のいずれにも固有の異同が存在する。とりわけ最後に挙げた『南木武経』の「以下四字不審」との傍書は、該書が『楠三巻書』や他の二版本に拠っていないことを明瞭に物語る。『楠三巻書』および三版本は、部分的には相互に一致するが、全体としてはそれぞれが他に対して、直接の親本ではありえない。

おわりに

以上、南木流三版本および『楠三巻書』に関する基礎的事項を整理してきた。そのおおよそをまとめれば次のようになる。

・『南木武経』天和元年刊本の存在を確認した。

・『楠家伝七巻書』巻一「治国法令」は、版本『楠法令巻』に先行する。したがって、その成立は天和元年をさかのぼり、序文の「寛文九年」は初刊年の可能性もある。ただし、現在のところ天和二年以前の刊本を確認していない。
・『楠三巻書』および『楠家伝七巻書』『楠知命鈔』『南木武経』の三版本は、大局的には同類の書であるが、南木流の写本をも視野に入れると、それぞれ別系統の伝本である。そのことは同一項目の本文を比較することによっても裏付けられる。
・南木流の伝書は『南木拾要』と称して一括される数十巻の兵書を根本とし、それを初学・中段・奥の順序にわけて伝えた、と指摘されている。「軍教序」や「軍用秘術聴書」をともなう『楠三巻書』や南木流関連の三版本は、「奥」を中心に「初学」「中段」の一部を併せ持っていることになり、『南木拾要』の縮約要諦版という位置づけも可能になろう。

注

（1）『諸流兵法（上）日本兵法全集6』（石岡久夫編。人物往来社、一九六七）総論四三頁（島田貞一担当）に、『南木武経』の所属流派を南木流とみなす根拠が詳述されている。島田は確定をさけているが、南木流と強いつながりがあることは否定できない。石岡久夫『日本兵法史　上』（雄山閣、一九七二）一八五頁は、南木流を概観するなかで「なお天和二年（一六八二）に版行された『楠家伝七巻書』七巻（寛文九年序）及び延宝八年版『楠知命抄』は、比較的早く体裁を整えて、一般に広く流布したものと考えられる」と述べている。

（2）島田貞一「楠木兵法について」（國學院雑誌42-2、一九三六・二）他。

（3）土橋真吉『楠公精神の研究』（大日本皇道奉賛会、一九三八）五一九頁。

（4）「天和二壬戌年中改清書之」。岩波書店『日本古典文学大辞典』「慶安太平記」の項参照。

（5）『国書総目録』は安永二版、寛政一二版、刊年不明の三種をあげるのみ。石岡久夫『日本兵法史　下』四〇八頁が「南木

武経　安藤掃雲軒註　五冊　天和元年刊（一六八一）／他に安永三（一七七四）、寛政十二年（一八〇〇）の刊本がある」と記す。しかし、『南木武経』（底本は延宝九年序、無刊年田口仁兵衛版）の翻刻を収載する『諸流兵法　上』四六七頁には「（刊本）延宝九年、安永三年、寛政十二年」とあり、右にいう「天和元年（延宝九年）」刊本は、田口仁兵衛版をさしている、と目される。今回あらためて「天和元年」刊本の存在が確認できたわけである。

なお、『南木武経』の版種の多さは、版本楠兵書の中で本書の需要が高かったことを物語るものであろう。『南木武経』が類書の中で優位に立った要因としては、『楠家伝七巻書』『楠知命鈔』などに比して、「南木流」を明示し、かつ『武経七書』を連想させる、兵書としての書名の直截さに指を屈することができよう。くわえて、「和シテ曰……」という、編者安藤掃雲軒の注解を織り込んだ、学問的な装い等も与って力あったものと思われる。一方、とりわけ『楠知命鈔』はその陰に埋没した感が強い。

（6）若尾政希「幕藩制の成立と民衆の政治意識」『新しい近世史⑤民衆世界と正統』（新人物往来社、一九九六・二）八六頁およびその注記。

（7）蓬左文庫『楠流兵法』写本三五冊のうち。外題は「暦代巻　上（中、下）」。上1オに「南木流家伝之三巻」とあり、続いて目次がある。2オは「楠正成軍法／江陽源道秋編彙／軍元立将之法」と始まる。「楠正成軍法／江陽源道秋編彙」は中・下の冒頭にもあり。内題により『楠正成軍法』と称すべきだが、島田が使用している書名「南木流家伝之三巻」に従う。〈中・下・上〉型に分類した東大総合図書館蔵『楠正成軍法』との区分の意味もこめる。なお、『国書』「楠正成軍法」の項に「著：源道秋　写：東大（一冊）・旧蓬左（三冊）」とある「旧蓬左」は本書をさすか。ちなみに、東大本に著者名の記述はない。

源道秋は未勘であるが、参考までに、南木流関係書に関わる「源」姓の人名をあげておく。後掲の八戸市立図書館蔵『楠軍書』には「楠正成之一書不思議仁至来。／尤　祖父通信君之為高恩／依武門可重宝タル書秘蔵／尤深者也。他見有間鋪者也。依而加筆也。／正四位上左衛門督頭蔵人／源智信（花押）」との識語が記されている。また、〈中・下・上型〉に分類した『楠正成秘書』の本奥書にも「于時寛文辛亥春季月記之　須田氏源盛智在判」とある。さらに、同じく南木流に関わると思われる、京大附属図書館蔵『楠家軍学之書』（写本二冊）の各巻末に「源光直」の署名および「藤郁／氏」「光直／之印」

（陰文）の朱印が捺されている。

（8）島田貞一「楠流兵学に就て」（『楠公研究の栞』、一九三八・六）による。

（9）左記のような図書がある。

・軍用秘術聴書（軍用秘術書）写：金沢加越能◎（外題「恩地聞書　全」。内題「軍用秘術聴書」。建武三年　恩地より和田民部丞宛）・鶴舞（相伝之巻、一冊。所在不明）・武徳会（樋口家蔵本写一冊）・熊本大永青（軍用秘術書。建武三年　恩地より船田民部少輔宛）・旧彰考（一冊本二部）（「軍用秘術書」一冊）

・〔正成軍法書（逸題書）〕写：福井市◎（外題「三妙無尽法」。三巻書上巻に相当。「軍教序」は欠く。延宝五年八月写一冊）

・神道正授　写：尊経閣◎（一冊。三巻書中巻に同じ）

・神道正授巻　写：國學院大河野（一冊。『河野省三記念文庫目録』は〔神道正授道〕と仮称）

・楠君遺事　写：静岡久能◯（一冊。寛政三年亮郷識。三巻書下巻に同じ。但し、末尾の系図は異質）

・楠正成無尽巻　写：山口大棲息（「〔楠正成〕無尽巻」、江戸期写、一冊）

・楠正成流三妙無尽法　写：山口大棲息（江戸期写、一冊）

・軍元立将之法　写：二松学舎大（江戸末写　一冊。『二松学舎大学附属図書館和書目録』「備考　司天行・妙術・円謀等、楠兵法の本」とあり）

・軍元立将巻　写：前田雅堂（一冊）

・楠軍教（楠正成軍教）写：祐徳（二部）・同志社文学〔「軍教（楠公軍教）」建武三年五月九日　恩地左近丞正俊判／船田民部丞殿〕、旧蓬左（一冊）

・楠公御伝授之巻　一冊〔島田1：大正五年の活字本がある。内容は天下乱相、十六之攻法、伝法之起、三妙無尽法、因神起、道通寛治法、実通相通二相悟而不得災難の各条から成る〕

・楠正成正行遺言之事（一冊。『密宝楠公遺訓書』◯（楠公研究会発行、一九三二）所収。編者序によれば、明治四一年奈

良で入手した写本が底本。『知命抄』巻五の構成にほぼ同じ。但し、『知命抄』巻五末尾の系図を欠き、詞章には異同がある）

（10）前掲のように『七巻書』巻一は「治国法令」「伝法之起」「今川心性入道聞書」「今川心性入道奥書」よりなる。『理尽鈔』の影響は『楠法令巻』と重なる「治国法令」部分のみならず、「今川心性入道聞書」にも見出される（『理尽鈔』巻二六61オ～62ウ。巻三一35ウ～37ウ）ことにも注意しておきたい。今川入道心性の名が『理尽鈔』巻四〇巻末の、いわゆる「今川心性入道奥書」（『七巻書』奥書とは別内容）に由来することはいうまでもない。

（11）『楠三巻書』型の構成ではあるが、注(7)にあげた『楠正成秘書』の本奥書が「于時寛文辛亥（一一年。一六七一）春季月」。また、注(9)にあげた『〔正成軍法書〕』は、『南木流家伝之三巻』中巻（『楠三巻書』上巻）相当部分のみの存在であるが、「延宝五丁巳暦（一六七七）八月仲中日書之畢」と書写奥書がある。したがって、類縁関係にある『七巻書』が「寛文九年」に成立していた可能性は十分にある。

『七巻書』序文に「其遺書桜井恩地《ヲンチ》之《ノ》巻者《ハ》挙《コゾツテ》レ世雖レ知《ルト》家伝七巻之《ノ》文者《ハ》知《シル》者《ノ》鮮《スクナシ》也」とある。「桜井恩地之巻」は『桜井之書』『恩地左近太郎聞書』をさすとみてよいだろうが、『桜井之書』の序文が「寛文元年」、刊行も同時期と目されることは第五部第一章で述べた。『桜井之書』等との関わりからはもう少し早くてもよい、とさえ思われる。なお、『七巻書』序文末尾には「一日（注：ある日）忽《タチマチ》落《テ》二奇撅氏（注：剞劂《きけつ》氏。出版者）之《ノ》手《ニ》一鏤《チリバムシンニ》レ梓（「シンニ」原文ママ）故述《ニノヘテ》二其《ノ》梗概《カウカイ》一而記《スト》二其端《ニ》一云《フ》／寛文九年三月既望」とあり、この記述からは「寛文九年」は出版年次ということになる。

付．南木流覚書
――『理尽鈔』との関わり――

はじめに

南木流と『理尽鈔』との関わりについて、島田貞一「楠流兵学に就て」(『楠公研究の栞』、一九三八・六)は、「この流(南木流)の兵書には陽翁伝の太平記評判を攻撃した物があるから両流は全く別派のものである」と指摘している。その兵書とは、「近世の兵学と楠公崇拝」(道義論叢5、一九三八・一一)によれば『軍法評論』をさす。

慶應義塾図書館蔵『兵学流名箋』(山脇正準著。天保一一年成、万延元年写)に

一楠流　白井瀬兵衛伝也。都テ楠家ノ兵書ニハ偽書多シ。心シテ学ブベシ。楠不伝ノ伝統ニ軍法之巻、南木拾要有。此伝正統歟。豊後臼杵侯ノ臣種田勘子伝ニテハ、武備全集、騎法学解抔ヲ以伝フ事ト聞ケリ

とあり、石岡久夫『日本兵法史』(雄山閣、一九六二。上冊一八五頁)も、南木流兵書について次のように述べている。

この流の兵法書は『南木拾要』(静岡久能文庫蔵)を根本伝書としたが、単に『楠流兵法』(三五冊、蓬左文庫蔵)または『南木流兵書』(一九冊、島田氏蔵)と称して、いずれも数十巻の厖大な巻数で、正確な伝書の範囲を把握することが困難である。

問題の『軍法評論』は、蓬左文庫蔵『楠流兵法』三五冊の一部である。『楠流兵法』については、「太平記評判書および関連図書分類目録稿」Ⅳ．楠兵書に、『南木拾要』(静岡県立中央図書館久能文庫本、京都大学文学部古文書室本)との内容異同表を掲出しているので参照いただきたい。『軍法評論』は全一八丁の写本であり、第四丁以下に「今時ノ軍

法」に対する論評がある。

一ニハ、礼識ノ内ニ云ヲク軍礼ノ事ヲ使トシ、其元ヲ失、合戦ノ術ニ成、軍法一流トス。是ハ万事之法、武具ノ寸法亦ハ軍配団ヲ専トナシ、少合戦ノ術ヲ交へ、

二ニハ、六韜之内兵備之篇（今井注「龍韜・兵徴」）ニ周ノ太公、運気ヲ記ス事有。此篇ヲ愚人不悟、文字ニ付見解ヲ起シ、様々之雲煙ノ形ヲ書記シ、絵虚言ヲ以テ、危ヲ伺、軍記（今井注「軍気」か）ヲ見ルト云流有。

三ニハ、甲斐ノ信玄ノ日記『甲陽軍鑑』ヨリモ一流抜出ス。十五巻目ノ軍法ノ巻ト云ヨリ様々之事ヲタクミ出、小カシコキ事ノ、シル類有テ、一流ノ軍法ト成。

四ニハ、真言坊主・陰陽師・山臥等ノ中ヨリ一流出、日取・方角・九字護身法、其外札守ヲ記、色々奇特ガマシキ妙呪事ヲ専トスル流有。

五ニハ、近比、世上ニ『太平記評判』トテ偽ノ小事ヲ書集タル双紙ヲ賞《モテアソビ》、利根立ナル事ヲ訇ル有。

此五流、今時ノ軍法者ノ事ヲ起シタル元也。従其以来ハ古ノ軍法ヲ彼方此方へ交、一流トナシテ数巻ノ書物ヲ作リ、世上ヲ走リ廻リ、小智之大名・冨人ヲ誰（今井注「誑」か）カシ、利欲ヲ求ル謀トス。

右は、五流ごとに私に改行して示したが、一は『中原高忠軍陣聞書』（群書類従二三輯）等の武家故実書、二は『訓閲集』の類（前掲石岡著参照。全貌未解明の厖大な兵書であるが、その一部「訓閲集軍気巻」「訓閲集軍気図」は『日本兵法全集6 諸流兵法（上）』に収載）、三は『甲陽軍鑑』（甲州流）、四は『兵法秘術一巻書』（日本古典偽書叢刊第三巻所収）等を指す。五が『理尽鈔』系統に対する批判である（『無極鈔』も「太平記評判」であるが、主対象は『理尽鈔』であろう）。『軍法評論』は、たしかに『理尽鈔』を批判している。しかし、前章に述べたように『楠家伝七巻書』巻一は『理尽鈔』を摂取して成り立っている。これは南木流兵書における例外的な事象であろうか。

一、『理尽鈔』への意識

前章に、「軍教序」や「軍用秘術聴書」をともなう『楠三巻書』や南木流関連の三版本は、「奥」を中心に「初学」「中段」の一部を併せ持っていることになり、『南木拾要』の縮約要諦版という位置づけも可能になろう、と述べた。「軍用秘術聴書」は前章注(9)に示したように、単独でも伝えられる兵書であるが、その一つ、金沢市立玉川図書館加越能文庫蔵本が外題を「恩地聞書　全」と記すように、恩地による正成に対する聞書である。ただし、内容・形式ともに『理尽鈔』付載の『恩地左近太郎聞書』とは別書である。以下、『恩地左近太郎聞書』を『恩地聞書』と称し、南木流の「恩地聞書」は『軍用秘術聴書』と呼び分け、『軍用秘術聴書』については、条目の立て方や詞章面に問題の少ない『楠知命鈔』巻六を用いる。

『理尽鈔』巻二六に以下の記事がある。

建武二年二月廿六日ノ夜ニ入テ、恩地・阿間・木沢・丹下・早瀬ヲ召シテ、正行其時十歳ナリケルヲ呼ビ寄テ、自筆ノ巻物（十八冊本「自筆ノ巻物一巻」）ヲ正行ニ与ヘテ其理ヲ談ゼシ。正行ガ行跡、今ノ世ニハ無レ双ト云ヘドモ、父ガ謂置シ鈔ニ合スレバ、十ニシテ二、三ヲ得タリト覚ユ。此故ニヤ角供シテ打死スル者少ナカリシ。其外国務以下皆十ニシテ三、四ヲ得タリトニヤ。①其鈔（注、自筆の巻物）秘シテ人ノ知ル所ニ非ズ。然ヲ恩地、正成ノ宣フ所ヲカツ〱覚ヘテ、心ノ覚ト号シテ書置ケルトニヤ。②其鈔（注、恩地の覚書）ニ云フ（80ウ）

十八冊本も含め『理尽鈔』諸本「其鈔ニ云フ」で中絶しているが、大橋本『恩地聞書』内題が「太平記廿六巻理尽抄内恩地左近太郎聞書」であるように、②「其鈔」の内容が『恩地聞書』である（第三部第四章）。『恩地聞書』は「正成鈔談ノ詞ニ曰」と始まるが、その「鈔談」とは、正行に一巻の巻物を与えた際、「其理」（要諦か）を談じたことをさす。『理尽鈔』巻二六および『恩地聞書』は、正行は正成自筆の巻物を伝授されたが、充分にその内容を体得することなく討ち死にしてしまった、というのであり、波線部も、湊川で正成の率いた七百余騎が「一人モ遁者ナク供仕テ打死」したこととの対比で、正行の未熟を語るものである。

一方、『軍用秘術聴書』は、折々に恩地が正成に問うた内容を記し、恩地問正成答の構成を原則とする。

問「敵ノ威ヲ折謀、如何仕哉」。曰「是一ニヨラズ。時ト人トニ可レ依。サレドモ敵ノ誤ヲ取テ可レ欺。是威ヲ折縁ナリ。予千剣破ニテ、名越越前守水ノ手ヲ堅メケルニ、夜出テ、彼ガ旗印等ヲ奪取リ、明日、是ヲ城門ニ立、彼ヲ欺ケレバ、敵怒テ来。是ヲ待請テ大ニ利ヲ得タリ。加様ノ事ニテ深慮可レ有。凡《ソ》敵中ヨリ塵埃ナリトモ取テ、是ヲ味方ノ利ニ可レ用」。（12ウ）

傍線部が「利根立ナル事」に当たらないのか疑問であるが、千剣破合戦を扱う『理尽鈔』巻七には見あたらない内容ではある。

『軍用秘術聴書』は全三三条の後に、以下のように記す。（句読点は今井。〔　〕内は加越能文庫本及び『楠家伝七巻書』巻七の表現）

右此一巻者、某、所々ニテ存寄ニ任セ窺ヒ申、書留申候。此理ニテ数多合戦ニ得レ利申候。今度此度御相伝之御巻物之外、何カ軍用之深法可レ有二御座一候ヘドモ、是者微臣尺寸之志ニ依テ、君父へ言上、所々直サセラレ御免被レ成候ニ付、進上仕候。某儀、今度御名乗之正字被レ成二御免一正俊ト被レ成候事、生々世々御厚恩、何事加レ之。弓箭之面目遂二本意一候事、世上ニ存残事無二御座一候。其上此度者、君モ必死之御合戦ト思召候故ニ、其儀、御命ニ先立討死可レ仕ト相定候上者、以後ノ少忠ニモ罷成候ヘカシ、ト文言之不礼ヲ不レ顧、書上申候。是非御得道被レ遊、一度可レ被レ顕二御名《ニ》於天下一候。君父常々仰ラレ候者、「侍ハ私ニ命ヲ不レ可レ捨。是第一ノ忠功也」ト仰ラレ候。若今度討死無二御免一者、命ヲ全仕、君ヲ可レ奉二守護一候。御相伝之御巻物、〔御〕命ト斉ク可レ有二御秘蔵一候。仍恐惶謹言。

建武三年五月〈九〉日　　恩地左近丞正俊〈在判〉
〈和田民部丞殿／御奏上〉

この聴書は君父（正成）の批正を受けており、湊川合戦の前に討死を覚悟した恩地が正行に呈上した、という。この設定は、南木流の恩地が「正俊」という名を与えられていること（『恩地聞書』は「満一」）とあわせ、聞書というよりも覚書に近い『恩地聞書』に対して、優位をほこるものであろう。しかし、南木流の恩地が何者であるのかは、この聴書の内容から、千剣破合戦の折の問答等から正成に近侍していた者であり、「正」の字を免されたのだから、正成に認められていたのであろう、と推測する他はない。『太平記』には「恩地」一族は登場するが、左近の名は見えない。楠一族の和田正遠と並んで、正成腹心の部下としての恩地左近の活躍を詳細に語るのは、『理尽鈔』である。『軍用秘術聴書』の「恩地左近丞」のイメージは、『理尽鈔』を抜きにしてはその実態を失うであろう。

「御相伝之御巻物」すなわち『楠三巻書』は「建武三年五月日　正五位河内守立花朝臣正成在判」という日付を持ち、末尾に「右之三巻楠正成所伝息正行之書也」（加越能文庫本）と付記するが、この「三巻」という書名も、『理尽鈔』の「自筆ノ巻物一巻」を意識してのことと思われる[1]。

第四部第二章に「『無極鈔』は、『理尽鈔』の存在に刺激をうけた某が、自作の独自性を主張すべく、徹底して『理尽鈔』を意識しながら、これを秘した、そのような事情にかかる著作物である。」と述べた。南木流『楠三巻書』および『軍用秘術聴書』についても、同様のことがいえそうである。

二、七書引用のあり方

第二部第三章で『諸家評定』を論じた際、『甲陽軍鑑』『理尽鈔』の七書（中国古代兵書）引用が『三略』を中心としており、中世の七書受容の様相に近いことを述べた。南木流の根本伝書とされる『南木拾要』の七書引用記事を、粗々拾った結果を左に示す。

『孫子』

孫子云、全国為上、破軍次之、攻城下策也とす。〔『南木拾要』城攻之巻上〕

巻三謀攻：孫子曰、夫用兵之法、全国為上、破国次之。全軍為上、破軍次之。（中略）其下攻城。攻城之法為不得已。

此故に孫子又九地の変化窮ざることを悟り〔地形之巻〕

巻九、九地：九地之変、屈伸之利、人情之理、不可不察也。

法曰、知衆寡之用者勝と。〔地形之巻〕

巻三謀攻：識衆寡之用者勝。

故に孫子、戦勢不過於奇正、奇正之変不可勝窮と云り。〔理数之巻〕

巻四兵勢：戦勢不過奇正、奇正之変不可勝窮也。

『唐太宗李衛公問対』

されば唐太宗皇帝、臣李靖に問云、「天地風雲龍虎鳥蛇、此八陣何謂乎」。靖云「伝之者之誤也。古人秘蔵此法、故詭而設八名也。八陣本一也。分而為八〔八陣之大意〕

上：太宗曰、天地風雲龍虎鳥蛇、斯八陣何義也。靖曰、伝之者誤也。古人、秘蔵此法、故詭設八名爾。八陣本一也、分為八焉。

故に太公乃謀八十一篇、全以言不可極。〔三教之巻〕

上：太宗曰、何謂三門。靖曰、臣按、太公謀八十一篇、所謂陰謀、不可以言窮。

『六韜』

大公云、天下非一人之天下、乃天下之天下也と〔三教之巻〕
　文韜・文師：太公曰、天下非一人之天下、乃天下之天下也。
『三略』
書云変動無常、因敵而転化と。〔理数之巻〕
　上略：変動して常なし。敵に因りて転化す。
太公曰、賞録有功、通志於衆。〔理数之巻〕
　上略：夫主将之法、務擥英雄之心、賞禄有功、通志於衆。
太公曰、賞罰必貴信と云り。〔理数之巻〕
　上略：故将無還令、賞罰必信、如天如地、乃可御人。
法に云、釈近謀遠者労而無功、釈遠謀近者佚而有終と云り。〔変悟之巻〕
　下略：釈近謀遠者、労而無功、釈遠謀近者、佚而有終。
故に太公云、軍国之要、察衆心、施旨務云々。〔五謀伝受之巻〕
　上略：軍国之要、察衆心、施旨務。
このように『三略』の他、『孫子』『李衛公問対』『六韜』をも交えるあり方は、『無極鈔』（一六二四～五〇年の間成立）のそれに近い。

三、正成兵法の由来

『楠三巻書』に「伝法之起」と称する一節があり、正成が自らの兵法を如何に形成したのかを語る。「弱冠より一心の観法」を怠ることのなかった正成が、或時春日参詣のおり、一人の僧に逢い、問答をかわす。以下の引用は『南木武経』巻二収載書により、問答の途中からを示す（濁点等を施し、付訓の一部を本文行に繰り込んだ。■は脱文）。

問テ曰「如何是人事」。僧ノ曰ク「非レ善ニ、非レ悪ニ、非レ行、非レ法。即心是正ニ人事」。問テ曰ク「如何是即心」。僧ノ曰ク「君ガ問意ハ君ガ即心。我ガ答ル心ハ吾ガ即心。此意不レ変バ、一切ノ触レ目ニ、皆天真明道ナリ。此心変ジテ思ト成テ、悪ヲ作リ、善ヲネガヒ、迷妄スルヲ名付テ凡トス」。問テ曰ク「尚密意有ヤ」。僧ノ曰ク「公ガ名ハ何ゾ」。「楠多門兵衛正成」ト云。僧「正成」トヨブ。諾ス。僧ノ曰ク「這裏《シヤリ》（注：ここ）是何之所ニ在ルゾ」。予時ニ心中豁《クワク》然トシテ大悟ス。是ヨリ此僧ヲ請ジテ蒙《カウムル》二慈誨《ジゲヲ》一。或時予問テ曰ク「道ヲ以テ軍ニ勝事如何」。答テ曰ク「至善ヲ兵トセヨ」。云イ了テ此僧南都ヲ（知命鈔：南都ニ帰テ）十有余日シテ世ヲ去リ畢ヌ。予漸ク道ヲ問事八ヶ余月、恨ラクハ正縁ノ薄キ事ヲ。雖レ然、此道ヲ授テ一家此時ニ起シ、名ヲ万代ニ挙ル事モ師恩天徳ノ高キニ非ヤ。爰ヲ以テ今一巻ノ書ヲ綴テ、汝（注：正行）ニ付属ス。予近年之軍ニ用ヒ得テ自在ヲ振イ、合戦ノ本意ヲ得テ■（知命鈔：朝敵ヲ掃ヒ）、末世ヲ考テ秘術ヲ尽ス。汝人ト成テ君ニ仕ヘバ是ニヨレ。兵ヲ起サバ依レ之。城郭ヲカマヱバ依レ之成セ。此意ヲ得ル則ハ百度戦ト云トモ利ヲ失事不レ可レ有。雖レ然、百度戦テ百度勝モ真実ノ軍ニ非ズ。和田・船田[2]・恩地・安間・高安等ガ中ニ一人モ存命シ残ル人アラバ、彼ガ諫メヲ背ク事ナカレ。予討死スル則ハ天下必尊氏ノ世ト成ベシ。然ト云ドモ汝必義ヲ失事ナカレ。夫諸法ハ因縁ヲ不レ離、君ト成リ臣ト成ル事全ク私ニ（知命鈔：一旦一夕ノ縁ニ）アラズ。（後略）

南木流の正成は、南都の僧から慈誨（懇切な教え）を受け、兵法の根本を会得した、という[3]。他方、『理尽鈔』は源義経に私淑していたと記す。巻七で新田義貞が「大勢に難所なし」という用兵理論はどのようにして得たものか、と問うたところ、正成は朝廷に参上した時『元暦の記』（『平家物語』をさすか）を披見し、義経の戦いぶりから着想した、と答える（巻七17ウ）。正成と義経との関わりは、巻八57オ以下にも語られる。六波羅勢の戦いぶりを論評するに際して、義経の難所での応対を引き合いに出している。義経の語った内容に感服して、河越重房が書き留めた書物がその後義貞の手に渡り、正成の披見するところとなる。正成は義経をよき大将軍であると称賛する。その記事の中で、どのようにして習得したのか、と重房に問われた義経が、次のように語っている。

「義経ハ七書ヲ大形学ビテ侍ル。七書ニ左様ノ方便ハ無ク侍レドモ、七書ノ、一ノ才ヲ以テ余多ニ当タル時、カヤウノ謀モ侍ル。書典ヲ学シテ、文字ニ在ル所ノ才計ヲ成サント思フハ、能ク愚カニコソ侍レ。一ノ才ヲ以テ、余多ニ当ツレバ、凡ソハ心付クモノニテ侍ルゾ」ト宣ヒシ。

書物を学び、文字面にとらわれず、応用力を働かせれば様々な謀を得ることができる、という考え方こそ、正成が義経に私淑する一番の要因であった。

巻九では、赤松則祐が久我畷合戦をふりかえって、良策は何であったのかを正成に問う。泥地では「かんじき」を用いるとよい、と答える。そのような策は『七書』にもなく、過去の武将の先例もない、と驚く則祐に、正成は、里民の農具を見て着想した、と答える。『理尽鈔』はこれを以下のように論評する。

評云、武ノ家ニ生レタラン者、仮ニモ武ノ道ヲ失イテハ、大ナルヒガ事ニテゾ侍ルラン。正成ハ起テモ居テモ、無二油断一、武ノ謀ニ意ヲ懸侍ルナリ。凡生徳ノ才智アル人、如二正成一武ニ意懸ナバ、謀ハ何ホドモ出来ンカトナリ。正成ナレバトテ、神ニモ仏ニモ有ルベカラズ。唯生徳ノ才智ノ人ニ勝レテ、其上ニ、武ノ嗜ノ無レ怠男ゾカシ。（24オ）

若尾政希『「太平記読み」の時代』（平凡社、一九九九。六四頁）は、「太平記読み」（『理尽鈔』）にとって、「神仏は、領主の領民支配に有効性をもつもの、いわばイデオロギー装置なのである」「「仏法」は、「王法」による治国に「為レ国第一ノ職」（巻二四）として奉仕する存在にすぎない」と分析している。

南木流も、正成が八ヶ月余にわたって南都の僧に学んだのは根本精神であって、兵法の個々の手だてではない、というのであろう。南木流が正成兵法の起源・根幹には仏法の精神がある、と主張するのは、『理尽鈔』の、便法としての仏法の位置づけに対する反発があると思われる。その反発の上に、正成自筆の伝書『楠三巻書』と正成の認可を受けた恩地の聴書たる『軍用秘術聴書』を、『理尽鈔』『恩地左近太郎聞書』に優るものとする設定（奥書）も生みだされた。

おわりに

南木流は仏法（神道も）に重きを置く立場からの『理尽鈔』批判の書ととらえ、分析していくのが有効と思われる。石岡久夫『日本兵法史』（上一八七頁）は、太子流神軍思想の南木流への影響を指摘している。『太子流神軍神秘巻』（『諸流兵法（上）日本兵法全集6』収載）には、「日本に仏法は軍法の父母とす」という印象的な表現がある。『太子流神軍神秘巻』そのものは慶安二年の奥書があり、『理尽鈔』に先行すると現時点では考えていないが、中世以来の「太子伝」の世界との関わりも視野にいれなくてはならない。

また、神道についても南木流『楠三巻書』のうちの「次第神起」と『理尽鈔』巻二五の所説、『理尽鈔』口伝聴書たる『陰符抄』の所説との比較検討が必要である。すべては、今後の課題であり、小稿を「覚書」とした所以である。

注

（1）『理尽鈔』巻一六は、正成が一一歳の正行を桜井宿に呼び寄せ遺言し、「国ヲ政《ヲサム》ルノ道数十箇条・法令ノ事、自筆ニ書置給ヌ巻物一巻」を渡した、という。やはり「一巻」であるが、巻二六に湊川合戦前年の二月に伝授した「自筆巻物一巻」とどのような関係であるのかについては、二説ある［→第五部第一章「はじめに」］。

（2）「和田・船田・恩地・安間・高安等」とある中の「船田」は、『太平記』『理尽鈔』にあっては、楠一族ではなく、新田義貞の側近である。『理尽鈔』巻一六に楠湊川ニ向ヒシ時、舟田ノ長門守ヲ近付テ「大将ノ兵ヲ備給フ様、大ニ相違有リ。舟ヨリ陸ニアガル敵ヲバ覚ハ防ガヌ物ニテ候ゾ。大将御存知ナキ事ハ侍ルマジキ」ト申タリケレバ（66ウ）

と、正成が舟田を介して、義貞に戦法を示唆した、との記事がある。こうした記述からの誤解であろうか。

（3）『恩地聞書』に、正成が「今日ノ境界ヲタスケヨ」の含意を何人かの僧に問うた中で、南都般若寺の法印俊教の解説に「感信」した、との記事がある（47ウ～50ウ）。南木流の所説はこれを一つの機縁としているか。

第二章　肥後の楠流

はじめに

肥後熊本にも楠流兵法が伝わったことは、簡単な言及があるものの、詳細は明かされていない。(1)ここに示す九州大学附属図書館蔵『楠公兵法伝統』（以下『伝統』。整理番号868ナ1）によれば、細川藩には、従来知られているいずれの楠流とも別の、特異な流派が栄え、多くの門弟を抱えて幕末まで続いていた。『伝統』はまた、長坂成行の紹介する(2)『楠公兵法』（九州大学附属図書館。整理番号546タ7）と深い関係がある。『楠公兵法』は、沢（藤原）正博の書写と目され、長坂は同図書館に蔵されている沢正博関係図書の奥書等から「沢正博は肥後細川藩の関係者で、文化年間を中心に活躍した軍学者かと思われる」と推定している。本章は『伝統』の分析を通して、この推定を確認していくことにもなる。

一、『楠公兵法伝統』の構成

書誌を簡単に示す。楮紙仮綴一冊。墨付四三丁。薄い黄土色表紙（二四・七×一七・五㎝）。左肩題簽に「楠公兵法伝統」とあるが、「楠公兵法全巻目録之一初ニ」とあった細字部分の上に「伝統」と濃い墨色で重ね書きしている。表紙より料紙寸法（二五・〇×一七・八㎝）の方が大きく、表紙には袋綴の綴穴が残っていることからも、あり合わせの表紙を転用したものと思われる。ちなみに『楠公兵法』は縹色表紙（二四・〇×一六・九㎝）であり、これとは別である。くわえて、後述するように『伝統』は沢正博の没後にまとめられたものであり、外題細字部分にいう「楠公兵法全巻」および「目録」が実際に作成されたのかどうかは不明である（『楠公兵法』四〇巻一〇冊に全巻目録は付載していない）。いずれにせよ最終的に、関連資料の雑纂である本書を、その内容にふさわしく「伝統」と名付けたかと目される。楮紙見返しには「楠公兵法」という、表紙下の文字が透けて見える。

　以下順を追って内容を紹介する。

◆第一丁（一枚の紙。袋状ではない）表は白紙、裏に「延元元年〈建武三年二月／廿九日改元〉」（〈　〉内は割注）と記した貼紙がある。第二丁表は右側に「山城／宇治橋／文武天皇御宇奈良元興寺ノ僧道昭始テカクル」、中央に「此一冊諸書之内より見当り次第写置也／偽書も可有候哉と歎計候事」、その左隣に「竹田仁次郎先生碑銘」（胡粉塗抹）、「隈部七衛先生碑銘」（胡粉塗抹）とあり、「隈部……」の上に「先師碑銘集」と墨書している。二〇丁以下に碑銘の写しがあり、「先師碑銘集」はこれに関連するのであろうが、碑銘以外にも雑多な資料を収載しており、右傍線部の記述が本書の性格を端的に示す。

◆第二丁裏「春江先生（注：後掲の竹田仁次郎経豊をさす）碑銘上野吉右衛門書被申候由／文化三年寅八月四日同十六日於〔宇州〕書写之／沢八十郎正博」（〔　〕内は小紙片を張り付けてあり、透かし見ての判読）。その左隣に「平高時判（花押模写）」と墨書した貼紙があり、貼紙の左側外に「梅宮ハ橘氏先祖ノ社」と記載あり。

　長坂が紹介しているように、九州大学附属図書館蔵『楠氏兵法』には「文化四丁卯年七月／澤八十郎藤原正博（「藤原／正博」印）」という奥書があり、この「沢八十郎正博」（以下、「沢」「澤」を使い分ける）はやや異なった印象を受けるが、五丁裏「楠公兵法伝来」末尾の「澤八十郎正博」は『楠氏兵法』奥書と類似している。後掲【資料Ⅳ】に示すように、『伝統』がまとめられたのは、澤の没後であるが、一連の澤関係の書籍は、九州大学の図書カードおよび蔵書印によれば昭和一〇年一一月（『伝統』は一一日、『楠氏兵法』は二〇日）に、「澤弘道」から購入したもののようである。『伝統』の最終的編者は、澤正博の子孫であろう。(3)

◆第三丁表から五丁裏は「楠公御系図」（敏達天皇―坂大覚王子―高仁親王―橘諸兄―〈中略〉正俊―正玄―正成と続け、『本朝武家評林大系図』に近似。「正成公御判」「正行公御判」「正儀公御判」の写しを系図行間に付載している）。

◆第五丁裏は「楠公兵法伝来」と銘うつ系図。論述の都合で、後に掲出する（↓【資料Ⅰ】）。

◆第六丁は『牛馬問』（新井白蛾著、宝暦六年（一七五六）孟春刊）「楠菊水」の抜書。七丁表から九丁裏は「『日本輿地通志』畿内部巻第六〇『扶桑名賢文集』ノ内ニモアリ」と肩書きして「楠正成墓」について記す。一〇丁表から一一丁表は「楠正成金剛山居間之壁書」。「壁書」は『日本教科書大系　往来編　第五巻　教訓』七一一頁所収のものに近い。

◆一一丁裏は「『和漢／武家／名数』」と頭書し、その下に「印本不行諸家軍書之内」と銘うち、「楠正成行流」の伝書と目される書目数点をあげている。

◆一二丁表から一五丁裏は「『駿台雑話』之内／楠正成」、一六丁は「『日本史論賛』之内／楠正成・正行・和田正隆・正朝・賢秀・正忠・正武」、一七丁表から一八丁表は「楠公遺書　『後太平記』ニ出」（『後太平記』巻七「千剣破合戦附正成遺書之事」）。一八丁裏は「『俗説贅弁』一ノ巻ノ内」（略）。

◆一九丁は「『後太平記』四十之巻」（政成《ママ》の観心寺への寄付状）。

以下は肥後藩に直接関わる事項ゆえ、煩を厭わず掲出する。

◆二〇丁表から二二丁裏【資料Ⅱ】

※朱引・朱点あり。一部返り点を改め、句点を施し、平仮名で訓を付した。この碑銘は武藤巌男編『肥後先哲偉蹟』（隆文

館、一九一二）「続肥後先哲偉蹟巻二」に収録されている。これを参照して、明らかな誤記を補正し、一部〔　〕内に異同を示した。■〔於〕は『伝統』に無く、『偉蹟』に「於」があること、〔□〕は『偉蹟』に□と表示されていることを表す。

（　）内は今井注。

○春江先生之墓

田夫子墓碑銘

夫子、諱経豊、字仁次郎、姓源、族竹田氏、号二春江一、又自称二括嚢子一。其先甲州武田三郎遺胤也。王父諱某、号二春溪一。父諱某、字貞右衛門。倶事《つかふ》二于東奥会津保科侯一。食秩二百石。家世伝二楠家兵法一而業益精レ之。春溪終二于会津一。其後貞右衛門有レ故掛レ冠辞去、寓二游東都一。当二此之時一、遙聞二公ノ尊賢致士一、慨然有二盍往而帰乎之志一、乃筴二父之書一、不レ遠二千里一、来二於〔投〕熊府一。来則主二城西中尾本妙寺日凝者一。因レ之日凝固《もとより》知二其能一、而為レ之推轂《すゐこく》、遂以薦レ焉。寛文年〔■〕中（一六六一～七三）、奉レ謁二妙応公一（三代藩主細川綱利。在任慶安三年（一六五〇）四月一八日から正徳二年（一七一二）七月一一日。正徳四年一一月一二日没）、命説二兵法一。甚有二感賞一、称二懸河《けんが》之弁（雄弁）一、乃賜二秩禄一、始有二班位■〔於〕藩一。夫子固堂構《だうこう》（父祖の業を継承すること）之基、夙夜是勉〔強〕、因攈《くん》下摭《せき》（ひろいとる）諸家兵法、可レ為二■〔我〕羽翼一者上、而集大二成之一。正徳三年、貞右衛門卒。服闋《おはり》有レ命、襲二先〔□〕考班秩《はんちつ》（官位品行）一、歴二事霊雲（四代宣紀。在任正徳二年七月一一日から享保一七年（一七三二）六月二六日。同日死去）・隆徳（五代宗孝。在任享保一七年八月二五日から延享四年（一七四七）八月一六日。同日死去）二公一、至二于今侯（六代重賢。在任延享四年一〇月四日から天明五年（一七八五）一〇月二六日。同日死去）一、時時〔「時」一字〕侍二講孫呉之学一、蓋若干年於レ此矣。其間賜賚《しらい》（賜物）優寵有レ加焉。夫子性温厚篤実、遜譲謹慎、且有二大志一。家固清貧、無二擔石《たんせき》之儲（僅かな貯蓄）一也。不レ恥二下問（目下の者に問い尋ねること）一、学無二常師一、得レ礼。大学一篇、砥厲《しれい》甚究、遂通二六経一矣。善二国風（和歌）・唐詩一、兼統二衆芸一。著述遺篇、今蔵二其〔■〕家一焉。嘗示二門生一曰、「所謂兵者凶器、不レ得レ已則用、唯正二其不正一耳。苟非二其人一、不レ可二以妄

〔要〕伝二焉。宜三先審二本末寛〔緩〕急一、乃下レ帷講説」。由レ是受二経術一者、日益衆多、戸外履満矣。其教示〔亦〕、諄諄有レ序。其後移二居於宇土郡浦琵琶峡上一、自肆《つらなり》二于山水間一、常寄二情賞一、居数年〔常□游□□数年矣〕。又携二家族一而還二熊府一、卜二居白河之上梅檀巷一、従游之徒、連綿如レ旧矣。宝暦九年（一七五九）己卯閏七月七日卒。春秋七十有八。乃営二墓於中尾山先塋《せんえい》（祖先の暮域。貞右衛門の墓）之側一矣。夫子娶二荒〔藤〕瀬氏一、生男二人、倶夭、孺人《じゆじん》（妻）亦尋《ついで》卒。晩養二中村氏子、名弥学者一、配二庶女一為レ嗣。門人志水某、中西某、自二弱冠一従而学焉。逮二其卒一戮《あはせ》レ力尽レ心、経二紀（とりしきる）庶事一。嗟乎両生可レ謂三能有二始終一矣。余時在二東都一不レ能二匍匐助一レ礼。明年還レ郷、中西某、向レ余泣曰、「夫子逝矣。哀哉、墓字久遠、徳音永絶。願子以下所レ聞二見於夫子一者上命レ辞」。余曰「非レ不レ思レ之。顧某不敏雖下少従二二三子後一、遊中夫子門上、其有二何辞一。以賛二万分一一、且夫子徳業、朝野知レ之、其詳〔辞〕存二口碑一」。敢辞、固請不レ已。故唯識二其世系大略一以塞レ責。又為二之銘一云

於戯高山〔止〕　其樹翼翼／括嚢韜レ光　惟是陰徳／夙夜匪レ懈　教道有レ力／或子或孫　永茲奉レ職

門人　埜　真清(4)　謹誌

◆二三丁表～二六丁裏【資料Ⅲ】

※注記、訓点、傍線は今井。右、「続肥後先哲偉蹟巻二」には墓碑銘に続いて「諸家先祖附」と注して、以下の、宝暦九年閏七月病死までの記述に類同の記事が収載されている。ただし、この『伝統』の記載の方が詳細で、左記傍線部は「九年五年《（マヽ）》二十九日より、同十月二十九日迄、於御次月並の講釈仰付られ相勤」と期日を異にし、「太平記」という言葉もみられない。なお、『偉蹟』には「武芸伝統録」の「楠流軍学師範伝統」、「北岡御記録」中の「竹田半内倅竹田政喜」に関する記述も収録されている。

先祖附并竹田小太郎御奉公附

私組合竹田小太郎、先祖竹田春溪儀、保科肥後守様（保科正之）、高三百石被下置、軍学之師相勤居申候。太平記之家に而、北国之士名和源太左衛門と申者より、楠流之軍理相伝、今以統々之伝仕居申候。右春溪儀、肥後守様え相勤居申候内
家光公御代、家伝之軍書を奉献、葵御紋之御時服迄拝領仕候。明暦三年（一六五七）七月病死仕候。

一竹田貞右衛門儀、右春溪嫡子に而御座候。肥後守様え相勤、父春溪跡式無相違相続仕、相勤居申候処、様子有之、御国え罷下居申候内
妙応院様御代五人扶持弐拾石被下置、御中小姓に被召出、相勤居申候処、正徳三年（一七一三）八月病死仕候。

一竹田仁次郎儀、右貞右衛門嫡子に而御座候。格別之家業相続仕居申候由に而、引続御中小姓に被召出、六人扶持被下置。三宅九郎兵衛組に被召加候。享保二年（一七一七）十二月〔上欄外注記「十二月廿六日也」〕門弟中厚ク指南仕候儀、御尤に被思召上候由に而、御合力米拾石被為拝領候。
霊雲院様於
御前も度々講釈被仰付、同十年正月家業弥以無懈怠相勤申候由に而、御銀拝領仕候。同十一年（一七二六）より於御次、太平記月並之講釈被仰付。元文元年（一七三六）正月、家業習熟仕、且平生慎方宜大勢之弟子をも仕立申候段、達
尊聴御銀被為拝領候。其以後も指南方猶以出精仕候由にて御銀被為拝領候。
霊感院様御代於
御前講釈被仰付候。宝暦四年八月、軍学之指南数年無懈怠出精仕候に付、御合力米拾石御加増、都合弐拾石に被仰付相勤居申候処、宝暦九年（一七五九）閏七月病死仕候。

一竹田弥学儀、右仁次郎養子に而御座候。宝暦三年三月朔日

御目見申上候。同十年正月被二召出一、四人扶持御切米拾石被二下置一、歩御使番同列に仰付、中川権右衛門触組に被二召加一。家伝之儀弥以被レ出レ精、追々門弟をも仕立可レ申旨被二仰付一候。明和六年（一七六九）二月、平野太郎左衛門尉触組に被二召加一、安永二年（一七七三）より門弟中依レ願榭《しゃ》（武芸関係の教習所）拝借被二仰付一、同年十二月より入榭仕、昼夜外見之通、一時之隙も無レ之指南方出レ精仕候。其節より御銀五枚年々被二下置一候。同六年正月、山崎五郎大夫触組に被二召加一候。同九年五月御花畑え被二召出一、御中小姓被二仰付一、壱人扶持被二仰下一、田中典儀組に被二召加一候。天明二年田中又助組に被二召加一候。同四年五月御花畑え被レ為レ召御足給五石被二下置一候。天明五（一七八五）年迄都合十三年出榭無二懈怠一罷出、同年五月病死仕候。

一竹田小太郎儀、右弥学嫡子に而御座候。天明六年正月廿九日、於二御奉行所一、父竹田弥学跡式家業相続被二仰付一、歩御使番列被二仰付一、四人扶持拾石被二下置一、山崎五郎大夫触組に被二召加一候。天明六年二月六日より出榭仕居申候内、御組に被二召加一、寛政元年（一七八九）迄都合四年出榭等、無二懈怠一相勤、同年八月病死仕候。

右之通御座候。以上。

寛政元年十一月　久保田杢左衛門判

小篠亀之允殿

覚

寛政二年五月廿一日臨終ニ仰付／同五年二月廿三日願之通御免　竹田小太郎養子竹田半内

一軍学、天明七年（一七八九）二月十一日竹田小太郎門弟罷成稽古仕候。出榭等は不レ仕候得共、内稽古抜群出レ精仕候に付而、寛政元年三月目録相伝仕候。

一炮術、安永九年（一七八〇）六月、平野善右衛門門弟罷成、同年同月九日より出榭仕候。

一鎗術、天明二年正月、越生儀兵衛門弟罷成、同年四月朔日より出榭仕候。

一居合、天明二年正月、越生儀兵衛門弟罷成、同年四月二日より出榭仕候。
一当年二十五歳罷成申候。
右之通御座候。以上。
寛政元年十一月　　久保田杢左衛門　判
小篠亀之允殿

文化八年（一八一一）六月六日写レ之。

◆二七丁表から二八丁裏【資料Ⅳ】

※二八丁の内側に「観応院宗本日道居士　竹田先生五十九／明治三庚午五月二日墓所本妙寺惣墓内」と記した小紙片が挿入されている。本書は「見当たり次第写置」いたという性格から、全体の様態も統一されておらず、全てが同一の手になるものかどうか判別しがたい面があるが、この小紙片は、少なくとも右の戒名・墓所記述箇所と同筆とみなされる。したがって、本書の最終的成立は明治初年である。

・正成公　忠徳院殿贈正三位近衛中将　・延元元年丙子五月廿五日　御年四十三
御墓・河州錦部郡観心寺ノ後ノ山ニアリ　・京都法花宗妙覚寺ニアリ　・摂州矢田部郡湊川ノ北坂本村ニアリ
・正行公　・南朝正平四（ママ）年北朝貞和五年巳丑正月五日　御年二十六
御墓河州讃良郡在二甲可南苅屋邑一
・正儀公　小光寺秀芳義瑞大居士　・北朝ノ康暦二・天授六年庚申正月七日　御年四十七或五十一
御墓河州石川郡千剣破城跡本丸跡巽ニアリ五倫（ママ）ノ石塔

・竹田春溪先生　遙林院春溪日逍居士　・明暦三年丁酉七月
墓奥州会津
・貞右衛門先生　元理院栄応一貞居士　・正徳三癸巳八月廿九日
墓本妙寺惣墓ノ内但尭心院門前　尤旦那寺ハ仙乗坊
・仁次郎先生　一乗院了山　・宝暦九己卯閏七月七日　七拾八歳
墓右同所
・弥学先生　義観院運山日輝居士　・天明五乙巳五月廿四日
墓右同所
・小太郎先生　義正院照山日貞信士　・寛政元己酉八月廿六日　三十二歳―宝暦八年ノ生レ
墓右同所　半内先生　受法院妙観信士　文化十四丁丑年三月八日　五十八歳　墓高田原本行寺
・筑紫先生　宗源院顕忠日実居士　寛政十戊午正月二日
墓本妙寺中仙乗坊
・高橋先生　寥廓院寂性居士　文化十一甲戌六月十九日
墓上河原小墓
須崎先生　賢立院松巌摂心居士　文化十四丁丑年十月四日　六十歳　宝暦八年ノ生レ
墓高田原西岸寺
澤先生　養仙院浩山了然居士　天保十二年丑二月十九日　六十四歳
墓坪井天神丁智性院
栗野先生　恵照院　日理居士　慶応四辰五月五日　六十五歳

墓高麗門長国寺西北ノ隅ニヨレリ
平野先生　政台院
　墓所上林宗岳寺

◇【資料V】（『肥後名家碑文集　壹』[5]より。返り点・括弧内は今井）

澤先生墓碣

天保十二年二月十九日、兵法師澤先生、年六十四以没。瘞二於壺井川上智性院中一。故［　］門人及期会者、闐《みち》レ衢溢レ巷、往以送焉。其立碣、孤子正平、属二銘於門人柏木質一曰、「先人嘗懼三墓銘之或過二其実一、欲三生時予作以去二浮誇一、未遂而没。則非下受二業於先人一者上、吾亦其不レ能レ就二先人之志一是懼。敢固以請」。質不レ得レ辞、乃謹識二其石一曰、「方今国家専誘二文武一、設二兵法師一亦凡六員。先生列二其中一者二十四年、而弟子之多至二五百余人一、何其盛哉。質嘗遊二先生之門一日、見下門生数十、肄《ならふ》二業於堂一、或読二兵書一、或画二城形一、先生端荘凭レ几、温々無言上。而師伝之書数十百巻、皆能融会貫通、旁至二古今書一之于渉（ママ）―兵法、城之高卑、山林陰阻、沮澤之形、藩士祖先之勲功・閥閲、大率《おほむね》莫レ不三渉二猟記識一。有二質疑請益者一、則循々解喩。然亦不二敢強聒《きやうくわつ》（しいて喧しく説く）一、以待二其自得一焉。質於レ是歎、得二古之所謂師道者一、先生其庶幾乎。先生諱正博、称二八十郎一、澤其氏也。考（亡父）諱正芳、妣（亡母）小島氏、其先盖出二於藤原氏一。世食二百石邑、家於阿蘇嶽下、先生継レ祀。府（藩庁）以下其生二長山野一未上レ通二武事一、為二留守隊一。先生於レ是慨然発憤、日夜読二兵書一、講二武技一者五年、遂転二先鋒隊一、乃亦従居二都下一、刻苦加勉、最明二楠氏兵法一。楠氏兵法、世二伝於陸奥会津藩士竹田氏一。竹田氏有レ故来而仕レ藩。及二其子春江先生出一、掇二輯遺書一、兵法大備、六伝至二須崎先生一。須崎先生没、府命二先生一継二其師職一、夫先生所レ授之法、固不レ異二数先生所伝之法一。然至二其温厚簡重一、有合師道、則先生之所独有焉。盖雖レ由二其天質一、抑亦得二之于発憤刻苦中一者多矣。宜矣藩之講二兵法一者、最盛於二先生之門一也。先生娶二増田氏一、生二二男一女一、長即正平、次曰安賀、出二嗣栗野氏一。先生晩擢《ぬきんで》二番方組脇一、遷二鉄炮三十挺副頭一、在二仕途一盖五十一年。府賞三其教導之切与二恪勤之労一、賜二章服一者凡五次。及二年老一請二致仕一、命二正平一襲二其禄一、別賜二廩米一猶教二弟子一、二年而没。亦命二安賀一継二其師職一、安賀一二循先生之訓一、以教二子弟一。子弟之盛、盖亦不レ減二先生之時一矣。

嗚呼先生、所レ称二於世之美一固不レ為少、而唯紀質之所二親聞見一、以掲二其墓一者、庶《こひねがはくは》幾以就二先生之志一也歟。銘曰、

蘇嶽降レ霊、先生之徳、壺川成レ潤、先生之澤。于韜于略、克探至レ頤《ふかきに》。其徒若林、或誘或掖。有レ子伯仲、咸《みな》継二厥《その》迹一、弟子作銘、以表二幽宅一。

門人　柏木質　謹撰

◆二九丁表～三〇丁表【資料Ⅵ】（句読点・返り点は今井。〈〉内は割注）

田中家ニ伝来ノ太平記図経ノ序文

此理尽図経四十八条者(＊1)、細川右馬頭（武蔵守トモ申也）頼之天下執事権柄之時、禁裏ニ柏木(＊2)ノヲキミト云者アリ。博学広智也。頼之ノ計トシテ彼ヲ大唐ニ渡シ、実学異論ヲ伝習シテ帰朝ノ後、此書ヲ編作シテ、足利家ノ武庫ニ治ヌ。猶、誠極流ノ軍法一流ヲ起ツ。然而足利家之治世、数代ニ及リ。是全頼之ノ智謀・忠儀アサカラヌ所也。理尽図経者、則、誠極之秘書〈今此流ヲ執行ノ者仙台／伊達家ニ生田十太輔ト云者アリ〉、公方万松院道照義晴公〈一二代将軍。一五一一～五〇〉ノ時マデハ希代ノ秘書タルヲ、次ノ世光厳院義輝公〈一三代将軍。光源院。一五三六～六五〉ノ時ニ至テ、惜哉、臣等ワヅカノ事ヲ計テ、一国一人ニハ以二誓約一免レ之畢。夫ヨリ国々ニ流布シテ、正保年中(＊3)〈一六四四～四九〉於二加州一大橋新之丞、於二武州一生田十太輔、於二摂州一青木甲州重兼公〈摂津国麻田藩三代藩主。一六〇六～八二〉、於二和州一柳生飛州宗冬公〈大和国柳生藩二代藩主。新陰流の達人。一六一三～七五〉江重兼公ヨリ御相伝也。其後慶安年中ニ飛州公ヨリ予ニ被二下置一(＊4)。其書者大奉書ノ紙ニカキタレバ、予拝見ノタメニ此紙ニチイサク書写シヌ。承応・明暦ノ初(＊5)〈承応四年〈一六五五〉四月十

三日、明暦改元）、法花法印ト云者、大橋氏ヨリ伝レ之、而誠精工夫シテ太平記評判四十余巻、則理尽図経ヲ題号トス。是誠ニ四十八条ノ基本ナクンバアルベカラズ。「悲哉、是ハ是、大橋ガ未纏ヨリ出タリ」ト、甲州重兼公、（＊6）万治元年（一六五九）五月十一日、於二桜田一被二仰聞一所如レ件。

此四十八条モ四十余巻ノ内ニ見ヱタレドモ、飛州尊公御厚恩ノ其一ナレバ乍レ憚難レ忘奉レ存条、且又吾モ誠極流ノ末派也。然間、悪筆ヲハヾカラヌ志意趣深哉。

生田十太輔

田中甚兵衛尉平明親印

（＊1）『太平記理尽図経』全五巻。「〇〇事／幷ニ△△事」とある項目を一つと数えると四八条。

（＊2）「柏木ノヲキミ」「生田十太輔」については、補論「誠極流と『太平記理尽図経』」参照。

（＊3）版本にはないが、『太平記理尽図経』には、板倉重宗（一五八六～一六五六。二〇～五四京都所司代）による慶安四年（一六五一）初冬の跋文が存在している［↓第四部第一章］、若尾政希『「太平記読み」の時代』〈平凡社、一九九九〉四六頁注35）。それによれば『図経』は、加賀藩大老本多政重の命を受け、その臣大橋貞清（新丞。全可）が編纂したもの。正保年中の大橋の関与をいうこの記述は、事実と微妙に交錯する。『図経』版本に大橋の名は記されておらず、板倉重宗周辺に発する情報が、青木重兼、柳生宗冬を経由して、田中に伝わったものか。

（＊4）田中明親。宗冬の弟子。一六二三～九八。

（＊5）法花法印が大橋より「理尽図経」四八条を受け、これを基礎に「太平記評判」四〇余巻を作成。その「太平記評判」をあらたに「理尽図経」と称した、の意か。「太平記理尽鈔之枢要」（石川県立歴史博物館蔵写本『太平記理尽図経』寛文四年一二月、大橋全可の加証奥書の一節）という表現が示すように、『理尽鈔』研鑽の中から『図経』が生まれているのであるが、ここでは、師法花法印（陽翁）から弟子大橋へ、という師弟関係を逆転し、さらに書物の関係も「理尽図経」から「太平記評判」が生じた、と説くのである。ちなみに『太平記理尽図経』は明暦は明暦二年一二月中旬に刊行されており、承応・明暦の初という設定もこれに関わっていよう。

（＊6）『太平記大全』（刊記「万治弐己亥年／仲夏吉辰板行之」）刊行の一年前。『大全』は「図経曰」として、『太平記理尽図経』を引用しており、ここから（＊5）のような、「理尽図経」を敷衍して「太平記評判」が生じた、という説をなしたものであろう。

◇（『肥後名家碑文集　九』萬日山）【資料Ⅶ】

田中明親墓誌

先考（亡父）諱明親、平姓、田中氏、号二甚兵衛一。其先世住二相州一、以二三浦一為レ氏。先考、寛永十年（一六三三）癸酉十一月九日、生於二摂州大阪一。幼好二剣術一、稍長従二柳生但馬守宗矩、其子三厳（宗矩長子。十兵衛）、其子（宗矩第三子。兄三厳の遺領を併せ継ぐ）宗冬一、而受二其秘奥一。寛文八年（一六六八）戊申、我太守公（細川藩三代藩主綱利）聞二其術之精一、厚幣以被レ招レ之。於レ是初来二肥後国一禄仕。公乃師レ之、剣術至二無刀之微意一。世少二知レ之者一。先考晩年功積力久而得二其旨一、自述二其意一作二書一篇一。公益被レ信重レ之。徒弟尤多矣。先考亦一生以二此業一為レ楽、元禄十一年（一六九八）戊寅夏五月二日、病二卒于家一。享年六十六歳。

元禄十一年戊寅夏六月六日　　親方　立。

◆三〇丁裏～三二丁表【資料Ⅷ】（※以下は必要に応じて仮名に改めた。江→え、与→と、茂→も）

須崎先生より石寺（＊1）隠居え紙面之写

尊書被二成下一拝誦仕候。益御安泰被レ成二御座一奉レ至レ悦候。私義も痛所何そ相替不二申上一、以二御無礼一申上候。然者竹田先祖附且又流儀伝統之義に付て仰せ趣奉畏候。

一柳生様より田中先祖え御相伝之理尽図経与以二竹田先祖附一、被二引合一相考申候処、加州之住人大橋新之丞より法華法印え伝へ、法印より北国之士名和源太左衛門え伝へ正三は実名か、源太左衛門より竹田春渓に伝へ、春渓より貞右衛門え伝来と相見へ申候。太平記評判者理尽抄同書也法印著述に而御座候。大全は何人之増補と申事相知れ不レ申候。

一家光様御代、竹田春渓より家伝之軍書被二差上一候主意は、慶安年中（一六五一年慶安事件）、由井正雪、楠流之名を借り、徒党仕候に付而之儀と相考申候。依之其比名和流と唱、或は太平記読抔と申たると奉存候。併従二　公儀一被二差止一候義は何様に而御座候哉、相分不レ申候。(＊2)長門守様御後室え講釈被二仰付一義も其砌之事かと奉レ存候。

［朱筆頭書：武鑑に奥州白川城は若松付蒲生氏領内町野長門守居レ之。／但寛永四年（一六二七）以前也。／若松とは会津の事］

［同：公儀御側衆／町野長門守様／石寺隠居殿］

一慶安四年由井正雪御誅罰。其後同年　家光様御他界。

一法印七坐之談儀有レ之候節、名和源太左衛門、始末相詰申候由、法印其志之厚、深切成事を感じ、談儀畢而、楠公之兵法、且又、太平記相伝有レ之候由承り伝へ居申候。

一竹田春渓親、武田太郎左衛門者武田勝頼落胤之由、ゆへ有て武を竹に改申候との義、承り伝へ申候。其外書付等も一向無御座候。

一竹田先祖附幷柳生様より田中え御相伝之理尽図経之序、書写上げ申候。先づ右之段迄申上度如レ斯御座候。以上。

五月六日　須崎伴助

可亭様

（＊1）『旧熊本市内各寺院　肥後名家墳墓録　上巻』「蓮政寺」に「石寺可亭　泉流院殿可亭日［　］居士　文政二、四、五。八五／名は貞次、甚助と称し、致仕後可亭と号す。禄五百石、川尻町奉行、番頭等を勤む。頗る武技に達し子弟に教ふ」とある。角田政治『肥後人名辞書』は「石寺可亭　名は貞次、甚助と称し、致仕して可亭と称す。食禄五百石、川尻町奉行、番頭等を勤む。頗る武技に達して子弟に教ふ。文政二年四月五日没す。享年八十五。墓は手取本町蓮政寺。（肥後先哲偉蹟正続篇）」と記す。

（＊2）未勘。長門守は町野幸和。蒲生氏郷に仕え、その孫忠郷が関ヶ原の後、会津に封ぜられた折、幸和は白川城を領す。寛永四年忠郷没し、嗣子無く会津は収公。幸和、江戸に流落。寛永九年五月、将軍家光に召し出され（『寛永諸家系図伝』）、同二〇年五月、保科正之に従い、会津に赴く。正保四年（一六四七）死去（『寛政重修諸家譜』）。竹田春溪の、「後室」（未亡人）への講釈は「其砌」とあるから、慶安四年に近い、明暦三年（一六五七。春溪没）までの間、会津家中でのこととなる。この記事は類例の知られていない、女性への講釈の事例として注目される。

◆三二丁裏・三三丁表【資料Ⅸ】

※〔　〕内に、「続肥後先哲偉蹟」巻二「竹田春江」の項に「北岡御記録」として、収載されている記事を注記した。■〔父〕は「偉蹟」に「父」とあることを、傍点部は「偉蹟」に記事のないことを示す。破線部〔　〕内には対応する異文を示した。

致病死候竹田半内倅

竹田政喜■〔文化十四年五月九日〕

右者如何様にも被二召仕一被レ下候様に西沢文助より之願書取次相達申置候。依レ之被レ及二御僉議一■〔父〕半内勤之年数少候得共、数代軍学伝来之家筋者、別段を以、弐人扶持被二下置一、嶋又左衛門支配被二召加一、外様足軽明次第■〔順々〕被二召抱一旨候間、鉄炮をも心懸け致二稽古一候様、且又〔尤〕、軍学弥以心懸致二習熟一候様に相心得可レ申旨、此段申渡候様申来候間可レ被レ得二其意一候。以上〔をも及達候〕。

五月十日

右者文化十四年五月十日、竹田政喜え申渡之写。

文政二年五月廿九日〔文化二年閏四月〕、外様足軽被㆓召編㆒上羽蔀組に被㆓召加㆒。十挺。〔上羽蔀組外様足軽召抱られ候〕

◆三三丁裏

楠正成兵書　　定府島田源吾所持

城築録　一冊／軍叢拾芥　同／天官録方日時取　同／兵家三法綱領　同／秘密口訣奥儀　同／候風雨篇　同／右河陽伝[6]／外ニ／教訓書〔正成奥書／細井広沢跋〕　一冊

◆三四丁表

『本朝世事談[7]』ニ曰／太平記読／江戸にては見付の清衛門と云もの始也（以下略）。

◆三四丁裏～三九丁表

佚斎樗山著『六道士会録』「太平記評判之評[8]」

◆三九丁裏～四〇丁表一行目

『武備目睫』〔頭書〕／楠正成は兵庫湊川にて、敵の、道を開きて「御のき可有」と申けれども（後略）。

◆四〇丁表～四一丁裏は「摂州矢田部郡坂本村医王山広厳宝勝禅寺略縁起」（略）。四二丁表は正成感状・他（略）。四三丁表裏は、元弘元年九月日付正成の和田庄五郎宛書状（略。『楠公叢書　第一輯』一一四頁所収のものにほぼ同じ）。四四丁は遊紙。裏見返し（楮紙）は左端の「御軍役御書附写」という文字を塗抹。

二、肥後楠流の生成

前節で紹介した『楠公兵法伝統』を中心とする諸資料に加え、先送りにしていた『伝統』第五丁裏の「楠公兵法伝来」【資料Ⅰ】を基軸として、肥後楠流の生成過程を考える。

なお、【資料Ⅹ】として、『肥後読史総覧』（鶴屋百貨店発行、一九八三）九一三頁所載の「楠流軍学」系図（小稿には掲出しない。底本は、熊本大学附属図書館寄託永青文庫『諸師役流儀系図』。文政四年、村本亮助著）を参照する。

1、竹田家以前

後述するように、肥後藩と関わるのは竹田貞右衛門以下であるが、それ以前の系譜についていくつか注記しておく。『理尽鈔』巻四〇奥書によれば、「今川駿河入道心性」は「文明二年八月下旬六日」に「名和肥後刑部左衛門」から『理尽鈔』の伝授を受け、謝辞を述べている。〔資料Ⅰ〕は師弟の関係を逆にしている。「法華法印」は同じく『理尽鈔』巻四〇に、寺沢志摩守広高への『理尽鈔』伝授奥書を記している「大運院大僧都法師」（陽翁）であろう。「伯州大山麓住」は『重篇応仁記』発題に「伯州大山の麓にて名和伯耆守長年の遠孫隠逸の人より伝へたりと称し、太平記評判理尽抄と云書を出せり」とある記載等と関わりがあろう。ただし、右『重篇応仁記』の記載は「大山の麓」で受伝したというのであって、法華法印が当所に住んでいたわけではない。この点は措くとして、『理尽鈔』陽翁伝授奥書にも「右此評判者名和伯耆守長俊之遠孫名和正三伝〻之矣」というように、名和正三から法印が伝授を受けたのであり、この師弟関係も逆転している。

【資料Ⅰ】（△印・破線部・「　」内は朱書）

△楠公兵法伝来　名和伯耆守長年

- 楠新左衛門政高 楠公四代ノ後 ― 今川駿河入道心性
- 名和肥後刑部左衛門長茂 長年ノ末孫 ― 大橋新之丞
- 法華法印 伯州大山麓住
- 名和源太左衛門 長年ノ末葉 正山「イ三」 ― 竹田春渓入道 父ハ勝頼妾腹子武田太郎左衛門
- 竹田貞右衛門宣親 ― 竹田仁次郎経豊
- 竹田弥学経長 実中村猪右衛門嫡子
- 竹田小太郎経房 ― 竹田半内経延 実吉田勝次郎弟 …… 「竹田政喜」 後仁右衛門
- 筑紫庄内為誠 始為業 …… 「筑紫栄助」 …… 「筑紫吉左衛門」
- 高橋永助頼集 …… 「高橋郡右衛門」
- 須崎伴助貞雄 ― 澤八十郎正博

名和長年から「楠公兵法伝来」を始めるあり方は、「太平記理尽抄由来」(9)の次の記載に通じる。

> 楠正成兵伝ハ、太平記理尽抄ニテ伝フ。此理尽抄伝授ノ事ハ、法花法印日応ヨリ也。（中略）其有所ハ名和、々々伯耆守長俊者、楠正成ガ軍法ノ弟子ニテ、正成討死前ニ、不レ残太平記ヲ以テ、其軍ノ其場其事ニ付テ、悉ク伝授ス。是ヲ理尽抄ト号シテ、名和家ニ伝フ。名和家衰微シテ、長俊ガ子孫落魄シテ、旧国ナレバ、伯州ニ潜居スト聞及ビ、（後略：「向ノ南ノ山ノ麓」にて名和正三に出会い、伝授を得る）

右系図はこのように、種々問題を孕む系図であり、「大橋新之丞」から「法華法印」への伝来もまた、師弟関係を逆に示している。「太平記理尽抄由来」は法花法印の加賀国での伝授を次のように記す。

> 加賀ノ長臣本多安房守、横山大膳、前田出雲、浅井常陸介、右四人不残法印ノ弟子ト成、此面々ガ近臣小姓モ亦、弐人宛弟子ト成。此内ニ本多安房守ガ家来大橋新之丞、秀才ニシテ後ニ大橋禅可ト号ス。

「伯州大山麓住」という注記や、名和肥後刑部左衛門から今川心性への伝授関係を逆に理解している点などは粗忽な誤読に由来するかと思われるが、「大橋新之丞」から「法華法印」への伝来説は、加賀から遠く離れた土地における単純な誤謬、としりぞけられない。肥後の楠流は、大橋新之丞（貞清、のち全可）の『理尽鈔』研鑽の中からうまれた『太平記理尽図経』を重視する「誠極流」との交流を、重要な転機としていると目されるからである。右系図の「竹田春溪入道」以前の不可解なあり方は、単純な過誤にもとづく部分も含みつつ、より根本的には「大橋新之丞」を伝来の上位に置くための、意図的な操作によるものであろう。

2、竹田家以後

竹田春溪以降の人名につき、他の資料の要点を注記の形でまとめて掲出する。○印は【資料Ⅰ】に現れる人物。

○竹田春溪入道（父ハ勝頼妾腹子、武田太郎左衛門）

・会津保科侯に仕え、会津に没す。「家世伝楠家兵法、而業益精之」〔資料Ⅱ〕
・保科肥後守（正之）に「軍学之師」として仕える。「北国之士名和源太左衛門」より「楠流之軍理相伝」。家光公御代、家伝之軍書を献じ、時服拝領。明暦三年（一六五七）七月卒。〔資料Ⅲ〕
・家光御代の軍書奉献は、慶安年中の由井正雪事件との関わりか。〔資料Ⅷ〕
・町野長門守後室に、（太平記）講釈を行う。〔資料Ⅷ〕
・春溪親、武田太郎左衛門、「ゆへ有て武を竹に改め申候」。〔資料Ⅷ〕

○竹田貞右衛門宣親

・会津を辞し、熊本に至る。本妙寺日凝の推挙により、寛文年中（一六六一～七三）、三代藩主・妙応公綱利に召し抱えられる。「夙夜是勉強、因攟摭諸家兵法、可為我羽翼者、而集大成之」。正徳三年（一七一三）卒。〔資料Ⅱ〕
・春溪嫡子。五人扶持二〇石、中小姓。正徳三年八月卒。〔資料Ⅲ〕
・正徳三年八月二九日卒。墓本妙寺惣墓内（熊本市花園四丁目）。〔資料Ⅳ〕

○竹田仁次郎経豊

・号春江、括嚢子。四代宣紀・五代宗孝・六代重賢に仕え、「時時侍講孫呉之学」。「著述遺篇、今蔵其家」。宝暦九年（一七五九）閏七月七日卒。享年七八。〔資料Ⅱ〕
・「及其子春江先生出、掇輯遺書、兵法大備」〔資料Ⅴ〕
・貞右衛門嫡子。霊雲院宣紀の御前で講釈を命ぜられ、享保一一年（一七二六）より「於御次、太平記月並之講釈被仰付」。霊感院重賢の御前で講釈を命ぜられる。〔資料Ⅲ〕
・「武《（ママ）》田甚《（ママ）》次郎　右霊雲院様霊感院様御代於御前度々講釈被仰付於御次太平記月並講釈被仰付候」〔資料Ⅹ〕
・墓本妙寺惣墓内〔資料Ⅳ〕

○竹田弥学経長（実中村右衛門嫡子）
・経豊の庶女と婚し、跡を嗣ぐ。〔資料Ⅱ〕
・安永二年（一七七三）一二月より天明五年（一七八五）まで出榭。同年五月卒。〔資料Ⅲ〕
・天明五年五月二四日卒。墓本妙寺惣墓内。〔資料Ⅳ〕
○竹田小太郎経房
・弥学嫡子。天明六年より寛政元年（一七八九）まで出榭。同年八月卒。〔資料Ⅲ〕
・寛政元年八月二六日卒、享年三二。墓本妙寺惣墓内。〔資料Ⅳ〕
○竹田半内経延（実吉田勝次郎弟）
・小太郎門弟、養子。〔資料Ⅲ〕
・文化一四年（一八一七）三月八日卒、享年五八。墓本行寺（熊本市中央街）。〔資料Ⅳ〕
○竹田政喜（後仁右衛門）
・明治三年（一八七〇）五月二日卒、享年五九。墓本妙寺惣墓内。〔資料Ⅳ〕
・半内倅。〔資料Ⅸ〕
?竹田勝次。文久二年（一八六二）師役被仰付。〔資料Ⅹ〕
○筑紫庄内為誠（始為業）
・寛政一〇年（一七九八）正月二日卒。墓本妙寺仙乗坊。〔資料Ⅳ〕
・弥学門人〔資料Ⅹ〕
○高橋永助頼集
・文化一一年（一八一四）六月一九日卒。墓上河原小墓。〔資料Ⅳ〕

・弥学門人〔資料Ⅹ〕

○須崎伴助貞雄

・文化十四年（一八一七）十月四日卒、享年六〇。墓西岸寺（熊本市下通二丁目）。〔資料Ⅳ〕

・弥学門人〔資料Ⅹ〕

○澤八十郎正博

・天保十二年（一八四一）二月一九日卒。享年六四。墓智性院（熊本市内坪井街。墓地のみが残る）。〔資料Ⅳ〕

・須崎先生没後、府命により其師職を継ぐ。「兵法師」を二四年間勤め、弟子五百余人。長男正平、次男安賀および一女あり。〔資料Ⅴ〕

・伴助門人、文化一〇年（一八一三）正月廿三日師役被仰付候。〔資料Ⅹ〕

栗野先生

・慶応四年（一八六八）五月五日、享年六十五。墓長国寺（熊本市横手一丁目）。〔資料Ⅳ〕

・澤正博次男安賀。栗野氏を嗣ぎ、正博没後、府命により、其師職を継ぐ。〔資料Ⅴ〕

・栗野又兵衛。八十郎二男。天保一二年四月二八日師役被仰付。〔資料Ⅹ〕

平野先生

・墓宗岳寺（熊本市上林町）〔資料Ⅳ〕

・天保一三年七月（師役被仰付？）〔資料Ⅹ〕

3、「誠極流」との交流

〔資料Ⅰ〕の系譜の骨格はいつできあがったのだろうか。竹田春溪の項に傍線を施したように、〔資料Ⅲ〕の成った寛政元年（一七八九。小太郎の時代）には、少なくとも竹田家の楠流の始発がうたわれていた。それ以前のどの段階かを考えるうえで、注目されるのが、〔資料Ⅵ〕「田中家ニ伝来ノ太平記図経ノ序文」の語るところである。

「楠公兵法伝来」の重要な特徴は、大橋新之丞から法華法印への相伝を説くところにあるが、これが左記〔資料Ⅵ〕傍線部のような、「理尽鈔図経」から「太平記評判」が生まれた、という主張と無関係なところで発生したとは考えがたい。

・柏木ヲキミ、細川頼之に命ぜられ、渡唐し、実学異論伝習。帰朝の後、「理尽鈔図経」編作し、足利家の武庫に納める。「誠極流ノ軍法一流ヲ起ツ」。

・一三代将軍足利義輝の時、一国一人に「理尽鈔図経」を免す。それより国々に流布。

・正保年中（一六四四〜四九）、加州・大橋新之丞、武州・生田十太輔（今、「仙台伊達家ニ、生田十太輔ト云者アリ」）、摂州・青木重兼、本書を相伝。重兼、和州・柳生宗冬へ相伝。慶安年中（一六四八〜五二）に宗冬から田中明親に相伝。

・承応・明暦の初（承応四年（一六五五）四月一三日、明暦改元）、法花法印、大橋より「理尽鈔図経」を受け、誠精工夫して「太平記評判」を作る。

しかし、「楠公兵法伝来」は、右に波線を施した、「理尽鈔図経」の伝来に不可欠の人名については何も語らない。こうした現象に手がかりを与えると思われるのが、〔資料Ⅶ〕にあげた、「理尽鈔図経」を保持していたという田中明親の経歴である。

寛永一〇年大阪生。柳生宗矩、三厳、宗冬三代に師事。寛文八年（一六六八）、綱利の招きにより、肥後国に来たり、禄仕。元禄一一年（一六九八）五月二日卒、享年六六。

竹田貞右衛門宣親と田中明親とは、同時期に他国から肥後に来たり、綱利に仕えている。〔資料Ⅱ〕に「夙夜是勉強、因攈摭諸家兵法、可為我羽翼者、而集大成之」という記事は、両者に交流があり、貞右衛門が家伝の楠流に、「理尽鈔図経」を尊崇する「誠極流」を取り込み、独自の楠流を創出したことを暗示するものではなかろうか。ちなみに田中明親の子孫はその後も代々、柳生流剣術をもって仕えており、楠流兵法との深い関わりはもたなかったものと思われる。

4、『楠公兵法』との関わり

注(2)長坂論文が紹介しているように、『楠公兵法』には次の跋文がある。

右此書、先祖正成伝来ノ軍書、予令㆓相伝㆒之刻、父是ヲ疑テ、其軍意ノ得道ヲ披ル。故、元亨年中ヨリ貞治之始ニ至迄、天下大乱レ、本朝ノ武民身ヲ不㆑安㆑置、百千ノ事朶ヲ顕ス。然ヲ時ノ学士日々ニ日記シテ其文章ヲ加テ一部ト号シ、是ヲ太平記ト名シテ秘シテ世ニ愛ス。予依㆓父命㆒、此書ニ評判ヲ加テ、伝来ノ軍書其深意ヲ合テ、父ニ是ヲ奉ル。語言残シテ、其意ヲ不㆑能㆓尽ス事㆒。雖㆑然軍法ヲ旨トセン人ニ於テハ、此一部四十巻審ニ得誦、則必ズ吾ガ家伝ノ兵法、立地ニ可㆑令㆓得道㆒者也。秘シテ以テ他家莫㆑与。

この『楠公兵法』は、家伝の軍書を相伝した際、その修得ぶりを疑う父に対し、太平記に、相伝を受けた軍書の深意を含めた評判を加えて奉ったものである、というのが右の大意であろう。長坂によれば、『楠公兵法』（内題は「太平記評判秘伝鈔」）と同一内容の、群馬大学附属図書館新田文庫蔵『太平記評判秘伝鈔』に、貞享五年（一六八八）の識語があるところから、本書の成立はそれ以前である。

竹田家の伝系に連なる澤正博が本書を書写しており、本書の祖本は竹田家に伝わったものと考えられる。しかも、長坂が指摘するように、『楠公兵法』には「『理尽鈔』からの影響と思われる箇所も少なくない」。「評判」の語も「太平記評判」すなわち『太平記秘伝理尽鈔』を意識していよう。したがって、『理尽鈔』が世に現れた時期（慶長・元和の頃）以降、貞享五年に至る時期が、『楠公兵法』の成立期に絞られる。春溪か貞右衛門が編者の候補となり、『楠公兵法伝統』において、春溪の父「太郎左衛門」の存在を実質的に問題にしていないことから、「父」は春溪、「予」すなわち編者は貞右衛門である可能性が高いと思われる。この推定が誤っていないとすれば、本書の成立は春溪生存中であり、貞右衛門が肥後に降る以前のこととなる。その際、問題になるのは「先祖正成」の語である。竹田家は武田勝頼の子孫であるから、この呼称は成り立たないはずであるが、誠極流との交流による新たな伝系を築き上げる以前には、正成の子孫からの受伝を唱えていたのであろうか。いずれにせよ、本書が竹田家流楠流の伝書として幕末に至るまで、重視されつづけたことからすれば、誠極流との交流が生み出したものは、特異な伝系図（楠公兵法伝統）の装いにすぎなかった、ということにもなりかねない。しかし、その結論は、竹田家流兵書全容の解明を待つべきだろう。

おわりに

以上、いささか推論にはしりすぎたようだ。そもそも『太平記理尽図経』も『太平記秘伝理尽鈔』から生み出されたものであり、『楠公兵法』における影響の如何を腑分けすることは困難である。肥後楠流に関わる諸資料の紹介に任を留めておくべきであろうが、なお二、三付言しておきたいことがある。

細川藩にゆかりの『太平記秘伝理尽鈔』関係資料に、慶應義塾大学附属研究所斯道文庫寄託永青文庫蔵『太平記抄抜書』がある。これは『太平記秘伝理尽鈔』の抜書で、もと、細川重賢の命によって設立された藩校時習館蔵本であるが、本書成立時期（近世初期か）と肥後における竹田家の活動時期からして、竹田家流楠流とは関わりをもたないであろう。また、熊本大学附属図書館寄託永青文庫には、『太平記評判秘伝理尽抄』（天明七年（一七八七）写　一冊）があるが、これは甲州流兵法学者・赤上高明の編著である。同文庫には「高瀬写本」と注する『甲陽軍鑑』関係の伝本が多く存在し、右『理尽鈔』も、赤上の伝系に連なる「高瀬」の書写・集書によるものであり、これも竹田家流とは無関係である［↓第三部第三章注（2）］。

その意味で、ここに紹介したのは、肥後の『太平記秘伝理尽鈔』関係書伝播の一側面にすぎないが、竹田家流に限っても、その存在意義は小さくない。近世前期『理尽鈔』が最も盛んにおこなわれた加賀藩の場合、中後期には大橋家の家学としてわずかに命脈を保っているのに対し[10]、肥後の場合、竹田家の家学たるにとどまらず、藩の教育機構の一環（「榭」）として、広汎な影響を与えたことが予測されるからである。竹田春江経豊が細川宣紀、重賢の御前でおこなった、楠流軍学の「講釈」の影響の分析をはじめ、今後に残された課題は大きい。

注

（1）石岡久夫『日本兵法史　下』「そのほか福井の義経流、仙台・会津・名古屋・金沢・熊本等の楠流のごときは、あるいは中絶し、あるいはわずかに命脈を保ったに過ぎなかった」（雄山閣、一九七二。三九八、三九九頁）。また、『武芸流派大事典』（新人物往来社、一九六九）が「楠流（軍法）」の項目のもとに、「肥後藩伝は寛文年間、武田《ママ》貞右衛門を祖とする。会津保科家の士」と紹介し、伝系を付記している。

（2）長坂成行「もう一つの太平記評判――九州大学附属図書館蔵『太平記評判秘伝鈔』解説及び翻刻（巻三・巻十六）――」（奈良大学紀要23、一九九五・三）。

（3）「栗野先生」は正博の次男であり、慶應四年に六五歳で没している〔資料Ⅳ〕。年代的には、弘道は長男正平の孫であろうか。その場合、正平の子（弘道の父）に当たる人物（本書に記載なし）が編者の候補に挙げられる。ただし、その場合、正平に関する記述が手薄なことはいささか不審ではある。

（4）二丁表に「上野吉右衛門」とある。「上野霞山　名は真清、字は伯修、吉左衛門と称し致仕して梅隠と称す。又霞山不言亭の号あり。秋山玉山に学び文雅を好む。後時習館の師となり、近習目付、句読師を勤む。又広く交を名士に結ぶ。詩文稿あり。寛政三年三月廿一日没す。享年七十九。壺井真浄寺に葬る。（肥後先哲偉蹟正続篇）」〔角田政治『肥後人名辞書』肥後地歴叢書刊行会、一九三六・九〕。

（5）この碑文集全一五冊は、宇野廉太郎が、熊本県内外各地の墓碑を調査し、原稿用紙に清書のうえ製本したもの（大正一五年成）。昭和四一年七月六日に「玉名市岩崎原　宇野カネ殿」により熊本県立図書館に寄贈されている。また、別に引く『肥後名家墳墓録』上中下三冊も宇野廉太郎が、碑文集の要項ともいうべく、寺院ごとに、〈人名・戒名・没年月日・行年・簡略な事績〉をまとめたもの。いずれも得難い貴重な資料である。

（6）「河陽伝」は会津伝楠流で恩地流とも。島田貞一「近世の兵学と楠公崇拝」（道義論叢5、一九三八・一一）に、河陽流の書目として示されている「軍叢捨芥《ママ》」と共通する。これまでみてきたように、肥後楠流は会津に淵源があり、河陽流との比較検討が課題として残されている。

（7）青木辰治「太平記読に就いて」（国語教育、一九二一・六）他、諸論文に引用されており、周知の資料。

（8）『六道士会録』の引用は、享保一四年刊本にほぼ一致する。この記事の存在はあまり知られていないが、『理尽鈔』の価値を論じた注目すべき資料である。その一節を挙げておく。

其事を論ずる所、理をいふ所も、他の兵書に比すれば、とる所おほく、初学の才を長ずるには重宝なる書なり。然ども功利の私、其志掩ふべからざる所あり。是に習ふ時は大きに心術の害あり。故に其書を読者、其法と才力のはたらきとは取べくして、其志は学ぶべからず。是兵書評判を見るの伝なり。

佚斉は、『理尽鈔』の価値を認めつつも、時勢・状況に応じた柔軟な対応をすべきだという『理尽鈔』の主張を、功利的であり道義に外れるものだ、と非難するのである。

（9） 日本庶民文化史料集成第八巻『寄席・見世物』（三一書房、一九七八）所収。この資料が『玉露證話』系統の資料の抄出であることは、小二田誠二「『太平記秘伝理尽鈔』伝説とその周辺」（軍記・語り物研究会例会発表、一九九四・六・一九）が指摘している。また、はやくに大阪読売新聞社編『歴史の中興（上）』（浪速社、一九六九）が、「慶長、元和のころの徳川氏関係の日記を集めた「玉露灯《ママ》話」の中の「軍法兵法之次第」を見ると」として、当該記事の内容を紹介している。なお、第三部第七章に、名和家に伝来したという設定と『理尽鈔』の創始者を名和長俊とみなすこととは、同義ではないことを述べた。

（10） 金沢市立玉川図書館加越能文庫蔵『文武師範人紙面写等』によって、寛政三年（一七九一）当時の加賀藩における軍学各流派の状況が窺える［→第三部第五章三］。

補・誠極流と『太平記理尽図経』

防衛大学校有馬文庫に『誠極流軍法』（写本一冊）が蔵されている。題簽に「誠極流軍法〈大勇《天命／率性》四冊／小勇《修／道》二冊〉合本」（〈 〉《 》内は分かち書き）とあり、内容は、1誠極流兵道伝来書成大意、2書籍目録、3兵道伝来、4誠極流軍配小勇之巻（目録之序・巻一修・巻二道）、5誠極流軍法大勇之巻（目録之序・巻一天・巻二命・巻三率・巻四性）の各部分からなる。奥書は無いが、1の末尾に「享保戊戌年陽月／吉野総兵衛直方識／享保庚子年初秋復本姓／青沼真迪斎　改」、3の末尾に「享保三戊戌年陽月　直方識／後改　真迪斎」とあり、成立は享保三年（一七一八）一〇月。全冊一筆書写。傍線部のみ享保五年に付記したものか。ただし、2の中に「自元禄年中〈直方後／改直房〉所著述之書類」とあり、同じく2に「幾機論〈良紀与直／房交著〉」ともあり、改名の時期、本書（合本）の生成過程はなお検討を要する。

2の書籍目録の冒頭部分は次のようである（句読点・返り点は今井）。

書籍目録

誠極流大勇之巻目録　一軸

誠極流小勇之巻目録　一軸

右二軸古伝〈八十一条大勇／六十四条小勇〉目録〈印／加〉、古来以レ是伝。口授終而後、与二免感之帙一先師之例也。外無名書者惟兵法論〈良紀之著述〉、八陣并図〈良紀抜／粋之書〉有二此二冊一耳也。

自元禄年中〈直方後／改直房〉所二著述一之書類

誠極流中書　大勇〈天命／率性〉四冊
誠極流中書　小勇〈修／道〉　二冊
右六冊所㆓以著述㆒者、先師之口授有㆓目録㆒而已。恐必後年為㆓異伝㆒。故以㆓此六巻㆒伝㆓古往之口授㆒、使㆑伝不㆑有㆓混雑㆒也。年序其修行畢而後、授㆓下之七書㆒。

誠極流伝来書　直方識　一冊
一兵法論　先師印加　一冊
二八陣抜粋　先師抜粋　一冊
三押前人数積〈自是下古伝／口授調記〉　一冊
四小屋割　一冊
五行軍算源録　一冊
六重器伝　二冊
七鎧之巻　一冊
（後略）

右によれば、有馬文庫本は、誠極流伝来書（1）と誠極流中書（4・5）とを中核としており、大勇四冊・小勇二冊は、直方が元禄年中（1によれば元禄一四年一〇月。また1では兄弟子小川順安斎重任と討論を重ねたという）に古来の口授を文字化したものとなる。

また、1・3によれば、誠極流は、応永の比、「柏木親正省遠貞」なる人物が足利義満に命ぜられ、細川頼之とともに、和漢の兵法を学び、とりわけ加賀美次郎遠光（小笠原家弓馬の始祖長清はその次男）の遺法を執ってまとめあげたもので、もと「柏木流」と称した。遠光から光政にいたる六代は、足利将軍家につかえ、光政は足利義昭の死後、大坂に住み、一斎と号した。その弟子、生田十太夫根一は生国越後。仙台藩に仕えたが、致仕。軍学をもって世に聞こえた。後、順斎と号し、寛文一〇年伏見に没。行年六七歳。生田の門人の一人、大嶋権兵衛良紀が吉野直方の「先師」。肥前国の生まれ、宝永二年下総国匝瑳郡野手邑に没。行年八八歳。

以上の記述と『楠公兵法伝統』【資料Ⅵ】（田中家ニ伝来ノ太平記図経ノ序文）とをつき合わせると、まず、伝承上の流祖「柏木親正省遠貞」の「親正省」は、正親正（正親司《おほきみのつかさ》の正《かみ》）の誤伝であり、【資料Ⅵ】にいう「柏木ノヲキミ」に相当し、細川頼之の関与、足利将軍家に伝来ということも共通する。さらに近世にいたり、生田十太夫根一と【資料Ⅵ】に「今此流ヲ執行ノ者仙台伊達家ニ生田十太輔ト云者アリ」と注記される人物も同一人物と目される。くわえて、『誠極流軍法』「兵道伝来」の生田の記述に「弘文院林学士記ニ石碑之遺文ニ」（寛文二年一一月三日）という一節があり、『鵞峰林学士文集巻六八』「生田根一石誌」が確認できる。鵞峰文集には「経歴諸州、来往於東武、平生潜心軍術、通習兵事」とあり、【資料Ⅵ】の別の箇所に「於武州生田十太輔」と登場する人物も、生田根一のこととみなしてよかろう。

したがって、『誠極流軍法』と『楠公兵法伝統』の誠極流生成伝承の骨格は、ほぼ一致している。しかし、吉野直方のまとめあげた誠極流伝書には、『太平記理尽図経』との関わりを想起させる記述はほとんど見あたらない、という決定的な相違がある。『楠公兵法伝統』および関連する『楠氏兵法』『楠公兵法』（内題「太平記評判秘伝鈔」）も『図経』固有記事との直接的関わりを指摘するのは困難であるが、『楠公兵法』が『理尽鈔』と深い関わりをもつのはもちろんのこと、『楠氏兵法』も『太平記』『太平記大全』の関連箇所に言及する記述が散見する。他方、吉野直方の著述には『太平記』や楠正成に関する記述自体もまったくない。

江戸後期の兵学者・武芸家、平山兵原が文化二年（一八〇五）に自ら編纂した蔵書目録『擁膝草廬蔵書目録』（運籌堂蔵書目録、平山兵原蔵書目、平山氏蔵書目とも。国会図書館蔵写本甲・乙二冊による）には以下の書名・記事が見いだせる。

「誠極流小勇巻　一巻」「同軍陣書法　一巻」「同行軍図」（以上、甲17オ）
「誠極流狗盗図式　二」（甲20オ）
「誠極流大小勇巻仮名抄　一巻」（甲21オ）
「誠極流兵書　四巻」（甲24オ）
「誠極流小勇巻一、大勇巻一、軍配要和十一冊、両計小目六、大計小目六、小計小目録、大計抄、小計抄、如意巻。／子龍云、細川頼之ノ流ノ兵法也と云。高田平内と云人伝フ。誠極流智計問答一冊百九十二件。其末ニ延宝七暦己未冬高田勝之書写トアリ。平内ガ実名ナルベシ」（乙16ウ）
「流名不知兵書　十七巻。此跋に柏木氏ノ伝ヲ記ストアリ。／元務之巻、陣詞之巻、甲冑之巻、営具、法度、実検、手柄、一騎、安危、陣営、城取、惣図、城攻、舟軍、奉行、夜打、大務ノ巻／子龍云、其序に、心を誠に備へずんば、皆業に害を受べし。イカデカ誠極ノ本意を達センヤノ語アレバ、是亦誠極流ナルカ。」（乙17オ）

また、山脇正準の『兵学流名箋』（天保一一年（一八四〇）成、万延元年写。慶應義塾図書館蔵）に「誠極流　大勇小勇ナド云書アル歟。生田作右衛門ノ伝アリ」とあり、島田貞一「近世の兵学と楠公崇拝」（道義論叢5、一九三八・一一）が海軍兵学校野沢文庫所蔵脇坂并呑述『小勇明備』に「始ハ南木流ト云次ニ誠極流ト云柏木和泉守ト云人改テ三極流ト云」とあり（石岡久夫氏調による）、又九州帝大附属図書館上田家本『三極流軍配』によれば三極流は楠流、誠極流、武田流を集め成したと云ふ。

と紹介しているように、誠極流はある程度の広がりをみせたようであるが、(注)これらに言及されている誠極流は、書名から推して、いずれも吉野直方の流れを汲むものと思われる。『国書総目録』からひろえる誠極流関係図書（◎披見）も同様に、『太平記』『理尽鈔』との関わりは見いだせない。

・誠極流軍配之巻　写・弘前◎（外題「誠極流軍配之巻下」。内題「鎧著用三十三ヶ条之事」。近世後期写一冊）

・誠極流軍法大勇之巻／小勇之巻　写：八戸◎（一冊。有馬文庫本の大勇巻・小勇巻の序および条目名のみに相当）
・誠極流軍法目録　小勇之巻　写：柳河立花家（一冊）
・誠極流軍法目録　大勇之巻　写：柳河立花家（一冊）

京大附属図書館蔵「小勇大勇」（写一冊。陣中雑集記と合綴）は、八戸市立図書館本の条目と重なるものが多く、「誠極流」の名は無いが、類書の一つと目される。ちなみに、「誠極流小勇之巻」などと「誠極流」を付すのは、南木流（『南木拾要』群）にも「小勇巻」があり、これとの区分のためであろう。また、土佐山内家宝物資料館蔵「兵法之書」七三冊の中にも「大勇之巻」があるが、これは誠極流とも南木流とも異なると思われる。

したがって、現在のところ、『太平記理尽図経』との関わりをもつ誠極流は、「田中家ニ伝来ノ太平記図経ノ序文」にいう「誠極流ノ末流」のみということになる。序文の記載者田中明親は柳生飛州宗冬の弟子であり、「飛州尊公御厚恩」というように、『図経』は宗冬から授かったものと思われる。序文末尾に「生田十太輔／田中甚兵衛尉平明親印」とならぶ生田とどのような関わりがあったのか不明であるが、「柏木ヲキミ」以下の伝承は何らかのかたちで生田を介して摂取したものであろう。肥後竹田家の兵学に影響をあたえた「誠極流」は、田中明親が『図経』と誠極流の伝承とを融合させた、特殊なものである可能性が高い。その意味でまさに「誠極流ノ末流」といえよう。

（注）『倭漢武家名数』（神田白龍子編、正徳六年（一七一六）刊）巻三「本朝軍術之伝」に義経流、楠流、孔明流、甲州流、小幡流、北条流、山鹿流、太田道灌流、謙信流、山井流、長沼流とならんで記されている「青玉流」も誠極流をさすと思われる。

付．『軍秘之鈔』覚書

標記の図書は、大阪府立富田林高等学校菊水文庫蔵袋綴写本一冊、浅縹色地小葵文艶出し表紙（二六・三×一八・八㎝）。楮紙題簽に「楠流兵法書　全」と墨書されているが、新しいものである。墨付き一〇〇丁、漢字片仮名交じり、半葉九行、一部に細字の「口伝」書がある。第一丁表に「菊水文庫」「〈大幼〉楠氏／文庫」（大阪陸軍幼年学校）の他、「藤原／正博」の朱印。「藤原正博」印は、九州大学附属図書館蔵『楠氏兵法』奥書の「文化四丁卯年七月／澤八十郎藤原正博（「藤原／正博」印）」と同じものである。『軍秘之鈔』（複数の筆）の一部の字体も『楠氏兵法』と類似しており、肥後藩の兵学者であった藤原（沢）正博の「編著」とみてよかろう。

いま、「編著」とことわったのは、本書の性格にいささか不審な点があるからである。本書は、それぞれ長短あるが、一つ書きの条目を、上：五〇条、中：一二七条、第三：一〇二条にわたって連ねているものであり、見返しに「此の書楠流軍用秘術之抄乎」との見当が記されている（外題とは別筆）が、上記のほとんどすべての（一部未確認）条目は『理尽鈔』の抜書なのである。ただし、ただの抜書ではない。序・跋文等は無いが、「軍秘之鈔上」「軍秘之抄中」「軍秘鈔第三」と三部に分かたれており、『軍秘之鈔』という書名が与えられている。また、正成に対しては常に「楠公」「正成公」と敬称を用いている。引用に際しては、濁点・句読点等を補った。

一楠公ノ曰、軍ニ討勝テ兵ヲ不備、首共実検シテ有所へ、万ノ兵有ト云トモ、千ノ兵ニテ不意ニカヽル則ハ、必勝ト。又、軍ニ打勝テ、諸卒ハ皆北ル敵ヲ追行。大将ノ少ノ兵ニ守護セラレテ、首共実検シテ、ウカ〳〵トシテ有ン所へ寄タランニ、豈利ヲ不レ得ヤ。敵間ヲ伺フ者也。〔第三（56条）〕

○評云、軍ニ打勝テ兵ヲ不レ備、首共実検シテ有ン所へ、万ノ兵有ト云フ共、千ノ兵ニテ不意ニ懸ル則ンバ、必ズ勝ト云ヘル事、故楠判官正成ガ謂シ所也。況ヤ角軍ニ打勝テ、諸卒ハ皆北ル敵ヲ追行。大将ノ少ノ兵ニ守護セラレテ、首共実検シテ、ウカ〳〵トシテ有ン所へ寄タランニ、豈利ヲ不レ得。敵ノ間ヲ伺フノ其一ツニテ有ズヤ。〔『理尽鈔』巻三九5ウ〕

さらに、本書を単なる抜書とはみなせないのが次のあり方である。引用は本書の冒頭部（〈　〉内は細字注記形式）。

軍秘之鈔　上

一敵ノ将之陣ヲ聞テ、夜中ニ往キ竹葉ヲ自身持テ終日ヲクラシ、敵ノ将ノ陣ヲ取テ油断シテ有ン所エ、旗ヲモ指サズ押寄テ戦フ事〈口伝、忍ノ兵ヲタラスノコトナリ〉。

一雪、雨、風ノシキリニ降来ランズル時、敵ノ将我勢ヲ頼テ、或ハ五里六里兵ヲ引テ来リ、又ハ寒キ日大河ヲ越テ来ルヲ討ニ。

〈口伝、敵万萬有トモ恐ルベカラズ。味方ノ兵ニ胡椒ヲ五十粒、百粒アテ面々ニ持セテ、竹葉自身持テ千騎ノ内外ニテモ寄ヨ。寒クシテ兵皆コヾユル故也。但シ、味方ノ陣、二里過ル時ハ、味方皆コヾユルナリ。〉

この典拠となっているのが、『理尽鈔』の次の記事である（《　》内は口伝傍書）。

又敵ノ将ノ陣ヲ聞テ、夜中ニ往キ竹葉ヲ自身持テ終日ヲクラシ、敵ノ将ノ陣ヲ取ル油断シテ在ン所へ、旗ヲモ不レ指押寄テ戦事有。《三ノ口伝、時・忍ノ兵・タラスノ事也》是四ツ。大形味方勝物也。三ニハ雪、雨、風ノシキリニフリ来ンズル時、敵ノ将我ガ大勢ヲ頼テ、或ハ五里六里兵ヲ引テ来リ、又ハサムキ日大河ヲ越テ来ル。然バ、敵百万在ト云へ共不レ可レ恐。味方ノ兵ニ小椒五十粒、百粒アテ面々ニ持セテ、竹葉自身持テ千騎ノ内外ニテモ寄ヨ。勝事立ドコロニ在リ。サムクシテ兵皆コヾユレバ也。

但、味方ノ陣、二里ノ内ナレバナリ。《私云、口伝、依レ体ベシ》二里過ル則ンバ、味方又コヾヱヌト可二心得一事ニヤ。〔『理尽鈔』一一21ウ～22オ〕

第一条の口伝は、『理尽鈔』の口伝（『陰符抄』再三篇巻一一「時トハ時分ヲ計フ事也。忍トハ夜盗等ノマギレ物ヲ入置事也。タラストハ偽ノ使ヲヤル事也」）を誤解している。さらに問題なのが、第二条の口伝である。波線部に示したように、これは『理尽鈔』の当該箇所の本文をそのまま「口伝」に仕立てたものである。

本書の成立時期は近世末期である。『理尽鈔』版本が流布して久しい時期に、どのような場でこのような「口伝」を成り立たせようとしたのであろうか。

沢正博がその流れを汲む肥後竹田家の兵学は、『太平記理尽図経』を重んじ、『図経』から『太平記評判』（理尽鈔）が生じた、と説く特異なものであった。『理尽鈔』に関する通常の理解を逆転した発想と、『理尽鈔』本文から（平然と）「口伝」を創作しようとする感覚とは、相通じるものがあるようにも思われる。

こうした「口伝」があるのは「軍秘之鈔　上」のみであるが、他の四箇所もすべて『理尽鈔』の本文に由来する。

上述したように、本書は三部に分かたれている。しかし、沢の兵学を背景に想定してみても、本書の構成意図は判然としない。『理尽鈔』巻一一に基づく条項が続いた後、巻六、巻七からの条項が続き、「中」に至る。以下、おおよそは『理尽鈔』の順に従うようではあるが、巻一四、巻九、巻一一などと、必ずしも徹底していない。そもそも右にあげた冒頭部分も、この条項が最初にくる必然性がどこにあるのか理解しがたい。

本書は、『理尽鈔』抜書ではない、新たな編著の装いを一応は調えようとしている。しかし、序跋がないことも含め、明確な主張を持った編著とはみなしがたい。何らかの編著の予備作業の産物であったのかもしれない。

第七部　『理尽鈔』の変容・拡散

第一章　『太平記秘鑑』伝本論

はじめに

『太平記秘鑑』（楠公真顕記とも。部分的な呼称には楠廷尉秘鑑、楠金吾秘鑑などがある）は、『太平記秘伝理尽鈔』の末書のひとつであり、現在確認できる伝本はすべて写本である。『国書総目録』「楠廷尉秘鑑」の項に「版：大橋（三冊）」とあるものは、後述する「今古実録」収録の活版本である。[1] 各編（「篇」と表示されている場合もある）は第一から第三〇に分かたれ、その第幾にはそれぞれ二前後の章段がある。

宮内庁書陵部（全一二編三六〇巻一七五冊。初編：外題・内題「〈新撰／増補〉楠公真顕記」。弐～一二編：外題・内題「太平記秘鑑」。ただし、初編巻一五・一七・一八および七編巻一～六の内題「楠木広戦録」。第四編外題「楠公真顕記」。第八編外題「太平記秘鑑録」、内題「太平記秘鑑大全」）

同（全一二編三六〇巻四五冊。外題「楠公真顕記」、内題「〈新撰／増補〉楠公真顕記」。ただし、七編の一部の内題は「太平記秘鑑」。本書は一七五冊本と用字等ほぼ同一）

同（初編第二一～七編第三〇存一七冊。外題「楠公真顕記」、内題「楠公真顕記」）

酒田市立光丘文庫（全一二編三六〇巻一八〇冊。外題「楠公真顕記」。内題「楠公真顕記」。四～八、一〇～十二編の内題は「太平記秘鑑」。各編総目録の題名、初・五・八編「太平記秘鑑」、二編「〈増補／新撰〉楠公真顕記」、三・九編「楠公真顕記」、四・六・七・一〇～一二編「太平記秘鑑　大全」）

神宮文庫（初編三〇巻一五冊。外題・内題「太平記秘鑑」）
八戸市立図書館（第四・七編の抜書二冊。外題「太平記秘鑑　抜書」、内題「太平記秘鑑」）
福島県立図書館（第七編三〇巻一五冊。外題「太平記秘鑑」。内題「楠金吾秘鑑」。ただし、一六～二四は他と書面を異にし、内題も「太平記秘鑑」）

これらの多くが貸本として流通したものと思われ、書陵部一七五冊本に「近宗」（寺町通高辻北角　近江屋宗助）・「亀武」（書林　京都柳馬場二条下ル　かめ屋武兵衛）など、酒田本に「小倉屋」（伏水書林　小倉屋源兵衛）・「〈本類／売買〉泉清」・「亀半」などとの黒印や墨書がある。柴田光彦編著『大惣蔵書目録と研究　本文篇――貸本屋大野屋惣兵衛旧蔵書目――』（青裳堂書店、一九八三）にも「楠公真顕記　初篇　同本　同弐篇～同拾弐篇」とみえる。

なお、『典籍秦鏡』（ゆまに書房・書誌書目シリーズ15に拠る。内閣文庫蔵編者自筆本には天保一四年（一八四三）の跋あり）にも「和撰／写本／楠廷尉秘鑑〈八編揃／和字平かな半紙本〉／八編　各中目三十巻／全二百四十冊」とある。一七五冊本を清書したと思われる、宮内庁書陵部蔵四五冊本が大本であるほかは、多くは半紙本である。用字は漢字平仮名交じり。外題・内題は「楠公真顕記」「太平記秘鑑」が混在する。右に示したほか、個人蔵の写本もあるが、完本は現在のところ、宮内庁書陵部本（二部）および酒田本の計三部である。

活版本には二種類ある。ひとつは、叢書「今古実録」の一部として、明治一八年三月に栄泉社から刊行されたもの。袋綴全三〇冊（ただし、確認しえたのは、国会図書館蔵、近代デジタルライブラリーに公開されている一四冊。[2]）各編を上中下に分かち、第一編上巻から第五編中巻まで）。各冊三場面の挿画（一恵斎歌川芳幾、一部は朝香楼歌川芳春）がある。

いまひとつは、『〈校訂〉楠廷尉秘鑑』（帝国文庫第二一編。明治二六年四月、博文館刊。以下、「帝国文庫本」と呼ぶ）であり、こちらは洋装一冊。今古実録本と収録範囲はほぼ同様であるが、全四編に分かち、本文にも異同があり、底本は別である。帝国文庫本の解題に「楠廷尉秘鑑百三十巻、久しく写本を以て行はる、（中略）依て数本を集めて校訂し、その諸本悉く誤れる所は、意を推して竄改補正し、文義全く通ずるに至て乃之を印刷に附せり」とある。ここにいう「楠廷尉秘鑑百三十巻」は、『国書総目録』楠廷尉秘鑑写本「大橋（六〇冊）」であった可能性が高く[3]、分量から推して[4]、帝国文庫本はその全体を翻字したものと思われる。

以下、これら写本、活版本がそれぞれどのような関係にあるのか確認する。

一、構成の相違

写本（書陵部本二部と酒田本とは、活版本に比せば同類と括ってよい）、今古実録本、帝国文庫本の三種の構成はそれぞれ大きく異なる。以下に、概要を表示する。

〔凡　例〕

・書陵部本の目次は各編の総目録による（付訓は省略した）。

・書陵部本・今古実録の編区分を「初1」（初編第一）、「二30」（弐編第三十）のように表示した。ただし、帝国文庫本は各編内部を分けていない。今古実録本の章段の立て方とほぼ一致するが、末尾の章段「正成智仁勇の三ツを跡に残す事并正成石碑銘文の事」（◇と表示）は他本には無い。

・各編の各巻には一～三の章段があるが、本表に必要な章段のみを表示した。「并」「付」ではじまる付属章段名は、省いた場合がある（今古実録本も同様）。

・書陵部本と帝国文庫本・今古実録本とは章段の区切りが一致しない（一方の章段の途中が他方の章段の始めに当たる）ことが多く、以下はおおよその表示である。

・実線で各本の「編」の区切りを示した。点線は目印として施したものである。

書陵部四五冊本	帝文	今古実録本
初1「楠公智謀忠誠発端の弁」幷武家権威を執代を治る事	初編	一1「ナシ」武家を執て世を治る事
〜25 楠早瀬か勘当を赦す事		〜 二1 楠早瀬が勘当を免す事
〜30 楠正成泣男を召抱る事		
二1 杉本が弁顕孝を泣す事	二編	〜11 杉本が弁にて顕孝を泣しむる事
〜18 諸寺社御祈祷之事幷赤松山崎にて戦ふ事		〜 三1 山崎合戦の事
〜29 三浦新田敵軍を打破る事	三編	〜16 義貞の陣へ三浦義勝馳加る事
		〜18 鎌倉兵火長崎思元父子武勇の事
30 大仏貞直討死之事		幷大仏貞直討死の事
		金沢貞政討死普恩寺入道自害の事
三1 北条九代目衰微の事幷塩飽入道三郎左衛門義死之事		幷塩田父子塩飽入道自滅の事

（15　楠正成郎従を恵む事并菊池武重大友か非を訴る事
（30　楠正成謀略を奏聞せらるゝ事
并正成再三天下治乱の意を説事
四1　楠正成摂河泉に城を築事
（7　江州三井寺合戦の事并栗生篠塚畑亘大猛力の事
（15　主上還幸新田除目之事
并正成未然を察し死を極る事
（30　本間孫四郎遠矢名誉之事
五1　湊川血戦楠方勇戦の事

四編

（30　義貞正成と談話の事
并正成菊池と物語の事
四1　諸卿少弐が是非評定の事
（14　四海蜂起に付正成諫奏の事
并正成軍談の事
正成分国に下向の事
（21　三井寺合戦栗生篠塚勇力の事
（30　主上山門より還幸義貞京へ帰る事
五1　正成公家の政道を歎く事
（14　楠正成湊川に陣を張る事
并本間孫四郎弓勢の事
（15　正成湊川合戦の事

）7 足利勢楠家の城々を攻る事
直義軍談正成か首を千早へ送る事

8 尊氏将勢山門せめの事

）30 相模二郎時行勅免の事

（六〜一一編　略）

一二 1 鎌倉官領足利基氏死去の事

）30 新田義宗病死の事
細川頼之楠正儀に降参を勧る事幷楠正儀病死の事
付足利家天下一統治国の事

◇

19 主上再び山門に臨幸の事
幷尊氏摂河泉三州の城々を攻る事
尊氏正成の首を河内に贈る事

20 諸郎従正成の首に目見の事
幷楠宗徒の郎従義勇の事

二、章段名の相違

写本『太平記秘鑑』が『太平記』全四〇巻の記事内容を扱うのに対し、活版本『楠廷尉秘鑑』は正成の討死する巻一六までを対象としている。形式的には『楠廷尉秘鑑』は『太平記秘鑑』の一部分ということになるが、写本の内題にいう「新撰増補」が何をさすのかということとあわせ、両者の関係を検討していく必要がある。

上記のように、写本、今古実録本、帝国文庫本の構成は区々であるが、三者の区切りが相異なる写本第二編の目次の一部を対比してみる。

〔凡　例〕

・章段名は文中のものに拠る（濁点を施した）。
・章段名の真ん中に区切線を施した箇所は、当該章段の途中で章段を立てていることを示す。例、書陵部本の二編第二五は、帝国文庫本の「足利殿願書の事」の途中から始まる。
・書陵部本の章段名の末尾に■を付したものは、帝国文庫本・今古実録本には該当記事が無い。
・帝国文庫本の章段名の頭に■を付したものは、書陵部本には該当記事が無い。なお、「■金沢貞将討死／普恩寺自害の事」は、書陵部本は金沢貞将討死記事のみを欠くことを示す。
・部分的な記事の出入りや異文は多いが、本表では表示していない。
・今古実録本の章段名は、帝国文庫本と小異はあるがほぼ同じである。⑦〜⑱は今古実録本の三編第七〜一八であることを示す。

書陵部四五冊本	帝国文庫本	今古
	足利殿願書の事	⑦

25一内野合戦の事
幷斎藤設楽強勇の事

一赤松勢東寺を責やぶる事
幷官軍六波羅を取巻事

26一北条左近将監討死の事
幷越後守仲時切腹の事

○ 幷山鳩奇瑞の事
⑧ 六波羅攻の事
○ 幷陶山河野働の事
○ 内野六波羅大敗軍の事
○ 幷東寺合戦の事
⑨ 梶井の宮御門徒勇戦の事
○ ■幷石山丸諫言の事
○ 主上上皇御沈落の事
○ 幷左近将監時益最期の事
⑩ ■陶山中吉力戦智謀の事
○ ■幷梶井二品親王の事
○ 粕谷三郎異見の事
○ ■幷陶山備中守戦ひを勧る事
⑪ ■佐々木時信降参の事
○ ■幷石山丸が事
○ 越後守仲時以下自害の事
○ ■幷陶山郎等を故郷へ返す事
⑫ ■主上上皇囚れと成給ふ事

一鎌倉に於評定の事
幷明石耳鼻をそがる、事
27 一新田の軍勢沼田城を出る事
幷天狗勢揃口伝を顕す事
一義貞の勢入間川を渡る事
幷久米川にて源平戦ふ事
北条久米川を引退く事
幷篠塚勇をふるふて敵を破事
28 一恵性入道軍配の事
幷鎌倉勢分配に戦ふ事

■幷早瀬小次郎が事
千早寄手敗北の事
■幷楠正成幸千代を送り返す事
千寿王殿大蔵が谷を落玉ふ事
幷鎌倉評議の事
■新田義貞里見義氏対面の事
■幷諸国の軍勢義貞に属する事
義貞鎌倉の両使を刑戮の事
幷越後勢馳加はる事
桜田長崎出陣の事
幷脇屋次郎義助軍略の事
入間川合戦の事
幷久米川軍長崎武備の事
左近大夫入道恵性発向の事
■幷大江田遠江守武備の事
義貞の陣へ三浦義勝馳加はる事

○　○　○　⑬　｜　○　○　○　⑭　｜　○　○　○　⑮　｜　○　○　○　⑯

一篠塚大に敵軍を破る事■		
幷新田勢久米川へ引取事	幷鎌倉方分倍敗軍の事	○
29 一三浦新田敵陣を破る事		
幷太田和平六由緒之事■		
一新田勢鎌倉をせむる事	鎌倉合戦洲崎口破る事	○
幷北条勢防戦手配りの事	幷赤松（赤橋の誤り）自害の事	○
30 一大館次郎討死之事	極楽寺坂戦ひ本間自害の事	⑰
幷本間山城守切腹之事	幷義貞稲村が崎より鎌倉へ打入る事	○
一稲村が崎干潟と成る事	鎌倉兵火長崎父子武勇の事	⑱
幷口伝の評説の事	幷大仏貞直討死の事	○
	■金沢貞将討死／普恩寺自害の事	○
三編	幷塩田父子塩飽入道自害の事	○

三、写本と活版本の先後関係

帝国文庫本と今古実録本とは、編とその内部の章段の区分けとを異にするが、記事のあり方は同一といってよい。

両者の詞章には異同があるが、ひとまず活版本と括り、写本（書陵部四五冊本に代表させる）との間に横たわる、より大きな相違を問題とする。

1、「伝」の処理から――その1

『理尽鈔』の系譜を継ぎ、本書にもところどころに「伝に曰く」（形態は種々あり）と、本文より一段低く表示する部分がある。初編（以下、特に断らない限り書陵部本の編を指す）は書陵部本と帝国文庫本との範囲が合致しており、章段の立て方もほぼ一致するが、二編以降は大きく異なることは先に示したところである。「伝」のあり方も同様の傾向を示し、初編一四箇所の「伝」のうち、写本に欠けるのは一箇所のみであるが、二編一八箇所のうち一二箇所の「伝」が写本には無い（別に一箇所、写本独自の「伝」あり）。

左は、「義貞の陣へ三浦義勝馳加はる事并鎌倉方分倍敗軍の事」の末尾である（引用は帝国文庫四八八頁。私に句読点を補う）。

去る程に、新田小太郎義貞は久米川・分倍両度の戦ひに打勝給ふと聞へしかば、東八ヶ国の軍勢、新田の陣へはせ参り、つき随ふ事引もきらず。（中略）先着到を附られけるに、都合其勢十万余騎とぞ記しける。

伝に曰、太平記に、義貞、甲斐・越後の一族其外義貞に与し、はせ参る勢、武蔵野出張の着到二十万七千余と記しける。其上、方八里の武蔵野に錐を立べき地もなし、とは是文面をかざる所なり。また、義貞、粂川・分倍の戦ひ数度勝利を得給ふ由東八ヶ国に聞へ、はせ参る勢、既に六十万七千余に及ぶ、と記せり。斯勢を広大に書たるは其子細ある事なり。

右を写本は「……都合二十万七千騎としるしける。さらば此いきほひにのつて……」とし、活版本の「伝」を欠くのだが、「伝」の内容を注意すればわかるように、「二十万七千余騎」は義貞挙兵時の軍勢である（『太平記』巻一〇

「新田義貞謀叛事」。岩波大系三二三頁）。これが勝利を重ね、「六十万七千余」に及んだ（同「鎌倉合戦事」。古典大系三三一頁）、と『太平記』が記すことに対し、これは「広大に」書いたのであり、実際は「十万余騎」になっただけである、と活版本は主張しているわけである。写本が波線部のように「二十万七千騎」になったと記すのは、活版本の「伝」の内容をうかつに取り込んだ結果である（『絵本楠公記』も、『太平記』同様「六十万七千余」としている）。写本と活版本の編者が同じかどうかも重要な検討課題であるが、右は、別人であることを強く示唆する事例でもある。

「名護屋高家討死の事幷直茂師直軍議の事」（帝国文庫四〇八頁）は、「佐用三郎右衛門範家が弟律師定光といふ」「強弓の矢つぎ早」が名護屋尾張守を射落としたが、「佐用三郎左衛門範家」が射殺したと名乗りをあげた、という記事であり、これに以下の「伝」が続く。

伝に曰く、太平記、佐用三郎範家名護屋尾張守を射たり、と書たるは誤りなり。範家はすでに摩耶の合戦に討死せり。弟律師定光、兄範家におとらぬ剛弓の手だれなりければ、此陣の中にあつて高家を射殺せしものなり。然れども僧の名を名乗る事を恥ぢ、且又、死したる兄が名を再び揚んものとおもひしゆへ、佐用三郎右衛門範家が大将を只一矢に射殺したりとぞ名乗りける。夫を直さま本文に書載せたり。

写本二編第廿四は「佐用左衛門範家とて強弓の矢つぎばや」が、とあり、『太平記』と同内容。「伝」も存在しない。『太平記』巻八「摩耶合戦事」には「佐用兵庫助範家」、この巻九では「佐用左衛門三郎範家」とあるが、巻八の「範家」も討死したとは描かれていない。活版本の本文・伝が何に拠ったのか不明である（『理尽鈔』にも「定光」は登場しない）。同一の編者が『太平記』を「誤解」していたことに気づき、「伝」を撤回した可能性もあるが、別人だからこそ容易に「伝」を捨て、『太平記』の本文に戻したともいえよう。

以下は、『太平記』には無く、『理尽鈔』に始発する叙述であるが、北条残党鎮圧のため足利尊氏が関東に下った折、都の新田義貞は、正成を討って天下を取れ、という家臣の勧めに乗る。事態を察知した正成はこの企てを未然に封じ込め、万一の用意を恩地に命じる。帝国文庫本の当該記事末尾（六二二頁）は次のようになっている。

……恩地思ふは「新田殿、君へ談ぜられ度事あり御出あれ、と申されしを何条事の有べき。されども常に騒がぬ人の断宣ふは心中に心得ぬ事あらん」と夫々にぞ下知しける。

伝に曰く、『三楠記』、後、正成、新田と一所に有しとき、此等の事語出し、「其時、御辺、某を誅せんとし給ひし条疑ひなし」と申さるゝに、新田、堅く陳じられしが、後に湊川合戦の時、義貞申されしは「面目なく恥かしき事なれども、其時は御推量の如く悪念をふくみ候。其天罰にや、諸方の軍、心ならず」とて有のまゝに申されけり。

一方、写本三編第二二「尊氏押て征夷将軍と号する事并新田足利確執奏状の事」は次のようである。

恩地うけ給わり「……油断なりがたし」とて、河内へ其下知をぞなしにける。後に、摂州湊川の合戦の時、義貞、正成に向ひて「面目なくは候へども、其時は推量のごとく悪念きざして御辺を失わんとはかりしなり」と物語せられしとかや。

『南朝太平記』『絵本楠公記』等には「伝」に相当する部分自体が無く、『理尽鈔』にも傍線部の表現は無い。傍線部は、『三楠実録』（七18ウ）に由来する。帝国文庫本の記事をもとに、「伝」の内容を本文に組み入れた写本の記事を生みだすのは容易であるが、写本傍線部の表現のみから、これが『三楠実録』に拠る、と察知することはむずかしい。同様の事例は、帝国文庫本八六六頁の「伝」と写本五編第四「正成兄弟郎従等切腹の事并正成謀計を末代に残す事」の「伝」との間にも見られる。「何と云ふ事ぞや。道理適当せずと『三楠記』に注せり」とある傍線部の表現を、写本は『三楠実録』（一一15オ）の名をあげずに用いている。

2、「伝」の処理から——その2

ここでは章句レベルをこえて、記事全体に関わる異文を見ておこう。左は帝国文庫本四編「義貞大敗軍京都へ落る事并義貞猛勇の事」の「伝」である。

> 伝に曰、太平記に（湊川敗戦のさなか、義貞が味方から離れ危ういところを、小山田高家が自らの馬を譲り、討死にした）とありて、大将の一人となる事、敗軍にはまゝある事とは云ひながら、また大将の有まじき事ならんか。二、三人郎従付順ひ居ざる事のあるまじ。況《ママ》てや義貞の拾六騎の人々勇猛の兵士に、此節何をしていづくに有りしや。其訳太平記にも見えず。不思議なり。（八七四頁）

これに先だつ本文では、「義貞は十六人の党のものを随へ、さつと返し〳〵ては落給」、（追撃する敵を）「栗生・篠塚・畑・亘理なぎたて切りたて」、（小山田とともに）「拾六人の党の者も追ひ掛る敵を切払ひ〳〵、義貞に追ひ付て中に包んで落延びたり」とあり、「伝」は、『太平記』は誤っており、これが真相である、と主張しているわけである。

一方、写本五編第五には、上記の「伝」がない。「新田足利湊川合戦の事并新田方十六騎等血戦の事」は「新田の十六騎四天王」の人名を列挙し、続く「藤田川波園（酒田本「園田」）等武勇討死の事并義貞勇戦名誉の事」ではかれらの奮戦ぶりを描く。次第に追い詰められゆく局面を打開するため、十六騎の中より藤田六郎左衛門、川波新左衛門、園田四郎左衛門の三人が、群がる敵中へ突入し荒れ狂い、遂に討死にする。「されば此者共が討死しける間に官軍やう〳〵に落延ける」。しかし（以下は、『太平記』の展開に同じ）、義貞の馬が倒れ、危ういところを小山田が駆けつけ、その犠牲によって義貞は遁れる。

写本では「十六騎の党」の少なくとも三人が討死しているわけだから、活版が写本の形態を承知していたら、その本文と伝の内容はもっと異なったものになったのではなかろうか。写本の記述に対しては、最後の義貞の危機に際して、他の一三人と四天王の面々はどうしていたのか、という疑問が残る（この不徹底さも写本の編者が活版本の編者と同一であることを疑わせる）。写本先行を想定する場合、そうした疑問の余地を一挙に解消するために、活版本は、一六人の存在により義貞は無事退却した、という単純明快な設定にしたのだ、といえなくはない。しかし、写本五編第六「小山田太郎義貞を救ひ討死の事并主上二たび山門落の事」は、さらにこの話題を続け、小山田が義貞を救った理由を、『太平記』巻一六「小山田太郎高家刈二青麦一事」をそっくり取り込んで描いている。写本は活版本の伝を意識しつつ、『太平記』の記述内容をそのまま活かす方法を考えた、それが接ぎ木の箇所を明瞭に残す写本の現状なのだ、と考える方が妥当であろう。ちなみに、写本五編第一一「新田勢勇戦百重の囲をとく事并高田川越芦堀杉原血戦の事」には、再び「例の十六騎四天王のともがらを前後に立て勇戦す」という描写が現れる。

3、『太平記』本文との関係から

これまで写本と活版本とが大きく異なる二編以降をみてきたが、外形的には違いの少ない初編の詞章を検討の対象とする。初編は書陵部本・酒田本に加え、神宮文庫本をも扱うことができる。

〔凡　例〕

・『太平記』の本文は岩波大系により、片仮名を平仮名に改め、漢文表記は読み下しの形にする等の手を加えた。

・『秘鑑』は帝国文庫本を底本とし、（　）内に異同を記した。■（　）は、底本に字句が無い箇所の異同である。なお、異同注記に際しては原則として漢字・仮名の相違は省いた。

太平記：諸国に守護を立て、庄園に地頭を置く。彼頼朝の長男左衛門督頼家、次男右大臣実朝公、相続いで皆、征夷将軍の武将に備はる。是を三代将軍と号す。然るを頼家卿は実朝の為に討れ、実朝は頼家の子悪禅師公暁が為に討れて、父子三代僅かに四十二年にして尽きぬ。其後

秘鑑：守護の大名を備へ庄園に地頭を置。彼（書・酒「則」）頼朝公の■（書・酒「御」）長男①右衛門督（神「左衛門督」、書・酒「左衛門督左大臣」）頼家■（書・酒「公」）、次男②右大将（酒「同じく御治男右大臣」、書「おなじく御次男右大将」）実朝公、相続て皆、征夷大将軍の武将に備はる。是を■（書・酒「かまくら」）三代の将軍家と号す。然るに頼家公は■（書・酒「御舎」）弟実朝の為（書・酒「実朝公の御為」）に討れ■（酒「給ひ」、書「給ふ」）、実朝■（書・酒「公」）は頼家■（書・酒「公」）の■（書・酒「御」）子悪禅師公暁の為に討れて（書・酒「討れ給ひ」）、父子三代わづか四十二年にして■（書・酒「源家頼朝三公の御代」）尽ぬ。其後■（書・酒「平家の天下となりすなわち」）

太平記：武臣皆拝趨の礼を事とす。

秘鑑：武臣■（酒「北条家数度」、書「北条家数代」）皆③拝謁（酒「拝すう」、宮「拝遇」）の礼を事とす。④（神「拝謁の礼を事とす」欠脱）

太平記：延喜・天暦の跡を追はれしかば、四海風を望んで

秘鑑：延喜■（書・酒「帝」）六十代醍醐天皇・天暦■（書・酒「帝」）六十二代村上天皇の■（書・酒「御」）跡を追はれしかば（書「追行し給ひしかば」、酒「追行し給ひてより」）、四海■（書・酒「みな」）風をのぞんで

右に示した初編巻一「武家権勢を取て世を治る事幷後醍醐天皇御即位之事」は、『太平記』によりつつ詞章を補ったものであるが、なかでも、書陵部本・酒田本は、細部に及んでも詞章を追増している。これらは、おおむね帝国文

庫本・神宮文庫本の本文が『太平記』に合致する。①書陵部本等が頼家を「左大臣」とするのは明かな誤りである。

本文の正確さという点では、たとえば酒田本の③「拝すう」という読みが正しく、帝国文庫本には②「右大将実朝公」、神宮文庫本にも④などの誤りがあることから、帝国文庫本および神宮文庫本の本文を善良なものとは一概にいえない。しかし、書陵部本等を先行本文とみなす場合、帝国文庫本等は『太平記』を手許に置き、『太平記』に近づけようとしたことになるが、右事例の最初に挙げた「守護の大名を備へ」などの表現はなぜ改めなかったのか説明しがたい。

帝国文庫本のような本文に適宜章句を追増し、書陵部本のような本文が生じたとみなすべきである。

四、帝国文庫本と今古実録本の先後関係

残るは帝国文庫本と今古実録本との関係であるが、両本がそれぞれ写本とどのような関わりをもつのかも確認する必要がある。以下は、この点の手がかりとなる、北条残党討滅記事の異同である。

〔凡　例〕
・書陵部本三編第一〇～一四、帝国文庫本三編五三八～五七五頁、今古実録本三編第二四～二九を扱う。
・論述に必要な異同のみ表示した。
・章段名は省略した（書陵部本一三・一四を除く）。点線は章段の区切りである。
・特に注意すべき異同に■を付した。

書陵部本	帝国文庫本	今古
一〇		
1河内の佐々目憲法ら、北条残党蜂起	1	
2天下安鎮法。正成、都に留め置かれる。	2	
3正成「家子郎等に謀事を申ふくめて帰しける」	×	
4修法の効験か諸国静謐。	×	
5「今は河内の賊徒のみ也。正成草々に追罰すべしとてさし向らるゝ」	×	
6諸大将に恩賞。正成は摂・河・泉を賜る。	×	
7正成、下向を望むも朝廷の「家法」延引。	×	
8正成、恩地左近太郎を飯盛へ遣わす。	8	
9飯盛勢「元弘に大忠ありし楠、今に到るまで何とも忠賞の沙汰もなければ君を恨むる心もあるやらん」と懐柔策を疑わず。	9	
10「禁裏の御行ひも既に相すみしかば」正成進発	10	
11正成、恩地に敵情を探らせる。	11	
一一		
12正成、まず辺栗の北条勢を追討。	12	
13飯盛緒戦。手違いあるも勝利。	13	

×

一二

14正成、軍法に背いた小車目を処罰

15憲法、八尾・正成の忍を見破る。八尾、敗退。

16正成、家臣高畠に偽寝返りを命ずる。

17正成陣の出火を見て出撃の敵兵を討つ。

18正成の伏兵攻撃、外に出た城兵四散する。

19正成、城攻撃に移らず。

×

20正成、高畠の偽寝返りを味方にも知らせず。

21楠陣の出火、残りの城兵出撃、撃退される。

22正成上洛。

23元弘乱の恩賞。正成上洛後、摂・河を賜い、逆徒退治を賞せられる。

24正成家臣、正成の処遇に不満を述べる。正成、諭す。

一三

■千種殿文観上人奢侈の事并解脱上人の故事

■正成、恩地賞賛

（後置）

15

16

17

18

20

19

■正成、恩地褒賞

21

22

14

23

24

×

■広有怪鳥を射る事幷東寺空海西寺守敏の事	×
一四	
■帝都神泉苑来由幷工藤左衛門入道鎌倉行脚の事	×
25楠正成政道廉直の事幷正成治国民を撫育する事	25

書陵部本の構成の奇妙さは随所に指摘できる。

・2と7、3と8という同種の項目が二箇所に現れる。

・諸国静謐（4）といいながら、最も重大な都近辺の蜂起が未決着なまま、正成らの恩賞記事（6）が続く。

・都を離れることを許されない正成が時間稼ぎのために施した策（8）に、飯盛の北条残党が波線部のように考え、納得した（9）、とあるが、すでに6で正成に恩賞のあったことを述べている。

書陵部本がなぜこのような構成をとったのかを解く鍵は、『太平記』との関係にある。『太平記』巻一二「安鎮国家法事付諸大将恩賞事」の記事内容を右の番号で示す。ただし、正成の飯盛賊徒退治の一件は、『理尽鈔』が『太平記』の「又河内国ノ賊徒等、佐々目憲法僧正ト云ケル者ヲ取立テ、飯盛山ニ城郭ヲゾ構ケル」「サレドモ此法ノ効験ニヤ、飯盛城ハ正成ニ被二攻落一」という章句から創作した長大な記事であり、『太平記』には具体的な正成の言動は一切記されていない。

1、2（正成の発向が認められなかった云々という記事は無し）、4、6

書陵部本の構成は、この『太平記』の記事構成を崩さないように配慮して、飯盛賊徒追討譚を織り込もうとした結果である。書陵部本が『太平記』の記事を尊重していることは、新田義貞の湊川敗退（三2、「伝」の処理から――その2）でもみたところであるが、この異同表においても、「千種殿文観上人奢侈の事并解脱上人の故事」「広有怪鳥を射る事并東寺空海西寺守敏の事」「帝都神泉苑来由」という、『太平記』巻一二の章段をほぼそのまままとりこんだ章段の存在によってもうかがい知れるところである。

帝国文庫本の形から書陵部本等が改編を企てた動機は、『太平記』の構成に、より密着させることにあったと思われる。(5)

次節に述べるように、帝国文庫本に近い神宮文庫本のあり方から、先行形態においても楠一族に限定した物語ではなく、広く『太平記』の記事に対する関心は深かったと思われるのだが、先行形態にあっては、『太平記』の記事を批判的に検討して、かくあるべし、という「真相」をさぐるものであった。書陵部本の、『太平記』の構成・記事を極力尊重していくあり方は、これとは異質であり、編者も別人であると考えざるをえない。

さて、以上を確認した上で、帝国文庫本と今古実録本との関係であるが、右構成表においても両本はほぼ同様のあり方を示す。ただし、□で囲んだ部分にやや大きな異同が認められる。

以下、当該部分の記事内容を列挙する。

18正成、高畠に偽寝返りを命じ、城外に出た敵兵を討つ。

20「此戦ひは正成、高畠才五郎に申ふくめし謀事なりといへども、諸人に是をしらせては、後度の謀略成りがたしとて、近臣にも深くかくし、わざと高畠を千早に返して蟄居させをかれければ、諸人、高畠が誠の隠謀とのみおもひける。飯盛落城の後、召出し、増地を給ひければ、扨は謀にて有しよ、とはじめて諸人感じける。」

19正成、城攻撃に移らず。（今古：「恩地を城の押へに残し、金剛山へ帰陣せられけり」）

■正成、恩地の批判に同意し、褒賞。（今古：ナシ）

・（今古：ここに14小車目処罰譚を置く）

21楠陣より出火。正成の本陣に燃え広がるのを見て、城兵、楠の謀略ではない、これに乗じようと出撃。正成、出てきた城兵を討ち滅ぼす。（今古：正成、敵将の「所労」を知り、「先達て召捕、押込置し北畠《（ママ）》才五郎を牢内より密かに呼出して、再応の秘計を申含め置」、飯盛城下に出撃。北畠は敵と連絡をとる。敵は北畠が牢に入れられ、脱獄したことを確認し、北畠の言葉を信じる。北畠、城兵を楠陣に引き入れ、取り囲み、敵将憲法を生け捕る。北畠、偽寝返りを信じた憲法の愚かさを語りつつ、「楠正成の本陣へ引連来りしかば、憲法赤面して舌を喰切、即座に果たりけり。」「扨北畠才五郎へは当座の恩賞として、備前国光の一腰を手自ら与へ、追々賞せんと申さるゝに」北畠悦び、諸人も称賛した。）

いくつかの異同があるが、最も大きなものは、21飯盛の城兵にとどめをさした顚末である。帝国文庫本が失火という偶然の事態をうまく利用して亡ぼした、というのに対し、今古実録本は北畠の再度の偽寝返りによって亡ぼした、としている。帝国文庫本の波線部の「後度の謀略」とは、またいずれ起こるであろう別の合戦に際して、という意味であり、「飯盛落城の後」というのも、飯盛城を攻め落とした直後というのでなく、しばらくたってから、と解される。今古実録本はこの部分表現は同じであるが、「後度」を第二次の飯盛攻城作戦とみなし、再度の偽寝返り譚を作り上げたのである。該本では北畠自身が偽りの寝返りであったことを公言し、行動している。これでは傍線部の、しばらくたってから、正成が召し出し、報賞したことによって知れた、という詞章の意味が薄れてしまう。正成の周到な智謀の物語から、北畠の武功の物語に変質しているのである。

ちなみに、この部分、書陵部本は帝国文庫本の形に近い。帝国文庫本の形から、書陵部本等に大きく改作され、これとは別に、章段の句切りや詞章に小規模な改修の手を加えた今古実録本が生みだされた、とみなされる。

五、伝本分類

以上をふまえ、『太平記秘鑑』の伝本を次のように大別する。同一項に括った伝本相互にも細部の異同はある。

Ⅰ先行形態

（1）古態本…帝国文庫本・神宮文庫本

（2）改編本…今古実録本

Ⅱ大規模改作本…宮内庁書陵部本（二部）・酒田市立光丘文庫本・福島県立図書館本(6)

「原態」ではなく「古態」とした理由を付言しておく。帝国文庫本の最終四編末尾には「諸郎従正成の首に目見《めみへ》の事幷宗徒の郎従義勇の事」、「正成知仁勇の三ツを跡に残す事幷正成石碑銘文の事」と続く記事がある。「諸郎従正成の首に目見の事」は、写本の第五編第七「直義軍議をとき正成が首を河州送る事幷帯刀正行愁涙母教訓の事」の後半にほぼ該当するが、以下は今古実録本・書陵部本・酒田本には存在しない。その内容を簡単にたどると以下のようである。

「宗徒の郎従義勇の事」

官軍と足利軍との京都攻防（『太平記』巻一七、岩波大系の頁数を借りるならば、その一七四、一八八、一八九、一九四頁の詞章を摘記）に、正季病死に乗じた師直の河内攻勢と和田・恩地の反攻（『理尽鈔』巻一七「又七四」丁表5行目正季病死記事から七六丁裏6行目まで）を続ける。

「正成知仁勇の三ツを跡に残す事」

後醍醐帝の京都還幸（＊『太平記秘鑑』写本五編一六）、恩地らの帝奪還（＊同五編第廿一）、吉野遷幸等（＊同）に続き、正成なきあとも「他事なく朝家に忠を尽くし義戦を励み、主上を御代に出し再び朝家の天下となさんものを、と一族門葉郎従までも孫子に至る迄」その志を受け継いだことを賛嘆。

「正成石碑銘文の事」

湊川の正成墓碑の図および碑銘を掲げ、建碑の経緯を示し「摂州湊川の西古墓にこれを建立なし給ふぞ有りがたき」と擱筆。

以上のように、これらは、それ以前の、『太平記』『理尽鈔』の記事進行に沿った詳細な語り口とは異なり、全編の幕引きを明瞭に意識したものである。しかし、改編本とはいえほぼ同様の章段をもつ今古実録本の底本が三六〇巻であるという。確認しえた五編中巻（湊川合戦）の後、なお二二〇巻の大部の物語が控えており、Ⅱの大規模改作本同様、今古実録本は『太平記』全巻を覆う物語であったはずである。文字通りの「楠廷尉秘鑑」が「太平記秘鑑」に成長したのか。その場合、今古実録本と書陵部本等とが別個に「太平記秘鑑」への拡大を遂げたことになる。あるいは、先行形態（原態）も『太平記』全巻を扱う物語であり、帝国文庫本は楠廷尉正成の部分のみを独立させたものなのか、現状では両方の可能性を考えておく必要がある。帝国文庫本を「古態本」と呼称しておく所以である。

注

（1）『財団法人大橋図書館和漢図書分類目録』（ゆまに書房の復刻版による）四三四頁に「楠廷尉秘鑑　仝一八、三」（明治一八年三月）とある。同図書館増加目録二二二頁には、別に二冊「同一八、三翻刻」が掲出されている。

（2）今古実録『三荘太夫実記』下巻（明治一八年四月二一日御届）末尾に「南《ママ》廷尉秘鑑（全部三十冊定価金六円／但一冊金二

十銭ツ、〉……原書にして三百六十巻の大部なれども、史函の出入に便ならんが為、今回僅三十冊に縮刷せり。然りと雖も一事一語の遺漏なく第一編上巻は既に其功を俊《をは》りて発兌に及びたり。後巻は猶引続き一ヶ月二三冊づゝ必ず発兌候まゝ、四方の諸彦、何卒続々御購求御愛看あらん事を希ふ」と広告がある。これによれば、底本は三六〇巻とあるから、書陵部本等と同じく一二編であったのであろう。実際の冊数は不明。注意されるのは、『三荘太夫実記』刊行時、実際に刊行されているのは「第一編上巻」（今古実録本の第一冊）であるという点である。今古実録『石川五右衛門伝記』巻之三（明治一八年六月二十七日御届）の後表紙見返し広告には「第一編第二編は既に其功を俊《をは》りて発兌に及びたり」とある。『菅公御一代記』上巻（明治一八年九月八日御届）巻末の「今古実録既成書目録」には「楠廷尉秘鑑　全部三十冊　同金六円」とあるから、実際の刊年は不明ながら、全冊刊行されたとみなすべきか。ただし、第五編中までで、帝国文庫本の全体とほぼ同内容であり、楠廷尉の物語としては必ずしも未完結とはいえない。

（3）財団法人三康文化研究所附属三康図書館ＨＰ『大橋図書館のこと』（永濱薩男・文、名著普及会発行『名著サプリメント一九九一年八月』掲載）に次のように記されている。大橋図書館は博文館一五周年記念として創設された財団法人の図書館であるが、「国書総目録」中に「大橋」と所蔵館が記されている図書は関東大震災で焼失してしまった、と。

（4）『太平記秘鑑』写本の場合、二、三巻を一冊とすることが一般的であり、一三〇巻六〇冊と考えて不都合ではない。

（5）正成の策に恩地が批判・疑問を投げかけ、正成がそれに同意するという記事（■）が書陵部本に無いことも注意される。正成造形に対する意識も改編の意図のひとつであったか。

（6）福島県立図書館本は七編のみであり、本章の検討対象とはしえなかったが、書陵部本・酒田本七編とほぼ同じであり、ここに位置づけた。

第二章　『太平記秘鑑』考

――『理尽鈔』の末裔――

はじめに

『太平記秘鑑』（楠公真顕記とも。部分的な呼称には楠廷尉秘鑑、楠金吾秘鑑などがある）は、『理尽鈔』の末書のひとつであり、近世後期に主に貸本として流通した。かつては楠氏研究の一助として『楠廷尉秘鑑』への言及もあった[1]が、『太平記秘鑑』との関わりを含め、実質的な検討はなされておらず、現在では存在自体が忘れ去られているといってよい状態である。

本書は全一二編三六〇巻におよぶ大部の著作であり、現在所在不明の図書も含め一〇点前後が知られるが、完本は宮内庁書陵部蔵本（一七五冊本とその清書本である四五冊の二部。小稿では主として後者を用い、「書陵部本」と略称する）および酒田市立光丘文庫蔵本（一八〇冊。以下「酒田本」）の計三部のみである。書陵部本と酒田本とは細部の異同はあるが、同種の写本とみてよい。

明治期に刊行された活版本に、『〈今古実録〉楠廷尉秘鑑』（栄泉社、明治一八年三月。以下「今古実録本」）と『〈校訂〉楠廷尉秘鑑』（博文館、明治二六年四月。以下「帝国文庫本」）の二種類がある。この二種は編区分を異にするが、章段の立て方はほぼ同じである。しかし、書陵部本・酒田本は、編区分のみならず章段の立て方、本文内容も、活版本と大きく異なる、別系統の伝本であり、種々の徴証から以下のように分類できる［↓前章］。

Ⅰ先行形態（１）古態本…帝国文庫本・神宮文庫本（初編のみ存）
（２）改編本…今古実録本
Ⅱ大規模改作本…書陵部本（二部）・酒田本・福島県立図書館本（七編のみ存）

以下、『太平記秘鑑』の生成過程および『理尽鈔』の影響下にある諸著作(2)との比較を通じて、本書の特質の一班を明らかにする。

一、『太平記秘鑑』という書名

1、「序」と「追序」

初編（写本は主に「篇」を用いるが、以下「編」に統一する）を存する伝本冒頭部の構成を示す。酒田本冒頭にのみ「楠公三傑之画讃」があるが、本書の内容には直接関わらないため除外し、他の項目の有無を表示する。

	酒	書	神	帝	今
(1)序（太平記の序に同じ）	○	○	○	×	×
(2)追序（浪華松翠軒自序）	○	○	○	×	×
(3)初編総目録冒頭「楠公智謀忠誠発端之弁」	○	○	×	×	×
(4)巻一の巻頭目録	○	×	×	×	×
(5)巻一本文章段名冒頭「楠公智謀忠誠発端之弁」	○	×	×	×	×
(6)「楠公智謀忠誠発端之弁」の記事本文	○	○	×	×	×

(1)酒「太平記秘鑑序」、書「〈新撰／増補〉楠公真顕記序」、神「太平記秘鑑／序」。『太平記』序冒頭の「蒙」を「夫」とするが、他は同じ。

(2)神宮文庫本には「追序」という表示は無い。全文を左に示す。書陵部本を底本とし、本書の成立事情にかかわるものを注記した。句読点は私に施した。

本朝暦代の治乱、其書挙てかぞへ難く、就中元弘建武の争戦、すこぶる大戦と謂つべし。壱人の心、万民のすくふにいたらず、諸国の奸雄、鷹のごとく揚り強く、群盗は蜂の如くにおこり、順逆交りてこゝろ一ならず。

独り楠廷尉、節義をまもり、勇略三軍に秀て、忠雄三世におよび、美名を末代にうしなわず。予、貞純を慕ひ、あまねく(＊1)事実を尋談し、太平記綱目始め、あまたの類書をみるといへども、いまだ詳ならず。佐藤氏常水、洛陽の(＊2)隠士にしたがひ、独り其伝を得て、(＊3)浪花《らうくわ》に遮《さへぎつ》て、其真書を乞、委く符合し、(＊4)楠公真顕記と号す。楠公の称徳、世をまどひ於るを解すると爾云。

(＊5)「　」

(＊1)事実を尋談し：酒「事実をじんとくし」、神「事の実否をたづね」

(＊2)隠士にしたがひ：神「隠士をしたひ」

(＊3)浪花に遮る：酒「浪花《なにわ》に嚬きる」、神「浪花亭《はなてい》」

(＊4)楠公真顕記と号す：酒「題号すなわち太平記秘鑑《ひくわん》と号す。一名楠公真顕記共号す」、神「楠廷尉記秘鑑と号し」。

(＊5)「　」（書陵部本ナシ）：酒「浪華／松翠軒／自序」、神「安永六丁酉仲秋日／浪華／松翠軒／自序」

(3)初編総目録自体は各本に有り。

(4)酒田本「太平記秘鑑　初編／一の巻目録／一楠公智謀忠誠発端之弁／并武家権勢を取て世を治る事／付り後醍醐天皇御即位の事」

⑸本文章段名自体は各本に有り。

⑹「夫惟れば、［　］（酒：兵法は）治逆乱の要道にして凶賊の秘術なり。誠や、大将百人の大勇を（たもつとも千人はしたがへがたし。英智を以て謀る（酒：この部分誤脱）」ときは一言の下に一国をも平治すべし、とは。古今に希なる皇統天下の忠臣たる楠公三代、ことなるかなや、むべなるかな。」

本書の実質的な序である「追序」は「楠廷尉」（正成）への関心を語り、書陵部本・酒田本にのみ存する「楠公智謀忠誠発端之弁」は「楠公三代」を言挙げしている。帝国文庫本から書陵部本等への改作は、正成一代の物語から楠公三代の物語への拡張であったととれる。しかし、第一章に述べたように、正成の討死とそれに付随する章段で本文を終える帝国文庫本の現在の姿は、「楠廷尉」の部分のみを独立させたものである可能性があり、神宮文庫本も初編しか存在せず、規模の判定は留保せざるをえない。したがって、先行形態本と大規模改作本とに共通する、本作品の特質を探ることから論をはじめる。

まず、神宮文庫本と書陵部本・酒田本とが、ともに⑴（太平記と同じ序）・⑵（楠廷尉に焦点をおく序）をあわせもっていることに注意したい。酒田本⑵に「題号すなわち太平記秘鑑と号す。一名楠公真顕記共号す」とあるが、楠廷尉秘鑑をなのる帝国文庫本もまた、「楠智謀金沢を討取事幷鷺池平九郎勇力の事」の「伝」（三一六頁。書陵部本二編第一○相当）において、自らを「太平記秘鑑」と称している。

伝に曰く、（中略後掲→本章二1）（＊1）都へは太平記を案ずるに斯不都合の処往々有なり。予此度（＊2）太平記秘鑑を著し、所々の缺たるを補ひ、見る人の疑を晴すものなり。

（＊1）都へは～案ずるに　今古「都《すべ》て太平記は」。酒・書：（ナシ）

（＊2）太平記秘鑑～補ひ　酒・書：「英正軍談の書をいだし其落書をつゞりて入」

『楠氏二先生全書』が実質的な叙述を「柚頭挑戦」（正成の筒井撃退記事）から始めるように、『南朝太平記』『三楠実録』『絵本楠公記』等の諸著作は、笠置参上以前の正成の事績を明らかにすることに熱心である。その熱意は楠家の来歴にも向けられ、『南朝太平記』は、正成の曾祖父成氏誕生の秘話（巻一「左兵衛督盛康室男子誕生の事」）という独自記事を創出している。しかし、『秘鑑』は帝国文庫本・書陵部本等ともに、楠家世系や太平記以前のできごとを語ろうとはしない。

2、〈発端部〉の記事

3、〈末尾〉の記事

同様に、末尾記事を比較する。なお、正成・正行二代のみを扱う『楠氏二先生全書』・『絵本楠公記』は比較対象から除く。

『太平記』巻四〇は、鎌倉の足利基氏、将軍足利義詮の相次ぐ死去という危機の中、細川頼之が執事として幼君を補佐し、天下は平穏に治まった、と寿いで終わる。この『太平記』末尾の、分量的には数行の頼之評価記事を、大々的に敷衍したのが『理尽鈔』巻三九・四〇である。巻三九では、南朝に降っていた大内・山名・仁木の帰服を頼之の尽力によるとし、楠正儀にも投降を働きかけたという（正儀との交渉は『理尽鈔』独自記事。正儀が拒否し、実現しない）。巻四〇における頼之の存在はさらに増大し、楠一族の帰趨も点描されるが、ほとんど頼之物語の様相を呈する。『太平記』にいう幼君とは義詮の長子義満（幼名は春王）のはずであるが、『理尽鈔』は基氏の子を春王とする(3)。義詮死後、頼之が春王を新将軍に「取り立て」(4)（16ウ）、その教育に腐心し、さまざまな手段を講じて将軍の権威を高める。将軍義満は九州平定を宣言する（39オ）までに成長し、楠封じ込めに功績のあった山名の勢力が増大するや、将軍自らこれを滅ぼす（45ウ）。しかし、頼之が病死（45ウ）した後、南北朝合一[5]をはたした義満には「侈高フシテ政道ニ横邪ノ事共多」く、世人はあらためて頼之の存在の大きさを思い知る。以上、『理尽鈔』巻四〇は、頼之称賛の言葉をもって幕を閉じるのである。

『南朝太平記』の最終巻二四は、次のようである。

金剛山城軍并飯盛合戦事、細川氏春紀州軍事、京勢囲金剛山事、楠正儀・和田正武卒去附赤坂落城事、河州平尾合戦事、＊南北両朝御和睦附三種神器御帰洛事、畠山金吾河州発行附楠左馬頭正秀父子千剣破籠城事、＊南方残党奪三種神器事、＊神璽御帰洛事

＊印を付した章段は、南北両朝合一とその余波に関わることであるが、その他の章段は楠正儀およびその後継者達の帰趨を物語るものである。『南朝太平記』は『理尽鈔』を重要な素材源としているが、巻二三末尾二章段からこの巻二四においては、『後太平記』[6]に拠っている。上述のように『理尽鈔』巻四〇が頼之物語に偏していることをきらったものであろう。発端部において楠氏先祖への関心を寄せたことと呼応し、この末尾においては正成以降の楠氏の動向を詳細に綴ろうとしている。

『三楠実録』巻二二（最終巻）の章段名および依拠資料を摘記する。

正儀摂州《ニ》討《ツ》二秀詮《ヲ》一（『理尽鈔』巻三六29ウ～36ウ）
義詮没落不日《ニシテ》入《ル》レ京《ニ》（『太平記』巻三六清氏の南朝帰順から巻三八討死までの概要。『理尽鈔』巻三八60ウ～63ウ）
二《タビ》発二向《シテ》摂州《ニ》一追二討《ス》箕浦《ヲ》一（『理尽鈔』巻三八63ウ～72ウ）
発二向《シテ》兵庫《ニ》一攻《ム》二赤松《ヲ》一（『理尽鈔』理巻三八72ウ～79オ）
細川頼之正儀《ニ》勧《ム》二降参《ヲ》一（『理尽鈔』理巻三九18オ～22オ）

みるように、『実録』は『理尽鈔』の抄出により成り立っている。巻三九の、正儀の投降拒絶記事で抄出を終えた

のは、上記のように『理尽鈔』巻四〇が頼之を主軸としており、「三楠」実録の最後を飾るにふさわしい記事を見出せなかったからであろう。

　さて、『秘鑑』書陵部本第一二編巻三〇末尾の章段は「細川頼之楠正儀に降参を勧る事／并楠正儀死去の事／付足利家天下一統治国の事」とある。末尾の足利家云々の章段名は、一二編の惣目録および巻三〇巻頭目録にあるが[7]、本文には該当する記述が見あたらない。現存本がたまたま記事を欠いているだけなのかもしれないが、この終わり方は『三楠実録』に似ている。『三楠実録』も、正儀評（早世の記述を含む）につづけ、「尊氏卿、南朝ノ為ニ、一旦逆臣《ゲキシン》ノ名有《アリ》トイヘドモ、闇《クラ》キヲ明《アキラカ》ニシテ、濁《ニゴレ》ルヲ清《スマ》セシハ、又全ク此卿ノチカラトシテ、源家万々世ノ洪基《コウキ》ヲ開《ヒラ》キ、武門繁昌ノ代《ヨ》トゾナリニケル」という、源家・武門寿祝で終えている。

　しかし、『太平記』との関わりにおいて、『秘鑑』と『三楠実録』とは大きな隔たりを示す。『三楠実録』と異なり、『秘鑑』は巻三九以降も『太平記』の記事を追いかけている。『秘鑑』一一編二九（中殿御会）、同三〇（天龍寺焼失）、一二編一（基氏逝去、南禅寺・三井寺闘諍、最勝講闘諍(1)）、同二1（最勝講闘諍(2)）までは、『太平記』巻四〇をほぼそのまま利用している。巻四〇の末尾二章段（義詮薨去、頼之上洛）のみは異なり、一二編二2～三〇までを宛てて大規模な改変を行っている（楠の物語というもう一つの要因からの構成）ものの、『太平記』の全巻を取り込んでいるとみてさしつかえない[8]。

　こうしてみれば、『秘鑑』古態本（帝国文庫本）も大規模改作本（書陵部本等）も、他の『理尽鈔』影響下の諸著作とは明確に異なった特性を共有している。帝国文庫本が自らを「太平記秘鑑」とも呼んでいたように、本書の汎称は『太平記秘鑑』がふさわしい。

二、成立時期と編者

1、成立時期

前掲神宮文庫本「追序」に安永六年（一七七七）とある。この年記の信憑性を考える上で、『絵本楠公記』との関わりが問題となる。

前節一1で言及した「楠智謀金沢を討取事并鷺池平九郎勇力の事」の「伝」は、次のようである（中略）とした部分を示す）。

太平記六巻目に、千早の寄手八十万騎、鎌倉より都へ上る勢揃への中に、足利治部大夫高氏を記せども、後に鎌倉に帰りしを記さず。陸奥守は千早より帰りしも記さず。然れども両将みな退ぞきたればこそ、尊氏、後に赤松円心が討手に名護屋越前守(＊)と共に都に登り、鎌倉を新田義貞が責し時、大仏は極楽寺の切廻《ママ》しを堅めたり。

（＊）名護屋越前守　今古：名護屋尾張守高政。酒・書：名古屋尾張守高家

足利尊氏（当時は高氏）は、元弘元年（一三三一）九月に幕府が発遣した、笠置攻めの大将軍の一人として名を連ねている（『太平記』巻三）。その後の動静は記されていないが、同年一一月に鎌倉に戻ったようである（『光厳院御記』）。その翌二年九月、幕府は畿内・西国鎮圧のため、大軍を発遣。元弘三年正月に京都で手分けをし、吉野・赤坂・金剛山へと向かう（『太平記』巻六）。赤坂が落ち、吉野城も陥落するが、正成が幕府軍を引きつけている間に、西国の宮方の蜂起、後醍醐帝の隠岐脱出（巻七）、赤松らの京都侵攻（巻八）が実現する。幕府は援軍を組織し、上洛を要請された尊氏は、不満を抱きつつも元弘三年三月に鎌倉を立ち、ついには京都で叛旗を翻す（巻九）。

『太平記』は、巻三で勢揃えに名を連ねて後、尊氏の動静を語っておらず、巻九も笠置以来の上洛とは明示していないため、尊氏が千剣破にも赴いていたという物語が生まれた。その物語とは『理尽鈔』である。『秘鑑』は、『太平記』巻六に尊氏の名があるというのだが、鎌倉を進発する軍勢列挙にも、その後の合戦記述のなかにも尊氏は登場しない。『秘鑑』のいう『太平記』は、ここでは『理尽鈔』に等しい。

『理尽鈔』巻七「千剣破城軍事」では、幕府滅亡後、正成が諸将を相手に籠城戦のあり方を論じている。足利尊氏が正成の郎従早瀬吉太に返り忠（寝返り）を持ちかけ失敗に終わった事件もその一つである。正成の解説を聞いた尊氏は、当時の損害をなげきつつも、「サテ其後ノ夜討コソイシクハカラハレテ侍レ」と言葉を継ぐ。正成は「其後ノ夜討」すなわち、金沢右馬助をやり込めた次第を新たに語り始める。『理尽鈔』においては、尊氏は千剣破攻城に加わっており、画策失敗後も留まり続けたようである。ただし、『理尽鈔』は、尊氏がなぜ早瀬を誘ったのかについては、何も説明していない。

ちなみに、『南朝太平記』巻六に細川清氏の乳母が早瀬の伯母であったと説明がある他は、『楠氏二先生全書』、『本朝武家評林』巻四二、『三楠実録』上之三、『絵本楠公記』（以下『絵本』）初編巻九等いずれも、『理尽鈔』にほぼ同様である（『南朝太平記』もその他の設定は大差ない）。また、『楠一生記』「ちはやの城軍の事」は『太平記』によっており、早瀬譚はない。

これに対し、『秘鑑』は、荒川式部貞国（足利氏族荒川氏という設定であろう）が次のようにいう。

某し先年、先帝の御即位のみぎり君の御名代として京都に登り、大内の御礼相勤めし時に、楠家の浪人早瀬右衛門と申もの、正成が勘気を受けて、かすかなる暮しにて居たりしを、京都案内のために渠《かれ》を召かへし（今古実録本「召抱《か》へ」）、深く情をくはへたり。

今は勘気を免されたらしく、[9]早瀬の旗が見える。この縁を活かし早瀬を誘おう、と。賛意を得て、荒川は矢文を射込むが、早瀬は正成に通報。正成は早瀬の忠義に感激し、策を授け、押し寄せた足利勢「三万余騎」を大敗させる（二八五〜二九〇頁）。『理尽鈔』等の場合、あらかじめ正成が城中の兵に、敵から誘いがあった場合は通報せよ、敵に倍する報賞を与えよう、と通達していたというが、『秘鑑』には通達記述はなく、利害とは無縁の、早瀬の忠義の物語となっている。

『秘鑑』は、侍大将長崎四郎左衛門が足利の行動を軍法に背くものと糾弾、総大将大仏貞直も「速に陣ばらひして鎌倉へ帰らるべし」と叱責し、尊氏とその執権師直は「面目を失ひすご〳〵」退去するはめになった、と語る。

さらに、今度は正成側から仕掛けた策略により、「金沢右馬頭貞政」は討死し、心労のあまり、大仏陸奥守は長崎に断って鎌倉に帰った（三一〇頁）と続け、前掲の「伝」で問題とした、足利・大仏の去就の説明を果たす（『理尽鈔』およびその影響下の諸書は、事件の顚末を大きく異にし、大仏の帰還も描かない）。

『秘鑑』「伝」の主張を要するに、尊氏や大仏が鎌倉に帰ったことを記さないのは、すなわち『理尽鈔』のような記述は「不都合」であり、これを正す必要がある、ということである。『秘鑑』も『理尽鈔』の圧倒的な影響下に生まれた作品であることに変わりはないが、『理尽鈔』の設定に異議申し立てを行っているのは『秘鑑』のみである。

さて、『絵本』初編巻九も、『理尽鈔』同様、尊氏は早瀬吉太（後に早瀬右衛門）に逆にだまされ、「夜討の大将細川九郎義実」をはじめ「六十三人」の郎等を失った、と記す。ところが、同書二編巻一冒頭には、尊氏に関わる記述が再び登場し、そこでは『秘鑑』上記引用と酷似する物語が繰りひろげられている。[10]『絵本』の荒川式部太輔はいう。

先帝御即位の砌、君の御名代として、楠家の浪人小瀬左衛門と云る者、正成が勘気を請て幽の体に暮せしを、某都案内の為、彼者を召抱へ、深く情を加へ候へき。

以下の記述も『秘鑑』に同様で、足利勢は「三万余騎」で押し寄せ大敗し、長崎に陣払いを命ぜられ、鎌倉に帰っている。「早瀬右衛門」を「小瀬左衛門」とし、大仏の発言を省くなどの手を加えているが、明らかに『秘鑑』をふまえた表現である。

したがって、『秘鑑』は、『絵本』二編の刊行された享和元年（一八〇一）以前に成立しており、神宮文庫本「追序」に記された安永六年（一七七七）という年記は、俄然信憑性を帯びる。

2、編者憶説

編者は、神宮文庫本・酒田本「追序」（一－1に掲出）に「浪華／松翠軒」とある。「追序」は、松翠軒が洛陽の隠士佐藤常水の口伝を受け、さらに常水を浪花に招き留めて「真書」をも得て、それまでの研鑽を活かして検討し、まとめあげた、という。これによれば、本書は常水原作、松翠軒編著とすべきであろうが、常水は実在の人物か否かも確認できない。松翠軒もよくわからないが、『雑話麦藁笛』（京都大学附属図書館、写本三冊。所収話から推すに一七〇〇年代中頃以降成立か）の序に「世上の所謂珍事を書集めて、則是を雑話麦藁笛と題号して、普く徒然のたよりと序する而已／浪華書林　松翠軒是楽」とある。『秘鑑』とほぼ同時期の安永九年に成立し、同じく「真顕記」と名乗る著作に『太閤真顕記』があり、その編者白栄堂長兵衛は大坂上町弐丁目の「貸本屋」であったという。[11]『秘鑑』（楠公真顕記とも称す）がやはり貸本として流通したことを勘案すれば、浪華松翠軒も大坂の貸本屋であった可能性が高く、『雑話』の「浪華書林　松翠軒是楽」と同一とみなしても不都合はない。

三、『秘鑑』の特質――「古態本」を中心に――

1、『理尽鈔』の増幅・発展

『秘鑑』が他の『理尽鈔』影響下の諸作と異なり、『理尽鈔』に対しても異議申し立てを行っていることは、前節1でみたところである。『秘鑑』は一方で、先行する諸作の設定を受けつぎ、増幅させてもいる。

『太平記』における楠正成は、後醍醐帝の霊夢に導かれて登場する。帝が自ら夢解きして「楠」という武士を求める。これに藤房を介在させたのが『楠氏二先生全書』である。帝が夢を藤房に語る。商の高宗を引き、吉夢とみなす藤房の言葉をうけ、帝が「楠」という武士を求める。

（1）霊夢による召し出しは事実ではない、というのが『理尽鈔』である。「楠勇士ノ誉有ル事以前ニ上聞ニ達シヌ。ナンゾ御夢ナランヤ。実ハ君ノ御夢ニ非ズ。聞召テ勅使ヲ立ラレタルナルベシ」という。『二先生』と『理尽鈔』とを取り合わせ、記事をふくらませたのが『南朝太平記』である。帝が正成の武名を聞き及んでおり、藤房に召喚を諮る。藤房は、「霊夢なりと勅定あつて、楠を召し候ひなば、諸士、正成が徳を感じ、聖運再び開かるべし」と進言。帝は諸臣を集め、霊夢を語り、藤房の夢解きにより、「楠」召し出しの運びとなる。『南朝太平記』の設定は、『楠一生記』に受けつがれ、『絵本楠公記』がまた『楠一生記』を踏襲している〔↓次章〕。

（2）『理尽鈔』には、さらに「口伝、俊基、山伏ニナリシ時約束シテヲキタゾ」という口伝傍記があった。これをふまえたのが、『本朝武家評林』巻四〇の「伝」である。正成は「天子ノ思召御断リト思ケレバ、俊基卿ノ仰ニ随ヒ奉ル」という（『秘鑑』のような、正成献策記事は無い）。

『秘鑑』は、笠置霊夢譚に対する、二つの種明かしを両方とも取り込む。俊基の来訪をうけた正成がみずから、夢想による召し出しという方策を進言。俊基は藤房をもって奏聞すると約束し、去る。笠置にて、帝の語る夢を藤房が判じ、「楠」召喚となる。

『理尽鈔』に端を発する記述が徐々に増幅し、『秘鑑』にいたる一例である（『三楠実録』は霊夢の一件無し）。

2、『理尽鈔』との異質性――「伝」のあり方――

『理尽鈔』は、『太平記』の記述に対する異伝・真相（と称するもの）を語り、その立場から登場人物の言動を論評するものであった。『二先生全書』『南朝太平記』などは、『太平記』の記事とともに、『理尽鈔』全巻に点在している楠氏関連の記述を綴り合わせ、一書としての体裁を整えたものである。それぞれに、新たな資料の取り込み、記述の整序はあるものの、『理尽鈔』の記述に疑いを向け、別個の物語を繰りひろげることはなかった。いずれも『理尽鈔』の域内にとどまっている、とみてよい。

『秘鑑』が『理尽鈔』をも相対化していることの一端は上述したが、『秘鑑』の異質性は「伝」のあり方にも及んでいる[12]。『二先生全書』『南朝太平記』などには「伝」「評」ともになく、『本朝武家評林』には「伝」があるが、これは『太平記』本文を引用し、それに対する注解として「伝」を、主として『理尽鈔』に拠って、記すものであり、『理尽鈔』の「伝」と同質である。

これに対し、『秘鑑』の場合、『理尽鈔』の「伝」を踏襲する例（番場で自害した北条軍の人数。四五三頁。『理尽鈔』巻九69オをふまえる）もあるが、以下のような「伝」がある。『太平記』巻一五は、律僧（『理尽鈔』は杉本左兵衛という泣き男の扮装）を用いた正成の奇策を語る。律僧の流した、正成・義貞ら討死の噂に油断した足利勢は敗退するが、問題の「伝」はこの記事に関するものである。

伝に曰、『太平記』に、此事を聞いて尊氏実と思ひ、「何処にか其首どもあらん。探し求て獄門にかけ大路を引渡せよ」とて、（中略）としるせり。又『三楠記』には、杉本、京に入り、敵の様子を伺ひ得てかへるに、楠の首、新田の首とて獄門にかけ有けるを見て、心中におかしくをもひ、主人の謀事既に成れり、と独り言云ひて京都を出て、馬にむち打ち亥刻計りに坂本の陣にかへる、といへり。是【本文】の尊氏が申せしところとは、楠の首獄門に懸けたりとあるは雲泥の相違なり。いかに尊氏傍若無人なりとても、元弘には正成を軍学の師と頼みし事なれば、斯あるべき事とは思はず。然れば【本文】の通り、尊氏かく計ひしも尤の事と思はるゝなり。此所を考へ見給ふべし。（七二六頁。『三楠記』は『三楠実録』上之九27オで、『理尽鈔』巻一五34ウにほぼ同じ）

この「伝」の前には、尊氏らが「楠は一たび師範と頼みて、軍旅の道を聞て睦ましくせしかば、計らず敵味方と別れ挑み戦ふに、終に戦場の土となりし」と感慨を深くし、「然らば正成の死骸を尋ね、多門丸へ送るべし。其外義貞はじめ諸大将の首をさがし求めて、獄門にかけ大路をわたせ」と下知した、とある。「伝」にいう「本文」とは、『秘鑑』そのものをさす。

『理尽鈔』は、『太平記』の本文を「……の事」と要約引用したうえで、その真相（と称するもの）を「伝」として提示する。しかし、この『秘鑑』の「伝」は、我が記事（本文）の確かさを主張する、いうなれば自作に対する注解である。その比較対象の諸資料の一つとして、『太平記』も引き出されている（八七〇頁には「太平記其外の旧記」という表現もある）。「伝」のあり方としては倒錯しているというべきであろう。

四、「古態本」から「大規模改作本」への変化

1、『太平記』への密着

大規模改作本への外形的な変化の様子は第七部第一章に述べた。そこでも示したことであるが、古態本が『太平記』の記事を批判的に検討して、かくあるべし、という「真相」をさぐろうとしているのに対し、大規模改作本は『太平記』の記事を極力尊重し、『太平記』の構成により密着しようとしている。

2、『太平記』『理尽鈔』からの逸脱

その一方で、大規模改作本は、古態本とも『太平記』『理尽鈔』とも異なる、大幅な記事の増幅をも行っている。いくつか事例をあげる。

新田義貞挙兵と庄屋五郎助

新田義貞挙兵の直接の契機となった、幕府の臨時の収税を古態本（帝国文庫本）は次のように記す。

長崎高資は義貞と常々不和なりければ、新田殿の庄世良田は少しの郷なるに「有徳のもの多し」とて、出雲の介親連・黒沼彦四郎入道を使にて、過分の天役をぞ懸たりける。是に依つて両使まづ彼処に望んで「三百貫を五日間沙汰すべし」とかた〳〵下知して大勢を庄屋に放ち入て譴責する事法に過たり。（四六八頁）

『太平記』巻一〇は高時の指示としており、長崎云々の設定は『理尽鈔』に由来するが、両使の人名等は『太平記』『理尽鈔』と同様である。一方、書陵部本二編二六は、京都の情勢に驚いた高時が評議の結果、自ら大軍を率いて出馬することに決したとして、次のように続ける。

爰に於て代官・諸役人々八方へわかれて金銀をとりあつめける。よつて黒ぬま彦四郎・明石出雲の介は仁田義貞の領分世良田の庄へ来る。庄屋五郎助にあい「鎌倉よりのげんめい也。六日をかぎり六万貫をいだすべし」と申渡す。

庄屋は脅されやむなく六万貫を集めるが、両使は庄屋の家を捜し、金子二百両をも強奪して鎌倉に帰る。庄屋の訴えを聞いた義貞は名張八郎に後を追わせる。篠塚伊賀守も駆けつけ、黒沼を殺害し、明石を義貞のもとに連行する。義貞は明石を糾弾し耳鼻を削ぎ、明石の首に黒沼の首をかけさせて、鎌倉に追い払う。

庄屋五郎助に重要な役回りを与え、使者と新田双方の所行をともに過酷なものにしているが、傍線部の相違にも注

意したい。古態本は次のように言っていた。

伝に曰く、太平記には世良田に懸る所六万貫とあり。実は三百貫なれども天役を過大にいはんとて斯は書なせるにや。（四六八頁）

大規模改作本は、この「伝」を無視して『太平記』の設定を復活させているのである。

湊川決戦前夜の夜討ち

『太平記』巻一六は、楠正成の討死を描く。足利尊氏・直義兄弟が大軍を率いて、筑紫から進撃する。朝議の無理解により、兵庫に赴いた正成は義貞と一夜を語り明かし、決戦の五月二五日の朝を迎える。『理尽鈔』（一六58ウ）は次の設定を加える。朝廷が正成討死の覚悟を知り、京に呼び戻そうと勅使を送る。義貞も説得するが、正成は大雨（太平記はその夜の天候には触れず）であることも理由にあげ、動こうとしない。翌朝、足利の大軍を目にした義貞は正成とともに戦いに臨む。『秘鑑』古態本は決戦の日付を六月五日としており、不審であるが、事態の推移は『理尽鈔』に同じである。

一方、大規模改作本は勅使到来（二四日酉刻。書陵部本四編第二七）と翌朝の開戦（五月二五日。四編第三〇）との間に、第二八・二九を費やして、正成が陸路の直義勢に夜討ちをかけ、義貞も参戦し、敵を懸け散らした次第を語る。『太平記』は、決戦当日、正成が敵の大軍に囲まれ奮戦し自害したと描くが、新田勢と隔たった事情については何も語っていない。これに対し、『理尽鈔』の正成は最初から討死と思い定め、手勢を増援しようという義貞の申し出を断り（一六60オ）、義貞の布陣の欠陥を義貞に直言することなく（66ウ）、あえて小勢で直義勢に立ち向かっていく。『秘鑑』古態本もまた、『理尽鈔』の記述を受けついでいる。上述の大規模改作本第二八・二九の記事で注目されるのは、義貞が正成の許に駆けつけ、敵の荒手への応対をゆだねられ奮闘していることである。これは古態本の描く両者の関係とは異質というべきだろう。

3、大規模改作本の成立時期と編者

湊川決戦前夜の夜討ち記事は、『南朝太平記』『三楠実録』等にもみえないが、唯一『絵本楠公記』二編がほぼ同様の展開を描いている。先に本章二1「成立時期」の項にて、『絵本』二編が『秘鑑』の記事を利用していることを指摘したが、『絵本』はこの庄屋五郎助の一件と湊川夜討ちも取り込んでいるのである。本章二1では、『秘鑑』古態本と比較したが、詞章の細部を比較すると、『絵本』はあきらかに『秘鑑』大規模改作本に近い。庄屋五郎助・湊川夜討ちの記事は古態本にはないことからも、『絵本』の典拠は大規模改作本であると考えられる。

『絵本』が大規模改作本を利用しており、その逆ではないことは、「斯て楠正成は相印・相詞を定め、先陣帯刀正季、中陣正成、後陣南江備前守を始、一族郎等を従へ……」（二編巻一〇）という、湊川夜討ち記事の登場人物のあり方からも裏付けられる。

『理尽鈔』によれば、正成には三人の弟がいた。北条軍と戦う段階から正成と行動をともにし、湊川で討死した「七郎正氏」、正氏と同腹の弟で、湊川の後の七月三日（巻一七又74オ）に病死した「正季」。この他に「楠三郎正純」（七33ウ）を加えた三人であるが、「正純」は『理尽鈔』の口伝聞書『陰符抄』初編に「七郎ノ弟也」とあるものの、『理尽鈔』自体には説明のない人物であり、実質的には「正氏」「正季」の二人である。『太平記』『太平記評判私要理尽無極鈔』は正季一人で、湊川で討死したのも同人である（『太平記』異本に「舎弟正氏」ともあり、『参考太平記』が推測するように、正氏・正季は同一人物とも考えられる）。

『秘鑑』は『理尽鈔』の設定を受けついでいる。古態本・大規模改作本ともに、正氏が正成と一緒に行動し、湊川で討死、正季が後に病死している。

『絵本』も、初編および二編の湊川合戦以前は「正氏」が登場していた。ところが、湊川合戦関連記事では「帯刀

正季」が正成とともに戦い、討死している。湊川の後、七月三日に病死したのは「正氏」であり、『理尽鈔』や『秘鑑』と人名が入れ替わっているのである。

なぜこのような現象が生じたのかは、右の夜討ち勢に「南江備前守」の名が記されていることおよび正成らが自害した場所を「広厳寺」[13]としていることが手がかりになろう。『絵本』は同寺で正成・正季とともに自害した人々を「南江備前守正忠、江田四郎高次、……」と続けるが、これらの人名は『無極鈔』（一六之中36ウ）に由来するものであり、『太平記』はもとより、『理尽鈔』とも異なる。つまり、『絵本』は、『秘鑑』大規模改作本の夜討ち記事のなかに、別系統の、おそらくは広厳寺周辺に由来する伝承をも取り込んでいるのである。その結果が、湊川記事前後での、正成弟の人名の入替を促した。『絵本』は、前述の千剣破攻城戦での足利尊氏記事同様、多数の資料を採取し、その際多少の齟齬はいとわず、はばひろく資料を活かそうとしているものと思われる。

さきに、神宮文庫本「追序」の安永六年（一七七七）という年記は、本書の成立時期として有力であると述べた。この年が神宮文庫本等の古態本の成立時期であるとすると、以上見てきたように、大規模改作本も『絵本楠公記』二編の刊行された享和元年（一八〇一）以前の成立と見なされる。大規模改作本は古態本とあまり間を置くことなく成立したことになり、編者が異なるのかどうか改めて問題になる。

その際、注意されるのが、書陵部本三編第九「菅相丞雷神と成り玉ふ事并聖廟之事」（帝国文庫本記事なし。五三八頁相当箇所）の「伝」形式（伝とは称していない）箇所に登場する、大規模改作本の編者の自称と思われる「松亭云」という表現である。「松翠軒」と似通っており、両者は同一の存在と考えるべきかもしれない。しかし、四2でみたように古態本と大規模改作本とは基本的な設定を異にしており、前章二1に述べたように同一編者にしては不自然な記述も目につく。現時点では別人と考えるが、「松翠軒」の実像も不明であり、なお課題としたい。

大規模改作本は、『太平記』への密着の一方で、独自の記事展開を行っていることをみてきた。この二つは相反するようであるが、古態本が『太平記』、時に『理尽鈔』の記事をも批判的に検討し、「真相」を物語ろうとしていたことを考えれば、そうした志向性の緩みとして捉えることが可能である。その緩みの果てに以下の特異な記事が生じた。

4、「将軍基高」

『太平記』巻四〇に二代将軍足利義詮の死が記され、『理尽鈔』も病死とする（淫乱・酒宴ゆえ、とするのは『理尽鈔』固有の解釈）。ところが、『秘鑑』大規模改作本一二編二七は、楠正儀が、四条室町の館を襲撃し、「日比の鬱憤此時に散じて、義詮公の首をとり、かの小袖におしつゝみて即時に軍勢を引き上げ」た次第を描く。父正成が湊川にて直義を追い詰め（『太平記』巻一六）、兄正行が四条縄手にて師直の首級を挙げた、と思いきや身代わりであった（同巻二六）、という無念をついに晴らしたわけであり、楠三代の物語の終末を飾る趣向として評価することも可能であろうが、この義詮襲撃記事は、表現の細部も含め、『理尽鈔』巻二五（61オ〜82オ）の描く、正行の京都夜討の焼き直しである。『理尽鈔』巻二五の記事も奔放な創作ではあるが、この頃、正行は摂津に侵攻しており（藤井寺合戦）、幕府の対応をさぐり、防備が手薄になった京都を逆に夜襲する、という設定は不合理なものではない。しかし、『秘鑑』一二編は、「よろしき便りありければ」というのみであって、前後に具体的な状況説明は無い。強引な設定といわざるをえない。

書陵部一七五冊本最終冊の末尾に、以下のような落書きがある。『秘鑑』の、大団円にむけての奔放な筆の走りに対する読者の混乱といらだちがよく伝わってくる。

イカニ〳〵此本は、前に有、楠正成湊川にて討死之節の本文と少しも違事なし。且新田義宗はいつの間に南方へ参られしや。是又相わからず。次に十六騎の党、皆夫々に前編に成行候。然るに此時又出来りしは幽霊か。但し息子か、息子なら名が違ひそふなもの也。是ふしん。次に基高は何日に将軍宣下有しや。不聞。次に高・上杉・

吉良の人々あり。高家一族は前不残亡ぶ。是又不承知。次に又将軍、大軍を催し、且陸手へ夜討迄しられながら、其儘引取しはいかなることぞや。諸君子是をかんがみたまへ。

この落書きの一々を注解するゆとりはないが、基高将軍の件についてふれておく。義詮の葬礼記事に続いて、以下の記述がある。

宗徒の諸大名、評義のうへ、まづ鎌倉に御座ある左京介基高卿をよびむかへ奉りて、京都にこそすへ奉りける。（書陵部四五冊本一二編二七）

基高は足利基氏の家嫡（一二編八、九）。基氏男が京都の将軍に迎えられるという設定は、『理尽鈔』に由来する（本章一3に既述）。しかし、『理尽鈔』は春王という幼名をもって記し、成人の後は義満と称している。義満を義詮の実子ではない、という設定も史実に即さないが、足利幕府三代将軍の名を基高（基氏と高氏とからの合成か）という架空のものとするのは、歴史を素材とする物語にとって、守るべき一線を越えた行為ではないか。

まとめ

『太平記秘鑑』は、『太平記』と同じ範囲をとりあつかい、随所に「伝」を用意して、『太平記』の記述を問題にしている。こうしたあり方は、注(2)にあげた『理尽鈔』影響下の他の諸著作とは異なる特質であり、『秘鑑』は『理尽鈔』の有力な後継者といえる。しかし、その「伝」は、時に、自らの記述に対する注解として『太平記』本文をも資料の一つとして引用するという、『理尽鈔』の「伝」からみれば、倒錯した姿を呈してもいた。さらに大規模改作本は、『理尽鈔』の「たが」（実態は創作であっても真相追求という建前をもつ）を外して増殖していった、異形の末裔である。

『絵本楠公記』との関わりを含め、本書はもっと注目されてよい。小稿は本書の多岐にわたる問題の一隅を照らしたにすぎない。

注

(1) 藤田精一『楠氏研究』（積善館、一九四二年増訂七版六一一頁）、土橋真吉『楠公精神の研究』（大日本皇道奉賛会、一九八三。七六〇頁）など。

(2) 以下を対象とする。『楠氏二先生全書』（寛文二年（一六六二）序、同年刊か）。『本朝武家評林』（元禄一三年（一七〇〇）序・刊。本書は楠関係図書ではないが、巻三九「左馬権頭高時執権之事」から最終の巻四六「諸大将恩賞事」までは、『太平記』巻一から巻一二に相当し、『理尽鈔』の強い影響下にある）。『南朝太平記』（宝永六年（一七〇九）刊）。『楠一生記』（正徳六年（一七一六）刊）。『三楠実録』（元禄四年（一六九一）自序、享保六年（一七二一）刊）。『絵本楠公記』（初編寛政一二年（一八〇〇）刊）。

(3) 史実における基氏の長子、後の氏満の幼名は金王。金王の名は『理尽鈔』には登場しない。

(4) 義詮の実子の場合、この表現は不適切であろう。『理尽鈔』のこの設定については、第一部第一章注(10)参照。

(5) 『理尽鈔』の記述は「其後、吉野ノ君ヲバ赤松打奉テゲリ。翌年三種ノ神器御入洛有リシ」とある。義満の治世を問題にしているので、明徳三年閏一〇月、後亀山院帰京し、三種の神器を後小松天皇に譲りし事（南北朝合一）を指すはずであるが、長禄二年（一四八八）八月、赤松遺臣が吉野に奪い去られていた神璽を奪還した事との混乱があるか。

(6) 『後太平記』は延宝五年（一六七七）刊。義満の将軍宣下から織豊期にいたる歴史を語る。細川頼之関係の記述には『理尽鈔』を用いている。巻一「楠正儀参芳野事」は、正平二三年三月三日に、正儀が芳野の皇居に参じ、父正成三十三忌に当たって討死の覚悟を奏上したところ、主上は南殿に出御し、討死は忠に非ずと制した、という。『太平記』巻二六「正行参吉野事」の焼き直しであるが、史実では後村上帝は、同年三月一一日に住吉行宮にて崩御。本記事は『南朝太平記』巻二三も摂取しているが、むろん創作である。このように、『後太平記』には『太平記』や『理尽鈔』にも見えない詳細な記事があり、

『南朝太平記』は『理尽鈔』巻四〇に替わる格好の資料として利用したと見なされる。

（7）酒田本は一二編の惣目録にはあるが、巻三〇巻頭目録には無い。酒田本巻三〇大尾には次の一節（句読点は引用者）が記されている。

　是よりして正義（ママ）の男正勝千早《ちわや》に有て、将軍勢を計り討《うつ》事、細川頼之が忠戦《ちうせん》等有之《これある》と云へども巻数《くわんすう》ののべん事おそれ、是等を後篇にゆづり、先十二篇にて大尾とす。

これによれば、『秘鑑』はなお続編が予定されていたかのようであるが、単なる措辞であろう。

（8）『秘鑑』は、一宮御息所譚（五編二六・二七）、漢楚合戦（七編一五～一八）、北野通夜物語（一〇編一八～二四）のように、楠一族の物語以外をも相当の分量を費やしている。『南朝太平記』等には、これらの記事は見出せない。

（9）『秘鑑』は次の物語を先だって用意している。早瀬は、「十一年」前（一九二頁）、正成の「手廻りの女と密通」（二〇三頁）して勘当され、「夫婦河内を立て京都に登り、七八年の間は浅間敷暮しをなし」（一九三頁）、今は生国富田林に戻り、猿廻しを「家業」（一九四頁）としている。恩地が早瀬の特技を活かし、湯浅の手に落ちている赤坂城にともに潜入し、手柄を立てる。正成はこれに免じて勘当をゆるした。なお、恩地が猿舞の八郎太夫を引き連れ、赤坂城の様子を探ったことは、『理尽鈔』巻六6オにあり、『秘鑑』はこれを早瀬の物語に組み込んでいる。

（10）引用は上田市立図書館花春文庫蔵本。二部あり、早印と思われる、整理番号66-1～10、67-11～20、68-11～20の三〇冊による。

（11）藤沢毅「翻刻　講談本『太閤記』」（鯉城往来4、二〇〇一・一二）。

（12）『理尽鈔』には「伝」「評」相半ばするが、『秘鑑』、特に帝国文庫本には「評」はほとんど存在しない。

（13）『太平記』『理尽鈔』『秘鑑』では「湊川の北の在家」。『無極鈔』は場所を示さない。

第三章　「正成もの」刊本の生成
――『楠氏二先生全書』から『絵本楠公記』まで――

はじめに

『理尽鈔』全巻に点在する正成の言行を綴り合わせた著作には、『理尽鈔』の記事にあまり手を加えない「抜書」（『正成記』『南木記』『南木軍鑑』など。いずれも写本）も存在するが、独自の工夫をこらし、一書としての体裁を整えて刊行された編著も少なくない。以下、主たる依拠資料は『太平記』であり、『理尽鈔』の影響の認められな著作も含めて、楠正成を中心に描く刊本を概観する。

具体的には、「近世の楠もの・太平記ものの嚆矢」（加美宏『太平記の受容と変容』三二九頁）である『楠氏二先生全書』から『絵本楠公記』までを対象とする。『絵本楠公記』第三編を意識しつつ、異なった趣向をこらした『楠正行戦功図会』も『理尽鈔』影響下の刊本であるが、ここでは除外し、本章付論で扱う。

一、『理尽鈔』の影響がある著作

1、『楠氏二先生全書』随柳軒種田吉豊著、寛文二年（一六六二）序。

本書は、加美の前掲著に翻刻・略解題がある。絵入りの漢字平仮名交じり本と挿絵のない漢字片仮名交じり本とがあり、加美は後者が先行する、と指摘している。また花田富二夫[1]が、本書の『理尽鈔』依拠の様相を例示している。

片仮名本・平仮名本ともに内題が変則的であり、片仮名本の内題は「楠氏二先生全書／戦功篇第四」「(同)／戦功篇第六」と続き、「第五」を欠くが、内容に欠脱はない。平仮名本は巻首に続く、実質的な本文の最初を「楠氏二先生全書巻第二第一」とし、これに「楠氏二先生全書巻第三（～巻第十）」を続ける。ために、国会図書館蔵『楠軍物語』後補題簽は「〈絵入〉楠軍物語　一、三」とし、右傍余白に「(二欠)」と記すが、実質的には、巻首、巻第二、巻第三（～巻第十）と続いており、欠脱はない。第一冊目の総目次にもとづき構成を把握するのが適切である。片仮名本は「巻首、戦功篇第一～戦功篇第七」の八巻構成、平仮名は「巻首、巻第二～巻第十」の一〇巻構成である。

『国書総目録』は本書を「楠父子二代記」「楠二代軍記」「楠軍物語」「楠家全書」などの項に分載している。「楠軍物語」の項には、「外題：〈絵入〉楠軍物語、目録題・内題：楠氏二先生全書」とある図書と「外題：楠物語、目録題・内題：楠軍物語」とする図書との二種類が混在している。後者は『太平記』に基づく著述であり、『理尽鈔』の影響は認められない（後述）。『国書』「楠軍物語」の項のうち「米沢興譲（五冊）・茶図成簣（五冊）」は後者の「楠軍物語」であり、「楠氏二先生全書」ではない。「旧浅野（三冊）」は不明。

以上をふまえ、本書を分類整理する（◎実見、○複写による。①～⑤は巻首（巻一）の構成。①発題、②世系、③二先生小伝、④正成先生小像付讃、⑤二先生耳提面命の図付賛）。所蔵先は原則として略称による［→本書巻末「所蔵者略称一覧」］。

（イ）挿絵なし漢字交じり片仮名本

（イ1）《楠父子二代記》（八巻八冊。外題「楠父子二代記」、内題「楠氏二先生全書」。無刊記）

（イ11）新潟大佐野◎（八冊。藍色無地表紙二七・〇×一六・五cm）・刈谷◎（巻一欠七冊。縹色無地表紙二七・〇×一六・六cm）

（イ12）国会◎（八冊。一・二冊後装、三冊以下藍色無地表紙二七・二×一六・五cm）

（未見）宮城伊達（八冊）

※（イ12）は、（イ11）第八19オ「高師直ハ同四日兵七万三千余騎［　］ニ将トシ飯盛ノ城ヲ囲シム」の［　］部分に、「ヲ帥テ飯盛ヨリ発向シテ高豊前守ヲシテ一万三千余騎」の章句を補い、同丁五行目末尾から九行目全体を改刻している。この補訂は、『理尽鈔』（巻二六30オ）等を参照したものであろう。

（イ2）《楠家全書》（八巻八冊。外題・内題「楠家全書」。刊記「天和三癸亥年／仲夏下浣／田中勝兵衛刊行」）

※（イ12）の版木に種々修訂を加えた改題本。富高本と京大本とは第一冊の記事順が異なる（富高：目次・発題・世系・小伝。京大：目次・発題・小伝・世系）。

富高菊水◎（八冊。縹色地雷文繋に桐唐草押型表紙二五・二×一六・四cm）・京大◎（八冊。錆納戸色無地表紙二一・九×一六・〇cm）・弘前（第七存一冊）

（ロ）絵入り漢字交じり平仮名本（内題はすべて「楠氏二先生全書」。大本）

※（ロ）は（イ11）の誤脱を受けついでおり、（イ11）に拠ったと考えられる。（ロ1）は京大、大阪府、福井市の順に欠損が進んでいる（④正成像の雲形の枠と畳がわかりやすい）。大阪府本巻一〇最終丁裏は、福井市などの「吉文字屋市兵衛」の刊記相当部分が空白。京大本には、「吉文字屋市兵衛」とは別の刊記があり、それを削除したものか。（ロ2）は（ロ1）福井市本よりさらに後出であろう。

（ロ1）《楠二代軍記》

京大◎（一〇巻五冊を合一冊。新補表紙であるが、原題簽「〈絵入〉楠二代軍記」を貼付。巻一〇10丁以下欠。刊記不明）

大阪府◎（巻首②③欠。一〇巻五冊。新補表紙・外題なし。無刊記）

福井市○（巻首①②欠。③半丁存。一〇巻五冊。題簽「〈平かな／絵入〉楠二代軍物語〈太平記綱／目抜書〉」。刊記「大坂心斎橋筋安土町／吉文字屋市兵衛」）

尾道（一〇巻五冊）

（ロ2）《楠軍物語》

国会◎（巻首①②欠。③半丁存。一〇巻九冊を合四冊。題簽「〈絵入〉楠軍物語（楠いくさ物語、くすの木軍物語、くすのきいくさ物語）」。刊記「大坂心斎橋筋安土町／吉文字屋市兵衛」）・上田花月○（存巻三・巻一〇。一冊。刊記「大坂心斎橋筋安土町／吉文字屋市兵衛」）・果園文庫(*)（一〇冊）・島田貞一（九冊）

（*）『果園文庫蔵書目録』に「楠いくさ物語　大本　十巻十冊　100」（題簽：〈絵入〉楠いくさ物語一～十。内題：楠氏二先生全書巻第一～十。刊記：大坂心斎橋筋安土町／吉文字屋市兵衛）が載る。国文学研究資料館・日本古典籍総合目録の「『国書総目録』所蔵者略称等一覧」によれば、果園文庫旧蔵書の移動先は「天理大学附属天理図書館（小田果園旧蔵書）」とある。天理図書館にお尋ねしたところ、一〇冊本の「楠軍物語」は所蔵していない、と回答いただいた。なお、本章三1『楠軍物語』（外題「楠物語」、五巻五冊）は別書である。

2、『本朝武家評林』遠藤元閑著、四六巻。「本朝武家評林大系図」五巻と併せ、五一巻。

元禄一三年大坂・岡埜安兵衛刊本と大坂・大野木市兵衛印本（「蔵板予顕目録」から推すに宝暦頃か）とがある。「蔵板予顕目録」に「本朝武家評林　五十一冊　多田満仲より楠正成迄凡四百年の間軍儀をしるす。前太平記・保元・平治・源平盛衰記・太平記等時代を記す。附録に諸家の系図伝を出す」とあり。『評林』の序文によれば、『太平記』建武政権樹立までで筆をおいたのは、「老衰」故という。本書の正成関係記事は全体の一部にすぎないが、「凡例」に「予柔弱之比ヨリ、太平記評判理尽抄ヲ伝受シテ、胸中ニ秘ス」というように、『理尽鈔』の影響が極めて強く、巻三九以降巻四六までは『太平記』・『理尽鈔』を拠り所としている。『太平記』巻一から巻一二に相当する範囲を扱っており、分量的にまとまった記述であるので、他の図書に準じてここにとりあげる。

3、『南朝太平記』馬場信意著。外題「〈日本／諸家／秘説〉南朝太平記」

宝永六年（一七〇九）京・田井利兵衛刊―大阪府石崎◎（二五冊。序・総目録一冊、巻之第一～二四各一冊）・新城情報牧野（二五冊）・宮城伊達（二五冊）◎・他

享保二年（一七一七）大坂・油屋与兵衛、京・野田弥兵衛、京・中野小左衛門印―書陵部◎（二〇巻二〇冊。序・総目録無し。巻之第一～二十まで各一冊。第二〇冊後表紙見返しに刊記あり）

享保一〇年（一七二五）大坂・菊屋勘四郎、同・紀伊国屋宇兵衛印―富高菊水◎（二四巻二〇冊。［序・総目録、巻一］［巻四・五］［巻六・七］［巻一二・一三］［巻一五・一六］が各一冊）

刊年不明―旧彰考（九冊）・九大（一〇巻五冊）

活：国史叢書（巻一「楠氏世系図」を欠く）

3付、『南朝軍談』

本書は、目録題・内題・尾題のみを「南朝軍談」と改刻したもの。柱題は「南朝太平記」。宮城県図書館養賢堂文庫蔵本（二四巻五冊）は後装表紙の題簽に「南朝太平記〈自一至三（～自廿一至廿四）〉」と墨書している。刊記は「宝暦十庚辰年正月吉日求之／浪華書林　心斎橋筋順慶町　柏原屋与市」。次に「崇高堂蔵板目録　大坂心斎橋筋南久宝寺町　河内屋八兵衛」一丁があり、その書目からみて河内屋八兵衛の出版は寛政年間に降るか。

村上金次郎『楠公関係文献解題』（私家版、一九三二）に『〈楠氏／太平記／実説〉南朝軍談』（二一冊　柳隠子信意編

享保一〇年（一七二五）九月　大野木市兵衛刊）とあり、後述［↓本章三2］の『菊水文庫蔵書目録』にも「南朝太平記　20冊」の他に「南朝軍談　24巻目録とも21冊　享保10」とある。二〇一〇年八月の菊水文庫調査時、南朝軍談の所在は確認できなかったが、これらの記載にしたがえば、『南朝軍談』は『南朝太平記』享保一〇年印本の改題本であり、改題後も宝暦一〇年、寛政年間と何次かにわたって刊行されたことになる。

3参、『楠氏五代記』

増淵勝一蔵。[2] 解説によれば、『楠氏五代記』は全四八冊。第一冊～第五冊は写本（題簽「近代公実厳秘録初一」から同「初五」まで。内題「楠氏五代記巻之第一」から同「巻之第五」まで）。第六冊～題二四冊は版本（題簽「楠氏五代記初五」から同「初二拾四」まで。内題「楠氏五代記巻之五」から同「巻之第弐拾四」まで）。第二五冊～第四八冊は版本（題簽「楠氏五代記後（編）一」から同「後（編）弐拾四」まで。内題は「楠氏五代記巻之第一」から同「巻之第弐拾四」まで）。

増淵は「『近代公実厳秘録』五冊で前を補ったのであろう」とみるが、『近代公実厳秘録』は徳川吉宗の時代の巷談であり、楠氏とは無関係。増淵蔵本の表紙は何らかの錯誤ではなかろうか。『楠氏五代記』巻一～四は、『南朝太平記』巻一（『楠氏五代記』には楠氏系図、南木氏石碑之銘を欠く）～巻二までに相当し、章段名・本文も一致する。第六冊～第二四冊の「天王寺合戦での正成の計略から湊川での正成兄弟自害に至るまでの話を収める」という。これは、『南朝太平記』の巻一二までに相当する。後編の「正成の首が千剣破城に送られたこと、および正季の死から明徳三年（一三九二）の南朝終焉までを描く」という内容は、同じく巻一三から巻二四に相当する。したがって、本書は『南朝太平記』の改編・改題本と推定する。

4、『三楠実録』

畠山泰全（郡興）著、正徳二年（一七一二）北勢散人序・元禄四年（一六九一）自序。上（廷尉之巻：正成）

一二巻、中（金吾之巻：正行）五巻、下（典廐之巻：正儀）五巻の三編一二巻。

享保六年河内屋宇兵衛刊―住吉大社御文庫（二二冊。未見。日本古典籍総合目録・書誌注記「此三楠実録全部廿二本、往昔菅生堂主人奉納有之候処、去ル享和二庚戌年住吉四処宮回録之砌、右三楠実録紛失致行方不知処、我等不思買得、今般御文庫江再謹而奉納致候者也　文化二丑年閏八月　定学堂主人　海部屋平五郎」）。

後印―大阪府石崎◎（「享保六歳辛丑五月穀旦／書舗　大坂南久太郎町心斎橋筋／河内屋宇兵衛」。下之二・三、下之四・五各一冊計二〇冊）。他に、同じ年記を記すが、発行書肆を異にするもの（京大文図◎。番号Pg/268。書舗は、東都・須原屋茂兵衛、皇都・勝村治右衛門。二二冊）、それらとは書肆を異にし、刊年を記さないもの（内閣◎。番号171–10、二二冊）、刊記の無いもの（架蔵◎二二冊）など、後印は多数あり。

活：（＊1）〈増補〉三楠実録（明治一五。活版一冊。東京：潜心堂、小笠原書房）、（＊2）三楠実録（明治一六。活版袋綴八冊。長野：信濃出版）、（＊3）〈絵本実録〉楠公三代記（明治二〇。活版一冊。東京：文事堂）

※（＊1）（＊3）は国会図書館・近代デジタルライブラリーに収録。（＊1）の〈増補〉とは、三楠実録が引用を省いた『太平記』の記事を掲出し便宜を図ったことを指す。（＊2）は国会・内閣・東大総図等にあり。（＊3）は別版あり。金城学院大学図書館福田文庫蔵本の奥付の内容は国会本と同じであるが、国会本は本文一頁13行40字、頁表示は奇数頁左下・偶数頁右下に「一〜四七六」、金城本は17行42字、頁表示は左上・右上に「一〜二百六十二」「後一〜後八十二」等々の相違がある。木版口絵匡郭の欠損状況等から金城本が後出と判断される。

本書の特質について、付言しておく。ここにあげた他の著作は直接・間接を問わず、いずれも『理尽鈔』の影響をうけ、それぞれの方針のもとにまとめあげられたものである。その中にあって、本書は凡例に「凡此書ノ中ニ記ノ如シト呼者ハ流布ノ太平記ヲ指リ。蓋其事・其戦、記ニ詳ナル者ハ彼ニ譲テ記サズ。然レ共前後連続仕難所ニ至テハ記ノ文ヲ用捨シテ記事多シ。」と断っている。たとえば、上之二の章段「出二走赤坂城一計二敵軍一」は、次のような形式をとり、傍線部が記事の本体であり、その間に一字下げで、注解をくわえるという形式をとっている。

去程ニ敵軍寄来タレバ、既ニ合戦ニ及ビ〈(割注)合戦、記ノ三ノ如シ〉釣塀熱砂

世静マツテ後、諸大将正成ニ問テ曰ク、釣塀ノ事……(後略。『理尽鈔』巻三29ウ以下に拠る兵談)

種々謀ヲ回シ、多クノ敵ヲ亡ストイヘ共、俄カノ籠城ナリシ程ニ、敵軍思ヒシヨリモ早ク責寄ケレバ

楠公曰ク、相州禅門愚癡闇昧ナル人ナレバ……(後略。高時が予想外にすばやく派兵したのは、前代の威風が残っていたからだ、との論評。『理尽鈔』巻三24ウの「高時、日比ノ不義ニ違テ急ニ軍勢ヲ指上セシ故ニ……」という章句を敷衍したもの)

記ノ如ク糧モ尽シ程ニ……。

『理尽鈔』巻三24オは、「赤坂軍ノ事。楠是ホドノ一大事ヲ思ヒ立ンニ、漸々ノ用意モナク旗ヲ挙タルハ不覚也ト時ノ人云モアリシ。○伝ニ云、赤坂ニテ俄ニ旗ヲ挙シハ……」と赤坂城合戦記事をはじめている。『理尽鈔』は『太平記』の存在を前提として、問題とする章句を摘記して、「伝」「評」の論評を加えている。読者は別に『太平記』本文を用意することを求められており、この不便を解消するために、『太平記』本文をとりこんだ『太平記大全』『太平記綱目』が出現した。『理尽鈔』に比べれば、『三楠実録』は一応は自立性を保っている(傍線部のみをたどっても意味は通じる)が、「記ノ如ク」とあるように、厳密には『太平記』の存在が要請されている。この点が他の著作と異なる特徴である。この特徴は逆にいえば、『理尽鈔』や『太平記』を自らの形式に融解してしまってはいないことにもつながり、本書は『理尽鈔』の煩雑さを整理した、簡便な資料として重宝されたと思われる。次節にみる『絵本楠公記』の利用もその一例である。

5、『楠一生記』落月堂操巵著、一二巻一二冊。

正徳六年（一七一六）刊―国会◎・中京大（七冊）◎・盛岡公民〇・日本福祉大草鹿◎・他

『典籍作者便覧』は尾田（馬場）信意の作とする。『御成敗式目』（江戸中期）付載の蔵版目録（小泉吉永編『近世蔵版目録集成　往来物篇　第壱輯』三八二頁）にも「楠一生記　馬場信意撰　ひらがな絵入り　十二冊」とあり。

刊年については、『中京大学図書館蔵国書善本解題』二一一頁に「正徳六年三月刊（京　今井七郎兵衛・西村理右衛門・金屋平右衛門）〔後修〕」とあり、国文学研究資料館・日本古典籍総合目録の書誌詳細に「〈版〉正徳6年　京　今井七郎兵衛・西村理右衛門・金屋平右衛門刊本の後修」とある。本書巻三以降は、『楠軍物語』の版木を利用しており、これら解題にいう「後修」とは、その際の入木補修をふまえた注記と思われるが、これら補訂は正徳六年の本書刊行時の操作であり、「……金屋平右衛門刊本の後修」ではない。

本書の巻一・二と巻三以降とは性格を異にする。巻一・二は、基本的には『南朝太平記』を踏まえている。ただし、冒頭の楠世系および「楠」氏由来譚は別種資料によっている。「楠」姓の初代を『南朝』は正成の遠祖「成綱」とするが、本書は父正玄とし、これは『三楠実録』（成立は『楠一生記』に先だつ）を参照したものと思われる。また、正成が初陣で倒した相手を「鬼田六郎左衛門」とするなど人名の一部を変え[3]、八尾襲撃の契機として、父正玄の死去をあげることなどの新たな工夫をこらしている。版木も新たに彫刻したものである。

巻三から巻一二は、『楠軍物語』〔↓本章三1〕の版木をほとんどそのまま利用し、部分的な修訂を加えている。そのことは両者の版心によって明白である。『楠軍物語』の柱題は各冊「楠一」「楠二」「楠三」「楠四」「楠五」であるが、『楠一生記』は、巻一「楠一初」、巻二「楠二初」、巻三・四「楠一」、巻五・六「楠二」、巻七・八「楠三」、巻九・一〇「楠四」、巻一一・一二「楠五」とある。『楠軍物語』と重なる巻三以降の丁付けは、三・四から一一・一二の各二巻をあわせて、『楠軍物語』巻一から五のそれと一致する。修訂箇所は、各冊巻頭（例「楠軍物語巻第一」を「三之巻」に改める）および巻末（三之巻12ウの場合、『楠軍物語』の詞章が13オ第一行にまで及んでいるのを追い込むため、終わり三行を入木補訂している。八之巻の場合は、逆に一行分が前丁裏から始まっているため、八之巻第一丁〈丁付けは「十八」〉の全体を彫り改めている。十之巻巻頭も同様）。

『楠軍物語』第一冊の本文第一丁表（楠軍物語巻第一　主上御夢の事付楠が事　元弘元年……）が『楠一生記』第三冊第一丁表（三之巻　主上御夢の事付楠が事　元弘元年……）となる。版心に縦枠が無く横幅は折り目の位置により異なるので、匡郭縦幅のみを注記すると、『楠一生記』の縦寸法（二一・三㎝）は、『楠軍物語』後印（天理・成簣二一・三㎝。初印の米沢・富高は二一・六㎝）のそれに等しい。

6、『絵本楠公記』山田案山子（得翁斎）作、速水春暁斎一世（速水春暁斎）画。初編一〇巻一〇冊、二編一〇巻一〇冊、三編一〇巻一〇冊

初編：寛政一二年（一八〇〇）刊〈東都書肆〉須原茂兵衛、〈平安書肆〉勝村治右衛門・今井七郎兵衛・八木治兵衛・赤井長兵衛・梅村伊兵衛・田中吉兵衛合梓〉。※『享保以降　江戸出版書目　新訂版』（臨川書店、一九九三）〈寛政十二年庚申三月廿五日割印〉に「板元　京　勝村次右衛門／売出し　須原屋茂兵衛」とあり。

二編：享和元年（一八〇一）刊〈東都書林〉須原茂兵衛、〈浪華書林〉鳥飼市左右衛門、〈皇都書林〉勝村治右衛門・今井七郎兵衛・八木治兵衛・赤井長兵衛・田中吉兵衛・梅村伊兵衛〉※『同』〈同（享和元年）九月廿五日割印〉に「同（板元　京）梅村伊兵衛／同（売出し）須原屋茂兵衛」とあり。

三編：文化六年（一八〇九）刊〈東都書林〉須原茂兵衛、〈浪華書林〉鳥飼市左右衛門・奥田弥助、〈皇都書林〉田中吉兵衛・勝村治右衛門・今井七郎兵衛・八木治兵衛・赤井長兵衛・梅村伊兵衛〉※『同』〈文化六年巳九月廿五日割印〉に「板元　京　梅村伊兵衛／売出し　須原屋茂兵衛」とあり。

版種により、各編の表紙（模様、色合い）が異なるが、いずれも菊を中心とする型押模様、初編縹色（淡青）系統、

二編木賊色（青緑）系統、三編代赭色（赤茶）系統である。管見に入った中では、上田市立図書館花春文庫（架蔵番号66−1〜10［初編。模様：上部に大きな菊花一つ、下半分に流水］、67−11〜20［二編。上・下に菊水、中に一引両と二引両］、68−11〜20［三編。枝葉を伴う菊花］。各一〇冊）が早印と思われ、宝山寺蔵本も各編二冊計六冊に改装（表紙も後補）されているが、印面はきれいである。後印本は一〇種以上に及ぶ。活版本多数あり［↓第七部第四章］。

二、『絵本楠公記』の生成

『絵本楠公記』が先行する諸書をどのように利用して一書を成しているか、正成の誕生から元服までの記事（初編巻二）を事例としてみていく。引用は、『南朝太平記』（新城情報牧野）、『楠一生記』（盛岡公民）、『絵本』（上田花春）は国文学研究資料館の電子複写、『三楠』は架蔵本、『本朝武家評林』は愛知教育大学蔵本に拠る。

事例1、異常【誕生】（『理尽鈔』『楠氏二先生全書』『本朝武家評林』『三楠実録』記事無し）

『南』斯テ十四月ニ当ツテ、人皇九十一代伏見院ノ御宇、永仁二年甲午ニ誕生ス。此トキ既ニ久明親王ノ治世ニシテ、執権ハ高時ノ父、相模守貞時ニテゾアリケル。

『一』十四月めと申すにやすらかに玉の男子を誕生あり。時に人皇九十一代伏見のゐんの御宇、永仁二年甲午のとしにあひあたり、将軍は久明親王、執権は高時の父、北条相模守貞時にてぞまし〳〵ける。」

『絵』孕事十四ヶ月、時に人皇九十一代伏見院の御宇、永仁二年甲午、将軍久明親王、執権北条高時の父、相模守貞時の時に当て、男子誕生す

事例2、【六七歳】相撲（『理尽』『三楠』六歳。『二先生』『武家』記事無し）
『南』六歳ノトキ、家人等ノ子共ト戯レテ相撲ヲ取ラレケルニ、……
『二』六七さいのころよりも家人等の子共をあつめ、相撲のたわむれをせれれけるに、……
『絵』多門丸六七才のころよりも家人等の子供を集め、相撲をたはむれけるが、……

事例3、【七歳】宇佐美弥次郎との相撲（『南』独自記事）
『南』弥次郎（乳母の夫の嫡子。後、湊川で共に自害した宇佐美正安。当時一八歳）につかみ挙げられながら、多門丸は相手の眉間を打ち、「渠ガ心ヲ奪ヒ、中ヨリハネ落、弥次郎ヲ打倒」す。

事例4、【七歳冬】飛雁を射落とす（『南』独自記事）
『南』アル雪ノ夕暮ニ、雁ノ友ニ後レテ渡ルヲ見テ、多門丸、弓トツテ矢打ツガヒ、アヤマタズ彼飛雁ヲ射落サレシカバ……

事例5、【八歳】観心寺就学（『理尽』『二先生』『三楠』記事無し）
『武家』八歳ニシテ、観心寺ニ入テ学文シ、（↓以下、事例8）
『南』八歳ノ春ヨリ、同国錦部郡檜尾山観心寺トイヘル真言寺へ登セテ、学文ヲナサシメラレケルガ、一ヲ聞テハ十ヲ知ル、才智世ニ双ビナカリシカバ、稽古トゞコホル処ナク、水ノ流ル、ガゴトクナリ。斯テ多門丸、明暮文ヲ学ビ、剣術ヲ琢磨シテ、遊戯ヲ好マル、コトナク、才智世ニ勝レテ、左ナガラ神ノゴトクナリ。
『二』八さいのころより、同国檜尾山観心寺といへる山寺にのぼせ、学文をなさしめられけるが、一を聞ては十をさとり、稽古、水のながる、がごとく、一山の衆徒も舌をふるはし、生毘沙門とぞよびにける。そのうへ剣術・射芸に心を入れ、……皆人成人の期をまち居たり。

『絵』八才の春より、同国檜尾山観心寺といへるに登、学文を励まれ、一を聞ては十を悟り、手習・ものよみの稽古、水の流る、が如く、一山の衆徒も舌をふるわしける。其うへ剣術・射芸に心を入れ、……家の子郎従等成人の期をこそ待居ける。

事例6、【一一歳】林軍太（『絵本』独自記事）

『絵』「林軍太多門丸に降参の事」（一一才の年、楠家の敵八尾は多門丸暗殺を企てるが、刺客の林軍太は多門丸に降参し、主従の約を結ぶ。）

事例7、【一二歳】初陣に際して、父に献策

『南』嘉元三年四月十二日、矢尾別当顕幸出張スト聞エシカバ、楠多門丸、父正澄ノ前ニ進ミ出、……

『二』嘉元三年の夏、八尾別当顕幸此たびは、近国の勢をかりあつめ、多ぜいにて出張せり。楠多門丸、此ときいまだ十二さい、父の前にかしこまり、……

『絵』嘉元三年の夏、顕幸近国の勢をかり集め、多勢を以て楠が地を掠《かすめん》と出張するよし正玄方《すみ》へ聞へければ、多門丸、時に十二才、父が前に出て申様……

事例8、【一二歳】初陣高名（『理尽』一六84オ「十二歳ニシテ戦場ニ出テ敵一人討捕ケリ」。『二先生』『三楠』『武家』も「敵一人」）

『南』「別当ニ加勢トシテ、泉州ヨリ馳来リタル岡田六郎左衛門」ト名乗モ果ヌヲ首掻落シ、太刀ノ鋒ニ指貫キ「楠多門丸十二歳、軍ハ斯クコソスレ」ト高声ニ名乗ラレケル。

『二』「此たびの加勢として和泉のくにによりむかひたる鬼田《おにだ》六郎左衛門の尉久式《のり》」となのるところを、やがてくびをかきおとし、太刀のきつさきにさしつらぬき、「楠多門丸十二さい、いくさは斯くこそすれ」と大をんにて名のられしかば、上下どつと感称せり。

『絵』「此度の加勢として和泉の国よりむかひたる鬼田《おにた》六郎左衛門尉久式《ひさのり》」と名乗るを、やがて首をかき落し、太刀さきに貫ぬき、「楠多門丸十二才、初陣の手始めなり」と大音に呼はりければ、上下どつと感称せり。

事例9、容貌（正成の容貌の記載は『無極鈔』に始まる。『理尽』『二先生』『武家』『南朝』『一生』には無し）

『無極鈔』正成ハ其形痩テ骨細、色黒シ。其長五尺ニ不足シテ、言語不猛。然ドモ其徳至テ高ケレバ、威ヲ敵軍ニ振、誉ヲ古今ニ伝（巻一六之中巻32オ）

『三楠』其性質柔和ニシテ平生忿ノ色ナク、言語分明ニシテ能ク人ヲ訓、仁心殊深シテ郎従トナク下民ヲ見ル事、母ノ赤子ヲ見ルガ如シ。人品色黒骨細ク、面ニ筋力アリ。勢五尺ニ余ル事少キナリト云へ共、力ハ頗ル八人ノ役ヲ勤メタリ。

『絵』楠多門丸、生長色黒くして骨細、面顔に筋力ありて其丈五尺に余り、

事例10、【一五歳】軍法習得（『理尽』一六84オは「生長スル儘ニ学好テ、物ノ意ヲ弁へ」というのみ。『二先生』『三楠』も同様。大江時親への師事については、平凡社東洋文庫『太平記秘伝理尽鈔2』解説三六七頁にふれた）。

『武家』十五歳ヨリ河州加賀田郷ニカヨヒテ、大江修理亮時親ニ因デ、元朝伝来ノ軍法ヲ伝授シタリ。常ニ義経ノ

寿永記ヲ心ニ懸、自身工夫シテ兵術ヲ錬磨シ、……（「寿永記」は、『理尽鈔』七18オに、正成が義経の「元暦記」に学んだとの記述の変奏）。

『南』抑兵家ノ軍法秘伝妙要ト申ハ（中略）茲ニ河内加賀田郷ニ修理亮大江時親ト云フ人アリ。（中略）然ルニ楠左衛門尉正澄ノ長男多聞丸、十五歳ニナラレケルガ、箕裘《キキウ》ノ業ヲ継ギテ、聡慧《ソウエ》万人ニ勝レケルユヘ、如何ニモシテ軍法兵伝ノ秘法ヲ知ラント、思慮セラレケルガ、……

『二』楠多門丸すでに十五さいにおよびけるが、いかにもして軍法の奥儀をあきらめ、至極の所にいたらんと心をくるしめらるるといへども、師のなきことをなげかれけり。（中略：軍法伝来次第）大江の修理の亮時親といふ人、河内のくに加賀田の郷に住して（中略）多門丸さま〴〵と縁をもとめ懇望し、大江の時親の弟子となり……

『絵』多門丸十五歳におよびしが、いかにもして軍法の奥儀をあきらめ、至極の所に至らんと望まれけれども、その師の無き事を常に歎かれける。（中略：軍法伝来次第）大江修理介時親といふ人其頃河州加賀田の郷に住して（中略）多門丸大きに悦び、様々と懇望し、大江の時親が弟子となり……

事例11、野武士撃退（『絵本』独自記事）

『絵』「多門丸野武士を討事」（多門丸、大江に通う途次、八尾のさし向けた野武士五〇人を撃退。）

事例12、【一六歳】元服（『理尽』『二先生』『三楠』『武家』記事無し）

『南』十六歳ニ及ビシカバ、延慶二年二月十三日ニ首服ヲ加ヘ、楠兵衛尉橘正成トゾ号セラレケル。

『二』延慶二年二月十三日、最上吉日たるにより、多門丸十六さいにて元服の儀式あり。楠兵衛の尉正成とぞなのられける。

『絵』延慶二年二月十三日、吉日たるにより、多門丸十六歳にて元服の儀式あり。楠多門兵衛尉正成とぞ名乗れける。「其性柔和にして常に怒りの色なく、ちからは八人を兼備せり。」（「　」内は『三楠』による。事例7）

以上、例示したように、（1）『絵本』は初編四「楠正成鎌倉に下向して未然を間鑑見る事」までは、『楠一生記』を基盤として、『三楠実録』の記述を補入して成り立っている。(4) ところが、前述のように、『楠一生記』巻三以降は『理尽鈔』系統の『南朝太平記』をはなれ、『太平記』に拠る『楠軍物語』へと、依拠資料を変えてしまう。そこで、（2）『絵本』は『三楠実録』を基盤として、『南朝太平記』を一部採り入れる（楠湊川書状など）という方法に改めることとなった。なお、（1）（2）の部分ともに、『太平記』の詞章をも採録し、独自記事もある。また、二編以降は『太平記秘鑑』をも利用していることは、本章第一節で述べたところである。

次章で述べるように、『絵本楠公記』は、明治期にあって、版本をそのまま採録した活版本やダイジェスト版、さらに種々の様態の草双紙をふくめ、極めて広範な受容をみた。『絵本楠公記』がもてはやされたのは、絵本であり、文章が平易であることなど(5)に加えて、諸書にみえる正成関連記事をほぼ万遍なく取り込んだ、いうなれば、正成ものの〝スタンダード〟であったことが大きな要因であろう。

付、【一三歳】妖狸退治

明治期に刊行された草双紙の口絵に、正成が(6)妖狸を斬りつけている図柄がある（『〈絵本〉楠公三代記』明治二〇年五月牧金之助刊、『〈絵本〉楠公記』明治二二年一月、沢久次郎刊、等）。この記事の初出は『楠正成一代記』（上下二冊の草双紙。明治二三年一二月御届、荒川吉五郎刊）の以下の一節と目される。「多門丸十三才」の夕暮れ時、群雀が俄に飛び立つをみて警戒する。多門丸は、現れ出た「身の丈一丈もあらんといふ大入道」に斬りかかり、正体を現した「年経る狸」

にとどめを刺した。

　この正成妖狸退治譚は、『楠正行戦功図会』（上田市立図書館花春文庫蔵本による。前編文政四年（一八二一）刊）巻一「正行幼稚行状話」（「正行妖怪を斬図」あり）の一齣を利用したものであろう。『太平記』巻三は、正成が毘沙門天の申し子として誕生したことを告げたのち、笠置に参上するまでの経歴を何も語らない。この空隙を、『理尽鈔』が幼少時の逸話から武将としての成長までの逸話により埋め、『理尽鈔』影響下の諸著作が詳細に増幅してきた様相は上述したところである。

　『図会』がこれに倣って正行幼少時の逸話、特に武功を語ろうにも、「十三歳」で父正成から桜井庭訓を受け、その前後はすでに『太平記』の内容に包摂されているから、正成一二歳初陣のような、架空の合戦記事をでっち上げて、正行の武功を語るわけにはいかない。そこで『図会』が正行の胆力を示す話題として持ち出したのが、正行が庭前の鬼火の中に現れ出た女の生首を斬りつけ、正体を現した「大犬の如き古狸」にとどめを刺した、という記事であった。

　正成妖狸退治譚は、『図会』が正成幼少時を意識して創出した正行の逸話を、正成幼少時の逸話として逆輸入したものである。

三、『理尽鈔』の影響が認められない著作

1、『楠軍物語』（外題「楠物語」。外題を「楠軍物語」とする『楠氏二先生全書』とは別書）五巻五冊

　刊年不明（明暦頃刊か）…米沢興譲◎（五針袋綴五冊。卍繋牡丹唐草模様摺出、やや緑色がかった黒色表紙二七・二×一八・〇cm。内題「楠軍物語巻第一（～五）」。題簽「楠物語　一（～三）」墨書、「楠物かたり　四」・「楠物語　五」印刷・子持ち枠。四周単辺二一・六×一六・〇cm。漢字平仮名交じり一二行。版心「楠一（～五）（丁付）」。無刊記〈第一冊最終

丁裏は匡郭のみ〉。第五冊末「武藤氏書之」。蔵書印「麻谷蔵書」）・富高菊水◎（巻一存一冊。後補表紙に「楠軍物語」と墨書した題簽あり）

後印…天理◯（書誌は『天理図書館稀書目録　和漢書之部　第四』による。黒色表紙二五・九×一八・〇㎝。題簽「楠物語一（五）」「楠物かたり　二（四）」「楠もの語　三」。四周単辺二一・三×一五・七㎝。刊記（第一冊末）「寛文元年辛丑／霜月吉日　開板」（入木）。第五冊末「武藤氏書之」。なお、『果園文庫蔵書目録』「楠物語　大本　五巻五冊　99」の備考に「印記「西荘文庫」がある」とあり、『国書総目録』にいう「果園」本は本書であろう）・茶図成簣◎（黒色表紙二五・七×一八・〇㎝。題簽「楠物語（以下欠損）」「（欠損）り　二」「楠物かたり　四」。三・五剝離。四周単辺二一・三×一五・七㎝。刊記（第一冊末。天理に同じ）。第五冊末「武藤氏書之」。天理本より匡郭等欠損増加。第一冊本文第二丁は表半葉のみ。米沢・天理本には存在する裏面の挿図「ごだいごの天王楠正成めさるゝ所」を欠く

未見…国文研松野（巻三〜五存。54–167–1〜3,W。傷み甚し）

前引の注（1）花田論文がいうように、本書は「太平記から正成関係箇所を抜出したもの」であるが、単純な抜書ではない。『太平記』巻一「後醍醐天皇御治世事」から巻二「天下怪異事」（後醍醐帝笠置入御）までを摘記し、編者によるつなぎの文章を綴って「序」とする。笠置での正成登場（同巻三）から後醍醐帝を兵庫に出迎える（同巻一一）まで、正成関係記事を抽出。つづく大塔宮関連記事（同巻一一・一三）、尊氏の離反から正成討死にいたる経緯（同巻一四〜一六）は、正成の登場しない記事も含めて事件展開を追い、「正成が首古郷へ送る事」（同巻一六）・「大森彦七が事」（同巻二三）をもって末尾とする。

2、『〈ゑ入〉楠一代軍記』（外題）

大阪府立富田林高等学校同窓会編集『菊水文庫蔵書目録』（一九七一）4頁に「絵入楠一代軍記　1冊」「楠軍法集

2巻2冊」が記載されている。この目録は原則として内題を採録しているが、二〇一〇年八月調査時の現況は、外題による書名を付した帙に収められており、目録との対照が困難な場合があった。この点を考慮し、帙書名と図書表紙に貼付された蔵書票および目録とを整理して記すこととする。

◇帙「楠軍法記」。蔵書票「富校菊水文庫第7号」。

新装無地洋紙表紙二七・四×一九・〇㎝。左肩に墨書題簽「楠軍法記」。

第一丁表〜三丁裏「楠軍法記　序／爰に本朝人皇の始〜笠置の石室へ臨幸なる」（漢字平仮名交じり一三行。版心「楠　巻一　一」。『楠軍物語』「序」に同内容）

第三丁裏・第四丁表「楠軍法集目録」「一　主上御夢の事付楠か事〜十九　坂本皇居の事并御願書の事」（『楠軍物語』一之巻〜三之巻の章段名に同じ）

第五丁表「楠軍法集巻第一／［一］主上御夢の事付楠か事／元弘元年八月廿七日主上かさぎへ臨幸なつて本堂を皇居／〜」〜第二三丁表（半葉。本来は後表紙見返し）最終行「下向をあひまちけり」（漢字平仮名交じり一六行。以上は『楠軍物語』巻一に同内容）。尾題「楠軍法記巻一之終」。なお、第一七丁の後に、同丁裏半葉が重複して綴じられている。

第二三丁の次に「あくれは正月十一日将軍八十万騎にて都へ入給かねては合戦事」に始まる一丁が綴じられている（『楠軍物語』巻三「将軍入洛の事付親光討死の事」の冒頭に同内容であり、楠軍法集目録［十八］の冒頭とみなされる）。その裏は、『楠軍物語』巻三33ウ「主上坂本りんかうぢやうしゅ坊五百にて来る」図を利用した見開き挿画の右半分と考えられる。

◇帙「楠一代軍記」。蔵書票「富校菊水文庫第5号2冊中2」。
縹色無地表紙（二六・五×一八・八㎝）に子持枠題簽「〔　〕楠一代軍記　〔　〕」（〔　〕破損）。

第一丁表「楠軍法集巻第二／五ちはやの城いくさの事／楠天皇寺《ママ》を引ちはやの城にこもる所に六はら勢うんかのことく／～」～最終丁最終行「に近付奉らしと其御首をはやぶのかたはらにすてけるとなり」（漢字平仮名交じり一六行。四周単辺二二・一×一六・五㎝。最終丁版心「楠　巻二終　廿四」。虫損甚だしく、第一丁の版心は確認できず、間の丁を開くこともできないが、確認した限りでは『楠軍物語』巻二と同内容である。）。

◇帙「楠一代軍記」。蔵書票「富校菊水文庫第5号2冊中1」。
縹色無地表紙（二六・五×一八・九㎝）に子持枠題簽「〈ゑ入〉楠一代軍記　六」。
第一丁表「湊川物語／十五新田殿みなと河合戦の事／楠すてにうたれにけれは将軍と左馬のかみと一所にあはせて／～」～第二〇丁裏一五行目「……もり長かきやうらん本復／して正しけがこんばくかつて夢にも来らすなりにけりさても」（漢字平仮名交じり一六行。四周単辺二一・八×（虫損）㎝。版心「楠　巻六　一」。『楠軍物語』巻五11オ7L～42オ6Lに同内容であり、次項『湊川物語』三巻三冊のうち下の第1オ～20ウまでと形式的にも全く同じ）
最終丁（後表紙見返し）「石見伯耆の勢六千余騎にてはせ参る其外国々の軍勢まねか／～／〔　〕にける」（『湊川物語』上の後表紙見返し「石見伯耆の勢～つきにける」と同一）

以上、外題（「〔　〕楠一代軍記〔　〕」「〈ゑ入〉楠一代軍記　六」）、漢字平仮名交じり一六行、四周単辺、版心（「楠　巻一（丁付）」「楠　巻二（丁付）」「楠　巻六（丁付）」）という特徴を総合すると、本来『〈ゑ入〉楠一代軍記』六巻六冊という形態であったと思われる。

内容的には『楠軍物語』の改題改編本（版木は新刻。『楠軍物語』半葉一二行、『楠一代軍記』半葉一六行）であり、『楠一代軍記』との総称のもと、前半三冊「楠軍法集」、後半三冊「湊川物語」から成る。その後半三冊を独立刊行したものが次項の『湊川物語』ということになるが、前半の「楠軍法集」が独立刊行されたかどうかは不明である。

菊水文庫本を整理すると、以下のようになる。

帙「楠軍法記」（一冊。蔵書票「富校菊水文庫第7号」）。目録4頁「楠軍法集　2巻2冊」の第1冊

…内容は《『〈ゑ入〉楠一代軍記』のうち、「楠軍法集」序・巻一。巻三零葉（31ウ、33ウ）》

帙「楠一代軍記」（二冊）

蔵書票「富校菊水文庫第5号2冊中2」。目録「楠軍法集　2巻2冊」の第2冊。

…内容は《『〈ゑ入〉楠一代軍記』のうち、「楠軍法集」巻二》。

蔵書票「富校菊水文庫第5号2冊中1」。目録4頁「絵入楠一代軍記　1冊」に相当するか。

…内容は《『〈ゑ入〉楠一代軍記』のうち、「湊川物語」巻六。巻四零葉（25オ）》。

菊水文庫本の現況は錯綜しているが、本書は、これまで存在の知られていなかった貴重な資料であり、『楠軍物語』と『湊川物語』とをつなぐ存在である。本書の出現により、『湊川物語』の不自然な様態も理解可能となる。

3、『湊川物語』（外題「〈ゑ入〉楠湊河物語」等）

調査時、所在を確認できなかったが、目録19頁に「湊河物語　3巻3冊（上巻欠）」とある。この「湊河物語」という表記は、ここで問題にする『湊川物語』中の内題に一致する。「日本古典籍総合目録」に「『湊川物語』刊年不明、三巻三冊　版：川島右次・中京大学図書館・天理図書館（下存一冊）」とある。菊水文庫には川島蔵書印かと思われる

印を捺した図書があり、目録19頁の図書は川島旧蔵書であろう。

中京大学図書館蔵本の書誌を簡単に記す。藍色無地表紙二七・二×一九・一㎝。左肩に朱打付け書「湊川物語　上（中・下）」。四周単辺二一・九×一六・五㎝。版心「楠巻四　（丁付）」「楠巻五　（丁付）」「楠巻六　（丁付）」。刊記「通油町／本問屋開板」。

本書は、『中京大学図書館蔵国書善本解題』に、「『太平記』（流布本）巻一五の第五章段以降と巻一六から楠正成関係の章段を抜萃し、さらに巻二三の冒頭章段「大森彦七事」を付加して二一章段とし、三巻に分割したものであり、平がなを多くした文に直してある」とあるが、上述したように、『楠軍物語』（楠物語）巻四・五を三巻三冊に再編した、『〈ゑ入〉楠一代軍記』の後半部分（巻四・五・六）を独立刊行したものである。版心が「楠巻四」「楠巻五」「楠巻六」とあるのも、『楠軍物語』から直接派生したものではなく、『〈ゑ入〉楠一代軍記』が介在したことを証し立てるものである。章段には「一　洛外出ばりの事」（〜「廿一　大森彦七か事」）のように、一からはじまる三冊通しの番号がふられている。また、『沙羅書房古書目録』第七六号（二〇〇八・六）三三頁および『一誠堂古書目録』第一一二号（二〇一一・六）一頁に、「原表紙題簽美」（原装上本）とある三冊本の図版が載る。「〈ゑ入〉楠みなと河物語　上」「〈ゑ入〉楠湊河物語　中」「〈ゑ入〉楠みなと川物語　下」の題簽を確認でき、本書が三冊揃本として刊行されたことは明らかである。『一誠堂古書目録』解説に「本書の前編としての三巻本があったと推定されるが、詳細は不明である」とある。その「前編」が「楠軍法集」三巻であり、「楠軍法集」と「楠湊河物語」とにより、『〈ゑ入〉楠一代軍記』が成り立っていたこと、上述したところである。

さて、以下は直接的には、1『楠軍物語』と3『湊川物語』との比較であるが、3は2『〈ゑ入〉楠一代軍記』とと同じ版木を用いていると思われ、比較検討の結果は正確には2に帰属するはずである。

冒頭章段のみ『楠軍物語』「正月廿七日合戦の事」、『湊川物語』「洛外出ばりの事」と異なるが、本文は、漢字・仮名の宛て方に多少の相違はあるもののほぼ同じ。『湊川物語』巻四第六丁裏四行目「すくなしくして」（しは「くな」の左側に沿う形で、二字分の長さの「し」）は、『楠軍物語』巻四・五丁裏七行目「すくなくして」（しは長字形）の影響下の誤刻。『湊川物語』巻四第七丁裏五行目「をひゆきける」は、『楠軍物語』「をち行ける」（主体は足利勢）の誤り、等の事例があり、『湊川物語』（厳密には先行の『楠一代軍記』の当該部分）が『楠軍物語』に拠っていることが裏付けられる。

また、挿画は、『楠軍物語』巻四・五に計一九図。『湊川物語』は、見開き画面を斜めに区切って別図を描いている場合、それぞれ一図と数え、計一八図。『楠軍物語』第七章段「将軍つくしより御上洛の事付ずいむの事」にある挿画が『湊川物語』には無い。さらに、『楠軍物語』第四章段「主上山門より還幸の事」の挿画に類似の構図は、『湊川物語』第六章段にあるが別内容であり（『湊川物語』第六章段の内容の挿画は『楠軍物語』には無い）、共通する挿画は計一七である。

『楠軍物語』の挿画の位置は章段に即しているが、『湊川物語』の挿画はほとんど章段に対応していない。上冊の場合、たとえば、『楠軍物語』第二章段の挿画「尊氏公くび共さがさせ、両人の首とてかけ給ふ」（巻四、九丁裏）と『湊川物語』第三章段の挿画「尊氏公くび共さがさせ、両人のくびかける所」（巻四、九丁裏・一〇丁表）とが対応するするように、『楠軍物語』の挿画が配されている丁数を目途として、内容に関わりなく配置したかのようである。

以上、挿画の特徴からも『湊川物語』（『〈ゑ入〉楠一代軍記』）が『楠軍物語』によって仕立て上げられたものであると確認できる。

さて、『湊川物語』第六章段「児島三郎熊山に旗を挙事付船坂合戦の事」の挿画は、『湊川物語』（『〈ゑ入〉楠一代軍記』）の刊行時期を考える上で手がかりを与えるものと思われ、特記しておく。

問題の挿画は見開き図（巻四第一七丁裏・一八丁表）を斜めに区切り、左上部分は画中人物に「ぼうもんのさいしやう」「楠木はんぐわん正しげ」と説明があり、第一〇章段「正成兵庫に下向の事」の内容に相当する。右下部分には「正しげさくらいの宿にて正つらにていきんの（ママ）のこす」という画題があり、『楠軍物語』第一〇章段の挿画「正しげ、正つらを河内えつかはす所」（巻四第三七丁裏）に対応する。すなわち、『湊川物語』は第六章段中に第一〇章段の内容の挿画（正成兵庫下向指令と桜井宿庭訓）を置くという誤りを犯しているのであるが、注目したいのは、桜井宿庭訓図である。『湊川物語』の絵柄は、『楠軍物語』の構図を左右逆転した上で手を加えているものが多いが、『楠軍物語』の庭訓図と『湊川物語』のそれとは異図である。

『楠軍物語』の正成が被りものを付けず、草叢らしき場所を背景に座し、左手には何も持っていないのに対し、『湊川物語』の正成は、烏帽子を着し、松樹の下に座し、左手に弓を携えている。また、『楠軍物語』の正行が何も手にしていないのに対し、『湊川物語』の正行は巻物を手にしている。これらの『湊川物語』の特徴は、寛文一〇年（一六七〇）に狩野探幽の描いた「楠公訣児図」に相通じる（前田育徳会蔵。石川県立美術館『前田綱紀展』図録による）。ただし、これは巻物ではなく、文箱と覚しきものが正行の手前に置かれている。

松樹下に対面する父子とその間の巻物という構図は、『絵本楠公記』二編巻九に引き継がれ、『絵本』の圧倒的な影響力により、以後一層強固なものとなっていく。しかし、近世前期は固定的ではない。『太平記大全』（万治二年（一六五九）刊）十六下「正成下向兵庫事」の挿画（71ウ）は、建物（宿駅か）の内部、向かって左側に正成（烏帽子に帯刀、左手を膝に置き、右手に扇を持つ）、右側に正行（片膝つき、右手を顔にあてて歎く）を配しているが、両者の間には何も無い。『太平記』寛文頃刊本の挿画は、広葉樹の下で、巻物は描かれない。『太平記』元禄一〇年（一六九七）刊本の挿画では、父子の間に広げた扇に巻物が置かれているが、頭上の樹は松ではない。『楠桜井書』天和二年（一六八二）山本九左衛門刊の見返し図は松樹と巻物とを描く（河畔、流水を背にしている点が『湊川物語』等とは異なる）。

松樹・巻物が一般的になっていくのは、寛文年間よりも後である。『湊川物語』の刊行年について、『中京大学図書館蔵国書善本解題』に「〔寛文頃〕刊」、『天理図書館稀書目録　和漢書之部　第四』に「〔寛文・延宝期〕刊」とあるが、延宝期に比重を置いた方がよいように思う。さらにいえば、その延宝期は『〈ゑ入〉楠一代軍記』の刊行時期であり、そこから後半の巻四・五・六を上・中・下三冊揃いとして独立させた『湊川物語』の刊行時期は、さらに降ると見るべきであろう。

まとめ

『太平記』に拠る編著

…『楠軍物語』五巻五冊（→『楠一生記』）

→『〈ゑ入〉楠一代軍記』六巻六冊

（楠軍物語巻一～三を「楠軍法集」三巻三冊、巻四・五を「湊川物語」三巻三冊に再編）

→『湊川物語』三巻三冊（『楠一代軍記』後半を独立刊行）

『太平記』・『理尽鈔』に拠る編著

…『楠氏二先生全書』→『武家評林』（巻三九～四六）→『南朝太平記』二四巻

→『楠一生記』一二巻（＊）

→『絵本楠公記』三編三〇巻（＊＊）

……『三楠実録』→『楠一生記』

『三楠実録』→『絵本楠公記』

（＊）　巻一・二：『南朝』をやや簡略化。巻三〜一二：『楠軍物語』の巻三〜五の版木を利用・修訂。
（＊＊）『楠一生記』巻一・二、『三楠実録』が基盤。

本章でとりあげた諸書の関係は以上のようになる（太字の矢印は強い影響関係を示す）。

注

（1）花田富二夫『仮名草子研究――説話とその周辺――』（新典社、二〇〇三。初出一九九九・三。第二部第四章二）。

（2）「楠氏五代記　巻一――解説と翻刻――」（湘南短期大学紀要16、二〇〇五・三）、「楠氏五代記　巻二・巻三――解説と翻刻――」（並木の里62、二〇〇五・七）、「楠氏五代記　巻四――解説と翻刻」（並木の里63、二〇〇五・一二）による。

（3）「鬼田六郎左衛門」の名は、楠妣庵観音寺蔵『楠公一代絵巻』にすでに見え、『楠一生記』の創出ではない。『楠公一代絵巻』は元禄八年（一六九五）藤原光成筆。『現代語訳日本の古典13太平記』（学研、一九八一）に絵の一部が載る。以下は、『千早赤阪村誌　資料編』折り込みカラー図版「太平記絵詞　楠木合戦之部」による知見。
「楠正成卿は左近太夫将監正玄の長男におはしまして幼名をば多門丸とは申せしなり。河内国の住人八尾別当顕幸と云ふは正玄と地を争ふこと多年なりしが、嘉元三年の夏多門丸、父に従ふて初陣し（中略）敵の勇士鬼田六郎左衛門久式と戦ふて難なく其首を打取り玉いぬ。時に御年十二歳なりき。」と始まり、笠置参上、赤坂合戦・退去・奪還、宇都宮と対陣、天王寺未来記披見、千剣破合戦、兵庫奉迎、「摂津・河内・和泉三国の守護職」、律僧の謀により尊氏を破る、尊氏勢上洛に対する献策退けられ「退出の時清忠・経顕・忠顕の三卿をのゝしりこらし給ひぬ。」、桜井庭訓「兵法の極秘一巻」授与、湊川合戦、正季らと湊川の在家で自害、と続く。末尾は「正成卿春秋四十二歳にして戦死を遂げたまふ。主上このよし聞こしめし深く悼ませ給ふのあまり正三位左近衛中将を贈らせらるゝぞせめての御志なれや」。冒頭・末尾に『理尽鈔』の影響色濃い（傍線部）が、律僧（泣き男とはしていない）、正季（共に自害したのは『理尽鈔』正氏）など、基本的には『太平記』

の縮約である。波線部の記述は何に拠ったのか不明。『理尽鈔』享受史上、注目すべき資料であり、精査を要する。

（4）棚橋利光「太平記評判秘伝理尽鈔から絵本楠公記まで」（八尾市歴史民俗資料館研究紀要12、二〇〇一・三）は、『絵本楠公記』の典拠を『南朝太平記』とする先行説を批判して「『理尽鈔』から直接材料を得ていて、『南朝太平記』の焼き直しではない」としているが、『理尽鈔』とみえる部分は実際には『三楠実録』の引用であろう。

（5）注（4）棚橋論文も『絵本楠公記』が、『三楠実録』『南朝太平記』に比して、一番よくまとまっており読みやすい、と指摘している。

（6）『〈絵本〉楠公三代記』（明二〇・五、牧金之助）の口絵には「為智勇千古卓越得妖怪逞意哉」、『〈絵本〉楠公記』（明治二二・一、沢久次郎）の口絵には「楠多門丸怪狸を退治して美名を海内に轟かす」とあり、「正成」とは明示していない。『〈絵本〉楠公三代記』（明治二〇・一一、尾関トヨ）の口絵は「正行幼年にして怪異を斬る」とあり、前二者も正行の可能性がある。しかし、『楠正成一代記』（明治一三・一二、荒川吉五郎）の場合は、正成の成長過程をたどる記事のなかに存在し、その「多門丸」が正成を指すことは疑いない。『〈絵本〉楠公記』（明治二二・一）も正成討死までを記事内容としており、口絵の多門丸は正成をさすととるのが自然であろう。

付．『楠正行戦功図会』覚書

第三章の考察から外した『楠正行戦功図会』の特質を概観する。本書は、前編五冊後編六冊。野亭散人考訂、西村中和画。前編文政四年（一八二一）刊、後編文政七年（一八二四）刊。小稿では上田市立図書館花春文庫蔵本（前編河内屋源七郎ほか大阪三書肆連名。後編河内屋源七郎ほか尾州江戸大阪五書肆連名）に拠る。なお、大正五年（一九一六）米山堂刊『〈実伝小説〉小楠公誠忠記』は本書の活版本である。

一、楠関係先行図書との関係

『日本古典文学大辞典　第二巻』「楠正行戦功図会」（岩波書店、一九八四。横山邦治執筆）は「『楠二代軍記』（十巻、種田吉豊著、寛文二年刊）を座右に、当代の俗説を摂合しながら図会化したようである」というが、『南朝太平記』『三楠実録』『太平記秘鑑』等、複数の資料を駆使しているようである。なお、小稿では『楠二代軍記』を『楠氏二先生全書』（略称『二先生』）と呼ぶ（引用は加美宏『太平記の受容と変容』収載の翻刻）。

○『南朝太平記』（新城図書館牧野文庫本による）との関わり

・正行世系「……河内守成綱より五代、左近太夫正玄《まさずみ》の男、河内判官正成朝臣の嫡子」（前編巻一1ウ）

・桜井遺訓「……此太刀は祖父正俊より相伝する小鍛冶宗親が作の名刀なり」（前編巻一10ウ）

『南朝』「祖父刑部太輔正俊ヨリ相伝ノ家宝、力士《リキシ》ト云ヘル太刀ナリ」

『二先生』『理尽鈔』「祖父正晴より」、『三楠』『絵本』祖父不記載。『二先生』以下、いずれも太刀名無し。

※『南朝』は正成父を「正澄」とするが（巻頭の「楠氏世系図」には「或作正玄」と注記）、祖父正俊の名をあげ、太刀名にも言及するところから、『図会』に最も近い。

・「楠正行見異夢《いむをみたまふ》条」（後編巻三。正行の見た、後醍醐帝が大蛇の背に乗り昇天するという夢が現実となる）

『理尽鈔』『二先生』『三楠』記事無し。『南朝』巻一四「南朝怪異　附後醍醐天皇崩御事」は、兼好の和歌の門弟松翁の夢であるが、内容は同じ（大龍に乗り昇天）である。

・「誉田河原合戦之条」（後編巻四18オ）

『太平記』巻二五「藤井寺合戦」、『理尽鈔』『二先生』『三楠』『絵本』も同様。『南朝』巻一五「誉田合戦事」、本文中に「誉田河原」の表現あり。

○『三楠実録』（架蔵無刊記本による）との関わり

・正行生年「正行公は、正中元年甲子年の降誕にて、……」（前編巻一2オ）

※『図会』は、北条残党が飯盛山に蜂起した年を「正慶二年癸酉年」、正行は「十歳」（同6オ）であったという。生年はここから逆算したものであるが、『理尽鈔』『二先生』『南朝』は「八歳」、『絵本』は年齢不記載。『三楠』は『図会』同様「十歳」とする。

○『太平記秘鑑』（博文館『校訂楠廷尉秘鑑』による）との関わり

・鷲池平九郎正虎

※横山がいうように、『図会』は「土民出自の鷲池平九郎を各所で活躍させ」るなど、『理尽鈔』にはみられない脚色を全篇に施している。ただし、平九郎の出自を河州富田林の土民とし、楠家の秘薬にて危うく命をえた者（巻一19オ）とする設定は、『理尽鈔』の次の記述と関わりがあろう。領国の人民が親や子を亡くしたように、正成の死を嘆いた（巻一六81オ）との記事につづき、母親の薬代を払うためにやむなく盗みをして捕らえられた者

を、正成が事情を糾明し、かえって医師の無道をこらしめた、との記事がある。『図会』の平九郎譚は、正成が領民に慕われていたという、『理尽鈔』の記述から想を得たものとみなされる。

くわえて、平九郎を「わが二十八将の中にも希なる豪傑なり」（巻一21オ）とし、その名を「正虎」とすることは、『太平記秘鑑』（楠廷尉秘鑑）との関わりも想定すべきであろう。『秘鑑』は鷺池を「楠家譜代二十八将」の一人としており（『校訂楠廷尉秘鑑』一二一頁）、その名を正虎としている（同一二三頁）。「鷺池平九郎」が登場するのは、『図会』とこの『秘鑑』のみである。『秘鑑』「楠家譜代二十八将」は、『理尽鈔』の正成「二十八騎ガ党」[*]に基づく表現であり、「二十八」はまた後漢光武帝の功臣「二十八将」（『大漢和辞典』巻一・四三三頁）に由来すると思われる。

（＊）巻三九61オ。巻一四68オは新田義貞「十六騎ガ党」に対して「正成ガ家ニハ廿八人有シ」という。巻二一15ウにも「二十八人大力精兵の勇者」とある。ただし、いずれの箇所も具体的人員は示していない。

なお、『大漢和辞典』同頁は、徳川家康功臣で日光廟に合祀された「二十八将」も挙げている。家康没年は元和二年（一六一六）であり、『理尽鈔』現存本の成立時期〔→本書序章〕と重なる。正成「二十八騎ガ党」「二十八人」と徳川二十八将との先後関係は未勘であるが、これも『理尽鈔』成立時期を考える手がかりとなるかもしれない。

○『絵本楠公記』（上田市立図書館花春文庫本による）との関わり

・正成自害場所「金光寺といへる梵刹《てら》」（前編巻二3オ）

※『理尽鈔』『南朝』『三楠』「在家」、『二先生』「民家」。寺名は異なるが、『絵本』が「広厳寺」とすることが注意される。

二、『楠正行戦功図会』の特徴

前項の結果によれば、『絵本楠公記』との関わりはあまり高くないようにみえる。しかし、作者「野亭散人」は『絵本楠公記』（以下『絵本』）を著した山田案山子の別称であり、『絵本』との異質性はむしろ、意図的に『絵本』（および先行の諸作品）とは別趣向の物語を生みだそうとしたことを物語るように思われる。

1、恩地の存在の大きさ

『太平記』巻二六「正成首送故郷事」に以下の記事がある。湊川合戦の後、尊氏が正成の首を河内に送り届け、悲歎にくれた正行は自害しようするが、母に諫められ、尊氏を討つことを決意し日々を送る。

『理尽鈔』巻二六は、①使者を「世瀬川左衛門入道祐憐」、②楠の「老中」が尊氏の意図を察知し、③「生地左兵衛・安間善七」に首を受け取らせた、と記す（『太平記』はこれらの人名を不記）。使者を帰した後、④「和田ヲ始テ宗徒ノ者ドモ」が家中を集めて、油断するなと誡める。正成の首を拝みたい、という家中の望みに、⑤（楠）正季・（和田）正遠が対面を許すと、皆は「帯刀殿（正行）覚テ御在スル上ハ判官殿（正成）ニ相同ジ。……」と士気を高めた。これに「訪《トムライ》尋常ナリ（型通りの葬儀が行われた）。世上乱タル最中ナレバナリ。母・正行ガナゲキ如抄（太平記に記す通りである）」との記事が続く。

『楠氏二先生全書』は、ほぼ『理尽鈔』に同じであるが（葬儀には言及せず）、正行の悲歎、母の教訓を『太平記』をふまえて略述している。

『三楠実録』は、使者は同じく世瀬川であるが、「②和田泉州（正遠）・恩地左近出合、③生地左兵衛・安間善七ヲ以テ、判官ノ首ヲ請取」と楠側の応対に手を加えている。④「和田・恩地・八尾等ノ諸老中」、⑤和田・恩地。以下、型通りの葬儀、「後室・正行ノ歎、記ノ如シ」と『理尽鈔』に同じ。

『南朝太平記』は、①世瀬川入道祐憐、②和田・恩地、③安間七郎・生地兵衛、④楠正季・和田和泉守正遠、⑤恩地満一とする。さらに、自害しようとした正行を「家人共見付、色々トナダメケレバ、誤リシトヤ思ヒ玉ヒケン、其ヨリ心ヲ取直シテ、父ノ遺命ニ任セ、遂ニハ讎ヲ報ゼントゾ勇マレケル」と続く（葬儀記事無し）。『太平記』の「正行、父ノ遺言・母ノ教訓、心ニ染肝ニ銘」という記述から「母ノ教訓」を削除した体であるが、桜井庭訓の場面で正成が正行に「諸事母ニ語ルコトナカレ」と訓戒していたのだから、『南朝』の変改の方が適切である。母（女性）を蔑視する正成の訓戒は『理尽鈔』に発し（巻一六49オ）、『太平記秘鑑』を除くすべての書が受けついでいる。母の教訓を『太平記』から取り込んでいる『二先生』はもとより、『理尽鈔』『三楠』が「如抄」「記ノ如シ」と略述するのも、首尾一貫していないのである。

『絵本楠公記』は、①世瀬川左衛門祐憐、②和田和泉守・恩地左近、③生地左兵衛・安間善七、④和田・恩地・八尾顕幸、⑤（和田）和泉守とあり、『三楠』に近い。以下、葬儀の記述はないが、母が正行を制止し、教訓した次第を『太平記』をふまえて詳述する。『絵本』の正成もまた、桜井庭訓で「事を母に問べからず」と述べていた。

以上は基本的には『理尽鈔』と同工である。これに対して、『図会』は恩地を前面に押し出した、別の物語を繰りひろげる。

まずは、正行の発病について。正行が病弱に悩んだことは『理尽鈔』以来、正行譚の骨格をなす［↓第一部第一章］。正成討死から時移り、十三箇年忌を執り行った頃「日ヲ重テ病発シ、年ヲ積ルニ随テ身心ツカレタリ」（『理尽鈔』巻二五23オ）というが、前掲傍線部のように、巻一六の時点では正行に身体的な異変があったとは読み取れない。しかし、『図会』は、桜井宿での父子離別を「只管《ひたすら》歎き悲しみ給ひ、終に病に臥給ひ」、正成討死の報も「病床」で迎えた、と語る。『図会』において恩地が活躍するのは、病弱の主君正行になりかわって、という側面がある。

正成兄弟の首（『太平記』以下、正成弟の首には言及しない）を送り届ける使者を、『図会』は「土岐左衛門入道」とし、恩地左近一人が使者に応対し、首を受け取る。恩地は自らを「当家の執事」と名乗り、正行が重病ゆえ「愚臣代りて謝し奉り候」と挨拶する。恩地は葬儀を取り仕切り、正行、正成後室と正行弟達、八尾・安間・和田ら家臣が順次焼香を終える。恩地は故正成の烏帽子装束に身を包み、上座の床几に掛かり、「父君此席《こゝ》に来り給ふと思召して聞給ふべし」と宣言し、尊氏の奸計を察せず歎き沈むとは何事か、と叱咤する。感服した正行の「此上は御身采配を採て、敵軍を破る手配をなしてよ」との言葉を領掌した恩地は、諸士に「楠家二代目初度の晴勝負」「列位《おのおの》が父兄の弔ひ軍」のふれを発する。翌日の軍議では、大将正行およびその弟達に次いで「軍師恩地左近太郎満一」が座す。恩地は議論の二分する中、正行の意見を問う。恩地は正行の見解を讃め補足するが、正行は「亡父の遺命なれば某二十歳に至るまでは、軍配万事都て足下宜しく計らひ候へ」と答え、他の諸臣もこれに同ずる（以上、前編巻二）。

『図会』は上記②以下をすべて恩地一人の行為とし、『二先生』『絵本』の母教訓、『南朝』の家人の宥めの代わりをも、芝居がかった恩地の大演説が務めている。楠家の執事・軍師して別格の扱いを受けており、正行の教導役をも果たすのである。

2、恩地の死

『理尽鈔』は、恩地の死を次のように記す。

恩地俄ニ風（風邪）ノコ、チ出来テ、シキリニ悩ミケルガ、病フ付テヨリ七日ト申スニ死ニケリ。生年三十九歳也。南方ノ官軍モ依レ之力ヲ落シケル処ニ、同七月二十四日ニ、矢尾ノ別当死ニケリ。六十七歳。其比和泉・河内ニ風気甚シテ、死スル者幾千万ト云数ヲ不レ知。（巻二〇16オ）

※「三十九歳」は不審だが諸本同じ。延元元年に正行とともに恩地左近太郎の男恩地五郎が賀名生に参上し

ている。和田らの重臣と同行しているのだから、恩地五郎はいかに若くとも二〇歳は越えているだろう。左近二五歳の時の子供としても、延元元年時点で左近は少なくとも五〇歳前後に達しているはずである。

『理尽鈔』は年月日を記載することが少なく、この記事が何年のことなのかわかりにくいが、巻一六以降の記事をたどると、延元三年（一三三八）、正行一三歳の折のこととみなされる。ただし、巻二一では延元三年「今年十五歳」としており、ここから逆算すると桜井庭訓時は一三歳となり、作品によって、正行の年齢が分かれる原因をなしている。

延元元年（一三三六）正行一一歳

桜井庭訓。「正行十一歳」（一六48オ）

六月朔日　使者世瀬川、河内に向かう（一六101オ）

一二月一日　賀名生に遷幸してきた後醍醐帝のもとに、「正行生年十一歳」が家臣とともに参上（一八6オ）

延元二年（一三三七）正行一二歳

翌年正月一七日　和田・楠に京都攻撃の下命（一八7オ）

八月一八日　北畠顕家、白川関を越える（一九33オ）

十二月二八日　北陸での足利高経と瓜生の戦い（一八11ウ）

延元三年（一三三八）正行一三歳

正月一一日　瓜生勢、杣山出立（一八19オ）

顕家、青野原で足利勢を破る（一九44ウ）

顕家、阿倍野に討死（一九70オ）

七月一三日　越後の新田勢、青野原勝利を聞き（二〇11オ）、進発。越中の足利勢、退却（二〇11ウ）。

■　　恩地、病没（二〇16オ）
■七月二四日　矢尾別当死去（二〇16オ）
　　二六日　八幡の官軍、河内に退却（二〇22オ）
八月二日　脇屋義助、越前に引き返す（二〇22ウ）
　　　　新田義貞、越前で討死（二〇24オ）
★延元三年八月一六日　後醍醐帝崩御（二一10オ）※史実は延元四年
　　「楠正行今年十五歳」、吉野皇居守護に駆けつける（二一10ウ）

『楠氏二先生全書』は恩地の死去を記さないから除外し、他の作品を同様に確認していく。
◇『南朝太平記』は、延元元年一一歳で父と別れ、《三年後》恩地らを失った、とする。
延元元年　桜井庭訓「庄五郎正行トテ十一歳ニテ」（巻一一「正成兵庫発向事」）
　　賀名生馳参（巻一三「楠正行参内」）
延元二年（記事無し）
「延元三年」北畠顕家上洛、「五月二十二日」阿倍野に討死。「同キ閏七月二日」新田義貞、越前に討死。
★「延元四年七月」芳野に怪異。「同キ八月九日」後醍醐不予、「同キ十六日」崩御。
　※顕家上洛から後醍醐崩御までは、同じ巻一四「南朝怪異　附後醍醐天皇崩御事」の内。『南朝』は後醍醐崩御を史実に合致させるため、延元四年とするが、義貞討死以降一年間の記述が無いことになる。
■「爰ニ楠正行ハ、今年未ダ十四歳。幼少ナル上ニ、後見ト頼ミタル叔父七郎正季・和田和泉守正遠・恩地左近太郎満一以下、宗徒ノ老臣打続キ病死シケレバ、……芳野ニ馳参ジ、皇居ヲ守護シ奉ラル」（巻一四「楠正行参内芳野附隠謀人被誅事」）

◇『三楠実録』は、延元元年一三歳で父と別れ、《二年後》恩地らを失った、という設定とみなされる。

延元元年

桜井庭訓「正行ガ十三歳ニナリケルヲ」（上一一24オ）

和田、「正行ガ生年十三歳ニ成ケルヲ」相具して賀名生参上（中一19オ）

延元二年

「翌年正月十七日」和田・楠に京都攻撃の下命（中一20オ）

正行「漸ク十四歳ノ者」、処遇に不満を漏らす家臣を誡める（中一24ウ）

（延元三年）

「サル程ニ」北畠顕家・新田徳寿丸（義興）・北条時行、吉野に到着（中一25ウ）

※正行家臣教誡記事に続くが、中二（巻一四）との関わりからは、ここから延元三年とみなされる。恩地を失った時期を延元三年とみなされる、と記したのは、『三楠』の記述が曖昧だからである。

顕家、阿倍野に討死（中二7オ）

■恩地左近、風邪で死去。「生年三十九歳」（中二9ウ）

■「同ク七月二十四日ニ、八尾僧正顕幸卒ス。生年六十七歳ナリ」（中二9ウ）

★「延元三年戊寅〈北朝暦応元年〉八月十六日」先帝崩御。「楠正行、今年十五歳」皇居守護（中二10オ）

◇『絵本楠公記』は、『三楠実録』にほぼ同じ。ただし、桜井庭訓（二編巻九）・父の首と対面（三編巻三）・賀名生参上（三編巻四）と、延元元年当時「十三歳」であったと繰り返し記すが、後の吉野へ最後の暇乞い（三編巻九）では桜井庭訓時を「臣正行十一歳、戦場に伴ず河内に帰し」と回顧している。

◇『楠正行戦功図会』は、延元元年一三歳で父に別れ、《三年後》に恩地らを失っている。

延元元年「十三歳」

桜井庭訓「汝既に十三歳」（前編巻一 8オ）

正行、後醍醐帝を六田渡まで出迎え（前編巻五11ウ）

延元二年（一四歳）

「斯て其年も暮て、明れば南朝延元二年正月七日」　正行、吉野朝参賀（前編巻五26ウ）

延元三年（一五歳）

「か丶る騒ぎに其年も暮、南朝の延元も三年となり、」（後編巻二16オ）

顕家、「延元三年正月」尾張まで攻め上り、「同三月」青野原合戦（後編巻二26ウ）

「南朝の延元三年五月廿二日」顕家、阿倍野に討死（後編巻二30ウ）

「延元三年七月二日」義貞、越前に討死（後編巻三1オ）

延元四年（一六歳）

「其年も暮て延元も四年になりぬ」（後編巻三2オ。丁付け「二三」）

正行、異夢を見る（後編巻三6オ）

「南朝の延元四年五月十五日」恩地、軍勢催促（後編巻三「九上」裏。※『図会』独自記事）

「延元四年七月より」吉野怪異（後編巻三18ウ）

★「南朝延元四年九月十六宵の月と倶に」後醍醐崩御（後編巻三24オ）
新帝即位。「年号も御改元有て、興国元年とし給ふ」（後編巻三27ウ）※史実は延元五年四月二八日、興国改元。

「其年の夏の頃より」疫病流行（後編巻三28ウ）
■八尾別当、「五月廿九日行年七十六才にて」病死（後編巻三28ウ）
■「正行公始、諸士皆大いに歎く処、国家柱石の臣と憑切たる恩地左近太郎満一、又々疫癘に触、打臥ければ……」
正行病床を連日見舞う。恩地、正行らに遺言し、死去。（後編巻三29オ）

興国二年（一七歳）
「其年も戦ひ暮し、興国も二年となりしが」（後編巻四9ウ）
興国三年（一八歳）、四年（一九歳）、五年（二〇歳）、六年（二一歳）
興国七年
「程なく興国も七年とはなりぬ〈正行公二十一才〉」（後編巻四10オ）
※延元元年「十三歳」からは二二歳となる。

『理尽鈔』以下、諸作品いずれも、恩地らの死去は後醍醐崩御と同年、前後関係不明な『南朝』をのぞき、崩御に先だつ時期（『図会』は記事構成は後だが、日付は先行）のこととする。『太平記』巻二一が後醍醐崩御を「延元三年八月」（史実は延元四年）と記すため、これをどのように扱うかによって、恩地らの死去も延元三年、四年と分かれているが、『理尽鈔』の用意した構成を、『図会』も含めみな踏襲しているといえよう。

ただし、正行の物語中における恩地死去の位置は同一ではない。ここでいう位置は「国家柱石の臣」といった精神的な意味のみならず、正成の首が届けられてから正行が討死するまでの、一連の記述のどこで恩地死去が語られているか、という即物的ないみでの位置である。

『南朝』正成首（巻一三）…A…恩地死去（巻一四）…B…正行討死（巻一七）　ＡＢの分量比は、一対三強。

『三楠』正成首（中一）…A…恩地死去（中二）…B…正行討死（中五）　ＡＢの分量比は、一対三弱。

『絵本』正成首（三編巻一）…A…恩地死去（同巻四）…B…正行討死（同巻一〇）　ＡＢの分量比は、一対三。

『図会』正成首（前編巻二）…A…恩地死去（後編巻三）…B…正行討死（同巻六）　ＡＢの分量比は、二強対一。

みるように、『図会』のみ、恩地死去までの分量が圧倒的に多い。正行が恩地に叱咤され、教えられ、成長していく物語という要素もなくはないが（前編巻四「正行大度和氏を赦す」など）、恩地の前にその存在感は薄い。

『図会』の第一の特色は、「楠正行戦功図会」を名乗りながら、実質的には恩地の物語となっていることである。

第四章　明治期の楠公ものの消長
――『絵本楠公記』を中心に――

はじめに

本章では、江戸後期に刊行された『絵本楠公記』（山田案山子作、速水春暁画。初編寛政一二年（一八〇〇）刊、二編享和元年（一八〇一）刊、三編文化六年（一八〇九）刊。本章ではこれを「山田本」と呼ぶ）が明治期の楠公ものの刊行物（製版本・銅版本・活版本）に与えた影響を概観する。山田本そのものも後印本は一〇種類以上にのぼり、江戸期における、その影響下の著作もいくつか確認できる。(1) しかし、明治期における影響はそれ以上にすさまじいものがある。

本章で山田本の影響を概観する目的は二点ある。一つは、書名と内容とが錯綜しており（同名異書、異名同書）、かつ、紛らわしい書名が多く（楠一代記、楠公一代記、楠正成一代記、絵本楠公一代記）、一括して整理する必要があること。もう一つは、読みものとしての『理尽鈔』享受作品の嚆矢を『楠氏二先生全書』とするならば（加美宏『太平記の受容と変容』三二九頁）、山田本『絵本楠公記』は掉尾を飾る作品であり、山田本の近代における享受の様相を明らかにすることは、『理尽鈔』の影響の行方を見届けることにもつながる。国文学における近代の始まりは、『太平記』の場合でいえば、『理尽鈔』の影響からの脱却であるということもできる。『理尽鈔』排除の動きはすでに『参考太平記』にあり、同書が『太平記』本文研究の先駆けと評されるのもそこに一因があるのだが、『理尽鈔』受容の終焉を、楠公ものの消長の中に確認することが二点目の目的である。

一、山田本完本

本節で扱う図書は、山田本『絵本楠公記』全三編を採録している完本を原則とし、刊行が中絶している場合（縮約版ではない）のみ注記する。完本の本文は、大きく三種類（ＡＢＣ）に分けられ、Ａが山田本を比較的忠実に翻字、Ｂがそれに次ぐ。Ｃは別種資料を取り込んだ混態本である。ＢはＡ１の本文を利用している。そのことは、惣目録、誤表記の踏襲などに明らかである。Ａ１の目録にあり、本文中にはない章段名は、Ｂでは目録から省かれている。また、山田本やＡ１の、隣接する二章段を「並」でつなぎ、「並」を付した章段は本文中には立てていない。

〈表1〉

	山田本	A1	A2	A3	B	C
隣接する二章段を「並（幷）」で連結	×	×	×	×	○	（目録・本文を第一～第百廿五に分かつ）
巻一目録「楠正成八尾筒井【が勢】と合戦の事」	○	○	【×】	【×】	【×】	第五筒井浄慶発向正成八尾合戦の事
巻二目録「正成智謀【幷領境に城を築く事】／志貴弥太郎勇戦の事」	○	○	【幷】	【の事】	【並】	第六志貴弥太郎勇戦の事
巻二目録「顕幸押への城を取事」	○	○	○	×	×	×
巻二目録「志貴弥太郎謀計八尾【　】押への城取返す事」	○	○	【を】	【の】	【を】	第九志貴弥太郎八尾の押城を取返す事
巻六目録「隅田高橋大敗の事」	○	○	○	○	×	×
巻七目録「正成遠籌謀計公綱帰陣の事」	○	○	○	○	×	×

〈表1〉はABCの指標の一覧であるが、これ以外にも異同はあり、さらに下位区分することが可能である。例えば、本文第一章段名は、山田本・A「楠家系」、B「楠家系　並に多門丸誕生の事」または「楠家系の事　並多門丸誕生の事」、C「楠家系幷多門丸誕生の事」であるが、A2の中には「楠家系」ではなく、Bの一部と同様「楠家系の事　並多門丸誕生の事」とするものがある（№76、80）。

〔凡例〕

・番号は楠公もの（完本・縮約本・草双紙）の通し番号である（全体像は第六節に示す）。
・外題・内題…「絵本楠公記」以外の場合のみ注記する。
・「山田本序」…初編「刈萱のみだれし世に～おほきみつのくらゐさだ直しるす」、二編「絵本楠公記序～辛酉夏四月　源弘毅題」、三編「絵本楠公記三篇序～文化六己巳年初夏　馬淵定安」の各序の採録状況。
・「新序」…山田本以外の序がある場合のみ記す。
・編輯人・発兌等…奥付の表示に従う。
・刊年…「出版」（発兌、再版等）ではなく、「御届」の場合は「御届」と付記した。
・版種…口絵は木版、本文は活版という場合もあるが、本文の版種を記す。
・表紙縦寸法…国立国会図書館近代デジタルライブラリーの書誌による。実測したものは小数点以下も表示する。
・匡郭等…本文部分の匡郭、一頁行数、一行字数を記す。
・請求記号…近代デジタルライブラリー原本代替請求番号（YDM……）以外は、所蔵機関名［↓本書巻末「所蔵者略称一覧」］とその請求記号を記す。

※実見していない図書が多く、以下の記載は、類別を主目的としたものであることをお断りしておく。

A1

9．外題・内題：楠公三代記、山田本序：初、口絵・挿画者：香蝶豊宣、編輯人：石野正長、出版人：川添彦兵衛、発兌：東京・盛文舎、刊年：明一六・五、装訂：和装、版種：活版、丁数：43丁、表紙縦寸法：二三㎝、匡郭等：子持ち枠13行48字、請求記号：YDM91198

【備考】版本の初編巻六までに相当する部分を採録。「隅田〈名は通倫〉高橋〈名は通宣〉」（四二丁表）など、一部に〈語注〉を加えているが、本文は版本に最も近い。所々に一（二）字下げで注解記事を置いているが、35丁裏は『理尽鈔』巻三29ウ以下、42丁表は『理尽鈔』巻六24オ以下に拠るもの。巻末広告によれば、初篇・弐篇・三篇：廷尉之巻、四・五篇：金吾之巻、六篇：典廐之巻を予定。題簽「楠公三代記　廷尉之巻　初編」。見返「廷尉之巻初編／楠公三代記／東京　盛文舎蔵」。版心「楠公三代記初編　廷尉の巻上」。内題「楠公三代記初編　廷尉の巻」。奥付に「東京発兌書林」二三社（人）付載。

A2

8．外題：〈絵入実録〉楠公記、山田本序：初、口絵：（なし）、挿画者：稲野年恒、編輯人：手塚盛寿、出版人：東京・辻岡文助、刊年：明一六・三御届、装訂：和装・摺付表紙、版種：活版、丁数：2冊（上44丁、下47丁）、表紙縦寸法：一八㎝、匡郭等：子持ち枠13行40字、請求記号：YDM90101

【備考】版本の二編巻四「足利尊氏再威准后」までを収録（この活版本はここまでを巻之二とする）。下ノ巻は未確認。奥付に「金松堂出版書目」あり。

11．山田本序：二・三、口絵者：尾形月耕、挿画者：尾形月耕・稲野年恒、編輯人：手塚盛寿、出版人：東京・辻岡文助、刊年：明一七・八、装訂：クロス装、版種：活版、頁数：五百五頁、表紙縦寸法：二〇cm、匡郭等：子持ち枠13行40字、請求記号：国文研（書庫 ニ4/889）

【備考】No.8の本文踏襲（ただし、別版。口絵を載せ、挿画を改めている）。黒色クロス装（洋風の紋様。絵無し）。扉「明治十又七稔八月／絵本楠公記／東京書房　金松堂印行」

16．山田本序：二・三・一、口絵者：尾形月耕、挿画者：尾形月耕・稲野年恒、翻刻人：辻岡文助、発兌：東京・金松堂、刊年：明一八・七、装訂：和装・康熙綴、版種：活版、丁数：五巻五冊全二五一丁、表紙縦寸法：無地焦げ茶色表紙一七・八cm、匡郭等：子持ち枠13行40字、請求記号：富高菊水87号、975号（二部）

【備考】11と口絵・挿画・本文等同じ（袋綴で版心を置くが、匡郭・本文印面は同じ）。装訂と総目録の後（11は白紙）に版本初編序を置く点が異なる。目録活字にも小異あり。扉「明治十又八稔七月／絵本楠公記／東京書房　金松堂印行」。菊水87号第一冊奥付（住所は略す）「明治十六年三月十五日御届　編輯人　青森県士族　手塚盛寿／出版人　東京府平民　辻岡文助」とあり（975号第一冊にはこの奥付無し）。菊水975号には栗色地の書袋あり（明治十八年七月新刻／絵本楠公記／金松堂蔵版）

17．山田本序：二・三、口絵者：尾形月耕、挿画者：尾形月耕・稲野年恒、翻刻人：辻岡文助、発兌：東京・金松堂、刊年：明一八・七、装訂：クロス装、版種：活版、頁数：五〇五頁、表紙縦寸法：一九・三cm、匡郭等：子持ち枠13行40字、請求記号：金城大福田（913.5/E35/A4）・富高菊水354号

【備考】No.11と外形が類似するが、目録活字を含め、中身はNo.16和装本に同じ。

18．山田本序：二・三、口絵者：尾形月耕、挿画者：尾形月耕・稲野年恒、翻刻人：辻岡文助、発兌：東京・金松堂、刊年：明一八・七、装訂：ボール表紙、版種：活版、頁数：五〇五頁、表紙縦寸法：一八・九cm、匡郭等：子持ち枠13行40字、請求記号：YDM90088・架蔵

【備考】№17とは表紙の他にも、目録活字・刊記活字等の相違あり。目録の「楠正行郎従を恥る事」の「恥」のルビ（№11・16・17「はじむ」）を、本書は「はじしむ」と正している。

25．山田本序：初、口絵者：（宝斉。署名削除）挿画者：翠軒竹葉・他、翻刻人：高峯虎治郎、「稗史小説類／大売捌勉強／競争書肆」、刊年：明一九・一一、装訂：ボール表紙、版種：活版、頁数：四四六頁、表紙縦寸法：一八・二cm、匡郭等：子持ち枠15行40字、請求記号：YDM90093・富高菊水397号

【備考】本文は№18により、口絵・挿画はＢ№21を採取（微細な異同あり。「多門丸初陣鬼田六良左衛門を討体」図欠）。扉「明治十九年十一月印行／絵本楠公記　全／大阪書肆　競争館発兌」。奥付「競争書肆」の下に「此村庄助、中川勘助、中村芳松、岡本仙助」列挙。

76．山田本序：初、口絵者：（宝斉。署名削除）、挿画者：翠軒竹葉・他、発行者：中村芳松、発売所：大阪・競争屋、刊年：明二三・一〇、装訂：ボール表紙、版種：活版、頁数：四〇五頁、表紙縦寸法：一七・七cm、匡郭等：無匡郭17行40字、請求記号：国文研（書庫 ﾆ4/1085）

【備考】口絵は№25に類似（飾り枠は別）。扉「絵本楠公記全／大阪書肆　競争館発兌」

80・山田本序：初、口絵者：（宝斉。署名削除）、挿画者：翠軒竹葉・他、発行所者：中村芳松、発売所：大阪・競争屋、刊年：明二四・二（再版）、装訂：ボール表紙、版種：活版、頁数：四〇五頁、表紙縦寸法：一七・七㎝、匡郭等：無匡郭17行40字、請求記号：富高菊水518号

【備考】初版は№76（表紙は別。初版、鎧・鎧櫃等。本書は武士（林軍太か）を組み敷く少年（多門丸）。初版口絵見開き3図、片面1図。本書は片面1図無し）。扉「絵本楠公記［　］／大阪書肆　競争館［　］」（序・目次部分破損あり）

Ａ３

26・山田本序：二、口絵者：（尾形月耕。署名削除）、挿画者：翠軒竹葉・他、編輯人：「不詳」、出版人：東京・宮川得太郎、刊年：明一九・一一、装訂：ボール表紙、版種：活版、頁数：前編二一〇頁、後編一六〇頁、表紙縦寸法：一九㎝、匡郭等：無匡郭16行43字、請求記号：YDM90095

【備考】Ａ２金松堂版の模倣（同様に源弘毅序を「絵本楠公記序」として掲出するが、「絵本楠公記三篇序」は載せない。口絵から「月耕」署名を削除し、桜井宿庭訓の画を欠く）。本書の総目録は前後編に分けないが、本文中では「足利従筑紫発向」（版本二編巻九）以下を「絵本楠公記後編」としている。この箇所は№16・17・18も「絵本楠公記巻之四」（他には類同の巻区分なし。存疑）としており、その影響があるか。

Ｂ

21・山田本序：初・二・三、口絵者：宝斉、挿画者：翠軒竹葉・他、編輯人：「不詳」、原版人：辻岡文助、出板人：東京・村上真助、刊年：明一九・六、装訂：ボール表紙、版種：活版、頁数：四九八頁、表紙縦寸法：一九㎝、匡郭等：子持ち枠13行40字、請求記号：YDM90090・金城大福田（913.5/E5/a/A4）

【備考】表紙に「文泉堂梓」とあり。扉「明治十九年六月印行／絵本楠公記／東京書肆　文泉堂発兌」

23．山田本序：初・二・三、口絵者：宝斉、挿画者：翠軒竹葉・他、編輯人：「不詳」、原版人：辻岡文助、出板人：東京・村上真助、刊年：明一九・一〇再版、装訂：ボール表紙、版種：活版、頁数：四四五頁、表紙縦寸法：一八・七cm、匡郭等：無匡郭14行42字、請求記号：YDM90091・国文研（書庫 ニ4/776）

【備考】木版口絵もNo.21とは別版（衣服紋様等簡略。No.33・77・87・90の口絵は本書と同一版木であろう）。挿画も一部簡略化。表紙に「文泉堂梓」とあり。扉「明治十九年十月再刻／絵本楠公記／東京書肆　文泉堂発兌」

33．山田本序：初・二・三、口絵者：宝斉、挿画者：翠軒竹葉・他、出版人：東京・村上真助、刊年：明二〇・四（三板）、装訂：ボール表紙、版種：活版、頁数：三四五頁、表紙縦寸法：一九cm、匡郭等：無匡郭19行42字、請求記号：YDM90092

【備考】No.23に類似するが別版。本文小異。口絵と挿画はNo.21に同じ。表紙左下に「文泉堂梓」。「明治二十年五月十六日内務省交付」

34．山田本序：初・二・三、口絵者：宝斉、挿画者：翠軒竹葉・他、出版人：東京・村上真助、刊年：明二〇・四（再々板）、装訂：ボール表紙、版種：活版、頁数：三四五頁、表紙縦寸法：一九cm、匡郭等：無匡郭19行42字、請求記号：国文研（書庫 ニ4:815）、金城大福田（913.5/E35/b/A4）

【備考】No.33とほとんど同一（本書には、各頁上欄外に「十八　な」「な　十九」のように「な」がある。No.33には無し。三四五頁尾題の位置を異にするが、それ以外は行・字数等全く同一）。奥付も「三板」「再々板」とが異なるのみ。年月日が同一であるが、本書の実際の刊行は明二一、二二年か。

49．山田本序：二・三、口絵者：尾形月耕、挿画者：翠軒竹葉・他、翻刻出版人：竹内新助、発兌所：大坂・駸々堂、京都・同支店、神戸・同出張店、刊年：明二一・二、装訂：ボール表紙、版種：活版、頁数：三四二頁、表紙縦寸法：一九㎝、匡郭等：無匡郭19行42字、請求記号：YDM90099

【備考】本文・挿画はＢ№21系統。口絵はＡ２№11系統。№11同様、版本初編序は無いが、源弘毅序を「絵本楠公記二篇序」と題して掲出する点が異なる。

65．山田本序：初・二・三、口絵者：宝斉、挿画者：翠軒竹葉・他、翻刻兼発行者：中川米作、発兌元：東京・漫遊会、刊年：明二二・四、装訂：ボール表紙、版種：活版、頁数：三四五頁、表紙縦寸法：一七・五㎝（改装）、匡郭等：無匡郭19行42字、請求記号：東大（E24/406）

【備考】奥付に「再版」とあるが、№33・№34に体裁・口絵・挿画等同じ。

77．山田本序：初・二・三、口絵者：宝斉、挿画者：翠軒竹葉・他、翻刻兼発行者：足立庚吉、発行所：東京・礫川出版会社、刊年：明二三・一一、装訂：ボール表紙、版種：活版、頁数：三四五頁、表紙縦寸法：一七・八㎝、匡郭等：無匡郭19行42字、請求記号：（架蔵）

【備考】№34に同一。奥付「礫川出版会社」の左に小字で「発行所　大川錠吉／覚張栄三郎／覚張豊二郎／内藤加我」（住所略）付記。

87．山田本序：初・二・三、口絵者：宝斉、挿画者：翠軒竹葉・他、編輯者：鈴木源四郎、発行者：大川錠吉、発行所：東京・聚栄堂大川屋書店、刊年：明二九・七再版、装訂：厚紙くるみ表紙、版種：活版、頁数：三四五頁、表紙縦寸法：二二㎝、匡郭等：上部のみ二重線、上欄外に「楠公記」。19行42字、請求記号：国文研（書庫ヨ4/888）

【備考】奥付のあり方から、№65を「初版」に位置づけているか。ただし、№77にも大川錠吉が関与。

90．山田本序：初・二・三、口絵者：宝斉、挿画者：翠軒竹葉・他、編輯者：鈴木源四郎、発行者：大川錠吉、発行所：東京・聚栄堂大川屋書店、刊年：明四二・七、装訂：厚紙くるみ表紙、版種：活版、頁数：三四五頁、表紙縦寸法：二一・六㎝、匡郭等：上部のみ二重線、上欄外に「絵本楠公記」。19行42字、請求記号：富高菊水269号・架蔵

【備考】序・口絵「楠大和守正之」の「楠」欠損状況・頁「な」等から、本書の先行版は№87。ただし、本書の奥付に「明治四十二年七月一日　十版発行」とあり、この間にまだ相当数が存在するはず。

C

36．外題：絵本楠公記、内題：絵本楠公三代軍記、山田本序：（なし）、新序：絵本楠公三代軍記序（明治二十年丁亥弥生　三静誌）、口絵者：宝斉、挿画者：翠軒竹葉・他、編輯人：今井卯三郎、出版人：東京・瀬山佐吉、刊年：明二〇・五、装訂：ボール表紙、版種：活版、頁数：二六二頁、表紙縦寸法：一九㎝、匡郭等：無匡郭15行42字、請求記号：YDM90097

【備考】本文はＢ№21系統を基軸に、縮約本１（１）№14系統をも収録。その結果重複・矛盾を生じている。また、明二〇・三『三楠実録』をも利用したか。口絵・挿画はＢ№23系統（図柄簡略系統）から数点採取。奥付に「売捌

書林」上田屋、大川錠吉ら一二社（人）付記。

42．外題・内題：絵本楠公三代記、山田本序：（なし）、新序：叙（正徳二年壬辰冬十二月日　北勢散人謹叙）、口絵者：鈴木華邨、挿画者：鈴木華邨、原編輯人：桑原徳勝、翻刻出版人：市川かめ、東京・文事堂、売捌　全国各地書林、刊年：明二〇・一一、装訂：ボール表紙、版種：活版、頁数：二二八頁、表紙縦寸法：一七・七㎝、匡郭等：無匡郭19行42字、請求記号：富高菊水168号

【備考】叙は『三楠実録』の序を流用。明二〇・三文事堂刊『〈絵本実録〉楠公三代記』（内容は『三楠実録』）の「叙」の匡郭を除いたものに等しい。さらに「叙」の途中に割り込ませた正行母の図・讃、正成の図・讃（途中まで）も明二〇・三『〈絵本実録〉楠公三代記』の流用。本文は№36に同じ。表紙は別。

44．外題・内題：絵本楠公三代軍記、山田本序：（なし）、新序：絵本楠公三代軍記序（明治二十年丁亥弥生　三静誌）、口絵者：宝斉、挿画者：翠軒竹葉・他、翻刻出版人：村上真助、発兌元：東京・文泉堂、刊年：明二〇・一二、装訂：ボール表紙、版種：活版、頁数：二二八頁、表紙縦寸法：一八・一㎝、匡郭等：無匡郭19行42字、請求記号：（架蔵本）

【備考】本文体裁（行・字数、頁位置）は№42に同じ、表紙、口絵、挿画の数・位置は№36にほぼ同じ。なお、挿画の細部はB№33（挿画の数は「絵本楠公三代軍記」の数倍）により近く、これらを取り合わせた体をなす。奥付に「大売捌所」兎屋誠、上田屋栄三郎、大川錠吉ら八社（人）付記。

50．外題・内題：絵本楠公三代軍記、山田本序：（なし）、新序：絵本楠公三代軍記序（明治二十年丁亥弥生　三静誌）、

口絵者：尾形月耕（A系統およびB№49とは別図）、挿画：（なし）、編輯人：「未詳」、原板人：村上真助、翻刻発行人：野村銀次郎、発兌元：東京・銀花堂、刊年：明二一・三、装訂：ボール表紙、版種：活版、頁数：二〇四頁、表紙縦寸法：一八㎝、匡郭等：無匡郭19行40字、請求記号：YDM90103

【備考】本文・表紙は№36の系列（№44により近い）。

不明

72・外題：絵本楠公記、出版地・発行所：東京・大川屋、刊年：明二三・四、頁数：三四五頁

【備考】川島右次「絵本楠公記に就て」（菊水2-1、一九三三・三）による。

二、山田本縮約本1

完本『絵本楠公記』の文字量は約二四万字であり、ここでは完本の二割以上のものをとりあげる。ただし、（3）は他資料をとりこんでおり、（4）は講演であるので総体としての分量は規格外である。

〔凡例〕は完本に準じる。ただし、本節の対象図書に「山田本序」は存在しない。

・書き出し…本文の書き出し（山田本は「夫智仁勇の三徳は天下の至宝にして……」）

・代々…正成・正行・正儀のいずれの代まで扱っているか。

・画工…口絵がある場合のみ、口絵者と本文中挿画者とを区別して記す。

（1）縮約本1a

79．外題：〈絵本〉楠公記、内題：楠公記、新序：絵本楠公記叙（明治廿三年十一月　泊舟軒敬白）、書き出し：夫智仁勇の三徳は、代々：正行まで、画工：（不明。口絵・挿画同一者）、編集・発行：東京・荒川藤兵衛、刊年：明二四・一、装訂：ボール表紙、版種：活版、頁数：一二四頁、表紙縦寸法：一八・四cm、匡郭等：無匡郭40字19行（20行の頁もあり）、請求記号：金城大福田［165/A4］・架蔵

【備考】完本（約二四万字）の四割弱の分量（○）。半葉挿画全六図。大幅に削除したり、適宜文章の一部を端折っているが、基本的には山田本の表現をほぼ踏襲している。この点、№14の方が、よりこなれた文章となっている。

（2）縮約本1b

14．外題・内題：絵本楠公記稚話《おさなばなし》、柱題：絵本楠公記、書き出し：夫智仁勇は、代々：正成（「主上再度叡山臨幸の条」まで）、画工：井上芳洲、編輯人：伴源平、同出版人：大阪・赤志忠七、刊年：初編・明一七・四、二編・明一七・一二、三編・明一八・二、装訂：和装、版種：銅版、冊数・丁数：三冊（初三九丁、二・三各三六丁）、表紙縦寸法：一二・一cm、匡郭等：子持ち枠16行18字、請求記号：YDM92284。初編は金城大福田［913.4/B17/A4］および富高菊水245号

【備考】完本の三割弱の分量。内題・章段名に続く本文の書き出しは「夫智仁勇は」であるが、第一紙に「楠家系」と題する一文あり、これも山田本によるもの。見返し「絵本楠公記稚はなし　初篇　赤志　忠雅堂」「絵本楠公記稚話　忠雅堂梓」「絵本楠公記三編稚話　忠雅堂梓」。上半分に文字、下段に絵（見開き図が原則）を置く形式。菊水文庫245号は洋装一冊（料紙袋状）。表紙は小豆色地に洋風の紋様（絵無し）縦一二・九cm。背表紙「井上芳州先生画／絵本楠公記稚話」（活字・金文字）。

・20．外題：絵本楠公記、内題：絵本楠公記（絵本楠公記稚話）、柱題：絵本楠公記、新序：絵本楠公記序、書き出し：夫智仁勇は、代々：正成（「主上再度叡山臨幸の条」まで）、口絵・挿画者：香蝶豊宣、編輯兼出版人：東京・上田屋覚張栄三郎、刊年：明一九・四、装訂：和装・摺付表紙、版種：活版、丁数：70丁、表紙縦寸法：一七・八㎝、匡郭等：子持ち枠13行40字、請求記号：YDM90089。富高菊水640号

【備考】№14の本文を利用。「文／絵」形式ではなく、文字主体。半葉の挿画全5図がある。「楠家系」を除き、新たな序文を置く。見返「とよのぶ画　絵本楠公記　上田屋上梓」。内題・尾題「絵本楠公記［　］」。［　］部には「稚話初編」を抹消した跡あり（菊水文庫本には抹消無し）。

・35．外題・内題：絵本楠公記、新序：絵本楠公記序、書き出し：夫智仁勇は、代々：正成（「主上再度比叡山臨幸の条」まで）、口絵・挿画：香蝶豊宣、編輯兼出版人：東京・上田屋覚張栄三郎、刊年：明二〇・四、装訂：ボール表紙（料紙袋状）、版種：活版、頁数：一二三頁、表紙縦寸法：一九㎝、匡郭等：無匡郭15行42字、請求記号：YDM90096。富高菊水433号（表紙改装）

【備考】№20に類似（全5図の挿画の位置等は相違）。

・47．外題・内題：絵本楠公記、書き出し：夫智仁勇は、代々：正成（「主上再度比叡山臨幸の条」まで）、口絵者：翠軒竹葉、挿画：翠軒竹葉・他、発行者：大阪・中村芳松、刊年：明二一・一、装訂：ボール表紙（料紙袋状）、版種：活版、頁数：一〇八頁、表紙縦寸法：一七・九㎝、匡郭等：無匡郭18行40字、請求記号：富高菊水439号

【備考】「文／絵」形式ではない。口絵は桜井庭訓（翠軒竹葉）、挿画は明一九・一一競争書肆（完本№25）を利

用したか。ただし、画中詞を消し、無関係な箇所に配置している。例：楠家の軍卒天に誓てせつしう中しまに発向する（正行記事）を正成関連の記事（志貴弥太郎）におく。本文は№20・№35上田屋系統。但し衍文解消等の補正あり。奥付「発行者　中村芳松／（印刷者略）／発売所　競争屋」。扉には「大坂書肆　競争館発兌」

・48．外題：〈絵本〉楠公記、内題：絵本楠公記、書き出し：夫智仁勇は、代々：正成（「主上再度比叡山臨幸の条」まで）、口絵：翠軒竹葉、挿画：翠軒竹葉・他、翻刻兼発行人：中村芳松、発兌所：大阪・競争屋、刊年：明二一・二、装訂：ボール表紙、版種：活版、頁数：一〇八頁、表紙縦寸法：一九㎝、匡郭等：無匡郭18行40字、請求記号：YDM90094【注意】画像データが交錯しており、国会図書館ＤＬ「本文をみる」で表示されるのは45（明二〇・一二偉業館版）である。

【備考】ともにボール表紙であるが、№47とは別絵柄。また、№47は最終頁に刊記を記しているが、本書は後表紙見返にある等の相違あり。

・66．外題：（表紙欠損）、内題：絵本楠公記、書き出し：夫智仁勇は、代々：正成（「主上再度比叡山臨幸の条」まで）、口絵：翠軒竹葉（署名削除）、挿画：翠軒竹葉・他（一部署名削除）、翻刻発行者：大淵濤、発兌所：東京駸々堂、刊年：明二二・八、装訂：（ボール表紙か）、版種：活版、頁数：一〇八頁、表紙縦寸法：一八㎝、匡郭等：無匡郭18行40字、請求記号：YDM90100

【備考】№48の模倣。章段頭の○を●に、挿画の署名を削除するなど手をいれている他は全く同一。

・85．外題・内題：絵本楠公記、新序：絵本楠公記序、書き出し：夫智仁勇は、代々：正成（「主上再度比叡山臨幸の条」まで)、口絵・挿画：香蝶豊宣、編輯兼発行者：覚張栄三郎、発行元大売捌：東京・上田屋本店、刊年：明二五・六、装訂：ボール表紙（料紙袋状）、版種：活版、頁数：一二二頁、表紙縦寸法：一七・八cm、匡郭等：無匡郭15行42字、請求記号：富高菊水359号

【備考】No.35に同じ（活字は組み直し）。

(3) 他の資料を加えたもの

39・外題・内題：〈絵本〉日本太平記、書き出し：（夫智仁勇の三徳は）、代々：正儀まで、口絵・挿画：歌川国峯、編輯人：木戸韶之介、出版人：田中治兵衛、発兌所：大坂・駸々堂本店、刊年：明二〇・七、装訂：洋装、版種：活版、頁数：二冊（上・下各六九三頁）、表紙縦寸法：一九cm、匡郭等：無匡郭15行42字、請求記号：YDM90107

【備考】上巻：巻一～四巻は「平家の濫觴」から「義経主従蝦夷へ渡航す」（『平家物語』『義経記』）。巻五鎌倉幕府前期、巻六幕府後期。その中に「楠氏の家系」「多門丸誕生の事」など『絵本楠公記』に拠る記事を交える。巻七「湊川合戦」～「義満九州へ出陣の事」～「細川武蔵守の智謀」「官軍菊池と和睦の事」。下巻：巻八「花御所造営の事」以下、室町・戦国・徳川時代の記事を連ね、王政復古（巻一三）、西南戦争（巻一四）と続き、巻一五「対抗演習天覧の事」に終わる。

45・外題・内題：絵本楠公記、新序：楠公記自叙（明治二十年仲冬　編者識）、書き出し：夫智仁勇は、代々：正行まで（四条縄手討死まで）、口絵・挿画：尾形月耕・井上芳洲、編輯兼出版人：藤谷虎三、発兌：大阪・偉業館、大阪・岡本仙助、大阪・北島長吉、刊年：明二〇・一二、装訂：ボール表紙、版種：活版、頁数：二九〇頁、表紙縦寸法：一九cm、匡郭等：無匡郭14行40字、請求記号：YDM90098（画像データが交錯しており、国会図書館DL「本文をみる」

で表示されるのは№48（明二一・二競争屋、縮約本□）である）。

【備考】分量は完本に匹敵するが、□（絵本楠公記縮約本）に『太平記』を取り合わせたもの。すなわち、第一回から二八回まで、各回二章段を立てる。第壱から三回までは上記上田屋版の「人見山合戦の条」までを摂取。第四から二三回は『太平記』巻三「主上御夢事」から巻一六「聖主又臨幸山門事」までを、故事来歴等の記事は省きながら取り込み。二四回以降は『太平記』巻一七から巻二六「楠正行最期事」までに大幅な刈り込みをおこない、新田関連記事を中心につなぐ。二二七頁泣き男の名を「門杉平次」（↑『南朝太平記』間杉平次）、二四八頁正成享年「四十三」など『太平記』以外の表現も一部に織り込み。

（4）その他

89．外題：楠三代記、内題：楠三代記、尾崎東海講演、山田都一郎速記、発行者：博多久吉、発売所：大阪・博多成象堂、同・大岡万盛堂、刊年：明三四・一、装訂：洋装、版種：活版、頁数：二一八頁、表紙縦寸法：二二㎝、請求記号：YDM96847

【備考】山田本を主材とする講演の速記録。末尾に「引続き〈楠三代記〉千早合戦と題しまして……」とあり。この類は他にも存在する。

三、山田本縮約本2

文字量が完本の一割に満たないものを扱う。分量の多いもの（№69）で約一万二千字（完本の5%）である。文字量の多いものの多くは、「紙面上半分に文字、下半分に絵」、もしくは「奇数頁は上文字、下絵。偶数頁は文字のみ」の形式をとる。こうした形式の図書は番号の後に「文／絵」と表示した。他方、文字量の少ない草双紙の口絵は折り込み（観音開き）形式であることが多く、これについては番号に「#」を付した。ただし、№58のように両方の特色を兼ねそなえる場合もある。

〔凡例〕は完本に準じる。本節に関わる事項は次のように扱った。

・丁数は、丁付けに従い、折り込み部分一丁を二丁分と算える（頁形式の場合も同様）。

・内題は無いものが多い。

・装訂は、題簽貼付の普通表紙と摺付表紙とを区分し、後者を「摺付」と注記した。(2)
・画工は記載されている場合のみ記した（銅版の場合、著作者と同一か）。
・草双紙の本文は簡略であり、依拠本を特定するのは困難であるが、左に示す《要素》が見出せる図書を、山田本『絵本楠公記』の影響下にある草双紙としてとりあげた。なお、左記は山田本固有の要素の全てではない。

《世系》（書き出し部分の正成紹介記事）

山田本『絵本楠公記』夫智仁勇の三徳は天下の至宝にして、智を以四海を治め、謀を帷幕のうちにめぐらして勝事を千里の外にきはめ、仁を以て民の父母と仰がれ、士卒従類其徳に伏し、勇を以義に進み敵兵を恐怖せしむ。こゝに安邦定国の謀、古今無双の忠士と後代に尊敬する贈正三位右近衛中将橘朝臣楠正成の世系を尋ぬるに、人皇三十一代敏達天皇の後胤、其玄孫五代目井出左大臣橘諸兄公、和銅年中に始て帝より橘の姓を賜ふ。夫より八代の末正二位大納言好古卿六代の後裔、掃部助橘の盛仲、其子五品左衛門尉正玄と云る人あり。世々河内国赤坂に住居す。その宿所の庭に大ひなる楠あつて幾年ふる共しれず、枝葉おひしげり、数丈のほかにはびこりし大樹ありけるゆへ、世の人楠どのと称せり。

『南朝太平記』河陽公橘朝臣正成ハ神武不測ノ良将ニテ、勅命ヲ奉リ、（……諸兄。諸兄公十代ノ後胤橘少将経氏。経氏ヨリ十一代ノ後裔ヲ河内守橘成綱……。成綱、楠を愛し、「世人楠殿々々」と呼ぶ。以下、盛康、成氏、正俊、正遠「後ニ改メテ正澄」、正成と続く）

『三楠実録』是ニ人王九十五代、後醍醐天皇ノ御宇ニ当テ、河摂泉三州太守、贈正三位右近衛中将橘朝臣楠判官正成ト云人アリ。胸ニハ経天地緯ノ才ヲ蔵メ、腹ニハ安邦定国ノ謀ヲ密シ、武威天下ニ振ヒ、勇名四海ヲ動シ、鬼神不測ノ妙ヲ究ム。和朝無双ノ英雄ナリ。其由来ヲ尋ルニ、人王三十一代敏達天皇五代ノ孫井手左大臣橘諸兄公ノ後胤、五品正玄ノ子ナリ。世《ヨヽ》河内国ニ住居ス。敷地ノ内ニ大樹ノ楠アリ。此故ニ国民呼デ楠殿ト云ヘリ。
（割注は省いた）

『楠一生記』勇はみづからたのむべからず、つよきは久しきをたもつべからずといへり。（中略）されば智仁勇の三徳をそなへ、古今不識の明将と、その名を後代にのこせしは、楠河内判官正成なり。その世系をたづぬれば、橘氏にして、敏達天皇の後胤なり。此みかどの玄孫、井手の左大臣諸兄公、はじめて橘の姓をたまふ。それより八代の末、正二位大納言好古卿、六代の後裔を掃部助橘の盛仲と号す。その子左衛門の尉正玄、河内の国赤坂に居住せられしが宿所の庭に大なる楠あつて、いく年ふるともしらず。枝葉おひしげりて、数丈のほかにはびこりしかば、世の人みな正玄を楠どのとよべり。

《木村新助》（赤坂城退去の際、正成を誰何した敵兵の名。初編巻五）

《小瀬左衛門》（尊氏が寝返りを働きかけた千早城兵の名［→第七部第二章］）

《義貞、舟より太刀を投じる》（鎌倉攻撃の際の行動。他本は浜地より投じる。山田本二編巻二「義貞稲村ヶ崎干潟となす図」）

《白藤彦七郎》（尊氏九州没落の際、足利勢を兵庫で夜襲した武士。尊氏は「福海寺」にかくまわれ、難を遁れる。二編巻九）

《広厳寺》（正成自害の場所。二編巻一〇）

《尊氏室の焼死》（正行襲撃により受難。三編巻七）

山田本三編巻七15オ「内室も中々人手に生捕れ恥を見んよりと猛火の中に飛入玉へば、付添ふ女房達もたがひに手に手を組合て烈々たる炎の中へ飛こみ〳〵焼死ぬ」

『理尽鈔』巻二五68オ「尊氏ノ内室モ此時ニ至テ死亡仕給ヒシト也」

『南朝』巻一五13オ「尊氏卿ノ御台所モ此トキ害セラレサセ玉ヒヌ」

『三楠実録』中之三（尊氏内室死亡記述無し）

『楠正行戦功図会』後編巻四30オ「茲に哀に聞えしは武衛の北堂なりけり。夜討入しと聞て最恐しく、（中略）中々遁る〻道なければ、泪にくれながら、三才になる女子をさし殺し、自も其剣に貫かれ、火中に飛入死し給ふ。是を見て侍女婢も或は火に入、又は自害して死するは、目も当られぬ光景也」

〈38系統〉

38#．外題：〈絵本〉楠公三代記、内題：（なし）、柱題：楠公、書き出し：爰に安邦定国の謀、代々：正行まで、画工：（梅堂国政）、編輯兼出版人：東京・牧金之助、刊年：明治二〇・五御届、装訂：和装、版種：銅版、丁数：二三丁半、表紙縦寸法：一二cm、請求記号：YDM92287

【備考】見返「牧金之助編輯／楠公三代記　全／金寿堂梓」。絵師名は№67の見返による。口絵には多門丸妖怪退治図あり。正行記事は末尾見開き一丁のみ（桜井別離から四条縄手討死まで）。《山田本要素》書き出し。小瀬左衛門（ただし、足利への逆襲記事が湊川合戦記事に直結し、その次新田鎌倉攻撃が続く、という構成上の問題あり）

・67#．外題：〈絵本〉楠公三代記、柱題：楠公、書き出し：爰に安邦定国の謀、代々：正行まで、画工：梅堂国

政、印刷兼発行者：東京・牧金之助、刊年：明二二・一〇、装訂：和装、版種：銅版、丁数：一九丁半、表紙縦寸法：一二㎝、請求記号：YDM310797

【備考】№38を踏襲するが、途中二箇所四丁を端折っている。見返「梅堂国政画／楠公三代記 全／金寿堂梓」

《山田本要素》№38に同じ。

・71#．外題：絵本楠公記、柱題：（なし）、書き出し：爰に安邦定国の謀、代々：正行まで、編輯兼発行人：大阪・松田槌太郎、刊年：明二二・一二、装訂：和装・摺付、版種：銅版、丁数：17丁、表紙縦寸法：一二㎝、請求記号：YDM92026（〔絵本〕10冊のうち）

【備考】№38の模倣（文字は№38に比べ稚拙。妖怪退治口絵なし。本文一部に誤脱あり）。裏表紙に「楠公三代記」の五文字を配置する。

・84#．外題：絵本楠公記、柱題：楠公、書き出し：爰に安定《ママ》国の謀、代々：正行まで、編輯兼印刷発行人：大坂・伊丹由松、刊年：明二四・七、装訂：和装、版種：銅版、頁数：31頁、表紙縦寸法：一四㎝、請求記号：YDM92280

【備考】口絵・挿画は№71に酷似。文字はさらに稚拙で鏡文字になっている箇所もある。ただし、№71の本文誤脱はないから、№38等をも参照しているか。《世系、小瀬左衛門》。妖怪退治口絵なし。

41「文／絵」．外題：古今実伝／絵本楠公記、内題：絵本楠公記、柱題：絵本楠公記、書き出し：夫智仁勇の三徳は、代々：正行まで（正成討死までの記事に、正行討死を付加するのみ）、編輯兼出版人：東京・荒川藤兵衛、刊年：明二〇・

八御届、装訂：糸で下綴し、くるみ表紙（一枚の薄い紙。見返紙なし。本文料紙は袋状）、版種：活版、頁数：二〇頁、表紙縦寸法：一七・七㎝、匡郭等：子持ち枠13行40字（奇数頁20字）、請求記号：YDM90102・架蔵

【備考】奇数頁は文／絵、偶数頁絵無し。表紙「古今実伝／絵本楠公記／東京　錦耕堂発販」。鬼田六郎左衛門尉久式、木村新助らの登場、広厳寺での正成自害等、山田本の表現を踏襲する。

〈51系統〉（38系統の影響下）

51#．外題：楠公一代記、柱題：楠公、書き出し：爰に赤心報国古今無二の忠臣……、代々：正行まで（正行記事簡略）、印刷者：野村徳次郎、著作者・出版発行者：東京・堤吉兵衛、刊年：明二一・四、装訂：和装、版種：銅版、丁数：19丁、表紙縦寸法一二㎝、請求記号：YDM92620

【備考】見返「絵本楠公記」。《世系、小瀬左衛門》妖怪退治口絵なし。No.38と同様の構成上の問題あり、依拠資料はNo.38系統。

・74#．外題：〈絵本〉楠公一代紀、柱題：楠公、書き出し：爰に赤心報国古今無二の忠臣……、代々：正成（湊川自刃まで。末尾の記述簡略）、印刷兼発行者：堤吉兵衛、刊年：明二三・九、装訂：和装・摺付、版種：銅版、丁・頁数：12丁、表紙縦寸法：一六・九㎝、請求記号：YDM92037（〔絵本〕13冊のうち）・架蔵

【備考】No.51を簡略にしたもの。《世系、小瀬左衛門》。架蔵本刊記「明治廿三年九月　日印刷／仝年九月　日出板」。国会本は「十五」日と墨書。架蔵本後表紙見返は白紙。国会本は「新編西国奇談」他三点の出版予告あり。見返「小説きだん　両国　加賀吉版」

53#．外題：絵本楠公三代記、柱題：楠公（喉丁付け）、書き出し：茲に人皇九十五代後醍醐天皇の、代々：正儀まで、著作兼発行者：京都・今井七太郎、大売捌所：京都・今井七郎兵衛、刊年：明二一・五御届、装訂：丹表紙、版種：銅版、丁数：20丁（↓備考）、表紙縦寸法：一一・九cm、請求記号：富高菊水45号

【備考】折り込み口絵二丁。次の丁表の喉丁付け「楠公　五」、裏「楠公　六」（本文ここから始まる）、七・八、九・十（以上頁数）、（十一・十二、十三破り取り）、十四〜十六丁（丁付け）、（十七〜廿丁欠）、廿一〜廿四丁（丁付け）。欠損無き場合、折り込み口絵二丁を四丁分と算え、頁数部分は丁数に換算すると、全二〇丁か。次の№54と共通する部分は同一版面。№54は本書を独立させ刊行したものか。

54．外題：正行戦功記、柱題：楠公（喉丁付け）、書き出し：楠正成すでに湊川に戦死、代々：正行・正儀、著作兼発行者：京都・今井七太郎、大売捌所：京都・今井七郎兵衛、刊年：明二一・五御届、装訂：和装・摺付、版種：銅版、丁数：12丁、表紙縦寸法：一二cm、請求記号：YDM92023（〔絵本〕9冊のうち）

【備考】喉丁付け「楠公　十三」が第一丁（↓№53）。正成首河内帰還から正行討死、正儀吉野参内までを山田本『絵本楠公記』三編に拠って綴る。『楠正行戦功図会』も同じ範囲を扱うが、父正成の首を見て、自害しようとした正行を母が諌める（『図会』は恩地の叱咤）、尊氏内室の焼死（『図会』は三才の女子を道連れ）等、山田本の三編に基づく記述と判断される。

58#「文／絵」．外題：楠公忠勤録、柱題：楠公、書き出し：茲に摂河泉三州の、代々：正成、著作印刷兼発行者：東京・村山銀次郎、刊年：明二一・一〇、装訂：和装、版種：銅版、丁・頁数：16丁32頁、表紙縦寸法：一二cm、請求記号：YDM91199

【備考】《世系》

〈60系統〉

60＃「文／絵」・外題：〈絵本実録〉楠公三代記、柱題：楠公、書き出し：夫智仁勇の三徳は、代々：正行まで、著作兼発行者：東京・牧金之助、刊年：明二一・一〇、装訂：和装・摺付、版種：銅版、丁数：12丁、表紙縦寸法：一八cm、請求記号：YDM92025（〔絵本〕6冊のうち）

【備考】表紙は多門丸（正成か正行かは不明）怪狸退治の図。見返しに「蝶香摹」とあり、香蝶豊宣の絵に倣ったか。《世系、白藤彦七郎》。記事構成は錯綜しており、正成自害の場面は無い。記事構成「正成世系・赤坂城・鎌倉滅亡（山田本二編巻二）／尊氏筑紫落ち（同二編巻八～九）／護良吉野落ち・千剣破合戦（同初編巻八）／藤房遁世・護良殺害（同二編巻四）／尊氏東上・桜井庭訓（同二編巻九）・本間遠矢（同二編巻一〇）／小島高徳（太平記巻四）／正行吉野参内・四条縄手討死（山田本三編巻九～一〇）」

・61＃．外題：〈絵本実録〉楠公三代記、柱題：楠公、書き出し：爰に智位（ママ）勇の三徳を、代々：正行まで、編輯印刷兼発行者：東京・牧金之助、刊年：明二一・一一再版、装訂：和装、版種：銅版、丁数：11丁半、表紙縦寸法：一六・七cm、請求記号：富高菊水357号

【備考】見返「〈絵本〉楠公三代記／東京　金寿堂蔵版」。本文印刷不鮮明な箇所多し。刊年も不鮮明。No.60を絵主体に簡約にしたもの（文字量は三割弱。白藤彦七郎登場）。口絵に怪狸退治図あり。ほぼ同様の構成であるが、本書は桜井庭訓の後、正成討死の叙述あり。続いて正行討死に触れて終わる。

・70＃．外題：〈絵本実録〉楠公三代記、柱題：楠公、書き出し：古今比倫の忠臣と、代々：正行まで、著作印刷兼発行者：東京・牧金之助、刊年：明二二・一二、装訂：和装・摺付、版種：銅版、丁数：11丁半、表紙縦寸法：一八㎝、請求記号：YDM92025（〔絵本〕6冊のうち）

【備考】№60の簡略版（文字量は約五割。白藤彦七郎登場）。表紙・挿画も類同。正成自害場面なし。

・73＃「文／絵」．外題：楠氏三代記、柱題：楠公、書き出し：夫智仁勇の三徳は、代々：正行まで、印刷兼発行者：大阪・井上市松、刊年：明二三・六御届、装訂：和装・摺付、版種：銅版、丁数：10丁、表紙縦寸法：一七㎝、請求記号：YDM92031（〔絵本〕10冊のうち）

【備考】№60の剽窃（№60半葉14行、本書は17行。文字稚拙。表紙は異なるが、見返・口絵から本文までほぼそのまま模倣。本書には村上彦四郎義光の図無し）。

・78＃．外題：楠公一代記、柱題：楠公、書き出し：智仁勇兼備の忠臣橘正成公、代々：正行まで、画工：白方信筆（表紙）、著作幷発行人：京都・山口吉太郎、刊年：明二三・一二、装訂：和装・摺付、版種：銅版、丁・頁数：10丁20頁、表紙縦寸法：一六・六㎝、請求記号：架蔵。富高菊水408号

【備考】本文は№61よりもさらに簡略。正成討死に触れるが、№60系統の構成上の問題共有。

・83＃．刊年：明二四・六。請求記号：YDM92040（〔絵本〕4冊のうち）

【備考】№78と見返（№78は兜。本書は跪く旗持ちの武士）、刊年以外は同一。

63#．外題：〈絵本〉楠公記、柱題：楠公、書き出し：夫智仁勇は、代々：正成、著作兼発行人：東京・沢久次郎、刊年：明二二・一、装訂：和装・摺付、版種：銅版、丁・頁数：11丁半22頁、表紙縦寸法：一七㎝、請求記号：YDM92024（「絵本」7冊のうち）

【備考】楠多門丸怪狸退治の口絵あり。《世系、木村新助、広厳寺》

68#．外題：絵本楠公記、柱題：楠公、書き出し：茲に後醍醐帝楠正成を、代々：正成、発行者：東京・尾関トヨ、刊年：明二三・一〇、装訂：和装、版種：銅版、丁・頁数：14丁半19頁、表紙縦寸法：一七㎝、請求記号：YDM92279

【備考】見返「絵本楠公記全／豊栄堂梓」。折り込み口絵2箇所にあり。末尾は正行辞世、討死場面を描くが、本文は正成自害。《広厳寺》

69「文／絵」．外題・内題：〈画本〉楠公記、新序：（扉裏に利一の和歌）、書き出し：こゝに河内の国に、代々：正成（「主上ふたゝび叡山へ臨幸あらせらるゝ条」まで）、編輯兼印刷人：大館利一、発行人：大坂・林竹次郎、刊年：明二二・一〇、装訂：洋装（料紙袋状）、版種：銅版、頁数：一一二頁、表紙縦寸法：一三㎝、請求記号：YDM92282

【備考】上段本文、下段挿絵（原則見開き図）の形式。文字稚拙。表紙に「大阪／林玉山堂蔵」とあり。本節にあげた図書の中では最も詳細な記事内容である。「出生、成長、林軍太を従える、初陣、元服、筒井撃退、越智・渡辺・安田退治、笠置参上、赤坂合戦、赤坂奪還、宇都宮と対峙、未来記、千剣破城合戦（小瀬左衛門のことあり）、尊氏・義貞挙兵、北条滅亡、大塔宮暗殺、藤房・正成対談、新田・足利確執、尊氏退去・再挙、桜井庭訓、湊川合戦、本間遠矢、広厳寺に自刃、後醍醐再度山門へ。」

75#．外題：〈絵本実録〉楠公忠臣録、柱題：楠公、書き出し：人皇九十五代、代々：正成、著者印刷兼出版人：東京・鎌田在明、刊年：明二三・一〇、装訂：和装・摺付、版種：銅版、丁数：12丁、表紙縦寸法：一七cm、請求記号：YDM92035（〔絵本〕8冊のうち）
【備考】見返「〈銅版絵入〉実録小説　全／鎌田版」。9丁裏までは口絵を含め、No.28（〈実説〉楠公忠臣録→第四節）の模倣。10丁表以降、尊氏筑紫から再挙、湊川合戦、正成《広厳寺》に自害までを増補。10ウ・11オの《義貞、舟より太刀を投じる》図も山田本の影響。多門丸妖魔を斬る口絵あり。

88．外題：楠公忠臣録、柱題：楠公、書き出し：人皇九十五代、代々：正成、著作印刷兼発行者：鎌田在明、刊年：明三〇・五、装訂：和装、版種：銅版、丁数：11丁半、表紙縦寸法：一一・五cm、請求記号：架蔵
【備考】見返「楠公忠臣禄　全」。No.75の簡約版か（本文・挿画は別）。多門丸妖魔を斬る口絵あり。《広厳寺》

四、山田本以外を典拠とするもの

山田本以外を典拠とするものを取りあげる。凡例は第三節に準じる。

（1）『三楠実録』の影響

24#．外題：〈絵本実禄〉楠公一代記、柱題：楠公三代記、書き出し：人皇九十五代、代々：正成、画工：歌川国政、編集・発行：東京・牧金之助、刊年：明一九・一〇御届、装訂：和装・摺付、版種：銅版、丁数：11丁半、表紙縦

寸法：一二cm、請求記号：YDM92048（〔絵本〕30冊のうち）
【備考】表紙「金寿堂版／国政筆」。「明治十九年十一月十六日内務省交付」。「その性質はにうわにして平生怒の色なく言語分明にして……」（6オ）は『三楠実録』に拠るもの。記事は、藤房との対談まで。湊川討死、祭祀に言及。

・37．外題：〈絵本〉楠公記、柱題：楠公三代記（喉丁付け）、書き出し：人皇九十五代、代々：正成、編集人：樺井達之輔、出版人：京都・中村浅吉、専売人：大坂書林　岡本仙助、刊年：明二〇・五、装訂：洋装（料紙袋状）、版種：銅版、頁数：23頁、表紙縦寸法：一三cm、請求記号：YDM92283
【備考】№24の模倣。

・59．外題：楠公記、柱題：（なし）、書き出し：人皇九十五代、代々：正成、著作兼発行者：大阪・柏原政次郎、刊年：明二一・一〇、装訂：洋装（料紙袋状）、版種：銅版、丁数：8丁、表紙縦寸法：一二cm、請求記号：YDM92622
【備考】表紙も含め、37の模倣。ただし、大塔宮殺害図、桜井庭訓図なし。

・81#．外題：楠公三代記、柱題：楠公三代記、書き出し：人皇九十五代、代々：正成、編輯印刷兼発行者：東京・牧金之助、刊年：明二四・五、装訂：和装、版種：銅版、丁数：11丁半、表紙縦寸法：一二cm、請求記号：YDM92624
【備考】表紙を除き、№24にほぼ同じ（別版）。

・86#．外題：絵本楠公記、柱題：楠公三代記、書き出し：人皇九十五代、代々：正成、著作印刷兼発行者：大阪・長尾佐太郎、刊年：明二七・六、装訂：和装、版種：銅版、丁数：11丁半、表紙縦寸法：一二cm、請求記号：YDM92281

【備考】No.81の模倣。見返「明治廿七年新刻／楠公三代記　全／文成堂蔵版」

(2)『太平記秘鑑』の影響

5．外題：楠正成一代記、内題：楠正成一代記、柱題：楠上（楠下）、書き出し：人皇三十一代敏達天皇曾孫、代々：正成（明治十三年正一位贈位に言及）、編輯兼出版人：東京・荒川吉五郎、刊年：明一三・一二御届、装訂：和装・摺付、版種：木版、丁数：上9丁、下9丁、表紙縦寸法：一八cm、請求記号：YDM91956（〔絵本〕64冊のうち）

【備考】冒頭部分の多門丸（正成）妖狸退治譚は、『楠正行戦功図会』巻一「正行幼稚行状之話」の一節を利用したものと思われるが〔→第七部第三章【一三歳】妖狸退治〕、全体的には『太平記秘鑑』の影響が顕著。

笠置参上後、「楠家の二十八将」に義兵を挙げる旨伝える（『秘鑑』帝国文庫本八三頁・一二一頁）、「辻風平蔵」を宇都宮公綱の陣所に忍ばせ、軍扇・椀を奪い、「寝首」を掻くことは免してやったとからかう（同一二三頁）、泣き男「杉本左兵衛」が正成に召し抱えられたいきさつ（「越前国五斗村の農五郎助」が八尾相手に偽りの身の上話をすること。同二四五頁以下）、千剣破籠城の際、金沢右馬頭貞政を謀り、「本宮太郎兵衛」が討ち取る（同三一九頁「神宮司太郎兵衛」）等。

(3)『楠正行戦功図会』の影響

1．外題：楠公三代記、柱題：初編「楠軍記」・二編「楠二編」・三編「楠三編」、初編目録題：楠卿戦記、「凡例」：

玉蘭斎貞秀画作、書き出し：人王九十五代、代々：正儀（正儀は末尾賀名生遷幸場面のみ）、画工：玉蘭斎貞秀、発行：各冊巻末の出版書目に「〈地本錦絵〉問屋〈東京日本橋通南三丁目十三番地〉丸屋　小林鉄治郎蔵版」、刊年：（↓備考）、装訂：和装、版種：木版、丁数：初編四九丁、二編五〇丁、三編四九丁、表紙：縹色布目地一八・二×一二・〇cm、匡郭等：単辺（行・字数不定。最大22行）、請求記号：小浜酒井一九五・架蔵（初・二編）

【備考】凡例上欄外に「未弐／改」の丸印が刻されており、安政六年（一八五九）己未二月の改印と知れる。[3] ただし、井上隆明『〈改訂増補〉近世書林板元総覧』（青裳堂書店、一九九八）によれば、「丸屋は明治十一年以降。以前は菊寿堂版と記す」とのこと。奥付のみならず、初編21オ「車付の塀」図の左下に「丸鉄版」とあり、二編巻末にも「丸鉄板」（子持ち枠八角形の小印風）とある（No.2も同様。捺印か）。

橋本（歌川）貞秀は、文化四年（一八〇七）生、明治一一年（一八七八）頃まで生存（『国書人名辞典』）。この点からも本書の最初の刊行は明治一一年以前の可能性が高いが、丸鉄版（小浜本・架蔵本、No.2村上本）は明治一一年以降の出版であり、No.10『絵本楠公三代記』が本書の抄出本であるところから、明治一一〜一七年に限定されよう。

本文は初・二編は、『三楠実録』に一部『太平記秘鑑』をも利用。三編は『楠正行戦功図会』に拠る。

正成が赤坂城で釣塀の仕掛けで敵兵を悩ましたことは有名である。本書においても「しらかべのへい、ぐら〳〵とゆるぎ、がつくりとしたにおつる」とあるが、敵将が「じやうはへいもなきぞ、うちいれ、のりあがれ」と采配したところ「ぢやうちうにはおくのかたより、くるまつきのへいをおしいだし、くさびをうつてぴつたりと、もとのごとし」と敵を寄せ付けなかった、とある（初編20ウ。句読、清濁点を施した）。挿画にも「車付の塀」が描かれている。この描写は他に類を見ない。

また、本書には語り手の論評があり、その中に以下の一節がある。

足利尊氏公をあくにんのやうにおもひ、そのみかたのしよ将をみなあく人のやうにおもへども、さにあらず。

たか氏公は智もうすく、ゆうもさのみならねど、天めいのうんあつて、義貞のゆうもほろび、正成の智ぼう天下にならびなきもうち死なして、ばんみんをあんどさせ、家名十有三代の余をたもつこと、ま事にめでたき大将なるを、北条のごとくいふ人あれども、左にあらず。尤たゞよしの大たうのみやをしいしたるは、にくむべけれど、三帝をとほきくにへながせしほどのことはあらず。（二編39オ）

江戸期の尊氏評は必ずしも悪くはなく、『絵本尊氏勲功記』（寛政一二年（一八〇〇）叙）もその末尾を「さかふる武門ぞめでたかりける」と結ぶが、この『楠公三代記』の積極的な尊氏擁護論は注目すべきものである。

2．№1の改編本。

②④⑧の巻末広告（三冊本は木版。本書は広告丁のみ活版）中に「〇楠公三代記　十冊」とあり、№1の初編・二編のみを十冊として刊行したもの。架蔵本（表紙寸法一七・五×一一・七cm）は下記の八冊存。神戸市立博物館村上金次郎コレクション（未見）は［4］を欠く八冊存。

架蔵本［1］①外題「楠三代記初編」、柱「楠軍記　一（～十）」。②柱「楠軍記　十一（～二十）」。表紙は①正成、②正行の続き絵（桜井宿）。

［2］③外題「楠公三代記二」、柱「楠軍記　二十一（～三十）」。④表紙左肩に「橋本貞秀画作」、柱「楠軍記　三十一（～四十）」。③大塔宮、④正成（①と面貌を異にするが、武装は正成）の続き絵。

［3］⑤欠、⑥表紙左肩に「歌川貞秀作／外題年信画」「下（丸付文字）」。さらに、空捺しで「三」（丸付き文字）とあり。柱「楠二編　一（～十）」。表紙（鉢巻姿の武者）

［4］⑦外題「楠公三代記」「上（丸付文字）」、柱「楠二編　十一（～二十）」、⑧表紙左肩に「歌川貞秀作／外題年信画」、右端に「下（丸付文字）」、柱「楠二編　二十一（～三十）」。⑦（法師武者）・⑧（長刀を持つ武者）続き絵。

［5］⑨欠、⑩表紙左肩に「外題年信画」、柱「楠二編　四十一（～五十）。⑩（少年武者。正行か）。裏表紙欠。
※「外題年信画」とあり、表紙は山崎年信。初代（安政四年～明治一九年）、二代（慶應二年～明治三六年）がいるが、他の事例をみても再版や改装本はあまり間を置かないで刊行されている。二代の活動時期は明治一六年以降だが、明治一六年当時まだ二〇歳であり、初代の可能性が高いと思われる(4)。
※No.1の各冊冒頭（目録・人物肖像）は多色刷りであるが、本書は無彩色。

〈10系統〉
10「文／絵」・外題：〈絵本〉楠公三代記、柱題：（なし）、書き出し：人王九十五代、代々：正行まで（正儀には言及せず）、画工：葛飾正久（No.13の袋による）、編輯兼出版人：東京・萓谷与吉、刊年：明一七・六御届、装訂：和装、版種：銅版、丁数：24丁、表紙縦寸法：一二cm、請求記号：YDM92285
【備考】No.1（楠公三代記）の縮約本。見返「絵本楠公三代記　日吉堂はん」。

・13「文／絵」・外題：絵本楠公三代記（題簽剥離跡に墨書）、柱題：（なし）、書き出し：人王九十五代、代々：正行まで（正儀には言及せず）、画工：葛飾正久、編輯兼出版人：東京・萓谷与吉、刊年：明一八・一再版、装訂：和装、版種：銅版、丁数：24丁、表紙縦寸法：一一・九cm、請求記号：国文研（ヲ6/90/3）
【備考】No.10の再版。見返は近似しているが新刻。本体は奥付も含め、No.10に同じ。書袋を利用した紙製の帙あり。その帙に「葛飾正久画／絵本楠公三代記　全／明治十八年一月再版　日吉堂蔵版」とあり。

・27「文／絵」・外題：〈絵本〉楠公三代記、柱題：（なし）、書き出し：人王九十五代、代々：正行まで（正儀には言

及せず）、画工：（葛飾正久）、編輯兼出版人：東京・菅谷与吉、翻刻出版人：京都・内藤彦一、刊年：明一九・一一、装訂：和装、版種：銅版、丁数：24丁、表紙縦寸法：一二cm、請求記号：YDM92286

【備考】No.10の後印。「明治十九年十一月十六日内務省交付」。

・29「文／絵」．外題：楠公三代記、柱題：（なし）、書き出し：人王九十五代、代々：正行まで、翻刻出版人：大阪・小川新助、刊年：明二〇・二、装訂：洋装（料紙袋状）、版種：銅版、丁数：24丁、表紙縦寸法：一三cm、請求記号：YDM92623

【備考】表紙に「畜善館版」とあり。「明治二十年三月四日内務省交付」。奥付に「畜善館出版目録」あり。No.10の模倣（図柄の細部に異同あり）。

・32「文／絵」．外題：絵本楠三代記、柱題：（なし）、書き出し：人王九十五代、代々：正行まで、編輯出版人：京都・池田東園、刊年：明二〇・三、装訂：洋装・料紙袋状、版種：銅版、丁数：24丁、表紙縦寸法：一三cm、請求記号：YDM92145

【備考】「明治二十年四月十二日内務省交付」。No.10系統の模倣（本書の彫字は稚拙）。

12．外題：〈明治新刻〉楠公三代記、柱題：楠公三代記、書き出し：楠正成は橘諸兄公の後胤正純の子、代々：正行まで、編輯人：宇津弄香、出版人：東京・牧金之助、発兌：東京・深川屋良助、刊年：明一七・一〇、装訂：和装・摺付、版種：銅版、丁数：24丁、表紙縦寸法：九cm、請求記号：国文研（ヲ6/90/73）

【備考】No.10をさらに簡約な本文（見開き一画面40字程度）の絵本に仕立てたもの。以下の記述は『楠正行戦功図会』

の影響である。正行、後醍醐崩御の前表を夢見（『図会』後編巻三）。「尊氏、権田ヶ原の戦、楠勢に敗られ」（『図会』後編巻四「誉田河原合戦之図」）。「尊氏の北の方、子を刺殺し其身も火中に死す」（『図会』後編巻四「三才になる女子をさし殺し……」）等。

19．外題：楠公三代記、柱題：楠公、新序：（明治十八年秋日　晩翠堂主人識）、書き出し：夫我朝に忠臣第一の、代々：正行まで、編輯人：下田惣太郎、出版人：東京・隆湊堂・山本常次郎、刊年：明一八・一〇御届、装訂：和装、版種：銅版、丁数：23丁、表紙縦寸法：一一・八㎝、請求記号：YDM92625。国文研（ヲ6/90/66）

【備考】見返「下田惣太郎編輯／楠公三代記全／東京書肆　隆湊堂梓」。「明治十八年十一月五日内務省貼付」。鷺池平九郎の活躍、正行が後醍醐崩御の夢をみること等は『正行戦功図会』が典拠。藤房・正成対談、正行母教訓等の場面とあわせ、№12『〈明治新刻〉楠公三代記』の影響を受けている。

40#．外題：絵本楠三代記、柱題：楠公、書き出し：夫我朝に忠臣第一の、代々：正成、画工：歌川国政、編輯兼出版人：東京・牧金之助、刊年：明二〇・八、装訂：和装・摺付、版種：銅版、丁数：8丁、表紙縦寸法：一二㎝、請求記号：YDM92049（〔絵本〕29冊のうち）

【備考】表紙「金寿堂版／国政筆」。見返「深川屋」。本文は№19の前半部分（正成）を略記したもの。

（4）その他

30#．外題：絵本太平記、柱題：太平記、書き出し：人皇九十五代の帝は、代々：正成（正成討死のあと、義貞の左中将任官記事で終わる）、編輯兼出版人：東京・沢久次郎、刊年：明二〇・三、装訂：和装、版種：銅版、丁・頁数：

20丁40頁（折り込み口絵二箇所）、表紙縦寸法：二二cm、請求記号：YDM92242
【備考】本書は黄表紙「楠一代記」（森屋治兵衛版）をもとにして略記したもの（絵柄もほぼ踏襲）。「明治二十年三月十九日内務省交付」。

五、典拠を特定しがたいもの

典拠は特定しがたいが、備考欄に示したように、『理尽鈔』の流れを汲む要素はあり。凡例は第三節に準じる。

3．外題：（不明）、柱題：楠一代記、書き出し：夫我朝独歩の忠臣と、代々：正成、画工：（歌川）芳虎、編輯人：永島辰五郎、出版人：東京・小森宗次郎、刊年：明一三・一二御届、装訂：和装、版種：木版、丁数：上下二冊18丁、表紙縦寸法：一八cm、請求記号：YDM92079（〔絵本〕33冊のうち）
【備考】上冊表紙に「永島辰五郎編輯／［　］芳虎画」。後表紙見返に「〈地本錦絵〉問屋〈馬喰町三丁目十番地〉出版人　木屋　小森宗次郎」の出版広告あり。絵には「八尾別当顕幸、早川十郎、恩田次郎、京田九郎、辻風平三、板持一郎」なども描かれる。

4．外題：楠公一代記、柱題：楠公、書き出し：抑楠多門兵衛正成の、代々：正成、編輯出版人兼：東京・児玉又七、刊年：明一三・一二御届、装訂：和装・摺付、版種：木版、丁数：6丁、表紙縦寸法：一八cm、請求記号：YDM91954（〔絵本〕15冊のうち）
【備考】恩地、早瀬右衛門太郎と共に猿回しとなり、赤坂城中探査。鷺池平九郎の活躍。

6．外題：楠正成一代記、柱題：楠上（楠下）、書き出し：楠正成は南朝の忠臣、代々：正行まで、編輯人兼出版人：東京・辻岡文助、刊年：明一四・九御届、装訂：和装・摺付、版種：木版、丁数：上下各9丁、表紙縦寸法：一八cm、請求記号：YDM91958（〔絵本〕51冊のうち）

【備考】正行討死、水戸黄門の湊川建碑まで。泣き男杉本左兵衛。

7．外題：楠公一代記、柱題：楠公、書き出し：（不明）、代々：正成、画工：孟斎芳虎、編輯出版兼：森本順三郎、刊年：明一五・五御届、装訂：和装・摺付、版種：木版、丁数：10丁、表紙縦寸法：一八cm、請求記号：YDM92621

【備考】上欠。表紙外題左「孟斎芳虎　森本板」。10丁裏「虎重著／芳虎画」（虎重は芳虎門人）。八尾別当、志貴右衛門、泣き男杉本佐兵衛、恩地左近。

15．外題：絵本楠公一代記、柱題：楠公、書き出し：夫我朝独歩の忠臣と、代々：正成、編輯出版兼：東京・堤吉兵衛、刊年：明一八・六御届、装訂：和装・摺付、版種：銅版、丁数：12丁、表紙縦寸法：一二cm、請求記号：YDM91986（〔絵本〕13冊のうち）

【備考】見返「絵本楠公記／加賀吉」。本文は、No.3にほぼ同じ。「恩地左近を猿まはしに出たゝせ」、八尾別当、志貴左衛門、杉本左兵衛。

22．外題：楠三代記、柱題：楠公、書き出し：後醍醐帝の御たのみに依て、代々：正成・正行・正勝の三代、画工：

（永島）春晃、編集兼出版人：東京・丸山幸治郎、刊年：明一九・八御届、装訂：和装・摺付、版種：木版、丁数：8丁、表紙縦寸法：一二cm、請求記号：YDM91990〔絵本〕4冊のうち）

【備考】表紙に「幸玉堂板／春晃画」とあり。「明治十九年九月二十一日内務省交付」。文字はごく一部分の絵本。「さくらゐの駅において嫡子正行へ秘書をゆづり」

・52．外題：絵本楠三代記、柱題：（なし）、書き出し：後醍醐帝の御たのみに依て、代々：正成・正行・正勝、編輯印刷兼発行人：東京・宮川政吉、刊年：明二一・四、装訂：洋装（料紙袋状）、版種：木版、丁数：8丁、表紙縦寸法：一三cm、請求記号：YDM92146

【備考】No.22の模倣。

28#．外題：〈実説〉楠公忠臣録、柱題：楠公、書き出し：人皇九十五代、代々：正成、著作印刷兼発行者：東京・鎌田在明、刊年：「明治廿年　月　日」印刷・出版、装訂：和装、版種：銅版、丁数：9丁半、表紙縦寸法：一六・八cm、請求記号：架蔵

【備考】見返「〈実説〉楠公忠臣録　全／深松堂梓」。口絵に多門丸妖魔を斬る図あり。注（2）に言及した磯部年表稿は鈴木圭一蔵本を載せる。鈴木本は「切附」。架蔵本は丁子引き布目地表紙に子持ち枠題簽「〈実説〉楠公忠臣録　全」。鈴木本外題には「実説」無いか。5オ「兵書を大江匡房卿に就て講究」（匡房子孫、時親の誤り）9オ「正成謀を献じて必勝を説と雖も用ひられず藤原藤房卿の謀計に決す」の「藤房」は坊門清忠の誤り。尊氏関東から上洛、筑紫没落、再挙、正成湊川討死までは、ごく簡略。前節No.75（明二三・一〇鎌田在明）はこの部分を増補したもの。

31#・外題：絵本太平記、柱題：太平記、書き出し：楠多門兵衛正成は、代々：正成、画工：歌川国政、編輯兼出版人：東京・奥田忠兵衛、刊年：明二〇・三御届、装訂：和装・摺付、版種：銅版、丁数：8丁、表紙縦寸法：一二cm、請求記号：YDM92050（〔絵本〕7冊のうち）

【備考】表紙外題横に「国政画」。見返「くらまへ／みのもはん」。「恩地左近、安満了願」等八臣。本文構成は、「千破矢」合戦の最中に正行との離別記事を置き、正成が金剛山の城門より「撃ていで終に討死」と記した後、「偖も正成は摂州湊川に討死し」と記す等、支離滅裂。

・57#・外題：楠一代記、柱題：太平記、書き出し：楠多門兵衛正成は、代々：正成、発行著作印刷者：東京・小川安造、刊年：明二一・七、装訂：和装、版種：銅版、丁・頁数：8丁、表紙縦寸法：一二cm、請求記号：YDM92433

【備考】№31の模倣（酷似するが挿画に小異あり）。

43#・外題：〈絵本〉楠公三代記、柱題：楠公記、書き出し：楠河内判官正成は、代々：正行まで、編輯兼出版人：東京・尾関トヨ、刊年：明二〇・一一御届、装訂：和装・摺付、版種：銅版、丁数：8丁、表紙縦寸法：一二cm、請求記号：YDM91998（〔絵本〕15冊のうち）

【備考】見返「豊栄堂」。口絵に「正行幼年にして怪異を斬る」図あり。「和田・恩地・八尾に正行の守護を頼み」

55・外題：楠正成一代記、柱題：楠、書き出し：楠多門兵衛正成は、代々：正行まで、印刷著作発行者兼：東京・増

田福太郎、刊年：明二一・六、装訂：和装・摺付、版種：木版、丁数：8丁、表紙縦寸法：一二cm、請求記号：YDM92018（〔絵本〕10冊　のうち）

【備考】見返「楠正成一代記」。末尾「多病にして本意を達せず。あゝ天なる哉」。「まさつらに一くわんのしよをさづけ」は『理尽鈔』的要素。

56．外題：〈絵本〉楠公記、柱題：楠公、書き出し：河内判官楠正成の父、代々：正成、著作者：甲斐山久三郎、印刷兼発行者：京都・中村浅吉、売捌人：大阪書林岡本仙助・同大阪書林競争屋、刊年：明二一・七、装訂：和装・摺付、版種：銅版、丁数9丁半、表紙縦寸法：九cm、請求記号：YDM92054（〔絵本〕9冊のうち）

【備考】笠置陥落後、後醍醐帝が藤房とともに赤坂に至る等、随所に奇妙な表現があるが、相撲の図（正成幼少時の逸話）や「万里小路藤房卿は正成を招き」天下の形勢をなげいたこと（5ウ）等は『理尽鈔』の流れを汲む記事。

62#．外題：楠公一代記、柱題：太平記、書き出し：過し建武の頃かとよ、代々：正成、印刷著作兼発行者：東京・堤吉兵衛、刊年：明二一・一二、装訂：和装、版種：銅版、丁数：7丁半、表紙縦寸法：一二cm、請求記号：YDM92022（〔絵本〕8冊のうち）

【備考】見返「南北太平記」。「恩地左近太郎満員」登場。「義貞は楠正成と謀りて足利を討んとせしに、足利勢も新田をうたんと正成の出城なる千破谷をさして攻めたてたり」など、建武政権下の新田・足利の抗争と千剣破攻防とをない交ぜ。

64．外題：〈絵本〉楠公記、柱題：楠公、書き出し：茲に贈正一位楠正成、代々：正行まで、編輯兼発行者：京都・

中村浅吉、刊年：明二二・四、装訂：和装・摺付、版種：銅版、丁数：８丁、表紙縦寸法：一二cm、請求記号：YDM92027（〔絵本〕10冊のうち）

【備考】体裁は№37（24系統）中村浅吉版を摂取。本文は異なる（№37は享年不記。本書は「四十三才」。本書は正行まで言及）。正行の事績はごく簡略（絵は正成赤坂退去場面）。

六、一 覧

〔凡 例〕

・この一覧は、楠ものの刊行状況を概観するためのものであり、頭に番号を付した既述の資料は略記した。

・山田本関係で記事量の多い図書には、以下の符号を番号の下に付した。完本「◎」、縮約本1a「○」、縮約本1b「□」、他の資料を加えたもの（講演含む）「■」。

・右記以外の、通し番号を付した図書は、絵を中心とする草双紙である。

・各図書の記載末尾に本章既述箇所を示した。例えば「↓四（3）」は、「四（3）『楠正行戦功図会』の影響」の項を指す。

・版種の違いを示すために、木版は番号に〔 〕を、銅版は《 》を付した。何も付さない番号および＊は活版印刷である。

・頭に＊を付したものは、山田本『絵本楠公記』以外の楠もの、および『太平記』関連の出版物である。請求記号の番号は主に国立国会図書館近代デジタルライブラリーのもの。それ以外は各所蔵機関の請求番号を示した。

・山田本『絵本楠公記』の影響下の図書には文字囲を、『太平記』関係の図書には網掛けを施した。
・＊の図書の【備考】には簡単な内容照会を、番号を付した図書は依拠資料が山田本『絵本楠公記』以外の場合は【　】内に主たる依拠資料を略記した。図会『楠正行戦功図会』、秘鑑『楠廷尉秘鑑』、三楠『三楠実録』。
・No.46、No.82は、二〇一〇年八月調査時、所在を確認できなかった。

明一一～一五

〔1〕楠公三代記（三編三冊）、（安政六年刊か。確認した図書の刊行は、明治一一～一七年の間）【図会系】〔↓四（3）〕
〔2〕楠公三代記（三編一〇冊）、（～明治一八年以前）【図会系】〔↓四（3）〕
〔3〕楠一代記、明一三・一二御届〔↓五〕
〔4〕楠公一代記、明一三・一二御届〔↓五〕
〔5〕楠正成一代記（上下二冊）、明一三・一二御届【秘鑑系】〔↓四（2）〕
〔6〕楠正成一代記（上下二冊）、明一四・九御届〔↓五〕
〔7〕楠公一代記（上欠一冊）、明一五・五御届〔↓五〕
＊〈増補〉三楠実録（内題）、東京・潜心堂、小笠原書房　明一五・一〇出版御届、請求記号：YDM90787
【備考】『三楠実録』完本
＊〈訂正〉太平記、東京・潜心堂、小笠原書房　明一五・一二、請求記号：YDM89021【備考】『太平記』完本。
田島象二訂正

明一六～二〇

8◎〈絵入実録〉楠公記、明一六・三御届〔↓一A2〕

9◎ 楠公三代記、明一六・五 ［↓一A1］

《10》〈絵本〉楠公三代記、明一七・六御届【図会系】［↓四（3）10系統］

＊ 三楠実録、長野・信濃出版 明一六・八、請求記号：東大（H20/1422）【備考】『三楠実録』完本。「廷尉之巻」一二巻四冊、「金吾之巻」五巻二冊、「典廐之巻」五巻二冊の八分冊

＊ 重訂太平記、東京・報告社 明一七・四、請求記号：YDM89017【備考】『太平記』完本。大野尭雲翻刻。和装一二冊（現状は六分冊に合綴）

11◎ 絵本楠公記、明一七・八 ［↓一A2］

《12》〈明治新刻〉楠公三代記、銅版、明一七・一〇【図会系】［↓四（3）］

＊ 〈頭書増補〉絵本太平記、東京・東京同益出版社 明一六・三～一七・一〇、請求記号：富高菊水855号（巻之首欠二〇冊）【備考】『太平記』完本。和装二一冊。中村頼治増補。

《13》絵本楠公三代記、銅版、明一八・一再版【図会系】［↓四（3）10系統］

《14□》絵本楠公記稚話《おさなばなし》（三冊）、明一七・四（初編）～明一八・二（三編）［↓二（2）］

＊ 〈今古実録〉楠廷尉秘鑑、東京・栄泉社 明一八・三御届、請求記号：YDM90599【備考】『楠廷尉秘鑑』完本（広告によれば和装三〇冊。確認したのは一四冊）［↓第七部第一章］

《15》絵本楠公一代記、明一八・六御届 ［↓五］

16◎ 絵本楠公記、明一八・七 ［↓一A2］

17◎ 絵本楠公記、明一八・七 ［↓一A2］

18◎ 絵本楠公記、明一八・七 ［↓一A2］

《19》楠公三代記、明一八・一〇御届 ［↓四（3）］

20□　絵本楠公記、明一九・四　［↓二（2）］

21◎　絵本楠公記、明一九・六　［↓一B］

〔22〕　楠三代記、明一九・八御届　［↓五］

23◎　絵本楠公記、明一九・一〇再版　［↓一B］

《24》　〈絵本実録〉楠公一代記、明一九・一〇御届　【三楠系】［↓四（1）］

＊　〈絵入〉太平記（扉「訂正／絵入太平記」）、東京・文事堂　明一九・一〇、請求記号：YDM89945【備考】『太平記』完本。上下二冊

25◎　絵本楠公記、明一九・一二　［↓一A2］

26◎　絵本楠公記、明一九・一二　［↓一A3］

《27》　〈絵本〉楠公三代記、明一九・一一【図会系】［↓四（3）10系統］

《28》　〈実説〉楠公忠臣録、明二〇・（空白）［↓五］

《29》　楠公三代記、明二〇・二【図会系】［↓四（3）10系統］

《30》　絵本太平記、明二〇・三【黄表紙系】［↓四（4）］

《31》　絵本太平記、明二〇・三御届　［↓五31系統］

《32》　絵本楠三代記、明二〇・三【図会系】［↓四（3）10系統］

＊　〈絵本実録〉楠公三代記、東京・文事堂　明二〇・三刊、請求記号：YDM5976・金城大福田（288/H41/A4。金城大本は奥付記載内容は同じだが、別版。国会本より後出）。【備考】内容は『三楠実録』完本

33◎　絵本楠公記、明二〇・四（三板）［↓一B］

34◎　絵本楠公記、明二〇・四（再々板）［↓一B］

35　□　絵本楠公記、明二〇・四［↓二（2）］
36　◎　絵本楠公記（内題：絵本楠公三代軍記）、明二〇・五［↓一C］
《37》　〈絵本〉楠公記、明二〇・五【三楠系】［↓四（1）］
《38》　〈絵本〉楠公三代記、明治二〇・五御届［↓三38系統］
39　■　〈絵本〉日本太平記、明二〇・七［↓二（3）］
《40》　絵本楠三代記、明二〇・八【図会系】［↓四（3）］
41　古今実伝／絵本楠公記、明二〇・八御届［↓三］
42　◎　絵本楠公三代記、明二〇・一一［↓一C］
《43》　〈絵本〉楠公三代記、明二〇・一一御届［↓五］
44　◎　絵本楠公三代軍記、明二〇・一二［↓一C］
45　■　絵本楠公記、明二〇・一二［↓二（3）］

明二一〜二五

46　楠公三代記、明二一（未見。『菊水文庫蔵書目録』一五頁。一巻一冊。内藤彦一編、明治二一）
47　□　絵本楠公記、明二一・一［↓二（2）］
48　□　〈絵本〉楠公記、明二一・二［↓二（2）］
49　◎　絵本楠公記、明二一・二［↓一B］
50　◎　絵本楠公三代軍記、明二一・三［↓一C］
《51》　楠公一代記、明二一・四［↓三51系統］
〔52〕　絵本楠三代記、明二一・四［↓五52系統］

《53》絵本楠公三代記、明二一・五御届［↓三］

《54》正行戦功記、明二一・五御届［↓三］

〔55〕楠正成一代記、明二一・六［↓五］

《56》〈絵本〉楠公記、明二一・七［↓五］

《57》楠一代記、明二一・七［↓五31系統］

《58》楠公忠勤録、明二一・一〇［↓三］

《59》楠公記、明二一・一〇【三楠系】［↓四（1）］

《60》〈絵本実録〉楠公三代記、明二一・一〇［↓三60系統］

《61》〈絵本実録〉楠公三代記、明二一・一二再版［↓三60系統］

《62》楠公一代記、明二一・一二［↓五］

《63》〈絵本〉楠公記、明二二・一［↓三］

《64》〈絵本〉楠公記、明二二・四［↓五］

65◎絵本楠公記、明二二・四［↓一B］

66□絵本楠公記（内題。表紙欠損）、明二二・八［↓二（2）］

《67》〈絵本〉楠公三代記、明二二・一〇［↓三38系統］

《68》絵本楠公記、明二二・一〇［↓三］

《69》〈画本〉楠公記、明二二・一〇［↓三］

《70》〈絵本実録〉楠公三代記、明二二・一二［↓三60系統］

《71》絵本楠公記、明二二・一二［↓三38系統］

72◎　絵本楠公記、明二三・四［↓一不明］

＊　国文学読本、東京・冨山房　明二三・四、請求記号：YDM81615【備考】抄出。芳賀矢一・立花銑三郎編。「俊基朝臣再関東下向事」「先帝崩御事」

《73》　楠氏三代記、明二三・六御届［↓三60系統］

《74》　〈絵本〉楠公一代紀、明二三・九［↓三51系統］

《75》　〈絵本実録〉楠公忠臣録、明二三・一〇［↓三］

76◎　絵本楠公記、明二三・一〇［↓一A2］

77◎　絵本楠公記、明二三・一一［↓一B］

＊　日本文学史、東京・金港堂　明二三・一一、請求記号：YDM84955【備考】抄出。三上参次、高津鍬三郎著、落合直文舗。「俊基朝臣拘はれて東へ下る」「後醍醐天皇笠置山を落ち給ふ」、「武者ぶり」（巻六赤坂合戦のうち）

《78》　楠公一代記、明二三・一二［↓三60系統］

79○　〈絵本〉楠公記、明二四・一［↓二（1）］

80◎　絵本楠公記、明二四・二（再版）［↓一A2］

《81》　楠公三代記、明二四・五【三楠系】［↓四（1）］

82　絵本楠公三代記、明二四（未見。『菊水文庫蔵書目録』二頁。一冊、牧八（金）上之助、明治二四）

《83》　楠公一代記、明二四・六［↓三60系統］

《84》　絵本楠公記、明二四・七［↓三38系統］

＊　〈訂正絵入〉太平記、東京・扶桑堂　明二四・七、八、請求記号：YDM88953【備考】『太平記』完本。上下

二冊。

＊ 〈訂正〉太平記、東京・同盟書房　明二四・八、請求記号：国文研（ナ4/255）【備考】『太平記』完本。

＊ 太平記、東京・博文館　明二四・七～九、請求記号：鶴舞（S918/00121/16～18）【備考】『太平記』完本。小中村義象・荻野由之・落合直文校訂、日本文学全書第16編～第18編三冊。

＊ 国文評釈、東京・博文館　明二五・一～一二、請求記号：椙山大（山崎/910.8）【備考】抄出。落合直文著。五冊。第1編（明二五・一）落花の雪、2編（明二五・一二）笠置山、3編（明二五・一二）隠岐の皇居・九宮の御孝心、4編・5編（太平記教材なし）。

85□ 絵本楠公記、明二五・六［↓二（2）］

＊ 〈校訂〉楠廷尉秘鑑、東京・博文館　明二七・五、請求記号：架蔵（明三五年九月三版）【備考】『楠廷尉秘鑑』完本。帝国文庫第21編。

明二六～三〇

《86》絵本楠公記、明二七・六【三楠系】［↓四（1）］

＊ 〈絵本訂正〉太平記（内題「〈訂正〉太平記」）、東京・落合三雄　明二七・六、請求記号：YDM89019【備考】『太平記』完本。口絵があるが本文中には絵無し。明二四・八〈国文研ナ4/255〉と同じく、総目録に丁数表示あり。

＊ 〈高等国文〉、東京・吉川弘文館　明二九・六、請求記号：YDM81570【備考】抄出。第一高等学校国文学科編の教科書。和装六冊のうち巻四に『太平記』巻一～二〇の一四の章段。

87◎ 絵本楠公記、明二九・七再版［↓一B］

《88》楠公忠臣禄、明三〇・五［↓三］

＊〈絵本〉訂正太平記（内題「〈訂正〉太平記」）、東京・聚栄堂大川屋　明三〇・九再版、請求記号：富高菊水296
号【備考】『太平記』完本。明二七・六落合三雄版に同じ。奥付「翻刻発行者　大川錠吉」

――明三一～三五――――――――――――――――――――

＊校訂太平記、東京・博文館　明三二・一、請求記号：YDM84933【備考】『太平記』完本。博文館編校訂、
続帝国文庫第11編。初版刊年は楫山（918.5/Z。明三六・七第八版）の奥付による。

＊改正高等国文、東京・吉川弘文館　明三二・一〇、請求記号：YDM81571【備考】抄出。高津鍬三郎等編。
和装五冊のうち巻五に後醍醐挙兵・大塔宮熊野落関係および賀名生皇居事の六章段を収載。

89■楠三代記（尾崎東海講演）、明三四・一［→二（四）］

＊名文評釈、東京・博文館　明三四・五、請求記号：YDM84997【備考】抄出。太平記は落合直文の担当（未見）

＊太平記、東京・誠之堂書店　明三四・七、請求記号：YDM89015【備考】『太平記』完本。和装五冊。国文
学会編中等教育和漢文講義。

＊太平記註釈、東京・誠之堂書店　明三四・九、請求記号：YDM89025【備考】和装二冊。萩野由之校補。中
等教育和漢文講義（明三四・七『太平記』の語注編）

＊太平記詳解、東京・同益社　明三四・九刊、請求記号：YDM89024【備考】『太平記』全巻に注解を付す。
和装五冊。三木五百枝・大塚彦太郎編編。

＊通俗太平記、東京・金桜堂　明三五・一一刊、請求記号：YDM9737【備考】五冊。太平記を基軸として、
楠廷尉秘鑑、梅松論、南太平記、太平記評判、参考太平記等を参照。松林伯知（植柘正一郎）講演。

――明三六～四〇――――――――――――――――――――

＊校訂太平記、東京・博文館編　明三六・七、請求記号：椙山大（918.5/Z）【備考】『太平記』完本。博文館編校訂・続帝国文庫第11編第八版。

＊太平記　神田本、東京・国書刊行会　明四〇・一一、請求記号：架蔵【備考】神田本全冊。黒川真道〔等〕校。

明四一〜四五

＊国文註釈全書、東京・國學院大學出版部　明四一・四、請求記号：架蔵【備考】室松岩雄校訂編輯。太平記抄付音義、太平記賢愚抄、太平記年表、太平記系図、南山小譜。

＊太平記評論、横浜・鈴木忠次郎　明四一・一一、請求記号：YDM89026【備考】鈴木忠次郎著。太平記巻二六、四条畷合戦までの記事を史料面から検討（本文は掲出せず）。

90◎ 絵本楠公記、明四二・七　［↓一B］

＊太平記、東京・国民文庫刊行会　明四三・二再版、請求記号：椙山大（918/Ko）【備考】『太平記』完本。国民文庫刊行会編。初版明四二・八（再版奥付による）。

＊抄註太平記、大阪・山本文友堂　明四三・一〇、請求記号：YDM89022【備考】浜野知三郎編。巻一〜二六より28章段の本文と注解。

＊新訂太平記、東京・至誠堂　明四四・九、請求記号：YDM89020【備考】部分。学生文庫第八編、大町桂月校。『太平記』巻一（序無し）〜十一まで。

＊〈頭註〉太平記、大阪・宝文館　明四四・九、請求記号：YDM89023【備考】上下二冊。国漢文叢書。村上寛（巽渓）註。南朝関係記事を中心とした抄出。

＊太平記、東京・広文館　明四四・一〇、請求記号：YDM88969【備考】『太平記』完本。久保天随（得二）・青木存義校訂、芳賀矢一解題。軍談家庭文庫三冊の内、第二・三冊。

＊太平記、東京・有朋堂書店　明四五・五、請求記号:愛教大（081.2/1/3～4）【備考】『太平記』完本。三浦理編。有朋堂文庫、上下二冊（上巻明四五・五、下巻明四四・四初版、明四四・九再版）。

まとめ

以上、明治期に刊行された楠公ものの実態をみてきた。資料採取は十全とはいいがたく、以下にあげる数値は参考値にすぎないが、おおよその傾向はうかがえるだろう。

これまで、明治期の楠公ものが何に拠って、どのように作成されたのかを一々腑分けした（物好きな）作業は無かったと思われるが、まずは、山田案山子作『絵本楠公記』三編三〇巻（一八〇〇～一八〇九刊。本章では「山田本」と称してきた）の影響力の大きさを確認することができた。明治期の楠公ものの多く（九〇分の三八）が「絵本楠公記」を名乗るところから察知できることではあるが、「絵本楠公記」と称していても、山田本との関わりが明瞭ではないものも少数ながらあり、逆に「楠公三代記」「楠公一代記」（多数）、「正行戦功記」（№54）などと称していても、山田本の影響が確認できる図書は数多くある（九〇分の五六）。簡略な詞章の草双紙は依拠資料の特定が困難な場合が多いから、この数値は決して低くない。

また、山田本『絵本楠公記』の受容が、完本、縮約本、そして草双紙と多種多様な様態をもつものであることもあらためてわかったことである。

さらに、『理尽鈔』に流れを汲む表現の有無に範囲を広げれば、ほとんどの作品に影響が認められるのであって、今回の作業は明治期における『理尽鈔』の受容を確認する作業でもあった。

この作業結果に、『三楠実録』『太平記秘鑑』の完本および『太平記』関係図書（抄出および注釈を含む）を加え、時代区分とともに表示すると次のようになる。

〔凡　例〕

・三楠（三楠実録）、秘鑑（楠廷尉秘鑑）、図会（楠正行戦功図会）、その他（黄表紙に拠るものを含む）。

・絵本楠公記（山田本）「◎○□■草」の分類は、六節の凡例に同じ。三楠・秘鑑・図会の「◎草」は、各書の完本とその影響下の草双紙を指す。

・集計欄の漢数字は木版、丸付き数字は銅版、その他（括弧を付した場合を除く）は活版印刷の刊行点数。（　）内は内数である。

〈表2〉

典拠		明1〜5	明6〜10	明11〜15	明16〜20	明21〜25	明26〜30	明31〜35	明36〜40	明41〜45
絵本楠公記	◎				15	7	1			1
	○					1				
	□■				5	4		1		
	草				2（1①）	⑱	①			
三楠	◎			1	2					
	草				②	②	①			
秘鑑	◎				1	1				
	草			一						
図会	◎									
	草			二	⑦					
その他	草			四	7（一⑥）	6（二④）				
（未見）						2				
太平記	◎			1	3	3	2	3	2	3
	抄・注					3	1	3		5

明治一〇年以前が空欄であることについては資料採取の不備もあろうが、この時期には、『近世太平記』（明七）、『明治太平記』（明八〜一三）、『絵本熊本太平記』（明九、一〇）、『鹿児島太平記』（明一〇）、『西南太平記』（明一〇）、『近世太平記』（明一二）など、幕末から戊辰戦争、西南戦争を題材とする図書の刊行が相次いでおり、そうした報道的刊行物が一区切りついた段階で、楠公ものの刊行が始まったようである。楠関係図書として、巻菱潭書『楠公湊川帖』（明六）、同『皇国亀鑑　楠公遺書』（明六）などもあるが、それらは書道の手本である。

各資料の完本◎、それに準じる縮約本等（○□■）は活版印刷、草双紙は木版もしくは銅版が一般的である（例外は絵本楠公記「明16〜20」№41今古実伝シリーズ本）。

銅版草双紙の動向については、磯部敦「銅版草双紙考」（注（2）に言及）の概括が参考になる。

明治十年代の後半から明治二十年代の前半にかけて全盛を迎える銅版草双紙は、明治二十年代後半頃から減少しはじめ、明治三十年代前半には姿を消してしまうようである。この明治三十年代という時期は絵草紙屋の衰退期であり、木版文化そのものの衰退期でもあった。銅版草双紙が地本問屋の産物である以上、その機構の盛衰に左右されることは免れ得ず、錦絵の生産流通に大きく依存していた地本機構の衰退と期を同じくするものであった。

楠公ものの銅版草双紙についてはまったくその通りであろう。ただし、『絵本楠公記』完本を刊行している文泉堂（村上真助。明一九・二〇年代）、駸々堂（竹内新助。明二一年）、大川屋（大川錠吉、明二九・四二年）などは明治以降も出版活動を続けているようであり、銅版草双紙のみならず、楠公もの全体の刊行が同様の推移をたどっている理由は、地本問屋機構の衰退の他にも求められるのではなかろうか。

その際、注目されるのが『太平記』の注釈書や教材としての利用を意図した抄本の刊行が、明治二〇年代に始まっていることである。大津雄一は近代における『平家物語』の評価をめぐって、次のように述べている。(5)

明治二二年に大日本帝国憲法、翌年には教育勅語が発布されるが、その頃、日本国民養成のために日本文学の伝統が編み出され、古典研究と教育は活況を呈することになる。明治二三年には、博文館の『日本文学全書』全二四巻の刊行が始まり、『平家物語』もその第二〇巻として出版されている。

あるいは『明治文学全集44落合直文・上田萬年・芳賀矢一・藤岡作太郎集』（筑摩書房、一九六八）の解題（久松潜一執筆）は次のようにいう。

（芳賀矢一の）『国文学読本』は明治二十三年四月、立花銑三郎と共編で冨山房から刊行されている。（中略）この年は近代における日本文学史研究の上で画期的な年で、上田萬年博士の『国文学』が刊行され、更に同年には三上参次・高津鍬三郎氏共著の『日本文学史』二冊が刊行されて、文学史研究がこれらの国語学、国文学、国史等の将来を荷う少壮の学者によって緒についたことはそれ以後の文学史研究を促進するものとして注目される。

本章第六節に『国文学読本』収録の『太平記』章段名を記しておいたが、三上等の『日本文学史』下巻第五篇第二章にも『太平記』についての一節が用意されている。

さらに以下の事例が注意される。『〈校訂〉楠廷尉秘鑑』（明二七）は博文館帝国文庫の一冊として刊行されるのだが、その解題にいう。

楠公の事績を記するもの、通俗の書には絵本楠公記等あり。又新田氏を主として記せるものには新田勲功記等ありて並に梓に上りて世に行はる。その他尚当時の事を記せる稗史野乗世に少からず。されども往々児弄の軍物語に類して、此の書の較確実を主とするに如かざるを以て、彼を捨てて是を取れり。

『楠廷尉秘鑑』が『理尽鈔』の末裔に他ならないことは先に記した通りであるが〔↓第七部第二章〕、「通俗の書」「児弄の軍物語」とは異なるという評価のもとに、本書は「帝国文庫」の仲間入りを果たしたのであった。楠公ものが最盛期を迎えようとする明治二〇年代は同時に、『理尽鈔』の流れを汲む「通俗の書」を「国文学」の世界から駆逐していこうとする動きの胎動期でもあった。

これ以降も「通俗的」なるものは消え失せるわけではなく、大正五年になって、明治期にも刊行されることの無かった『楠正行戦功図会』の完本が『小楠公誠忠記』と題して刊行されている。その巻末広告に既刊の『楠公誠忠記』を「正成の大忠烈を本伝となし、之に大塔宮、藤房卿、新田義貞、名和長年等の事蹟を太平記などよりは遙に通俗に更に興味深く併叙せり」と宣揚している。(6) しかし、大勢としては、『理尽鈔』の広がりは明治二〇年代に最後の華やぎを見せた後、三〇年代には終息に向かっていったのである。

注

（1）　以下の書をあげることができる。

『楠一代忠壮軍記』（柱題「くすのき」）《黄表紙》十返舎一九作・勝川春亭画。文化一二年（一八一五）緒言。

『楠公一代記』（内題「嗚呼忠臣楠氏碑」。柱題「南木」）《合巻》。鈍亭魯文綴、嘉永八年（一八五五）序。

『楠一代記』（扉題「楠公忠義伝読切」。柱題「楠」）《読本》一冊四〇丁。仮名垣魯文作、一光斎芳盛画。安政四年（一八五七）、江戸・新庄堂刊。［→関連図書分類目録稿Ⅱ］

（2）　磯部敦「銅版草双紙書目年表稿」（上、中央大学附属高等学校紀要「教育・研究」15、二〇〇二・三。下、中央大学大学院論究34―1、二〇〇二・三）は、たとえば「絵／本　楠公一代記　中本一冊、切附」と表示している。「切付表紙」は、堀川貴司『書誌学入門――古典籍を見る・知る・読む――』（勉誠出版、二〇一〇・三）の「初めから上下を切り落とし、綴じ目と反対側だけを折り込んだ表紙」という説明と図版（四一頁）がわかりやすいが、磯部のあげる、「絵／本　楠公一代記」（「記」は「紀」が正しい。明二三・九刊。架蔵）の表紙は、摺付表紙の綴じ目と反対側を折り込まずに、要するに四方を裁断した一枚の薄紙の左側を単純に糊付けして、別紙見返料紙に貼り合わせている。他にも管見に及んだ摺付表紙はほとんど同様の体裁である。磯部「銅版草双紙考」（近世文芸75、二〇〇二・一）によれば、明治期刊行物に「銅版切付之部」

という例があり、これで支障ないのであろうが、近世の「綴じ代の反対側を折って残りの三方を裁った切付表紙」（『日本古典籍書誌学辞典』「切付本」。高木元執筆）と明治期の四方を裁ったそれとは、区分の要があるのではないか。小稿では「切付」の表示は留保した。

（3）『〈増補改版〉錦絵の改印の考証』（石井研堂著、鈴木重三補記、木村八重子補註。芸艸堂、一九九四）参照。神戸市立博物館館蔵品目録・美術の部14『村上金次郎コレクション』（一九九八・三）も次の№2をとりあげ、安政六年としている。

（4）小林忠・大久保純一『浮世絵の鑑賞基礎知識』（至文堂、二〇〇〇）を参照。注（3）神戸市立博物館蔵品目録の「山崎年信Ⅰ」も初代の意であろう。

（5）『平家物語大事典』（東京書籍、二〇一〇・一一）「文学としての規定と評価」八〇〇頁。

（6）『楠公誠忠記』（編輯兼発行者：山田清作、発行所：米山堂、大正五・一〇。山田本『絵本楠公記』初・二編）、『小楠公誠忠記』（大正五・一二。他は同じ）。

第五章　「楠壁書」の生成

はじめに

近世中期から近代にかけて、楠正成の教えと称する教訓書の類が盛行した。それらは、単行で、あるいは、別の往来物の頭書欄に収録されるなどさまざまな様態を示し、版本のみならず写本としても流布した。享受者は、名の知れたところでは、上杉治憲（鷹山。時に一七歳→13遺言【ロ】）や松浦静山（『甲子夜話続編』）等がおり、弘前市立図書館蔵の写本（→13遺言【へ】）のように、「明治五壬申年六月（中略）藤田久次郎」などと、手習いで筆写した子どもの署名が今に残されている例もある。近世後期から近代初期にかけての識字層で、楠教訓書の類とかかわりを持たなかったものはほとんどいないであろう。むろん、知識人たちの多くはまともにとりあわなかったであろうが、広範な層の人々が幼少期から、前章にみた『絵本楠公記』などの他、こうした教訓書の類を通して、正成の存在になじんでいたことが、第二次大戦前の日本で、楠正成をさまざまに喧伝し、利用しうる基盤を形成していたことにはうたがいない。

その内容は多岐にわたり、以下に示す天理大学附属天理図書館蔵『楠正成公帯刀正行公江御教訓之文』（楠公関係書集）二三冊のうち一冊。『新輯天理図書館図書分類目録第3編』掲出書名は「……之弁」。仮綴共表紙の中央に書名。右傍に「文久二壬戌年」、左に「二月写之」とある。一八六二年二月写）のように、多くの楠関係図書に影響を与えた『太平記評判秘伝理尽鈔』（以下『理尽鈔』）とは、相容れない主張をくり広げるものもある。

〔翻刻番号「天理大学附属天理図書館本翻刻第一一〇〇号」※句読点、濁点、括弧を私に補った。

桜井にて申置候ばと存ぜしかども、其事彼事何くれと事繁きまゝ了凫。抑人としては孝行より外はなき事にて、父母に仕る道を以て万の事をなし申さんに、何事にも不叶と申事なきものにて候。是正成が愚案にあらず。古への聖も被仰置たる事にて、御身成人の後、やまと・もろこしの文など広く被求候はゞ、不申とてもしれ申さんなれども、今は其年の程にもおはしまさねば、凡を書て遺候也。夫父の恩は須弥より高く、母の寵は滄海より深し。就中母の恵は言葉にも筆にも難及。懐胎十月のくるしみはいはんかたなく、生れては昼夜となく乳味をふくませ、あらむ穢は敷事いとはず、いつくしみ抱育、その心遣ひつく〱たとふべき事なし。是は是人の身にあらず、鳥類・畜類いきとし生るものみな、子をおもふ事浅からざるより外に、かふべき寵とては又なく候。去ば鳩に三枝の礼を備へ、烏に反哺の孝も有事にて候えば、人として孝なき者は、鳥けだものにをとる也。人は天地の内にても第一に尊きものぞ。生れて鳥獣に劣りたらんは、はづかしとも申べきやふなく候。正成幼少より父母の教訓にしたがひ、やゝひとゝ成候ひても御教訓の事ども仮初にも不奉忘。誠に父母〔「に」脱〕つかへ奉る心を以て当今に仕奉る故にや、先祖にもこへ候ひて三国の司と仰れ、尤正成には過分と申べし。せめては当今の厚き御恩を少しにてもしやし奉り度、此ほどの思ひ出にも、「あはれ尊氏か直儀《ママ》か兄弟の内一人なりとも朝敵の棟梁を討とり、忠には当今の震襟のやすめ奉り、孝には父上の御教訓に酬奉らん」と存より外なく候。去れば孝行のたやすからむ事努々怠り給ふべからず。我等なからぬ跡にて御身の母、嘸《さぞ》や便りなく思ふべし。能々いたわりつかへおはしませ。恩地は武勇・智謀たぐひなきおのこに候へば、我等なからん跡にても父母とし、敬ひ可被申。其外家の子等、御身より歳一つもうへたらむ人を兄とし、歳一つもおとりたらんものは弟といつくしみ候えば、是則孝心のもの毎に叶と申ものにて、「身慎、もの学びして、名を揚置て孝の終」と聖人も被仰おかれ候えば、怠りおそろかにをはし、身をあやまり給ふ間敷候。御身を御身とおぼす間敷候。正成夫婦が身也と何事も思ひ給はゞ、道に叶ひ、当今の叡慮にも叶ひて、天下の為ともなられ候ば、返す〱も恩地を始、志よき人に睦鋪《むつまじく》したしみ、

「正成はよき子をもちたり」と今も後も誉られ給はゞ、我等が魂さぞやうれしく思ふべけれ。且は上にもなき忠孝に候ば、申度事は尽難く候えども、もはやうち立候ゆへ、そこ〳〵に申おくり候。穴賢。

父正成

帯刀どのへ

父母への孝行、とりわけ母の恩を重くする、ありふれた内容であるが、(1)『理尽鈔』巻一六の正成はこのようなことを口にはしていなかった。

汝ガ長生《チヤウシヤウ》ナランマデハ諸事和田殿・恩地殿・矢尾殿ヲ以テ父ト思ヒ、毎事母ニ談《ズ》ル事ナカレ。女性《ニヨシヤウ》ハ愚カナル物ゾカシ。(49オ)

『理尽鈔』のみならず、その口伝聞書である『陰符抄』も『理尽鈔』巻一29オ「往古ノ人ハ女ニ不レ戯トコソ聞へシ」をうけ、「又愚ナル女ノ謂ヲ聞テ吾モ自然ト女智ニナル物也。此故ニ吾一身ヲ観ズレバ賢ナリトイヘドモ、母ニ似タル所ハアシ、、愚ナリトイヘドモ父ニ似タル所ハ善ナリト云リ」と論じている。『太平記』巻一六「正成首送故郷事」では正行の母が自害をはかる正行を諫める記事があるが、『理尽鈔』はこのことにもまったく言及しない。『理尽鈔』には母・女性へのあからさまな蔑視がある。(2)『理尽鈔』には往々にしてこうした「毒」があり、近世から近代にいたる『理尽鈔』受容史は、その解毒・無毒化の道のりであったともいえる。『楠正成公帯刀正行公江御教訓之文』は、さまざまな教訓に広く、楠正成の名が冠せられていった一例であるが、しかし、楠教訓書がまったく何の規制もなく、適宜、正成の名を借り用いていたのかといえば、そうとばかりはいえない。楠教訓書の流通にかかわった者たちの多くは、根も葉もない虚言を広めたつもりはない、と弁明することであろう。一見出自不明のあやしげな教訓であっても、後掲の目録凡例に簡単に示したように、何らかの「典拠」をもつ場合も少なからず存在することに注意したい。

本章は、楠教訓書のなかでも圧倒的な流布をみた「楠壁書」（種々の書名をもつがこれを汎称とする）を主たる材料として、生成事情を明かし、『理尽鈔』受容の一翼を見届けようとするものである。

一、「楠壁書」の典拠

「楠壁書」が何を根拠として、楠正成の教えと称しているのか、検討されたことは今までにない。左に示したのは、往来物（多くはその頭書欄）に「壁書」として収載されたもののうち、刊年がもっとも古い「楠正成金剛山居間之壁書」である。収載図書は宝暦七年（一七五七）二月刊の『〈初学必要〉万宝古状揃大全』（〈　〉内は双行。以下同様）。［教科書大系五］所収。(3) 原文の箇条冒頭の「一」に替えて、通し番号を付した。

1　唯今日無事ならん事を思へば、万物一体の理をまもらざるゆへ万病生ず。
2　理を見て義を思はず。
3　人我の心深うして、人に勝らん事を思ふべからず。
4　身を愛して人のうれひをしらず。
5　上に諂ひ下をいやしむ。
6　猥に人を譏り身の非をかへり見ず。
7　外を正直に荘り内には邪心を含む。
8　欲心熾にしてこころ常に散乱す。

9 善を作とも身の為にす。身の為善を作は善に似て悪也。
10 人の善悪を白地にいはず。
11 己が邪を専にして物の道理を知らず。
12 怒て理を昧し愛しては非をしらず。
13 国の為諸人に怨あるべきを禁ずべし。
14 我に怨あるを報ぜんと云ことなかれ。
15 珍膳も毎日向へば味ならず。
16 遊も度かさなれば楽みならず。
17 高直の器物を求ず。
18 余情の馬を何かせん。長三寸ばかり有て遠行つかれず足の早きをもつて良とす。
19 太刀は骨の切るを以て善とす。作を好まず。
20 鎧兜は札の吉を良とす。毛を餝べからず。
21 時に随ひ直有ことをしらず。偏に直にして却て不直を成す。

敏達天皇四代孫左大臣橘諸兄公末孫
楠判官多門兵衛正成　書判

最近、この宝暦七年（一七五七）刊本よりも古い、正徳三年（一七一三）写本が紹介された[4]。その写本は、名殿村（千葉県君津市）の住人（複数）による雑記帳の一部をなし、先行する何らかの資料から転写したものであろう（後掲目録C1リに記したように、いくつかの誤脱もある）。したがって、「楠壁書」の成立はさらに溯ることになる。その際、注目されるのが、『南朝太平記』（馬場信意著。宝永六年（一七〇九）、京都・田井利兵衛刊）巻之五「千剣破城壁書事」である。(5) その記事に「又正成、壁書ヲ出シテ、士卒ヲ誡メラル。其文ニ曰ク」として、以下の条目を掲げる。原文は「一　……」という形式であるが、右の宝暦七年刊本の条目番号を付して、対比の便をはかる。

16　遊《アソ》ビモ度《ト》々カサナリヌレバ、タノシミニアラズ。
15　珍膳《チンゼン》モ毎《マイ》日向ヘバ、ムマカラズ。
20　甲冑《カツチウ》ハ、サネノカタキヲヨシトス。好《コノム》ベカラズ。
18　ヨセイノ馬、何カセン。長《タケ》三寸計《バカリ》ニテ、遠《エン》行ニツカレズ、足ノツヨキヲヨシトス。
19　太刀《タチ》ハ、骨《ホネ》ノキル、ヲヨシトス。作《ツクリ》ヲコノムベカラズ。
17　高直《カウヂキ》ノ著物《キモノ》ヲモトメズ。
10a　人ノ悪《アク》ヲイハズ。善《ゼン》ヲモ便《ビン》ナキニイハズ。
10b　世ノ善悪ヲアカラサマニイハズ。
14　吾《ワレ》ニアク有《(ママ)》ヲ報《ホウ》ゼント云《フ》事ナカレ。(13) 為《メニ》レ国《ノ》報《ス》二人《ノ》悪《ニ》一、常《シヤウ》人ハ可《キ》レ禁《キンズ》也。
1　唯《タヾ》今日無事《ブジ》ナラン事ヲヲモヘ。

宝暦七年刊本と比べると、一見雑然としているようであるが、「楠壁書」ＡＢＣＤのすべてに共通する条目（13 15 16 17 18 19 20）のみから成っているのが『南朝太平記』の壁書である、ともいえるのである。しかも、『南朝太平記』壁書の条目は、すべて『恩地聞書』に同一表現を見いだすことができる。

○『恩地聞書』49ウ～50オ（南都般若寺の法印俊教の発言。正成はこれに「感信」したという）

……此上ニ僧ハ慈悲深《フカク》、俗ハ仁アッテ、（10b）人ノ悪ヲ云《イハ》ザレ。人ノ善ヲ便《ビン》ナフ讃《ホメ》ザレ。（10a）世ノ善悪ヲ白《イチシル》ク云ザレ。（14）吾ニ怨《アタ》有ルヲ報ゼント思《ヲモフ》事ナカレ。（13）又国ノ為諸人ニ怨アラン人ヲバ、此ヲ禁ズベシ。仏ノ慈悲ノ殺生ナルベシ。此等ノ品々ヲ今日ハ嗜《タシナム》ベシト思ベシ。来日《ライジツ》ハ、今日ハ嗜ムベシト思ヘバ、心ニ苦《クルシミ》ナキモノナリ。（1）只今日ノ無事ナラン事ヲ思ヘ、ト古人ノ云置シモ此故ニヤ。

○『恩地聞書』51ウ

（17）又高代《カウタイ》ノ寄物《キブツ》ヲ求《モトムル》事有ベカラズ。百貫ノ太刀ヒトフリ持ハ、国ノ為ニ何ノ用ゾヤ。……

〔参考〕『理尽鈔』巻九15ウ「謂ハレザル武具ニキレイヲ好ミ、金銀ヲチリバメ、宝物ヲ費サンニ、豈遠国ノ長陣何ヲ以テ糧トシテンヤ。軍ハ遊物ニ非ズ。見物ニ非ズ。何ゾキレイニ美ヲ竭ンヤトナリ。」（『理尽鈔』の引用は読みやすいように改めた）

○『恩地聞書』53オ

（16）遊《アソビ》モ度重《タビカサネ》レバ、楽《ラク》ニハナラザル物也。（15）珍膳《チンゼン》モ毎日向《ムカヘ》バウマカラズ。上下トモニ能《ヨク》知ベキ事ニヤ。

（18）又高《カウ》代ノ馬、何カハセン。長《タケ》三寸計有テ、力量強《ツヨク》、遠行ニ疲《ツカレ》ズ、足ノ早キヲ以能《モッテヨシ》トス。（20・19）鎧甲《ヨロヒカブト》ハ実《サネ》ノ善《ヨキ》ヲ以好《ヨシ》トス。太刀ハ骨ノ切《キル》ヲ以テ善《ヨシ》トスベシ。作《サク》ヲ好《コノム》ベカラズ。鎧ハ毛《ケ》ヲ厳《カザル》ベカラズ。

〔参考〕『理尽鈔』巻九15ウ「物ノ具ハ実能キヲ以テ要トス。……太刀・刀・長刀ハ、金ヲ能クキタフテ、物ノ骨ノ切ルルヲ以テ要トス。馬ハ強ク遠路《トヲミチ》ヲ行ニツカレズ、クセナフシテ早ク、其思フ様ニ乗ラルルヲ以テ用也。」

二、「楠壁書」の生成憶説

『南朝太平記』「楠壁書」はすべて『恩地聞書』により、『恩地聞書』の当該部分の多くはまた、『理尽鈔』に拠り所を見いだすことができる。「楠壁書」を楠正成の教えとして享受してきたことは、『理尽鈔』『恩地聞書』を正成資料として重んじてきた、近世の一般的な風潮からすれば、決して否定されることではない。「楠壁書」は、まずは『南朝太平記』のような形で出発し、さらに『理尽鈔』『恩地聞書』とは直接のかかわりをもたない条目をも取りこみ、首尾を整え、さまざまな往来物を通して、毛細血管のように増殖を遂げていった。

『南朝太平記』の表現には問題点もある。17（高直ノ著物）や14（『恩地聞書』は、国や諸人に害となる者は「仏ノ慈悲ノ殺生」として処分すべきである、という。オウム真理教の則った教義に近いが、『南朝太平記』は誤読している。これも結果的に前述の「無毒化」の一例である）などは、かえって宝暦七年刊本が典拠に近い。ただし、宝暦刊本も一般的な「禁止」条項として述べているのであり、「仏ノ慈悲ノ殺生」という論理はおそらく意識していない。また、宝暦七年刊本の第1条を、『〈初学必要〉万宝古状揃大全』文化五年（一八〇八）版や天保一二年（一八四一）版本は「ただ今日無事ならん事をおもへ。万物一体の理を守らざるゆえ、万病生ず」と二文に分けている。『恩地聞書』の趣意（守るべき条項を先々まで意識すると苦しくなるが、とりあえず今日は守ろう、という考え方の積みかさねで対処すればよい）からすれば、その方が適切である。正徳三年写本も「唯今日無事ならん事を思へば、万物一体の理を……」としており、刊・写年の古いものが正確な表現を残しているばかりとは限らない。先行する表現が正されていくこともあることを思えば、「楠壁書」の始発を『南朝太平記』に見ようとする考えは、必ずしも否定されない。『南朝太平記』は、『楠氏二先生全書』（寛文二年（一六六二）成）などの影響を受けながらも、独自の創作（巻一「左兵衛督盛康室男子誕生の事」など）を織り込んだ著作であり、『恩地聞書』に基づいて「千剣破城壁書」を生みだすことは充分にありえる。『南朝太平記』以前の「楠壁書」を探る試みは続けるべきではあるが、「楠壁書」の原型を生みだしたのは、馬場信意であった可能性が高い。

注

（1）醍醐寺本『聖徳太子伝』（勉誠出版影印による）太子五十歳御時に「外書ニハ雖レ称ト二父之徳一、内典ニハ殊ニ重ズ二母之恩一」とある。母恩をどのように位置づけるか、という議論の系譜においては注意すべき一節である。

（2）『甲陽軍鑑』にも、父と比して、厳しさを欠く母の愛を批判する記事（巻五51オ）がある。

（3）稿者は宝暦七年刊本を実見していない。〔教科書五・一一三頁〕①「楠正成金剛山居間壁書」（宝暦七年二月刊）の〈内容〉には、

「一　ただ今日無事ならん事をおもへ。万物一体の理を守らざるゆえ、万病生ず……」をはじめ、一九か条目にわたる。

と説明がある。この説明に合致するのは、管見の限りでは、小稿の分類番号[C1リ]『〈初学必要〉万宝古状揃大全』の天保一二年版・他である。ここに引用した翻刻は、二一条目で第一条の表記にも、右〈内容〉と小異あり。〔教科書別巻・四四七頁〕〔第一類〕一も「一九か条」とするが、〔教科書五・一三八頁〕の解題は「二一か条」とし、

本巻に翻刻するにあたっては、石川家蔵の『初学必要　古状揃大全』の頭書欄中に収録してあるものを底本とした。宝暦七年（一七五七）二月の板行で、出板は菊屋喜兵衛・菊屋七郎兵衛（いずれも京都）の合梓にかかる。

とある。この解題にしたがった。

（4）小泉吉永主催ＨＰ「往来物倶楽部」、「新発見の往来物」NEW044（二〇〇六・八）。解説・カラー画像あり。

（5）『南朝太平記』は新城図書館牧野文庫蔵本（国文学研究資料館電子複写）による。

付．正成関係教訓書分類目録

《凡例》

一、『桜井書』（「寛文元年」刊）の跋文や『楠公御伝授之巻』（大正五年刊）の内題「楠正成公子息正行ニ御伝授之巻」に明らかなように、楠流兵書の多くも正成の教訓といえるが、これらは別に整理した〔↓付録．太平記評判書および関連図書分類目録稿　Ⅳ．楠兵書〕。

一、各種往来物の頭書欄に収載されている、正成関係書目の検出に際しては、左記文献等の恩恵を受けた。小稿目録中では、冒頭に示した［略称］を用いる。［教科書五］一一二～一一五頁および［教科書別巻］四四七～四五一頁に「楠壁書系」の一覧がある。［別巻］の方が収載数が多いが、［五］の記述内容が詳細な場合もあり、適宜言及する。

［教科書五］石川謙編『日本教科書大系　往来編　第五巻　教訓』講談社、一九六九。

［教科書一一］石川松太郎編『日本教科書大系　往来編　第一一巻　歴史』講談社、一九七〇。

［教科書別巻］石川松太郎編『日本教科書大系　往来編　別巻　往来物系譜』講談社、一九七〇。

［往来物］石川松太郎監修、小泉吉永編著『往来物解題辞典　解題編』『同　図版編』（大空社、二〇〇一）。

　［往来物0969］等の表示は、同書に付された項目番号が「0969」であることを示す。

一、往来物関係の影印・翻刻は、［教科書五］［教科書一一］の他、『往来物落穂集』（石川謙編著。文修堂書店、一九二七）、『往来物大系』（石川松太郎監修、小泉吉永編。大空社、一九九二～九四）、『〈岡村金太郎蒐集〉往来物分類集成』

（雄松堂フィルム出版、一九八七）、『稀覯往来物集成』（石川松太郎監修、小泉吉永編。大空社、一九九六〜九八）などがある。「小泉（デジタル版）」と表示したものは、小泉吉永氏より頒布を受けたデジタル画像による。所蔵先が「東学大望月」とあるものの多くは、東京学芸大学附属図書館「望月文庫往来物目録・画像データベース」による。

一、所蔵先は原則として略称による〔→本書巻末「所蔵者略称一覧」〕。

一、往来物の場合、同名の図書であっても、版種が異なると収録作品の有無・異同があり、詳細な記述をこころがけた。ただし、なお実見に及んでいないものも少なくない。所蔵先の下に、◎（実見）、○（複写物による調査）を付記した。版本は調査の及んだ限り刊・印を区別したが、厳密ではない。

一、小稿目録の構成は以下のとおりである。

室鳩巣著『楠正成諸士教（楠正成下諸士教）』は、序に「仮設《かりもふく》る楠正成下諸士教と名付ける事は、かゝる物有と聞も及ばねども、（中略）正成が所作をこゝに仮設て、筆端を記す便りとすといふ意なり」というように、正成の下知の形を借りて著者の考えを述べると明示している点で、正成の言行を伝えると称する、他の作品とは異なる。この点をまず大別した。

つぎに、類似の書名であっても内容の異なるものが多く、内容による区分を優先すると、相違が見落とされ、かえって混乱を生ずるところから、書名のあり方により「11家訓」と「12壁書」とに分けた。「13（正行宛）遺言」には、書名に「遺言」「遺書」とあるものの他、正行（庄五郎）宛と謳うものを含めた。

1　正成の教えと称するもの

１１　〇〇家訓（典拠は、『楠知命鈔』、『太平記綱目』等）

１２　〇〇壁書

【甲類】（『恩地聞書』を淵源とするもの）

条目数・構成によりＡＢＣＤに分けた。もっとも数の多いＣは、末尾の条目内容によりＣ１、Ｃ２に下位区分し、Ｃ１は正成署名のあり方を主として、Ｃ１イ〜Ｃ１ヌに細分した。

【乙類】（『無極鈔』「巻一六之中」の一部に由来）

【丙類】（『理尽鈔』巻三、『太平記』巻四などに類句あり）

【丁類】（典拠未詳。武将の心得を旨とする）

【戊類】（典拠未詳。「極楽を願んより地獄をつくるな」など卑俗な内容が主）

【己類】（「１４、その他」に掲出の『楠正成三ヶ大事幷十ヶ条』を「正成壁書」と称した、という付言あり。存疑）

【未見未分類】

１３　（正行宛）遺言

【イ】（『太平記』巻一六抄出。桜井宿庭訓）

【ロ】（『理尽鈔』巻一六抄出。桜井宿庭訓）

【ハ】（『三楠実録』上之一一廷尉之巻の抄出。桜井宿庭訓）

【ニ】（『楠知命鈔』巻五にほぼ同じ。正成が春日参詣の折、出逢った僧との問答により大悟した秘伝だと称する。場所は桜井宿か）

【ホ】（典拠未詳。『楠正成三ヶ大事並十ヶ条』（「14、その他」のうち。桜井庭訓。簡略）
【ヘ】（典拠未詳。「楠正成其子庄五郎に与ふる書」。湊川からの書翰）
【ト】（典拠未詳。湊川からの書翰。【ヘ】とは別内容）

14　その他（未調査分類不明を含む）

※楠公遺書は『後太平記』巻七「千剣破合戦附正成遺書之事」による。

2　仮託明示

1　正成の教えと称するもの

11　○○家訓

「楠家訓」

※『楠知命鈔』巻六末尾の一項（左掲）を、巻一付載の目録では「楠家訓」と称している。「大殿様」は正成、末尾の「御家」は楠家、「君」は正行、表現主体は恩地正俊である。〔〕内に『楠家伝七巻書』の表記を示した。

◆『楠知命鈔』巻六は、『楠家伝七巻書』巻七や『軍用秘術聴書』と同内容であるが、それらには「楠家訓」という呼称はない。なお、『南木武経』には該当巻がない。

三十三　大殿様ヨリ御禁之法、紀請一《ツ》書之事（……起請一通書申候）。
一上トシテ不レ依二大小《ニ》一私ノ欲ヲ捨、財宝ヲ不レ可レ積。只家人ノ安キ法可レ積事。

一国郡ノ広キヲ不レ願、領内ノ民ノ安ヲ可レ願事。

一主君ニハ世々末代ノ孫々ニ至マデ、忠義不レ可レ変ト可レ教事。

一主君一大事ノ時ヲ計テ、為レ君捨レ命（命ヲ可レ捨）。私ノ名聞ニ不レ可レ捨レ命事。

一人心不実ナル者ニ軍法ノ妙道不レ可レ語事。

一色ニ染、遊女ノ遊可レ禁事。

一縦マ、ナルト云（縦雖レ与《アタフト》）、不義官禄不レ可レ請事。

一密談之謀、妻・子・親成ト云トモ、無二御免一而不レ可レ語事。

右八箇条於二相背一者、梵天・帝釈・四大天王、日本大小神祇、別而八幡大菩薩、忽蒙二諸社之神罰一、於二子孫《ニ》一永
弓箭之道可二絶果一者也。仍受持紀請文如件。

是御家之御制法猶々伝フベキ所ト奉存候。乍レ恐君猶御守可レ被レ成事、謹而可レ然奉レ存候。


『楠家訓』

写：弘前◎（一冊。外題「楠公家訓」。内題「楠家訓」。その前に「太平記綱目巻之十六附翼／楠家訓序」あり。「正成居間乃壁書」と合綴。後表紙見返「安政六己未年正月十七日／下沢八三郎／写之」）
天理◎（「楠公関係書集」二三冊の内一冊。外題「楠家訓」。内題「南木家訓」。後表紙見返「元治元年甲子初冬中旬八日／勢州詰之節写之／正直書之」）
※天理本には「南木家訓目録」があり、末尾の日付の下に「楠判官正成」、次行に「庄五郎正行との」と、署

名・宛名がある（弘前本にはともになし）等の相違があるが、いずれも『太平記綱目』巻之一六附翼の写し。

※『国書』は「写：旧海兵 版：国会（太平記綱目の付）」をあげる。旧海兵（→海自野沢）は未見。「太平記綱目の付」とは『太平記綱目』巻之一六附翼「南木家訓」をさし、版本は国会本に限らない。

「楠正成家訓」版：栃木黒崎（『古事記袋』「木」のうち）

◆内閣文庫蔵『古事記袋』（写本、五冊）は別書（→13遺言【へ】）。

『楠正成公家訓』

写：京大◎（一冊。外題「楠正成公家訓」。内題「楠正成公一紙家訓」。郷村出役心得之覚・平生受用記と合綴）

※「一極楽《ごくらく》を願はんより地獄《ぢごく》をつくるな」「一誉《ほまれ》を求《もとめ》んよりそしりをいとへ」とはじまり、合戦とは無縁な日常の教訓。

※壁書戊類『士農工商用文大成』の頭書欄「楠正成壁書」二七条に類似。ただし、前掲『〈初学必要〉万宝古状揃大全』の条目1・4などをも取り込み、全四四条。末尾には「世をわたるわざはかくこし物うけれしほくむあまもしほくまぬ身も」「父母に呼れてかりに客に来てこゝろのこさずかへるふるさと」の道歌を掲げる。

12 ○○壁書

【甲類】

A「遊も度重れば不楽」で始めるもの。

A1…「遊ビモ度々カサナリヌレバタノシミニアラズ」に始まり「唯今日無事ナラン事ヲヲモヘ」に終わる。全一〇条。本論に掲出。

『南朝太平記』巻之五「千剣破城壁書事」

『太平記大全之評略』第四冊末尾「正成チワヤノ城ニテ壁書」写：書陵部○

A2…「遊度重者不成于楽矣」に始まり、「唯今日之無事思焉」に終わる。全一一条。A1の前半部に近いが、「芸能不誇内而勿顕焉」というA1にはない条目がある。また、正行宛遺言【ロ】を合綴。

A21（楠壁書頭書欄は「五常訓」の注解）

『万宝古状揃大成』（文化六年刊。〔仙台〕西村屋治右衛門板）のうち「楠正成金剛山城居間壁書」（「今川状」等とともに「楠正成子息正行遺言」も収録）。［往来物3108–2］

版：謙堂・小泉○（デジタル版）

※『楠状〈壁書／遺言〉』と同文。

◆茨城歴史館○（武江・須原屋伊八刊）・会津○（慶應二年、東都・須原屋新兵衛刊）等には楠関係書なし。

A22（頭書欄は挿画）

『楠状〈壁書・遺言〉』（江戸後期刊。〔仙台〕伊勢屋半右衛門板）のうち「楠正成金剛山城居間壁書」（「楠正成子息正行遺書」と合綴）。［教科書五・一三九頁三九］［往来物0967］

版(イ)（外題角書「尊朝／末流」）：東大◎（→マイクロ『往来物分類集成』R四四）

(ロ)（外題角書「新刻／校正」）：宮城◎・富高菊水218号2冊中2◎

※本文用字は壁書第四条「核」を(ロ)は「札《さね》」とする以外同一。(ロ)は付訓を施す。本文丁数(イ)四丁、(ロ)三丁半。末尾半丁は後表紙見返。(イ)の後表紙見返（刊記・巻物授与の図）相当部分が、(ロ)の見返（刊記・図）。(イ)の見返（正成壁書の図）相当部分は、(ロ)には無い。本文上部に挿絵があり、(イ)は毎半丁三図、(ロ)はそのうちの一図を利用して、一面の図に仕立てている。

未分類：宮教大（同一本三冊。「楠状」。内題「楠正成金剛山城居間壁書」「伊勢屋半右衛門（仙台）刊」。『宮城教育大学所蔵和漢書古典目録（続）』による）・東博・謙堂（→『教科書五』七一三頁）

『楠状絵抄』「楠正成金剛山城居間壁書」（壁書のみ収載）

版：富高菊水572号◎（外題「〈新板〉楠状絵抄」。見返右下隅「仙台国分町［（虫損）］池田屋源蔵板」）

※前掲『楠状』(ロ)と見返図・頭書欄図・本文（行数・用字）等近似しており、これを模したものか。

『楠状絵抄』「楠正成金剛山城居間壁書」（壁書のみ収載）

版：謙堂（一冊）・小泉○（デジタル版。外題「〈新板〉楠状絵抄」。無刊記）・富高菊水64号◎（後装茶表紙。墨書題簽「楠正成金剛山（居間／壁書）」）

※『楠状〈壁書・遺言〉』および前項『楠状絵抄』が漢文体であるのに対し、本書は平がな交じり文。「絵抄」というが絵は第一丁表上欄にあるのみ。

A23（楠壁書頭書欄は章句の注解）

『楠状（仮称）』のうち「楠正成金剛山城居間壁書」（「楠正成子息正行に遺言」と合綴）

版(イ)富高菊水218号2冊中1◎（黄色地草花唐草表紙。新補題簽に「楠状〈壁書・遺言〉全」と墨書）

(ロ)玉川大（『国書』「楠正成金剛山城居間壁書」一冊）

※［往来物0966］江戸中期刊・刊行者不明。なお、【影印・翻刻】として、『往来物分類集成』R四四、「日本教科書大系・往来編」五巻をあげるが、それらは［0967］に該当。

※(ロ)は未見であるが、［往来物0966］に「頭書に各条の略注を付す」とあることから同類と判断。(イ)頭書第一項「▲あそひも度かさなれはたのしみにならすとは毎日あそひたはふれては家の諸けいをわすれてつゐには身上ほろぶ也」。「正行宛遺言」には頭書欄無し。「遺言」冒頭は「凡所領のほしきと云も、家富、栄を好も、人に人と呼れんか為也。苟降参不義の行跡在りなは、栄て人に指をさゝれなんするぞ」（傍線部は［往来物0966］の説明と異なる）

（A2未分類）

『楠正成壁書』［教科書五・一一三頁⑤］［教科書別巻・四四九頁］

明治二年（一八六九）東京・山口屋藤兵衛刊。一一条。「楠正成子息正行へ遺言」と合綴—謙堂

A3…「遊びも度かさなればたのしみならず」から「只、今日無事なるを思ふべし」までの一〇条。A2壁書にほぼ同じであるが、「世善悪於白地不云矣」を欠く。

『儀則帖』（嘉永元年（一八四八）刊）のうち「楠正成公壁書」（「武家諸法度」「御高札之写」と合綴）。［往来物0874］

版：東大法学・玉川大・謙堂・小泉◯（→影印『往来物大系』七九巻）

A4…「遊も度重れば楽にあらず。珍膳も毎日向へば美からず」（A1第一条・二条）に始まり、「たゞ今日無事ならん事を思ふべし　終」と結ぶ。全九条であるが、上に示したように一つにまとめた条目があり、実質的には一三条。「人は毎日家業を懈る事あるべからず」という独自の一条をもつ。

『名尽楠正成壁書仮名文』（写：金沢稼堂〇）のうち「楠正成壁書」

A5…「遊びもたびかさなれば楽ならず」に始まり「たゞ今の無事ならん事をおもへ」までの全一三条。「学は字にことかゝず、理の発明なるをよしとす」「手跡は字形見にくからず達者をよしとす。筆道を不好」という、前項までにはない二条をもつ。この二条はA6およびBに類句がある。

「楠正成金剛山城居間壁書十三ヶ条」（土橋真吉『楠公精神の研究』大日本皇道奉賛会、一九四三。六五九頁。「徂徠自筆の壁書」というが信じがたい）

A6…「遊も度重れば楽みにあらず」から「今日無事ならん事をおもへ」に至る全一二条。「手迹は……」「学は……」の二条があり、A5に近いが、「世の善悪を……」「芸能に不驕……」を欠く。また、全一二条の前後に漢文体の教訓に関する文章有り。

山崎美成『閑室漫録』（『百家随筆』第一〈国書刊行会〉）のうち「右者於金剛山之城正成居間之壁書也」

A7…「遊も度重れば不楽」に始まる。末尾の条目はC1に同じであるが、A1の後に、Cの前半部分を続けたような構成をもつ。全二四条。A1の10a・10b（本論に掲出）に対応する条目を、「人の善悪を言はず」「世の善悪を白地に不言」「善をも便なふして不言」とする。

『正成桜井之記』（写：群馬大新田◎）のうち「楠正成朝臣金剛山之壁書」（目次「楠正成之壁書」）

> B「甲冑は、実の能を以て吉とす。毛を好むべからず」に始まり、間に一二条ほど隔てて（全条続け書で、分かたれていない）、「唯今日無事ならむ事を思ひ、苦労は楽みのたね、楽みはくろふの種と知るべき事」と続く。「苦労は……」以下は、「梅の舎」の考証によれば「水戸黄門光圀卿壁書」にほぼ一致する、という。「水戸光圀卿御壁書」については、近藤斉『近世以降武家家訓の研究』（風間書房、一九七五）九八頁に言及あり。

天保年間の人「梅の舎」の随筆『梅の塵』（日本随筆大成第二期2）のうち「楠正成の壁書」

> C「唯今日無事ならん事を思へば、（……おもへ。）万物一体の理をまもらざるゆへ万病生ず」で始めるもの。

> C1「時に随ひ直有ことをしらず。偏に直にして却て不直を成す」で終える。全二一条。

> C1イ　末尾の署名を「敏達天皇四代孫左大臣橘諸兄公末孫／楠判官多門兵衛正成（「多聞」の書判）」とするもの。

『〈初学必要〉万宝古状揃大全』宝暦七年（一七五七）版の頭書欄

頭書欄壁書の内題「楠正成金剛山居間之壁書」、尾題無し。

〔教科書五〕七一一頁翻字「三八楠正成金剛山居間之壁書（宝暦七年二月刊。菊屋喜兵衛等板）」（底本は謙堂）。

所蔵先は他に「鴻山」（『国書』）。

※弘前市立図書館蔵「正成壁書」◎（天保八年（一八三七）写。あつめ草と合〔「正成壁書・阿津免草」一冊〕）は『教科書五』七一一頁翻字に同一。

※弘前市立図書館蔵「楠公家訓」◎（→家訓の項既出）付載の「正成居間乃壁書」も右翻字に同じ。
※〔教科書別巻・四四七頁〕四の〔備考〕によれば、『〈初学必要〉大宝古状揃大全』（未見）も同じ楠壁書を収載する。
※（「多聞」の書判）は、『百人武将伝』（刊年は宝永七年（一七一〇）以前）「楠正成」に掲出のものが初出か。

『文貨古状揃倭鑑』の頭書欄〔教科書別巻・四四八頁〕
内題「楠正成金剛山居間之壁書」、尾題無し、末尾署名「敏達天皇四代孫左大臣橘長者諸兄公末孫／楠多門兵衛正成（花押）」
※二字程度の仮名遣いの相違はあるが、漢字・仮名の使い分けを含め、他のC1イに分類した図書よりも、『教科書五』七一一頁翻字に近い。
安永八年（一七七九）版—山口大棲息（『古典籍総合目録』三一九頁「一冊　再版」とあり）
寛政一〇年（一七九八）版—小泉◯（デジタル版。刊記「于時寛政十歳戊午正月発行／地本問屋　仙鶴堂御江戸通油町北側　鶴屋喜右門／再版」）
文政元年（一八一八）版—玉川大、謙堂（江戸・鶴屋喜右衛門。〔教科書別巻・四四八頁〕には「再板」と注記）
文政三年（一八二〇）版—謙堂（江戸・西村屋与八。〔教科書別巻・四四八頁〕には「再校」、文政元版と「同一版下」と注記）
◆仙台◯（刊記「文政四年辛巳正月　国分町十九軒　仙台書林裳華房　伊勢屋半右衛門板」）には楠壁書無し。

『寿鶴古状揃千枝松』の頭書欄
※『文貨古状揃倭鑑』収載のものと用字・振仮名にいたるまで同一。全体的にも『寿鶴』は『文貨』の影響濃

厚。

文化五年（一八〇八）版―東書・謙堂

文政三年（一八二〇）版―筑波大・愛教大◎（刊記「文政三庚辰年九月吉日上梓再刻／江都書林絵草紙問屋　永寿堂　馬喰町二丁目南角　西村屋与八板」）・図書館情報大学（『図書館情報大学所蔵往来物目録』より）・上田花月◯

『山静古状揃倭錦』の頭書欄「楠正成金剛山居間之壁書」

※内題・尾題・本文のあり方は『寿鶴古状揃千枝松』に酷似。ただし、山静には挿画がない。［教科書別巻・四九二頁］は、「刊年不明（明治初期刊か）。〔東京〕東生亀次郎」を掲示。

文久元年（一八六一）版―東北大狩野◯（「文久元辛酉年初夏三刻　東都書林横山町二丁目山崎屋清七板」）・謙堂

明治二年―謙堂

『泰平古状揃大成』（書名は見返・扉上部に拠る）のうち直実状の頭書欄

内題「正成居間壁書」、尾題無し。

※本書は、第一条を「唯今日無事ならん事をおもへ。万物一体の理を守らざるゆゑ万びやう生ず」と二文にする点は他と異なる。本書と同様に第一条を二文に分けるものに、C1リ・ヌがある。

※また、第九条を「善を作とも身の為にす。［＊］善を作は善に似て悪なり」とする（＊に「身の為に」を誤脱）。

◆なお、類似の書名をもつ『泰平古状揃』『古状揃大成』には楠壁書無し。

刊年不明：東学大望月◯

『正成居間壁書』
元治元年（一八六四）写―富高菊水◎（書題簽「楠居間壁書」。扉「楠居間壁書」。「禁庭佳節往来」「弁慶勧進帳」と合綴一冊。
奥書「元治紀元夏／甲子朱明末一日書之／佐藤啓助」）

C1ロ　末尾の署名を「敏達天皇四代之孫左大臣橘之諸兄公之末孫／楠判官多門兵衛正成／人皇九十五代之帝後醍醐天皇之御時被召仕候河内国住人」とするもの。

『手習法度書』に他の古状とともに合綴［往来物2561］
小泉◯（デジタル版）寛政三年（一七九一）書。
内題「楠正成金剛山居間之壁書」。尾題「楠禁言集終」。第一七・一八を一条につづけており、全二〇条。

C1ハ　末尾の署名を「敏達天皇四代孫左大臣橘**長者**諸兄公末孫／楠多門兵衛正成（「多聞」の書判）」とするもの。

『〈静世政務〉武家諸法度』の頭書欄［往来物3205］
内題「楠正成金剛山居間之壁書」、尾題無し。
天明四年（一七八四）刊―東博・京大・慶大・東北大狩野◯
天明四年刊某年修―国会◎・玉川大・小泉◯（↓影印『往来物大系』七九巻）
『往来物大系』の解題に「本書の原板は天明四年（一七八四）・蔦屋重三郎板であり、天保四年（一八三三）再板本が江戸・小林新兵衛の蔵板となっているため、収録書はその間に刊行されたものと思われる」とある。最終第一九丁表（後表紙見返）のみ覆刻。天明版の刊記相当部分に、見返と同一の文言（此書は何比の御制誡なるや……）を再録している。又、国会本の一九表左半分は白紙状態。

天明四年刊某年修天保四年（一八三三）印―東大◎（「天保四癸巳年七月求版」江戸・小林新兵衛・他三名↓マイクロ『往来物分類集成』R四二。一九丁表は国会本と同じ）
◆『日本教科書大系・往来編』第六巻には武家諸法度の本文のみ翻字。

C1ニ　末尾の署名を「敏達帝四代孫左大臣橘諸兄公末孫／楠判官多門兵衛／正成（「多聞」の書判）」とするもの。

『御成敗式目』の頭書欄
内題「楠正成金剛山居間之壁書」、尾題無し。
寛政四年（一七九二）版―東学大望月〇（「寛政四年壬子春正月再板／江戸日本橋通壱丁目／須原屋茂兵衛」）

『鶯宿雑記』（写本）
巻之五草稿のうち「楠正成金剛山居間之壁書」
※最初の「唯今日無事ならむことを思へば……」には「一」（一つ書き）が無く、総目的な扱い。C1イの第二・三条を一項目とする（第四、五条はそれぞれ別項）。総目も一つと数えて全二〇条。尾題無し。末尾署名の書判を欠く。署名に続けて「右は彦根藩内石井氏次郎兵衛の秘め置れしを借てうつせし也」とあり。
※『鶯宿雑記』は桑名藩士駒井乗邨編の類書。文化一二年（一八一五）自序。成立は文政六年（一八二三）の、藩主の桑名転封以後。弘化三年（一八四六）没。国会図書館蔵写本（五七六冊存）〇

C1ホ　末尾の署名を「**人王三十一代**敏達四代**正孫**左大臣橘朝臣諸兄公末孫／楠判官多門兵衛／正成（「多聞」の書判）」とするもの。

『明珠古状揃手習鑑』の頭書欄〔教科書別巻・四四八頁〕

内題「楠正成之壁書」、尾題無し。

※第二〇条「鎧兜は札の吉を良とす。かならず毛を鐐るべからず」（他本「かならず」無し）などの小異あり。

文化三年（一八〇六）版（「〈文化新板〉明珠古状揃手習鑑」）―東北大狩野〇（「文化三丙寅年十一月再板　書肆　江戸馬喰町三丁目　逍遙堂　若林清兵衛再板」）

文政一二年版―謙堂

『初学古状揃万宝蔵』の頭書欄〔教科書別巻・四四九頁〕

内題「楠正成金剛山居間之壁書」、尾題無し。

文政一一年（一八二八）版―謙堂

天保四年再刻（今川状から手習状にかけての頭書欄）―宮教大・小泉〇（デジタル版。題簽「〈改正新板〉初学古状揃万宝蔵」。刊記「文政十一戊子年求板／天保四癸巳年再板／書林　江戸日本橋通弐町目　玉山堂山城屋佐兵衛」）

嘉永元年三刻（今川状の頭書欄）―日大往来物・架蔵◎（題簽「〈改正新版〉初学古状揃万宝蔵」。刊記「文政十一戊子歳求版／天保四癸亥歳再刻／嘉永元戊申歳三刻／書林　江戸日本橋通弐町目　玉山堂山城屋佐兵衛」）

万延二年版―日大往来物（一冊　五版）。

明治三年六刻（今川状の頭書欄）―架蔵◎（題簽「〈改正新版〉初学古状揃万宝蔵」。刊記「文政十一戊子歳求版／天保四癸亥歳再刻／明治三庚午歳六刻／書肆　東京日本橋通二丁目　玉山堂山城屋佐兵衛」）

刊年不明―玉川大・東書

※〔教科書別巻・四四九頁〕によれば、他に、安政四年版もある。

◆小泉◯（デジタル版。元題簽剥離。刊記「武江書林　鱗形屋孫兵衛蔵板」。小泉氏によれば天明三年（一七八三）刊と推定される、とのこと）および鶴岡郷資◯（題簽「〈文化再板〉初学古状万宝蔵」、右傍「新刻改正」、左傍「大字無点」。刊記「文化四丁卯年二月再梓　書肆　逍遙堂　江戸馬喰町三丁目　若林清兵衛」）には、壁書なし。

C1へ　末尾の署名を「楠判官多門兵衛正成判」とするもの。

『成田詣文章』（成田詣）の頭書欄［往来物2847］

内題「楠正成金剛山居間之壁書」、尾題無し。刊年不明（［往来物2847］によれば、享和元年（一八〇一）頃刊）

(1)後表紙見返：書目「江戸繁栄往来」（安永六年（一七七七）刊）以下四三点（初編文化六年（一八〇九）刊の「農家調法記」を含む）。左下隅に「〈江戸／上野下〉花屋久次郎板」―船橋◯（外題墨書「成田まふで」。見返白紙）・東学大望月◯（請求番号「T1A/41/113」。表紙欠損）・阪大忍頂寺◯（「〈頭書絵入〉成田詣文章」。左脇に小字で「楠正成壁書入」、下段に「星運堂版」（星運堂は花屋久次郎の堂号）。見返し見開き上段は「〈新編〉真間中山」、下段は挿絵。第二丁裏は読み書きを勧める文章および挿絵）

(2)後表紙見返：書目「塚之内詣」（文化一〇年（一八一三）刊）以下四三点（文化九年刊「誕生寺詣」など）。左下隅に「〈江戸下谷／五条天神前〉花屋久次郎板」―小泉◯（デジタル版。後表紙見返の他は(1)に同じ）

(3)不明―東北大狩野・東学大望月◯（請求番号「T1A/41/114」。後表紙見返白紙であるが、見返に(1)第二丁裏相当部分を留める）・ほか。

文政四年（一八二一）印：東博・筑波大（附属図書館HPより。「文政四年辛巳仲秋求版」「栄久堂　山本平吉板」）・東大・東学大望月◯（請求番号「T170/41/115」）・広島大・都中央東京◎・三次・東書・成田・謙堂◯（→影印『往来物大系』五九巻。外題の体裁は前項(1)に同じであるが、下段は「山本」。見返は成田詣文章と横書きの下に「不動尊略伝記」）・

ほか。

C1ト　末尾の署名を「楠判官多門兵衛橘正成」とするもの。

『文会古状揃大全』の頭書欄［教科書別巻・四四八頁］

内題「楠正成金剛山居間之壁書」、尾題無し。

文化九年版―謙堂・小泉◯（デジタル版。題簽「〈増補〉文会古状揃大全　完」・右傍書「二十四孝絵注解」。刊記「文化九壬申歳春三月再板　江戸書林　両国広小路吉川町山田佐助／神田鍛治町二丁目北島長四郎」）

嘉永二年版―日大往来物・都中央諸家

◆小泉◯（デジタル版。題簽「文会古状揃大全講釈附全」。奥付「東都発行書林　本石町十軒店　英大助（九名略）新革屋町　亀屋文蔵」）の頭書欄は当該古状の注解で占められており、楠壁書は無し。

C1チ　末尾に署名無く、「合弐拾一箇条也」と結ぶもの。

『楠公兵法伝統』（写：九大◎）のうち

内題「楠正成金剛山居間之壁書」、尾題無し。

C1リ　末尾に署名無く、尾題「（楠家）壁書」を記すもの

『楠正成金剛山居間之壁書』二一条。

写：小泉◯（デジタル版。奥書「右此条々□意に可相嗜者也壁書終／正徳三癸巳年八月吉日」）

※正徳三年（一七一三）写本は、末尾の正成署名を欠き、「楠壁書終」とする形態から、ここに分類したが、第

一八条の「遠行憊ず」（他本多くは「遠行つかれず」）という表記などもＣ１リに共通する。正徳三年写本には、第八条「……心常に散乱する事」（他の甲類壁書はすべて「……散乱す」）という独自表現があるほか、第一六条「遊びも度＊楽みならず」（＊部分「かさなれば」欠脱）、第二一条「時に随てひ《ママ》直ある事を＊ず。……」（＊部分「しら」欠脱）などの不備があり、Ｃ１リの直接の祖本ではない。しかし、甲類Ｃのなかでは後出のＣ１リに属する楠壁書は、先行する版本からの改編ではなく、正徳三年写本系統の伝本を底本としていることが判明する。

『〈初学必要〉万宝古状揃大全』

※本書は左に示すように、版種によって体裁・内容が大きく異なる。例外的な措置ではあるが、（ⅰ）〜（ⅶ）の七種に下位区分する。

・楠壁書の収録位置（文化一二年版は未見）
今川状の頭書欄：文化五年版、天保一二年版甲・乙
弁慶状の頭書欄：天保一二年版丙・天保一五年版・弘化二年版

・内題：文化五年版「楠正成金剛山居間之壁書」、天保一二年版・天保一五年版・弘化二年版「楠正成金剛山居間壁書」。

・尾題：文化五年版「楠家壁書之終」、天保一二年版「右／楠家壁書畢」、天保一五年版・弘化二年版「楠家壁書終」。

・条数：文化五年版二一条。天保一二年版・天保一五年版・弘化二年版一九条（文化五年版の第２・３条、第４・５条を各一項に併す）。

（ⅰ）文化五年（一八〇八）版――都中央加賀◎・架蔵1◎・謙堂

◇表紙

外題「〈初学／必用〉万宝古状揃大全」

目録題簽「今川・腰越状・熊谷送状／経盛返状・初登山手習状・義経含状／実語教・童子教・楠壁書／弁慶状・同安宅勧進帳・木曾願書／曾我状・同返状・篁歌字尽／七ツ伊呂波・よろづ字尽・大日本国尽／百官名尽・東百官・名字尽／東山祇園図・六芸の図・入学吉日／諸物名数・十二月異名・十干十二支」。

◇見返

書名・目録「（上段）今川・義経腰越状・熊谷送状・経盛返状・初登山手習状・実語教・童子教・楠壁書／（中段）弁慶状・安宅勧進帳・木曾義仲願書・曾我状・同返状・篁歌字尽・七ツ伊呂波・万字づくし・大日本国尽／（下段）百官名尽・東百官・名字尽・入学吉日・諸物名数・蒼頡乃図・東山祇園の図・六芸の図・十二月異名」

◇構成

倉頡の図（1オ）、六月朔日鉾乃児祇園詣の図（1ウ・2オ）、（頭書）諸物名数／礼・楽・射・御・書・数（2ウ～3ウ）。4オ（柱刻「今川　一」）以下については頭書欄と大字古状とを分けて、序列のみを示す。

大字古状（六行漢文体付訓。実語教・童子教のみ七行）：今川了俊愚息仲秋制詞条々・腰越状・熊谷状・経盛返状・初登山手習教訓書・義経含状・実語教・童子教

頭書欄：楠正成金剛山居間之壁書・西塔武蔵坊弁慶最期書捨之一通・木曾義仲願書・武蔵坊弁慶勧進帳・曾我状・同返状・小野篁歌字尽・七以呂波・字尽（万字尽）・大日本国尽・日本大都会三ヶ所・日本広邑

廿五所・百官名尽・東百官・名字尽

◇後表紙見返

節分図・月の異名・十干十二支

刊記「宝暦七年丁丑如月改正／文化五戊辰霜月再刻／京都書林〈寺町松原上ル町　菊屋七郎兵衛／寺町松原下ル町　菊屋喜兵衛〉」

（ii）文化一二年（一八一五）版―日大往来物・謙堂

（iii）「天保一二年（一八四一）」版甲―架蔵2◎（赤茶色地に卍繋艶出し表紙。二五・四×一七・九㎝）・謙堂（未見。iii、iv、vのいずれか不明。仮にここに置く）

◇表紙

外題「〈初学／必用〉万宝古状揃大全／無点」（書名の左右に「新刻大字」「校正善本」とあり。本文・頭書欄ともに付訓無し）

目録題簽「（上段）今川・腰越状・熊谷状・経盛返状・手習状・実語教・童子教・寺子教訓書・商家往来／（中段）商売往来・楠壁書・弁慶状・義経含状・曾我状・同返状・木曾願書・正尊起請・安宅勧進帳／（下段）風月往来・国尽幷広邑・百官名録・書初詩歌・七夕詩歌・文房四友・十二月異名・十干十二支・目録畢」

◇見返（太字は目録題簽と異なる箇所）

書名・目録「（上段）今川・腰越状・熊谷状・経盛返状・**初登山**手習状・実語教・童子教・寺子教訓書・商家往来／（中段）商売往来・楠**家**壁書・弁慶状・義経含状・曾我状・同返状・木曾願書・正尊起請**文**・安宅勧進

帳／（下段）風月往来・国尽并広邑・書初詩歌・七夕詩歌・文房四友図・百官名・十二月異名・十幹十二支・目録畢」

◇構成

寺子屋図（1オ）、七夕祭り図（1ウ・2オ）、書始之詩歌・書・画（2ウ）、七夕之詩歌・筆・硯（3オ）、七夕之詩歌・紙・墨（3ウ）。4オ以下については頭書欄と大字古状とを分けて、序列のみを示す。

大字古状（六行漢文体。実語教・童子教のみ七行）：今川了俊愚息仲秋制詞条々・腰越状・熊谷状・経盛返状・初登山手習教訓書・実語教・童子教・寺子教訓書

頭書欄：楠正成金剛山居間壁書・西塔武蔵坊弁慶最期書捨之一通・義経含状・曾我状・同返状・木曾義仲願書・正尊起請文・武蔵坊弁慶勧進帳・風月往来・商売往来・商家往来・大日本国尽・都会広邑・百官名

◇後表紙見返

節分図・月の異名・十干十二支

刊記「宝暦七年丁丑如月　改正／文化十二年乙亥霜月　再刻／天保十二年辛丑五月　三刻／京都書林〈寺町通四条下ル町　菊屋喜兵衛／寺町通松原上ル町　菊屋七郎兵衛〉」

（vi）「天保一二年（一八四一）」版乙――静岡（375.9/131）○・筑波大○（附属図書館ＨＰ画像公開）・架蔵3◎（表紙はiiiに同じ。二五・一×一七・四㎝）

◇表紙…外題・目録は甲に同じ。

◇見返…目録（太字はiiiの見返と異なる箇所）

「（上段）今川・腰越状・熊谷状・経盛返状・初登山手習状・実語教・童子教・寺子教訓書・**頼朝廻宣状**／（中段）商売往来・楠家壁書・弁慶状・義経含状・曾我状・同返状・木曾願書・正尊起請文・安宅勧進帳／（下段）風月往来・国尽幷広邑・書初詩歌・七夕詩歌・**当流小うたひ・塵劫記・七つ伊呂波**・十幹十二支・目録畢」

※太字の内容は本書に存在しない。（vi）（vii）にあるが、（vi）（vii）には「風月往来・書初詩歌・七夕詩歌・十幹十二支・商家往来」などがなく、同一ではない。この見返目録の内容の版が他に存在するか。

◇頭書欄の構成（太字はiiiとの異同）

楠正成金剛山居間壁書・西塔武蔵坊弁慶最期書捨之一通・義経含状・曾我状・同返状・**武家諸役名目**・大日本国尽・都会広邑**大略廿五ヶ所**（甲は「都会広邑」九一所）・百官名尽・**東百官名尽・姓氏字尽・執筆秘伝鈔**・商売往来・商家往来・木曾義仲願書・正尊起請文・武蔵坊弁慶勧進帳

※1オ～3ウ、および4オ以下の大字古状の版面は甲に同じ。頭書欄は収載内容を異にし、本文欄との区切り線も異種。4オ図柄は同じであるが、本書は了俊の衣装の文様を欠く、6オ楠壁書と付図との配置が甲とは左右逆、などの相違があり、別版。ちなみに、4オ（今川状）の匡郭内寸（iii）二一・九×一五・四cm、（iv）二一・五×一五・四cm。（iv）は、（iii）の大字古状を敷き写しにし、頭書欄は（iii）を参照しながらも大きく改めた、部分的な覆刻版といえよう。

◇後表紙見返…甲に同じ

（v）「天保一二年（一八四二）」版内—京都府◎（茶色地州浜型艶出し。二五・三×一七・七cm）

※乙と表紙・見返・裏表紙〈刊記〉は同じ。しかし、壁書は弁慶状の頭書欄にあり、口絵以外の中身は（vi）から付訓を省いた形に等しい。逆にいえば、本書に付訓を施した形が天保一五年版。

（vi）天保一五年（一八四四）版―静岡（K179-56）○・架蔵4◎（藍色地に丸龍型押。二五・一×一七・四㎝）

◇表紙…外題「〈初学／必用〉万宝古状揃大全／仮名附」（書名左右に「新撰童子調宝」「増益図解魁本」とあり）。内容紹介の仮名文一四行の副題簽あり。

◇見返・1オ見開き…福人教導之図。右端に書名。上部に目録「（上段）今川・腰越状・弁慶状・熊谷状・経盛状・手習状・実語教・童子教・寺子教訓書・商売往来・楠公壁書・頼朝廻宣状・木曾願書・正尊起請文・安宅勧進帳・義経含状・曾我状・同返状／（下段）福人教導之図・学文十徳・幷ニ図和解・幼童智仁勇・文房尊神・書・画・躾・算・諷《うたひ》・大日本国尽・幷ニ広邑・執筆秘伝抄・武家名目・当流小諷《うたひ》・塵却記・七ツ伊呂波・入学吉日」

◇構成

見返から4ウまで（丁付け無し）は「福人教導之図・学文十徳・幷ニ図和解・幼童智仁勇・文房尊神・書・画・躾・算・謳」。第五丁の柱刻「今川　一」。

大字古状（すべて七行漢文体。全字に平がな付訓）今川了俊愚息仲秋制詞条々・腰越状・**西塔之武蔵坊弁慶最後書捨之一通**・熊谷送状・経盛返状・初登山手習教訓書・実語教・童子教・寺子教訓書。

※弁慶状は（iii）（iv）では頭書欄。

第五丁以下の頭書欄は「商売往来・大日本国尽・都会広邑・執筆秘伝鈔・楠正成金剛山居間壁書・木曾義仲願書・正尊起請文・武蔵坊弁慶勧進帳・義経含状・**頼朝廻宣状**・曾我状・同返状・**武家諸役名目・当流祝言小謡・**（**塵却記：九九之かけ声・他**）・**七伊呂波**」

◇後表紙見返上段「入学吉日」、下段「輯者　九日菴素英／庸筆　阪田映高／画図幷細書　百井堂千戸／宝暦七年丁丑春原版／文化五年戊辰夏再刻　彫刻　中村友治郎／天保十五年甲辰秋四刻／江戸　日本橋通南壱町目須原屋茂兵衛／大阪　心斎橋筋北久太良町　河内屋喜兵衛／京都　寺町通松原上ル町　菊屋七良兵衛」

（vii）弘化二年（一八四五）刊—都中央東京◎・酒田光丘○（表・裏表紙、刊記部分ともに欠落）・架蔵51◎（浅縹色地卍繋ぎ艶出し。二五・四×一七・九cm）・架蔵52◎（後印。灰色地に青・赤二色で蜀江錦模様を刷る。二五・三×一七・九cm）

※本書は天保一五年版の覆刻。後表紙見返下段「輯者　九日菴素英／庸筆　阪田映高／画図幷細書　百井堂千戸／宝暦七年丁丑春原版／文化五年戊辰夏再刻　彫刻　中野梅治郎／弘化弐年乙冬三刻／江戸　須原屋茂兵衛／大阪　敦賀屋九兵衛／京都　寺町通松原上ル町　菊屋七良兵衛」

『〈新増〉大全万宝古状揃』（弘化二年刊。［京都］菊屋七郎兵衛ほか板）の頭書欄［往来物2325］

※解題から判断するに『万宝古状揃大全』（v）（vi）の大字古状（七行付訓）に、①「諸職往来」「風月往来」を加えた一本と、②「諸職往来」「風月往来」「江戸往来」および天保一五年刊『大宝庭訓往来』を合冊した一本とがある由。頭書には、（vi）（vii）の頭書にくわえ「消息往来」「商家往来」がある。増補版にはさらに「文章速成」「手形証文案文」「十二ヶ月之異名」「初心立花之心得」「茶の湯之事」「謡の心得之事」「当流躾方」「十二月往来」等を掲げる、とのこと。

※小泉○（デジタル版。右解題の①に相当。刊記は『万宝古状揃大全』（vii）に同じ。壁書の内題・尾題も同様）

『楠正成金剛山居間壁書』写：国会◎（題簽に「楠正成居間壁書」以下七編を列挙）のうち。［往来物0969］

内題「楠正成金剛山居間壁書」、尾題「壁書畢」。一八条。本文は次項『児宝古状揃』に近似。第七条「外を正直に荘り、内に邪心を含む」を欠くほかは、一部の用字を異にするのみ。

C1ヌ　末尾に署名無く、尾題も欠くもの。

『児宝古状揃』の頭書欄

内題「楠正成壁書」。一九条。条文の区切りは「C1リ」のうち、『〈初学必要〉万宝古状揃大全』天保一二年版・他、に同じ。

安政三年（一八五六）刊―東芸大望月○（一冊。「天保二辛卯春原刻安政三丙辰秋再刻」「伊勢津　篠田伊十郎／（八名略）／大坂　秋田屋太右衛門」）・東書（一冊。『東書文庫所蔵　教科用図書目録　第2集』「安政三年再刻、伊勢津　篠田伊十郎」）

『楠正成金剛山居間之壁書』（架蔵◎。小泉氏旧蔵。写本。楮紙袋綴仮綴一〇丁。末尾に「文化三〈丙寅〉之天／正月吉良日　本村　佐野政五郎」と記す）

（未見未分類）

『〈安永新板〉長雄古状揃』の頭書欄「楠正成金剛山居間壁書」

※「教科書五・一一三頁②」に「刊安永三（一七七四）・一、須原屋茂兵衛など五書肆合梓」、〈内容〉は「①（注、『初学必要万宝古状揃大全』）の宝暦七年板に同じ。ただし、第二条・第三条を、それぞれ二つに分割しているため、全体で二一か条となっている」とある。『国書』に「版：茶女大。安永三（一七七四）刊」とある図書

は、現在所在不明。同類本が謙堂文庫にある由（小泉氏示教）。

『弘化古状揃』の頭書欄「楠正成金剛山居間之壁書」［教科書別巻・四四九頁］

弘化年中版―謙堂

C2　末尾、「時に随ひ……」に続け、「口に仁義の道徳を……」、「有徳といへども……」の二条を付加するもの。

『楠正成名文集』（元治元年（一八六四）刊。乙・丙類本文および「同正成嫡子正行へ訓戒の条目」をも収載）のうち「同正成壁書」。「一口に仁義の道徳を唱へ、胸に穿窬《せんゆ》の盗みをかくすものは、寓言をもつて常とす。／一有徳といへども頼むべからず、孔子も時にあはず、有才といへども顔回も頼むべからず、不幸なり／右之条々常に心懸慎べきの要言なり、依而壁書如件」。二三箇条。［教科書五・一一三頁④］［往来物0971］。

版：東博・東大〇（↓マイクロ『往来物分類集成』R四四）・都中央東京◎（刊年表示無し。「日本橋通壱町目　須原屋茂兵衛／（二八名略）／芝飯倉町五町目　大和屋作次郎」）・無窮織田・謙堂（↓『往来物落穂集』一一二頁）・小泉

影印・翻刻：『稀覯往来物集成』二三巻

『楠公文集』明治年間刊。

※［往来物2849］の解題によれば、右『楠正成名文集』と同内容。

版：謙堂・小泉・東書ほか。

『大全古状揃万歳楽』の頭書欄

内題「楠正成壁書」、尾題無し。末尾署名「摂河泉三州之太守贈正三位右近衛中将楠多門兵衛尉判官橘正成」。
※［教科書五・一一三頁］③（大全古状揃万歳楽）に「これまでの壁書を、漢字のみの文章に改め、一五条目としたもの。条数を整理統合したまでで、内容そのものに増減はない」（［教科書別巻・四四九頁］も同趣旨）とあるが、条目の順に異同あり、末尾に以下が付加されている（付訓は一部を除き省いた）。一四条「一口《くちには》者唱二仁義之道徳一、胸者匿《かくす》二穿窬盗《せんゆのぬすびとを》一者以二寓言一為レ恒」、一五条「一雖レ有レ才不レ可レ憑、孔子不レ遭レ時。雖レ有レ徳不レ可レ頼、顔回不幸也」、「右之条々不断心掛可レ慎之要言也。視者不レ可レ有二亡失一。仍而壁書如レ件」、「摂河泉三州之太守贈正三位右近衛中将楠多門兵衛尉判官橘正成」。
◆題簽が剥離している伝本は、本文第一丁（丁付は「二」）頭書欄の「新古状揃」を採って書名とされている場合が多い（文久二年版：筑波大、明治二年版：東大・弘前）が、『新古状揃』［教科書別巻・四七五頁］とは別書である。
嘉永二年（一八四八）版―都中央東京◎（「嘉永二己酉季春改正」東都・錦耕堂山口屋藤兵衛販）・謙堂・架蔵◎
文久二年（一八六二）刊
―筑波大（HP書誌。［27］丁：二五・一×一七・〇cm。刊記に「文久二壬戌年季秋再刻」、「山口屋藤兵衛板」とあり。落丁あり（1・8・27・28丁目落丁。最終丁付：「三十一」）。四周単辺6行。内匡廓：二二・二×一四・五cm。頭書のみ平仮名付訓。小豆色表紙（原）見返は本文共紙。見返に「天満御教訓」あり（墨印1面）。頭書に「菅公天奏御書」等あり（挿絵入）。後表紙見返しに「十幹の事」等あり）
架蔵◎（「文久二壬戌年季秋再刻」東都・錦耕堂山口屋藤兵衛板。様式は嘉永二版に同じであるが、壁書収載箇所、嘉永版は30オ～32ウ、文久版は29オ～31ウ。匡郭寸法も異なる。なお、架蔵本は1、27、28丁落丁）
明治二年版―東大◎（「嘉永二己酉年季春改正／明治二己巳年初秋再版」→マイクロ『往来物分類集成』R四三）、弘前◎・岐阜市

『〈長生利潤／応得此書〉花墨新古状揃万季蔵』のうち「楠正成壁書」（頭書欄は楠正成の略伝）
文化元年（一八〇四）刊。江戸・西村屋与八板。『大全古状揃万歳楽』の「楠正成壁書」に同じ。［教科書一一。一三三頁］［往来物0798］
写：東大。版：東大（→『往来物分類集成』R四四）・千葉・謙堂◯（『往来物大系』四四巻。翻刻：『教科書一一』三三〇頁）
※『近世蔵版目録集成　往来物篇　第二輯』三九頁に後印（江戸・出雲寺万次郎板）あり。一八二・二六六頁目録書名は「花墨古状揃万年蔵」。二二三頁目録には「花墨新撰古状揃万年蔵」とあり。三八・三九頁目録の「〈頭書／絵入〉花墨古状揃」（無点　大本全一冊）との関係は未確認。

D1：Cの第一条の後半部分に相当する「不レ専二万物一体之理一故、万病生之事」を総目的に置き、第一条前半部分に相当する「今日無事なることおまづおもふべし。智と仁と勇にやさしき大しやうは、ひにさへもへず、みづにおぼれず」を末尾におく。また、「我に怨あるを報ぜんと云ことなかれ」を欠き、別に「美麗驕を好、猥に財を費す」「諸事白地に不レ語」を加えている。二三条。

『甲子夜話』続編巻七六の三「河内邦金剛山城楠正成壁書」（天保三年（一八三二）四月。『楠公叢書』第二輯「楠公壁書」もこれに基づく）。

D2：Cの第一条後半部分および第二条を欠き、第三条に相当する「人我の心深くして人に増らむ事をおもふ」で始め、第一条前半部分に相当する「今日無事ならん事をおもへ」で終わる。一二条。

亀田鵬斎自筆書幅「楠正成千早城壁書」（藤田精一『楠氏研究』増訂七版五九二頁図版）

D3：D2と同様「人我の心深して人に勝れむ事をおもふ」で始め、「只今日の無事ならむことを思。仍如件」（C第一条前半部分相当）で終わる。続けて「人のこころすなほならぬは、……」（『徒然草』第八五段）を付記する。『徒然草』引用部分を含め、全二三条。

『吉野詣』のうち「楠正成金剛山居間壁書」（他に、「龍田詣」も合綴）［教科書五・一一九頁四〇］［往来物3603］

写：謙堂（→『教科書五』七一六頁）

【乙類】

「一文武の名異なるに似たれども、其実は一揆なり、譬ば水と波とのごとし。（中略）後代の誉を得べきもの也。讖文如件。建武二年三月」

※典拠は『無極鈔』巻第一六之中1オ～2オ・31オの一部。1オ～31オは、「楠判官兵庫記」と題し、単独でも刊行された。

※家訓の項「南木家訓」（『太平記綱目』依拠）とほぼ同内容。

『楠正成名文集』のうち「楠正成壁書」（解題事項・所在は、甲類C2参照。『往来物落穂集』一一一頁）

『〈頭書絵入〉楠正成教訓之書』のうち「楠壁書」（正行宛遺言【ハ】も収載。［教科書五・一三九頁四一］によれば、文政のころの刊か。『楠正成名文集』とは細部に字句の異同あり）［往来物0968］

版：東大◎（→マイクロ『往来物分類集成』R三三）・富高菊水20号◎・東書（「楠正成於桜井宿嫡子正行江訓戒之一条」

一冊）・島田貞一・謙堂〇（↓『教科書五』七二〇頁）・小泉〇（デジタル版）

『金鶴古状揃倭鑑』（〔教科書五・一一四頁⑨〕天保五年（一八三四）一月刊。岡田屋嘉七・和泉屋市兵衛合梓。石川謙蔵）頭書欄「楠壁書」（正行宛遺言【ハ】も収載）

金鶴古状揃　版：日大往来物（「頭書講釈金鶴古状揃」一冊）・弘前◎（外題「〈頭書講釈〉金鶴古状揃」一冊。刊年不記。書肆「奥州仙台伊勢屋半右衛門（一一名略）江戸芝和泉屋市兵衛板」）

錦鶴古状揃　版：東学大望月〇（見返・扉題「幼蒙初学必読錦鶴古状揃」）・弘前◎（外題「〈新鐫広益〉錦鶴古状揃倭鑑」一冊）

※「錦鶴」は版下として「金鶴」を部分的に利用した、「金鶴」の改編改刻本。「錦鶴」は、途中から本文欄を六行から七行に増やし、丁数を減じているが、収載書状は同じ。頭書欄にも手を入れているが、正成関係部分はほぼ同一。「金鶴」7オ「上江《かみ》対《たい》し奉《たてまつ》り」を「錦鶴」は「上　対し奉り」と誤る等の小異あり。

◆外題「〈頭書増補〉金鶴古状揃倭鑑＊　全」（＊「改正點附」と左傍書）とある図書（架蔵◎、無刊記）の頭書欄には正成関係の記載なし。本文欄収載古状は金鶴古状揃等と同じであるが、「義経含状」という書状名を欠き、腰越状を大坂返状の後に置くなどの不備があり、後出本。また、金鶴古状揃の頭書欄にあった曾我進返状を本文欄に移している。

【丙類】

貧《まづしき》といへども無道の禄をもとめず、窮すといへども諂《へつらふ》ことなかれ。貧窮は元来私にあらず、唯不幸の致す処なり。優々にして龍のごとく猛々にして虎のごとく、徳を抱て名をかくし、身を潜て以て一陽来復の時を待つべし。

若し時にあはざれば、生来の境界を悟り、彼天命を楽で、更に疑ふ事なかれ。
貪欲のまよひの雲のはれていて月を見る夜の影のさやけさ
正成
右一帖者書肆衆芳堂依所望令禿筆畢
元治元年甲子年壮
入木末御直弟　龍乗軒　肥丈谷書

※『論語』述而「不義にして富み且つ貴きは、我に於て浮雲の如し」。『理尽鈔』巻三32ウ「身ニ無レ徳シテ栄ルハ、不義ノ富貴ナリ、浮ル雲ノ如シト謂シ。先身ヲ栄ント欲スル者ハ、其身ノ徳ヲ分別スベシ。身ニ徳ヲ備バ、自富デ必死ノ難ヲ遁ン。正成不レ致ト云ヘ共、少ハ此理ヲ嗜故ニ仏神ノ憐有」（正成の教訓の一節）。『太平記』巻四「呉越軍事」の范蠡の言葉「潜龍ハ三冬ニ蟄シテ一陽来復ノ天ヲ待」。

『楠正成名文集』のうち「楠公壁書」（↓解題事項・所在は甲類C2参照。『往来物落穂集』一一五頁）

※中西達治「秋月韋軒の遺文について」（金城学院大学論集・人文科学編4-1、二〇〇七・九）に、海津市歴史民俗資料館蔵「録楠公之諠応」と題する掛軸が紹介されており、小異あるが、右の『楠正成名文集』の、和歌より前の部分と等しい。これは、会津藩士秋月韋軒が美濃高須藩預かりの身であった時期（明治二～四年）に、某（擦り消されている由）に書き与えたもの。『楠正成名文集』などから選び記したのであろうが、刊本刊行の元治元年は、折しも韋軒が活躍の場を失った時期でもあり、「詩文・書を能くした」（国書人名辞典）韋軒をこの文章の原作者に擬したくもなる。

『楠公文集』（→解題事項は甲類C2参照）

『かねのなる木の記』のうち（27オ～28ウ）。

元治元年（一八六四）刊一冊：東大○（跋文末尾「元治初冬　甲府浅利末江西　けんかつみち」）・謙堂［往来物0793］に「末尾では、楠公箴言や東照宮遺訓などを紹介する」とあり。

一むかし楠公霊符尊星をまつりたまひし図に自筆の讃あり。末代の人のをしへと成べき悟なり。
雖貧勿求浮雲之富（まづしきといへども、ふうんのとみをもとむることなかれ）。雖窮勿屈丈夫之志（きうすといへども、じやうふのこゝろざしをくつすることなかれ）。貧窮士常也（ひんきうは、しのつねなり）。矯々若龍（きやう〱として、りやうのごとし）。眈々如虎（たん〱として、とらのごとし）。抱徳隠名以潜其身（とくをいだきなをかくして、もつてそのみをひそむ）。当待一陽来復之時（まさにいちやうらいふくのときをまつべし）。若不遇時則独善其身而楽天命（もしときにあはざるときは、すなはちひとりそのみをよくして、しかしててんめいをたのしむ）。（注、括弧内、原文は付訓）

此語は誠にその肺肝をみるがごとく、公は誠に人中龍なり。屈身のけつ白なる事は、梅の寒苦のうちに清香のはつすべき時を待がごとし。それ人はかならず道を守れば、生涯のうちに自分そう応の一陽来ふくの時あり。其時をいそぐべからず。そのときを失ふべからず。万一其時にあはず、渇にのぞみて井をほる程の苦にせまる事あるとも、盗泉の水をくらふ事なかれ。只しづかに清貧を楽み、丈夫の心ざしを失ふべからず。公もひとたび時を得給ひ、数度の軍功をたて、美名は海内にかゞやきしかども、信を天下に失ひ給ひし失徳の君につかへ給ひし不孝によりて、至誠を湊川の辺にとゞめたまへり。されば名誉は千歳にとゞろき、後代の賢君碑《いしぶみ》を古戦場に立給ひ、嗚呼忠臣楠子の墓と賞讃なしたまへり。我先年彼地にいたり、かのいしぶみを拝して懐旧の心をよめる。

湊川末の世までも清き名を流す弓矢の道ぞかしこき

【丁類】

『〈楠公遺書〉皇国亀鑑』（明治六年（一八七三）刊。書学教館蔵板。〔東京〕大阪屋藤助・磯部屋太郎兵衛発兌）のうち「楠公壁書」。［往来物1064］版：筑波大・都留大・架蔵◎

君のために身をすつるを忠といふ。親のこゝろに背かずして、よくつかふるを孝といふ。老たるを敬ひ、士卒を撫育し、国民を憐むを仁といふ。一度諾して変ぜす、始終全きを義といふ。謙退、辞譲を礼といふ。謀を帷幕の中にめぐらし、勝つ事を千里の外に施《ほどこす》を智といふ。かりにも虚言を構へず、信を失ふべからず。「遠慮なき時は近き憂あるべし。万事に愁ず、屈せず。」過《あやまち》て改るに憚ることなかれ。邪曲、軽薄の人と交るべからず。大酒は失多し。色情は身を失ふ。心ひがむは嫉妬、偏執の深きなり。倹約を専らとし、驕りを慎み人の非を見て我身の行《おこなひ》を正《たゞす》べし。我愚なる故に壁書して慎《つゝしみ》とするのみ。

※土橋真吉『楠公史話』（英進社、一九三六・一〇）三二〇頁に「著者は延宝二年刊行の成田詣の上段に壁書を記せるものを所蔵してゐる」とあり、三二一頁に全文を掲出している（↓参考：甲類C1へ）『成田詣文章』とは別書か？　土橋『楠公精神の研究』（大日本皇道奉賛会、一九四三）五三四頁にも掲出）。右とほぼ同文であるが、「遠慮……屈せず」を欠く。

【戊類】

楠正成壁書／一極楽を願《ねがは》んより地獄をつくるな／一誉を求んより謗《そしり》をいとへ／一立身を思むより恩をわするな／一足る事をしりて及ばぬを思ふな／一忠に安じて死を懼《おそ》るゝな／一手柄だてせんよりは命《めい》に違ふな／一身の為に身を

そこなふな／一我が命は主のもの、私に捨るな／一金銀ためんより人に物かるな／一舌は柔《やはら》なるによりて永く無事也／一草木は性に任《まか》するゆへそれ〳〵に花さく／一鳥獣は飢て食す故に多く命長し／一過《すぎ》たるを悔《くやむ》な、かへらぬ事をおもふな／一礼厚くとも人の非を咎むるな／一己が分をよくしれ／一身を使へば食甘し／一楽《たのしみ》を好《このめ》ば苦《くるしみ》多し／一珍《めづらしき》敷事には多く実《じつ》なし／一酒は飲むとものまる、な／一得あれば損ありと知れ／一着物は暑寒《しよかん》を凌ぐほどに有べし／一居所《きよしよ》は風雨をいとふ迄／一食事は一口を残せ／一言葉は聞へるが要《かなめ》／一物かくはよめるが第一也／一人の非をいはんより我非を知るべし／一懈怠《けだい》の心は万事の破れ也／惣《すべ》て二十七ヶ条と云

『士農工商用文大成』（享和三年（一八〇三）序・跋・刊。［江戸］若林重左衛門ほか板。改題本に嘉永二年（一八四九）刊『〈日用〉書状文通大成』がある）の頭書欄［往来物1502］

享和三年刊：小泉◯（デジタル版。頭書欄87オ～91ウ）

〔参考：京大附図蔵写本『楠正成公一紙家訓』〕

楠公御教訓

固きことを好まず和らかなることを手練せよ。物をひろく知らんより一字を忘るな。①極楽を願はんより地獄を作るな。穢れを忌まんより耳目を物にうばゝるな。②褒れを求めんより譏をいとへ。③立身を思はんより御恩をわするな。人を頼におもはんより我そなへをたてよ。④足ることを知て及ばぬことをおもふな。生を安んじて死を忘るゝな。⑧我命は主人のもの私に捨るな。（後略）

『楠公御教訓』（明治）刊：富高菊水169号（大阪陸軍幼年学校楠氏文庫旧蔵）

紙釘装整版一冊。楮紙共紙表紙に「楠公御教訓　全」と直接印刷（枠付）。墨付き七丁。半葉六行、漢字平仮名交じり。殆どの漢字に付訓あり。序・跋・刊記等なし。

右に掲出したのは冒頭部分のみ。一条ずつ独立せず、続けて記す。条目数は数え方にもよるが、六三。前掲『士農工商用文大成』の二七条目は表現を異にするものもあるが、ほぼ本書にもある（丸付き数字は、二七条目の順番）。六三条に続けて、「仁と義とゆうにやさしき大将は火にさへやけず水におぼれず」以下、一二条の道歌を記す。

【己類】

『楠正成三ヶ大事并十ヶ条』

（→「14、その他」に掲出の東京国立博物館蔵写本一冊のうちに、「十ヶ条」に付言して「池田ノ家ニ伝ル本ニハ正成壁書ト有リ」という。「池田ノ家」は『理尽鈔』ゆかりの岡山藩であろうが、この付言をもつ図書の存否は未確認。）

【庚類】

『後太平記』巻七「千剣破合戦附正成遺書之事」のうち。文中では「壁書」と称している。「城郭を守る事は還て敵を可レ攻謀也。……」以下、籠城の心得五ヶ条。末尾は「建武三年正月　日　橘正成」。

延宝五年刊。続帝国文庫・通俗日本全史六・七に翻刻。

【未見未分類】

「（延宝三年（一六七五）刊）天和三年（一六八三）改修新増書籍目録」に「楠笠置壁書」、「元禄十二年刊新版増補書籍目録」に「楠壁書」あり。

『〈戊辰以来〉新刻書目便覧』（明治七年四月〔東京〕梅巌堂・万青堂合梓。『〈明治初年〉三都新刻書目』（〈日本古書通信社、一九七一〉による）に「楠公壁書　雪城書／六箋　一枚」とみえる。

楠正成壁書　一冊　写：静嘉（北条早雲廿一ヶ条・松平越中守殿御心得書を付す）

楠正成金剛山千破邪之城居間壁書写　写：秋田東山（一舗）

13（正行宛）遺言

【イ】『楠正成兵庫下り』（『太平記』巻一六「正成下向兵庫事」からの抜書）
写：東学大望月〇

【ロ】「一凡所領之欲云、家富栄好、為被呼于人与人也。……是汝可為孝行矣」（三条略）「一学問之事勿怠焉。……自筆書置巻物箱入、正行渡之矣」（『理尽鈔』巻一六48ウ8L～49ウ2Lにほぼ同じ）。これに【へ】「楠正成其子庄五郎に与ふる書」を続けたもの。

明和四年（一七六七）上杉治憲（鷹山）自筆巻子
※杉原謙編述『莅戸太華翁』（杉原謙発行、明治三一年（一八九八））巻之一「楠公遺訓帖」。鷹山、時に一七歳が、小姓莅戸《のぞき》九郎兵衛政種（三三歳。鷹山の藩政改革の中心人物となる。太華はその号）に下賜。その後、杉原家の蔵。
藤田精一『楠氏研究』五九〇頁、『楠公叢書第一輯』一一四頁にも収録。

『万宝古状揃大成』（解題・所在：壁書甲類Ａ2）のうち「楠正成子息正行遺言」
『〈新刻校正〉楠状〈壁書・遺言〉』（解題・所在：壁書甲類Ａ2）のうち「楠正成子息正行遺言」（↓『教科書五』七一四頁）
『楠状（仮称）』（解題・所在：壁書甲類Ａ2）のうち「楠正成子息正行遺言」
『楠状絵抄』（解題・所在：壁書甲類Ａ2）のうち「楠正成子息正行に遺言」
『楠正成壁書』（解題・所在：壁書甲類Ａ2未分類）のうち「楠正成子息正行へ遺言」
『楠正成子息正行遺言』（伊勢屋半右衛門・刊年不明）［教科書五・一一四頁⑧］版：謙堂

【八】「某今度討死せば、天下は尊氏掌握せん、然りとて家を立、命を助からむために（中略）諸語を諳んぜん事を忽にすべからざるこそ肝要なり」（『三楠実録』（元禄四年（一六九一）自序、正徳二年（一七一二）版）上之一一廷尉之巻末尾に字句ほぼ同じ）

※『三楠実録』の当該箇所は、『理尽鈔』巻一六「正成桜井にて正行《マサツラ》に遺言の事」48ウ3Ｌ～49オ10Ｌに拠り、所々字句補訂したもの。

『楠正成名文集』（解題・所在：壁書甲類Ｃ2参照）「同正成桜井宿において嫡子正行へ訓戒の条目」（↓『往来物落穂集』一四頁）
『〈頭書絵入〉楠正成教訓之書』（解題・所在：壁書乙類参照）「楠正成於桜井宿嫡子正行江訓戒之一条」（↓『教科書五』七一九頁）
『金鶴古状揃倭鑑』［教科書五・一一四頁⑨］天保五年（一八三四）一月刊。岡田屋嘉七・和泉屋市兵衛合梓。石川謙蔵）頭書欄

「楠正成於桜井宿嫡子正行江訓戒之条」

金鶴古状揃　版：日大往来物（「頭書講釈金鶴古状揃」一冊）・弘前◎（一冊）

錦鶴古状揃　版：東学大望月○（HP画像。見返・扉題「幼蒙初学必読錦鶴古状揃」）・弘前◎（一冊）→乙類参照。

『〈楠公遺書〉皇国亀鑑』（解題・所在：壁書丁類参照）のうち「遺訓」。

※『楠正成名文集』などの「家の子郎従を扶助する事、必父がごとくにすべし。自身は富て郎従に辛きめを見すべからず。郎従は主を頼み、主は良従を頼みてこそ……」を、本書は「家の子郎従を扶助する事必ず父が如く、郎従は主を頼むでこそ……」と略す。

『南木誌』（嘉永二年（一八四九）自序・文久二年（一八六二）刊）巻之三37オ「楠公遺訓」―国文研◎・他

【ニ】「楠正成正行遺言之事」（『密宝楠公遺言書』所収）『楠知命鈔』巻五にほぼ同じ。

【ホ】『楠正成三ヶ大事並十ヶ条』（→「14　**その他**」に掲出の東京国立博物館蔵写本一冊）のうち。

伝曰、正成桜井之宿ニテ正行ニ遺言シテ曰、「我、元弘ノ古ヨリ天下之士ニ先立テ武功ヲ立シ事、聖賢ノ学ヲ専トシ、勿論仮ニモ不レ怠故ナリ。人ヲ得シ事ハ、賞罰無レ私、志寛大ニシテ仁慈ヲ以テセシ故ナリ。勇ヲ得シ事ハ、カタク生死ノ二字ヲ専ニシテ、常ニ身ヲ捨習シ故ナリ。然レドモ天運、時不レ至レバ、人力ノ及所ニ非ズ」ト云云。

【ヘ1】（楠正成其子庄五郎に与ふる書）

・増補本『吉野拾遺』（二巻本を増補した、貞享三年（一六八六）三巻本および貞享四年四巻本）の巻三（四）廿三「楠木正つら始てよし野へ参りし時の事」の内。貞享四年版は、貞享三年刊本の巻三の第一丁の目録から「十三」以降を削り、第一八丁の次（丁付はこれも「一八」）に巻四目録「十三」～「廿九」を新たに補ったほかは、同版。したがって説話番号は同じ廿三。

> 今度隼人指遣候事非二余之義一候。我等最期近々ニ覚候。願ハ貴殿成長之器量、見届ケ度候へども、義之重き処、更難レ遁候、勤学無二懈怠一、忠孝之勤、成長之後、我等心中可レ被レ察候。
> 尚々此巻衣三従レ君拝受、具足ハ祖父より着古候へども、永形見と送候。
>
> 兵衛　正成（花押）
>
> 建武二年五月日
>
> 楠庄五郎殿

この他、左記の諸書が取りあげている。

・『南朝太平記』（宝永六年（一七〇九）刊）巻一三「楠正行参内幷京都綸旨御教書到二来河内一事」のうち。

・『武備和訓』巻四（享保二年（一七一七）刊。『日本教育文庫・訓戒篇』等に翻字あり）。

・『翁草』（神沢杜口。明和九年（一七七二）序。『日本随筆大成〈第三期〉23』）や『百草露』（含弘堂偶斎。『日本随筆大成〈第三期〉11』）等にも収載。それぞれ小異あり。

・『摂津名所図会』（寛政六年（一七九四）序・同八～一〇年刊）矢田部郡のうち。
版：国会・内閣・大阪府・京都府・他　影印：版本地誌大系10（臨川書店）
活：大日本名所図会第一輯第六編・摂津名所図会（平野裕介、昭和九）

・『古事記袋』（小野高尚（飯山）著）内閣文庫蔵写本五冊のうち第四冊◎及び寛政一〇年（一七九八）写抄本一冊◎の

うちに「河内国観心寺蔵楠正成が書」。前記『教科書五』七一四頁収載のものと近い。署名は「同兵衛正成（花押）」。

・『鶯宿雑記』「鶯宿襍記巻之拾草稿」のうち「正成の遺状」（総目録による題名。署名・日付「建武二《ママ》年正月　楠兵衛正成／楠庄五郎殿」）

※『鶯宿雑記』については C1ニ 参照。

・『〈新刻校正〉楠状〈壁書・遺言〉』収載の「楠正成子息正行遺言」に付記（『教科書五』七一四頁。前項【ロ】）。

・「楠状」　写：弘前◎（曾我状他と合「「楠状　曾我状　剣之由来　頼光状　物嗅状　躾短歌」写一冊」）（大坂状と合「「大坂進状・楠状」写一冊」）（明治五年写　曾我状他と合「「東海道順路国尽　頼光状　楠状　曾我状　同返状　物嗅状」一冊」）

※いずれも明治初期の児童の手習い帳。この類は無数にあったはずだが、図書資料として現存しているものは稀であろう。

・『〈楠公遺書〉皇国亀鑑』（解題・所在：壁書丁類参照）のうち「遺書」

・『椿亭叢書』（写：書陵部○）二〇のうち。

・『楠公叢書第一輯』一一五頁図版、河内建水神社蔵の書状（『教科書五』七一四頁にほぼ同じ。ただし、署名を「同多門正成（花押）」とするなどの小異あり）

・『南山遺芳録』斎藤正謙編、二巻一冊

写：国会◎（巻之上1オ以下「楠中将最後状／湊川広厳寺にて得たるよしにて正成朝臣最後状といへるふみの搨本を見するものあり。こぞ摂津名所図絵にも載せ、水府の古簡雑纂にものせられたり。其文に云」、と書状を載せたのち、日付が「建武三年正月廿日」であることを問題とし、友人が大和志貴毘沙門で得た真筆に「五月」とあり、疑念が解けた旨を記す）・書陵部・無窮神習（玉篦一九二二）

・『南木誌』巻之三36ウ（和州志貴毘沙門廟蔵本を引用。続く説明は『南山遺芳録』の記述を漢文体に改めたもの）
・『正成状』写：小泉○（デジタル版。「文久三年癸亥三月習上之」。裏表紙に「天風利兵衛」と署名あり）［往来物3358］
・『英雄百人一首』（英雄百首）版：国会・東博・東大・大阪女子大○・岩瀬◎・他
※国文学研究資料館・画像DBに同館蔵本による画像あり。
※40ウの本欄「楠河内判官正成／深き渕薄き氷のいましめを心にかけぬ人ぞあやふき〈正成肖像画〉」、頭書欄に「楠正成湊川より最期のかたみにそへし一通の写し」と題して「今度隼人……建武二年五月日／兵衛正成（花押）／楠庄五郎殿」と書状を掲出している。
※『国書』によれば、天保一五年（一八四四）版、弘化二年（一八四五）版、嘉永元年（一八四八）版などがある。大阪女子大・岩瀬文庫蔵本は天保一五年版の項に掲出される。たしかに、奥付に「天保十四癸卯年十月稿成／同十五甲辰年十月発市／東都書肆　馬喰町二丁目山口屋藤兵衛版」とあるが、「弘化二乙巳年正月吉日緑亭川柳記」という序があること、『続英雄百人一首』（嘉永二年刊）奥付に「英雄百人一首（略）此書（中略）弘化二巳年春より四ヶ年之間、絶間なく摺出し、近来稀なる大あたりに付、此たび増補いたし、板木を彫あらため紙摺等精密に相製し申候。（後略）」とあることから、実際の刊行は弘化二年刊か。

【へ2】
『〈校訂〉楠廷尉秘鑑』（博文館、明治二七年四月発行）
※本書四編八七〇頁に、使者名を「隼人」ではなく「竹童丸」とし、日付を「建武三年五月五日」、宛名を「楠庄五郎殿」とする遺書を載せる。竹童丸は、『理尽鈔』によれば、正成らの最期の模様を河内に伝えた人物（巻一六74ウ）。今古実録本第五編巻一七は、日付を「延元元年五月廿五日」、宛名を「楠正行殿」とするが、大

規模改作本［↓第七部第一章］に分類した写本にはこの遺書は存在しない。

【ト】『楠正成公帯刀正行公江御教訓之文』

写：天理大学附属天理図書館蔵〔楠公関係書集〕二三のうち一冊（「文久二壬戌年二月写之」）

※第七部第五章に翻刻を掲出した。

14 その他（未調査分類不明を含む）

「楠正成桜井状」

江戸後期写、袋綴大本一冊。外題・内題なし。版本の表紙（縹色、雷紋繋ぎ菱に鳥）を転用。内容は四に分かたれる。①「入木道は六芸の一にして和漢ともに弄ぶこと、（中略）各嗜之而慎て学び給ふべし」（15丁。『往来物解題辞典』「裳し保・都往来［3476］」参照）、②「楠正成桜井状」（大字三行15丁。一部散らし書き。左記の掲出は内容を考慮して、項目を分かち、濁点・句読点を付した）。③和文散らし書き（「今朝あら玉の……」）20丁。④『新撰朗詠集』の抄出24丁。架蔵◎（小泉氏・往来物倶楽部0711–12掲載）。

楠正成桜井状

1　人は天命をしり、むくひをしり、人を知る事肝要なり。天命をしれば、国家長久にして、万民悦したがふ。報を知れば、子孫繁昌にして、其身安楽なる事。人をしれば、あやまち少く後悔なし。

2　常に軍の道を不忘して、謀に怠る事なかれ。

3　親に惑ひ、佞奸多欲の政道の障になるべき者を戒め、少の悪を以て、大なる用に立者をすつる事なかれ。

4　学問して言行にみだるゝ事なかれ。

5 上下を遠くして、諸事家臣に任て自しらざる事なかれ。

6 吟味なくして賞罰を加ふる事なかれ。

7 我身の奢を静て、郎等のおごりを戒むべし。

8 罰は八、賞は十に行ひ、罰すべきを遠すべからず。賞すべきに時をうつすべからず。賞も過ぬれば、賤きものは忠節に怠出るものなり。

9 訴はかたことを誠に思はざれ。又空言とおもはざれ。理の中の非、非のなかの理を細かに吟味して、家臣・奉行の批判をきゝて裁許すべし。

10 大切の謀を人に洩し、長僉議して図をはづすべからず。

11 人の悪事を名をあらはしていふべからず。

12 人のほめ誹、誠と思はざれ。また偽とも思はざれ。自分の眼力と心とを以て聞合すべし。人の言葉のまゝにせざれ。

13 讒と虚と多きものなり。事にもたゝぬ他人の非をかたる事なかれ。

14 家居に善つくし、美尽し、食物にめづらしきをもとめ、美女をあつめ愛し、大酒を好むべからず。

15 無益の事に宝を費事なかれ。

16 怒て罰を行ふ時は過事有。内心に怒あらば、罰をのぶべし。

17 私に新法を置事なかれ。法度多ければ破やすし。法に邪あれば、人あざける。

18 諸奉行にする人を佞奸なる歟私欲なる歟、其用なれば、必よく吟味すべし。さなくては万民くるしみ、国家ほろぶるもの也。

これらは常の心持に入事のよし、古来より言習したる事なれど、あらまし書付つたふるもの也。

建武二年十月　河内判官正成

楠正成三ヶ大事幷十ヶ条（楠正成一巻書奥書）

写：東博〇（題簽「葵箪笥入　安政三丙辰年六月／楠正成三ヶ大事幷十ヶ条写」）・山口大棲息（「楠正成三ヶ十箇之大事」、江戸期写）・書陵部〇（内題「楠判官一巻書奥書。又号正成三箇之大事」。「細川幽斎行状」と合綴）。また、群馬大学新田文庫蔵『桜井之書』が「三箇之大事」「十箇条」を摂取・付記している。

※管見の限りでは、『楠正成一巻書』の伝本にここにいう「奥書」を付載したものはない。合戦の技術論を説く『一巻書』と、心身を律することを説くこの「奥書」とは本来無関係と思われる。また、東博本は、「奥書」という装いのもとにまとめられた「三箇大事」「十箇条」に、さらに複数の資料を集成したものであろう。

※東博本の構成

（1）「正成先生大悟」（『南木武経』巻二「正成先生大悟の事」の一部。『日本兵法全集6』三二一頁1〜13行目まで）。

（2）「楠判官正成一巻之書奥書、又号二正成三箇之大事一。伝曰、桜井之宿ヨリ正行（ヲ）河内へ返遣ス時、日比記置タル一巻之書（ニ）此奥書ヲ加テ、白傘蓋秘密之守幷志貴ノ毘沙門ヨリ夢中（ニ）伝授セシ菊水之太刀ト添遣セシト也。」

「一聖賢ノ学ニ心ヲ入、己ヲ修、……。一家之子郎従共、其将ニ思附ヤウヲ得心スベシ。……。一常ニ勇猛堅固ノ心ニ住シ、生死ノ二字ヲ守テ、一陣ニ進時ノ心ニナリテ居べシ。……。右三箇之大事ハ……件々一巻之書ニ委ク記スガ如シ。穴賢。／建武三年五月日正成在判／帯刀殿」

（3）「判官正成十箇条／一身心清浄ニ而言ト行ト相応シ、毎事実ヲ以スベキ事。（中略）一常ニ三宝ヲ敬ヒ神罰ヲ恐ルベキ事／右十ヶ条、辞有レ有、指無レ窮。字々容易不レ下レ筆。遂レ段熟読、思堅、可レ守之者也。仍如レ件。／伝曰、正成此十ヶ条ヲ寝所ノ壁ニ書シト也。池田ノ家ニ伝ル本ニハ正成壁書ト有リ。（宮書・群馬大学本にも、「十箇条」の記事はあるが、傍線部の付記は無い。）

（4）「伝曰、正成為レ人、……平生有シト也。深キ心得有トニヤ。」（群馬大学本は4以下ナシ）

（5）「伝曰、恩地ガ云ク……将タル者可心得也。」（宮書は5以下ナシ）

（6）（→13、**（正行宛）遺言【ホ】**に掲出）

（7）「天野山金剛峯寺／右正成三箇ノ大事幷十ヶ条ハ建仁寺ノ僧写シ取テ、鈴木正三ニ与フ。正三老人、又是ヲ得テ甚悦ブ。『是、武ノミニ不有、聖道ヲ証スルノ本、是禅学之眼タリ』ト俗ニテアリシ日ヨリ、後年ニ至テ、是ニ依テ道ヲツトム。終ニ道ヲ得テ顕ス所之法語等、或ハ人ニ教ヲ勧シムル所、皆是ニ本ヅク。実ニ換骨ノ霊方ナリ。此一巻同道之人ニ非ハ、容易相伝スベカラズ。」

楠正成遺言　写：穂久邇（江戸中期写一冊）

楠正行遺状　活：『楠公叢書』第二輯「楠正行遺状」（『甲子夜話』続編巻七六の三。「楠正行遺状」）

> 一、可レ敬二神仏一事／毎レ物本と末と有レ之。本を忘るゝは僻事也。（後略）／十二月廿八日　正行判／楠源三郎どのへ

楠公遺訓

明治七年四月（東京）梅巌堂・万青堂合梓『〈戊辰以来〉新刻書目便覧』（『〈明治初年〉三都新刻書目』日本古書通信社、一九七一収載）に「楠公遺訓　蔓潭／六箋　一枚」とあり。「楠公遺訓」は『楠法令巻』の別名としても存在

するが、「一枚」とあり、それらとは別の、ここで扱っている壁書・遺言の類であろう。

〔楠公遺訓〕※『楠法令巻』写本の外題は「楠公遺訓」とある〔→第六部第一章一、二3〕。

楠公遺書（『後太平記』巻七「千剣破合戦附正成遺書之事」）

一、城郭を守る事は、還て敵を……。……／建武三年正月　日　橘正成

写：『楠流軍学書』（函館）のうち。『楠公兵法伝統』（九大◎）のうち「楠公遺書　後太平記ニ出」。

楠公遺言　『幼学以呂波歌教鑑』の頭書欄〔往来物3539〕

○楠公遺言《なんこうゆいごん》（付訓の一部を省き、句読点を付した）

敵雖二多勢《いへどもたぜいなりと》一不レ可レ驚《おどろく》。依二一善言《よっていつぜんげんになる》一為二味方《みかたと》一。／味方雖レ多《おほしと》不レ可レ頼《たのむ》。依二一悪言《いつあくげんに》一為二怨敵《おんてきと》一。／刀《かたなは》雖レ利《としと》不レ可レ悦《よろこぶ》。心乱則害二其身《みだるときはがいすそのみを》一。／刀《かたなは》雖レ鈍《にぶしと》不レ可レ恨《うらむ》。心正《ただしき》則復二大敵《ふくすたいてきを》一。

達人のいへる言《ことば》は何事に用ひても妙《めう》あり。よく〳〵味《あぢは》ふべし。

天保九年（一八三八）刊：京都府◎・謙堂◯（→影印：『江戸時代女性文庫』3。刊記「天保九年戊戌十二月発兌／大阪書林　心斎橋通安土町北へ入　加賀屋善蔵／同　南本町北へ入　河内屋記一兵衛／江戸堀壱丁目北浜側　今津屋辰三郎」。見返には「浪華　浅井龍章堂　鷲頭青藜館　合梓」とあり。龍章堂は河内屋吉兵衛（記一兵衛）、青藜館は今津屋辰三郎」。

※左記は未見・未分類であるが、刊年・書肆からみて同類のものであろう。

楠公遺言　版：謙堂（一冊、天保九年刊）〔『国書総目録6』〕

楠公遺言　『実語教・童子教』の頭書欄［教科書別巻・四五一頁］

天保九年（一八三八）一二刊―謙堂。

※『実語教童子教』そのものには多くの版があり、壁書収載書は未見。［四五一頁］には「刊（大阪）／加賀屋善蔵・河内屋一兵衛等」とあるが、『幼学以呂波歌鑑』と同じく「河内屋記一兵衛」であろう。

〔正成庄五郎宛下知状〕写：『楠公兵法伝統』末尾収載。〔参考〕三上参次「楠公崇拝に就きて」『摂津郷土史論』（一九二七、弘文社復刊による）にも、一部字句を異にするが、収載。

頂綸言宜慮諸事、父祖之余応也。尤運任天、自己可決之事有胸中。彼山西尾有岩。平也。洞口秘水涌、得龍頭、敵推事安中也。早々可一挙世也。仍執達如件。

元弘元年

九月日　　正成判

和田庄五郎殿

右者［四字不明］所持候かけもの写也。

2　仮託明示

楠正成《くすのきまさしげ》諸士教《しょしのおしえ》（楠正成下諸士教）　一冊、室鳩巣（直清）著、元禄五年（一六九二）成［往来物0757］

写：尊経（二巻一冊）（一冊）・無窮神習（一冊）・東北大狩野（「楠正成《くすのきまさしげ》教士《しにおしふる》二十《にじっ》箇《か》条《でう》」。文化十二年岡田清胤写）・茨城大菅（「楠正成下諸士教」一冊）・東学大望月（「仮設楠正成下諸士教」、安永六年北条翔庸写）・宮城伊達（『宮城県図書館伊達文庫目録』より。「仮設楠正成下諸士教二十ヶ条」。外題「楠諸士教」）・仙台〇（外題「楠諸士教」）・山内宝資〇

活：武士道全書四（底本：無窮会神習文庫本）

※本書の「一家中の士綺羅を好むべからず。馬具・武具・太刀・刀も用に立を専と可レ仕惣。……」と『理尽鈔』「物の具は実能きを以て要とす。……太刀・刀・長刀は、金を能くきたふて、物の骨の切るを以て要とす」（巻九15ウ）とが比較的近いといえるが、『理尽鈔』『太平記』と直接的な関わりはほとんどない。

参考：『明君家訓』

［往来物3438］「正徳五年（一七一五）刊。［京都］小川多左衛門（小河屋多左衛門・茨城（茨木）多左衛門・柳枝軒）板。」

異称『水戸黄門光圀卿御教誡書』他多数。「もともとは『楠諸士教』または『仮設楠正成下諸士教』の書名であったと推定され、同書には元禄五年（一六九二）一月の室直清の序文を付していたが、書肆・柳枝軒によって原作者名と序文が省かれ、さらに『明君家訓』の外題で出版された（上巻首題は『楠諸士教』と『明君家訓』の二種ある）。」

※近藤斉『近世以降　武家家訓の研究』（風間書房、一九七五）解説篇第三章第一節二「明君家訓（類型として）」に詳細な研究あり。また、『日本思想大系27、近世武家思想』（岩波書店、一九七四）に、上巻内題を「楠諸士教」、下巻内題を「明君家訓」とする一本（東大。刊年未詳）が翻刻されている。

また山本眞功編註『家訓集』（平凡社東洋文庫687、二〇〇一）が、同氏蔵写本を底本とする翻刻「水戸黄門光圀卿示家臣条令（明君家訓）」を収録。

終章　「正成神」の誕生と『理尽鈔』の終焉

はじめに

『太平記』から『理尽鈔』をへて『陣宝抄聞書』（大橋全可編著）に至る、「武威」肯定への思想的変移は、第一部第二章で論じた。『理尽鈔』の口伝聞書『陰符抄』も、次に示すように『陣宝抄聞書』と同様の基盤に立つ。

日本ノ治法武道五両、儒道三両、神道一両ヲ調合シテ治ル。日本ノ風俗也。則此理尽抄ハ其具也。十二重ト云。（初篇巻一）

……和朝ハ神武帝ヨリ以来、武道ニ神道ヲ兼テ治メタル国也。其後又儒仏ヲモ兼加ヘタリ。日本代々ノ名主武ヲ以テ第一トシ玉フ。（再三篇巻一）

一賞罰正シキ―当流ハ儒ヲ立ヲキ武ノツカイモノニスル。諸道ニ超過シタルハ武ノ道也。……（初篇巻三）

一仏神ノ罰正シキニ非ズ―（中略）殊ニ日本ハ武ニテナケレバ治ラヌ国ナレバ武ヲ専トスベキコト也。（再三篇巻三）

○一然ハ楠又愚也　　信ト忠ト過テ儒者ニナリテ、武道ヲ忘「レタルガ故也。武士ノ武道ヲ忘ルレバ愚ニナル也。」（再三篇巻一五）

※冒頭の「○」印は紺筆であり、「　」部分にも紺筆傍線あり、右傍に紺筆にて「ル程ニ成也。是故ニ楠又愚也ト云也。秘事也。猶秘伝モ可有コト也」と記す。紺筆は『陰符抄』再篇にあり、初篇には無い詞章であ

る〔第三部第五章〕。さらに、左傍には朱筆にて「正成武ノ覇道ヲ忘レタルゾ。覇道トハ以心伝心ゾ。心ニテ味フベシ。秘事也。」とある。このように、『陰符抄』は『理尽鈔』「三段ノ伝授」を反映して複雑な様態を示すが、初篇、再篇、再三篇の詞章を正確に弁別することは困難であり、引用箇所を外題によって初篇、再三篇巻幾幾と単純な形で表示する。

巻一五の事例は、『理尽鈔』の以下の記述を対象としている。尊氏らを西国に追い落とした後、朝廷は義貞兄弟のみを賞した。正成は朝廷の賞罰の無道を批判し、自身の昇殿の望みが達せられなかった無念さを側近に語る。しかし、『理尽鈔』は批判の矛先を正成に向ける。

公家は「古ヘノ非道ノ行ヒ、少モアラタムル事ナシ。何ゾ世不レ乱《ラン》レ。楠是ヲ見テ諫メ悔《ユ》。所謂犬ヲ教ニ似タリ。然バ楠又愚也。」（公家の性根は一向に変わらない。正成が今更賞罰の不正を諫めても、それは何の効果も無い愚かなことだ）

『陰符抄』は、「楠又愚也」について解説しているのだが、その論旨はわかりにくい。この注解の前には、『理尽鈔』の「朝敵若発向セバ一番ニ敵ノ中ニ懸ケ入リ、火出ル程戦テ、討死センズルゾ」という正成の言葉に対して、「後栄ノ志ナキト見付タル故ニ討死ト云シハ武ノ本意也。智勇ニ困(ママ)テ功ヲ立テ、其カイナクハ討死ヲ武ノ終リトスル。是忠也」という議論を展開している。これをふまえれば、正成が朝廷の変化に期待を繋いできたことを「信ト忠ト過」た、というのであろうか。いずれにせよ、武道・覇道を忘れたことを「愚」とするところに『陰符抄』の特質が表されている。

しかし、『陰符抄』には『陣宝抄聞書』に見られない表現がある。「正成神」という目慣れない呼称である。この呼称の由来とその意味するところを考えたい。

一、正成神

「正成神」という呼称は『陰符抄』初篇には少ない。初篇巻五（「伝ニ義ヲ立通スハ正成神ノ本謀ゾ」）や再三篇巻三六などにもみうけるが、再三篇巻六から一六に散見する。

北峯ハ役ノ行者ノ開キ玉ヒシ山也。是ヲ五徳相応ト云。然ルヲ知テ正成神城ヲ取玉ヒシ也。神書ニモ千剣振ト云也。名誉ノ所也。夫故ニ三代マデ此城デ功ヲ立シ也。正成神・正行公・正儀公並（＊）正行公ノ孫ニ正勝（右傍朱書「正勝ハ十八人ニテ将軍足利ヲ討損ジテ討死シ玉フ也」）ト云シ人ノ代ニ成テ亡タリ。家ヲ王法トモニ亡シタリ。前ニ云通ノ名誉ノ山ナレバ慢邪ナシ。城取リハ家々ニ仍テ違也。正成神ハ地形ニ依テ取リ玉ヒシ也。城取相伝ス。

〔再三篇巻七見出し「楠千剣破ノ城ヲ拵ルコト」。（＊）『群書類従』橘氏系図正儀男に正勝あり。「三代マデ」というのであれば、正成神ノ孫とあるべきか。〕

正成神万事ニ心ヲ付玉ヒシコト可知也。〔再三篇巻八「夏ハ河狩ト号シテ」〕

ただし、継続的に使用しているのではなく、次の巻一五のように、初篇と再篇（〇印の項目）の同じ項目でも相違がある。

〇一楠諫兼テ去バ正成ニユルシ玉へ—正成ハトキト勝トヲシルナリ。是軍法ノ干要也。トキト勝トヲシルトキハ謀モ不入シテ勝也。……

楠諫兼テ—正成神倦退ノ心ニ成タル也。六ヶ敷世ノ中也。大将義貞ハ謀ヲ不用、主上ハ用ヒ玉ヒドモ公家不用、智勇ニ苦シメラヽ也。

このように、一貫して用いられているわけではないが、この「正成神」という称号の特質を考える上で、示唆的な事例が次の箇所である。『理尽鈔』巻一六に、「伝云、古ヨリ和朝ニ正成程ノ智仁勇ヲ備タル男ナシ」と、正成の為政者としての事跡を回顧する記事につづいて、「正成ハ只人ニ非ズ、ト時ノ人謂シ」と始まる一節があり、多門天の申し子として、人に優れた武将に育った次第を語る。この「伝」に対し、以下の「評」が繰り広げられる。

評云、「多門天王化生シ給フベキ時ニシモ非ズ。人間ノ中ノ利根謀才有ル男ノ、文ヲ学シテ理ニ通ゼシ。勇ニシテ力量人ニ勝レ、仁政ヲ施セシ人也」ト謂シ。有ル人ノ云、「ソレコソ多門天王ヨ。ソレコソ聖人ヨ。無レ智人学好メバ智者ト被レ謂候。敵ヲ払テ朝家ヲ守護シ奉ラバ、多門、天帝ヲ守護シ給フニ非ズヤ」ト申タリトニヤ。

『陰符抄』はこれをうけ、次の論を展開している。

一有《ル》人ノ云其コソ多門天王ヨ、能夫コソ聖人ヨ―仏教・聖教ヲ考ルニ、智・仁・勇・力量・守権、万分ニシテ其一ツモ楠ハナケレドモ、現在ニ生ジテ其功ヲ顕スコトハ多門天王也。聖教・仏教、金言也ト伝（「ト云ドモ」の意か）、時ニ応ジテ無レ功ハ無益コト也。正成ハ覇道也。此故ニ儒仏神ヲ兼テ、又別ニ道有。可知コト也。

正成は有能な人間が努力した姿に過ぎない、という評価に対して、多門天と同じ働きをしているのだから、やはり正成を多門天と称してよい、というのが『陰符抄』の議論ではある。しかし、『理尽鈔』の「多門、天帝ヲ守護シ給フニ非ズヤ」とは、正成の優れた為政者としての業績を多門天の化生という言葉で讃歎してさしつかえない、といわんがための修辞であり、決して正成の朝敵討伐という行為のみをとらえての評言ではない。それを『陰符抄』は直接的に受けとめ、仏教・儒教の基準では決して優れているわけではないが、覇道有効論から正成が評価できるというのである。ここでは「正成神」という言葉は使われていないが、正成はいうなれば覇道の神として遇されているものと思われる。

二、正成の神格化と「正成神」

『千早赤阪村誌　資料編』（千早赤阪村役場、一九七六）「建水分神社」の項に次の記事がある。

摂社に南木神社あり、白木造桧皮葺の小社にして楠木正成の木像を祀る。由緒記に依れば、延元元年五月正成の湊川に戦死するや、後醍醐天皇悼惜限りなく、翌二年四月自ら其の像を刻みて当社に祀り以て公の誠忠を無窮に伝へしめ給ひしもの即ち当社にて、後元禄十年領主近江守石川総茂神殿を再建し木像に厨子を加ふ即ち今の社殿これなりと。『退私録』に「奉祀木像、束帯儼然、当時遺影、称南木神社、正平帝所レ賜号也」と言へる如く、南木神社の神号は後村上天皇より賜はりしものなり。石川総茂の厨子の扉に銘して曰く、

南木明神之尊像者、忝後醍醐天皇之宸作、而伝レ世武将橘朝臣正成之厳態也。忠貞輝レ古、威風振レ今矣。雖然世変人去、無レ事レ于二祭祠一、神廟終傾頽也、因此為覆二尊像之雨露一新令レ造二華厨一、而奉還二宝座一者矣。

元禄十（一六九七）丁丑載春正月吉辰。

従五位下近江守、石川氏源総茂敬白

とあり。『忠聖録』には楠公肖像記と題して次の一文を掲ぐ記して参考に資す。

「贈正三位左近衛中将楠公図像、世俗所二伝写一、率皆無稽遍募二四方一、終末レ足レ取レ信、大史公所レ謂鈞之末レ睹二容貌一者也、後閲二源筑洲『退私録』一曰、河内石川水分社、楠氏世所二崇奉一、左側有二楠公祠一、奉二祀木像一束帯儼然、当時遺影、称二南木明神一、正平帝所レ賜号也、余於レ是柝レ髀雀躍、潔斉以往、請二典祠者一啓二龕胆胆一、拝面相衣紋、精爽如レ在、敬模写以帰、積歳所レ祈竟護二冥助一、為レ喜可レ勝レ言耶」

今井注…『退私録』は新井白石の随筆。正徳四年（一七一四）頃の成立か。『忠聖録』は津阪孝綽（東陽・宝暦七（一七五

七）～文政八（一八二五）著。

この「南木明神」は「忠臣」として崇め奉られた神である。次の『南朝太平記』（宝永六年（一七〇九）柳隠子信意 序）所収「楠氏世系図」中の記載も同様である。

正成 兵衛《ノ》尉。童名多門丸。世人号《ス》二多門兵衛《ト》一。従五位《ノ》下太夫判官摂津河内守。永仁二年甲午生《ニル》。建武三年丙子五月二十五日於《テ》二摂州湊川《ニ》一自害四十三歳。贈正三位《ノ》中将。崇《アガメテ》レ霊《ヲ》号《ス》二南木明神《ト》一。

今井注…生田目経徳『楠木氏新研究』（清教社、一九三九）八三頁以下に掲出の「観心寺楠氏世系図」は、正行以下を示さないが、『南朝太平記』の「楠氏世系図」にほぼ同じ。生田目は「観心寺の楠氏世系図は、尊卑分脈橘氏系図に、大饗系図を追書補修の後に、楠木氏系図諸本の、伝写本を参酌して作りたるものにて、恐らくは、丸山可澄が諸家系図の捜査蒐集を終りて、諸家系図纂を作りたる、元禄の初頃に成りたるものなるべし」という。諸家系図纂（『系図総覧』による）には「南木明神」の記載なし。あるいはこの系図は馬場信意の編纂か。

真木和泉守保臣『南僊雑稿』（『泉州遺文』中。藤田精一『楠氏研究』一九四二増訂七版に拠る）の次の記載も、勤王家としての立場から「楠公を祭る」ものである（〈〉内は割注）。

壬子○嘉永五年五月十七日予以レ罪幽二于大鳥居氏一〈○保臣、曾て藩政の改革を図り、執政有馬河内等を斥けんとして罪を得、水天宮々司を免黜せられ、舎弟大鳥居信臣方に幽せらる、十年、而もその間西国尊攘の中心たりき。〉

長日寥々、以二吟咏一為レ事、乃随レ得録

二十五日竊に楠公を祭る時

かゝる身になりてさこそと思ふかな　たぐへて見むはかしこかれとも

一方、『白石先生紳書』巻一（『新井白石全集 五』）には次の記述がある。

一　国華万葉記と云内に

（中略）

下総国

将門神社佐倉《ニアリ》　平親王の霊也と云

讃州

白峯明神松山《ニアリ》　崇徳院也

阿波国阿波郡

新田明神新田武蔵少将義宗・脇屋右衛門佐義治二人を祭る也

河内国石川郡

水分《スイブンノ》社祭神五社中は水分明神、左りは日《ノ》神月《ノ》神、右《ハ》呉子孫《ノ》社と云。鳥居の額は楠正行が自筆也。幷南木《ノ》明神は楠判官正成の霊を祭り給へり。宮寺の本尊十一面観音長二尺一寸定朝作也。又大和の吉野郡に水分《ミクマリノ》神社とて神名帳に有。これはミコモリの神と訓して又御子守とも云也。

これは併記されている事例をみれば、御霊神としてとらえている。忠臣の尊霊と御霊神との相違も問題であろうが、これらはいずれも表だって世人、地域社会の崇拝の対象となっている神である。しかし、「正成神」はそうではない。

三、兵法の純化・再構築と「楠流」の自己意識

若尾政希『「太平記読み」の時代』（平凡社、一九九九）が『本多氏古文書等』巻二所収「楠流軍法相伝起請文前書之事」（金沢市立玉川図書館加越能文庫蔵）という資料を紹介し、「この起請文から、『理尽鈔』講釈が「楠流軍法」と呼ばれたこと、幕府老中稲葉正則が「相伝」し「秘伝」まで受けたことがわかる」と説明している。

上包ニ

楠流軍法御相伝ニ付、稲葉美濃守正則公ヨリ御指越候誓詞　壱通　慶安元年七月二日右年号ニ而ハ素立新公也。(*)

左スレバ素立《本ノマヽ》君ニ御学歟、猶可考。

楠流軍法相伝起請文前書之事

一相伝之所毛頭他言有間敷候。但貴人高位御尋ニ者、大概之儀可申上候。乍去於秘伝之事者、中あらわすまじく候。

一秘伝之儀、実子たりと云共、其器ニあたらざる者ニ相伝有間敷候。

一対師ニ私之宿意を以、敵仕間敷候事。

右之趣、於相背者、日本国中六十余州大小神祇、伊豆筥根両所権現、三嶋大明神、八幡大菩薩、可蒙御罰者也。

仍而起請文如件

慶安元年子　稲葉美濃守

七月二日　正則　花押

本多安房守殿

（*）今井注…政重は正保四年（一六四七）六月三日に没しているから、慶安元年（一六四八）時点の「本多安房守」は素立新公、すなわち二代政長（元禄十五年薙髪して素立軒）となる。稲葉正則が楠流軍法を学んだのは政長なのだろうか、の意。

『文武師範人紙面写等』（加越能文庫蔵）「寛政三辛亥歳（一七九一）八月十九日御横目ヨリ上ル御家中文武芸能師範等仕候人々指出候紙面之写」にも「楠流軍学指南仕候　大橋善左衛門」という表記がある［↓第三部第五章三「『陰符抄』の生成」］。

これらは、第三者からの呼称であるが、「楠流軍法（軍学）」を受けつぐ主体の自己認識を語るのが次の資料である。

『陰符抄』初篇巻一は次のように始まる。

夫当流ノ起元ハ則チ楠正成・正行・正儀三代ノ軍術タリ。此時代、太平記ノ時世ニアタル也。仍テ楠家ニ取行軍術ハ勿論、他家ノ軍配モコト〳〵ク抄ニアゲタルナリ。

同種の表現は『陰符抄』再三篇巻一にも見られる。なお、ここでの「他家」とは直接的には、新田・足利・菊地などを指していよう。ただし、『陰符抄』には数は少ないが、「甲州流」に言及する箇所があり、自らを兵法の一流派と自己規定していることを示す。

一寄テ寄ラル、方便トハ　足軽合戦也。カヤウノ節所ハ此方ヨリカ、レバ負也。合戦ノ始ハ足軽ヲツカフハ楠家ヨリ始ル也。甲州流ニハセリ合ト云也。（初篇巻一）

一受手ノ軍ヲ立テ―ツナギノ備也。甲州流ニテハ遊軍ト云也。（初篇巻九）

ちなみに、『陣宝抄聞書』にはこうした流派意識は直接には伺えない。この「当流」という規定に関連して、右の初篇巻一の引用にもあるように、『陰符抄』には「楠家」という表現が見られる。この「楠家」は正成・正行・正儀三代と連動する、兵法の「家」をさす。さらに

一軍ヲ備テ城ノ焼果ヲ見ルベシトハ　正成ガ家ノ古法也。孫子火攻ノ篇ヲ可見也。（初篇巻三）

という一項がある。

そもそも『理尽鈔』は「楠家」「正成家」をどのように認識していたのだろうか。

彼兄弟（尊氏・直義）ヨリ様々ノ謀ヲ以テ、当家ノ事「味方ニ属セヨ」ト可レ宣《シ》。
事不レ叶《ルニ》於テハ君ト当家ト共ニ可レ亡《シ》。（巻一六50ウ。ともに正成の発言）

ここにいう「当家」は、「恩地左近太郎・和田和泉守・湯浅孫六・矢尾ノ別当」（同50オ）等とともに在る族的結合体をさしている。

・評云、（正儀の献策は）実ノ父ガ子也。親兄ニコソ十ニシテ一二ニモ難レ及《ビ》カリツレ、ヨキ事ヲ耳《ノミ》聞シ故ニヤ。（三一48ウ）

・正成ノ軍ノ法謀《ハウハカリコト》、今ニ残リタル故タルベシ。（三一57ウ）

・評云、此軍ノ方便、正儀ガ生得ノ謀才ニ非ズ。故正成ノ申置レケルノ道ナリ。正儀ハ生徳ノ才智ハ人ニ勝レタル事ハナキ者ナリ。但常ニ道ニ心ヲカケテ、七書ヲモヨク伝へ、殊ニハ故正成ノ宣ヒ置シ事ナドヲモ人ニ問ヒ、書置レシ物共ヲ怠リナク見、又和朝ニテノ古ノ名将等ノ宣ヒ置シ軍ノ故実ノ法ヲモ、ヨク心ニカケテ見タル上、自然ニ生徳ノ才智モ出来タルニヤト覚ヘタリ。（三四13ウ）

正儀の軍法は父正成や兄正行にくらべれば、一〇分の一、二にも及ばないが、それでも見るべき所があったのは、正儀の努力の結果であった、というのであり、正儀は父兄から直接兵法を相伝されているわけではない。父子・兄弟と繋がれば必然的に「家」が発生するのであるが、『理尽鈔』は、あくまでも正成という超絶的な存在とそれに関わる個々の資質を問題としており、楠家という家のいうなれば家学として、兵法の伝存をみようとする発想は少ない。

○『太平記』巻三一「八幡合戦事付官軍夜討事」及び「南帝八幡御退失事」は、以下の顚末を語る。

正平七年（一三五二）閏二月、南朝の攻撃により、義詮は近江に逃れ、正平一統は破れる。翌三月義詮が反撃に転じ、南朝方は戦わずして三箇度に及び陣を後退させ、大津から八幡に至る。攻防の後、遂に五月、南朝方は大和に退却する。

○『理尽鈔』は、義詮退却後の状況を次のように語る。

楠正儀が、義詮に勢のつかぬ先に追罰すべきである、と進言するが、受け入れられない。いよいよ動き出した義詮軍を見て、中院具忠が大津から八幡に退却する。正儀は、山科辺まで出兵し、策を以て義詮を襲撃せん、と申し出るが、許されない。北畠顕能から援軍の要請があり、正儀は洛中での戦いは不利と承知しながらも勝負を決せんと覚悟するところに、諸卿僉議は顕能・正儀ともに呼び戻すことを決す。顕能は淀まで退く。義詮が東寺まで陣を進めるとの風聞を得て、正儀は改めて「某三千余騎ニテ罷《リ》向《ヒ》……」と義詮攻撃の方策を進言するが、これも「危《アヤウ》キ軍タルベシ」と退けられる。正儀はなおも

此方便危ク思召候ハヾ今夜、淀・赤井ニ打越《エ》、北畠殿ト一所ニ成テ、一戦ヲ仕ルベシト、敵一万五千余騎ニ味方五千余騎ニテ、桂川ヲ打渡テ戦ンニ、味方不《ト》ㇾ勝云フ事ヤ在ベシ。……（三一47オ）

と策を練るが、諸卿は、八幡の地の有利さと、義詮を討ったとしても東国での新田の勝利が伴わなければ無意味である、としてこれを許さない。正儀はあまりの不合理な判断に怒りながら我が陣に帰った。さらに、『理尽鈔』は「又伝《ニ》云《ク》」として、次のような動きもあったことを伝える。

義詮、諸国ノ勢ヲ待テ数日東寺ニ在リシカバ、在ル時正儀ガ乳人《メノト》、馬木ノ右近ノ助ト申者来テ申ケルハ、討散《ウチチラ》スベキ敵ヲ勅定ナレバトテ、争カ何マデ見挙テ置セ給フベキ。忍テ夜中ニ味方ノ陣ヲ出テ、卯ノ刻ニ東寺ニ押寄テ戦バ、味方自定《ジヂヤウ》勝軍ト存ルト申シケレバ……（三一48ウ）

この策を受け入れた正儀らが出立しようとしたところ、どうしたことか露見し、勅使の制止をうけてしまう。『理尽鈔』は「哀《レ》寄タリセバ、味方勝ベキ物ヲト覚テ、最《モ》浅問シ。評ニ不ㇾ及」と、この一連の未遂事件の叙述を閉じる。

○『陰符抄』は『理尽鈔』の記述を対象として、以下のように注解する。

一某三千余騎ニテ罷向ヒ―楠三千余騎ヲ七条八条ノ間、東山ニ懸リ、阿弥陀ガ峯、得長寿院ノ間ニ軍ヲ五ツニ分テ、兵ヲ伏スルコト二番ノ方便也。

（一項略）

一今夜淀赤井ニ打越―敵一万五千余騎ニ味方五千余騎ノ小勢ヲ以、夜中ニ淀・赤井ニ打越、桂川ヲ後ロニ当テ十死一生ノ合戦スルコト第三番ノ方便也。

一敵一万五千余騎ニ味方五千余騎ニテ—桂川ヲ後ロニ当テ戦フ。十死一生也。此故ニ不勝ト云コトヤ可有ト云リ。

敵ノ不意成故也。又敵ノ兵ノ散乱ヲ察スル、最也。

一正儀ガ乳人馬木右近ノ助ト申者伝馬木ガ謀ハ、敵ノ虚ヲ見テ朝懸ニセントノ謀也。最善也。

一夜半ニ味方ノ陣ヲ出テ—此四ツノ謀ハ楠家ノ奇謀也。他家ノ者ハ不知謀也。夜半ニ忍テ味方ノ陣ヲ出テ、卯ノ剋ニ東寺へ朝懸ニ寄テ可戦コト也。是四番ノ謀也。

一哀レ寄タリセバ味方可勝—評者ノ詞、楠家ナレバ必定、此謀ニテ可勝物ヲト云也。然ルニ吉野ノ諸卿不レ用ハ最浅マシ。評ニ不及ト也。


『理尽鈔』の正儀が、事態の変化に応じて次々繰り出した方策を、『陰符抄』は一番（最善）から四番に及ぶ「楠家ノ奇謀」として、再構成している。「楠家ナレバ必定」という論評の存在とも併せ、『陰符抄』には兵法の家としての「楠家」が存立していることに注意したい。

このように、『陰符抄』には、楠家の兵法とそれを受け継ぐ「当流」という意識が存在している。「正成神」はその始祖に対する尊称であろう。『陰符抄』はあくまでも『理尽鈔』の口伝聞書集であるから、独立の体系だった著述とはなっていない。しかし、『理尽鈔』巻末の「今川心性奥書」や陽翁奥書の次の一節と『陰符抄』の序文的文章とを比べてみよう。


『理尽鈔』巻末「今川心性奥書」

右太平記之評判者、武略之妖術、治国之道也。……則武略家業之要術、治国政法之奥旨也。

同「陽翁奥書」
夫《レ》評判者《ハ》謀レ敵《ハカルテキヲ》権術、治レ国《ルノ》謀計《ヲバウ》也。……権変正道並《ビ》行《レテ》無シ二不レ可レ勝之敵《テキ》一、無《シ》二不レ可レ服之国一。

『陰符抄』再三篇巻一

一理尽抄大意之事。弓馬ノ家ニ生レン者ハ兵法ノ理ト術ト国ノ風俗ト時トヲ可知コト也。……日本ハ唐土トハチガヒ人情至テスルドクシテ猛勇也。武威ヲ以テヒシギテ道ニ入ラシムノ心也。其上武ハ速ニ功ヲ以テ天下ヲ定テ民ヲ救フ也。

『陰符抄』は『理尽鈔』の正成の為政者としての側面に関心を寄せない。

一軍ハ武士ノ取アツカウコト誰モ知コト也。武道ヲ知ラネバ軍モ凶器トナル也。武道ハ心法伝授ノコトニシテ等閑ノコトニ非ズ。武道ヲ中心トシテ諸道ヲ飾トスルナリ。（再三篇巻一）

一太平記ト載スルハ当流楠正成ヨリ起ル。依テ楠ノ時代太平記ノ節也。其時節ノ楠家ノ合戦又ハ他家ノ合戦ノ様体ヲ評シテ軍術ノ手本トスル也。依之先以テ太平記ト題ス。評判ノ二字ハ時法ノ二ツニ当ル也。……武道ノ行ヒ且ハ軍法ニ至ツテハ尚更時法ノ二ツ肝要也。……又当流ノ武道立派モ悉ク真理ヲ……（再三篇巻一）

『陰符抄』は軍術の書として自らを規定する。『孫子陣宝鈔』『太平記理尽図経』にもその兆しあったが、これを明示したのが『陰符抄』であるといえよう。

『理尽鈔』も兵法の書である。しかし、その治国の道は覇道にすべて収斂してしまうものでもなかった。以下は、『理尽鈔』巻一六77ウ以下が正成の領国経営を多方面から語る部分に対する注解である。『陰符抄』はすべてを富国強兵の範疇にくりこんでいることに注意したい。

一先数ヶ所ノ新恩ヲ玉ヒシニ—是ヨリ仁ヲ云也。国ヲ富シ、兵ヲ強クスルノ術也。戦ニ出ル時ハ良将ト也、国ニ入時ハ宰相ト成。何ヲ以正成ニ如ンヤ。日本無双ノ良将也。（再三篇巻一六）

また、『理尽鈔』巻八62オに以下の一節がある（漢文表記を開いて引用する）。

凡、良将ノ兵ヲ引テ敵国ニ乱入スル事、其領地ヲウバヒ、一身ヲ楽シマント云ニ非ズ。其国ノ主、無道ニシテ、ニ、謂ハレ無ク一身ヲ楽シマンガタメニ、多ク生霊ヲ悩マス。天豈能シトセンヤ。
テ、国ヲウバウニ成リナン。然ラバ天道ニ背ンカ。天ハ能ク覆ヒ、能万物ヲ慈ム。国主又、此徳ヲ具スル物ナル
ト云共、乱入スベカラズ。若シ是ヲ乱入センニハ、民ヲ悩マスニ成リヌ。民ヲ苦シムル則ンバ、其時、無道ニシ
政正シカラズ、万民苦シム事多シ。此無道ヲ罰シテ、民ニ於テ安カラシメント也。故ニ政ノ正キ国ニハ、随ハズ

『陰符抄』は傍線部を次のように注解する。

政ノ正シキ国ニハ不随ト云トモ不可為乱入―本多兵庫殿ノコト有。徳ヲ失フ国ヘハ乱入スルコト安シ。徳ヲ不失国ヘハ入ガタキモノ也。此心也。

「本多兵庫」は本多政重の寵臣であったが、悪事が露見し、正保五年に処刑されている（日置謙『〈改訂増補〉加能郷土辞彙』参照）。『理尽鈔』の主眼は〈武〉の理念、すなわち民の安楽を目的とするものである、というところにある［→第一部第二章二「他国侵略の是非」］。これを『陰符抄』は、不徳であると簡単に亡ぼすことができる、すなわち勝利の難易の問題に矮小化している。

おわりに

三輪正胤『歌学秘伝の研究』（風間書房、一九九四）五〇一頁は、次のように言う。

和歌に関する事柄が秘密として伝えられるためには、少なくとも三つの条件が必要であった。師資相承の系譜があること、特殊な事柄が秘密として存在すること、和歌の道を守る神が存在することである。

この指摘は、『陰符抄』にそのまま当てはまる。軍術の書として特化することにより流派意識を確立したこと、『陰符抄』という秘伝の書、そして職能（軍術、兵学）の神として要請された「正成神」である。

本書は、『理尽鈔』が登場して以来、さまざまな類縁・派生書を生みだした過程をたどってきた。その『理尽鈔』の変貌のなかに、「正成神」を位置づけて本書の綴じ目としたい。

『理尽鈔』の刊行とあまり間を置くことなく現れた『無極鈔』は、中国兵書の扱いを対抗軸とした。『理尽鈔』の正成が自らの戦法の師として、義経を高く評価するのに対し、『無極鈔』は「日本ニテハ戦ノ教ナシ。時ニ至ツテ制スルノミナリ」と、義経および日本の兵法に否定的評価を下し、中国の兵法家の言葉の引用を全巻にちりばめ、正成もが中国古代兵法書の言説を直接的に引用していた。それは、近世初期の『孫子』を中心とする七書によせる関心の高まりを背景に、『理尽鈔』に匹敵する分量の著作を生みだす、手っ取り早い方法であった。

『無極鈔』に次いで、『理尽鈔』批判をかかげて登場したのが、南木流であった。南木流は、仏法を治世の方便とみなす『理尽鈔』に反発し、正成兵法の根幹には南都僧に師事して学んだ仏法の精神がある、と主張する（『楠三巻書』伝法之起）。『楠三巻書』「軍教序」には、「愚教所ノ兵法、天道ヲ本トシ正心ヲ教ユ」「故ニ愚ガ法、先自心ヲ明ニシテ敵情ヲ察シ、自国ヲ正シテ敵国ヲ窺、吾陣ヲ全シテ敵陣ヲ破ル」といった表現がみえる。南木流は、兵法書を装った道徳の書の様相を呈している。

第六部第一部「はじめに」に述べたように、出版状況と絡めて概観すれば、以上は一六〇〇年代半ばから後半にかけての動きであった。宝永六年（一七〇九）に『南朝太平記』が刊行され、その中から楠壁書の類が登場し、近代にいたるまで膨大な種類と量の教訓書が生みだされていく。南木流と楠壁書とは直結するものではないが、大局的にみれば、「戦国時ニハ孔孟モ用ユルニ不足」（巻二７ウ）と揚言し、武威を強調する『理尽鈔』の荒々しい一面をそぎ落とし、一般社会に受け入れられる道徳のレベルにまで咀嚼していく過程であった、といえよう。楠教訓書の中には、『理尽鈔』の、母・女性へのあからさまな蔑視を排除していく動きがあったことも、第七部第五章でみたところである。近代の正成伝承の大きな特徴に、正成夫人への関心が高まったことが挙げられる（平凡社東洋文庫『太平記秘伝理尽鈔2』解説)が、これも楠教訓書の動きにつらなるものであろう。

第一部第二章で論じたように、『理尽鈔』には武威と仁徳との間で葛藤があった。武威を積極的に肯定し、邪を以て邪を禁ずる道を提示しながらも、実力・武力による権力取得の可能性については厳重な封印を施す。これが『理尽鈔』のたどり着いた地点であった。『理尽鈔』の後継者たちの道は、ここから二方面に分かたれた。ひとつは南木流以下の流れである。いまひとつ、『理尽鈔』がたたずんだ地点から、武威に梶を切ったのが『理尽鈔』の派生書の一つである『孫子陣宝抄聞書』であり、その後を継ぎ、武威を追求し続けたところに生まれたのが「正成神」であった。しかし、それは全国各地の楠公を祀る神社の、多くの参拝者が集う光景とはまったく無縁の、秘伝の世界にうまれ、消え去っていった孤独な神であった。

こうした「武威」をめぐる議論と関わりのない、『理尽鈔』由来の物語類は、『陰符抄』が近世後期に最後の、そして変則的な伝授を終えた後も、なお新たな趣向を追い求め、明治期にいたる。しかし、『絵本楠公記』をはじめとするそれらの物語も、やがて近代国家主導の古典研究と教育の前に、「通俗の書」として表舞台から追いやられていった。

付録・太平記評判書および関連図書分類目録稿

太平記評判書および関連図書分類目録稿

〔目　次〕

〔凡　例〕

一、意図

本目録は、『理尽鈔』を中心とする太平記評判書および関連図書の一覧を目的とする。対象とする著作は、書名だけではどのような内容か判別に苦しむことが多く、簡便な分類の作成を思い立ってはじめた覚書である。稿者の関心の所在の推移もあって、繁簡はまちまちであり、遺漏・誤謬が少なくないものと思われる。備忘録の域を出ないが、今後のたたき台として提示する。

一、各項の内容

Ⅰは、太平記評判書の類の整理・概観である。

Ⅱは、何らかのかたちで太平記評判書を用いた著作、主として文学作品を扱う。『太平記』のみに由来する著作は原則として省く。Ⅲ・Ⅳも基本的にはⅡの範疇に括れるが、太平記評判に関わらない著作も多く、それらをあわせての類別をめざすため、別項とする。

Ⅱ項は、太平記評判の影響作を拾い出すことに終始して、伝本の調査は一部にしか及んでいない。写本・版本の種別、所在などは簡略にする。

Ⅲは、『太平記』『理尽鈔』に関わり、正成を中心とするものに限る。たとえば、『日本外史』巻五新田氏前記・楠氏は、有朋堂文庫解題に「両統迭立より、建武中興南北朝合一に及ぶ。北畠、菊池、名和、児島、土居、得能諸氏を附す」とあるように、正成伝の域を超えており、割愛する。ちなみに、『日本外史』正成討死記事に「正成年四十三なり」とあり、この享年は『理尽鈔』に由来するものであるが、これ以外の正成関係記事は、『太平記』にもとづいており、『理尽鈔』の直接的な影響は見られない。

Ⅳ楠兵書については、島田貞一の研究に多くを負う。本項には、「太平記評判書」とのつながりの不明なものもふくめ、楠との関わりを謳う兵書を広く収載し、目録類によって存在が知れるものも収録するようつとめた。なお、往来物を中心とする正成関係の教訓にも、『太平記』あるいは『理尽鈔』に由来するものが存在するが、別に整理した〔→第七部第五章付．「正成関係教訓書分類目録」〕。

一、太平記評判書の弁別

Ⅱ～Ⅳの著作の典拠が「太平記評判書」のうちいずれであるかが判別する場合には注記したが、多くはなお詳細な検討には及んでいない。

一、伝本の種類・所在の注記

所蔵者は原則として略称［↓本書巻末「所蔵者略称一覧」］で示した。

Ⅲ、Ⅳについては、所蔵先の下に、◎（実見）、○（複写物による調査）を付記した。版本は調査の及んだ限り刊・印を区別したが、厳密ではない。

〔参考文献〕　左記は略号で示す。

[石岡]　石岡久夫『日本兵法史　上』（雄山閣、一九七二）序論第五章第二節「義経流兵法学」・第三節「楠流兵法の伝流と構成」

[今井1]　今井正之助「臼杵図書館蔵『正成記』考（一）」（愛知教育大学研究報告42、一九九三・二）、「同（二）」（日本文化論叢1、一九九三・三）

[今井2]　同「『南木記』・『南木軍鑑』考」（日本文化論叢2、一九九四・三）

なお、右1・2以外の本書収載論文については［↓第○部第△章］のように示した。

[岩波大辞典]　日本古典文学大辞典編集委員会『日本古典文学大辞典』（岩波書店、一九八三〜八五）

[往来物]　石川松太郎監修、小泉吉永編著『往来物解題辞典　解題編』『同　図版編』（大空社、二〇〇一・三）

[往来物0969]　等の表示は、同書に付された項目番号が「0969」であることを示す。

[黄表紙総覧]　棚橋正博『黄表紙総覧　前篇』（青裳堂書店、一九八六）、『同　中篇』（一九八九）、『同　後篇』（一九八

九）
［教科書一二］石川松太郎編『日本教科書大系　往来編　第一一巻　歴史』（講談社、一九七〇・六）
［加美1］加美宏『太平記享受史論考』（桜楓社、一九八五）
［加美2］加美宏『太平記の受容と変容』（翰林書房、一九九七）
［小秋元1］小秋元段『太平記と古活字版の時代』（新典社、二〇〇六）第二部第一章（初出二〇〇〇・一〇）
［小秋元2］同『同』第一部第五章（初出二〇〇三・六）
［小秋元3］同「国文学研究資料館蔵『太平記』および関連書マイクロ資料書誌解題稿」（国文学研究資料館『調査研究報告』26、二〇〇六・三。小秋元著第二部第六章〔附記〕に補訂あり）
［島田1］島田貞一「楠木兵法について」（國學院雑誌42-2、5　一九三六・二、五）
［島田2］同「楠流兵学に就て」（『楠公研究の栞』、一九三八・六）
［島田3］同「近世の兵学と楠公崇拝」（道義論叢5、一九三八・一一）
［島田4］同「『楠正成一巻之書』の原形について」（軍事史研究6-6、一九四二・一二）
［島田5］同「楠公兵書板本考」（菊水9-1、一九四一・一）　※未見
［島田6］同「楠流兵法」（『日本兵法全集6　諸流兵法（上）』人物往来社、一九六七。総論四）
［土橋］土橋真吉『楠公精神の研究』（大日本皇道奉賛会、一九四三）
［長坂］長坂成行「もう一つの太平記評判――九州大学附属図書館蔵『太平記評判秘伝鈔』解説及び翻刻（巻三・巻一六）――」（奈良大学紀要23、一九九五・三）
［武芸］『増補大改訂　武芸流派大事典』（新人物往来社、一九七八。綿谷雪・山田忠史編であるが、あとがきに「島田貞一」の名を挙げ、楠流関係の記述は島田の見解をふまえていると目される）

［名箋］慶應義塾図書館蔵『兵学流名箋』（山脇正準著、天保一一年（一八四〇）成、万延元年写）。東北大学附属図書館狩野文庫蔵『軍学諸流覚書』は、右に、嘉永二年（一八四九）加治禎胤が追加したもの。ただし、後者に欠く記述もあり、「誠極流」もその一つである。

［擁膝］『擁膝草廬蔵書目録』（運籌堂蔵書目録、平山兵原蔵書目、平山氏蔵書目とも）江戸後期の兵学者・武芸家、平山兵原が文化二年（一八〇五）に自ら編纂した蔵書目録。［島田3］九八頁注一二に言及あり。昭和一一年に無窮会神習文庫本の謄写版翻字（長坂成行氏により実見の機会をえた）があり、石岡久夫『日本兵法史　下』「引用参考文献目録」にも載る。小稿は国会図書館蔵写本甲・乙二冊により、謄写版・内閣文庫本を参看した。

［若尾1］若尾政希「一九九三年度日本史研究会大会報告資料」のうち「「太平記読み」関連書籍」（※この部分は活字化されていない。この資料によって注意を喚起されたものにつき、注記する）

［若尾2］若尾政希『「太平記読み」の時代』（平凡社選書一九二、一九九九）

［若尾3］若尾政希『安藤昌益からみえる日本近世』（東京大学出版会、二〇〇四）

I・太平記評判書および関連書

1、『理尽鈔』関係

11本文

甲『太平記秘伝理尽鈔』写・版：(所蔵者略)
写本［↓第三部第三章］
版本：外題「太平記評判」、内題「太平記評判秘伝理尽鈔」。漢字片仮名交じり一一行。無刊記(正保二年(一六四五)をあまり溯らない時期の刊行か)［↓序章、第三部第三章］

乙『和字太平記評判』版：東大(四三冊)・宮城伊達(四三冊)
外題「〈和字〉太平記評判」、内題「太平記評判」。漢字平仮名交じり一二行。無刊記(万治二年(一六五九)から寛文一〇年(一六七〇)の間の刊行か)［↓第四部第一章］
※「甲」の用字を改め、漢文体部分を読み下したもの。『太平記大全』を参照し、同書の引く『太平記理尽図経』の一部を摂取している。

丙『太平記評判秘伝鈔』写：群馬大新田・九大(『楠公兵法』)
※『理尽鈔』とは別系統の評判書。［長坂］［↓第六部第二章］

12理尽鈔の口伝聞書

『陰符抄』　写：金沢大（一八冊。「楠家兵書六種」のうち）

※『理尽鈔』の口伝聞書。［↓第三部第五章］

『理尽極秘伝書』　写：尊経閣（四〇巻七冊。書名は源装題簽による。内題は「理尽巻之幾」。函表に「太平記評抄秘訣」とあり）

※『理尽鈔』の口伝聞書の抄出。『陰符抄』とは別系統。［↓第三部第六章四］

※名古屋市立博物館蔵『秘伝理尽鈔』（巻六零本）は尊経閣本の母胎の流れを汲むか。［↓第三部第三章5付1］

131理尽鈔抜書

『〔太平記〕理尽抄抜萃』（※『理尽鈔』抜書）　写：素行文庫（万治二年写一冊）

『太平記抄抜書』（※『理尽鈔』抜書）　写：永青文庫（斯道文庫寄託。二冊）［翻刻・解題：長谷川端『太平記創造と成長』三弥井書店、二〇〇三・三］

『太平記抜書』（※『理尽鈔』抜書。一部筋書き抜書もあり）　写：佐倉高鹿山（二冊）

『光政公御筆御軍書』（※後半は『理尽鈔』の引用・抜粋）　写：岡山大池田（一冊）［若尾2二〇二頁］

132理尽鈔抜書による編著

『正成記』　写：臼杵（一五巻一五冊（第一三欠）のうち巻一～一二）

※序があるが、編者名・年号等不記。［名箋］に「一楠流（中略）豊後臼杵侯ノ臣種田勘子伝ニテハ、武備全集、騎法学解抔ヲ以伝フ事ト聞ケリ」とある。あるいはこの「種田勘子」と関わりがあるか。本書は、『太平記』と『理尽鈔』とを主たる依拠資料として、これに一部『無極鈔』『恩地左近太郎聞書』をもって補い、正成及びその子孫の事績を集成しようとしたもの。『南木記』『南木軍鑑』に比して、編纂作業はきわめて手が込んでいる。巻一四・一五は『無極鈔』の抜書［今井1］、一部に『軍法侍用集』も利用し

ている。［→第二部第三章一］

『南木記』写：佐倉高鹿山（一〇巻一〇冊）

※『太平記』『理尽鈔』による合成書。宝永五年二月二五日、恠田言孝の跋文によれば、元禄二年に腰山久左衛門尉信道が大宮藩主堀田正虎の命によって「楠氏一代の軍の実」を抜抄したもの。ただし、採録範囲は巻三から四〇、正成・正行・正儀三代に及ぶ。佐倉藩に伝来。［今井2］

『南木軍鑑』写：国会（二二巻二三冊）

※『太平記』『理尽鈔』による合成書。序に「諸将の雑功を略し、正成一人の徳を選出し」とあるが、巻一から二二におよぶ主だった記事も採録している。『南木記』以上に『理尽鈔』抜書的性格が強い。『日本兵法全集6諸流兵法（上）』（人物往来社、一九六七）総論「楠流兵法」（島田貞一執筆）によれば、『南木軍鑑』は、後に『南木武経』（延宝九年序、天和元年刊）・『南木惣要』（元禄二年序、同一二年刊）等を著すことになる安藤掃雲軒が越前藩主松平光通の命により編纂したものという。［今井2］

『軍秘之鈔』写：富高菊水（三巻一冊）［→第六部第三章付．］

14理尽鈔からの派生書

※理尽鈔の伝授・研究の産物として、抜書そのものではない独自の詞章を有するもの。所蔵は省略。

『恩地左近太郎聞書』写・版：一冊

※単独でも存在するが、本来は『理尽鈔』と一体の著作。［→第三部第四章］

『太平記理尽図経』写本（五巻形態の写本と一上下・二上下・三に巻を分ける写本との二系統あり）・版本［→第四部第一章］

『（楠公）桜井書』写・版：一冊

※版本に先行する写本は「正三記」「評判秘伝」などの書名をもつ。［↓第五部第一章］
『〈楠正成〉一巻書』　写・版：一冊。
※版本初出書名は「一巻抄」。版本に先行する写本は「百戦百将伝」「理尽抄」「秘伝一巻之書」などの書名をもつ。［↓第五部第一章］

2、『太平記大全』関係

2 1本文

『太平記大全』西道智編著。版：（所蔵省略）
※刊記「万治貳乙亥（一六五九）年／仲夏吉辰板行之」。評判部分は同版であるが、『太平記』本文を、（イ）漢字平がな交じり・挿絵入り、（ロ）漢字片カナ交じり・挿絵なし、とする二種類あり、（ロ）が後出。
［↓第四部第一章］

2 2抜書

『太平記大全之評略』　写：書陵部（中古叢書七～一〇の四冊）
※『大全』の抄出本。『国書』「太平記大全之評」とするが、抄出本としての性格からも、内題に従い、「略」を補うのが適切。［小秋元3］
『太平記大全抄』　写：天理（一七枚。「備後三郎高徳事　附呉越軍事」）

『博聞抜粋』（『博聞抜粋釈氏篇』『博聞抜粋雑之条』『〈無題〉』の三冊の総称）　写：八戸（未見）
※安藤昌益による『大全』の抜粋集。［若尾2二一〇頁］［若尾3二四八頁］

3、『太平記綱目』関係

31本文

『太平記綱目』原友軒編著。版本（無刊記。寛文八年（一六六八）序、寛文一二年（一六七二）後序）

※［加美2］第四章第三節によれば、寛文八年に最初の版が、寛文一二年に原友軒の後序を付した第二版が刊行された。さらに後序の位置を異にする版があり、少なくとも三度にわたって刊行された。

32抜書・その他

『倭漢雑記』写：天理（一冊。児島伴左衛門編、元禄一四から一五。『綱目』の抜粋。未見）天理［若尾1］

『太平記綱目覚書』写：海自野沢（一冊。未見）

『楠家訓』写：弘前（一冊。外題「楠公家訓」）・天理（「楠公関係書」二三冊のうち一冊。内題「南北家訓」、外題「楠家訓」）※巻一六附翼の抜書。［↓第七部第五章］

『六韜解文武二韜』写：東北大狩野（一冊）※巻一六遺諫篇の抜書。［↓第五部第三章注（8）］

4、『無極鈔』関係

41本文

『太平記評判私要理尽無極鈔』（外題「太平記評判」）

版本（無刊記。成立は寛永初年（一六二四）から慶安三年（一六五〇）の間［↓第五部第三章］）

※『国書』第五巻四七六頁「太平記評判私要理尽無極鈔」の項「写：大阪府（四〇巻三〇冊）、版：関学（四三冊）」は『理尽鈔』［加美1三一八頁］。「版：京都府（四四冊）」も『理尽鈔』［棚橋］。『国書』第八巻

補遺「写：滋賀大（三二冊）」も『理尽鈔』の写本である。

４２抜書

『正成記』［↓１３２］巻一四・一五

『藤房之書』　写：臼杵（一冊）

※内容は、a藤房之書（巻一三5オ7L～31ウ4L）、b恩地三法之巻（巻二五32オ8L～37オ5L）、c王政大務（巻二四之一39ウ5L～43ウ5L）、d国司軍職（巻二四之一43ウ6L～47ウ1L）、e官軍之備（巻二四之一47ウ2L～48ウ6L）、f邦域之巻（巻一之下16ウ3L～25ウ4L）、g夢想(ママ)教訓、h（無題。巻四14ウ2L～17オ4L）に分かたれる。a～fおよびhは『無極鈔』の抜書であり、（　）内は依拠箇所である。gは学習院大『義貞軍記』［↓三九五頁］付載の「夢窓国師令高氏将軍教訓」、群馬大新田文庫『桜井之書』［↓四六一頁］付載の「夢窓国師条目」、因果居士筆蹟「尊氏将軍江夢窓国師御書奥書ニ武士之人倫可覚悟綷」（日本歴史二八五号、一九七二・二。巻頭図版）などとほぼ同内容（新田文庫本に近い）。［今井1］

『藤房文武辞』　写：慶應（一冊）［↓第五部第三章注（8）］

４３派生書

『楠判官兵庫記』（楠兵庫記、楠判官兵庫記なども）　写・版：（所蔵省略）

※『無極鈔』編著者の手になり、『無極鈔』の一部分「巻十六之中」として出発し、独立しても版行・書写されたもの。［↓第五部第三章］

４４その他

『太平記補闕評判蒙案鈔』小野木秀辰編著。写：徳島（正徳五写二冊。未見）

※『無極鈔』の不備を補う書。［加美1三一七頁］

『義貞軍記』写・版：（所蔵省略。永正一二年（一五一五）の古写本が存在し、成立は室町期に溯る）

※『無極鈔』「巻二十ノ三」は本書を取り込んだもの。［↓第四部第三章］

Ⅱ．太平記評判書を用いた編著

・同一書名等で区分の要がある場合を除き、伝本の所在は原則として省いた。

・《分類》は『国書総目録』を参照したが、家伝（細川頼之記）、軍記物語（源平太平記評判）、戦記（太平記秘鑑）、雑史（本朝武家評林）、伝記（三楠実録）等の分類呼称は検討の要があり、省いた。

1、太平記全般に関わるもの

『御伽太平記』（柱題「御とき太平記」）《黒本》全一〇冊五〇丁。安永八年（一七七九）刊

東北大狩野（鶴屋版黒本集八。合一冊。刊記無し。序文末尾「［　］初春」。表紙に「安永八年己亥／御伽太平記　北尾重政歟」と墨書あり）・他

※『太平記』巻一から巻二四「天龍寺建立事」までを摘記したもの。ほぼ『太平記』の内容に合致するが、桜井にて正行に「一くはんのぐんしよ」（36オ）をさづけたこと、「まさしげ四十二才おとゝまさすへ三十二才」（37オ）と享年を記すことなどは、『理尽鈔』に由来する。

《参考》『御伽太平記』（浮世草子。八文字屋其笑・八文字屋瑞笑著、宝暦六（一七五六）刊五冊）は、門兵衛こと楠正成がさまざまな謀をめぐらして幕府を倒す次第を描く創作。巻四・五の一宮御息所をめぐる物語は、『太平記』巻一八「一宮御息所事」と巻二一「塩冶判官讒死事」とを融合させたものであり、自在な換骨奪胎を行っている。登場人物とその特性の多くは『太平記』に由来するが、門兵衛（正成）の鎌倉での画策は、正成がか

つて在鎌倉し、幕府の乱れを実見したという伝承（『理尽鈔』巻三4オ）の流れを汲む。

『太平記』（楠軍記、ゑ入太平記）《浄瑠璃》七巻七冊。宝永七年（一七一〇）刊　活：古浄瑠璃正本集七

※この『太平記』は、「『楠軍記』の改題覆刻本。原拠『太平記』の序文から巻二六「賀名生皇居事」までの内容を盛り込んだもので、原文を語り物風な文脈の中に十分生かしながら、枝葉は切り捨て、大筋のみを可能な限り詳細に辿るといふ態度である。いはゆる「書抜」であり、原典の面影を漂はせながらの梗概書的性格が濃い。」（『古浄瑠璃正本集　第七』解題）

※加美宏「古浄瑠璃『太平記』について——近世における『太平記』の「語り本」——」（龍谷大学仏教文化研究叢書24『中世の文学と思想』、二〇〇八・一二）が、本書の『太平記』摂取のあり方を分析している。本書および続編の『追加太平記』は、基本的には『太平記』によっているが、加美も指摘するように、『理尽鈔』の影響も受けている。四之巻の正成兵庫下向の場面（坊門清忠と刺しちがえようとする気持ちを、かろうじて押しとどめる正成）などもその一例。

『追加太平記』《浄瑠璃》七巻七冊　活：古浄瑠璃正本集七

※「二之巻以下の外題は「ゑ入太平記　二之巻」のごとし。原拠『太平記』巻二十六の後半（執事兄弟奢侈事）から始まつてゐて、その前半で終る「太平記」に連続する。」（『古浄瑠璃正本集　第七』解題）。なお、『国書』は本書も『太平記』として立項。

『太平記秘鑑』（楠公真顕記）写本一二編三六〇巻。享和元年（一八〇一）以前成［↓第七部第一章・第二章］

『〈南北〉太平記図会』《読本》三編（＊）一五巻首巻一巻一八冊。堀原甫（堀経信）作　初編菱川清春・梅川重賢、二編岩瀬広隆・柳川重信二世（柳川重信）、三編西川祐春画。初編天保七年（一八三六）・二編安政三年（一八五六）・三編文久元年（一八六一）刊　活：日本歴史図会七

（＊）初編：首巻・巻一〜七。二編：巻八〜一二。三編：巻一三・一四上下・一五上下

※「凡例」に「太平記の上梓、往古より数版あり。片仮名本、大字・小字の二版。平仮名本画入一版。同大全画入一版。同片仮名大全一版。同綱目一版。同枕本画入一版。同評判一版なり。其余活字版あり、異本あり。今此数版摩滅し、焼却し、紛失して、一版を全備するものなし。因て数本を求め合せ考へて此冊を大成し、改めて南北の二字を標名の上に冠らしむ。」とあり、新版の太平記大成をめざしたもの。

また、「……奇説実事の漏脱せるを加へ、霊怪・虚談の膾炙せるを不省して、大旨、泰平記綱目・同大全の意を以て、新に刪補潤色すれども、我におゐて錯なきに非ず。聊旧版に違う所あるを怖る。」という。『綱目』『大全』が『太平記』本文と『理尽鈔』に由来する伝・評とを別に表示しているのに対し、本書は、『太平記』本文を骨格とした一連の叙述の中に融合させている。上記凡例に『参考太平記』の名が見えないが、巻之一の浅原為頼譚・中原章房譚などはこれに拠っていよう。首巻には、『太平記綱目』による「来由幷名義之弁」（「凡例」の一部も『綱目』による）のほか、「南北之傑繍像」と題して、大塔宮以下の登場人物の図像・略歴、関連地図、手跡などを載せる。

付1、編著の一部に太平記・理尽鈔を利用したもの（ある程度まとまったもの＊）

＊線引きは難しいが、『可笑記評判』（巻三第五小車妻新三郎：『理尽鈔』一二44ウ、巻三第廿一頼義：同九16オ・十

六騎の兵：同一四68オ等もあるが部分的）や地誌の類は除いた。

『軍証志』三巻三冊〔→第二部第一章〕

『源平太平記評判』一九巻二〇冊。元禄四年（一六九一）刊

※巻一「神代之記」から筆を起こすが、中心は永治より元弘にいたる源平の争乱。最終巻巻一九の末六章段a「北条太郎高時執権之事」、b「後醍醐天皇御即位之事」、c「奥州津軽合戦之事」、d「天下乱源之事」、e「楠多門兵衛正成現大功事並三箇所軍之事」、f「後醍醐天皇御謀反叡慮並鎌倉可滅前表之事」が『太平記』の時代に関わる。『太平記』とは、fの「遠クハ承久ノ宸襟ヲ休シ」など部分的章句が一致するのみで、cやf巻末の高時後継の執権をめぐる混乱の描写などは『保暦間記』に拠ると思われる。eに描く、楠正成による三つの討伐譚（紀伊国安田庄司・摂津国渡辺右衛門尉光《ヒカル》・大和国ノ住人越智四郎）は『理尽鈔』に由来する（順に『理尽鈔』巻八・同・巻三二）。記事の後に「評曰」として論評を加えるスタイルなど『理尽鈔』の影響は明らかであるが、詞章は直接的には一致しない。

『続本朝通鑑』林鵞峰編著。寛文一〇年（一六七〇）成。活：本朝通鑑（国書刊行会）

※「巻第百二十より巻第百廿八（注、後醍醐天皇四～一二）までの九巻に、正成公の事歴を詳述してあり、巻第百三十五には正行公の事績を細叙してある。記事は主として『太平記』と『太平記評判』を採択してゐるが、博覧強記の両碩学の筆に成つたものであるから、橘氏系図以下その時代の楠公文献を普ねく探求し、博引旁証して詳細な楠氏史伝を作つてある」（〔土橋〕四三六頁）。なお、理尽鈔の引用は巻第百五十三後小松天皇四にまで及んでいる。

『武家軍談』上中下三巻　享保一六年（一七三一）刊

東大霞亭（一冊。書き題簽「武家物語」。東京大学総合図書館電子化コレクション収載）

※中四、下二は、それぞれ『理尽鈔』巻四、巻六による。また、下四は『太平記』によるが、「世瀬川左衛門入道祐憐」は『理尽鈔』巻一六に由来する。

『本朝通紀』五五巻。長井定宗編。元禄一一年刊

※井上泰至「軍学者流の通史『本朝通紀』――軍書的側面を論じて「白峰」に及ぶ――」（国文学論集32、一九九九・二）〈資料3〉に『理尽鈔』にもとづく記事の掲示あり。

『本朝武家根元』三巻三冊

※柴田芳成「お伽草子『武家繁昌』と近世軍書『本朝武家根元』」『軍記物語の窓　第二集』（和泉書院、二〇〇二・一二）注(17)に「楠正成の逸話も数例みられるが、赤坂城を落とされた後、猿回しに返送した恩地に城内を偵察させたこと（下一）、多くの忍びを使ったこと（下一）、陣中に遊女を入れた小車妻新三郎を斬ったこと（中二十一）などは、『太平記』そのものではなく、「太平記評判」類に基づいた伝承である」との指摘あり。

『本朝武家評林』四六巻。「本朝武家評林大系図」五巻と併せ、五一巻。遠藤元閑著。元禄一三年（一七〇〇）序・刊。［↓第七部第三章］

付2、『太平記』版本の『理尽鈔』摂取

※寛文四年刊本以下が『理尽鈔』の「名義幷来由・或記曰・序」を取り込み、さらに延宝八年（一六八〇）刊本（〈首書〉太平記）は頭書欄に『理尽鈔』本文を引用している。［小秋元3］、日東寺慶治「太平記製版の研究」（『太平記とその周辺』新典社、一九九四・四）。

2、楠関係（本項にあげた図書もその内容は楠関係記事のみではない）

21、正成一代

『くすの木』《黒本・青本》版：都中央諸家（存七丁）

※書名は版心による。冒頭は不明であるが、赤坂合戦、未来記披見、藁人形（千剣破合戦）、湊川自害、大森彦七等を描く。桜井庭訓場面の「一くわん」を授与、正成享年「四十三才」など『理尽鈔』由来の表現を含む。

『楠一代記』（柱題「太平記」）《黄表紙》恋川春町縮綴、勝川春亭画

※以下は、富田林高校菊水文庫本による。全紙裏打ち改装、合一冊（墨書題簽「黄表紙 楠一代記 全／附けだもの物語」。二〇・二×一九・八㎝）。改装第一丁は原装の表紙（一七・一×一二・五㎝）。右肩に絵題簽「楠一代記／森治板／三」（四・五存、一・二の絵題簽欠）。左肩に墨書題簽「楠一代記」。本文全二五丁のうち第二〇丁欠。内容は、正成笠置参上から「みなと川のひやくせうのいへ」での自害（22オ）、さらに小山田身代わりの討死、桜井庭訓、大森彦七譚、義貞へ勾当内侍下賜（25ウ）まで。詞章は、『太平記』をふまえているが、天王寺未来記への書き加え（9オ）、泣き男「すぎ山左兵衛」（19ウ。『理尽鈔』巻五は「杉本左兵衛」）、正行に六韜三略の一巻を授与（23ウ）などは、『理尽鈔』の流れを汲む記述である。

『〈新板絵入〉楠一生記』《浮世草子》一二巻一二冊。落月堂操巵著。正徳六年（一七一六）刊［→第七部第三章］

『楠公一代記』（摺付表紙外題による。内題「嗚呼忠臣楠氏碑《ああちゅうしんなんしのいしぶみ》」。柱題「南木」）《合巻》。鈍亭魯文縮綴、嘉永八年（一八五五）序。版：国文研（初篇存一冊。品川屋久助）（初篇第一回から第四回途中まで存。二冊）・架蔵（初篇存一冊。序・刊記欠）

※架蔵初篇一冊（第一回から第六回）は『絵本楠公記』の初篇一〇巻に相当し、これを「縮綴」したもの。村上金次郎『楠公関係文献解題』（私家版、一九三二）一二頁には「前編一冊　嘉永八、春　鈍亭魯文編　東京和泉屋市兵衛」とあり。高木元「鈍亭時代の魯文――切附本をめぐって――」（千葉大学社会文化学研究11、二〇〇五・九）に序文掲出。

『楠公一代絵巻』楠妣庵観音寺蔵（元禄八年（一六九五）藤原光成筆）［→第七部第三章注（3）］

『楠一代忠壮軍記』（柱題「くすのき」）《黄表紙》十返舎一九作・勝川春亭画。文化一二年（一八一五）緒言。

※『〈東洋大学図書館所蔵〉古典文庫旧蔵書目録』一〇七頁参照。「一〇編五冊　各冊一〇丁」とある点につき付言しておく。第一冊第六丁表上欄外に「弐」、以下同様に、第五冊第六丁表上欄外に「十」まであり。版心丁付けは第一冊（上一～上十）、第二冊（上十一～上二十）、第三冊（上廿一～上廿五了。下一～下五）、第四冊（下六～下十五）、第五冊（下十六～下廿五了）。

菊水文庫「楠公誠忠画伝」は、書き題簽に「共五」とあるが存一冊であり、本書の第一冊に相当する。菊水文庫目録一五頁には「楠公誠忠画伝４巻４冊（巻一欠）十返舎一九作、勝川春亭画（江戸）」とあるが、二〇一〇年夏調査時には所在不明。

また、架蔵の『絵本楠公記』（刷題簽「絵本楠公記　全」）は、緒言「　　孟春日　十返舎一九題貞弌」とあり、年号を欠く。全二〇丁一冊であるが、版心丁付け「一～十」（忠壮の上一～上十）、「十一～十五」（同下一～下五）、「十六。十七～廿了」（同下十六。上十七～上二十）とあり、『楠一代忠壮軍記』の悪辣な（この手の玩具本にはままあることとはいえ）圧縮改修本である。

十返舎一九緒言によれば、「正行・正儀の実記」である楠二代軍記（絵本楠二代軍記）の闕を補うため、「正成の行状を模写し命《なづ》けて楠一代忠壮軍記とするものならし」。また、巻末広告にも「楠二代軍記　全五冊出来／子息正行正儀の忠勇軍記くはしく著し此書の嗣篇とす」とある。ただし、『絵本楠二代軍記』の項に述べたように、「楠二代軍記」の内実は正行・正儀を中心とするものではない。

正成の世系から語り始める「緒言」の内容を含め、湊川「くわうかんじ」（広厳寺）での討死までの、本書の記述は、概ね山田案山子作『絵本楠公記』初編・二編に拠る。その依拠は、上廿一丁表「正成の謀計、敵陣に哀憐の情を発さしむ」（絵本二編冒頭）、下一八丁裏「白藤彦七郎勇戦」（絵本二編巻八「正成が軍勢焼兵庫」）などに明か。ただし、泣き男の名を「杉原佐平」（絵本：杉本佐兵衛）とするなどの改変あり。

『楠湊川合戦』《浄瑠璃》活：土佐浄瑠璃正本集三・辻町文庫江戸古浄瑠璃集

※元禄一四年（一七〇一）の上演記録あり［土佐浄瑠璃正本集三解題］。［加美宏2］六六、二七四頁。鳥居フミ子『近世芸能の研究――土佐浄瑠璃の世界』（武蔵野書院、一九八九。初出一九八八・九）第三章第三節にあらすじ紹介あり。鳥居が『太平記』とは異なる、本曲の「脚色」としてあげる諸点の多くは、『理尽鈔』巻一六に拠るものである。

『楠廷尉秘鑑』安永六年（一七七七）成か［↓第七部第一章・第二章］

21参考（『理尽鈔』の影響無し）

『楠軍物語』（外題「楠物語」）《仮名草子》五巻五冊。明暦頃（一六五五—五八）刊か［↓第七部第三章］

『〈ゑ入〉楠一代軍記』六巻六冊。延宝頃（一六七三—八一）刊か［↓第七部第三章］

『湊川物語』刊本、三巻三冊［↓第七部第三章］

『吉野城軍記』東大（文久三年（一八六三）写一冊。外題「太平記中／吉野城軍記」）

※『太平記』流布本巻七「吉野城軍事」「千剣破城軍事」の筆写。

『絵本楠一代記』（柱題「楠一代記」）《合巻》五巻。烏有山人作・歌川国芳画、天保一二年（一八四一）刊

※以下の記載は東大総合図書館本による。上下二冊一括。上下表紙合わせて巻物伝授の場面、下に「楠一代記」と外題。上見返し「絵本楠一代記」、下見返し「絵本楠一代記　後編」。下の後表紙見返し「新版目録」には「絵本楠一代記　五冊」とある。「楠一代記」とあり、正成の紹介記事にはじまるが、正成中心の記述ではなく、『太平記』の抜書という方が近い。上下全二五丁の第二四丁表に正成の首を妻子の許に送ったこと（巻一六）を記し、続けて『太平記』巻一八、二〇～二二、三三（新田義興の祭祀）までを摘記する。巻一六も桜井庭訓記事や正行母教訓のことなどを語らず、他方、本間重氏遠矢や一宮御息所（巻一八）を詳述するなど、一貫した意図を見出しがたい。

22、正成・正行二代（正行中心の作をも含む）

『絵本楠公記』《読本》初編一〇巻一〇冊、二編一〇巻一〇冊、三編一〇巻一〇冊。山田案山子（得翁斎）作、速水春暁斎一世（速水春暁斎）画［↓第七部第三章］

『楠一代記』（太平記綱目、絵本太平記。柱題「太平記かうもく」）《黒本》全一〇冊五〇丁。〔鳥居〕画〔宝暦頃（一七五一―六四）〕刊（江戸、鱗形屋孫兵衛）

※画・刊は『金城学院大学図書館所蔵　日本古典籍分類目録』（金城学院大学論集　国文学編44別冊）による。国会（特208-232。乾坤二冊。書き題簽「絵本太平記」）、都中央誌料（書き題簽「太平記綱目　十冊」。合一冊）。木村八重子『草双紙の世界　江戸の出版文化』（ぺりかん社、二〇〇九）が、金城学院大学蔵本（第一・一〇欠、存八冊）の原表紙絵題簽により、本来の題名が「楠一代記」であったことを明かしている。

「楠一代記」というが、正成一代のみならず、正行の討死（『太平記』巻二六）、夢窓国師による元弘・建武の亡者追善（巻二四）、尊氏の御代礼賛に至るまで、『太平記』の主要場面を扱っており、木村は「『太平記絵巻』廉価普及版の趣」がある、という。「楠まさのぶ五代のかういんくすの木まさすみ」の登場（1ウ。正成討死場面34オに再び「父まさつみ」とあるが、その間、一貫して「まさのぶ」と誤記）、「八百のべつとう」との確執（八百が意趣晴らしに楠の家宝「万葉集」を盗む等、全般的に幼童向けの単純化した物語となっている）、正成自害の場面に「たか氏のつかい」が登場すること、「（正成の）正年四十二才」と記すこと、末尾に「太平記綱目」と表書きした本箱を描き、『太平記』作者説を語っていることなど、『理尽鈔』系統の影響も色濃い。

『楠一代記』（扉題「楠公忠義伝読切」。柱題「楠」）《読本》一冊四〇丁。仮名垣魯文作、一光斎芳盛画。安政四年（一八五七）、江戸・新庄堂刊。奥付「安政四丁乙孟春梓／松亭門人　栢亭金山録／国芳門人　一光斎芳盛／書房　日本橋新右衛門町　新庄堂寿梓」。摺付表紙外題「楠一代記」右横に「魯文作／芳盛画」とあり。骨董屋主人（魯文）序の上欄外に改印「改」「辰九」あり。

所蔵：高木元（ARC古典籍閲覧システムによる画像を閲覧した）。神戸市立博物館村上金次郎コレクション（和本28）。

※「抑楠判官橘の正成公の御父は河内国赤坂の城主左衛門尉正玄朝臣と云り」にはじまり、「楠家三世の功、和漢その例あらずとなん。かゝる忠臣も時にあはざれば、戦場にかばねを晒すこと、天なり、命也。惜みても猶余りあること共也」と結ぶ。「三世」とあるが、正玄・正成・正行をさすか。正成誕生、八歳修学以下、「三ノ二」丁裏の千剣破城梯の焼き落としまで、山田案山子『絵本楠公記』初編の要約。残る九丁は『絵本楠公記』を離れ、義貞鎌倉攻め落としを中心記事として、正成・義貞忠賞、正成討死、正行討死までを駆け足で語る。「吉野に高倉の宮」（大塔宮の誤り）など、粗雑な記述も混じる。

『楠正行戦功図会』《読本》前編五冊後編六冊。前編五冊文政四年（一八二一）刊、後編六冊文政七年（一八二四）刊

活：〈実伝小説〉小楠公誠忠記（米山堂、一九一六）［↓第七部第三章付・］

『楠氏二先生全書』（外題は楠父子二代記、楠二代軍記、楠軍物語、楠家全書など）随柳軒種田吉豊著、寛文二年（一六六二）成［↓第七部第三章］

『南木軍鑑』二三冊　写：国会［↓分類目録Ⅰ132］

『舩楠《にだいのくすのき》』（柱題「二代の楠」）《黒本・青本》鳥居清満画

版：都中央（合一冊。書き題簽「〈芳野顧華〉舩《にだい》楠　全」）

『〈五冊物〉忠孝二代楠』（柱題「二代の楠」）は『紛楠』の改題本。
版：東北大狩野（鶴屋版黒本集三七）・都中央加賀（五冊）・大東急
※全二五丁。第一冊は正成関係の諸記事。桜井庭訓、密書の秘伝（「当能悟魔悩安普羅遠土理帝覚辺之」理尽鈔巻七43ウ参照）、「ままこだて」の教え、正行兄弟聖徳太子御廟参詣、「非理法巻天《ママ》」の旗。理尽鈔に由来する記事があるが、詞章上のつながりは希薄。
第二～五冊は『太平記』の略記。巻二五「持明院殿御即位事付仙洞妖怪事」「宮方怨霊会六本杉事付医師評定事」「藤井寺合戦事」「住吉合戦事」、巻二六「正行参吉野事」「四条縄手合戦事付上山討死事」「楠正行最後事」、巻二五「自伊勢進宝剣事付黄粱夢事」、巻二七「直義朝臣隠遁事」、巻二八「義詮朝臣御政務事」と続く。末尾は「され共ろのあいこう、きくはんし、玄そうにやうこくちうがおごりをきはめし也」と師直兄弟の奢りを批判して終える。正行の挙兵から討死までが中核をなしてはいるが、雑然としている。

『芳野拾遺』（吉野拾遺）《浄瑠璃》一冊　版：国会　活：土佐浄瑠璃正本集三
※鳥居フミ子『近世芸能の研究――土佐浄瑠璃の世界』（武蔵野書院、一九八九。初出一九八八・九）第三章第三節に、土佐浄瑠璃の「太平記もの」は「主人公をめぐる特定の人物に照明をあてて魅力的な人物像を作り上げている」との指摘があるが、その人物像は土佐浄瑠璃の独創によるものではないことに留意しておくべきであろう。『楠湊川合戦』の竹どう丸は、ほぼ『理尽鈔』をそのまま摂取したものであり、同作の志貴宇右衛門も『理尽鈔』の域内にある。『芳野』の「まに王丸」の場合は『理尽鈔』にも語られていない活躍の場が大幅に与えられており、「土佐浄瑠璃の見せ場は、これらの人物の行動を著しく拡大することによって作られている」という指摘があてはまる。しかし、以下に例示する『芳野』の手法は、『太平記』あるいは『理尽鈔』の

章句や設定を組み替え、補い、つなぎ合わせるものであり、これはまさに『理尽鈔』の手法そのものでもあった。『太平記』に対する『理尽鈔』の位置を、『理尽鈔』に対して『芳野』が演じている。『芳野』は、『理尽鈔』が自己増殖した一つの姿を示しているともいえよう。

土佐浄瑠璃は「観客周知の題材をいかに当代風にしてみせるかに工夫がこらされ、それにさまざまな要素が付加されて複雑な戯曲構成となっている」(鳥居著・序二頁)というが、たしかに、『芳野』の自由奔放な構成は、『理尽鈔』に淵源をもつ物語がさまざまな作品に流れ入り、広く知れ渡る中で、新鮮な驚きをもって迎えられたであろう。『芳野』は、後醍醐帝を花山院に幽閉(『太』巻一八)した尊氏兄弟が、楠追討を企てるところから始まり、正行の下知により恩地が若党を率いて師直らを撃退、と続く。しかし、『太平記』においては、後醍醐幽閉は湊川合戦と同年のことであり、正行はまだ幼少(十一歳)。『太平記』巻二五「藤井寺合戦」の先取りであるが、『理尽鈔』などはこの間に、幼君正行を支える家臣の苦心を語っていた。こうした『芳野』の独創も場面転換の早い戯曲だからこそ成り立っているといえよう。

22参、『絵本尊氏勲功記』『絵本楠二代軍記』

『絵本尊氏勲功記』(柱題「太平記」)《黄表紙》五冊。北尾政美作・画、曲亭馬琴序・閲。寛政一二(一八〇〇)序

版：国会147–56・京大・早大

『絵本楠二代軍記』(柱題「二代軍記」)《黄表紙》五冊。北尾政美作・画、曲亭馬琴序・閲。寛政一二(一八〇〇)序

版(1)刊記「書肆　江戸本町筋北江八丁目通油町／僊鶴堂　鶴屋喜右衛門新嶲」…明大・和泉図書館(五冊。題簽「絵本楠二代軍記　一(〜五)」、二・三は「画本楠二代軍記」)等

(2)刊記「東都書肆　鶴屋喜右衛門／伝馬町二丁目　丁子屋平兵衛販」…法大子規(五冊。書題簽「楠公三

代記　一（〜五）」）・等

※『絵本尊氏勲功記』第五冊巻末に「猶此末二代将ぐん義のり公の御治世は後編新田楠二代軍記にくわし」とあり、『国書』・［黄表紙・中篇］七六五頁がいうように、両者は前・後編をなす。『絵本尊氏勲功記』は、『太平記』巻一から巻二四の本文をふまえ、尊氏・義貞の抗争を軸として、義貞討死から天龍寺供養までを描き「さかふる武門ぞめでたかりける」と結ぶ。同じく巻二四までを範囲とする『御伽太平記』（黒本）が『太平記』のダイジェスト版であるのに対し、『絵本尊氏勲功記』は、笠置攻めの幕府軍の集結（5ウ。太平記巻三）から光厳天皇即位（6オ。巻五）に移り、その間の笠置合戦、赤坂合戦、後醍醐隠岐配流などの記事を省いている。また、巻六正成天王寺合戦、未来記披見、巻七千剣破城合戦をも欠き、正成中心の楠ものとは好対照をなす。

後編の『絵本楠二代軍記』は巻二五から巻四〇末尾までを扱う。楠正行の活動と討死は描くものの、『太平記』巻三三新田義興の顚末を記したのち、巻三四から三七に散在する楠正儀に関わる記事はほとんど取りあげていない。山名時氏、仁木義長、細川清氏ら足利に離反した武将の帰趨と、楠正儀が河内に撤退したこととを述べ、義詮死去、頼之執事就任をもって終わりとする。「楠二代」は前編を受け正成・正行をさすとも、後編のみで正行・正儀をさすともとれるが、いずれにせよ後編も楠中心の記述ではない（この点に関しては「楠一代忠壮軍記」の項にも言及）。「絵本義詮勲功記」を名乗れば、前・後編の首尾が整ったであろうが、義詮の勲功と称すべき記事が、『太平記』自体にもない。「楠二代」を標榜したのは、売れ行きへの配慮と適切な書名に窮した故か。

本書の詞章は基本的には『太平記』にもとづいており、「太平記評判書」の本文上の影響はほとんど見られない。ただし、正成が正行に「一くわんのぐん書」を与えたことおよび「正成四十二才、正すへ三十二さい」

という享年（ともに前編）は、『理尽鈔』由来の要素であり、この点は『御伽太平記』と同様である。

23、正成・正行・正儀三代または楠氏歴代

『南木《くすのき》三代記』《黄表紙》五巻五冊二五丁。北尾政演画。伊勢治板、天明頃（一七八一―八九）刊［黄表紙総覧・後篇五一八頁］　版：大東急（未見）

『〈永寿〉南木三代記』（柱題「くすの木」）《黄表紙》五巻五冊全二五丁。勝川春山画。西村屋板。寛政（一七八九―一八〇一）末年頃刊　版：学習院大日語日文（五冊）・他　活：楠公叢書三

※本文は「楠三代記　序」から始まる。楠公叢書三「楠三代記」解題は「天明年間に刊行」というが、［黄表紙総覧・後篇五一九頁］に『〈絵本〉三楠実記』を伊勢治板の「南木三代記」の再刻再板とし、「春山の画風と活躍期より推して寛政末年頃の刊行になろうか」とある。［黄表紙総覧］の記載内容は西村屋板「南木三代記」に当てはまり、右のように記した。『〈絵本〉三楠実記』（未見）は西村屋板「南木三代記」の改題本であろうか。

本書は『三楠実録』全巻の縮約版であり、詞章もほぼ忠実である。正成誕生から正儀死去までを語る。

『三楠実録』三編二二巻。畠山泰全著。元禄四年（一六九一）自序、享保六年（一七二一）刊［↓第七部第三章］

『楠公三代記』三編三冊。玉蘭斎貞秀（橋本貞秀）画作。安政六年（一八五九）刊［↓第七部第四章№1］

『楠氏五代記』増淵勝一蔵四八冊（『南朝太平記』の改編・改題本）［↓第七部第三章］

『南朝太平記』二四巻二五冊（目録一冊）。馬場信意著。宝永六年（一七〇九）刊。
※『南朝軍談』は外・内・尾題のみを改めた補刻本。［↓第七部第三章］

『南木記』［↓分類目録Ⅰ３２］

『正成記』［↓分類目録Ⅰ３２］

2、不明

『楠一代記』《黄表紙》北尾重政画。版：香川大神原（巻三のみ。未見）

『楠一代記』（柱題「くすのき」）《合巻》
※蓬左文庫　存一冊。書き題簽「楠一代記　六」。版心「くすのき二　六（～十）」。義貞鎌倉攻撃（『太平記』巻一〇）から大塔宮捕縛・殺害をはさんで尊氏叛旗・上洛（巻一四）まで。正成の説得により宇都宮ら千剣破勢が降参したこと（６ウ）、新田・足利確執をみて河内に軍備を指示したこと（９オ）などは『理尽鈔』に由来する。

3、楠以外

『ゑんや物語』寛文九年（一六六九）刊『さよごろも付ゑんや物語』天理・他。奈良絵本も。活：室町時代物語大

成6
※今尾哲也「『太平記』と『忠臣蔵』――世界の形成についての覚え書（上）――」（文学55-4、一九八七・四）は、本書が「巻頭に、『理尽鈔』の〈伝〉の、師直の依怙の様を叙した箇所の要約を付し、そうすることによって、以下の、非道を事とする師直の人間像に説得性を与えている点、及び、（中略）「ごく門にかゝりける」という、原典にはない状況を設定し、読者の納得するような因果・懲悪の結末を創作したこと」に注目し、『太平記』の単なる剽窃・転写ではない、と指摘する。

『楠正成家伝之軍法』《浄瑠璃》一冊。活：古浄瑠璃正本集一〇
※書名は初段末の記事によるのであろうが、主要人物は恩地満一、高師直、新田義顕らであり、正成の行動を物語るものではない。内容は以下のとおり。
［初段］後醍醐帝、義貞に湊川合戦の次第を問う（『理尽鈔』巻一六97オ）。尊氏、摂津の楠勢の城攻撃（『理』98ウ〜）。舟田、義貞の命を受け、恩地に正成の遺志を尋ねる（『理』66ウ）。［二段目］赤松ら恩地の籠る八幡城攻撃し、敗退（『理』99ウに拠り、合戦の模様を詳述）。［三段目］尊氏、山門攻撃に主眼を置く。宮方、故正成の兵糧準備に感服（『理』97ウ）。帝、義貞らの訴えにより准后追放。尊氏、准后を迎え入れる。師直、准后を恋慕（『理』98ウの簡単な章句を敷衍）。［四段目］師直の行動の実否を確かめに訪れた尊氏を、やはり准后を恋慕する「みたらしひやうどうすけのり」が師直と思いこみ襲撃。師直、すけのりを討ち、あやうく難を逃れる（本段は創作）。［五段目］尊氏、山門攻撃開始（『太平記』巻一七）。恩地、楠正行の使者として、義貞に戦法を進言（創作）。宮方の軍勢手配り。［六段目］高師重の攻撃と敗死（『太』巻一七「山攻事」を基盤に置き、義貞男「よし秋」の活躍をもって終わる。ただし、『太』は新田義顕の活動は描かない）。

『弘長記』写本一冊　活：改定史籍集覧12・続群書類従30上・他。

※青砥左衛門藤綱の事績に『理尽鈔』巻三五を引用。［若尾1］

『男色太平記』《黒本・青本》一冊　複製・翻刻：江戸の絵本Ⅳ・他

※『江戸の絵本Ⅳ』（国書刊行会、一九八九）および『草双紙事典』（東京堂出版、二〇〇六）に「『太平記』巻十七、十八が描く越前における新田・足利合戦を主軸にし、そこに仮名草子『伽婢子』（寛文六年刊、浅井了意作）巻十所収の「守宮《いもり》の妖」が描く怪異・男色の趣向を取り込んでいる」と概説あり。義鑑房が新田義治を口説く場面は、直接的には『伽婢子』からの発想であろうが、その淵源は『理尽鈔』である。『理尽鈔』は、『太平記』の描く様々な事件の背後に「美童」が関わっていたとする。山伏の阿新救出（巻二9ウ。阿新）、大乗院の闘諍（巻二10オ。幸若）、義鑑房の加担（巻一七93オ、巻一八13ウ・22ウ等。義治）、平泉寺衆徒実尊の与力（巻一九6ウ。義治）、尊氏と仁木義長の確執（巻三一17ウ。命鶴丸）、足利基氏の新田四郎遺児とりたて（巻三九32オ。藤王丸）等であり、巻一九には法師の男色の由緒を詳細に語る（9ウ～11オ）。男色文献として『理尽鈔』が省みられたことは少ないと思うが、重要な資料である。

『北条九代記』（鎌倉北条九代記）一二巻一二冊。延宝三年刊。翻刻：校注国文叢書15、通俗日本全史4、他

※［若尾1］。花田富二夫『仮名草子研究――説話とその周辺――』（新典社、二〇〇三）四四三頁に、巻八「相模守時頼入道政務附青砥左衛門廉直」が『理尽鈔』巻三五からの引用と指摘あり。井上泰至「読み物としての近世軍書」（国語と国文学81-4、二〇〇四・四）は、巻九、一一にも青砥関連の引用ありと指摘。

『細川頼之記』写本一冊　活：改定史籍集覧24。

※『理尽鈔』巻四〇を編年的に再構成したもの。武田昌憲「『理尽鈔』と『細川頼之記』――『理尽鈔』の影響」（軍記と語り物33、一九九七・三）、同「『細川頼之記』の構成と『理尽鈔』」（茨女国文9、一九九七・三）

【参考】注意すべき図書・書名

『理尽鈔』の直接的な関与が認められず、『太平記』本文摂取の度合いも低いもの（『太平記菊水巻』『碁盤太平記』など登場人物・物語世界のみを借りるもの、『開巻驚奇俠客伝』など『太平記』世界の後日談の類）は省いた。ただし、内容的に注意すべき点のあるもの、内容的には『太平記』『理尽鈔』と無縁であるがまぎらわしい書名をもつものを参考までに掲出する。

『楠河州伝』《浄瑠璃》宇治新太夫正本　活：古浄瑠璃正本集加賀掾編五

※正成記事（第一笠置参向、第二赤坂城合戦、第五兵庫への帝出迎）と大塔宮記事（第二後半〜第四。熊野落）とから成り、『太平記』の章句を縮約して綴っている。ただし、笠置攻めに向かう途中の新田義貞が宇治の里で勾当内侍を見初めること（第一）、戸野法印の娘が大塔宮に恋い焦がれ、わりなき仲になること（第三）などは、『太平記』をふまえてはいるが（巻一六、義貞へ内侍下賜。巻二〇、内侍の素性。巻五、戸野の妻の病療治）、大幅な翻案。なかでも第四の、楠正成自身が〝太平記読み〟の男に身をやつし、鎌倉陥落（巻一〇）、千剣破籠城（巻七）の一節を披露しているところに、熊野十津川から難波に出た大塔宮一行がであうという趣向がおもしろい。活字翻刻解題によれば、上演時期は宝永期（一七〇四―一一）とのこと。

『楠三代壮士《おとこ》』《浮世草子》五巻五冊。八文字自笑・江島其碩著、享保五年（一七二〇）刊。活：八文字屋本全集七
※楠正成の子孫を名乗る、兵法の達人「南木岸柳」のお家乗っ取りの顚末。

『楠正成軍慮智恵輪』（柱題第一丁「くすの木」、他は「くすのき」）《黄表紙》上下二巻二冊。曲亭馬琴作・北尾重政画、寛政九年（一七九七）刊
翻刻：清田啓子「翻刻 曲亭馬琴の黄表紙（四）」（駒沢短期大学研究紀要6、一九七八・三）。楠公叢書三　翻刻・影印：『論集 太平記の時代』（新典社、二〇〇四）
※「『太平記』に見られる楠正成の軍略故事を、貧乏を凌ぐ智将の働きとこじつけたところにねらいがあり、……」［黄表紙総覧・中篇五六〇・五六一頁］
※「てんわう（後醍醐）わざ〳〵正しげがかくれがへ、三度までみゆきありて、みかたにたのみ給ふ」（2ウ）などとあり、『太平記』「太平記評判」からは想外の設定を含む。

『楠正成軍法実録』《浄瑠璃義太夫》並木宗輔（宗助）・安田蛙文作、享保一五年（一七三〇）初演　活：楠公叢書三
※「楠正成は天王寺付近で六波羅の賊軍を破り、後醍醐天皇を隠岐から迎へ還し奉り、先に紛失した三種の神器を捜し出し、六波羅を滅して天下を快復するといふ荒筋である。天皇隠岐御脱出に児島高徳が忠勤をしたこと、敵将本間資長が三種の神器を父から預かつたこと、高徳が忠誠の心から寵妃羽衣姫を刺殺したところが、この姫は十七年前に鷲に攫み去られた自分の子であつたなど、史実に無い興味本位の脚色技巧を弄している」（［土橋］七九〇頁）。

※正成の「執権」恩地左近太郎が登場する点は、『理尽鈔』の流れを汲むが詞章的には直接の関わりはない。

『〈祖父は山へ芝刈に／祖母は川へ洗濯に〉楠昔噺』《浄瑠璃義太夫》並木宗輔（千柳）・三好松洛・竹田出雲二世（竹田小出雲）作、延享三年（一七四六）初演、同刊。活：叢書江戸文庫15竹本座浄瑠璃集三、他

※「『太平記』の世界から楠正成と宇都宮公綱の対決の条を取り上げて、実はそこに複雑な親子・姻戚の関係が絡み合っていたとする構想を、五節句の風物に結び付けつつ展開させたもの」（竹本座浄瑠璃集三・解題）。

※河内松原村の百姓徳太夫の実子たる宇都宮五郎公綱（『理尽鈔』巻一五31ウに正成の家子「松原五郎」）、楠と代々敵対していた八尾顕幸が正成の計略により宮方となったこと（『理』六11オ）、観心寺に「妻子計を残し置」（『理』七25オ）、赤坂城の熱湯「煎砂」攻撃（『理』三30ウ）、泣男杉本佐兵衛（『理』一五34ウ）など、直接的な引用ではないが、『理尽鈔』の影響は無視できない。

『太平記英雄伝』『太平記拾遺』《絵本》山々亭有人作、一恵斎（歌川）芳幾画

※以下は都中央図書館蔵本を披見しての覚え。①「太平記英雄伝　全」、②「太平記拾遺　完」と墨書題簽のある折本各一帖に、各人物一枚の刷りもの（上部に伝記、下部に画像を多色刷りで配置。信長の場合は敦盛を舞う図）が貼り付けてある。①は、英勇伝・信長で始まるが随所に拾遺も交えており、英勇伝「秋坂中務大輔安治九十六」に続いて、「太平記三十六番相撲」を貼る。②は、英勇伝「北条左京大夫氏康　貳」から秀吉に終わり、現書名とは裏腹に「太平記英勇伝」のみを内容とする。英勇伝は、壱「小田上総介信長」～百「豊臣秀吉公」。拾遺は全体の構想が不明だが、「岐阜黄門秀信」が「三」、「大和大納言秀長」が「四」、「光秀娘盛姫」が「十六」という具合で、女性も含む。英勇・拾遺ともに徳川家の人物は含まない。書名に「太平記」とあ

るが、「太平記三十六番相撲」の人物も含め、『太平記』には全く関係がない。

『太平記秘説』《浮世草子》五巻五冊。其鳳著、天明二年刊　版：国会
※後小松院御宇、楠正成の再来たる和田新吾正幸の活躍を描く物語。

『評判太平記』《浮世草子》版：東大霞亭（上巻のみ一冊。東京大学附属図書館電子化コレクション収載）
※発端に『太平記』巻二四天龍寺建立・供養の章句を利用するが、以下は、法会の饗応役を塩冶高貞、指南役を高師直とする忠臣蔵もの。『忠臣略太平記』（八文字屋本全集3収載）と同工であるが、詞章は異なる。

『ひら仮名太平記』《浄瑠璃義太夫》活：近松全集四（朝日新聞社）、他
※『太平記』巻三から巻七千剣破城軍までを種々の趣向の下に物語る。後醍醐夢想を耳にした新田義貞が、大塔宮と謀って楠と名乗って出る。その「楠」に勾当内侍が心奪われる。「楠」・大塔宮は笠置を後にするが、宮は般若寺で危地に陥り、居合わせた飴売りの浪人村上義光に救われる。村上の妻は、夫が伴い帰った宮に驚くが、宮の身代わりとして敵の追撃をかわす。以上は第一の内容であるが、このように『太平記』の構成要素を時系列を越えて自在に組み合わせ、独自の物語を繰りひろげている。『正本近松全集』第三三巻の解題（鶴見誠）によれば、本曲の作者は近松門左衛門、上演は元禄一一年（一六九八）か一二年。

『吉野都女楠』《浄瑠璃義太夫》近松門左衛門作、宝永七年（一七一〇）初演　活：近松全集六（岩波書店）、他
※「湊川合戦から後醍醐天皇の吉野入りまで『太平記』によって構想、南北朝の和解で結ぶ。題名の「女楠」

は南朝方諸将の妻女が作中活躍するのによる」［岩波大辞典］。『太平記』に拠る章句を処々にちりばめるが、大森彦七が義貞妻勾当内侍に横恋慕、坊門清忠が助力、これを正成が救済する（『太平記』塩冶判官讒死事と『吉野拾遺』巻一正行の弁内侍救出譚との融合・翻案）など、物語の設定・展開は独自。桜井にて正成が、同道を請う正行を諫め、軍術の書一巻を与え、恩地とともに河内へ帰す等の要素は『理尽鈔』に由来する。

Ⅱ付．楠関係の謡曲

関係曲の検出に際しては、古典文庫未刊謡曲集（解題田中允）を参照し、西野春雄「古今謡曲総覧（上・下）」（能楽研究17、一九九三・三。同18、一九九四・三）をも参観したが、「義貞」（古典文庫未刊謡曲集一五）など、楠に直接関わらないものは省いた。また、「弁内侍」（校註謡曲叢書三）は楠正行がワキであるが、『吉野拾遺』に拠るものであり、除外した。なお、『太平記』に取材する謡曲については、大橋正叔「太平記と近世初期文芸について――「太平記」の享受から――」（待兼山論叢5、一九七二・三）に言及があり、「永正十三年（一五一六）頃成立とされる『自家伝抄』に「秦武文」「楠木」の名がみえることからも謡曲における太平記物は室町末期頃から流行しだした」との指摘がある。以下、古典文庫未刊謡曲集を中心に、活字テキストを対象として、A正成関係、B正行関係、Cその他に分け、『理尽鈔』との関わり（間接的なものをも含む）が想定される曲に◆を付した。

〈A正成関係〉

a1、笠置参向（巻三）・赤坂合戦（巻三）・千剣破合戦（巻七）

正成（別名：楠木・楠正成・千剣破・赤坂・金剛山）　活：古典文庫未刊謡曲集三（樋口本）・楠公叢書三（延宝二年刊本）・他

※旧跡一見の僧に、柴人（正成幽霊）が赤坂合戦（『太平記』巻三「赤坂城軍事」）・笠置参上（同「主上御夢事付楠事」）を語る。その内容は『太平記』の詞章をほぼそのまま取り込んでいる。

a2、兵庫参向（巻一一。a1の内容も含む）

鳳駕迎　活：古典文庫未刊謡曲集続十二・校註謡曲叢書三・楠公叢書三

※古典文庫解題によれば、明治三〇年、高木半の新作能。『太平記』巻一一「正成参兵庫事付還幸事」を枠組みとして、名和の船上合戦（巻七）、正成の赤坂（巻三）・千剣破合戦（巻七）を織り込み、互いに讃え合う、という趣向。

a3、正行との別れ（巻一六。a1の内容を含むものもあり）

桜井駅訣別を話題とするものはa4にも含まれ、一括して相違点を確認しておく。

（1）同行していた正行に庭訓（『太平記』の設定）

桜井駅（盛徳本）…①正行に帰郷を命ずる、②正行同行を願う、③再度帰郷を促す、④正行拒む、⑤正成「軍陣の血祭に」と刀に手を掛ける、⑥恩地のとりなし、⑦正行得心、⑩帰郷

楠露…⑤「恩愛の子を叱りければ」

桜井（明治維新頃作本）・（新楽本）…①、②に「叔父正季殿を帰し給へ」を付言、③、④「さあらば是にて腹きらむ」、⑥恩地の説得、⑤「長き世までの勘当」、⑧「大君の給わりし菊一文字の御太刀」「国を治め、兵を用る要法」一巻を授与、⑩帰郷

↓a4菊水（昭和新作）…①、②、③「諄々と諭され」、⑩「河内へお帰しあり」、（後半部分に、⑧「恩賜の剣」授与のことあり）

↓a4兵庫楠（浜本本）…①、②、③「いしくは申たり、去ながら（中略）さる愚成心はもつまじかり

きぞ」、⑦・⑩「あかで別るる正行が心の内ぞ痛しき」

※兵庫楠（仙台本第一種）は①（獅子の故事）のみ。

↓a4湊川（湊川合戦、現在楠）…①、②、③「世に類ひなき心さし、父も嬉しと思ふにも、袖に涙はせきあへず（中略）我如く戦功の其忠臣と成べしと、かきくどき宣へば」、⑦・⑩「力及ばず正行は、暇申してさらばとて」

（2）正行を河内から呼び寄せ庭訓（『理尽鈔』の設定）

桜井（金春流本）・（喜多流昭和改作本）…①、②、③、④、⑤「対面もこれまでぞ」、⑥、⑦、⑧「肌の守（綸旨）」、⑨正行元服、⑩

桜井駅（金剛流現行曲）…①、②、③、④、⑤「永き世迄の勘当」、⑥、⑦、⑧「肌の守り（綸旨）」、⑩

桜井駅（盛徳本）◆活：古典文庫未刊謡曲集続五（田中允蔵本）

※古典文庫解題は「明治五年根津真五郎守真作、金剛流で明治期には一時準現行曲となり、観世清廉がこれを改作して「楠露」と改題し、観世流では楠露が今でも現行曲となって残っている」という。同行していた正行を帰すに際しての桜井宿庭訓で、獅子の故事を含み、『太平記』に近いが、恩地満一が同席する。「左近は正行を我子と思ひ」は『理尽鈔』巻一六49オに由来する表現。

楠露◆版：明治二七年版―国文研（一冊、「能の本」の内）

活：校註日本文学大系二〇・日本名著全集謡曲三百五十番集・謡曲全集五・謡曲大観二・観世流謡曲大成番外・謡曲二百五十番集（日本名著全集『謡曲三百五十番集』のうち曲舞・番外を除く「謡曲二百五十三番」

を拡大覆刻したもの）・楠公叢書三
※桜井（盛徳本）の項参照。

桜井（明治維新頃作本）◆活：古典文庫未刊謡曲集続五（大西本）
※正行を同行していたとすることや、後半の赤坂城・千剣破城合戦の回顧など、基本的には『太平記』をふまえているが、正行が供を望む点や「国を治め、兵を用る要法」一巻を与えたとする点は、『理尽鈔』巻一六49ウに、恩地左近に正行を託すのは同50オに由来する。ただし、「一巻」とともに与えた太刀を「大君の給わりし菊一文字の御太刀」とするのは、『太平記』天正本の表現の末流に位置するもの。「菊水（昭和新作）」の項参照。

桜井（新楽本）◆活：古典文庫未刊謡曲集続五（鴻山文庫本）
※古典文庫解題に「明治末から大正二年三月までの間の高木半の新作」とあるが、明治頃新作本とほぼ同内容。

桜井（金春流本）◆活：古典文庫未刊謡曲集続五（横山本）
※古典文庫解題は、浅見絅斎の原作を安政三年（一八五六）以前に改作したものか、という。《恩地左近満一が正成の命により金剛山の館に赴き（『理尽鈔』巻一六48オは「人ヲ下シテ」）、多聞丸と対面》。同道し、桜井宿へ。正成、多聞丸の髪かきなで（『理尽鈔』巻一六48オ）、獅子の故事（『太平記』巻一六・大系一五一頁）を引き、遺戒。正成が「十年《ヒトトセ》、都攻のありし時、下し給へる綸旨」を与えたとする点や恩地の願いにより元服させ正行と名乗らせたとする末尾は、『理尽鈔』『太平記』にもない、独自の設定。

桜井（喜多流昭和改作本）◆活：古典文庫未刊謡曲集続五（明治二八年刊本）・日本名著全集謡曲三百五十番集・謡曲二百五十番集・楠公叢書三（喜多流謡曲大成久之巻）

※金春流本の《Ⅰ》内、恩地が正行を金剛山に訪ねる過程を省く。以下は同じ。

桜井駅（金剛流現行曲）活：古典文庫未刊謡曲集続五（田中允蔵本）・謡曲全集五・楠公叢書三
※古典文庫解題は「明治版喜多流系の、金剛家のもあった古い桜井を、根津桜井駅追放の為に桜井駅と改題し、昭和七年に金剛流の現行曲に組み入れたのではなかろうか」という。

a４、湊川合戦（巻一六。a１～３の内容を含むものもあり）

大森正成（別名：大森楠・追善楠）活：古典文庫未刊謡曲集八（宮城県立図書館伊達文庫蔵仙台本第一種）
※古典文庫凡例に「江戸中期頃写本」「元禄十年以後の編輯と推定される」とあるが、各曲解題に「曲柄は割合ととのっているから、室町末から近世初期の作であろう」とある。内容は、正成北の方が湊川に赴き、或僧に出会う。僧は大森彦七盛長であり、遁世の次第（『太平記』巻二三「大森彦七事」の詞章を摘記）を語る。供養をする中、正成が現じ、霊夢による召出から湊川での討死までの次第を語る。「正すゐ」と共に自害した、とあるように、『太平記』をふまえている。ただし、北の方が僧に示す正成形見の文は、正行宛の遺書であり、いささか不審（正行も討死した後の設定であるならば、正行への思いが何も語られないのは不自然）。遺書の所在は、第七部第五章付．「正成関係教訓書分類目録」１３【へ】「楠正成其子庄五郎に与ふる書」に示したが、現在確認できる限りでは貞享三年（一六八六）刊『吉野拾遺』所収のものが最も古い。また、正行の幼名を「楠勝五郎」とするのも、『桜井書』（寛文元年（一六六一）刊か）が初見。本曲の成立時期も「江戸中期」とみるべきであろう。

菊水（明治新作）（◆）活：古典文庫未刊謡曲集続三（明治三年刊本）・楠公叢書三
※古典文庫解題は「明治維新早々の尊皇の気風の大いに起こった時代思潮の一班を知る作品であり、明

治最初の謡曲本かもしれぬ点に価値がある」という。シテ正成が主上のもとに参上して以来、湊川下向にいたる経緯を簡略にたどり、死後も朝敵と戦う決意を語る。骨格の淵源は『太平記』であろうが、（ワキ?）の「湊川の御生害をばいかやうとも御延引あつて、聖祚長久の御はかり事あらまほしう社候へ」という説得は、『理尽鈔』巻一六51オの和田正遠の言葉と関連があるか。

菊水（昭和新作）　活：古典文庫未刊謡曲集続三（昭和六〇年刊本）

※水戸光圀が湊川にて正成の墓所を訪ね、墓守、実は正成の霊から、霊夢による召し出し（『太平記』巻三）、鳳駕迎え（巻一一）、桜井駅訣別（巻一六）、湊川自害（簡略。巻一六）の次第を聞き、「嗚呼忠臣楠子之墓」の建碑を企てる。続いて、明治の代、御鎮座奉告（正成を神として祭る）に際し、正成の霊が顕れ、兵庫下向から討死に至る次第（巻一六）を語る。『太平記』流布本の詞章を下敷きにしているが、正行に「恩賜の剣」を渡したとする点は、『太平記』天正本「主上ヨリ給タル菊作ノ刀」に近いが、天正本に拠ったのではなく、第二次大戦前の国定歴史教科書の記述をふまえたものであろう。〔参考『太平記秘伝理尽鈔4』（平凡社、二〇〇八）巻一六後注四四〕

楠（別名：千早・多門）　活：古典文庫未刊謡曲集一（樋口本）

※古典文庫・各曲解題に「自家伝抄に禅鳳作とあり、いろは作者註文にも見える楠木は本曲を指すらしく思われる」とある。津の国湊川の僧が「我寺」にて正成らが自害したゆえ、廻国に出で、千磐屋の里にて正成の墓所を訪ね廻向。正成の幽霊が現れ、千磐屋城での奮戦、湊川での無念の自害を語る。『太平記』『理尽鈔』ともに自害の場は湊川の「在家」。また、末尾に名のあがる「正俊」は文脈からして正成弟の名と思われるが、正成と共に自害した人物は、『太平記』正季、『理尽鈔』正氏、と異なる。千磐屋城で大木・盤石を投げ落とした、とある記述の源などは、『太平記』巻七であろうが、詞章の直接的

な関わりは見いだしがたい。

杉本楠◆活：古典文庫未刊謡曲集一一（仙台本第一種）

※正成の御内の杉本某が遁世し、湊川を訪れ、招き入れられた庵室の主、実は正成の幽霊から、正成討死の次第を聞く。正成自害の模様は『太平記』巻一六「兵庫海陸寄手事」「正成兄弟討死事」などの詞章をふまえたものであるが、杉本の「猶々治国法令委く御物語候へ」との要請に応えて語られる内容は、『楠家伝七巻書』（寛文九年序）第一「治国法令」の一節を典拠としている。「君直なりと云ふとも邪曲の臣に事を司らしむる則は、上下自然に遠く成て国の礼法皆観るる者なり。君に代て臣諸司を執行すればなり。実に心得べきことなり。大酒に家を失ひ国を亡す事多し。常に威儀を乱し色赤く厳しき顔も正しからすして、病悩を生じ、行に怠り心狂乱す」（『理尽鈔』『楠法令巻』にも類句があるが、『七巻書』が最も近い）。なお、杉本は、『理尽鈔』巻一五に登場する「歎男杉本左兵衛」に由来していよう。

談天門院（談天門・談天門楠・千破屋楠）活：古典文庫未刊謡曲集一二（仙台本第一種）

※談天門院（後醍醐生母）の御内であった僧が西国行脚の途、湊川にて宿を乞う。主、実は正成の幽霊は求めに応じて、湊川合戦、千剣破城合戦の模様を語る。『太平記』巻一六、巻七の関連章句を摘記したもの。

兵庫楠（湊川）活：古典文庫未刊謡曲集一三（仙台本第一種）

※西国の僧が上京の途次、湊川の漁師に名所案内を請う。漁師は楠兄弟の廻向を求め、正成幽霊の正体をあかし、尊氏上洛の報、朝儀、正成兵庫下向、正行との別れ、湊川の在家での自害までを語る。『太平記』巻一六の関連章段を略述したもの。

兵庫楠　活：古典文庫未刊謡曲集続十二（浜本本）

※古典文庫解題に近世後期頃の好事家の作か、とあり。正成ゆかりの僧が兵庫に下り、土地の老人に言葉をかける。老人、実は正成幽霊は、正成兵庫下向の次第、正行との別れ、湊川の在家での自害までを語る。仙台本第一種と項目は類似するが、詞章は異なる。

湊川（湊川合戦、現在楠）　活：新謡曲百番・楠公叢書三

※解説（佐佐木信綱）によれば、この百番百冊は磐城平城主内藤風虎の旧蔵書にして、寛永三年以後貞享二年以前の作。ワキ高師直、シテ正成。師直の語り（『太平記』巻一六「将軍自筑紫御上洛事」）に始まり、正成の語り（同「正成下向兵庫事」）。桜井駅訣別の特長については、a3（1）に別記）、兵庫を目前にしての師直の下知、正成の下知と交互に語り進める。以下、正成・義貞の対面（「正成下向兵庫事」）、開戦（「兵庫海陸寄手事」）、遠矢（「本間孫四郎遠矢事」）、薬師寺の直義救援（「正成兄弟討死事」）、正成兄弟討死へと続く。師直をワキとするように、正成側に偏した内容ではない点が注目される。C大森彦七の内容とも通じる、この百番の特色。

むこの梅　活：未刊謡曲集三〇（伊達本）

※河内国観心寺の僧が武庫の地の正成墓標の梅のもとにて、正成の亡魂の語りを耳にする。湊川合戦の具体的な叙述はなく、「ちはみなと川のかすいをそめ……」などの表現は、『太平記』的ではあるが直接その詞章を採り入れたものではない。

幽霊楠（楠正成）◆活：新謡曲百番・楠公叢書三

※諸国一見の僧が湊川にて求めた宿の主、実は正成の幽霊が討死の模様を語り聞かせる。正成が湊川の地にて「恩地と云し郎等をめしぐして。形見を故郷へ送り給ひ。則爰にて自害し給ひ候」との一節は、『兵庫巻』（楠兵庫記なども。明暦元年刊）などに由来するもの（C「恩智」参照）。『理尽鈔』の恩地は、

桜井宿にて正行に従って河内に下向している（巻一六54ウ）。詞章上の繋がりは見出せないものの、『兵庫巻』などとの関わりが見出せる点から、内藤風虎旧蔵の百番が「寛永三年以降貞享二年以前の作」という指摘は首肯される。また、ともに討死した弟を正季とする点は『太平記』に近いが、正成の軍勢を「五百余騎」（『太平記』七百余騎）とするなど、『太平記』も詞章上の直接の関わりはほとんどない。「吾と身をさく修羅の苦患浅ましや。……我が跡とひてたび給へと、いふかと思へば其まゝ蜻蛉の如く失せにけり」と結ぶように、他の多くの作品のような、正成を顕彰しようという姿勢は希薄。禅鳳作かという「楠」が、ややこれに近いが、それには「正成が知略の程」を讃える側面がある。なお、古典文庫解題には言及がないが、未刊謡曲集九（仙台本第一種）「楠正成」もほぼ同文。

〈B正行関係〉

哥念仏　活：古典文庫未刊謡曲集二五（伊達本）

※河内国平野安養寺の僧が廻国修行の帰途、四条河原にて、都人（実は正行の臣しんどうの九郎）から正行討死の有様を聞くという内容。古典文庫に四条畷と都の四条河原とを間違えている等の指摘がある。正行が師直に追いすがり遂に討ち果たせなかった次第は、『太平記』に基づくには違いないが、直接的な詞章の摂取は見あたらない。「しんどう」は松原市の「新堂」であろうが、九郎は不詳。

楠花櫓（花櫓、正行、楠、楠桜）　活：古典文庫未刊謡曲集二二（下村本）、国民文庫謡曲集下・謡曲叢書三（元禄二年刊本）、他

※古典文庫解題は「八帖本花伝書巻五に見える正行は本曲らしいから、室町期の古作と考えられる。もっとも、太平記物は室町初期にはめったにないから、室町中期か末期頃の作であろう」という。「南帝に

頼れ中吉野」に籠った正成同様、当帝に頼まれた（元禄二年刊本は「むほんの子細候間」と説明）正行が吉野に参上し、城郭を構えようとする。吉野の衆徒は花を惜しむあまり、正行に退去を求める。合戦を辞さない周囲を制して、正行は歌をもって応える。《軟化した衆徒に問われ、正行は父正成と吉野の縁を語る。》衆徒・正行ともに酒宴に及ぶ。《　》内で語られる夢想による正成召し出しの次第は『太平記』巻三の表現をふまえているが、本曲は舞台を『太平記』の笠置山ではなく、吉野山の本堂とし、正成のもとへの使者も藤房ではなく、千種中将とする。なお、元禄二年刊本は《　》を、衆徒が源三位頼政の故事を想起して軟化した、と語り、正成参上の次第は記していない。

桜切　活：古典文庫未刊謡曲集続五（石田元季旧蔵本）

※古典文庫解題に「近世中期頃写本所収曲」、「「桜狩」が、もし本曲の別名であるならば、本曲は貞享四年以前の成立となる」とある。同解題に「楠花櫓」の同工異曲とあるように、楠花櫓（下村本）と同様の特色を示す。ただし、「桜切」は、正行の供（ツレ）が頼政の故事をあげ、和歌による返答を勧める、という設定で、楠花櫓下村本と元禄二年刊本とを折衷した形をとる。

正行（米沢本）　活：古典文庫未刊謡曲集続十三（米沢本第一種）

※古典文庫解題は「十五・六世紀頃の古作花櫓を、十八世紀後期か十九世紀前期頃に、金剛流が同工異曲風に改作したもの」という。「楠花櫓」では正行の吉野参上の理由は曖昧であるが、本曲は、後醍醐崩御により、朝敵襲来を危惧した正行が吉野に城郭を構え、皇居を守護しようとした、と語る。これは南朝が動揺する中、正行らが二千余騎で馳せ参り皇居を守護したために平静を取り戻した（『太平記』巻二一「先帝崩御事」）、とあることをふまえたもの。また、「楠花櫓」では正行の歌により和睦した吉野衆徒が、本曲ではなおも押寄せ、合戦に及んだ後、これは正行の武勇を見るためであった、と述べ、最終

的な和睦にいたる。さらに「楠花櫓」では父正成と吉野の縁を語る点を「正成笠置へ参られし謂を委しく語り給へ」と改めている。本曲は「楠花櫓」にみられた『太平記』との乖離を修復しようとしたものであるが、なぜ吉野衆徒が笠置参上の次第を問うのか、という疑問が発生し、作品の統一性は逆に失われている。未刊謡曲集続十三には、石井一斎版本（明治一五年刊）、明治金剛流正本（明治一三年刊。日本名著全集謡曲三百五十番集・楠公叢書三・他）も収載されているが、ほぼ同文。

正行（喜多流新作）　活：古典文庫未刊謡曲集続十三

※古典文庫解題によれば、土岐善麿作詞・喜多実作曲。昭和一八年発表。都がたの僧、実は四条隆資が四条畷にて、正行の墓前で泣く弁内侍と会い、思いを聞く。弁内侍の語りは『吉野拾遺』をふまえる。中入後、正行の霊が四条畷討死の次第を語る。この部分は『太平記』巻二六の表現を摘記して綴っている。

なはて楠　活：古典文庫未刊謡曲集二九（伊達本番外謡曲五百六番の中）

※東国出の旅僧が五条《（ママ）》畷にて、土地の者（実は正行亡母の霊）に請われ、供養すると、正行の霊が顕れ、最後の模様を見せる。正行が「わづかに七きにうちなされ」とある点を含め、『太平記』『理尽鈔』などと、直接的なつながりはほとんど見出せない。

〈Cその他〉

大森彦七　活：新謡曲百番（a4「湊川」参照）

※ワキ大森彦七、シテ正成（鬼女）。詞章は『太平記』巻二三「大森彦七事」をほぼそのまま摂取したものであるが、大森の狂乱の次第はなく、大般若真読の功徳を持ち出すことなく、大森の活躍により正

成の霊を退散させる。正成父子を肯定的に描く作品がほとんどである中、異色の存在。

花宴《はなのえん》（盛長）　活：古典文庫未刊謡曲集六（吉田本）

※古典文庫解題は、大森彦七・花宴の他に、観世信光作の「盛長」があったとする。花宴につき、同解題は、「信光作の紅葉狩の模倣であり、文章にも紅葉狩の影響が顕著に見られる」という。本曲は、ワキ盛長が功により庄園を賜った祝に御堂の前の花見を企てるところから始まる。この部分『太平記』巻二三「大守彦七」の詞章を摂取するが、『太平記』の猿楽の催しを花見の遊興・春の夕暮れとする点は、「紅葉狩」の女（実は鬼女）の酒宴・秋の夕暮を転じたと目される。さらには、白拍子が推参し、一旦は拒絶されるものの、一さし舞を舞うという趣向は、仏御前の推参（『平家物語』巻一「祇王」）をもふまえていよう。白拍子が鬼（正成）の正体を現して以降、盛長との応酬の次第は、『太平記』を再編しており、「盛長がいさめるいせいの有様かな」という結びは、「紅葉狩」の結びの影響になる。

恩智◆活：古典文庫未刊謡曲集続二（母木瓢軽斎述作。近世末頃の版本）・楠公叢書三

※古典文庫解題に「天明頃即ち十八世紀末頃の作と考えられる」とある。諸国一見の僧が恩智社の詣で、老人（実は、恩地左近太郎満一）から神木の桜の由来、さらには、正成が恩地に託した一巻の書、すなわち「正成が兵庫の記」「恩地の巻」のこと、恩地の最期の模様を聞く。恩地の名を「左近太郎満一」とするのは、『理尽鈔』巻八51オに由来するが、『理尽鈔』では、桜井宿にて正成が一巻の書を正行に直接授けている。本曲のように、正成が兵庫の陣にて恩地に委ねたとするのは、『無極鈔』巻第十六之中「楠木判官兵庫ノ記」および『無極鈔』から当該部分を抽出し、単独刊行された『兵庫巻』（楠兵庫記なども。明暦元年刊）である。ただし、恩地が正行討死を悲嘆し、師直勢を懸け散らした後、飯盛山の城内で自害した、とする点は、『兵庫巻』には記述がない。『無極鈔』巻二五28ウでは、恩地は、正行の討

死した貞和四年（一三四八）以前の暦応三年（一三四〇）に病死している（『理尽鈔』巻二〇16オでも風邪にて病没）。本曲は特定の書物を典拠とするのではなく、近世後期の雑多な楠伝承をもとにしているのであろう。

かるも川　活：古典文庫未刊謡曲集二六（伊達本）
※古典文庫解題に「摂津湊川の近くの苅藻川で、建武の乱に楠木正成方として討死した恩智左近の霊が現れ、討死の様を語るという二番目物Dが、恩智左近が苅藻川で討死したとは何によったか未詳」とある。ちなみに、『理尽鈔』『無極鈔』ともに、経過は異なるが、恩地は正成の命により湊川では参戦せず、河内に帰っている。

楠塚（◆）活：古典文庫未刊謡曲集九（仙台本第一種）
※兵法に志ある関東居住の人物が正成の墓所を訪ね、正成の幽霊から兵法の奥の心を知らされるが、解題が「中心点がない」と評するように、文意判然としない。「天下のために身を死して、平均を思ふ故なるよし。古き評に伝えたり」とある一節は、『理尽鈔』巻一六に関わりがあろうか。

Ⅲ・正成関係伝記

1、『理尽鈔』不使用

11、『楠正成伝』（『羅山先生文集』巻三八。慶長九年（一六〇四）冬林羅山所作。羅山「伝」と仮称）
※『太平記』巻三から一六に至る正成関係記事を漢文体で抄録したもの。ただし、［小秋元1］が指摘するように、一部、漢籍の章句の影響や、羅山自身の若干の創作をも交えている。

12、『大日本史』列伝巻第九六「楠正成」。
※『太平記』を中心とし、『梅松論』『増鏡』等諸資料による補訂を加えたもの。『理尽鈔』は用いていない。ただし、末尾近く「帝、追悼して已まず、正三位、左近中将を贈る〈霊碑・僧明極行状〉」とあり、間接的に『理尽鈔』の影響を受けている（平凡社・東洋文庫『太平記秘伝理尽鈔2』解説参照）。
※『楠正成伝』三宅観瀾撰　写：国会（大日本史草稿本の内）複：楠正成伝（一九三六。国会本とは別本）

13、『南朝忠臣往来』（書名は内題による。外題「〈南朝太平〉忠臣往来」）元治元年（一八六四）序［教科書一一。四八、一三二頁］［往来物2426「忠臣往来」］［森銑三著作集11「南朝忠臣往来とその著者」］
※頭書欄に「楠正成略伝」あり。正成の登場から討死、正行討死、正儀病死までを、『太平記』によって梗概

的に記す。本書は『武家往来』巻下（『太平記忠臣往来』と改題刊行）をもととしているが、頭書欄は本書が新たに加えたもの。［教科書一一］に翻刻あるが、頭書欄等は割愛されている。

影印：謙堂（後表紙見返「製本所　大阪心斎橋通／書林　敦賀屋為七」→影印『往来物大系』四四巻）・東大（後表紙見返「書房」「淡州須本　久和島屋文蔵／（12名略）／大阪　敦賀屋九兵衛」→マイクロ『往来物分類集成』R四四）

２、『理尽鈔』使用

２１、羅山「小伝」（仮称）：「楠正成」「楠正行」（２１・２）にいう「日本武将追加五十人」のうちには、「楠正儀」も含まれる）

※「楠正成」は小伝であり、慶長九年「楠正成伝」（羅山「伝」）の約三十分一程度であるが、「楠正成伝」にはない、「宅辺有楠樹因氏焉」という、『太平記』『理尽鈔』以外の伝承による一節を含む。「楠正成」に『理尽鈔』の直接的な影響は見られないが、［小秋元１］が指摘するように、「楠正行」は『理尽鈔』巻二五に大きな影響を受けている。

（２１・１）『羅山文集』巻三九「本朝武将小伝」のうち。

※「本朝武将小伝」は、阿部正之（慶安四年（一六五一）没）に請われ、恕（鵞峰）・靖（読耕斎）に標出させ、羅山が小伝をなしたもの（『文集』巻三九）。阿部正之がみずから五十人（本朝武将小伝）に図した完成作は、正之の次男大久保正朝の許に蔵された（『鵞峰文集』巻九八「武将図帖跋」「重跋五十武将図」）。

（２１・２）『日本武将小伝』「日本武将五十人[*1]」のうち。

※『日本武将小伝』（内閣文庫蔵写本一冊）は、他に「日本武将追加　五十人(＊2)」「日本三十六将(＊4)」「日本百将(＊5)」等より成る。『日本武将小伝』35オの記述によれば、「日本武将五十人」と「日本武将追加　五十人」（永井尚庸の所望。鵞峰撰作か）とを併せ、収載武将の一部入れ替えを経て「明暦元年（一六五五）乙未孟夏（四月）下旬」に百将の小伝(＊1・＊2)を完成。『鵞峰文集』巻九五「書《ス》二本朝三十六将小伝後《ノ》一」に「在昔余撰二本朝名将五十人(＊1)一、又択二百将(＊1・＊2)一。其後奉二　台命一作二百将倭字解(＊3)一。今復承二　鈞命一殊撰二三十六将(＊4)一。（後略）／辛丑（寛文元年（一六六一））十一月二十二日」とある。

※「百将倭字解(＊3)」は鵞峰「諺解」に相当。

※「日本三十六将(＊4)」（人名・肩書のみ）は、松平治綱の求めによる。

※「日本百将(＊5)」は羅山父子「賛」に相当。

（21・3）『楠氏二先生全書』［↓第七部第三章］のうち「二先生小伝」。

※林羅山『本朝武将小伝』「楠正成」「楠正行」をもとにして、『理尽鈔』等により記事を増補したもの。

22、鵞峰「諺解」（仮称）：「楠正成」「楠正行」「楠正儀」

（22・1）『日本百将伝抄』（六巻六冊　著：林恕（鵞峰）　成：明暦元年（一六五五）跋）のうち。

大本（内閣本◎二五・〇×一七・八㎝。刊年不明「御書物屋　出雲路和泉掾」）。寛文七年（一六六七）荒川宗長刊（益田家、七冊）、寛文七年刊山口市郎兵衛印（杵築図、六冊）。

※本書のうち「楠正成」の伝は、［土橋］四一七～四二〇頁に収載されている。土橋は羅山の作とするが、跋に「向陽林子」とあり、鵞峰の撰作。

※本書は、その跋によれば、「日本百将小伝」の「諺解」であり、『鵞峰文集』巻九五にいう「百将倭字解」に相当。「諺解」「倭字解」というように、本書は、羅山父子「賛」はもとより、羅山「伝」や羅山「小伝」などとも別の、詳細な片仮名交じり文による著作である。記載内容は基本的には『太平記』によるが、『太平記』『理尽鈔』以外の楠系図にもとづく「正成ガ先祖橘遠保、伊予国ニテ藤原純友ヲ生取テ名ヲアラハセリ」という記事を加えるほか、部分的に「正成カツテ在鎌倉シテ、北条高時ガ政ノ悪キヲ見テ……」（『理尽鈔』巻三）、「正成ガ一族ニ和田某ト云者、正成ニ副テ軍功多ユヘ、和泉国ヲ賜ル」（同巻十二）などと、『理尽鈔』に由来する記述を交える。

（22・2）『百人武将伝』のうち。
版：大阪市大森（1冊。資料館書名「本朝武将伝」。刊記「屋　板」）・他
※本書は『本朝百将伝』（3・2）の挿絵を踏襲し、画賛を改め、『日本百将伝抄』に依ったもの。ただし、半葉に武将一名の伝と画像を納めるため、詞章は大幅に縮約している。武将名の下に付す享年も「日本百将伝抄総目録」に基づく。また、武将の多くにその花押（判形）を示す。ちなみに楠正成の花押は「多聞」を図案化したもので、往来物「楠壁書」末尾の花押は本書の影響下になるものであろう。
※本書の刊年は不明であるが、次項により、宝永七年（一七一〇）以前。

（22・3）『本朝百人武将伝』〈絵入〉（日本百将伝大成）のうち。

大本（国会◎二五・四×一八・五㎝。宝永七刊四巻合一冊）、正徳四年（一七一四）修（新城情報牧野、二冊）
※本文欄に、『百人武将伝』の内容を置き、続けて「大日本中興将軍記」・武具図解・他を記し、頭書欄に

「大日本国王代記」を付す。
※宝永七年版は、巻頭の「本朝百人武将伝序」に「……全部四冊とし題号を本朝百人武将伝と名付梓に鏤ること尓也」という。正徳四年版はこの序一丁を外し、外題を「〈絵入〉日本百将伝大成」と改め、二冊としたもの。発行書肆は同じ「大坂野村調兵衛／京都荒川源兵衛」。

（22・4）『〈新刻〉日本百将伝』（書名は見返による。序題「新刻百将伝」）のうち。
中本（岩瀬◎一八・〇×一二・〇㎝。後表紙見返の奥付欠損）・他
※本書には頭書欄なく、（22・2）をもとに、挿絵をすべて一勇斎（歌川）国芳の手に改め、「午の秋」（弘化三年（一八四六））に「百文舎主人」（花笠翁。花笠文京か）が諺解の文章の一部を補訂したもの。（22・2）が豊臣秀吉で終わるのに対し、本書の末尾は三好長慶。（22・2）の「92毛利元就、97織田信長、98織田信忠、99柴田勝家、100豊臣秀吉」を欠き、替わりに「43平知盛、44平忠度、93三浦介義同、94今川貞世、96太田持資」を入れて百将とする。弘化五年（一八四八）山崎屋清七（山青堂）・他刊。

23、**羅山父子「賛」**（仮称）：「楠正成」「楠正行」「楠正儀」
※羅山の正成「小伝」が一六一字であるのに対し、これは三五字の賛。「楠正成」「楠正行」に『理尽鈔』の直接的な影響は見られないが、「楠正儀」の「……義詮及畠山道誓率二大軍一来攻レ之。正儀防戦有レ日矣。敵遂退帰」は、『理尽鈔』巻三四47ウ～53ウが正儀の策略により足利軍が退却した、と説くことを受けた記事であろう（『太平記』は吉野御廟神霊の働きによる退却とする）。ちなみに、「桃井直常」の「曾師二楠正成一学二兵法一」も『理尽鈔』に基づく記述（巻一三25ウ・61ウ等）。

※『羅山文集』巻四七「日本武将賛」に「因二浅野因幡守長治求一レ之、択二日本百将一。其中三十人作レ賛、其余七十人賛使二恕・靖作一レ之」とある。正行の賛は『羅山文集』に収録するが、正成の賛「楠正成者有忠義之勇、有籌作之巧、其守城・野戦之労、皆是勤王之志也。事在別記、不贅此」はない。『鵞峰文集』巻八四「本朝百将図序」に「本朝百将図、往年依二浅野因牧之求一所二撰定一也。且与二先考（羅山）・亡弟（読耕斎）一粗記二其履歴於各像上一（後略）」とある。

（23・1）『日本武将小伝』（21・2）「日本百将（＊5）」のうち。

※「日本百将」には朱で武将の順序改変の指示があり、『本朝百将伝』以下で改められているが、なお異同がある。

（23・2）『本朝百将伝』（見返「〈本朝有像〉百将伝」。二巻二冊　成：明暦二年（一六五六）刊）のうち。

特大本（内閣◎三〇・二×二一・二㎝。刊年不明）。明暦二年大西与三左衛門尉俊光刊（国会◎折本二帖。手鑑状に印面を貼付）・他。後印数種あり。

（23・3）『本朝武将伝』（一冊　明暦三年刊）のうち。

特大本（内閣◎二九・四×二一・五㎝）

※刊記は「明歴《ママ》三丁酉年正月吉日」。挿絵は最初の道臣命を除き、いずれも鎧武者風で稚拙。一部の挿絵に「金テイ」「コンカキ」など色の指示があり（印刷）、絵の様態からも、塗り絵の趣き。

※斎藤報恩会蔵『本朝武将伝』（写本一冊。外題「〈桃牛先生編集〉本朝武将伝」、内題「本朝武将略伝」）は、征夷

将軍列伝を基軸とし、楠正成には言及せず。「奥州仙陽隠士　玉桃先生著」とあり、鷲峰系統の『本朝武将伝』とは別書。

（23・4）『日本百将伝一夕話』（一二巻一二冊。嘉永七年（一八五四）自序。松亭金水著、柳川重信［柳川重信二世］画）のうち。

大本（蓬左◎二五・一×一七・五㎝。刊年不明）。安政四年（一八五七）版（学習院日語日文）・他。文久三版（国会）安政活：絵入文庫九・一〇・日本歴史図会一〇

※『本朝百将伝』（羅山父子「賛」）に、伝を補い、逸話・新たな挿絵を加えたもの。「楠正成」の場合、「賛」の次に、系図（『理尽鈔』にもとづく）、『本朝通紀』楠公湊川戦死条を引き、「楠正成の話」を載せる。逸話は、『理尽鈔』巻一五37ウ（正成、尊氏追撃を進言するも、義貞・顕家動かず）、同巻一六81オ（正成、老母療養のため馬を盗んだ農夫を許す）を中心としている。

・絵本日本百将伝（京都府◎）・日本百将画伝（岩瀬◎）は、（23・2）本朝百将伝に同じ。

24、『楠正成伝』（楠河州伝）寛文九年（一六六九）安井真祐序、同年原友軒跋。村田通信撰。

無刊記（寛文九序・跋）…国会◎。吉野屋総兵衛印（30ウ左下隅に「吉野屋惣兵衛板」）…京大◎・他

複製—楠正成伝（一九三六）、翻刻—『楠公叢書第一輯　忠臣としての楠公』（奉公会、一九四〇）

25、『扶桑名将伝』（本朝名将伝。二巻二冊　仲村信斎（中村興）著。延宝五年（一六七七）刊）のうち「楠正成」「楠正行」

［土橋四三六頁「巻之下に、正成、正行二公の伝を載す」］

大本（京大◎二六・五×一八・〇㎝）（内閣◎二五・〇×一七・五㎝）…「延宝五年丁巳五月・本屋七郎兵衛板行」。

※日本武尊から豊臣秀吉にいたる三六将（鷲峰の「日本三十六将」は道臣命から源義満）のうち。『太平記』にもとづき正成合戦譚を漢文体で記したもの。羅山の正成伝・『大日本史』正成伝等と異なり、後醍醐帝夢想による楠登場場面（『太平記』巻三）や飯森城の北条残党討滅（巻一二）等の記事はない。羅山「本朝武将小伝」、鷲峰『日本百将伝抄』、村田通信『楠正成伝』などと異なり、『太平記』を旨とし、『理尽鈔』の影響はごく少ないが、天王寺未来記披見の「其文伝至二都下一。於レ是帰二正成一者弥多矣」などは、『理尽鈔』巻六53ウ「正成ガ未来記ノ事、京都マデ其カクレ無リシカバ、（中略）是ニ依テ正成日ニ順テ強大ノ勢ニ成シト也」によるものであろう。

26、『三忠伝』二巻二冊　天和三年（一六八三）安東省庵自序。

「村田通信の『楠正成伝』を基本に据えて、『羅山先生文集』巻三十八の「本朝武将小伝」の内の護良親王や橘諸兄・源顕家の記事、また（略）朱舜水の賛などを混じえて、書かれたもの」（『柳川文化資料集成　第二集　安東省菴集　影印編Ⅰ』解題）。『三忠伝』の『理尽鈔』摂取については、［加美２］二七五頁以下にも言及あり。

活：日本教育文庫孝義篇上

27、『南木誌』弘化四年（一八四七）中山利質自序。嘉永二年（一八四九）年「上安中侯書」（南木誌八巻を板倉勝明に呈上）。

文久二年（一八六二）刊（八巻八冊）内閣◎（見返「文久壬戌仲秋／南木誌／虎杖園蔵版」）。元治元年（一八六四）刊

（五巻五冊）内閣◎（表紙右下に「新刊納本」の黒印あり。見返共紙白紙。第五冊最終丁は破り取られている）。元治元年刊明治印（五巻五冊）中西達治◎（見返「中山利質編輯／長山貫校訂／南木誌／東京書肆万延堂発兌」。第五冊後表紙見返。上部に「東京／書屋」、その下に「日本橋南一丁目　須原屋茂兵衛／（八名略）／下谷稲荷町　福田屋勝蔵」）活・修養文庫一

※八巻本…巻一本伝、巻二年表・世系、巻三遺事・遺文・遺訓・勝蹟、巻四碑記・賛、巻五論、巻六弁・評・序文、巻七詩・賦、巻八和文・和歌。

※五巻本…巻一本伝、巻二年表・行在表、巻三遺事・遺文・遺訓・勝蹟、巻四世系・碑記・皇子伝、巻五評・論。

28、『楠三代往来』十返舎一九著［往来物0965］

※「伝云楠多門兵衛正成者敏達天皇十八代、従五位上楠正遠之次男也。其先自二橘諸兄公一出、而宅地上以レ有二楠大樹一為レ氏之矣」とはじめ（この部分は楠系図の或ものに拠ったのであろう。『太平記』『理尽鈔』とは異なる）、正成の事績を漢文体二百字余りで記す。その内容は『太平記』を逸脱するものではないが、続く正行・正儀の記述には『理尽鈔』（もしくはその派生書）の影響が濃い。［教科書一一］九〇頁の指摘する「戦功↓諫奏↓拒否↓討死」という、三代に共通の図式は『理尽鈔』のものである。たとえば、「尊氏又使三諸将侵二南方一之刻、正行夜潜入二京洛一急襲二尊氏・直義一（『理尽鈔』巻二五・65ウ）。兵威因レ烈而足利高経（同75オ）・桃井直常（同76ウ）・赤松円心（同77オ）等、通二書于正行一雖レ請レ属二官軍一、帝拘二于封国之約一不レ肯レ之。」とある部分は、『太平記』にはない、『理尽鈔』独自の設定をふまえたもの。

文政六年（江戸・山口屋藤兵衛）版―東大◎（↓マイクロ『往来物分類集成』R四三）・東学大望月（↓東学大附属図書

館ＨＰ画像）・玉川大・成田・謙堂（→影印『往来物大系』四七巻。翻字『往来物落穂集』）

２９、その他

『楠正成紀事』写：内閣◎・彰考

※内閣本は徳川昭武蔵本の謄写。彰考館蔵本謄写「楠氏系図」と合一冊。『理尽鈔』巻一六83ウ系統の記事で始め、以下矢尾別当との戦い等を続ける。

Ⅳ．楠兵書

1《太平記評判》関連

［島田2（取意）］京都本圀寺の僧陽翁が、名和正三より伝授された『太平記秘伝理尽鈔』を根本として立てた一流。
※『理尽鈔』と『無極鈔』とは別書であり、下位区分する。厳密には「理尽鈔系」を陽翁伝と称するべきであろう。また、流派伝系上、『太平記理尽図経』に特異な位置づけを与えている点から、「理尽図経系」を立てた。「肥後竹田家流」は仮称である。

1 1 理尽鈔系（陽翁伝楠流　太平記流）

『理尽鈔』伝本および口伝聞書［↓第三部第一章］
『太平記理尽図経』『太平記大全』『〈和字〉太平記評判』『太平記綱目』［↓第四部第一章］
『楠正成一巻書』群：『楠正成一巻書』『百戦百勝伝』『理尽抄』『秘伝一巻之書』『雑記』［↓第五部第一章］
※「楠河州一巻秘書　一巻」（［擁膝］甲5オ）もこの一類か。
『楠桜井書』群：『楠桜井書』（別名：楠正成桜井書・桜井之書・楠公桜井書）。『評判秘伝』『正三記』『〈軍法ノ事聞書〉』第五冊［↓第五部第一章］
『恩地左近太郎聞書』［↓第三部第四章］

１２無極鈔系

『楠兵庫記』一冊（別名：楠判官兵庫之記・楠兵庫巻・楠が軍記・太平記兵庫巻・太平兵庫記）［→第五部第三章］

『闕疑兵庫記』江島為信著、寛文七年刊二巻二冊。鶴舞（上下一冊）・他。

※本書は、『楠兵庫記』を論難しているが、便宜上ここにあげる。

『古今軍林一徳鈔』山本尚勝編、明暦二年刊一八巻二〇冊。内閣・他。

※本書の引く楠正成関連記事の多くは『無極鈔』に拠る。第二冊1ウ～（『無』十六之中1オ～）、第六冊17オ～（同七18ウ～）、第九冊7オ～（同廿五28ウ～）、第一五冊13ウ～（同七13オ～）など。

１３理尽図経系（肥後竹田家流）［→第六部第三章］［長坂］

『楠公兵法伝統』写：九大◎（一冊）

『楠氏兵法』写：九大◎（文化四年沢正博写。折本一帖）

『太平記評判秘伝鈔』写：九大◎（四〇巻一〇冊。題簽「楠公兵法」）・群馬大新田（四〇巻五冊。題簽「太平記評判」）

※１１理尽鈔系の太平記評判（『理尽鈔』）とは関連あるが、別書。

２《楠正辰伝楠流　南木流》関連

※南木流については、第六部第一章および第一章付論で概観した。［石岡］が「この流の兵法書は『南木拾要』（静岡久能文庫蔵）を根本伝書としたが、単に『楠流兵法』（三五冊、蓬左文庫蔵）または『南木流兵書』（一九冊、島田氏蔵）

と称して、いずれも数十巻の厖大な巻数で、正確な伝書の範囲を把握することが困難である。」というように、なお不明な点が多い。

21『南木拾要』群

※本項では最初に、静岡県立中央図書館久能文庫蔵『南木拾要』（略称「静岡久能本」。符号ｓ）および京都大学文学部古文書室蔵『南木拾要』（略称「京大文本」。符号ｋ）と蓬左文庫蔵『楠流兵法』（略称「蓬左本」。符号ｈ）の〈内容異同表〉を示す。後掲の図書の内容項目には、このｓｋｈの符号を付して、『南木拾要』との関わりを窺う手がかりとする。

※静岡久能本は国文学研究資料館蔵マイクロフィルムによる。同館ＨＰ「日本古典籍総合目録」の所蔵者表示は「静岡県葵」とあり、『国書総目録』にも「葵（二冊）」とあるが、現在は静岡県立中央図書館久能文庫蔵。乾・坤二冊。乾に四項目、坤に一二項目を収載。便宜的に1〜16の通し番号を付す。

※京大文本は楮紙紙縒綴八冊（付録共。第八冊外題・内題「南木拾要附録」）であるが、第一冊（城取巻一〜四）と第二冊（城攻・城取）とは異筆同内容であり、実質的には七冊。異同表においては第二〜八の七冊を対象とする。各冊の項目内容に通し番号を付し、例えば第二冊の第一項目を2-1と表示する。

※蓬左本は楮紙袋綴三五冊。現行の蔵書ラベルの図書番号（二〇七六三〜七九七）は適宜であり、本来の順序は不明。「〈楠流〉行列之巻　全初」「〈楠流〉斥候之巻　全中」「三教之巻　上後」（「全」は一冊、「上」は上中下三冊の上冊）のように、外題（題簽）に付された、南木流修学の階梯を示す「初・中・後」（［島田6］）の区分を項目頭に表示する。「・初」「・後」は表示がないが、［島田6］を参照して該当区分にあてはめた。

〈内容異同表〉

静岡久能本 s	京大文本 k	蓬左本 h
静岡葵本と京大文本（または蓬左本）との共通項目		
1城取之巻第一～四	2-2城取之巻第一～四	初：城取之巻（城取秘伝之巻）第一～四
2城攻之巻上下	2-1城攻秘伝鈔上下	中：城攻之巻（城攻秘伝之抄術）二巻
3行列之巻		初：行列之巻
4軍配之巻（問云日取方角を専用之軍の勝負に……）		中：日取方角之巻
5教戦之巻（夫軍は天下始終の時也……）	3-3教戦之巻	・初：教戦之巻
6八陣之巻（黄帝八陣一円之元儀・起伍終八一輪之元儀・奇正変化之元儀）		中：八陣元儀之巻（黄帝八陣之元儀）
7八陣之鈔（伍法制起之論・家中下々之制法・騎馬之制法・縦横分合之論・八陣之大意）	8-7備伝授之巻（静岡久能本「八陣之鈔」に同じ）	
8地形之巻	7-5地形之巻	初：地形之巻
9理数論（序：夫理者天地彝倫之至極也……。問云敵魚鱗に備る時は……）		初：理数論
10一和伝道備之巻（問云海上の戦は如何可備き……）	6-2一和伝道備之巻	
11船軍之巻	6-3船軍之巻	（暦代巻「船軍之事」は別内容）
12陸船一通之巻	6-1陸船（戦）一通之巻	

13三教之巻（大道三権・兵用道之三権・軍励之三権）	4-2三教之巻上中下	後：三教之巻上中下
14変悟之巻（夫至理は本来形なし……）	3-5変悟之巻	
15五謀伝受之巻（良将軍旅の事を討るは……）	4-4五謀伝授巻	
	京大文本と蓬左本との共通項目	
	3-1物見秘伝抄	中：斥候之巻（物見秘伝之抄）
	3-2旗旌之巻	初：旗旌之巻
	3-4軍法大要之巻（夫軍法之大事先ニシテ……）	初：乱地之巻（夫軍法之大要ヲ先ト而可明者三アリ……）
	5-3実検之巻（本文欠）	中：実検之巻
	7-1軍教之巻	初：軍教之巻（「君臣之元義」含む）
	7-2軍制之巻（夫天四時運行而万物ヲ生治ス……）	初：軍制之巻
	7-3軍行之巻	初：軍行之巻
	7-6営舎之巻	初：営舎之巻
	7-7夜戦之巻	中：夜討之巻上下
	8-2道端論（問曰武士タル者軍ノ法心ニカケナバ……）	中：軍法評論（問曰武士タル者第一軍法ヲ心懸ナバ……）
	8-3軍元運命之巻	初：運命論（軍元運命之論）

京大文本・蓬左本独自項目	
4−1初伝計謙篇（夫兵法者外以武治、内ニ文以守ル……）.	初：足軽之巻
4−3攻戦之巻	初：八陣之巻（八陣説）
4−5軍元之巻	初：兵乱起源之巻
5−1四神要問論（第一柔法之伝授・第二弱―・第三剛―・第四強―）	初：変化之巻
5−2八陣要説（本文欠）	後：達徳之巻（軍法達徳之巻。「一夫軍法ノ大ナル事也、天下国家ヲ治、五倫ノ化育ヲナス道也……」）
7−4行列之巻	・後：暦代之巻上中下（南木流家伝之三巻）
7−8小屋之巻	
8−1軍計之巻（万体有テハカルニ計策、此二字ノ内ヲ書也。……）	
8−4防守之巻	
8−5籠城之巻	
8−6籠城制法	
8−8至要徴権之巻	
8−9八陣要説（本文欠）	
8−10四神要問論（本文欠）	
8−11実検之巻（本文欠）	

8－12小勇之巻上下（凡主将者則レ天而智仁勇之以二三徳一……）

金井政教軍法書　写：東大史料◎（東京都田中清之助蔵本写一冊。底本は巻子本で所々に欠脱部分がある）
※伝授奥書に「東海油比翁楠正雪／橘正之／金井半兵衛正教／慶安三年庚寅十一月吉辰　正教（花押・朱印）／飯田采女佑殿」とあり中に「一和伝道備之巻ｓｋ」（本文部分欠脱）その他の名がある（［島田3］により、一部今井補記）。

楠家軍学之書　写：京大◎（大惣本。二冊。「源（藤邨）光直」は編著者か）
※内容：(上)初学城取巻ｓｋｈ第一～第四　源光直（印記「藤邨氏」「光直之印」）、(下)初学兵乱之巻ｈ　源光直、初学地形巻ｓｋｈ、初学足軽巻ｈ　源［　］（［　］部分切除）、初学軍制巻ｈ

楠流軍学書　写：函館（二冊）○
※内容：正伝奇正之巻（奇正変化之法。正慶元年八月十五日）・正成遺書（建武三年正月日）・軍元四相之巻・五謀伝授之巻ｓｋ・変悟之巻ｓｋ・軍用秘術聴書（建武三年五月九日　恩地左近丞正俊判／船田民部丞殿）
※「正成遺書」は沢正博『楠公兵法伝統』に挙げる「楠公遺書後太平記に出（本文略）右千剣破城壁書」と同一。楠正成壁書・楠正成金剛山居間壁書とは別。

楠流抜書　写：尊経閣◎（『国書』未載。三冊）・金沢市加越能◎（三冊）

※内容：[上] 黄帝八陣之元儀ｓｈ・奇正変化之元儀ｓ・奇正元儀河図之図（項目のみ）・奇正変談之論・陣体正見之論・勝負太元七計之論・変化応戦本知之論・所作因理知用所之論・法能為勢形之論　／[中]《大道三権（第一明心・第二治見・第三止道）・兵用道之三権（官・禄・死）・三略隠謀之図・軍励之三権（賞・罰・備）・攻戦篇》ｓｋｈ（《　》内、南木拾要《三教之巻》に同じ）・初伝計諫論ｋ　／[下] 陣法大意之篇・行軍大意之篇・営法大意之篇・築城大意之篇・天官取捨之論・地形知変之論・物見真見之論・軽卒軍器之論

楠流兵法　写：蓬左◎（三五冊・内容は前掲表）［島田2：南木拾要と同系統の書と思はる］

軍行之巻ｋｈ　写：島田貞一（一冊）

軍法書　写：和中○（一冊）

※内容：軍教之巻（軍教序　由井縣方庄主軒松雪）ｋｈ、三教之巻ｓｋｈ、乱知之巻ｈ、軍計之巻、日取之巻（日取兵徳神変之巻）、至要徴権之巻

楠氏兵法極意　写：東大史料◎（二冊）

※内容：理数論ｓｈ・足軽之事ｈ・三種之巻（足軽三種之巻）・船手戦法論・八陣元義巻（静岡久能本「八陣之巻」相当）ｓｈ・変悟之巻上下ｓｋ・八陣大意之巻ｓｋ／城取巻一～二ｓｋｈ・城攻秘伝之巻第一～四ｓｋｈ・木屋取之巻

初伝計諌之巻**k**　写：京大谷村◎（江戸末期写、乱知之巻**h**・小勇之巻**k**と合一冊）
※三書ともに末尾に「東海油比翁楠正雪／橘正之」から「三戸五郎右衛門／源顕尹」に至る伝系と「松岡新左衛門殿」という宛名（伝授対象者）が示されている。

南木家伝全書　写：神宮◎（一冊）
※内容：徴用軍理序、君臣之元儀**h**、変悟巻**sk**下、乱知巻**h**、八陣大意之巻**sk**、備伝授之巻**sk**、変悟巻**sk**上、行列巻**sh**、軍行之巻**kh**、日取方角雲気之巻・他

南木集　写：東博◎（江戸末期写。六冊）
※内容：足軽巻**h**・戦争之巻、論功之巻・実検ノ巻**kh**・軍益之巻、将道ノ巻・出軍ノ巻・陣形ノ巻、行列之巻**sh**・物見之巻**kh**、小屋取之巻**k**・城取之巻**skh**、攻城之巻**skh**・守城海軍

南木拾要　写：静岡久能◯（二冊。内容は前掲表）・京大古文書◎（国史／特こ／す10。八冊。内容は前掲表）・京大◎（8−21／ケ/3。形水館叢書二〇。近世後期写。内容：教戦之巻**skh**・八陣之巻**sh**・八陣之鈔**sk**・地形之巻**skh**・「夫理者天地彝倫云々」・理数之巻**sh**）・静嘉（軍法之巻図集、一冊）・海自鷲見（六冊。注）・島田貞一（静岡久能蔵本写）・福井久蔵（軍法之巻図集、一冊）
注：『古兵書目録（旧海軍兵学校教育参考館蔵　野沢文庫　鷲見文庫）』（昭和三九年四月一日　海上自衛隊第１術科学校　普通学科・教材課作成）に、「南木拾要　物見之巻、〃初伝計練之篇、〃陸戦之巻、〃軍教之巻、〃城攻之巻、〃附録」とあり。

南木伝書聞書　写：京大◎（二冊。形水館叢書・正集巻一八・一九）
※内容：軽卒足軽ノ巻ｈ、戦争ノ巻、戦争ノ二、行列之巻ｓｈ、斥候之巻ｋｈ、城取之巻ｓｋｈ

南木流八陣説　写：東博◎（一冊。『国書』に「二冊」とあれど、残る一冊は「南木流理数論ｓｈ」。稲葉通邦印。通邦は尾張藩士）

南木流兵書　写：島田貞一（一九冊）※［島田６］総論三八頁に言及あり。

２２〈軍教之巻・南木流家伝之三巻・軍用秘術聴書〉群

※軍教之巻・南木流家伝之三巻・軍用秘術聴書は、前項『南木拾要』群の一部をなすものであるが、相互に結びついて一書をなすことが多く、それらは『南木拾要』の縮約要諦版とみなすことも可能である。『楠三巻書』『楠家伝七巻書』『楠知命鈔』『南木武経』および類縁の書が該当する。［↓第六部第一章］

恩地遺戒書、楠軍教（楠正成軍教）、楠軍術記、楠軍書、楠兵法書、楠正成軍法、楠正成之書、楠正成秘書、楠正成秘密書幷兵庫巻（楠公秘書）、楠正成正行遺言之事、楠正成無尽巻、楠正成流三妙無尽法、楠流書、軍元立将之法、軍元立将巻、軍用秘術聴書（軍用秘術書）、桜井異伝、神道正授巻、楠君子御譲三巻之書、楠君遺事、楠家秘伝書、楠公御伝授之巻、楠氏軍鑑、楠氏書、楠兵記、南木遺書、正成遺書など。

２３南木流関連その他

楠恩義典鑑　所在不明［藤田精一『楠氏研究』五三三頁］

楠不伝免状巻物　写：島田貞一（一巻）［島田2：三箇之口訣、五箇之口訣、免璽、免許等の巻物。嘉永三年四月山脇正準より吉田兵輔へ伝授のもの］

楠流軍学伝書目録　写：長谷川端（一冊。墨付三丁半）

※前掲2《楠正辰伝楠流　南木流》関連［島田3］の示す、楠正成から正辰に至る伝系に続けて、芥川刑部左衛門義任、芥川八左衛門義道、芥川九郎左衛門義晴、芥川八左衛門義行、芥川九郎左衛門義矩の名をあげる。［武芸］によれば、「芥川流」は甲賀流系統忍術の流派。義矩は天保頃の人。伝系から兵学は南木流に属するが、以下の伝書名は他の南木流との類縁性が低い。軍法巻（当流表之書）。単騎専用、戒制図解、兵器図書、武器利用、軍法巻図集（軍法巻之付書）。武役教令、斥候巻、陣言巻、軍中法令・船中禁制、軍馬巻、軍礼巻、放戦巻（当流裏之書）。守成巻、輜重巻、相図巻、天官巻、陣法巻（当流奥拝之書）。直伝六十箇条。

楠流軍礼　写：蓬左◎（正徳三年六月、川崎経武写。三冊）

※［島田2：廿四巻。小笠原流の軍礼を採りて尾張藩の南木流に附加せるもの］

※「具足着用之書」「軍言葉之巻」以下、諸種の軍陣故実書。小笠原大膳太夫長時から川崎甚右衛門尉経武に至る伝系を載せる。

楠流軍礼聞書　写：東博◎（天保三年八月、土橋惟昌写一冊）
※内題は「軍中執筆」とあり、「一高札副札書之事」以下、軍陣における各種書法について範を示す。蓬左文庫「楠流軍礼」とは直接の関わりなし。

楠流軍礼附属図木形折形　写：旧蓬左（二冊）

南木惣要　写：山口大棲息（「南木摠要」九巻　江戸期写　三冊）・黒川公民（配部一・二、法部三、術部一、術部之配　存五冊）
版：元禄一二年（一六九九）版―山口大棲息（九巻九冊。『棲息堂文庫目録』「浪華（大阪）糸多久兵衛」）、島田貞一
※［石岡一七三頁（取意）：安藤掃雲軒著。義経流兵法の影響を受け、義経流の法・配・術の字を採り、それぞれ三段の九段階に巻別］
※［島田2：月海居士（安藤掃雲軒）著。法、配、術の三を互に組合せ九巻として兵法を説く］

楠公遺訓　写：大阪府◎（明治一一年写二冊）
※外題の他は見せ消ちで「楠氏遺経」を「楠公遺訓」と改めている。（上）学法第一、心法第二、智法第三、通法第四、柔法第五、制法第六。（下）治法第七、神法第八、攻法第九、間法第十、富法第十一、円謀第十二、労謀第十三、教戦第十四、営地第十五、地形第十六、火戦第十七、夜戦第十八、血戦第十九、応変第二十、自悟第廿一、自修第廿二

※「学法ハ心性ヲ悟リ諸民ヲ親愛スルヲ……」と始まり、「軍教序」に同じ。「教訓」の項の「楠公遺訓」とは別書。

楠公遺訓（元亨利貞）　大正一二年四月、編次兼発行岡島佐太郎・発行所岡島佐逸。［↓第六部第二章］

3《河陽流　恩地流》関連

［石岡］楠正成から、恩地・赤松等の諸氏十一代を経て、河宇田義夏・同永白叟・同正鑒に伝わり、伊南芳通に至って、正保・慶安頃から会津藩に定着した兵法学。「永白叟には文禄三年（一五九四）の跋のある『河陽兵庫之記』があるから、河陽流はこの頃組織化されたものであろう。」

［武芸］「恩地流（軍法）（前略）恩地流軍術と称するものは、楠流十八代伊南余八郎芳通の門人山家伊右衛門輝長が、恩地を流祖として一流を始め、仙台藩に伝承した。河陽流参照。」

※［擁膝］に以下の関連記事あり。

河陽伝河宇田数馬所伝。世ニ所謂会津伝者也　十三巻（甲1オ）

武鑑綱目楠流会津伝　四巻、雑図城取　一巻、十二ヶ戦法　一巻、武将伝大勇巻　一巻、小勇一騎伝　一巻、一騎伝以上楠流／伊南半庸伝也　一巻（甲14オ）

河陽軍鑑船闘巻　上下（甲21ウ）

兵品録払（無窮会本「兵器録抄」）楠流　一巻（甲17オ）

軍談秘抄抜萃楠家　一（甲31ウ）

奇尾三綱伊南半庸　合二巻（甲17オ）

軍叢拾芥　軍談秘抄　兵器録　奇尾三綱／伊南半庸伝ノ楠流書也。河宇田酔庵永白翁ノ子ナリ楠流也。河宇田数馬、
川副良重、楠流。後藤直薫（乙14ウ）

天官録伊南伝（乙14ウ）

※『楠公兵法伝統』（九州大学附属図書館蔵）［→第六部第三章］に、肥後藩江戸藩邸詰めの島田源吾（未勘。他の記事からして幕末頃の人物であろう）所持本として、以下をあげ、これらは「河陽伝」であるという。

城築録　一冊／軍叢拾芥　同／天官録方日時取　同／兵家三法綱領　同／秘密口訣奥儀　同／候風雨篇　同

右河陽伝。

河陽兵庫之記（河陽兵庫巻。五巻二冊、「時文禄甲子孟冬日　散人河宇田永白叟跋」）　写：石岡久夫　活：日本兵法全集6

仁品　一巻［島田2：河陽流兵書。武徳の要を記せる目録。佐藤理事所蔵］

義品　一巻［島田2：河陽流兵書。兵器製説の目録。佐藤理事所蔵］

智品　二巻［島田2：河陽流兵書。平時戦時に於ける武功の心得を記す。佐藤理事所蔵］

弓銃　一巻［島田2：河陽流兵書。弓銃戦法。楠公の家伝を本とし近来の秘書により作るといふ。下巻一冊のみ。佐藤理事所蔵］

河陽一騎伝武見　二巻［島田2：河陽流兵書。斥候の口伝九十四ヶ条。島田所蔵］

河陽伝治国八陣図説　一冊　写：島田貞一

一騎伝口訣弁疑　一巻［島田2：河陽流兵学者山家輝長が元禄の頃撰述せる一騎伝を門人富田安実の解説せるもの。有馬理事所蔵］『国書総目録』には、一冊　成：宝暦八自序　写：有馬成甫、とあり。

※『防衛大学校貴重書目録』（有馬文庫。一九九四）には不載。

河陽将教大全末書総目録　一冊　写：富高菊水◎

河陽伝　一冊　写：富高菊水◎（大阪陸軍幼年学校楠氏文庫旧蔵）

※秘密口訣奥儀・秘伝三綱領より成る。奥書「武陽隠士　正成門葉兵学士陋巷斎儀擬悔子／水月主人　川副佐忠後楽水季逵／元文三戊午歳仲秋吉辰日　［川副］［清貧斎／□□□／□露弾］」

将教大全口伝記　一〇巻［島田2：山家輝長が著せし河陽流兵書将教大全につき、その口伝を門人富田安実の書せしもの。島田所蔵］

4《楠正成行流　行流》関連

［島田2］「この流儀は兵道集、軍要集等を主とした楠流で、永原意雪、秋月采女等によつて興され、相当に発展した流儀である。右の兵道集＊と共に軍礼巻＊、軍配巻＊、軍気巻＊、城築巻＊等の伝書がある。」

［島田1］「楠正成行流の兵書は以上五種（＊）を以て完備するものと思はれる。（中略）なほ楠正成行流の兵書が江戸時代に入つてから編纂されたことは明瞭である。」

［武芸］「楠正成行流（軍法）略して行流という。祖は秋月采女正輝雄。号は風外。寛文三年五月十七日死す。伝書は『兵道集』と『軍要集』」

※［擁膝］に関連記事が散在する（傍記は内閣・無窮会本の異文。〈〉内は割注）。私に◇見出しを付し整理する。

◇陰之書と陽之書

「神田白龍子云、『武家名数』巻三、諸家軍書之《（ナシ）》下に云、『兵道集』十七冊、『軍用《要》集』十三冊、都合三十冊、是楠流之書なり。兵道集十七冊ヲ以陰之書トナシ、軍用集ヲ以テ陽ノ書トナストモ。按此（無窮会本傍線部無し）兵道集三

十冊アリ。彼両書ヲ合一スルモノ歟。」（乙18オ）

注、『倭漢武家名数』（神田白龍子（一六八〇～一七六〇）編五巻五冊、正徳六年（一七一六）刊。岩瀬文庫本による）「印本不行諸家軍書」に「兵道集〈楠家之武経全有十七巻〉軍要集〈同書有十三巻以兵道集為陰書、以軍要集為陽書〉三伝集〈同楠家之書〉」（巻三18オ・ウ）とあり。

◇関連人名

「軍要集　秋月数正《采女正》、玉城茂右衛門、高野新兵衛、佐野六右衛門、佐瀬与次右衛門」（乙12ウ）

「軍用《要》集宇実斎蔵書所謄写篇目七巻〈軍用《要》集ハ秋月采女が流にて白龍子等コレヲ唱《習》フ〉。（後略）」（乙13ウ）

◇行流と石見伝

※［擁膝］の記事「兵道集　二巻」（甲2オ）、「兵道集〈大江元周序アリ。所謂石見伝也〉十一巻」（甲3オ）と『倭漢武家名数』の記事「楠流〈会津伝岩見伝、有二流〉」（巻三15オ）とを併せ考えるに、行流の別名を石見伝と称したか。

◇行流と小笠原流

※行流の『軍要集』と小笠原流の『兵法軍要集』『兵法軍要武鑑』とは別書であるが、蓬左文庫蔵本『軍要集』の各冊巻末に「右元本小笠原家／伝来之軍要集也／天明四歳舎甲辰／奉承／君命書写之者也／朝岡七良兵衛／国輔（花押）」とあり、無縁ではない。

（参考）兵法軍要集　写：東北大狩野◯（一冊。注『軍要武鑑』の抜書的編著）・尊経閣（小笠原家伝書五輯

（参考）兵法軍要武鑑　写：内閣◎（一五巻一二冊）・東北大狩野◯（存九巻九冊）

※東北大本の現存部分は内閣本にほぼ一致するが、冒頭部分は大きく異なる。内閣本に無い「兵法軍要武鑑序」があり、当流兵法は、足利尊氏の下命により、小笠原貞宗・赤澤常興が故実を集成したことに始発する、と説く。その末尾に「仍《テ》忠卿為《ニ》ㇾ知《ン》二当家兵法連綿之由緒《ヲ》一不ㇾ顧《カエリミ》二後来《ノ》嘲《ヲ》演《ノベテ》序詞《シテ》曰ㇾ尓《シカ》矣」とあり、小笠原忠

卿の編著か。

◇『兵道集』と『楠公軍理』

「運籌子云、『兵道集』三十巻与二『楠公軍理』一同。但有二三種一。足軽巻、道路行列之巻、首実検之巻。小勇之巻二、端武之巻七篇巻一（無窮会本：「道端武士偏巻一」）、城取四・城攻二〈『軍理』載二城取・城攻各一本一〉、『軍理』所レ不レ載也。其小勇巻載二器械之図一。甚不分明。不レ足レ取者也」（乙17ウ）

※傍線部は21『楠木拾要』群に類似の書名が見える。『楠公軍理』（所在不明）も同様（左記傍線部）。収載書名からは『兵道集』も『楠公軍理』も『楠木拾要』群の一類とみなしてよさそうだが、「南木流」と「行流」との相違点は未勘。

破線部「器械之図」は「擁膝」「兵道器械図説楠家　一」（甲27オ）と同一か。

◇『楠公軍理』

「楠正成軍理問答　三巻」（甲24オ）

「楠正成軍理　三巻

黄帝八陣元義　一、君臣元義論　一、軍教之巻　一、日取方角雲気巻　一、理数論　一、軍制巻　一、地利巻　一、小屋取　一、城取　一、城攻　一、船戦　一、乱知　一、教戦　一、物見　一、軍行　一、行列　一、備伝授　一、八陣大意　一、旌旗、変悟之巻　上中下

総計弐十篇

運籌子云、世ニ軍理問答七巻江島長左衛門為信著スト云者、蓋此書之事なるべし」（乙18オ）

※「擁膝」は江島の軍理問答七巻と「楠正成軍理問答」とを同一視しているが、江島の『古今軍理問答』（寛文五年刊）の内容は「楠正成軍理」の篇目とは無関係であり、別書。

◇『兵道集』と『兵法体用』

「又予帳中所蔵『兵法体用』三十巻与『兵道集』、甚相同。僅有㆓一二出入㆒耳。蓋楠家之兵書也」（乙18オ）

注、『兵法体用』については、別に「兵法体用楠流　十五巻」（甲1ウ）とあり。

軍要集　三〇巻　写：蓬左◎（天明四写一〇冊。『理尽鈔』を七書等に倣って再編成したものが中心をなす）・尊経閣（九冊）

軍要集書入抜書並附録　写：東北大狩野〇（三冊）

※『軍要集』三〇巻本文を略記し、行間に「（甲陽）軍鑑」「結要品」「評判（理尽鈔）」などをふまえた書き入れを加えたもの。

巻之二九終の次に「△楠正成軍教之上（「上」は「条」の誤り。末尾に「建武三季五月　日楠正成在判）」、△二相大悟之法、△十六之攻法、△自悟ノ法」あり。

巻之三〇「△孫子之五事」（『孫子』計篇に拠る）、「△太公ガ文伐ノ様十二ノ節之事」（『六韜』15武韜・文伐）

巻之三〇終の後に「△縁謀工夫之法／（中略）／建武三年五月日　正五位河内守橘朝臣正成在判」

軍要集伝記　写：旧蓬左（一〇冊）

兵道集　八巻「島田2：楠正成行流の兵書。巻一、二は匹夫之巻、巻三は武見之巻、巻四は弓頭巻、巻五は鉄砲頭巻、巻六は長柄奉行巻、巻七は陣営、巻八は旗奉行巻。佐藤理事所蔵」

楠流兵道集聞書　写：東北大狩野◯（三巻一冊、吉田広厚編。巻一匹夫条略、巻二匹夫体具、巻三匹夫略。各巻各条に「◯解ニ云……」という解説を付す）

軍礼巻　五巻［島田2：楠正成行流の兵書として兵道集に附属せるもの。発行法令之巻、要言（軍詞）之巻、兵器銘巻、六具之巻、実見之巻。佐藤理事所蔵］

軍配巻　三巻［島田2：楠正成行流の兵書。方角之巻、日取巻、時取巻。佐藤理事所蔵］

［参考］『国書総目録』「軍配之巻　一冊　写：葵　＊楠流」（「葵」は静岡県立葵文庫、現静岡県立中央図書館。21『南木拾要』の中に「軍配之巻」が含まれるが、単独の「軍配巻」は現在所蔵されていない。南木流と行流との相違点も未勘）

行流軍配之巻秘訣口解　一巻［島田2：右の軍配巻の口伝書。佐藤理事所蔵］

軍気巻　一巻［島田2：楠正成行流の兵書。城気巻なり。佐藤理事所蔵］。

［参考］『国書総目録』軍気巻　別：軍気之巻　写：東大史料（武蔵山口若太郎蔵本写一冊）・海自鷲見（三冊。書籍番号一三）（藤原義郷記、一冊。書籍番号一六六「軍気」）　※この軍気巻は『訓閲集』関係と思われる。

城築巻　三巻［島田2：楠正成行流の兵書。城元巻、地論巻、縄張巻。佐藤理事所蔵］

5《河内流》関連

［島田2：河内流は軍林私宝を重要な伝授書とした楠流である。軍林私宝二巻は会津の産吉田自楽軒氏冬が万治元年に楠公の遺書に基いて著したと称する兵書である。この他に古今軍鑑家伝集、楠氏家伝、楠氏家伝軍礼故実、軍礼故実撰要、軍具故実撰要、楠流撰全集、南木武経内伝、河内流軍鼓之譜等がこの流の兵書として伝はつてゐる。

同流は楠公崇拝に基きその意を汲んで後世編組されたことを明にしてゐるのである。」

軍林私宝　二巻二冊［島田2：吉田氏冬著。河内流兵書。万治元年楠公の遺言によつて作れる由氏冬の奥書あり。内容は将帥、軍令、奇正、兵徴、地利、攻城、行軍、守全、戦地、陣法、作戦、夜戦。有馬理事所蔵］
※巻頭の「将帥」は「軍教序」に同じ。防大有馬◎。

軍林私宝解　二巻［島田2：軍林私宝の口伝書。島田所蔵］。『国書総目録』は二冊とする。

古今軍鑑家伝集　七巻［島田2：河内流兵書。内容は教戦、斥候、旌旗、足軽、軍行、営舎幷地形、城取。島田所蔵］。

『国書総目録』は五巻五冊、写：東北大狩野・島田貞一、とする。

古今軍鑑家伝集解　六巻［島田2：古今軍鑑家伝集の口伝書。城取の巻を欠く。島田所蔵］。『国書総目録』は五冊とする。

楠氏家伝　二巻［島田1：河内流の兵書。内容は後人が楠公の兵説を中心とし、太平記、源平盛衰記、孫子、経書等によつて更に証拠を付加して編纂したものである。併し近世の特色が頗る多い。（中略）一騎三箇之秘伝（三項）及び一騎十五之秘伝撰要（十五項）から成り、林（為次か）の天和四年の跋がある。本書は或は当人の著作かも知れない。筆者（島田）所蔵］

軍礼故実撰要　二巻［島田2：河内流兵書。内容は出陣、帰陣、射礼、実検、首註文、手負註文。島田所蔵］。『国書総目録』は二巻一冊とする。

楠氏家伝軍礼故実撰要解　二巻［島田2：軍礼故実撰要の口伝書。島田所蔵］

軍具古実撰要　十巻［島田2：河内流兵書。旌旗、弓箭、箙、拾並毛面、兵鼓貝鐘並机木敷皮、鎧、その他の略説書。島田所蔵］

河内流金鼓之譜　一巻［島田2：出陣之節、行軍之節、雑節。島田所蔵］。『国書総目録』は一冊とする。
河内流軍具之巻　一冊　写：島田貞一
楠流撰全集　三巻［島田2：小見山利旭編。河内流兵書。操練に関することを集む。島田所蔵］。『国書総目録』は一冊とする。
南木武経内伝　一巻［島田2：軍法一騎之巻。他欠。島田所蔵］
南木武経内伝解　四巻［島田2：口伝書。軍法一騎之巻、功名不覚之篇、兵略之篇上下。島田所蔵］

6《新楠流　名取流》関連

［武芸：名取流（軍法、忍）甲州流より出た。流祖は甲州先手の士、名取与市之丞正俊。元和五年八月、信州真田で死んだ。三代目の名取三十郎正澄（一に正武）が、楠不伝正辰に南木流軍学を習い、さらに島田潜斎・砕鑑禅師・神戸能房らについて諸流を学び、合して新楠《しんなん》流とあらため、承応三年、紀州藩に召し出された。宝永五年三月死し、以後子孫世襲したが、紀州藩には宇佐美家が正式の軍事総裁として上にあったから、名取流（新楠流）は、斥候を中心にした忍びが主旨になった。］
［名箋：一名取流／楠家軍法ニ拠ル処也。名取何某伝ヘテ伊予西条侯藩中ニ伝アリトゾ。頼宣公比ヨリ紀伊公御内名取正澄始祖ニテ、本書ハ七部八巻トイヘルモノ也］
※以下の新楠流〈　〉内の記述は、『兵家常談之巻』の「当流軍書ノ目録」による。軍習要法に続いては、「軍薬要法　言ハ狼煙、火炮、飢渇、金瘡、解毒ノ秘方ヲ記。（中略）此外ニ巻物ト云、十八巻極意ノ書数軸有レ之。共ニ秘事タルニ依テ、皆外題ヲ略ル者ナリ」とある（［島田2］にも同趣の解説あり）。

兵家常談之巻　一冊〈言ハ平世、士ノ武功ヲ記ス〉写：東大◎

兵具要法　一冊〈言ハ甲冑武具ノ利方ヲ記〉写：国会・東博（江戸末期写）・東大◎（二部）・東北大狩野・高野山金剛三昧院

一兵要功　一冊〈言ハ一騎ノ士軍功ヲ記〉写：東大◎・佐藤堅司・島田貞一

兵役要法　一冊〈言ハ大将、臣下、諸頭、諸奉行、平士、雑人之軍役ヲ記〉写：東大◎（二巻一冊）（坤巻一冊）・高野山金剛三昧院（一冊）

水戦要法　一冊〈言ハ船軍、船分、船備、川戦ノ功ヲ記〉写：東大

君道要法　一冊〈言ハ主将ノ軍法、軍令ノ心得ヲ記〉写：東大◎・高野山金剛三昧院・島田貞一

軍配要法　一冊〈言ハ軍令、軍配、日取、時取、方角、吉凶ヲ記。当流此巻ヨリ盟ノ文ノ替アリ。是ヲ中堅ト云ナリ〉写：東大◎（二部）・島田貞一

軍気要法　一冊〈言ハ日、月、星辰、風雨、煙霞霧、雨湿、妖怪、変気、動静ノ事ヲ記〉写：東大◎（二巻一冊）（一冊）・高野山金剛三昧院（二巻一冊）・島田貞一（一冊）

軍習要法　一冊〈言ハ古来相伝ノ要ヲ記〉写：東大◎（二部）、島田貞一

正忍記（当流正忍記）　三巻三冊　写：国会（名取正武著。延宝九序・寛保三写）
［島田2：用間の書。楠流より採ると云ふ。享保元年稲葉丹後守道久の奥書あり。有馬理事所蔵］
※『防衛大学校図書目録（有馬文庫）昭和三十三年』一五一番。『防衛大学校貴重書目録　平成六年』には不載。

7《未勘・その他》

一騎歌尽　加藤煕著、一冊

※嘉永五年（一八五二）の跋文に「右ハ楠公の兵法を本として諸流の正説を加へ、且其諷誦に便ならむ事を欲し、今様の句法に擬して是を我家の小童に授く（後略）」とある。『往来物解題辞典　解題編』に立項あり。［一騎謌尽0086］（甲・乙）、［一騎謌尽・武具短謌0087］（丙・丁）。甲・乙・丙・丁の区分は今井。甲・乙は大本。丙・丁は中本。『国書総目録』は嘉永五版・文久三（一八六三）版・元治二（一八六五）版をあげるが、「嘉永五」版は跋文の年次によるもの。甲（イ）・乙（1）・丙のいずれも文久三年版であるが、構成に示したあり方から甲が先行するものと思われる。丁（元治二年序）に乙の影響がみられることから、乙・丙も相接して刊行されたものであろう。

写：早大・愛媛伊予史（武具短歌を付す）・千葉・山口・九大（時敬写、告志篇と合）

版：

甲〈平仮名交じり〉

（イ）藍色表紙。刷題簽「一騎歌尽　全」。見返「癸亥（文久三年）新鐫／一騎歌尽／明倫館蔵梓」。柱題「一騎歌」。後表紙見返は共紙白紙。

…大阪府（請求番号587−78）◎・刈谷◎・岡山大池田（二部）◎・京都府◎・謙堂（『往来物大系』四二巻）◯・神宮◯

（ロ）薄縹色表紙。見返記載なし。他は（イ）に同じ（紙質・刷り、明倫館蔵梓本より不良）。

…大阪府（三井文庫101）◎・初瀬川◯

乙〈片仮名交じり〉

(イ) 縹色地、波雲に鳳凰艶出し表紙。見返「榊陰先生著／一騎歌尽／福田氏蔵板」、その上部枠外に「文久三年初秋新鐫」。柱題「一騎歌盡」。後表紙見返は共紙白紙。…大阪府（請求番号587-116）◎・篠山市青山

(ロ) 同。後表紙見返「三都書物問屋（九名略）江戸・和泉屋金右衛門」…浄照坊○・架蔵（小泉氏旧蔵）◎

(ハ) 同。後表紙見返は、(ロ)の「和泉屋金右衛門」の下に「板」を埋木により付加。また巻末にも「須行書肆　両国横山町三丁目和泉屋金右衛門」とある。(ロ)より後印。…国文研（請求記号さ5/395）◎

丙〈平仮名交じり〉。『武具短歌』と合綴。刊記「文久三癸亥歳初秋発行／練武館蔵」

茶色無地表紙。刷題簽「一騎歌尽／武具短謌　全」。『往来物解題辞典　図版編』[0087（小泉）]（11頁下段左端）に表紙、[0087（謙堂）]（12頁上段左端）に見返の図版あり。後表紙見返は白紙。柱題「一騎歌」。

…謙堂（『日本教科書大系　往来編　教訓』に翻刻・一部図版。同一四〇頁に解題）・小泉○（デジタル版。縹色無地表紙）・架蔵◎（見返は後補白紙）

丁〈平仮名交じり〉。『武具短歌』と合綴。

薄縹色（蜀江錦艶出）表紙。刷題簽「一騎歌尽　全」。『往来物解題辞典　図版編』[0087（小泉）]に見返（12頁上段右端）・本文冒頭（12頁上段中央）の図版が載る。柱題「一騎歌」。後表紙見返「御蔵板／製本処／京都書林俵屋清兵衛／麸屋街三条上ル丁著屋松之助」。

…国文研（請求記号さ5/80。見返剥脱）◎・慶大・益田家○（見返白紙）・小泉○（デジタル版。縹色布目地表紙。外題ナシ。後表紙見返剥脱）・三手泉亭（四部。いずれも巻末に「明治七年九月十七日／別雷神社奉納　加藤熙」と墨書あり。見返・後表紙見返ともに白紙）

活：奥付「明治四〇年九月五日、発行者　神戸市・加藤正生」（正生は熙の孫）。底本は版本の乙。

…東学大望月〇・大阪府

桜井異伝　刊：天理◎（〔楠公関係書集〕二三冊のうち一冊。明治二〇年四月、徳島県士族武田覚三編・刊）
※内外二篇。諸種資料を適宜よりあわせて、あらたな桜井宿伝授説を創作したもの。〔↓第六部第一章〕

太平記恩地陰之巻（外題「恩地陰之巻」）三巻三冊
写：弘前◎（三巻三冊。近世後期、版本写し）・島田貞一（一〇巻一〇冊）
万治元（一六五八）刊（刊記「太平記恩地陰之下終　画工武藤氏／万治元年霜月吉日／松長伊右衛門尉開板」）
…刈谷◎・長谷川端◎・富高菊水（二部）
※内容：（上）「一　備の事」「二　智略武略計策の事幷間者の事」以下一五項。（中）一九項。（下）三五項。

楠軍法日和鏡　写：海自鷲見（一枚）

〔擁膝〕「楠軍法集　三」（甲28ウ）〔↓第七部第三章。『〈ゑ入〉楠一代軍記』の前半三冊の内題「楠軍法集」〕

楠家秘書　写：無窮平沼（弘化二写一冊）

楠家伝三十三ヶ条小解　写：茶図小笠原◎（一冊）

※外題右傍に「武田流之書」と朱書あり。「一　五常の事たれかしらざるべき」にはじまり、「一　不読而不叶経書之事　論語・孟子の二書也。天下の理、此二書にあり。……」という項目を含むなど、道徳論を旨とする。楠家との関係を説く記述なし。

楠武備策（［延宝三（一六七五）刊］天和三（一六八三）改修新増書籍目録」「元禄十二（一六九九）刊新版増補書籍目録」より）

※［島田2］四二頁「楠家武備志　二巻　城、備、営法、その他精神上の心得に及ぶ。島田所蔵」と同一か。

楠正成集作　写：天理◎（［楠公関係書集］二三冊のうち一冊。内題「軍書巻之一　楠正成集作」）

※「楠正成集作巻一ニ　奇戦」「同巻ニ」などとあり、天理本は抄出本か。冒頭の「一、上兵ハ敵ノ謀不成様ニスレバ敵己ト我ニ随フ物也。其次ハ敵ヲ親ミヨセテ伐。其次ハ敵之臣下・侍・足軽ニ至迄ニ……」は『孫子』謀攻篇に拠り、五之巻「一、大敵ヲ防ニハ深山ニ添タル城ニシクハナシ。一ニハ水、二ニハ山サガシク……」は『理尽鈔』巻七22オ以下に基づくなど、いくつかの兵書の集積。蔵書印「天理図書館印」「叢樹軒祠襄記」のほか、「神妙」「加治家蔵」「加治秘蔵門外不出」「加治兵書」。

楠軍算　『大英図書館所蔵　和漢書総目録』「江戸末写　美濃小本　片仮名交り　原装　隈部維政筆（シーボルト旧蔵）」

楠千剣破問答（序題「千磐破問答」、跋題「楠千磐破問答」）天和二年村田通信序・湯浅雪任子跋

天和二（一六八二）刊（刊記「天和二壬戌林鐘吉辰　木原次郎右衛門」）

…東北大狩野◯（一冊。書題簽。刊記の木原の左側が不自然に空いており、「嵯峨文流／渡辺文庫」印が捺されて

いる。あるいは後印か）
天和二刊正徳三（一七一三）印（刊記「正徳三癸巳年三月吉日／摂城大坂　書林小浜屋忠兵衛開版」）
…刈谷◎（三冊。刷題簽「楠千剣破問答上（中下）」）
刊年不明…島田貞一（［島田3］一〇七頁「又大阪新町橋東詰藤屋伊兵衛開板本あり、板行年月日未詳」）

楠兵法　活：楠公叢書2（底本は、有元家蔵写本。「心法第八。勝負不可好……」に始まり、帯刀こと正行の問に正成が答える体裁をとる）

楠法令巻（楠判官法令）［→第六部第二章］

楠流四武之小屋図　写：島田貞一（一枚。［島田2：彩色図。島田所蔵］）

楠流兵書　写：國學院大河野（一冊）
［島田2：兵具を彩色図解せるもの］※［島田2］での配列によれば南木流と目される。

軍檀目鑑　一巻　写：内閣◎・学習院・東大史料◎（「軍檀日記楠公軍書」、大阪慈眼院蔵本写）・島田貞一
［島田2：軍術軍配の書。巻末に「軍檀目鏡者袖中秘シテ軍功可守、正成（花押）」とあり、楠公の真跡と伝えられたる古書。原本は河内国慈眼寺蔵。藤田博士著「楠氏研究」（今井注：五三七～五四六頁。抄出）及び渡辺義一氏著「立体的に見たる大楠公」に全文収載しあり」。［島田1］に詳細な説明あり。

［擁膝］「原演士鑑集楠家　一巻」（甲6オ）

［擁膝］「桜井遺書正伝　十二巻」（甲2オ）※『桜井異伝』［↓第六部第二章］と何らかの関わりあるか。

七謀之書　一巻［島田2：「楠正成桃井直常ニ伝ル七之謀」とて、多クハ勝レ、少クハ批ケ、多クハ猶多カレ、少クハ猶少ナカレ、陰ニ設ケ陽ニ備、敵ヲサケ味方ヲサクル、廻引の七条につき説明す。石岡主事所蔵］

※正成が桃井に七謀を授けたことは『理尽鈔』巻一三巻末にみえる。七謀は尊経閣文庫蔵『理尽極秘伝書』に詳しく、右の内容にほぼ一致する。［平凡社東洋文庫『太平記秘伝理尽鈔3』巻一三後注七〇］

神君御袖鑑　三巻［島田2：楠公の遺書と称し道徳兵術その他戦場の心得を記したるもの。徳川家康の愛読書と云ふ。大正四年足立栗園氏講述し「〈新釈〉神君御袖鑑」として刊行さる］写：成田

［擁膝］「楠公将士問答　一」（甲24ウ）、「楠公将士問答／又恩隠之伝ト称ス」（乙18ウ）

［擁膝］「楠公百戦論　三巻」（甲10ウ）

南木三伝書　写：海自鷲見（一冊）※『楠三伝集』［↓第二章3］と同一書であろう。

南木百首軍歌　写：海自鷲見（一冊）

［擁膝］「楠河州軍歌百首　一巻」（甲14ウ）

正成恩地問答　写：旧浅野（一冊）

和漢軍林　写：島原（一冊）

※島原本は『理尽鈔』を摂取している。『国書』に「和漢軍林　一五冊　類：兵法、著：磯景映（南陽）、写：慶大」とあり、また別項で「和漢軍林　類：兵法、写：東北大狩野（明治写一〇巻一冊）・島原（一冊）・旧海兵（小勇巻陣詞、一冊）・仙台伊達家（三冊）」をあげる。仙台伊達家（宮城県図）・東北大本は越後流かと目される別書で、『理尽鈔』とは直接の関わりはない。

※［擁膝］に「和漢軍林　船戦　此書与易安軒和漢軍林不同。恐題標誤」「和漢軍林清水易安軒　一巻」（甲24オ）とある。

［擁膝］「外題軍学書目板行不行軍書目」（乙34オ）に、以下の一節あり。

和軍伝　神武御製。竹内宿禰筆記。軍法侍用　太子御作。訓閲集　大江匡房作。三陣巻　義家作。軍用集（無窮会本「軍要集」）十三巻。兵道集　十七巻。三伝集　三巻。千早城問答　一巻。元陽集　一巻。

右者楠流ニテ用ユ。

Ⅳ付．『秘伝一統之巻』覚書

本書は、椙山女学園大学図書館蔵近世末期写の兵法書（楮紙釘装・墨付二五丁）。表紙左に「秘伝一統　全」と墨書。内題は無く、書名は目録題による。巻頭目録には、「一　満字之伝授／一　ちきり之伝授／一　不狭不広城取伝授／一　舛形馬出之伝授／一　城取大横矢之伝授／一　境目城取様之伝授／一　長柄之伝授／一　太鼓秘極之伝授／一　大星之伝授／一　四頭八尾之伝授／一　四筒秘謀之伝授／一　日取之伝授／一　八陣異名之伝授／以上十三箇条」とあり、城攻防の手だて、用兵、陰陽の事等をその内容とする。墨付最終丁裏に本文同筆で「市川利武」とあり、書写者と思われるが、いかなる人物か未勘。注目すべきは、巻末の「右此一巻軍理至極秘密之法也、全禁他／見、可為家宝者也／建武三年五月日　判官正成在判／楠帯刀殿／右正雪悉極書也　可惜」という「奥書」である。

『太平記』によれば、楠正成は湊川での決戦（建武三年（一三三六）五月二五日）に先立ち、桜井宿で嫡男正行（帯刀）に庭訓を残している。近世には、その際伝授されたものと称する秘伝書が種々登場する。本書もその一つということになるが、従来知られている『楠桜井書』『楠兵庫記』等とは内容を異にする。本書が正成の口伝という体裁を採る事は、「城取大横矢之伝授」の「予《カ》千剣破籠城之時舎弟正氏《カ》横矢《ノ》如《シ》」という一節によって裏づけられ、「奥書」はその設定の上に成り立っている。したがって、本書は〈楠流の兵法書〉ということになるのだが、楠流は、陽翁伝楠流、楠正辰伝楠流、河陽流、行流、河内流、名取流等の諸流があり、本書がいずれに属するかは俄かに決しがたい。この内、正辰伝は、別名を南木流ともいい、尾張藩・松本藩等に伝流。慶安の変の由比正雪は正辰の門人。岡山池田藩の『南木遺書』には「由井松雪」の伝なるゆえ、役に立たない旨の付記がある。本書にも、正雪が悉く極めた書である、との添書があるのだが、何をいかに「可惜」というのか。正雪か、本書にとってか。本書には昭和二三年の受入印が捺されているが、尾張藩にゆかりがあるのかどうか、それ以前の事情もゆかしい。古ぼけた小冊子に見える本書であるが、その物語るところは広く、深い。

所蔵者略称一覧

〔凡例〕

一、本表は、本書において略称を用いた所蔵者のみを収載しており、所蔵者一覧ではない。

一、本書の文献探査は、『国書総目録』を手がかりとしてはじめたものであり、所蔵者の略称は原則として『国書総目録』に則った。国文学研究資料館「マイクロ／デジタル資料・和古書所蔵目録」や「NACSIS Webcat」等に拠って、補った資料の所蔵先も、『国書』に準じた略称とした。ただし、現在の所蔵者名に改めた他、略称そのものを改めた場合もある（例、宮書→書陵部）。

一、現蔵者が個人名の場合は、本表から外した。「付録・太平記評判書および関連図書分類目録稿」Ⅳ楠兵書の所蔵先「佐藤理事所蔵」本については、梶輝行「佐藤堅司博士旧蔵の兵書コレクションについて——古河歴史博物館蔵「佐藤家資料」の紹介——」（泉石4、一九九八・三）を参照されたい。島田貞一氏蔵本の現況は不明である。

略称	『国書』	所蔵者名
愛教大	愛知学芸	愛知教育大学附属図書館
会津		会津若松市立会津図書館
秋田東山		秋田県立秋田図書館東山文庫
茨城歴史館		茨城県立歴史館

茨城大菅		茨城大学図書館菅文庫
岩瀬		西尾市岩瀬文庫
上田花月		上田市立図書館花月文庫
上田花春		上田市立図書館花春文庫
臼杵		臼杵市立臼杵図書館
愛媛伊予史		愛媛県立図書館伊予史談会文庫
大阪市		大阪市立中央図書館
大阪市大森		大阪市立大学附属図書館森文庫
大阪女子大		大阪女子大学附属図書館
大阪府		大阪府立中之島図書館
大阪府石崎		大阪府立中之島図書館石崎文庫
大洲矢野		大洲市立図書館矢野玄道文庫
大谷大		大谷大学図書館
岡山大池田		岡山大学附属図書館池田家文庫
尾道		尾道市立図書館
小浜酒井		小浜市立図書館酒井家文庫
海自鷲見	旧海兵	海上自衛隊第一術科学校鷲見文庫
海自野沢	旧海兵	海上自衛隊第一術科学校野沢文庫
学習院大日語日文		学習院大学日本語日本文学研究室

金沢加越能		金沢市立玉川図書館近世史料館加越能文庫
金沢稼堂		金沢市立玉川図書館近世史料館稼堂文庫
鎌田共済		鎌田共済会図書館
刈谷		刈谷市中央図書館村上文庫
関学		関西学院大学図書館
杵築		杵築市立図書館
岐阜市		岐阜市立図書館
九大		九州大学附属図書館
京大		京都大学附属図書館
京大谷村		京都大学附属図書館谷村文庫
京大古文書		京都大学文学部古文書室
京大文図		京都大学文学研究科図書室
京都府		京都府立総合資料館
金城大福田		金城学院大学図書館福田文庫
熊谷		熊谷市立熊谷図書館
熊本大永青	北岡	熊本大学附属図書館寄託永青（北岡）文庫
久留米		久留米市立図書館
黒川公民		胎内市黒川地区公民館
群馬大新田		群馬大学附属図書館新田文庫

慶大		慶應義塾図書館
謙堂	石川謙	謙堂文庫
高野山金剛三昧院		高野山金剛三昧院
國學院大		國學院大学図書館
國學院大河野	河野省三	國學院大学日本文化研究所河野省三記念文庫
国文研		国文学研究資料館
国文研松野		国文学研究資料館松野陽一旧蔵書
国会		国立国会図書館
酒田光丘		酒田市立光丘文庫
佐倉高鹿山		千葉県立佐倉高等学校鹿山文庫
篠山市青山		篠山市教育委員会青山歴史村
滋賀大		滋賀大学附属図書館
静岡	葵	静岡県立中央図書館
静岡久能	葵	静岡県立中央図書館久能文庫
島原		島原図書館松平文庫
浄照坊		浄照坊
書陵部	宮書	宮内庁書陵部
神宮		神宮文庫
新城情報牧野		新城ふるさと情報館牧野文庫

椙山大		椙山女学園大学中央図書館
仙台		仙台市民図書館
早大		早稲田大学図書館
尊経閣	尊経	前田育徳会尊経閣文庫
大東急		大東急記念文庫
伊達開拓		伊達市開拓記念館
玉川大		玉川大学図書館
千葉		千葉県立中央図書館
茶図小笠原		お茶の水図書館小笠原文庫
茶図成簣		お茶の水図書館成簣堂文庫
中京大		中京大学図書館
筑波大	教大	筑波大学附属図書館
鶴岡郷資		鶴岡市郷土資料館
都留大		都留文科大学附属図書館
鶴舞		名古屋市鶴舞中央図書館
天理		天理大学附属天理図書館
東学大望月		東京学芸大学附属図書館望月文庫
同志社		同志社大学図書館
同志社文学		同志社大学文学部

東書		東京書籍株式会社附設　教科書図書館　東書文庫
東大		東京大学総合図書館
東大霞亭		東京大学総合図書館霞亭文庫
東大史料		東京大学史料編纂所
東大法学		東京大学法学部研究室図書館
東博		東京国立博物館
東北大狩野		東北大学附属図書館狩野文庫
東洋大哲学堂		東洋大学附属図書館哲学堂文庫
徳島		徳島県立図書館
栃木黒崎		栃木県立図書館黒崎大吉文庫
都中央加賀	日比谷加賀	東京都立中央図書館加賀文庫
都中央諸家	日比谷諸家	東京都立中央図書館特別買上文庫（諸家）
都中央東京	日比谷東京	東京都立中央図書館東京誌料
富高菊水		大阪府立富田林高等学校菊水文庫
内閣		国立公文書館内閣文庫
奈良		奈良県立図書情報館
成田		成田山仏教図書館
新潟大佐野		新潟大学附属図書館佐野文庫
二松学舎大		二松学舎大学附属図書館

日大往来物		日本大学総合学術情報センター往来物関係コレクション
日本福祉大草鹿		日本福祉大学付属図書館草鹿家文庫
函館		市立函館図書館
八戸		八戸市立図書館
初瀬川		初瀬川文庫
阪急池田		阪急文化財団池田文庫
阪大忍頂寺		大阪大学附属図書館忍頂寺文庫
彦根城		彦根城博物館
弘前		弘前市立弘前図書館
広島大		広島大学図書館
福井市		福井市立図書館
武徳会		(解散)
船橋		船橋市図書館
蓬左		名古屋市蓬左文庫
法大子規		法政大学図書館正岡子規文庫
防大有馬	有馬成甫	防衛大学校総合情報図書館有馬文庫
穂久邇		穂久邇文庫
前田雅堂	金沢市雅堂	前田土佐守家資料館雅堂文庫
益田家		益田家

宮城		宮城県図書館
宮城青柳		宮城県図書館青柳文庫
宮城伊達		宮城県図書館伊達文庫
宮教大		宮城教育大学附属図書館
三次		三次市立図書館
無窮織田		無窮会専門図書館織田文庫
無窮神習		無窮会専門図書館神習文庫
無窮真軒		無窮会専門図書館真軒文庫
無窮平沼		無窮会専門図書館平沼文庫
明大		明治大学図書館
盛岡公民		盛岡市中央公民館
山内宝資	高知	土佐山内家宝物資料館
山口		山口県立山口図書館
山口大棲息		山口大学附属図書館棲息堂文庫
祐徳		祐徳文庫
米沢興譲		市立米沢図書館興譲館文庫
和中		和中文庫

あとがき

閲覧・複写等に際し、ご高配賜った各地の図書館・文庫等諸機関や個人の所蔵者のみなさまに、また、さまざまな形で支援してくださった勤務校職員の方々、知人・友人に、あつく御礼申しあげます。

本書は、独立行政法人日本学術振興会平成二三年度科学研究費補助金（研究成果公開促進費）の交付を受けて刊行される。関係各位、出版を引き受けてくださった汲古書院に感謝いたします。


一九八一年九月初め、国文学研究資料館による臼杵市立臼杵図書館の文献調査の一員に加えていただき、最終日の書庫見学の折、『正成記』に出会った。そこには『太平記』に登場する以前の正成の合戦・事蹟が記されていた。何に拠ったものか見当がつかなかった。翌年一月、加美宏「『太平記評判秘伝理尽鈔』をめぐって」（日本文学31—1）が発表された。亀田純一郎「太平記読みについて」（国語と国文学8—10、一九三一・一〇）を『理尽鈔』研究の嚆矢とすれば、加美論文は第二の画期をつげるものである。八〇年代半ばからは長谷川端、九〇年代には兵藤裕己・若尾政希ら各氏の発言が続き、『理尽鈔』に注目が集まりつつあった。

『正成記』のことは頭の片隅にあったが、九州を離れたこともあり、再会を果たせないでいた。国文学研究資料館にマイクロフィルムが収蔵されることを期待したが、中々実現しなかった。『正成記』巻一五の内題は「理尽抄異本抜書」とあった。『理尽鈔』伝本研究はまだ充分なされておらず、「異本」と称すべき存在があるとの報告も無かった。一九九一年五月半ば、ようやく臼杵に出向いた。おぼつかない技術で撮影した写真を手もとに置き、『理尽鈔』版本を、次いで『無極鈔』を読みはじめた。この時は『正成記』の素性を明らかにすれば、ふたたび中世軍記物語の研究に専念するつもりでいた。『正成記』が『太平記』と『理尽鈔』とに拠り、「異本」の内容は主に『無極鈔』であることがわかったころ、ありがたい誘いを受け、「『太平記評判秘伝理尽鈔』およびその類書の総合的研究」（一九九三、四年度科研費補助金・一般研究C。研究代表者　長坂成行）によって、『陰符抄』をはじめとする『理尽鈔』周辺資料群と対面した。疑問が次々とわき起こり、さらに資料を探ることになった。書いた本人しか読者のいないような「論文」を書き続けてよいのか、という自制心は私にもあった。しかし、その時はもう「やめられない、とまらない」のであった。以来、今にいたる。

本書でとりあげた資料のほとんどは近世以降のものであるが、その扱いは『太平記』から時間軸を伸ばしたものである。ことわるまでもなく、本書には近世の共時的な感覚が欠けている。第七部で扱った『太平記秘鑑』の想像力のあり方ももっと多様な評価が可能であろう。付録の分類目録Ⅱも『理尽鈔』の直接的な関与が認められる著作に限定している。『理尽鈔』の影響はさらに広範なものがある。それらはいずれも近世文学専門家の評価と再検討にゆだねたい。

本書はいたずらに紙数を費やしているが、いまだ完成にはほど遠い。まだしばらく手を入れるつもりであったが、いろいろな事情があって二〇一〇年一〇月に出版助成申請のため強引に形を整えた。一二月に加美氏がお亡くなりになり、明けて三月に東日本大震災が起こった。そのうちに、折を見て、という悠長な時間は私個人にとっても、もう残されていない、という思いを強くした。強権を発動した方にも御礼申しあげるべきかもしれない。

本書の各章の礎稿は以下のようであるが、調査の進展をふまえ、ほぼ全章に手を加えている。調査の行きとどかない点も多々あるが、本書をもって一応の定稿としたい。なお、『太平記秘伝理尽鈔』『太平記評判秘伝理尽鈔』の両呼称が混在するが、現在は『太平記秘伝理尽鈔』に統一している。

序章　『太平記秘伝理尽鈔』の登場（新稿）
※平凡社東洋文庫『太平記秘伝理尽鈔1』解説（二〇〇二・一二）、「『太平記評判秘伝理尽鈔』の叙述姿勢」（日本文化論叢3、一九九五・三）の一部を取り込んでいる。

第一部
第一章　『太平記』の受容と変容――『太平記評判秘伝理尽鈔』「伝」の世界――（国語と国文学72-6、一九九五・六）
第二章　『太平記評判秘伝理尽鈔』「評」の世界――正成の討死をめぐって――（軍記文学研究叢書9『太平記の世界』汲古書院、二〇〇〇・九）
第三章　『太平記秘伝理尽鈔』の兵学――『甲陽軍鑑』との対比から――（国語と国文学79-3、二〇〇二・三）

第二部
第一章　『天文雑説』『塵塚物語』と『理尽鈔』（日本文化論叢14、二〇〇六・三）
第二章　『吉野拾遺』と『理尽鈔』（愛知教育大学研究報告58、二〇〇九・三）
付論　『塵塚物語』考――『吉野拾遺』との関係――（愛知教育大学研究報告55、二〇〇六・三）
第三章　小笠原昨雲著作の成立時期――楠正成記事をてがかりに――（日本文化論叢17、二〇〇九・三）
付・『軍法侍用集』版本考（第三章に同じ）

第三部
第一章　加賀藩伝来『理尽鈔』覚書（日本文化論叢4、一九九六・三）
第二章　『太平記秘伝理尽鈔』の補筆改訂と伝本の派生（愛知教育大学研究報告50、二〇〇一・三）
第三章　『太平記秘伝理尽鈔』伝本系統論（日本文化論叢9、二〇〇一・三）
第四章　『恩地左近太郎聞書』と『理尽鈔』（日本文化論叢6、一九九八・三）

第五章　『陰符抄』考――『太平記秘伝理尽鈔』の口伝聞書（愛知教育大学研究報告51、二〇〇二・三）
第六章　『陰符抄』続考――『理尽鈔』口伝史における位置――（日本文化論叢10、二〇〇二・三）
第七章　『太平記秘伝理尽鈔』伝授考（日本文化論叢11、二〇〇三・三）

第四部

第一章　太平記評判書の転成――巻十二「河内国逆徒ノ事」を事例として――（愛知教育大学研究報告43、一九九四・二）
第二章　『理尽鈔』と『無極鈔』――正成関係記事の比較から――（長谷川端編『太平記とその周辺』新典社、一九九四・四）
※「臼杵図書館蔵『正成記』考（二）――『太平記』・『理尽鈔』享受の一様相――」（日本文化論叢1、一九九三・三）の一部を組み込んだ。
第三章　『義貞軍記』考――『無極鈔』の成立に関わって――（日本文化論叢5、一九九七・三）
第四章　『無極鈔』と林羅山――七書の訳解をめぐって――（科研費報告書『太平記評判書及び関連兵書の生成に関する基礎的研究』一九九八・三）
付．甲斐武田氏の『孫子』受容（第四部第四章に同じ）

第五部

第一章　『楠正成一巻書』・『桜井書』の生成（第四部第四章に同じ）
第二章　『恩地聞書』『楠正成一巻書』『桜井書』と『理尽鈔』（第四部第四章に同じ）
第三章　『楠判官兵庫記』と『無極鈔』（第四部第四章に同じ）

第六部

第一章　楠兵書版本考――南木流関連書を中心に――（日本文化論叢12、二〇〇四・三）
付．南木流覚書――『理尽鈔』との関わり――（新稿。第六部第一章の一部を組み込んだ）

第二章　肥後の楠流――『太平記秘伝理尽鈔』伝流一斑――（長谷川端編『論集　太平記の時代』新典社、二〇〇四・四）
補．誠極流と『太平記理尽図経』（新稿）
付．『軍秘之鈔』覚書（新稿）

第七部

第一章　『太平記秘鑑』伝本論（日本文化論叢19、二〇一一・三）
第二章　『太平記秘鑑』考――『理尽鈔』の末裔――（新稿）
第三章　「正成もの」刊本の生成――『楠氏二先生全書』から『絵本楠公記』まで――（新稿）
付．『楠正行戦功図会』覚書（新稿）
第四章　明治期の楠公ものの消長――『絵本楠公記』を中心に――（新稿）
第五章　「楠壁書」の生成（日本文化論叢16、二〇〇八・三）
付．正成関係教訓書分類目録（日本文化論叢16、二〇〇八・三）
終章　「正成神」の誕生と『理尽鈔』の終焉（新稿）
※軍記・語り物研究会第三四六会例会（法政大学、二〇〇二・七・二一）での口頭発表後半部分を礎稿としている。
付録．太平記評判書および関連図書分類目録稿（新稿）
※Ⅳ付．は「椙山女学園大学蔵『秘伝一統之巻』のこと」（椙山女学園大学・図書館ニュース34、一九九八・九・一）。

本書を亡き妻に捧げる。みえさん、ありがとう。

二〇一一年一二月二六日

索　引

凡　例

1，この索引は本書の本文および注記を対象とする。ただし、引用部分であっても理尽鈔および関連兵書資料については、書名・人名を採るようにつとめた。

2，書名に角書きがある場合は〈　〉内に表示したが、配列に際しては角書きの読みを採らない。

3，人名のうち、絵師・画工は名前により配列した。

4，汎称としての『理尽鈔』『太平記』、明治期以降の研究書名は採らなかった。

5，現在の所蔵者名、板元・出版人等（明治期刊行物の編輯人・翻刻人・原版人等を含む）は、原則として採らなかった。

人名索引

ア行

カ行

サ行

タ行

ナ行

ハ行

マ行

ヤ行

ラ行

ワ行

書名（資料）索引

ア行

690, 727
絵本楠公記(競争屋・中村芳松、明二一) 698, 728
絵本楠公記(競争屋・中村芳松、明二三) 690, 730
絵本楠公記(競争屋・中村芳松、明二四再版) 691, 730
絵本楠公記(文泉堂・村上真助、明一九) 691, 727
絵本楠公記(文泉堂・村上真助、明一九再版) 692, 727
絵本楠公記(文泉堂・村上真助、明二〇(三板)) 692, 727
絵本楠公記(文泉堂・村上真助、明二〇再々板) 692, 727
絵本楠公記(上田屋・覚張栄三郎、明一九) 698, 727
絵本楠公記(上田屋・覚張栄三郎、明二〇) 698, 728
絵本楠公記(上田屋本店・覚張栄三郎、明二五) 699, 731
絵本楠公記(偉業館・岡本仙助、明二〇) 700, 728
絵本楠公記(駸々堂・竹内新助、明二一) 693, 728
絵本楠公記(東京駸々堂・大淵濤、明二二) 699, 729
絵本楠公記(松田槌太郎、明二二) 705, 729
絵本楠公記(豊栄堂・尾関トヨ、明二二) 710, 729
絵本楠公記(漫遊会・中川米作、明二二再版) 693, 729
絵本楠公記(礫川出版会社・足立庚吉、明二三) 693, 730
絵本楠公記(大川屋、明二三) 696, 730
絵本楠公記(聚栄堂大川屋書店・大川錠吉、明二九再版) 694, 731
絵本楠公記(聚栄堂大川屋書店・大川錠吉、明四二) 694, 733
絵本楠公記(伊丹由松、明二四) 705, 730
絵本楠公記(文成堂・長尾佐太郎、明二七) 713, 731
絵本楠公記(絵本楠公三代軍記。瀬山佐吉、明二〇) 694, 728
古今実伝／絵本楠公記(錦耕堂・荒川藤兵衛、明二〇) 705, 728
絵本楠公記(楠一代忠壮軍記の圧縮改修本) 837
絵本楠公記稚話(忠雅堂・赤志忠七、明一七～一八) 697, 726
絵本楠公三代記(日吉堂・菅谷与吉、明一八再版) 716, 726
絵本楠公三代記(文事堂、明二〇) 695, 728
絵本楠公三代記(今井七太郎、明二一) 707, 729
絵本楠公三代軍記(文泉堂・村上真助、明二〇) 695, 728
絵本楠公三代軍記(銀花堂・野村銀次郎、明二一) 695, 728
絵本日本百将伝 873
ゑんや物語(さよごろも付ゑんや物語) 846
鶯宿雑記 403, 763, 789
大饗正虎・信貴山願文 95
太田文 381
大橋全可「覚」(『万覚書』のうち) 101, 167, 179, 186, 188, 191, 192, 194, 195, 220, 240, 254, 295
大森彦七(謡曲) 864

カ行

サ行

タ行

ナ行

〈画本〉楠公記(玉山堂・林竹次郎、明二二)　710,729
〈絵本〉楠公記(中村浅吉、明二〇)　712,728
〈絵本〉楠公記(中村浅吉、明二一)　723,729
〈絵本〉楠公記(中村浅吉、明二二)　723,729
〈絵本〉楠公記(競争屋・中村芳松、明二一)　699,728
〈絵本〉楠公記(沢久次郎、明二二)　661,672,710,729
〈絵本〉楠公記(荒川藤兵衛、明二四)　697,730
〈絵入実録〉楠公記(金松堂・辻岡文助、明一六)　688,725
楠公軍教(→楠軍教)
楠公軍理　893
楠公御教訓(明治刊)　783
楠公御伝授之巻(楠正成公子息正行ニ御伝授之巻)　532,547,749,886
楠公桜井駅遺訓　460
楠公三代記(玉蘭斎貞秀画作。丸屋・小林鋹治郎版)　713,725,845
楠公三代記(川添彦兵衛、明一六)　688,726
楠公三代記(隆湊堂・山本常次郎、明一八)　718,726
楠公三代記(畜善館・小川新助、明二〇)　717,727
楠公三代記(内藤彦一編、明二一)　728
楠公三代記(金寿堂・牧金之助、明二四)　712,730
〈絵本〉楠公三代記(日吉堂・菅谷与吉、明一七)　716,726
〈絵本〉楠公三代記(内藤彦一、明一九)　716,727
〈絵本〉楠公三代記(金寿堂・牧金之助、明二〇)　661,672,704,728
〈絵本〉楠公三代記(金寿堂・牧金之助、明二二)　704,729
〈絵本〉楠公三代記(豊栄堂・尾関トヨ、明二〇)　672,722,728
〈絵本実録〉楠公三代記(文事堂、明二〇。※『三楠実録』完本)　652,695,727
〈絵本実録〉楠公三代記(金寿堂・牧金之助、明二一・一〇)　708,729
〈絵本実録〉楠公三代記(金寿堂・牧金之助、明二一・一一再版)　708,729
〈絵本実録〉楠公三代記(金寿堂・牧金之助、明二二)　709,729
〈明治新刻〉楠公三代記(深川屋良助、明一七)　717,726
楠公将士問答　904
〈新撰増補〉楠公真顕記(→太平記秘鑑)
楠公真顕記(→太平記秘鑑)
楠公誠忠画伝(楠一代忠壮軍記)　837
〈実伝小説〉楠公誠忠記(大正五刊)　738,739
楠公忠勤録(村山銀次郎、明二一)　707,729
楠公忠臣禄(深松堂・鎌田在明、明三〇)　711,731
〈絵本実録〉楠公忠臣録(深松堂・鎌田在明、明二三)　711,730
〈実説〉楠公忠臣録(深松堂・鎌田在明、明治二〇)　721,727
楠公秘書(→楠正成秘密書幷兵庫巻)
楠公百戦論　904
楠公文集(明治刊)　775,781
楠公兵法(→太平記評判秘伝鈔)
楠公兵法伝統　560～564,576,582,584,590,766,795,796,878,890

ハ行

マ行

ヤ行

ラ行

ワ行

『理尽鈔』（版本）引用箇所索引

事項索引

ア行

カ行

サ行

タ行

ナ行